L'ÉPICERIE SANSOUCY

Le p'tit bonheur
Les châteaux de cartes
La maison des soupirs

Richard Gougeon

L'ÉPICERIE SANSOUCY
INTÉGRALE

Le p'tit bonheur
Les châteaux de cartes
La maison des soupirs

ÉDITIONS FRANCE LOISIRS

Tome 1 : Le p'tit bonheur
© 2014 Les Éditeurs réunis (LÉR).

Tome 2 : Les châteaux de cartes
© 2015 Les Éditeurs réunis (LÉR).

Tome 3 : La maison des soupirs
© 2015 Les Éditeurs réunis (LÉR).

ISBN : 978-2-298-14363-8

Le p'tit bonheur

*Quel bonheur de faire revivre
le quartier d'enfance de mon père!*

Chapitre 1

Samedi soir, six heures moins le quart. Postée derrière la caisse de l'épicerie-boucherie, Émilienne Sansoucy exhalait de grands soupirs d'affaissement; elle avait la désagréable sensation de disparaître dans le plancher. Ses jambes lui arrachaient des grimaces qu'elle s'efforçait tant bien que mal de réprimer. Tout près, à côté d'un étalage de boîtes de tomates rondes Heinz en solde, son fils Léandre poussait avec ardeur sa large brosse en pensant à la soirée qui venait. Deux clientes devisant entre elles se présentèrent enfin au comptoir pour des achats de dernière minute.

— Vous avez l'air ben fatiguée, madame Sansoucy! commenta l'une, en déposant sa pinte de lait sur le comptoir.

— C'est ben simple, mes jambes me rentrent dans le corps! exprima l'épicière.

Depuis des années, chaque vendredi et chaque samedi que le bon Dieu amenait, Émilienne Sansoucy assistait son mari au magasin. Lorsque Léandre était occupé dans les étalages et qu'elle avait une minute à la caisse, elle prenait les commandes au téléphone. Elle connaissait les prix par cœur. Et l'épicière avait l'œil. Pas un produit n'échappait à sa vigilance : tous les articles qui sortaient du commerce devaient passer devant elle. Lorsque le client ne payait pas sur-le-champ, elle agrippait un livret placé à côté de la caisse enregistreuse et là, appuyant sa poitrine tombante sur le comptoir, de sa main appliquée, elle rédigeait la facture avec tous les détails. Après, elle s'absorbait dans la colonne de chiffres et effectuait sans se tromper l'addition avant de vérifier le total avec sa grosse machine à calculer. Vaillante comme deux, elle était reconnue pour sa gaieté naturelle. Sans que son mari l'admette, son efficacité, son dévouement entier et son sourire bienveillant contribuaient sans l'ombre d'un doute au succès de l'entreprise familiale.

La seconde cliente jeta sur le comptoir les pièces de monnaie pour son petit paquet de viande. Émilienne fit crépiter une dernière fois le tiroir-caisse, en retira tout l'argent qu'elle compta vitement. Puis elle engloutit la somme dans un sac en tissu qu'elle enfouit dans la poche de son tablier.

— Je vas monter, Théo, s'écria-t-elle à son mari à l'arrière du magasin.

L'épicière s'excusa auprès de ses deux clientes et remonta au logis pour voir aux derniers préparatifs du souper.

Derrière son étal, comme s'il ressentait tout d'un coup le poids de sa semaine, le boucher ventripotent s'épongea le front avec son mouchoir, s'essuya les mains sur son tablier sale maculé de rouge et s'amena à l'avant du commerce. Une dame fit grelotter la clochette, une longue liste à la main. Léandre crispa les lèvres en consultant l'horloge de ses grands yeux charbonneux.

— Nous fermons, madame Bazinet, regimba-t-il.

— Tu ne devrais pas lever le nez sur la clientèle, c'est elle qui vous fait vivre, riposta la dame en s'avançant gaillardement.

Sansoucy ajusta sa cravate en retrouvant soudainement une humeur plus joyeuse.

— Vous avez cent fois raison, madame, acquiesça-t-il, prenez le temps de faire votre *grocery*. D'ailleurs, si Marcel n'est pas revenu de livrer les «ordres», Léandre se fera un plaisir d'apporter votre commande. N'est-ce pas, Léandre?

Affichant un petit air glorieux, ses yeux brillant de gratitude, Rolande Bazinet tendit son papier au fils du propriétaire qu'elle devança à la boucherie du magasin.

— Taboire! marmonna Léandre. On va finir tard à soir, le père…

Le fils Sansoucy grommela de vagues paroles de protestation et termina son mécontentement par un juron étouffé. Puis il remisa la liste d'épicerie de madame Bazinet dans la poche de son tablier, retroussa ses manches de chemise et s'empara sans ménagement d'un sac pour y glisser le petit morceau de viande de mademoiselle Lamouche.

— Arrête de limoner, batèche, ça sert à rien de bardasser, tu vas le faire pareil, commenta l'épicier.

Une jeune fille écourtichée entra en catastrophe, laissa la porte entrouverte et se précipita à l'étalage des paquets de gommes à bulles, en prit un qu'elle déballa rapidement, engouffrant quatre bonnes mâchées.

— Dépêche-toi, ma Simone, tu vas être en retard au restaurant! proféra son père.

Simone rumina sa chique en bavardant deux minutes avec son frère et frôla l'épicier en lui donnant une bise sonore avant de faire éclater une immense bulle et de sortir en faisant claquer la porte.

Madame Robidoux se pencha vers sa compagne en empruntant un petit air mesquin. La minijupe grise à plis pressés surmontée d'un chandail d'un rouge flamboyant qui retombait mollement sur les hanches de l'adolescente de seize ans l'avait scandalisée.

— Lui avez-vous vu le rase-trou, mademoiselle Lamouche? mentionna-t-elle.

— Qu'est-ce que vous dites, madame Robidoux? réagit l'épicier, subodorant une remarque offensante à l'égard de sa fille.

— Je dis que c'est pas une heure pour commencer son épicerie, commenta la dame. Il y a du monde comme la Bazinet qui sait pas vivre.

— À part de ça, elle reste dans un troisième sur Orléans, au nord de Rouen, renchérit Léandre.

13

— Un beau jeune homme comme vous a sûrement autre chose à faire le samedi soir que d'attendre que la dernière cliente de la semaine passe la porte, ajouta madame Robidoux, en donnant un coup de coude à sa compagne.

— Justement, j'ai hâte d'en finir, répondit le commis, esquissant un sourire poli.

Madame Robidoux et mademoiselle Lamouche quittèrent le magasin. L'angélus du soir sonna. Et Marcel n'avait pas terminé les livraisons. Léandre acheva de balayer le petit coin qui lui restait. D'autres traînards pourraient surgir à l'épicerie. L'idée d'éteindre quelques ampoules lui traversa l'esprit, mais cela s'avérait inconvenant : madame Bazinet était encore à la boucherie. Papier à la main, il entreprit de remplir la commande en rêvassant aux petits plaisirs que lui et Paulette se permettaient le samedi soir.

Trois quarts d'heure plus tard, le visage rayonnant, Sansoucy accompagnait madame Bazinet à la caisse et lui apportait gentiment les quatre petits paquets de viande bien ficelés avec une corde qui rejoignaient sur le comptoir les conserves que Léandre y avait déposées.

— J'aime ben ça quand vous me faites du *baloney* tranché mince, puis du bœuf haché vraiment maigre, dit la retardataire. Pouvez-vous me faire une facture, monsieur Sansoucy ?

— Vous savez ben que oui ! répondit le commerçant, avec une amabilité pleine de charme.

Il mouilla le bout de son crayon et commença à écrire la date en détachant les syllabes à voix haute :

— Samedi 7 septembre 1935, madame Rolande Bazinet…

Sur ces entrefaites, casquette de travers et l'air exténué, Marcel ouvrit toute grande la porte vitrée pour ranger son triporteur en lieu sûr dans le magasin. Madame Bazinet sollicita du regard l'intervention de l'épicier en sa faveur.

— Espèce de gnochon! brama l'épicier. Tu vois pas qu'il y a encore une livraison?

— Vous voyez bien, le père, que Marcel est au coton! le défendit Léandre.

— C'est ben simple, t'as juste à la faire toi-même, cette livraison-là! décréta Sansoucy.

— Mon frère est pas un esclave. Je vas la faire, la livraison!

Rolande Bazinet avait suivi la scène avec délectation, heureuse d'avoir provoqué l'affrontement. Marcel sortit le triporteur du magasin et attendit son grand frère. Léandre le rejoignit avec la première boîte.

— C'est vrai que je suis à bout, j'ai une grosse journée dans le corps, se plaignit l'adolescent. Surtout d'avoir monté aux deuxièmes puis aux troisièmes étages au moins une dizaine de fois avec des boîtes pesantes et des cinquante livres de patates par-dessus.

— Tu peux rentrer à la maison, p'tit frère.

— Il faut que je fasse un crochet par le blanchisseur pour les chemises d'Édouard. Mais dis-moi, ta blonde, dans tout ça?

— Elle devra m'espérer un peu plus longtemps. T'apprendras, mon cher, que c'est pas mauvais de se laisser désirer par une femme. T'en fais pas, je vas me reprendre à soir, dit-il, plissant les lèvres d'un sourire entendu.

— Je te revaudrai ben ça, un de ces jours, conclut Marcel.

Après des remerciements à faire fondre l'épicier, la cliente engagea la conversation avec lui.

— Tu peux prendre les devants, Léandre, lui intima son père.

— Mon mari est à la maison pour recevoir la commande, précisa la femme.

Une bonne demi-heure plus tard, Léandre revenait de l'avenue d'Orléans. Il rentra avec le véhicule à trois roues dans le magasin. Madame Bazinet venait de quitter le commerce de la rue Adam en vitesse, ayant décidé de bifurquer par la ruelle pour éviter le fils Sansoucy. Crayon à la main, les copies de factures une à une embrochées sur la pique de fer, l'épicier tentait de s'absorber dans ses vérifications.

— Pas nécessaire de recompter, le père, vous savez ben que d'habitude, le vendredi puis le samedi, la mère calcule tout à la main puis vérifie avec la caisse enregistreuse. Pourquoi vous nous faites pas confiance ?

— On sait jamais, une erreur est si vite arrivée…

— C'est insultant pour la mère, ce que vous dites là. À part de ça, vous faites pas mal de finesses à Rolande Bazinet, insinua-t-il. Vous avez laissé monter la mère en sachant que votre cliente viendrait juste avant la fermeture.

— Mêle-toi de tes affaires, Léandre, c'est pas défendu de démontrer du savoir-vivre à sa clientèle !

— Dommage que ce soit pas la même chose pour vos employés ! En passant, vous trouvez pas que vous ambitionnez sur le pain bénit ? Vous faites travailler Marcel sans bon sens, tandis qu'Édouard vient à peine nous aider quelques heures par fin de semaine, puis encore. Une fois qu'il a vidé trois ou quatre boîtes et échafaudé son étalage de spéciaux, il va se cacher à l'arrière du magasin avec un livre ou *La Patrie*, puis il disparaît pour la journée. On voit ben que vous avez des préférences pour votre chouchou…

— Édouard travaille toute la semaine au cabinet du notaire Crochetière, je peux pas lui en demander trop, répliqua l'épicier. D'ailleurs, à partir d'asteure, il reviendra plus au magasin. À moins de circonstances très particulières…

— Marcel, lui ?

— Marcel a pas de talent, c'est pas pareil. Il ira jamais ben loin dans ses études.

— Puis moi là-dedans ?

— Toi, c'est une autre histoire, tu manques pas de jarnigoine, mais t'as jamais voulu étudier.

Léandre bouillonna ; une écume blanchâtre moussait aux coins de ses lèvres.

— C'est vrai que j'aimais pas les études, mais vous m'avez tellement fait sentir que vous aviez besoin de moi au magasin, rétorqua-t-il. J'avais pas vraiment le choix ! À part de ça, vous sauviez de l'argent en me donnant seulement quelques piasses par semaine. Avec Irène et ses petits salaires de crève-faim à la manufacture, Placide au collège, Simone comme serveuse au *snack-bar* qui vous paye même pas de pension, et les trois matantes à la maison qui rapportent pas grand-chose, fallait bien que je fasse ma part. Je vous avertis : un beau jour, je vas sacrer mon camp puis vous allez me regretter…

— Tes matantes apportent leur contribution, tu sauras, mon garçon, précisa le commerçant. En tout cas, ça nuit pas…

L'entretien avait assez duré. Sansoucy avait feint l'indifférence, mais la remarque l'avait atteint. Il souleva le rond du poêle de fonte, secoua sa pipe, la bourra, l'alluma et replongea dans ses factures, tandis que son fils regagna le logement au-dessus du magasin, un air de frustration lui couvrant le visage.

* * *

Les Sansoucy s'entassaient à dix dans un six et demi. Cinq des enfants résidaient à la maison paternelle et le sixième, chez les religieux. En plus d'assister son mari au magasin les vendredis et samedis, Émilienne faisait son possible pour organiser toute la maisonnée qui regroupait à présent ses trois sœurs, des trésors non réclamés qui avaient récemment élu domicile chez leur beau-frère

17

Théodore après la vente du magasin de tissus et de coupons. Le ménage avait dû sacrifier le salon double, maintenant condamné : les battants de la porte vitrée séparant les deux pièces contiguës étaient fermés en permanence. L'aînée, la courte Alida, était affublée d'une déficience des jambes, de sorte qu'elle devait se mouvoir en y allant d'horribles contorsions, ce qui l'obligeait le plus souvent à se déplacer en fauteuil roulant ou en s'appuyant sur deux cannes quand l'embrasure se faisait trop étroite. Depuis qu'elle avait quitté le petit logis du rez-de-chaussée qu'elle occupait avec ses deux sœurs derrière le commerce de la rue Adam, elle n'était pas redescendue une seule fois sur le plancher des vaches. Tout au plus prenait-elle l'air sur la galerie d'en arrière ou sur le balcon d'en avant. Très habile de ses doigts, elle passait le plus clair de son temps à démêler de la laine ou à tricoter des bas pour les missions étrangères. Malheureusement, l'exiguïté de la maison ne lui avait pas donné l'occasion de déployer les ailes de sa machine à coudre. La suivante, la grasse Alphonsine, n'avait pas cessé de travailler à son ancien magasin. Du jour au lendemain, elle était passée de propriétaire à employée, et ne voyait pas l'heure de prendre sa retraite. Quant à la dernière, la maigrelette Héloïse, elle avait quitté depuis peu la Canadian Spool Cotton. La benjamine avait un fâcheux ascendant sur ses sœurs et elle avait la désagréable manie de s'immiscer dans les affaires internes de la famille d'Émilienne, qu'elle trouvait un peu mollassonne, d'ailleurs. Pour tout dire, rien ne semblait lui échapper…

— T'as ben l'air bougon, constata la mère, en voyant apparaître son fils Léandre au logement.

— Tu sais ben qu'il doit sortir à soir, Émilienne, intervint Héloïse.

— C'est pas juste ça, la mère ! Le père puis moi, on s'est encore pognés. Cette fois-ci, c'est à cause de la bonne femme Bazinet : elle est arrivée à la fermeture, taboire ! Et pour ménager Marcel qui avait la langue à terre, j'ai fait la livraison sur Orléans. D'ailleurs, il lui fait pas mal de façon, à la Bazinet, je trouve. Vous devriez surveiller vos intérêts, la mère.

— Est-ce que ton père est à la veille de monter? demanda Émilienne, le front plissé d'inquiétude.

— S'il peut arrêter de toujours repasser en arrière de nous autres avec les vérifications de factures, peut-être.

— Théo est pas mal choquant, des fois, commenta l'épicière. Changement de propos, Irène est en train de mettre la table, Édouard écoute son opéra, puis Simone est au *snack-bar*. On va manger, ça sera pas long.

— Marcel, lui?

— Comme d'habitude le samedi soir, il est allé à la blanchisserie Lee Sing pour Édouard. Après il a ciré les chaussures de ton père puis celles d'Édouard ; faut ben que ça se fasse depuis que Simone refuse de le faire. Il va sortir de la salle de bain d'une minute à l'autre.

Le benjamin referma la porte de la salle de toilette. Léandre l'apostropha.

— J'espère que t'as pas laissé de cernes autour de la baignoire, si tu vois ce que je veux dire, lui murmura-t-il.

Le visage de Marcel se colora de gêne. Léandre consulta l'horloge de la cuisine accrochée au grand mur derrière la table et amorça un mouvement vers le couloir qui menait à sa chambre. Sa mère l'interpella :

— Éloigne-toi pas, c'est prêt dans une minute!

— Je prends mon bain, puis je m'arrête au *snack-bar* avant d'aller voir Paulette.

— Tu manges pas avec nous autres!

— Il est assez grand pour se débrouiller tout seul, Mili, lança Héloïse. Laisse-le donc faire…

Le visage d'Émilienne prit les traits de la déception. La mère s'approcha de son fils.

— Tu sais que j'aime pas ça quand tu te chicanes avec ton père ; vous allez me faire mourir, vous deux, soupira-t-elle.

Léandre embrassa tendrement le front de sa mère, dont le visage s'illumina d'un sourire.

* * *

Léandre dévala l'escalier juste à temps pour éviter de croiser son père. Une fois dehors, il s'alluma une Turret, dont il exhala longuement la fumée avec délectation.

Il avait quitté le logis de la rue Adam et il remontait à présent l'avenue Bourbonnière d'un pas soulagé, avec le sentiment de grande liberté que lui procurait chacun de ses samedis soir. Il éprouvait un plaisir indicible à déambuler le long des alignements d'immeubles étagés auxquels s'agrippaient avec élégance des escaliers entortillés. Sûr de lui, il se savait doté d'une certaine joliesse, capable de détourner le regard des passants ou des locataires qui se berçaient sur leur balcon. « Un maudit frais chié, le fils Sansoucy ! » disaient les maris qui voyaient leurs femmes se pâmer pour ce blanc-bec.

L'air était bon, et septembre, d'une douceur à faire rêver, comme si l'été, se faisant imposteur, avait décidé d'empiéter sur l'automne. Mine de rien, le fils de l'épicier prendrait un petit souper au casse-croûte et il se rendrait ensuite chez son amoureuse. Il atteignit la rue Ontario dans laquelle il s'engagea vers l'ouest et s'engouffra dans l'*Ontario's Snack-bar*, sorte de boui-boui où se rassemblaient les fainéants du samedi. D'ailleurs, souvent, c'était la seule sortie de la semaine qu'ils pouvaient s'offrir. Plusieurs d'entre eux étaient englués sur leur banquette recouverte de moleskine rouge pour palabrer, ou chauffaient leur tabouret de cuirette des soirées de temps, le coude appuyé à la longue table de similimarbre en fumant des cigarettes. Il faut dire que les serveuses fardées, aux paupières avivées de khôl et aux tenues affriolantes, excitaient l'appétit des hommes, qui ne fréquentaient pas seulement la gargote pour siroter leur Coke, leur orangeade, leur Cream soda ou leur bière d'épinette. Une seule fois, Simone s'était laissé séduire par un de ces coquins qui l'avait emmenée au cinéma et qui avait voulu se faire rembourser en promenant sa main baladeuse sur son corsage. La serveuse, insultée, l'avait plaqué avant la fin de la représentation.

Le restaurant était bondé, et l'air qui entrait par la porte grande ouverte combattait la fumée de cigarette, l'odeur du graillon, les relents de vinaigre et les effluves musqués qui se dégageaient du genre humain.

Le tiroir-caisse crépita. Un gros moustachu pivota et se leva pesamment de son petit siège capitonné, puis il tira sur son fond de culotte humide pour le décoller et céda sa place à Léandre. Simone enleva la bouteille de Coca-Cola vide et passa un rapide coup de torchon.

— Tiens, le grand frère! s'exclama-t-elle. Je suis surprise de te voir à cette heure-ci.

— J'avais pas le goût de souper à la maison. Tu sais, le père puis moi...

— Qu'est-ce que je te sers? demanda-t-elle, en sortant une serviette de papier d'une boîte nickelée.

Léandre consulta le menu du jour affiché au mur derrière la serveuse.

— Un bon sandwich aux tomates *toasté*, salade, mayonnaise, une assiette de patates frites et un Seven-Up.

Simone n'avait jamais été portée sur les études. Elle avait triplé sa cinquième année à cause d'une «pisseuse qui lui aimait pas la face et qui cherchait toujours à la prendre en défaut», prétendait-elle.

Ce n'est pas qu'elle était dépourvue d'intelligence, mais avec ses atouts physiques naturels elle avait compris qu'elle pouvait gagner sa vie autrement qu'en se retirant du monde pour faire une religieuse. Elle savait aussi qu'un jour, peut-être, elle fonderait une famille. Contrairement à Léandre, elle bénéficiait d'un préjugé favorable auprès de son père, qui la considérait comme sa «petite perle». Elle ne l'affrontait jamais et parvenait presque toujours à l'amadouer avec ses phrases mielleuses et son petit air fripon, au grand dam de sa mère, qui était persuadée que sa fille jouait à un petit jeu manipulateur et qui trouvait son mari trop tolérant à son égard. «Théo, la p'tite vlimeuse te fait marcher!» lui répétait-elle. Pourtant, Émilienne aussi avait le don de fléchir, parfois.

Mais Léandre et Simone s'entendaient bien. Ils partageaient le même goût pour la joie de vivre et la liberté. En réalité, Léandre admirait sa sœur qui, jusqu'à un certain point, avait réussi à sortir du giron familial en refusant de travailler à l'épicerie. Les heures de Simone étaient souvent longues, cependant. Elle avait tout de même le temps de fréquenter son fabricant de cercueils, qui venait souvent la chercher au restaurant en fin de soirée. David, un Irlandais qui parlait le français avec un accent, avait pour son dire qu'il y avait de «l'avenir dans la mort» et qu'il marcherait sur les pas «funestes» de son père, fondateur de l'entreprise. Simone en était follement amoureuse. C'est bien ce que craignait Léandre, qui soupçonnait le jeune couple d'avoir «fait la chose». Lui-même était allé assez loin avec sa Paulette, mais il était un homme et savait que les mâles s'en tiraient toujours mieux, advenant une grossesse non désirée…

Des pensées lubriques vagabondèrent dans l'esprit de Léandre. Les yeux fixés sur la cafetière, il achevait de ruminer son sandwich quand il fut sorti de sa rêverie par les farces épaisses que débitaient les clients à l'égard de sa sœur. Un moment, il eut le réflexe d'intervenir, mais réprima sa réaction. Ne venait-il pas lui-même d'avoir de ces idées folichonnes qui lui avaient roulé dans la tête comme dans celle de tous les hommes normalement constitués et dignes de ce nom? Ce qui ne semblait d'ailleurs pas dans la nature de son frère Placide, qui sentait le rouge lui affluer au visage à la seule vue d'une jeune personne du sexe opposé. Il but le fond de sa bouteille, descendit de son tabouret, fouilla dans le fond de son pantalon et déposa la monnaie requise avec un bon pourboire sur le comptoir en saluant Simone.

Les mains dans les poches, il sortit en sifflotant un air dans la rue Ontario. L'heure du souper étant terminée, les résidants du quartier se dégourdissaient les jambes sur le trottoir ou se berçaient sur leur balcon pour regarder les passants circuler. Des fillettes sautaient à la corde ou jouaient à la marelle. De jeunes mamans poussaient leur landau avant de s'enfermer pour la nuit avec leur poupon. Il valait mieux ne pas s'allumer une autre cigarette. Paulette souffrait déjà la boucane de son père, qui fumait comme une cheminée. La maison était déjà enfumée, et elle n'aimait pas embrasser quelqu'un dont l'haleine empestait le tabac grillé. Léandre espérait ne pas s'attarder chez les parents de sa blonde. Véritable moulin à paroles, madame Landreville avait l'habitude de placoter un peu trop, ce qui finissait par exaspérer Léandre, qui se serait contenté de brèves salutations.

Le jeune homme marcha jusqu'à l'angle de la rue Nicolet. Il se rendit presque au tournant de la rue de Rouen, où demeurait la famille de Paulette, en se demandant comment, cette fois, il se dépêtrerait de l'emprise de madame Landreville. Devant l'immeuble, en bordure de la rue, une petite foule s'était massée autour d'une voiture bleu marine au capot ouvert. Paulette l'aperçut. Elle se dégagea du groupe et accourut vers lui en se jetant à son cou.

— Devine quoi, Léandre?

— Comment veux-tu que je sache? Vous êtes plein de monde après ce char-là!

— Figure-toi donc que c'est la machine de mon oncle Albert! Et c'est pas tout: il nous a fait faire un tour et il m'a même proposé de nous déposer au parc La Fontaine si on voulait.

— Taboire! Il est en moyens, ton oncle Albert. On rit pas: une Ford modèle 29, si je me trompe pas.

— Mon oncle est mécanicien, il répare le char des autres. Le pauvre a jamais été capable de s'en payer un. Mais là…

Dans son état d'effervescence, Paulette prit la main de Léandre et l'entraîna vers la voiture. Le dos tourné, madame Landreville s'entretenait avec sa sœur, la femme de l'oncle Albert, alors que les autres se faisaient expliquer la mécanique de l'engin et que le plus jeune frère de Paulette était installé au volant en faisant semblant de conduire. Madame Landreville se retourna vivement:

— Mariette, je te présente Léandre Sansoucy, le prétendant de ma fille.

— Enchanté, madame.

— Le prétendant! Vous trouvez pas que vous y allez un peu fort? réagit l'amoureuse, sans conviction.

— Au train où vont les choses, ces deux-là vont se marier avant bien des années, assura Gilberte Landreville. Léandre est un bon parti pour ma fille, il a une bonne *job* à l'épicerie de son père. Puis il est pas laid pantoute! Qu'est-ce que t'en penses, Mariette?

— Une chose est sûre, ça va faire des beaux enfants! commenta la tante de Paulette.

Le fils Sansoucy esquissa un sourire timide et il inclina légèrement la tête.

— Bon, on y va! décréta l'oncle en refermant le capot.

— Apporte-toi une petite laine, au moins, Paulette, dit sa mère, ça sera pas chaud quand tu vas revenir.

Paulette alla vitement chercher un gilet et son sac à main, et la voiture disparut dans un léger nuage bleuté.

Le départ avait été brusque. Gilberte Landreville n'avait pas eu le temps de discuter avec le cavalier de sa fille. Ainsi, Léandre avait pu glisser entre les doigts de sa belle-famille et échapper aux nombreuses questions auxquelles le soumettait habituellement la mère de Paulette. Sitôt descendu de la voiture de l'oncle Albert, le petit couple ondula bras dessus, bras dessous dans les sentiers gravillonnés du parc La Fontaine, avant de se laisser choir sur un banc libre gravé de promesses de s'aimer toujours et de noms entourés de cœurs traversés par une flèche. Car d'autres couples aussi avaient décidé de profiter des derniers soubresauts de l'été que la nature leur offrait après avoir pagayé dans des canots loués, à présent amarrés sur la rive. Un peu partout, dispersés dans le parc, des amoureux s'enlaçaient, se bécotaient ou disparaissaient furtivement dans un bosquet touffu pour se caresser et assouvir leur concupiscence, à l'abri des regards inquisiteurs, prêts à aller plus loin qu'à de simples roucoulements d'oiseaux qui se font la cour. Mais le soir tombait et enfermait douillettement les amants dans un cocon tissé de mots doux, de déclarations, de gestes osés et de quêtes de sensations.

Paulette ôta ses souliers, descendit une pente herbeuse et marcha pieds nus en se réfugiant avec un petit ricanement derrière un buisson.

— M'aimes-tu? demanda Paulette, rejointe par son amant.

Léandre répondit affirmativement par un baiser et posa la main sur la poitrine de Paulette, qui manifesta son abandon par de petits gloussements de plaisir.

* * *

Chez les Sansoucy, on s'apprêtait à dîner après la grand-messe. L'atmosphère était lourde, comme si tout le monde avait traversé une mauvaise nuit. Dans sa chaise berçante en bois d'érable, Théodore épluchait son journal en grognant au sujet des actualités politiques. La gorge nouée, Émilienne venait de poser son bol de cretons maison sur la table, à côté du pain. Les matantes s'étaient

attablées. Irène, l'aînée, était allée prévenir son frère Édouard de
«lâcher» son livre et de s'approcher pour manger. Simone musardait dans son lit après une fin de soirée mouvementée avec son
Irlandais. Et Léandre n'était pas rentré.

Marcel arriva enfin de la boulangerie avec un pot de fèves au lard
qui avaient cuit sur la braise toute la nuit. Alphonsine se pencha
vers Héloïse.

— La petite gueuse paresse encore au lit, murmura-t-elle.

— Si c'était rien que de moi, elle se lèverait d'une seule fripe, la
petite courailleuse, ajouta Héloïse.

Édouard s'assit à sa place.

— Marcel a bien rapporté mes chemises de chez Lee Sing?
demanda-t-il à sa mère.

— Tu sais ben que oui, il y en a pas de meilleur pour faire
des commissions, répondit Émilienne, que la lourde atmosphère
écrasait.

— Léandre n'est pas là? s'enquit Édouard, en promenant un
regard circulaire autour de la table.

— Tourne pas le fer dans la plaie, intervint Irène. T'as pas
remarqué que moman est pas dans son assiette? Léandre a passé
la nuit sur la corde à linge en plus de Simone qui est pas levée,
comme d'habitude.

— Je m'excuse, maman, je n'avais pas vu que vous étiez dans cet
état, s'amenda Édouard.

— Irène, va arrêter la radio, j'ai pas envie d'écouter les nouvelles
pendant qu'on dîne, ordonna la mère.

— À moins que je mette un *record* de La Bolduc, rétorqua l'aînée.
Vous aimez ça entendre *La bastringue* ou ben *Ça va venir, découragez-
vous pas…*

La mère se moula un air impatient. Irène obtempéra. Théodore Sansoucy déposa *La Patrie* sur le rebord de la fenêtre et prit sa place de chef de famille, face à sa belle-sœur Alida, qui trônait dans son fauteuil roulant à l'autre bout de la table. Il se racla la gorge, se signa et marmonna le bénédicité d'un ton sentencieux. Émilienne se releva en grimaçant de douleur.

— Assoyez-vous, moman, je vais servir à votre place, proposa Irène.

— C'est vos varices qui vous font souffrir, maman ? s'enquit Édouard.

— Si c'était rien que ça, mon garçon…

Un silence alourdit l'ambiance déjà pesante de la salle à manger. Irène enleva le couvercle du pot de bines fumantes. Des pas montèrent dans l'escalier. La porte de la maison s'ouvrit. Léandre parut, les cheveux ébouriffés, l'air faussement penaud.

Sansoucy abaissa le poing sur la table.

— D'où c'est que tu viens, toi ? Tu parles d'une heure pour rentrer…

— D'après ce que je peux voir, j'arrive juste à temps pour le dîner, exprima Léandre.

Le visage d'Émilienne se crispa. Elle sortit un mouchoir de son corsage et s'épongea les yeux.

— C'est pas le temps de faire des farces plates, Léandre, ta mère a de la peine, observa Sansoucy.

— Pas vous, ça m'a l'air…

— Fais pas ton effronté ! intervint Héloïse.

— Toi, la belle-sœur, mêle-toi de tes affaires ! rabroua prosaï-
quement Théodore. Je vas m'arranger avec mes enfants, puis c'est
moi qui mène ici dedans !

Émilienne se leva en pleurs et se dirigea vers sa chambre. Irène
alla la rejoindre.

— Sers donc, Phonsine, avant que ça refroidisse trop, ordonna
Théodore.

Après un long moment, Émilienne revint à la salle à manger, les
bras de son aînée la conduisant à sa chaise. Pour faire diversion,
Édouard avait entamé la conversation sur un sujet politique qui
n'intéressait que lui et son père au logis.

— Regardez bien ce que je vous dis, papa, le gouvernement
Taschereau va déclencher des élections cet automne, affirma-t-il.

— Avec tout ce qui se brasse dans la province, faudrait pas être
surpris, approuva son père.

— Il me semble que Duplessis ferait un bon chef, mais c'est
loin d'être sûr qu'il forme le prochain gouvernement. D'ailleurs,
Maurice Duplessis est un avocat de carrière…

— Depuis quand les avocats et les notaires s'occupent-ils du vrai
monde ? coupa Léandre. Ça nous prendrait quelqu'un qui vient de
la masse ouvrière.

— Qu'est-ce que tu connais là-dedans ? s'insurgea Édouard.

— Je suis peut-être pas instruit comme toi, mais j'ai mes idées,
tu sauras, répliqua sèchement Léandre.

— Voulez-vous ben ? intervint la mère, avant de se dresser avec
fracas et de disparaître vers sa chambre, sous les regards atterrés.

Simone fit irruption dans la cuisine en s'étirant les bras. Elle prit
un air bourru.

— Il n'y a pas moyen de dormir tranquille, à matin ? s'offusqua-t-elle.

— Il est grandement temps que tu te lèves ! s'indigna la tante Héloïse. Tu devrais aller t'habiller tout de suite.

— Personne va obliger ma fille à aller s'habiller, la défendit Théodore, en tapant sur la table. Simone finit tard le samedi soir, elle a ben le droit de prendre ses aises le dimanche matin.

Réalisant qu'il s'était emporté pour des vétilles, le chef de famille se calma. Il enchaîna doucement :

— Bon, c'est assez ! Va t'habiller comme du monde puis viens dîner avec nous autres. Je vas aller chercher votre mère. Comme ça, on sera tous réunis pour le repas du dimanche, mentionna-t-il.

— Je vas avoir l'air d'une vraie folle, p'pa.

— Tu prendras du temps pour t'arranger après le dîner, ma perle, répondit Théodore, d'un ton conciliant.

D'un geste rageur, Simone referma les pans de sa robe de chambre et obéit. Dix minutes plus tard, sous l'insistance de son mari, Émilienne avait consenti à revenir à la table, et sa fille avait rejoint le groupe avec sa tenue sexy et son chandail froissé de la veille.

Après un dîner paisible, Édouard mit un disque d'opéra, qui poussa Léandre à sortir se promener dans la rue Sainte-Catherine, et Marcel s'enferma dans sa chambre pour étudier en se mettant les mains sur les oreilles. Théodore regagna la cuisine et s'assit dans sa berçante devant la fenêtre qui donnait sur la cour arrière. Il alluma sa pipe et s'empara de *La Patrie*, qu'il parcourut distraitement. Émilienne et ses sœurs allèrent également dans la cuisine.

— Pendant qu'on dessert et qu'on brasse la vaisselle, tu devrais t'écraser sur la galerie d'en arrière, proposa sa femme. Je vois ben que tu t'endors, mon mari. T'as le temps de faire un bon somme avant que ton frère Romuald arrive.

La mine contrariée, le maître de la maison déposa *La Patrie* sur ses genoux et secoua sa pipe dans le cendrier trônant sur le rebord de la fenêtre. Puis il lança son journal sur la table en ronchonnant son agacement. Ensuite il se leva, appuya ses grosses mains sur la chaise berçante et fonça vers la porte-moustiquaire que lui ouvrait gentiment sa femme.

— Là, tu vas avoir la paix, mon mari, conclut-elle.

Voilà dix minutes que la tête lourde de l'épicier s'assoupissait sur la galerie arrière. Les gamins devaient être allés au parc, la ruelle était calme. De temps à autre, Émilienne contemplait le visage de son époux qui semblait émerger d'un autre monde en soulevant comiquement d'un air agacé ses moustaches blanches avant de retomber dans son sommeil léger.

— Monsieur Sansoucy! s'écria une voix plaintive.

L'homme se tira brusquement de sa rêverie. Une tête chapeau-tée apparaissait par-dessus la haute palissade grise qui ceinturait la cour.

— Ah, c'est vous, monsieur l'abbé Dussault! s'exclama le commerçant. Entrez donc, dit-il, sans enthousiasme.

Le vicaire poussa le portillon, et un énorme chien au poil cotonné et à la gueule baveuse se faufila près de lui le long de la clôture. Aussitôt, une guenilleuse bien en chair vêtue d'une robe à gros motifs imprimés collée sur le corps s'avança avec cinq enfants en haillons, dont le dernier, qui était le plus grand, tirait une voiturette bordée de ridelles. Le cortège s'immobilisa au pied de l'escalier.

«Baptême!» s'étonna l'épicier pour lui-même en s'appuyant sur la balustrade.

— Montez donc! capitula-t-il.

Une fois la visite rendue sur la galerie, Émilienne entrouvrit la porte-moustiquaire et la referma vitement quand elle aperçut l'animal.

— Je vous emmène une petite famille dans le besoin, madame Sansoucy, déclara l'homme d'Église de sa voix nasillarde.

— Les beaux enfants! s'exclama la femme. Entrez, j'ai de belles surprises pour vous. Mais le chien va rester dehors, exigea-t-elle.

L'aîné consulta sa mère du regard afin d'obtenir son consentement, et il entraîna ses frères et sa sœur derrière lui. Sansoucy céda sa chaise à la femme grasse qui s'assit pesamment et alla chercher deux autres sièges pendant que la visiteuse retenait sa bête par le cou.

— Je comprends que je viens d'arriver dans le quartier, mais comment se fait-il que vous demeuriez en dehors des limites de la paroisse du Très-Saint-Rédempteur, monsieur Sansoucy? s'enquit le prêtre.

— Ma femme est originaire de votre paroisse et elle refusait que nos garçons fréquentent une autre institution que l'école Baril dirigée par les Sainte-Croix. Autrement, ils se seraient ramassés avec des instituteurs laïcs à l'école Sainte-Jeanne-d'Arc.

— Ah, je vois, nasilla le pasteur. Vous savez, monsieur Sansoucy, pour en venir au fait, tout le monde n'a pas la même chance que vous de se sortir de la misère. Madame Pouliot est seule pour élever et nourrir sa progéniture…

— Mon mari nous a abandonnés, l'écœurant, pleurnicha l'indigente. Les armoires et la glacière sont presque vides, j'en finis plus de rapiécer et de raccommoder mon vieux linge et celui des enfants, puis j'ai déjà trois mois de retard dans mon loyer. J'en ai assez de tirer le diable par la queue…

Le commerçant se tourna vers le prêtre.

— La Saint-Vincent-de-Paul, ça existe, lui dit-il.

— C'est pas suffisant, rétorqua le vicaire.

— Prendriez-vous un bon thé Salada ou une savoureuse orangeade Crush? demanda Émilienne, intervenant à travers le treillis de la porte.

Sans leur laisser le temps de répondre, elle alla à la cuisine et en rapporta un plateau.

— Tenez, dit-elle, en tendant un à un les gobelets. J'en ai servi aux enfants avec des bonbons pour leur sucrer un peu le bec. Ils font tellement pitié. Hein, Théo?

— T'aurais pu leur servir du Coca-Cola, Mili. Le carton est à six bouteilles pour vingt-sept cents.

— C'est ça que j'achète d'habitude, déclara la dame, ça coûte moins cher que le lait à dix cents la pinte…

La mère nécessiteuse but sa boisson gazeuse d'un seul trait et retrouva une humeur plus gaie.

— Peut-être que madame Pouliot…, supposa l'épicier.

— J'ai encore soif, dit-elle, avant de remettre son verre à l'hôtesse et de pousser un rot retentissant.

— Je vais vous remplir ça, madame Pouliot, ça va vous faire du bien de vous laisser gâter un peu.

Émilienne disparut et rapporta un verre débordant de boisson et une assiette de biscuits.

— Des biscuits Village! C'est ben là chez Viau que mon mari travaillait avant d'être *slaqué*. Vous auriez pas de quoi de moins déprimant à m'offrir et un petit quelque chose pour mon chien, madame Sansoucy? demanda-t-elle avec un sans-gêne déconcertant.

La femme de l'épicier sembla un peu agacée par la dernière requête de la pauvresse.

— Je vous apporte des bons biscuits au chocolat, consentit-elle. C'est pas des Whippet, mais ils viennent de la biscuiterie Charbonneau. Ils sont un peu plus engraissants, mais tellement délicieux…

— Je peux pas refuser ça, répondit la femme obèse, parce qu'avant longtemps, si ça continue, il va juste me rester la peau et les os, ricana-t-elle.

Émilienne revint avec ce qu'elle avait promis et lança avec dégoût un os de soupe à la bête qui l'implorait de ses yeux chassieux dans le coin de la galerie. L'infortunée expliqua qu'elle avait été heureuse durant ses premières années de mariage, à quel point la crise qui sévissait avait découragé son mari et que, finalement seule et jetée dans l'indigence, elle était très malheureuse de quémander de l'aide. Le messager espérait une réaction de l'épicier, qui s'adressa enfin à lui :

— Qu'est-ce que vous attendez de moi exactement ? demanda le commerçant avec une certaine exaspération.

— Écoutez, monsieur Sansoucy, commença l'abbé, parlant toujours du nez. Monsieur le curé pense que vous pouvez faire un petit effort pour soutenir une famille de miséreux de la paroisse du Très-Saint-Rédempteur.

— Est-ce que monsieur le curé Verner peut s'imaginer ce que cela représente pour un épicier qui a aussi une famille nombreuse et dont la seule fortune visible est une bâtisse à trois étages à payer avec un locataire au troisième à qui il loue bon marché parce qu'il a une trâlée d'enfants ?

— Vous lui demanderez vous-même, rétorqua civilement l'abbé Dussault. Pour le moment, je compte sur vous pour soulager les Pouliot.

La fillette aux cheveux dorés surgit en enfonçant le nez et les mains dans la moustiquaire, la frimousse barbouillée et les doigts salis.

— Regardez, m'man, ce que nous a donné madame Sansoucy : des biscuits au chocolat.

— Vous êtes ben chanceux. Avez-vous dit un gros merci à la madame, au moins ?

Sansoucy se leva, repéra la voiturette en bas dans la cour et se retourna vers le prêtre.

— Bon, j'ai compris, monsieur l'abbé. Émilienne, s'écria-t-il, apporte-moi donc la clé de l'épicerie.

Sa femme lui tendit la clé qu'elle décrocha du clou à côté de la porte, et il descendit dans la cour, sous l'œil satisfait de madame Pouliot. Une demi-heure plus tard, il remontait sur la galerie.

— Je vous ai mis quelques bonnes tranches de jambon, un cinquante livres de patates, deux pains, quelques boîtes de conserve et une grosse bouteille de liqueur, débita-t-il.

— Est-ce que c'est de la bière d'épinette Christin ?

Le commerçant parut agacé. La quémandeuse s'en aperçut.

— Merci, monsieur Sansoucy, exprima la dame avec gratitude.

Puis madame Pouliot accola à son tour le nez dans la moustiquaire.

— Les enfants, faut partir maintenant, décida-t-elle. Dites un beau bonjour à la madame.

Dans la cuisine, débarbouillette en main, Émilienne et ses sœurs s'empressaient de laver les petits visages reconnaissants – qui souriaient de leurs dents gâtées – et les doigts de la marmaille qui se rassembla bientôt dans la cour avec le chien, pendant que le porte-parole du curé s'entretenait avec le généreux épicier sur la galerie.

— Batèche, monsieur l'abbé! Une fois en passant, ça peut aller, mais faudrait pas ambitionner sur le pain bénit.

Le patois de l'épicier fit sourciller le prêtre.

— Comme je vous l'ai dit, affirma-t-il, si vous avez des représentations à faire…

L'abbé Lionel Dussault rejoignit la famille Pouliot. Émilienne alla sur la galerie.

— C'est un ben beau geste que tu viens de faire là, Théodore, déclara-t-elle.

Sur ces entrefaites, Léandre sortit en coup de vent, dévala l'escalier et s'arrêta au bas des marches, l'air défiant.

— La mère de Paulette m'a invité à souper, lança-t-il.

— Reviens pas trop tard, tu travailles demain matin, le prévint sa mère.

— Torrieu, la mère, je le sais ben !

Sansoucy serra les dents et entra pour accrocher la clé de l'épicerie au cadrage de porte.

Chapitre 2

Fidèle à ses habitudes, Théodore Sansoucy descendit à son commerce au moins une demi-heure à l'avance. La veille, son frère Romuald était venu avec sa femme pour prendre le repas du dimanche soir et disputer quelques parties de cartes. Ce qui lui avait enlevé l'arrière-goût un peu saumâtre de l'arrivée à l'improviste de la nécessiteuse avec sa ribambelle de morveux et le vicaire Dussault. Il n'avait pas dit son dernier mot au représentant du curé Verner, et il entendait bien lui communiquer sa façon de penser dès le début de la semaine. Avec le temps, il avait appris que l'accumulation de ses tiraillements intérieurs lui causait des problèmes digestifs. Il avait passé le seuil de sa maison sans voir Léandre au déjeuner. Il consulta sa montre de poche : l'heure de l'ouverture était imminente et une irritation croissante s'emparait de lui. L'ouvrage ne pouvait attendre. Pour faire diminuer la pression, il prit une bonne inspiration et entreprit de faire le tour des tablettes et de noter ce qu'il devait commander aux fournisseurs. Il achevait le travail quand la clochette tinta joyeusement.

— Tu le fais exprès pour me mettre à bout, Léandre ! aboya Sansoucy, excédé.

— Pognez pas les nerfs, le père, je sais que je suis légèrement en retard, mais je vais la faire pareil, la *job* !

— T'as le don de faire monter ma *steam*, mon garçon. Des employés comme toi, ça se…

— Faites attention à ce que vous allez me dire, parce que vous allez vous retrouver le bec à l'eau, tout seul pour *runner* votre maudite *business*. C'est pas la première fois que je vous le dis…

Sansoucy changea de physionomie.

— Va donc voir dans la glacière s'il reste assez de glace pour conserver la viande, dit-il, soudainement radouci.

— Vous êtes pas allé hier après-midi quand la mère Pouliot est venue vous quêter du manger ? Vous auriez dû vous en apercevoir. Mais je vais y aller quand même, pour vous faire plaisir.

Le fils obtempéra et revint près de son père.

— On en a encore pour deux jours, deux jours et demi sans risquer de gaspillage, rapporta-t-il. Normalement, le livreur devrait passer aujourd'hui, et si c'est pas le cas, va falloir commander sans faute demain chez Brunelle. Asteure, je vas me charger des spéciaux de la semaine.

Léandre s'installa au comptoir avec papier et crayon.

— Le Kik de 30 onces est ben à 6 cents, le père ?

— Oui, oui ! s'impatienta le commerçant. Le grand format à 6 cents puis le petit de 7 onces à 3 cents. Trompe-toi pas.

La journée se déroula sans anicroche entre le père et le fils, chacun évitant l'autre, occupé à ses tâches, à répondre aux besoins de la clientèle ou à recevoir des fournisseurs. Comme les autres lundis, on ne s'était pas précipité au téléphone pour prendre les commandes, et, à son retour de l'école, Marcel suffirait à livrer les «ordres» à une heure raisonnable, afin d'accommoder les mères de famille pour le souper.

À la fin de l'après-midi, Sansoucy était décidé à se rendre au presbytère. Il avait remâché ses arguments pour affronter le curé Josaphat Verner, nouvellement arrivé en même temps que son vicaire Dussault, qui avait déjà acquis la réputation de ne pas céder facilement. Il marcha d'un pas résolu dans la rue Adam, vers l'ouest, traversa l'avenue Bourbonnière en saluant une cliente qui sortait de la pharmacie Désilets. Après l'avenue Valois, il se prit à sourire à l'église irlandaise Saint-Aloysius dont certains fidèles fréquentaient aussi son établissement. Comme il aurait aimé drainer toute cette colonie d'immigrés vers son épicerie-boucherie! Il y avait justement un de ces fils de «rapportés» qui s'était infiltré dans sa famille, et qui voyait assidûment sa Simone préférée, et dont il aurait bien voulu qu'elle se débarrasse pour s'amouracher d'un petit Canadien français pure laine. Selon lui, les Irlandais étaient «de maudites têtes de cochon, des bagarreurs-nés et des buveurs invétérés». Une vieille Dodge klaxonna alors qu'il allait poser le pied dans la rue Nicolet. Il s'arrêta net, regarda des deux côtés et repartit.

Parvenu à la hauteur de l'école Baril, il se rappela qu'à cette heure son gnochon de Marcel devait se triturer les méninges pour absorber la matière aride du frère Romulus, les notions algébriques que lui-même étant plus jeune avait pourtant eu de la difficulté à assimiler. Il croisa la rue Joliette et passa bientôt devant la majestueuse église en pierres grises flanquée de clochers massifs géminés verts surmontés d'une croix. Il s'immobilisa devant le trottoir du presbytère, prit une bonne respiration et s'engagea vers la résidence des prêtres.

— Monsieur Sansoucy! l'interpella l'abbé Dussault, manifestement indisposé par la venue de l'épicier.

L'abbé déposa son bréviaire sur sa berceuse et alla vers le visiteur en lui tendant la main.

— Monsieur le curé est là?

— Il est occupé avec un artiste pour la décoration de l'église et ne veut pas être dérangé sous aucun prétexte.

— Faites-moi pas niaiser, l'abbé, mon temps est précieux, s'emporta le commerçant. Vous me ferez pas accroire que le curé Verner peut pas laisser son artiste et m'accorder une minute.

— Bon, bon, énervez-vous pas, monsieur Sansoucy, je vais le prévenir que quelqu'un d'important a affaire à lui, dit-il d'une voix traînante.

L'abbé glissa nerveusement son doigt derrière son collet romain et disparut. Il revint au bout de quelques minutes.

— Monsieur le curé consent à vous recevoir, mais pas longtemps, transmit-il.

Sansoucy gravit avec empressement les marches pour accéder à la longue galerie et pénétra dans les pièces réservées aux prêtres avant d'être entraîné dans un corridor aux boiseries de chêne sombre qui menait à l'église. Le curé et un homme à la chevelure moutonnée vêtu d'un sarrau déboutonné devisaient entre eux en regardant un immense plan déroulé sur l'autel. L'abbé Lionel Dussault se retira au presbytère. Pour plus d'intimité, le prêtre se déporta vers la crédence avec l'épicier.

— Alors, Sansoucy, on lève le nez sur le petit monde, observa-t-il à voix basse.

— Ce n'est pas ça du tout, monsieur le curé, se défendit l'autre.

— Je suis monseigneur Verner, corrigea le prêtre.

— Monseigneur, enchaîna l'épicier, j'ai pas envie de voir apparaître tous les misérables de la paroisse à mon domicile pendant le jour du Seigneur et dévaliser mon épicerie.

— On ne vous en demande pas tant, Sansoucy.

— Au lieu de dépenser une fortune pour la parure de l'église avec des bariolages de toutes sortes et vos projets de vitraux, vous devriez prendre cet argent-là pour aider les plus démunis, s'indigna-t-il en haussant le ton.

L'artiste fixa ses grands yeux foncés vers l'épicier.

— Monsieur Nincheri n'est pas un artiste ordinaire, Sansoucy, argua le curé. Il se spécialise dans les bâtiments religieux et nous l'avons engagé pour la décoration.

— La décoration! C'est assez décoré de même, vous trouvez pas?

— Dormiez-vous quand j'ai annoncé en chaire une collecte de fonds pour l'ornementation de notre lieu saint? C'est pour ça, la deuxième quête de chaque dimanche…

— Batèche!

— Vous sacrez?

— J'ai seulement dit «batèche», c'est pas sacrer, ça, cibole!

— Tiens, encore un autre gros mot! Je n'ai pas le temps de vous faire passer au confessionnal, mais vous devrez vous en accuser, Sansoucy.

Voyant qu'il ne viendrait pas à bout de l'ecclésiastique, le paroissien tourna les talons et amorça un mouvement vers la grande allée.

— Psst! l'apostropha le prêtre.

Théodore Sansoucy se retourna. Le curé pointa le crucifix du menton. Le pénitent s'agenouilla prestement en se signant et fonça vers la porte de sortie.

* * *

Un énorme plat de saucisses baignant dans une sauce aux tomates et une chaudronnée de patates bouillies occupaient le centre de la table. Il ne manquait que Simone, qui souperait au casse-croûte après la période d'affluence. Sansoucy ressassait son entretien avec le curé Verner en espérant que le sujet ne surgisse pas à table. Mais Léandre avait vu revenir son père en rogne à l'épicerie et se doutait qu'il n'avait pas eu gain de cause. L'occasion de parler du tête-à-tête était trop belle.

— Et puis, le père? Votre démarche au presbytère, rapport à la mère Pouliot, vous m'en avez pas parlé…

— Tu sauras, mon garçon, que je me suis pas déplacé pour rien, mentit l'épicier. Je suis quand même pas mal respecté dans la paroisse. Madame Pouliot et tous ceux de sa race vont être obligés de se contenter de la Saint-Vincent-de-Paul, déclara-t-il péremptoirement.

— Vous devriez pas dénigrer le petit monde, le père. C'est lui qui nous fait vivre, comme le dirait madame Bazinet…

Sansoucy toussota pour cacher son embarras.

— Je suis d'accord avec Léandre, mon mari, intervint Émilienne. Un peu de charité n'a jamais appauvri personne…

— Si tu fais allusion à la décoration de l'église, je suis pas certain que ce soit une bonne affaire, rétorqua Sansoucy. C'est ça qui ruine le monde ordinaire…

— La décoration, ça favorise le recueillement des fidèles, c'est l'idée du curé, expliqua Héloïse.

Le maître de la maison leva un long regard désapprobateur vers sa belle-sœur qu'Alida et Alphonsine semblaient appuyer en opinant discrètement du bonnet.

— Guido Nincheri va faire du bon travail, commenta Édouard. Justement, c'est lui qui décore le château des Dufresne au coin de Pie-IX et Sherbrooke. Saviez-vous qu'il a son atelier sur Pie-IX, pas loin de chez l'un de mes camarades de collège ?

— Bon, regarde le *smatte* qui parle encore avec ses beaux grands mots qui veulent rien dire, lança Léandre.

— Commence pas à l'étriver, tu vas sortir de table si ça continue, riposta Émilienne.

— Les gars, arrêtez tout de suite, recommanda Irène, parce que moman va se retirer dans sa chambre comme hier !

Le commerçant trempa un morceau de pain dans la sauce de son assiette, se racla la gorge et emprunta un ton autoritaire :

— Le mois de septembre avance, rappela-t-il. C'est déjà frais ici dedans. On est pas obligés d'attendre la fin de semaine de l'Action de grâce pour enlever les jalousies. J'ai pas le goût qu'on se fasse prendre les culottes à terre avec l'automne qui vient. Je vais faire remplir le réservoir d'huile, mais pour pas qu'on chauffe le dehors, va falloir boucher nos ouvertures comme du monde. La corvée des châssis doubles vous attend, Léandre et Marcel, dit-il, avant d'engloutir son pain imbibé de sauce aux tomates.

— Si ça pouvait être remis à la semaine prochaine, je serais pas contre, p'pa : j'ai un gros examen d'algèbre vendredi, rétorqua l'étudiant.

— Si t'étais moins sans-dessein aussi, tu les apprendrais plus vite, tes maudites mathématiques, commenta Sansoucy.

— Vous êtes encore sur son dos, le père, s'insurgea Léandre. C'est toujours la même histoire. Pourquoi vous demandez pas à votre notaire ?

Un lourd silence pesa sur la famille. Marcel s'était renfrogné. Consternées par la dernière remarque, les tantes avaient les yeux écarquillés et demeuraient bouche bée. Léandre s'aperçut que sa réplique cinglante avait eu un effet oppressant sur sa mère, qui restait écrasée sur sa chaise.

— Ça sent ben le chauffé tout d'un coup ! dit Alphonsine en reniflant l'air de ses grosses narines gourmandes.

— Bonyenne, Phonsine ! Notre gâteau aux épices, s'exclama Émilienne.

Plus alerte que sa tante Alphonsine, Irène se précipita au four avec ses mitaines posées sur le coin de la table, juste à temps pour éviter la catastrophe.

Après le dessert, les garçons disparurent. Édouard et Marcel avaient regagné leur chambre, et Léandre avait décidé de relâcher un peu de pression en se rendant sur l'avenue d'Orléans pour s'y balader. Les femmes débarrassèrent la table en sirotant leur thé, sauf Alida qui avait fait rouler son fauteuil près de l'évier, prête à essuyer les pièces qu'on lui fournirait. Irène alla secouer la nappe sur la galerie et rentra en frissonnant avant de s'installer au lavage de la vaisselle pendant que les quatre sœurs attendaient, un linge à la main. À la fenêtre, Sansoucy avait bourré sa bouffarde et regardait tomber le jour, en pensant aux prises de bec qui éclataient de plus en plus fréquemment avec son fils et à la présence envahissante de ses belles-sœurs.

Dans la chambre minuscule qu'il partageait avec Léandre, le front plissé au-dessus de son manuel des Frères des écoles chrétiennes, Marcel se broyait le cerveau à essayer de résoudre les problèmes d'algèbre à une inconnue que le frère Romulus avait suggérés pour mieux se préparer à l'examen de vendredi. D'ailleurs, l'étudiant ne voyait pas comment il affronterait, l'année suivante, les rebutants systèmes d'équations à deux inconnues que le frère avait laissé pendre au-dessus de sa tête comme une épée de Damoclès. Un coup de sonnette fêlée retentit dans l'appartement.

— C'est encore cet énergumène d'Irlandais, commenta Sansoucy. Édouard doit écouter sa musique dans sa chambre, Marcel va sûrement répondre.

— David doit ben savoir qu'à cette heure Simone est pas revenue de travailler, précisa Émilienne.

Le son du timbre se fit de nouveau entendre avec insistance, cette fois.

«Pas de danger qu'Édouard se dérange, maudite marde!» pensa Marcel. Il se rendit à la porte, le crayon sur l'oreille.

— Simone est pas là! déclara-t-il sèchement.

— Quand est-ce que tu vas lâcher tes maudits livres d'école ? lança l'Irlandais, avec son léger accent anglais. Avec les notes que t'as, tu serais pas mieux de te trouver une *job* pour aider tes parents plutôt que de perdre ton temps à piocher de même ?

Enivré de colère, Marcel décocha un solide coup de poing au plexus du visiteur, qui s'inclina légèrement en poussant un petit cri de douleur. Insulté, l'Irlandais s'élança et asséna un coup au visage de son assaillant, qui tomba à la renverse sur le chemin de tapis du vestibule en accrochant une potiche au passage, qui, elle, moins chanceuse, éclata en mille morceaux sur le parquet.

— Toi, mon enfant de chienne, tu vas me le payer cher ! s'écria Marcel en se relevant.

Trop tard, l'Irlandais était sorti sur le balcon et dévalait l'escalier en tire-bouchon.

— Théo ! s'exclama Émilienne, va donc voir ce qui se passe en avant.

L'air perplexe, Sansoucy déposa sa pipe dans le cendrier et consentit à se lever de sa berceuse. La main sur son nez sanguinolent, l'étudiant se dirigeait vers la salle de toilette. Son père surgit dans l'entrée et remarqua les débris qui jonchaient le parquet.

— Bon, je devine que tu t'es fait tabasser par l'Irlandais. Ta mère va être contente de voir son vase mis en pièces…

— Si je l'attrape, lui, il va en manger toute une, répondit Marcel.

— T'as même pas été capable de te défendre, cibole, tu parles d'une femmelette.

— Oui, mais, p'pa, je l'ai pas vu venir, se justifia l'adolescent. Il m'a sacré un bon coup sur le nez, je me suis étampé sur le plancher, puis ce que j'ai su, c'est qu'il était déjà reparti, l'enfant de nanane.

— Bon, bon, ça t'apprendra qu'il faut te méfier des Irlandais. Des maudits batailleurs, ces gars-là. C'est pas pour rien que j'aimerais que Simone se trouve quelqu'un de plus convenable. Asteure, tu devrais t'éponger le nez, ramasser le dégât, puis retourner étudier.

Intriguée, Émilienne se rendit à la salle de bain, un linge de vaisselle à la main.

— Marcel ! Coudonc, t'es en train de beurrer ma débarbouillette.

— J'ai pas fait exprès, m'man. C'est le *chum* de Simone qui m'a écœuré, puis j'ai voulu lui montrer que j'étais pas pour me laisser faire.

La mère mit son linge sur son épaule.

— Donne-moi ça, que je t'aide, ordonna-t-elle, puis envoye ta tête par en arrière. Tornon ! Ç'a pas de saint bon sens ! siffla-t-elle. Théo, va falloir qu'on parle à Simone. Elle ne peut pas continuer à fréquenter un garçon de même. Un fils d'immigré, en plus.

— Ouais, fit Sansoucy, en se grattant la tête. Puis c'est pas tout : va donc voir ton vase à fleurs dans le corridor.

Émilienne délaissa son fils et se rendit sur le lieu où avait éclaté l'échauffourée.

— Mon Dieu Seigneur ! s'écria-t-elle en se mettant la main au visage. Mon cadeau de noces…

Simone surgit dans l'appartement, l'air fâché.

— Pouvez-vous ben me dire, une fois pour toutes, qu'est-ce que David vous a fait, m'man ? explosa-t-elle d'une voix criarde. Il vient de me rapporter ce qui s'est passé ici dedans. On dirait que vous l'aimez pas personne…

— J'ai jamais dit que je l'aimais pas, ton Irlandais, Simone.

— Non, mais ça paraît en maudit que vous l'aimez pas, par exemple, rétorqua vivement la serveuse.

Indiscrète, Héloïse s'amena à pas feutrés avec le balai et le porte-poussière.

— Ah non, Mili! s'époumona-t-elle. Le beau vase de Chine que je t'ai donné à ton mariage.

— Ben oui, Loïse, réagit Émilienne. À part de ça, il est bien trop magané pour recoller les morceaux.

La benjamine des trois pensionnaires commença à balayer le parquet. Émilienne avait l'air découragé.

— On dirait que la bataille entre Marcel et David vous a rien fait pantoute, tonna Simone. C'est le boutte! dit-elle avec exaspération, avant de déguerpir vers sa chambre.

Alphonsine, poussant Alida dans son fauteuil roulant, se pressa vers l'entrée. Tout penaud, Marcel apparut dans le corridor. Édouard avait entrouvert sa porte et surveillait d'un œil consterné ce qui se déroulait. Théodore Sansoucy surgit dans le couloir derrière sa «perle» enragée, qui transportait une petite valise brune cartonnée.

— Tu vas pas t'en aller de même, ma chouette! Attends qu'on s'explique, supplia l'épicier.

— Vous m'en avez assez fait endurer dans cette maison-là, dénonça Simone, l'œil furibond. Ça se passera pas comme ça, maudite marde!

— Où c'est que tu vas, emmanchée de même, Simone? s'inquiéta sa mère. Tu es quand même pas pour sacrer ton camp!

— Je m'en vas rester chez les parents de David, riposta l'adolescente, la lèvre haute. Monsieur et madame O'Hagan sont fins, eux autres. D'ailleurs, David m'attend sur le balcon, précisa-t-elle avant de sortir en catastrophe.

Sansoucy tira vers lui la porte et alla s'appuyer à la rambarde de la galerie.

— Simone! Reviens, ma Simone! implora le père. Tout va s'arranger…

Le mal était fait. David et sa fille adorée s'éloignaient sur le trottoir, sous le regard interloqué des voisins et des passants. Théodore comprit qu'il ne pouvait plus rien pour retenir sa fille. Il rentra.

Les belles-sœurs entouraient la femme effondrée de douleur, secouée par des sanglots convulsifs qui montaient de sa poitrine.

— Fais quelque chose, Théodore, proposa Héloïse sur un ton de supplication.

La gorge étranglée, Sansoucy dévisagea sa belle-sœur et reporta les yeux sur Émilienne.

— C'est ma faute, p'pa, j'aurais jamais dû fesser sur l'Irlandais, s'amenda Marcel.

— Toi, le morpion, disparais de ma face! proféra son père.

L'homme s'absorba un moment, comme s'il avait à prendre la décision la plus courageuse de sa vie. Et pour ne pas scandaliser les oreilles chastes qui attendaient ce qu'il s'apprêtait à formuler, il marmotta pour lui-même un chapelet de sacres et, malgré les yeux inquisiteurs qui étaient encore fixés sur sa porte, sans mot dire, il quitta prestement le logis de la rue Adam.

L'épicier fonça tout droit vers l'avenue Jeanne-d'Arc, en nourrissant sa hargne à l'endroit des Irlandais qui ne lui chiperaient pas sa fille. C'est tenaillé par un ulcère qui lui brûlait l'estomac qu'il fit résonner la sonnette de cuivre des O'Hagan.

Une lueur jaunâtre éclaira bientôt la porte vitrée. Un costaud à la figure hostile apparut.

— J'aimerais parler à ma fille, exprima l'épicier.

— Votre fille ? baragouina l'homme, avec un air égaré.

— Ben oui, baptême, celle qui fréquente votre fils David ! s'emporta Sansoucy.

— Pas dans la maison, répondit O'Hagan.

Peut-être les amoureux s'étaient-ils réfugiés dans la boutique de l'artisan ? Fermement résolu à ne pas s'en laisser imposer, l'épicier longea la façade de l'immeuble et s'engouffra par la porte cochère, qui menait au fond de la cour baignée dans la pénombre. Un moment, il pensa à voir surgir un grand chien aux yeux méchants s'élancer vers lui en aboyant au bout de sa chaîne, mais il n'en fut rien. Il avança prudemment. Une odeur de crottin de cheval l'assaillit. Le hennissement nerveux d'un cheval le fit sursauter et tourner les yeux vers la fabrique de cercueils qui jouxtait l'écurie. Il s'en approcha effrontément et sonda l'une des portes sur lesquelles dansaient des rayons de lune. Une chatte grise pourchassée par un matou cotonneux se faufila furtivement entre les empilages de planches dans l'appentis adossé à l'atelier. Sansoucy secoua de nouveau la porte, promena un regard circulaire dans la cour et sur le mur arrière de la maison. «Je ne suis toujours ben pas pour passer la nuit dehors, baptême!» se dit-il. Il entreprit de regagner son domicile.

Léandre était rentré, et sa tante Héloïse l'avait intercepté pour le mettre au parfum des événements avant le retour de son père. Il en discutait avec Marcel dans leur chambre verrouillée à double tour. L'étudiant était à son bureau de travail et devisait avec son grand frère assis sur le bord du lit à deux étages.

— Qu'est-ce que tu veux que je te dise, Léandre? Ç'a été plus fort que moi, se défendit l'adolescent. Puis j'ai pas vargé dessus tant que ça, ajouta-t-il.

— Tu t'es mis dans de beaux draps avec cette histoire-là, commenta Léandre. D'une certaine manière, on est tous les deux dans le même sac. Déjà que le père et toi, vous avez un peu de misère à vous entendre…

— Et maman qui est au désespoir. Je sais pas ce qu'il faut faire maintenant.

— Je pense qu'il faut laisser retomber la poussière plutôt que de s'énerver comme le père.

Quelqu'un pénétra dans l'appartement en se raclant la gorge.

— Ah, il rentre, justement! annonça Léandre. Pour moi, le vieux est revenu bredouille…

Chapitre 3

Au déjeuner, il régnait une ambiance de salon funéraire au 3948 de la rue Adam. Chacun disséquait des pensées sur la disparue et personne n'osait prononcer son nom. Bourrelé de remords, Marcel n'avait pas fermé l'œil de la nuit et ne pouvait plus soutenir le regard accusateur de la tablée. Après une rôtie beurrée de marmelade d'oranges avalée tout rond, il avait ignoré la recommandation d'Héloïse de se brosser les dents et avait agrippé son sac, afin de se rendre à l'école avant l'ouverture. Tant pis, il lanternerait dans la cour de récréation ! Léandre se désolait pour son frère, mais il se réjouissait secrètement de l'audace de sa petite sœur. Irène couvait sa mère d'un œil compatissant. Édouard semblait le moins affecté de tous : il dégustait tranquillement son café avant de regagner l'étude du notaire Crochetière et revoir sa fille. Habité par son échec de la veille, Théodore cherchait une manière de rapatrier sa perle au bercail et Émilienne noyait son chagrin dans le café qu'elle ne finissait plus de réchauffer.

— T'as rien pris de solide, Mili, observa Héloïse.

— En plus, tu vas être sur le gros nerf toute la journée, précisa Alphonsine.

— Tu devrais penser à ta santé, ajouta avec commisération l'impotente Alida.

Déterminé à régler la question le jour même, Sansoucy déclara à la cantonade :

— Si le bonhomme O'Hagan veut pas nous voir la face, va falloir prendre les grands moyens.

— C'est maintenant ou jamais qu'il faut la casser, la petite, sermonna Édouard.

Les trois tantes hochèrent la tête en signe d'assentiment.

Puis l'épicier, se tournant vers son employé :

— Aujourd'hui même, Léandre va aller au *Ontario's Snack-bar* pour parler à sa sœur.

— Y avez-vous pensé, le père ? Qu'est-ce que je vais raconter à Simone pour la convaincre ? Elle est bien avec son Irlandais et elle a choisi de vivre avec lui. Ça serait plutôt à vous de prendre vos responsabilités de père et d'aller au *snack-bar*. Dites-le donc que vous avez peur de faire un idiot de votre personne. Toute la rue vous a vu sortir sur le balcon hier soir…

— Justement ! rétorqua l'épicier, décontenancé par la répartie de son fils.

— Envoye donc, Léandre, larmoya Irène, tu vois bien que moman a de la peine. Tu as toujours été proche de ta petite sœur. Moi j'irais bien, mais elle ne m'écouterait pas, c'est bien simple. C'est à toi que popa le demande, il a confiance en toi…

— Parlons-en, de la confiance ! répliqua Léandre. Mais par amour pour la mère, dit-il, radouci, je vais aller la voir avant son *rush* du souper. Mais je promets rien.

À la fin de l'après-midi, Théodore Sansoucy regarda partir son garçon avec une reconnaissance dissimulée, son cœur de père palpitant d'espoir pour le retour de sa fille.

Léandre entra au *Ontario's Snack-bar* alors que Simone tenait une poignée d'ustensiles qu'elle disposait près des assiettes sur les tables en fredonnant *Fascination*, une chanson anglaise à la mode.

— Je savais ben que tu retontirais à mon travail, lança la serveuse en voyant son frère.

— Reviens donc à la maison, tout va s'arranger, exprima Léandre.

— Pas question! David et moi, on va rester chez ses parents, le temps de se trouver un petit appartement pas cher dans le quartier.

— La mère va s'ennuyer en maudit, Simone.

Le patron jeta un regard réprobateur vers son employée.

— Essaye pas de m'avoir par les sentiments, Léandre, murmura Simone, l'air embarrassé. Ma décision est prise : j'ai plus vraiment besoin de vous autres, je suis capable de faire ma vie maintenant.

— Bon, s'offusqua Léandre, puisque c'est comme ça, je te souhaite bonne chance, ma petite sœur, dit-il, avant d'amorcer un mouvement vers la porte.

— Eille! Va-t'en pas.

Le messager se retourna.

— Tu sais que j'ai aucun reproche à te faire, tu fais ce que p'pa t'a demandé. J'en ai même pas contre Marcel, si tu veux savoir. Au fond, ça faisait un certain temps que David et moi, on parlait de vivre ensemble, puis c'est ça qui a tout déclenché.

— C'est ton dernier mot?

— Oui, répondit la serveuse, la voix empreinte d'émotion.

Léandre revint chez lui, partagé entre son admiration pour Simone et la désillusion de la voir s'accrocher à David O'Hagan.

Émilienne et Alphonsine avaient préparé sans entrain des galettes de bœuf haché et des pommes de terre rissolées, qui réchauffaient à présent sur le poêle. Tous les membres de la maisonnée s'étaient distribués autour de la table et attendaient dans un silence inquiet, les bras croisés, se tournant les pouces ou se grattant machinalement le cuir chevelu. La porte s'ouvrit lentement.

— C'est lui! s'écria Marcel.

— Qui veux-tu que ce soit, imbécile! cracha Édouard.

Les yeux se tournèrent vers Léandre, qui s'avança vers la table.

— Ça marche pas! déduisit l'épicier, l'air déconfit.

— Je le savais, soupira sa femme, avec une résignation fataliste.

Irène se pencha vers sa mère et, lui prenant la main pour la consoler, lui dit :

— Faites-vous-en pas trop, moman. Simone va vous revenir tôt ou tard.

— Je le sais pas si elle va revenir, mais pour le moment je pense qu'il y a pas grand-chose pour la faire changer d'idée, déclara Léandre.

— Elle est butée, votre fille, lança Héloïse. C'est difficile de corriger une enfant qui a toujours fait ses quatre volontés, réprimanda-t-elle, jetant un regard accusateur à son beau-frère.

Plus que de piquer au vif le maître de la maison, la remarque avait eu sur lui l'effet d'un véritable assommoir. Théodore désigna muettement la place inoccupée à son fils et entama le bénédicité.

* * *

La veille, à son commerce, l'épicier n'avait prêté aucune attention aux allusions à sa sortie subite sur le balcon et il s'était efforcé de ne rien laisser paraître de sa déconvenue auprès du fabricant de cercueils. Mais aujourd'hui, sa mine attristée avait pris le pas sur sa comédie. Par ailleurs, le départ précipité de l'adolescente ne pouvait demeurer dans l'ombre plus longtemps. La nouvelle démangeait certaines clientes chez qui la compassion n'était pas la plus haute vertu. C'était au moins la troisième fois de la journée qu'une résidante du voisinage revenait sur le sujet. Sansoucy était à trier les pommes meurtries d'un tonneau à moitié vide. Le nom de sa fille avait fusé du petit groupe de dames qui s'attardaient dans un coin. Il se retourna.

54

— Je peux vous être utile, mesdames? s'enquit-il, feignant l'innocence.

Madame Robidoux s'adressa au commerçant :

— Ça doit pas être ben drôle de voir sa fille claquer la porte de l'appartement, dit-elle. Votre femme doit être dans tous ses états. Pauvre Émilienne! Mais consolez-vous, vous êtes pas les premiers à qui ça arrive, monsieur Sansoucy.

— C'était pas vraiment une dispute, mentit-il. Je connais ma Simone. Elle est partie sur un coup de tête; une simple toquade. Après deux ou trois jours, elle va s'ennuyer de sa mère. Non, non, détrompez-vous! Elle est encore bien jeune pour voler de ses propres ailes…

— C'est ben ça qui est scandaleux! s'indigna une autre dame. Vous devriez pas la laisser faire. Si j'étais à votre place…

Et l'épicier, la prenant au mot :

— Qu'est-ce que vous feriez si vous étiez à ma place, madame Thiboutot?

— Je sais pas, mais mon mari prétend que vous devriez mettre vos culottes. En tout cas, j'en parlerais au curé.

— Qu'est-ce que monseigneur Verner vient faire là-dedans? s'offusqua le commerçant.

— Ça va finir par une messe basse, cette histoire-là.

Le téléphone résonna. Plutôt que de laisser répondre Léandre, l'épicier s'excusa auprès des dames et s'accouda au comptoir pour noter la commande.

Théodore Sansoucy se sentait devenir la risée du quartier et il ne voyait pas comment empêcher les propos malsonnants de ses clients dans son commerce. En treize ans d'affaires, jamais il n'avait eu à affronter des commentaires aussi déplaisants à son égard. Même les frasques les plus saugrenues de Léandre à l'école et les amourettes de la délurée Simone avec des chenapans dans les recoins sombres des ruelles n'avaient pas eu autant de retentissement à son épicerie. Indéniablement, ces deux-là lui donnaient maintenant du fil à retordre et commençaient à ébranler sérieusement son autorité !

Après le souper, il ressentit le besoin de se retirer avec sa pipe dans le minuscule boudoir, le seul havre de paix qui lui restait ce jour-là. Édouard ayant été invité à souper chez maître Crochetière, aucune musique classique ne viendrait perturber sa solitude. Les quatre sœurs Grandbois jouaient aux cartes dans la cuisine, Irène ne menait jamais de train, Léandre était allé au théâtre Granada avec sa Paulette, et Marcel potassait son manuel de mathématiques pour affronter son examen. Il s'absorba ainsi dans le noir pendant deux bonnes heures, se surprenant lui-même de son attitude singulièrement silencieuse et de sa capacité de réclusion. À l'heure du coucher, Émilienne enfila sa robe de nuit et retira le couvre-lit de chenille blanc. Théodore éteignit la lumière du plafonnier et s'agenouilla aux côtés de sa femme, au pied de leur couche, pour réciter un *Notre Père*, un *Je vous salue, Marie* et un *Gloire soit au Père*, plus recueilli qu'à l'accoutumée, décidé à demander pardon au Créateur, si jamais il était coupable de quelque faute… Après la prière du soir, ils se mirent au lit et, frissonnante, Émilienne remonta les couvertures jusqu'à son cou.

— Il est vraiment temps qu'on pose les châssis doubles, Théo, marmonna-t-elle. T'as pas voulu allumer le poêle pour nous réchauffer ; on gelait dans la cuisine, on avait de la misère à se concentrer sur notre jeu.

— Vous êtes une bande de frileuses, les sœurs Grandbois.

— On t'a pas vu de la soirée, je le sais ce qui te chicote, Théo. Moi, au moins, j'ai pu me distraire avec mes sœurs. Une chance qu'elles sont là, elles.

— Veux-tu insinuer que je m'occupe pas de toi? Tu le dis toi-même : Lida, Phonsine et Loïse sont là pour te soutenir et te remonter le moral. Qui c'est qui prend soin de moi?

Émilienne poussa un profond soupir.

— C'est Simone qui a besoin de nous autres, pleurnicha-t-elle.

— Pense à tout ce qui va bien, Mili, minauda-t-il en se rapprochant de sa femme. Ça fait quelques jours que…

Émilienne s'évanouissait dans le sommeil. Persuadé que les rapports physiques demeuraient un excellent moyen de faire oublier les aléas de la vie quotidienne, Théodore cherchait pourtant à dormir, tracassé par les problèmes familiaux qui ressurgissaient à son esprit et les rebondissements possibles qu'il entrevoyait avec l'entêtement de sa Simone.

Un peu avant minuit, alors qu'il s'assoupissait lourdement, une sonnerie stridente interrompit son repos.

— C'est quoi, ça? s'écria Émilienne en se redressant dans son lit.

— Baptême, Mili, c'est l'alarme du magasin! rétorqua l'épicier en se découvrant et en se jetant prestement en bas du lit.

Le commerçant alla allumer le plafonnier, s'habilla en vitesse et, les bretelles de son pantalon lui battant aux flancs, il se précipita à la cuisine.

— Tu parles d'un réveil brutal! s'exclama Héloïse, refermant les pans de sa robe de chambre.

À quatre pattes, Sansoucy farfouilla le long des plinthes, cherchant à dénicher l'endroit où se trouvait le dispositif électrique à débrancher pour faire taire l'incessante sonnerie. Émilienne parut dans la pièce, replaçant sa coiffure.

— Sainte bénite, Théo, lança-t-elle à haute voix, tu te rappelles pas où ton frère Romuald avait installé le contact?

— Tu parles d'une affaire, commenta Héloïse, se mettant les poings sur les hanches.

Excédé, le commerçant s'empara de sa clé et descendit l'escalier qui donnait sur la cour. Visiblement, la porte de son épicerie avait été forcée. Les mains et la lippe tremblantes, il entra sur la pointe des pieds en progressant dans le noir et, à la faveur de la flamme d'un fanal qui luisait, s'approcha de son étal de boucher, empoigna fermement son plus long couteau et surgit dans la glacière en brandissant son arme.

— Ah, ah! Que c'est que tu fais là, toi, mon tabarnac? s'écria-t-il, enragé.

— Rien, rien pantoute, monsieur Sansoucy, bafouilla le voleur pauvrement attriqué qui remplissait un sac posé à côté du fanal.

— Coudonc, es-tu un inspecteur du gouvernement?

— Non, non, un citoyen ordinaire, monsieur Sansoucy.

— Parle, parce que tu vas finir en bœuf haché, lança le boucher, l'air farouchement menaçant.

Sur ces entrefaites, un bruit de pas empressés fit tourner la tête de l'épicier. Profitant du moment d'inattention, le cambrioleur se faufila entre le propriétaire et l'encadrement de la porte, et courut vers l'arrière.

— On l'a attrapé, p'pa! s'exclama Marcel en voyant son père surgir près de la sortie.

Les dents serrées, un bras encerclant le cou et l'autre retenant le bras tordu dans le dos du malfaiteur qui se débattait, Léandre s'impatientait.

— Faites-le cracher, le père ! ordonna-t-il.

— C'est quoi ton nom, que je te dénonce à la police ? demanda Sansoucy.

— Pou… Pouliot ! articula-t-il d'une voix étouffée. J'ai une femme, cinq enfants et un gros chien à nourrir. Pitié, monsieur !

— Par hasard, tu serais pas le mari de celle qui est venue quêter des victuailles dimanche dernier ? s'enquit l'épicier.

— …

— Avoue, espèce de sans-dessein, tu vois pas que t'es pogné ? insista Marcel, jouissant de son intervention.

— Ben oui, c'est moi, admit-il en marmottant. Ma femme et moi, on s'était arrangés pour vous monter un bateau…

Léandre relâcha un peu son étreinte. Sansoucy eut un accès d'attendrissement et abaissa son arme le long de son corps.

— Je vas faire une chose avec toi, déclara-t-il. Tu sais qu'on est en train d'aménager un jardin botanique sur Sherbrooke…

— Ouou…i !

— Tu fais des démarches pour travailler là. Ça paye de trente à quarante cents par jour. C'est pas beaucoup, mais avec ce que je vais te donner chaque semaine, ça va peut-être te permettre de pas mourir de faim.

— Vous pouvez pas faire ça, le père, contesta Léandre. Vous savez ben que cette race de monde là, ça va vous siphonner jusqu'à la dernière cenne.

— Ç'a pas d'allure, l'appuya faiblement Marcel.

L'intrus promena alternativement des yeux inquiets du marchand à ses fils.

— Bon, c'est moi qui décide, décréta l'épicier. Écoutez-moi bien, Pouliot, poursuivit-il plus poliment. Vous enverrez votre femme le dimanche soir et je verrai ce que je peux faire pour vous aider, en attendant votre embauche au jardin botanique puis votre secours direct, un programme instauré en 1932 par le gouvernement pour soutenir les plus démunis, à la suite de la crise économique. Mais gare à vous si vous ambitionnez sur le pain bénit, comme je l'ai dit à l'abbé Dussault.

— Ah ben, ça parle au diable, le père! Nous autres, on se morfond à travailler pour vous comme des forçats! Puis qui c'est qui va la réparer, cette maudite porte-là? demanda Léandre, montrant du doigt le chambranle endommagé.

— C'est moi, répondit le voleur, conciliant. Je suis pas mal débrouillard quand je le veux.

— OK, allez vous recoucher, les gars, je vas rester avec monsieur Pouliot avant de remonter à l'appartement. Essayez donc de débrancher l'alarme quelque part dans la maison.

— Je l'ai vite déconnectée avant de descendre, mentionna Marcel.

Dépités, Léandre et son frère regagnèrent le logement. Une tasse de thé à la main, toutes les femmes de la maisonnée étaient rassemblées autour du poêle qu'Émilienne avait allumé. Elles semblaient combattre un insupportable qui-vive tandis qu'Édouard dormait sur ses deux oreilles.

— Puis, les garçons? s'enquit la mère de famille.

— Rien de grave, répondit évasivement Léandre, ça va s'arranger.

60

— Comment ça ? rétorqua Émilienne.

— Prends-nous pas pour des épaisses, coupa Héloïse, il y avait un voleur ou c'est juste l'alarme bricolée par votre oncle Romuald qui s'est déclenchée pour rien ?

Émilienne offrit un thé bouillant à ses fils, qui rapportèrent les détails de l'affaire. Somme toute, l'incident s'était soldé par une espèce d'entente avec le mari de madame Pouliot.

— Pas madame Pouliot, celle qui est venue avec sa marmaille et l'abbé Dussault ? s'indigna Émilienne.

— En plein ça, m'man, approuva Marcel.

— On est pas en sécurité dans cette maison-là, s'inquiéta Alida. J'étais ben mieux quand je restais en arrière de mon magasin de coupons. S'il avait fallu qu'on évacue le logis en vitesse…

— T'en fais pas, Alida, la rassura Alphonsine, Léandre et Marcel auraient été là pour te transporter, affirma-t-elle, sollicitant des yeux l'approbation des garçons.

— Pas de saint danger qu'Édouard se garroche pour vous porter secours, lança Léandre. Mais on a ben vu que Marcel et moi, on est assez de deux…

— Bon, à cette heure, vous devriez tous aller vous coucher, décréta Émilienne, je vas attendre mon Théo.

— C'est pas de refus, soupira Marcel, qui tombait littéralement de fatigue.

— J'attends avec vous, moman, décida Irène.

* * *

L'infraction de Pouliot avait causé toute une commotion dans la famille de l'épicier, et la semaine s'était déroulée sans que

Simone ait donné signe de vie. Émilienne avait tenté de survivre en s'appuyant sur ses sœurs et l'aînée de ses enfants, qui avait toujours le fin mot pour consoler et faire la part des choses. Théodore vivait dans l'espérance de jours meilleurs, et rien ne pouvait l'accabler davantage que la disparition de sa plus jeune fille. L'incontournable vendredi arriva pour l'étudiant, qui avait quitté l'appartement de ses parents en déambulant sur le trottoir de la rue Adam comme un veau qui s'en va à l'abattoir. Il revenait de son examen, la mine défaite, en songeant à son travail de livreur à l'épicerie-boucherie et à la corvée des châssis doubles qui lui pesait tant. Étonnamment, Émilienne se trouvait au logis.

— Ç'a pas bien été, mon homme, constata la mère, essorant sa serpillière au-dessus de son seau.

— Vous pouvez ben le dire, m'man, répondit-il, la tête baissée. Je vais encore pocher. Qu'est-ce que vous voulez, c'est pas d'hier que je suis une cruche en mathématiques ! Si ça continue, je finirai pas mon année, bonyenne.

Le regard de l'étudiant erra sur le plancher de linoléum et se leva vers les deux femmes qui se tenaient devant lui. Sa mère portait une robe vieillotte, elle avait la tête enturbannée d'une sorte de fichu bleu mauve qui lui conférait un air rajeuni, et la tante Héloïse avait relevé les manches de sa robe défraîchie qui flottait au-dessus de bas beigeâtres ravalés sur des chaussures qui ressemblaient à de vulgaires sabots. Puis il remarqua les contre-fenêtres réinstallées dans les ouvertures de la cuisine.

— Coudonc ! s'exclama-t-il, vous avez enlevé les moustiquaires et les jalousies, et posé les châssis doubles.

— Tu peux remercier ta tante Héloïse, mon Marcel, c'est elle qui m'a poussée dans le dos, sinon je serais à l'épicerie comme à l'accoutumée le vendredi après-midi. Avec tout ce qui nous arrive, ajouta-t-elle, accablée.

— Merci, matante, dit l'adolescent; ça me soulage en grand.

— Tu vis des moments difficiles ces temps-ci, Marcel, c'est un peu normal que je participe à ma manière pour t'aider, expliqua Héloïse. Même si j'ai pris ma retraite de la Canadian Spool Cotton, je suis capable d'être encore serviable.

— Je peux te demander un petit service, mon homme, avant que tu descendes à l'épicerie? dit la mère. J'aimerais que tu ranges les moustiquaires et les persiennes dans le hangar. Héloïse savait pas trop où les remiser, elle les a déposées sur la galerie.

— OK, m'man.

Chapitre 4

Le dimanche soir, assistée de son plus vieux tirant sa voiturette, madame Pouliot était allée réclamer « son dû » à l'épicier pendant qu'il jouait au Cinq cents avec son frère Romuald et que des équipes de relève attendaient autour de la table. Sansoucy avait éprouvé une gêne perceptible à expliquer à sa visite le motif de la quémandeuse. Héloïse ne voulait pas rater l'occasion de mettre son grain de sel. Elle s'adressa aux deux frères Sansoucy :

— Votre système d'alarme est pas très au point, messieurs, affirma-t-elle impérieusement. Du vrai bricolage d'amateur ! Vous devriez vous arranger pour éviter d'alerter toute la maisonnée.

Le gros nez de Romuald Sansoucy fut atteint d'un léger frémissement. Il tendit sa bouteille de Molson vide à Irène, qui en rapporta aussitôt une pleine.

— Vous saurez, mademoiselle Grandbois, qu'on peut pas exiger d'un chauffeur de tramway de tout connaître, répondit-il. J'ai fait mon possible pour dépanner Théodore. Que voulez-vous, quand on veut sauver de l'argent…

— Il y a des limites à vouloir ménager, répliqua Héloïse.

— Bon, ça fera, la belle-sœur, même si on gagne, Romuald et moi, on va finir cette partie-là, puis on va regarder ça de près, réagit Théodore.

Héloïse et Alida prirent bientôt la place des deux hommes pour affronter Alphonsine et Émilienne. Édouard parut dans la cuisine, un large sourire irradiant son visage, jusqu'à ce qu'il aperçoive son père et son oncle à quatre pattes près de la porte.

— Que fait donc papa avec oncle Romuald ?

— Ils sont en train de fignoler leur système d'alarme pour le commerce, l'informa sa mère.

— Ils tentent de trouver un dispositif plus ingénieux qui se déclencherait seulement dans la chambre à coucher de tes parents, précisa Héloïse. L'autre nuit, c'était un vrai branle-bas de combat ici dedans. Faut pas que ça dérange toute la maisonnée ! J'en connais qui dorment ben dur sur leurs deux oreilles, le nargua-t-elle.

— Ah bon ! lui dit-il. Que voulez-vous, moi je dors du sommeil du juste…

Puis, se tournant vers sa mère :

— Maintenant que ça fait plusieurs fois que je suis reçu à souper chez le notaire Crochetière, vous ne pensez pas, maman, que ça conviendrait qu'on reçoive Colombine à notre tour ?

— On aimerait bien rencontrer ta blonde, mon garçon, on l'a jamais vue. Ça fait bien des fois que t'en parles, mais on la connaît pas plus que ça. Et je sais pas comment elle va réagir en débarquant chez le petit monde comme nous autres.

— Dimanche prochain, ça serait justement une belle occasion de faire sa connaissance, rétorqua-t-il. Et puis, ne vous inquiétez pas, maman, il y a toutes sortes de gens qui se présentent chez le notaire Crochetière : quand il s'agit de régler des successions, ça va parfois des gueux aux notables, en passant par le monde ordinaire.

— C'est fin pour ta mère, ça encore ! commenta Héloïse. Que je sache, Léandre nous a jamais amené sa Paulette à souper.

— On l'a déjà rencontrée, elle, au moins, rappela Alphonsine.

— Colombine et moi, on s'aime beaucoup.

— Léandre, lui ? protesta Émilienne. Moi je pense que ces deux-là vont nous annoncer quelque chose avant bien des lunes.

— Quoi qu'il en soit, maman, c'est oui ou c'est non ? questionna-t-il. Décidez-vous, sinon je vais en parler à papa.

— OK d'abord, mais attends-toi pas à un festin, acquiesça la mère.

— Oh, maman, que vous êtes donc fine ! Je vais en faire part à Colombine dès demain, déclara-t-il, avant de s'enfermer dans la salle de bain que Marcel quittait à l'instant.

Satisfait du raffinement apporté à son savant dispositif, le conducteur de tramway et sa femme rentrèrent à leur logis de la rue La Fontaine. Avant de regagner sa chambre pour la nuit, Marcel avait fait sa toilette et tout entendu de l'entretien entre son frère Édouard, sa mère et ses tantes. Il souhaitait à présent l'arrivée de Léandre à qui il raconterait tout. Il avait éteint le plafonnier et grimpé à l'étage des lits superposés et, les mains sous la nuque, commença à rêvasser à une jeune fille qui faisait des commissions pour sa mère à l'épicerie. De ses beaux grands yeux noirs et ronds comme des billes, Amandine Desruisseaux lui jetait parfois de ces regards énamourés qu'il avait toujours déclinés en se disant qu'il était trop jeune pour entreprendre des fréquentations. Le corps gracile de la jolie Amandine lui revint. Une petite pyramide se forma, soulevant son drap, et lui procura un plaisir indicible qui rejaillit dans son caleçon. Léandre entra dans la chambre.

— Dors-tu ? demanda-t-il.

— Je pensais à lâcher l'école. Je suis un peu tanné d'accumuler les échecs.

— Je voudrais ben t'aider, frérot, mais les mathématiques et moi, on faisait pas très bon ménage. Tu pourrais consulter le frère Romulus pour te donner un coup de main, ricana Léandre.

— Tu veux rire avec ton allusion à double sens. D'abord, ça supposerait que je reste parfois après la classe, et ensuite, p'pa ne m'accorderait pas la permission parce qu'il a besoin de moi pour les livraisons. D'ailleurs, j'en connais d'autres qui sont dans la mire du frère Romulus. Ils réussissent bien, eux autres. Quant à me faire aider de même, j'aime mieux passer pour une cruche et pocher, maudite marde !

— En tout cas, j'ai eu une sacrée belle soirée avec Paulette. Ça te ferait du bien, toi aussi, d'avoir une blonde à tripoter…

— Vois-tu, Léandre, je suis un peu jeune pour penser à ces choses-là…

— Essaye pas de me faire des accroires, Marcel ! À ton âge, c'est normal d'avoir des idées en rêvant aux filles. Je dirais peut-être pas la même chose de notre frère Placide, par exemple. Lui, il est aussi bien chez les religieux, l'innocent.

— Tu sais pas quoi, Léandre ?

— Non, mais je sens que je vais le savoir assez vite…

— M'man va recevoir la blonde d'Édouard à souper dimanche prochain.

— Tiens donc ! J'ai envie de lui demander si Paulette peut venir, elle aussi. En tout cas, j'ai ben hâte de la connaître, celle-là. Je vas te gager que c'est une péteuse-plus-haut-que-le-trou.

— J'en sais rien, Léandre, mais c'est une fille de la haute, ça c'est certain.

* * *

Émilienne avait consenti à ce que Paulette Landreville partage la même table que Colombine Crochetière au souper du dimanche qui venait. Cependant, Sansoucy avait manifesté certaines réticences. « On est déjà assez de monde dans la maison », avait-il rétorqué à sa femme, qui avait fait valoir que Léandre n'était pas « un coton ». Il n'en demeurait pas moins que, dans les jours qui suivirent, Émilienne se faisait du mauvais sang à la pensée de recevoir la fille du notaire à souper. Elle qui conduisait une voiture de l'année, qui s'habillait dans les magasins chics, et qui devait se sustenter de mets raffinés… « Tu devrais pas t'énerver avec ça, prétendaient ses sœurs, t'as juste à faire ton gros possible, puis on va être là pour mettre la main à la pâte. »

Plus les jours s'égrenaient, plus la cuisinière sentait que sa poitrine l'oppressait. Malgré ses deux dernières journées normalement consacrées à son travail d'épicière, elle avait pris son vendredi après-midi pour exécuter un beau ménage avec Héloïse. Le linoléum du plancher de cuisine lavé, ciré et poli avec la plus grande application dans les moindres recoins de l'appartement, elle alla une dernière fois sur la galerie pour agiter sa vadrouille sur la rambarde et rentra, à bout de souffle.

— Referme pas la porte tout de suite, Mili, intervint Héloïse. Je vas me sortir le bras pour secouer ma guenille.

La femme de l'épicier alla accrocher son balai frangé dans le placard du couloir. Sa sœur revint à la maison.

— Mosus ! J'ai oublié le dessus de la glacière, dit-elle.

Héloïse se déporta et ôta la paperasse qui séjournait sur le meuble, en s'étirant pour atteindre convenablement le dessus. Émilienne s'installa à table avec un calepin écorné et jauni.

— Il est temps que je m'assois, soupira-t-elle. Quelle recette on ferait ben pour le souper de dimanche ?

— Ah ! C'est le vieux calepin de maman ! Penses-tu qu'on va trouver quelque chose là-dedans qui puisse satisfaire les papilles de la fille du notaire, Mili ?

— Maman était une bonne cuisinière, Loïse.

— On sait ben, mais c'est pas tout d'avoir une bonne recette, faut être capable de la suivre.

— Maman suivait jamais ses recettes à la lettre, tu sauras. C'est une question d'expérience et de jugement...

— En tout cas, c'est à toi de choisir, Mili.

Émilienne tournait les pages du petit cahier avec une moue dubitative et son doigt s'arrêta.

— C'est la fin de semaine de l'Action de grâce qui s'en vient. On pourrait faire du jambon à l'ananas, réfléchit-elle.

— Ça fait trop ordinaire, protesta Héloïse.

— On est toujours ben pas pour préparer du gigot d'agneau à la menthe.

— Pourquoi pas du *roast-beef* ou un bon poulet rôti ? Tout le monde aime ça, du poulet rôti.

— Oui, mais on connaît pas les goûts de mademoiselle...

— T'as juste à demander à Édouard, il va te le dire, lui. Surtout qu'il a déjà mangé chez maître Crochetière.

Émilienne referma son calepin sans ménagement. En s'aidant de ses grosses mains appuyées sur la table, elle tenta de se relever.

— Ouf, mes jambes ! se plaignit-elle. Héloïse, m'apporterais-tu les patates et les carottes pour le souper ? J'aime autant rester assise. Et puis oublie pas une couple de pages de gazette pour les épelures.

Installée au bout de la table, la ménagère se mit à peler les légumes dont les épluchures couvrirent bientôt le visage de Maurice Duplessis, qui, selon l'article, convoitait le poste de premier ministre de la province. Puis elle chiffonna les pages du journal en enveloppant les déchets, formant ainsi un petit balluchon qu'Héloïse jeta aux ordures. Ensuite, elle se releva, rinça sa chaudronnée qu'elle remplit d'eau aux trois quarts, ajouta une pincée de sel et activa le feu. Finalement, Héloïse sortit le poisson et la livre de beurre de la glacière, et Émilienne commença à faire frire sa morue dans le poêlon que sa sœur avait eu la gentillesse de poser sur le poêle.

Sansoucy était monté avec Marcel pour souper. Il avait confié l'épicerie à Léandre, qu'il valait mieux ne pas mettre en présence du jeune clerc. Irène avait déjà dressé la table. Sitôt qu'il ouvrit la porte de l'appartement, Édouard se mit à renifler l'odeur persistante :

— Ah non, pas encore du poisson, proféra-t-il avec un air dédaigneux.

— Tu le sais ben, Édouard, qu'il faut faire maigre le vendredi. Des fois, c'est de la galette ou des œufs cuits durs dans une sauce blanche, mais aujourd'hui, c'est du poisson.

— J'haïs ça, maman, l'odeur du poisson frit.

— Mais ça goûte pas ce que ça sent, bonyenne ! Parle-lui donc, Théo, j'ai une grosse journée d'ouvrage dans le corps…

Théodore était assis dans sa berçante et semblait chercher les pages absentes de son journal.

— Coudonc, Théo, je te parle…

— Il me manque des pages, moman ; elles sont tout de même pas disparues par enchantement.

Irène trouva un moyen de détourner la conversation pour atténuer la tension qui montait.

— Le poisson, c'est bon pour la santé, il paraît, mentionna-t-elle.

— J'espère que ce n'est pas ça que vous allez servir dimanche à Colombine, maman, lança Édouard.

— Arrête donc de faire le bec fin, réprimanda la tante Héloïse. Ta mère et moi, on s'est cassé la tête pour trouver de quoi mettre sur la table dimanche. Au fait, qu'est-ce que tu nous suggères ?

71

— Quelqu'un va-t-il enfin me répondre? brama Sansoucy. Voulez-vous ben me dire où est passée la photo de Maurice Duplessis?

— Je suis désolée, murmura Héloïse, repentante. C'est ma faute. J'ai pas choisi les bonnes pages de la gazette et je les ai données à Émilienne, qui a entortillé les pelures avec la face de ton politicien préféré.

— Au moins, si cela avait été celle d'Alexandre Taschereau, j'aurais rien eu à redire. Mais là…

— Tu te plains pour rien, mon mari, intervint Émilienne. C'est sûr qu'il doit t'en rester des exemplaires en bas.

— Oui, p'pa, je peux aller vous en chercher un tout de suite, proposa Marcel.

— Laisse faire, Marcel, le reprit sa mère. Je pense que ça peut attendre. Approchez-vous donc plutôt, avant que les légumes collent au fond du chaudron et que le poisson soit plus mangeable.

La ménagère avait réussi à faire asseoir son monde. Chacun raconta brièvement sa journée, mais il restait le choix du menu de dimanche à déterminer. Édouard revint sur le sujet.

— Je vais vous le dire, moi, ce que vous devriez servir, affirma solennellement Édouard : un coq au vin.

— Un coq au vin! Voyons donc, Édouard, ç'a pas d'allure, rétorqua Émilienne. Théo, qu'est-ce que t'en penses? Donne ton idée, pour une fois…

— Ben j'ai de bonnes côtelettes de porc, ça pourrait faire l'affaire, il me semble, dit-il.

— Vous auriez pas une viande un peu plus raffinée, papa? dit le clerc.

— Si ça continue, je vais régler ça avec un pâté chinois et un pouding chômeur, puis ça va finir là, bonyenne ! se fâcha Émilienne.

***

La nuit suivante fut assez éprouvante pour Émilienne Sansoucy, tant la préparation du repas l'énervait. L'épicier n'ayant pu se procurer à temps la volaille désirée auprès de son grossiste en viande, il avait finalement cédé aux supplications de sa femme et était allé « prélever » le coq de la basse-cour d'un voisin, ancien fermier qui avait déserté son misérable coin de campagne rocailleux pour s'établir en ville en espérant échapper à la guigne qui s'était agrippée à lui. Le samedi soir, après la fermeture de son commerce, il revenait à la maison par la ruelle avec le volatile qui se débattait, malheureux d'avoir été arraché si abruptement à son harem de poulettes et subodorant la fin atroce qui l'attendait. Les femmes étaient à écouter une émission de radio. Émilienne baissa aussitôt le volume de l'appareil lorsqu'elle vit son mari apparaître dans le logement.

— C'est fait ? s'enquit-elle.

— J'ai été obligé de payer le gros prix, ma femme. Tu aurais dû voir l'air débiné de monsieur Dandurand quand il a vu partir sa bête à deux pattes.

— C'est ben simple, il ne voulait pas s'en départir, dit Émilienne. J'imagine qu'on s'attache à ces oiseaux-là.

— À l'heure qu'il est, il doit être déjà plumé et prêt à cuire, commenta Héloïse.

— Comment ça se fait que tu l'as pas monté ? On aurait pu le mettre tout de suite dans la glacière de la maison, s'étonna la ménagère.

— J'ai voulu lui laisser un dernier soir de vie, expliqua le marchand, regardant piteusement ses pieds. Pour le moment, je

73

lui ai donné un peu d'eau dans un plat et il peut se déplacer librement dans la cour.

— T'es un boucher ou non? demanda Héloïse, acculant son beau-frère au pied du mur.

— Tu sais bien, ma sœur, que c'est pas notre beau-frère qui abat les animaux, tempéra Alida.

— Retenez bien ce que je vous dis, s'entêta Héloïse, ce coq-là va nous réveiller à quatre heures du matin. Ça sera pas mieux que son maudit système d'alarme de broche à foin qui se déclenche en pleine nuit.

— C'est pas pareil, ça, rétablit Alphonsine.

— Je crois que vous devriez pas attendre qu'il alerte tout le voisinage, popa, suggéra peinardement Irène.

Édouard était dans la salle à manger à choisir des photos qu'il montrerait à son amoureuse le lendemain. Il parut soudain dans la cuisine.

— À vous entendre, papa, vous me faites penser à un bourreau qui tergiverse avant d'exécuter son condamné à mort, affirma-t-il. Avait-il fait un testament? Vous lui avez demandé ses dernières volontés, je suppose? C'est carrément pathétique. Vous attendez l'aube ou quoi? ricana-t-il.

— C'est pas ça, Édouard, riposta Sansoucy.

— Pourquoi tu le fais pas, d'abord? coupa Héloïse.

Le boucher réalisait que la situation lui échappait, qu'il avait été poussé dans ses derniers retranchements. Il s'en irrita.

— S'il le faut, je me lèverai au premier chant du coq, décida-t-il péremptoirement. Mais cela m'étonnerait qu'il chante. Il est déjà tout déboussolé, le pauvre.

— Ainsi soit-il! blagua Édouard, qui avait l'habitude de dormir comme une bûche et qui ne voyait pas comment on pourrait contrarier le chef de famille.

Tout le monde se retira dans sa chambre.

Au petit matin, comme il fallait s'y attendre, le coq s'égosilla trois fois. Émilienne, réveillée avant son mari, lui asséna des coups de coude dans les côtes pour le tirer de son sommeil. Sansoucy sauta dans ses culottes et descendit promptement dans la cour. Déterminé à offrir l'oiseau aux convives du souper, il entreprit de l'attraper et de mettre fin à ses jours. Une fois l'animal saisi, il l'apporta dans son commerce, le posa sur son étal, sortit son coutelas le plus affûté, déglutit avec peine et lui sectionna le cou.

Le travail terminé, il regagna son logis avec la volaille prête à cuire qu'il rangea dans la glacière.

C'était presque l'heure de souper. Héloïse et Irène avaient allongé la table de la salle à manger en ajoutant le dernier panneau. Sansoucy avait mandaté Marcel pour aller prévenir l'oncle Romuald et sa femme qu'ils étaient aussi invités à se joindre aux convives. Léandre avait entraîné Paulette dans sa chambre. Le tablier bordé de dentelle noué à la taille, Émilienne, entourée de ses sœurs, s'affairait aux chaudrons. Bénéficiant des conseils de l'une et de l'autre, elle était persuadée que son plat serait une catastrophe culinaire.

— Allez donc voir, quelqu'un, si mademoiselle Crochetière arrive.

— Ce n'est pas nécessaire, Mili, dit Alphonsine, tu t'énerves pour rien. Édouard a l'œil sur la rue d'en avant. On va le savoir assez vite.

Une rutilante Oldsmobile noire se gara devant le 3946 de la rue Adam. Une élégante jeune femme coiffée d'un minuscule chapeau descendit de l'automobile et verrouilla la portière. Ses yeux sollicitèrent un instant des regards admiratifs. Pressant son sac à main contre son tailleur bois de rose, elle entreprit de gravir les degrés de l'escalier.

— Elle arrive ! s'écria Édouard.

Émilienne essuya ses mains sur son tablier, l'enleva rapidement.

— Donne-moi ça, Mili, je m'en occupe, va à ton affaire, souffla Héloïse.

— Théo, viens donc, je vais avoir l'air moins folle.

Théodore abandonna son journal sur le rebord de la fenêtre. La maîtresse de maison se replaça les cheveux devant le petit miroir suspendu au-dessus de l'évier, et le couple s'avança dans le couloir.

— Colombine, je te présente mes parents, dit Édouard.

— Enchantée, répondit la demoiselle, tendant sa main gantée.

La porte arrière s'ouvrit et se referma avec fracas, faisant sursauter les occupants.

— Salut la compagnie ! proféra à la cantonade une voix familière.

— C'est Romuald et Georgianna qui arrivent avec mon Marcel, expliqua Émilienne.

« Le butor ! pensa Édouard. Je ne savais pas qu'il était invité, celui-là. » Puis, se penchant à l'oreille de son père :

— Allez donc lui dire de baisser le volume et de sortir ses bonnes manières, s'il en est capable, murmura-t-il.

Sansoucy exécuta la supplique de son fils.

Léandre et Paulette parurent dans le vestibule, sous le regard indigné d'Émilienne. Dans sa modeste tenue B.V.D., Léandre venait de s'abandonner à des plaisirs interdits et Paulette, souriante, mais muette, était encore tout enivrée d'une délicieuse volupté. Édouard, qui n'avait pas réalisé la présence inconvenante du jeune couple, continua d'instruire son amie.

— À droite, c'est ma chambre, dit-il, désignant la pièce sans se préoccuper de son frère.

— Elle est vraiment petite, comment fais-tu pour dormir dans un endroit pareil? s'enquit la visiteuse.

— Plaignez-le pas, mademoiselle, vous avez pas vu ma chambre, intervint Léandre, avec un brin d'indignation. Marcel et moi, on est deux à coucher là-dedans. Regardez, lança-t-il en poussant d'une main la porte de la chambre voisine.

Colombine Crochetière s'étira le cou. Elle vit l'amoncellement de couvertures sur un des matelas du lit étagé et sembla scandalisée. Émilienne se sentit défaillir.

— Une belle place pour se taponner, par exemple, commenta Léandre.

— Léandre! soupira sa mère. Il y a des choses qui se disent pas. Bon! Approchez donc.

La fille du notaire tendit ses gants et son chapeau à la maîtresse de maison, qui les posa délicatement sur le gramophone. Sansoucy distribua les places dans la salle à manger et il alla quérir la bouteille de vin blanc dont la cuisinière avait retiré les deux tiers du contenu pour la cuisson. Avant de s'asseoir, malgré l'espace restreint, il amorça le tour de la table en répartissant mesquinement le reste du précieux liquide.

— Vous en avez sûrement d'autres, papa, sinon ça aurait l'air un peu pingre, fit remarquer Édouard.

— Batèche! Bien sûr que j'en ai d'autres en réserve, répondit l'épicier. Les femmes en prennent pas, d'habitude, on devrait en avoir assez, ajouta-t-il.

— Paulette et moi, on aime ça, du vin, le père, mentionna Léandre. Et puis mon oncle Romuald aussi.

— Je te le fais pas dire, mon neveu, approuva l'oncle, avant de s'esclaffer d'un rire tonitruant.

Sansoucy alla à son petit cabinet de boisson pauvrement garni, réapparut avec une autre bouteille et continua de remplir les coupes. Sitôt revenue, Irène apporta obséquieusement les plats.

— C'est du bon coq au vin, annonça fièrement Émilienne.

— Ah! Du coq au vin se sert habituellement avec du vin rouge et non du vin blanc, commenta Colombine.

— Ah bon! dit la cuisinière, un tantinet froissée. Mais vous savez que c'est mon mari qui a tué le coq de ses propres mains, expliqua-t-elle, la voix altérée.

— Le meilleur coq au vin se prépare avec des pilons ou des cuisses de poulet, madame Sansoucy, ajouta Colombine. Je vous fournirai la recette de notre domestique, si vous le désirez.

— Batèche! grommela le boucher. Avoir su...

Chacun suspectait le goût qui se dégagerait de ces quenelles de volaille qui flottaient parmi les carottes en dés, les tranches d'oignons et les feuilles de céleri. Comme il se doit, Irène servit Colombine en premier. Quand toutes les assiettes furent remplies, Sansoucy retrouva un semblant de bonne humeur.

— J'aimerais porter un toast à mademoiselle Crochetière, lança-t-il: bienvenue dans la famille, dit-il en levant sa coupe.

— C'est chaud comme de la pisse! exprima Léandre.

Tous s'étonnèrent du commentaire disgracieux, sauf l'oncle Romuald, qui appuya son neveu d'un rire insignifiant. Puis le repas débuta dans cette atmosphère périlleuse qui, selon Émilienne, ne devait rien avoir des ambiances compassées de la salle à manger des Crochetière.

— Je te prierais de retenir tes propos de nature scabreuse, Léandre, c'est tout à fait indélicat! affirma Édouard.

— C'est bon! déclara la gourmande Alphonsine, qui trouva les mots pour dévier la conversation.

À chaque bouchée, la mince mademoiselle Crochetière grignotait du bout des dents, déposait ses ustensiles et se tamponnait les lèvres avec sa serviette de table. Elle se tourna vers Édouard.

— Ne m'avais-tu pas dit que ta jeune sœur serait des nôtres? lui demanda-t-elle.

— Simone est partie sur un coup de tête, expliqua Héloïse.

— Mais je croyais qu'elle était revenue, bafouilla Édouard.

— Des fois, on dirait que tu vis pas avec nous autres, geignit la mère.

— Elle a vraiment le diable au corps, cette petite-là, affirma l'oncle Romuald.

— Romuald! s'exclama Georgianna, empruntant une moue réprobatrice.

Un silence empesé fut interrompu par un bruit provenant de la galerie. Entraîné aux petites commissions et d'un naturel serviable, Marcel se proposa.

— Dérangez-vous pas, dit-il, retirant sa chaise contre le mur.

L'adolescent se rendit à la porte arrière. Madame Pouliot était venue pour ses provisions. Marcel la fit entrer avec son aîné. L'air louche, le jeune Pouliot regardait avec convoitise les deux tartes qui refroidissaient sur des dessous de plats.

— Viarge! Ça sent mauditement bon ici dedans, s'exclama la grosse femme. Si je me retenais pas... Ta mère est là?

— On est en train de souper avec de la visite, expliqua Marcel.

— Je vais aller lui dire un petit bonjour, tant qu'à y être.

Le temps d'un sourcillement de Marcel, attirée par l'irrésistible odeur de mélasse, la femme obèse avait déjà traversé la cuisine et faisait irruption dans la salle à manger.

— Madame Pouliot! Qu'est-ce que vous faites là? Vous auriez pu m'attendre à la porte, s'indigna l'hôte.

— Je suis venue chercher mon dû, comme à l'accoutumée le dimanche soir, rétorqua-t-elle.

Colombine détaillait de ses grands yeux hébétés la souillonne qui avait envahi la pièce.

— Tire-lui donc une chaise, Théo, dit Émilienne. On va jaser deux minutes.

Les présentations faites, la dame expliqua qu'elle achevait de quémander, son mari ayant été engagé pour travailler bientôt au jardin botanique. La tablée devisa sur le projet du frère Marie-Victorin et la belle initiative du maire Camillien Houde pour soustraire des nécessiteux à la misère montréalaise.

— Vous prendrez ben un petit morceau de tarte à la farlouche avec nous, madame Pouliot, proposa Émilienne.

— Vous me le répéterez pas deux fois, madame Sansoucy, saliva-t-elle.

Marcel, qui était resté debout dans l'espoir de reconduire la sagouine à la porte, reprit sa place. Irène quitta la table pour apporter le dessert. Elle revint, l'air aux abois.

— Moman, le jeune Pouliot a dévoré les trois quarts d'une tarte, s'écria-t-elle.

La visiteuse se leva et rejoignit Irène, qui l'entraîna à la cuisine. Elle rappliqua peu après, tirant par le bras le malappris qui tenait gauchement le reste d'une tarte dans ses mains.

— Mais qu'est-ce que t'as pensé, maudit sans-dessein ? brama-t-elle en lui administrant une taloche magistrale derrière la tête.

— Ben j'avais faim, m'man, j'ai pas pu résister, répondit l'enfant.

— Puis moi, là-dedans, tu vas me faire passer pour une grosse *sans-dessine* qui sait pas élever ses enfants, s'insurgea-t-elle.

Marcel posa un regard attendrissant sur le fils qui se faisait rabrouer devant des inconnus. Émilienne eut un mot pour la défense du garçon.

— À cet âge-là, ça a bon appétit, madame Pouliot, dit-elle. Des fois ça mange comme deux. Faites-vous-en pas, on va s'arranger, la rassura-t-elle. J'ai un reste de biscuits à la mélasse pour dépanner, puis l'épicerie est pleine, hein, Théo ?

— Mais c'est jamais comme de la nourriture maison ! précisa l'homme.

— Excusez-le, murmura la pauvresse.

Sansoucy se leva et accompagna la mère et son fils au magasin. La voiturette chargée, il regagna son logis. La fille du notaire était repartie dans son quartier, presque traumatisée par sa découverte de la famille Sansoucy.

Le dessert avait été consommé et la table, desservie. Dans la cuisine, Romuald et Georgianna affrontaient une autre équipe aux cartes. On pouvait désormais reprendre en toute quiétude les habitudes du dimanche soir.

Chapitre 5

Émilienne apposait un autre gros X sur le calendrier qui ornait le mur de la cuisine, juste sous le crucifix, en réfléchissant aux profondes afflictions qu'Il avait infligées à sa mère en acceptant de mourir sur la croix. Elle aussi ressentait de la douleur : celle d'avoir perdu sa Simone. « La petite gueuse n'a même pas daigné téléphoner ! » pensa-t-elle. Son martyr, elle le subissait à sa manière, chaque jour étant une épine de plus plantée dans son cœur de maman. Un coup de sonnette retentit violemment. Elle se rendit au vestibule d'entrée.

— Simone ! Théo, devine qui c'est qui est là ? s'écria-t-elle.

La jeune fille éclata en pleurs et laissa tomber sa valise renforcée de coins de métal en se jetant au cou de sa mère, dont les yeux s'étaient embués de larmes.

— Vous serez pas contente de moi, m'man.

— Bien au contraire, ma Simone.

— J'avais peur que vous me fermiez la porte au nez, exprima l'adolescente. Après ce que je vous ai fait subir, s'excusa-t-elle, empruntant une mine contrite.

— Tu le sais ben que tu as toujours ta place à la maison.

— Simone, ma fille ! s'exclama Sansoucy. Viens, que je t'embrasse, dit-il en ouvrant les bras.

Léandre, Marcel et Édouard parurent en pyjama. Irène sortit de la salle de bain. Bonnet de nuit sur la tête et robe de chambre sur le dos, les trois tantes chaussèrent leurs râteliers et leurs lunettes, et émergèrent subitement dans le corridor, Alida conduite dans son fauteuil roulant par Alphonsine. Peu enclin aux effusions de sentiments, Sansoucy empoigna la valise et alla vers la cuisine qui rassembla bientôt tout le monde debout autour de la table. Émilienne s'assit avec sa fille.

— Ça marche plus avec David? murmura Émilienne, avec une intonation interrogative.

— Non, c'est pas ça! Monsieur et madame O'Hagan m'ont foutue à la porte.

— Ici, tu es chez toi, personne ne te demandera de partir. Je suis si heureuse que tu sois revenue.

— Si vous connaissiez la raison de mon retour, vous seriez peut-être du même avis que les parents de David, livra-t-elle d'une voix défaite.

— Écoute bien ce qu'elle va nous sortir, la petite bougresse, chuchota Héloïse à l'oreille d'Alphonsine.

Léandre, perspicace, pressentait le pire. L'adolescente baissa ses yeux cillant de gêne, rentra en elle-même, puis releva la tête et s'exprima avec un serrement dans la gorge.

— Je suis en famille…

L'épicier sentit la moutarde lui monter au nez.

— Quoi? Ah ben sacrement! tonna-t-il en frappant d'une main ferme le dossier de la chaise sur lequel il s'appuyait. Il t'a fait ça, l'enfant de chienne! Ah! le maudit Irlandais. Je le savais donc que je le savais donc! Attends que je l'attrape par le chignon du cou, je vais l'enfermer dans un de ses cercueils puis clouer le couvert dessus avec des clous de six pouces. Avoir fait ça à ma fille, je lui pardonnerai jamais…

Émilienne se porta les mains à la figure, à la fois honteuse et consternée. Elle se découvrit le visage et regarda le crucifix.

— Mais qu'est-ce qu'on Vous a ben fait, mon Dieu, pour qu'un tel malheur s'abatte sur notre maison ?

— Je le savais que vous réagiriez comme ça, dit la jeune fille d'une voix tremblante.

Les tantes semblèrent se mettre tacitement d'accord et déléguer Héloïse pour parler en leur nom.

— Le bon Dieu t'a punie, ma nièce, déclara-t-elle, sans réserve.

Irène, Édouard et Marcel se taisaient. Léandre, voyant s'envenimer la discussion, voulut déculpabiliser sa jeune sœur.

— C'est un accident, un pur accident, affirma-t-il.

Sansoucy avait les nerfs en boule.

— Il faut la marier ! Au plus sacrant ! décréta-t-il sur un ton qui n'admettait aucune réplique.

Dans les circonstances les plus épineuses qui ébranlaient la vie familiale, Irène savait se contenir et soumettre ses idées pragmatiques à la réflexion des autres.

— Avez-vous pensé, popa, mentionna-t-elle, que David devra donner son consentement ? Et que, même s'ils se marient, ils devront bien demeurer quelque part ?

— Les parents de David ne veulent pas entendre parler de mariage, exposa Simone. Du moins, pas pour le moment. Eux autres aussi ont mal pris la nouvelle, mais David pense que sa mère peut changer d'idée avec le temps.

— Je vas aller lui parler, moi, au faiseur de tombeaux, décida l'épicier. Ensuite j'irai voir monseigneur Verner pour faire les arrangements…

— Vous parlez comme si on allait célébrer des funérailles, railla Léandre.

— Non, non ! poursuivit l'épicier avec le même emportement. Pour ce qui est du logement, on verra. Il est hors de question que je mette mon locataire à la rue pour loger une petite famille de trois dans un grand six et demi qui rapporte un peu, au moins. Par contre, le bonhomme O'Hagan devrait être capable de déterrer quelques piasses pour que son garçon s'établisse dans un logis, quitte à lui payer le tramway pour qu'il se rende à l'ouvrage. Après tout, c'est son fils, le coupable…

« Ben voyons donc, Théodore ! le rabroua mentalement Héloïse. Tu es bien placé pour savoir que ta fille est une enjôleuse. »

— Regardez-moi ben aller ! conclut le père de famille, les yeux exorbités, avant de s'emparer rageusement de *La Presse* qui traînait sur la table et de s'asseoir dans sa chaise berçante.

Irène et ses tantes s'étaient approchées de la mère éplorée.

— Je vais défaire votre lit, moman, dit l'aînée des Sansoucy.

Édouard avait exceptionnellement suivi la scène et regagnait avec ses frères leurs chambres respectives.

* * *

En dépit des protestations de son cancre de fils, l'épicier avait obligé Marcel à s'absenter de l'école pour lui permettre d'effectuer les démarches nécessaires. Une leçon de moins avec le frère Romulus ne le mènerait pas à la débâcle scolaire, attendu qu'il était de toute manière irrémédiablement voué à l'échec. Le bonhomme O'Hagan saurait de quel bois il se chauffe, et le curé Verner n'aurait d'autre choix que d'accéder à sa demande. La tête engoncée dans le col de son manteau d'automne, il marchait vers l'avenue Jeanne-d'Arc, en songeant à l'extrême humiliation que sa famille subirait dans le quartier. Il se voyait déjà, à son corps défendant, pris à étouffer les rumeurs qui s'élèveraient contre sa réputation de père manqué et celle de sa dévergondée de fille qui entacheraient d'une façon inexorable la pérennité de son commerce. Il n'aurait surtout pas cru que sa «petite perle» – qu'il avait pourtant choyée depuis sa tendre enfance – deviendrait le mouton noir de ses six rejetons. Léandre, avec qui les atomes crochus n'avaient pas bonne prise, également gratifié par une nature généreuse comme sa sœur, semblait davantage prédisposé à des comportements dissolus, mais il s'était trompé sur son compte. Il n'était pas un si mauvais fils, finalement.

Le père de famille se présenta d'abord à la manufacture de cercueils. Il traversa la porte cochère et s'engagea vers l'arrière de l'immeuble. À travers les carreaux des portes vitrées, il crut reconnaître la silhouette de l'artisan, l'échine courbée au-dessus d'un caisson, et une autre, plus diffuse, tout au fond de la boutique. Il entra. Des parfums de bois de sapin, de chêne et de cyprès s'exhalaient dans l'air, dominant ainsi les effluves de fumier qui émanaient de l'écurie.

— Monsieur O'Hagan?

Le jeune amoureux cessa de poncer son ouvrage. Son père se déplia et envisagea l'importun.

— Que voulez-vous à moi, Sansoucy? articula-t-il, dans un français acceptable.

— Que votre fils marie ma fille, monsieur.

Stupéfait par la riposte énergique de l'épicier, O'Hagan répondit:

— David bien jeune pour se marier.

— Mais pas trop jeune pour engrosser ma fille, tabarnac! rétorqua l'épicier. Des fois, c'est ça qui arrive quand on tâte la marchandise avant de l'acheter. Il doit être responsable de ses actes, monsieur O'Hagan; son honneur est en jeu. S'il s'agit d'une question d'argent, je suis disposé à payer entièrement la noce. Et pour ce qui est du logement, on verra en temps et lieu…

O'Hagan changea de physionomie et continua de décorer l'intérieur d'un cercueil d'un lambrequin à franges de coton blanches.

— Dans notre pays, selon les coutumes, c'est le père de la fille qui paie, enchaîna l'épicier, regrettant aussitôt son affirmation. Toutefois, si vous désirez collaborer, je ne m'opposerai pas, dit-il, tendant une perche. Et j'aimerais que le mariage ait lieu le plus tôt possible. Ma femme et moi sommes des catholiques pratiquants, et il n'est nullement question que mon petit-fils naisse en dehors des liens sacrés du mariage.

David O'Hagan s'approcha des deux hommes comme un chiot pris en faute, l'arrière-train rabaissé et la queue entre les deux jambes.

— Toi, tu n'as rien à dire là-dedans, le rembarra Sansoucy. C'est moi qui décide.

— Vous êtes ben pressé qu'on se marie, objecta timidement l'amoureux.

— Il va falloir que t'assumes, mon jeune, décréta l'épicier. Il faut payer pour les erreurs de jeunesse et prendre ses responsabilités. En plus, j'ai pas encore tout dévoilé mes intentions à Simone, ajouta-t-il, fixant David d'un regard énigmatique. Bon, assez discutailler ! Je vas voir le curé Verner de ce pas…

James O'Hagan parut satisfait. Les deux adultes se serrèrent la main. Ils venaient de conclure à l'amiable une entente profitable.

Fort de sa réussite, Sansoucy souriait sous ses moustaches blanches. La journée était un peu moche, mais son sens inné d'homme d'affaires brillait d'une fierté peu commune et lui faisait oublier la grisaille de l'automne. Sa Simone lui donnerait peut-être un petit-fils dont il imaginait déjà le minois. Certes, l'avorton porterait le nom de l'Irlandais, mais il hériterait de la beauté de sa mère et de la jarnigoine de son grand-père paternel. «Je devrais marcher plus souvent, se dit-il, chemin faisant. Cela fait vraiment du bien!»

Une certaine nervosité grandissait à mesure qu'il approchait de l'église du Très-Saint-Rédempteur. Peu à peu, sa confiance presque démesurée cédait le pas à une inquiétude. Plus le presbytère se dessinait, plus il s'encoublait dans les phrases avec lesquelles il jonglait. Que se produirait-il si l'ecclésiastique lui opposait une fin de non-recevoir? Des clientes de l'épicerie ne lui avaient-elles pas déjà rapporté que le prêtre s'était montré fort intransigeant avec la fille du voiturier, qui avait menti sur son état de femme enceinte et qui avait été réduite à frapper à la porte du presbytère d'une autre paroisse parce que monseigneur Verner avait l'œil exercé pour ces demandes saugrenues et qu'il avait deviné son état de grossesse? Avec un optimisme modéré, il cogna à la maison du curé. Cette fois, une aimable veuve à la figure parcheminée vint ouvrir.

— Puis-je parler à monsieur le curé, s'il vous plaît?

— Vous êtes en dehors des heures de bureau, mais je peux voir si monseigneur est disponible.

Josaphat Verner se présenta bientôt, avec un chapeau sur la tête.

— Pouvez-vous m'allouer quelques minutes, monsieur le curé?

— Monseigneur Verner, reprit-il, utilisant la même phrase narcissique qu'il lui avait déjà servie. J'étais sur mon départ. Vous tombez mal, Sansoucy, je suis attendu à l'évêché pour le dîner.

— J'aimerais que vous m'accordiez un entretien, il s'agit d'une affaire de la plus haute importance, monseigneur, dit l'épicier, presque avec vénération.

— Dans ce cas, d'ici à ce que le chauffeur de l'évêché se présente, dites-moi un peu ce qui vous tourmente. Car vous me paraissez bien troublé, Sansoucy. Et compte tenu du temps dont nous disposons, je vais vous faire grâce de ma collecte de fonds pour la décoration de notre lieu saint et de votre soutien alimentaire pour la famille Pouliot.

Le prêtre amorça une série d'allers-retours sur la galerie latérale, en jetant un coup d'œil furtif à la rue, pour surveiller l'arrivée de la voiture qui devait l'amener à son lieu de rendez-vous. Néanmoins, il avait saisi l'essentiel du message de son pénitent.

— Le Seigneur n'est pas tendre envers ceux qui commettent le péché de la chair, Sansoucy. Votre fille est fautive autant que votre futur gendre. Rappelez-vous : « L'œuvre de chair ne désireras qu'en mariage seulement. »

— Ma fille va connaître un long purgatoire, monseigneur. Cela devrait être suffisant pour expier sa faute. Elle ne le sait pas encore, mais elle aura son enfant à la campagne, loin d'ici. J'ai l'intention de la conduire chez mon beau-frère à Ange-Gardien, près de Saint-Grégoire et de Saint-Césaire, deux villages où le frère André a vécu. Justement, j'ai un fils chez les religieux au collège de Saint-Césaire et qui est en admiration devant le saint homme.

— Ah, le frère André, le petit portier de l'oratoire Saint-Joseph! C'est un vieillard sans instruction, issu d'une famille modeste, vous savez. Mais je dois reconnaître qu'il fait beaucoup de bien. Venons-en au fait, Sansoucy.

Le prêtre et le commerçant bavardèrent encore quelques minutes. Ils n'eurent que le temps de convenir d'une date et du choix du célébrant. Une luxueuse voiture stationna en bordure de la rue.

* * *

Tout était décidé. Enfin, presque. Le reste relevait de certaines formalités. La mine victorieuse, Théodore Sansoucy était retourné à son commerce pour terminer sa matinée de travail, sans dévoiler à Léandre et à Marcel le fruit de ses démarches. « On en reparlera à la maison », leur avait-il signifié.

L'angélus sonna à toutes les églises du faubourg. Sansoucy confia l'épicerie à Marcel et monta avec Léandre pour le dîner. La table était mise. Il régnait une fébrilité inhabituelle au logis.

— C'est arrangé! claironna-t-il en entrant dans son logement.

— Ben voyons, Théo! dit Émilienne. La principale intéressée est pas là, Édouard et Marcel non plus. Tu devrais attendre au souper pour faire tes grandes proclamations.

Sansoucy s'inquiéta de l'absence de sa jeune fille.

— Coudonc, où c'est qu'elle est passée, ma Simone?

— Elle est allée au *snack-bar* pour donner sa démission, répondit Héloïse. Son patron a dû la garder à dîner. Est-ce qu'on peut être informées, nous autres, à quand est fixé le mariage?

Émilienne supplia son mari du regard.

— Pour l'heure, dit-il, il y a seulement Mili qui va le savoir. Vous autres, les belles-sœurs, vous patienterez jusqu'au souper.

— C'est ben normal que la mère le sache tout de suite, commenta Léandre. Mais on a hâte d'être au courant, nous autres aussi.

— Comme ça, on va aller aux noces bientôt? s'enquit Alida. Phonsine et moi, on va se coudre une belle petite robe.

— Oui, Alida, on a du beau tissu au magasin pour se confectionner quelque chose de très convenable pour pas cher, acquiesça Alphonsine.

Sansoucy entraîna sa femme dans le vestibule et l'informa des détails convenus avec le curé. Après le repas où les hypothèses de la date de l'événement circulèrent abondamment, l'épicier regagna son commerce en élaborant une stratégie pour la suite des choses.

Tout le monde était rassemblé pour le souper. Sansoucy avait exigé qu'on sorte les coupes de vin, même si on était en pleine semaine et qu'une modeste nappe de toile cirée recouvrait la table. Émilienne n'avait pu garder le secret, qu'elle avait révélé à ses sœurs.

— Et puis, p'pa ? demanda Simone d'une voix doucereuse.

— Samedi de la semaine prochaine, sept heures ! Faut pas que ça traîne…

— J'ai rien à me mettre sur le dos, moi, lança Héloïse. Ça me donne pas grand temps pour m'habiller.

— Eille ! C'est pas toi qui se maries, la belle-sœur, s'emporta Sansoucy. Tu sors à peu près pas, tu te mettras ben ce que tu voudras sur le dos. C'est déjà beau que tu sois invitée au mariage. Tout le monde ici dedans sait que tu portes pas ma Simone dans ton cœur. Essaye pas de dire le contraire, Héloïse Grandbois.

La belle-sœur se tut. Une expression de profonde frustration se peignit sur son visage. En elle-même, Simone se réjouissait de la charge de son père contre sa tante. Irène, qui surveillait la fin de la cuisson du pain de viande, jugea que le moment était propice pour servir. Les portions dans les assiettes, le chef de famille leva sa coupe pour souligner le grand événement. Simone n'en revenait pas à quel point son père semblait fier d'elle. Elle vivrait les neuf prochains mois dans sa famille, entourée des siens jusqu'à son accouchement. Mais Émilienne pressentait le désenchantement de sa fille quand celle-ci connaîtrait les véritables intentions de son père. Vers la fin du repas, Théodore déclara à sa benjamine ce dont elle était loin de se douter.

— Imagine-toi pas, ma perle, que tu vas passer tout le temps de ta grossesse avec nous.

— Comment ça, p'pa ?

L'homme prit une voix persuasive.

— C'est pour ton bien, ma fille. Tu prendras l'air de la campagne chez ton oncle Elzéar et ta tante Florida.

— Pas ces vieux grincheux-là, p'pa! s'insurgea Simone. Vous n'y avez pas pensé une minute! Je vais virer complètement folle, toute seule avec deux croulants. Dans une ferme, en plus. J'ai jamais aimé ça, les senteurs de la campagne. Je suis une fille de la ville, moi.

— Leur en as-tu seulement glissé un mot, à Elzéar et à Florida? s'indigna Émilienne. Bien sûr que non. Je te connais, Théo. Tu es encore en train de nous manigancer quelque chose…

— Évidemment que j'ai pas communiqué avec eux, ils n'ont pas le téléphone. T'as juste à écrire un mot à ton frère pour dire que notre fille va prendre des vacances prolongées chez lui. Elzéar est pas une lumière, mais il devrait comprendre assez vite. Et c'est pas tout: si jamais il consent à venir aux noces, il pourrait emmener Placide et ramener Simone avec eux. Ça nous éviterait de prendre les p'tits chars de la Montreal Southern.

— Comment je vais faire pour vivre tout ce temps-là sans David? s'indigna-t-elle, la bouche amère. Lui en avez-vous parlé, de ce que vous me dites là? Et puis, vous devez ben savoir que l'Église n'accepte pas la séparation de corps. En restant ici, on pourrait se voir, au moins…

Simone se mit à sangloter comme une enfant.

* * *

Deux jours plus tard, pendant que Léandre était à la cave, la première cliente de la journée, une grassouillette portant un manteau de gros drap noirâtre usé et délavé, se présenta à l'épicerie. Elle se dirigea d'un pas hésitant vers les étalages et revint à la caisse avec un sac de farine Robin Hood. «Je gagerais ma chemise qu'elle est venue pour sentir, celle-là», se dit l'épicier.

— Avez-vous déjà utilisé toute la farine achetée hier, madame Gladu ? s'enquit-il.

— Pas vraiment, mais il faut prévoir pour mon prochain chantier de tartes, répondit-elle de sa voix aigrelette. Coudonc, avez-vous envie de me dire que je mange trop de pâtisseries, monsieur Sansoucy ?

— Il y a rien comme de planifier, ricana-t-il. Toutefois, il y a pas de soin, si jamais vous en manquez, vous demeurez à côté…

Une question consumait la dame. Elle désirait obtenir la primeur avant que ses compagnes ne la rejoignent.

— Dites-moi donc, votre Simone serait pas revenue à la maison, par hasard ? Je l'ai vue hier soir sur le balcon, une cigarette au bec. D'ailleurs, fumer, pour une jeune fille de son âge, je trouve que ça fait pas mal commun.

— Simone est effectivement à la maison, madame Gladu.

— D'après ce que je peux voir, vous avez réussi à lui mettre le grappin dessus. Parce qu'il y a pas si longtemps, un bon soir après le souper, vous vous époumoniez à crier pour ne pas qu'elle s'en aille.

Trois autres clientes entrèrent, jacassant comme des pies. Léandre montait de la cave avec un empilage de caisses de conserves.

— Si c'est pas le beau Léandre, s'exclama madame Robidoux.

— Je me débarrasse de mes boîtes et je suis à vous dans un instant, mesdames, répondit le commis, affichant une timidité délicieuse.

Léandre s'affaira à ouvrir une caisse et à en disposer le contenu sur une tablette. Madame Robidoux s'adressa à celle qui l'avait précédée au magasin.

— Et puis, madame Gladu, on a pas rêvé ça ? C'est ben ce qu'il vous a dit, monsieur Sansoucy, que sa fille était bel et bien à l'appartement ? Pour une secousse, j'espère.

Le commis regardait son père. Le commerçant était de plus en plus embarrassé. Léandre se mêla à la conversation.

— Ma sœur entre au couvent, intervint-il. Je pense qu'elle recevra une bonne éducation chez les religieuses. L'autre jour quand elle a claqué la porte, c'est parce qu'elle était pas d'accord avec la décision de mes parents. Elle est allée réfléchir chez une amie, puis elle a finalement réalisé que la meilleure chose à faire pour elle, c'était de les écouter. Elle en a pour quelques jours à la maison, avant de rentrer chez les corneilles.

— Dans ce cas-là, elle est mieux d'en profiter pour fumer, d'abord, parce que, chez les nonnes, le règlement est strict, commenta naïvement madame Berthiaume.

Des sueurs froides coulèrent dans le dos de l'épicier. Soulagé, il desserra sa cravate. Son fils avait sauvé la situation. En même temps qu'il lui avait évité le déshonneur et rétabli son autorité, la réputation de Simone n'était pas ternie.

Les dames continuèrent d'échanger des banalités. Léandre acheva son travail et revint vers elles pour les servir.

— Je suis maintenant disponible, dit-il.

La nouvelle du retour de Simone avait fait boule de neige dans le voisinage. Mais plusieurs clientes avaient cru bon de s'enquérir à la source de la véracité du renseignement qui leur paraissait douteux. Et chaque fois le commerçant répétait la même réponse pour satisfaire la curiosité de sa clientèle : « Ma fille a besoin d'être redressée par les sœurs. »

À la fin de la journée, le boucher ôta son tablier et leva des yeux reconnaissants vers son fils.

— J'ai pas l'habitude de complimenter, Léandre, mais je dois reconnaître que tu es intervenu habilement pour m'empêcher de perdre la face.

Léandre fixa l'homme droit dans les yeux et déclara :

— Ce que j'ai fait là, le père, je l'ai pas fait pour vous ; je l'ai fait pour Simone.

* * *

Loin de s'apaiser, à quelques jours du mariage, les commérages autour de la fille de l'épicier s'amplifièrent. Elle devait avoir un sacré caractère et on plaignait sa mère, la molle Émilienne, qui ne méritait pas une enfant indocile qui devait lui en faire voir de toutes les couleurs, c'est certain. Damnée Simone ! Au pensionnat, les religieuses la redresseraient et lui mettraient du plomb dans la tête. Et c'était bien ainsi.

La tante Alida avait travaillé sans relâche, le dos arrondi sur sa machine à coudre Singer, à pédaler de sa jambe valide pour confectionner sa robe et celle d'Alphonsine, tandis qu'Héloïse, toquée, avait choisi de remettre un vêtement qu'elle enfilait à l'occasion d'enterrements. Le temps pressant, Émilienne décida qu'elle et Simone s'habilleraient chez Dupuis Frères, le magasin des Canadiens français. Émilienne sortait peu. Cette année, elle n'attendrait pas la période des fêtes pour faire une incursion au centre-ville. Pendant qu'elle se faisait secouer par un tramway bringuebalant, assise aux côtés de sa benjamine, le sac à main serré contre elle avec de l'argent qu'elle avait réussi à économiser dans sa boîte de fer-blanc, elle regardait l'enfilade de magasins de la rue Sainte-Catherine. Elle se rappelait les vitrines attrayantes garnies de lumières et de guirlandes, de lutins, d'anges et de Santa Claus qu'on pouvait naguère admirer. Hélas, tout cela remontait avant la crise ! Depuis le krach boursier de 1929, il fallait se rendre à l'ouest de la rue Amherst pour quitter les devantures empoussiérées et chichement décorées, et faire ressurgir les mêmes beaux souvenirs. Mais les années s'étaient écoulées, et Émilienne Sansoucy n'entraînait pas sa fille dans les boutiques pour les achats des fêtes ni à la parade du père Noël…

La longue promenade en tramway lui avait reposé les jambes. Mais il était à craindre que le piétinement du magasinage ne provoque le gonflement de ses varices et ne la fasse souffrir. Simone poussa les portes tournantes et chercha le rayon des vêtements féminins. Une femme mince, chaloupant de la croupe, se présenta dès qu'elles posèrent le pied à l'étage.

— Je veux pas avoir affaire à une vendeuse, m'man, confia Simone à sa mère.

— Bonjour, madame, dit l'employée. C'est pour vous ou votre jeune fille ?

— Pour les deux, répondit Émilienne.

— On voit que votre fille a un petit ventre et que vous êtes forte du siège, ça ne sera pas facile, mais j'ai quelque chose pour vous…

Simone se pencha à l'oreille de sa mère.

— Je vous le dis, m'man, je veux rien savoir de cette effrontée-là, marmotta-t-elle, les dents serrées.

Émilienne approuva sa fille d'un hochement de chapeau.

— On va s'arranger, mademoiselle, lui dit-elle.

Bien évidemment, le choix de la toilette de la mariée donna lieu à quelques obstinations. La mère et la fille se tenaient devant un miroir. Simone pestait contre la proposition incongrue.

— Je vais avoir l'air d'une vraie poche ! réagit-elle.

Émilienne relâcha le bas de la robe qu'elle pinçait du bout des doigts et se déplaça vers un autre présentoir.

— Ta robe de noces te servira tout le long de ta grossesse, ma fille, lui rétorqua-t-elle. J'aimerais mieux débourser pour te payer une laveuse que de mettre de l'argent sur un vêtement que tu vas porter une fois.

La mère mit la main sur une tenue sans décolleté, sombre et austère, qui rebuta sa fille.

— Ça ressemble à un costume de sœur. À part de ça, vous me ferez pas porter du brun, m'man, j'haïs le brun comme le verrat.

— Oublie pas que t'es en famille, Simone. Le blanc est signe de pureté. Et puis le brun fait classique, élégant.

Une moue d'impatience se dessina sur les lèvres d'Émilienne. Simone ravala. Elle crut que les jambes variqueuses de sa mère venaient de lui arracher une grimace de douleur.

— OK, m'man, concéda Simone. Mais c'est juste pour vous faire plaisir, et parce que je sais que la vôtre est pas encore choisie, que je plie de même.

De bonne heure en soirée, la jeune fille décrocha le téléphone avec empressement. Depuis que Simone avait quitté la résidence des O'Hagan, David se morfondait dans son atelier et dans son lit à penser à elle, et le soir il l'appelait régulièrement pour s'informer de sa journée. Mais elle continuait de lui masquer la vérité sur ce qu'il adviendrait après les noces, en l'entretenant de faux espoirs et en souhaitant que son père revienne sur sa décision de l'exiler à la campagne. Chaque fois qu'il lui téléphonait, le désir exsudait de tous les pores de sa peau, et chaque fois il élaborait des rêves pour leur vie commune. Après la période de sécheresse affective que le couple venait de traverser sans se voir, David ne put s'empêcher de lui rendre visite.

La sonnette carillonna dans l'appartement. Simone était à lisser de son peigne de corne jaune clair sa longue chevelure couleur de miel. Émilienne avait prévenu ses sœurs de s'abstenir d'écornifler. Marcel alla ouvrir, fit de brèves salutations polies à son futur beau-frère et se replia dans sa chambre. Les lèvres souriantes, sa jeune sœur s'amena avec grâce sur le chemin du corridor, comme une mariée sur le tapis rouge de l'église. Les amoureux s'enlacèrent, puis Simone l'entraîna vers le boudoir.

— Nous serons bientôt mari et femme, David.

— Si tu savais à quel point j'ai hâte qu'on se retrouve pour vivre ensemble dans notre chez-nous, le temps que le logis au-dessus de chez mes parents se libère.

— On serait locataires de tes parents ! Ils sont consentants ?

— Pas complètement, mais j'ai bon espoir que ma mère réussisse à gagner mon père. Penses-y, Simone, on peut pas demeurer ici indéfiniment. Et avec le bébé qui s'en vient, c'est pas tout à fait le petit nid d'amour que j'aurais souhaité...

— Nous vivrons ici le temps nécessaire, David, mentit-elle.

— Ta mère a sûrement prévu de nous céder la chambre d'Édouard, elle est assez grande pour trois. La tapisserie est laide, mais je me fermerai les yeux. Il y aura que toi et moi dans la pièce, et de la place pour le petit, si jamais on a pas déménagé avant sa naissance.

— Édouard va se marier avant bien des mois, mais Léandre et Marcel accepteront jamais de partager leur chambrette avec lui. T'as probablement déjà remarqué qu'Édouard et Léandre s'entendent comme chien et chat.

— C'est quoi d'abord la solution, Simone ? On est toujours ben pas pour habiter dans le hangar avec les moustiquaires et les persiennes et toutes les cochonneries que ton père ramasse. Pourquoi pas rester dans la cave de son épicerie, tant qu'à y être ?

— David, t'exagères...

Simone promena un regard obligé sur l'exiguïté de la pièce.

— Pas le boudoir, Simone, c'est ben trop petit pour...

Elle bâillonna sa bouche d'un baiser langoureux, en posant la main sur la cuisse chaude du garçon.

— Rappelle-toi les bons moments passés au boudoir, dans l'intimité de la porte close, lui susurra-t-elle.

* * *

Les formalités remplies au presbytère, malgré leurs appréhensions, David et Simone espéraient voluptueusement le grand jour. Pour l'heure, O'Hagan et Sansoucy demeuraient campés sur leurs positions. Les locataires de l'artisan n'avaient pas été avisés de la cessation de leur bail ni évincés de leur logis, et l'épicier avait gardé le dessein d'exiler sa fille à la campagne, d'autant plus que, la date du mariage étant imminente, l'oncle Elzéar avait répondu favorablement par téléphone du magasin général à la demande de sa sœur Émilienne.

Les linoléums avaient été lavés et cirés, les meubles, époussetés, et la salle à manger était prête pour la réception qui suivrait la cérémonie. Marcel avait déniché un tréteau et de vieilles planches au fond du hangar pour rallonger la table, quitte à déplacer le vaisselier dans le corridor. Au petit matin, toute la maisonnée s'apprêtait à partir pour l'église. Il faisait encore sombre, et une fine bruine automnale mouillait le temps avec indifférence. La main d'Émilienne laissa tomber le rideau, et la femme embrassa d'un regard ému son appartement qui ne s'animerait plus de sa Simone. Léandre et Marcel venaient de descendre Alida dans son fauteuil roulant.

— Il va falloir y aller, Émilienne, déclara Héloïse.

— Dire que c'est ma plus jeune fille que je marie en premier. Ça a pas de bon sens! dit Émilienne d'une voix altérée.

— Qu'est-ce que tu veux que je te dise, Mili? Quand on commet l'acte avant le mariage, c'est ça que ça donne, rétorqua platement sa sœur.

100

De toute évidence, Placide se rendrait directement à l'église avec l'oncle Elzéar. Impatient d'en finir, Sansoucy avait pris de l'avance dans la rue, comme s'il espérait éviter les yeux inquisiteurs de lève-tôt curieux, sans penser qu'un véritable cortège nuptial s'alignerait derrière lui. Suivaient, à la file indienne, Irène, Édouard et Colombine ainsi que Simone, le visage poudré caché sous une épaisse voilette, accrochée au bras de Léandre et de Paulette, Alida poussée par Alphonsine, Émilienne soutenue par Héloïse, et Marcel pour fermer la marche.

Un vieux Fargo était garé devant l'église du Très-Saint-Rédempteur. Sous le crachin tenace, le défilé s'immobilisa au pied des marches. Un homme et une femme précédés d'un grand échalas courbant l'échine descendirent de l'habitacle. Émilienne s'empressa vers son fils et l'embrassa sur les deux joues. Puis elle lui prit le menton en disant :

— Regarde moman, Placide, il me semble que tu as maigri.

— Vous vous faites des idées, maman, je suis bien nourri par la communauté, répondit-il en élevant vers sa mère sa physionomie béate.

Simone se détacha du peloton et alla vers le frère qu'elle voyait rarement.

— Ma pauvre petite sœur, tu es bien emmanchée maintenant. Papa et maman ne sont sûrement pas fiers de toi, moralisa le religieux.

— On a rien à se reprocher quand on est en amour, se défendit Simone, combattant l'insulte pour rester joyeuse.

Irène s'approcha du Sainte-Croix et lui baisa le front, avant que son père ne le gratifie d'une brève accolade.

Émilienne s'entretenait avec son frère et sa belle-sœur, qui avaient accepté avec gentillesse et grande générosité d'héberger leur fille. Romuald, qui s'était rendu directement au lieu de culte avec Georgianna, pompait une dernière cigarette en tenant la lourde porte ouverte et en balayant l'air de sa main libre pour accueillir le groupe indiscipliné.

Sansoucy scruta fiévreusement les alentours et mit sa main dans le dos d'Elzéar et de Florida en les entraînant vers le parvis.

— Pressons, pressons, les amis, nous allons nous mettre en retard, proféra-t-il.

Une inquiétude commença à s'emparer de Simone. Elle interpella son père :

— David, lui ? Je me marie pas toute seule, quand même, s'écria-t-elle à qui voulait l'entendre.

— Suis-nous, Simone, il finira ben par arriver, ton Irlandais, rétorqua son père.

Léandre et Marcel avaient empoigné la chaise de l'impotente et, gravissant les degrés qui soulignaient largement la façade de l'église, ils allèrent rejoindre les autres qui s'étaient rassemblés devant les portes. Seule en bordure de la rue, transie de froid dans ses escarpins vernis, Simone souleva son léger manteau et progressa vers l'entrée.

Il se mit à pleuvoir. On s'engouffra vitement sous le porche. Le bedeau, un homme au front bas et au nez épaté qui dégageait un air bonasse, invita les gens à le suivre à la sacristie. Regroupé autour du vicaire, chacun cherchait des explications au retard de la famille O'Hagan. L'abbé Lionel Dussault fouilla anxieusement sous son surplis dans le gousset de sa soutane, sortit sa montre, la consulta.

— Coudonc, il va nous faire niaiser longtemps ? demanda Héloïse.

— C'est aujourd'hui ou jamais ! déclara autoritairement Sansoucy.

— Il faut faire vite, nasilla le prêtre, j'ai un autre petit mariage de sacristie à célébrer ce matin.

La figure ruisselante de sueur et les mains moites, Sansoucy chuchotait des imprécations contre le peuple irlandais et le temps qui filait. Émilienne s'affaissa sur une chaise en se tamponnant le front d'un mouchoir de dentelle. À l'instar de son modèle de l'oratoire Saint-Joseph, Placide avait retenu la lourde porte de l'église pour laisser entrer les siens. Après, il n'avait pas eu le temps d'entreprendre un chemin de croix; il s'était toutefois retiré à l'écart devant une statue de la Vierge et priait les mains jointes. Léandre et Paulette essayaient de soutenir Simone, et Colombine pestait contre les mariages de la populace. Des bruits de pas et des voix montèrent enfin de la nef. Marcel alla s'enquérir de la situation et revint le visage défait.

— C'est le groupe qui nous suit, je suppose, commenta Sansoucy.

— Non, p'pa, répondit Marcel. Mesdames Robidoux, Gladu, Grenon, Thiboutot et mademoiselle Lamouche sont là parmi d'autres que je ne connais pas.

— Ah, les maudites écornifleuses, cracha l'épicier, comment ça se fait qu'elles sont là? Mettez-moi ça dehors, exigea-t-il à l'adresse du sacristain.

— À moins de motifs très valables, argua le célébrant, on ne peut raisonnablement expulser des chrétiens de leur temple, monsieur Sansoucy.

Le commerçant alla s'étirer le cou à la porte de la sacristie. Des gens s'attroupaient derrière l'église en secouant leur parapluie. Soudainement, les O'Hagan entrèrent et fendirent la petite foule qui s'agglomérait.

— Les voilà! clama Sansoucy avec soulagement.

Lionel Dussault était assez jeune dans son ministère; il n'avait jamais entendu parler d'un mariage célébré aussi rapidement

103

dans les annales de l'église. Lui qui, parfois émotif, affectionnait les grands déploiements, la descente solennelle sur le tapis rouge de l'allée centrale au son de l'orgue ronflant à pleins tuyaux la marche nuptiale de Mendelssohn, avait dû expédier la cérémonie.

* * *

Sitôt débarrassés de leurs manteaux et de leurs chapeaux, les convives félicitèrent et embrassèrent les nouveaux mariés, certains avec effusion, d'autres par pure civilité. La maîtresse de maison défroissa brièvement sa robe olivâtre avec le plat de la main. Afin de dégourdir l'atmosphère et mettre la compagnie en appétit, Théodore Sansoucy se mit à distribuer de la bière et de l'alcool pendant qu'Émilienne souhaitait la bienvenue dans sa maison aux parents de David et à leur fille Deborah.

Vers la fin de l'avant-midi, la salle à manger et la cuisine étaient assiégées par les invités dispersés qui devisaient agréablement. Au grand plaisir de l'hôtesse, presque tout le monde semblait prendre part à la fête, même James O'Hagan qui s'amusait ferme aux côtés d'Alphonsine qu'un petit verre de fort avait passablement éméchée, jusqu'au moment où Émilienne s'aperçut que Placide et ceux qui l'avaient voituré depuis Saint-Césaire étaient invisibles. Héloïse réalisa que les yeux de sa sœur scrutaient parmi les invités qui allaient s'attabler à la demande de l'hôte de la maison.

— Si tu cherches Elzéar, tu vas sûrement le trouver au boudoir avec Florida, l'informa-t-elle. Je les ai envoyés à l'écart, parce qu'ils sentaient l'étable à plein nez, et Placide les a suivis. J'imagine qu'il s'est habitué à leur odeur en venant de la campagne.

Émilienne se rendit dans le boudoir. Son fils s'était effectivement retranché dans la petite pièce avec l'oncle Elzéar et la tante Florida.

— C'est le temps d'approcher, on va dîner, leur dit-elle, avant de retourner dans la salle à manger.

L'épicier s'énervait. Il voyait le temps lui échapper et les convives qui tardaient à s'installer. La veille, il avait griffonné une petite affiche portant l'inscription : « Fermé pour l'avant-midi pour cause de maladie », en souhaitant être à son commerce au plus tard en début d'après-midi.

— On va d'abord faire asseoir ceux qui viennent de loin, lança Émilienne.

Sous les regards suspicieux, Elzéar et Florida prirent place au milieu sur le côté. Les autres se distribuèrent en s'éloignant tant bien que mal des paysans.

Pendant le repas, Irène et Paulette assurèrent le service, sous la supervision d'Héloïse. Elles avaient déployé des efforts considérables pour se faire comprendre de madame O'Hagan, qui ne parlait pas un traître mot de français. Comme le veut la coutume, à maintes reprises, les conviés frappèrent bruyamment la table de leurs ustensiles pour obliger les jeunes époux à se lever pour s'embrasser. Colombine ne put s'empêcher de murmurer à l'oreille d'Édouard qu'il était hors de question de tolérer cette pratique de fort mauvais goût lors de leur mariage. Au dessert, Simone et David coupèrent le traditionnel gâteau, sous les applaudissements de la tablée.

Les boissons chaudes servies, Héloïse se rendit à la cuisine pour ouvrir la porte et la fenêtre afin d'évacuer un peu de fumée qui s'échappait des pipes, des cigares et des cigarettes, et de rafraîchir l'atmosphère empestée. Sansoucy songeait à gagner son commerce. Le samedi était sa journée la plus payante de la semaine et il ne voulait pas risquer de perdre une partie de sa clientèle au profit d'une autre épicerie du quartier. Il voyait sa Simone, la nouvelle madame O'Hagan, heureuse, la tête appuyée sur l'épaule de David, son propre gendre, et le geste irréparable que lui-même s'apprêtait à commettre. « C'est pour ton bien, ma Simone, que ton père a pris cette décision irrévocable », se répétait-il pour se convaincre. Et il entrevoyait les pleurs et les grincements de dents qui lui arracheraient le cœur et des larmes. Mais il fallait qu'il interrompe ce festin qui, d'ailleurs, lui avait déjà coûté un gros mois de bénéfices : son beau-frère l'habitant et sa grosse Florida s'étaient empiffrés comme des porcs à ses frais, Paulette ricanait une coupe à la main pour des insignifiances, et le buveur irlandais O'Hagan qui avait perdu son air de croque-mort et sentait la tonne, joyeux complice d'Alphonsine et de son frère Romuald, avait bien consommé avec eux un quarante onces de gin. Et le père de David qui n'avait pas mordu à l'hameçon pour partager les coûts de la noce. « Au diable la dépense ! » avait-il radoté dans son for intérieur. Cependant, à ce moment précis, il espéra que l'union anticipée d'Édouard ne vienne pas grever son budget.

On avait ôté le tréteau et remisé sans tarder les planches dans le hangar, rapetissé la longue table à panneaux, poussé le meuble dans un coin et placé les chaises près des murs. Émilienne et Alphonsine distribuaient des digestifs. L'oncle Elzéar avait sorti son violon, Deborah O'Hagan, son accordéon. Des couples formèrent un set carré. « Et swing la bacaisse dans le fond de la boîte à bois ! »

À la fin d'une gigue, après quelques danses qui n'avaient eu pour tout effet que d'exacerber ses frustrations, l'épicier se braqua au milieu de la salle à manger et déclara :

— La fête est finie, mes amis !

Des oh ! d'étonnement et des ah ! de déception se propagèrent.

— Voyons, le père, dit Léandre, qu'est-ce qui vous prend tout d'un coup ? Vous voyez ben qu'on s'amuse tout le monde ensemble. Il y a juste vous qui avez pas l'air de fêter.

— Votre oncle s'est levé tôt ce matin pour traire ses vaches et il doit avoir hâte de retourner à Ange-Gardien. N'est-ce pas, Elzéar ?

— C'est toi qui le dis, le beau-frère. Je pense que mon vieux *truck* va retracer son chemin même si je pars à la noirceur.

— Théo! Tu vas pas nous faire ça! s'indigna Émilienne. Tu as juste une fille qui se marie dans ta vie.

Irène jeta à sa mère un œil empreint de navrement.

— De toute façon, faut que je rentre à l'épicerie au plus sacrant, expliqua le commerçant.

Le regard implorant, Simone s'approcha tendrement de son père en tirant son époux par la main.

— C'est l'heure, ma Simone, va te changer, balbutia son père.

David se tourna ostensiblement vers son épouse, sa physionomie teintée d'incompréhension.

— Toi, le gendre, tu restes à Montréal. Coudonc, ta femme t'a pas mis au courant? Elle s'en va demeurer à Ange-Gardien...

— Non, p'pa, s'opposa Simone, s'accrochant au cou de son père. Je ne lui ai pas expliqué parce que je croyais que vous aviez plus de cœur et que vous pouviez encore changer d'idée. C'est votre petite Simone qui vous supplie, larmoya-t-elle.

— On va se faire tout petits dans le boudoir, Simone et moi, supplia David d'une voix étranglée. Puis on s'aime d'amour, vous pouvez pas nous séparer...

Le couperet était tombé. Émilienne s'écrasa sur une chaise, en proie à des sanglots convulsifs. Alida avait roulé jusqu'à elle pour la consoler. Le taciturne Placide et la douce Irène lui susurraient des mots de compassion.

Sansoucy suintait. Son teint bilieux lui conférait un air quasi cadavérique que perçut le fabricant de cercueils.

— Va faire ta valise, ma Simone, insista le maître de la maison, la voix tremblotante.

La jeune mariée obtempéra en entraînant son époux dans sa chambre, et Émilienne, hoquetant de douleur, alla les rejoindre. Placide suivit les pas de sa mère et se posta à la porte, prêt à la rouvrir le moment venu. Théodore Sansoucy n'était pas fier de lui, mais il ne pouvait censément faire volte-face devant l'assistance.

La consternation se lisait sur la plupart des visages. Le violoneux remisa son instrument et son archet dans son étui. Héloïse murmura méchamment à sa sœur Alphonsine :

— Ça va vraiment lui faire du bien, à la petite bougresse. J'en ai glissé un mot à Elzéar et à Florida pour qu'ils ne la traitent pas aux petits oignons. Comme je les connais, ils ne la ménageront pas, je t'en passe un papier, Phonsine.

Simone achevait de vider ses tiroirs et de dépendre ses robes, même celles qui ne conviendraient qu'un court laps de temps, ses larmes humectant les vêtements qu'elle s'efforçait de plier correctement sous les yeux de sa mère éplorée. Cette fois elle partait avec le mince espoir de revenir avant la fin de sa grossesse. Elle s'éloignait de son jeune époux fringant pour vivre sa maternité dans l'abstinence et accoucher à la campagne, probablement assistée d'une sage-femme qui avait élevé une douzaine de marmots dans la misère d'un patelin reculé. D'un geste emporté, elle referma sa valise, son mari empoigna les robes suspendues à des cintres et ils repassèrent dans la salle à manger avant de s'immobiliser dans le vestibule, au bord de la porte. Elle enfila le manteau que son époux avait jeté sur ses épaules, les cils de David perlant des gouttelettes d'une émotion intense dont il se gavait le cœur avant de se séparer de sa petite femme.

Ils étaient tous là, un verre à la main, regroupés derrière Émilienne et David, à voir descendre Simone dans la cage de l'escalier, impuissants à contrecarrer la décision de celui qui venait de prendre la clé pour aller ouvrir son commerce.

Chapitre 6

Elzéar avait sacré comme un charretier en lançant ses outils dans la boîte de son camion. Une fâcheuse crevaison l'avait obligé à s'arrêter en bordure du macadam, alors qu'il pleuvassait. Assis sur une couverture à carreaux sale et trouée, les passagers venaient de remonter dans le vieux Fargo, qui roulait à présent vers le village de Saint-Césaire. Enserrée avec Placide entre leur oncle qui conduisait et leur tante qui avait toujours chaud, Simone regardait distraitement de ses yeux rougis défiler la campagne en se demandant si son frère le religieux, l'être illuminé qui paraissait insensible aux malheurs d'autrui, pouvait être un peu touché par la souffrance qui déchirait sa petite sœur. Mais le visage de David se dessinait, encore plus beau que tout ce que la nature avait à offrir : son corps frétillant, ses yeux émeraude qui la désiraient, ses muscles gonflés qu'elle aimait ressentir sous sa chemise ouverte, sa main caressante qui se baladait sous son corsage. Et, de temps à autre, combattant un malaise, elle portait la main à sa poitrine en s'inclinant vers le tableau de bord.

— Ma foi du bonyeu, Elzéar, de l'air! ordonna Florida. Tu vois pas que la petite a des nausées?

La vitre de la portière abaissée allégea l'atmosphère et la rendait respirable. Simone se redressa et sembla renaître.

Elzéar Grandbois n'était pas si pressé de faire descendre son neveu. Sa grandeur d'âme allait être récompensée. Il avait relâché la pédale et jouissait des dernières minutes que le voyage lui offrait pour sentir la cuisse chaude de la jeune mariée contre la sienne. Sérieux comme un pape, les mains posées à plat sur sa soutane noire, Placide marmottait des oraisons les yeux fermés. Le conducteur s'inclina vers son passager taciturne.

— Tabarnouche, le neveu! Le temps s'est remis au beau. Tu pourrais en profiter pour admirer la belle nature du bon Dieu. Au cas où tu le saurais pas, on vient de traverser le Richelieu et on a une belle vue sur la montagne de Rougemont.

— Excusez-moi, mon oncle.

— T'as pas à t'excuser; c'est toi qui es le pire, là-dedans. Une bonne fois, il faudrait ben qu'on t'emmène à l'Oratoire pour voir le frère André, proposa le paysan.

— Oh! mon oncle, vous me feriez le plus grand bonheur, réagit le Sainte-Croix en se joignant les mains.

* * *

L'imposante église paroissiale de pierres grises parut. Le camion s'engagea en face, dans l'allée ombragée bordée de chênes partiellement dépouillés et dont la lumière filtrée entre les feuilles persistantes badigeonnait la brique ocre jaune du collège.

De son bras potelé, la grosse Florida, qui avait exagérément chaud, rassembla les cintres de robes posées sur elle, sortit de l'habitacle pour faire descendre le jeune homme, et le véhicule repartit aussitôt pour le rang Séraphine.

La maison des Grandbois était chapeautée d'un toit pentu, doublement enchâssée entre des cheminées en chicane. Elle était flanquée d'une longue galerie, avec colonnes et colonnettes, qui courait sur la façade et à laquelle on accédait par deux escaliers aux marches ajourées de losanges. L'un d'eux menait à la porte du salon et l'autre permettait d'atteindre la cuisine. La peinture blanche des murs, des pignons et des corniches et les volets rouges tout aussi squameux dénotaient une certaine négligence et procuraient à l'habitation délabrée un air un peu étrange. Un énorme chien efflanqué sur la galerie se leva et se mit à aboyer en s'élançant vers le camion.

— On est rendus! s'exclama inutilement l'oncle.

— J'ai une peur bleue des gros chiens, exprima la jeune fille.

— Il te mangera pas, rétorqua Elzéar, il n'est pas méchant pour deux cennes.

La tante Florida descendit avec les robes, Simone empoigna sa valise sous la banquette et Elzéar s'étira la main pour agripper son étui à violon, coincé entre le haut du dossier et la lunette arrière et qui lui avait masqué une partie de la vue pendant tout le voyage.

Simone progressait en se protégeant du quadrupède avec sa petite valise, pendant que Grandbois gravissait les marches, précédé de sa bête.

— Bon chien, Rex, bon chien! dit-il, se penchant pour le flatter. Tu vois, c'est un bon garçon, ajouta-t-il.

Simone se rasséréna en lissant la toison fauve de l'animal. Grandbois souleva le loquet et ouvrit la porte toute grande.

— Toi, Rex, tu restes dehors, ordonna-t-il.

Puis il s'inclina exagérément avec une politesse obséquieuse qui contrastait avec les manières rustres qu'il avait démontrées jusqu'alors.

— Vous êtes chez vous, mademoiselle, dit-il en balayant l'air de sa grosse main.

La gorge de l'adolescente se noua. Elle reconnaissait vaguement les pièces de la grande maison où elle était venue plus petite avec sa famille. C'était au temps où pépère et mémère Grandbois habitaient la vieille demeure que l'aïeul avait bâtie de ses propres mains. Une dizaine d'années auparavant, les deux vieillards étaient morts, à trois mois d'intervalle, l'un dans sa chaise berçante, l'autre dans son lit. Elle se souvint confusément de l'intérieur bien tenu par sa grand-mère, des parquets cirés, des objets à leur place, du piano mécanique auquel Aurélie s'assoyait pour accompagner Odilon, d'un petit passage secret sous l'escalier, de l'eau qui goûtait les œufs pourris, et de la cave sombre et humide où elle était restée enfermée sous la trappe par un cousin malfaisant alors qu'ils jouaient à la cachette. À présent, des marques de goudron noir ressortaient par endroits sur le linoléum encrassé, un désordre régnait, et le comptoir recouvert de prélart était bondé de vaisselle sale. Une odeur de moisissure mêlée de cendre la dégoûta et l'indisposa.

— Va dégobiller dans le crachoir à pépère, lança Florida.

Simone déposa vitement sa valise et, la main sur la bouche, se précipita près de la berceuse pour vomir. Trois chats au poil laineux miaulèrent en avançant vers leur maîtresse. Florida se débarrassa de sa brassée de vêtements sur la table déjà encombrée et parsemée de miettes, ramassa les écuelles vides et les remplit d'eau à la pompe de l'évier avant de les offrir aux trois représentants de la race féline. Elzéar avait remisé son étui sur des empilages de cahiers de musique jaunis et empoussiérés qui garnissaient le piano droit; en enfilant sa salopette avec un sourire concupiscent, il observait la jeune fille qui s'était écrasée sur la chaise berceuse, le visage livide, la tête dolente rejetée en arrière, la bouche béante, les cuisses ouvertes. La tante se tourna vers sa nièce.

— Si tu penses que tu es venue pour te faire torcher puis dorloter, ma fille, tu te trompes royalement! hurla-t-elle. Va rincer le crachoir puis le vider dehors en arrière.

— Oui, matante, balbutia Simone en se levant.

La nièce obtempéra et revint déposer le crachoir près de la berçante, sous l'œil satisfait de la femme, qui se couvrait d'une longue chemise à carreaux.

— Ta tante Florida a coutume de faire le train, mentionna Elzéar, la lèvre tordue. Asteure que t'es là, tu vas nous aider dans la maison, décréta-t-il.

— On va manger de la galette de sarrasin pour souper, décida Florida. Tu dois te rappeler la trappe dans le plancher qui mène à la cave…

Simone eut un désagréable frisson qui lui parcourut le dos. Au poêle, Elzéar chiffonna des boulettes de papier, jeta quelques rondins, puis craqua une allumette sur la fesse de sa salopette et alluma le feu.

— C'est pas tout à fait comme chez ton père avec l'épicerie en dessous, railla le cultivateur.

— Les légumes sont conservés sous nos pieds, puis les œufs, le lard, le sucre et la farine, dans la laiterie, et la bouteille de sirop d'érable avec la mélasse, dans l'armoire, précisa Florida. Là, tu vas venir avec nous autres pour le lait, la farine et les œufs, et tu iras chercher le beurre au puits avant de rentrer dans la maison. Puis profites-en pour laver la vaisselle et mettre la table, ça rendrait service, ricana la femme en nouant un foulard sale sur ses cheveux.

Le regard de Simone contempla le comptoir bondé et se posa sur ses vêtements qui jonchaient la table.

— Après le souper, tu auras ben le temps de défaire ta valise et de serrer ton linge, ajouta Florida en s'emparant du pot de lait vide. D'ailleurs, tandis qu'on y est, tu prendras la chambre à gauche en haut de l'escalier.

« Maudite marde ! » maugréa Simone. Les craintes et les désagréments s'accumulaient. D'abord le chien à affronter, les tâches à exécuter et, éventuellement, la cave sombre à investir.

Sur la galerie, l'animal s'approcha de Simone, tremblante, qui se pressa contre sa tante. Elle flatta la croupe de la bête comme l'avait fait le maître, et sa peur se dissipa par enchantement.

— Rex, va chercher les vaches, ordonna son propriétaire.

L'animal parut décontenancé. L'heure du train de l'après-midi avait été devancée en raison de la première traite de la journée, plus matinale, et du voyage à Montréal.

— Grouille, mon Rex! insista le cultivateur.

En entrant dans l'étable, au moins une demi-douzaine de chats miaulaient en se faufilant entre les jambes de leurs hôtes.

— Pas si vite, les minous, lança Florida.

La fermière empoigna un bidon de lait, remplit les écuelles et le pot pour la cuisine. Elle le tendit à sa nièce.

— Asteure, viens on va te montrer notre installation, dit Elzéar.

— J'ai jamais aimé les étables, dit Simone, réticente. Quand j'étais petite…

L'homme parut contrarié.

— Une bonne fois, tu vas nous accompagner pour apprendre comment faire le train, laver les chaudières à lait, puis baratter le beurre, coupa le fermier. On sait jamais, tu pourrais avoir à remplacer l'un de nous deux, expliqua-t-il en terminant sa phrase d'un rire sarcastique.

La petite lui avait paru insolente. Sans se préoccuper du chien parti sur le chemin des vaches ramener les bêtes à l'étable, elle était retournée sur ses pas avec son pot de lait et se dirigeait vers le puits que son oncle lui avait indiqué en passant pour prendre le beurre.

Le tas de vaisselle l'écœurait souverainement. Et sa pile de robes abandonnées négligemment sur la table encore davantage. Elle empoigna sa valise cartonnée et embrassa sa flopée de vêtements avant de monter à sa chambre. En haut des marches, elle repoussa du pied la porte entrebâillée et laissa choir ses robes sur l'étroit lit de fer. Elle déposa sa valise et soupira.

«Je me rappelais pas que c'était aussi petit, là-dedans! Et c'est mauditement laid!» se dit-elle. La chambre qui tirait son jour du côté des bâtiments était ornée d'une tapisserie verdâtre parsemée de petites fleurs roses qui pendouillait par lambeaux, et le plâtre blanchâtre qui s'écaillait du plafond bas donnait à croire qu'il finirait ses jours au milieu du lit de fer. Un placard étroit et une commode vermoulue complétaient l'ameublement. L'endroit lui déplut. Les autres pièces étaient-elles plus convenables? Elle sortit dans le corridor et se buta à des portes closes et verrouillées. «Tant pis!» réfléchit-elle. Elle regagna la chambrette que le couple lui avait cédée.

Simone rageait. Elle avait plié devant son père pour lui obéir et on la traitait comme une moins que rien. «Pour son bien!» À mesure que ses robes s'entassaient dans la penderie, elle réalisait le ridicule d'avoir apporté tant de toilettes. «De toute façon, pensa-t-elle, j'en ai pas pour longtemps à vivre dans cette misérable maison de campagne.» Il y avait de quoi pleurer sur son sort, mais elle réprima les larmes qui affluèrent à ses yeux. Mieux valait garder son énergie pour planifier un retour à la ville. Elle végéterait quelques jours dociles dans une existence morne et tranquille pour démontrer sa bonne volonté. Mais après, elle ferait le nécessaire pour qu'on aille la reconduire ou pour qu'on vienne la chercher. Elle s'affala sur son lit pour en éprouver le confort et se mit à élaborer différents stratagèmes. Lasse de sa longue journée, elle s'assoupit en pensant à David.

Des craquements de pas dans l'escalier la tirèrent de sa rêverie.

— Comment? Paresseuse! Lève-toi au plus sacrant! tonna le fermier.

La recluse tressaillit de tout son corps et s'assit brusquement dans son lit.

— Je te l'avais ben dit, Elzéar, renchérit la mégère, l'œil furibond, notre nièce est une fainéante, une profiteuse.

— Ah! Je savais pas qu'il était si tard, se défendit la jeune fille.

Et Simone de se confondre en repentances, en regrets et autres demandes de pardon. L'air ingénu qu'avait emprunté la nièce décupla la fureur de la tante.

— En bas au plus vite, ça presse! insista-t-elle.

La nouvelle mariée rassembla ses idées et descendit à la suite des Grandbois. L'oncle ranima le feu, actionna les pédales du piano automatique et alla s'asseoir dans la berçante, confortablement adossé à la peau de carriole en chat sauvage. La tante remplit un chaudron qu'elle posa sur le poêle.

— Pendant que l'eau chauffe pour la vaisselle, tu peux commencer la préparation de la pâte, dit-elle.

— Je sais pas trop comment, tante Florida, admit Simone.

— Tu parles d'une enfant pourrie! s'emporta la paysanne. Ça vient de se marier puis ça sait même pas faire de la galette. T'es pas partie pour élever une grosse famille, ma noire…

— Au *snack-bar*, j'étais serveuse, pas cuisinière, matante, et à la maison, mon père a jamais voulu que je m'approche du poêle, exposa-t-elle.

Elzéar avait arrêté de se bercer. Un sourire lui durcissait les lèvres et il suivait la conversation avec un intérêt singulier.

— Avant de partir de Montréal, Héloïse m'avait ben avertie que tu serais pas d'une grande utilité, pesta Florida. Es-tu capable de faire la vaisselle, au moins?

— Pour ça, oui, matante, je la faisais quand le temps le permettait entre deux clients, répondit Simone, s'efforçant de plaire. Je vais faire mon gros possible pour pas être un poids dans la maison, je vous le jure.

Le couvert dressé, la jeune femme se rendit à l'armoire jaune à deux battants et en rapporta la bouteille de sirop d'érable qu'elle déposa fièrement sur la table.

— Je te l'ai dit tantôt, on va ménager le sirop et mettre de la mélasse sur nos galettes, dit sèchement Florida.

— Désolée, matante, j'ai beaucoup à apprendre et je suis pas familière avec…

— Tu sauras, ma fille, que c'est pas tous les cultivateurs qui ont une érablière, expliqua l'oncle. Le sirop, je suis obligé de le payer, puis on le garde pour les occasions spéciales.

— Je vas m'en rappeler, mon oncle.

Le souper se déroulait dans un silence oppressant qui pesa lourdement sur le cœur de Simone. Elle picorait plus qu'elle ne mangeait, se moulant un sourire forcé lorsque sa tante l'interrogeait du regard. Puis l'atmosphère se chargea d'une réprimande de la cuisinière.

— Tu l'aimes pas, mon manger ? demanda-t-elle avec arrogance.

— C'est pas ça, matante Florida.

— Madame est habituée à se nourrir de gros *steaks* puis de côtelettes de lard parce que son père est boucher, peut-être ? s'indigna la tante. Essaye donc d'apprécier la chance que t'as d'être logée avec nous autres. T'aurais ben pu te ramasser à la crèche de La Miséricorde à Montréal. Ç'aurait été ben pire, ma noire. Dis-toi que tes parents ont été ben charitables de t'obliger à te marier plutôt que d'échouer chez les religieuses, comme les jeunes filles enceintes qui ont fait l'acte avant le mariage. Arrête de farfiner, puis finis ton assiette !

— C'est vrai ce que dit ta tante, approuva Elzéar. En plus, t'aurais perdu ton enfant donné en adoption.

— Ce petit-là, je vas le garder et l'élever moi-même, vous saurez…

Des larmes silencieuses ruisselèrent sur les joues de Simone. Elle se leva lentement et, se moquant de la recommandation de sa tante, alla vider le reste de son assiette dans un plat destiné aux minous avant de la laver. Elle revint à la table pour offrir le thé qui chauffait sur le poêle. Après, sans en demander la permission, elle remonta l'escalier, épuisée par une journée qui se terminait abruptement.

Au matin, le miaulement des trois félins à sa porte la réveilla. Elle se tourna lascivement dans son lit, émergeant de son rêve, cherchant de sa main avide le corps de David. Elle venait de traverser sa nuit de noces et elle se retrouvait maintenant seule comme une veuve dont la mort, faucheuse et usurpatrice impénitente, avait ravi l'époux. Elle se tâta le ventre. «C'est un peu de lui qui est en moi», se dit-elle.

Un ronronnement de moteur l'attira à la fenêtre. «C'est dimanche, ils ont terminé la traite et doivent partir pour la messe», pensa-t-elle.

À travers le tissu délavé, elle n'eut que le temps de voir le vieux Fargo s'éloigner de la maison ; sa vue glissa sur le toit du hangar, sur les bâtiments et sur le cabinet de toilette, qui lui souleva le cœur. Elle laissa tomber le rideau et prit une grande respiration. Puis, reprenant contenance, elle alla se mirer dans le miroir terne suspendu au-dessus de la commode, sur laquelle trônaient une aiguière et un bassin vide. Ses cheveux en bataille lui déplurent, et elle sentit le besoin de se laver le visage. Il faisait frais dans la maison. De ses mains frissonnantes, elle se couvrit les épaules d'un châle dégoté dans le fond d'un tiroir et elle résolut de descendre pour remplir l'aiguière.

Elle jeta une bûche dans le poêle et mit à chauffer un peu d'eau pour sa toilette. «Pour me faire pardonner, je pourrais redescendre tout à l'heure afin de leur préparer le café et les rôties et déjeuner avec eux», se dit-elle, avant de remonter avec le vase rempli d'eau tiède.

Après sa toilette matinale, elle revêtit sa robe la plus ample et démêla ses cheveux couleur miel, en repensant au souper de la veille et à ce qu'elle ferait pour occuper sa journée. La température invitait à prendre l'air et elle ne pouvait censément s'enfermer entre les quatre murs de sa chambrette. Elle avait amadoué le chien, elle se promènerait dans la cour ou sur la route des vaches qui menait aux pâturages.

Les aboiements de Rex annoncèrent le retour des propriétaires. La chaleur de la cuisine était agréable, les couverts étaient dressés et le café exhalait son odeur enivrante, ce qui remémorait le travail au *snack-bar* de Simone. Elle avait remis le châle sur ses épaules et rapportait sur le comptoir le pain de la huche. Le couple parut.

— Dis donc, tu t'es forcée à matin, Simone, déclara le fermier en posant son missel sur le coin du piano.

La tante Florida flanqua un coup de coude dans les côtes de son mari.

— C'est normal qu'une fille de seize ans se déniaise dans une maison, commenta la tante.

— D'autant plus que je suis serveuse de métier, acquiesça Simone. Combien de tranches de pain à griller pour chacun ?

— Trois tranches épaisses pour moi, deux plus minces pour ta tante, répondit l'oncle.

— Tu sortiras la graisse de rôti et la confiture de fraises, ordonna Florida. Coudonc, qu'est-ce que tu fais avec ce châle-là sur le dos ?

— Je l'ai déniché dans un tiroir de ma commode, matante. Il a dû être oublié là.

Florida s'avança vers sa nièce.

— Ça vient de ta grand-mère Grandbois. Donne-moi-le que je le remette avec les autres morceaux dans le coffre de cèdre, dit-elle indélicatement en découvrant les épaules de la jeune fille.

D'un air résigné, Simone se mit à couper le pain pour le faire dorer sur le poêle et servit le café bouillant. La fermière reparut et s'assit à la table avec son mari.

— Tu as dû comprendre qu'on pouvait pas t'emmener à la messe à matin, expliqua Elzéar, répandant la graisse de rôti sur son pain grillé. Faut pas que tout le village sache qu'on héberge une dévergondée dans notre chaumière.

— Une fille de petite vertu! corrigea la tante avec complaisance.

— C'est du pareil au même, Florida. Ces filles-là sont toutes délurées. Ben plus que dans notre temps…

— Prétendez-vous que je suis une guidoune? coupa Simone. Au restaurant, j'ai souvent fait de l'œil à ben des garçons puis des hommes mariés, mais j'ai jamais couché avec personne d'autre que celui qui est maintenant mon mari, si vous voulez savoir. À part de ça, vous qui revenez de l'église, comment faites-vous pour loger une femme de mauvaise vie sous votre toit sans avoir des problèmes de conscience?

— T'es devenue la honte de ta famille et c'était impensable que tu vives avec elle, clama Grandbois, éludant la question. C'est rien d'autre que notre charité chrétienne qui justifie notre geste. Coudonc, dit-il en déposant son couteau avec fracas sur la table, veux-tu la faire mourir, ma sœur Émilienne? C'est ça que tu veux, hein, Simone?

— Pas plus tard qu'aujourd'hui, je vas me rendre à pied au magasin général du village pour téléphoner en ville, déclara la jeune fille.

— Tu iras pas au village, ma noire, l'interdit la tante Florida. Si tu te montres le moindrement le bout du nez à Ange-Gardien, tout le monde va déduire assez vite que t'es une fille venue dans la parenté pour accoucher d'un bâtard.

— Mon enfant sera pas un bâtard, matante! Combien de fois je devrai vous répéter que je suis mariée? Vous devriez le savoir puisque vous avez assisté au mariage, hier. En tout cas, si je peux pas aller au village, vous m'empêcherez quand même pas d'aller prendre l'air dans les champs!

— T'es ben mieux d'y aller à matin, parce qu'on va avoir de la visite après-midi, informa le fermier. La sœur de ta tante et son mari vont venir aux nouvelles. Ils veulent savoir comment s'est passé notre voyage à l'Oratoire, et ta présence dans la maison doit demeurer secrète…

— C'est du mensonge d'un bout à l'autre, mon oncle. Vous êtes même pas allés à l'Oratoire hier, même si vous étiez avec Placide.

Hors d'elle-même, Simone alla se poster à la fenêtre et regardait le chemin qui conduisait au village en se mordillant les lèvres.

— Tu boudes, ma noire? demanda la femme acariâtre.

— Trompe-toi pas, Florida, c'est son père qui fait du boudin, gouailla le cultivateur.

Simone se retourna brusquement.

— J'attends tout simplement que vous ayez fini de manger pour faire la vaisselle, rétorqua-t-elle.

Les fermiers achevèrent leur repas. Simone vida la table, récura la vaisselle.

— Asteure, ma noire, tu peux aller vider l'eau du plat au bout de la galerie, lui intima la tante.

La pensionnaire se couvrit de son manteau et passa le seuil. Sitôt qu'elle fut sur la galerie, surgissant entre l'écurie et le poulailler, Rex s'approcha d'elle, mendiant des caresses. Elle s'assit dans les marches de l'escalier et contempla le paysage bucolique des morceaux de terre en friche et des labours que les rayons bas du soleil d'automne chatouillaient avec une ardeur faiblissante. Le vent charria une puanteur de fumier qui l'incommoda. Elle se leva et, suivie par Rex qui lui collait aux fesses, elle emprunta le chemin des vaches en louvoyant entre les fondrières que la pluie avait creusées, jusqu'à ce qu'elle se sente loin de la maison, loin de son oncle et de sa tante, loin de ceux qui, pour la première fois de sa vie, la retenaient prisonnière. Dans un dernier effort, elle gravit la petite colline. Une légère brise lui caressant le visage lui remémora la douceur du souffle de David sur sa peau. Elle aurait aimé prolonger cet instant de bonheur, mais les entraves s'étaient posées sur sa voie et l'avaient empêchée de tisser son destin. Là-bas, derrière elle, on la considérait maintenant comme une servante et on la réclamerait. Elle reprit sa route et regagna la maison, un peu avant le dîner.

Après le repas, elle alla vider l'eau de la vaisselle au bout de la galerie et revint près de sa tante alors que son oncle chiquait du tabac dans sa berçante en écoutant une pièce du piano mécanique.

— Tu te rappelles ce qu'on t'a dit, ma noire ? s'enquit la fermière.

— Oui ! Je dois m'isoler et pas faire de bruit de tout l'après-midi. Je serai muette comme une tombe…

En soufflant ces derniers mots, elle se sourit à elle-même en pensant à David, le fabricant de cercueils.

— Auriez-vous du papier à lettres, ma tante ? demanda-t-elle.

— Pour quoi faire ?

— Tu sais ben que c'est pour écrire à son petit mari, Florida, mâchouilla le fermier, avant d'expectorer un formidable graillon de matières visqueuses à côté du crachoir.

Florida sembla soupeser la requête avant de répondre en fixant sa nièce d'un regard sardonique.

— On va dire que oui, acquiesça-t-elle finalement.

La tante apporta le nécessaire et la jeune fille monta à sa chambre. Le mobilier restreint ne comportant pas de secrétaire, elle ferait preuve de débrouillardise. Assise, sa petite valise cartonnée posée à plat sur ses cuisses, elle s'installa en s'appuyant le dos à la tête de son lit et commença à réfléchir.

En fait, Simone n'avait jamais écrit à personne. Tout au plus avait-elle rédigé quelques phrases à l'heure de la composition qu'elle avait tant exécrée à l'école. Contrairement à Marcel, qui devait se débattre avec les chiffres et les lettres de l'alphabet qui apparaissaient curieusement dans ses livres de mathématiques, elle n'avait jamais été douée pour le français. Elle le trouvait bien tenace de persévérer dans l'incompréhension des choses abstraites, elle qui n'avait pas dépassé le seuil du primaire avec les religieuses. Elle se souvenait d'ailleurs de ses moments d'indiscipline pendant la classe de français de sœur Zéphyrine du Calvaire qui l'avait séquestrée en pénitence, suffocante sous son bureau, et les instants de jouissance que la religieuse avait dû en retirer à la garder captive sous ses larges jupes. Elle débuta un peu pompeusement :

Mon très cher époux…

Puis elle souleva la plume, ne sachant quoi écrire, oubliant plutôt par où elle voulait commencer. Pourtant, elle avait tant à dire, tant à raconter depuis son départ de Montréal. Elle avait mis de l'ordre dans ses idées lors de sa promenade matinale. Tout semblait clair : les faits à relater, les souvenirs à évoquer, les sentiments à partager. Et cette rage qui lui était montée au cœur de se voir séparée de David et soumise à une autorité qui lui infligeait des brimades contre lesquelles elle savait si peu se défendre, finalement. Ses parents n'avaient vraiment jamais eu la main haute sur elle et les clients savaient à quoi s'en tenir avec Simone Sansoucy, qui avait la réplique facile et qui les éloignait lorsqu'ils s'approchaient un peu trop près de sa poitrine bien galbée…

« Wô ! Catin, wô ! » entendit Simone. Un hennissement prolongé suivit. Elle se rendit à la fenêtre. Debout dans un cabriolet, un homme maigre à la figure étirée enroulait les rênes de son cheval autour de la cravache plantée devant lui et s'apprêtait à descendre avec une petite femme au visage chafouin, le cou engoncé dans son col relevé. En bas, l'oncle Elzéar ouvrit. On entendit des mots de bienvenue. Simone alla entrebâiller sa porte.

Au début, la conversation sembla ennuyante. Simone se rassit en tailleur dans son lit et feuilleta un des catalogues périmés de Dupuis Frères abandonnés dans le fond du placard. Les vêtements démodés et les coiffures trop élégantes à son goût la firent pouffer de rires, qu'elle s'empressa d'étouffer de sa main. Mais son nom vint à son oreille et résonna comme une clochette à son cou. Florida relata le mariage intime célébré dans la sacristie et la noce plus qu'ordinaire qui avait suivi à la maison. Et après une journée de vie commune, elle transmettait à sa sœur Délima ses commentaires peu élogieux sur la fille de son beau-frère.

— Elle est pas facile à vivre, la gueuse, décréta la tante Florida. On a beau essayer de la redresser, on a du pain sur la planche, je vous jure. Parfois elle nous résiste, je comprends que ses parents voulaient pas la supporter tout le temps de sa grossesse. Ces enfants gâtés là sont habitués à se faire servir. Si on la laissait faire, elle ferait rien d'autre que de s'affaler toute la journée. Pensez-vous qu'on va la plaindre et faire ses quatre volontés ? Détrompez-vous…

— T'exagères pas un peu, Florida ? Elle est pas si difficile que ça, notre nièce, rétablit l'hôte.

— Si je t'écoutais, Elzéar, on céderait à ses caprices comme notre beau-frère Théodore. On dirait qu'il l'a en admiration, sa fille. Et puis je te trouve ben tolérant avec elle, des fois.

Rabattu par sa femme, Elzéar commença à parler de politique provinciale et des labours d'automne avec Gédéon.

— Je te souhaite la meilleure des chances avec elle, Florida, conclut la sœur.

— Asteure que je t'ai raconté ça, tiens ta langue, Délima. Sinon la nouvelle va se répandre comme une épidémie dans la paroisse.

* * *

Lundi matin, jour de lavage. La pensionnaire avait été prévenue de se vêtir de sa robe la plus vieillotte, de mettre un tablier et de relever ses cheveux en chignon. Une cuve d'eau chauffait sur le poêle. Les vêtements sales étaient séparés en tas sur le prélart de la cuisine et n'attendaient que le moment choisi par la ménagère pour être débarrassés de leur crasse.

— Tasse-toi, Simone, je vais rentrer la laveuse.

Une robe légère sur le dos, Florida sortit sur la galerie et fit rouler à l'intérieur la lourde machine à laver entreposée dehors durant la belle saison. L'engin, constitué d'une cuve en bois et d'un agitateur actionné manuellement par une manivelle, fut poussé à proximité du poêle. Puis la ménagère déposa dans la cuvette un carré de bleu à nettoyer.

— Asteure, tandis que t'es là, au lieu de me regarder faire, aide-moi donc à soulever la cuve d'eau chaude.

— Vous ne videz pas tout? demanda candidement Simone.

— Ben non, innocente, il faut en garder pour le rinçage! Pendant que je vais laver le blanc, tu vas frotter le linge trop sale avec mon pain de savon du pays.

Simone semblait désemparée devant la besogne à exécuter.

— Jamais je croirai que t'as pas vu faire ta mère! s'exaspéra Florida. Regarde-moi ben…

La ménagère alla quérir la planche à laver et la plongea dans la cuve installée sur un banc, et, avec son morceau de savon, se mit à décrasser énergiquement le linge après l'avoir mouillé.

Simone passa une demi-heure à enlever les taches rebelles. En plus d'être éreintée, elle avait les jointures usées. La domestique songeait à la lettre qu'elle avait écrite d'un trait après le départ des visiteurs la veille. Elle s'arrêta, s'essuya les mains sur son tablier et sortit une enveloppe de son corsage qu'elle brandit devant sa tante.

— J'ai une petite faveur à vous demander, dit-elle, arborant un sourire gêné. Est-ce que mon oncle Elzéar pourra poster cette lettre aujourd'hui en allant au village ?

— As-tu de quoi payer la poste ? Ton père nous a promis de verser une petite pension pour nous dédommager, mais faudrait pas exagérer.

— J'ai apporté quelques sous pour mes petites dépenses, matante. Et comme je sors pas de la cour, il y a pas grand chance que je fasse des folies…

Florida déposa la lettre de sa nièce, bien en vue sur la table, et se mit à tendre deux cordes qui traversaient la cuisine au-dessus du poêle.

— Pendant que je vais faire ma deuxième brassée, tu vas étendre le blanc, ordonna-t-elle.

La corvée de la lessive terminée, la machine à laver avait été remisée sous l'escalier. Simone étendit la deuxième cordée en pensant que son David aurait bientôt de ses nouvelles. Cependant, elle mijotait une autre demande qui la mettait un peu dans l'embarras.

— Quand est-ce, matante, que je pourrai prendre mon bain ? Chez moi, c'était au moins trois fois par semaine…

— Ici, c'est pas pareil, ma noire, on a coutume de le prendre une fois par semaine, le samedi soir, de préférence. Mais là, on a dû le devancer d'une journée parce que ton oncle et moi, on est allés aux noces, figure-toi donc…

— Je peux ou je peux pas, décidez-vous, matante! lança impérieusement Simone.

— Tu me parleras pas sur ce ton-là, ma fille! s'emporta la ménagère.

À ce moment, le fermier entra. Il venait de soigner les poules.

— Vous m'avez l'air de deux coqs montés sur leurs ergots, dit-il.

— Madame O'Hagan veut prendre un bain, Elzéar.

— Puis, Florida, en quoi c'est un problème?

— On est toujours ben pas pour lui grimper de l'eau chaude dans sa chambre.

— C'est sûr que non, Florida. Faut juste placer la cuve de fer-blanc près du poêle comme d'habitude et installer un drap devant, c'est tout. De toute façon, que ce soit aujourd'hui ou samedi, faut quand même trouver une solution pour que notre nièce garde son intimité quand elle prend son bain.

Le mari avait eu raison. Mais sa femme avait sourcillé à la pensée qu'elle avait promis une visite de courtoisie à sa voisine en soirée. Les yeux d'Elzéar s'attardèrent sur le joli petit ventre maternel de sa nièce et sur sa silhouette désirable. Florida s'en aperçut.

— Simone, plutôt que d'attendre que ton linge te pète sur le dos, tu devrais prendre du temps pour t'ajuster une couple de robes.

Le regard d'Elzéar se déporta sur le coin de la table.

— C'est quoi, cette enveloppe-là? s'enquit-il.

Il s'empara de la lettre et balbutia des bribes de l'adresse:

— David O'Hagan, avenue Jeanne-d'Arc, Montréal.

La ménagère réalisa qu'elle devait saisir l'occasion pour instruire son mari à l'insu de sa nièce.

— Va donc chercher tes robes et le panier à ouvrage, Simone. Tant qu'à y être, descends aussi un peu d'argent pour acheter le timbre…

La jeune femme parut se douter d'une quelconque machination de sa tante. Néanmoins, elle obtempéra à sa proposition, mais elle se retourna en amorçant la montée de l'escalier. Florida entraînait son mari près de la porte de sortie, lui murmurant quelques paroles que la jeune fille ne put discerner. Dès lors, un grain de méfiance fut semé dans son esprit.

La faim tenaillait les estomacs de la maisonnée. Florida avait résolu que sa nièce avait suffisamment paressé dans sa chambre à l'ajustement de ses robes écourtichées d'aguicheuse et de serveuse de *snack-bar* pour la laisser fainéanter une minute de plus. Au cours de l'après-midi, son mari était allé au village et revenait de faire son train. Il rentra avec une terrine d'œufs frais. Elle réquisitionna sa nièce pour le souper.

— À soir, on mange une omelette, dit-elle en déposant six gros œufs sur le comptoir. Va donc me chercher un peu d'échalotes.

Simone se sentit défaillir. Elle redoutait cette descente dans les entrailles de la maison.

— Maman ne met pas d'échalotes dans son omelette, affirma-t-elle.

— Ben nous autres, on en met, ma noire !

Simone accusa sans autre réplique la répartie de sa tante. Elle alla au poêle pour allumer la lampe et progressa docilement vers l'escalier. Les chats de la maison la rejoignirent aussitôt. Les repoussant énergiquement du pied, elle souleva lentement la trappe en s'imaginant la grouillante vermine qui les dévorerait, elle et son enfant. Puis elle entreprit de s'engager à reculons, se retenant d'une main par les marches étroites.

Au pied des degrés, balayant l'air humide de sa lampe, elle repéra le carreau de légumes.

— Coudonc, Simone, arrives-tu ? s'écria la ménagère. J'ai envie de souper de bonne heure.

La jeune femme s'empara rapidement d'une botte d'échalotes qu'elle enserra à sa ceinture, remonta aussi vite qu'elle le put en effrayant les petits félins.

Le souffle court, Simone déposa la lampe et referma la trappe. Au comptoir, Florida avait cassé les œufs dans un grand bol et coupé des tranches de lard. D'un air impatient, elle fixa sa nièce.

— Lave-les, que je les épluche, ordonna-t-elle sèchement.

Dans sa chaise berçante, Elzéar surveillait la scène avec intérêt.

— Quand ben même que t'arriverais un quart d'heure en retard à ta rencontre de fermières, ils te mettront pas dehors, lança-t-il.

Florida commençait à couper une échalote en rondelles.

— Tu vois ça ? demanda la tante, indiquant avec son couteau le sac au bord de la porte.

Simone regarda le cabas en paille tressée de grande contenance.

— Il y a plein de retailles de toutes les couleurs là-dedans, expliqua sa tante sur un ton plus amène. Ta grand-mère Grandbois en avait accumulé dans les tiroirs d'une commode. J'ai décidé d'apprendre à faire des courtepointes. Je te cacherai pas que c'est ben plus pour sortir de la maison que j'ai accepté l'invitation de Délima.

Elzéar ne pouvait détacher son regard de l'aguichante jeune mariée. Bientôt il serait seul avec elle…

— Plutôt que de rien faire, mon mari, tu devrais voir à l'installation pour le bain, commenta Florida. Mais lave-toi les mains, avant de toucher à mon drap blanc.

L'homme se leva de sa berçante, fit un brin de toilette avec une brosse et le savon du pays posés sur le dosseret de l'évier de cuisine, et essuya ses mains épaisses sur une grosse serviette en toile de lin.

Florida avait mis un drap replié sur une chaise. Elzéar alla quérir un marteau et des clous qu'il gardait dans un coffre avec quelques outils dans le bas de l'armoire et, tirant une chaise dans un coin de la cuisine, se mit en frais d'installer une corde à des solives du plafond. Puis il suspendit la pièce de tissu, en la faisant tenir par des épingles à linge.

Pendant ce temps, la ménagère surveillait la cuisson de l'omelette et, pensive, Simone dressait la table en songeant à la lettre que lirait David dans quelques jours. Puis elle se prit à suspecter les véritables intentions de sa tante…

— On soupe ! annonça la cuisinière.

Alors que sa femme taillait des portions d'omelette, Elzéar se déchirait un morceau de pain qu'il beurra généreusement.

— Le marchand a dû vous poser des questions au magasin général, mononcle, observa Simone.

— Quoi donc ?

— T'as ben posté la lettre de ta nièce, Elzéar ?

— Euh ! Ben oui, voyons, répondit le fermier. Je suis pas allé au village juste pour ça, mais c'était la principale raison de mon déplacement, ricana-t-il nerveusement.

— Ta nièce veut savoir si on peut compter sur monsieur Cloutier, précisa Florida. Il a ben dû s'apercevoir qu'il connaissait pas l'adresse ni le destinataire de la lettre.

— Avec Cloutier, on est comme avec le prêtre : il y a rien qui sort du confessionnal, répondit-il, satisfait de sa lumineuse comparaison. Et puis, comme de raison, il a ben fallu que je lui dise que ça se pouvait qu'on reçoive du courrier inhabituel.

— Ben entendu, Elzéar, ça prend pas beaucoup de jarnigoine pour comprendre ça, commenta Florida, visiblement étonnée de la trouvaille de son mari.

Après le souper, pour ne pas retarder indûment sa femme, Elzéar offrit d'atteler la pouliche gris souris à la voiture. Quand il revint, la vaisselle achevait et de l'eau chauffait sur le poêle.

— Tes amies vont t'attendre, Florida, mentionna Elzéar.

Florida revêtit son manteau, empoigna son fourre-tout et traversa le seuil. Elzéar s'empressa à la fenêtre et, le front appuyé aux croisillons, regardait sa femme détacher les rênes de la rambarde de la galerie et monter dans la carriole.

— Il fait chaud ici dedans ! affirma l'oncle en glissant les pouces sous les larges bretelles rouges qui retenaient ses culottes.

— C'est normal avec ce qui chauffe sur le poêle, rétorqua Simone.

Les bretelles flottaient à présent sur les flancs du fermier. Le front en sueur, frémissant, il déboutonna sa chemise s'ouvrant sur le scapulaire – deux petits morceaux d'étoffe bénits réunis par des cordons – qui ornait sa camisole. Puis il agrippa un bassin d'eau chaude qui gargouillait à gros bouillons pour aller le transvider dans la cuve derrière le drap qui tenait lieu de cloison.

— Je vais vider l'autre et ensuite on mettra quelques bassines d'eau froide.

Une fois l'opération exécutée, l'oncle se tenait debout près de la cuvette, les mains sur les hanches.

— Pour le reste, je devrais pas avoir besoin de votre aide, mononcle, plaisanta Simone. Matante m'a donné tout ce qu'il faut pour me laver et m'essuyer. Il manque que ma robe de nuit.

Elzéar esquissa un sourire mi-figue, mi-raisin et, pour réprimer les pulsions sexuelles qui le démangeaient, il saisit le premier chat qui musardait dans les parages et alla s'asseoir dans sa berçante pour le flatter.

Quelques minutes plus tard, la pensionnaire descendit en jaquette, les cheveux relevés, s'achemina vers la salle de bain de fortune pour s'enfoncer dans la cuvette d'eau savonneuse.

Le fermier se berçait de plus en plus énergiquement. Il mâchouillait une énorme chique de tabac, en retenant sur lui la petite bête qui voulait se sauver. Derrière le paravent improvisé, Simone laissa couler à ses pieds sa robe de nuit le long de son corps et s'assit dans la cuve, heureuse de pouvoir se tremper dans une eau bienfaisante.

Elle frissonna. La chaleur du poêle diminuait et ne l'atteignait plus autant dans le coin de la cuisine. Elle s'empressa de se laver le buste et le visage.

Elzéar n'en pouvait plus de se retenir. Il songea à s'embusquer au bout du paravent, mais se ravisa. Ses doigts se crispaient sur l'animal dans ses efforts pour chasser le démon de la concupiscence. Soudain, le chat se débattit en poussant un miaulement plaintif et s'élança follement vers le rideau séparateur, qui décrocha brusquement du plafond.

— Ah ben, maudite marde! s'écria Simone, étirant la main pour saisir sa serviette.

Sur le coup, le fermier s'était levé de sa berçante et, les sens éperdus, cherchait la moindre parcelle de chair découverte à offrir à son œil avide. Mais sa nièce, le regard ahuri, pressait contre ses seins volumineux son linge taponné.

— De grâce, mononcle, revirez-vous de bord! supplia-t-elle d'une voix altérée.

— C'est la faute du chat, je n'y pouvais rien, ma nièce, se défendit mollement Elzéar en restant planté debout.

— Ben là, ça dépend pas du chat si vous me dévisagez de même. Faites donc ce que je vous demande, vieux vicieux!

— Elle est pas commode, la petite Simone…

— Si vous pensiez abuser de moi, détrompez-vous, protesta-t-elle.

Piqué au vif par sa cuisante déconvenue, le fermier se retourna, s'en fut à la porte et sortit pour se refroidir les sangs.

Le temps de le dire, Simone posa le pied sur le linoléum, s'essuya le corps et enfila sa jaquette avant de déguerpir de la cuisine et gravir les marches qui menaient à sa chambre.

Au bout de la galerie, le voyeur avait déboutonné sa braguette et se soulageait de ses tensions sexuelles.

* * *

Le lendemain, au déjeuner, Florida était d'excellente humeur. Son mari l'avait honorée avec une ardeur qu'elle ne lui avait pas connue depuis longtemps. Elle raconta à sa nièce sa soirée de la veille avec les fermières du rang. Elle avait appris les rudiments de la confection de courtepointes et les rumeurs qui se propageaient dans les chaumières. Cependant, rien n'avait émané du secret qu'elle partageait à présent avec Délima. Même s'il lui brûlait de répandre l'information, elle savait pertinemment que les paroissiens pourraient colporter faussement la nouvelle et qu'elle risquait ensuite d'avoir à éteindre le feu qu'elle aurait elle-même allumé.

— C'est aujourd'hui que tu m'accompagnes à l'étable, Simone, annonça l'oncle d'une voix impérieuse.

— Ah, non! Pas le train, rétorqua insolemment la jeune fille. Vos vaches devront se passer de moi. Et puis j'ai pas envie de sentir le fumier et je veux pas être obligée de prendre mon bain chaque jour.

— Veux-tu insinuer qu'on sent mauvais à la campagne? s'offusqua Florida.

— J'ai rien insinué, se défendit Simone.

L'air éminemment blessé par le commentaire méprisant de sa nièce, Florida déclara orageusement:

— Si je me retenais pas, t'en mangerais toute une, ma noire. Monte dans ta chambre, puis va réfléchir le reste de l'avant-midi.

— Je suis plus une enfant pour vous écouter, matante, mais je vais monter pareil, soutint Simone, avant de gravir l'escalier avec fracas.

La tante se leva prestement et s'avança au pied des marches. Puis, les poings sur les hanches, elle vociféra:

— C'est ça, va donc faire la baboune au deuxième, dit-elle, indignée. As-tu déjà vu ça?

Elzéar but d'un trait le reste de son café et déposa bruyamment sa tasse.

— Si c'était rien que de moi, Florida, je te reconduirais ça tout de suite à Montréal, décréta-t-il.

Il enfila sa salopette et partit pour l'étable pendant que sa femme ramassait la vaisselle sale en marmonnant des imprécations contre leur nièce.

Simone avait refermé sans ménagement la porte derrière elle et s'était jetée sur son lit. La rage trop forte avait endigué son flot de larmes, mais sa colère n'en était pas moins grande. Déjà elle n'avait pu éviter l'isolement à la campagne, loin de son mari, loin de sa famille ; elle devait à présent subir la contrainte de l'enfermement, en pénitence dans sa chambre. Elle regretta presque d'avoir désobéi à son oncle. Mais elle avait redouté ses regards lascifs et pleins de convoitise. Il l'avait détaillée avec des yeux dévorants et un air qui l'avait intimidée. Bien pire : elle avait eu le sentiment d'avoir été violée. Non, elle n'allait pas demeurer une heure de plus dans cette infâme prison, à se soumettre à la domination de ses geôliers ! « Au diable les qu'en-dira-t-on ! », Simone Sansoucy paraîtrait au village. Elle se leva et ouvrit la porte du placard.

La pensionnaire venait de larguer pêle-mêle ses vêtements dans sa valise et de les couvrir de ses paires de souliers. Il ne restait que quelques robes jetées sur le lit. Assise sur le couvercle de sa valise, elle allait boucler son bagage quand le temps s'assombrit. Elle se rendit à la fenêtre. « Je peux pas croire ! » s'exclama-t-elle. Une forte pluie poussée par le vent cinglait les carreaux et s'abattait avec violence sur les bâtiments. « Maudite marde ! Il pleut bien trop pour m'en aller à pied. Des plans pour attraper mon coup de mort ! »

La pluie battante était à présent zébrée d'éclairs et assourdie d'effroyables coups de tonnerre. La recluse avait déposé sa valise au bord de la porte et attendait que le ciel décolère. Elle s'alluma une Buckingham puis feuilleta machinalement un catalogue de Dupuis Frères, absorbée par des pensées brèves et fuyantes. Une fois rendue au magasin général, elle trouverait bien un fermier compatissant qui la conduirait à Saint-Césaire pour prendre le train. Elle créerait toute une surprise à ses parents, qui verraient la jeune mariée ressurgir du fond de sa campagne, fermement résolue à ne plus y retourner. Ils sauraient comment on la traitait, le peu de considération qu'on lui avait manifestée. Son père n'aurait d'autre choix que de revenir sur sa décision.

La matinée filait et ses chances de quitter la maison avant le dîner s'amenuisaient. Les nuages n'avaient pas cessé de déverser leurs trombes d'eau. Simone eut faim. Elle se posta à la fenêtre pour tromper son appétit. La vitre s'était embuée. Comme une enfant indocile à qui on avait maintes fois interdit de barbouiller les carreaux, elle esquissa un croquis de son index. Mais elle ne parvenait pas à dessiner les traits de David, beaucoup plus beau, infiniment plus séduisant. Déçue, elle passa la paume de sa main pour les faire disparaître. Elle allait regagner piteusement son lit quand Rex aboya et une lueur de phares balaya les murs des bâtiments. Des portes claquèrent et des pas se précipitèrent vers la maison. « David ! » s'écria-t-elle. En un rien de temps, elle avait empoigné son bagage, franchi le seuil et dévalé l'escalier.

— David ! s'exclama-t-elle en déposant sa valise. Comment ça se fait que t'es là ?

Elle laissa tomber ses robes sur son bagage et se projeta vers lui. Autour des amoureux qui s'embrassaient dans une étreinte pleine d'effusion, Léandre souriait au bonheur retrouvé de sa sœur, Florida et son mari demeuraient la bouche béante d'hébétude.

— J'en pouvais plus, Simone, ces trois jours m'ont paru une éternité, exprima le jeune mari. Et ta valise est déjà prête…

— Je t'expliquerai…

Exultant, David entoura sa femme de ses bras d'artisan et la souleva avant de la déposer, complètement transportée.

Simone se tourna vers son frère.

— J'ai emprunté la machine de l'oncle Albert de Paulette, murmura-t-il avec ravissement.

— Puis t'as réussi à prendre congé, en pleine semaine de travail, commenta-t-elle.

— Le père a pas eu ben le choix quand je lui ai dit que rien ne m'empêcherait de venir chercher ma petite sœur à Ange-Gardien.

Insultée qu'on ait envahi sa maison sans même frapper à la porte, Florida intervint :

— Puis nous autres, on est pas des cotons ! T'aurais pu nous dire bonjour, Léandre Sansoucy.

— D'après ce que je peux voir, il est pas plus éduqué que sa sœur, renchérit sèchement Elzéar.

La pensionnaire jeta un œil réprobateur à son oncle.

— Je sais pas qui est le plus mal élevé de la gang ? lança la nièce, la lèvre tordue.

Une ombre d'embarras assombrit le front du fermier et lui cloua le bec. La jeune fille décocha un regard accusateur à ses hôtes et s'adressa à ceux qui venaient la chercher. Elle s'emporta :

— J'en ai assez de passer pour une dévergondée de la grande ville, une fille à dresser comme si j'étais un cheval sauvage, puis je suis tannée de les avoir sur le dos, ces deux-là, maudite marde ! débita-t-elle. Venez-vous-en, les gars, ordonna-t-elle, avant d'ouvrir énergiquement la porte.

Sur la galerie, sous l'œil inquiet de Rex, Simone attendait qu'on la rejoigne pour descendre les marches.

La valise au poing et les robes sur le bras, David sortit à la suite de Léandre. Sa femme se blottit contre lui. La pluie diluvienne mouillait les chaussures, incitant à reculer près du mur de la maison. Après un moment d'hésitation, sous les aboiements éperdus du chien, ils s'engouffrèrent vitement dans la Ford, qui exécuta un demi-tour et quitta promptement la propriété des Grandbois.

Ils n'étaient pas aussitôt parvenus au village que Simone voulut combler son besoin de fumer.

— Il faut absolument qu'on s'arrête pour acheter des cigarettes, les gars, déclara Simone. Et puis je veux savoir ce qui en est de la lettre que j'ai confiée à mon oncle.

— On peut pas s'arrêter ben ben longtemps, affirma Léandre. J'ai promis au père qu'on serait de retour pour le dîner.

— OK! dit la jeune fille.

La Ford se gara devant le magasin général.

Escortée par les deux garçons, Simone entra dans le commerce enfumé. Dans un coin, cartes à la main, quatre fumeurs sexagénaires attablés se mirent à la reluquer. L'un d'eux, un gros homme chauve portant un tablier, se leva et se rendit derrière le comptoir. Puis il rabaissa la planche à bascule qui barrait maintenant le passage.

— Qu'est-ce qu'on peut faire pour vous, mademoiselle? s'enquit-il.

— Un paquet de Buckingham, monsieur.

Léandre promena avec curiosité son regard sur la variété de produits de consommation offerts. On pouvait trouver des clous et du pétrole aussi bien que de la viande, des épices et des conserves. L'employé de l'épicerie Sansoucy remarqua l'échelle appuyée contre les hautes tablettes pour atteindre les denrées moins courantes et les nombreux barils qui jonchaient le plancher. Pour sa part, David se tenait un peu en retrait de sa femme et paraissait embarrassé par la question qu'elle allait poser au maître de poste.

Le marchand servit avec diligence sa nouvelle cliente, qui régla aussitôt.

— Vous êtes pas de la place, hein?

— Je suis une fille de la ville venue faire un petit séjour chez son oncle, expliqua-t-elle, l'air intrigant.

Le nouveau mari parut gêné par la réponse de son épouse.

Repensant à la lettre qu'elle avait adressée à David, Simone s'assura qu'elle soutenait l'attention des joueurs de cartes.

— J'ai autre chose à vous demander, proféra Simone en fixant le courrier dans les casiers.

Les sourcils interrogatifs, le commerçant se redressa.

— Ma lettre est-elle partie pour Montréal, oui ou non ? demanda sa cliente.

— De quoi parlez-vous, mademoiselle ?

— Pas plus tard qu'hier, mon oncle Elzéar Grandbois devait maller une enveloppe pour David O'Hagan, mon mari.

— Votre oncle est bel et bien venu ici hier, mais il n'avait rien à expédier, répondit le maître de poste.

La jeune fille se retourna vers les siens.

— Je vous l'avais ben dit, les gars ! s'emporta-t-elle. Je savais que je pouvais pas me fier à cet écœurant-là.

— Puis matante est pas plus fine, ajouta Léandre.

— Je pense même que ce doit être son idée, précisa Simone avant de franchir le seuil du commerce, entraînant Léandre et son mari.

Les spectateurs du magasin avaient suivi la scène sans trop comprendre les propos étranges de la jeune fille et la présence des deux jeunes hommes qui l'accompagnaient. D'ailleurs, l'un d'entre eux semblait être son conjoint. Mais chose certaine, les joueurs se promettaient de demander des éclaircissements au fermier du rang Séraphine.

Chemin faisant, le temps parut moins chagrin. Comme par enchantement, le soleil se ragaillardissait et déversait ses paillettes dorées sur les trois passagers de la Ford. C'était de bon augure. Entre des regards croisés et de chastes périodes d'embrassades avec son époux, la fugitive fredonnait «Blue Moon», sa chanson préférée. Puis elle s'arrêta, soudainement inquiétée par ce qui l'attendait. Elle s'enquit des dispositions de son père auprès du conducteur. L'épicier réaliserait que son retour à la maison n'était pas une simple escapade : elle revenait pour de bon. Et les parents de David n'étant pas prêts à accueillir le petit couple, la maisonnée des Sansoucy devrait le loger coûte que coûte.

Chapitre 7

Théodore Sansoucy était affairé à la fabrication de saucisses dans un recoin de sa boucherie. À tout moment, il délaissait son ouvrage en bougonnant et allait répondre au téléphone ou servir une cliente avant de reprendre ce qu'il avait entrepris. Dans une grande cuve, des tripes retournées à l'envers trempaient dans une eau tiède que le boucher devait changer jusqu'à ce qu'elle reste claire. L'opération nécessitait plusieurs étapes, mais les boyaux ainsi nettoyés permettraient d'envelopper la viande assaisonnée. La chair de saucisse était ensuite poussée dans les tripes attachées à un petit moulin à manivelle. À chaque six pouces, le charcutier tordait la tripe, qui s'ajoutait ainsi au long chapelet de saucisses.

Léandre avait déposé les jeunes mariés devant l'épicerie de la rue Adam et filait vers le garage de l'oncle Albert. Avant de regagner le logement, Simone résolut de saluer son père. David la suivit docilement, portant la brassée de linge repliée sur la valise de sa femme. Elle parut au comptoir des viandes, rayonnante de bonheur. Littéralement abasourdi de voir surgir sa fille dans son commerce, Sansoucy s'empressa d'en finir avec sa cliente.

— Tenez, madame Robidoux, votre paquet de *baloney*.

La cliente aperçut la jeune fille resplendissante dans son manteau de drap noir qui lui allait à mi-cuisses et le garçon embarrassé de bagages visiblement mal à l'aise.

— Tiens, une revenante d'outre-tombe avec son mari le fossoyeur! s'exclama madame Robidoux.

— David n'est pas fossoyeur, vous devriez le savoir, rétorqua la mariée. Il est fabricant de cercueils, c'est pas pareil pantoute.

— En tout cas, le beau Léandre, ton frère, avait essayé de nous faire des accroires. Supposément que tu rentrais au couvent pour recevoir une bonne éducation chez les religieuses. Mais c'est pas vrai pantoute ! Au cas où tu le saurais pas – parce que t'étais dans les nuages ce jour-là –, on était plusieurs voisines du quartier en arrière de l'église quand tu t'es mariée en cachette dans la sacristie samedi passé. Je gage que t'es allée rester dans la parenté quelque part dans un coin perdu.

— Ça m'étonne que vous ayez pas su où on m'a enfermée, madame Robidoux, cracha Simone. Ben je vais vous le dire.

La jeune épouse se tourna vers son père, prenant à témoin son mari qui la couvait silencieusement du regard.

— J'étais à la campagne chez mon oncle Elzéar – le frère de ma mère – pour le temps de ma grossesse, supposément, puis ça a mal tourné pour toutes sortes de raisons que vous saurez pas parce que c'est pas de vos maudites affaires, madame Robidoux !

— Ah ! parce que madame est enceinte, asteure…

— Faites donc pas l'hypocrite, madame Robidoux ! poursuivit Simone. À votre âge, vous devez ben savoir que les mariages de sacristie de bonne heure le matin, ça cache des gros mensonges. Faites pas l'innocente…

La cliente prit un air de vierge offensée et se tourna vers le boucher.

— Ben là, monsieur Sansoucy, dites quelque chose, ma foi du bon Dieu !

— Ça va faire, Simone, bredouilla son père. Va donc voir ta mère…

— Ah ben viarge, c'est le boutte ! proféra l'adolescente, avant de pivoter sur elle-même et de quitter le commerce avec David.

Furieuse, la nouvelle mariée monta bruyamment les marches de l'escalier et parut dans l'appartement, en proie à une grande agitation. À un bout de la table, Alida épluchait des légumes et Héloïse activait le feu du poêle. Assise dans la berçante, un gros bol en grès posé sur elle, Émilienne touillait une pâte à gâteau.

— Simone! Ma petite! Viens ici que je t'embrasse, s'exclama-t-elle.

— Tu vois ben qu'elle est grimpée dans les rideaux, ta fille, intervint la tante Héloïse. C'est pas le temps de lui faire des mamours…

Outrepassant la recommandation de sa sœur, Émilienne se leva sur ses jambes variqueuses et s'approcha de sa fille.

— Qu'est-ce qui va pas, ma belle? demanda Émilienne avec une intonation douceâtre. Je pensais que tu serais heureuse de revenir à la maison.

Simone se dévêtit de son manteau et le jeta sur le dossier d'une chaise.

— Ben il s'adonne que j'ai fait un crochet à l'épicerie pour saluer p'pa en arrivant…

Une lueur narquoise brilla dans les yeux d'Héloïse.

— Puis il devait être content de te voir! commenta la sœur d'Émilienne.

— C'est pas ça, matante, répondit Simone. C'est la bonne femme Robidoux qui s'est mêlée de ce qui la regardait pas. Elle a commencé par me dire que j'étais une revenante d'outre-tombe qui ressourdait avec son mari le fossoyeur, que Léandre avait raconté des faussetés. Je vais avoir une belle réputation, asteure!

Héloïse toussota pour signifier la remarque inutile de sa nièce plutôt que d'émettre des paroles blessantes.

— Vous, là! réagit Simone, devinant la pensée de sa tante.

143

Sollicitant la confirmation de son mari qui hochait affirmativement la tête en l'écoutant, malgré la hargne qui l'habitait, elle rapporta avec une étonnante fidélité les propos échangés avec la cliente de l'épicerie.

— J'imagine que ton père a dû prendre ta défense, exprima Émilienne.

— Pantoute, m'man.

— Mets-toi à sa place, Mili : entre une cliente et sa fille, le choix était pas ben ben difficile à faire, énonça platement Héloïse.

— Vous, matante, vous pouvez ben parler, vous savez pas ce que c'est que de se faire insulter par une vieille chipie, puis revirer de bord par son père. En tout cas, p'pa va en entendre parler.

— De grâce, Simone, je veux pas de chicane dans ma maison, larmoya Émilienne.

— Faites-vous-en pas, m'man. J'ai pas l'habitude d'être à couteau tiré avec mon père, mais là il va savoir ce que je pense, maudite marde !

La mariée amorça le pas vers le boudoir.

— Tu pourrais me donner un bec, au moins, Simone, l'intercepta sa mère. Ça dépend pas de moi si t'es pas contente…

— Oui et non, m'man. Si vous aviez vraiment dit votre mot quand p'pa a voulu m'envoyer chez mononcle Elzéar et matante Florida, ça m'aurait évité un paquet de troubles. Ça, c'est une autre histoire ! On en reparlera…

La jeune fille embrassa du bout des lèvres une joue de sa mère et s'engouffra dans le boudoir.

***

144

David avait déposé les bagages de son épouse et il était reparti chez ses parents pour dîner. Il travaillerait à la fabrique de cercueils en après-midi, avant de retourner au logement de ses beaux-parents. Car après un éloignement imposé, une fois sa ville natale regagnée, Simone O'Hagan n'entendait pas vivre séparément de son mari.

Léandre était revenu à l'épicerie, au grand soulagement de son père. En effet, l'épicier avait pu achever à temps la commande de saucisses pour son client de la rue Ontario qui avait mandaté un de ses employés afin de récupérer la précieuse marchandise pour son restaurant. Voulant éviter de subir les foudres de Simone, Sansoucy n'avait pas quitté son commerce pour prendre le repas du midi avec les siens ; assis sur son tabouret, il avait grignoté quelque cochonnerie qui avait d'ailleurs excité son ulcère d'estomac qu'il avait apaisé avec un verre de Bromo Seltzer bienfaisant. Mais il savait que l'entretien avec sa fille n'était que partie remise. Sa Simone pouvait s'entêter aussi bien que lui. Elle avait hérité de son caractère revanchard, à la différence qu'elle n'avait pas ce petit côté soupe au lait qui le rendait parfois ridicule en certaines circonstances.

La jeune mariée s'était installée dans le boudoir avec ses affaires. Elle n'avait pas voulu imposer un déménagement à sa sœur Irène en reprenant sa chambre avec son mari. La pièce étroite et sans fenêtre était meublée d'un sofa-lit aux ressorts fatigués, dont l'incarnat du velours côtelé avait tellement pâli que la honte s'était un jour emparée d'Émilienne, qui l'avait recouvert d'un tissu à la verge rouge vif du magasin de coupons de ses sœurs. Une toile représentant pépère et mémère Grandbois ornait la tapisserie. Une petite commode surmontée d'un miroir sans tain adossée au mur de la penderie complétait le mobilier.

Simone achevait de ranger ses effets dans les tiroirs. Mais plutôt que de poursuivre ce qu'elle avait commencé, elle empoigna l'album photo sur le meuble et s'affala sur le sofa. Elle aurait le temps de finir avant le souper. Mais elle n'avait pas tourné les trois premières pages quand elle s'endormit.

Les cloches des églises sonnèrent l'angélus. Plus tôt, Marcel était venu se délester de sa «gibecière» et prendre des galettes avec un verre de lait avant d'aller faire ses livraisons. Il allait remonter d'un moment à l'autre, avec Léandre et son père. Édouard était déjà revenu de son travail en même temps qu'Alphonsine, et Irène était sur le point de rentrer avec son sac à lunch après sa journée à la Canadian Spool Cotton. Héloïse avait assisté Émilienne à la préparation du repas et elle estimait qu'il fallait mettre la benjamine à l'ouvrage dès son retour à la maison paternelle.

— C'est le temps de dresser la table, Loïse, décréta Émilienne.

— Si ça te fait rien, Mili, je vais demander à Simone, exprima Héloïse.

— Elle a besoin de dormir. Je suis allée la voir tout à l'heure et elle s'était endormie avec l'album de famille tombé à côté du sofa. Pauvre petite, il faut qu'elle récupère ; son retour d'Ange-Gardien l'a complètement vannée.

— Faut pas qu'elle prenne de mauvais plis, celle-là, commenta Héloïse. Je m'en charge.

La tante Héloïse se rendit au boudoir d'un pas décidé. Elle entrouvrit doucement la porte. La longue chevelure blonde de sa nièce dissimulait les traits d'un visage à la physionomie trompeusement angélique.

— Simone, viens mettre la table ! déclara-t-elle.

— Quoi ? Quoi ?

— Viens donc nous aider au lieu de prendre tes aises comme une fainéante.

— J'ai ben le droit de me reposer un peu, je suis chez moi, après tout !

Simone rassembla son énergie et se leva.

— J'espère que tu passeras pas tes grandes journées à t'effoirer ; va falloir que tu fasses ta part, la petite. Ta mère…

— Ma mère a ben mal aux jambes, je le sais. Puis laissez-moi donc tranquille avec vos ordres, vous aussi !

La jeune femme s'en fut à la cuisine, ne se rappelant que trop bien son frais séjour à la campagne.

Héloïse venait de sortir une marmite du four et arrosait copieusement la viande.

— Du rôti de lard et des patates brunes ! lança Simone à la cantonade.

— Ton père a voulu te faire plaisir, dit Émilienne. Il a même demandé à ce qu'on soupe dans la salle à manger et qu'on sorte les coupes.

Une émotion s'empara confusément de Simone. Mais elle résolut de ne pas se laisser trop attendrir par celui qui avait décidé de son exil obligé.

— Asteure, mets la table, grogna Héloïse, à peine radoucie.

Simone dressa le couvert et tout le monde s'attabla avec le sentiment que, malgré les bonnes dispositions apparentes du maître de la maison, le repas de famille risquait d'être houleux. Après un signe de croix hâtif, l'épicier attaqua son rôti. Léandre avait rempli les coupes avant de s'asseoir et attendait avec une impatience fiévreuse le moment de souligner l'événement qui les rassemblait.

— À Simone !

147

Théodore, Édouard et les trois vieilles filles Grandbois levèrent mesurément leur verre.

— Je suis ben contente de me retrouver à la maison, déclara Simone d'une voix émue.

Puis sa physionomie s'altéra et elle changea subitement de registre.

— J'ai passé un mauvais quart d'heure à Ange-Gardien, par exemple. Je me sentais comme un oiseau dans une cage à qui on avait coupé les ailes. J'avais pas le droit de faire ce que je voulais, quand je voulais. Simone par-ci, ma noire par-là. Va chercher ci, va chercher ça. Puis mononcle, pas plus fin, la laissait faire. Et matante Florida qui me reprenait à tout bout de champ et qui me demandait de frotter le plancher éclaboussé par les gros crachats noirs de son mari qui faisait exprès pour s'enfarger dans sa spitoune. C'était pire qu'au *snack-bar* quand mon patron était pas de bonne humeur. Ah, mon oncle puis ses maudites tounes plates qui tournaient sur les vieux rouleaux du piano mécanique de mémère Grandbois! C'était pas vivable! En plus, j'ai écrit une lettre à David, mais j'ai su en arrêtant au magasin général que mon oncle Elzéar ne l'avait pas mallée. En tout cas, j'en avais tellement assez que ce matin j'avais préparé ma valise pour m'en revenir. C'est la température qui m'a empêchée de partir à pied pour me rendre au village. Je sais pas par quel miracle, ou si ça dépend de Placide qui a prié fort le frère André pour sa petite sœur qu'il voyait malheureuse de s'en aller vivre avec ces agrès-là ou ben…

— Simone! s'indigna sa mère, un peu de respect, s'il te plaît.

— J'ai des choses à dire, puis je vais continuer, m'man, rétorqua Simone. À part de ça, pensez-vous vraiment que toute la paroisse d'Ange-Gardien l'aurait pas su qu'une jeune fille s'était mariée enceinte d'un petit et qu'elle était venue cacher son péché à la campagne chez Elzéar et Florida Grandbois? Avant-midi, quand je suis allée dire bonjour à p'pa, il s'adonnait que la Robidoux était là puis je lui ai tout raconté pour qu'elle aille rapporter aux commères ce qui est arrivé à madame Simone O'Hagan. À l'heure qu'il est, tout le quartier doit le savoir. Ça me dérange pas une maudite miette! Même que ça fait mon affaire! déclara-t-elle.

L'épicier avait le visage comme un steak saignant. Tout le monde avait retenu son souffle, même Héloïse, qui n'osait évoquer la peine qui meurtrissait le cœur de sa sœur Émilienne.

— Puis savez-vous quoi? poursuivit la jeune fille. En fait, il y a juste Léandre qui le sait, mais pour que vous le sachiez aussi, David déménage ses pénates dans l'appartement, pas plus tard qu'à soir!

— Ah ben, on aura tout vu! s'écria Héloïse.

— Pensez-vous que j'ai bardassé tout l'après-midi dans le boudoir pour le *fun*? Une personne de plus, ça vous fera pas mourir, clama Simone. David est un garçon ben tranquille. Et si ça peut vous rassurer, on devrait prendre le logis du locataire de monsieur O'Hagan au printemps, juste à temps pour la naissance du petit.

Marcel avait sourcillé à l'annonce de sa sœur. La venue de l'Irlandais ne le contrariait pas pour l'entassement supplémentaire qu'il provoquerait, mais pour les risques d'affrontement que la promiscuité des deux adversaires pourrait susciter. De toute façon, ses études le confinaient à la chambre qu'il partageait avec Léandre. Irène, plutôt que de se réjouir de se retrouver seule dans son grand lit, proposa un réaménagement de la maisonnée.

— Simone, toi et David pourriez vous installer dans ma chambre, suggéra-t-elle. C'est grand comme ma main, dans ce boudoir-là. Qu'est-ce que vous en pensez, moman?

— Arrangez-vous, moi je m'en mêle pas, dit faiblement Émilienne, encore bouleversée par l'exposé de sa jeune fille.

— T'es ben fine, Irène. J'osais pas te le demander, mais si tu me l'offres, pourquoi pas ? acquiesça Simone.

Sansoucy avait senti peser sur lui les lourds reproches de sa Simone et il s'était muettement cantonné dans une humeur coupable. On entamait à présent le gâteau au chocolat, le dessert préféré de Simone. Quelqu'un frappa doucettement à la porte arrière.

— David ! s'exclama la jeune mariée.

— Reste assise, Simone, finis ton gâteau ; va donc voir, Marcel, ordonna l'épicier.

— Je vais y aller à ta place, intervint Léandre, qui se leva aussitôt avec son assiette en enfournant une énorme bouchée.

Sur la galerie, les bras chargés, le nouveau marié souriait timidement à son beau-frère. En bas, dans la cour, le portillon de la palissade était entrouvert sur monsieur O'Hagan, qui retenait son cheval par la bride.

Chapitre 8

La vie de famille s'accommodait assez bien d'une entente tacite de nature à écarter les sources d'éventuelles tensions. Pour cela, il fallait parfois marcher sur des œufs, retenir derrière ses dents un commentaire désobligeant ou esquisser un sourire indulgent. De fait, on s'évitait plus qu'on cherchait à construire des relations harmonieuses. Chacun faisait son affaire. On en était venu à connaître les limites à ne pas franchir et on avait appris à mettre de l'eau dans son vin. Simone avait même étonné ses tantes en se dissimulant habilement dans la maison ou en sortant le plus souvent possible pour prendre l'air, retourner au *snack-bar* ou flâner à l'épicerie en fumant des Buckingham ou des Sweet Caporal. Cependant, tous appréhendaient le moment déclencheur qui ferait s'écrouler le château de cartes des jours pleins de promesses.

Voilà quelques semaines que le couple de tourtereaux occupait l'ancienne chambre de Simone. Le fabricant de cercueils disparaissait tôt le matin avec sa boîte à lunch préparée la veille par son épouse attentionnée et ne revenait que pour le souper avant de s'enfermer dans sa chambre. Ce soir-là, sa petite femme venait de s'endormir après des échanges amoureux passionnés qui avaient pratiquement fait vibrer les murs de l'appartement. À tout le moins, c'est ce qu'avait prétendu Émilienne qui n'avait trouvé le sommeil qu'à une heure fort tardive, à cause, avait-elle mentionné à Théodore le lendemain matin, des ébats torrides de son gendre dans la chambre voisine.

Son corps repu de brûlantes jouissances, David s'était retourné sur son flanc, la tête sur l'oreiller, rêvassant à sa prochaine nuit de plaisir, quand il entendit des pas mêlés de chuchotements sur la galerie. Il se leva, contourna le pied du lit et se rendit à la fenêtre. Une charrette à bras chargée de lits rouillés, de matelas jaunis, de chaises à l'envers et de nombreuses boîtes atteignant le haut des ridelles était stationnée dans la cour. La main glissant lentement sur la rampe, une ribambelle d'enfants ensommeillés descendaient les marches de l'escalier. « Le locataire du troisième ! » pensa David.

Au matin, l'artisan décida de retarder son départ. Il déjeunerait en même temps que l'épicier qu'il informerait des mouvements inusités de la nuit. Mais auparavant, il réveilla sa femme afin de la mettre au courant avant que toute la maisonnée prenne connaissance de l'incident. La tête ébouriffée, Simone se tourna lascivement vers lui pour recevoir son baiser matinal.

— J'ai quelque chose d'étonnant à t'apprendre, ma chérie, annonça-t-il.

— Quoi donc, mon amour ? Que tu m'aimes ! J'en doute pas un seul instant.

— La famille Laramée a pris la poudre d'escampette.

— Quoi ? Quoi ? Ça veut dire que le logement du troisième est libre…

Surexcitée, la jeune fille se leva debout dans le lit et se mit à sautiller et à lancer les oreillers comme une enfant turbulente.

— C'était inespéré, David ! s'exclama-t-elle. On va pouvoir déménager plus tôt que prévu ! Et pas dans le logis de tes parents…

Dans la cuisine, la tablée s'arrêta de manger son bol de gruau. Héloïse était à faire griller six tranches de pain blanc sur les ronds du poêle.

— Voulez-vous ben me dire qu'est-ce que c'est ce chahut-là ? proféra-t-elle.

Léandre et Marcel pouffèrent de rire. Émilienne, Alphonsine et Alida semblaient scandalisées. Édouard fixait la porte de ses yeux agrandis. Émilienne jeta un regard inquiet à son mari, qui décida d'intervenir.

— Qu'est-ce qui se passe ici dedans? dit-il en ouvrant la porte de la chambre.

Simone sauta en bas du lit et se croisa vitement les mains sur la poitrine.

— Je vais tout vous expliquer, lança David. Donnez-nous deux minutes…

Sansoucy referma et alla terminer son gruau d'avoine avec une rôtie.

Simone et David s'attablèrent.

— David a quelque chose à vous apprendre, dit Simone, encore sous l'effet de son excitation. Dis-leur, mon amour…

David se moula un air énigmatique.

— Ça a brassé pas mal fort la nuit passée, affirma-t-il.

— Je m'en suis rendu compte, mon gendre, dit Émilienne sur un ton de reproche.

— J'ai pas eu connaissance de ça, commenta l'épicier. Je devais dormir ben dur.

— Disons que ça se raconte pas à table, précisa Émilienne, à qui les scrupules religieux imposaient une grande retenue.

David et Simone se regardèrent, interdits. David s'adressa à son beau-père:

— Euh… Il s'agit plutôt de la famille Laramée qui a sacré son camp pendant la nuit, expliqua-t-il.

Le propriétaire abaissa violemment le poing sur la table et entra dans une terrible colère.

— Ah ben tabarnac! fulmina-t-il. Tu me dis pas qu'ils ont ramassé leurs guenilles et qu'ils sont partis en douce, les pouilleux!

Ils ont déménagé à la cloche de bois! J'aurais dû m'en douter... depuis que la bonne femme Laramée faisait marquer au magasin et que les paiements de loyer en retard s'accumulaient. Puis toi, l'Irlandais, t'aurais pas pu les retenir? Attends que je les attrape, maudit verrat! dit-il en se levant.

— Tu sais ben qu'ils doivent être loin à l'heure qu'il est, fit remarquer Émilienne. Ça va faire du bien de plus les entendre faire leur boucan. Puis ça sert à rien de courir après ceux qui sont dans la dèche. Il y a rien à faire, Théo. T'es ben mieux de te rasseoir sur ton steak puis de te calmer...

L'épicier acquiesça à la demande de sa femme.

— Il y a plus rien qui rentre, maugréa-t-il.

Irène s'approcha du poêle, prit la cafetière et alla réchauffer le liquide ambré de son père avant de sortir la boîte à lunch en métal noire de l'artisan de la glacière et de la déposer sur le comptoir. Simone saisit la balle au bond.

— Pensez-vous qu'on pourrait déménager en haut, p'pa? minauda-t-elle.

— Tu vois ben que c'est pas le temps d'aborder le sujet, intervint Héloïse qui s'assoyait avec une rôtie noircie.

— Vous, matante, on vous a rien demandé, rétorqua Simone. Contentez-vous de croquer votre toast brûlée et d'avaler votre café.

— Simone, tu vas pas recommencer, commenta sa mère. Ça va ben d'habitude...

Manifestement dérouté par la tournure inattendue de la discussion, David se retira de table, empoigna la boîte à lunch qu'Irène lui tendait. Puis il se couvrit de son coupe-vent et se dirigea vers la boutique de son père.

Théodore Sansoucy avait noué son tablier en maugréant contre la défilade de son locataire et faisait le total des factures en souffrance du fugitif. Mais il devrait se résigner. Évariste Laramée avait assurément été renvoyé de l'entreprise American Can. L'infortuné avait dû essayer de trouver un autre emploi dans le quartier, mais la crise de 1929 avait des conséquences que bien des ménages subissaient encore. C'est en ressassant ces considérations que le marchand renonça à poursuivre le pauvre homme pour se faire rembourser les comptes d'épicerie de la famille Laramée et les mensualités impayées qui s'étaient accumulées. D'ailleurs, les factures non réglées que les clientes payaient chaque mois représentaient une somme considérable qu'il avait pu supporter jusqu'à présent. Il en remerciait secrètement le ciel.

Léandre avait décelé l'humeur chagrine de son père qui s'était replié dans son arrière-boutique. Il s'approcha de lui, l'air compatissant. Le commerçant était absorbé devant ses piles de factures et devait penser au logis déserté. Son fils l'observa du coin de l'œil, remarquant le tic facial qui tirait les traits de son visage et soulevait ses moustaches.

— Voyons, le père, vous allez vous en remettre. C'est pas ça qui va nous mener à la faillite.

— C'est facile à dire, ça. On voit ben que c'est pas toi, le propriétaire.

— Pourquoi vous louez pas à Simone?

— C'est ben trop grand pour deux, ce logement-là, et l'Irlandais a pas une maudite cenne qui l'adore. Et puis, s'il fallait que la boutique de cercueils de son père passe au feu, comme ça vient de se produire à Bishopton. Tu regarderas dans le journal : 1 000 tombes ont flambé dans le temps de le dire comme des boîtes de carton. 11 000 piasses de dommages! Un vrai désastre! Sans compter que le montant des assurances est faible comparativement aux pertes…

— J'espère que son père est ben assuré. Puis vous, votre épicerie est couverte, au moins…

— Pour sûr, mon garçon! Il faut pas jouer avec le feu. En tout cas, je te le répète, l'Irlandais doit pas être ben argenté…

— Pourquoi vous l'appelez pas David, votre gendre? Il vous a rien fait, que je sache. Et que savez-vous de son compte à la caisse populaire? Il en a peut-être plus de collé que vous pensez…

Léandre réalisa qu'il avait fait vibrer une corde sensible de son père, avec qui il avait, du reste, de rares conversations. Trop orgueilleux, l'épicier se refusait à admettre ouvertement qu'il n'acceptait pas que le fils d'un immigrant lui ait chipé sa fille. Et la perspicacité de son fils sur ses états d'âme commençait à l'agacer.

— Je préfère louer à quelqu'un qui pourra payer le coût du loyer au complet, livra-t-il, se cantonnant ainsi dans sa position. À part de ça, je pourrais ben aller le voir, ce logis-là. Depuis que les Labadie sont partis, j'ai jamais mis les pieds là.

— Vous feriez mieux d'aller y jeter un coup d'œil, le père.

Le niveau d'inquiétude du marchand augmenta d'un cran. Il desserra son tablier et l'abandonna sur ses piles de factures.

De son poste de vigie, Germaine Gladu avait une vue imprenable sur la fourmillante rue Adam. Elle détenait le privilège de surveiller les allées et venues à l'épicerie-boucherie Sansoucy. Depuis l'heure de l'ouverture du commerce, elle avait remarqué l'entrée d'une de ses amies. À tout moment, elle appuyait sa vadrouille dans un angle et se rendait à la fenêtre. Son petit sac à commission sous le bras, Dora Robidoux s'amenait. Elle alla la retrouver et commença à deviser avec elle. Après quelques minutes, Simone parut au magasin.

— Tiens, si c'est pas la petite madame O'Hagan! s'exclama Dora Robidoux.

La jeune dame ignora la présence de la commère dont le degré d'excitation augmenta sensiblement en la voyant. Elle s'adressa à son frère.

— Où est p'pa, coudonc ? s'enquit-elle, le sourcil relevé.

— Au logis des Laramée, répondit Léandre. Il devrait être de retour d'une minute à l'autre.

Germaine Gladu informa son amie de ce qui la démangeait.

— Justement, vous pouvez pas savoir ce qui est arrivé la nuit passée, madame Robidoux ! dit-elle de sa voix haut perchée.

— Non, je suis au courant de rien. Mais je sens que je vais l'apprendre assez vite.

— Et je suis ben placée pour le savoir parce que je dormais pas à ce moment-là. En tout cas, je sais plus si c'est ça qui m'a réveillée ou si je dormais pas d'avance à cause de mes chaleurs puis de mon mari qui ronflait, mais j'ai eu connaissance du déménagement au troisième de l'immeuble. Figurez-vous donc que...

Germaine Gladu relata ce qui l'avait tenue en haleine la nuit précédente.

— Désirez-vous changer de logement, madame Gladu ? demanda Léandre, un brin moqueur. C'est libre à compter d'asteure...

Simone donna un coup de coude dans les côtes de son frère. L'épicier entra, la mine décomposée. Les quatre se tournèrent vers lui.

— Maudit verrat ! fulmina le propriétaire. Tu parles d'une gang de salauds. Au moins, s'ils avaient ramassé leurs vidanges, ces crottés-là. On va être obligés de faire le grand ménage là-dedans, si on veut être capables de louer à du vrai monde.

— Ben là, vous l'avez, le père, votre locataire idéale, annonça Léandre. Elle est droit devant vous, dit-il en désignant sa sœur.

Pris au dépourvu, Sansoucy sembla soumettre la proposition de son fils à son esprit calculateur.

— Envoyez donc, p'pa, tenta Simone.

— Si c'est sale comme dans une soue à cochons, t'as pas fini, ma petite fille, commenta Dora Robidoux.

— C'est non ! Je sais pas, on en reparlera…, ronchonna l'homme d'affaires.

— Merci, p'pa ! lança Simone, avant de donner un baiser sur le front de son père et de se diriger vers la sortie du magasin.

— J'ai pas dit oui ! cria l'épicier.

* * *

Théodore n'avait pas donné son consentement au projet de sa fille, mais l'après-midi même, à son insu, Émilienne, Héloïse et Simone investissaient le logement des Laramée avec de l'artillerie lourde pour les gros travaux ménagers et des boîtes de carton vides de l'épicerie pour les rebuts. L'escabeau, les balais, les brosses, les seaux, les guenilles, différents produits de nettoyage et de désinfection composaient l'équipement.

Une fois les vidanges débarrassées, un débarbouillage rudimentaire des vitres effectué, une première couche de poussière enlevée, un décrassage sommaire des planchers réalisé et les cernes disgracieux autour de l'emplacement des cadres disparus, Simone – qui s'était dépensée avec beaucoup d'intensité – laissa tomber le torchon, alla s'écraser dans un coin et s'alluma une Sweet Caporal.

— Te rends-tu compte que c'est pour toi qu'on fait ça ? commenta Héloïse. T'es donc pas persévérante, ma nièce.

Simone haussa les épaules et exhala une longue bouffée en basculant la tête par en arrière.

— Je suis pas aux travaux forcés, rétorqua-t-elle avec une légère inflexion dans la voix. Il y a assez de mononcle Elzéar et de matante Florida qui ont ambitionné sur moi.

Sa mère, qui frottait à quatre pattes pour ménager ses jambes, releva la tête.

— Faut pas oublier qu'elle est enceinte, notre petite madame, la défendit Émilienne. D'ailleurs, faudrait qu'elle aille à la pharmacie Désilets pour s'acheter des vitamines. Ça va la raplomber.

— Sûrement que Léandre et Paulette vont nous donner un coup de main, exprima Simone. Sinon on en viendra jamais à bout…

— C'est sale pas ordinaire ici dedans, acquiesça Émilienne. Puis les Laramée, c'est du monde qui se lavait pas au logis. Cet été encore, un jour pour les hommes, un jour pour les femmes, on les voyait descendre en caravane du troisième, la tête infestée de poux, le maillot enroulé dans une serviette, s'en aller à la queue leu leu se faire tremper au bain Maisonneuve. Mais je m'en fais pas pour la propreté du logis quand on aura nettoyé dans les moindres recoins. Irène va faire sa part aussi, j'en suis certaine. Elle est tellement serviable. Et même si Théodore n'a pas dit son dernier mot pour louer à sa fille et son gendre, faut que le décrottage de ce logement-là se fasse pareil.

— C'est sûr, opina Héloïse. Mais il va falloir boucher les trous dans les murs et refaire le plâtre à certains endroits. Puis c'est pas moi qui vas faire ça. Et comptez pas sur moi non plus pour enlever les tuyaux du poêle et de la fournaise. C'est vraiment de l'ouvrage d'homme, ça. J'en ai ben assez d'essayer de faire disparaître la suie des murs puis du plafond.

— T'en as déjà fait pas mal, Loïse.

159

— Toi, au moins, tu le reconnais, affirma Héloïse. Tu sais comme moi, Mili, que mon beau-frère est pas ben fort sur les compliments et les remerciements.

Après sa pause, Simone fut ranimée un peu de son ardeur, mais son élan de ferveur finit par retomber jusqu'à ce que sa mère et sa tante décident d'aller préparer le souper. Les jambes flageolantes, appuyée sur la rampe, elle descendit à leur suite et alla s'écraser sur son lit.

Au repas, on informa l'épicier du travail entrepris au logement déserté. L'homme se borna à ébaucher un sourire de complaisance en promenant ses yeux ironiques par-dessus ses lunettes. Sans le dire ouvertement, il avait placé une annonce à son commerce pour louer son cinq et demi. Ce qui avait mis Léandre en rogne, mais, en revanche, l'avait poussé à devancer ses projets avec Paulette. Pendant qu'Irène décrottait la salle de bain avec Alphonsine, il en causait avec David et Simone dans l'appartement vacant. Simone l'exhortait à se dépêcher d'en parler à son amoureuse.

— Oui, mais une décision comme celle-là, ça se prend pas à l'aveuglette puis dans le temps de le dire, Simone. D'abord, je sais pas si les parents de Paulette vont être d'accord. On est pas mariés, nous autres.

— On devrait jamais empêcher des gens qui s'aiment de rester ensemble, affirma David d'une voix étouffée en pensant à son expérience personnelle. Mais ça serait le *fun* qu'on vive à quatre, s'enthousiasma-t-il. En attendant l'arrivée du p'tit, ben sûr, précisa-t-il après l'œillade de sa femme. Après, on verra. À onze piastres par mois, c'est un peu cher, mais à deux pour payer, ça se prendrait ben. On pourrait s'acheter des meubles ensemble et partager le coût de la nourriture. Ensuite, c'est assez grandement ici dedans pour pas qu'on se pile sur les pieds…

* * *

160

Les journées suivantes, Simone, sa mère et sa tante poursuivirent leur besogne fastidieuse pour remettre l'appartement dans un état plus qu'acceptable. Émilienne et Héloïse avaient brandi leurs critères élevés de propreté devant la jeune femme pour s'assurer que le petit ne naîtrait pas dans un taudis. Pour sa part, Léandre avait amené Paulette à se joindre à l'équipe du soir, pour avancer les travaux. Avec son beau-frère, il avait sorti les tuyaux du poêle et de la fournaise pour les nettoyer dans la cour. Ensuite, ils avaient peint à la grandeur, remplacé les recouvrements usés et posé un tapis pour assourdir le son dans les chambres à coucher. Après quoi, l'équipe du jour avait pris la relève pour cirer les linoléums, laver les vitres et enlever les taches de peinture sur les boiseries. Et malgré les efforts déployés, Sansoucy maintenait son affiche en place dans son commerce.

Entre-temps, Paulette avait manifesté à ses parents son désir de s'installer avec Léandre. Ce à quoi les Landreville s'étaient vertement opposés, sous peine de reniement.

— Ma fille qui désire vivre en concubinage avec son *chum* et sa sœur qui s'est mariée obligée, jamais! avait aboyé Landreville.

— Ben pourquoi vous voulez pas que je me marie, d'abord? avait riposté sa fille.

— Parce que t'as encore la couche aux fesses, simonac! .

Le mur de réticences ne s'était pas lézardé. Les Landreville étaient bardés des plus solides arguments: les considérations religieuses avaient force de loi dans la famille et on voulait éviter de «faire jaser». Du moins l'avaient-ils pensé jusqu'à ce que leur Paulette soit décidée à quitter le douillet nid familial.

Les chances de se faire ravir le bel appartement augmentaient graduellement pour les deux couples. Car le propriétaire ne démordait pas de sa position de ne pas louer à sa fille et à son gendre. Cependant, à cause des circonstances, Léandre fut contraint de porter un coup fatal au plan de son père.

Rolande Bazinet se présenta au commerce de Sansoucy avec une idée bien arrêtée. Le sac à main sous le bras, elle relisait pour la énième fois l'affichette que son épicier favori avait collée à l'intérieur de sa vitrine. Le marchand avait ajusté ses lunettes et considérait le corps désirable de sa cliente à en oublier ce qu'elle fixait en lui montrant le dos. La dame se retourna.

— J'en ai parlé à mon mari, dit-elle. Il est prêt à visiter ce soir après le souper.

— Comment, votre mari, vous dites? s'étonna Sansoucy. Visiter?

— Votre logis à louer. Il est toujours libre, je suppose?

— Ah! Mon logement… Non seulement il est disponible, mais vous pouvez pas trouver mieux dans le quartier. Naturellement, j'ai fait nettoyer les tuyaux du poêle et de la fournaise, changer les prélarts, poser des tapis, et j'ai fait peinturer au grand complet. Il est impeccable…

— Il est déjà presque loué! coupa Léandre.

— Ben non, Léandre.

— Enfin, disons qu'il est réservé, prétendit le fils du propriétaire. Quelqu'un est venu pendant que vous étiez dans votre paperasse en arrière, mentit-il. En plus, la personne en question a pris la peine de donner un dépôt parce qu'elle tient absolument à avoir le logement. Je lui ai donné rendez-vous à sept heures et demie ce soir.

— La personne a donné une avance sans avoir vu le logis! C'est pas comme ça que ça marche, mon garçon, s'emporta l'épicier. D'abord, comment ça se fait que tu m'en as pas parlé, maudit verrat? J'étais juste là, dans mon arrière-magasin. En tout cas, madame Bazinet, présentez-vous avec votre mari à sept heures devant l'épicerie.

Impressionnée par la force de caractère de Théodore Sansoucy, la cliente se retira avec la certitude qu'elle aurait la préséance sur l'inconnu qui l'avait devancée.

Afin de ne pas se faire damer le pion par la dame Bazinet, Léandre avait prévenu Paulette de se rendre le plus tôt possible à l'appartement libre.

Le propriétaire allait gravir les marches avec les visiteurs. Une musique assourdissante envahissait la cage de l'escalier et sortait par la porte grande ouverte du logis. Sansoucy pensa que sa fille était montée au troisième, comme elle le faisait à l'accoutumée après le souper. Il précéda le couple et parvint à l'étage, la bouche béante, la lippe pendante.

— Pour l'amour du saint ciel, baissez le son! s'époumona-t-il en se plaquant les mains sur les oreilles.

Simone et Paulette dansaient comme des déchaînées au rythme d'une musique endiablée crachée par un tourne-disque placé dans un coin du salon. Simone alla réduire l'intensité du volume et s'approcha de son père que les Bazinet avaient rejoint.

— Qu'est-ce que vous avez à vous émoustiller de même? demanda Sansoucy. Puis c'est quoi cette manière-là de recevoir du monde?

— Avoir su, p'pa, répondit Simone, faussement étonnée.

Monsieur Bazinet demeurait sur le seuil, mais sa femme s'était avancée et lorgnait déjà les pièces avec envie. L'épicier observait sa cliente avec un air satisfait.

— Il y a du linge dans une chambre! lança la dame, offusquée.

Le visage du propriétaire se déforma, interrogeant les deux jeunes femmes du regard.

— C'est à moi, admit candidement Paulette.

Sansoucy fusilla sa fille de ses yeux sombres en se croisant les bras. Des bruits parvinrent de l'escalier. Simone se rendit muettement à la porte demeurée ouverte.

— C'est Léandre et David qui montent avec un lit, déclara-t-elle. Tassez-vous, monsieur Bazinet.

— Quel lit ? brama l'épicier.

— Voyons, p'pa ! Celui que mon mari a apporté de chez lui.

— Vous allez pas vous installer ici dedans, asteure ! rétorqua Sansoucy.

— Pourquoi pas ? Puis c'est pas tout : Léandre et Paulette vont prendre la chambre du fond, expliqua-t-elle.

Sansoucy braqua les yeux sur la blonde de son fils.

— Vous avez bien compris, le beau-père, affirma Paulette avec une impudence tranquille.

— Je suis pas encore ton beau-père, tu sauras, riposta-t-il. Un autre couple qui va fêter Pâques avant les Rameaux !

Les jeunes hommes entrèrent avec le sommier et allèrent l'appuyer sur un mur dans la chambre destinée au couple marié.

— Ben qu'est-ce qu'on fait ici nous autres, d'abord ? protesta Euclide Bazinet.

Les déménageurs reparurent au salon. Léandre sortit des billets de sa poche et quelques pièces de monnaie. Puis il les tendit au propriétaire.

— Tenez, le père ! V'là votre argent.

Une lueur ardente brilla dans les yeux agrandis de Théodore Sansoucy. Il évalua la menue monnaie qu'il déposa dans la poche de sa chemise. Puis il mouilla de sa salive le bout de son majeur et se mit à compter compulsivement les billets de banque. Léandre considéra son père avec une railleuse arrogance.

— Vous en avez pour payer la balance qui reste jusqu'à la fin d'octobre et pour les mois de novembre et de décembre, affirma le fils de l'épicier. Vérifiez, il manque pas une cenne noire…

L'argent comptant déversé séance tenante avait grisé Sansoucy, qui gardait les yeux fixés sur la petite liasse. Rolande Bazinet entraîna son mari vers les marches et s'immobilisa sur le seuil en s'adressant aux jeunes :

— Bande de…, maugréa-t-elle, avant de s'engager dans l'escalier.

Chapitre 9

De temps à autre, Philias Demers venait faire son tour à l'épicerie. Le veuf était établi en ville chez sa fille, place Jeanne-d'Arc, après avoir vendu sa ferme à Saint-Pierre-les-Becquets. Or Demers fréquentait la boutique d'Adélard Tousignant, fabricant de boîtes de carrosses tirées par des chevaux. Avec le temps, le voiturier était devenu carrossier : à présent, on construisait aussi des boîtes de camionnettes montées sur des châssis équipés de moteurs. Rongé par une maladie du rein et par l'hypertension, le fondateur était décédé, et l'entreprise était en vente pour payer les dettes contractées avec la caisse populaire.

Afin d'éviter que Demers ne tourne en rond dans la maison, sa fille l'envoyait à l'atelier «piquer une jasette» avec Gérard Tousignant et ses employés. Après quelques minutes à déranger les travailleurs avec ses propos oiseux et insignifiants, il aboutissait à l'épicerie Sansoucy pour échanger sur les potins du quartier ou les actualités. Mais en ce jour du 25 novembre, Demers dérogeait à son habitude de palabrer avec le commerçant.

— Le bonhomme Demers est pas là, ce matin ? s'enquit Léandre. Il doit être malade.

— C'est jour d'élections aujourd'hui au Québec, mon garçon. Tu devrais savoir ça, taboire ! Si tu lisais les journaux, aussi.

— Le journal, c'est bon pour les intellectuels comme Édouard. Des fois, je jette un œil sur les gros titres ; c'est déprimant ! Moi, ce qui se déroule de l'autre bord de l'océan et la guerre entre l'Italie puis l'Éthiopie, ça me touche pas ben fort.

— Ben là, ça se passe dans notre province, mon garçon. Puis il faut que tu saches qu'on a pas le droit de vendre de bière aujourd'hui.

— Comment ça ?

— Je viens de te le dire, taboire ! C'est un jour d'É-LEC-TIONS !

Léandre endossa les remarques de son père et s'en fut dresser l'inventaire des poches de patates de cinquante livres après la razzia du samedi.

Demers parut au magasin, plus exalté que jamais. Comme s'il entrait chez lui, il ôta son chapeau et repéra son ami. Son crâne luisant entouré d'une mince couronne de cheveux miroita un bref instant sous les ampoules allumées. Puis il se rendit directement au comptoir du boucher. Sansoucy essuya ses mains sur son tablier et s'approcha de lui.

— J'ai jamais vu autant de monde au bureau de scrutin, déclara Demers. Pour moi, ça va être un vote record, estima-t-il.

— Il est grandement temps qu'on mette Taschereau dehors, affirma Sansoucy. Il nous a assez fourrés de même. C'est la population qui exprime son écœurement, c'est tout !

— De toute manière, même si ton Duplessis l'emportait, ça serait pas mieux. Remarque ben ce que je te dis, Théodore !

— En tout cas, William Tremblay, c'est l'homme de la situation dans Maisonneuve. C'est un boucher de métier, en plus. C'est pas n'importe qui : monsieur a été le président de l'Association des bouchers de Montréal, s'il vous plaît !

Léandre se rappela les observations de son père et se mit à épier les deux hommes. Demers extirpa un petit flacon de la poche de son paletot et les compères en avalèrent chacun plusieurs bonnes lampées. Puis ils continuèrent à discuter sur les candidats qui se présentaient dans le comté et les chances de chacun de rafler la victoire.

— Les bureaux ferment à six heures, mais tu devrais aller voter avant le dîner, Théodore, recommanda Demers. À midi, ça va être pire encore.

Le fils se tourna vers le commerçant.

— Allez-y, le père, faites donc ce que monsieur Demers vous dit. Je vas le garder, moi, votre magasin : je vas m'arranger pour pas qu'il s'en aille…

L'air résolu, Sansoucy serra la viande au frais, se coiffa de son chapeau et revêtit en vitesse son paletot sans ôter son tablier.

— Regardez-vous un peu, le père, votre tablier dépasse. La mère vous dirait que vous êtes attriqué comme la chienne à Jacques.

Sansoucy marmonna un chapelet de jurons, enleva couvre-chef et manteau, se départit de son tablier, remit son manteau, se couvrit du chapeau qu'il avait raccroché au clou près de la porte arrière et traversa son commerce d'un pas hésitant.

— Asteure que mon père est plus là, vous pourriez retourner à l'atelier Tousignant, exprima Léandre.

Philias Demers s'approcha du fils de l'épicier.

— Vous seriez pas tentés par une voiture de livraison à cheval ? Tousignant pourrait vous faire un bon prix. Ton frère Marcel arrêterait de s'échiner sur son gros bicycle.

Léandre recula d'un pas, s'éloignant de la bouche pâteuse qui exhalait une forte odeur de boisson.

— Je le sais ben, monsieur Demers. J'en ai déjà discuté avec mon père, mais il veut rien entendre. Vous le connaissez : une tête dure ! Ça paraît que c'est pas lui qui pédale beau temps mauvais temps sur un bicycle à trois roues…

— Comme on a pas eu le temps de jaser ce matin, ton père puis moi, je devrais revenir avant la fin de la journée.

Mis à part les quelques individus qui s'étaient vu refuser l'achat de bouteilles de bière, le reste de la matinée s'était écoulé sans ambages. Léandre avait eu le temps de répondre au téléphone et de servir les clientes qui s'étaient présentées au magasin. Le crayon sur l'oreille, il se déplaçait en sifflotant dans le commerce, savourant, l'espace de quelques heures, le bonheur d'être le patron de l'établissement.

L'heure du dîner approchait et Théodore Sansoucy n'était toujours pas revenu du bureau de scrutin. Léandre alla rapidement aviser sa mère du retard et revint prestement au magasin.

De longues minutes s'écoulèrent, et la faim commença à le tenailler. Entre deux clientes, il grignota un peu de chocolat pour se soutenir. Et l'épicier qui n'arrivait pas.

Or, vers la fin de l'après-midi, la fille de madame Maillé surgit dans le magasin. Tristement fagotée de vêtements usés, elle portait un vieux manteau mauve qui avait habillé cinq de ses sœurs et qui avait survécu à bien des hivers, et sa tête légère arborait un béret brun mal assorti qui lui couvrait complètement l'œil gauche. Reconnue pour être dépourvue de mémoire et un peu sotte, elle avait en main une très courte liste dont elle commença l'énumération devant le fils de l'épicier.

— Ma mère veut un saucisson et un pot de moutarde, monsieur Sansoucy.

— Très bien, mademoiselle. C'est pour marquer?

— Ma mère m'a dit qu'on avait pas d'argent pour payer.

— Donc, c'est pour porter à votre compte, conclut Léandre.

La jeune pauvresse ne lui inspirait que de la pitié. Léandre se rendit dans le coin boucherie du magasin. Dans son empressement à aller voter, et compte tenu de l'état second dans lequel il avait franchi le seuil de son commerce, son père avait omis un saucisson sur l'étal. Léandre hésita un moment, s'en empara et agrippa un pot de moutarde. Puis il enfouit le tout dans un sac.

— Tu diras à ta mère que c'est comme si c'était marqué.

— Oui, mais elle a dit que le monsieur me donnerait une FAC-TU-RE.

— Cette fois-ci, il y en aura pas, c'est un CA-DEAU.

L'enfant sourit de toutes ses dents gâtées et prit congé en remerciant le fils du marchand.

La fermeture des bureaux de vote approchait. Philias Demers revint à l'épicerie.

— Ton père est parti souper? demanda-t-il. Dommage, j'avais quelque chose à lui proposer.

— Non, il est même pas venu dîner encore, répondit Léandre.

— Bon ben je vas aller le rejoindre au *poll*, puis on va aller à *La Patrie*. Ils sont supposés afficher les résultats sur un tableau géant devant l'édifice dans la rue Sainte-Catherine.

— Attendez une minute, monsieur Demers.

Léandre s'empara d'une tablette de chocolat qu'il remit à Demers.

Six heures sonnèrent aux clochers. Il ferma le commerce, alla aviser sa mère des récents développements.

— Tu parles d'une idée pas d'allure! s'exclama Émilienne. C'est encore ce vieux Philias qui lui a mis ça dans la tête, j'imagine. D'abord, c'est-tu ben vrai ce que tu me dis là, Léandre Sansoucy?

— Regardez dans le journal que je vous ai apporté. Je savais que vous me croiriez pas. Et puis, pour ce qui est de manger, j'ai pris sur moi de faire parvenir une tablette de chocolat au père. Changement de propos, comme vous diriez, je devrais peut-être

171

garder ça pour moi, mais je les ai vus tous les deux prendre un petit coup ce matin.

— Écoute ben ça, Mili !

Héloïse s'était interposée. Elle avait arraché le journal des mains de Léandre et lut à la une de *La Patrie* du jour :

« *Le verdict du peuple*

En foule ce soir devant l'immeuble de La Patrie.

Les élections générales de la province de Québec suscitant un vif intérêt, La Patrie *annoncera les résultats dès ce soir, devant ses bureaux.*

Nous avons organisé un service d'information de tout premier ordre qui nous permettra d'afficher sur un écran lumineux, tendu en travers de la rue Sainte-Catherine, les rapports détaillés du scrutin, au fur et à mesure qu'ils sortiront des urnes.

Nous invitons cordialement le public à venir en foule, comme d'habitude, devant l'immeuble de La Patrie, *pour apprendre de source sûre et rapide le verdict des électeurs.*

Outre les chiffres du scrutin, les spectateurs verront défiler sur l'écran la galerie des candidats élus.

En foule donc ce soir en face de l'immeuble de La Patrie *!*

Le poste de radio CHLP, de La Patrie, *irradiera les résultats du scrutin dès qu'ils pourront être obtenus. On sait que la fermeture des* polls *a lieu à 6 heures p.m.* »

— D'abord on va souper, puis on va pouvoir commencer plus tôt notre tire Sainte-Catherine, décréta Émilienne.

Le repas terminé, la ménagère alla quérir son vieux cahier de recettes, Alphonsine sortit de la dépense la mélasse, le sucre blanc, la cassonade et le sirop de maïs Crown Brand. Héloïse remplit une demi-tasse d'eau pendant qu'Alida apportait le vinaigre et qu'Irène attrapait le beurre dans la glacière. Contente de voir s'animer les femmes dans sa cuisine, Émilienne déposa son cahier sur la table, en embrassant du regard l'ensemble des ingrédients, et déclara :

— Oh! Les filles, il manque le soda à pâte.

Émilienne avait décidé qu'elle supervisait le travail de la maisonnée. En maître d'œuvre, elle fit incorporer le sucre, la cassonade, la mélasse, le sirop de blé d'Inde, l'eau, le vinaigre et le beurre dans un chaudron à fond épais et à parois beurrées par les gros bras d'Alphonsine qui brassait maintenant avec ardeur. Ensuite, après une cuisson bien contrôlée qui permit l'obtention d'une boule dure dans l'eau froide, le plat fut retiré du feu pour ajouter le soda. Le mélange versé dans une lèchefrite enduite de gras pour le refroidir quelque peu, Émilienne réalisa qu'il était sept heures et quart.

— C'est l'heure du *Curé de village*! annonça-t-elle.

L'appareil de radio grésilla. Elle ajusta le poste à CKAC et revint.

— Après on suivra les élections à CHLP.

— Ça nous concerne pas! la rabroua Héloïse.

— Taisez-vous, qu'on écoute! s'écria Émilienne.

La populaire émission radiophonique terminée, Irène alla syntoniser le poste CHLP.

Dès 8 heures ce matin, tous les polls de l'est de Montréal étaient envahis par les électeurs qui voulaient voter de bonne heure. On s'attend à ce qu'une participation record soit enregistrée au cours de la journée, étant donné la campagne très active qui a été menée et vu le temps clément d'aujourd'hui.

L'animateur s'excusa soudainement d'interrompre le cours normal de l'émission en ondes. Il poursuivit :

On me signale à l'instant que des escarmouches viennent d'avoir lieu devant l'édifice de La Patrie où se tient un grand rassemblement d'électeurs. Des esprits échauffés ont troublé la paix publique. Deux hommes âgés d'une cinquantaine d'années ont été appréhendés… Rappelons que la loi stipule qu'aucune boisson ne doit être vendue le jour de l'élection, mais elle ne s'applique pas dans les trois comtés où les candidats sont élus par acclamation…

Restez à l'écoute et nous vous livrerons les résultats du vote de quart d'heure en quart d'heure…

— Mili! Ce doit être ton Théo puis son ami Philias, s'écria Héloïse. À deux, ils sont ben capables de se mettre les pieds dans les plats.

— Voyons, Loïse! s'indigna Émilienne. Tu pousses un peu fort, je trouve.

Alphonsine prit à pleines mains le mélange tiédi de la lèchefrite et en tendit un bout à Alida.

Elles tirèrent chacune de leur côté. Cette période parut durer un temps interminable. Bientôt, inconfortable dans sa chaise d'impotente, Alida céda sa place à Héloïse, puis à Irène, avec des interventions ponctuelles d'Émilienne relayant Alphonsine qui commençait à souffrir de maux de dos.

La confiserie prit une teinte d'un beau jaune clair, à mesure qu'elle était tirée. Suivant le modèle du travail à la chaîne, les trois pensionnaires exécutaient chacune leur tâche : Alphonsine coupait la tire avec des ciseaux, Héloïse la roulait dans du sucre et, avec un air de candide ravissement, Alida l'enveloppait dans des morceaux de papier ciré qu'elle avait préalablement taillés pour former de belles papillotes.

La porte s'ouvrit toute grande. Un homme en uniforme salua civilement la compagnie. Sansoucy parut sur le seuil et tituba de quelques pas dans la cuisine.

— Théo! Pour l'amour du bon Dieu! proféra sa femme.

— Nous avons été obligés de ramener votre mari à la maison, madame. Lui et son compagnon ont eu une empoignade avec des manifestants devant l'immeuble de *La Patrie*.

Irène s'avança vers son père pour le soutenir et l'aider à s'asseoir.

— Merci, monsieur l'agent, exprima-t-elle, nous allons en prendre soin.

— William Tremblay l'a remportée dans Maisonneuve, bafouilla Sansoucy.

Le policier referma la porte. Marcel se montra le bout du nez dans la cuisine, ricana malicieusement et retourna dans sa chambre.

— T'en feras jamais d'autres, Théo! le blâma Émilienne. Tu t'es comporté comme un voyou. Si ç'a du bon sens…

— Tu peux pas comprendre, Mili, riposta l'épicier. Les femmes ne comprennent rien à la politique. C'est pour ça qu'elles n'ont pas le droit de vote.

— T'es pas mal insultant, le beau-frère! répliqua Héloïse. Justement, si on avait le droit de voter, on s'y intéresserait davantage, clama-t-elle.

La bouche empâtée et sèche, l'épicier rétorqua platement:

— Toi, la vieille fille, mêle-toi pas de notre conversation. Oh! De la bonne tire Sainte-Catherine, s'exclama-t-il en étirant le bras vers la table.

— Tut! Tut! T'en auras pas, Théo! l'interdit Émilienne. En tout cas, plains-toi pas si t'as la gueule de bois demain matin, le semonça la ménagère. D'ailleurs, tu devrais aller te coucher. Irène, aide donc ton père à se déshabiller, puis va lui passer une bonne serviette d'eau froide dans la figure. Ça va le dégriser un peu, le vieux schnock!

Au matin du lendemain, Sansoucy n'avait pu avaler quoi que ce soit de solide. L'estomac à l'envers, il avait siroté un quart de tasse de café puis s'en fut ouvrir son commerce. Avant de se rendre à l'école, Marcel avait rapporté à Léandre la scène qui l'avait fait bien rire et attristé à la fois. Sansoucy cherchait ses idées, et les quelques phrases courtes adressées à Léandre avaient été déployées avec de grands efforts et des empâtements qui traduisaient son état d'esprit dérangé. Tandis que son magasin respirait encore la tranquillité à cette heure, il s'était exilé dans son arrière-boutique pour éviter la clientèle et repassait avec amertume le film des événements de la veille.

Un client pénétra en trombe dans l'établissement. Il était élancé et son manteau paraissait flotter autour d'un corps trop maigre.

— Je veux absolument voir le patron! demanda-t-il à la cantonade.

— Attendez un peu, monsieur Maillé, dit Léandre. Je vas aller vérifier si mon père est disponible.

— Occupé ou pas, je veux le voir et ça presse.

Le commis se rendit à l'arrière du magasin. Son père semblait émerger lentement des limbes.

— Quelqu'un pour vous, le père. Il a l'air particulièrement fâché.

Sansoucy se déplia et se déporta comme un mollusque à l'avant du magasin.

— À cause de vous, mes enfants ont été malades toute la nuit.

— Attendez, attendez, monsieur Maillé. Je ne vois vraiment pas de quoi vous parlez.

— Hier, ma fille est venue acheter un saucisson et un pot de moutarde pour le souper, puis dans la soirée, mes enfants ont été malades. J'ai voulu faire venir le docteur à la maison, mais il a refusé de se déplacer parce que les chômeurs comme moi n'ont pas d'argent pour payer. J'ai dû hospitaliser mes enfants à Sainte-Justine. Je vas revenir contre vous, monsieur Sansoucy...

Léandre se racla la gorge. L'épicier se tourna vers son fils et l'interrogea d'un regard assassin.

— Tu y serais pas pour quelque chose, par hasard ?

— Hum ! De la moutarde, ça se conserve longtemps, voyons donc.

— Fais pas l'innocent, Léandre, on parle du saucisson, taboire !

— Il traînait sur votre étal de boucher, avoua piteusement Léandre. Quand j'ai vu la pauvre petite Maillé, je trouvais de valeur de la faire payer. Je lui ai donné le saucisson et le pot de moutarde.

— Ah ! Parce que monsieur a pris sur lui de donner gratis de la charcuterie et un pot de condiments. T'aurais pu faire une facture, batèche !

Maillé suivait avec un intérêt croissant l'échange peu banal qui se déroulait sous ses yeux. Un moment de lucidité éclaira le visage de Léandre.

— C'est vous, le père, qui aviez oublié de le ranger avant de partir, enchaîna Léandre. J'ai pensé que ça se conservait plus longtemps que ça, un saucisson. D'ailleurs, vous étiez peut-être pas tout à vous non plus. Je vous ai vu prendre quelques bonnes gorgées avec Philias Demers avant de quitter l'épicerie pour aller voter, puis vous vous êtes fait ramasser par la police parce que vous troubliez la paix publique ; venez pas dire le contraire...

— Ah ! Ah ! Le chat sort du sac ! Un cadeau empoisonné. Il me semblait aussi que vous étiez responsable, monsieur Sansoucy.

Ah ben, par exemple ! En tout cas, je vas vous traîner devant les tribunaux. À moins que vous vouliez régler ça à l'amiable…

Sansoucy, qui était subitement revenu de ses excès de la veille, se résigna à faire une proposition. Maillé avait les yeux ronds et attendait avec une impatience dévorante.

— Écoutez, Maillé, dit l'épicier, je vous donne cinq piasses, puis on n'en parle plus.

— Vous voulez rire, rétorqua le client.

— Je suis prêt à aller jusqu'à sept, mais pas une cenne de plus, argumenta l'épicier.

— Si vous me donnez pas vingt-cinq piasses en argent comptant, drette là devant moi, je sors d'ici puis je m'en vais immédiatement vous dénoncer à la justice.

Le marchand s'aperçut qu'il avait affaire à un redoutable adversaire ; il consentit à la demande de son client. La mâchoire serrée, il se rendit derrière son comptoir, ouvrit le tiroir-caisse qu'il vida pratiquement de son contenu, en grappillant des pièces de monnaie pour compléter les derniers dollars.

Sansoucy se tourna vers son client et compta deux fois plutôt qu'une les billets dont il éprouva l'épaisseur en les frottant entre le pouce et l'index.

Chapitre 10

Les élections québécoises avaient reporté au pouvoir le gouvernement libéral de Taschereau et relégué les chances de Maurice Duplessis d'accéder à la gouverne du Québec au prochain scrutin provincial. Sansoucy avait mal pris la défaite de son idole – qui avait d'ailleurs été le protégé de frère André lors de ses études au collège Notre-Dame. L'homme lui semblait capable de mettre de l'ordre dans les finances de la province et de diriger les destinées du peuple canadien-français mieux que quiconque. À certains moments, il s'identifiait au petit avocat de Trois-Rivières.

Les choses n'allaient pas aussi bien qu'il le souhaitait dans toutes ses entreprises. Il avait peut-être perdu madame Bazinet comme cliente – encore que cela restait à voir – et avait essuyé un formidable revers devant les nouveaux occupants du logis, mais il n'avait pas souffert trop longtemps de savoir son logement inoccupé. Tout compte fait, Léandre avait déboursé en avance pour deux mois de location. Théodore Sansoucy n'en avait jamais tant espéré, ce qui contrastait singulièrement avec les habitudes de payer en retard du ménage Laramée et de plusieurs clientes de son commerce.

La vie à quatre s'organisait. Léandre et Simone avaient soulagé la maison familiale de leurs effets personnels, et David avait rapatrié tout ce qu'il pouvait de chez lui. Quant à Paulette, ses parents l'avaient empêchée de retourner chez elle pour récupérer le reste de ses affaires. Son père avait braqué son gros visage carré devant la fenêtre de la porte d'entrée, manifestant ainsi la mise à exécution de ses menaces de reniement, pendant que sa mère versait silencieusement des larmes derrière son intraitable mari. Mais Paulette Landreville savait qu'un jour ou l'autre l'homme de la maison s'inquiéterait du bonheur de sa fille…

Émilienne exultait quand elle apprit la tournure des événements au sujet de l'appartement. Une fois de plus, Simone et Léandre avaient su tenir tête à leur père et, par le fait même, la mère Bazinet n'avait pas réussi à se rapprocher de son Théodore. À part Placide qui vivait au collège de Saint-Césaire, tous ses enfants logeaient à proximité. Elle pressentait le mariage imminent d'Édouard, mais elle se consolerait avec la fierté d'avoir un fils instruit qui faisait honneur à la famille en exerçant une profession plutôt qu'un métier. Quant à Marcel, moins doué, il finirait bien par se caser tout naturellement dans une manufacture du quartier. Cependant, une chose projetait une ombre au tableau de son bonheur. Et la noircissure ne faisait que commencer à s'étendre : Léandre et sa Paulette vivaient en dehors des règles sacrées de l'Église...

Alida, Alphonsine et Héloïse avaient éprouvé un ineffable contentement à voir partir Léandre et Simone. Comme la maison était grande à présent ! Les deux insoumis envolés, les trois célibataires Grandbois pourraient désormais respirer un peu mieux. D'autant plus qu'elles avaient hérité de l'ancienne chambre d'Irène et Simone. En effet, Irène avait refusé de reprendre la chambre abandonnée par les jeunes mariés afin de la céder définitivement à ses tantes. Elle s'était retranchée derrière un rideau avec son maigre «patrimoine» dans ce qu'elle appelait son alcôve. Le petit boudoir retrouvait ainsi sa fonction première, et il restait un espace encore très appréciable dans le salon double. Mais dans tout cela, Émilienne avait trouvé à redire à l'aînée. «Pauvre fille, il y a des limites à s'oublier ! lui avait-elle dit sur un ton de reproche. À force de vouloir t'effacer, tu vas te retrouver avec tes maigres pénates dans le hangar sur la galerie... »

Ses colocataires au travail, Simone avait trouvé le moyen de se rendre la vie facile et agréable. À sa défense, il faut dire qu'après le déménagement elle connaissait une période de fatigue dont elle essayait de se remettre en avalant sa dose quotidienne de vitamines achetées à la pharmacie Désilets. Léandre à l'épicerie, Paulette sur le chemin de la St. Lawrence Sugar et David ayant passé le seuil avec sa boîte à lunch le matin en échange d'un gros baiser d'amants passionnés, elle s'affalait sur le sofa à se brûler à des petits feux d'amour factices et éphémères en lisant des romans-feuilletons de quinze cents ou à écouter de la musique qui était plus de nature à l'étourdir qu'à l'apaiser. Ou bien, assise devant le miroir qui ne lui renvoyait que le haut de son corps rebondi, elle passait en revue tous les bijoux de son coffre, choisissait une épingle pour ses cheveux, se parait d'un bracelet qu'elle garderait toute la journée, ou s'enduisait les lèvres avec son bâton de rouge entre deux bouffées de cigarette.

Émilienne plaignait sa fille et la recevait pour le repas du midi qu'elle prenait avec les autres plutôt que dans la pesante solitude de son logis. Alors Simone dînait chez sa mère. Parfois elle préfé-rait manger seule en ouvrant une boîte de conserve ou en se prépa-rant un sandwich qu'elle grignotait en sirotant une orangeade ou un café. Après le dîner, elle allait s'exposer au commerce de son père, à poireauter les jambes croisées sur un tabouret, en fumant ses Sweet Caporal ou en polissant le bout de ses ongles avant de les enduire de *Cutex*, et en regardant de son air désinvolte les clientes faire leur épicerie. Puis elle remontait au logis juste à temps pour récurer la vaisselle du déjeuner et aider sa belle-sœur à préparer le souper.

L'épicier et son fils étaient venus dîner. Émilienne, Simone, Héloïse et Alida prolongeaient leur repas en prenant une seconde tasse de thé. Elles avaient parlé des fêtes qui approchaient, des cadeaux à acheter, du surplus de travail que les rencontres familiales imposaient. Les tantes avaient rassuré leur sœur, qui se faisait une montagne avec toutes ces festivités. Simone était sur le point de se retirer de table quand elle adressa une requête à sa mère :

— Il faudrait ben que je me décide, m'man. On est rendus à la fin de novembre et il y a pas encore de rideaux dans mon apparte-ment. Viendriez-vous magasiner avec moi cet après-midi ? Depuis le temps que Paulette et moi on s'est mises d'accord sur les tissus et les couleurs...

— C'est ben vrai! réagit Émilienne. Quand je suis allée visiter, tu venais de t'installer; c'était normal. Mais là, ça commence à être nécessaire d'agrémenter tes fenêtres. Et puis c'est la moindre des choses qu'une mère accompagne sa fille au magasin, ma Simone. Surtout quand c'est demandé aussi gentiment. Dans ces cas-là, il y a pas grand-chose qu'une mère peut refuser à sa fille. À part de ça, Phonsine devrait être capable de te faire du bon, surtout qu'elle sait que, vous quatre, vous êtes pas tellement argentés.

— On est pas des guenilloux, m'man, s'offusqua Simone. J'haïs donc ça quand vous me prenez en pitié. David, Léandre et Paulette gagnent de bons gages. On est pas si mal pris que ça, vous savez. La preuve, c'est que je peux rester à la maison à rien faire…

— Bon, j'ai rien dit d'abord, soupira Émilienne.

Après la réaction qui avait suivi son épanchement de bons mots et de sentiments, Émilienne s'était tue. Alida prit sa dernière gorgée de thé et déposa sa tasse sur le coin de la table.

— Je vas les coudre, tes rideaux, si tu veux, proposa-t-elle.

— Ah! que vous êtes fine, matante! s'exclama Simone.

— Ça va me changer de mon tricot puis du démêlage de pelotes de laine, expliqua l'impotente. À vrai dire, à part les petites robes de noces que j'ai cousues pour Phonsine et moi, j'ai pas ouvert souvent ma machine à coudre depuis que je demeure ici. On était tellement tassés quand on était tout le monde ensemble…

Avec un galon à mesurer et de quoi prendre des notes, la mère et la fille gravirent l'escalier qui menait au logement supérieur. Ce serait une affaire de rien pour Émilienne. Deux heures plus tard, après quelques désaccords sur le modèle de rideaux à installer, elles sortaient enfin du logis.

Émilienne éprouvait un malaise à se promener dans la rue Adam avec sa fille enceinte. Elle marchait d'un pas alerte comme si un froid d'hiver la piquait, la tête engoncée dans son collet comme si le vent glacial voulait lui cravacher le visage. Certains la verraient assurément se presser sur le trottoir contre sa fille et filer à l'angle de l'avenue d'Orléans où elle se rendait parfois. Elle entra au magasin de coupons.

Occupée à mesurer une étoffe choisie par une cliente, Alphonsine salua brièvement sa sœur et sa nièce. Madame Métivier, la nouvelle propriétaire du commerce, écarta de sa main tavelée le rideau qui servait de cloison et parut dans la boutique.

— Bonjour, madame Sansoucy, dit-elle de sa voix chevrotante. Vous aimeriez choisir un patron pour une petite robe des fêtes?

— Ça sera pas nécessaire, je suis allée aux noces cet automne. Je vas mettre le même linge.

La vendeuse était agitée d'un curieux remuement qui produisait un agaçant cliquettement des bracelets qu'elle portait à son bras. Elle détailla le manteau de drap gris à col de fourrure de la jeune fille et le ventre qui gonflait légèrement sa robe.

— J'ai des patrons qui sont faciles d'ajustement pour les petites dames enceintes, suggéra-t-elle.

— Comme vous l'avez sûrement appris par les racontars qui circulent, ma fille demeure depuis pas longtemps au-dessus de chez moi, exposa Émilienne. Elle a décidé d'habiller ses fenêtres. Elle ne connaît rien à la couture, mais elle a le chic pour les belles choses. Il va falloir qu'elle se modère…

— Voyons, m'man, protesta Simone, vous êtes en train de me faire passer pour une capricieuse. Je m'appelle pas Colombine, moi.

— Vous êtes bien tombées, j'ai un grand choix de textures et de couleurs, affirma la marchande de sa voix sautillante. Et en plus des patrons, des tissus à la verge, des coupons, des fils, des aiguilles et des boutons, j'ai décidé d'offrir des jouets pour les fêtes. Je me demande, madame Sansoucy, comment ça se fait que vos sœurs avaient pas pensé à ça?

Alphonsine se retourna et regarda à la dérobée la dame à qui elle et sa sœur Alida avaient vendu le commerce. L'attention de Simone se porta sur le petit coin aménagé qui présentait tout un assortiment pour amuser les enfants: poupées, landaus, voiturettes, toupies, tambours, soldats... Son regard se posa sur un objet en particulier.

— Regardez, m'man, s'extasia Simone.

— C'est le cheval de bois qui vous intéresse? demanda la vendeuse.

— On est pas venues acheter un cadeau pour le p'tit, intervint Émilienne. D'ailleurs, on sait même pas si c'est un garçon ou une fille.

— De la façon qu'elle le porte, c'est sûrement un garçon, je mettrais ma main au feu, prétendit la commerçante.

— En tout cas, aujourd'hui on va regarder pour les rideaux, puis on reviendra peut-être pour le cadeau du p'tit.

La mère et la fille se mirent à fouiller dans les présentoirs. Chaque fois qu'un rouleau était déroulé, madame Métivier allait se poster à la fenêtre, en affichant un large sourire, et laissait pendre l'étoffe pour en faire apprécier l'effet.

— Puis, qu'est-ce que vous en dites, mesdames? s'enquit-elle.

— T'as choisi du beau, ma fille, ça va te coûter une beurrée, commenta Émilienne.

Une heure à reluquer dans le beau, à admirer les couleurs chatoyantes des étoffes et à palper les tissus soyeux avait suffi à enlever toutes ses forces à la mère. Elle alla se hisser sur le haut tabouret qui avait servi à sa sœur Alida lorsqu'elle s'assoyait au comptoir pour servir les clients.

— J'en ai assez, souffla-t-elle. Tu serais ben mieux de te contenter de coupons, Simone, conseilla-t-elle. Si tu mets trop dans les rideaux, il vous restera plus rien pour manger puis pour payer votre loyer.

— OK d'abord, bougonna Simone.

Les sourcils froncés, elle s'approcha des étals et fourragea dans les morceaux disparates, sollicitant du regard l'avis de sa mère. Madame Métivier observait l'acheteuse de son visage satiné en souhaitant qu'elle ne trouve pas de pièces assez grandes. Après trois quarts d'heure de recherche et d'hésitation, Simone dégota quelque «bout de ligne» qui pourrait convenir et retourna aux rouleaux pour choisir une dentelle pour laquelle elle avait eu un coup de foudre.

— C'est pour ma chambre! annonça-t-elle.

— Penses-y à deux fois, Simone, t'as pigé dans le plus dispendieux, ma fille.

Puis, du haut de son tabouret, Émilienne interrogea la vendeuse.

— Vous allez lui faire du bon, j'espère, supplia-t-elle d'une voix altérée.

— Vous savez ben que je fais pas un gros profit là-dessus, répondit-elle.

Alphonsine, qui achevait de servir sa cliente, toussota pour signifier son désaccord. Mais persuadée qu'elle avait conquis le cœur de la jeune fille, madame Métivier alla vers une table. En proie à la hantise des échancrures et du matériel gaspillé, Émilienne surveillait, les mâchoires serrées, les gestes de la marchande à la main branlante. Puis la vendeuse étala fièrement le tissu ajouré, mesura la longueur nécessaire et, empoignant son instrument, coupa l'étoffe de sa main mal assurée dans un crissement de ciseaux qui sembla la griser.

Émilienne se souleva avec effort de son tabouret et sortit l'argent nécessaire de son gros sac à main.

— Qu'est-ce que vous faites là, m'man? s'enquit Simone. C'est moi qui étais supposée payer.

— Tut! Tut! J'ai ben le droit de te faire un cadeau, rétorqua sa mère. Pourvu que t'en parles pas à ton père…

— Je peux pas croire que vous êtes obligée de lui demander la permission pour dépenser, lança la jeune mariée.

Simone avait emprunté un air faussement indigné. Elle savait que ses parents n'étaient pas réduits à l'indigence et que sa mère éprouvait une fierté non dissimulée à contribuer, selon les moyens de sa bourse, à la santé financière des deux petits couples qui logeaient au-dessus de sa tête. Et elle ne serait pas étonnée que sa mère retourne magasiner un jouet pour son petit-fils…

Burette en main, Alida achevait d'huiler sa machine à coudre et attendait avec fébrilité le retour des femmes du magasin. Elle n'aimait pas particulièrement le caractère capricieux d'enfant gâtée de sa nièce, mais elle se faisait une petite gloire de l'aider modestement à sa manière. D'ailleurs, Simone n'avait-elle pas un petit côté attachant? Elle n'était pas comme Édouard, le suffisant personnage, un jeune homme tout confit de complaisance qui n'avait jamais levé le petit doigt pour la seconder dans ses déplacements avec sa chaise de paralytique. Et dans les secrets replis de son cœur, n'espérait-elle pas que l'enfant à naître ne soit pas accablé d'une infirmité comme celle qui la clouait la plupart du temps dans son fauteuil roulant?

Sitôt la porte de l'appartement refermée, dans un soupir exhalant une grande fatigue, Émilienne s'écrasa sur une chaise et Simone posa le gros sac de ses emplettes sur la table de cuisine.

Avec ravissement, Alida en fouilla le contenu qu'elle déversa lentement sur elle.

— T'as pas pris ce qu'il y a de plus beau, mais au moins ça va boucher tes vitres une bonne secousse avant que le soleil passe au travers, exprima-t-elle. La dentelle, c'est pas pour ta chambre, j'espère?

— Oui, matante.

— Qu'est-ce que t'as pensé, donc? répliqua Alida. Le jour vous êtes pas dans votre chambre puis le soir vous voyez pas dehors. En plus, ça va mal bloquer la lumière du matin. C'est comme de l'argent jeté à l'eau...

— En tout cas, on dirait que plus il y a de trous dans le tissu, plus ça coûte cher, plaisanta Émilienne.

— Faut croire que c'est plus difficile de fabriquer des trous que de les remplir, commenta Simone, pour ajouter à la remarque rigolote de sa mère.

— J'ai juste une petite faveur à te demander, dit la tante. J'aimerais voir l'allure de tes châssis une fois les rideaux installés.

— Léandre et David vont se faire un plaisir de vous grimper au troisième, matante, répondit Simone.

Paulette avait franchi le seuil de l'usine dès qu'elle eut présenté sa carte au pointeur. Elle ne s'était pas attardée à jaser avec des camarades pour sentir plus longtemps l'odeur de sucre qui lui soulevait le cœur à longueur de journée devant les sacs qu'elle remplissait à la St. Lawrence Sugar. Après une gorgée d'eau avalée d'un petit cône de carton, elle s'était acheminée d'un pas hésitant vers l'appartement. Le malaise qu'elle ressentait n'avait rien d'habituel et lui inspirait les pensées les plus inquiétantes. Au logis, Simone espérait sa «belle-sœur» dans une attente fiévreuse.

L'ouvrière parut enfin.

— J'ai acheté les tissus ! déclara Simone. Si tu veux, on va aller voir chez ma mère avant de préparer le souper.

— Mmm !

— Qu'est-ce que t'as ? On dirait que t'es pas de bonne humeur...

— C'est pas ça, Simone. Ça file pas ben ben. J'ai eu toutes les misères du monde à faire ma journée, puis ça a tout pris pour que je vomisse pas mes tripes sur le trottoir en revenant.

— Ben va t'étendre sur le sofa.

Simone alla chercher un plat et revint au salon. Paulette s'était affalée sur le divan et avait posé sa tête livide sur un coussin, la bouche béante, les yeux égarés. Une pensée effleura l'esprit avisé de Simone qui détaillait avec inquiétude sa colocataire, mais les mots ne franchirent pas ses lèvres.

— Je sais à quoi tu penses, murmura Paulette.

— Que je vas être obligée de préparer le souper toute seule, plaisanta Simone.

— Niaise donc pas. Tu crois que je suis enceinte, hein ?

— Pour tout dire, c'est sûr que c'est la première idée qui m'est venue, Paulette. Va falloir que tu te fasses examiner...

— En tout cas, je veux pas le garder, ce petit-là, maugréa Paulette en soulevant la tête. À l'usine, je connais des filles qui ont fait passer leur bébé en prenant juste une demi-journée de congé. Léandre puis moi, on peut pas se permettre que je perde mon emploi.

— Faudrait d'abord que t'en parles à mon frère. Il est peut-être pas du même avis que toi.

— Pas question ! Quand t'es tombée enceinte de ton p'tit, t'as décidé de le garder, ben pas moi.

188

— Premièrement, c'est même pas sûr que tu sois enceinte, Paulette. Si ça te fait rien, on en reparlera. On va manger de la galette pour le souper, décréta-t-elle.

— Mais on a pas de farine de sarrasin, Simone. Moi je vas me contenter d'une petite toast ben sèche. Je sens que je suis pas capable d'avaler grand-chose.

— Ça sera pas long, je vas aller chez ma mère.

Simone descendit d'un étage avec une tasse à mesurer. Le ronron de la machine à coudre l'attira. Alida cessa d'actionner la pédale. La tante avait déjà confectionné les rideaux des chambres et complétait les faufilures pour ceux du salon. La cuisinière remonta bientôt avec la farine et des conseils pour la cuisson des galettes. Elle entra à pas feutrés dans son logis. Paulette dormait. Sans faire de bruit, elle se mit à la préparation de la pâte. Spontanément, elle avait choisi une recette simple, celle que des mauvais souvenirs faisaient sourdement ressurgir dans sa mémoire : «Ça vient de se marier puis ça sait même pas faire de la galette ! T'es pas partie pour élever une grosse famille, ma noire...», avait platement proféré la tante Florida. Ce à quoi elle avait rétorqué pour se défendre : «Au snack-bar, j'étais serveuse, pas cuisinière, matante, et à la maison, mon père a jamais voulu que je m'approche du poêle.»

La pâte était prête. Cependant, les hommes n'étaient pas rentrés de leur travail. Simone avait tenté de chasser les réminiscences qui l'avaient ramenée à la campagne, au début de sa grossesse, mais l'état de sa belle-sœur la préoccupait. Elle se prit à rêver au petit neveu qui serait du même âge que son enfant, aux jeux qu'ils auraient en commun, à la gaieté bruyante qui emplirait le logis. Paulette dessilla les yeux et se redressa avec indolence.

— Il est temps que je me réveille, prononça-t-elle. Faut pas que Léandre me voie dans cet état-là.

— Voyons, t'as juste à dire que c'est un petit problème féminin. D'ailleurs, c'est ce que j'ai dit à matante Alida tout à l'heure pour expliquer que t'avais pas pu descendre avec moi pour voir ce que j'avais acheté avec ma mère.

— T'as ben raison, Simone. Après tout, ça va peut-être le tenir tranquille à soir. Faut dire que j'haïs pas ça pantoute moi non plus, ricana-t-elle.

— Écoute, Paulette, quand tu dormais, j'ai pensé à une serveuse qui travaillait au *snack-bar* avec moi. Elle pourrait me donner une adresse. Il faut faire ben attention aux charlatans qui font la *job* pour pas cher. Lise a été ben satisfaite, elle. En fin de semaine, si tu veux, on pourra aller prendre un Coke entre filles.

Simone avait réussi ses galettes de sarrasin en suivant le conseil de sa mère : les faire cuire pas trop épaisses et directement sur le poêle de fonte. Paulette avait manifesté le désir de passer une petite soirée tranquille, après un souper frugal qui lui avait arraché quelques haut-le-cœur en voyant ses amis répandre de la cassonade sur leurs crêpes salées. Les femmes avaient convenu que le sceau du secret serait apposé sur le soupçon de grossesse de Paulette. Elles achevaient la vaisselle pendant que les deux hommes en camisole dégustaient leur deuxième bière en racontant leur journée. À tout moment, ils s'esclaffaient. Rien de drôle ne se produisait à la fabrique de cercueils, mais la vie grouillante de l'épicerie regorgeait d'anecdotes savoureuses que Léandre relatait tous les soirs à son beau-frère.

La sonnerie de l'appartement se fit impérieusement entendre. Bouteille à la main, Léandre se leva et alla ouvrir en carrant les épaules. Trois personnes s'engageaient dans la cage de l'escalier.

— Ah ben taboire ! s'étonna-t-il. Les parents de Paulette avec monsieur le vicaire.

— Je vas m'enfermer dans ma chambre, déclara Paulette en amorçant un pas pour aller se cacher.

— Fais pas ça, l'interdit Léandre. Il fallait ben que ça arrive un jour ou l'autre, cette visite-là.

— Mosus de mosus! dit Paulette. Je suis en robe de nuit, je vas scandaliser le vicaire…

— C'est aussi ben de même, commenta Simone. Comme ça, ils resteront pas très longtemps.

Conrad Landreville parut le premier au logis.

— Cette idée de nous faire monter au troisième, se plaignit-il. Vous pourriez pas habiter plus haut, enfant de nanane!

— Vous étiez pas obligé de retontir ici avec toute la paroisse, popa! riposta Paulette.

Le père de Paulette était un homme dans la quarantaine avancé. Avec le temps, son travail sédentaire de commis comptable dans une entreprise du quartier l'avait appesanti d'un léger embonpoint. L'homme chauve au visage sanguin arborait des moustaches luxuriantes, et ses yeux mauvais lui conféraient un air grave dont il ne s'était jamais départi depuis le décès de son fils de faible constitution, que la mort avait fauché quelques années plus tôt par l'impitoyable tuberculose.

Gilberte Landreville montra la plume de son chapeau dans l'embrasure, promenant un regard circonspect dans la pièce.

— Vous êtes ben petitement, là-dedans, et quel dénuement! observa-t-elle de sa voix de crécelle. Puis comme mobilier, ça fait un peu pitié!

— Je peux pas croire que vous êtes venue juste pour voir mon logement puis notre mobilier, moman, commenta Paulette. C'est pas si petit que ça, on a des meubles convenables. Pour ce qui est des rideaux, la tante Alida achève de les coudre.

Sa mère lui paraissait amaigrie et sa voix, d'un timbre franchement plus aigu qu'à l'accoutumée. Ses yeux cerclés de bistre et son teint blafard révélaient des nuits sans sommeil. La visiteuse déboutonna son manteau, fit quelques pas dans la pièce et s'effondra sur le sofa couvert de cretonne à grands ramages verts. Béret à la main, l'ecclésiastique hésitait sur le pas de la porte.

— Soyez pas aussi cérémonieux, monsieur l'abbé, faites comme chez vous, venez vous asseoir! dit la dame.

Lionel Dussault hocha la tête et prit place. Sans se départir de sa bouteille, Léandre tira de l'autre main les chaises qui manquaient au salon.

— Prendriez-vous une Mol', monsieur Landreville? hasarda-t-il.

— Tu pourrais en offrir une à l'abbé, tant qu'à faire, proposa Simone.

Un sourire tiède passa sur les lèvres du prêtre pour signifier son refus.

— Vous allez bien, madame O'Hagan? s'enquit-il. C'est pour quand déjà cet enfant que vous attendez?

— Au printemps, répondit Simone.

Monsieur Landreville avait rejoint sa femme et le pasteur sur le divan. Simone alla prendre son paquet de Sweet Caporal sur le dessus de la glacière et s'installa sur la chaise libre en se croisant les jambes. Puis elle s'alluma une cigarette et exhala avec insolence sa fumée vers les visiteurs. L'abbé Dussault était obnubilé par la tenue écourtée de la fumeuse et tortillait convulsivement son béret, puis il secoua ses pensées impudiques et tourna son visage pivelé en direction de la jeune fille en nuisette qu'il avait eu le mandat de ramener chez ses parents.

— Mademoiselle Landreville, vous causez beaucoup de peine à vos parents, vous savez, déclara-t-il d'un ton nasillard. Depuis que

192

vous avez quitté, oserais-je dire, cavalièrement la maison familiale pour venir habiter avec le fils de ce brave épicier Sansoucy, il ne s'est pas écoulé une journée que le bon Dieu amène sans que l'un ou l'autre surgisse au presbytère pour me confier son chagrin. Mettez-vous à leur place, mademoiselle. Avez-vous imaginé un instant le déshonneur qui s'abattait sur votre famille?

Paulette demeurait bouche bée, comme si elle accusait les remontrances pathétiques de la soutane, mais elle laissa plutôt couler sur elle la peine et la honte de ses parents qui se liquéfiaient par le plaidoyer larmoyant de l'homme d'Église.

— Il me semble que tu as changé, Paulette, livra madame Landreville, la voix brisée par l'émotion. Tu es plus aussi joyeuse qu'avant et j'ai pas l'impression que tu t'alimentes aussi bien. Manques-tu de quelque chose qu'on pourrait t'apporter?...

— Je t'en prie, Gilberte, commence pas à céder, coupa Landreville avec irritation. C'était bien entendu qu'on venait ici avec l'idée de ramener notre fille à la maison. Pas avec celle de lui faire cadeau de paniers de provisions...

Simone observa que les parents de sa belle-sœur avaient mal préparé leur argumentation. Un sentiment de compassion s'empara confusément d'elle. Plutôt que de rester avachie dans une attitude provocante devant la brochette de visiteurs tendus sur le sofa, elle eut la décence de se lever et d'entraîner David dans l'enfoncement de la fenêtre. Le prêtre constata qu'il devait se porter à la rescousse du couple Landreville, qui avait fondé tous ses espoirs en lui. Il s'adressa à l'amoureux de Paulette.

— Et vous, Léandre, réalisez-vous que vous vivez dans le péché? s'insurgea le représentant de Dieu. Monsieur et madame Sansoucy doivent être découragés d'avoir mis au monde deux renégats: vous et votre sœur Simone. Ils doivent bien se demander ce qu'ils ont fait au bon Dieu pour mériter un tel affront...

La fille de Sansoucy jeta au prêtre un regard assassin et le fils de l'épicier se cabra en raidissant les mâchoires. Il répondit avec véhémence :

— Eh bien, posez-leur vous-même la question, monsieur l'abbé. À les entendre à confesse, vous en serez peut-être étonné…

Conrad Landreville se leva comme si on l'avait insulté.

— Enfant de nanane ! s'emporta-t-il. Vous voyez ben qu'on perd notre temps…

Sa femme rassembla ses forces et imita le geste de son mari.

— En tout cas, arrange-toi pas pour tomber enceinte comme ta belle-sœur, lança-t-elle.

Le pasteur, s'apercevant que toute argumentation était devenue inutile, déclara forfait et alla rejoindre ceux qu'il accompagnait sur le seuil.

* * *

Simone et Paulette rajustèrent les plis froissés qui gonflaient laidement l'étoffe et allèrent se rasseoir sur le sofa. Elles contemplaient avec ravissement les rideaux du salon que leurs hommes venaient d'accrocher. La tante Alida avait consacré des heures de dévouement à se dépenser sur sa Singer. Ensuite, l'artisan et le jeune épicier n'avaient eu qu'à glisser les anneaux sur leurs tringles.

Une soudaine bouffée d'émotions s'empara de Paulette.

— J'aurais aimé que ma mère voit comme c'est beau avec les rideaux installés, mentionna-t-elle.

— Elle va ben retontir encore une fois, exprima Léandre, puis elle verra à ce moment-là.

— Ça va prendre une mèche avant que je l'invite à souper, en tout cas, souffla Paulette.

Simone consulta sa montre et se leva prestement.

— Asteure, les gars, on va aller fêter ça au théâtre. C'est un film avec Greta Garbo qui passe à soir. C'est comme si un grand nom d'Hollywood s'était déplacé pour venir nous voir. On peut pas manquer ça !

— J'ai pas ben le goût d'aller aux vues, dit Léandre. D'ailleurs, elle est pas si belle que ça, Greta Garbo, puis elle se prend pour une autre.

— Moi aussi je préfère rester à l'appartement, l'appuya David. Ça fait du bien de s'écraser de temps en temps le samedi soir.

— Ça tombe ben, les gars, parce qu'on avait pas l'idée de vous emmener, lança Simone. Ce soir, ça s'adonne qu'on sort entre filles, hein, Paulette ?

Quelques jours plus tôt, l'ancienne serveuse s'était rendue avec Paulette au *Ontario's Snack-bar* après une visite chez le médecin, qui avait confirmé la grossesse de sa belle-sœur. Elle avait obtenu de Lise le nom et l'adresse du monsieur qui l'avait délivrée. La sémillante brunette avait payé cher de son étourderie d'un soir avec un client butineur qui l'avait engrossée et qui était disparu au petit matin.

Dans le tram bondé qui les amenait au faubourg Saint-Henri, Simone avait laissé la seule place libre qui restait à sa belle-sœur. Assis à côté de Paulette, un jeune homme élégamment vêtu se leva de son siège et céda courtoisement le sien à la femme au ventre rebondi. Une main pendue à la courroie de cuir, le galant reluquait les belles-sœurs.

— Je pense qu'il tente sur toi, dit Paulette.

— Non, sur toi, rétorqua Simone. Moi, ça paraît que je suis enceinte.

Le tram émit son timbre éraillé et s'arrêta. Le jeune homme descendit avec regret.

— Il avait pas l'air d'un pauvre, celui-là, commenta Paulette. Ça explique pourquoi il est débarqué avant qu'on s'enfonce dans un quartier minable.

À l'arrêt du tramway, des flâneurs s'amusaient des passants et proféraient des discours dissolus en les montrant du doigt. Les deux femmes s'éloignèrent et rejoignirent des promeneurs qui s'engouffraient par grappes dans de petits débits. Puis elles longèrent le canal et s'aventurèrent dans une rue perpendiculaire entre des alignements de taudis de briques grises noircies par la suie que le halètement des hautes cheminées d'usines crachait dans le ciel. Elles déambulaient, aussi effrayées l'une que l'autre, affolées par l'obscurité, et plus encore par le sentiment qu'elles allaient commettre un geste irréversible.

— Pourquoi tu m'as emmenée dans un coin pareil, Simone ?

— C'est encore le temps de revirer de bord. On dira à nos amoureux que le film était plate à mort… C'est là !

Simone avait repéré l'adresse clandestine, aussi secrète que l'interruption de grossesse qui se pratiquerait derrière la porte close. Du moins, le pensait-elle. Mais dans le voisinage on devinait les souffrances physiques et morales qui émergeraient du sous-sol de l'établissement. Une dizaine de pas, sur la gauche, on n'avait qu'à descendre quelques marches et sonner à la porte vermoulue. Hésitante, Paulette appuya le doigt sur la sonnette. Une large figure surmontée d'une épaisse chevelure parut dans l'encadrement. La dame esquissa un sourire bref et invita les jeunes femmes à s'asseoir près de l'entrée.

— Ça devrait pas être long, dit-elle.

Voilà une demi-heure que Simone s'était emparée d'un des illustrés jaunis que les doigts de centaines de patientes désespérées avaient dû feuilleter avant elle. De temps à autre, elle éloignait le magazine, et ses paupières s'abaissaient sur son ventre couvant le petit être qui grandissait dans ses entrailles. Pâle et frémissante de peur, Paulette ne cessait de regarder au-dehors. Le geste qu'elle s'apprêtait à faire l'enveloppait à présent dans une crainte insurmontable. Ses lèvres et ses mains tremblaient. Elle avait le front en sueur, et des idées de malheur tournoyaient dans sa tête. Elle aurait mal et elle serait combien de temps à repousser les avances sexuelles de Léandre? Faisait-elle bien de se débarrasser d'un petit être qui ne demandait qu'à vivre et qui disparaîtrait sans même avoir poussé un cri?

— Déboutonne-toi, au moins, recommanda son amie.

Simone jeta son illustré sur la table basse devant elle et aida sa belle-sœur à enlever son manteau.

— Comment ça se fait que ça prend du temps de même? se lamenta Paulette. Donne-moi une cigarette, j'en peux plus.

Paulette, qui n'aimait pas que son Léandre l'embrasse après avoir fumé, portait maintenant la cigarette à ses lèvres avec une délectation qui semblait lui procurer une sensation d'étourdissement qu'elle ne dédaignait pas.

— On dirait que t'es habituée, commenta Simone.

De nombreux mégots écrasés dans le cendrier débordant exhalaient des remugles de tabac refroidi et la nervosité de Paulette avait atteint son paroxysme.

— La cigarette, c'est de la maudite cochonnerie! lança-t-elle. Donne-moi de la gomme, Simone.

Paulette enfourna un demi-paquet et se mit à ruminer pour chasser le goût désagréable du tabac.

Mais l'énorme chique ne parvenait pas à dissiper les intolérables tourments qui l'agitaient. Un sentiment de culpabilité l'envahit, plus fort et plus tenace, et s'ajoutait à ses craintes. Elle cessa de triturer la bride de son sac, se leva, s'inclina et laissa tomber sa mâchée au milieu du cendrier qui s'éclaboussa de son contenu. Puis, le temps de se rasseoir, elle entendit d'effroyables hurlements retentir. Elle voulut se relever, mais la main de Simone entoura aussitôt son bras crispé et l'en empêcha.

— À l'heure qu'il est, la vue doit achever au théâtre Granada, argumenta Paulette. On devrait s'en aller.

— Asteure qu'on est rendues, on est ben mieux d'attendre. On retournera en taxi s'il le faut.

D'un geste enfiévré, Paulette sortit son poudrier, passa sa houppette sur ses joues blêmes et se mira dans le petit carré de glace qu'elle tenait nerveusement au bord de son sac à main. Après, elle s'enduit les lèvres avec son bâton de rouge. Quand elle eut fini de masquer sa pâleur, elle se releva brusquement.

— Je m'en vas prendre l'air deux minutes, Simone.

— T'es donc pas raisonnable, Paulette.

— Je voudrais ben te voir à ma place…

Et elle quitta les lieux.

L'hôtesse parut et s'adressa à Simone.

— Pendant que l'autre patiente se remet dans une salle, vous pouvez vous préparer dans une autre. Mademoiselle, je présume ?

— Madame ! Mais un moment, s'il vous plaît. Je suis seulement l'accompagnatrice…

Chapitre 11

Dans la Chevrolet jaune et noire qui les ramenait à l'appartement, la tête renversée sur le dossier de la banquette arrière, Paulette fixait le plafond de ses grands yeux effrayés. Simone tenait la main moite de sa belle-sœur, en regardant la pâleur exsangue qui lui donnait l'air d'une morte que l'éclairage des lampadaires de la rue Notre-Dame faisait luire sur le teint cireux de son visage. «J'ai l'impression de m'en aller en corbillard au cimetière», pensa Simone. Coiffé de sa casquette vernie, le chauffeur en livrée du taxi Vétéran tourna vers elle sa figure bouffie et ravinée.

— Ça fera pas des enfants forts, ça, madame! commenta-t-il.

— Vous êtes pas ben ben encourageant, monsieur, rétorqua Simone. Il y a rien qui va empêcher ma belle-sœur de se reprendre. En passant, vous devez en voir des désespérées qui vont se faire avorter…

— À qui le dites-vous, ma chère dame? J'ai vu des clientes qui sont retournées se faire charcuter une deuxième fois. En tout cas, vous, vous avez choisi de le garder, votre petit…

Paulette émergea de sa torpeur.

— On voit ben que vous avez le beau rôle, vous, les hommes! regimba-t-elle.

Le chauffeur se mit à ergoter sur des thèmes éternels et à débiter des banalités. Mais l'ouvrière en usine et la serveuse de casse-croûte n'étaient pas dupes de ces paroles oiseuses qu'elles avaient maintes fois entendues de la bouche de libres penseurs qui se prenaient pour des philosophes.

La voiture-taxi s'immobilisa au coin d'Adam et de Bourbonnière. Paulette appuyée contre elle, Simone déboursa pour la course et referma la portière. Puis les passagères déambulèrent bras dessus bras dessous sur le trottoir ombragé que des yeux perçants embusqués dans la noirceur pouvaient apercevoir.

Paulette gravit péniblement les marches de l'escalier et Simone poussa piteusement la porte derrière elles.

Une rumeur joyeuse emplissait le salon. De part et d'autre de la table basse, cartes en main, David avait les fesses sur le bord du sofa et Léandre était assis à califourchon, les bras posés sur le dossier d'une chaise.

— C'était bon ? s'enquit Léandre, sans se retourner.

— Pas pire pantoute ! répondit laconiquement Simone.

Les arrivantes enlevèrent leur manteau et amorcèrent le pas en s'esquivant vers la salle de bain. Léandre se leva brusquement en abattant ses cartes sur la table.

— J'ai gagné ! s'écria-t-il en se tournant vers les femmes.

Paulette éclata en sanglots.

— La vue était triste, railla Léandre en s'approchant d'elle.

— On a ben fait de rester à l'appartement, commenta David.

Les larmes coulaient abondamment, entraînant le maquillage épais qui se délayait sur les joues enlaidies.

— Le film a mal fini, je suppose, l'amoureux de Greta Garbo s'est fait tuer dans un accident de la route, badina Léandre.

— Ah ! laissez-moi donc tranquille ! s'écria Paulette en se rendant à sa chambre.

Les pleurs demeuraient intarissables. Avec une sollicitude empressée, David apporta un mouchoir.

— Arrête de niaiser, Léandre, dit sa sœur en se dirigeant vers la chambre. Tu vois pas que Paulette est toute à l'envers?

Soudainement touché par l'affliction profonde qui semblait accabler sa compagne, Léandre suivit les femmes dans la pièce sombre.

Simone retira la courtepointe. Puis elle aida Paulette à se déshabiller, à enfiler sa robe de nuit et à s'ensevelir sous les draps.

— Qu'est-ce qui va pas, ma chérie? compatit Léandre d'une voix altérée.

Simone conduisit son frère au salon et expliqua en présence de David que Paulette venait de subir un avortement et qu'elle avait dû s'abriter derrière un prétexte et de petits mensonges.

— Elle aurait pu m'en parler, taboire!

— Oui, mais elle voulait pas risquer de perdre sa *job* aussi.

Décontenancé, Léandre s'adressa à son beau-frère en retenant des larmes qui perlaient à ses paupières.

— J'étais un père moi aussi, murmura-t-il.

David posa une main fraternelle sur l'épaule du jeune homme éploré.

Dans la chambre, Paulette ne dormait pas. L'intervention l'avait grandement affaiblie, mais elle ne parvenait pas à chasser les remords qui la tourmentaient. Tout conspirait à la jeter dans un tel état d'accablement: elle avait fait l'amour en dehors du mariage, elle avait fait le mal, elle n'était pas une bonne personne. Pire, elle avait délogé de son ventre un petit locataire qui avait signé un bail de neuf mois avec elle. Il s'était fait un nid en pensant qu'un jour il le quitterait parce qu'il ne pouvait censément envisager de passer toute sa vie entre les quatre murs d'une maison devenue trop étroite. Dehors il y avait tout un monde à découvrir, des gens à connaître et à aimer. Il aurait été le premier à lui rendre ses sourires, ses caresses, et à grandir pendant qu'elle lui tiendrait la main pour éviter qu'il ne trébuche et ne se fasse trop mal…

Et que diable faisait-elle dans un logis avec le fils de l'épicier, ce beau Léandre qui l'avait enjôlée et qui lui avait fait un enfant? Elle, naguère si rieuse, si débordante d'énergie, maintenant réduite à un affaissement physique et moral. Elle pensa à sa mère, rongée d'inquiétude, amaigrie, qui était sans doute venue pour la supplier, mais qui avait battu en retraite avec ses exigences en constatant le bonheur de sa fille. Elle songea aussi à son père, vieilli, au regard chargé de sévérité, incapable de sortir un arsenal d'arguments comme celui qu'il déployait quand il s'enflammait pour défendre ses convictions politiques. Et l'émissaire dépêché par le curé Verner, nasillant d'abord les doléances de monsieur et madame Landreville avec une onction de la parole, livrant une missive cinglante à l'égard du fils de l'épicier.

Paulette se blottit contre l'oreiller de Léandre, comme si elle voulait le protéger des accusations injustes. Elle l'aimait et rien ne pouvait l'arracher à lui. Elle adorait tout de lui: la carrure de ses épaules, son regard envoûtant lorsqu'il abaissait ses paupières frangées de longs cils noirs, et la douceur de ses caresses autant que la fougue de ses dix-huit ans. Les jeunes filles du quartier avaient été nombreuses à offrir à leur mère de courir à l'épicerie-boucherie Sansoucy afin d'en rapporter un pain ou une pinte de lait en oubliant presque le but de leur course. Mais il l'avait choisie, elle, l'heureuse élue de son cœur.

* * *

Lundi matin, Léandre jeta un œil égaré aux chiffres lumineux du gros réveille-matin Westclock qui luisait dans la pénombre. Il se frotta les yeux et regarda le corps endormi de Paulette reposant sous les épaisseurs de couvertures. La veille, après la visite de sa mère et de la tante Alida qu'il avait grimpée à l'étage dans son fauteuil roulant avec David, Paulette s'était recouchée sans faire son lunch pour le lendemain. Elle avait demandé de la laisser récupérer encore une journée à la maison. Pour une fois, l'ouvrière ne se présenterait pas à l'usine, après des mois de loyaux services. Monsieur Boudrias, un patron de la St. Lawrence Sugar, devrait se passer d'elle. Ses compagnes de travail jaseraient. Chacune avancerait sa petite hypothèse pour expliquer l'absence anormale de l'employée. Elle n'était pas la première qui prolongeait sans raison valable sa fin de semaine. À moins que l'une d'entre elles ait décelé avec clairvoyance son indisposition du vendredi. Tant pis, elle irait demain et démontrerait qu'elle était capable de donner du rendement.

L'avant-midi s'écoula sans que le moindre roucoulement de cafetière vienne perturber le sommeil de la convalescente. Simone s'était levée en douce, avait erré comme une âme en peine dans l'appartement et avait pris le parti de se recoucher.

Midi sonnait dans tous les clochers des paroisses. Simone Sansoucy se leva, fit quelques ablutions, s'habilla et alla sonder la profondeur du repos de sa belle-sœur.

— Lève-toi, Paulette, on va aller dîner chez ma mère, dit-elle en voyant les paupières entrouvertes de sa colocataire.

La dormeuse marmonna quelques bribes indistinctes et offrit un visage défait à la faible lueur qui s'infiltrait dans la pièce. Ses yeux rencontrèrent ceux de Simone.

— Je vas aller prévenir ma mère que tu dînes avec nous ce midi, puis je remonte te chercher, dit la fille de l'épicier. Prépare-toi.

Du sang avait taché les draps. Avec la précision des gestes d'un somnambule, Paulette se remua avec lenteur, se mit debout et progressa vers la salle de bain.

Trois quarts d'heure plus tard, elle prenait place devant un bol de soupe fumante.

— Assis-toi, ma belle, puis mange, ordonna Émilienne. Il faut que tu reprennes des forces, ça pas de bon sens que t'ailles travailler dans un état pareil.

— Commence à manger, Léandre va monter d'une minute à l'autre, insista Simone.

Émilienne et Alida considéraient le visage décomposé de la jeune fille qui soufflait sur les cuillérées brûlantes avant de les porter à sa bouche.

— Pauvre fille, compatit Émilienne à la dérobée, on dirait qu'elle est pas mieux qu'hier quand on est allées voir les rideaux de son appartement.

— Il y a rien comme de s'envoyer de quoi dans le ventre pour se remettre sur le piton, commenta sa sœur.

Paulette jeta un drôle de regard à la femme en fauteuil roulant. Le mot «ventre» avait résonné dans sa tête comme une violente onde de choc.

— Elle est dans une mauvaise passe, elle va se rétablir, n'ayez pas peur, rassura Simone.

On parlait de Paulette comme d'une pure étrangère qu'on observait à distance. La commensale s'était emmurée dans un silence hostile et inquiétant. Elle sapait à présent son bouillon dans lequel elle trempait un quignon de pain beurré qu'elle ingurgitait aussitôt sa cuillérée avalée.

— Assoyez-vous donc, m'man, l'invita Simone.

— J'attends que ton frère arrive, puis je m'écraserai après l'avoir servi. Tiens, le voilà justement.

— Hé, ma petite femme adorée, à midi! lança-t-il.

Il l'embrassa sur le front et se lava les mains dans l'évier de la cuisine.

— Tu le sais que j'aime pas ça quand tu te savonnes les mains près du manger, Léandre. T'as juste à aller dans la salle de bain.

Léandre s'essuya les mains avec une serviette de lin qu'il chiffonna sur le comptoir et s'attabla. Émilienne se laissa choir sur sa chaise et s'adressa à son fils.

— Puis, content de ton avant-midi, mon garçon? s'enquit-elle.

— Ça paraît que les fêtes approchent. Le père a dû vous en parler, il y a des petites madames qui ont commencé à faire des provisions puis à acheter leur viande pour les tourtières. Vous allez le voir vous-même en allant à l'épicerie vendredi pour noter les comptes. Ça donne un surplus d'ouvrage, mais j'ai pas à me plaindre...

— J'en connais qui travaillent pas puis qui sont ben plus à plaindre, mon Léandre, commenta tout bonnement Alida.

— Exagérez pas, matante! rétorqua Léandre sur un ton de reproche. Paulette va prendre du mieux et demain, vous verrez, il ne restera aucune trace de son petit problème passager.

Léandre avait prononcé sans conviction des paroles lénifiantes destinées à apaiser sa mère et sa tante. Les traits contractés et la pâleur du visage fermé de son amoureuse lui donnaient à espérer que des couleurs renaissent sur ses joues. Seuls Simone et lui savaient que le mutisme de Paulette parlait avec éloquence de la douleur qu'elle ressentait.

On attaqua le rôti de bœuf. D'un hochement de tête, Paulette accepta la deuxième tranche que la mère de Simone lui servait. Elle mangeait avidement, les yeux dans son assiette, le corps meurtri essayant de se refaire, de réparer les dégâts internes causés par la brutale interruption de grossesse. Autour de la table, on avait compris qu'il fallait la laisser tranquille, ne pas la brusquer. On s'était remis à bavarder sur des sujets qui ne la touchaient pas, respectant ainsi les frontières qui dorénavant paraissaient infranchissables sans provoquer un affaissement plus profond. Déjà qu'elle ait accepté de partager avec eux ce repas était peut-être le signe d'un début de mieux-être.

Toutefois, Émilienne se demandait de quel mal souffrait la blonde de Léandre. Un simple malaise physique ne pouvait engendrer à lui seul un tel éloignement des êtres. Même le taciturne Placide, le plus renfermé de ses enfants, ne lui était jamais apparu aussi étrange, aussi impénétrable. Elle devait bien avoir quelque chose, cette jeune fille, qui la terrassait et qui la forçait à se barricader derrière les portes closes de son affliction. Car il y avait bel et bien un tourment qui l'accablait et qui l'empêchait de s'exprimer. Son expérience de mère avait enseigné à Émilienne que le silence était parfois pire que la parole blessante. Que les mots, même mal choisis et mal formulés, ne sont que des perches tendues au malheur de l'autre. Elle résolut de parler :

— Coudonc, Paulette, es-tu enceinte ? demanda-t-elle.

La question imprima momentanément sur une pellicule les gestes immobiles des convives et les regards se tournèrent vers la fille muette.

— Ben non, la mère, vous savez ben que non ! répondit Léandre.

— Prends-moi pas pour une épaisse, mon garçon, j'en ai déjà vu d'autres. Tu peux nous le dire, on comprendrait. Peut-être que ça fait pas son affaire d'avoir un enfant à son âge et que ça dérange vos plans. Si j'étais à sa place, j'irais consulter un médecin. Simone, tu pourrais accompagner ta belle-sœur.

Simone se leva pour servir la tarte aux pommes chaude.

— Je suis ben prête à le faire, acquiesça la fille de l'épicier, mais c'est à Paulette de décider, m'man.

Paulette esquissa un sourire et bredouilla d'une voix trébuchante :

— On va y aller, madame Sansoucy.

Une certaine sérénité se répandit sur les visages. Léandre engouffra un morceau, embrassa sa petite blonde et s'engagea vers la porte.

— Puis moi, je suis pas un coton, se lamenta Émilienne.

Le garçon se détourna et revint vers sa mère qu'il encercla de ses longs bras.

— Bon après-midi, m'man, et merci pour le repas, dit-il avant de décocher une œillade à sa sœur et de franchir le seuil du logis.

Sans mot dire, Paulette engloutit deux pointes de tarte et regagna l'appartement avec Simone. Elle pressentait qu'un examen chez le médecin ne lui apporterait aucune aide et aucun réconfort. Pour éviter des discussions inutiles, elle avait consenti à suivre la recommandation de sa belle-mère, mais il était facile de rapporter faussement les prescriptions du soignant sans le rencontrer.

Après un repas aussi copieux, une bonne promenade lui ferait vraisemblablement du bien. La porte venait de se refermer et elle hésitait à poser le pas sur le trottoir, évaluant de quel côté elle allait s'engager. Mais elle ne resterait pas là à supporter les yeux inquisiteurs des passants. Simone étudia le regard trouble de sa belle-sœur et décida.

— Suis-moi, dit-elle, l'enjoignant à lui emboîter le pas.

Elle appuya son bras sous le sien et elles s'éloignèrent rapidement de l'épicerie-boucherie.

Tout naturellement, Simone entraîna Paulette dans la rue Ontario, lui susurrant des mots de consolation auxquels elle réagissait par un air dépité. Elle trouvait que la vie était agréable, malgré les petits déboires qu'elle avait connus à la campagne. En définitive, son malheur n'avait été qu'une encoche en comparaison de l'entaille profonde creusée dans le présent de Paulette. Pour elle, tout était rentré dans l'ordre. À quoi servirait de ressasser les mauvais épisodes? C'était chose du passé, et on ne revenait pas sur les instants pénibles pour ne pas assombrir les plus joyeux moments qui venaient. Tout compte fait, le sentier de sa jeunesse n'avait été hérissé que de quelques épines qui ne s'étaient pas trop enfoncées dans la chair de son bonheur. Maintenant, et dans une certaine mesure, elle apprenait à vivre sa petite existence en affichant son indifférence aux commentaires. Elle aimait David, et David l'aimait. Et elle saurait comment devenir une bonne mère. C'était tout ce qui importait.

Paulette se cambra, obligeant sa compagne à s'arrêter. Simone réalisa qu'elles s'approchaient du bureau du médecin.

— N'aie pas peur, Paulette, c'est pas là que je t'emmène, promis! dit-elle.

Un faible sourire s'ébaucha sur les lèvres rétives de l'amoureuse de Léandre. Les belles-sœurs reprirent leur marche.

À voir la morosité de Paulette et l'état persistant de son désarroi, Simone se félicita d'avoir gardé son enfant. L'abattement démontrait-il une jalousie naissante ou le simple regret d'avoir effectué le mauvais choix? Quoi qu'il en soit, la fille de l'épicier espérait se retremper dans son ancien milieu de travail, histoire de pavoiser un peu sur les indiscutables bienfaits de rester à la maison. Aussi se reposait-elle sur la force morale de Lise pour soulager la pauvre fille désemparée qui s'accrochait à son bras.

— Tiens, si c'est pas notre petite Simone qui s'ennuie de nous autres, lança le patron en voyant son ancienne employée. Je vous offre un Coke. Gratis!

— Si ça vous fait rien, je préfère ne pas me juquer sur un tabouret, répondit Simone. Ma petite bedaine commence à m'embarrasser drôlement.

Gédéon Plourde s'empressa à une table avec des serviettes de papier et deux bouteilles de cola bien enserrées entre ses gros doigts. Il s'assit en se croisant les bras.

— Vous prendrez ça à ma santé, dit-il. Puis, comment ça va, ma Simone?

— J'ai le temps de penser à moi, à ma santé et à l'enfant que je porte. Franchement, j'ai pas le goût de revenir travailler de sitôt, monsieur Plourde.

— En tout cas, ma Simone, si tu veux reprendre du service après ton accouchement, tu as toujours ta place au *Ontario's Snackbar*, assura-t-il. Puis vous, mademoiselle? dit-il, se tournant vers Paulette.

Lise empocha un pourboire; une autre serveuse s'occuperait des derniers clients du dîner. Son patron se leva et elle se dépêcha de venir se glisser sur la banquette avant qu'il ne se rassoit à ses côtés.

— Et puis, comment ça s'est passé à Saint-Henri? demanda platement la serveuse.

Les doigts de Paulette cessèrent de tambouriner convulsivement sur la table de similimarbre et elle avala une grande lampée de cola.

— Tu vois ben, Lise, que ma belle-sœur a pas le goût d'en parler.

— Monsieur Plourde est au courant de ce qui est arrivé à ta belle-sœur, Simone. Ça fait qu'il y a pas de gêne pantoute.

En disant cela, la serveuse avait pris la main de son patron, ce qui avait suscité l'étonnement de Simone.

— Faut pas te surprendre, Simone, on est ensemble asteure, expliqua-t-elle sans vergogne.

— Ah bon ! Je savais pas.

— T'es aussi ben de l'apprendre de moi que de n'importe qui. Asteure que la situation est claire entre nous, si tu me racontais ce qui t'emmène au *snack-bar*…

Simone considéra l'œil intéressé du restaurateur et relata les événements avec une certaine retenue. Lise donna son opinion en s'adressant à Paulette qui, méfiante, osait à peine regarder son interlocutrice :

— D'après ce que je peux voir, le problème, c'est que t'aurais voulu garder ton enfant alors que moi j'ai jamais regretté d'avoir fait passer le mien. Me verrais-tu aujourd'hui avec un *chum* de quarante ans puis un p'tit sur les bras ? ricana-t-elle.

Le restaurateur et sa serveuse s'échangèrent des regards énamourés. Les mots que Paulette venait d'entendre n'avaient que raviver son déchirement. Elle donna un coup de coude à sa voisine. Simone remercia Lise et son patron pour leur gentillesse, et les belles-sœurs prirent congé.

Au sortir du *snack-bar*, Paulette manifesta le désir de faire un crochet par la maison de ses parents. Elle souhaitait récupérer une photo de son enfance. Il était trop tôt en après-midi pour que son père soit rentré au foyer, et sa mère devait censément être partie au sous-sol de l'église pour les œuvres de la Saint-Vincent-de-Paul. Si elles se pressaient, avec un peu de chance, elles pourraient éviter de la croiser.

— Tu vas te faire du mal, commenta Simone.

— Non, non! Au contraire, ça va me faire du bien, assura Paulette d'une voix cassée.

Parvenue à l'immeuble, un doute plissant son front indécis, Paulette s'engagea sur le petit trottoir qui menait au logement. Sous un balcon de fer forgé qui assombrissait la porte, avec la fébrilité qui accompagne la première infraction d'un voleur, elle saisit la clé dans son sac et entra en se précipitant vers sa chambre. Là, elle s'empara de son butin, l'enfouit dans la poche de son manteau et revint vers sa belle-sœur demeurée dans le vestibule.

Les deux femmes avaient regagné leur logis. Une fois la porte fermée, Paulette s'était dirigée dans sa chambre pour épingler sa photo d'enfance au-dessus de la commode. Puis, sentant le besoin de calmer une faim soudaine, elle avait agrippé compulsivement une tablette de chocolat de la dépense que sa belle-sœur se réservait pour apaiser ses petites fringales. Simone avait accroché les manteaux, puis s'était efforcée de donner un coup de balai, de sortir les vidanges et de laver les draps maculés de sang qui séchaient au-dessus du poêle. Elle s'ingéniait maintenant à fricoter quelque fricassée de son cru pour le souper avec des restes qui trônaient dans la glacière, pendant que Paulette prenait ses aises sur le sofa en s'empiffrant de chocolat et en tournant d'un air ennuyé les pages d'un roman-feuilleton.

Les travailleurs rentreraient bientôt, et Simone s'agitait dans la cuisine en songeant qu'elle s'était suffisamment dévouée pour sa belle-sœur durant la journée. D'un air décidé, elle alla la retrouver.

— Remue-toi un peu, Paulette, plutôt que de t'effoirer sur le divan, s'emporta-t-elle. J'ai goalé comme une maudite folle depuis qu'on est revenues de chez tes parents. On dirait que t'es en pension, ici dedans.

— Fallait que tu le dises, Simone ! répliqua étonnamment Paulette, refermant mollement le magazine. Je récupérais. Je pensais que, pour une fois que j'étais malade, tu me laisserais tranquille. Mais non ! As-tu oublié que d'habitude je me dépêche de revenir de la *shop* pour t'aider à préparer le souper ?

— En tout cas, viens couper les patates puis les carottes en dés. C'est long en maudit !

L'attitude farouche de Simone avait secoué la léthargie de la convalescente. Elle s'achemina à la cuisine et assista silencieusement sa belle-sœur.

Les hommes apparurent en même temps au logis. Simone quitta la cuisine et se rendit à l'entrée. David accrocha son manteau et suspendit sa casquette à l'un des quatre crochets fixés au mur derrière la porte et, prenant un air coquin, enlaça sa petite femme et la souleva.

— Fais pas le fou, David, pose-moi par terre ! dit-elle en égrenant un rire.

Léandre considéra le beau couple d'amoureux. Sa gorge se noua. Du menton, il désigna la cuisine où devait s'affairer Paulette.

— Comment va-t-elle ? chuchota-t-il.

— J'ai l'impression qu'elle ne fait pas d'effort pour se remettre, répondit sa sœur à voix basse.

Léandre marmotta quelques mots et s'accrocha. Puis il alla rejoindre la cuisinière et lui enserra les épaules en déposant un baiser dans son cou.

— Hum! Ça va être bon, ça, ce soir, murmura-t-il.

Elle se rebiffa, repoussant les bras du jeune homme.

— J'ai encore besoin de tranquillité, exprima-t-elle.

— C'est pas dans ce sens-là que je le disais, mon amour, s'insurgea-t-il.

Une lourde ambiance pesa pendant le repas, les sinistres blagues de David pour faire rire s'étant avérées inutiles. Léandre n'entendait pas à rire et Paulette tentait de chasser ses pensées morbides. Elle en était à sa troisième assiettée de fricassée et elle reluquait mentalement le reste de gâteau des anges que Simone servirait pour dessert.

À la fin du repas, quelqu'un frappa doucement à la porte. Léandre se leva de table en rogne et, l'œil méfiant, alla entrouvrir.

— Madame Landreville demande sa fille au téléphone, dit Marcel.

— Taboire que tu m'as fait peur! J'ai cru que c'était mes beaux-parents qui rappliquaient avec le vicaire Dussault.

Léandre se déporta auprès de Paulette qui avala un grand verre de lait avant de suivre Marcel dans l'escalier.

— Pourriez-vous m'aider à débarrasser la table et à essuyer la vaisselle, les gars? Paulette est pas ben ben serviable aujourd'hui...

À l'étage inférieur, Paulette avait étiré le fil du téléphone au maximum et se trouvait près de la chambre de l'épicier. Sansoucy arrêta de se bercer, prêt à saisir le moindre fragment de conversation

213

qui filtrerait jusqu'à lui. Un linge de vaisselle à la main et l'oreille collée au mur mitoyen de la cuisine, les tantes essayaient de capter les bribes et les silences de Paulette, qui écoutait les litanies de récriminations de ses parents se relayant au cornet acoustique.

— On s'est aperçus que t'étais venue en cachette pour chercher la photo d'enfance sur ta commode, larmoya Gilberte Landreville. Viens surtout pas dire le contraire.

— Si tu reviens à la maison, on est prêts à te pardonner, à tout oublier, puis à recommencer à neuf, comme s'il ne s'était jamais rien passé, ajouta son mari.

Lasse d'entendre des lamentations qu'elle ne pouvait plus supporter, Paulette parut dans la cuisine et raccrocha. Sansoucy reprit à se bercer. Les trois tantes se dispersèrent aussitôt et se rapprochèrent de l'évier avec Émilienne, qui s'était écrasée sur une chaise pendant l'appel.

Remontée au logis, espérant échapper aux questions, Paulette disparut et se jeta sur son lit défait. Simone enleva le drap qui séchait sur une corde près du poêle, le plaça sous son bras et entra dans la chambre.

— Faudrait refaire ton lit avant que tu t'allonges pour la nuit, dit Simone.

Paulette se leva et sortit un drap plus chaud pour l'hiver qui venait, et toutes les deux l'installèrent. Ensuite, en plusieurs étapes, les deux jeunes femmes prirent les coins du drap d'été et s'éloignèrent l'une de l'autre pour le tendre entre elles, avant de se rapprocher pour le plier correctement. Puis Paulette monta sur une chaise et remisa la pièce de lingerie sur la plus haute tablette du placard.

Simone sortit de la chambre. Une bouteille de bière froide à la main, Léandre et David s'échangeaient des balivernes.

Chapitre 12

Léandre se retourna sur son flanc. Une autre nuit sans amour s'amorçait, aussi morne et glaciale que les précédentes. Leurs ébats passionnés, leurs corps enlacés jusqu'au petit matin lui semblaient bien loin derrière. Le sexe en berne, il se voyait maintenant privé des ineffables jouissances dont il était si friand. Certes, la détresse morale expliquait l'enfermement de Paulette, mais le désert dans lequel sa vie amoureuse s'enlisait l'obligerait à chercher ailleurs un moyen de satisfaire ses plus ardents désirs...

Depuis une heure, Léandre surveillait les chiffres phosphorescents du cadran pour éviter que la sonnerie ne secoue celle qui dormait à ses côtés. Abasourdi par de pénibles épisodes nocturnes, il s'étira la main pour neutraliser le dispositif de réveil. Sans faire de bruit, il agrippa ses souliers, prit ses vêtements sur son bras et, à pas étouffés, sortit de la chambre en pyjama, se rendit à la salle de toilette pour son rasage et ses ablutions matinales, et parut dans la cuisine.

Simone avait dressé quatre couverts et David était prêt à s'asseoir pour déjeuner.

— Paulette se lève pas ? demanda-t-elle.

— Ça sera pas d'aussi bonne heure, répondit Léandre. Si tu savais quelle nuit elle a traversée.

— Tu l'as pas ménagée, je suppose, s'enquit son beau-frère.

— Pas de farces plates à matin, David ! La pauvre a fait des cauchemars toute la mosus de nuit. Une fois, il devait être trois heures, elle s'agitait dans son sommeil en disant qu'elle avait perdu tout son sang et qu'il fallait changer les draps. Un peu plus tard, alors que je croyais l'avoir rassurée en la serrant contre moi, elle avait rêvé qu'on portait son enfant en terre dans un petit cercueil blanc. Et chaque fois, elle se rendormait en ravalant des larmes.

— En tout cas, t'as l'air pas mal poqué, mon frère. Vas-tu être capable de faire ta journée à l'épicerie, toujours ? Assis-toi, je vas te préparer un bon bol de gruau comme m'man faisait avec des rôties sur le poêle.

— T'es pas mal fine, ma petite sœur.

— Ah ça, tu peux le dire, par exemple ! commenta David en donnant une claque affectueuse sur la fesse de sa femme.

Par ses gestes empreints de bonne volonté, Simone dénonçait l'apathie de sa belle-sœur qu'elle jugeait regrettable. Elle réalisait qu'elle ne pouvait plus se reposer sur Paulette, que des responsabilités nouvelles lui incombaient, qu'elle avait souvent été un peu lâche et qu'il était grandement temps que quelqu'un s'occupe de la maisonnée. Les hommes du logis pourraient dorénavant compter sur elle.

Un deuxième café corsé avalé, la main glissant sur la rampe, le fils de l'épicier quitta son appartement en descendant pensivement les degrés de l'escalier.

Un homme distingué à l'air affable s'entretenait avec le commerçant. Il était revêtu d'un pardessus marron et tenait respectueusement son chapeau à la main, comme s'il venait d'entrer dans une église. Sa figure était ronde, sans flétrissure, ses lèvres cousues d'un délicat fil rouge ne présentaient aucune sinuosité, et son crâne dégarni luisait sous les ampoules du magasin.

— Te voilà, toi, dit Sansoucy.

— Brassez-moi pas trop à matin, le père ! Je suis pas d'humeur à me faire bousculer…

— Monsieur Boudrias est *foreman* à la St. Lawrence Sugar ; il est venu pour te voir au sujet de Paulette.

L'homme s'inclina poliment.

— Un peu frisquet, ce matin, n'est-ce pas ? Pour tout vous dire, commença l'homme, une secrétaire de la manufacture a d'abord appelé hier chez monsieur Landreville pour parler à mademoiselle Paulette. Sa femme a dit que leur fille ne demeurait plus dans la rue Nicolet et qu'elle habitait avec le fils de l'épicier Sansoucy. Comme je passais par là ce matin, j'ai pensé que c'était une affaire de rien de m'arrêter pour m'informer.

— Hum ! fit Léandre. C'est que, voyez-vous, Paulette n'est pas en état de reprendre le travail actuellement.

— Mademoiselle Landreville n'est pas irremplaçable, vous savez, répondit Boudrias. Les emplois disponibles sont rares, et il y a une manne de chômeurs qui seraient prêts à briguer son poste.

— C'est une faveur que monsieur Boudrias lui fait, intervint Sansoucy à l'adresse de son fils. Réalises-tu, continua-t-il, que c'est pas n'importe quel *foreman* qui prendrait la peine de se déplacer pour sauver la *job* d'une de ses employées ? D'après ce que j'ai cru comprendre quand Paulette est venue pour parler à ses parents hier soir au téléphone, on peut se demander si... Il ne faut pas laisser filer un emploi pareil à cinquante cents par jour pour un pur caprice...

— Qui a dit que c'était un simple caprice, le père ? Je trouve que vous la jugez un peu vite, ma blonde, s'indigna Léandre.

Monsieur Boudrias considéra gravement le fils de l'épicier.

— En tout cas, déclara-t-il, je suis obligé de vous dire que si mademoiselle Landreville ne se présente pas à la manufacture à huit heures demain matin, son nom va être rayé de la liste des employés.

— C'est entendu, monsieur Boudrias, réagit Léandre. Elle va être là, je vous le garantis...

Le patron de l'usine remit son chapeau et salua civilement l'épicier et son fils.

L'avant-midi de Léandre s'écoula avec des préoccupations plein la tête. Le jeune homme entrevoyait l'heure du dîner avec appréhension. Un moment, il soupçonna Paulette de vouloir profiter de son état de convalescente pour se faire vivre par lui. Elle n'était pourtant pas dans la même condition que Simone pour espérer demeurer comme elle au logis. De temps à autre, il se prenait à penser à ce qui surviendrait si une dispute éclatait. Jamais la moindre discorde n'avait jeté une ombre sur leur amour. Tout au plus un malentendu, une incompréhension passagère qui se résorbait par des éclats de rire.

Son père revenait de dîner, le pas lourd et la panse bourrée.

— Ta Paulette vient de descendre, dit-il. Elle a encore l'air pas mal affamée. Ta mère l'a même servie avant que tu montes. Si ça continue, elle va nous coûter cher en batèche tout à l'heure, celle-là !

Léandre jeta un regard de désolation et gagna le logement de ses parents. Paulette était assise à côté de Simone et n'avait levé que des yeux furtifs avant que sa bouche ne se repaisse du potage de sa belle-mère. La tante Héloïse n'avait rien manqué des subtilités de comportement et elle anticipait la réaction de son neveu.

— Comme ça, rapporta-t-elle, le patron de la St. Lawrence est venu aux sources à matin.

— On peut rien vous cacher, matante, persifla le fils de l'épicier.

— Toujours est-il qu'il va falloir qu'elle se décide, ta blonde, avisa Héloïse.

— Ah ben taboire ! s'insurgea Léandre, ça, ça vous regarde pas pantoute, par exemple.

218

— Mon doux Seigneur, on peut rien dire asteure, ça monte tout de suite sur ses grands chevaux ! s'indigna Émilienne, se portant à la défense de sa sœur.

— Non, mais ça vient fatigant de toujours avoir tout le monde sur le dos, affirma Simone. Ce qui se passe entre Paulette et la St. Lawrence Sugar vous concerne pas pantoute.

— Oui, mais quand on veut aider…, avança gentiment Alida.

Léandre mit la main sur le bras de sa blonde et s'adressa à la tablée :

— Je sais pas si le père vous l'a dit, mais Paulette va retourner à la *shop* demain sans faute. Hein, Paulette ?

La jeune fille se moula un sourire fugace et continua de manger. Léandre avala son potage avec de grandes lampées et dévora sa portion de pâté.

De tout l'après-midi, Léandre essaya de décolérer. Un blâme jeté sur son père – qui avait malencontreusement rapporté au dîner la visite de Boudrias au commerce – n'aurait qu'envenimé la situation déjà tendue et tisonné les braises de vieilles querelles jamais éteintes. Il se consacra plutôt à contenir ses bouillonne-ments intérieurs et à développer des arguments pour persuader Paulette de se réintégrer dans son emploi.

Simone avait résolu de ne pas s'arrêter à l'épicerie. Il serait plus sage de prendre une bonne bolée d'air frais afin de se soustraire à l'humeur massacrante de sa belle-sœur. Elle pensait confusément que l'ambiance oppressante dans laquelle elle évoluait au voisi-nage de Paulette pouvait engendrer des effets négatifs sur l'enfant qu'elle portait. D'ailleurs, sans trop se l'avouer, elle n'entrevoyait pas le rétablissement prochain de son amie ; le cas lui semblait trop sérieux. Au dîner, elle lui avait paru si renfrognée, si hermétique, que Simone ne pouvait concevoir que la soirée qui venait lui permet-trait d'émerger du marasme dans lequel elle s'était enfoncée. Au fil des mois, la vie à ses côtés deviendrait-elle intenable ? Autant pour Paulette elle-même que pour ceux qu'elle fréquentait ! Elle alla jusqu'à penser qu'il faudrait peut-être envisager le retour de Paulette chez ses parents. Ou même son propre déménagement dans le logis des O'Hagan, advenant le cas où il se libérerait. Mais on n'en était pas là. Du moins, pas encore…

Ses pas l'avaient menée dans la rue Ontario. Tout l'après-midi, elle s'était contentée de faire du lèche-vitrine, de contempler les décorations pour les fêtes, et elle était revenue à l'appartement les mains vides, avec le pressentiment que Paulette avait perdu son temps. Elle la trouva debout en face de la commode de sa chambre, figée devant sa photo dans un état second, comme si le fait de ramener sa propre enfance à sa mémoire était de nature à faire ressusciter l'enfant qu'elle avait jeté aux orties. Elle s'en approcha et admira quelques secondes le minois ravi de la jeune fille de la rue Nicolet posée au bas de l'escalier en colimaçon et tenant une poupée de chiffon dans ses bras potelés.

— Pourquoi me fuis-tu ? demanda Paulette sans se retourner. Je croyais que toi et moi on était de vraies amies.

— Ce n'est pas toi que je fuis, Paulette ; j'ai besoin d'air ces temps-ci. Vois-tu, j'étais tellement habituée à sortir de la maison et à rencontrer du monde au *snack-bar*. Je pensais que de rester ici à prendre mes aises toute la journée me rendrait heureuse. Cela fait un temps. J'avoue que je me suis trompée…

— Mais lorsque ton bébé sera là, il va prendre toute ton attention, tu seras comme toutes les petites mamans qui mettent leur poupon au centre de leur vie. Comme s'il y avait plus rien qui existait autour d'eux…

— Là, c'est toi qui as tort, Paulette. Rien ne t'assure que je serai une bonne mère. C'est certain que je vais me consacrer à mon enfant, mais il y a aussi mon mari, mes amies, la parenté, la maison…

— Au moins, tu as la chance d'être entourée par David, qui t'adore et qui serait prêt à donner sa vie pour toi…

Drapée depuis quelques jours d'un épais voile de mystères, Paulette s'exprimait à présent. D'une voix altérée, presque ténébreuse, elle parlait avec cohérence, mais ses propos étaient d'une telle gravité que Simone eut peur. Elle hasarda :

— Il faut te faire une raison, Paulette : l'enfant que tu portais n'est plus là. Je peux comprendre la souffrance que tu endures, les remords qui te rongent, peut-être. Et de me voir avec ma bedaine et le bébé qui pousse en dedans ne doit pas te laisser indifférente non plus. Des fois je me dis que j'aurais dû t'empêcher à tout prix de te faire avorter. Mais tu semblais si déterminée à t'en débarrasser que ça me donnait rien de m'opposer à ton projet. Avoir su…

Par le reflet du miroir qui ornait la haute commode, Simone étudiait la physionomie changeante de la jeune fille éprouvée. Les lèvres frémissantes, des trémulations de la voix, toute trace de son humeur folâtre de naguère était disparue. La figure oblongue de Paulette se contracta. Son front plissé pressa ses paupières. Ses yeux s'embuèrent derrière les cheveux épars qui sillonnaient son visage. Simone pensa qu'elle avait atteint la profondeur du mal, qu'un petit déversement de larmes ferait du bien. Elle poursuivit :

— En ce qui concerne Léandre, ce n'est pas qu'il soit malintentionné, il ne sait plus comment agir avec toi. Il ne te reconnaît plus, tout simplement. Mets-toi à sa place, Paulette : c'est comme si tu étais fâchée contre lui. Au fond de lui-même, mon frère t'aime, crois-moi. Et rien n'empêche qu'un jour vous puissiez vous reprendre et remplacer l'enfant qui devait naître…

Simone consulta sa montre.

— Les hommes vont bientôt rentrer. On va manger des sandwichs avec de la liqueur, déclara-t-elle. Du Cream soda, comme t'adores, à part de ça !

— Je vas t'aider, répondit Paulette avec un semblant de sourire.

L'heure du souper approchait. Un repas simple et vitement préparé s'imposait. David et Léandre comprendraient que les femmes de la maison vivaient chacune des moments particuliers et qu'ils ne pourraient exiger plus qu'elles n'étaient capables de donner.

David entra, accrocha son manteau et sa casquette, et s'élança vers la cuisine pour étreindre Simone, comme s'il revenait d'un chantier dans les bois après des mois d'éloignement.

— Léandre est pas arrivé? s'enquit-il.

— Ça devrait pas tarder, mon amour, répondit Simone. Va te laver les mains dans la salle de bain. Tant qu'à faire, regarde-toi comme il faut dans le miroir. Tu t'es pas vu: enlève donc le bran de scie que t'as dans les cheveux. On dirait que tu travailles dans une boulangerie et que t'as la tête tout enfarinée.

Devant Paulette, l'épouse aurait souhaité moins d'exubérance de la part de son mari. «Quand on est malheureux, le bonheur des autres nous fait encore plus mal!» pensa Simone.

Léandre avait renoncé à la colère qui l'habitait. Sa nature parfois impétueuse comme un volcan avait déjà fait échouer ses tentatives, qu'il avait ravalées avec d'amers regrets. Cette fois, il s'était ingénié à fignoler un petit scénario qui devait le conduire à un succès.

Sitôt la porte de l'appartement refermée, il décrocha le manteau de Paulette et s'écria:

— Viens ici, ma douce, j'ai une agréable surprise pour toi!

Paulette dégagea les cheveux qui lui masquaient un peu le visage et s'avança vers Léandre dans la robe qui lui plaisait le moins, la tête inclinée, les yeux relevés, comme pour exprimer en un instant tout le poids de son repentir.

— Je t'emmène au restaurant. Après on ira aux vues. Il y a un film avec Clark Gable au Granada, ce soir. C'est pas ton préféré, mais je sais que tu l'haïs pas pantoute. T'as juste à changer de robe et à mettre un peu d'ordre dans tes cheveux, puis tu vas être belle comme un cœur…

— Qu'est-ce qu'elle a, ma robe ? riposta Paulette, détaillant les plis de son vêtement. Puis veux-tu dire que j'ai un voyage de foin sur la tête, coudonc ?

Léandre parut décontenancé et s'aperçut que ses paroles pouvaient avoir blessé celle qui s'était enfoncée depuis quelques jours dans une profonde mélancolie.

— Ben non, voyons, Paulette ! réagit-il. C'est pas ce que j'ai voulu dire, tu sais ben. Ça va être correct de même, affirma-t-il en lui ouvrant le manteau pour qu'elle s'en revête.

La jeune fille l'enfila, le boutonna. Puis elle se replaça les cheveux en se regardant dans le petit miroir près de la porte.

— Où c'est que tu m'emmènes, asteure ? demanda-t-elle, intriguée.

Il lui plaça les doigts sur la bouche pour endiguer le flot probable de questions.

— Tu verras, répondit-il, laconique.

Sur le trottoir de la rue Adam, il amorça sa marche d'un pas leste en la traînant par la main. Au tournant de Bourbonnière, elle s'arrêta, essoufflée. Puis il repartit plus lentement, à la cadence imposée par la main crispée qui le retenait, avant de s'engager dans Sainte-Catherine et de s'engouffrer sous les clignotements d'une marquise lumineuse.

— Pas ici, Léandre, c'est ben trop cher pour nos moyens !

— On se ruinera pas pour un soir, quand même.

Un garçon en habit noir et plastron se présenta. Il avait les cheveux lisses et luisants sur sa tête plate comme le dessus d'un coffre, séparés sur la gauche par une raie qui faisait penser à une penture, et sa lèvre supérieure se levait sur deux incisives médianes largement distancées.

— Une réservation pour monsieur et madame Sansoucy, dit Léandre.

— Suivez-moi, je vous prie, zézaya le serveur.

Menu à la main, le garçon les conduisit à une table recouverte d'une nappe blanche. Avec une galanterie que Paulette ne lui reconnaissait pas, Léandre recula sa chaise, lui retira avec maladresse son manteau et alla s'asseoir.

— Tu manges ce que tu veux, ma chérie.

Sous la lumière tamisée, elle promena un regard ravi sur la salle avec ses décorations clinquantes, ses belles parures de rideaux et tout ce qui lui paraissait différent de ce qu'elle avait déjà vu. Puis, la faim la tenaillant, elle consulta la carte du menu en bosselures dorées. Les plats de bœuf, de poulet et de poisson portaient des noms bizarres qu'elle s'amusa à lire sans trop savoir ce qu'ils dégageaient d'odeurs inconnues et ce qu'ils recelaient de nouvelles saveurs. Le garçon s'approcha de la table.

— Je vas prendre le hachis parmentier, annonça fièrement Paulette.

— Avec un petit verre de vin? suggéra le garçon.

Paulette fit semblant d'hésiter un moment.

— Pourquoi pas? dit Léandre. Deux verres de vin rouge, s'il vous plaît.

— Et pour vous, monsieur?

— Le bœuf, répondit Léandre en indiquant de son index le plat choisi.

Le garçon reprit les menus qu'il plia sous son bras et disparut. Paulette réalisa que la voix caressante d'un chanteur de charme américain l'enveloppait onctueusement. Gênée de se retrouver face à son amoureux, elle se mit à palper les fleurs de papier qui ornaient le centre de la table. Le serveur revint avec une corbeille de pain et le vin. Léandre leva sa coupe.

— À nos amours ! proclama-t-il.

La jeune fille esquissa un sourire et trempa ses lèvres. Après, elle étala une épaisse motte de beurre sur un petit pain qu'elle dévora comme une ogresse. Son compagnon la regardait d'un air un peu découragé, en ressassant les arguments qu'il invoquerait relativement à son retour au travail.

— Écoute, Paulette, commença-t-il, qu'est-ce que tu dirais si je t'emmenais au restaurant de temps en temps ? T'as l'air d'adorer ça...

Paulette avait la bouche pleine. Elle avait entamé un deuxième petit pain et bu la moitié de sa coupe.

— J'aime ben ça, puis ça fait changement. La prochaine fois, ça pourrait être au restaurant chinois. Il paraît que c'est ben bon, du chinois, et puis qu'il y a parfois des beaux petits messages d'amour renfermés dans des biscuits au dessert, qu'a dit une fille de la *shop*...

— Moi aussi j'aime ça aller au restaurant, mais ça prendrait un deuxième salaire qui rentre régulièrement...

Paulette eut un regard évasif et avala d'un trait le reste de sa coupe. Le garçon reparut.

— Votre plat s'en vient, ça sera pas long, zozota-t-il en déposant une corbeille pleine et la bouteille entamée par le couple.

Léandre réprima un geste de refus ; Paulette ne serait que plus disposée à consentir à sa demande.

— As-tu déjà imaginé qu'un jour j'achète le commerce de mon père ? tenta-t-il.

— Tu serais ton propre *boss*, articula joyeusement Paulette. Et ton père ne pourrait plus te faire suer…

— Oui, mais avec le petit salaire que le père me donne, j'y arriverai jamais tout seul.

— Les banques sont là pour aider ceux qui veulent se lancer en affaires. Il faut que tu sois capable de l'envisager, Léandre ; ton père peut claquer n'importe quand…

— Coudonc, c'est ben long, s'impatienta Léandre. Garçon !

Le serveur, un grand jeune homme à petites moustaches brunes qui semblait s'attarder avec des clients habituels, jeta un coup d'œil dans sa direction, se précipita à la cuisine et, une serviette pliée sur le bras, parut avec deux assiettes fumantes qu'il déposa devant eux.

— Excusez-moi, dit-il, j'étais en train de vous oublier. Vous prendrez une deuxième bouteille ?

— Non, non, dit Léandre, c'est déjà en masse.

Paulette attaqua son plat.

— C'est du pâté chinois, ça ! s'exclama-t-elle, la bouche pâteuse.

— Un peu comme si on était allés au restaurant chinois. Mais je suis pas sûr que t'auras ton petit biscuit avec une pensée, ricana Léandre.

Décidément, le hachis parmentier était moins savoureux que le pâté chinois de madame Landreville, mais Paulette avala toute son assiettée en se bourrant avec du pain. En attendant le dessert, la bouteille de vin presque vide et la réceptivité de Paulette se dégradant, Léandre crut le moment propice pour livrer son message.

— Il faut que tu rentres à l'ouvrage demain matin, risqua-t-il.

— On verra ben, bafouilla-t-elle.

Le temps avançait. Une impatience croissante s'était emparée de Léandre. Il saisit brusquement le poignet gauche de Paulette.

— Aïe ! Tu me fais mal, s'écria-t-elle en se dégageant.

— Je m'excuse, je voulais juste voir l'heure sur ta montre, dit-il. Je pense qu'on est mieux de partir avant longtemps, sinon on va être en retard au cinéma.

— Je veux prendre le dessert…

— On a pas le temps. Puis dans ton état, je me demande comment on va faire pour se rendre à pied au Granada.

Paulette grommela quelques mots d'insatisfaction. Léandre fit un signe au garçon, qui apporta sans tarder l'addition. La facture salée une fois réglée, sa blonde suspendue à son bras, il sortit dans la rue, héla un taxi Diamond en maraude.

Le couple s'engouffra dans la voiture qui les déposa devant l'entrée du théâtre Granada, faisant pester le chauffeur pour la course d'une durée insignifiante.

— Vous étiez quasiment rendus, grommela-t-il sous la visière de sa casquette. Je connais ça, des petits couples comme le vôtre : ça se prend pour des vedettes d'Hollywood puis ça veut jouer aux riches en arrivant aux vues en taxi.

— Tiens, prends ça puis ferme ta gueule, lança Léandre en tendant une pièce de monnaie qui couvrait largement le déplacement.

227

Dans la salle, un placeur en costume bleu à galon rouge les conduisit à leur siège. La démarche vacillante, Paulette se laissa choir dans un fauteuil et s'endormit après quelques minutes de projection, sa tête lourde posée sur l'épaule de son amoureux. Fort ennuyé par le film, Léandre attendit l'entracte pour réveiller Paulette et reprendre le chemin de son domicile en taxi.

* * *

Au matin, Paulette dormait d'un sommeil profond. La veille, elle avait regagné sa chambre de peine et de misère et s'était affaissée sur son lit. Léandre avait dû la déshabiller et s'était endormi en regrettant sa soirée. Il avait dépensé pour rien : le souper au restaurant, le cinéma, les courses en taxi, tout cela n'avait manifestement pas contribué à convaincre Paulette.

David et Simone prenaient leur déjeuner. Léandre apparut, dessillant les paupières à la lumière agressante du plafonnier.

— Vous êtes revenus avant la fin du film, émit Simone.

— On vous a entendus rentrer, mais on a fait semblant de dormir, mentionna David. Si tu vois ce que je veux dire…

— Paulette ronflait, expliqua Léandre. De toute façon, la vue était plate à mort. Moi puis les histoires d'amour à la Clark Gable…

— T'es pas supposé la réveiller à matin ? questionna Simone.

— Je l'ai brassée un peu, mais elle a pas l'air de vouloir se lever, se désola Léandre.

Il poussa un bâillement prodigieux, se fit craquer les doigts, se gratta le cuir chevelu.

— C'est vrai, poursuivit-il, j'avais promis à monsieur Boudrias qu'elle serait à l'ouvrage. C'est maintenant ou jamais !

Rassemblant son énergie, il alla à sa chambre et secoua la dormeuse. Quinze minutes plus tard, Paulette émergea dans la pièce, l'air éminemment contrarié. Elle se rendit à la salle de bain en se traînassant les pantoufles, retourna s'habiller et parut enfin dans la cuisine.

— Puis, t'as pris un bon repas au restaurant ? s'enquit Simone.

— Tu parles! Du vulgaire pâté chinois! Il était ben ordinaire à part de ça, pas mal moins succulent que celui de ma mère…

Léandre serra les mâchoires. Il avait entamé sa deuxième rôtie enduite d'une bonne épaisseur de caramel. Il se leva afin de faire griller des tranches de pain pour Paulette. Au comptoir, près de l'évier, Simone mettait les sandwichs de son mari dans sa boîte à lunch.

— Veux-tu que je fasse le tien asteure, Paulette ? proposa gentiment Simone. C'est des sandwichs au jambon avec de la moutarde, aujourd'hui.

— Fais-moi-z-en deux, puis oublie pas de mettre des Cream soda puis des petits gâteaux pour mon dessert et mes collations.

Chacun se préoccupait de la taille de Paulette qui enflait et de sa poitrine qui forçait son corsage. « À ce rythme-là, pensa Simone, elle va me rejoindre avant ben des lunes. » David embrassa son épouse avec ardeur et quitta le logis.

Le déjeuner terminé, Léandre s'empressa à la porte. Paulette repassa aux toilettes et s'approcha de lui avec la lenteur de l'escargot, avant de revêtir et de boutonner nonchalamment son manteau. Simone apporta son lunch dans un grand sac de papier brun qu'elle tendit à son frère.

— Bonne journée! dit-elle.

Léandre lui décocha une œillade et entraîna Paulette dans l'escalier.

Le fils de l'épicier se félicitait d'avoir arraché Paulette à son inertie. Une fois qu'elle serait à l'usine, tout rentrerait dans l'ordre. Les compagnes de travail, le bruit infernal mais rassurant des machines, le rendement à maintenir, les indispensables périodes de pause, tout concourait au rétablissement du cours ordinaire des choses. Il suffirait à Paulette de démontrer un peu de bon vouloir pour que la réalité soit comme elle était avant le choc terrible qui avait bouleversé sa vie.

Leur pas était lent, mais ils parviendraient à temps à l'usine. Le couple n'avait pas franchi le premier coin de rue ; Paulette s'arrêta net sur le trottoir.

— Tandis qu'on est pas trop loin de l'épicerie, tu devrais téléphoner pour faire venir un taxi, exprima-t-elle, capricieuse.

— Le temps de retourner, d'appeler, puis d'attendre, on est aussi ben de se rendre à pied à la St. Lawrence.

— C'est frais à matin, le vent est un peu frisquet, se plaignit-elle.

— On a juste à avancer plus vite, ça va nous réchauffer ; envoye, que je te dis ! s'exaspéra-t-il.

Le couple reprit sa marche d'un pas plus allègre et atteignit la manufacture. Le lunch sous le bras, des employés fonçaient tête baissée vers la porte étroite comme le fil retors qui s'apprête à passer avec résistance par le chas d'une aiguille.

Paulette s'arrêta, interdite devant le flot précipité des travailleurs, en proie à une indisposition grandissante. Elle attendit quelques instants, dans l'espoir que son malaise se dissipe.

Le ressort avait ramené la porte au chambranle dans un dernier fracas.

— L'odeur du sucre me soulève le cœur…, exprima l'ouvrière d'une voix étranglée.

— Taboire ! Ça va pas recommencer ! commenta Léandre.

Paulette saisit à deux mains le sac de papier brun que tenait Léandre, l'ouvrit, et, dans de grands arrachements, en éclaboussa le contenu d'une épaisse vomissure.

— Ah ben, tabarnac ! tonna-t-il. On est ben avancés, asteure…

Le visage blême, la respiration entrecoupée de hoquets de pleurs, elle referma le sac. Il sortit un mouchoir de sa poche et le lui tendit. Elle s'en épongea les lèvres.

— Suis pas capable ! émit-elle d'une voix faiblarde.

— Je vas au moins aller dire au *foreman* que t'es là. Comme ça, tu cours une chance de pas perdre ta *job*. Attends-moi !

L'employée alla s'écraser à l'extérieur sur un des bancs dépeinturés mis à la disposition des travailleurs de l'usine pour leur pause. Léandre entra dans l'établissement et demanda à la secrétaire s'il était possible de s'entretenir avec Boudrias. Elle lui signala que le patron de Paulette était sans doute occupé à la redistribution des tâches et à remettre en branle la production avec l'équipe de travail réduite, et qu'il ne pouvait censément lui parler. Léandre revint auprès de Paulette et la trouva affalée sur le banc, frissonnante, son sac de papier brun sur le sol ; il s'adressa à elle d'une voix fâchée :

— Ah ben, c'est le boutte ! Va falloir qu'on rentre en taxi, asteure.

La voiture garée devant la St. Lawrence Sugar, le chauffeur s'empressa d'ouvrir la portière. Le sac à lunch dégageant une odeur fétide sous le nez, le cœur au bord des lèvres, Paulette progressa en titubant vers le véhicule. Sous la visière de sa casquette, l'homme de la compagnie Diamond promena des yeux méfiants.

— Si c'est pas mon petit couple d'hier soir ! s'exclama-t-il.

— En plein ça! acquiesça Léandre.

La malheureuse au teint hâve entreprit de se hisser à bord de l'automobile.

— Un instant, mademoiselle! explosa-t-il. J'ai pas envie de ramasser du vomi dans mon char!

Léandre fouilla dans le fond de sa poche, en sortit une pièce de monnaie qu'il fit luire aux yeux du chauffeur.

— OK d'abord, dit-il, mais faites ben attention pour pas salir mon char parce que ça va vous coûter toute une beurrée…

La malade se remettait lentement au fur et à mesure que le taxi s'éloignait de la St. Lawrence Sugar. Mais de plus en plus désemparé, Léandre sentait gronder en lui une sourde colère en songeant à l'emploi perdu. L'avenir lui parut moins rose. Quand Paulette serait-elle disposée à se chercher un autre emploi? Dans l'intervalle, comment ferait-il pour supporter celle qui vivrait à ses dépens, oisive et pensive, n'offrant qu'une humeur maussade à tous ceux qui la côtoyaient?

Le taxi s'immobilisa dans la rue Adam, devant l'immeuble abritant son logis. Théodore Sansoucy sortit en trombe, laissant la porte de son commerce grande ouverte. Il se planta debout, les jambes écartées, les poings sur les hanches, comme s'il attendait de pressantes justifications.

— Batèche! D'où c'est que tu viens, toi, à matin? As-tu passé la nuit à l'hôtel, coudonc?

— J'arrive, le père, puis j'ai pas de raisons à vous fournir…

— Ben va falloir que t'en donnes à ta belle-mère, mon garçon…

Léandre régla le montant de la course et entra dans le commerce. De son poste d'observation, Germaine Gladu avait suivi la scène. Elle voulut en savoir plus long sur l'arrivée incongrue du fils Sansoucy. Le manteau jeté sur les épaules, elle se rendit aux nouvelles. Entre-temps, madame Landreville faisait du sang de punaise sur la chaise que le commerçant avait galamment mis à sa disposition. Elle revenait de l'appartement des jeunes avec Simone, bouleversée. Elle se leva en apercevant le visage décomposé de sa fille.

— Veux-tu ben me dire…, murmura-t-elle, retenant des larmes.

Paulette s'assit sur la chaise, courba la tête sur son lunch. Réalisant que les nausées la reprenaient, Léandre lui donna un sac dont il doubla l'épaisseur, en expliquant à Simone ce qui était arrivé, avant de s'emparer du lunch qu'il alla jeter aux ordures, à l'extérieur du magasin.

— T'es pas en famille, j'espère ! commença Gilberte Landreville. Me semble que t'as pris du poids, regarde-moi donc, pour voir…

La mère redressa le menton de sa fille, qui le rabaissa aussitôt. Elle poursuivit :

— Ce matin, ton père a téléphoné à la St. Lawrence pour savoir si t'étais rentrée au travail. En fait, la secrétaire qui avait appelé l'autre jour à la maison lui a dit que tu t'étais présentée en retard aujourd'hui, que tu filais un mauvais coton et que t'avais été obligée de retourner au logis. Étant donné que Conrad, lui, devait se rendre au bureau, je me suis dépêchée de venir sur place pour savoir ce qui en était. Je suis d'abord montée à l'appartement. Ta belle-sœur Simone m'a dit que t'étais bel et bien partie avec ton *chum* puis ton lunch ce matin, et que t'étais pas revenue encore. Là, je comprenais plus rien. C'est pour ça que j'ai décidé de venir attendre à l'épicerie…

La voisine, compatissante, profita du moment d'absence du fils de l'épicier pour livrer un commentaire.

— Vous devriez ramener votre fille à la maison, madame, intervint Germaine Gladu. Depuis quelques jours, ça a pas l'air d'aller pantoute...

— Votre fille aurait sûrement de meilleurs soins chez vous, madame Landreville, renchérit Théodore.

— On va aller chercher tes affaires, puis monsieur Sansoucy va avoir la gentillesse de *caller* un taxi pour nous autres. N'est-ce pas, monsieur Sansoucy?

— Ça va me faire plaisir, madame Landreville, acquiesça le marchand.

Entre les cheveux épars qui lui voilaient partiellement le visage, la malade suivait d'un œil inquiet ce qu'on décidait pour elle. Léandre revint.

— Asteure, t'es pas pour moisir dans le magasin le reste de l'avant-midi, Paulette, dit-il. Je vas te reconduire à l'appartement.

— Elle revient avec moi, c'est entendu! déclara Gilberte Landreville.

Paulette chiffonna le sac double qu'elle remit à Simone.

— NON! protesta-t-elle avec force. Je peux-tu dire mon mot ici dedans, une fois pour toutes? Je suis pas en famille, j'haïs ma *job* parce que je suis tannée de travailler à répéter toujours les mêmes gestes du matin au soir dans une *shop* sale et bruyante. Puis j'ai juste mal au cœur parce que je suis plus capable de sentir l'odeur de la St. Lawrence. C'est-tu assez clair, ça, maudit verrat? achevat-elle, avant de se lever et de franchir la porte de l'épicerie.

D'autres clientes étaient accourues au commerce, comme si la présence inusitée du taxi avait ameuté une partie du voisinage. Certaines avaient assisté au lancement de la diatribe et s'étaient agglutinées autour de Germaine Gladu pour en apprendre davantage.

* * *

Manifestement, Paulette avait tenu à regagner le logis. Plutôt que d'échouer chez ses parents, elle avait préféré se replier dans ses affaires. Elle se donnerait un certain temps pour se refaire une santé et ensuite se trouver un nouvel emploi. Mais pour ainsi dire, l'apitoiement de Léandre sur le sort de sa blonde avait déjà outrepassé les bornes de sa tolérance. Le soir de sa retentissante déconvenue à la St. Lawrence, après que Paulette eut avalé gloutonnement deux bonnes assiettées de lard et imposé par son silence une insupportable lourdeur au repas, le jeune homme se leva brusquement de table.

— Je vas prendre une marche, annonça-t-il. Viens-tu, David ?

— Je veux ben, répondit son beau-frère.

Un peu embarrassé par la demande soudaine, David chercha dans les traits de sa femme une quelconque marque d'approbation.

— Dommage que vous restiez pas pour le dessert, les gars, commenta Simone. En tout cas, revenez pas trop tard.

L'accord donné avec tiédeur ressemblait à une timide supplication. Mais Léandre, conscient de la charge qu'il infligeait à sa sœur, était déterminé à se changer les idées.

Les deux jeunes hommes marchaient depuis une bonne demi-heure sur le trottoir de la rue Sainte-Catherine.

— Tu dois me trouver sans-cœur, s'enquit Léandre.

— Si tu savais comme je te comprends, répondit David. Paulette est pas endurable. Moi, à ta place…

— Qu'est-ce que tu veux dire ?

Le malheureux avait entraîné son ami hors du quartier, loin de son domicile, loin du magasin de son père. Ils s'arrêtèrent devant un restaurant au nom pittoresque de *La Belle au bois dormant*, un

235

établissement à la façade décrépie d'où filtrait la musique discordante d'un juke-box.

— On va rentrer là, décida Léandre en désignant la porte du commerce.

— Es-tu déjà venu? demanda David, incertain de pouvoir acquiescer à la proposition. C'est un trou pour les ivrognes, je suppose?

— Non, inquiète-toi pas, le beau-frère. C'est un restaurant pas comme les autres, je l'admets, mais amène-toi, personne va te manger là-dedans.

Ni l'un ni l'autre n'avaient jamais pénétré dans des débits de boissons louches ou dans des endroits mal famés de la ville, mais Léandre avait sa petite idée sur le genre de clientèle attirée par l'établissement. Ils avaient entendu parler des cabarets, des salles de cinéma et de spectacle, des maisons de jeux, et des bordels de la «Main», ce fameux boulevard Saint-Laurent qui traversait la ville du nord au sud et qui départageait l'est et l'ouest.

Les beaux-frères entrèrent dans les lieux enfumés et tapageurs, promenèrent un regard à travers la lumière glauque et repérèrent des places libres dans un coin. Puis ils ondoyèrent entre les clients attablés et s'assirent sur des chaises de bois rustiques autour d'une table carrée, au milieu de laquelle descendait une ampoule coiffée d'un abat-jour bon marché. Petit tablier à la taille et calepin à la main, une serveuse à la poitrine généreuse s'avança aussitôt vers eux.

— On prendrait un dessert, mademoiselle, dit Léandre.

— Juste ça? dit-elle d'une voix langoureuse.

— On va commencer par ce plat, puis on verra pour le reste, répondit Léandre.

— D'habitude, on finit par le dessert, ricana la serveuse.

David roula des yeux étonnés vers son beau-frère. La jeune femme se mit à énumérer ce qui s'offrait à déguster pour compléter un repas.

— Y a de la tarte aux pommes, de la tarte aux raisins, les deux avec ou sans crème glacée, de la *lemon pie* meringuée, puis du *banana custard pie* aussi, articula-t-elle de ses lèvres pulpeuses abondamment garnies d'un fard rouge criard.

— De la *lemon pie* meringuée et un grand verre de lait, dit Léandre.

— La même chose, dit David.

La serveuse nota les commandes et s'éloigna dans la pénombre en se dandinant. Des images sulfureuses défilèrent dans la tête de Léandre.

— J'aurais dû m'en douter, lança David. Tu m'as emmené dans un endroit peu recommandable, n'est-ce pas ?

— Toi-même tu m'as dit, pas plus tard que tout à l'heure, que Paulette était pas endurable, que toi à ma place...

— C'est pas tout à fait ce que je voulais dire. Je comprends ta situation d'homme insatisfait qui vit avec une femme malade et qui doit pas lui donner beaucoup de plaisir au lit. Mais de là à vouloir coucher avec une guidoune...

— On voit ben que t'es pas à ma place, répondit Léandre.

La serveuse apporta les consommations et les desserts en suscitant chez lui un goût de fruit défendu que David ne partageait pas.

— Moi, c'est Arlette, dit-elle, avant d'aller vers d'autres clients qui venaient de s'attabler.

— Tu vas pas te laisser prendre aux charmes de cette fille-là ! lança David.

— Oui, monsieur, rétorqua Léandre. Puis je pense que je lui fais de l'effet, à part de ça.

Un quinquagénaire passablement éméché les toisait de son œil vitreux. Il les interpella.

— Les gars, si vous attendez qu'elle change votre couche, vous perdez votre temps.

La physionomie de Léandre se contracta, mais il réprima son désir de répliquer. Éminemment offensé, David se leva prestement, prêt à bondir sur son interlocuteur.

— Laisse tomber ! dit son beau-frère en le retenant par le bras. Le bonhomme est pas mal chaudasse. Il est pas ben ben dangereux...

De temps à autre, un client passait à la caisse et disparaissait derrière un rideau de brocart, entraîné par une employée du restaurant. Chaque fois que le petit scénario se reproduisait, David interrogeait son beau-frère du regard afin qu'il réfléchisse bien avant de faire un geste regrettable. En avalant sa dernière bouchée de tarte au citron, la décision de Léandre était prise. Il s'alluma une cigarette, en exhala de façon altière la fumée en levant la tête vers le plafond.

— Je suis prêt à passer à la caisse, annonça-t-il.

— Puis moi, qu'est-ce que je vas faire pendant ce temps-là ? dit David.

— T'as le choix : tu m'attends à la table ou tu te payes un vrai dessert...

David demanda une cigarette à son beau-frère, qui lui offrit le reste du paquet. L'aguicheuse se présenta avec l'addition en invitant Léandre à la suivre...

Chapitre 13

Voilà des jours que Paulette vivait comme une larve rampante qui parasitait ses colocataires. Complètement désœuvrée dans sa chambre le matin, après un dîner copieux chez les Sansoucy, la jeune femme regagnait son appartement et trouvait un semblant d'occupation. Accoudée à la fenêtre du salon, l'animation de la rue Adam la gardait captive, à se ronger les ongles jusqu'à l'heure de la collation. À ce moment-là, elle se levait, se rendait dans la dépense et en ramenait une boîte de Laura Secord ou un sac de bonbons assortis qu'elle dégustait jusqu'à ce que Simone remonte de l'épicerie.

Le comportement de sa blonde démontrant peu de signes de rétablissement, Léandre était quelquefois retourné seul «prendre son dessert» à *La Belle au bois dormant*. De cette manière, il parvenait à conserver un certain équilibre. Mais la vie menace les petits bonheurs tranquilles et s'acharne parfois à les faire disparaître.

C'était un vendredi après-midi de décembre, un vendredi 13. La première neige était tombée et fondait sous le pas glissant des piétons. On aurait dit que tout le monde s'était concerté pour faire son épicerie en même temps, avant que le temps ne se gâte. Le commerce était bondé, les commandes téléphoniques affluaient, les boîtes s'accumulaient sur le plancher, et Marcel n'était pas revenu de l'école pour la livraison. Sansoucy avait demandé à sa fille de les aider à se désembourber. Malgré cela, Émilienne et Simone ne parvenaient pas à fournir les clientes qui s'agglutinaient au comptoir des viandes ou à la caisse. Le front en sueur, le visage vultueux, le boucher s'empressait de servir chacune avec tous les égards possibles. De temps en temps, il regardait par-dessus ses lunettes de broche embuées la file s'allonger devant sa femme et sa fille. Ses nerfs allaient flancher. Son fils venait de raccrocher le cornet acoustique. Il l'interpella :

— Viens ici une minute!

Léandre posa son crayon sur l'oreille et se pressa vers la boucherie.

— Qu'est-ce que vous voulez, le père?

— On est comme de vrais chiens fous. Va donc chercher ta Paulette, qu'elle se rende utile en nous dépannant.

— Vous savez ben que, par les temps qui courent, ma blonde est plus une ombre qu'autre chose. Elle serait pas d'une grande utilité…

— C'est vendredi 13! J'ai pas l'habitude d'être superstitieux, mais là je soupçonne que la malchance va s'abattre sur nous autres. Quant à ta Paulette, à bien y penser, elle est juste bonne pour manger, celle-là; ce serait une vraie nuisance, laisse donc faire, d'abord, se ravisa le commerçant.

Une étrangère fit tinter la clochette et s'immobilisa près de l'entrée. Elle secoua sa chevelure blonde sur ses épaules de neige et s'approcha de la caisse, sous les yeux étonnés de la clientèle.

— C'est ben ici que travaille Léandre Sansoucy? demanda-t-elle.

— Vous pouvez pas tomber mieux, répondit Émilienne. Il est avec mon mari à l'arrière.

L'inconnue se déporta au comptoir des viandes et s'adressa au fils de l'épicier sans s'excuser auprès des clientes qui l'avaient devancée.

— Je suis contente de connaître ton milieu de travail, Léandre. Je voulais juste te dire qu'à soir je serai pas à *La Belle au bois dormant*, l'informa-t-elle. Mais tu peux venir me retrouver à mon appartement.

Sansoucy regarda fondre son fils. Sa physionomie changea au point de paraître convulsée. L'étrangère se tourna vers lui.

— C'est toi, mon vieux snoreau! proféra-t-elle. Comme ça, t'es le père de mon beau Léandre, puis c'est ta femme qui est à la caisse. Je suis aussi ben de rien dire…

— Pas si fort et un peu de respect, mademoiselle, bredouilla l'épicier. D'abord, je ne vous connais même pas. Puis si vous voulez de la viande, va falloir faire la file comme les autres…

Léandre se pencha vers l'intrigante, déversa quelques mots à son oreille.

— En tout cas, je t'attends à soir! lui dit-elle avant de prendre congé.

La serveuse avait soufflé comme une tornade, et, sous la recommandation de Léandre, elle était passée muettement devant l'épicière éberluée et elle avait figé la clientèle dans un état d'ahurissement. Sansoucy baissa miteusement la tête et acheva d'emballer un paquet de côtelettes tandis que Léandre retourna remplir les commandes. Une faible rumeur parcourut le magasin, couvrant l'inconfortable silence de petits commentaires.

La patronne attendit d'être seule avec sa fille à la caisse. Car une question la démangeait.

— La connais-tu, toi, cette pitoune-là?

— Aucune idée, m'man, souffla Simone. Faudrait le demander à Léandre lui-même…

Secouée par la visite impromptue de la femme, Émilienne jeta un regard sombre vers la boucherie, se questionnant sur les motifs qui l'avaient amenée au magasin. Elle ne resterait pas sans savoir. Certainement pas…

Simone répondit au téléphone, et mademoiselle Lamouche se pressa au comptoir avec son petit paquet de viande maigre.

— Vous avez vu la traînée, madame Sansoucy ! déclara-t-elle. Si j'étais à votre place, je m'inquiéterais pour mon garçon.

— C'est difficile de l'avoir manquée, approuva Émilienne. Elle avait tout un genre.

Mademoiselle Lamouche sortit de l'épicerie et d'autres clientes se présentèrent au comptoir. La patronne les salua brièvement et se pencha aussitôt sur les produits qu'on venait de déposer devant elle. Un peu plus tard, dès qu'elle put respirer un brin, elle alla vers son fils dans le fond du magasin.

— Coudonc, Léandre, qui c'était la belle blonde qui est venue comme un coup de vent dans notre magasin ?

— Une simple serveuse de restaurant qui a un *kick* sur moi, la mère.

— Il me semble que c'est pas une fille pour toi, Léandre. Prends garde à tes fréquentations, mon garçon. Je pense que tu peux trouver mieux que ça…

— Faut pas juger trop vite, la mère ; c'est ce que vous nous avez toujours enseigné.

Émilienne esquissa un sourire d'acquiescement, mais elle continua de se ronger les sangs. Vers la fin de l'après-midi, après la grande bourrée, elle décida qu'il était temps de remonter au logis. Quelques minutes après, Marcel poussa lentement la porte de l'épicerie. Son regard erra sur le plancher et se posa sur l'amoncellement de commandes à livrer.

— Ça va pas ? demanda Simone.

— Pas vraiment, répondit-il. Je viens de pocher un autre examen, puis c'est pas celui qui me faisait le plus peur. Je suis ben à la veille de lâcher…

— En tout cas, c'est pas l'ouvrage qui manque ici. David me l'a déjà dit : ton frère perd son temps à user son fond de culotte sur les bancs de l'école…

— David ! David ! Il a une belle job chez son père, lui. Je veux ben croire que les gens arrêtent pas de manger pas plus qu'ils arrêtent de mourir, mais c'est pas pareil pantoute. Prends une journée comme aujourd'hui, par exemple : un vrai temps de chien ! Ben si tu penses que ça me tente de livrer les « ordres », de grimper aux étages dans des escaliers où je risque de me casser la gueule…

— Ça paraît toujours plus beau dans le jardin du voisin, comme dit p'pa. Tiens, le voilà, justement !

L'épicier traversa son commerce d'un pas rageur.

— Qu'est-ce que t'as à lambiner de même, Marcel ? Envoye, déguédine…

Le marchand disparut. Le fils se dirigea avec indolence vers la porte, à l'arrière du magasin, pour récupérer son triporteur, remisé sous la galerie de l'appartement. Léandre, qui avait assisté à la sommation adressée à son frère, s'en approcha et mit affectueusement la main sur son épaule.

— Laisse-moi te dire que l'père a une sacrée bonne raison d'être en maudit aujourd'hui, murmura-t-il.

— Je m'en fous pas mal, si tu veux savoir, rétorqua Marcel. C'est toujours pareil, il est encore sur mon dos.

Le livreur retraversa le commerce dans sa longueur aux côtés de son tricycle pour le mener à l'extérieur en s'excusant auprès des clientes. Puis, revenant près de la porte d'entrée, il poussa un soupir de découragement en pensant à la corvée qu'il entreprenait et chargea dans son panier les premières boîtes.

— Tu mets pas ta casquette, Marcel ? s'enquit Simone. Fais pas ton frais, la neige a recommencé à tomber, on dirait.

— Ah ! C'est juste des petits flocons, achale-moi pas.

— M'man serait pas contente de te voir partir de même, mon petit frère.

— Ben là, elle peut pas chialer, elle me voit pas. Elle vient de monter pour s'occuper du souper.

L'adolescent releva le collet de son coupe-vent, empoigna les guidons de son triporteur et le fit rouler de quelques pas en le conduisant au bord du trottoir avant de l'enfourcher.

Il faisait brun. Le vent s'était levé et se dépensait en petites bourrasques, charriant une giboulée qui rendait la vue difficile et la chaussée encore plus glissante. Les dents serrées, Marcel fonçait dans la tempête, bien déterminé à se débarrasser de toutes les commandes avant la grande noirceur. Il avait coulé son dernier examen, mais il prouverait qu'il n'était pas totalement un cancre. Même son père toujours insatisfait de lui reconnaîtrait sa volonté peu commune de s'acquitter de ses tâches.

Lorsque Marcel parvint à l'angle de l'avenue Bourbonnière, alors qu'il allait repartir après avoir ralenti quelque peu, une voiture grise surgit, klaxonna furieusement en freinant et le heurta de plein fouet.

Un journalier qui revenait de l'usine aperçut le véhicule immobilisé au milieu de la rue et l'adolescent inanimé qui gisait près de son triporteur. Il courut à la pharmacie Désilets pour appeler une ambulance.

Pendant ce temps, les éléments s'étaient apaisés. Le temps de le dire, des curieux rassemblés sur le trottoir commentaient l'accident. La main sur la porte entrouverte de son commerce, le pharmacien observait la scène avec désolation. Des coups de klaxon prolongés retentirent. Embusquée à la fenêtre, bien à l'abri dans son logement, Paulette se tira étonnamment de sa léthargie, s'habilla en vitesse et descendit à l'épicerie, fortement agitée.

— Voyons, ma Paulette, qu'est-ce que t'as à être énervée de même ? demanda Léandre.

— Ton frère ! Il a eu un accident au coin de l'avenue Bourbonnière, émit-elle d'une voix entrecoupée.

— Tabarnac ! proféra Léandre, avant d'aller quérir son coupe-vent et de se précipiter dehors.

— Pas Marcel ! s'exclama Simone.

Elle délaissa sa caisse et courut à la vitrine du magasin en se frayant un chemin entre les commandes. Une file de voitures partant de l'intersection s'allongeait à présent jusqu'à l'épicerie. On entendit la sirène hurlante d'un véhicule d'urgence décroître et s'arrêter. Sur les lieux, devant un conducteur sous le choc et les yeux horrifiés de Léandre, deux ambulanciers déposèrent la victime sur une civière avec grand ménagement. Le véhicule vert et noir repartit, Léandre revint avec la carcasse démantibulée du triporteur.

— Ils l'ont transporté à l'hôpital Notre-Dame, dit-il, profondément remué.

L'air mécontent, l'épicier s'amena à l'avant du magasin.

— Qu'est-ce qui se passe encore dans ce foutu commerce aujourd'hui ? grogna-t-il.

— C'est votre garçon Marcel, répondit Paulette.

Sansoucy remarqua l'amas métallique tordu devant sa vitrine.

— Baptême ! s'écria-t-il. Ça va prendre un autre bicycle de livraison.

— Puis Marcel, lui, vous pourriez vous en informer, le père ! gronda Léandre.

— Ben oui, p'pa, s'indigna Simone, une ambulance l'a transporté à Notre-Dame. On sait pas trop ce qu'il a, mais il est pas mal amoché.

— Qui c'est qui va les livrer, les «ordres», asteure? se désola l'épicier.

— Ça, ça s'arrange, le père! s'emporta son fils. Je vous l'ai déjà dit: vous puis votre maudite *business*! Il y a rien que ça qui compte pour vous. Ça, puis d'autres choses que je nommerai pas. La mère, elle, va être toute virée à l'envers.

— Toi, Léandre, se défendit le commerçant, si j'étais à ta place, avec la visite-surprise que t'as eue après-midi, je me la fermerais ben dur, la margoulette!

Paulette suivait le dialogue avec intérêt. Elle voulut des précisions.

— Tu as des explications à me donner, Léandre?

— Le père raconte n'importe quoi pour se justifier. C'est rien qu'une histoire de cliente insatisfaite, mentit-il. Asteure, pour ben faire, on devrait souper tout le monde ensemble avec la mère. Ensuite, ceux qui le peuvent pourraient se rendre à l'hôpital…

— L'épicerie, qui c'est qui va s'en occuper? s'inquiéta le propriétaire.

— Les gens crèveront pas de faim si vous fermez le magasin pendant une heure, taboire! s'emporta son fils. Vendredi 13 ou pas!

Sansoucy esquissa une moue contrariée, mais consentit à la requête de Léandre, qui remisa les commandes contenant des aliments périssables dans la glacière. Vingt-cinq minutes plus tard, après avoir servi ses dernières clientes remplies de compassion pour son fils, il rejoignait les siens regroupés dans la cuisine. Émilienne s'était effondrée dans la berçante, lamentablement prostrée, haletante de pleurs douloureux, serrant contre elle son tablier mouillé. Théodore se composa une physionomie attristée, s'approcha d'elle et posa sa grosse main sur le bras de la chaise. Elle sentit sa présence à ses côtés, épongea ses larmes avec un coin de son tablier.

— T'as de la peine, Mili! murmura-t-il. C'est ben de valeur ce qui est arrivé. Asteure, va falloir qu'on se retrousse les manches pour continuer.

— C'est tout ce que tu trouves à dire, Théo! s'indigna-t-elle. C'est notre garçon, pas n'importe quel livreur! Notre garçon!

— Quand je l'ai vu étendu dans la rue parmi les boîtes éventrées et les cannes de conserve, j'ai tout de suite pensé à vous, madame Sansoucy, exprima Paulette avec empathie.

— Moman! intervint Irène, Marcel, c'est du solide, il va s'en remettre.

— Le problème, c'est qu'on connaît pas la gravité de ses blessures, commenta Léandre.

Avec la discrétion des domestiques bien dressés, Alphonsine et Héloïse mettaient les couverts. Alida proposa de joindre Édouard, qui n'était pas revenu de l'étude de monsieur Crochetière. Il se rendrait directement à l'hôpital. Quant à Simone, elle était allée prévenir David qu'ils mangeraient avec la famille.

On soupa dans une ambiance quasi monastique, le ton des voix contenu par le sérieux de l'événement. Afin de ne pas s'attirer de reproches, l'épicier avait consenti à fermer boutique pour la soirée.

Après le repas, ils s'entassèrent à plusieurs dans un taxi qui les déposa devant l'imposante façade de briques flanquée de deux élégantes colonnes corinthiennes de chaque côté. Léandre gravit les quelques marches, poussa la lourde porte de fer forgé et alla s'informer au comptoir de renseignements.

Soutenue par ses deux filles et suivie d'un pas traînassant par son mari, Émilienne fut conduite à l'urgence. Léandre, qui les avait devancés avec Paulette et David au poste d'accueil, revint vers sa mère, l'air désappointé.

— Pour le moment, on est obligés de rester dans la salle d'attente, dit-il.

— Bon, regarde comment ce que c'est, observa le marchand. On va perdre combien de temps à poireauter ici avant d'avoir des nouvelles? On aurait ben dû appeler, avant de se déplacer pour rien...

Léandre serra les dents pour réprimer les mots durs qui affluaient à son esprit. Irène réagit autrement.

— Dites pas ça, popa! réprimanda l'aînée. Des malheurs semblables, ça peut arriver à n'importe qui. On est pas pires que les autres...

L'angoisse d'Émilienne augmentait. Sur la chaise de bois inconfortable, les pans de son manteau s'ouvrant sur sa robe fleurie, elle poussait des «Ah! mon Dieu!» à tout moment et se remettait à pleurer en se portant les mains au visage. Théodore avait bourré sa pipe et conférait avec Édouard qui était venu les retrouver. De temps à autre, il jetait des regards déçus vers l'horloge. Les minutes s'écoulaient, ennuyeuses et improductives, lorsqu'il repensa au remplacement de Marcel et de son triporteur, et à la visite inopportune de la serveuse de *La Belle au bois dormant*. L'indélicate marchande d'amour l'avait écorché au passage, le faisant honteusement rougir devant tout le monde. Mais, au demeurant, l'incident serait sans conséquence. Autour de lui, personne n'avait vraiment compris le lien qui l'unissait à l'impertinente, sauf Léandre «qui s'arrangerait avec ses troubles», se dit-il.

Un médecin portant de grosses lunettes noires parut dans l'embrasure, le stéthoscope retombant sur sa chemise blanche déboutonnée. Ses yeux fouillèrent dans la salle d'attente. Émilienne cessa de respirer. Léandre se détacha des siens et s'empressa vers le soignant.

— Vous êtes de la famille du jeune livreur de commandes ?

— Oui, comment va-t-il ?

— Choc violent à la tête. Fort heureusement, une radiographie du crâne n'a pas décelé de fracture. Pour le moment, il est inconscient. Mais ses pupilles nous indiquent une activité cérébrale, c'est rassurant. En plus de ça, quelques ecchymoses. Je ne peux me prononcer sur le temps que ça prendra. Ça pourrait être long, mais il s'en tirera.

Simone et David s'approchèrent timidement. Léandre se retourna vers sa sœur.

— Ça a l'air grave ! commenta-t-elle.

Léandre reprit les mots du médecin, qui ajouta quelques précisions. Puis il se déporta vers sa mère qui l'attendait, subodorant le drame, la bouche ouverte, les doigts crispés sur son sac à main.

— Il est en vie, au moins ? demanda-t-elle d'une voix pleurante.

— Ils vont le sauver, la mère, assura Léandre.

Il fournit quelques détails en dissimulant la gravité de la situation.

— On peut le voir, toujours ? dit Émilienne.

D'un geste de la main, Simone entraîna les autres derrière le médecin qui entra dans une salle commune où s'alignaient deux rangées de huit lits. Le soignant s'arrêta devant celui de la victime, confia les visiteurs à l'infirmière et prit congé. Le cœur d'Émilienne battait avec violence et elle se sentait oppressée. Complètement dévastée, elle contempla son fils, le visage pâle comme un spectre.

Des bandelettes maculées de rouge entouraient la tête de l'accidenté immobile qui semblait dormir d'un sommeil profond, et son bras était relié à un tube qui paraissait indispensable pour le garder en vie.

— Mon doux Seigneur! Il est ben mal arrangé, donc, murmura-t-elle.

— Ça a toujours l'air pire que c'est en réalité, moman! dit l'aînée.

— Au moins, il est pas dévisagé, se rassura la mère. Pourvu qu'il s'en tire…

— Les jeunes passent au travers de bien des épreuves, madame, hasarda l'infirmière.

Émilienne éclata en sanglots. Léandre lui tira une chaise.

— Garde, il va revenir à lui, j'espère? dit la mère d'une voix saccadée.

— Votre fils en a pour quelque temps à l'hôpital, c'est sûr, mais dites-vous que dans les circonstances il est chanceux d'être encore en vie…

Édouard se tenait à l'écart avec son père et semblait étranger au malheur qui s'abattait sur la famille. Perspicace, devinant les soucis mercantiles du marchand, David avait saisi la préoccupation première de son beau-père. Il en avisa Léandre, qui consentit à l'accompagner pour lui parler.

— Monsieur Sansoucy, demain et dimanche, c'est moi qui vas livrer les «ordres», décida-t-il.

— C'est ben beau, ça, mais qui c'est qui va le remplacer la semaine prochaine? répondit platement l'épicier. Puis faut d'abord que j'achète un autre bicycle…

— Commencez donc par accepter l'offre de votre gendre, le père, exprima Léandre. Profitez-en, parce que c'est pas votre notaire qui s'abaisserait à pédaler.

— Toi, le petit commis de la rue Adam ! s'insurgea Édouard.

— Vous allez pas encore vous pogner, les gars ? C'est pas la place, coupa Sansoucy.

Le ton avait monté. Par respect pour la victime et pour ceux qui s'apitoyaient sur son sort, Léandre changea de discours.

— Je pense que Paulette pourrait prendre ma place sur le plancher la semaine prochaine. Puis moi je livrerais les commandes. Je lui apprendrais la *job* dès demain. Ça fait drôle à dire, mais Paulette est plus la même depuis l'accident...

* * *

Animée par son inépuisable bienveillance, Irène avait résolu de demeurer au chevet de son frère le reste de la fin de semaine. Elle avait apporté un sac de papier brun qui renfermait de quoi faire sa toilette personnelle et quelques vêtements féminins intimes. Le dimanche après-midi, elle était retournée à la maison avec ses tantes Héloïse et Alphonsine, et avec sa mère qui avait tenu à voir son fils encore plongé dans l'abîme de l'inconscient. Sans se plaindre des inconforts de l'hôpital, Irène reprendrait son travail à la Canadian Spool Cotton.

Émilienne avait avisé l'école de l'absence indéterminée de son garçon dès le lundi matin. Elle avait écrit à Placide afin qu'il inscrive Marcel au cœur de ses prières. Aussi avait-elle songé à entreprendre un véritable pèlerinage pour sa guérison. Tous les deux jours, avant de se rendre à l'hôpital, elle irait à l'oratoire Saint-Joseph avec Héloïse dans l'espoir de rencontrer le frère André. Même à son âge vénérable, le vieux thaumaturge accordait quotidiennement encore une cinquantaine d'entretiens.

Elle avait pris le tramway assez tôt en après-midi et elle s'était postée derrière la file de croyants devant l'antre du faiseur de miracles. Voilà un long moment que des pèlerins comblés de bienfaits la croisaient avec un air de béatitude qui lui donnait à espérer. Mais au bout d'une heure à piétiner sur ses jambes variqueuses, elle avait envoyé Héloïse en éclaireur. «Tu leur diras que Placide est chez les Sainte-Croix!» avait-elle précisé. Et la vieille fille Grandbois avait rapporté à sa sœur le commentaire d'un acolyte: «Mais, madame, tout le monde ici a de la parenté avec le frère André…» Et les deux sœurs avaient encore gelé pendant une heure et demie pour se buter à des portes closes: le bon religieux ne recevait plus ce jour-là!

— D'abord, je vas procéder autrement! résolut Émilienne.

Elle expliqua qu'elle entreprendrait une neuvaine à Saint-Joseph. De cette manière, elle passerait par-dessus la tête du frère André et s'adresserait directement au patron du Canada en le pourchassant de ses supplications pendant neuf jours consécutifs.

— Je vas t'emmener au restaurant, et c'est moi qui paye! décida Héloïse.

Les deux femmes se dirigèrent alors dans le secteur de l'hôpital Notre-Dame et s'arrêtèrent dans une gargote. Elles auraient amplement le temps de souper avant de retourner voir le comateux. Enfin écrasée sur une banquette, Émilienne scruta le menu et saliva à l'idée de déguster de bonnes galettes de bœuf haché accompagnées d'oignons et de patates pilées. Cependant, Héloïse avait aussi fait son choix en remarquant sa sœur qui s'attardait aux plats les plus dispendieux. Elle régla la question: «Ça sert à rien de se charger l'estomac avec de la viande, affirma-t-elle. Je vas nous *order* chacune une sandwich au fromage, salade, mayonnaise toastée avec un café noir.»

Le sac à main dissimulé sous leur manteau posé sur leurs bras croisés, les sœurs Grandbois progressaient dans le corridor de l'hôpital, sous les effluves de produits désinfectants qui affluaient agressivement à leurs narines. Les femmes entrèrent dans la salle dont l'éclairage avait été tamisé. Une infirmière se précipita aussitôt vers elles avec l'empressement d'un messager.

— Madame Sansoucy, dit-elle, votre fils s'est réveillé hier soir après votre départ.

Émilienne porta la main à son cœur.

— L'intercession du frère André a même pas été nécessaire, Héloïse. Je veux voir mon enfant ! s'écria Émilienne.

— Baisse le ton, Mili, tu vas alerter l'hôpital, la rabroua Héloïse.

La mère se pressa vers le lit de son fils. Marcel était replongé dans un sommeil. Malgré le sang séché qui maculait le bandeau qui lui entourait la tête, il avait le visage serein d'un béatifié, et son bras avait été libéré de toute tubulure.

— Mais pourquoi pas avoir téléphoné à la maison ? Vous avez notre numéro, que je sache…

— On ne voulait pas que toute la famille débarque à l'hôpital, madame. Et d'après ce que vous nous aviez dit, on savait que vous viendriez aujourd'hui. Il est très important de faire le calme autour d'un malade qui a subi un choc aussi violent, vous en conviendrez.

L'infirmière rapporta qu'après vingt-quatre heures le patient avait commencé à avoir de courtes périodes d'éveil. À sa dernière sortie de sommeil, il avait balbutié quelques mots décousus, mais sa tête semblait s'épuiser à chercher des noms enfouis dans sa mémoire, en essayant de comprendre ce qu'il faisait dans une grande chambre dont les murs blancs ne lui rappelaient aucun souvenir. Par la suite, il avait avalé un bouillon. Pendant la journée, on lui avait donné des compotes et quelque nourriture molle qu'il avait ingurgitées avec une extrême lenteur, comme s'il savourait enfin ce dont il avait été privé. Il avait encore besoin de dormir beaucoup pour reprendre des forces.

Émilienne leva les yeux vers le petit crucifix qui ornait la tête du lit et elle se signa avec ostentation. Le patient se réveilla doucement.

— Mon Marcel! s'exclama la mère en s'approchant.

Émilienne, débordante de joie, raconta à son fils les événements qui s'étaient déroulés à la maison, les préparatifs des fêtes, en insistant pour que le réveillon de cette fin d'année 1935 revête un aspect particulier.

* * *

Dans les jours qui suivirent, on se déplaça par petits groupes pour visiter Marcel. Toute la famille avait tenu à voir le ressuscité qui était maintenant capable de déambuler dans le corridor. De façon progressive, il avait recommencé à manger plus normalement. Même Alida avait exigé qu'on la transporte afin de constater le miracle. Manifestement, le patient séjournerait quelque temps à l'hôpital, mais il était permis d'espérer sa sortie de l'institution pour Noël.

Sansoucy avait rapidement dégoté un triporteur neuf pour un prix acceptable que le fabricant de cercueils avait étrenné dans les rues du voisinage et que Léandre avait enfourché à son tour après avoir habitué Paulette, secondée par Simone, aux commandes téléphoniques et aux rudiments de son métier. L'épicier paraissait assez satisfait de la reprise de ses activités commerciales et bénissait le ciel de l'avoir ménagé dans ses malheurs. Un soir, au terme d'une autre longue journée, sa femme rentrait d'une visite à son fils, harassée de fatigue. Elle enfila sa robe de nuit en flanelle et s'agenouilla au pied de son lit. Son mari jeta un demi-seau de charbon dans la fournaise et vint la rejoindre. Après leurs prières, ils se glissèrent sous les couvertures.

— Comme ça, il va revenir bientôt? s'informa Théodore.

— Il faut lui laisser le temps, Théo. Comment veux-tu?

Chaque fois qu'il était question de la victime, on en parlait à la troisième personne. Comme si l'accidenté était un étranger sans conscience et sans avenir, un être irrémédiablement réduit à une existence végétative. La femme de l'épicier savait que son mari était hautement préoccupé par ses affaires, mais elle réussit toutefois à lui soutirer un aveu.

— Admets que si on avait pas David et Paulette pour nous dépanner, on aurait vraiment été dans le pétrin…

— Pour des rapportés, c'est pas si mal, Mili.

* * *

Le lendemain, vers la fin de l'après-midi, Paulette interpella Léandre alors qu'il revenait d'une livraison.

— Coudonc, Léandre, c'est la troisième fois en deux jours que cette Arlette Pomerleau appelle pour une commande. Non mais elle pourrait pas faire livrer tout en une seule fois ? En plus, elle fait marquer. Ton père m'a pourtant ben dit de pas faire crédit à n'importe qui…

Léandre parut s'étonner.

— Encore elle ! s'exclama-t-il, l'air espiègle. Si ça continue de même, on va charger pour les livraisons. En tout cas, ça va être ma dernière cliente aujourd'hui. Pour les autres, ça va attendre à demain.

Le livreur sentit l'ardeur de la concupiscence circuler dans ses veines. La petite boîte renfermait beaucoup plus que les quelques denrées que Paulette avait rassemblées. Elle recelait un appel, une invitation au plaisir que l'ancien client de *La Belle au bois dormant* ne pouvait décliner. Le fils de l'épicier s'empara de la commande et retraversa le seuil du commerce.

Léandre s'engagea sur le trottoir, de loin préférable à la rue, dangereuse avec ses conducteurs qui se réhabituaient aux hivers et ses abords périlleux souillés d'une fange épaisse où la circulation le rejetait sans vergogne en l'éclaboussant, parfois. Il pensa à Marcel que la malchance avait frappé et que le manque d'audace avait empêché de rouler sur les trottoirs réservés aux piétons. Mais le petit frère avait payé cher le trop grand respect des autres…

Depuis plusieurs jours, ses mollets endurcis le conduisaient un peu partout dans le quartier. Malgré le vent contraire qui fouettait sa figure burinée, il pédala avec empressement, embrasé par une passion incandescente, louvoyant entre les passants sur les trottoirs. Paulette ne l'intéressait plus ; les charmes de la serveuse l'avaient supplantée. La pauvre fille, naguère à la taille de guêpe, ébranlée par son avortement, avait bien tenté un rapprochement, mais il l'avait honorée en pensant à la plantureuse Arlette. Le nom de la rue Darling le fit sourire, il croisa Saint-Germain en s'excusant par avance de la faute qu'il allait commettre, et il se ragaillardit en lisant le nom de Dézéry, qui ne pouvait évoquer plus justement les délices de la chair.

Il stationna son triporteur au pied d'un escalier tirebouchonné qu'il escalada en tenant la rampe d'une main et sa caissette de l'autre. Une fois au deuxième étage, il pressa le bouton de la sonnerie, ouvrit une porte et gravit la seconde série de marches qui menaient au petit appartement. Arlette Pomerleau le reçut dans un déshabillé vaporeux.

— Viens t'affaiblir, mon beau ! lui susurra-t-elle de sa voix charmeuse et languissante.

Le livreur se débarrassa de la boîte à côté de la carpette, délaça ses bottes qu'il ôta ensuite habilement avec ses pieds, sans se pencher et en déboutonnant son coupe-vent. Une autre commande l'attendait : il allait se livrer lui-même aux intenses frissons de la volupté…

Les dernières lueurs du jour nimbaient les façades de briques rouges et les étoiles de neige scintillaient sur les pavés lumineux. En sifflotant, Léandre épousseta les flocons accumulés sur le siège de son triporteur, en rêvant à la prochaine fois, aux instants délectables qu'il se procurerait en étirant son parcours dans la rue Dézéry. Pour l'heure, Paulette le rappelait à ses engagements. Il s'alluma une cigarette. Un moment, il se crut marqué par les stigmates du vice, débauché, jeune adulte aux mœurs dissolues, sur la pente glissante de la dépravation. Mais il se rassura à la pensée que David avait aussi un goût avoué pour le sexe. Avec la différence que le mariage de son beau-frère lui avait accordé une sorte de permis derrière lequel il se retranchait. Une lampe éclaira la fenêtre. La serveuse rapprocha les pans de son déshabillé et lui souffla un baiser.

Il ne restait qu'une faible lumière dans l'arrière-boutique et la porte du magasin était verrouillée. Le livreur frappa de son poing. L'épicier sourcilla, déposa son crayon et, le regard soupçonneux, s'amena à l'avant de son commerce. Il retenait la porte pendant que son fils entrait avec son tricycle.

— Tu vas pas me commencer ce jeu-là, Léandre? lança-t-il sur un ton un brin sarcastique. Je le sais ben que tu viens de livrer chez la Pomerleau. Pour la troisième fois en deux jours, d'après ce que m'a dit ta Paulette. D'ailleurs, c'est facile à voir! J'ai seulement à regarder les factures. Allez porter des pinottes sur la rue Dézéry; elle veut rire de nous autres, coudonc? À partir d'asteure, je veux plus que tu livres chez elle. Je vas la barrer ben raide puis la mettre sur ma liste noire! déclara-t-il en haussant prodigieusement la voix.

— Fâchez-vous pas de même, le père! C'est pas bon pour votre cœur, vous le savez. Venez pas me dire qu'elle vous a pas donné des frissons, la Pomerleau, comme vous dites. Vous en avez profité le temps que ça faisait votre affaire, puis vous l'avez plantée là quand vous avez réalisé qu'elle mangeait votre argent et que vous étiez plus capable de la payer. Là vous avez commencé à farfiner sur le prix. Puis faites-moi pas accroire le contraire, c'est elle qui me l'a dit. Moi, elle me charge rien pantoute, si vous voulez savoir, se gaussa-t-il en se bombant le torse.

Le livreur rangea son véhicule en arrière du magasin pendant que l'épicier se saisit de la moppe pour essuyer le parquet sale et mouillé. Léandre revint sur ses pas.

— Le père ! s'étonna-t-il en s'écriant.

Sansoucy s'était effondré sur le plancher, terrassé par un malaise. Il tenait la main à son cou, tentant de respirer, le visage crispé de douleur. Le fils desserra la cravate du malheureux, bondit sur le téléphone et appela une ambulance.

— Inquiétez-vous pas, le père, ils vont venir vous chercher, ça sera pas long ! affirma-t-il. En attendant, je vas avertir les autres.

L'homme gémissait d'une voix faible. Léandre gagna le logis de ses parents. Assise sur le bord d'une chaise, les lunettes sur le bout du nez, Émilienne parcourait les grands titres à la une de *La Presse*. Elle se tourna vers son fils.

— Coudonc, mon garçon, viens-tu souper avec nous ?

— C'est à cause du père, balbutia Léandre.

— Pas encore de la chicane…

— C'est pas ça, la mère, mentit-il. Le père a eu une attaque de cœur, je pense.

— Popa ! s'exclama Irène.

Les traits d'Émilienne se convulsèrent. Elle haleta quelques soupirs et se mit à geindre.

— Théo ! Pas mon Théo ! Où c'est qu'il est ?

— Il est sur le plancher du magasin en attendant que l'ambulance arrive.

— Mon doux Seigneur, pas un autre à l'hôpital ! dit-elle en se prenant la tête à deux mains. Quelqu'un, donnez-moi mon manteau, que j'embarque avec lui…

— Je vas descendre à l'épicerie avec vous, la mère. Ensuite, j'appellerai un taxi pour ceux qui veulent monter ensemble. Matante Héloïse, si vous pouviez essayer de joindre Édouard...

Émilienne chaussa ses bottes et enfila le manteau qu'Alphonsine lui tendait.

* * *

À l'urgence, l'épicier reposait dans un état de fatigue extrême. Sa femme veillait à son chevet, couvée du regard par Irène et Édouard. Émilienne lui tenait la main et lui susurrait des paroles de réconfort. Elle ne savait pas s'il l'entendait, mais le malade au visage crispé balbutiait des bribes de phrases décousues que personne ne parvenait à traduire.

L'infirmière de service ayant recommandé le plus grand calme auprès du quinquagénaire, Léandre, Paulette, Simone et David quittèrent l'urgence et se dirigèrent dans la chambre où on avait transporté le comateux. Un homme en robe noire était incliné au-dessus de la tête de Marcel et semblait le contempler. En entendant le chuintement des caoutchoucs sur le parquet, le religieux se retourna.

— Tiens, tiens, le frère Romulus! s'exclama Léandre.

— Tiens, un ancien de l'école Baril! Comment vas-tu?

— Franchement, ça pourrait aller mieux dans la famille, répondit froidement Léandre. Le père a fait une crise cardiaque; on revient justement de l'urgence. Puis Marcel qui dort encore, d'après ce que je peux voir...

— J'ai tenté de lui parler, mais il ne réagit pas, dit le Sainte-Croix. Il faut croire qu'il a besoin de beaucoup de repos avant de revenir à la maison.

— Vous venez souvent?

— Tous les jours, répondit le religieux. C'est bien dommage, mais Marcel pourra pas faire ses examens d'avant-Noël. Ses notes étaient déjà pas très fortes…

Des images évoquant la scène de l'accident se bousculaient dans la tête de la fragile Paulette. Elle éprouvait pour Marcel une compassion que seuls ceux qui ont vécu des épreuves très difficiles peuvent ressentir. Le Sainte-Croix promenait des yeux intéressés sur son interlocuteur et son beau-frère, dont le regard se mit à errer dans la pièce.

— Arrangé comme il est, ça m'étonnerait que Marcel retourne à l'école, déclara Léandre.

Incommodé par l'œil insistant de la soutane, David prit la main de Simone.

— Viens, j'en peux plus; on sort d'ici…

Chapitre 14

Décidément, Théodore Sansoucy n'en menait pas large : il n'avait pas recouvré la moitié de ses forces. L'épicier-boucher avait obtenu son congé de l'hôpital en promettant à son médecin de se «tenir tranquille». Mais sitôt retourné à la maison, il était comme sur des charbons ardents : il arpentait le couloir ou s'enfermait dans sa chambre, l'esprit tourmenté par ce qui se passait sous son appartement. L'homme était persuadé que sans lui ses affaires périclitaient et que, sans son intervention, elles allaient tout droit à la faillite. Pourtant, Simone et Paulette abattaient un travail remarquable. Mais voilà deux jours que le triporteur était au rancart et que Léandre se débrouillait à la boucherie.

Le convalescent venait de faire sa sieste de l'après-midi. Les femmes achevaient la vaisselle dans un cliquetis d'ustensiles et un barbotement de poêlons. Torchon à la main, Héloïse aperçut son beau-frère qui se glissait furtivement vers la porte. Elle donna un coup de coude à sa sœur, qui se retourna vitement. Émilienne apostropha son mari :

— Théo ! Où c'est que tu vas de même ? demanda-t-elle.

— Ben, je vas voir en bas ! répondit-il en se tournant vers sa femme.

— Qu'est-ce que le docteur t'a dit ?

— Que je pourrais reprendre bientôt mes activités normales, murmura-t-il.

— Bientôt, c'est pas tout de suite ! T'es donc pas raisonnable, Théo ! T'as chipoté dans ton assiette, t'avais l'air pensif, puis t'as pratiquement pas dit un mot du dîner.

L'épicier bougonna son mécontentement et alla s'asseoir dans sa berçante avec *La Presse* ouverte sur ses genoux. Quelques minutes plus tard, il ronflait comme un orgue à tuyaux. Un impérieux coup de sonnette le tira de son sommeil. Émilienne venait de s'écraser avec son thé pour écrire à Placide et à Elzéar une seconde lettre en peu de temps. L'impotente amorça le roulement de son fauteuil vers la porte. Héloïse l'en empêcha :

— Laisse-moi répondre, l'interdit-elle en se déplaçant vers le seuil du logis. S'il fallait que tu tombes dans l'escalier. Montez, dit-elle, ça va lui faire plaisir !

— Qui c'est qui vient nous bâdrer de même ? demanda Sansoucy.

L'une des deux visiteuses tendit une petite boîte de métal enrubannée. Héloïse la remit à sa sœur Alida et s'occupa des manteaux.

— On sera pas longtemps, souffla madame Gladu en ôtant ses bottes. Madame Robidoux et moi, on voulait simplement vous rendre une petite visite de courtoisie.

— Venez donc vous asseoir une minute, murmura l'épicier.

« Les deux plus écornifleuses du quartier ! » pensa-t-il en prenant la boîte qu'Alida lui remettait.

— Vous lui avez apporté un cadeau, dit Émilienne, c'est trop ! Vous allez le gâter.

— Ah ! C'est juste une petite friandise qu'on a confectionnée ensemble, mon amie et moi.

— C'est du sucre à la crème, précisa l'opulente Dora Robidoux. Puis vous êtes pas obligés d'attendre à Noël pour en manger.

L'épicier enleva le ruban qui enjolivait la boîte de biscuits Viau, se servit d'un morceau et fit circuler le contenant.

— Délicieux! s'exclama-t-il. Il est dur à battre, votre sucre à la crème, mesdames.

Émilienne et ses sœurs se regardèrent, un brin froissées par le compliment adressé aux étrangères. Mais l'heure était aux convenances...

— Dites donc, monsieur Sansoucy, parlez-nous de votre santé, puis quand vous allez revenir, dit Germaine Gladu.

L'épicier s'était imaginé que toutes ses clientes s'étaient informées de lui et qu'elles l'espéraient fiévreusement. Madame Gladu avait glané quelques nouvelles auprès de Léandre, mais elle désirait voir le malade. Avec une bienveillante sollicitude et un débordement de compliments pour le métier qu'il exerçait si bien, elle écouta Sansoucy narrer le triste incident qui l'avait plongé dans une déplorable inactivité. Cependant, Émilienne pressentait que l'encens répandu par la voisine sur son mari dissimulait la proposition qu'elle ne devait pas tarder à entendre.

— Madame Gladu, consentit Sansoucy, dites à votre mari de se présenter demain matin à l'ouverture.

Les visiteuses se retirèrent du logis, laissant l'épicier un peu perplexe.

— Va falloir que tu fasses avaler ça à Léandre, Théo.

— Je m'en charge. Pour l'instant, j'appelle en bas pour faire mes invitations à souper après la fermeture de l'épicerie.

* * *

Simone et Paulette s'extasiaient devant «les petites pattes» que tricotait Alida pour le bébé. Irène était revenue de l'usine, Alphonsine, du magasin de coupons. Dans la salle de bain, David débarrassait sa chevelure rousse du bran de scie accumulé. Léandre tournait en rond dans la cuisine en mâchonnant une cigarette. Il était persuadé que la convocation de son père recelait une mauvaise surprise.

— Vas-tu ben arrêter de piloter de même, lui intima sa mère.

Il écrasa son mégot dans le cendrier qu'il déposa sur le dessus de la glacière. Il pivota vers le maître de la maison.

— C'est quoi ces cachotteries-là, le père ?

— Ça sera pas long, Édouard va monter d'une minute à l'autre.

— En quoi ça le regarde, ce que vous avez à nous dire ?

— T'es le premier à rouspéter parce que ton frère est jamais au courant de rien de ce qui se passe ici dedans. Ben là, il va le savoir. Puis en même temps que les autres, à part de ça…

— Théo ! T'es encore en train de te crinquer, dit Émilienne, irritée.

Édouard entra. Une ambiance malsaine alourdissait l'appartement qui réunissait étonnamment presque tous les membres de la famille. Il accrocha son chapeau, ôta ses couvre-chaussures, suspendit son manteau à un cintre et embrassa sa mère.

— C'est le temps de s'attabler, dit Émilienne.

Sansoucy se signa et entama le bénédicité, bientôt récité d'une seule voix par tous les convives. Irène touilla la soupe aux nouilles et la servit. Comme à l'accoutumée, lorsqu'il avait une nouvelle à annoncer ou un sujet à discuter, l'épicier attendait le plat de résistance. Dans son esprit, l'un n'allait pas sans l'autre. Le repas commencé, comme il se doit, Léandre respectait la règle établie depuis longtemps par le patriarche, mais l'idée de la transgresser le tenaillait singulièrement. Son père avait-il décidé de vendre son commerce, auquel cas il se retrouverait sans emploi ? Ou envisageait-il simplement une réorganisation des tâches ?

Héloïse déposa une immense chaudronnée de bœuf aux légumes au centre de la table et Alphonsine faisait circuler les assiettes remplies.

— La viande est plus tendre que d'habitude, maman, commenta Édouard.

— Faudrait peut-être que tu saches que c'est moi qui s'occupe de la boucherie maintenant, railla Léandre.

— De la pure vantardise! commenta Édouard.

— Vous deux! s'indigna Émilienne, chicanez-vous pas. Il y a assez de votre père puis de Marcel qui me causent des soucis. Rajoutez-en pas, s'il vous plaît.

— C'est seulement une question de cuisson, expliqua Héloïse.

— Vous, matante, vous pourriez être de mon bord pour une fois? répliqua Léandre.

— Bon! intervint l'épicier avant que la bisbille pogne partout autour de la table, je vas vous dire ce que j'ai pensé au sujet de l'épicerie. Depuis que Marcel est pas avec nous autres et que j'ai fait un séjour à l'hôpital, j'ai dû revoir le rôle de chacun au commerce.

— Comme ça, vous vendez pas, le père, c'est déjà ça de gagné, exprima Léandre.

— Laisse-moi finir, coupa Sansoucy.

Ce dernier remonta ses lunettes, prit une grande inspiration et poursuivit:

— C'est sûr que, dans les épreuves qui nous sont tombées dessus comme la misère sur le pauvre monde, Simone et Paulette nous ont pas mal aidés, Émilienne et moi. Mais on est rendus à un point où il faut engager si on veut tenir le coup. C'est pour ça que monsieur Réal Gladu, le mari de ma cliente, va me remplacer à la boucherie, le temps de mon rétablissement.

— Taboire, le père, vous y allez pas de main morte! Le bonhomme Gladu travaille dans une *shop*, il est pas boucher pour deux cennes.

— Boucher, c'est son ancien métier. Puis là, il vient de se faire *slaquer* à la United Shoe Machinery pour l'hiver.

— Et moi là-dedans, vous me sacrez à la porte, coudonc? En avez-vous d'autres bonnes idées de même?

— Toi, tu vas continuer à livrer les «ordres». D'ailleurs, je pense que t'haïs pas ça pantoute…

— C'est pas une vie, ça, livrer des commandes, puis vous le savez! protesta Léandre avec véhémence.

Émilienne songeait à Marcel et ne voulait pas qu'un second fils serve en pâture à la rue.

— T'aurais pu lui en parler avant de prendre une décision pareille! s'opposa la pauvre mère.

L'épicier dodelina de la tête et abaissa son poing sur la table en se tordant la lèvre.

— C'est encore moi le *boss*, ici dedans! affirma-t-il.

— Théo!

— D'abord, si c'est de même que vous le prenez, vous allez vous chercher un autre livreur, déclara Léandre avec force. Une chance que vous êtes malade, vous, parce que…, ronchonna-t-il en sourdine.

Il repoussa sa chaise, se leva, se rendit à la glacière et s'empara d'un morceau de sucre à la crème de la boîte restée ouverte sans en connaître la provenance. Puis il regagna son logis, chaussa ses bottes, revêtit son coupe-vent et sortit de l'immeuble.

Il déambulait à présent dans la rue Sainte-Catherine, tête baissée, les mains dans les poches, la mine triste, les mâchoires crispées. Après quelques coins de rue, il réalisa que son errance le conduisait tout naturellement à *La Belle au bois dormant.*

Dans une des chambres attenantes au restaurant, après de brèves caresses, Léandre s'abandonna à l'enivrement du plaisir des sens. Après, il se redressa dans le lit, s'alluma une Turret.

— Faut que je me trouve une autre *job*, dit-il.

— Comment ça ? s'étonna Arlette. Tu peux pas laisser l'épicerie de même, ça se fait pas !

— Comment ça, ça se fait pas ? Si tu savais le coup de cochon que mon père m'a fait, tu réagirais pas ainsi, je t'assure.

Le fils de l'épicier rapporta le geste de son père, qu'il ressentait comme une injustice. La serveuse écoutait les doléances de son client. Elle demanda une cigarette à son partenaire, l'alluma avec le bout rougi qu'il lui présenta et elle exhala de lutines volutes de fumée vers le plafond.

— Tu vas me trouver méchante, mais c'est peut-être l'occasion que ton père attendait de te mettre à la porte, mon lapin.

— Ce serait un mauvais calcul de sa part : engager un boucher et accepter que je sois pas capable de payer mon logis. Non, je crois pas, Arlette ; le père supporterait pas ça financièrement. Puis des plans pour qu'il pète au frette...

L'aguichante eut un sourire énigmatique.

— Qu'est-ce qui t'amuse ? demanda Léandre.

— Rien, je pensais à mon patron.

— C'est fin pour moi. Qu'est-ce que ton patron vient faire dans notre chambre à coucher ?

— C'est pas ce que tu crois, tu sais ben que t'es plus qu'un client pour moi…

De sa main leste, elle lui caressa la chevelure, le visage, déposa un baiser sur sa joue.

— Monsieur Quesnel cherche un acheteur pour son commerce. Tu serais pas intéressé, par hasard ?

— Peut-être, mais avec quoi ? L'argent pousse pas dans les arbres, tu dois savoir ça…

— Mon patron te ferait de bonnes conditions ; il est ben d'arrangement, d'habitude. Mais si t'es le moindrement intéressé, faudrait pas que tu niaises trop longtemps parce qu'il y a d'autres acheteurs qui vont se montrer le bout du nez…

Léandre parut réfléchir. Il consulta sa montre, se dressa prestement. Puis il éteignit sa cigarette et s'habilla.

— Quand est-ce que je pourrais le rencontrer, ton monsieur Quesnel ?

— Reviens pendant la journée demain, il devrait être là.

Le jeune homme quitta *La Belle au bois dormant* et regagna son logis. Ses colocataires l'avaient entendu gravir l'escalier. Paulette leva gravement les yeux vers la porte.

— Après ce qui est arrivé au souper, je pensais pas te voir d'aussi bonne humeur, dit-elle.

— Ça m'a fait du bien de prendre l'air, répondit Léandre en ôtant son coupe-vent et ses bottes.

— Qu'est-ce que tu vas faire, asteure ? s'enquit Simone.

— C'est pas toutes les épiceries qui ont un bon commis. Demain je vas entreprendre des démarches, déclara-t-il, sans conviction.

— P'pa était tout bouleversé, puis m'man aussi, évidemment.

— Qu'est-ce que tu veux que je te dise, Simone ? C'était à lui d'y penser avant. Es-tu rendue du bord du père, coudonc ?

— Non, mais Paulette puis moi on se désâme pour aider à l'épicerie. Même David, qui a commencé à livrer les « ordres » la fin de semaine. On veut ben faire des efforts pour sauver le commerce, mais il y a toujours ben des limites…

David ne voulait pas perdre l'amitié de son beau-frère et il hésitait à prendre position ouvertement.

— Toi, David, qu'est-ce que t'en penses ? s'enquit Léandre.

— Simone a raison, balbutia-t-il.

— Tout le monde est contre moi, par le temps qui court ! fulmina le fils de l'épicier.

— Faut pas que tu le prennes mal, tempéra David.

— Comme ça je devrais aller m'excuser auprès du père, lui dire que je me suis emporté pour rien, que je vas livrer les commandes jusqu'à ce que Marcel revienne ! Ben j'ai des petites nouvelles pour vous autres : c'est non sur toute la ligne…

Avec l'impétuosité d'un torrent, il rechaussa ses bottes, remit son coupe-vent et repassa la porte.

Sous la pluie de neige qui tombait lentement, il erra dans les rues du quartier de son enfance, à remâcher sa rancœur contre son père, à penser qu'il se retrouvait devant rien, à ressentir la douleur de la solitude. Sa gorge s'étrangla. Des larmes affleurèrent à ses yeux attristés. Il rebroussa chemin.

* * *

Le fils de l'épicier étreignit l'oreiller de Paulette en se rappelant les caresses de la serveuse. Puis il s'étira langoureusement. Il était rentré au petit matin, ivre de fatigue, mélancolique, perdu dans ses pensées. Le fabricant de cercueils avait quitté le logis la mort

269

dans l'âme, et les deux jeunes femmes s'étaient fait un devoir de se lever et d'aller au commerce. Un sentiment de lâcheté l'envahit. Il n'avait qu'à déjeuner et rejoindre Paulette et Simone. Mais il risquait de croiser son père venu faire un tour à l'épicerie, et il ne supporterait pas de voir le mari de Germaine Gladu à la boucherie. Il résolut de se rendre à *La Belle au bois dormant.*

Il était environ dix heures trente. Le ciel s'était déchargé de ses lourds nuages. Les trottoirs étaient devenus moins praticables que pendant la nuit. Les flocons s'étaient accumulés dans les rues et entravaient le pas des chevaux et le roulement des voitures. Un moment, il pensa qu'il pouvait retourner au commerce, qu'une entente avec son père était encore possible. Le soleil aidant à la fonte de la neige, il pourrait reprendre ses livraisons, quitte à ralentir le rythme de ses déplacements. Lui aussi devait contribuer à sa manière à la survie de l'épicerie. Mais l'attrait exercé par *La Belle au bois dormant* était irrésistible…

L'heure du dîner approchait. Léandre s'arrêta devant la façade embuée du restaurant et colla son nez à la vitrine. Des masses informes occupaient déjà des tabourets. Probablement des livreurs et des chauffeurs de taxi qui avaient choisi d'éviter l'affluence des travailleurs. Il entra.

Le fils de l'épicier se présenta au comptoir, s'empara d'un exemplaire de *La Presse* de la veille et se dirigea à la même table que lorsqu'il était venu avec David. De là, il aurait une vue d'ensemble sur le restaurant et serait à même de juger de l'achalandage. Il déposa son journal et consulta le menu du midi en songeant à la belle Arlette qu'il ne verrait assurément pas à cette heure de la journée. Une serveuse au sourire engageant s'amena, une serviette de table et un verre d'eau à la main.

— Pour vous, cher monsieur ? demanda-t-elle.

— Je vas prendre votre spécial du jour : la soupe aux légumes et le cigare au chou. Puis un crayon, s'il vous plaît.

270

— Un crayon, dites-vous?

— Oui, j'ai des calculs importants à faire. Puis une feuille de papier avec ça aussi, s'il vous plaît.

La jeune femme sortit un calepin de la poche de son tablier, en déchira une page, nota la commande et prêta son crayon. Léandre but quelques gorgées d'eau et entreprit de lire les grands titres à la une du journal. La politique ne l'intéressait guère, les mondanités le laissaient indifférent, les incendies le désolaient et les accidents le remuaient. Il eut une longue pensée pour Marcel qui croupissait à l'hôpital. Quant aux importants événements mondiaux rapportés par le quotidien, rien ne le touchait vraiment. Ce qui se passait dans les lointains pays ne l'atteignait pas.

La serveuse apporta son bol de soupe. Il replia le journal et demanda:

— Excusez-moi, mademoiselle, j'aimerais savoir si monsieur Quesnel est là?

— Il est à la cuisine. Mais si vous désirez lui parler, faudra attendre après le *rush*.

Apparemment que l'heure du midi voyait défiler une clientèle différente de celle qui fréquentait *La Belle au bois dormant* le soir. Au dîner, les repas se prenaient en peu de temps, de sorte que rares étaient ceux qui s'attardaient sur une banquette ou un tabouret.

La serveuse lui apporta son assiette. Depuis quelques minutes, la porte s'ouvrait et des clients s'installaient aux tables. «Je suis arrivé à la bonne heure», pensa-t-il. Autour de lui, des gens parlaient fort et gesticulaient. Quelqu'un se leva et inséra une pièce de monnaie dans le juke-box. Bientôt l'atmosphère surchauffée devint enfumée et assourdissante. Léandre se mit à estimer le montant qu'il devrait débourser pour acquérir l'établissement, tout en alignant quelques chiffres. Un emprunt à la banque ou à la caisse populaire d'Hochelaga nécessiterait cependant un endosseur. Dans ce cas, son père lui mettrait des bâtons dans les roues. Mais il l'affronterait le moment venu.

La Belle au bois dormant avait régurgité la plupart de ses clients. Les serveuses achevaient de débarrasser les tables et allaient empiler avec fracas la vaisselle sale derrière le comptoir. Il ne restait que Léandre et un jeune homme en complet-cravate, qui semblait parcourir le journal en dégustant son café. L'inconnu avait jeté son paletot sur son dossier et avait déposé à ses pieds un porte-documents. De temps à autre, il levait des yeux inquisiteurs vers Léandre en se tamponnant les lèvres avec sa serviette.

— Ah ben, si c'est pas Sansoucy! s'exclama-t-il.

— Surprenant! Viens t'asseoir, qu'on jase un peu. Ça fait des lunes...

— Je me le disais aussi. Quand le restaurant s'est vidé, j'ai vu que c'était toi. Qu'est-ce que tu deviens, vieille branche?

Les deux anciens compagnons de classe se racontèrent ce qu'ils étaient devenus et ce qui les amenait dans le quartier. Après ses études à l'école Baril, le garçon de belle prestance avait occupé différents emplois secondaires et peu rémunérés, et il était agent d'assurances depuis quelques mois.

— Sans faire de jeu de mots, j'étais certain que ton avenir était assuré, affirma-t-il. Moi, si mon père avait eu une épicerie, tu peux être sûr que...

— C'est facile à dire, ça, Hubert. Mais le père puis moi, on est pas faits pour s'entendre, faut croire...

— Au lieu de te lancer en affaires, pourquoi tu viendrais pas travailler pour ma compagnie? Actuellement, c'est pas très payant, mais selon mon patron, les plus belles années sont en avant.

— Il y a de l'argent à faire avec un commerce. Si c'est bien administré, ben sûr! Puis j'ai déjà une expérience non négligeable en affaires…

Le fils du marchand s'inclina vers son camarade et emprunta un ton de confidence:

— Faut que je te dise que *La Belle au bois dormant*, c'est pas juste une *business* ordinaire, murmura-t-il.

L'attitude de Léandre souleva l'intérêt de son interlocuteur.

— Qu'est-ce que tu entends par là? demanda-t-il, fortement intrigué.

Un quinquagénaire bedonnant parut et se dirigea vers la table occupée par les deux clients. Il avait la mâchoire supérieure plantée de dents proéminentes, et un pan de sa chemise tombait en disgrâce sur un pantalon froissé qui exhibait une braguette déboutonnée.

— Lequel des deux veut me voir? s'enquit-il.

— C'est moi, répondit Léandre. Vous êtes monsieur Quesnel?

— Maximilien Quesnel. Lui-même en personne. Comme ça, vous êtes venu pour parler d'affaires…

— Va falloir que tu m'excuses, Hubert, dit Léandre, on se reverra.

L'agent d'assurances salua civilement son camarade, récupéra son paletot et son porte-documents. Léandre suivit les pas du restaurateur, qui l'entraîna à l'étage. Il traversa un couloir sombre, sourit en passant devant la chambre close où il se livrait à ses fantasmes avec Arlette. Puis l'homme s'immobilisa devant une petite fenêtre, chercha une clé du trousseau qui pendait à sa ceinture, et s'engouffra dans son bureau. Aussitôt entré, il s'avança et tira une corde qui actionna une ampoule accrochée au bout d'un fil. Une lumière ambrée enveloppa les lieux.

La pièce était minable : le plafond faisait de drôles de poches qui ballonnaient au-dessus des têtes, les murs jamais repeints depuis le début du siècle s'effritaient, des flocons de mousse remplissaient les interstices du plancher lamellé, et des piles de papier encombraient le secrétaire poussiéreux.

— Arlette m'a dit que vous seriez intéressé à vendre ?

— Pas à n'importe qui, répondit le restaurateur. Je suis pas mal tanné de gérer le restaurant puis le commerce des chambres. Mais je vous préviens, je suis prêt à attendre mon prix. Malgré les temps durs qui ont suivi la crise de 1929, je trouve que mon commerce survit assez bien. Les hommes ont toujours des besoins naturels à satisfaire, ricana-t-il. Cela dit, je trouve que t'es ben jeune pour brasser ce genre d'affaires…

— Vous devez connaître l'adage, monsieur Quesnel : si la jeunesse est un défaut, elle se corrige avec l'âge.

— Intelligent, le jeune homme ! Et comment penses-tu me payer ?

— Je vas faire un emprunt à la caisse populaire d'Hochelaga…

— Ça va te prendre un endosseur, mon garçon.

— Je sais, je sais, mais inquiétez-vous pas, dit Léandre, l'air présomptueux. Le plus difficile, c'est de s'entendre sur le prix que vous demandez.

L'homme d'affaires déclara son prix, s'empressa de fouiller dans un tiroir et d'ouvrir un grand livre sous les yeux de Léandre pour exposer les chiffres qu'il avait consignés avec minutie.

— Ça, c'est pour le restaurant, dit-il. Asteure, attends que je te montre autre chose.

Maximilien Quesnel sortit un calepin aux coins racornis de la poche arrière de son pantalon. Avec ostentation, il en tourna les pages humides farcies de lettres et de chiffres à demi effacés.

— Ça, mon petit garçon, c'est de l'argent net qui rentre sous la couverture, lança-t-il, avant de s'esclaffer de sa boutade.

— Taboire ! s'exclama Léandre en écarquillant les yeux.

— En tout cas, penses-y comme il faut, puis tu reviendras me voir. Moi, ça me fait rien, mais si c'est pas toi qui achètes, ce sera un autre chanceux…

Sans perdre un instant, Léandre serra la main du restaurateur et prit congé.

Le soleil filtrait ses rayons à travers une résille de nuages grisonnants. Mains nues dans les poches, l'haleine givrée, le fils de l'épicier marchait d'un pas pressé vers le commerce de la rue Adam. Il atteignit l'épicerie-boucherie et entra en faisant fi des clientes.

— Où est le père ? demanda-t-il à la cantonade.

— Commence par me dire bonjour, frérot, riposta Simone.

Elle tendit sa joue rose et il l'embrassa. Puis il s'inclina et déposa un baiser furtif sur le ventre rebondi de sa sœur, qui esquissa un sourire de ravissement en se caressant l'abdomen. Le regard envieux, Paulette s'approcha de lui.

— Dis-moi donc d'où c'est que tu viens ? s'enquit-elle. On t'a pas vu la fraise pour le dîner. Ta mère était inquiète sans bon sens…

— Ça regarde personne d'autre que moi, répondit-il tout simplement.

Léandre amorça un mouvement vers la boucherie du magasin. Ses yeux rageurs dardèrent ceux de l'employé et il revint auprès de Simone.

— Correct d'abord, je le verrai ce soir, conclut-il avant de tourner les talons.

Léandre avait envoyé paître sa Paulette. Mais le souper à venir le plaçait devant l'inexorable perspective de fournir des explications sur ses occupations de la journée. Il se surprit lui-même à mentir avec élégance à ses colocataires et à réaliser la puissance de son pouvoir de conviction. C'est ainsi qu'il parla des pseudo-démarches auprès de commerçants pour trouver de l'emploi ; mais cela n'était que pure fabulation. Au moment opportun, il leur exposerait la situation. Auparavant, il se devait de tenter un rapprochement avec son père. Les circonstances semblaient le favoriser : les fréquentations d'Édouard étaient on ne peut plus sérieuses, et Émilienne se rendait à l'hôpital avec Alphonsine, Héloïse et Irène. Il ne restait que la tante Alida au logis. Et la surdité naissante de la vieille aiderait sa cause…

Sansoucy s'était endormi sur son journal, la tête penchée sur les grands titres, et Alida démêlait des pelotes de laine, son fauteuil d'impotente roulé près du poêle. Léandre frappa familièrement à la porte et entra. La sœur d'Émilienne l'avait à peine entendu.

— Chut ! Faut pas réveiller ton père. Il a encore besoin de récupérer.

— Faut absolument que je lui parle, matante.

— Va falloir que tu mettes tes gants blancs, mon garçon, parce qu'il est un peu malcommode ces temps-ci. Puis je pense que j'ai pas à te faire de dessin…

Léandre savait que la sœur de sa mère était un peu dure d'oreille, mais selon lui rien de ce qui allait être discuté ne devait transpirer de leur conversation. Il jeta un regard insistant vers elle.

— J'ai compris, exprima la vieille.

La tante serra les poings sur les roues de son fauteuil, le mit en branle à grands coups vers le couloir et alla s'isoler au salon.

— Le père, dit doucement Léandre en posant la main sur le bras de l'épicier.

Sansoucy grogna sourdement comme un chien et s'ébroua en se redressant.

— Que c'est que tu fais là ? s'insurgea-t-il.

— Faut absolument que je vous parle, le père…

Le visage du commerçant se rembrunit et il haussa le ton.

— Personne t'a vu de toute la journée, puis tout d'un coup tu viens me déranger dans mon sommeil. Moi qui comptais sur toi pour les livraisons, tu t'es même pas montré le bout du nez à l'épicerie. Va falloir que j'engage quelqu'un, asteure. Il y a déjà assez d'un engagé pour rogner nos profits.

— Parlons-en, de votre boucher, le père.

— C'est temporaire ! Aussitôt que je vas avoir repris mes forces, puis que Marcel va sortir de l'hôpital, tout va revenir comme avant.

— Savez-vous comment il est, votre Marcel, le père ? C'est vrai que je suis pas allé le voir souvent, mais je m'en informe, au moins. Vous, après son accident, vous l'avez vu une fois, juste avant que le docteur vous donne votre congé de l'hôpital. Puis à part de ça, quand il sera rétabli, pensez-vous qu'il aura le goût de remonter sur son bicycle de livraison ? De toute façon, j'ai décidé de me lancer dans d'autre chose de pas mal plus intéressant : je veux m'acheter une *business* !

— Pour me faire concurrence, je suppose ?

— Je ferais jamais ça à mon pauvre père, vous le savez ben. Non jamais, au grand jamais, j'ai trop pitié de vous !

Léandre jeta un œil dans le couloir. Alida semblait vraiment s'être éloignée de la cuisine. L'indiscrétion la démangeait. Toutefois, son neveu adopta le ton d'une confidence.

— *La Belle au bois dormant*, ça vous dit quelque chose ? demanda-t-il à son père.

— *La Belle au bois dormant !* Ah ben, cibole ! Tu veux pas acheter un commerce de même ? C'est pas très catholique, ce que tu t'apprêtes à faire là, mon garçon !

— Soit dit en passant, pour les recommandations, vous repasserez, le père, rétorqua narquoisement Léandre.

L'air absorbé, le fils amorça quelques pas dans la pièce, hésita un moment et revint vers l'épicier.

— J'ai besoin de votre signature, le père.

— Je te voyais venir, mon garçon. Si tu crois que je vas t'endosser puis risquer de nous mettre à la rue… On a toutes les misères du monde à joindre les deux bouts…

Le marchand se sentit oppressé. Il mit la main à sa poitrine.

— Vous pensez pas que vous exagérez, le père ? *La Belle au bois dormant* est un commerce florissant. Puis vous le savez aussi ben que moi. En tout cas, vous êtes mieux de m'endosser parce que la mère va savoir que vous avez fréquenté *La Belle au bois dormant*, puis pas juste pour aller boire un Coke…

— Tu me prends à la gorge, Léandre. J'aurais jamais cru qu'un de mes enfants serait aussi méchant. Avec son propre père, en plus…

— En tout cas, pensez-y sérieusement parce que, demain après-midi, je me présente à la caisse populaire d'Hochelaga.

— Ça marche pas de même, proféra l'épicier. La caisse voudra jamais te prêter.

Le fils se carra les épaules et affirma avec insolence :

— On verra ben lequel de nous deux va l'emporter, le père…

Chapitre 15

Après l'âpre discussion avec son père, Léandre avait regagné son logis, et ce, apparemment sans que la tante Alida puisse rapporter un traître mot à ses sœurs. Elle avait seulement signalé la visite impromptue de son neveu, ponctuée de quelques haussements de ton. Émilienne avait interprété le geste de son fils comme un désir de « raccordement » entre les deux hommes, qui s'étaient sans doute embrasés par leur caractère à l'emporte-pièce, tout en se désolant que Léandre ne retourne pas au commerce familial.

Le fils de l'épicier avait dîné seul à l'appartement, l'esprit assiégé par des chiffres, les yeux rivés sur sa feuille de papier. Il avait cent fois raturé, refait les mêmes calculs, cherchant à dégoter la moindre erreur qui aurait pu se soustraire à sa vigilance. Avec une étonnante mémoire, il se souvenait du grand livre de *La Belle au bois dormant* et surtout du petit calepin noir de son propriétaire, qui consignait des profits fort intéressants. Une vraie mine d'or à exploiter. Un gisement intarissable s'offrait à lui. Après un entretien avec un employé de la caisse populaire, les étapes suivantes ne seraient que pure formalité. D'un geste bref, il recula sa chaise, plia sa feuille qu'il mit dans la poche de sa chemise et alla déposer son assiette dans l'évier en l'arrosant d'un jet d'eau.

Il dévala les escaliers, amorça quelques pas dans la rue et s'immobilisa devant le commerce. Là, le cou engoncé dans le col de son coupe-vent resté ouvert, il s'alluma une Buckingham et jeta un coup d'œil à la vitrine. À cette heure, son père n'était pas descendu à l'épicerie. Par nécessité, le convalescent s'accordait de longues siestes après le dîner et viendrait faire son tour quelque part en après-midi. Léandre songea à l'absence de l'épicier et il l'imagina regardant son fils le narguer devant son magasin. Cela aurait décuplé sa force, fouetté sa détermination.

La caisse populaire d'Hochelaga n'avait pas encore pignon sur rue. Elle occupait un local de l'école Baril qu'elle partageait avec le Bureau de consultation de nourrissons et de vaccination, communément appelé la *Goutte de lait* – un organisme destiné à aider les mères dans les soins des enfants –, auquel il se rendait régulièrement pour ses transactions courantes. Cependant, chaque fois qu'il remettait les pieds dans l'institution, il repensait à ses études écourtées, aux cours longs et ennuyeux. Et invariablement, il en ressortait avec soulagement, en songeant au bon choix qu'il avait fait de les abandonner. Il entra dans l'école et alla prendre place près du local de la caisse, sur une des deux chaises disposées dans le corridor. Assis aux côtés d'une femme qui ne cessait de le reluquer, Léandre promena son regard sur les images de saints compassés affichées au mur, des modèles de vertu desquels il se sentait bien loin.

Une sombre tristesse ombragea sa physionomie. Il ferma les yeux pour mieux s'imaginer le visage de son frère Marcel, que la vie n'avait pas choyé, et qui, au surplus, traînait à ses basques le qualificatif de «gnochon» que lui donnait leur père. Il le revoyait immobile, comme un mort vivant, luttant pour vivre ou glissant inexorablement vers le néant. Pourtant, Marcel avait repris conscience et reviendrait sous peu à la maison paternelle. Puis il délaissa ses pensées chagrines et se remémora ses anciens camarades de classe, sa rencontre à *La Belle au bois dormant* avec Hubert Surprenant qui, à l'époque, se levait à l'heure des poules pour servir la messe de six heures et demie et qui, à présent, faisait carrière dans l'assurance.

La dame l'interpella :

— Si je me trompe pas, vous êtes le fils de l'épicier.

— Oui, madame.

— Je me le disais, aussi. Depuis tout à l'heure que je vous regarde en me demandant si je vous ai reconnu comme il faut. Parce que, voyez-vous, ça fait pas ben longtemps que j'ai changé d'épicerie. Je suis venue faire un petit emprunt pour les achats des fêtes. Ça fait drôle d'attendre dans le passage plutôt qu'en ligne pour aller au guichet. Et vous ?

— Moi, c'est pareil. Que voulez-vous, quand on veut faire plaisir aux autres, faut prendre les moyens ?

— Ça a l'air que votre frère Marcel est encore en convalescence à l'hôpital puis que votre pauvre père a engagé quelqu'un à la boucherie pour le remplacer…

Le gérant parut dans le corridor. La dame s'excusa et lui emboîta le pas.

« Pas moyen d'aller quelque part dans le quartier sans avoir la paix ! » se dit Léandre.

Une demi-heure plus tard, le même petit homme reparut en se tenant derrière la cliente de l'épicerie, visiblement ravie d'avoir obtenu une réponse positive.

— Si vous voulez vous donner la peine de me suivre, dit-il.

Les mains jointes appuyées sur le secrétaire, le gérant écoutait Léandre exposer son projet. Il lui tendait l'oreille avec toute l'attention qu'il méritait, mais en tiquant de la moustache à chacune des fins de phrases de son interlocuteur. Puis, disjoignant les mains, il tira vers lui un formulaire.

— Votre demande me semble assez audacieuse, monsieur Sansoucy. Et elle nécessitera la signature d'un endosseur. Vous comprendrez qu'il nous faut des garanties. On ne prête pas à n'importe qui, vous savez…

— Ben sûr, je m'attendais à ça, acquiesça Léandre en retenant la répartie qui lui brûlait les lèvres.

Le document rempli, le gérant se leva et tendit la main en agitant une dernière fois sa moustache.

— La commission de crédit se réunit demain soir, affirma-t-il. Vous repasserez le lendemain pour connaître sa décision.

* * *

Bien sûr, Émilienne avait poursuivi ses visites à Marcel. Elle avait cependant abandonné ses pèlerinages à l'Oratoire, trop fatigants pour sa condition ; elle avait plutôt entrepris une série de prières et commencé une neuvaine à Saint-Joseph, par la récitation du rosaire avec Irène et ses sœurs, pour demander qu'il ne subsiste aucune séquelle de la commotion.

La commission de crédit de l'institution bancaire devait se réunir le soir même. Attendri par l'amour que sa mère vouait à Marcel, sa banque d'indulgences pauvrement garnie, Léandre avait résolu de l'accompagner à l'hôpital pour faire pencher la décision de la caisse en sa faveur. Le lendemain, cependant, il repassait au bureau du gérant pour essuyer un refus signifié avec maladresse et regagnait son appartement humilié, mais, surtout, fort désenchanté. Et le soir, après un souper bien arrosé à *La Belle au bois dormant*, il se retrouvait dans la chambre de la prostituée, étendu sur le lit, complètement désemparé. Elle le déshabilla lentement, en lui susurrant des mots tendres.

— Laisse-toi faire, mon beau, je vais te requinquer le moral, dit-elle d'une voix traînante. C'est pas la fin du monde, ce qui s'est passé avec la caisse.

Il roula vers elle des yeux avinés qui la fixaient d'un regard stupide. Elle s'étendit sur lui en lui caressant le bas-ventre, réveillant ainsi l'indéfinissable plaisir du jeune homme.

Penchée au-dessus de lui, elle le contemplait dans son sommeil, exhalant son souffle sur la peau basanée de son bien-aimé. Elle adorait sa figure virile, son menton volontaire, sa bouche sensuelle ouverte sur de belles dents blanches, ses cheveux noir de jais qui lui barraient le front et lui cachaient les yeux, éteints, mais habituellement ardents comme des braises. Il sortit du sommeil et la regarda.

— *La Belle au bois dormant*, c'est vraiment toi ! déclara-t-il. Mais j'aurais aimé mieux ne jamais me réveiller.

— Et ne jamais plus connaître l'amour… Tu dis des sottises, mon beau.

— L'amour ne règle pas tous les problèmes, Arlette. Je suis pas plus avancé que j'étais avec cette histoire de restaurant. Comme c'est là, je me retrouve le bec à l'eau, sans emploi comme des milliers de jeunes de mon âge, sans avenir, avec un loyer à payer, puis une blonde qui colle à moi comme une grosse mouche à marde, taboire !

Le ton de Léandre avait monté. La prostituée afficha un air pensif en se mordillant les lèvres.

— Je vas m'occuper de ça, mon beau. Écoute-moi ben…

Le jeune Sansoucy prit naïvement connaissance du plan proposé par l'employée de Quesnel. Persuadé que tout allait s'arranger, il rentra chez lui la tête haute, la mine confiante, mais sans trop savoir ce que lui réservait le propriétaire de l'établissement.

Le lendemain, après avoir répété à ses colocataires la même fausse ritournelle de recherche d'emploi, il se rendit à *La Belle au bois dormant* pour le dîner. Alors que Léandre étirait l'attente à siroter un thé refroidi, Quesnel parut dans sa tenue souillonne et, d'un signe de la main, l'invita à le suivre dans son antre.

— Arlette m'a téléphoné hier soir pour m'informer des derniers développements, dit l'homme. Dommage que la caisse populaire soit aussi bornée quand il s'agit du monde des affaires. Une chance qu'il existe des gens compréhensifs qui sont prêts à aider ceux qui ont des ambitions, ricana-t-il.

Léandre tentait de cacher sa nervosité. Ses mains tremblaient et il sentait un léger tressaillement des muscles de sa mâchoire. Un besoin irrépressible de fumer s'empara de lui. Il sortit son paquet de Buckingham.

— Vous permettez? demanda-t-il.

Quesnel pouffa de rire.

— Certainement! répondit-il. Si jamais le feu pognait dans le bureau, je me sauverais avec ce que j'ai de plus important, affirma-t-il en tirant le petit calepin noir de la fesse de son pantalon.

Mais l'homme redevint plus sérieux, regrettant sa plaisanterie.

— Blague à part, dit-il, je n'ai aucune assurance pour mon commerce. D'ailleurs, c'est une chose que j'ai mentionnée aux acheteurs qui sont venus récemment, mentit-il. Pour être honnête avec vous, ça fait une dépense de plus pour qui veut couvrir la valeur de l'immeuble, bien entendu.

— Quand il restera juste ça à payer…

— Bon, dans ce cas-là, voici ce que j'ai à te proposer, jeune homme…

Moins d'une heure plus tard, une solide poignée de main scellait l'entente entre les deux hommes, et Maximilien Quesnel redescendait au restaurant pour présenter son «associé» à son personnel. À la fin de la soirée, après s'être rompu au fonctionnement du commerce, Léandre gagnait son appartement.

— Salut les amis! dit-il en refermant précipitamment la porte.

Vêtu de son pyjama de flanelle rayé, David sortit de la chambre de Paulette et glissa dans ses chaussettes en laine vers son beau-frère. Une expression de navrement se lisait sur ses traits.

— Il commence à être temps que t'apparaisses, Léandre; Simone et moi, on sait plus quoi dire à ta blonde.

Sans se pencher, Léandre ôta ses bottes et accrocha son coupe-vent. Puis il se rendit à sa chambre, en laissant la porte ouverte. Simone venait de s'asseoir et contemplait la femme prosternée. Dans sa jaquette vieux rose, gravement assise au milieu du lit, Paulette leva des yeux inondés de pleurs.

— Tu me feras pas accroire que t'as passé toute la journée à chercher une *job*, lança-t-elle.

— Ben figure-toi donc que j'ai fait mieux que ça, répondit Léandre. Je suis devenu le copropriétaire d'un restaurant, si on peut dire...

— Comment ça, si on peut dire ? interrogea Paulette, larmoyante.

Léandre exposa les termes approximatifs de l'entente conclue avec Quesnel, le salaire qu'il en tirerait, les paiements prélevés pour rembourser l'emprunt consenti par l'homme d'affaires et le montant qu'il devrait débourser pour assumer les coûts de l'assurance.

— C'est quoi ça, au juste, ce restaurant-là ? demanda Paulette.

— C'est *La Belle au bois dormant*, sur Sainte-Catherine.

David toussota dans son poing.

— Tu connais ça, toi ? s'enquit Simone à l'adresse de son mari.

— De nom, seulement, dit David. Tous les gars de mon âge connaissent ça, précisa-t-il.

— David O'Hagan ! proféra Simone. Pas la place où les serveuses offrent autre chose que ce qui est dans le menu, toujours ? Ah ben, maudit verrat.

— C'est pas ce que tu penses, mon amour, se défendit David. En tout cas, moi, j'ai jamais tombé dans ce genre de piège. Que c'est que tu dis là ? Je t'aime trop pour ça, voyons donc...

Léandre fusilla son beau-frère du regard. Paulette se tourna vers son homme.

— Puis toi ? s'exclama-t-elle. T'es juste allé prendre une tasse de thé avec un morceau de tarte au citron meringué, je suppose ?

— Il a ben fallu que je fasse un petit tour le soir pour voir comment ça se passait dans la *business*. Je voulais pas m'impliquer à l'aveuglette. Quand même, je suis pas né de la dernière pluie ! Mais j'ai jamais goûté aux cochonneries dont tu parles, Paulette. Je te le jure…

La figure de Simone se crispa. Elle mit la main sur son abdomen.

— Ça va pas, Simone ? s'enquit Léandre.

— C'est le petit qui me donne des coups de pied. Je connais pas ben ça, mais ces temps-ci il est pas mal grouillant, le p'tit vlimeux. Que c'est que je disais, donc ? Ah oui ! Si jamais p'pa venait à savoir, ça pourrait nuire à son commerce, commenta-t-elle.

— C'est le moindre de mes soucis, ma sœur.

— Puis nous autres, là-dedans ? reprit Simone. Paulette et moi, on commençait à croire qu'on pourrait continuer à l'épicerie.

— Inquiétez-vous pas, les filles, si jamais ça tournait mal au magasin, je vous engagerais au restaurant. D'ailleurs, tu connais ça, la restauration, Simone. Puis Paulette apprendrait le métier de serveuse assez vite, c'est pas sorcier…

— Ouan ! répliqua faiblement Simone d'une voix résignée.

Léandre s'assit sur le lit près de Paulette et lui caressa complaisamment le dos. Puis, empruntant une voix doucereuse, il s'excusa en prétextant qu'il n'en avait que pour quelques minutes à la salle de bain avant de venir la rejoindre. Cependant, avant de se coucher, il avait un mot à dire à son beau-frère qu'il interpella alors que celui-ci se mettait au lit. David se résigna à quitter sa chambre et s'avança vers lui.

— T'es un beau *smatte*, toi, t'aurais pas pu te fermer la boîte ? marmonna Léandre entre les dents.

— Un jour ou l'autre, le chat serait sorti du sac, le beau-frère. Tu le sais aussi ben que moi, des cachettes de même, ça finit toujours par se découvrir…

— Oui, mais j'étais pas prêt à en parler tout de suite. Asteure que c'est dit, on va s'arranger avec ça, livra-t-il avant de retourner auprès de Paulette.

* * *

L'associé de *La Belle au bois dormant* s'était mis en tête d'assurer le commerce au plus vite. Après un lever matinal, il s'empressa vers l'établissement pour déjeuner. Quesnel n'arriverait qu'un peu plus tard en avant-midi, une fois que le personnel eût servi le premier repas de la journée à sa clientèle du matin. Sa tasse de café près de lui, il téléphona à la Sun Life pour parler à Hubert Surprenant et lui expliquer brièvement de quoi il s'agissait. On lui répondit que l'agent ne se présentait jamais au bureau avant neuf heures, mais qu'il se ferait un plaisir de se rendre à *La Belle au bois dormant* le jour même.

Vers la fin de la période du dîner, Hubert Surprenant parut au restaurant, porte-documents au poing, le sourire fendu jusqu'aux oreilles. Léandre vint prendre la commande et Quesnel lui-même apporta une assiettée bondée de macaroni à la viande, que l'agent de la Sun Life avala en vitesse. Les deux associés allèrent ensuite s'asseoir avec le représentant de la compagnie. Une serveuse essuya la table et revint avec trois cafés.

Lorsque Surprenant eut exposé en long et en large les différentes protections possibles, Quesnel proposa à son associé de prendre une des meilleures couvertures. Au moment de remplir le formulaire, l'agent relut une dernière fois les clauses.

— Avez-vous des questions? interrogea-t-il à la fin.

Quesnel salivait comme un chien devant sa pâtée.

— Tout me semble très clair, affirma-t-il.

— Pour moi aussi, consentit son associé.

Léandre signa le document qui l'engageait pour un an à payer les primes. Les hommes se donnèrent la main.

* * *

Quelques jours s'étaient écoulés depuis que Léandre s'était associé à Maximilien Quesnel. Bien que persuadé que son fils n'ait pas obtenu le prêt escompté de la caisse populaire, Sansoucy s'était informé auprès de Simone de ce qu'il était advenu de la transaction souhaitée. La situation avait évolué autrement et elle avait réveillé en lui ses instincts belliqueux: il ruminait silencieusement une petite leçon pour son fils renégat en lui préparant un coup d'éclat.

Émilienne poursuivait entre-temps sa neuvaine à Saint-Joseph et ses inlassables visites à Marcel, avec l'acharnement de ses convictions religieuses. Aveuglé par la noblesse de sa démarche chevaleresque et sans en déclarer un mot à sa femme, Théodore se présenta à *La Belle au bois dormant* avec l'abbé Lionel Dussault. Auparavant, il avait pris soin de se confesser et d'avouer ses écarts de conduite en bénéficiant à quelques reprises des faveurs de serveuses derrière les portes closes de l'établissement. Manifestement fort indisposé par les gestes de l'épicier, le prêtre en avait glissé un mot à son curé qui lui avait recommandé d'accompagner le pénitent au nom de la morale religieuse, même si le commerce clandestin se trouvait hors des limites territoriales de sa paroisse. «Jésus ne frayait-il pas avec les pécheurs?» lui avait-il fait remarquer. «Rappelez-vous Marie-Madeleine!» avait-il ajouté pour convaincre son jeune vicaire.

La main crispée sur la poignée de la porte, le chapeau de castor enfoncé jusqu'aux yeux, Théodore Sansoucy jeta un coup d'œil nerveux à l'intérieur du restaurant. Puis avec la célérité d'un domestique, il ouvrit pour faire passer le religieux devant lui.

— Vous d'abord, murmura le vicaire avant de suivre les pas de son compagnon.

Les choses s'étaient déroulées comme Sansoucy l'avait souhaité. Cependant, même si l'épicier l'avait prévenu en lui disant que la place n'avait rien de commun avec l'ambiance d'un presbytère, l'abbé Dussault avait la fâcheuse impression d'avoir été entraîné dans un abîme sans fond et regrettait déjà d'avoir accepté semblable mission. Le bourdonnement continuel, la vue de tous ces hommes à l'air désœuvré s'attardant devant leur consommation et de ces serveuses qui s'animaient de leur charme séducteur autour des tables, lui soulevèrent le cœur. Une chaleur l'enveloppa tout à coup et il déboutonna le col de son paletot.

Une demoiselle habillée d'une robe rouge d'une singularité provocante et juchée sur des talons hauts s'amena en tirant sur un fume-cigarette d'ambre.

— Je pensais jamais vous revoir ici, monsieur Sansoucy, dit-elle, esquissant un sourire sardonique.

— Nous sommes pas venus pour ce que vous croyez, Arlette, dit l'épicier.

— Je désirerais m'entretenir avec votre patron, mademoiselle Pomerleau, nasilla le prêtre.

— Il est dans son bureau et il aime pas qu'on le dérange à cette heure-ci, monsieur l'abbé.

— Comment ça, monsieur l'abbé? demanda le saint homme d'une voix altérée.

— Votre collet romain vous dénonce, expliqua Sansoucy.

Le visage de Lionel Dussault se colora du rouge de la gêne et le prêtre reboutonna prestement son paletot. La serveuse saisit l'embarras de son interlocuteur et s'en amusa.

— Toutes les chambres sont occupées ce soir, monsieur l'abbé. Faudrait que vous repassiez.

Sansoucy abaissa violemment le poing sur la table et se leva, attirant vers lui tous les regards.

— Arrête de niaiser, Arlette Pomerleau, s'écria-t-il. Venez, Dussault, suivez-moi qu'on en finisse avec cette histoire.

Le prêtre recula sa chaise et emboîta le pas à l'épicier qui traversa le restaurant avant d'écarter le rideau crasseux et de gravir rageusement l'escalier qui menait à l'étage. Exténué, le râle sibilant, Sansoucy s'immobilisa en haut des marches.

— Mais où donc me conduisez-vous? interrogea le vicaire, interdit.

— Vous le savez ben, ce qu'on est venus faire ici, Dussault! Faites-moi pas choquer, bonyeu!

Des ricanements étouffés et de curieux halètements suintèrent des murs. Un imperceptible sourire plissa les lèvres de Sansoucy et les deux visiteurs s'engagèrent dans le corridor avant d'atteindre le bureau de l'administration. L'épicier donna trois coups brefs sur le chambranle et entra. Une jeune femme piètrement vêtue assise sur les genoux de son patron se pencha pour ramasser son soutien-gorge et se releva subitement en cachant ses seins dénudés.

— Ah ben, ça parle au verrat! s'exclama Léandre.

— C'est bien moi, mon garçon! souffla Sansoucy.

— Je vas m'en aller, dit la prostituée, avant de disparaître de la pièce.

— Taboire, le père! poursuivit Léandre, vous avez du front tout le tour de la tête pour venir me relancer dans mon restaurant.

— Parlons-en, de ton restaurant, mon garçon. C'est un vrai bordel!

— ... que vous avez fréquenté, rappela le fils.

— C'est fini, ces cochonneries-là! se défendit l'épicier.

— Dites-moi donc ce que vous êtes venu faire ici, d'abord? interrogea le jeune proxénète. Avec un envoyé du ciel, en plus...

Le messager du curé Verner jugea le moment opportun pour intervenir.

— Ne vous moquez surtout pas de moi, Léandre, exprima-t-il de sa voix aux forts accents nasillards. Écoutez-moi bien : non seulement vous menez une vie de dépravé et courez à votre perte en évoluant dans une entreprise aux mœurs douteuses, mais vous provoquez le naufrage des âmes qui côtoient votre milieu. Vous avez une lourde responsabilité, Léandre. Comme le disait monseigneur Verner, avez-vous seulement pensé au nombre de foyers brisés, à tout l'argent dépensé inutilement, à toutes les mères de famille qui viennent frapper à la porte du presbytère pour réclamer aide et soutien parce que leurs maris fréquentent de semblables établissements?

Pendant que le représentant de l'Église avait communiqué sa dépêche, le souteneur avait glorieusement posé ses pieds sur le bureau et grillait une cigarette en rejetant la fumée sans l'aspirer.

— Vous trouvez pas que vous en mettez un peu trop, l'abbé? rétorqua-t-il, l'air désinvolte. Un peu plus et vous me teniez responsable de tous les péchés de la paroisse...

Il écrasa sa Buckingham dans le cendrier et se releva.

— Allez donc dire à votre curé de garder ses sermons pour son église, lança-t-il.

Indigné par les paroles de son fils, l'épicier s'adressa au vicaire :

— Venez, Dussault, on a plus rien à faire ici dedans ! dit-il en amorçant un mouvement vers le couloir.

Léandre darda un regard incendiaire en voyant s'éloigner les visiteurs.

— Puis vous, le père, si vous m'aviez pas forcé à partir de l'épicerie, on en serait pas là, aussi, s'époumona-t-il.

Des portes s'entrouvrirent sur le corridor et se refermèrent après le passage des deux visiteurs. Léandre s'enferma dans son bureau en faisant claquer la sienne.

Le messager du curé Verner quitta l'établissement de la rue Sainte-Catherine avec le douloureux sentiment de s'être échappé de la fosse aux lions. Il venait de subir un dur revers et expliquerait à son supérieur qu'il n'avait pas l'autorité morale d'un monseigneur pour accomplir une mission aussi périlleuse et que, dorénavant, il se verrait dans l'obligation de refuser un ministère voué à un échec aussi humiliant. Quant à Sansoucy, la rebuffade qu'il venait d'encaisser le rejetait aux orties. La force de persuasion de celui qu'il raccompagnait au presbytère du Très-Saint-Rédempteur l'avait grandement déçu. Désormais il devrait prendre d'autres moyens pour faire entendre raison à son fils. L'arme suprême demeurait peut-être la blonde de Léandre. « Mais non, pensa-t-il, par les temps qui courent, Paulette est indispensable ! C'est pas le temps de mettre de la discorde dans le couple. »

Alida posa son ouvrage sur le coin de la table quand elle vit entrer son beau-frère au logis. Il avait accroché son chapeau et son manteau, et avait tiré vers lui une chaise sur laquelle il s'était écrasé pour enlever ses bottes.

— Voyons, Théodore, t'es pas malade, toujours? s'inquiéta l'impotente.

— Juste un peu fatigué, c'est tout.

— C'est Léandre qui te cause des soucis, hein?

— Comment peux-tu savoir ça, la belle-sœur?

— Je suis handicapée des jambes, mais le bon Dieu m'a donné des yeux pour voir et des oreilles pour entendre. Des fois, je fais semblant de pas comprendre. Je suis un peu dure de la feuille, comme on dit, mais j'enregistre à peu près tout ce qui se dit. Tu te rappelles la conversation que t'as eue l'autre soir avec Léandre? Mes trois sœurs étaient parties à l'hôpital avec Irène, et ton fils t'a parlé d'un commerce «pas très catholique» qu'il voulait acheter…

— Puis après? s'étonna l'épicier.

Sansoucy écouta attentivement ce qu'Alida avait retenu de l'entretien qu'il avait eu avec Léandre et des propos à peine voilés échangés par Simone et Paulette aux repas du midi.

— Émilienne, dans tout ça? s'enquit-il. Elle m'a rien dit au sujet de *La Belle au bois dormant*…

— Émilienne en sait peut-être plus qu'on pense. Tu la connais aussi bien que moi: elle préfère souffrir en silence. Il y a assez de Marcel qui la met toute de travers parce que sa convalescence s'éternise à l'hôpital. Ça va tout prendre pour qu'il soit avec nous autres à Noël, si ça continue.

L'impotente réalisa qu'elle avait dilaté le cœur de son beau-frère et qu'il avait besoin de repos.

— Tu devrais te mettre au lit, Théodore, je vas attendre les autres avant de me coucher.

Les yeux tombant de fatigue, l'épicier jeta un demi-seau de charbon dans la fournaise et se rendit à la salle de bain pour ses dernières ablutions de la journée. Puis il se retira dans sa chambre.

* * *

La lourde Émilienne s'était alitée en repoussant son compagnon sur son côté de lit et en désentortillant vers elle les couvertures dans lesquelles il s'était enroulé. Théodore avait rêvé à une horde de démons cornus qui avaient surgi de derrière autant de portes closes en le pourchassant dans un couloir des pointes de leur fourche avant de sombrer dans un sommeil tourmenté qui l'avait maintenu dans un état second jusqu'à l'aurore.

Une forte envie d'uriner le força à se lever. Il se drapa dans sa robe de chambre et se précipita aux toilettes. Puis il alla à la fenêtre de la cuisine. La lumière irisée du matin perçait le jour sur la cour arrière des immeubles qui tournaient le dos à la ruelle. Il cligna des yeux, alla chausser ses lunettes remisées sur la glacière et revint sur ses pas. Une bordée de neige encombrait la galerie et ornait d'un joli feston le faîte des clôtures. « Batèche ! marmonna-t-il, c'est pas trop bon pour les affaires, un temps de même ! » Plutôt que de se recoucher, il déjeuna, s'habilla discrètement et descendit à son magasin.

Quelques silhouettes matinales glissaient le long de la rue Adam. Le trottoir s'était épaissi d'une bourre de laine blanche qui atteignait le haut de ses bottes. « Taboire ! pensa-t-il, il faut dégager le devant si je veux que les clients rentrent dans mon magasin. Dommage que Marcel soit pas là pour déblayer. Ce gnochon-là aurait pas pu faire attention, aussi, au lieu de s'aventurer en pleine rue pendant la tempête du vendredi 13 ! » ragea-t-il. Il souleva les pieds, progressa laborieusement sur la devanture de son commerce. Là, il déverrouilla la porte qu'il tira vers lui en labourant la neige folle, entra pour empoigner la pelle appuyée sur la vitrine et ressortit.

Naguère, avant que ses enfants ne soient d'âge à désencombrer les marches de l'escalier arrière et la façade de son épicerie-boucherie, il se serait levé de bon matin et il aurait pelleté devant l'immeuble avec une ardeur furieuse et obstinée à la largeur du trottoir. Et cela, sans que son muscle cardiaque ne s'emballe trop. Mais à présent, il se contenterait de pratiquer un petit couloir qui faciliterait la circulation piétonne avant le passage de certains travailleurs matinaux. Ainsi il éviterait la formation de ces croûtes durcies qui se transforment en glace traîtresse. «Dans ma famille, on meurt pas du cœur, se dit-il, et je vois pas pourquoi je flancherais à l'aube de la cinquantaine.»

Cette pensée qu'il se répétait comme un encouragement à poursuivre la corvée entreprise le conduisit jusqu'à la porte de la bâtisse voisine qui donnait accès au logis de Réal Gladu. Le boucher récemment embauché interpréterait ce petit bénéfice marginal comme une marque de reconnaissance pour ses services. Mais l'engagé lui coûtait cher, terriblement cher, et les commentaires glanés auprès de clientes insatisfaites le forçaient à prendre une grande décision. L'idée de renvoyer Gladu la journée même lui traversa l'esprit. Après tout, s'il se sentait capable de nettoyer le trottoir, il pouvait envisager de reprendre ses couteaux sur son étal.

Quelqu'un frappa à une vitre. Sansoucy releva la tête et vit sa femme se pencher vers les trois petites bouches d'aération au bas de la fenêtre du salon.

— Arrête-moi ça tout de suite, Théo, puis viens te reposer! s'écria-t-elle.

«Il a même pas mis ses mitaines, en plus : des plans pour se geler les mains!» se dit-elle pour elle-même.

La voix sourde d'Émilienne soufflée par un des trous du châssis double l'avait saisi comme la sirène d'un bateau qui passait sur le fleuve. Mais qu'à cela ne tienne, l'épicier ne voulait rien entendre de celle qui le rappelait à la raison. Il plaça ses mains nues en porte-voix.

— Je vas rester en bas, asteure que la *job* est faite! lança-t-il en sa direction.

Émilienne resserra le cordon de sa robe de chambre en articulant muettement quelques paroles de mauvaise humeur. Son mari se secoua les pieds et réintégra son commerce.

Des larmes de givre coulaient dans la morne vitrine et mouillaient le bois vermoulu des fenêtres. Sansoucy se frotta vigoureusement les mains et traversa son magasin d'un pas alerte. Du haut de l'escalier, il se donna de la lumière et descendit à la cave pour jeter quelques pelletées de charbon dans la fournaise, et remonta au rez-de-chaussée. Puis il mit quelques bonnes bûches dans le poêle. Après avoir accroché son manteau, il se laissa choir sur sa chaise et expira bruyamment en se fermant les yeux quelques instants.

La lampe assaillie par l'atmosphère humide grésilla aussitôt allumée. Le commerçant plongea la main dans le fond d'un tiroir et en ressortit un petit flacon de gin dont il prit vitement trois gorgées avant de s'étouffer. Puis il reboucha la bouteille, s'essuya les moustaches du revers de la main et se mit à songer à l'achalandage de son épicerie-boucherie qui avait diminué et aux dépenses qu'il devait affronter. Mais la fatigue l'avait lentement gagné et le sommeil l'avait engourdi.

Quelqu'un entra. Guidé par la lumière de la lampe qui jetait des lueurs intermittentes, Réal Gladu s'approcha de son patron et pointa vers lui son menton en galoche.

— Vous êtes de bonne heure à matin! s'écria l'engagé. Avez-vous passé la nuit dans votre magasin, coudonc?

Le marchand se réveilla en sursaut, l'humeur mauvaise.

— Germaine m'a dit: «Va donc libérer le trottoir devant l'épicerie, affirma Gladu. C'est pas à un monsieur de cinquante-trois ans de faire ça. Un monsieur qui a des problèmes de santé, en plus.» Mais quand je me suis aperçu que c'était déjà fait, j'en revenais pas. Dites donc, vous en avez travaillé un coup, monsieur Sansoucy. Vous avez même dégagé devant ma porte, vous étiez pas obligé d'en faire autant. À l'heure qu'il est, j'aurais eu amplement le temps de nettoyer la façade avant l'ouverture du magasin…

— Je me suis levé de bonne heure ce matin, puis quand j'ai vu l'épaisseur de neige qui était tombée, je me suis dit qu'il fallait déblayer, mâchouilla l'épicier d'une voix dolente.

— Ah ben, puisque c'est comme ça! commenta-t-il. Mais à la prochaine bordée, je veux pas que vous touchiez pantoute à votre pelle.

— Il y en aura pas, de prochaine fois, Gladu, exprima gravement Sansoucy.

Le marchand se leva et considéra son employé.

— Qu'est-ce que vous voulez dire, monsieur Sansoucy? Vous êtes pas satisfait de mon travail?

— C'est pas ça, Gladu; enfin, pas juste ça. Je peux plus vous garder à l'épicerie…

Gladu sortit du bureau et se rendit à son espace de travail. Son employeur alla le rejoindre. Appuyé sur l'étal, l'homme engagé paraissait consterné.

— Vous pouvez pas me faire ça, monsieur Sansoucy! exprima-t-il avec irritation.

— Les affaires sont moins bonnes, Gladu. Puis il y a toujours des plaintes quand on tient un commerce. Il y en a qui m'ont dit que j'avais pas mon pareil pour les coupes de viande, livra l'épicier, imbu de sa supériorité. Là, je le sais pas, je fais juste vous rapporter ce que j'ai entendu. C'est surtout que les clients savent que depuis que Marcel est hospitalisé, on livre juste le samedi. Ça fait baisser les ventes, ça. La semaine, ils viennent acheter quelques articles puis s'en vont chez eux avec leur sac de papier brun dans les bras.

On est en train de se faire manger la laine sur le dos par les autres épiceries du coin, Gladu. Puis ça, je le prends pas…

— Je pensais finir l'année ici et passer une belle période des fêtes sans problème financier. Comment est-ce que je vas apprendre ça à Germaine, asteure ? En plein mois de décembre, à part de ça…

— Je vous avais pas promis mer et monde, Gladu. Rappelez-vous : je vous avais seulement embauché le temps de mon rétablissement. Puis vrai comme vous êtes là, je peux reprendre mon ouvrage.

— Pourquoi que vous trouvez pas un livreur, d'abord ? Vous pourriez faire revenir votre clientèle puis remonter votre chiffre d'affaires dans le temps de le dire. Léandre, votre gars, il serait pas intéressé, par hasard ?

— Justement, je comptais sur lui pour qu'il revienne, mais ça a ben l'air que je dois en faire mon deuil.

— Ma femme m'a appris qu'il trempait dans une drôle de *business*, rapporta malicieusement l'employé.

— Je sais pas où c'est qu'elle a pogné ça, Gladu, mais je pense que vous êtes ben mal renseigné.

— En tout cas, si j'étais capable de conduire un bicycle à deux roues, je pourrais peut-être…

— C'est pas un bicycle à deux roues, c'est un triporteur. Tout le monde peut conduire ces engins-là, même vous.

— La vérité, monsieur Sansoucy, c'est que j'ai toujours eu peur de monter sur une bécane, mais mon plus vieux, lui, il a peur de rien et il pourrait conduire votre triporteur. Germaine m'en parlait justement hier. « Pourquoi t'offres pas à monsieur Sansoucy que Junior fasse la livraison ? » Il vient d'avoir quatorze ans, il est maigre comme un clou, mais il a du nerf, le p'tit torrieu, acheva l'engagé dans un ricanement nerveux.

Chapitre 16

Réal Gladu était reparti la mine très basse, le sourire jaune, dissimulant mal son dépit. L'épicier était demeuré seul. Après une brève incursion dans sa glacière pour inventorier son stock de viande, il avait revêtu son tablier de boucher et il s'affairait maintenant à l'affûtage de ses couteaux. Le geste saccadé, mais précis, il repensait au congédiement du père de famille et aux conséquences de son propre retour au commerce. Rapidement ses ruminations bifurquèrent sur l'absence de Léandre, sur l'effondrement qui avait suivi son départ, sur ses affaires qui avaient drastiquement périclité depuis l'accident de Marcel.

Mais il n'allait pas se laisser abattre. Un sourire s'esquissa sous les poils drus de sa moustache ; il détenait une excellente idée. Comme en accord avec sa bonne humeur retrouvée, la clochette de son magasin tinta gaiement et deux jeunes femmes s'avancèrent vers lui. L'épicier posa son couteau sur son étal et parut sur le plancher.

— Tenez, p'pa, m'man nous a apostrophées en descendant, dit Simone en tendant une tasse de café à son père. Elle a pensé à vous, comme vous voyez.

— Qu'elle est donc fine, ma Mili ! répondit le marchand en empoignant la tasse. Je la remplacerais pas pour tout l'or du monde, mon Émilienne.

— Madame Sansoucy fait dire de pas vous échiner à l'ouvrage, puis de prendre le temps de vous écraser un peu avant le dîner, ajouta Paulette.

Le commerçant renifla les effluves de la boisson chaude.

— Hum ! Que ça sent bon, un café Maxwell House, exprima-t-il.

— Coudonc, p'pa, il paraît que c'est vous qui avez nettoyé le trottoir devant le magasin, puis dites-moi donc ce que vous faites déguisé en boucher ce matin, débita Simone.

— J'ai décidé de congédier Gladu, expliqua Sansoucy avant de prendre une gorgée bouillante du bout des lèvres. C'est ben de valeur pour lui puis sa famille, mais il faut que je redresse la situation financière de l'épicerie. Sinon on s'en va direct à la banqueroute...

— À ce point-là, monsieur Sansoucy!

— Ben, au train où vont les affaires, si ça continue de même, on est pas sortis du bois...

— Écoutez, p'pa. Paulette puis moi, on a eu une idée pour mettre de la vie dans votre magasin, lança Simone.

— Figure-toi donc que moi aussi j'ai jonglé à quelque chose pour rapatrier notre clientèle, renchérit l'épicier.

Le marchand attela Paulette à la tâche d'appeler systématiquement toutes les clientes qui avaient le téléphone en leur disant qu'il reprenait son travail de boucher et que, dès le lendemain, le service de livraison en semaine serait rétabli. Quant à Simone, elle pouvait se lancer dans la décoration de la vitrine durant les temps creux de la journée.

Ce qui fut dit fut fait. La blonde de Léandre s'était attaquée avec ardeur à la fastidieuse occupation, de sorte que tous les numéros de téléphone inscrits dans le bottin personnel du marchand furent composés durant l'heure qui suivit. Simone était allée à la cave pour récupérer les décorations. Elle en avait rapporté deux boîtes de carton poussiéreuses empilées sous l'escalier. Tout l'avant-midi, elle avait accroché des guirlandes à l'encadrement de la vitrine et disposé avec goût sur des caisses vides une crèche sur une nappe de cheveux d'ange. Elle achevait de disposer les personnages de l'étable lorsque son père s'approcha, les mains jointes sur le ventre de son tablier.

— Qu'est-ce que vous en pensez, p'pa ? demanda-t-elle en s'éloignant de la vitrine. C'est beau comme toute, hein ?

— C'est pas mal beau, ma Simone, mais c'est pas le temps de placer le p'tit Jésus tout de suite.

— Je sais qu'il manque encore quelques jours avant que la Sainte Vierge accouche, mais entre vous puis moi, on est certains de pas l'oublier si on le met dans son berceau.

— Fais comme tu veux, ma Simone. Tu sais, moi puis l'Enfant-Jésus… Avec tout ce qui nous arrive ces temps-ci… C'est plutôt à ton petit que je pense. Si tu savais comme j'ai hâte de lui voir la binette…

* * *

Réal Gladu junior revenait de l'école Baril avec un camarade de classe, le sac sur le dos, heureux d'avoir expédié un autre examen d'avant-Noël. Affublé d'un talent au-dessous de la moyenne, il avait l'habitude d'étudier suffisamment pour se maintenir juste au-dessus de la note de passage. Il rêvait aux vacances des fêtes, une période pendant laquelle il pourrait s'adonner à loisir à son sport préféré. Mais ses parents avaient un autre dessein pour lui. L'écolier monta au logis, déboutonna sa gabardine, ôta ses bottes sans précaution et amorça un mouvement. Germaine Gladu fit irruption dans l'entrée, les yeux farouches.

— Junior, ramasse tes bottes et place-les comme du monde sur le tapis ! s'écria-t-elle.

— Ben je vas prendre une petite collation puis je ressors tout de suite, m'man.

— Enlève ton manteau, ajouta-t-elle.

Gladu parut dans la pièce et emprunta sa grosse voix impérieuse.

— Écoute ta mère, ordonna-t-il. T'es aussi ben de le savoir tout de suite : il y aura pas de hockey pour toi, Junior.

— Comment ça, pas de hockey ?

— Va d'abord accrocher ton manteau, reprit le père ; ta mère puis moi, on a affaire à te parler.

— Qu'est-ce que j'ai fait de pas correct ? demanda l'adolescent.

— Qu'est-ce que ton père a dit, Réal junior ? martela la mère.

— Puis mon hockey !

— J'ai dit !

De guerre lasse, devant deux opposants qui l'affrontaient simultanément, Junior céda. Ses parents le regardèrent s'exécuter et le suivirent à la cuisine. Il ouvrit une porte d'armoire, prit un verre et une assiette. Après il apporta le sac de pain, et sortit le beurre et le lait de la glacière. Puis il tira le sac de cassonade de la dépense et s'assit à la table en prenant des ustensiles au passage. Enfin, il beurra grassement sa tranche de pain blanc et répandit abondamment du sucre brun qu'il tapota avec le plat de sa main gauche.

— On est ben chanceux de manger à notre faim, nous autres, exprima la mère. Il y en a plein qui sont obligés de se serrer la ceinture.

— Allez-vous m'empêcher de collationner, asteure ? demanda l'adolescent.

— Si tu veux continuer à te nourrir comme ça, il va falloir que tu nous aides, mon garçon, déclara la mère.

— Mais qu'est-ce que vous avez à me regarder de même, tous les deux ? Je veux aller jouer au hockey, bon ! Roger va m'attendre dans la ruelle…

— Ben, il attendra ! tonna Gladu.

Junior prit une gigantesque mordée dans sa tartine sucrée et s'impatienta.

— Allez-vous finir par me dire ce que vous avez derrière la tête ?

— Ton père vient de perdre sa *job* à l'épicerie, déclara Germaine Gladu.

— Puis qu'est-ce que j'ai à voir là-dedans, moi ? ronchonna Junior.

Gladu exposa brièvement sa situation financière délicate. Après une courte période de vaches maigres qui avait suivi sa mise à pied de la United Shoe Machinery, il avait été embauché à l'épicerie. Les sous s'étaient remis à regarnir ses goussets, ce qui avait porté le couple à faire des achats pour les fêtes.

— C'est pas ma faute, p'pa, si vous avez perdu votre *job*, rétorqua Junior, qui frottait ses mains enduites de cassonade au-dessus de son assiette vide.

— Non, mais le bonhomme Sansoucy a besoin au plus sacrant de quelqu'un pour livrer les « ordres », puis je lui ai dit que tu ferais l'affaire. Tu sais, pour le commerce, c'est une grosse période de l'année, avec les commandes des fêtes puis la dinde de Noël.

Junior se leva et alla déposer brusquement son assiette dans le fond de l'évier.

— Bourrasse pas, Junior, ça donne rien, tu vas y aller pareil ! T'es rendu assez grand pour aider la maisonnée…

* * *

303

Le lendemain, à l'école, la nouvelle de l'engagement de Réal Gladu junior avait circulé parmi les élèves de son âge. «Il faut être un peu sans-dessein pour avoir accepté ça pour quelques cennes noires par soir!» lui avait dit son ami Roger. «C'est une *job* ben trop dure pour un ti-cul comme toi!» lui avait transmis un autre pour le dissuader. «Des plans pour aller rejoindre Marcel Sansoucy à l'hôpital!» avait lancé un troisième camarade. Mais les impératifs familiaux avaient préséance sur tous les commentaires de ses amis de classe.

Après l'école, comme convenu, Réal junior se présenta à l'épicerie-boucherie Sansoucy. Il avait quelquefois mis les pieds dans l'établissement pour éviter à sa mère de courir au magasin à la dernière minute avant le souper, mais sans plus. On le reconnaîtrait facilement. Il avait hérité du menton en galoche de son père et il séparait sa chevelure aplatie sur le crâne par une raie médiane qui avait l'air de lui scinder le front en deux. Il ôta sa tuque en scrutant les commandes accumulées sur le plancher, lissa ses cheveux et bouchonna son bonnet de laine dans la poche de sa gabardine.

— Mon père est à son comptoir, dit Simone, devinant le malaise du garçon.

Sur ces entrefaites, le boucher s'amena, un sourire soulevant ses moustaches blanches.

— Ton père m'a dit que t'étais ben travaillant, Junior. T'as vu les boîtes en avant? Bon ben, c'est pas compliqué, t'as juste à regarder sur la facture où ça doit être livré puis à les charger sur le triporteur. Observe les adresses comme il faut. Ça se peut que tu t'évites un voyage en prenant deux «ordres» en même temps. T'es capable de comprendre ça, Junior?

— Je suis pas un imbécile, monsieur Sansoucy. Je vas vous livrer ça, puis ça sera pas une traînerie, vous allez voir.

— Ah oui, j'oubliais, reprit le boucher, si la cliente a demandé une dinde pour Noël, prends-la dans la glacière.

— J'oublierai pas.

Le jeune Gladu s'en fut quérir le véhicule remisé dans un recoin du magasin.

— Je vas lui ouvrir, le beau-père, proposa fièrement Paulette.

Retenant la porte d'une main, l'épicier regardait le livreur qui rougissait en soulevant les caisses et en les transportant à son tripor-teur. Il remarqua que la chaussée était sillonnée d'ornières gelées, mais que les trottoirs étaient somme toute praticables. Junior Gladu se couvrit de sa tuque, enfourcha sa monture et quitta la devanture de l'établissement. Le marchand referma la porte, se croisa les bras et demeura un moment pensif.

— Je sais pas ce que ça va donner, dit-il, mais le jeune a l'air d'avoir du cœur au ventre.

— Personne peut faire mieux que Marcel, p'pa, déclara Simone d'une voix altérée. Même si vous le traitiez de gnochon, avec lui, c'est rare que vous aviez des problèmes, à ce que je sache. Vous pourrez jamais le remplacer, pas plus que Réal Gladu a pu prendre votre place…

Le commerçant accusa le commentaire de sa fille. Peut-être avait-il été intransigeant avec Marcel ? Cette fois, il revit en pensée non pas le squelette de ferraille tordu et les denrées perdues, mais le corps de son fils inconscient recroquevillé de douleur sur la chaus-sée. Il s'empressa d'effacer les images qui l'avaient sournoisement assailli. La journée de travail achevait. Il pouvait commencer à nettoyer ses couteaux et son moulin pour hacher la viande.

Les appels téléphoniques de la blonde de Léandre avaient ramené plusieurs clientes au commerce de la rue Adam, alors que d'autres qu'on ne rejoignait pas par téléphone devaient encore se faire tirer l'oreille pour renouer avec leurs bonnes habitudes d'acheter chez Sansoucy. Cependant, les clientes qui disposaient du moyen de communication moderne pouvaient rappliquer promptement en cas d'insatisfaction.

Le téléphone résonna. Paulette avala une gorgée de liqueur, déposa vitement sa bouteille à côté de son sac de friandises et prit l'appareil pour écouter la cliente qui se mit à cracher ses doléances au bout du fil.

— Je l'attends d'une minute à l'autre, madame Thiboutot. Je vas informer monsieur Sansoucy, mais d'après moi, il va le retourner, ça sera pas ben long.

Paulette raccrocha, l'air désemparé. Elle n'eut pas le temps d'aviser son beau-père ; le boucher revenait vers celle qui grignotait encore ses revenus.

— Qu'est-ce qu'elle a, madame Thiboutot ? J'ai pas très bien entendu. Le petit Gladu a pas livré la bonne commande, coudonc ?

— En la vérifiant devant Junior, madame Thiboutot s'est aperçue que la moitié de la douzaine d'œufs était cassée.

— Qu'est-ce que tu veux qu'on fasse, Paulette ? s'enragea l'épicier. On est toujours ben pas pour ramasser le blanc, le jaune, puis lui recoller les morceaux de coquilles ensemble, batèche ! Ça doit être elle qui les a brisés en dépaquetant son épicerie, puis elle veut mettre ça sur le dos du petit Gladu parce qu'il a pas d'expérience.

— Pas rien que ça, monsieur Sansoucy : Junior aurait été impoli avec elle.

— Ah ben le p'tit verrat, par exemple ! proféra le boucher. Ça se passera pas comme ça, je vous le jure. Il va avoir de mes nouvelles, l'enfant de chienne…

— P'pa, faites-vous-en pas pour une petite affaire de même, ça doit pas être si grave que ça, tempéra Simone. Elle est pas mal chialeuse, des fois, la Thiboutot. Comme je la connais, elle a dû exagérer. Puis vous, traiter Junior d'enfant de chienne… Si sa mère vous entendait, elle pourrait vous faire passer par les trous de votre moulin à viande…

Paulette étouffa un rire. Le boucher se tourna vers elle.

— Toi, Paulette, ris pas!

Junior entra, fier de ses premières livraisons. Sansoucy surgit en rogne, en levant la main comme le maître qui allait rosser de coups de canne son domestique désobéissant.

— Te v'là, toi, sacripant! Madame Thiboutot vient de rappeler. Sa douzaine d'œufs était pas en bon état.

— C'est des choses qui peuvent se produire, admit le livreur. On est pas en été, les trottoirs sont pleins de bosses à certains endroits, monsieur Sansoucy.

— Sais-tu combien ça coûte, une douzaine d'œufs, Junior? Qui c'est qui va payer, tu penses? Puis c'est pas tout, le pire c'est qu'il paraît que t'as insulté la madame.

— Elle m'a traité de gnochon…

— Puis après, qu'est-ce que ça peut faire?

Le regard de Simone se posa sur son père.

— Comprenez-vous que Marcel aimait pas quand vous l'appeliez de même? l'interrogea-t-elle.

— Marcel, c'est mon fils, puis j'ai ben le droit de le surnommer comme je veux, batèche! s'emporta l'épicier. Mais il faut jamais insulter une cliente, jamais! Même si elle nous traite de gnochon ou de sans-dessein. En tout cas, Junior, va retourner avec une douzaine d'œufs et des excuses chez madame Thiboutot.

— Jamais! s'écria le garçon en administrant un rude coup à une boîte qu'il éventra du pied droit.

La lèvre tordue, le livreur sortit en trombe de l'établissement et regagna dans l'immeuble voisin le logis de ses parents en gravissant les marches d'un pas lourd et martelé. Alertée par le bruit, Germaine Gladu se rendit à la porte.

— Pas déjà! se surprit-elle. Qu'est-ce qui est arrivé donc pour que tu sois marabout de même? Réal, viens voir ton gars…

Gladu était affairé dans la cuisine avec sa boîte de Vogue et son tabac. Il délaissa son plan de travail et s'amena en léchant le papier de la cigarette qu'il venait de rouler.

— Ben voyons donc, Junior, ça fait pas une heure que t'es revenu de l'école! commenta-t-il.

— Je m'en vas rejoindre des amis dans la ruelle, déclara l'adolescent.

— Minute! Prends le temps de t'expliquer, exigea la mère.

Junior relata le fil des événements, en insistant sur l'insulte proférée par la cliente du magasin. Néanmoins, il admit s'être défendu en lançant un «Allez donc au diable, madame Thiboutot!» bien senti. Les dents serrées, Gladu se hérissa contre la bourde de son fils, mais il hésita à réagir. Sa femme ne tarda pas à s'imposer.

— Va falloir que tu mettes tes culottes, Réal. Descends avec Junior, puis va régler cette affaire-là pendant que je prépare le souper.

Résigné, Gladu raccompagna son fils au magasin. Sansoucy vit apparaître le livreur insoumis avec son père.

— Ah ! s'exclama-t-il. Parlez-moi d'un homme qui sait se faire écouter par son garçon.

— Mets-toi à genoux devant monsieur Sansoucy, Junior ! intima Gladu.

— C'est pas lui que j'ai insulté ! protesta le jeune.

— T'avais juste à suivre ses directives, c'est lui, le patron, envoye ! ordonna le père en tordant le bras de son fils.

La mine piteuse, le livreur s'agenouilla.

— Je vous demande pardon, monsieur Sansoucy, dit-il.

Junior se releva aussitôt.

— Asteure, tu sais ce qu'il te reste à faire, conclut Gladu.

L'épicier remercia son ex-employé en lui serrant la main.

— Faut savoir les dresser, ces jeunes-là, sinon ils vont nous mener par le bout du nez, déclara-t-il.

Avec la docilité des enfants bien éduqués, Junior chargea d'autres caisses à emporter et une douzaine d'œufs.

Les livraisons terminées après l'heure de fermeture, Sansoucy regarda son livreur traverser le seuil de son commerce, persuadé d'avoir fait œuvre d'éducation. Il poussa un soupir de soulagement en verrouillant la porte.

* * *

Samedi était enfin arrivé pour Junior Gladu. Il avait pu pratiquer son sport favori dans la ruelle, avec la bénédiction de ses parents. Simone avait rapporté à son mari le déplorable incident avec la cliente, et David, prenant le voisin en pitié, avait résolu de poursuivre son bénévolat de la fin de semaine. Du même coup, il avait soulagé Junior et avait soutenu son beau-père, qui avait tant besoin d'être aidé par ses proches.

Émilienne reçut un appel d'Ange-Gardien au commerce, en après-midi. Après avoir remercié mademoiselle Lamouche de sa fidélité de cliente, elle alla informer son mari de la visite de son frère Elzéar. Il apporterait son traditionnel sapin de Noël le lendemain et repartirait de bonne heure après le dîner.

— Pourquoi faire que t'as accepté qu'il vienne, ce fatigant-là, Mili ?

— Parce que ça va faire du bien à tout le monde de mettre un brin de gaieté dans la maison, Théo. Ben sûr, Elzéar amènera pas Placide, ça va aller au jour de l'An, probablement.

Pendant le souper, avant de partir pour l'hôpital avec Irène et ses sœurs, Émilienne avisa ces dernières de la visite de leur frère, et elle ajouta à l'adresse de son mari :

— Puis une chose que tu sais pas, c'est que notre Édouard aura quelque chose à nous annoncer demain midi avec sa blonde.

— Mon notaire qui va se marier ! dit Sansoucy.

— Il est temps qu'il se case, celui-là, affirma Héloïse.

— Un autre de mes fils qui va nous quitter, j'aurai plus de garçon dans la maison, larmoya Émilienne.

— Tu parles comme si Marcel avait disparu, commenta Alphonsine. Il est juste en train de se remettre ; il va nous revenir, crains pas.

— C'est toi-même qui nous demandes d'espérer, dit l'impotente. Je peux pas croire qu'on sera pas exaucées avec toutes les démarches qu'on fait puis les prières qu'on récite ! Il est conscient, il a recommencé à manger et à marcher normalement. Ils sont ben à la veille de nous le renvoyer à la maison. Garde confiance en Saint-Joseph !

— T'as saprément raison, Alida, acquiesça Émilienne. Changement de propos, dit-elle, Simone et David vont être là demain, puis j'ai invité Léandre à dîner aussi. Je pense que Paulette va réussir à nous l'amener.

— Elle aime tellement la mangeaille, celle-là, commenta Sansoucy, qu'elle va venir même sans Léandre s'il est occupé.

— Popa ! le rabroua Irène. Plutôt que de lancer des paroles blessantes, admettez donc que Paulette est devenue indispensable dans votre magasin.

Sansoucy se ferma la trappe après le coup de semonce de l'aînée. Il se retira de table et alla bourrer sa pipe.

* * *

Des gémissements plaintifs émanant de la ruelle arrachèrent Sansoucy à la lecture de son journal. L'épicier se leva de sa berçante, s'étira sur le bout des pieds pour voir par-dessus la palissade en se collant le nez aux carreaux de la fenêtre.

— Je t'ai déjà dit que ça salit les vitres, t'es pire qu'un enfant, Théo.

— Elzéar s'est pris dans la neige. C'est ben lui avec son vieux Fargo puis notre sapin dans la boîte du camion. Avance, recule, avance, recule, il est pogné ben dur. Puis les petits innocents qui se contentent de faire les curieux. Je vas aller l'aider.

— Que je te voie, Théo, des plans pour crever là ! implora sa femme.

N'en faisant qu'à sa tête, l'homme s'habilla et ouvrit la porte, qui grinça sur ses gonds gelés. Le bâton de hockey planté dans la neige à côté d'un rond de glace, Réal Gladu junior semblait s'amuser du spectacle avec ses amis. L'incident avec madame Thiboutot et son histoire de douzaine d'œufs n'avait pas provoqué de risée ni de malaise chez la clientèle, absente au moment de la montée de lait de l'épicier et de l'intervention de Gladu père au magasin ; cependant, elle avait fait naître chez le coupable un désir de vengeance…

L'épicier salua son beau-frère pour lui signifier sa présence et alla s'adosser à l'arrière du véhicule en s'agrippant fermement au pare-chocs. Malgré tous les efforts déployés, le camion n'avançait que d'un pied et retombait dans la petite fosse qu'il s'était creusée en faisant du surplace. La figure rouge comme une forçure, Sansoucy cria au livreur :

— Viens donc m'aider, au lieu de rester là avec tes amis à me regarder sans rien faire, taboire !

— Le *truck* est en train de nous *scraper* notre patinoire, ricana méchamment Junior.

Elzéar descendit du vieux Fargo et jeta un regard désabusé sur les spectateurs avant de rejoindre son beau-frère.

— Ces jeunes chenapans-là sont rien que bons pour rire du malheur des autres, commenta-t-il. Laisse faire, Théo, Florida va prendre le volant, puis on va se sortir du trou, tu vas voir.

Florida s'était glissée sur la banquette et elle avait abaissé la vitre de la portière pour bien entendre les directives de son mari. Mais la force des hommes ne suffisait pas. Les beaux-frères se déplacèrent à l'avant du camion, s'appuyèrent sur le capot et poussèrent de toutes leurs forces, sans résultat. C'est alors que, à la demande de Junior Gladu, les joueurs de hockey s'amenèrent et, grâce aux ordres parfaitement coordonnés du Gardangeois, le Fargo fut dégagé.

— Merci, les gars ! lança l'habitant d'Ange-Gardien.

Le véhicule avait roulé à une vingtaine de pieds plus loin, derrière l'immeuble des Gladu. Les hommes empoignèrent le sapin et emboîtèrent le pas à Florida, qui gravissait maintenant les marches de l'escalier.

Les femmes s'embrassèrent pendant que, les mains agrippées à la moppe, Irène essuyait les traces des hommes qui transportaient le sapin devant la fenêtre du salon. Ensuite, fier de lui, Sansoucy ôta ses bottes et son manteau, et alla à son cabinet de boisson en se frottant les mains.

— Un bon gin De Kuyper, Elzéar ? Ça va nous requinquer le canayen, dit-il.

— Là, tu jases, mon Théo ! dit le beau-frère. Ça se refuse pas, surtout pendant le temps des fêtes.

— Modérez-vous, les hommes, avertit l'hôtesse. On va avoir de la belle visite, tout à l'heure, arrangez-vous pas pour me faire honte.

— Je pensais que c'était nous autres, ta belle visite, Émilienne, s'exclama son frère.

— Mademoiselle Crochetière s'en vient avec Édouard, Elzéar. Je suis pas habituée à recevoir du grand monde. Avec elle, il faut toujours faire des cérémonies et mettre nos gants blancs. Coudonc, Elzéar, un vrai chicot, ton sapin ! T'aurais pu en choisir un plus fourni.

— C'est vrai qu'il est pas ben beau, Mili, acquiesça l'épicier. Grouille pas, je vas le renipper, ce coton-là ; ça me prend mon vilebrequin.

Sansoucy alla dans le hangar et en revint avec un outil. Puis il se mit en frais de couper des branches mal disposées et de percer des trous dans le tronc chétif pour les replacer autrement. Ainsi, le résineux serait mieux proportionné au goût de la ménagère.

Émilienne s'énervait. Mais il n'y avait pas que la fille guindée du notaire Crochetière qui l'indisposait. Elle appréhendait des tensions entre son mari et Léandre, qu'elle avait pourtant bien hâte de revoir. Ce fils qui menait à présent une drôle de vie et pour lequel elle ressentait une honte comme le vilain péché qui défigure la dignité d'une personne.

Une ambiance d'une austérité monacale régnait dans la salle à manger. Héloïse avait assigné les sièges et recomptait mentalement le nombre d'invités en regardant les chaises inoccupées. Il ne manquait que Léandre et sa blonde, dont le retard commençait à soulever des commentaires. « Ils vont passer en dessous de la table », lança l'oncle Elzéar. Édouard et Colombine occupaient pour ainsi dire la place d'honneur, comme ils le feraient le jour de leurs noces. Émilienne n'avait pas voulu que le couple soit coincé devant le vaisselier ou que mademoiselle Crochetière soit obligée de se contorsionner dans sa robe fourreau scintillante bleu azuré entre la table et le mur. La fille du notaire avait déjà tiraillé le bas de sa tenue moulante pour accéder à l'étage des Sansoucy. Sa chaise débordait un peu sur le couloir ; mais enfin, on n'était pas dans la résidence cossue du notaire.

Dans le logis d'en haut, Paulette avait dépensé inutilement sa salive. Le coupe-vent sur le dos, la main sur la poignée de la porte, Léandre s'apprêtait à prendre une autre direction.

— Vas-y quand même, dit-il, ce monde-là m'intéresse pas pantoute, tu le sais ben.

— Tu pourrais te forcer, c'est dimanche. Il y a d'autres choses qui t'attirent à *La Belle au bois dormant*, admets-le donc. Je finirai ben par aller mettre mon nez là une de ces fois.

— Ça me tente pas de voir mononcle Elzéar et matante Florida, ni mon père ni mon frère avec sa péteuse de Westmount qui vont nous annoncer ce qu'on devine déjà, débita-t-il. Puis viens pas me dire que ma mère va être dans tous ses états! Toi-même, depuis le temps que tu négliges la tienne, t'as pas de leçon à me donner.

— Oui, mais dans mon cas, c'est pas la même chose, Léandre : j'ai quitté mes parents pour être avec toi, murmura-t-elle, la voix étranglée. D'ailleurs, regarde où c'est qu'on est rendus, nous deux, asteure. C'est juste si tu me donnes un petit bec avant de te coucher lorsque t'arrives de ton maudit restaurant de cul!

Léandre changea de physionomie. Il baissa les yeux et sa main desserra la poignée du logis. Il n'avait rien dit, mais ses gestes traduisaient éloquemment son hésitation. Un sourire moula les lèvres de Paulette. Il raccrocha son coupe-vent, enleva ses couvre-chaussures, et le couple déserta l'appartement.

Émilienne s'était retirée dans sa chambre et pleurait doucement derrière la porte refermée. Irène frappa.

— Venez, moman, asteure qu'ils sont là, dit-elle, la voix joyeuse.

La mère épongea ses yeux embués. La porte s'ouvrit et elle alla rejoindre les autres.

Il lui semblait que son fils avait changé, qu'un air sérieux ternissait son visage et que ses yeux foncés avaient perdu de leur éclat. Elle aurait aimé lui sauter au cou, le soustraire à la tablée et s'informer longuement de lui, de ses amours avec Paulette. Elle était prête à fermer les yeux sur la vie qu'il menait, des affaires pas très orthodoxes qu'il brassait, pour le simple plaisir de l'écouter. Pendant le dîner, elle se bornerait à le couver du regard et à se réjouir béatement de sa présence.

Les assiettes étaient pleines et les coupes, remplies de Saint-Georges. Après le dernier signe de croix du bénédicité, Simone, fuyant les œillades enflammées de son oncle Elzéar, adressa un sourire à son mari pour souligner son bonheur d'être avec lui, Florida prit la main d'Elzéar sous la table, et Paulette tint ses paupières closes pour que le ciel épargne son union. Édouard se leva et prit une voix lente et solennelle.

— Colombine et moi avons quelque chose à vous communiquer, dit-il.

— Sors-la, ton annonce, qu'on trinque au couple du jour ! lança déplaisamment Léandre.

Paulette piqua un coup de coude dans les côtes de son *chum*.

— Ce n'est pas donné à tous les couples d'être heureux, Léandre, intervint platement la fille du notaire.

Une bruine froide se répandit sur les convives. Sansoucy regarda Léandre, qui avait perdu son air narquois. La respiration d'Émilienne devint saccadée.

— Colombine et moi allons nous fiancer à Noël et nous marier le lundi de Pâques, déclara Édouard.

Sansoucy, qui se réjouissait plus que les autres des événements annoncés, ne put retenir les mots qui franchirent avec maladresse le seuil de ses lèvres.

— Eh bien ! Portons un toast en l'honneur du plus beau petit couple que je connaisse, affirma-t-il.

Les yeux d'Émilienne se fermèrent et sa tête se mit à tourner.

— Voyons, Mili, tu te sens pas ben ? dit l'épicier.

Assise à côté de sa sœur, Alphonsine la secoua. Mais les paupières d'Émilienne refusaient de s'ouvrir et son corps s'affaissa sur sa chaise. Irène devint agitée, pensa à appeler l'ambulance dont on murmurait sinistrement le mot autour d'elle.

— Amenez-la dans sa chambre, ordonna-t-elle.

Elle devança les hommes qui intervenaient en allant voir si rien n'avait été oublié sur le lit de sa mère.

— On va la laisser se reposer, asteure, dit Irène.

Sansoucy et son beau-frère ainsi que Léandre et David allaient se retirer de la pièce. Émilienne ouvrit les yeux et balbutia quelques mots à l'oreille de son aînée, qui transmit la demande.

— Popa et Léandre, moman a quelque chose à vous dire, vous deux.

Le père et son fils s'approchèrent du lit en évitant de se regarder l'un et l'autre. Sa tête argentée enfoncée dans la taie blanche, la malheureuse semblait avoir repris un peu de vigueur, mais son teint était pâle, et on aurait dit qu'elle avait vieilli subitement.

— Comme c'est là, je pourrai pas aller voir Marcel, ce soir, exprima-t-elle, la voix empreinte d'émotion. En plus, c'est ben plate, mais ça va briser ma neuvaine. Je sais pas si Saint-Joseph va accepter que je prenne congé pour une fois, sinon va falloir que je recommence à zéro, puis ça me tente pas pantoute. Je sens que j'en aurais pas la force.

Le fils de l'épicier paraissait remué par la défaillance de sa mère. Sansoucy avait lu sur les lèvres tremblantes de sa femme et semblait ébranlé de la voir alitée en plein jour, apparemment sans souffrance, mais harassée de fatigue. Émilienne profita de l'effet qu'elle avait produit sur les deux hommes qui se penchaient à son chevet.

— Je vous demanderai pas de réciter le rosaire pour la guérison complète de Marcel, mais comme je peux pas le visiter, vous allez vous rendre tous les deux à l'hôpital à ma place après le souper. Je suis certaine que Marcel va apprécier votre présence et que ça va lui faire du bien. En tout cas, moi, ça va me faire beaucoup de bien de savoir que vous allez être auprès de lui.

Le père et le fils se toisèrent avec étonnement, soupesant les difficultés que leur sortie commune engendrerait.

— Je vas y aller, consentit Léandre.

— Puis toi, Théo, es-tu capable de marcher sur ton orgueil ou si c'est trop te demander ?

— On va y aller ensemble, Mili, acquiesça le mari.

Émilienne souleva légèrement la tête et fixa alternativement ses interlocuteurs.

— Vous avez besoin de filer doux, mes deux escogriffes, sinon vous allez avoir affaire à moi, blagua-t-elle.

Chapitre 17

L'atmosphère tempétueuse qui avait régné au début du repas s'était dissipée. Le dîner s'était achevé dans une ambiance polie. Si quelqu'un émettait une idée, il pouvait être assuré de ne pas rencontrer beaucoup d'opposition. Dans le cas d'une opinion contraire, tout au plus avançait-on des «Peut-être ben que oui!» ou des «J'ai jamais entendu parler de ça!» qui maintenaient la conversation dans un climat fort convenable, respectant la plus élémentaire bienséance, sans haussement de ton ou de paroles blessantes, sans l'ombre d'une allusion malveillante. C'est comme si chacun avait réalisé qu'on était allé trop loin, que ce n'était ni le moment ni l'endroit des règlements de compte et que, finalement, des moyens plus civilisés existaient pour laver son linge sale en famille.

Elzéar et Florida avaient quitté Montréal peu après le dîner. Ils s'enfonceraient dans leur campagne gardangeoise avant la noirceur qui sévissait tôt pendant ces jours qui avoisinaient le solstice d'hiver. La froide saison s'installait à demeure; elle relâcherait son étreinte au printemps. Mais entre-temps, les Grandbois s'en retournaient avec la satisfaction d'avoir apporté un peu de gaieté dans le logis d'Émilienne. Ils reviendraient dans quelques jours, lors de circonstances un peu plus agréables. Du moins l'espéraient-ils.

Édouard était reçu chez le notaire Crochetière pour faire ses annonces à sa future belle-famille. Bien évidemment, dans l'esprit d'Émilienne, le repas du dimanche soir serait l'occasion pour monsieur et madame Crochetière d'étaler leur richesse aux yeux des nombreux invités. Simone, Paulette et David avaient regagné leur nichoir. Ils prendraient un souper à trois que leur fricoterait la fille de l'épicier et ils passeraient une soirée tranquille à jouer aux cartes dans l'expectative du retour de Léandre, qui relaterait son périple avec son père à l'établissement de santé. Et à l'étage inférieur, Irène et ses tantes assiégeaient la chambre d'Émilienne, qui ne s'était relevée que pour revêtir sa jaquette et assouvir des besoins primaires depuis son évanouissement. « On dirait que vous êtes venues prier le bon Dieu au corps ! » leur avait-elle exprimé.

À la demande de la mère alitée, les femmes récitaient leur rosaire. Elles priaient avec une ferveur renouvelée, en insérant des invocations pour que la paix revienne entre Léandre et son père. Avant d'amorcer leur troisième chapelet, Alphonsine et Héloïse avaient pris soin d'adosser leur sœur à des oreillers supplémentaires. Mais à présent, Émilienne était lasse de prier dans son lit. Après un dernier signe de croix, elle embrassa son crucifix et dit :

— Asteure, je prendrais ben une bouchée.

— Il y a pas de danger que vous fassiez des plaies de lit, moman, exprima Irène. Reposez-vous encore. On peut vous apporter votre assiette…

Émilienne se leva, chancela légèrement, revêtit sa robe de chambre et se déporta dans la cuisine en glissant dans ses pantoufles sur le linoléum ciré.

— On va manger des cretons avec des rôties et boire un bon thé, décida Héloïse. Après le gros dîner qu'on a pris, ça va mieux se digérer.

— J'espère qu'on va avoir droit à une petite pointe de tarte aux raisins, plaida la grassette Alphonsine. Il en reste d'à midi.

La table vite mise, la théière qui chauffait, les femmes s'installèrent pour casser la croûte. Les tranches grillées sur un rond du poêle et tartinées de cretons maison redonnèrent de l'énergie aux ferventes.

— Ce soir, on va décorer notre sapin, décréta impérieusement Émilienne. Irène, habille-toi chaudement, puis va chercher les boîtes de décorations dans le hangar. Marcel avait dû les remiser pas ben loin des persiennes et des moustiquaires.

— Pendant ce temps-là, nous autres, on va s'occuper de la vaisselle, dit Alida sur un ton enjoué.

L'aînée revint de la galerie, le bout des doigts gelés, avec deux boîtes empilées qu'elle déposa sur le coin de la table.

— À te voir l'air, Irène, ça doit être en désordre sans bon sens là-dedans, lança Héloïse.

— Tais-toi donc, Héloïse, t'es pas chez vous ici dedans! la rabroua Alphonsine.

— Ça fait des mois que vous demeurez ici, mes chères sœurs, vous devez vous considérer comme chez vous, rétablit Émilienne. Mais j'y pense, depuis votre déménagement, c'est notre premier Noël dans mon logis, et ça me fait chaud au cœur de savoir qu'on va le passer ensemble, ajouta-t-elle, la voix altérée.

Les boîtes furent transportées au salon où trônait le sapin dans toute sa nudité naturelle, mais avec ses branches repiquées, toutefois. Alida, qui avait roulé derrière Irène, se pencha pour en ouvrir une, en retira une première boule étincelante qu'elle contempla avant de l'accrocher.

— Pas tout de suite, Alida, faut mettre les guirlandes d'abord, l'interdit Héloïse qui s'approchait.

— Eh! Que je suis donc tête de linotte! s'exclama l'impotente en remisant la petite sphère.

Héloïse posa la boîte de boules décoratives sur la table d'appoint et fouilla dans une autre.

— On va suspendre les guirlandes, accrocher les boules et finir par les glaçons, précisa-t-elle. Après, il restera plus que la crèche à installer sur la petite couverte molletonnée. Mais attendez que Mili arrive.

Émilienne parut dans la pièce et s'approcha de l'arbre.

— Toi, Mili, assis-toi puis regarde-nous faire ! ordonna Héloïse.

Obéissante, Émilienne recula et se laissa choir dans le fauteuil. De là, elle avait une vue d'ensemble sur le chantier que la benjamine des sœurs Grandbois avait pris en main. Irène retourna quérir un escabeau dans le hangar et le déploya devant Alphonsine pour lui faciliter l'accès aux plus hautes branches.

— C'est de valeur qu'on mette pas de ces lumières multicolores comme on en voit dans les vitrines des grands magasins du centre-ville, se désola Alphonsine.

— J'aurais ben trop peur que le feu embrase le logis puis le pâté de maisons au grand complet, dit Émilienne. Imaginez-vous donc ce que ça ferait, des dizaines de familles sur le pavé ! Ah ! Je pense que je préférerais mourir que de me reloger dans un autre quartier.

— T'aimerais pas ça rester à Westmount dans une belle maison comme celle du notaire Crochetière ? interrogea Alphonsine en descendant de l'escabeau.

Émilienne ferma les yeux un moment et elle se mit à rêvasser à la résidence des beaux-parents d'Édouard. La porte ornée de vitraux s'ouvrait sur un grand hall surplombé d'un candélabre grappé d'ampoules sur lequel donnait un escalier de bois de chêne vernis protégé par un chemin de tapis à motifs floraux. Elle se voyait suivant un domestique en livrée qui l'entraînait au salon éclairé de larges fenêtres encadrées de tentures de velours où crépitaient lentement dans l'âtre de grosses bûches d'érable. Devant la cheminée, des dames bien éduquées ne faisaient qu'effleurer un fauteuil sur le bout des fesses en prenant le digestif qu'une des servantes au bonnet de dentelle leur offrait après le gigot d'agneau à la menthe qu'elles venaient de déguster. Et ces collègues de la chambre des notaires qui péroraient un verre à la main sur la politique ou leurs placements à l'abri des aléas financiers et des vicissitudes de la vie quotidienne.

Les exclamations admiratives d'Alida la tirèrent de sa rêverie.

Émilienne s'ébroua légèrement en replaçant les pans de sa robe de chambre.

— T'étais dans la lune, Mili! lança Alida. Héloïse et Alphonsine, rappelez-vous les Noëls de notre enfance dans la maison paternelle à Ange-Gardien. Pendant que maman gardait Elzéar et Émilienne, papa attelait son gros percheron à la carriole et on allait à la messe de minuit. Devant l'église, on entendait le tintement des grelots attachés au collier des chevaux et on voyait arriver des attelages aux cuivres astiqués qui amenaient les paroissiens du fond des rangs! Puis quand on revenait, on découvrait des bas accrochés à la rampe de l'escalier avec des friandises et quelques morceaux de linge que maman avait confectionnés. Après, on mangeait de la tourtière et on s'empiffrait de sucreries jusqu'à en avoir mal au cœur. T'en souviens-tu, Phonsine?

La grasse Alphonsine esquissa un sourire approbateur. Elle se confessait de sa gourmandise et ne se rappelait que trop ces excès de table qui avaient toujours contribué à lui donner ses formes replètes.

— C'est sûrement pour ça que t'as jamais eu de prétendant, Phonsine, lança Héloïse.

— Tu peux ben parler, toi, rétorqua sèchement Alphonsine, t'es maigre comme un piquet de clôture! À part de ça, t'as pas trouvé à te marier toi non plus, ajouta-t-elle.

— Bon, vous allez pas vous disputer devant Mili, intervint Alida. Elle a pas besoin d'entendre en plus une chicane de ses sœurs dans sa propre maison.

— Ça me fait trop penser à Théo et Léandre, acquiesça Émilienne. Changement de propos, ils sont ben à la veille de revenir, ces deux-là.

Dès qu'elle avait senti l'accroissement de la tension, Irène avait saisi les deux boîtes vidées de leur contenu et les avait retournées dans le hangar. Mais lorsque la jeune femme revint au salon avec un balai et un porte-poussière pour ramasser les aiguilles de sapin qui parsemaient le parquet, Héloïse achevait d'installer la crèche devant Alphonsine qui ne s'était pas penchée pour l'aider. Depuis la répartie de sa sœur, elle préparait un retour dans l'arène. Elle se releva. Un froncement de sourcils ombragea son visage.

— T'as toujours été la préférée de nos parents, Phonsine, éclata-t-elle. Maman m'envoyait à l'étable et dans les champs pour les gros travaux, supposément parce que j'étais plus vigoureuse, pendant que toi tu distrayais notre pauvre sœur Alida dans la maison. Pour sauver les apparences, elle te faisait faire un peu d'entretien, vous montrait à tricoter et à tisser, puis moi je devais faire le ménage qui restait. C'est pour ça qu'Alida et toi avez décidé d'ouvrir votre magasin de coupons dans la rue Adam. Vous vous êtes toujours ben entendues ensemble. J'aurais jamais dû m'en venir en ville avec vous autres.

— Tu serais allée où d'abord si t'avais pas déménagé en ville avec nous autres ? répliqua Alphonsine. Nous, notre idée était faite, mais toi, tu voulais pas rester avec maman et papa dans la maison parce que Florida te faisait sentir que t'aurais été de trop quand elle a marié Elzéar. Florida est pas toujours commode, je suis d'accord, mais elle avait assez d'endurer nos vieux parents sans supporter une grincheuse comme toi pour lui dire quoi faire tout le temps. Compte-toi chanceuse qu'on t'ait acceptée dans notre logement parce qu'Alida et moi, on aurait pu s'arranger toutes seules. Puis comme tu pouvais pas ben ben nous bosser dans notre petit logis de la rue Adam, tu te reprends en tornon, asteure. Ben dis-toi qu'on pourrait s'en passer, de ton caractère de boss de bécosse, Héloïse Grandbois !

— Ça faisait mauditement votre affaire, par exemple, quand je revenais de la *shop* avec mon salaire puis des bobines volées ou quand j'achetais du fil de soie pas cher pour votre magasin. Ça, t'en parles pas, Phonsine Grandbois. As-tu déjà pensé à ce qui me serait arrivé si je m'étais fait prendre la main dans le sac ? D'abord j'aurais été renvoyée de la Canadian Spool Cotton, mon nom aurait été sur une liste noire, puis j'aurais eu de la misère comme tout à me trouver un autre emploi. Je sais pas ce que j'aurais fait, Phonsine! Je me serais probablement retrouvée sur le secours direct, ou j'aurais été obligée de devenir la bonne d'un curé de campagne dans je sais pas quel village. Puis le pire, c'est que ça vous aurait rien fait pantoute…

La conversation animée avait soulevé l'indignation d'Émilienne et de sa fille.

— Voyons donc, ma petite Loïse, tu sais ben qu'on t'aurait pas laissée faire une chose semblable, affirma Émilienne : on t'aurait ramassée.

— Oui, mais à ce moment-là, t'avais toute ta trâlée dans l'appartement, l'épicerie était vraiment prospère, puis ton mari aurait jamais approuvé ça. À présent, c'est pas la même chose. Quand il a réalisé qu'Alida et Phonsine vendaient leur commerce et cédaient leur logis à la nouvelle propriétaire, il a sauté sur l'occasion. C'est pas par charité qu'il a accepté qu'on vienne toutes les trois!

La benjamine des sœurs Grandbois se tourna vers la crèche. Elle soupira.

— Malgré tout, il y a un bon Dieu pour moi, faut croire, murmura-t-elle.

Héloïse s'était apaisée. Émilienne avait été touchée par la voix éplorée et tremblotante de sa sœur. Désormais, elle comprenait la rage qui habitait Héloïse depuis si longtemps et qui avait forgé ce caractère parfois si déplaisant. Un moment, elle eut la tentation de la prendre en pitié, de lui dire devant Irène et ses sœurs combien elle appréciait sa présence secourable. Elle se leva et s'approcha d'elle, posant tendrement la main sur son bras.

* * *

Léandre avait proposé une course en taxi à son père, sachant qu'il éprouvait une grande aversion pour le transport en commun. «Je vas payer notre voyage aller-retour, lui avait-il dit d'un air fanfaron, asteure que je fais de l'argent comme de l'eau.» Les deux hommes s'étaient embarqués, l'un à l'avant, l'autre à l'arrière de la voiture qui les avait déposés à la porte de l'hôpital Notre-Dame. Puis Léandre avait pris les devants dans les couloirs, laissant trottiner son père derrière lui avant d'atteindre la salle publique. Il poussa la porte et entraperçut la silhouette gracile de la garde-malade penchée sur le convalescent que la lumière diffuse d'une lampe éclairait faiblement.

— Toujours aussi tranquille! commenta-t-il.

— Il a beaucoup marché dans le passage aujourd'hui, mentionna-t-elle. Il a sans doute besoin de récupérer. Mais je dois dire que je ne connais pas suffisamment ce genre de cas, ceux qui se remettent d'un choc violent à la tête. Je suis seulement une étudiante de deuxième année ; j'en ai beaucoup à apprendre.

— En tout cas, mon cœur s'est mis à battre plus fort quand je vous ai aperçue, mademoiselle, exprima-t-il. On est à trois jours de Noël. Croyez-vous qu'il va sortir à temps ?

— C'est possible, il y en a qui ressuscitent de leur état et qui mènent une vie normale ensuite, avait-elle expliqué en rosissant. Vous êtes de la famille ?

— Je suis le frère de Marcel. Et vous, comment vous appelez-vous ?

— Angélina.

Léandre avait été frappé par la beauté de la future infirmière, au point d'en oublier l'objet de sa visite. Elle avait senti qu'il la reluquait hardiment et voulut se soustraire à son regard inquisiteur. Elle nota ses observations sur une feuille posée sur une table en acier au pied du lit.

— Je reviendrai plus tard, avait dit la soignante avant de quitter la pièce.

L'épicier était entré par la suite, la lippe molle, les épaules tombantes, le chapeau à la main et le paletot déboutonné. En s'approchant du lit, il avait constaté que Marcel dormait, et les deux hommes s'étaient livrés à un échange peu cordial.

— Ça vaut la peine de se déplacer pour quelqu'un qui est à moitié mort, avait soufflé Sansoucy.

— Marcel s'est promené beaucoup aujourd'hui, que m'a dit la garde. Il a besoin de se reposer, faut croire. Avez-vous pensé à ce que vous allez lui dire ? Et puis, même si on arrive pas à lui parler ce soir, dites-vous que vous allez gagner des indulgences, le père, avait dit Léandre d'un air taquin.

— Parlant d'indulgences, ça va t'en prendre un maudit gros paquet pour entrer au paradis, mon Léandre.

— C'est pas ben grave si je fais un petit séjour au purgatoire. Au moins, j'aurai profité de la vie…

Le regard du quinquagénaire se fixa sur la chaise qui croupissait sous la fenêtre. La clarté qui s'immisçait entre les lattes du store et le froid qui devait s'engouffrer l'avaient porté à la déplacer près du lit. Il se réjouissait qu'on ait mis la couche de Marcel dans un coin de la salle. Les patients voisins n'ayant pas de visiteurs, cela lui permettrait de s'entretenir avec Léandre à l'écart des oreilles indiscrètes.

— Asteure que j'ai congédié Réal Gladu, quand est-ce que tu vas revenir à l'épicerie ? risqua-t-il.

— C'est pas demain la veille, le père, vous avez pas voulu de moi, ben vous payez pour, asteure…

— C'est toi qui es parti, Léandre, rectifia l'épicier.

— De toute façon, pour ce que vous avez à m'offrir, je suis ben mieux à *La Belle au bois dormant* avec monsieur Quesnel. Je suis mon propre *boss* puis l'argent coule à flots.

Le visage de Sansoucy prit les traits du scepticisme. Il jeta un regard attristé autour de lui, et ses yeux implorants se posèrent sur Léandre qui fixait l'endormi avec attendrissement.

— Fais donc ça pour ton vieux père…

Léandre s'alluma une Buckingham, s'éloigna et revint près du lit.

— Il faut absolument que je te fasse une mise en garde, mon garçon, déclara l'épicier.

— Vous puis vos conseils, le père…

— Écoute-moi ben avant de m'envoyer promener, Léandre. Il est grandement temps qu'on se parle entre quatre yeux.

Sansoucy raconta qu'il s'était rendu à la caisse populaire d'Hochelaga pour en apprendre davantage sur le refus que son fils avait essuyé auprès de l'institution. Il admit qu'il avait bénéficié d'un privilège en faisant cette démarche, mais qu'il avait agi dans l'intérêt supérieur de son fils… et de la notoriété de son épicerie-boucherie. L'entente – dont il ignorait les conditions exactes – signée avec le dénommé Quesnel sentait la manigance à plein nez. Il instruisit Léandre sur le *Red Light* de Montréal, haut lieu de la prostitution où pullulaient des maisons closes de la ville, en lui rappelant que cinq ans auparavant Fernand Dufresne avait entrepris de nettoyer le secteur au nom de la moralité et de l'hygiène publique. Le chef de police s'était buté à une opposition farouche des tenanciers et des proxénètes, et il avait reçu des menaces de mort, qui n'avaient jamais été mises à exécution, heureusement. Et les activités illégales avaient fini par reprendre de plus belle.

— Mais que c'est que vous voulez qu'il m'arrive, le père ? *La Belle au bois dormant* n'est pas dans le *Red Light* de Montréal…

— Tabarnac, Léandre ! C'est ben en quoi ! Imagine une minute si la police faisait une descente dans ton commerce. T'as beau être un fin finaud, mais…

Les yeux injectés de sang, le jeune homme voulut saisir son père par le collet de son manteau et le secouer. Mais il se ravisa en baissant le ton.

— Vous êtes allé me rapporter à la police, je suppose, dit-il, radouci. Ça serait ben le restant. D'abord l'abbé Dussault avec les condamnations de l'Église, puis asteure la police avec sa moralité publique…

— Tu risques l'emprisonnement ou, au bas mot, de payer l'amende. Qui peut être salée, en passant ! Puis là, tu serais acculé à la faillite.

— Et mon nom paraîtrait dans *La Presse* ou *La Patrie* et votre épicerie mangerait toute une claque, le père. Vous racontez des histoires de grands-mères ! affirma-t-il avec désinvolture.

— Comment ça se fait que tu veux rien comprendre, maudit bâtard ! fulmina l'épicier.

Le quinquagénaire brandit un index pour réprimander son fils.

— Viens pas te plaindre après, conclut-il.

L'épicier sortit promptement de la pièce. Avant de rejoindre son père, qui ne quitterait pas l'établissement sans lui, Léandre actionna le bouton qui se trouvait dans le lit de Marcel. Bientôt, l'étudiante infirmière apparut dans la salle, localisa la petite lumière rouge allumée et se dirigea vers le patient. Elle flaira aussitôt le piège quand elle aperçut le sourire charmeur s'étaler sur la physionomie du jeune homme.

— Vous m'avez fait demander, monsieur Sansoucy ?

— Je suis malade de vous, mademoiselle, déclara-t-il.

— Au poste, lorsque j'ai vu la lumière s'éclairer sur le tableau de voyants lumineux, j'ai pensé que c'était vous qui m'appeliez pour votre frère. Sachez que je ne suis pas d'humeur à rire, monsieur.

Néanmoins, elle prit avec affectation le pouls et la tension artérielle du patient, données qu'elle consigna sur la feuille au pied du lit. Léandre détaillait la jeune femme, belle comme le jour : elle avait une croupe saillante et la fraîcheur d'une rose éclose au matin. Angélina paraissait beaucoup plus jolie que Paulette avec ses tresses remontées en couronne sur sa tête, et elle ne connaissait certes pas la vie débridée d'Arlette. Puis il ôta son coupe-vent et roula une manche de sa chemise en regardant l'étudiante de ses grands yeux d'ébène.

— Asteure, c'est à mon tour, garde.

Sans se faire prier davantage, elle céda à la requête du jeune séducteur. Il se retint de la serrer contre lui. Il se rappela que son père devait l'attendre et il jugea que la salle des patients ne favorisait pas les échanges amoureux.

— Vous pouvez me joindre en composant le numéro de téléphone de mes parents que vous avez dans le dossier de mon frère, mais donnez-moi le vôtre, Angélina.

L'étudiante craignit l'arrivée impromptue de garde Bergeron, l'infirmière diplômée qui la supervisait, ou pire celle de la sœur grise qui arpentait le corridor et pouvait surgir à tout moment. Elle parut hésiter, mais devant le regard insistant du beau jeune homme elle céda.

Léandre déroula la manche de sa chemise, remit vitement son coupe-vent et sortit en trombe de la salle.

***

L'épicier rentra banalement chez lui, en disant aux siens qu'il n'y avait rien à signaler, persuadé qu'il avait éminemment perdu son temps. L'état de Marcel semblait stable, et ses conversations avec Léandre n'avaient servi qu'à entretenir la hargne que son fils nourrissait envers lui. Après avoir pris un verre de Bromo-Seltzer effervescent, il avait ressenti un bien-être à l'estomac. Puis il s'était écrasé dans sa berçante avec sa pipe et il jonglait maintenant aux dépenses des fêtes. Émilienne sirotait un thé bien chaud avant de se coucher. «Ça a ben l'air que mon Marcel va finir l'année à l'hôpital!» songeait-elle. Depuis le vendredi 13 décembre qu'il y séjournait, et on était à trois jours de Noël. Elle ressentait un vide immense dans la maison que toute l'attention d'Irène et de ses sœurs ne parvenait pas à combler. Assise sur la banquette derrière la table de cuisine, Alphonsine paraissait bouleversée. Elle ôta ses lunettes d'écaille et s'essuya les yeux avec la paume de ses mains.

— Vous devriez lire le beau conte de Noël, exprima-t-elle, émue. C'est dans *La Patrie* d'aujourd'hui.

Héloïse regarda par-dessus l'épaule de sa sœur.

— Plutôt que de nous faire lire l'histoire chacun notre tour, tu pourrais nous la résumer, ça ferait pareil.

Alphonsine raconta à sa manière le touchant récit de deux amis qui, la nuit de Noël, avaient décidé d'apporter un peu de bonheur à un pauvre. Ils se rendirent au port de Montréal en convenant d'aborder le premier indigent qu'ils croiseraient. En longeant les quais, ils aperçurent un vieux guenilleux sans paletot occupé à fouiller les détritus. Ils lui offrirent de monter dans leur voiture en lui disant qu'ils le ramèneraient chez lui. Mais le gueux demeurait à bonne distance. Après un moment d'hésitation, il accepta. Les deux amis s'observèrent et décidèrent alors d'aller jusqu'au bout de leur dessein. Voilà quatre jours que l'homme était parvenu dans la métropole et qu'il attendait l'occasion de se diriger vers Saint-Robert après vingt ans d'absence. En arrivant à Sorel, le clochard se pencha vers la portière et regarda avec un profond intérêt les rues qu'ils traversaient. Une heure plus tard, l'automobile était aux portes du village natal du vieil homme. Puis elle dépassa une rangée de maisons toutes blanches et s'engouffra dans une rue de boutiques et de magasins. Plus loin, le misérable les fit tourner à gauche et s'arrêter tout près de l'église où devait se trouver une maison de briques rouges. Mais aucune demeure ne correspondait à cette description. Elle avait été remplacée par une nouvelle habitation de bois. Ils progressèrent alors vers un petit restaurant pour prendre un thé et manger un morceau. La tête baissée, le vieux pénétra dans le restaurant. Le tenancier, un gros homme au visage épanoui, reconnut Jos Lafortune. La nouvelle se répandit comme une traînée de poudre. Les gens qui le considéraient comme un brave soldat, et ses fils avec qui il s'était querellé lors de son retour de la guerre, festoyèrent avec lui, et les deux amis qui l'avaient emmené de Montréal allèrent se réjouir avec la famille.

— C'est une splendide légende de Noël, commenta Alida.

— Une belle leçon de générosité, dit Héloïse.

Bouleversée, Émilienne se tourna vers son mari que le récit n'avait pas semblé émouvoir. Elle voulut sonder son cœur.

— C'est aussi une superbe histoire de réconciliation entre un père et ses fils, hein, Théo ?

Sansoucy parut embarrassé. Les femmes le regardèrent se lever et aller près du poêle. L'homme souleva un rond, secoua le fourneau de sa pipe et retourna s'asseoir.

— Ça, c'est ben beau dans les histoires, Mili. Mais dans la réalité, c'est pas de même que ça se passe, faut croire. J'ai tout fait pour me rapprocher de Léandre, mais il s'entête dur comme fer. Une vraie maudite tête de cochon ! J'ai essayé de le convaincre de quitter *La Belle au bois dormant* et de revenir à l'épicerie, mais il voulait rien entendre. Un jour il s'en mordra les pouces ; je l'aurai prévenu, acheva-t-il, presque pathétique.

L'exposé de l'homme avait engendré un silence inconfortable que brisa la sonnerie du téléphone.

— Qui c'est qui peut ben nous appeler le dimanche soir ? demanda la mère.

Irène alla répondre. Alphonsine s'en fut baisser le volume de la radio.

— C'est l'hôpital, moman !

Émilienne se sentit défaillir. Elle rassembla ses forces et, les jambes flageolantes, se rendit près de sa fille, qui lui tendit l'appareil. Héloïse lui approcha une chaise pour éviter qu'elle ne s'effondre, mais Émilienne resta debout, l'oreille engluée au cornet acoustique.

— On peut aller le voir ? s'informa-t-elle, la voix tremblotante.

Émilienne écouta encore quelques instants l'infirmière qui l'entretenait. Puis elle balbutia quelques mots avec effusion et raccrocha avant de se laisser choir sur la chaise qu'elle avait refusée.

— Marcel va sortir, déclara-t-elle, prise d'une grande émotion. Oh mon Dieu ! Un vrai miracle…

— Faut remercier Saint-Joseph aussi, dit Alida.

— Mon doux Jésus ! s'exclama-t-elle, la voix altérée. Théo, on s'en va à l'hôpital, annonça-t-elle d'un ton impératif.

— Voyons, Mili, à l'heure qu'il est, ça peut attendre à demain, non ?

— C'est tout ce que ça te fait, Théo, ce qu'on vient d'apprendre ? s'indigna Émilienne. On va faire venir plusieurs taxis, s'il le faut. Allez prévenir les autres ! ordonna-t-elle. Avant qu'ils arrivent, j'appelle chez le notaire Crochetière.

Irène gravit les degrés de l'escalier, rayonnante de joie. Elle frappa chez les locataires. Les couples étaient dans leur chambre pour la nuit. Léandre parut en pyjama, tout surpris de voir sa sœur aînée.

— On vient de recevoir un appel de l'hôpital, annonça gaiement Irène.

— L'infirmière est encore au bout du fil, j'espère ! Attendez que je descende…

— Non, elle a raccroché. C'est moman qui lui a parlé. Elle a dit qu'on allait en gang à Notre-Dame.

— Tu te moques de moi, Irène…

— Tu sais ben que non. Marcel va avoir son congé. On est plusieurs à se rendre à l'hôpital, venez-vous ?

— Je vais leur en glisser un mot puis ils décideront ben ce qu'ils voudront.

La grande famille s'était répartie en deux taxis. Léandre et David avaient descendu Alida assise sur une chaise avant qu'ils n'engouffrent l'impotente dans la voiture. Malgré l'heure tardive, Émilienne avait retrouvé une incroyable énergie. Mais la tête lourde de son mari battait les secondes dans des hochements réguliers, de sorte que Sansoucy était étranger à toutes les émotions que se livraient les femmes sur la banquette arrière. «On va le ramener avec nous», répétait Émilienne. «Ils vont le garder encore quelques jours», supposait Alida, qui se voulait plus réaliste. «De toute façon, c'est pas nous qui décidons. Les docteurs connaissent ça pas mal mieux que nous autres», conclut Héloïse.

Léandre avait payé la course après que le premier des deux taxis eut déversé ses passagers devant l'établissement. Irène se détacha du groupe des quatre locataires et alla rejoindre Édouard qui les attendait dans l'entrée en lisant l'édition de *La Patrie* du dimanche.

— Maman va être contente de te voir.

— J'écoutais *Le Messie* de Haendel à l'émission des concerts Ford de CKAC avec les Crochetière, mais bon, je me serais couché tard quand même.

Un chauffeur de taxi Boisjoly entra et chercha quelqu'un pour l'aider.

— Ce doit être eux autres ! lança Simone. Je vas approcher une chaise roulante pour matante Alida.

Léandre et son beau-frère ressortirent et allèrent leur prêter main-forte.

Quelques minutes plus tard, les membres de la famille suivaient Émilienne. Dans sa hâte de retrouver son fils, elle avait pris la tête du groupe qui s'étirait jusqu'à Théodore, lequel figurait, avec Édouard, dans le peloton de queue.

Une lampe avait été allumée au fond de la salle. Marcel était assis dans son lit, resplendissant dans sa chemise de nuit blanche. Il arborait un air éminemment calme. Un médecin et l'infirmière diplômée venaient de le soumettre à une série de questions. On laissa sa mère s'en approcher la première. Elle s'avança, les yeux ruisselants de larmes, et se jeta à genoux près de lui.

— Mon Marcel ! balbutia-t-elle.

Puis elle se releva et l'embrassa.

— Irène, tes matantes et moi, on a beaucoup prié, tu sais.

Tous regardaient le ressuscité avec ébahissement. Il ne manquait que le père, qui avait traîné la patte et qui entrait sur le moment.

— Viens embrasser ton fils, Théo ! lança Émilienne.

L'épicier s'approcha du patient et lui tendit une main moite.

— Il commençait à être temps que tu reviennes, mon gars. Il y a beaucoup de clientes qui s'ennuient de toi.

Le docteur, qui avait laissé la mère à ses épanchements, prit la parole :

— J'ai des recommandations à faire, monsieur. Votre fils ne reprendra pas ses activités normales avant le mois de janvier. La période des fêtes sera des plus bénéfiques pour lui.

Angélina, la belle étudiante que Léandre avait rencontrée plus tôt au chevet de son frère, était absente. En tenant la main de Paulette, il pensait à elle. À sa surprise, la jeune femme parut avec un plateau qu'elle déposa sur les genoux de Marcel.

— J'ai accordé une petite faveur à notre patient, déclara le médecin. Il pourra quitter l'hôpital dans deux jours, juste à temps pour le réveillon.

— Comment ça ? s'exclamèrent les femmes d'une seule voix. On pensait qu'il sortait ce soir.

D'un regard, les yeux se posèrent sur Émilienne.

— J'ai dû mal comprendre, d'abord, je suis désolée !

Le médecin prodigua quelques conseils aux visiteurs et disparut de la pièce avec l'infirmière diplômée.

Lorsque Marcel eut fini d'avaler son repas léger, Angélina se retira avec le plateau. Léandre, qui n'avait croisé ses yeux que deux ou trois fois, prétexta un besoin d'aller aux toilettes, s'excusa et la suivit dans le corridor.

— Angélina ! s'écria-t-il.

L'étudiante s'immobilisa près de la buanderie.

— J'ai cru que c'est vous qui m'appeliez en téléphonant chez mes parents.

— Ce n'est pas moi qui ai appelé, c'est garde Bergeron. Je ne vois pas pourquoi vous courez deux lièvres à la fois, monsieur Sansoucy. Je vous ai vu tenir la main d'une belle brunette.

Paulette apparut dans le corridor et s'aperçut que son Léandre devisait avec l'étudiante. Angélina tourna les talons avec son plateau et disparut vers le poste. Léandre retourna vers la salle des patients et demeura un peu en retrait de l'embrasure.

— Que c'est que tu lui voulais, à la belle blonde?

— Je lui ai demandé si Marcel pourrait travailler le lendemain de Noël, risqua-t-il.

— Ça, le docteur l'a dit pendant que tu lorgnais de son côté. Puis que c'est qu'elle t'a dit, toujours ben?

— Qu'il pourrait à condition de reprendre ben tranquillement…

— T'as menti, Léandre Sansoucy! Le docteur a dit qu'il était mieux d'attendre après les fêtes.

— Ah! J'ai dû mal comprendre, d'abord. Ben, dans ce cas-là, on va faire ce que le docteur a conseillé.

— Ben sûr qu'on va suivre les recommandations du médecin; ta poulette doit pas connaître grand-chose là-dedans, *anyway*.

Paulette essaya de se composer une physionomie plus agréable et rejoignit le groupe avec Léandre.

Chapitre 18

Au matin du lendemain, persuadée que ses jambes sauraient la soutenir sans trop de douleur tout l'avant-midi, Émilienne avait entrepris son chantier de tartes et de tourtières. «C'est maintenant ou jamais!» Elle avait sorti les œufs de la glacière, le contenant de graisse Crisco et le sac de farine Robin Hood étaient sur le comptoir. «T'enverras Simone pour la viande le plus tôt possible, que je mette ça à cuire au plus sacrant!» avait-elle dit à son mari avant qu'il ne franchisse le seuil du logis.

Sitôt la table de cuisine débarrassée, la ménagère déploya son arsenal culinaire et s'attaqua à la fabrication de la croûte avec une ardeur inaccoutumée. En exerçant une pression bien contrôlée sur le rouleau, elle aplatissait également la mixture en lui donnant l'épaisseur recherchée. De temps à autre, elle saupoudrait un peu de farine pour en améliorer l'uniformité de la consistance. Près du poêle, Héloïse regardait sa sœur à la dérobée en brassant la préparation qu'elle déverserait le moment venu dans les assiettes recouvertes de pâte, tandis que dans son fauteuil Alida pelait les pommes en déroulant avec adresse les épluchures qui tombaient sur les mondanités de *La Patrie* du dimanche.

— Si Phonsine était là, ça prendrait moins de temps, puis je pourrais me rendre à l'hôpital plus de bonne heure!

— Veux-tu dire qu'on est pas efficaces, Mili? s'insurgea Héloïse, un tantinet choquée.

— Au magasin de coupons, avec le coin cadeau qui a été aménagé pour le temps des fêtes, c'est une grosse période de l'année, rappela Alida. On pouvait pas lui demander de rester pour nous aider.

Penchée sur son ouvrage, Émilienne se redressa en mettant ses mains sur les reins.

— Si ma fille peut monter avec la viande! soupira-t-elle. Ça serait le temps de faire cuire, là. Mais je peux pas aller plus vite que le violon.

— «Ça va venir, découragez-vous pas!» dirait La Bolduc, railla Alida. Justement, la voilà…

Simone entra avec la commande. Sa mère s'empressa vers elle.

— Il commence à être temps, ma fille.

— Chicanez-moi pas, m'man. Il y avait plein de clientes qui faisaient la file au comptoir des viandes. P'pa a fait ce qu'il pouvait pour vous accommoder.

— On sait ben, je passe toujours en dernier, badina la ménagère. Le bon côté de la chose, c'est que les affaires reprennent. Théo doit avoir le grand sourire. Puis le petit Gladu est-il là, lui?

— Ben sûr que oui. Il est en congé d'école, puis on lui a dit pour Marcel. Il avait l'air ben content de savoir que mon frère reprendrait probablement les livraisons après les fêtes.

Une joie non contenue irradia le visage de la mère. Mais elle réalisa qu'elle tenait les trois paquets demandés et qu'elle se mettait elle-même en retard sur son horaire de la journée. Elle salua sa fille et défit tranquillement ses emballages.

— Veux-tu ben me dire où c'est que j'ai la tête ce matin? s'exclama la ménagère. J'ai oublié de hacher les oignons.

La cuisinière alla dans la dépense et en rapporta quatre gros oignons qu'elle se mit à peler en vitesse. Puis après les avoir coupés en rondelles et finement émincés, elle les fit rissoler dans une immense marmite. Ensuite, elle incorpora le bœuf, le porc et le veau, ajusta l'assaisonnement avec du sel, du poivre et du persil, et en confia la supervision à Héloïse avant de retourner à ses fonds de tarte.

La viande cuisait lentement et dégageait un arôme envoûtant. À tout moment, Émilienne s'approchait du poêle. Héloïse lui cédait la place pour lui permettre de rectifier le goût. Pendant ce temps, avec une adresse incomparable, la gauchère Alida soulevait les assiettes débordantes de pâte et découpait avec un couteau le contour de ce qui deviendrait des croûtes. Les retailles étaient ensuite ramassées, parce qu'elles étaient destinées à une autre vocation : mélangées à de la cassonade, elles se transformeraient en succulents pets-de-sœur que les plus gourmands s'arracheraient dans le temps de le dire.

La cuisinière avait achevé son chantier juste à temps pour le dîner, de sorte qu'elle n'avait pas pu fricoter un bon repas. Son mari, Simone et Paulette étaient venus manger chacun leur tour. À défaut de leur servir une excellente soupe maison, elle avait ouvert des boîtes de conserve Heinz, et ils avaient ingurgité en vitesse un sandwich avec un Coke avant de retourner à l'épicerie.

Paulette venait à peine de se repaître de deux sandwichs, de deux bouteilles de cola et d'une nuée de pets-de-sœur – qu'elle avait eu le privilège de goûter. Le téléphone retentit dès qu'elle descendit au commerce. Elle agrippa son crayon et son calepin pour noter la commande. Penchée sur le comptoir, elle écoutait la voix qui semblait la subjuguer en griffonnant des barbots. À mesure que la conversation se déroulait, sa physionomie s'assombrissait.

— Comme ça, on t'attendra pas ! dit-elle, déçue.

Simone considéra le visage de sa belle-sœur. Elle en finissait avec une cliente qui régla l'addition, empoigna ses deux sacs et amorça un mouvement vers la porte.

— Je vous l'ouvre tout de suite, madame Murphy, proféra Simone.

La fille de l'épicier revint auprès de Paulette qui venait de raccrocher.

— C'est Léandre?

— Ben oui! Après son ouvrage à *La Belle au bois dormant*, il va s'en aller directement à l'hôpital. Comme s'il y avait quelque chose qui l'attirait à Notre-Dame.

— Léandre a toujours beaucoup aimé son frère. Et comme il est question qu'il sorte ces jours-ci…

— C'est ben en quoi, rétorqua Paulette. Il pourrait attendre un peu. Pour me faire avaler sa visite à l'hôpital, il m'a dit qu'il se rendait chez Dupuis Frères pour ses cadeaux de Noël. Ils sont ouverts jusqu'à dix heures le 23 décembre et jusqu'à six heures la veille de Noël.

— Tu penses qu'il a d'autres choses à magasiner?

— Sa petite garde-malade. J'ai ben peur que ce soit pas juste une tocade en passant.

Le téléphone l'avait refroidie. Paulette n'était pas complètement dupe des manigances de son *chum*. Après un épisode de grande exubérance à *La Belle au bois dormant*, Léandre avait-il essuyé quelque rebuffade amoureuse et se tournait-il maintenant vers la chair fraîche d'une étudiante en soins infirmiers de deuxième année? L'éventualité lui parut moins pire que de le voir s'acoquiner avec des filles de petite vertu, mais la sortie qu'il projetait ne lui inspirait que défiance et jalousie. Quoi qu'il en soit, pour l'heure, il apportait des sous au logis et semblait disposer d'un peu d'argent pour ses achats des fêtes.

Léandre songea à quitter *La Belle au bois dormant* à la fin de l'après-midi. Monsieur Quesnel l'encouragea à magasiner tôt avant la folie furieuse de la soirée. Du reste, depuis quelque temps, ses affaires ralentissaient. L'établissement fermerait tôt après le souper. Maximilien Quesnel avait estimé qu'il ne servait à rien de garder trois filles sur le plancher pour quelques pointes de tarte et quelques consommations quand il savait fort bien que pas l'une d'entre elles ne passerait à l'étage des chambres avec un client. Il songeait même à congédier des employées. Arlette Pomerleau avait déjà senti que le navire prenait l'eau par le fond et elle avait résolu de s'installer dans le *Red Light* – qui ne dérougissait pas – avant qu'il ne fasse naufrage. Les revenus du restaurant n'étaient plus ce que Quesnel avait fait miroiter. Mais Léandre se refusait à croire que *La Belle au bois dormant* ne faisait que traverser une mauvaise passe. Sans poser de questions, il continuait à payer les assurances du commerce et à se prélever un maigre salaire hebdomadaire.

Après le repas du dîner, qui s'était avéré tranquille, Léandre avait demandé des suggestions de cadeaux aux serveuses regroupées autour de lui pour l'aider en leur dévoilant qu'il voulait mettre sous le sapin un présent pour sa mère, un pour sa sœur Simone, et un autre pour sa blonde. Il trouverait tout chez Dupuis Frères pour les quelques étrennes qu'il avait décidé d'acheter. Par la suite, il avait sommairement énuméré les effets qu'il désirait se procurer. En esprit organisé, il avait dressé un tableau en trois colonnes : une première pour le nom, une seconde pour l'objet et une troisième pour le prix approximatif qu'il était prêt à débourser.

Les portes tournantes sitôt franchies, il parut désemparé. Il avait jadis accompagné sa mère dans les grands magasins, mais sa mémoire n'en avait conservé que des souvenirs fort imprécis et surtout une espèce de hantise de ses piétinements dans les rayons, solidement accroché aux jupes d'Émilienne. Il sortit sa courte liste de la poche de son coupe-vent, promena son œil exercé sur les employées et repéra celle qui avait la plus belle taille et les plus jolies jambes. Il l'interpella aussitôt qu'elle se libéra.

— Pouvez-vous me guider, mademoiselle ? l'implora-t-il.

La jeune femme tourna son visage bigleux vers lui.

— Que cherchez-vous exactement, monsieur? s'enquit celle dont les yeux louchaient. Ça va m'aider si vous avez une petite idée.

«En voilà un qui ne veut pas niaiser dans le magasin!» pensa l'employée.

En tant que représentant de la gent masculine, quitte à explorer en solitaire les rayons réservés aux dames seules ou accompagnées, il lui tendit la liste et elle lui indiqua dans quel secteur il devait se diriger. Cependant, le choix s'avérant trop vaste, il résolut d'en finir avec le magasinage en agrippant trois boîtes préemballées.

Ses achats effectués, une fois dans la rue, il héla un taxi et se fit conduire sur Sherbrooke, près du parc La Fontaine, où des restaurants offraient des repas pour une somme très convenable.

Son souper avalé à la hâte, il se rendit à l'hôpital dans l'espoir qu'Angélina soit de garde. Après tout, il ne restait qu'une autre journée avant Noël pour amadouer l'étudiante. Il entra dans la salle des patients et se dirigea vers le lit de son frère. Le rideau avait été glissé pour plus d'intimité. Il déposa son sac d'emplettes au sol et résolut d'attendre.

Des voix qu'il ne reconnaissait pas se faisaient entendre derrière la cloison de la petite pièce temporaire. Une bassine à la main, une infirmière plutôt laide repoussa les plis ondulés. Un gros homme tiraillait le bas de sa jaquette afin de la replacer.

— Marcel est pas là?

— Si vous parlez du jeune Sansoucy, il a obtenu son congé cet après-midi même, déclara la soignante. Vous comprendrez qu'on a besoin des lits et qu'on envoie les bien-portants à la maison avant les fêtes.

Léandre parut décontenancé.

— Mon frère était supposé quitter l'hôpital demain, commenta-t-il. Est-ce qu'Angélina est de garde ce soir ?

— Non, répondit la laideronne, elle a un rendez-vous galant. Vous n'êtes pas le premier à vous intéresser à elle, vous savez.

Fortement déçu, Léandre asséna un solide coup de pied sur son sac, le reprit, sortit de l'établissement de santé et monta dans une voiture-taxi garée devant l'entrée.

Il fit irruption dans son logis en laissant tomber ses emplettes à ses pieds. Ses trois colocataires s'empressèrent vers la porte.

— J'espère qu'il y a rien de cassant là-dedans ! lança David. Sinon ça va être un beau gâchis.

— Marcel est revenu ! s'exclama Simone. M'man puis matante Héloïse l'ont ramené de l'hôpital cet après-midi.

— Quelqu'un aurait pu me téléphoner à *La Belle au bois dormant* avant que je me déplace à l'hôpital, taboire ! Je me suis rendu là pour rien, strictement pour rien.

— C'est pas plutôt le fait que la blondinette était pas de garde qui te met en rogne, mon chou ? gouailla Paulette.

Afin de prouver qu'il était de bonne foi, il alla frapper à la porte du logement de ses parents. Les femmes drapées dans leur robe de chambre planifiaient la journée du lendemain en buvant un thé autour de la table. Léandre fit irruption dans la cuisine. Sa mère paraissait dans un état de grâce qui lui donnait cet air de félicité qu'on ne lui avait pas vu depuis longtemps.

— Chut ! fit-elle. Les hommes sont couchés…

— Marcel est ben là, toujours ? À l'hôpital, on m'a dit qu'il avait eu son congé.

— Ben si on te l'a dit, ce doit être que quelqu'un l'a ramené à la maison, lança sèchement Héloïse.

— Tu reviendras voir ton frère demain, Léandre, proposa gentiment Émilienne. Pour l'instant, il dort comme un ours. Je suis tellement contente qu'il soit avec nous autres pour Noël.

* * *

Au matin du 24 décembre, Léandre avait attendu que son père descende à l'épicerie pour retourner voir Marcel. Il le trouva en pyjama dans la berçante, faisant doucement craquer les berces de la chaise à côté d'une pile de journaux de *La Patrie* et du *Petit Journal* que sa mère avait accumulée depuis son accident. Il était en train de lire l'histoire de *Tarzan*, la bande dessinée en couleur d'un héros de la jungle africaine dont il avait fâcheusement interrompu la lecture après sa mésaventure.

— Tu vas devenir fort comme lui, assura Léandre.

— Depuis le vendredi 13 décembre, j'en ai perdu des bouts, mais le docteur m'a dit qu'à mon âge on récupère vite puis que je vas péter le feu avant ben longtemps.

— Pour l'instant, j'aime mieux le maintenir ben au chaud avec nous autres en dedans, soutint la mère.

Le corps raide sur une chaise droite, Émilienne tenait une boîte d'épingles à bigoudis et gardait la tête docile pendant qu'Héloïse lui enroulait des mèches de cheveux autour de petits cylindres.

— Puis toi, m'man m'a dit que ça allait bien à *La Belle au bois dormant*, affirma le convalescent.

— T'es pas mal au courant, le p'tit frère, ricana Léandre.

Il avait failli dévoiler que les affaires du restaurant dépérissaient, qu'il s'ennuyait de l'épicerie et qu'il avait même regretté d'avoir claqué la porte du commerce familial. Perspicace, Alida avait perçu les tressautements dans la voix de son neveu.

346

— Il veut pas nous l'avouer, mais il songe à rentrer au bercail, argua-t-elle.

— J'ai pas dit ça, matante! rétorqua vivement Léandre.

Émilienne inclina sa tête couverte de papillotes. Héloïse manifesta sa contrariété par une moue d'impatience.

— Changement de propos, intervint la mère, je vous attends pour le réveillon.

— Paulette et moi, on va être là, en tout cas.

Léandre embrassa le front de sa mère et partit pour la journée.

* * *

Les serveuses de *La Belle au bois dormant* se dispersèrent comme une volée d'oiseaux effrayés lorsqu'elles virent entrer l'associé du patron. Le café glougloutait dans la cafetière. Léandre accrocha son manteau, se versa une tasse et s'adressa à ses employées.

— Vous avez pas besoin de vous sauver quand j'arrive, les filles.

— Avez-vous fait vos achats hier chez Dupuis, toujours ben? demanda Léonie, éludant la remarque.

— Mes femmes devront se contenter de ce que j'ai trouvé, blagua Léandre. Est-ce que vous avez servi plusieurs déjeuners ce matin?

— Quatre seulement, répondit Aline.

— Pensez-vous que monsieur Quesnel va mettre la clé dans la porte, monsieur Sansoucy? s'inquiéta Marie.

— Vous savez ben que non, se rebiffa Léandre. Ça peut pas fermer de même du jour au lendemain, un restaurant.

— La clientèle a baissé, on se fait seulement quelques cennes de pourboire dans une journée, expliqua Marie. Si ça continue, on va chercher ailleurs, monsieur Sansoucy. On va faire comme Arlette Pomerleau qui s'est ramassée au *Faisan argenté*.

— Vous étiez pas là, vous, quand *La Belle au bois dormant* marchait en grand puis que monsieur Quesnel se faisait aller aux toasts dans la cuisine, rappela tristement Léonie. Asteure, c'est plus pareil pantoute. Puis il paraît que les filles du soir passent leur *shift* à boire du café et à griller des cigarettes parce qu'elles ont rien à faire. Je vous le dis, je vous fais pas une cachette, on a peur de fermer.

L'associé sortait des nues. Le climat de morosité qui régnait au restaurant depuis quelque temps et qu'il feignait d'ignorer venait de se révéler dans toute la profondeur de son abîme. Récemment, Quesnel ne s'était montré que deux ou trois heures par jour, se faisant par le fait même de plus en plus discret. Son associé aurait dû réagir, prendre le taureau par les cornes, afin d'éviter la catastrophe. Mais peut-être était-il encore temps de se ressaisir ?

Un jeune homme entra avec un porte-documents et se hissa sur un tabouret. Derrière le comptoir, la cigarette coincée entre les dents, Léandre nouait un tablier autour de sa taille quand il aperçut l'agent d'assurances.

— Je m'en viens réclamer mes dus, dit Surprenant.

— Tu vas prendre le temps de boire un bon café, ricana Léandre.

Surprenant tambourinait déjà d'impatience sur le plaqué du comptoir.

— Je suis un peu pressé ce matin, déclara-t-il, j'ai pas mal de clients à voir pour les mêmes raisons.

— Ben, sais-tu, Hubert, t'as juste à regarder le monde qu'il y a pour te faire une idée de l'argent qui rentre ici dedans. Ça marche pas fort, ces temps-ci.

— Fort, pas fort, t'as des obligations à honorer, Léandre Sansoucy ! Tu m'avais dit que tu connaissais ça, la *business*, et que tu avais frappé le jackpot avec *La Belle au bois dormant*. Es-tu en train de me dire que t'es pas capable de payer ?

— Eille ! Monte pas le ton dans MON restaurant, mon taboire !

— Pour ceux que ça va déranger, nargua l'agent. Il y a personne ici dedans…

— Il y a des filles qui travaillent pour moi puis qui ont pas besoin de savoir, rétorqua-t-il sur un ton rageur.

Les serveuses choisirent de s'éloigner de la conversation houleuse qui semblait dégénérer. Marie se mit à astiquer inutilement une boîte nickelée de serviettes de table, et les deux autres s'allumèrent une cigarette et se massèrent fébrilement à la vitrine en s'efforçant de sourire aux piétons qui passaient tout droit.

Léandre serra les dents et s'étira le bras pour attraper le collet de Surprenant.

— Je vas t'en signer un chèque, mais va pas répéter que je paye pas mes dettes parce que tu vas manger toute une raclée, mon bonhomme !

Hors de lui, Léandre se rendit dans le bureau et revint avec un chèque qu'il lança sous le nez de Surprenant.

— Tiens, le v'là, ton maudit chèque, puis tu peux te le mettre où je pense, s'écria-t-il.

Hubert Surprenant ouvrit son porte-documents, inséra ledit papier de valeur et prit congé. Quesnel entra.

— Tu parles d'un effronté, cracha-t-il entre ses dents saillantes. Ces petits agents-là, ça travaille avec le public, ça se promène en veston-cravate, mais ça a pas de classe pantoute.

— J'ai à vous causer, monsieur Quesnel, dit placidement Léandre.

— On va jaser dans mon bureau, c'est la meilleure place pour régler des affaires.

Maximilien Quesnel prit les devants, entraînant Léandre à sa suite.

Assis sur une pile de feuilles chiffonnées sur son bureau, le propriétaire se croisa les bras. Il afficha un air étrange et envisagea son associé.

— Puis, mon Léandre, qu'est-ce que t'as tant à me dire? Sors-le, le motton que t'as dans la gorge, qu'on en finisse.

— Vous le savez mieux que moi, monsieur Quesnel, *La Belle au bois dormant* est pas ben en forme ces temps-ci; elle est même à la veille de pousser ses derniers râlements. Me prenez-vous pour un imbécile, coudonc? J'ai ben remarqué que l'argent rentrait pas dans la caisse comme avant. On sert moins de déjeuners, les spéciaux du midi sont de moins en moins populaires, on peut compter sur les doigts d'une main les clients du souper, les serveuses se plaignent, les hôtesses du soir s'en vont de bonne heure parce qu'il y a plus personne dans le restaurant, sans parler d'Arlette qui a sacré son camp dans un café du *Red Light*.

Quesnel se leva et alla se poster silencieusement derrière son bureau et commença à rassembler quelques papiers d'importance en disant qu'il avait rendez-vous chez le comptable.

— Il y a toujours un petit creux au mois de décembre, argua-t-il. Les gens vont plutôt garder leur argent pour les achats des fêtes et les commandes d'épicerie. C'est normal en affaires de pas rouler égal: il y a des hauts puis des bas. C'est comme ça…

— Ça fait deux semaines que je suis pas capable de me prendre une paye décente. Moi aussi j'ai eu des achats à faire, puis un loyer à assumer. Pour le commerce, avec la fin du mois qui s'en vient, il y a des factures qui vont rentrer. Puis tout à l'heure, vous l'avez vu, Hubert Surprenant est venu ramasser son chèque pour l'assurance. D'ailleurs, au moment où l'on se parle, il doit plus rester grand-chose dans le compte de *La Belle au bois dormant*…

Le patron émit un ricanement satanique qui effraya Léandre. L'associé sentit qu'il n'avait plus rien à espérer de l'homme et il choisit de redescendre au restaurant.

Un peu plus tard, Quesnel parut sur le plancher avec une brassée de documents, salua courtoisement les rares clients accoudés au comptoir et sortit en souhaitant un Joyeux Noël à tout le monde.

À la fin de l'après-midi, après avoir littéralement perdu son temps, Léandre donna leur congé aux trois serveuses. Puis il attendrait les employées du soir, qu'il renverrait sur-le-champ, en leur accordant un congé jusqu'après le Nouvel An. Quesnel dirait ce qu'il voudrait. « Il faut parfois prendre des initiatives. »

* * *

Émilienne avait procédé à l'emballage des cadeaux une bonne partie de l'après-midi avec le précieux concours d'Héloïse et d'Alida, qui s'empressait d'aller les déposer sous le sapin à mesure qu'ils étaient enveloppés. Elle préparerait un souper léger parce qu'à l'accoutumée on mangeait pas mal lourd au réveillon. Irène était revenue de la Canadian Spool Cotton un peu débobinée d'avoir travaillé si tard la veille de Noël, elle qui ne se plaignait pour ainsi dire jamais. Alphonsine était rentrée du commerce de tissu après une harassante journée à négocier le prix des jouets, dont la propriétaire voulait absolument se débarrasser en décembre plutôt que de les stocker au sous-sol de son magasin pendant un an. Marcel, lui, reposait au salon, à bénéficier de l'enchantement de l'arbre de Noël, et profitait des petits soins que les femmes de la maisonnée lui accordaient. Il ne restait que Sansoucy, qui se démenait seul à son épicerie pour accommoder les clientes qui avaient des demandes de dernière minute à satisfaire.

Il était environ dix-huit heures. La journée avait été bien remplie, des tablettes étaient presque vidées de leur contenu, le téléphone avait résonné souvent et les commandes, livrées à des heures raisonnables. Le boucher avait éteint la moitié des lumières pour signifier que son commerce était fermé, en négligeant toutefois de verrouiller la porte. Fièrement planté devant son évier, il achevait de nettoyer ses couteaux quand la sonnerie du téléphone se fit entendre. Un rictus d'agacement marqua les traits de son visage. D'un pas traînassant, il se rendit au comptoir et décrocha. «Je peux ben prendre la commande, mais pour la livraison, ça va aller au 26», répondit-il. Sur ces entrefaites, deux individus masqués par un mouchoir pénétrèrent dans l'enceinte de son magasin. L'un d'eux demeura près de la porte et surveillait la rue. Il était dans un état d'agitation extrême. L'autre s'avança vers le marchand en brandissant un revolver. L'esprit alerte, Sansoucy s'empara du contenu du tiroir-caisse et engloutit vitement l'argent dans la poche de son tablier.

— *Hands up!* ordonna l'inconnu.

— Je vas t'en faire, un «*hands up!*» rétorqua Sansoucy en lui assénant un formidable coup de poing.

Le malfaiteur s'effondra comme une masse. Bourré d'adrénaline, le cœur lui battant aux tempes, Théodore ramassa le fusil et le lança derrière le comptoir. Puis il se rua vers le comparse, l'empoigna au collet et le projeta dans la vitre de la porte, la faisant éclater en mille morceaux. Celui-ci neutralisé, il retourna vers le premier bandit, qui se relevait lentement en se plaignant de douleurs à la mâchoire. Voulant éviter le poing de l'épicier, le brigand s'élança vers la sortie.

Exténué et encore sous l'emprise de ses nerfs, Sansoucy se rendit à la porte de son établissement. Les deux voleurs sautaient dans un sedan et disparaissaient à vive allure.

À ce moment même, Léandre s'amenait sur le trottoir et remarqua la voiture qui s'éloignait en trombe de l'épicerie. Il tourna instinctivement la tête et réalisa que des débris de verre parsemaient l'entrée du commerce. Il entra.

— Le père ! s'écria-t-il.

La cravate dénouée et la figure marbrée de grandes plaques rouges, Sansoucy s'était écrasé sur une caisse de bois vide et expirait bruyamment, la tête engoncée entre les épaules.

— Ils ont pas eu le fric, les trous de cul ! déclara-t-il.

Le quinquagénaire fouilla dans son tablier et montra fièrement l'argent qu'il avait sauvé.

— C'est donc ça, vous avez été victime d'une tentative de vol !

— Un vol à main armée, mon garçon ! haleta le commerçant. Rien de moins. Je croyais pas vivre pareille histoire dans toute ma carrière.

— J'ai vu la Chrysler noire 1930 ou 1931, qui s'éloignait à toute vitesse. Vous saignez, coudonc ?

Sansoucy avait enroulé une guenille autour de son poing sanguinolent. Léandre voulut appeler une ambulance en pensant qu'il reverrait peut-être Angélina, mais le blessé refusa de se faire conduire à l'hôpital. Il y aurait bien une des femmes de la maison pour le panser adéquatement. Par contre, le marchand jugea qu'il fallait alerter aussitôt la police du méfait.

Léandre s'en fut à la cave pour dégoter quelques planches, des clous et un marteau, et se mit en frais de placarder la porte endommagée pour sécuriser le magasin de son père. Bientôt, trois représentants de l'ordre surgissaient sur les lieux.

L'épicier avait renoué avec un certain calme et il avait terminé de répondre aux questions. Le lieutenant Whitty enveloppait l'arme du crime dans un linge que Léandre lui avait apporté.

— C'est un fusil de calibre 25, dit-il. Impressionnant, ce que vous avez fait, mon cher monsieur ! commenta-t-il.

— Si jamais une chose semblable se reproduisait, ne résistez pas aux bandits, conseilla l'agent Poisson.

— Vous auriez pu tomber sous les balles, monsieur Sansoucy ; la veille de Noël, en plus ! renchérit l'agent Lefebvre. Vous n'avez pas pensé deux secondes à votre famille, à ceux qui vous aiment et qui tiennent à vous…

Un sourire jaune se dessina sur les lèvres de Léandre.

— Croyez-vous pouvoir mettre le grappin sur les malfaiteurs ? demanda le fils.

— Les apaches ont été assez malmenés par votre père qu'ils ont dû aboutir dans une urgence de la ville, répondit le lieutenant. Nous allons prévenir les hôpitaux.

— T'as entendu ça, mon garçon ? Ton père a pas chié dans ses culottes…

— Oui, oui, le père, mais vantez-vous-en pas trop parce que la prochaine fois, s'il y a une prochaine fois, ben évidemment, on donnera pas cher de votre peau.

Un homme muni d'une caméra se pencha dans la vitrine du commerce, faisant des signes insistants pour qu'on vienne à lui.

— Ah ! Ces maudits journalistes, réagit le lieutenant Whitty. C'est pas long qu'on les a collés aux fesses…

Léandre alla entrouvrir la porte pour laisser entrer le photographe et le journaliste qui l'accompagnait. Une petite foule de curieux qui s'était agglutinée à la devanture commença à le harceler de questions.

— On vous expliquera en temps et lieu, professa-t-il. Rien de grave, les crapules n'ont rien volé… Oui, ils étaient bel et bien masqués et armés… Mon père souffre d'un choc nerveux… Une toute petite écorchure à la main…

Le fils de l'épicier referma la porte et alla vers le courageux marchand, qui affichait maintenant un air glorieux devant le photographe de *La Patrie*.

— Un instant, messieurs, s'excusa Sansoucy. Léandre, va donc dire à ta mère que j'en ai pas pour longtemps. À l'heure qu'il est, elle doit être inquiète sans bon sens.

* * *

Après la traditionnelle messe de minuit, l'église s'était évidée d'une partie de ses entrailles, ne laissant que le tiers des paroissiens ensommeillés pour assister à l'office de l'aurore, et le quart des fidèles pour résister à celui du jour. Encore bouleversée par les événements de la soirée, et voyant son pauvre mari éreinté et abasourdi, Émilienne s'était retirée à la maison au premier entracte, entraînant les siens avec elle.

La famille du brave épicier était à présent rassemblée au salon. Le bras en écharpe, le malheureux était parqué dans la berçante que Marcel avait déplacée pour la circonstance. Il avait éprouvé un certain inconfort à se rendre à l'église et à en revenir, ne pouvant se protéger qu'avec un bras valide dans le cas d'une éventuelle chute sur les trottoirs glissants. Les quatre locataires du troisième s'étaient ajoutés aux occupants du deuxième. Madame O'Hagan avait consenti à se priver de son fils, attendu qu'elle se reprendrait pendant les fêtes pour les recevoir, lui et Simone. Les Landreville avaient fait brûler une armada de lampions pour que leur ingrate donne au moins signe de vie avant le Nouvel An. Mais Paulette s'accrochait toujours à Léandre, qui ne pouvait faire autrement que de lui accorder un peu de temps durant la période de festivités. Il ne manquait qu'Édouard et Colombine, qui s'étaient fiancés pendant la messe de minuit et qui devaient réveillonner chez les Crochetière. Quant à Placide, il viendrait faire une trempette avec la parenté d'Ange-Gardien au jour de l'An.

Marcel venait de placer le petit Jésus de cire sur la paille et d'ajouter de l'eau au sapin. Le conifère embaumait l'espace de son odeur résineuse, combattant les effluves des tourtières et des tartes qui réchauffaient dans le fourneau du poêle.

— Vous pourriez nous servir un petit remontant, le père, lança Léandre. Un bon London Dry Gin, ça ferait pas de tort à son homme.

— Pourquoi pas ? réagit vitement Alphonsine.

— C'est pas ben ben commode pendant qu'on déballe les cadeaux, rétorqua Héloïse.

— On trouvera un autre moyen de souligner les exploits de popa, commenta Irène.

— Faut surtout pas oublier la guérison de Marcel, rétablit la mère. Marcel, te sens-tu capable d'ouvrir le premier cadeau ?

— Voyons, la mère, prenez-le pas pour une moumoune, votre Marcel, poursuivit Léandre. Il est fait fort comme son père, badina-t-il.

Sansoucy parut agacé par la remarque de son fils. Le convalescent s'inclina aux pieds du sapin pour saisir une boîte et retourna s'asseoir. Il la secoua pour en deviner le contenu. Puis il la déballa en déchiquetant le papier décoratif.

— Une pioche !

— Si tu veux pogner avec les filles, faut que tu commences à te raser le menton, le p'tit frère, lança Léandre.

— Regarde encore, il y a un tube de savon à barbe avec ça, ajouta Émilienne, j'ai frappé un bon spécial. Asteure, ça pourrait être au tour de Simone. Faut pas oublier qu'elle attend notre premier petit-fils.

— Vous aussi, m'man, vous êtes certaine que c'est un garçon ? s'enquit la jeune femme.

— De la façon que tu le portes, ma fille, c'est sûr et certain.

Alphonsine reluquait l'énorme emballage qui trônait près de la crèche ; Émilienne avait finalement fait mettre de côté la créature de bois qui avait fasciné sa fille au magasin de coupons. Alida demanda ensuite qu'on remette à Simone les cadeaux destinés à son poupon, des petits vêtements qu'elle avait tricotés. Tout le monde semblait se réjouir pour la future mère, sauf Paulette, qui regardait d'un œil envieux les présents qui s'amoncelaient devant sa belle-sœur.

Mais Léandre commençait à trouver que le dépouillement s'éternisait. Il décida que son tour était venu de distribuer ses cadeaux. Il étira ses longs bras et agrippa trois boîtes qu'il remit à Paulette, à Simone et à sa mère, des coffrets beauté de Colgate Palmolive, de splendides assortiments de savons Cashmere Bouquet, de talc, de parfum et de poudre pour la figure. Tout excitée de son présent, Paulette s'élança vers le conifère, débusqua l'emballage étroit qui dépassait sous les cheveux d'ange et l'apporta à Léandre.

— Pour toi, mon amour ! dit-elle.

— Ah ben, je pensais pas ! dit Léandre avec un enthousiasme plutôt tiède.

Léandre déballa la boîte, subodorant la navrante surprise qui s'y cachait. Il exhiba une cravate rayée.

— Ah ! j'en avais pas une de même ! s'exclama-t-il avant de la porter à son cou.

La table avait été dressée dans la salle à manger, et les pommes de terre pelées avant de partir pour la messe baignaient dans l'eau à laquelle on avait ajouté une pincée de sel. Voyant que le déballage s'accélérait, Irène s'en fut discrètement à la cuisine pour mettre les patates au feu et reparut au salon.

— Irène, tandis que t'es debout, prends donc la boîte ronde du côté de saint Joseph, ordonna Émilienne.

L'aînée déficela le paquet, le découvrit et défroissa avec lenteur le papier avec le plat de la main. Elle en tira un chapeau rose un peu excentrique qui lui arracha une légère grimace qu'elle réprima aussitôt. Elle s'en coiffa, alla se mirer dans le petit miroir de l'entrée et revint en souriant.

— Vous avez sûrement payé cher, moman. Vous auriez pas dû...

— Tu mérites ben ça, Irène, commenta Émilienne. Après tout, t'es ma plus fiable ici dedans.

Réalisant qu'elle avait gaffé, Émilienne tenta de s'abriter derrière des paroles moins blessantes pour ses sœurs.

— Changement de propos, j'en profite pour remercier ouvertement Lida, Loïse et Phonsine pour leur aide. Si vous aviez pas été là, des fois...

Irène alla quérir deux minuscules paquets empilés. Elle en remit un à sa mère et s'approcha de son père, qui sombrait déjà dans les bras de Morphée. Émilienne commença à déballer machinalement son cadeau en regardant son mari.

— Théo! c'est pas le temps de dormir, s'écria-t-elle. Regarde ce que t'apporte ta plus vieille.

Sansoucy s'ébroua et s'aperçut qu'on l'observait. Avec la maladresse de sa main gauche, de ses gros doigts noueux, il tenta en vain de déficeler le cartonnage. Irène s'empressa de le secourir.

— Chacun un chapelet neuf, Théo! s'exclama Émilienne. Tu dois en avoir un, toi aussi.

— Joyeux Noël, popa! dit Irène en embrassant son père sur les deux joues.

Pas particulièrement porté sur la prière, l'épicier la remercia pour l'objet de dévotion. Irène alla voir aux légumes. La vue maintenant dégagée devant lui, Sansoucy remarqua le cadeau qui restait sous le sapin.

— Celui-là, c'est pour la blonde de mon fils, déclara-t-il.

Émue, Paulette se leva et alla ramasser la surprise. Elle renifla la senteur qui se dégageait de la boîte et la dépouilla vitement de son emballage.

— Une boîte de bonbons ! s'exclama-t-elle. Vous vous êtes lâché lousse, le beau-père...

— Des Laura Secord, en plus, ajouta Alphonsine. J'espère que tu vas en offrir à tout le monde.

— Il y a pas de saint danger ! railla-t-elle. Vous connaissez mon péché mignon.

Léandre savait que Simone et David s'échangeraient des cadeaux chez les O'Hagan, mais il constata que ses parents ne lui avaient rien offert. Il réagit à sa manière.

— Bon, ben, le père, asteure que la place est dégarnie, c'est le temps de sortir votre bouteille de London Dry Gin.

Sansoucy se leva et se rendit à son cabinet de boisson. De son bras valide, il en sortit une bouteille de Saint-Georges rouge et retourna en quérir une autre à demi remplie d'alcool. Alphonsine déposa le vin sur la table, se chargea de remplir les petits verres de gin et de les distribuer. Après, on s'attabla autour de la plus belle nappe d'Émilienne, parsemée de dessous de plats et de la grosse bouteille de Kik de trente onces qui tachetaient le milieu de la table.

— T'aurais pas du blanc, Théo ? dit la ménagère. Il me semble que ce serait bon avec la tourtière, du blanc.

— Je pensais ben le garder pour la dinde au souper. Mais si tu y tiens, on va en prendre au réveillon. Il doit en avoir une bouteille dans la glacière ou dans la cave.

— Vous récitez pas le bénédicité, le père? observa Léandre, taquin.

Le chef de famille essaya de se signer avec sa main blessée, mais l'écharpe entravait son mouvement.

— Veux-tu rire de ton père, Léandre? intervint Émilienne. Des fois je me demande si tu portes vraiment le petit Jésus dans ton cœur, soupira-t-elle.

La prière d'usage récitée, on leva les coupes à la guérison de Marcel et à l'exploit de l'épicier, qui s'était tiré à peu près indemne d'un incident qui aurait pu s'avérer beaucoup plus grave, finalement. Émilienne tailla en petites portions la tourtière de l'éclopé et s'assit près de lui pour l'aider à manger.

Inévitablement, la question du remplacement du boucher surgit. Une pensée roula dans l'esprit de Léandre. L'occasion d'abandonner *La Belle au bois dormant* et de retourner à l'épicerie-boucherie se présentait. Mais il s'était engagé avec monsieur Quesnel, et le caractère temporaire de la suppléance au magasin le restreindrait. Vraisemblablement, les Gladu père et fils se retrouveraient à l'épicerie, l'un comme boucher et l'autre comme livreur. Il écarta l'idée.

Bientôt le réveillon s'avéra ennuyant pour Léandre et il manifesta le désir de se retirer.

— Tu peux pas nous faire ça en pleines festivités, Léandre! s'offusqua Émilienne. Pour les fois qu'on réussit à se rassembler...

— Vous allez m'excuser, tout le monde, mais je suis un peu fatigué.

Léandre recula sa chaise et s'étira en simulant discourtoisement un long bâillement. Paulette le suivit à l'étage supérieur. Elle se rendit dans sa chambre et réapparut quelques minutes plus tard. Elle avait revêtu sa jaquette, détaché ses cheveux et arborait un sourire enjôleur.

— On a le logis à nous autres, Léandre. Tu penses pas qu'on devrait en profiter?

— Tu sais ben qu'ils vont remonter bientôt; Simone est à la veille d'en avoir assez du réveillon, elle aussi.

— Je voulais te remercier pour le parfum que tu m'as offert. Tu trouves pas que je sens bon? Je viens d'en mettre un peu dans mon cou. Sens…

Elle s'approcha de lui. Il la repoussa avec délicatesse. Elle prit un air offusqué.

— Es-tu content de mon cadeau, toujours?

— Des cravates, j'en ai à peu près une dizaine. Une de plus, une de moins…

— T'es pas mal plate, Léandre Sansoucy! s'indigna-t-elle.

— Peut-être, mais c'est comme ça!

La mine attristée, il amorça un mouvement vers la porte.

— Où c'est que tu vas de même? Il me semblait que tu t'endormais…

— Je m'endors pas pantoute, j'étais juste tanné d'entendre parler de l'exploit du père.

— Admets qu'il a été courageux. D'après moi, t'es fâché parce qu'ils t'ont rien donné en cadeau.

— Ils auraient pu me donner, je sais pas, moi, des boutons de manchettes, de la crème à barbe, un *lighter*. En tout cas, je m'en vas faire un tour au Lion d'Or. C'est sur Ontario, pas ben loin d'ici. Eux autres sont ouverts jusqu'aux petites heures du matin.

— Attends-moi, je t'accompagne, dit-elle, radieuse.

Elle se rhabilla en vitesse.

Sitôt dans la rue, elle s'accrocha à son bras. Sur le trottoir pas tout à fait désert, elle s'amusait à dénombrer les logis éclairés de locataires qui étiraient la nuit de Noël en fêtant modestement autour d'une table qu'elle savait presque vide, dans bien des cas. Elle paraissait heureuse auprès de celui qui l'amenait pourtant contre son gré. Mais il lui devait bien cette petite sortie nocturne dans un restaurant où ils pourraient s'évader tous les deux et danser à s'étourdir au son de l'orchestre.

Il n'avait pas prévu que la nuit tournerait autrement. Cependant, le moment n'était-il pas opportun pour que, sans la mettre dans le secret le plus intime, il lui explique que *La Belle au bois dormant* marchait en somnambule et ne se réveillerait peut-être jamais ? Paulette n'avait-elle pas droit à un peu de considération, elle qui, après tout, vivait à ses côtés et tentait désespérément de lui plaire ? Qu'avait-il à lui reprocher, au fond, elle qui refusait toujours de voir ses parents et qui s'accolait maintenant à lui comme une sangsue ?

— Il faut que tu saches, Paulette ! lui dit-il, la mine repentante.

Elle s'étonna de l'affirmation et elle se prédisposa à entendre une confession franche et sincère de tout ce qu'il lui avait caché depuis les débuts de sa fréquentation assidue à *La Belle au bois dormant* et ses accointances avec Quesnel. Il lui en transmit juste assez pour qu'elle comprenne qu'il était dans de mauvais draps avec *La Belle au bois dormant* et qu'il avait pris sur lui de fermer le café jusqu'à nouvel ordre. Ils s'arrêtèrent devant le Lion d'Or. Paulette parut soudainement médusée.

— Pourquoi tu m'en avais jamais parlé, Léandre Sansoucy ?

— Un homme a pas à tout raconter à sa femme, tu sauras, Paulette Landreville.

— Ah bon ! Monsieur a droit à ses secrets.

— Puis madame aussi. Rappelle-toi l'avortement en cachette…

— Je voulais pas te faire de peine, larmoya-t-elle.

Il sortit un mouchoir de la poche de son coupe-vent. Elle se tamponna les yeux et ils franchirent les portes du Lion d'Or.

Chapitre 19

Léandre et Paulette avaient regagné leur logement, blottis l'un contre l'autre, pétris de fatigue, mais la mine joyeuse et les sens à fleur de peau. La vue de tous ces corps enlacés sur le plancher de danse et quelques verres ingurgités avaient fait renaître chez Léandre la concupiscence de la chair et favorisé ensuite un rapprochement chez le couple qui s'était adonné à de tendres ébats.

Paulette s'était levée vers les quatre heures de l'après-midi. Elle avait secoué son compagnon en lui rappelant l'invitation à souper. Léandre lui avait marmonné avec indolence qu'il déclinait l'offre de sa mère et qu'elle n'avait qu'à se présenter sans lui. Elle n'avait pas insisté. Il lui avait déjà accordé une nuit de tendresse.

La journée soulignant la naissance du Sauveur n'avait pas éreinté Émilienne outre mesure, Simone et David ayant festoyé chez les O'Hagan. Édouard et Léandre brillant par leur absence, la mère de famille s'était retrouvée avec Paulette comme seule invitée. Deux des sources de tension non présentes, d'ailleurs souvent à couteaux tirés entre elles, l'atmosphère s'en était trouvée moins électrisée. Avec Alphonsine, elle s'apprêtait maintenant à se rendre chez Dupuis Frères pour la grande vente d'après-Noël. Mais son mari la réclama avant qu'elle ne franchisse le seuil de la maison.

— Mili, faudrait que tu me refasses mon pansement avant de partir. T'as pas remarqué que ça avait coulé ?

— Bonyenne, Théo, t'aurais pas pu me le dire avant ? Je t'ai aidé à mettre tes pantalons, à rentrer ta queue de chemise dans tes culottes, à mettre ta cravate et à attacher ton tablier. C'est pas assez ?

— T'aurais pu t'en apercevoir avant, batèche! rétorqua Sansoucy. Il me semble que c'est normal qu'une femme soigne son mari, le gagne-pain de la maisonnée…

Émilienne déposa son sac à main sur le coin de la table, déboutonna son manteau qu'elle descendit sur ses épaules.

— Prends le temps de te déshabiller, tu vas avoir chaud sans bon sens, clama Alida.

— Le tramway nous attendra pas, lui répondit Émilienne. J'ai pas envie d'attendre le suivant, qui doit passer pas mal plus tard ces jours-ci.

L'air dépité, Alphonsine s'écrasa pesamment sur une chaise. Avec un empressement inaccoutumé, Héloïse apporta de la gaze et du Mercurochrome.

Sansoucy sortit son bras de l'écharpe, qui lui pendait maintenant au cou comme un collier, et il tendit son poignet à sa femme.

— Ben, sais-tu, mon Théo, ta blessure a l'air de bien guérir. Pour moi, tu vas pouvoir reprendre ton ouvrage tranquillement.

— Dans un sens, ça adonne ben, les clients se garrocheront pas aujourd'hui.

— Les bandits ont choisi leur moment pour commettre leur méfait, commenta Alida. Dans le temps des fêtes, il y a toujours des événements semblables qui se produisent. On est chanceux, nous autres, de manger trois fois par jour. Peut-être que les malfaiteurs sont de pauvres types sans travail qui voulaient apporter juste un peu de bonheur à leur famille.

— Batèche, Alida! s'indigna l'épicier. C'est bizarre que tu penses de même. De véritables crapules, ces deux-là: des gibiers de potence, que je te dis!

— Emporte-toi pas comme ça, dit Émilienne. Grouille pas, j'achève.

L'épouse prit l'épingle ouverte qu'elle retenait entre ses dents, la piqua dans la bandelette. Puis elle remit la petite bouteille rouge et le rouleau de gaze à Héloïse.

Les magasineuses parties, Sansoucy s'engagea dans l'escalier en se cramponnant à la rampe pour éviter de dégringoler. Puis il entra par la porte qui donnait directement sur l'intérieur de son commerce. Quelqu'un faisait le pied de grue sur la devanture. L'épicier déverrouilla la porte bardée de planches.

— T'es de bonne heure à matin, Philias.

— Ben j'avais hâte d'avoir de tes nouvelles, j'ai su pour le *hold-up*.

— À l'heure qu'il est, les malfaiteurs ont sûrement été ramassés par la police. Mais, pour en savoir plus, t'avais qu'à venir hier cogner à l'appartement.

— C'était pas le moment, tu devais avoir de la visite le jour de Noël. Puis tu sais ce que pense de moi Émilienne. Surtout depuis les élections de Taschereau. J'ai l'impression que je suis mieux de pas trop me montrer la face devant elle.

Sansoucy rapporta avec complaisance l'infraction des brigands qui s'étaient introduits dans son commerce et sa valeureuse intervention. Terrifié, Demers écouta avidement son ami, le félicita pour sa conduite chevaleresque et lui mentionna, les yeux noyés de tristesse, que sa journée de Noël avait été marquée par un douloureux souvenir. Chaque année, ce temps de réjouissances lui rappelait la disparition de ses deux petits-enfants. En effet, soixante-dix-huit petites victimes avaient péri dans l'incendie du Laurier Palace dans la rue Sainte-Catherine Est, lors de la présentation d'un film, le dimanche 9 janvier 1927.

Les enfants riaient aux courses effrénées et aux péripéties cocasses. Un feu mineur s'était déclaré. De la fumée montait et incommodait graduellement l'assistance. Les enfants – non accompagnés et, dans bien des cas, à l'insu de leurs parents – avaient commencé à évacuer la salle bondée quand une fillette, voulant sortir, emprunta un étroit escalier tournant, trébucha, entraînant une centaine de jeunes spectateurs qui s'entassèrent derrière elle dans une effroyable mêlée. L'ironie du sort avait joué contre eux. Sur les panneaux humoristiques appendus aux portes de la salle, ils avaient pu lire en entrant : « Prends les jeunes ! »

Les pompiers arrivèrent. Des enfants furent enroulés dans des bâches sur le trottoir pendant que des médecins cherchaient un souffle de vie aux petits corps piétinés et asphyxiés. Des ambulances transportaient ceux qu'on croyait sauver. Des prêtres dépêchés sur les lieux du sinistre administraient les derniers sacrements. Des casernes de pompiers étaient devenues des dispensaires, de véritables morgues, des salons mortuaires.

Demers se mit à pleurer quand il évoqua le moment où sa fille et son gendre s'étaient rendus au poste de police du quartier pour identifier leur fille et leur fils décédés.

— Voyons, Philias, arrête, tu vas me faire brailler moi aussi.

Demers sortit son mouchoir et souffla bruyamment dedans. Un jeune homme parut, porte-documents à la main. Il contempla la porte et s'avança vers l'épicier.

— Je suis une journée en retard pour vous souhaiter un Joyeux Noël, monsieur Sansoucy, mais je vois que ce n'est pas le moment non plus. Je me présente : je suis Hubert Surprenant, votre nouvel agent d'assurances de la Sun Life, dit-il en tendant la main. Dorénavant, c'est moi qui vais récupérer les montants que vous me devez. Je vous connais par personne interposée, si je peux dire : je suis un ancien camarade de classe de votre fils Léandre.

— Qu'est-ce que je peux faire pour votre bonheur, monsieur ? demanda l'épicier d'une voix impatiente.

— Bien j'ai appris le petit malheur qui s'est abattu sur votre commerce.

— C'est un petit malheur parce que j'ai su comment réagir, monsieur. D'ailleurs, je m'attendais pas à voir un représentant de la compagnie d'assurances aujourd'hui.

— En fait, pour tout vous dire, j'ai affaire en même temps à votre garçon.

Sansoucy ne releva pas l'information relative à son fils, mais il jeta un regard quelque peu perplexe sur le représentant de la Sun Life. Surprenant posa sa serviette sur le comptoir-caisse. Il en sortit un formulaire qu'il remplit avec les déclarations du commerçant et il alla exécuter un croquis de la porte dont la vitre avait été fracassée, avant d'évaluer les dommages à sa connaissance. Ensuite, il s'excusa auprès de Philias Demers, salua l'épicier et gravit l'escalier qui menait au troisième étage.

Le visiteur ajusta sa cravate et frappa. Les quatre locataires paressaient dans leur lit. Simone enfila sa robe de chambre et se rendit à l'entrée.

— Il y a bien un Léandre Sansoucy qui demeure ici ?

— Oui, répondit Simone, un instant.

La jeune femme enceinte alla sonder la porte de son frère. Quelques minutes après, Léandre parut en pyjama, l'air éminemment maussade. Encore engourdi de sommeil, il mit un temps à reconnaître l'étranger qui s'était présenté à son domicile.

— Pas toi ici à matin ! T'aurais pu rester chez vous, non ?

— Je m'en venais t'offrir mes meilleurs vœux des fêtes, Léandre.

— Ben ça tombe mal parce que j'ai pas le goût de les recevoir…

— Dis donc, on dirait que la jeune fille qui est venue répondre a un air de famille. Coudonc, c'est-tu elle, la *Belle au bois dormant* ?

— C'est ma sœur, sans-dessein! Viens-en au fait, Surprenant, qu'est-ce qui t'amène réellement?

Intriguée par la curieuse visite, Simone avait prévenu David, qui parut avec elle dans l'entrée. L'agent délaissa son attitude complaisante et sembla intimidé par la présence de l'Irlandais, qui affecta une humeur belliqueuse. Il poursuivit sa conversation avec Léandre:

— Le chèque que tu m'as remis pour payer ta prime d'assurances n'était pas encaissable pour manque de provision.

— Puis après? tonna Léandre.

— Ben, va falloir que tu craches, mon Sansoucy.

Un air enragé irradia le visage du fils de l'épicier. Il retourna à sa chambre, délibéra de la demande avec Paulette et revint auprès du visiteur en brandissant des billets.

— Tiens, maudit fatigant! Que je te revoie plus me relancer jusque chez nous parce que je vas te recevoir avec une brique puis un fanal.

— Joyeux Noël en retard, mon Sansoucy! On se reverra en 36…

Surprenant passa le seuil et dévala l'escalier.

* * *

Bien malgré lui, Léandre avait dû fournir des éclaircissements à ses colocataires en leur faisant promettre de ne rien dévoiler de l'entretien qu'il avait eu avec l'agent de la Sun Life, un ancien camarade de l'école Baril, après tout. Au demeurant, que pouvait deviner son père de cette histoire de café, lui qui, pour l'heure, dépenserait toute son énergie à se remettre des suites de sa mésaventure?

Deux étages plus bas, Philias Demers quittait son ami. Le téléphone se mit à sonner. Croyant que les commandes seraient rares, Sansoucy s'empressa de répondre : «Épicerie Sansoucy, bonjour!» Une dame venant de prendre connaissance de la tentative de vol à main armée lui adressait des félicitations quand il aperçut la petite foule qui se gonflait à la porte de son commerce. «Merci, madame!» dit l'épicier en raccrochant.

Les clients s'engouffrèrent dans l'établissement. Rolande Bazinet se détacha du groupe en brandissait *La Patrie* :

— Vous avez lu?

— Pas encore! réagit le marchand, devinant le propos de son interlocutrice.

Elle déplia le journal ouvert à la bonne page et lut avec des éclats de bonheur dans la voix.

«La série de vols à main armée, commencée comme d'habitude quelques jours avant la fête de Noël, s'est continuée mardi et hier, alors que trois nouveaux attentats ont été perpétrés, les bandits s'emparant de $24.95 au cours de leurs trois derniers exploits.

Le premier attentat fut commis mardi soir, à 9 heures 30, à l'épicerie de M. Joseph Nantel, 597, rue Mercier, à Tétreaultville, alors qu'un bandit solitaire ordonna à l'épicier de lui remettre son argent. Il s'empara de $17 et prit la fuite pendant que la victime prévenait la police. Un client, M. Arthur Beaupré, dut également se soumettre à l'ordre du bandit [...].»

Enfiévré par les nombreuses personnes qui avaient assailli son magasin, le commerçant s'empara de la publication.

— Faites-moi voir, madame Bazinet. On parle de moi ensuite, je suppose.

Sansoucy déposa *La Patrie* sur le comptoir pour mieux lire l'article qui le concernait. La décevante photo n'illustrait que la porte endommagée de son épicerie. Il s'en offusqua :

— Taboire! Tu parles d'un épais, un vrai débutant, ce photographe! Il aurait pu prendre une partie de la devanture avec mon nom écrit dans la vitrine, au moins.

Sous le regard attentif de ses clients, Sansoucy lut avidement l'article en prenant progressivement un air indigné, comme si sa prouesse devant les apaches qui avaient tenté de dévaliser son magasin n'était reléguée qu'au rang des faits divers et s'engloutissait dans les colonnes marginales de *La Patrie*.

Peu à peu, le commerce se vida de ses admirateurs au rythme des «Bravo encore!» et des salutations respectueuses à l'égard du héros du jour. Sansoucy se retrouva bientôt seul, savourant la popularité qui l'auréolait. Simone et Paulette vinrent le rejoindre. Sa physionomie s'altéra.

— Coudonc, les filles, avez-vous eu la visite d'un agent de la Sun Life, ce matin? Un certain Surprenant, si ma mémoire est bonne…

— Vous me semblez tout énervé, p'pa, dit Simone, éludant la question. On dirait que vous venez de subir un autre *hold-up*.

— Taboire! Si vous aviez vu le nombre de personnes qui sont venues m'acclamer tantôt pour mon geste héroïque, ça donne des frissons. C'est pas ça qui m'énerve, c'est le sapré journaliste et son photographe incompétent qui auraient pu se forcer pour me faire une meilleure publicité. Mais, dites-moi donc, le dénommé Surprenant tenait à voir Léandre à quel sujet?

— Oh! Une simple visite du temps des fêtes. Comme il avait affaire à vous, il a voulu en profiter pour saluer son ancien camarade, c'est tout…

Paulette abaissa les paupières sur le mensonge de sa belle-sœur et s'installa au comptoir, prête à accueillir les clients, tandis que Simone alla vaquer à ses occupations habituelles. Au besoin, elle assisterait son père au bras invalide à la boucherie.

Au début de l'après-midi, Junior Gladu se présenta au magasin. Les lendemains de Noël étant toujours plus tranquilles, les commandes à livrer ne seraient pas trop nombreuses, et ainsi le commerçant pourrait ménager sur le salaire du remplaçant de Marcel. Un peu plus tard, deux femmes poussèrent la porte et entrèrent à l'épicerie les bras chargés, écrasées sous le poids de leur fièvre dépensière. Elles s'acheminèrent au comptoir, sur lequel elles laissèrent tomber chacune deux gros sacs de chez Dupuis Frères. Avec des yeux envieux, Paulette essaya d'entrevoir les trésors qu'ils pouvaient receler, mais elle attendit que l'épicier s'amène avec sa fille.

— Viens voir ça, Théo, ce qu'on a acheté, Phonsine et moi, s'exclama Émilienne.

Sous l'œil circonspect de son père, Simone ficela le petit paquet de viande de madame Mc Millan pour la demi-livre de bœuf haché demandée. Devinant ce qui l'attendait à la caisse, Sansoucy trottina derrière la cliente et sa fille jusqu'au comptoir.

— Bonjour, madame Sansoucy, dit la dame. Vous avez frappé de bonnes occasions chez Dupuis. Chez Morgan, il y avait trente-trois pour cent de rabais sur l'argenterie et des jouets en solde pour le petit que votre fille attend.

— Donnez-lui pas d'autres idées, madame Mac Millan, l'interdit gentiment l'épicier ; des plans pour qu'elle retourne en ville.

— J'en profite pour vous féliciter de vive voix, monsieur Sansoucy, articula l'Irlandaise.

Paulette mit le paquet dans un sac de papier brun. La dame paya rubis sur l'ongle et sortit du magasin. Le regard de Sansoucy se reporta sur sa femme, qui commença à déballer ses sacs et à étaler ses achats sur le comptoir.

— Taboire, il y en a pour au moins dix piasses !

— Un petit peu plus, Théo ! osa Émilienne.

— La petite robe bleue lui fait à merveille, commenta Alphonsine. Elle l'amincit, en plus.

— T'as pas dû payer avec des prières, supposa Sansoucy.

— Si c'était comme ça, je pourrais m'offrir au moins la moitié du magasin, puis ça me coûterait pas une cenne noire, répondit sa femme.

Émilienne rassembla ses achats et regagna son logis avec sa sœur en ce début de soirée.

Le temps s'était radouci et les nuages floconnaient dans le ciel, s'effritant par milliers d'étoiles éphémères qui s'éteignaient sur le collet de fourrure de Simone et le manteau de drap de Paulette. Les deux beaux-frères étaient sortis pour aller consommer de la bière. Son frère n'ayant toujours pas tenu parole pour emmener Paulette à *La Belle au bois dormant*, la fille de l'épicier avait entraîné sa belle-sœur dans la rue Sainte-Catherine. Simone avait assisté son père toute la journée et ressentait un impérieux besoin de prendre l'air, comme si sa grossesse l'étouffait tout à coup et qu'elle pressentait des mois d'enfermement difficiles. Quant à Paulette, elle s'était dépensée à remplir les commandes, à servir au comptoir et à recevoir des curieux qui n'étaient pas venus pour acheter, mais pour s'enquérir *de visu* de l'état du brave marchand éclopé. Une bonne balade ferait du bien à toutes les deux.

Dès que les deux femmes délaissèrent la devanture brun-rouge du 3946, rue Adam, une question affleura à l'esprit de Simone. Et plus elles approchaient de *La Belle au bois dormant*, plus la question lui brûlait la langue :

— Penses-tu que mon frère va te rembourser ?

— C't'affaire ! répondit-elle avec irritation. C'est tranquille ces temps-ci à son restaurant, mais ça va reprendre, puis il va pouvoir me payer avant longtemps. Eh que t'as le don de m'énerver, des fois…

— OK, Paulette, je t'en reparlerai plus, promis, juré !

L'entente scellée, elles avaient accéléré le pas et s'enfonçaient à présent dans un quartier qui leur rappela leur brève incursion dans le faubourg Saint-Henri. Paulette se tourna furtivement pour regarder à la dérobée le ventre que Simone arborait. Elle aussi avait grossi, mais elle ne renfermait plus ce petit être qui s'était niché dans ses entrailles. Depuis lors, elle avait jeté son dévolu sur la nourriture qui remplissait son corps tout entier. Et malgré un éloignement temporaire répréhensible de Léandre, une incartade maintenant pardonnée, elle avait réussi à le ramener auprès d'elle. C'était cela qui importait.

— On est rendues, annonça Paulette.

— Ça a l'air mort, commenta Simone.

À la lueur chétive des lampadaires qui éclairaient la devanture, les belles-sœurs s'écrasèrent le nez dans la vitrine et promenèrent des yeux scrutateurs sur les ombres. L'endroit paraissait fantomatique : les chaises avaient été renversées sur les tables et personne ne semblait s'animer à l'intérieur.

— Ça regarde mal, si tu veux mon avis, dit Simone.

— J'ai cru que nos hommes étaient à *La Belle au bois dormant*, laissa tomber Paulette d'une voix étranglée. Tu peux être certaine que Léandre va en entendre parler, se fâcha-t-elle avant de tourner les talons.

Les deux femmes venaient de quitter la rue Sainte-Catherine et remontaient l'avenue Bourbonnière. Accablée par son excès de poids, Paulette marchait tout de même d'un pas décidé vers son logis, entraînant sa belle-sœur à la suivre.

— De grâce, ralentis un peu, dit Simone en se tenant le ventre. Si ça continue, je vais manquer de forces pour grimper l'escalier.

Paulette avait eu pitié de sa compagne. Elles progressaient maintenant dans la rue Adam et parviendraient dans quelques minutes à destination. Elles traversèrent l'avenue d'Orléans, passèrent devant chez les Savarin. Soudainement, incapable d'avancer, Simone s'immobilisa devant la buanderie Lee Sing. Paulette, qui l'avait devancée de quelques pas, se retourna.

— On dirait que je commence à avoir des contractions, déclara Simone d'une voix entrecoupée.

Paulette considéra son amie pliée en deux ; elle s'empressa vers elle.

— Tu vas quand même pas accoucher sur le trottoir, s'énerva-t-elle.

Paulette aida sa belle-sœur à se redresser et l'entraîna vers leur domicile en la soutenant. Péniblement, elles gravirent le premier escalier et s'arrêtèrent, exténuées, sur le palier.

— Je peux pas monter au troisième, on dirait que le bébé veut sortir…

Paulette frappa à la porte. Héloïse présenta sa figure hostile devant les femmes désemparées.

— On cogne pas chez les gens à une heure semblable, grogna-t-elle.

Le visage dévasté, Simone se lamentait.

— Le p'tit s'en vient ! Aidez-moi, matante, implora Simone.

— Mili, Irène, Phonsine ! s'alarma Héloïse.

Les femmes de la maison se pressèrent vers la porte. Édouard et Marcel surgirent dans l'entrée.

— Mon doux Seigneur, Simone, s'exclama Émilienne, viens t'étendre au plus vite ! Théo ! s'écria-t-elle. Le docteur, ça presse !

Abasourdi par la journée inaccoutumée qu'il avait traversée, Sansoucy s'était retiré tôt pour la nuit. Au surplus, il se devait de bien paraître le lendemain : les Crochetière les attendaient, lui et sa femme, pour le souper.

Il avança lentement en serrant le cordon de sa robe de chambre.

— Appelle le docteur, Théo, ta fille va accoucher ! proféra Émilienne.

— Batèche ! Pas tout de suite, il est pas dû pour le printemps, ce petit-là ?

— Oui mais, popa, on a déjà vu ça, quand le bébé veut naître avant son temps, expliqua Irène.

Les mains tremblantes, Sansoucy consulta le petit annuaire sur la glacière, décrocha l'appareil et composa le numéro du docteur Joseph Riopelle qui demeurait à proximité, entre l'avenue Jeanne-d'Arc et le boulevard Pie-IX. S'il était libre, il serait sur les lieux en peu de temps.

Le vieux médecin se présenta diligemment au domicile de Sansoucy. Le sexagénaire était reconnu pour être tout dédié au bien-être de ses patients. Malgré l'insomnie chronique dont il souffrait, on pouvait le déranger à n'importe quelle heure du jour ou de la nuit et il accourait à la rescousse, au détriment de sa propre santé.

Il déposa sa trousse sur le guéridon et se dépouilla de son manteau de fourrure qu'il remit au maître de la maison.

— Il a fallu que je réchauffe ma machine, mais j'ai fait au plus vite, monsieur Sansoucy. Où est votre fille ?

— Je l'ai fait étendre dans la chambre de Marcel, informa la mère. Suivez-moi, docteur.

Les contractions avaient diminué en nombre et en intensité. Mais Simone, tout en sueur, dodelinait de la tête en jetant autour d'elle des regards affolés.

— Ça va être long, puis ça va faire mal, docteur ? demanda Simone en réprimant une petite grimace de douleur.

— Il est dû pour quelle date, ton bébé ?

— Quelque part en avril, docteur, c'est loin encore. Je vas-tu mourir ?

— Marcel, va prévenir David ! s'écria Émilienne.

— David et Léandre sont sortis ce soir, et ça me surprendrait qu'ils soient déjà revenus, mentionna Paulette, visiblement troublée par l'événement.

— En tout cas, m'man, vous pouvez compter sur moi pour remplacer Simone demain à l'épicerie, annonça Marcel.

— D'après le médecin, faudrait attendre encore quelques jours, mon Marcel.

— Je suis pas une femmelette, m'man. Puis c'est juste pour assister p'pa, pas pour livrer les « ordres ».

— T'es ben fin, mon Marcel ! consentit la mère.

Émilienne referma la porte derrière elle et contemplait à présent le visage inquiet de sa jeune fille. Dans la cuisine, les tantes devisaient sur les accouchements difficiles et Irène priait en secret pour la délivrance de sa petite sœur, tandis que Marcel alignait les coussins du salon pour se faire un lit sur le plancher de la chambre d'Édouard, qui distribuait ses recommandations afin qu'on ne chambarde pas sa tanière, et que Sansoucy essayait nerveusement d'allumer sa pipe près du poêle.

Le médecin ausculta sa patiente et cherchait à écouter les battements de cœur de la mère et celui du bébé. Émilienne ne se possédait plus.

— On fait bouillir de l'eau, docteur ? demanda-t-elle.

— Je pense que cela est inutile, madame Sansoucy. Je crois que c'est une fausse alerte. L'enfant ne semble pas prêt à naître. Je viens de compléter un examen utérin : le bébé n'est pas assez engagé.

Simone se releva la tête de l'oreiller.

— J'accoucherai pas cette nuit, docteur Riopelle ?

— Certainement pas. Cependant, tu devras demeurer allongée presque toute la journée jusqu'à l'accouchement. Et pour l'heure, il est hors de question que tu bouges de cette pièce. Demain, on verra…

— Je vas devoir passer la nuit dans la chambre de mon frère.

— Pour une fois, Édouard va partager sa chambre avec Marcel, décréta Émilienne.

Des bruits inaccoutumés émanaient de la cage de l'escalier.

— Voilà nos deux fêtards, dit l'épicier.

— Laissez-moi ouvrir, le beau-père, réagit Paulette en se précipitant vers la porte. T'étais pas à *La Belle au bois dormant*, Léandre, ragea-t-elle. Viens pas me dire le contraire !

Appuyé au chambranle, Léandre balbutia quelques bribes incohérentes pendant que David tentait de gravir les dernières marches. Paulette crut comprendre qu'il était retourné au Lion d'Or parce qu'il en avait apprécié l'ambiance festive lors de sa sortie avec elle, deux jours plus tôt. « Il y a pas de quoi fouetter un chat ! » dit-il pour sa défense, dans son langage inarticulé.

Sansoucy, qui avait suivi la scène, s'approcha de son fils.

— T'es un irresponsable, Léandre Sansoucy! s'écria-t-il.

— J'ai ben le droit de fêter, le père, répliqua Léandre, la lèvre tordue, avant d'entreprendre l'ascension des degrés qui lui restaient à gravir.

Paulette adressa un sourire reconnaissant à son beau-père et alla frapper à la chambre où se détendait la jeune femme enceinte. Le docteur Riopelle refermait sa trousse en répétant ses recommandations.

— Excusez-moi, madame Sansoucy, je vas monter tout de suite chez moi, décida Paulette.

Elle s'approcha du lit et embrassa sa belle-sœur sur le front en lui souhaitant de bien se reposer. Puis elle prit congé et regagna son appartement.

Chapitre 20

La nuit s'était déroulée sans complications pour la jeune femme enceinte. Sa mère s'était levée quelquefois pour constater qu'elle dormait. Avant de descendre à son épicerie, Sansoucy avait entrouvert la porte de la chambre de Simone et l'avait refermée avec soulagement. Émilienne avait résolu de demeurer à la maison ; elle serait aux petits soins avec leur fille, il n'avait donc pas à s'inquiéter. La veille, l'Irlandais s'était jeté avec inconscience sur son lit sans se déshabiller. Au matin, Paulette l'avait mis au fait des événements. Le front plissé de regrets, il avait apporté des vêtements à sa femme et il repartait à la fabrique de cercueils de son père. Quant à Léandre, il paressait sur sa couche. Un peu plus tard durant la journée, il irait faire un tour à *La Belle au bois dormant*. Pour l'heure, rien ne justifiait qu'il s'extirpât de son matelas. Après l'amour, le sommeil n'était-il pas la plus merveilleuse trouvaille du Créateur ?

Marcel s'était levé de bon matin. Les coussins, qui lui avaient servi en quelque sorte de paillasse, s'étaient déplacés et son corps avait rencontré les lattes froides du plancher lamellé. Il s'était habillé en vitesse et il avait déjeuné avec les femmes pour éviter l'humeur déplaisante d'Édouard, qui réclamerait l'entièreté de son espace vital. Avec l'assentiment de sa mère, il avait décidé de retourner à l'épicerie pour prendre le relais de Simone aux côtés de son père. En ce vendredi précurseur d'une autre fin de semaine de festivités dans les chaumières, il fallait entrevoir une journée achalandée au commerce.

Paulette était au comptoir, prête à recevoir des appels téléphoniques ou des clients qui se présenteraient au magasin. Junior Gladu, qui en était à sa dernière semaine de remplacement, apparaîtrait vraisemblablement dans le courant de l'avant-midi pour éviter l'accumulation des commandes sur le plancher. Persuadé que les gens voudraient faire changement de la dinde de Noël, le boucher avait entrepris de fabriquer de la saucisse. Derrière son présentoir de viande, il avait tant bien que mal mis les tripes à tremper. Le visage convulsé de douleur, il s'apprêtait à remplacer l'eau du bac.

— Je vas vous donner un coup de main, p'pa, proposa Marcel en amorçant un mouvement, sinon vous allez empirer votre blessure.

— Laisse-moi faire, fatigant, bougonna le boucher. C'est juste cette maudite bande-là qui me dérange ; je vas l'ôter.

Sansoucy enleva son écharpe et, les dents serrées, il agrippa les deux anses de la cuve, sous le regard perplexe de son fils. À peine l'avait-il soulevée que son bras droit céda, déversant une partie des boyaux que l'eau charria avec elle sur le plancher.

— Tabarnac ! Tu m'as fait échapper les tripes, Marcel. T'es toujours aussi maladroit. J'aimais ben mieux quand c'était Simone qui m'aidait, aussi. On est pas pour gaspiller. Ramasse-moi ça, asteure…

Marcel se pencha en ravalant sa salive et se mit en frais de récupérer les boyaux gluants.

Mademoiselle Lamouche entra. Son œil de faucon repéra le boucher qui, les mains sur les hanches, supervisait son fils s'affairant à une curieuse activité. Paulette prenait en note une commande téléphonique. La mine méprisante, la résidante du quartier passa devant l'employée sans la regarder et se dirigea à la boucherie.

— Monsieur Sansoucy, vous allez pas nous vendre une saloperie pareille ! lança-t-elle, la bouche dédaigneuse.

— N'ayez crainte, mademoiselle, ça va aller direct dans le corps à vidange.

— Vous avez besoin, parce que je vais formuler une plainte au Département de la santé publique.

— Voyons, voyons, mademoiselle Lamouche, je connais les normes de salubrité et il me serait jamais venu à l'idée de vous refiler des ordures. Que puis-je pour vous, mademoiselle ?

Marcel alla quérir une poubelle dans laquelle il jeta tous les boyaux, sous les yeux attentifs de la cliente.

— Je vais prendre deux tranches de jambon très minces, dit-elle. Puis, comme d'habitude, arrangez-vous pour enlever les petits filets de gras. J'ai pas d'enfants à nourrir, moi.

L'opération de ramassage de tripes terminée, Marcel empoigna un torchon pour éponger l'eau souillée. Le boucher se lava les mains et prépara le paquet de sa cliente, qui se dirigea ensuite vers la caissière.

— Puis vous, mademoiselle Landreville, mangeriez-vous ça, de la saucisse qui a traîné sur le plancher ? Pas moi, en tout cas.

Mademoiselle Lamouche paya et prit congé. À la boucherie, Sansoucy se retourna vers son fils.

— Dis-moi pas que t'as jeté les tripes qui sont pas tombées à terre, se lamenta-t-il. Du vrai gaspillage ! Après ça, qu'on se demande pas comment ça se fait qu'on a de la misère à augmenter notre profit.

Sans mot dire, Marcel accusa les récriminations de son père.

— Coudonc, qu'est-ce qu'il fait, lui, qui arrive pas ? marmonna l'épicier. Les commandes vont s'accumuler puis il y aura personne pour les livrer.

— Je vas la faire, moi, la livraison, p'pa. Le petit Gladu est pas fiable pour deux cennes.

Un large sourire irradia le visage de l'épicier. Marcel se rendit dans l'arrière-boutique. Sa convalescence était écourtée, certes, mais il allait démontrer à son père qu'il n'avait rien perdu de sa haute vaillance. Il chaussa ses claques, revêtit son coupe-vent et se coiffa de sa casquette. Puis il sortit fièrement le triporteur du magasin et chargea la petite commande de madame Bergevin.

— Tu devrais t'habiller plus chaudement, recommanda Paulette. Puis oublie pas de mettre tes gants, sinon tu vas te geler les doigts ben durs.

— Tiens! On dirait que c'est m'man qui parle, asteure, rétorqua Marcel. Si je remonte chercher mon manteau plus chaud, je vas être obligé de lui expliquer pourquoi, puis elle va m'empêcher de recommencer à livrer, elle qui croit que je suis seulement descendu pour aider le père dans sa boucherie.

— Bon, ce sera comme tu voudras, Marcel, mais je t'aurai prévenu.

«Il a la tête aussi dure que Léandre!» pensa Paulette.

Sansoucy avait retrouvé un semblant de bonne humeur. La reprise de Marcel à la livraison lui ferait économiser des sous, mais la perte sèche qu'il venait d'essuyer avec ses tripes lui avait laissé un goût amer qu'il prendrait du temps à avaler, et le fait de savoir Simone sur le dos lui coupait littéralement les jambes. Et sa main droite qui l'incommodait et le rendait si malhabile. Les menus irritants ne cesseraient-ils donc de lui gâcher la vie? Il songea à l'invitation des parents de Colombine, que sa femme avait grand hâte de connaître, et à cette rencontre qui devait avoir lieu le soir même. Quant à lui, malgré la fierté qu'il éprouvait à l'égard de son fils instruit et cultivé, son incursion de petit marchand de l'est de la ville dans une maison bourgeoise de Westmount ne le faisait pas frémir d'envie autant que sa femme.

La cloche du magasin tinta gaillardement. Junior parut à l'épicerie, devancé d'un pas par sa mère qui le traînait derrière elle en lui tirant l'oreille.

— Tenez, monsieur Sansoucy, v'là votre commis de livraison! annonça-t-elle.

— Lâchez-moi, m'man, j'ai l'air de quoi, moi, vous pensez? se défendit l'adolescent.

Paulette pouffa de rire et tourna le regard vers la boucherie. Sansoucy sortait de la glacière. Il aperçut la mère et son fils qui s'avançaient en tandem au comptoir des viandes.

— Je vous amène votre homme, monsieur Sansoucy, déclara-t-elle. Il était pas levable ce matin.

— Votre Junior peut retourner se coucher, madame Gladu, répondit l'épicier. Comme il retardait, Marcel a repris son travail.

Germaine Gladu délaissa le lobe de son fils. Ses deux bras tombèrent le long de son corps.

— Vous êtes pas en train de me dire que vous l'avez congédié, monsieur Sansoucy? Ben ça par exemple, je le prends pas.

— Un commerce peut pas fonctionner avec des employés comme votre fils, madame. Viens, viens pas; rentre, rentre pas! Il me faut du monde sur qui je peux compter. Il y a assez de ma main qui est pas guérie et de ma Simone qui est sur le dos. Si ça continue, va falloir que je fasse rentrer Émilienne qui a décidé de rester auprès d'elle aujourd'hui.

— Qu'est-ce qu'elle a, votre Simone?

— Elle doit demeurer allongée la plupart du temps jusqu'à son accouchement. Vous avez pas vu la machine du docteur Riopelle hier soir? De coutume, de votre poste d'observation, vous ne manquez pas grand-chose, pourtant.

La voisine sembla irritée par la remarque cinglante du commerçant. Son fils se sentait de plus en plus étranger à la discussion, qui avait pris une autre tournure. Cependant, la cliente tenace n'avait pas joué sa dernière carte. Entre-temps, l'arrivée de trois dames entrées à l'épicerie-boucherie acheva de la convaincre de son intention d'offrir ses services.

— Je vas la remplacer, moi, votre femme, proposa-t-elle sur un ton décidé.

— Je veux pas vous faire de peine, madame Gladu, mais on va essayer de s'arranger entre nous autres.

— En tout cas, céda la cliente, hésitez pas à me faire signe. Si vous avez besoin de quelqu'un, je peux rebondir ici dedans assez vite. Envoye à la maison, flanc mou, ordonna-t-elle en poussant son fils vers la sortie. On va aller raconter ça à ton père, asteure…

Émilienne était dans un état d'excitation peu commun. Elle voyait venir le souper avec énervement. Les Crochetière qui, selon elle, flottaient allègrement au-dessus de la populace avaient accepté de se mêler à des représentants de la plèbe montréalaise, dont elle faisait tristement partie. Entre deux visites dans la chambre où reposait Simone, entourée de ses sœurs, elle avait fait le choix d'un vêtement acheté en solde la veille chez Dupuis Frères. Elle avait demandé à Alphonsine de procéder à de petits ajustements d'une robe en crêpe à encolure blanche et dont les rayures verticales jaunes, vertes et mauves l'amincissaient. Un collier de fausses perles ornerait son cou. Et pour compléter, elle balancerait à son bras un sac à main de pécari rouge prêté par Alida.

— Ça va jurer avec tes souliers noirs, commenta Alphonsine.

— Faut ben que les Crochetière s'aperçoivent que t'es pas de leur classe, renchérit Héloïse.

— Faites-moi pas changer d'idée, j'ai déjà assez de misère avec l'agencement des couleurs, conclut Émilienne.

Sansoucy entra pour dîner. Son regard se porta sur Émilienne, parée de ses atours, qui paradait devant ses sœurs en se cambrant le dos. Il avait survécu à l'avant-midi mouvementé sans trop bougonner devant la clientèle. Une paire de bras supplémentaire s'avérait nécessaire, et il entendait en faire part à sa femme.

— Qu'est-ce que t'en penses, Théo ? dit Émilienne.

— T'es pas mal *chic and swell*, Mili. Tu vas faire sensation chez les Crochetière, ce soir. Coudonc, vous avez pas faim, vous autres ?

— Le temps de mettre la table, ça va être prêt, répondit-elle. Il y a des restes de dinde froide à midi. Faut manger légèrement, on va avoir un festin ce soir chez les parents de Colombine.

Alphonsine et Héloïse se pressèrent pour dresser les couverts. La mère se rappela que son fils avait travaillé au commerce toute la matinée.

— Changement de propos, Théo, Marcel est pas trop tanné de son avant-midi ?

— Non, non.

— Grâce à lui, t'as pu ménager ta main blessée.

— Pas vraiment, dit évasivement Sansoucy.

— Comment ça, pas vraiment ? C'est pas une réponse, ça, pas vraiment…

L'épicier expliqua que Junior Gladu ne s'étant pas présenté à l'heure au magasin, Marcel avait repris son travail de livreur.

— T'aurais dû l'en empêcher, Théo, s'indigna Émilienne. Je pensais que tu le ménagerais plus que ça. À part de ça, je l'ai vu sortir de la maison ce matin avec son petit coupe-vent pas trop doublé. Des plans pour qu'il retombe malade.

— De toute façon, il est pas fait pour travailler dans la boucherie, il a les mains pleines de pouces, rétorqua le boucher.

— C'est pas fin, ce que tu dis là, Théo. Marcel est pas si pire que tu le penses. Puis qu'est-ce qui va arriver cet après-midi ? Le petit Gladu vas-tu finir par rentrer ?

— Il a rebondi avec sa mère au magasin. Je lui ai dit qu'il était congédié. Que c'était à lui de se montrer plus tôt, que Marcel était déjà remonté sur son bicycle. Puis voyant que j'avais besoin d'aide à cause de ma blessure, Germaine Gladu m'a offert ses services.

— NON, NON et NON! pesta Émilienne. C'est hors de question. J'aime mieux sacrifier mon après-midi auprès de Simone pour aller t'aider à la boucherie que de la voir se mettre le nez dans tes affaires.

— Tu fais bien de te défendre, approuva Héloïse. Vas-y, à l'épicerie, Mili, va finir ton vendredi, comme d'habitude, on est assez nombreuses ici dedans pour s'occuper de Simone. D'ailleurs, faudrait qu'elle vienne manger en même temps que nous autres, celle-là : le docteur Riopelle devrait venir cet après-midi. Il y a déjà Marcel et Paulette qui vont venir dîner tantôt ; j'ai pas envie de terminer la vaisselle à trois heures.

Malgré les événements, l'épicier avait trouvé le moyen de persuader sa femme de l'assister au commerce. Du coup, il éviterait de payer une employée qui aurait nécessité un certain entraînement et il ne s'embarrasserait pas d'une pie bavarde qui lui casserait les oreilles. De son côté, Émilienne s'était engagée contre son gré à se retrouver à l'épicerie-boucherie. Cependant, pendant le dîner, elle s'employa à estimer les avantages qu'elle en tirerait. Au demeurant, le travail d'aide-bouchère ne lui déplaisait pas, et le fait de se retremper dans le commerce avec la clientèle ne la rebutait pas non plus.

Marcel et Paulette étaient allés dîner à leur tour et ils étaient revenus au magasin. Marcel avait mangé comme un défoncé et se sentait d'attaque pour affronter un après-midi de livraison par un temps clément qui le favoriserait dans ses déplacements. En bonne mère, Émilienne avait vu à ce que son fils s'habille plus chaudement avant de repasser le seuil de la porte. Elle pouvait à présent se consacrer à son ouvrage et donner le meilleur d'elle-même. Cependant, elle ne pouvait s'empêcher de penser à Junior, qui avait dû écoper d'une punition et subir les vives réprimandes de son père.

L'après-midi s'achevait. L'automobile du docteur Riopelle venait de se stationner devant le commerce. Émilienne ne tenait plus en place. Elle voulait s'enquérir des conclusions du médecin pour Simone et troquer son linge de bouchère contre sa tenue du soir. Elle regardait l'heure à tout moment, en souhaitant que la cliente qui accaparait son mari décide d'aller faire son souper. La dame avait demeuré dans un quartier de l'ouest de la ville, mais son mari ayant connu la faillite, le couple avait échoué dans celui de Maisonneuve. Émilienne intervint.

— Excusez-moi, madame Bourque. Théo, je dois remonter au logis pour me changer. Faudrait pas que tu tardes à me suivre. Édouard et Colombine sont ben à la veille de venir nous chercher. Faut pas faire attendre le grand monde.

Comme si elle avait tout son temps, la cliente déposa son sac de commissions, déboutonna son manteau et retint Émilienne.

— Est-ce indiscret de vous demander à quel endroit vous allez ? s'enquit-elle.

— À Westmount, chez le notaire Crochetière, répondit Émilienne avec une fierté non dissimulée. Imaginez-vous donc que notre fils Édouard est le fiancé de leur fille !

— Ah ! Faut pas se laisser impressionner par ce monde-là, madame Sansoucy, ils sont faits pareils comme nous autres, vous savez. La seule différence, c'est que la vie les a gâtés, ces gens-là. Les messieurs se promènent pas en voiture à cheval, asteure. Non, non ! Ils s'achètent des automobiles de l'année et fument le gros cigare en nous renvoyant leur boucane en pleine face. Les femmes ont des domestiques plein la maison. C'est pour ça qu'elles ne savent pas quoi faire de leur temps et qu'elles font semblant de s'impliquer dans des œuvres de charité. Puis ça court pas les ventes chez Dupuis Frères et ça s'habille pas non plus à la Saint-Vincent-de-Paul, oh que non ! Ça s'habille chez Holt Renfrew, ça se promène avec des manteaux de poil pas achetables, et ça mange dans les meilleurs restaurants, tandis que nous autres, on se paye un hot-dog une fois par année dans le petit stand du bord de la *track* dans la rue Ontario. Puis les seules fois que ça ose nous regarder, c'est pour voir si on ouvre les yeux assez grands pour les admirer…

— Que voulez-vous que je vous dise, madame Bourque, c'est pas notre faute si notre fils a abouti dans le gratin de la ville !

Une Oldsmobile noire se gara en double devant le commerce. Les yeux de Sansoucy se tournèrent vers les vitrines de son immeuble. Édouard en descendit et se dirigea vers la porte qui menait au logement.

— Taboire, Mili ! La machine est devant la maison puis on est même pas prêts.

— Je te l'avais dit, Théo, qu'il fallait se grouiller ! On va avoir l'air fin, asteure.

— Excusez-nous, madame Bourque, dit l'épicier, si vous voulez passer à la caisse, Paulette va s'occuper de vous.

Émilienne prit congé. Sansoucy ramassa le sac de sa cliente et l'accompagna au comptoir. Il donna quelques directives à Paulette pour la soirée, salua madame Bourque et regagna son logement.

La mère s'était précipitée auprès de Simone. Selon le médecin, l'état de santé de sa patiente nécessitait effectivement un long repos. Mais elle pourrait retourner à son logis le jour même. Le paletot sur le dos et les gants comprimés dans une main, Édouard bourrassait sur le tapis d'entrée. Sa mère sortit de la chambre et raccompagna le docteur Riopelle à la porte.

— Dépêchez-vous, maman, Colombine nous attend dans son automobile ! s'impatienta-t-il.

— Je fais ce que je peux, mon garçon, répondit Émilienne. Ça fait exprès. Il y a une fatigante qui finissait plus de placoter. Prends patience, ton père est en train de se déculotter dans les toilettes. Il va endosser son habit, puis moi je vas enfiler ma petite robe neuve. Après je vas m'arranger les cheveux, puis m'asperger un peu de parfum. Phonsine, viens m'aider à m'habiller ! s'écria-t-elle.

Alphonsine s'enferma avec sa sœur dans la chambre conjugale. Émilienne en ressortit une trentaine de minutes plus tard, la figure empourprée.

— C'est de valeur que le docteur Riopelle soit parti, déclara-t-elle. J'ai chaud comme le mosus, asteure.

— C'est juste un peu d'énervement qui fait monter ta pression, Mili, affirma Héloïse. Tu vas voir, ça va rebaisser, assura-t-elle.

Sansoucy avait enfoui son écharpe dans la poche de son manteau. Boudiné dans son complet serré, il essayait à présent de revêtir son paletot en passant sa main invalide dans la manche.

Vingt minutes plus tard, Émilienne et Théodore descendaient dans la cage de l'escalier à la suite de leur fils et mettaient le pied sur le trottoir. Mais le jour s'était assombri. Les phares allumés, l'Oldsmobile ronronnait, prête à s'élancer sur la chaussée. Édouard alla ouvrir une portière et fit monter ses parents sur la banquette arrière avant de prendre place aux côtés de sa fiancée. Les mains cramponnées sur le volant, visiblement exaspérée d'attendre, Colombine salua brièvement ses nouveaux passagers et elle écrasa l'accélérateur.

La voiture roula dans Adam et tourna à l'angle du boulevard Pie-IX qu'elle emprunta vers le nord jusqu'à la rue Sherbrooke, dans laquelle elle s'engagea vers l'ouest. Déjà Émilienne s'émerveillait de cette grande allée large qui lacérait la ville d'est en ouest et qui était bordée de maisons qui semblaient les regarder orgueilleusement. Un moment, elle admira la femme émancipée qui la conduisait dans le grand monde. Grâce à son fils, elle avait à présent ses entrées dans une société qui lui était demeurée jusqu'alors interdite. Sous peu, elle allait découvrir dans quel milieu il évoluait.

Elle tourna les yeux vers son mari. De légères crispations nerveuses couraient sur le visage du pauvre homme. Elle pensa que sa main droite devait l'incommoder et elle chercha à lui décrocher un sourire qu'il ne lui rendit pas. Mais le malaise était plus profond ; la fierté qu'il éprouvait pour son fils ne réussissait pas à étouffer l'appréhension qu'il nourrissait à l'idée de la rencontre. L'homme d'affaires qu'il était se mesurait mentalement au notaire chevronné qui le recevait à sa table. Il pouvait bien faire le jars dans son épicerie-boucherie, sa notoriété était bien pâle et n'avait dépassé qu'une seule fois les frontières de son quartier. Désormais, le fait divers dont il avait été le principal protagoniste appartiendrait au passé. Il n'y avait que sa main blessée qui s'en souviendrait.

Peu après Saint-Laurent, l'Oldsmobile caressa le flanc du mont Royal et pénétra dans le quartier huppé de Westmount. Elle se faufila entre deux rangées d'imposantes demeures dont les formes se modulaient par des jeux d'ombre derrière des arbres majestueux. Les fiancés s'échangèrent quelques mots. Le déplacement avait été tellement silencieux qu'Édouard jeta un regard furtif vers ses parents, comme pour s'assurer qu'ils étaient encore sur la banquette. Sa mère semblait figée dans une grâce exquise après avoir vu défiler les résidences fastueuses, et son père paraissait atteint de spasmes nerveux qui lui soulevaient les moustaches. «Prends sur toi, Théo !» lui dit sa femme.

La voiture s'immobilisa.

— Nous sommes rendus, annonça inutilement Édouard.

— Mmm ! réagit Émilienne. On va débarquer. Viens, Théo.

Une profonde déception s'empara d'Émilienne. Elle s'était imaginée roulant lentement sous un porche, dans la cour dallée d'une maison somptueuse, un valet en livrée galonnée d'or ouvrant la portière des passagers, comme dans un film américain au théâtre Granada. Mais rien de tout cela.

Édouard fit descendre sa mère alors que Colombine avait déjà escaladé les trois marches et que Sansoucy se dépêtrait avec les pans de son paletot.

L'épicier referma la portière de sa main gauche et rejoignit sa femme. Ils se délestèrent de leurs chapeaux, de leurs manteaux et de leurs couvre-chaussures qu'ils rangèrent dans la garde-robe d'entrée. L'hôtesse parut, élégamment habillée d'une robe de soie noire sans artifices.

— Je croyais que nos fiancés étaient avec vous, exprima-t-elle de sa voix lyrante. Ma fille doit être allée se changer.

— Excusez-nous pour le retard, dit Émilienne. On a été pris à l'épicerie.

— Rien de grave, rétorqua gentiment madame Crochetière. Nous avons tout notre temps.

L'hôtesse entraîna le couple à la salle à manger. Un homme de haute stature, vêtu d'un complet sombre, se détacha de l'enfoncement de la fenêtre et s'avança vers les invités.

— Heureux de vous connaître, dit-il.

— Tout le plaisir est pour nous, répondit l'épicier.

Le notaire tendit une main chaleureuse.

— Ouch! s'écria Sansoucy.

— Oh! Désolé, mon cher monsieur, dit le notaire. J'oubliais ce qui vous était arrivé. Votre fils nous en a parlé.

— Ah ! je savais pas qu'il était si fier de son père, celui-là, commenta Sansoucy, un brin prétentieux. D'ailleurs, je vas mettre mon écharpe.

— Ça vaut pas la peine, Théo, intervint son épouse. Tu devrais être capable de te débrouiller pour manger sans que je t'aide comme je l'ai fait toute la journée aujourd'hui. Tu la mettras après le souper.

La rencontre était bien entamée. Émilienne était déçue de l'aspect ordinaire des lieux, mais en revanche les Crochetière étaient des gens d'une simplicité remarquable. Ils étaient tous les deux à l'aube de la soixantaine, et leur fille semblait ce qu'ils avaient de plus précieux au monde. Avec les parents de Colombine, la soirée se déroulerait dans une ambiance cordiale, dénuée d'affectation et de faux-semblants qui émaillent parfois le discours des nantis.

Une domestique dévouée portant bonnet et tablier achevait de garnir la table sous les recommandations de l'hôtesse. Pendant que son mari devisait avec Sansoucy, madame Crochetière écoutait la visiteuse s'extasier des beautés du quartier. Il ne manquait que les fiancés qui tardaient. Rien ne pressait, mais bientôt madame la notaire commençait à manifester un brin d'agacement. À tout moment, elle jetait des regards soucieux à l'entrée de la salle à manger. Elle demanda aux convives de prendre place autour de la table en poursuivant la conversation.

— Vous avez une belle machine de l'année ! commenta Sansoucy.

— Si ce n'était que de moi, j'aurais encore ma vieille Ford, monsieur Sansoucy. Colombine aime les belles voitures, vous savez. Et comme elle est fille unique, je la gâte un peu. Voilà nos fiancés ! s'exclama-t-il.

Édouard à son bras, Colombine Crochetière parut dans une élégante robe du soir en lamé de fantaisie bleu et argent dont le corsage produisait l'effet d'une petite cape bordée d'une frange argentée.

— Vous oubliez l'étiquette, mère. Vous auriez pu attendre avant de vous asseoir.

— Ma chérie! rétorqua faiblement madame Crochetière.

Sa fille prit un air offusqué.

— La convenance la plus élémentaire l'exige, exprima-t-elle. Même lorsqu'on reçoit du monde ordinaire.

— Tout de même, Colombine, les parents de ton fiancé méritent plus de considération! riposta le notaire.

Les paroles de la jeune femme jetèrent un froid sur les convives. Édouard se racla la gorge et tira la chaise de sa fiancée avant de s'installer à ses côtés. D'un léger signe de la main, l'hôtesse avisa la domestique de commencer le service. Rapidement, monsieur Crochetière aborda le sujet du mariage.

— J'avais songé à recevoir une vingtaine de proches, mais ma fille a insisté pour inviter toute la parenté, expliqua-t-il. Ma femme et moi provenons de familles nombreuses. Je ne vois pas comment on pourrait accueillir deux cents personnes dans la maison; la noce se tiendra donc dans une salle louée. Bien sûr, je paye tout. Quand on a une seule fille…

— Je pourrais faire ma part, avança l'épicier.

Émilienne allongea la jambe vers son mari et lui asséna un coup de pied.

— Ouch! cria-t-il. Mais si vous êtes disposé à tout payer…

— Vous avez mal? dit l'hôtesse. Pauvre monsieur Sansoucy!

— J'ai des élancements dans le bras, ricana amèrement l'épicier. De fâcheuses séquelles de mon aventure au magasin…

Édouard avait saisi la feinte de son père. Mais sa fiancée, déjà à des lieues de sa résidence, se voyait sur un paquebot qui la menait dans les vieux pays.

— Père, vous m'avez aussi promis un voyage en Angleterre, rappela-t-elle. Grand-mère sera contente de nous recevoir, Édouard et moi.

— Tu auras tout ce que je t'ai promis, ma chérie, répondit Crochetière.

Le notaire enchaîna avec des propos sur sa profession, ses perspectives de retraite et la confiance inébranlable qu'il mettait en Édouard. Dans quelques années, son gendre, voué à une belle carrière, assurerait la relève de son étude. En quelque sorte, il serait là pour prolonger le travail déjà entrepris. Et puis, assailli par des émotions, la physionomie du vieil homme s'altéra.

— À l'âge qu'ils se marient, dit-il à l'adresse des parents d'Édouard, on devrait avoir plusieurs petits-enfants.

— Je vous l'ai déjà dit maintes fois, père, rétorqua vivement Colombine, ne comptez pas sur moi pour engendrer une famille.

— T'as ben le temps de changer d'idée, ma fille, commenta Émilienne. T'es pas obligée de te rendre à six comme moi…

— Je pense que Colombine ne se rendra même pas à un, intervint madame Crochetière. Wenceslas devra se résoudre à l'accepter…

Après une pause remplie d'un silence significatif, Sansoucy s'empressa de rapporter ce qu'il vivait dans sa propre famille.

— Il y a parfois des événements qu'on maîtrise pas dans la vie, affirma-t-il. Prenez par exemple le cas de la sœur d'Édouard. À seize ans, ma Simone attend un enfant d'un Irlandais. Heureusement qu'elle a choisi de se marier…

Émilienne allongea un nouveau coup de pied à son mari, qui laissa échapper un autre petit cri de douleur. Cette fois, Sansoucy s'excusa, se leva et disparut quelques instants. Il revint dans la salle à manger, arborant son écharpe. Wenceslas Crochetière proposa qu'on se déporte au salon pour prendre un digestif.

La soirée avait assez duré. Les verres sitôt consommés, Colombine décida de ramener les Sansoucy à la maison.

Chapitre 21

L'année 1935 agonisait sur son lit d'épines et de ronces, et Théodore Sansoucy vivait dans l'espérance pour l'année qui allait naître. Les derniers mois l'avaient accablé d'une écume de soucis dont le ressac du temps le soulagerait incessamment. Quelques jours s'étaient écoulés depuis sa visite chez les Crochetière. L'épicier se remettait de sa blessure. Ses élancements avaient cessé comme par miracle. La porte de son magasin avait été réparée, Marcel semblait renaître de ses cendres, malgré quelques étourdissements passagers, et Simone reviendrait après son accouchement. Encore faudrait-il que sa femme accepte de la suppléer jusqu'au printemps. Pour l'heure, il pouvait travailler sans aide dans sa boucherie, au grand bonheur d'Émilienne, qui devait se consacrer aux préparatifs du souper. Le lendemain, Simone fêterait chez les O'Hagan, et Édouard, chez les Crochetière. Le repas du soir du 31 décembre remplacerait donc le traditionnel souper du Premier de l'an.

À la différence de son père, Léandre voyait sa confiance présomptueuse s'effriter progressivement. L'année s'achevait ainsi sur une note grave. Rien ne laissait présager une reprise des activités à *La Belle au bois dormant*. Quesnel s'était effacé du paysage, et il n'avait pas tenté de le rejoindre. Tous les jours, invariablement, il entretenait la flamme du commerce pour éviter que le bâtiment ne se détériore. Aujourd'hui encore, comme un veilleur de nuit, il vérifierait la nourrice du poêle à huile et ferait sa ronde à l'étage. Pour la dernière fois de l'année, il allait pénétrer dans son restaurant. Il venait de marcher contre le vent, sa tête nue engoncée dans le col de son coupe-vent, se laissant guider par quelques repères de la rue Sainte-Catherine.

Du bout de ses doigts gelés, il sortit son trousseau de clés et déverrouilla. Il entra en se secouant les pieds sur la carpette et referma la porte. Les lampadaires de la rue n'éclairaient que faiblement l'intérieur. Il alluma. L'endroit lui parut étrangement sinistre. Sous les ruses du vent, de minuscules sillons de neige formés par les interstices mal calfeutrés des ouvertures crevassaient le plancher. Des ampoules brûlées, les chaises grotesquement culbutées sur les tables, le dernier spécial du jour annoncé qui datait de plusieurs jours, le juke-box muet. Son esprit se plut à imaginer des buveurs discrets retirés dans les recoins sombres, bavardant paisiblement entre eux. Mais une chose lui pesait plus que toute autre : l'absence de certitude du retour aux bonnes affaires promises par Maximilien Quesnel. Jamais la place ne lui avait semblé aussi désolée, aussi désertique, aussi abandonnée.

Sa pensée courut dans l'escalier et monta aux chambres. Il se rappela la voluptueuse Arlette Pomerleau, ses aguichantes compagnes qui avaient également servi de paillasse à de nombreux clients d'un soir, et le feu brûlant de la passion qui le consumait jusqu'à ce qu'un désir fauve renaisse, aussi fort, aussi féroce, aussi puissant. Soudain, ses souvenirs libidineux se refroidirent. Une humidité malsaine transperça son manteau et l'atteignit jusqu'à la moelle des os. Il frissonna et décida de se faire un café.

« Taboire ! s'exclama-t-il en se déplaçant vers le comptoir, les boissons ont disparu. »

Il songea à appeler Quesnel, mais se souvint que l'appareil de téléphone avait été débranché. Se ravisant, il porta la nourrice de mazout qu'il alla remplir au baril et mit de l'eau à bouillir.

Après le café bien chaud qui l'avait réconforté, il résolut de se rendre chez son associé. Dans les circonstances, une conversation en personne serait plus appropriée. Il se souvenait imprécisément de son domicile, mais il se débrouillerait en s'informant dans le voisinage. À l'abri du vent qui soufflait en bourrasques, il s'alluma une cigarette et quitta *La Belle au bois dormant*.

Déterminé à en découdre avec Quesnel, il rebroussa chemin et remonta Davidson, traversa Adam et atteignit La Fontaine qu'il emprunta vers l'est jusqu'au coin d'Aylwin, où il entra dans un petit café. Une cigarette fumant dans le cendrier posé devant elle, une grosse dame à l'aspect négligé était assise au comptoir et sirotait une boisson chaude. Elle déposa sa tasse et replaça la mèche qui lui fissurait le front.

— Bonsoir, madame. Vous connaissez quelqu'un du nom de Maximilien Quesnel qui habite dans les parages?

La restauratrice éteignit son mégot et posa les yeux sur Léandre.

— De la part de qui, monsieur?

— De son associé. Enfin, une sorte d'associé…

La dame trouva la réponse douteuse et un peu floue, mais elle consentit à livrer ce qu'elle savait au garçon qui lui plaisait.

— Quesnel était un de mes locataires et il vivait dans un petit meublé au-dessus de mon restaurant, élabora-t-elle en dévisageant Léandre avec impertinence. Un bonhomme un peu bizarre, ce monsieur Quesnel! Il n'était presque jamais à son appartement. Il ne parlait à personne dans le quartier. Vous êtes drôlement bien tombé en vous adressant à moi. D'ailleurs, je me suis souvent demandé pourquoi il avait loué. Heureusement qu'il m'a payé son mois avant de partir. Mais, dites donc, c'est quand même curieux que vous me posiez la question, jeune homme…

— Merci infiniment, madame, dit Léandre en amorçant un pas vers la porte.

— Vous prenez pas un petit café avec moi, il fait frette dehors. Je vous l'offre, insista-t-elle.

Il mit la main sur la clenche et se retourna.

— Merci quand même, je suis attendu pour le souper. Bonne année, madame!

Par l'entremise de Paulette, Léandre avait effectivement promis à sa mère qu'il partagerait le repas avec sa famille. Il se rendrait donc chez ses parents. Il sortit. La gifle du vent se faisait moins cinglante, mais le froid était mordant. Il faudrait marcher vitement pour ne pas geler. Il s'engagea dans la rue.

« Que je suis donc cave ! J'aurais dû y penser avant… » se dit-il, après quelques pas.

Il rebroussa chemin. Plutôt que de gagner son logis, il entreprit d'aller chez une ancienne employée : Quesnel avait peut-être emménagé chez Arlette Pomerleau. Il fonça vers la rue Dézéry.

Il s'arrêta au pied de l'escalier spiralé et, prenant son souffle, escalada les marches deux à deux en s'agrippant à la main courante. Sur le balcon, il pressa la sonnette et accéda sans attendre au troisième étage. Derrière la porte de l'appartement où il se souvenait d'être venu livrer des commandes, une fête tapageuse semblait se dérouler. « Si Quesnel est là, il doit pas manquer de boisson, et c'est pas le meilleur moment pour lui parler… », réfléchit-il, désappointé. Il regagna son logis.

Le vieux Fargo de l'oncle Elzéar était garé devant l'épicerie-boucherie. Il ne manquait probablement que Léandre. Sa course effrénée l'avait épuisé et il ne pensait qu'à se réfugier chez lui. « Une promesse est une promesse, se dit-il, mais ils ont besoin de pas être trop plates, parce que je vas sacrer mon camp ! » Lentement, comme s'il gravissait la dernière falaise d'une montagne pour accéder au sommet, il monta la série de marches qui le menaient chez ses parents.

On achevait de réciter le bénédicité quand il entra dans le logement, l'œil hagard, le visage rougi par le froid, tavelé de petites taches blanchâtres. Au dernier signe de la croix, Paulette accourut vers lui. Il donnait cette impression d'égarement de ces êtres pitoyables en quête de soutien.

— Avez-vous une petite place pour moi? demanda-t-il, implorant.

— Mais tu fais ben dur, donc! s'exclama Paulette. J'ai pensé que t'étais allé fêter au Lion d'Or, et j'ai dit à ta mère que tu viendrais sûrement pas, finalement, débita-t-elle.

— Non, non, je t'expliquerai. C'est pas ça pantoute!

Elle réalisa que les doigts gourds de Léandre le rendaient malhabile et elle l'aida à se débarrasser de son coupe-vent léger. Heureuse de voir apparaître son fils, Émilienne s'exclama :

— Bonyenne, Léandre, je gage que tu t'es promené nu tête puis la falle à l'air! Quand est-ce que tu vas comprendre qu'il faut s'habiller quand il fait froid?

— C'est pas le temps de le chicaner, moman, commenta doucement Irène, on était pas certains qu'il soit là! Contentez-vous donc de le voir avec tous ses morceaux et que tous vos enfants soient enfin réunis autour de la table!

Léandre adressa un sourire reconnaissant à l'aînée, échangea un clin d'œil avec Marcel, et salua brièvement Placide et ceux qui l'avaient emmené à Montréal. Tout compte fait, il était content de se retrouver parmi les siens. Cependant le froid l'avait changé en glaçon et il ressentait ce douloureux picotement des mains et des pieds qui s'adaptaient à la température élevée de la salle à manger. Son père demanda à ce qu'on remplisse la coupe du retardataire et proposa un toast à l'année qui venait. En soulevant sa main gauche, il repensa au lourd ballot de petites misères qui l'avaient accablé en 1935 et à l'inquiétude persistante à l'égard de son fils insoumis qui le minait. Soudainement optimiste, il anticipa les événements heureux qui s'annonçaient. Son regard se posa sur les fiancés et se reporta sur Simone.

— Dans quelques mois, on va aller aux noces et on aura un beau petit bébé qui va gazouiller dans la maison.

Un flot d'émotions envahit Émilienne. Florida perçut la réaction de sa belle-sœur.

— Même s'il était pas désiré, tu dois avoir hâte de le prendre dans tes bras, ce petit-là, exprima-t-elle.

Émilienne plissa le front et répondit par une boutade pas très inspirée :

— C'est sûr, Florida, mais en même temps, ça me fait vieillir d'un coup sec !

À entendre les propos qui tournaient autour de la naissance, Paulette avait déjà englouti la moitié de sa coupe de Saint-Georges et elle jetait maintenant son dévolu sur les pommes de terre qu'elle pilait compulsivement dans le bouillon de la volaille.

— Puis vous autres, Léandre, lança l'oncle Elzéar, interrogatif, ça grouille toujours pas de ce côté-là ?

— Faudrait d'abord qu'il ait un emploi stable pour assurer un avenir à ses enfants, coupa platement Édouard.

— Tu peux ben parler, toi, le notaire, rétorqua Léandre, tu l'as, ta *job* garantie à vie puis, d'après ce que j'ai entendu dire, c'est pas de ton bord qu'il faut attendre des descendants Sansoucy !

— Certainement pas, renchérit sèchement Colombine, qui avait déjà réglé la question de la progéniture une fois pour toutes. Ni du côté de Placide, d'ailleurs.

Le taciturne sentit poser sur son insondable personne des regards de profanation. Il rougit.

L'échange corsé fut suivi d'une pause entrecoupée par l'entrechoquement rassurant des ustensiles. Mais le silence absolu suscite parfois un malaise et fait surgir chez certains sujets des paroles inutiles. L'oncle Elzéar se crut obligé de le remplir.

— Comme ça, Marcel, pour toi, l'éducation chez les Sainte-Croix, c'est bel et bien chose du passé, lança-t-il. Moi, tu sais, l'instruction… Finalement, ton accident de bicycle aura été un mal pour un bien ! C'est ton père qui va en profiter le plus. Et tant qu'à redoubler des années à l'école puis à apprendre des affaires qui te serviront jamais, t'es aussi ben de te rendre utile. Ça prend pas la tête à Papineau pour travailler dans une épicerie…

— Wô, wô ! le beau-frère, s'emporta Sansoucy en déposant sa fourchette avec fracas sur la table, t'as une belle opinion de mon métier d'épicier. Je voudrais ben te voir derrière un étal de boucher, aux approvisionnements, à continuer de satisfaire la clientèle qui, des fois, te regarde avec de gros yeux parce que tu lui demandes de payer à la fin du mois. Toi t'as juste à t'occuper de ton troupeau de vaches puis de ta basse-cour, c'est à peu près tout ce que t'as à faire.

— Choque-toi pas, Théo, Elzéar voulait pas t'insulter, le défendit Émilienne. C'est une manière de parler, voyons donc !

— Non, non ! poursuivit l'habitant, j'étais ben sérieux : des poches de patates puis des cannes de petits pois, tu risques pas ben fort de les perdre, tandis qu'une vache ou un cochon, ça peut crever par une maladie, puis c'est pas aisé à remplacer. Sans parler des récoltes qui sont parfois gaspillées par le mauvais temps, la grêle, les vents qui peuvent coucher notre fourrage puis notre beau foin par terre. Des fois, ça fait vraiment des grosses pertes…

Alors qu'Émilienne essayait de tempérer l'atmosphère qui avait dégénéré, les trois vieilles filles Grandbois semblaient soutenir des yeux leur frère contre l'épicier. Mais Héloïse ne pouvait contenir les pensées qu'elle endiguait entre ses lèvres serrées.

— Compte-toi chanceux, Théo, d'avoir une femme qui te seconde encore deux jours par semaine dans ton entreprise et qui accepte maintenant de reprendre l'ouvrage à temps plein en attendant le retour de Simone.

— J'ai jamais dit le contraire, la belle-sœur, je l'apprécie.

— Puis c'est pas tout, les repas sont toujours prêts, tu manges plein ta panse, la maison est propre comme un sou neuf, tes vêtements sont lavés, tes chemises, repassées, débita Héloïse. Lida, Phonsine et moi, on a une grosse part dans la maisonnée depuis qu'on a emménagé chez vous. N'oublie jamais ça, Théo.

— Des fois, je me demande si tu devrais pas retourner d'où tu viens, Héloïse, répondit l'épicier. Ça ferait peut-être pas une grosse différence ici dedans !

— Si Héloïse s'en va de la maison, tu peux être certain qu'Alida et moi, on va suivre, déclara Alphonsine. Va falloir que tu te fasses à l'idée que les sœurs Grandbois sont soudées ensemble pour le reste de leurs jours. Puis peut-être même qu'Émilienne nous suivrait aussi.

— Là, tu t'avances un peu trop, Phonsine. J'en connais des ben pires que mon mari. Des hommes qui couraillent et qui boivent, j'en connais ! Rien que là, sans prendre le temps de réfléchir, je pourrais t'en citer cinq.

Émilienne étendit sa main potelée en écartant les doigts au-dessus de son assiette et commença à se remémorer des noms qu'elle énuméra pour elle-même. Avec un intérêt croissant, chacun essayait de décoder les syllabes que la maîtresse de maison balbutiait du bout des lèvres.

— N'oubliez pas de nommer votre garçon, intervint méchamment Édouard.

Piqué à vif, Léandre repoussa vigoureusement sa chaise.

— Toi, ma maudite face ! éclata-t-il, avant d'amorcer un mouvement vers l'autre côté de la table.

On frappa sans ménagement chez les Sansoucy. Marcel et David s'étaient élancés pour retenir le déchaîné qu'ils maîtrisaient avec peine. Perplexe, Irène se rendit à la porte qu'elle entrouvrit précautionneusement. Elle revint dans la salle à manger.

— Quelqu'un pour toi, Léandre.

Léandre cessa de se débattre. Marcel et David le relâchèrent. Le visage convulsé de colère, l'interpellé tenta de reprendre contenance. Il alla à la porte.

— *La Belle au bois dormant* est en feu ! annonça le survenant.

Remerciements

De chaleureux remerciements s'adressent à Alice et Jacques Gougeon, mémoires vivantes de la période de l'entre-deux-guerres. À Claudine Brodeur, pour ses précieux conseils d'infirmière. Et à Réjean Charbonneau, directeur-archiviste de l'Atelier d'histoire d'Hochelaga-Maisonneuve, qui a grandement facilité et soutenu mes recherches.

LES CHÂTEAUX DE CARTES

Quand le vent souffle
sur les châteaux de cartes…

Chapitre 1

Après le dernier coup de minuit, Théodore avait remonté le mécanisme de l'horloge grand-père qui trônait dans la salle à manger. Puis il avait jeté rageusement deux bonnes pelletées de charbon dans la fournaise avant de rallumer sa pipe au poêle et de s'isoler pensivement dans sa berçante. L'année 1936 débutait mal. Le réveillon avait été brusquement interrompu par l'apparition intempestive de l'agent d'assurances au logement des Sansoucy. Avec Hubert Surprenant, l'employé de la Sun Life, Léandre, Paulette, David et Marcel avaient sauté dans le taxi Boisjoly les conduisant à *La Belle au bois dormant* incendiée, à présent passée dans l'autre monde, les yeux définitivement fermés.

Les autres membres de la famille étaient rassemblés au salon avec les invités. La tête abandonnée vers son ventre rebondi, Simone dormait. Placide était absorbé dans ses prières et suppliait le thaumaturge de l'Oratoire de venir à la rescousse de son frère Léandre. Irène, Édouard et Colombine, Elzéar et Florida ainsi que les trois vieilles filles Grandbois conféraient ensemble. Émilienne se taisait, recluse dans ses pensées, effondrée par le malheur qui venait de s'abattre sur son fils.

— Il ne manquait plus que ça, exprima-t-elle, douloureusement.

— Vous savez ben, moman, que Léandre a du ressort, affirma Irène.

— C'est peut-être un mal pour un bien! commenta Alphonsine. Il devra se revirer de bord et trouver un emploi plus convenable. Tout le monde savait que *La Belle au bois dormant* était pas un endroit recommandable.

— C'est ça qui arrive quand on mène une mauvaise vie! lança platement Héloïse.

— Bien dit, ma tante ! l'appuya Édouard.

Colombine avait opiné du menton dans le sens de son fiancé, tout en se désolant d'avoir échoué dans une famille où tous les travers de la terre semblaient réunis. Édouard avait bien quelques petits défauts, mais grâce à son intelligence et à son degré de raffinement il avait su s'élever au-dessus de la fratrie. Malgré ses belles qualités, Irène ne volerait jamais bien haut, Placide, taciturne et un peu benêt, n'aborderait pas de grandes études chez les Sainte-Croix, le beau Léandre, somme toute débrouillard, était loin d'être fixé, Simone, la délurée, n'était promise qu'à un petit avenir de mère de famille, et Marcel, le pauvre garçon, était pratiquement condamné à livrer les « ordres » de l'épicerie le reste de ses jours. Quant à son futur beau-père Théodore, homme orgueilleux sans envergure et soupe au lait, ses affaires se confinaient aux clients du quartier ; et sa future belle-mère, Émilienne, pouvait se consoler d'avoir mis au monde et réchappé le talentueux Édouard parmi six rejetons.

Elzéar se leva et se rendit à la cuisine. Un nuage de fumée se répandait autour de la berceuse immobile. L'épicier avait pressenti la présence de son beau-frère ; il éloigna sa pipe de merisier de ses moustaches roussies.

— Plutôt que de se morfondre à attendre ici dedans, on devrait aller sur place, Théo, proposa le fermier. D'ailleurs, je vois pas pourquoi tu t'en fais de même pour Léandre. Je croyais que ça faisait ton affaire que *La Belle au bois dormant* soit incinérée…

— Niaise-moi pas, Elzéar Grandbois ! Tu sais ben que c'est un paquet de troubles de perdre un bâtiment dans un incendie ; puis que c'est qui va lui arriver asteure, tu penses ?

— Tu serais pas content qu'il te revienne, ton fils ? Bon, envoye, amène-toi !

Sansoucy déposa son petit fourneau dans le cendrier sur le rebord de la fenêtre, resserra sa cravate et se déporta vers l'entrée. Sa femme surgit, l'air ahuri.

— Où c'est que vous allez, les hommes ? s'enquit-elle, d'une voix empreinte d'inquiétude.

— Théo puis moi, on va faire un tour au feu, répondit Elzéar.

— Arrangez-vous pas pour vous faire geler, recommanda-t-elle. Il y a ben assez des autres qui sont partis en catastrophe, à moitié habillés. Puis que je vous voie pas revenir en toussant comme des pneumoniques.

Les deux beaux-frères montèrent dans le vieux Fargo et s'acheminèrent vers les lieux du sinistre. Chemin faisant, le campagnard assura son passager qu'il était content de ne pas avoir d'enfants, chacun étant une source constante de préoccupation. « Le bon Dieu savait ce qu'il faisait », mentionna-t-il. Cela dit, Elzéar avait bien failli se prolonger lui aussi dans une famille, mais le médecin qui avait pratiqué le curetage de Florida après sa fausse couche avait déclaré que la boutique fermait ses portes peu après son inauguration. Il avoua cependant qu'il était peiné de ne pas avoir engendré de petits Grandbois pour perpétuer son nom. Ce qui lui avait tiré une larme qu'il s'était empressé d'essuyer du revers de sa grosse main calleuse. Sansoucy avait écouté ses confidences avec une certaine compassion, tout en ne reconnaissant pas les échecs que le fermier avait voulu lui faire admettre.

La rue Sainte-Catherine était bloquée, mais le camion réussit à se stationner à proximité du sinistre. Devant l'amas considérable de débris aux formes grotesques qui jonchait le sol entre des logements épargnés, des pompiers s'affairaient à éteindre les tisons qui léchaient encore les poutres calcinées. Des flammes rougeoyantes se mouraient dans ce qui avait été un véritable embrasement. De l'eau s'échappant des décombres s'écoulait avec indolence sur le trottoir et se coagulait aux abords de la rue. Une foule innombrable s'était agglomérée devant l'immeuble et contemplait les ruines fumantes en commentant l'événement. Carnets à la main, des journalistes interrogeaient Hubert Surprenant tandis que Léandre s'entretenait avec des policiers, ceux-là mêmes qui avaient enquêté lors de la tentative de vol à l'épicerie Sansoucy, une semaine plus tôt.

L'oncle Elzéar laissa ronronner son Fargo, et les beaux-frères amorcèrent le pas vers eux. Au milieu de l'abomination, Marcel, David et Paulette se détachèrent du groupe de curieux et s'approchèrent du petit conciliabule. La mine dépitée, Léandre feignait la désolation.

— Une perte totale ! s'attrista-t-il. Heureusement, il paraît que le commerce était assuré.

— C'est bien cela qui nous préoccupe, affirma le lieutenant Whitty.

— Que voulez-vous dire ? demanda Léandre.

— Quesnel était bien connu du milieu judiciaire, répondit le constable Poisson. Il se peut que l'incendie qui a embrasé *La Belle au bois dormant* ait été allumé intentionnellement. Nous avons déjà fait plusieurs descentes ici, ricana-t-il. Toujours la même histoire. On vidait les chambres à l'étage, puis on entassait les putains et les clients dans la fourgonnette blindée des criminels, et on les emmenait au commissariat.

— Taboire ! exprima l'épicier.

— L'année 1936 commence bien, commenta le lieutenant.

« Qu'est-ce que Léandre va devenir, asteure ? se plaignit Paulette, bouleversée. Pas de travail et pas de salaire pendant des mois. »

Pour ne pas figer sur place, la jeune femme se mit à piétiner dans la neige et à reluquer la banquette du camion.

— Bon, Elzéar, asteure qu'on a vu les dégâts, il y a plus rien à faire, on rentre au logis ! décréta Sansoucy.

— Je monte avec vous, je commence à avoir les pieds et les mains gelés, décida Paulette.

Elle avisa Léandre de son intention de retourner avec le camion de l'oncle. Au même moment, une Chevrolet noire se gara en bordure du trottoir de l'autre côté de la rue. Léandre aperçut la voiture sombre immobilisée derrière le Fargo.

— QUESNEL ! s'exclama-t-il. Excusez-moi, messieurs les policiers.

Le jeune homme entreprit une traversée de la chaussée. La Chevrolet démarra promptement. Léandre se mit à courir vers le véhicule.

— Attends-nous ! s'écria son frère.

Marcel et David se précipitèrent derrière Léandre, qui sauta dans le Fargo dont le moteur n'avait pas arrêté de tourner. Ils n'eurent que le temps de se glisser sur la banquette au côté du chauffeur, le camion s'élançait à la poursuite de la voiture, sous les yeux effarés de la jeune femme et des deux quinquagénaires.

Un chapelet de sacres s'échappa de la bouche enflammée des hommes. Paulette, qui avait cessé de trépigner, se livra à une séance de tortillements frénétiques, qui connut son apogée lorsqu'elle exprima sa préoccupation prosaïque.

— J'ai envie de pisser ! déclara-t-elle.

— Tu peux éteindre la braise, lança l'épicier, avec dérision.

— Ça fera, les platitudes ! commenta l'oncle. Ils sont partis avec mon *truck*, les p'tits verrats.

Paulette sentit l'urine chaude percoler le long de ses cuisses et son visage rougi de froid blêmir.

— Je vas rentrer à pied, d'abord, dit-elle.

Elle prit la tête de la petite compagnie qui cheminait à présent sur les trottoirs encombrés de neige de la rue Sainte-Catherine. Inconfortable dans ses sous-vêtements mouillés, elle avait de quoi rager contre celui qui l'avait abandonnée sur les lieux du sinistre. L'avenir lui parut sombre dans le ciel clair de ce Premier de l'an. Elle marchait, l'enfourchure gelée, comme une chrétienne en route vers la terre promise, habitée par l'espérance de parvenir au logis. Venait ensuite le fermier, tête nue et mains dans les poches, pestant contre son neveu intrépide et inexpérimenté dans la conduite hivernale, qui risquait un accident et qui n'avait pour ainsi dire aucune chance de rattraper le fugitif. Quant à l'épicier, qui avait au seuil de la nouvelle année conservé un brin d'espoir d'être recueilli par une âme charitable, il avait aussi fait son deuil de retourner en camion. Le chapeau enfoncé jusqu'aux sourcils, il suivait lourdement derrière, ses membres gourds mal entraînés au froid insupportable qui sévissait.

Qu'adviendrait-il de son Léandre, parti aux trousses du misérable Quesnel, sans doute enragé comme un dogue hargneux agrippé à un vulgaire torchon? La chasse à l'homme rocambolesque qu'il avait entreprise valait-elle le risque de se briser les os comme il l'avait visionné lui-même au théâtre Granada, dans un film de gangsters tourné aux États ou dans ces minables projections de cow-boys dans les prairies du Far West américain? «Je l'avais pourtant prévenu de ne pas tremper dans ce milieu-là, s'indigna l'épicier. Et comment a-t-il pu s'amalgamer avec une pareille fripouille?»

La vue bernée par l'haleine qui lui embuait les lunettes, le nez coulant dans ses moustaches épaissies de glaçons, Sansoucy progressait vers la chaleur de son poêle. Il aurait voulu crier à Paulette de s'arrêter dans un débit de boissons pour se dégeler de quelques degrés et se ramoner le gosier, mais la meneuse allait toujours de l'avant. Il se demanda s'il l'avait insultée en l'invitant à satisfaire ses besoins naturels dans ce qui restait du brasier de *La Belle au bois dormant*. Elle ne se retournait même pas pour s'assurer que les deux quinquagénaires la suivaient.

De temps à autre, le cou engoncé dans son col relevé, l'épicier louchait du côté de la rue et esquissait un faible signe de la main. Mais il ne réussissait pas à attiser la pitié. Les rares taxis circulant sur la voie presque déserte se moquaient des passants et filaient droit devant. Théodore se souvenait d'avoir grelotté en quittant les ruines de *La Belle au bois dormant*, mais maintenant son corps transi n'avait plus la force de frissonner. C'était comme si les défenses naturelles de son organisme l'abandonnaient. Il lui sembla aussi que son cerveau s'analgésiait et qu'il perdait lentement ses facultés, tellement il avait peine à aligner trois mots consécutifs dans sa tête. Au petit matin, allait-on le ramasser comme un bloc de glace et le laisser se consumer dans la glacière de son épicerie-boucherie ? Il s'amusa de cette pensée saugrenue qui souleva ses moustaches givrées.

La petite compagnie avait atteint la rue Adam comme si elle était remontée à l'origine du premier homme. Un long périple avait mené l'épicier à son Éden du quartier Maisonneuve. Sansoucy parut sur la devanture de son magasin, frigorifié, complètement vanné. Paulette avait déjà accédé à l'étage et Elzéar attendait au bas de l'escalier en se frottant vigoureusement les mains, un œil jeté sur la rue pour surveiller le stationnement de son camion. C'était peine perdue. Malgré le ressentiment qui l'habitait, il s'efforçait d'avoir l'air agréable. Après tout, Théodore n'était pas responsable de la tournure des événements. Il ouvrit gentiment la porte à son beau-frère, et les deux hommes gagnèrent le logis.

Paulette avait échoué dans la cuisine ; les femmes l'avaient installée dans la berçante. Elle était enveloppée d'une couverture de laine et sirotait une boisson chaude en claquant des dents. La maisonnée n'avait rien pu tirer encore de la jeune femme gelée, bouleversée par le désastre qu'elle avait constaté. Irène, Simone, Florida et les sœurs Grandbois aidèrent les hommes à se dépêtrer de leurs bottes et de leurs bougrines, et les laissèrent en position debout une bonne quinzaine de minutes, avant de les aider à se plier en deux pour finir de dégeler sur une chaise droite près du poêle.

— Allez-vous enfin nous dire ce qui s'est passé ? s'exaspéra Émilienne. On dirait que vous venez direct du pôle Nord.

La porte s'ouvrit. Marcel, David et Léandre entrèrent peinardement, la mine défaite, les bras tombés le long de leurs corps.

— Pis, mon *truck* ? réagit Elzéar, en se relevant brusquement.

— Ben, on a eu un accident ! répondit Marcel.

— Toi, laisse parler ton frère ! ragea Sansoucy. C'est pas à toi que ton oncle s'adresse.

Léandre tendit une main au bout de laquelle sautillait la clé du véhicule.

— On a foncé dans un banc de neige, expliqua-t-il, la voix tremblante. On a dû faire venir le *towing* parce que le Fargo voulait plus reculer. Il est renfoncé un peu, juste pour dire. Votre camion est rendu au garage de l'oncle Albert de Paulette. On peut demander à Colombine de nous conduire, si vous voulez.

— Le petit couple de fiancés est reparti chez les Crochetière, puis Placide est déjà dans la chambre de Marcel, répondit Irène. Il est pas habitué de se coucher tard. Faudrait pas parler trop fort…

Les yeux exorbités, le fermier s'était réchauffé pendant les explications de son neveu.

— Ah ! ben, ça parle au verrat, par exemple ! éclata-t-il. Comment on va faire asteure, Florida, Placide pis moi, pour s'en retourner à Ange-Gardien ? Pis les animaux ?

— On est pas en perdition, intervint Florida. Ta sœur nous mettra pas à la porte et Placide doit pas être si pressé de rentrer au collège de Saint-Césaire. Pour ce qui est des animaux, va falloir qu'on essaye de rejoindre notre voisin. Rappelle-toi, Elzéar, quand

420

les Descôteaux sont partis cinq jours pour des funérailles dans le Bas-du-Fleuve en plein pendant les semences, puis que sa Victorine avait vêlé pendant la nuit. On s'était débrouillés quand même.

— Que c'est que t'avais d'affaire à sauter dans le *truck* de ton oncle, Léandre Sansoucy? proféra l'épicier. Te prends-tu pour le détective Eliot Ness qui veut attraper Al Capone, coudonc? Elzéar puis Florida sont ben amanchés, asteure.

— Je le sais ben, le père, confessa Léandre, ce que j'ai fait est pas correct. Ça a été plus fort que moi de courir après une fripouille. Que voulez-vous? Quesnel puis moi, on a des comptes à régler, par le temps qui court...

— Il y a peut-être quelque chose de louche dans ce feu-là, mais arrange-toi pas pour te mettre encore plus dans le pétrin, recommanda Sansoucy. J'espère que tu vas être assez fin pour laisser faire la police.

L'heure était aux aveux. Profitant de son large auditoire, Léandre rapporta les faits dans toute leur crudité. Il révéla la seconde vocation de *La Belle au bois dormant,* qui avait toutes les apparences d'une entreprise de restauration honnête, mais qui offrait des services d'une nourriture terrestre plus comestible s'apparentant à l'œuvre de chair. Puis il exposa éloquemment les conditions de son entente avec l'arnaqueur – non notariée et dont il n'avait même pas obtenu copie – et déclara sa contribution financière dans le commerce en précisant ce qu'il devait débourser pour les assurances pendant un an. En somme, il reconnaissait s'être associé à une crapule qui l'avait manipulé en lui faisant croire qu'il était son partenaire.

— Si je comprends ben, résuma l'épicier, ça veut dire que le seul vrai propriétaire de la bâtisse, c'est ce chenapan de Quesnel et que tu dois encore payer les primes d'assurance jusqu'à l'automne.

— C'est en plein ça, le père! admit Léandre, d'une voix altérée.

Le fils abaissa les paupières. Il avait le sentiment que sa conduite déshonorante n'inspirait que le mépris. L'instant d'après, il sentit tout le poids d'une condamnation de la galerie. Mais sa mère versait silencieusement des pleurs, Irène fixait le crucifix, Simone compatissait, Paulette admirait sa franchise et, même si elle n'avait pas eu d'enfants, Alida attribuait à l'inconscience de la jeunesse les erreurs déplorables de son neveu.

Sansoucy braquait son regard sur le fautif. Léandre leva les yeux et succomba à l'œil accusateur.

— Es-tu prêt à reprendre ton travail à l'épicerie ? demanda le commerçant, d'une voix conciliante.

— Ben oui, le père.

Les pleurs d'Émilienne redoublèrent d'intensité.

— T'es pas pour brailler encore plus, asteure, commenta son mari.

— C'est de la joie, affirma Irène. Moman est contente de voir de la réconciliation dans sa cabane.

— Sortez les verres, on va fêter ça ! s'écria le maître de la maison.

Sansoucy intima à Marcel l'ordre de sortir toutes les bouteilles de boisson forte de son cabinet. Sans vouloir contredire son père, Irène prit sur elle de préparer du thé, étant donné qu'elle et sa mère se tiendraient éloignées de l'alcool et que Marcel devrait attendre d'avoir le nombril assez sec pour se jeter dans l'eau-de-vie. Il se rabattrait sur les boissons gazeuses. Flapies, Simone et Paulette s'étaient retirées dans leur logis. Le plus gros de la tension des derniers mois venait de se dissiper. La vérité avait éclaté au grand jour. Tous étaient maintenant au courant de l'encanaille-ment de Léandre qui avait, l'espace de quelque temps, pataugé dans une affaire de moralité. « Il faut dire que le p'tit vlimeux a des prédispositions au vice et qu'il a pas fini de faire suer son entourage!» commenta Héloïse à l'oreille d'Alphonsine, sur un ton scandalisé. Mais cela restait à voir…

Pour l'heure, on était rassemblé autour des joueurs de cartes. Alphonsine avait rempli les verres. L'épicier avait formé les équipes qui s'affronteraient. Au premier tour, il s'était sournoisement allié à la grasse Florida, chanceuse au jeu. Les adversaires de la campagnarde n'avaient qu'à bien se tenir! Sansoucy se mesurait à Léandre et David, en nourrissant secrètement une petite rancune. La pipe entre les dents, il avait brassé les cartes et les distribuait maintenant, pendant qu'Irène était allée mettre un rigodon pour faire plaisir à l'habitant qui amorça aussitôt une série de steppettes en vidant son premier verre.

Le cœur était aux retrouvailles, aux rapprochements, à l'oubli. Bientôt, on entendit de gros éclats de gaieté. À force de vouloir se réchauffer, l'oncle Elzéar en avait perdu l'équilibre et s'était ramassé dans un coin. Comme une serveuse expérimentée, Alphonsine remplissait les gobelets de gin, de rhum ou de scotch, en ne s'oubliant pas à la fin de chaque tournée. Elle devint rapidement la plus joyeuse de tous et alla s'échouer sur les genoux du fermier. «Un peu de retenue, Phonsine», la morigéna Héloïse.

Florida n'avait pas pris une goutte. Elle préférait se concentrer face à des jeunes qu'elle délogerait de leur siège avant belle lurette. Entre-temps, Émilienne avait résolu de sortir quelques gâteries pour éviter que la fête tourne en beuverie. Mais le mal était fait. Phonsine était grise et refusait toute nourriture solide. Elle avait réussi à se relever et avait entraîné le Gardangeois sur un plancher de danse imaginaire. À présent, sanglée dans son corset serré, elle balançait les hanches, se dégingandait au milieu de la cuisine avec le risque d'en faire éclater les baleines.

— Envoyez-les donc se dégriser sur le balcon, se choqua Sansoucy.

— Je pourrais sortir mon violon puis vous jouer des quadrilles comme aux noces de Simone, protesta l'habitant.

423

Émilienne, Héloïse et Marcel emprisonnèrent les fêtards sur la galerie. Le calme subitement revenu dans sa maison, Théodore surveillait les cartes qui s'abattaient sur la nappe cirée et le visage étiré de ses adversaires qui s'en allaient tout droit à la défaite.

Quelques minutes plus tard, sous l'imploration d'Émilienne auprès de son mari tortionnaire, Elzéar et Alphonsine rentraient, à peine ressaisis par la température qui leur avait refroidi les sangs, mais exhalant toujours leur haleine fétide, et Léandre et David, perdants, cédaient leur place au couple de danseurs.

Sansoucy brassa de nouveau le paquet, le redistribua et demanda à boire. L'œil vengeur, Elzéar ordonna muettement ses cartes de ses gros doigts noueux. Afin de ne pas soulever un enthousiasme délirant dans la maisonnée, Irène choisit de faire entendre des chants de Noël. Frustré d'avoir mordu la poussière, Léandre se versa quelques rasades de whisky et se posta derrière son père en couvant son jeu du regard.

Cette fois, la chance ne semblait pas favoriser l'équipe de Sansoucy. Après quelques levées gagnantes de ses antagonistes, se voyant acculé au pied du mur, l'épicier s'inclina hypocritement sous la table en allongeant la jambe vers sa partenaire.

— Vous trichez, le père! proféra Léandre. C'est malhonnête, ce que vous faites là. C'est drôle ça, vous perdiez, puis tout d'un coup le vent vire de bord. C'est-tu comme ça que vous nous avez eus, tout à l'heure, David et moi?

— Tu sauras, mon garçon, que Florida puis moi, on est tout ce qu'il y a de plus honnêtes, protesta Théodore.

L'œil furibond, Elzéar se redressa.

— Ah! ben, ça parle au verrat, par exemple! lâcha-t-il. T'es effronté comme un *beu* maigre, Théodore Sansoucy. Tel père, tel fils. On voit ben de qui il retient, ton Léandre.

L'insulte s'ajoutait à l'humiliation. Léandre leva des yeux mauvais vers son oncle en montrant le poing.

— Vous, s'insurgea-t-il, vous allez ravaler vos paroles, sinon…

Le temps de le dire, David et Marcel avaient saisi les bras de Léandre qui en rajouta :

— Quant à moi, vous pouvez ben retourner dans votre campagne, maudit habitant à marde !

Émilienne s'était pris la tête à deux mains et la secouait dans des hochements découragés.

— Florida ! Viens-t'en, on décampe, ordonna le fermier.

— Ben voyons, Elzéar, ton *truck* est au garage, lui rappela sa femme.

Abasourdi, le campagnard quitta prestement la cuisine et s'engouffra dans la chambre inoccupée d'Édouard. Florida ramassa les cartes et s'en fut trouver son mari.

L'heure du coucher avait sonné. David et Léandre regagnèrent leur logement.

Après de brèves ablutions, Léandre entra dans sa chambre, se déshabilla et se glissa comme une couleuvre sous les couvertures. Paulette frissonna. Elle sentit le corps nu du jeune homme se blottir à son flanc. Dans les brumes de ses souvenirs, elle se rappela confusément son abandon par Léandre sur le trottoir, sa longue marche dans le froid insupportable qu'elle avait combattu jusqu'au logis. Et maintenant, elle le retrouvait, pressé contre elle, cherchant à son tour la chaleur qu'elle pouvait lui procurer. Son cœur battit de plus en plus fort. Elle s'éveilla et, frémissante, s'étira langoureusement en promenant sa main baladeuse sur l'anatomie parfaite de son homme. Il se retourna, redécouvrant les rondeurs voluptueuses de sa douce, et s'abandonna au plaisir…

Émilienne, Irène, Héloïse, Florida et Placide s'étaient levés tôt pour assister à la première messe de l'année. À leur retour de l'église, le fermier raccrochait le téléphone. En ce matin du Nouvel An, les lignes engorgées obligeaient à la patience. La téléphoniste avait finalement établi la communication avec le marchand général d'Ange-Gardien.

— Et puis, Elzéar? questionna Florida, en ôtant son capot de chat.

— Cloutier m'a promis que Descôteaux va être avisé de notre séjour prolongé à Montréal.

Émilienne sortit une custode de son sac à main. Alida s'avança vers elle dans sa chaise d'impotente. Elle tira la langue et avala le pain consacré.

— Asteure, on va mettre la table, décida la ménagère.

Pendant qu'on disposait les couverts, Sansoucy émergea de la chambre conjugale en boutonnant sa chemise. Il avait les cheveux ébouriffés et l'air bête des lendemains de veille. Il toisa le campagnard avec mépris.

— Qu'est-ce que tu fais de la tradition du jour de l'An, Théo? l'interrogea son épouse.

— Allez réveiller Marcel puis les autres en haut, dit-il, sans conviction.

Le taciturne Placide obtempéra à la demande de son père. Environ deux heures plus tard, Marcel et les quatre colocataires se rassemblaient avec la maisonnée. Avant de descendre, Léandre avait tergiversé, mais Paulette, encore tout enivrée des délices de

426

la volupté, l'avait persuadé de se joindre à la compagnie. Elle avait imaginé un plan pour atténuer l'effet de la bêtise de son copain. C'est lui qui devait le soumettre à son oncle.

Sansoucy se planta dans le couloir, sur le tapis étroit longeant la salle à manger. Il lissait nerveusement ses moustaches, en peaufinant une dernière fois son petit laïus de circonstance. Les convives s'alignèrent respectueusement devant lui. Il prit un ton solennel et, d'une voix émue, il déclara:

— J'aurais aimé qu'Édouard et Colombine soient des nôtres; mais que voulez-vous? Je suis quand même très heureux de nous voir réunis aujourd'hui pour commencer la nouvelle année. Je remercie le bon Dieu de m'avoir donné une femme incomparable et six beaux enfants. Sachez que je suis fier de ma famille, à laquelle se sont ajoutées trois belles-sœurs, qui partagent maintenant notre quotidien. Si, parfois, il y a eu quelques accrochages avec l'un ou avec l'autre dans le passé, poursuivit-il en se raclant la gorge, c'était pour mieux s'expliquer par la suite. On a pas tous le même caractère, vous savez. Il est temps d'oublier toutes les petites chicanes, d'effacer les rancunes et de mettre au rancart ce qui a pu nous diviser. Comme d'habitude, je promets de veiller au bien-être de chacun. En ce début d'année, conclut-il, permettez-moi de vous offrir mes meilleurs vœux de santé, de bonheur et de prospérité...

— Et le paradis à la fin de vos jours! proféra Léandre.

Le maître du foyer sourcilla et réprima une répartie.

— Et le paradis à la fin de vos jours, reprit-il en écho.

Alida baissa la tête. Émilienne s'agenouilla, entraînant les bien portants à imiter son geste. Sansoucy traça lentement dans l'air le signe des chrétiens.

— Au nom du Père...

Les poignées de main et les embrassades affectueuses s'échangèrent. Après avoir dit «Bonne année, le père!», Paulette serrée contre lui, Léandre fit quelques pas vers son oncle et daigna s'excuser pour le malencontreux incident qui le privait de son camion.

— Votre neveu a une proposition à vous faire, dit-elle. J'ai pensé à un moyen qui vous permettrait de retourner chez vous aujourd'hui même. Pas vrai, Léandre?

— Je t'écoute, dit le fermier, l'œil méfiant. Oh! Attends une minute, je veux que Florida entende ça.

La femme reçut les dernières bises de Théodore et s'approcha. Léandre exposa l'idée de Paulette qui consistait à se rendre d'abord chez l'oncle Albert, où avait été remorqué le véhicule accidenté. Elzéar serait à même de constater l'ampleur des dégâts infligés à son Fargo. Ensuite, il s'agirait tout simplement d'emprunter la voiture du garagiste et de reconduire Placide et les Gardangeois dans leur campagne. Le fermier se réconcilia avec son neveu, et cela le mit dans une humeur plus joyeuse. Il se promit de l'annoncer au repas.

Sansoucy acheva le bénédicité et, pendant un moment, on n'entendit que le bruissement des bouches qui aspiraient le potage.

— J'espère que vous avez pris vos résolutions, exprima-t-il à la cantonade.

— Voyons, Théo, c'est personnel, ça! le rabroua Émilienne. C'est comme d'aller à confesse, c'est une affaire de conscience...

— Pour ça, il faut une conscience, Mili, puis ton mari en a pas une ben grosse, ricana Elzéar.

— Qu'est-ce que t'as, toi, à me *picosser* de même? se défendit l'épicier.

— Tant qu'à faire des promesses, puis pas être capable de les tenir, on est aussi ben de laisser tomber, commenta Léandre. En tout cas, moi ça fait longtemps que j'ai abandonné ça, les résolutions. Si je me rappelle ben, les bonnes intentions, ça doit aller avec le ferme propos de plus recommencer et de faire pénitence tel qu'on nous le prêche à l'église. Ça doit être une entente secrète entre la personne puis le bon Dieu. Qu'est-ce que t'en penses, toi, le religieux ?

Placide rougit, déposa sa cuiller et parut réfléchir. La tablée se tourna vers lui pour écouter ce que l'être mystérieux avait de profond à révéler.

— Le frère André est le plus bel exemple que je connaisse, dit-il, avec un filet de voix. Pour avancer sur le chemin de la sainteté, il faut poser des jalons, s'imposer des limites, marcher sur soi, se faire violence, mourir à soi-même…

— Que c'est donc beau ! persifla Léandre, en lui coupant la parole.

— Pour une fois que Placide décide de s'exprimer, tu pourrais être un peu plus respectueux, s'indigna la mère.

Ainsi avait parlé le futur Sainte-Croix. Placide se referma dans son huître de mystères. Certes, sa coquille recelait de grands trésors spirituels et tous auraient pu bénéficier de réflexions propres à élever l'homme vers son créateur. Mais chacun n'avait pas les mêmes prédispositions à l'intériorité, à l'élévation, au dépassement de soi, à la sublimation. D'ailleurs, si cela n'avait été de la nature trop discrète du jeune homme et de son empressement obséquieux à ouvrir les portes comme son modèle du collège Notre-Dame, son attitude n'aurait rien eu de risible.

Après le plat de résistance englouti avec la fourchette de l'appétit, Elzéar prit la parole.

— Tantôt, je m'en vas faire des arrangements au garage, rapport à mon *truck*. Puis savez-vous quoi ? Paulette m'a dit que ça se pouvait que son oncle Albert me prête son char jusqu'à tant que mon Fargo soit réparé…

Le repas terminé, Paulette, Léandre et Elzéar attendirent qu'un taxi de la compagnie Vétéran se libère pour venir les cueillir. Ils débarquèrent dans la cour du garage. Elzéar descendit en trombe et courut vers le véhicule accidenté.

— Un vrai tas de ferraille ! larmoya-t-il.

Manifestement, le devant du Fargo avait écopé. Sous la force de l'impact, le camion avait subi un léger renfoncement, mais rien de sérieux, toutefois. De son bras de paysan, le laboureur débarrassa d'abord la neige accumulée sur le pare-brise, sur le capot et sur la lunette arrière. Comme le médecin avec son patient, ce que l'œil ne pouvait percevoir, la main le découvrirait. C'est alors qu'il entreprit de faire minutieusement le tour du camion, glissant sa grosse patte nue sur la carrosserie pour en apprécier les formes. Çà et là il s'arrêtait devant un renflement, une boursouflure, une tuméfaction, un creux. Et chaque fois des réminiscences pas trop imprécises affluaient à sa mémoire. La plupart du temps, il se rappelait les éraflures causées par les maladresses et les mauvaises manœuvres qui avaient laissé des ecchymoses sur la peau de son Fargo. Chaque lésion, chaque bombement avait son historique médical. Et à cela s'ajoutait aujourd'hui le nez écrasé de l'éclopé.

Quand il eut terminé l'examen extérieur, il s'assit au volant et tenta de faire démarrer l'engin. Rien à faire. Le moteur refusait ; il calait. Et Paulette eut froid. Les membres frissonnants et les dents qui s'entrechoquaient, la malheureuse s'était réfugiée contre Léandre. Mais on était loin des couvertures chaudes du lit, et l'amoureux ne parvenait pas à la réchauffer.

— J'ai envie de pisser, lança-t-elle. Je vas aller cogner à la porte de la maison.

Léandre la suivit, tandis qu'Elzéar Grandbois attendait près de son camion. La tante Mariette parut, un grand sourire irradiant de son visage.

— Ça tombe ben, tes parents sont là ! déclara-t-elle.

Chapitre 2

L'air hagard, la jeune femme jeta ses gants, déboutonna son manteau, retira ses bottes en catastrophe, s'engagea dans le couloir et traversa en trombe la salle à manger, sa longue étoffe de laine ballotant sur sa poitrine.

— Paulette ! s'exclama la mère. Que c'est qu'elle fait là, ma foi du bon Dieu ?

Gilberte Landreville alla sonder la porte de la salle de bain.

— Sors de là, que je te parle, ma fille ! insista-t-elle.

— De grâce, laisse-la faire deux minutes, la supplia son mari. Elle va sortir puis on va enfin pouvoir s'expliquer.

Albert Simoneau gagna le vestibule et s'entretint avec Léandre. Il n'avait pas aperçu le Fargo enneigé, remorqué dans la cour pendant la nuit. Le jeune homme lui raconta que le véhicule de son oncle avait subi un petit accrochage. Le garagiste, mécanicien et débosseleur de métier, s'habilla et alla constater l'état du pick-up qu'il se montra disposé à réparer dans la semaine qui suivait. Fier d'avoir réussi à cacher sa responsabilité dans l'accident, Léandre sollicita la faveur d'emprunter la Ford pour lui permettre de ramener les visiteurs à Ange-Gardien.

Pendant ce temps, Paulette était repassée au nez du visage éploré de sa mère qui s'était propulsée derrière sa fille épouvantée, à présent dans le vestibule.

— Tu vas pas t'en retourner de même, prends au moins le temps de me souhaiter la Bonne Année, l'implora-t-elle.

La vessie soulagée, la figure impassible, Paulette se reboutonnait muettement au son de la radio qui grésillait *Le jour de l'An* de

La Bolduc. Elle sortit en claquant la porte, dont le store vénitien vibra de toutes ses lattes, et rejoignit les hommes s'entretenant à côté de la Ford qui ronronnait. Elzéar achevait de déneiger le véhicule. Simoneau adressa ses dernières recommandations à Léandre, embrassa sa nièce et regagna la maison.

Entre Léandre et Elzéar, Paulette retenait ses larmes, en songeant à ses parents qu'elle avait cavalièrement abandonnés à leur douleur. Sa tante Mariette avait dû ramasser sa mère à la petite cuiller, et son oncle Albert avait certainement cherché de belles paroles pour essayer de réconcilier et recoller les membres de la famille désunie. Mais la jeune femme s'accrochait au fils de l'épicier. Elle lui jeta un regard énamouré. Que lui importaient les tentatives de rapprochements ? Elles étaient toutes vouées à l'échec, l'une après l'autre. La voiture la ramenait là où elle avait choisi de vivre.

Il s'était remis à neiger. La Ford roulait prudemment dans les rues glissantes et embourbées, les essuie-glaces battant avec lenteur la mesure de la neige floconneuse qui mourait dans le pare-brise. Certains s'étaient aventurés au ralenti sur la chaussée et s'enfonçaient dans la petite tempête qui commençait. Çà et là, le long des trottoirs, des gens armés d'une pelle tentaient de dégager les automobiles déjà emprisonnées dans les enclaves blanches. Les mains solidement agrippées au volant, Léandre ressentait de la fierté d'avoir arraché son amoureuse des griffes de ses parents. Comme le prince qui s'enfuyait en emportant avec lui sa belle sur son cheval blanc, il fuyait vers la liberté, vers des cieux plus cléments où il était le seul maître sur la vie de Paulette. Le temps qu'il faudrait, il la garderait près de lui et, le jour venu, il s'en débarrasserait comme d'un vêtement usé. S'il avait le pouvoir de susciter l'admiration chez les femmes, son charme séducteur envoûterait tôt ou tard une autre proie facile qui tomberait dans son lit.

La Ford se stationna devant l'épicerie-boucherie. À la fenêtre du salon, les yeux plissés d'inquiétude, Florida et les sœurs Grandbois regardaient la rue qui s'épaississait d'un édredon de plumes. Elzéar descendit de son camion et monta au logement.

— J'étais prête à partir, mais là…

— Envoye, Florida, on s'en retourne à Ange-Gardien avant d'être barricadés à Montréal !

La mine résignée, Florida s'habilla. Son maigre bagage au bord de la porte, Placide se vêtait de ses nippes usées dans son silence et son effacement habituels. Marcel parut, le visage illuminé d'un enthousiasme candide.

— Je vas aller avec eux autres, annonça-t-il.

La pipe aux lèvres, Sansoucy s'amena à la porte, soulagé de voir partir la visite.

— Dis-leur de rester, Théo, le pria Émilienne. Ça a pas de bon sens qu'ils s'en aillent, t'as pas vu le temps mauvais ? Il neige à plein ciel ! Même Marcel veut les accompagner. Dis quelque chose, Théo !

L'épicier tira une bouffée de sa pipe.

— Il y en aura un de plus pour pousser si jamais ils étaient mal pris, ricana-t-il.

Placide et Marcel empoignèrent toutes les valises, Émilienne embrassa son monde et regarda chacun descendre dans la cage de l'escalier. Puis, la poitrine oppressée, elle referma la porte et s'empressa de retourner avec Irène à la fenêtre du salon. En bas, on s'entassait à six dans la Ford empruntée à l'oncle Albert. À l'avant, Paulette était enserrée entre Léandre et Marcel, tandis qu'à l'arrière Florida emplissait le siège, coincée entre Placide et Elzéar. Le taciturne désembua la vitre et agita mollement la main.

Émilienne alla s'écraser dans le fauteuil et considéra avec mélancolie le sapin qui ployait dans son habillement de boules et de guirlandes, remarquant aussi les aiguilles qui parsemaient le pied de l'arbre. Un moment, elle se sentit comme lui, asséchée, un peu affaissée par le poids des fêtes, incapable de se relever les bras.

— On va le défaire, décida-t-elle.

— D'habitude, vous attendez le lendemain des Rois, commenta Irène.

— Ben là, ta mère a l'air d'en avoir assez, dit Héloïse.

L'aînée alla déneiger la galerie pour accéder au hangar et rapporta les boîtes pour y remiser les décorations. Les sœurs Grandbois se chargèrent de dépouiller le conifère de ses atours et de lui rendre sa nudité première. Alphonsine étira la main jusqu'au milieu de l'arbre et se saisit du tronc qu'elle transporta dehors pour le faire basculer par-dessus la balustrade.

Les femmes étaient au salon, et seul le craquement de la berçante troublait le silence de la cuisine. Sansoucy se réjouissait à l'idée qu'Elzéar ait franchi le seuil de son logement. Même le sapin que l'habitant avait obligeamment bûché sur ses terres à bois avait pris le bord en subissant une chute vertigineuse dans le fond de la cour. Le mari d'Émilienne avait assez de supporter le reste de la famille Grandbois, avec qui il entreprenait une autre année de vie commune. Et pas une de ses pensionnaires n'avait agité le drapeau de la maladie. Bien portantes, elles étaient toutes les trois de forte complexion. Malgré son infirmité, Alida ne donnait aucun signe de faiblesse ; de constitution robuste, la grasse Alphonsine se plaisait dans son travail au magasin de tissus et de coupons ; et la maigre Héloïse, de chétive apparence, semblait bâtie pour vivre cent ans. De toute façon, maintenant qu'il les avait hébergées sous son toit et que la vie s'harmonisait tant bien que mal dans la maisonnée, il ne pouvait censément les remettre à la rue en les obligeant à se chercher un autre logement. « Ce qu'il faut parfois endurer pour ne pas se résoudre aux premières nécessités ! » réfléchit-il.

La sonnette fêlée de la porte le fit tressaillir.

— Je vas répondre, s'écria-t-il, en se levant.

Le visage sanguin de Conrad Landreville parut dans l'embrasure.

— Il n'y a personne chez ma fille. Savez-vous où elle est ? demanda l'homme.

Le marchand se rappela que Simone et David étaient partis chez les O'Hagan. Il comprit que l'homme était nul autre que le père de Paulette.

— Elle est allée reconduire la visite à la campagne, répondit-il.

Landreville expliqua qu'il se trouvait chez le garagiste au début de l'après-midi lorsque sa fille avait frappé là pour emprunter la Ford, mais qu'il n'avait pas soupçonné l'ombre d'un instant qu'elle se serait embarquée avec Léandre dans une aventure aussi périlleuse. Le pauvre homme avait attendu presque deux heures qu'un taxi vienne le cueillir pour l'amener sur la rue Adam.

— Rassurez-vous, monsieur Landreville, c'est juste un aller-retour. Votre fille va nous revenir avant la fin de la journée.

Un doute plissa les lèvres de Landreville. Pour celui qui n'avait jamais pris le volant, les routes de campagne devaient être peu carrossables et présenter des dangers épouvantables pour les voyageurs. Et que rapporterait-il à sa femme pour dissiper des inquiétudes déjà insupportables ? Bien entendu, la question de la cohabitation de sa fille avec le fils de l'épicier fut ensuite abordée. Il admettait avoir renié son enfant, mais une telle aberration ne pouvant plus durer, sa femme et lui étaient à présent disposés à envisager le mariage. Sans toutefois dévoiler la sinistre aventure de Léandre après un épisode un peu obscur à *La Belle au bois dormant*, Sansoucy se montra favorable au projet, puisque Léandre était revenu à son emploi et qu'il pouvait de ce fait assurer un revenu stable au couple. Encore faudrait-il le consentement des principaux intéressés…

— Maintenant, je dois vous laisser le bonjour, monsieur Sansoucy. Mon taxi m'attend ; j'ai eu assez de misère à en avoir un que j'ai décidé de le garder. Et n'oubliez surtout pas de dire à Paulette de m'appeler dès son retour à Montréal.

Landreville prit congé. Émilienne parut dans la cuisine.

— J'imagine que c'est ton ami Philias qui est venu te souhaiter la Bonne Année! Au lieu de venir nous déranger, il aurait pu se retenir jusqu'à demain à l'épicerie, non?

— C'était le père de Paulette, Mili.

— Ah! ben, s'étonna-t-elle. Qu'est-ce qu'il avait tant à raconter?

* * *

La Ford était parvenue sans ennuis dans le rang Séraphine après avoir largué Placide au collège de Saint-Césaire. Dès que le véhicule avait traversé le pont Jacques-Cartier, le ciel s'était dégagé de ses nuages menaçants et avait permis aux voyageurs de se rendre à bon port. Cependant, la tempête avait progressé vers l'est, comme si elle les avait pris en filature. Derrière, la neige s'accumulait, aplanissant les inégalités de la route, faisant disparaître les clôtures, comblant les fossés. Le vent soufflait par d'effroyables bourrasques.

Dans la cour des Grandbois, la Ford d'Albert Simoneau ronron-nait comme un chat repu. En débarquant, Elzéar s'était précipité à l'étable. Descôteaux et sa fille avaient commencé la traite des vaches. Dans la maison, Florida remerciait ses neveux avec de grandes effusions de reconnaissance. Paulette revenait de la toilette extérieure, la mine effarée par l'obscurité qui enveloppait les lieux éclairés grâce aux phares de l'automobile et à la lumière faiblarde qui émanait du bâtiment.

— On devrait s'en aller, Léandre, il me semble que ça rempire, exprima-t-elle.

— En tout cas, on vous ramène le camion de mononcle aussitôt que possible, affirma Léandre. Et bien sûr, c'est moi qui vas payer les réparations…

La neige affolée obstruait à présent le pare-brise de la Ford. Les trois Montréalais se glissèrent sur la banquette. Le conducteur actionna les essuie-glaces et embraya la voiture.

Bientôt le petit chemin privé menant au rang Séraphine s'encombra. Déjà, Léandre ne distinguait plus l'allée du champ. Il lui semblait que l'automobile flottait sur la neige, flairant frénétiquement les crêtes des rainures creusées par le passage des roues où s'enfonceraient avec assurance les pneus du camion. La mitaine de Paulette serrait la cuisse du conducteur, comme si elle pouvait empêcher l'inévitable course hors de la voie. Le visage tendu d'effroi, Marcel avait agrippé la portière qu'il s'apprêtait à ouvrir au milieu de nulle part, tellement tout se confondait autour d'eux. La voiture dérapa.

— Je vas débarquer ! murmura Léandre, décontenancé.

— Nous autres aussi, renchérit son frère.

Les portières s'ouvrirent avec peine et claquèrent sous la force du vent. La tête engoncée dans leur collet relevé, les trois manchots s'engagèrent dans les traces encore visibles que le souffle de la tempête s'amusait à calfeutrer. Léandre et Marcel grelottaient dans leurs coupe-vent, leurs couvre-chaussures ridicules et leurs pantalons retroussés par la profondeur de la neige qui leur montait au califourchon. Effrayée par la nuit, les jambes flageolantes, Paulette tenait la main que le meneur lui tendait en l'entraînant dans ses pas. Un moment, Léandre s'arrêta et contempla la silhouette de la Ford qui s'évanouissait, recouverte d'une envahissante poussière blanche. Et les sillons de l'allée qui avaient pratiquement disparu.

Soudain, entre deux expirations du vent, une rassurante lueur se dandina à la fenêtre de la maison. Peu après, l'odeur d'une fumée dansante chatouilla les narines dilatées.

— On est sauvés ! s'exclama Paulette.

Rassemblant leurs forces, les comparses atteignirent le seuil de l'habitation.

— Je le savais donc que je le savais donc! s'écria Florida. Venez vous mettre à l'abri.

L'hospitalité de la tante leur ouvrait les bras, mais la fermière avait espéré que la voiture ensevelie parvienne au moins au village d'Ange-Gardien pour ne pas avoir à héberger ses occupants. Ils auraient alors pu être recueillis par quelque âme secourable ou le curé de la paroisse. Et que dirait Elzéar, affairé au soin des animaux avec le voisin Descôteaux et sa fille, lorsqu'il apprendrait l'embardée des voyageurs à peine éloignés de quelques centaines de pieds?

Marcel et Paulette s'approchèrent du poêle en se frictionnant énergiquement les mains. Léandre était resté sur le paillasson. Le rouge de l'embarras affleurait à présent sous la froidure qui avait coloré son visage.

— Avez-vous des *overalls*, matante? Je vas aider mononcle à faire son train.

Florida alla ouvrir la porte qui menait à la cave, décrocha un vêtement bleu foncé qu'elle n'avait pas pris le temps de laver et l'apporta à son neveu. Léandre éprouva une forte nausée et enfila la salopette empestant le fumier. Puis il se rendit à l'étable.

Assis sur son petit banc de traite, l'oncle s'entretenait avec son voisin Descôteaux, un trapu au visage rieur, qui tenait un seau de lait. Rex aboya. Grandbois sursauta lorsqu'il réalisa que Léandre était entré dans le bâtiment.

— Que c'est que tu fais là, toi? Je te croyais rendu au village, à l'heure qu'il est.

— C'est pas de ma faute, mononcle, bredouilla Léandre, la tempête a pogné pas mal fort, puis j'ai été obligé de revirer de bord.

— D'après ce que je peux voir, t'es pas ben fiable sur la conduite, mon neveu, déclara-t-il, irrité. En tout cas, asteure que t'es là, va donc soigner les poules avec Azurine. Je vas finir le train avec son père.

Une costaude versant le lait de sa chaudière dans un bidon tourna le regard. Sa figure ronde un peu niaise était surmontée d'une tuque de laine en dessous de laquelle s'étiraient deux longues tresses brunes. Elle portait un manteau boutonné d'un seul bouton entrouvert sur une grosse chemise de toile forte. La paysanne déposa sa chaudière, renfonça sa tuque, sortit et entraîna muettement le citadin.

Dehors, la neige tombante tourbillonnait follement autour des bâtiments. Azurine glissa sa main rugueuse sur la croupe de sa jument attelée au berlot, hésita un moment et s'empressa vers le poulailler.

Des poules s'enfuirent en caquetant. Azurine alluma le fanal qui éclaira son joli visage. Puis elle se pencha et ramassa une écuelle qu'elle plongea dans le sac de blé avant de la mettre au sol. Elle se retourna vers Léandre.

— Je me demande ben pourquoi votre oncle vous a envoyé avec moi…

— Je crois qu'il a eu la mauvaise surprise d'apprendre que ma blonde, mon frère et moi devions passer la nuit chez lui et il voulait que je déguerpisse de sa vue.

La jeune fille l'avait curieusement regardé de ses yeux pervenche. Elle ne semblait pas enduite d'une épaisse couche de vernis, mais elle était sans fausses élégances, avec son naturel un peu rustre de campagnarde.

Le défi de la conduite dangereuse, l'embardée, les grandes enjambées dans la neige folâtre, le retour incertain vers la maison de l'habitant et la rencontre de la beauté à l'état brute de la jeune fille avaient exacerbé les sens du citadin. Terrine à la main, elle amorça un mouvement afin de lever les œufs dans le nichoir des pondeuses. Il s'avança vers elle. Ses grands yeux d'ébène coulèrent dans les siens. Il déboutonna le seul bouton qui retenait les deux pans du manteau de la paysanne.

— C'est mal, ce que tu t'apprêtes à faire, exprima-t-elle, docilement.

La tempête ne s'était pas apaisée. Sitôt le train achevé, Descôteaux était sorti de l'étable et, à son grand désarroi, il avait dû dételer sa jument et la mener à l'écurie. Dans la maison chaude, la ménagère faisait sauter les crêpes dans son poêlon lorsque Grandbois et son aimable voisin entrèrent.

— Deux de plus à souper, Florida! annonça Elzéar. Il vente à écorner les bœufs. Monsieur Descôteaux et sa fille vont rester jusqu'à ce que le temps se calme. Léandre et Azurine sont pas rentrés?

— Je pensais qu'ils étaient avec vous autres à l'étable.

Paulette braqua un regard suspicieux dans les yeux de l'oncle. Des idées folichonnes roulèrent dans sa tête. Elle plissa les lèvres, ses mains se crispèrent et sa gorge s'étrangla. Marcel s'aperçut du malaise.

— Je vas aller les chercher, décida-t-il.

— Non! rétorqua sèchement Paulette. Laisse faire; ils vont ben finir par rentrer.

La malheureuse s'inclina, attrapa le chat laineux couché sur le comptoir de la cuisine et se rendit à la fenêtre.

— Mets donc la table, Paulette, ça va te changer les idées! lui intima platement Florida.

« Elle est aussi bête avec moi qu'elle l'a été avec Simone », pensa Paulette en donnant sa liberté au petit félin. La Gardangeoise revenue dans ses affaires n'était plus la même. Elle régnait maintenant dans son royaume que des visiteurs inattendus avaient envahi. Et elle devrait les tolérer quelques heures, peut-être toute la nuit, si le temps ne se remettait pas au beau.

Grandbois avait offert un petit « réchauffant » à son voisin, et Marcel regardait la neige tomber à la fenêtre. L'adolescent se prit à imaginer la réaction de son père qui se retrouverait seul au magasin le lendemain. Manifestement, le marchand ferait une autre crise d'énervement et s'en prendrait injustement à lui pour avoir décidé de suivre son grand frère. L'année s'amorcerait donc mal pour l'épicier avec un personnel absent. Quoi qu'il en soit, Marcel avait bénéficié d'une balade à la campagne et il ne rentrerait pas à l'école après la fête des Rois. Cette pensée le rasséréna.

En essayant de cacher son trouble, Paulette avait pris les assiettes dans l'armoire et avait commencé à dresser les couverts pour sept personnes. De temps à autre, en se déplaçant autour de la table, elle regardait à la dérobée dans la cuisine. La tante Florida était toujours à ses crêpes et les hommes devisaient entre eux debout près du poêle. Bientôt, profondément remuée, Paulette fut reprise par des tourments. Que faisait Léandre qui ne revenait pas du poulailler ? Lui ferait-il encore des accroires ? Pourtant, elle avait pensé que l'amour avait refait son nid dans leur couple. Des scènes lubriques avec Azurine se déroulèrent dans sa tête. Enragée, elle regarda vers la tante comme pour s'assurer qu'on la verrait commettre le geste qu'elle allait poser et elle laissa tomber la septième assiette, qui se fracassa sur le plancher.

— Maudites mains de beurre ! explosa la ménagère. T'aurais pu faire attention, non ? Ramasse, asteure…

— Mets-toi à sa place, Florida, ricana Elzéar, ça doit la travailler de savoir que son *chum* est avec une autre au poulailler.

— Pantoute ! rétorqua Paulette, en se penchant vers les éclats de vaisselle. Si vous pensez que…

La porte s'ouvrit. Azurine parut, la tuque de travers, le manteau déboutonné, une terrine d'œufs frais à la main. Léandre rentra tête baissée et secoua ses pieds sur le paillasson. Il toussota et leva les yeux vers Paulette avant de les porter sur son oncle.

— Avez-vous d'autres choses à faire, mononcle ? demanda-t-il.

— C'est le temps de souper ! déclara péremptoirement Florida. Ta blonde va ramasser son dégât pendant que nous autres on va s'asseoir.

La cuisinière alla dans le tiroir chercher une poignée d'ustensiles qu'elle distribua rageusement avant de retourner au poêle. Puis elle déposa une pile de crêpes au centre de la table et alla quérir une pinte dans l'armoire.

— Tenez, monsieur Descôteaux, dit-elle. Du bon sirop de votre sucrerie. Vous direz pas que vous êtes pas ben traités.

— Ah ! Il y a pas de soin, madame Grandbois, répondit le voisin. Si ça vient de mes érables à sucre, c'est du garanti !

Paulette avait rassemblé les éclats et les fragments de porcelaine, et elle s'assoya à côté de Marcel avec une huitième assiette.

— Dis donc, le neveu, dit Elzéar, j'ai pas vu la Ford près de la maison. La tempête l'a enterrée, je suppose !

— C'est à peu près ça, mononcle, admit Léandre, avant d'enfourner sa première bouchée.

Il raconta ce qui s'était véritablement produit et le dessein qu'il avait de demander de l'aide pour désembourber la voiture et la sortir de son enfoncement. Paulette l'écoutait débiter des paroles qui émanaient tout droit de son honnêteté. Mais il fallait qu'il soit rendu à la dernière extrémité pour cracher la vérité ! Elle s'empara

444

à son tour de la pinte dont elle répandit le précieux liquide ambré sur les deux galettes étagées de son assiette. Entre deux fourchetées de pâte savoureuse imbibée de sirop, elle jetait un œil torve vers la jeune fille, qui levait parfois sur elle un regard insignifiant qu'elle reportait ensuite sur Léandre.

À la fin du repas, Florida aborda le sujet du coucher. Elle avait examiné la situation sur toutes ses coutures pour attribuer les lits à sa convenance. L'idée de séparer son neveu de sa Paulette lui avait titillé l'esprit, mais elle avait finalement résolu que Léandre et sa blonde prendraient la chambre à gauche en haut de l'escalier et que Marcel s'allongerait avec les Descôteaux sur des paillasses près du poêle. Ainsi, les voisins bénéficieraient d'une bonne chaleur, et le couple de Montréalais trouverait bien le moyen de se réchauffer dans les draps où avait dormi Simone.

L'eau de vaisselle tirée à bout de bras au bord de la galerie, Paulette avait gagné sa chambre. Une musique joyeuse parvenait à présent du piano mécanique et couvrait la conversation que les hommes avaient entreprise sur les entailles d'érables et les semences printanières. Marcel devait écouter avec son habituelle discrétion et Léandre avait dû se rapprocher de sa niaise. Paulette regretta d'être disparue du rez-de-chaussée et de s'isoler comme une ermite. C'est en se mordillant les lèvres qu'elle se rendit à la fenêtre. À travers les vitres givrées, ses yeux fouillèrent l'obscurité. Le vent se déchaînait entre les bâtiments, soulevait le coin du rideau et s'infiltrait dans la pièce. Elle frissonna et s'allongea tout habillée.

Léandre tardait à monter. Peut-être espérait-il qu'elle s'endorme avant qu'il gagne la chambre? Ou demeurait-il simplement près du feu pour être plus longtemps avec Azurine? Elle n'en savait trop rien. Mais son cœur se mit à se débattre comme si toute la rage accumulée s'était massée en boule dans sa poitrine et voulait éclater. À l'exemple de l'assiette qu'elle avait volontairement laissé tomber. Elle ferma les yeux. Quand la porte tournerait, sa silhouette paraîtrait dans la lumière diffuse qui jaillirait du couloir.

À ce moment-là seulement, elle écarquillerait les yeux et verrait son corps glisser sournoisement à son flanc comme un serpent. Léandre entra dans la pièce.

En proie à une agitation croissante, ses mains erraient dans les replis des couvertures. Son cœur battit de plus en plus fort. Ses lèvres muettes furent prises d'un léger tremblement. Empoignant les draps, elle se redressa vivement et mit le pied à terre.

— Non, Léandre Sansoucy! fulmina-t-elle, la lèvre tremblante. Si tu penses que tu vas venir te coucher avec moi après ce que t'as fait dans le poulailler avec ton habitante! Sors d'ici puis va t'allonger à côté de ta débauchée! s'écria-t-elle, en désignant dans le noir un point invisible.

Elle se jeta en larmes sur le lit, drapée dans ses épaisseurs.

Le visage ahuri, Léandre poussait inlassablement des «chut!». Guidé par les pleurs étouffés qui jaillissaient des ténèbres, il s'approcha du lit, courbant le dos sous la charpente. Dans un grand geste effaré, la tête ébouriffée, Paulette se découvrit et se releva.

— Si tu crois que tu vas me faire avaler ça, Léandre Sansoucy, t'as besoin de te lever de bonne heure! proféra-t-elle.

Elle s'assit brusquement sur le bord du lit et, reprenant une certaine contenance, elle poursuivit:

— Après tout ce que tu m'as fait endurer, je commence à me demander sérieusement si je serais pas mieux de retourner vivre chez mes parents, larmoya-t-elle. Ça fait ben des fois que j'y pense, mais là…

— On a rien fait de mal dans le poulailler, Azurine Descôteaux puis moi. Cette fille-là, c'est pas mon genre pantoute, tu sauras. À part de ça, elle est pas belle comme toi, puis elle est pas mal nounoune, si tu veux savoir.

— Tu dis ça pour essayer de m'amadouer encore, pleurnicha-t-elle. C'est moi que tu prends pour une nounoune, asteure.

Il lui caressa la chevelure en lui susurrant des paroles douce-reuses. Lentement, devinant le corps résolument dressé devant elle, Paulette posa sa tête embroussaillée sur les cuisses du jeune homme et, l'enveloppant de ses mains frémissantes, elle lui desserra sa ceinture et lui déboutonna lascivement son pantalon…

* * *

Le gros poing d'Elzéar Grandbois avait frappé dans la porte et Léandre avait sauté dans ses culottes pour aller à l'étable. Toute la maisonnée s'était rassemblée au déjeuner, la mine basse, le visage étiré par l'abomination : les abords de la maison et des dépen-dances étaient ensevelis sous des pieds de neige. On échafaudait des plans. Le voisin Descôteaux hasarda une proposition qui fut bien accueillie : on allait s'armer de pelles et atteler sa jument de labour à une charrue et se frayer un passage.

Durant la matinée, toute la compagnie s'employa au déblayage, jusqu'à parvenir au lieu de dérapage de la voiture, égarée dans l'emportement de la tempête. Parmi les piquets des clôtures de perche que la neige n'avait pas engloutis, on avait pu repérer une minuscule surface métallique luisant au soleil. La Ford gisait là ; elle attendait qu'on la tire de son mauvais pas.

Une fois le véhicule sorti de son lamentable encombrement, après le dîner où la tablée avait dévoré une partie des provisions, il fallait continuer le déneigement de l'allée pour atteindre le rang Séraphine. Secouant les guides sur la croupe de Trottinette, avec l'acharnement d'un laboureur rivé aux mancherons de la charrue, Descôteaux suivait le pas lent de sa grosse bête de somme aux naseaux fumants, tandis que les Grandbois entrevoyaient la fin des travaux en pelletant comme des forcenés pour relâcher les visiteurs avant la tombée du jour. Pour leur part, trop légèrement vêtus, les deux frères ne ménageaient pas leurs efforts pour se libérer des entraves de la tempête, ce qui les aidait à se réchauffer. Quant à Paulette, elle s'appuyait à tout bout de champ sur le manche de sa pelle de bois pour arborer un sourire condescendant à la grosse face de lune de la campagnarde qui ramassait la neige avec la vigueur d'un adolescent bien charpenté.

Le soir venu, les Descôteaux parvinrent à se rendre au bout de l'allée avec leur Trottinette attelée au berlot et à emprunter le rang pour ne plus revenir. Cependant, la journée était avancée et il paraissait fort hasardeux d'entreprendre un retour dans la métropole. Léandre et Marcel furent alors réquisitionnés pour le train, et Paulette pour accomplir quelques tâches ménagères sous la baguette de Florida, épuisée de son pelletage. Ce n'est donc que vendredi matin, après le soin des animaux et un copieux déjeuner de ses passagers, que la Ford allait s'élancer sur le chemin de la grande ville.

— Reviens-moi au plus sacrant avec mon *truck*! s'écria le fermier.

— Promis, juré! répondit Léandre, la bouche tordue.

Il cracha à terre et remonta la vitre de la portière, un sourire narquois fleurissant sur ses lèvres.

Après un long périple sur les routes partiellement dégagées, les voyageurs atteignirent Montréal au milieu de l'après-midi. La voiture se stationna dans la cour encombrée du garage d'Albert Simoneau. Salopette poisseuse sur le dos, le mécanicien sortit, la figure noircie, une clé à molette dans sa main huileuse.

— Il me semblait que j'avais entendu le ronron de ma machine, déclara-t-il d'un air soulagé. C'est ben loin, donc, Ange-Gardien, ricana-t-il. Il vous est rien arrivé, toujours?

— D'après ce que je peux voir, vous avez eu pas mal moins de neige que nous autres, commenta Léandre, éludant la question.

Le conducteur avait préparé sa réponse en faisant promettre à ses deux passagers de ne pas dénoncer l'embardée dont ils avaient été victimes. Avec ses phrases d'habile emberlificoteur, il rapporta les détails du voyage, les abondantes chutes de neige comme on n'en avait pas vu depuis dix ans, et le séjour forcé à la campagne à cause de la longue opération de déblayage. En écoutant distraitement le *chum* de sa nièce, le garagiste faisait le tour de sa voiture d'un œil sceptique, sans en relever la moindre égratignure, toutefois.

— J'ai pas commencé à réparer le *truck* de ton oncle, dit-il. Je lâcherai un coup de fil chez ton père dès que l'ouvrage sera fini. Pour le moment, je vais vous reconduire.

Depuis la veille au matin, Sansoucy et sa femme s'étaient désâmés afin de satisfaire l'insatiable clientèle. Le magasin était bondé de ménagères qui faisaient la queue à la boucherie et au comptoir, et les commandes à livrer s'étaient accumulées sur le plancher. Dans les files d'attente, les dames critiquaient le service qui se détériorait, mademoiselle Lamouche revendiquait le privilège de passer avant les autres avec son petit paquet et les plus mécontentes menaçaient de changer d'épicerie. Cependant, Émilienne, malgré l'enflure de ses jambes, faisait la sourde oreille et gardait le sourire.

Au moment où mademoiselle Lamouche allongeait les doigts dans son porte-monnaie, trois personnes parurent. Poussé par son grand frère, Marcel entra au commerce, le pas hésitant, la gorge arrachée par une quinte de toux opiniâtre qui le pliait en deux.

— Les v'là ! s'écria Émilienne. Excusez-moi, mesdames, je vous reviens tout de suite.

La patronne délaissa sa caisse et s'approcha des revenants.

— On vous attendait plus, exprima-t-elle sur un ton désespéré. Voulez-vous ben me dire ce qui s'est passé ? Ça fait deux jours que vous êtes partis ! Paulette, on a été obligés d'appeler ton père pour lui dire que vous étiez pas revenus. Il a ressous à la maison après que vous soyez passés chez ton oncle Albert pour emprunter sa machine ; il avait quelque chose d'important à te dire.

— Je m'en fiche pas mal, si vous saviez, madame Sansoucy, répondit Paulette avec insolence.

— Marcel, tu tousses ben creux, donc, constata Émilienne, oubliant la répartie de la jeune femme. Tu t'es encore promené la falle à l'air puis rien sur la tête, coudonc! Mais tu fais de la fièvre, dit-elle, en appliquant l'empreinte de sa main sur le front bouillant de son fils. Va prendre deux bonnes cuillerées de sirop Lambert puis va te reposer. Léandre, toi, t'es pas plus fin, regardez-le donc habillé comme en été, lança-t-elle à la cantonade. À part de ça, j'espère que vous m'avez pas rapporté de maladies de la campagne…

— Non, non, madame Sansoucy, rétorqua Paulette, c'est juste Marcel qui a attrapé une petite grippe; Léandre puis moi, on est ben corrects. Je vas vous aider à vous débourrer à la caisse.

Marcel amorça le pas pour quitter le magasin. Le boucher fendit les lignes de clientes et s'amena.

— Où c'est qu'il va, lui, donc? s'enquit-il, décontenancé. Marcel, reviens puis ça presse, brama-t-il.

— Le père, laissez-lui le temps de souffler un peu, cibole! plaida Léandre.

— Théo! Il est malade, cet enfant-là, intervint Émilienne.

— Laissez-moi *runner* ma *business* comme je l'entends. Mili, tu vois pas que ça déborde? Marcel va livrer les «ordres», puis il se couchera de bonne heure après…

— Je vas les faire, moi, vos livraisons! s'exclama Léandre.

Le mécontentement qui avait grondé dans les files s'était distillé et avait cédé la place au théâtre familial dont le spectacle inusité avait captivé la clientèle. Le boucher marmonna quelques jurons et regagna ses quartiers, tandis que Marcel gravissait les degrés qui menaient au logis.

La patronne avait repris son poste et, maintenant assistée de Paulette, elle savourait sa petite victoire sur son mari. Mais elle savait que la bataille engagée devant les clientes aurait des rebondissements à la maison. Mademoiselle Lamouche referma son porte-monnaie en adressant un sourire approbateur à l'épicière. La colonne s'ébranla vers la caisse. Les bras meurtris, madame Gladu déposa ses produits sur le comptoir et se pencha à l'oreille d'Émilienne.

— Demain, c'est samedi, dit-elle. Si vous voulez que Réal junior rentre pour la livraison, gênez-vous surtout pas, madame Sansoucy.

— David nous a déjà dépannés, mais il travaille à l'atelier de son père demain ; mais avec Léandre et Paulette de retour, on devrait être capables de s'arranger, répondit la patronne. Merci quand même.

Le soir, lorsque le poids du jour s'allégeait dans la nuit, Théodore repassait dans l'amertume de son cœur les scènes dont s'étaient délectées les clientes. Manifestement, le reste de la journée, Émilienne l'avait esquivé. L'orgueil froissé, il souffrait en silence, les paupières refermées sur l'incident, puisant dans les réserves de son bonheur pour oublier. Après tout, Léandre et Paulette étaient revenus, et son nigaud ne tarderait pas à se remettre sur pied.

Chapitre 3

— Salut, Théo! lança Philias Demers, en faisant tinter joyeusement la clochette de l'épicerie.

— Salut, vieille branche! T'es ben de bonne heure pour un samedi matin!

L'échine pliée, Léandre dépaquetait des caisses et remplissait des tablettes. Son retour de la campagne avait retardé et, à la suite de ses déboires à *La Belle au bois dormant*, il avait voulu démontrer à son père ses excellentes dispositions. Il avait franchi le seuil du commerce avant les coups de huit heures, avant même que sa mère et Paulette viennent compléter le personnel disponible ce jour-là. La veille, il avait expédié la livraison avec toute la diligence dont il était capable. Mais la besogne avait été fastidieuse et il rêvait d'améliorer les conditions de travail des livreurs de commandes.

Il écoutait sans étonnement la conversation entre les deux hommes plantés près de la vitrine qui s'échangeaient des vœux pour la nouvelle année quand une idée lumineuse affleura à la surface de son esprit. Son regard se porta sur Demers. «Avec le *truck* de mononcle Elzéar, ce serait plaisant de livrer les "ordres"», pensa-t-il.

L'épicier s'excusa auprès de son ami et gagna sa boucherie. Demers amorça un mouvement pour sortir.

— Monsieur Demers!

— Oui, jeune homme, comment vas-tu? Ton père me disait justement qu'il était heureux que tu aies décidé de revenir au magasin. Mais il paraît que t'as fini tard hier soir parce que t'as livré à la place de Marcel qui a attrapé une bonne grippe.

— Ah! Je voulais seulement vous saluer, comme ça, ricana-t-il.

Le fils de l'épicier compléta ensuite le dépaquetage prévu. Les commandes à livrer ne tarderaient pas à affluer.

Toute la journée, Léandre fignola le projet de sa boîte à fantasmes. Il devait d'abord convaincre Paulette de s'approprier le Fargo en réparation de son oncle Elzéar. Ses parents ne devant se douter de rien, au terme de ses heures de travail, il se rendit à la pharmacie Désilets pour téléphoner. Albert Simoneau l'attendrait à son garage le lendemain matin. Au souper, il en causa avec ses colocataires.

— Quand est-ce que tu vas arrêter de manigancer de même ? ironisa David.

— Asteure que le *truck* de mononcle Elzéar est en ville, il va servir à quelque chose d'utile, persifla-t-il.

— Tu fais ben, commenta Simone. Elzéar puis Florida m'en ont assez fait arracher, tant pis pour eux autres !

Paulette avait écouté l'exposé de son Léandre, mais elle s'était gardée de mettre son grain de sel, tout en étant incapable d'éloigner les inquiétudes qui assaillaient son esprit avec insistance. Elle s'attendait à ce qu'il lui demande une aide pécuniaire. Mais qu'à cela ne tienne, elle ne pouvait rien lui refuser...

* * *

Au petit matin, elle se réveilla en allongeant vers lui sa main leste.

— Arrête de virailler de même, Léandre, c'est dimanche et il est juste cinq heures !

— Je suis plus capable de dormir, dit-il, en écartant les couvertures.

Il se leva prestement et se rendit à la cuisine. Elle s'étira dans son lit et alla le rejoindre pour déjeuner. Après une toilette bâclée, ils s'habillèrent et quittèrent le logement.

D'un pas résolu, ils se pressèrent dans Adam et remontèrent Bourbonnière jusqu'à Ontario. De là, ils atteignirent un petit poste de taxis. Un homme semblait endormi dans son véhicule en marche, une casquette lui couvrant les yeux. Léandre cogna dans la vitre et réveilla le chauffeur, qui les conduisit chez l'oncle de Paulette.

En raison de la demande pressante de Léandre, le mécanicien-débosseleur s'était trouvé de l'aide pour pousser le Fargo dans le garage sitôt le téléphone raccroché. Il avait un peu bougonné son désaccord vu qu'on lui demandait de travailler le dimanche, mais dans les circonstances, pour accommoder Léandre, il ferait exception. Revêtu d'une salopette, l'apprenti assistait le garagiste en fournissant au besoin les indispensables outils pour remettre en bon état la mécanique du camion, alors que Paulette essayait de suivre l'évolution des travaux en posant quelques questions pour se montrer intéressée. L'avant-midi achevait quand un homme à l'air fâché entra sans frapper et s'avança vers le véhicule en réparation.

— Popa! s'étonna la jeune femme.

La tête enfouie sous le capot, l'oncle faisait mine de rien. Paulette braqua sur lui des yeux réprobateurs et se tourna vers son père.

— Ta mère et moi, on aurait aimé que tu sois plus polie au jour de l'An; c'est à peine si tu nous as regardés, sermonna Landreville. Comme si on était de purs étrangers! En plus, t'aurais pu nous rappeler à ton retour d'Ange-Gardien. C'était inquiétant pour des parents de voir s'aventurer leur enfant à la campagne avec un conducteur inexpérimenté, ajouta-t-il, en toisant Léandre.

Landreville s'arrêta, sondant le cœur de sa fille, et poursuivit.

— Je ne sais pas si monsieur ou madame Sansoucy t'en ont parlé, mais ta mère et moi, on serait prêts à envisager ton mariage.

— Ben d'abord, parlez-y, à mon *chum*, il est juste là, à côté!

Le visage décomposé, Léandre releva lentement la tête et considéra la triste physionomie de l'homme.

— C'est asteure que vous nous annoncez ça, monsieur Landreville, lâcha-t-il. Si vous nous aviez dit ça avant, ça aurait évité ben des problèmes. Mais au point où on en est rendus, on va y penser.

Conrad Landreville piétina encore un moment sur le ciment du garage, à errer autour du camion. Puis, réalisant qu'il n'avait rien de plus à tirer ce jour-là, il remercia son beau-frère de l'avoir prévenu de la visite anticipée de sa fille et disparut. Son père parti, Paulette s'approcha de Léandre.

— Qu'est-ce que t'en penses vraiment? demanda-t-elle.

— On va en reparler; pour le moment, ma priorité, c'est le *truck*! répondit-il sèchement.

Simoneau voulait en finir au plus tôt. Une heure avait sonné et, sans s'accorder de pause pour dîner, il s'était attaqué à la carrosserie. Cependant, au fur et à mesure que le travail progressait, Léandre s'irritait de la lenteur de l'ouvrage. Le souper approchait et il lui semblait que le débosselage prenait trop de temps pour redonner au véhicule un aspect convenable. À croupetons, le garagiste n'en finissait plus de lisser de sa main la tôle légèrement endommagée d'une portière. L'impatient fit une dernière fois le tour du camion et s'immobilisa près du travailleur.

— C'est à croire que vous voulez faire du neuf avec du vieux! ricana-t-il.

— J'ai pas l'habitude de cochonner mes *jobs*, mon garçon.

— Ben, si ça vous fait rien, cette fois-ci, ça va être beau de même.

— Bon, écoute, si tu penses que ton oncle Elzéar va être content de voir que la plupart des poques sont disparues, qu'il va être capable d'endurer les traces de sablage, puis d'accepter que j'aie pas remis de peinture sur les grafignes…

Léandre décocha une œillade à Paulette et tous deux s'isolèrent derrière le camion pour conférer secrètement. Elle fouilla dans son sac à main et lui tendit des billets. Pendant qu'il allait régler en espèces sonnantes avec le garagiste, elle rentra pour téléphoner au logement des Sansoucy. Le couple s'invitait au souper du dimanche.

Presque toute la grande maisonnée était rassemblée dans la salle à manger. Bien entendu, Édouard soupait chez les parents de Colombine. La fille du notaire avait accepté de fêter le jour de l'An avec sa future belle-famille, en faisant bien comprendre à son fiancé que ce genre de rencontre lui déplaisait suprêmement et qu'on ne la reprendrait pas de sitôt à frayer avec elle. Émilienne avait confiné Marcel, incommodé par une toux persistante, dans sa chambre. «Tu prends du mieux, mais t'es pas pour tousser dans la face du monde!» lui avait-elle dit, en lui faisant avaler sa deuxième cuillerée de sirop Lambert, contrairement aux recommandations d'Alphonsine qui aurait cassé la grippe de son neveu avec des ponces de gin. «On est pas pour en faire un robineux!» lui avait rétorqué Émilienne. Simone, elle, avait consenti à descendre chez ses parents. Les jambes allongées, elle avait vu s'écouler le jour du Seigneur en feuilletant sans intérêt des magazines alors que David, stimulé par la carrière de Joe Louis, avait assisté à des combats de boxe pour ne pas s'ennuyer à mourir avec sa femme.

De connivence avec son neveu, les joues gonflées de plaisir, Alphonsine répartissait le liquide vermeil dans les coupes. Léandre savait que sa tante avait un petit penchant pour le Saint-Georges rouge, qui se mariait si bien avec le rôti de porc que sa mère mettait au menu du dimanche. Les convives étaient assis et le bénédicité, récité.

— Pourquoi du vin ce soir, Phonsine ? s'enquit l'hôte de la maison. On vient d'en prendre au jour de l'An.

— Demande à Léandre, c'est son idée, répondit-elle.

Le jeune homme se racla la gorge, se leva et prononça :

— Ce soir, il y a un grand événement à souligner. À compter de mardi, je vas livrer les commandes en camion ; avec le *truck* d'Elzéar, s'il vous plaît !

— Comment ça, c'est la première nouvelle que j'en ai ? s'exclama Sansoucy. Puis qui c'est qui va payer pour, tu penses ? ajouta-t-il, médusé.

Avec sa verve et son audace habituelles, Léandre expliqua qu'il avait fait l'acquisition du véhicule dont l'habitant avait voulu se débarrasser en attendant de s'en procurer un autre le printemps venu. La livraison serait par conséquent plus rapide et se ferait beau temps, mauvais temps, en déployant le minimum d'effort. Et il leva son verre à la santé de l'épicerie Sansoucy.

Marcel surgit de la chambre, le visage hagard sous sa chevelure broussailleuse.

— Puis moi, Léandre, m'as-tu oublié là-dedans ? clama-t-il d'une voix éraillée. J'ai pas l'intention de retourner à l'école ou de me chercher une autre *job*…

— Crains pas, mon homme, toi puis moi on va se partager la livraison et le travail au magasin. Pour les commandes les plus proches et les moins pesantes, c'est toi qui vas les faire avec ton triporteur, puis les autres, ça va être moi avec le camion. Par contre, dit-il, en sollicitant une réponse positive de son père, il y a juste un petit détail qui reste à régler : quelqu'un devra payer le gaz…

Le commerçant mâchonnait sa moustache et ses yeux erraient sur la nappe blanche.

— Ouan ! C'est peut-être ben une bonne idée, exprima-t-il, la voix bredouillante.

— En tout cas, pensez-y, le père. Faut chercher à se moderniser parce que la concurrence va nous rentrer dedans puis on va finir par vivoter et disparaître. Rappelez-vous, à l'automne, des épiceries avaient commencé à grignoter notre clientèle, puis vous aviez pas aimé ça. C'est le temps plus que jamais de montrer qu'on existe et qu'on veut aller de l'avant. Prospérer ou mourir, le père !

Une fois de plus, l'épicier avait réalisé que son fils ne se nourrissait pas que d'idées saugrenues et qu'il pouvait émettre des propositions pleines de bon sens pour assurer la pérennité de son commerce. Et quant à laisser aller son magasin à la dérive, il le défendrait comme une fille intègre sa vertu, au nom de l'honneur et pour le bien-être de sa famille.

Le soir même, retiré dans son logement, Léandre rédigea une lettre à son oncle Elzéar, l'informant que le Fargo changeait de vocation parce qu'il s'en portait acquéreur pour les commandes d'épicerie. À la brève missive adressée sur un ton impertinent s'ajoutait une somme rondelette de cinquante dollars, puisée à même les économies de Paulette.

Et le lendemain, jour de l'Épiphanie, les commerces étant fermés, Léandre, Paulette et David se baladèrent comme des rois dans les rues de la métropole.

* * *

Les bras croisés sur son tablier, Sansoucy était planté devant sa vitrine et fixait le camion de livraison d'un œil perplexe. « Prospérer ou mourir ! » se répétait-il, en se rappelant les paroles percutantes de Léandre. Même si son fils ne lui avait parlé que de l'essence à payer, l'épicier se doutait bien que des dépenses reliées à l'entretien du véhicule s'ajouteraient. En revanche, cela lui permettrait-il d'augmenter sensiblement son chiffre d'affaires ? Il était à évaluer ces considérations quand son ami parut sur la devanture et se mit à reluquer le camion comme une curiosité. Philias Demers entra et s'adressa à lui :

— Ton poitrinaire est revenu aujourd'hui !

— Je suis pas mal raplombé, monsieur Demers, s'interposa Marcel. C'est ma tante Alphonsine qui m'a soigné avec des ponces de gin au miel chaud parce que le sirop Lambert m'empêchait pas de tousser comme une consomption, qu'elle disait.

— Ah ! ta tante Alphonsine, s'étonna Demers. Je la vois de temps en temps passer sur le trottoir et monter chez vous quand elle revient du magasin de coupons. Elle a l'air d'être pas mal fine. Coudonc, c'est à qui, cette minoune-là ? s'informa-t-il, en levant le menton vers la rue.

— C'est notre camion de livraison, répondit le boucher. Pour rien te cacher, c'est l'ancien *truck* de mon beau-frère.

— Dans ce cas-là, si c'est pour livrer des « ordres », tu pourrais lui faire poser une boîte chez Adélard Tousignant.

Cigarette aux lèvres, Léandre faisait le tri parmi les fruits et les légumes trop blets au lendemain des Rois. Il se tourna vers Paulette pour s'assurer qu'elle avait raccroché le cornet acoustique et qu'elle écouterait son commentaire. Il déposa sa cigarette et s'exprima :

— Maudite bonne idée, le père, une boîte de *truck*, ça mettrait le stock à l'abri de la neige et du mauvais temps, puis les petites madames seraient ben plus contentes ! débita-t-il, l'air convaincant.

— En tout cas, je vas en glisser un mot tout à l'heure à Gérard Tousignant, poursuivit Demers. C'est lui qui a pris la relève de son père quand il est décédé l'an passé. Des fois qu'il te ferait un bon prix.

Demers prit son ami Théodore à part et le questionna sur la marchande de tissus. « Ça fait une secousse que je la remarque ; je la trouve pas mal ragoûtante, tu sais ! » lui confia-t-il. Au comptoir-caisse, Émilienne se doutait que le sujet de conversation avait glissé du camion à sa sœur. À la première occasion, elle allait en causer avec son mari.

L'ami prit congé. Le boucher amorça le pas vers la glacière. Sa femme l'apostropha et lui arracha le petit secret. « C'est pas un homme pour Phonsine, elle pourrait trouver ben mieux que ça, si elle le voulait ! » commenta-t-elle.

Chaudement habillé, Marcel regardait avec une angoisse grandissante les boîtes s'accumuler sur le plancher. Il sentait les regards furtifs que sa mère et Paulette jetaient vers lui et, sans voir son père, il devinait qu'au fond du magasin la pression du boucher augmentait à le voir tergiverser. « Il faut ben que je me décide à embrayer ! » se dit-il, en se remémorant le fâcheux accident dont il avait été victime. Comme convenu, son frère Léandre avait chargé plusieurs caisses et lui avait laissé les moins lourdes et les plus proches à livrer. Les mains tremblantes, Marcel souleva une boîte, poussa dans la porte et la déposa dans son panier. L'instant d'après, il enfourchait son triporteur et roulait sur le trottoir.

Léandre venait d'expédier ses premières livraisons en camion. Animé d'un zèle empressé, il avait gravi des escaliers, frappé à des portes avec un sourire enjôleur en offrant à la cliente de mettre la commande sur la table de cuisine. « Je salirai pas votre beau plancher ciré, madame, leur disait-il, j'ai juste à enlever mes claques ! » Chaque fois, le charme produisait son effet et, chaque fois, il quittait le domicile d'une autre dame comblée. Mais sa diligence avait aussi son intérêt.

Après s'être délesté de toutes ses boîtes, il alla garer son Fargo à la place Jeanne-d'Arc. Une affiche « À vendre » attira son attention. Puis il entra chez le carrossier Tousignant. Des odeurs fortes de laque, de peinture et de solvant s'échappaient dans l'atmosphère

461

bruyante et poussiéreuse de l'atelier. Des employés de l'entreprise s'affairaient à construire une charpente sur le châssis d'une camionnette. À l'intérieur d'un petit local vitré qui devait servir de bureau, Philias Demers s'entretenait avec un type d'allure imposante, élégamment vêtu d'un complet marron et d'une cravate brune. Le fils de l'épicier s'amena vers eux.

— On n'est pas débordés d'ouvrage comme dans le temps que mon père *runnait* la *business*, expliqua monsieur Tousignant, mais avec le petit nombre d'employés on va être obligés de travailler le soir et les fins de semaine.

L'homme extirpa de la poche intérieure de son veston une montre retenue par une chaînette en or.

— Je vais prendre deux minutes pour aller voir votre camion, si vous le désirez.

Les trois hommes sortirent de l'atelier et devisèrent à côté du Fargo. Demers plaida en faveur de Léandre afin d'obtenir un prix réduit pour les matériaux. D'ici à ce que le commerce soit vendu, Tousignant avait dû procéder à des congédiements, et il se devait de garder le moins d'engagés possible pour honorer les contrats. En moins de deux, une entente fut conclue par un cordial serrement de mains.

* * *

Marcel avait surmonté son appréhension de reprendre le guidon de son triporteur. Aux premiers tours de jantes, comme un funambule posant le pied sur le câble tendu de ses craintes, il avait lutté contre la gravité de son malheureux souvenir, ne sachant pas trop s'il parviendrait à destination. Mais conforté par la troisième roue qui le maintenait en équilibre, il avait sillonné les rues du quartier en ne circulant pas au milieu du pavé et en redoublant de prudence aux intersections.

Léandre avait livré les commandes avec un joyeux empressement. Désormais, son emploi à l'épicerie n'avait plus la même
résonance. Il partageait son temps entre le magasin et la route,
et, par le fait même, outre la variété du travail qui lui plaisait, il
diminuait d'autant les risques d'affrontement avec son père. Un
jour, entre deux tournées, d'inévitables tensions surviendraient
entre les deux hommes. Pour l'heure, la journée de labeur s'achevait. Paulette venait de remonter. Marcel insérait les cartons vides
les uns dans les autres en prévision des prochaines commandes.
À grands coups de moppe, le commis essuyait le plancher des
empreintes *slocheuses* et le patron ôtait son tablier en regardant sa
femme vider le tiroir-caisse. Il se tourna vers son fils.

— Damnée saloperie d'hiver ! bougonna-t-il.

Léandre ramena vers lui sa serpillière et l'essora au-dessus du
seau avant de répondre.

— Vous êtes mieux de vous habituer, le père, on est juste au
mois de janvier !

— On fait pas d'omelette sans casser des œufs, Théo, commenta
Émilienne. Si tu veux du monde à ton commerce, faut que t'endures
les pistes puis les flaques. À part de ça, t'as pas à chialer, tu passes
ton temps dans ta boucherie tandis que Paulette puis moi, on a ça
dans la face toute la journée…

— Coudonc, Léandre, ça prend-tu ben du gaz, ce *truck*-là ? se
radoucit l'épicier.

— Pas tellement, le père, c'est ben raisonnable, ça vous coûtera
pas ben cher.

Sansoucy avala la réponse de son fils, mais demeurait tracassé
par ce qui adviendrait des dépenses reliées au véhicule. Son regard
se fixa sur le plancher.

— En tout cas, contente-toi pas de torcher si tu veux que ça ait
l'air propre !

Sur ces entrefaites, Philias Demers entra et referma la porte en faisant vibrer les grandes vitres de la devanture.

— Ça marche ! lança-t-il.

Des employés du carrossier Tousignant avaient accepté de fabriquer la boîte du camion. À plus ou moins brève échéance, ils risquaient de se retrouver sans travail. Ils profiteraient de la petite manne qui passait. Bref, le camion était attendu dès le lendemain soir. Léandre exultait. Le véhicule serait immobilisé à l'atelier pendant quelque temps, mais sa patience serait récompensée. Sansoucy ne l'entendait pas ainsi. Il ne voyait pas comment son fils ferait pour assumer les coûts inhérents à ce « revampage ». Les dettes de Léandre s'accumulaient. Aux primes d'assurance à payer pour la feue *Belle au bois dormant* s'additionnaient à présent l'achat du camion et sa métamorphose en véhicule de livraison.

La physionomie riante, Demers s'approcha de la patronne. Il s'accouda au comptoir et prit un ton de confidence :

— Accepterais-tu, Émilienne, de me présenter à ta sœur Alphonsine ? soupira-t-il, d'une voix doucereuse.

— On dirait que tu me fais une demande en mariage, badina Émilienne. J'aime autant te le dire tout de suite : c'est NON ! Si j'étais toi, mon cher Philias, continua-t-elle, plus sérieuse, je me ferais pas trop d'idées d'avance. Comme je l'ai déjà dit à Théo, je peux me tromper, mais je pense pas que t'es ben ben son genre. En tout cas, essaye-toi, ça l'engage en rien. Si ça peut te faire plaisir, viens jouer aux cartes avec nous autres, ce soir. On va ben voir ce que ça va donner. En passant, si tu veux mettre toutes les chances de ton bord, habille-toi un peu plus *swell*. Phonsine va avoir moins peur, termina-t-elle, en s'esclaffant.

— Je suis toujours ben pas pour la courtiser au magasin de coupons, me morfondre dans ma chambre, ou l'aborder sur le trottoir. Je sais pas vraiment jouer puis j'haïs ben gros les cartes, mais si c'est le seul moyen qui existe sur la terre pour la rencontrer, je suis prêt à le faire.

Des préoccupations avaient ombragé l'esprit d'Émilienne. L'homme qu'elle venait d'inviter chez elle était porté sur la bouteille et Alphonsine ne dédaignait pas lever le coude non plus. Et cette abondante transpiration qui exsudait du personnage et qui le rendait difficile à supporter ! Mais sa peur inavouée d'assister, impuissante, au démembrement de la famille la tracassait davantage. Avec le départ de Placide, ceux de Simone et de Léandre, et bientôt celui d'Édouard, la maison se vidait de ses occupants. Cependant, les quatre sœurs Grandbois étaient toujours réunies sous le même toit. Et rien ne devait jamais les séparer…

Sept heures sonnaient à l'horloge grand-père de la salle à manger. Émilienne avait prévenu la maisonnée que Philias, l'ami de son mari, se joindrait à la compagnie. Le jour, il furetait chez le carrossier Tousignant avant de faire un crochet à l'épicerie et, le soir, le veuf avait besoin de voir du monde plutôt que de s'enfermer dans sa chambre chez sa fille. Elle avait précisé à ses sœurs qu'elle avait eu pitié du pauvre hère et qu'elle l'avait invité au logement pour une partie de cartes.

Demers remit son paletot et son chapeau à Irène, replaça les cheveux qui lui entouraient le crâne. Il s'était endimanché d'un habit sombre trop ample, mais le nœud de sa large cravate était irréprochable. Comme le collégien qui ressent ses premiers émois amoureux, il s'avança timidement dans la cuisine, un sourire s'entrouvrant sur sa bouche presque édentée. Trois places étaient occupées et une chaise supplémentaire avait été disposée à côté de celle du quatrième joueur. Émilienne avait décidé de la formation des équipes. Alphonsine aiderait le novice à se dépêtrer dans son jeu. Sansoucy procéda à de brèves présentations et le visiteur s'assit.

— Comme t'es pas ben bon aux cartes, Philias, si on veut avoir un peu d'agrément, Phonsine va t'assister, lança Émilienne.

Héloïse, jumelée à Émilienne, avait annoncé «neuf cœurs». Demers ramassait lentement les petits cartons que distribuait son coéquipier Théodore, sans parvenir à les tenir en éventail entre le pouce et l'index. Alphonsine se pencha vers le malheureux.

— Vous êtes ben maladroit, donc, monsieur Demers, donnez-moi donc ça, que je mette de l'ordre là-dedans, dit-elle, en s'emparant du jeu.

Le visage d'Alphonsine se plissa et elle se redressa aussitôt, incapable de supporter l'odeur de l'homme. Elle se tiendrait droite sur sa chaise. De loin, son œil d'aigle détecterait des fautes. Tant pis! Elle ne prodiguerait ses conseils qu'en cas d'extrême nécessité.

— Monsieur Demers va passer, déclara Alphonsine.

Peu compatissante envers Philias Demers, Émilienne avait résolu d'administrer une leçon à ses adversaires. Elle leur ferait mordre la poussière.

Les choses allaient mal pour Sansoucy et son ami. Ils n'avaient remporté aucune levée et la première partie tirait à sa fin. Émilienne jeta sa dernière carte. C'en était fait pour Sansoucy et Demers.

— T'es ben sans-dessein donc, Philias, où c'est que t'as appris à jouer de même? brama l'épicier, en abaissant un coup de poing sur la table.

— Ben là!

— Mauvais perdant! proféra Héloïse.

— On est pas pour se chicaner, intervint Émilienne. Irène, apporte la liqueur! lui intima-t-elle.

L'aînée sortit un gros contenant de Kik Cola et revint les mains chargées de verres qu'elle distribua aux joueurs. On entendit des couinements rythmés de ressorts qui émanaient de l'appartement au-dessus. Le visage d'Émilienne s'empourpra en pensant à Léandre et Paulette.

— Apportez-moi le balai, quelqu'un! commanda-t-elle. Ça bardasse pas mal en haut.

Irène s'élança vers le rangement, empoigna le long manche et le donna à sa mère, qui asséna trois bons coups dans le plafond de la cuisine. Puis elle entraîna son monde au salon.

Sansoucy engagea la conversation sur la politique provinciale avec son ami. «J'aurais dû m'en douter», se dit Émilienne. Héloïse, Alida, Irène et Émilienne se jetèrent des regards ennuyés et commencèrent à bavarder entre elles. Cependant, Alphonsine, qui avait pris soin de s'éloigner du soupirant, était assise en face de lui. L'homme la fixait en levant vers elle des yeux intéressés à chaque gorgée de cola qu'il prenait, ce qui ne semblait pas lui déplaire.

— Viens-tu, Phonsine? On va retourner à côté, ça doit être plus tranquille, asteure.

— Je vas rester au salon quelques minutes, répondit-elle.

Les autres se déportèrent dans la cuisine.

— Voulez-vous ben me dire ce qui lui prend? demanda Émilienne. Phonsine connaît rien en politique.

— Mieux vaut tard que jamais! Elle a ben le droit de se renseigner, commenta Héloïse.

— Le pauvre monsieur dégage une de ces odeurs, mentionna Alida.

— C'est un problème qui se corrige, dit Irène. Il existe des produits pour ceux qui transpirent.

— Elle doit l'énerver beaucoup, ricana Héloïse. Le veuf doit se laver une fois par semaine. En tout cas, elle fera ben ce qu'elle voudra, Phonsine. Quant à moi, j'aime mieux mourir vieille fille que de m'acoquiner avec ce bonhomme-là.

Chapitre 4

Émilienne s'était royalement fourvoyée. Le penchant d'Alphonsine pour le quinquagénaire ne se démentait pas. «Pour une fois que quelqu'un s'intéresse à moi!» avait-elle rétorqué à sa sœur. Pendant des années, elle avait désiré en secret de rencontrer l'âme sœur, mais tous ses espoirs ne s'étaient traduits qu'en illusions. Et maintenant, quelqu'un soupirait pour elle et semblait lui accorder de l'importance. Le prétendant lui aussi ne démordait pas : il paraissait à présent tous les jours au magasin et s'informait à Théodore de sa belle-sœur, au grand dam d'Émilienne.

Léandre s'encourageait. Ses journées complètes à besogner à l'épicerie achevaient. Le plus souvent, il se rendait lui-même chez le carrossier pour voir les transformations que son véhicule subissait. Puis, lorsqu'il voyait Demers, il discutait avec lui de l'avancement des travaux sur le camion de livraison.

— Quelques soirs de plus et le Fargo va quitter l'atelier Tousignant, monsieur Demers.

Le téléphone résonna. Émilienne s'était éloignée de sa caisse deux petites minutes. Paulette décrocha l'appareil.

— C'est pour toi, Léandre : ton oncle Elzéar, on dirait, grimaçat-elle, en lui tendant le cornet acoustique.

Au bout du fil, une voix reconnaissable régurgitait des injures pendant qu'une autre, plus distante, grondait derrière. L'oncle venait de recevoir le pli de son neveu qui l'avisait de l'achat du camion sans son consentement. Il n'avait qu'à prendre la démarche au sérieux : un acompte de cinquante dollars en faisait foi.

Deux clientes s'étaient retournées vers le commis, ayant deviné son malaise. Léandre raccrocha la ligne au nez de Grandbois.

— C'est un malcommode qui vient d'appeler pour sa commande, transmit-il. L'autre jour, j'ai livré rapidement parce que j'avais mon *truck*. Marcel fait son gros possible en bicycle, vous savez. Tout le monde n'est pas aussi compréhensif que vous, mesdames, dit-il, sur un ton légèrement flagorneur.

Les campagnards s'étaient indignés. Cela n'avait pas empêché, quelques jours plus tard, de voir le camion se pavaner dans les rues du quartier, superbement orné d'inscriptions en lettres dorées. Cigarette aux lèvres, le livreur parcourait le territoire, faisant tourner les têtes vers le Fargo qui, dorénavant, ferait partie du paysage quotidien. De temps à autre, il saluait avec ostentation le conducteur d'une voiture à cheval ou ralentissait pour contempler la démarche gracile d'une belle silhouette, arborant un sourire de complaisance, comme s'il s'agissait de mettre en valeur son auguste personne. Mais rien ne le flattait plus que de réaliser qu'on l'avait reconnu en lui renvoyant civilement un petit signe de la main.

Certes, le service de livraison avait augmenté son efficacité. La marchandise parvenait à destination moins d'une heure après le coup de téléphone d'une cliente ou le départ de Léandre du magasin. Si toutefois, pour une raison ou pour une autre, l'acheminement des denrées accusait un retard, Léandre se confondait en excuses respectueuses, justifications inutiles ou explications oiseuses. Car le coursier étirait parfois un peu ses délais en faisant un arrêt pour siroter un Coke ou prendre un café. Pour l'heure, personne ne s'en plaignait, on n'avait jamais eu autant de commodités des épiceries du voisinage. Avec un triporteur et un camion, les fils de Sansoucy devenaient aussi fiables que les livreurs de pain, de lait ou de glace.

Un peu avant l'heure de la fermeture, le Fargo se gara devant la façade du magasin. Léandre descendit du véhicule, le verrouilla et entra en sifflotant. La dernière cliente de la journée venait de traverser le seuil. Elzéar et Florida étaient plantés là, derrière leur valise démodée, une tasse de thé bouillant à la main. Ils avaient les traits tirés et ils arboraient une mine massacrante.

470

— Tu te défileras pas de même, le neveu, on va mettre les choses au clair! brama Elzéar Grandbois.

— Tu dois ben t'en douter : on est venus par les p'tits chars de la Montreal Southern, ajouta Florida. Vois-tu, quelqu'un nous a volé notre *truck*! C'est ben commode, un *truck*, pour venir à Montréal quand on vient du fond de la campagne.

Théodore et sa femme se tenaient près du petit poêle à bois. Bouilloire à la main, Émilienne versait de l'eau dans sa tasse. L'épicier souffla sur le thé trop chaud et s'adressa à son fils :

— Qu'est-ce que t'as à dire pour ta défense ? demanda-t-il. T'as besoin d'avoir de maudites bonnes explications!

— J'ai pas volé le *truck*! se disculpa l'accusé. Je l'ai acheté, c'est pas pareil pantoute. Ils ont fait une belle *job*, chez Tousignant, hein ? dit-il, l'air malicieux.

— Cibolac, Léandre Sansoucy! s'emporta Grandbois. C'est quoi d'abord si c'est pas un vol ?

— Je vas vous rafraîchir la mémoire, mononcle, commença doucement le livreur. Rappelez-vous l'épisode des vacances forcées de Simone dans le rang Séraphine. Elle avait pas ben ben aimé ça qu'un vieux vicieux la regarde prendre son bain pendant que sa femme était allée chez sa sœur pour apprendre à faire des courte-pointes. L'avez-vous oublié, ça, mononcle ? Puis vous, matante, vous l'avez pas trop ménagée, ma petite sœur : vous l'avez traitée comme un chien en voulant la dresser. C'est juste si vous aviez pas un bâton pour frapper dessus quand elle faisait pas à votre goût…

Florida avait jeté un œil torve à son mari, mais elle abaissait à présent les paupières devant la violente diatribe qui l'attaquait.

— Il raconte n'importe quoi, le neveu, protesta Grandbois. Un vrai maudit menteur, que je vous dis.

Sansoucy et sa femme se regardaient, muets de stupéfaction.

471

— On va le demander à Simone elle-même, si vous me croyez pas! insista Léandre.

Le plus jeune des deux commis verrouillait la porte arrière du commerce.

— Marcel! s'écria Sansoucy, va dire à Simone qu'on l'attend en bas dans le magasin. Ça presse!

Tout le monde était sur le qui-vive et anticipait le pire.

— C'est pas à ma sœur de descendre! s'indigna Léandre.

Grandbois allait perdre contenance. Les mains tremblantes, il avala une lampée de thé et rétorqua:

— Tu dis n'importe quoi pour te venger parce que tu sais que je suis capable de te dénoncer: on le sait ben, ce qui s'est passé avec Azurine Descôteaux dans le poulailler, le soir du jour de l'An. Puis ça, comme je te connais, tu l'admettras jamais, le neveu!

— Vous l'avez fait exprès pour me mettre dans le pétrin, c'est vous qui m'avez envoyé soigner les poules avec elle, répliqua Léandre. D'ailleurs, je me suis déjà expliqué avec ma blonde, là-dessus. Pas vrai, Paulette?

— Je vas faire un arrangement avec toi, proposa le paysan: tu me donnes un autre cinquante piasses pour le *truck*, puis il est à toi. En seulement, demain matin à la première heure, tu viens nous reconduire à Ange-Gardien, Florida puis moi. Après on oublie notre chicane. Au printemps, je m'achèterai ben un autre bazou.

Décontenancé, l'épicier scruta les visages des deux antagonistes pour savoir où logeait la vérité, et reporta son regard vers sa femme, dont les yeux s'étaient embués de larmes. Sans mot dire, il contourna le comptoir et déposa sa tasse de thé. Puis il plongea la main dans le tiroir-caisse, en retira une liasse de petites coupures et la tendit sèchement à son beau-frère.

— Tiens, Elzéar, je veux plus entendre parler de ces histoires-là !

Grandbois considéra l'argent, mouilla son gros doigt et compta les billets.

* * *

Les Grandbois avaient regagné leur campagne, encore remués par le dénouement inattendu. Pour le couple, le déplacement s'était effectué dans un silence coupable, ressassant les paroles amères que leur neveu avait déversées. De plus, au volant de leur ancien véhicule, il les avait conduits comme une vulgaire marchandise avant de s'en débarrasser une fois rendus à destination. Mais, afin de ne pas s'embourber, le livreur avait largué sa cargaison dans le rang Séraphine, au croisement de l'allée qui menait à la maison. Avant de repartir à Montréal, l'œil malicieux, il les avait observés un moment, valise au poing, enfoncer le pas dans la neige.

Léandre rentra en ville, encouragé par la transaction singulière qu'il avait effectuée. Du coup, il avait régularisé sa situation avec l'oncle Elzéar et il pourrait se permettre d'utiliser le camion en toute impunité. Une fois de plus, il se tirait d'une situation hasardeuse avec une certaine élégance. Mais le périple de l'aller-retour avait dépassé la demi-journée ; il avait débordé sur l'après-midi.

Le coursier entra au magasin et jeta un regard furtif sur les boîtes entassées sur le plancher.

— Ah ! Enfin, c'est toi ! soupira Émilienne. Tu nous as fait du souci. Viens me donner un bec, mon grand.

— Je suis là, la mère, inquiétez-vous pas, asteure !

Il se pencha vers elle et l'embrassa sur le front. Paulette déposa le cornet acoustique, se pressa vers son *chum* et se pendit à son cou. Elle se souvenait de la route périlleuse en hiver et des risques courus à voyager seul. De son comptoir de boucher, Sansoucy avait soupiré à son tour en revoyant son fils intrépide. «Avec celui-là, j'aurai jamais la paix!» pensa-t-il. Cependant, le garçon avait un petit côté téméraire qu'il ne dédaignait pas. Grâce à lui, son nom circulait dans toutes les rues du quartier.

— À l'heure qu'il est, tu dois avoir une faim de loup, s'enquit Émilienne.

— Non, non, j'ai pris le temps de *luncher* dans un petit restaurant en m'en venant. Bon, asteure, je vas aller faire mes livraisons. Comme d'habitude, je vas laisser les plus proches et les moins pesantes à Marcel.

— J'aime autant te prévenir, recommanda Émilienne, chez les Bazinet, c'est le monsieur qui a *ordé* aujourd'hui. Il avait l'air pas mal chaudasse, le bonhomme.

Les commandes une fois chargées, le camion repartit. Les denrées s'acheminaient avec un peu de retard aux domiciles des clientes. Mais enfin! Personne ne devrait trouver à redire au délai causé par son voyage à l'extérieur de la ville. Si quelqu'un s'avisait de se plaindre, le livreur saurait quoi répondre. Il y a parfois des événements fortuits qui surviennent et qui entravent le cours prévisible des choses. Quant à la mère Bazinet, Léandre lui réservait une réplique incisive...

Il en fut tout autrement. La tournée achevait. Il ne restait que la commande à livrer chez Rolande Bazinet. Léandre avait résolu de faire attendre la dame et de la faire payer pour ses petites audaces et ses inconduites avec le boucher. D'ailleurs, il tenait ce petit côté rancunier de son père. Il ne se souvenait que trop bien de la fois où elle s'était présentée à l'heure de la fermeture après le départ de la patronne et de sa fameuse course en triporteur pour l'accommoder alors que, cette fois-là, Marcel revenait au magasin complètement vidé. Puis, durant la même période de temps, la cliente et son mari avaient tenté de lui rafler le logement de son père, logement qu'il occupait maintenant.

Le Fargo roulait dans Orléans. Du coin de Rouen, le chauffeur essayait d'entrevoir un endroit pour se garer. Sur le trottoir, à une centaine de pieds en avant, un curieux rassemblement se formait près d'une femme entourée d'objets hétéroclites. Le véhicule traversa l'intersection et s'immobilisa. Léandre sortit du camion et s'approcha de la misérable. Elle portait un manteau court en lainage et des bottes ourlées de fausse fourrure, et de ses yeux hagards coulaient des gouttelettes de froid.

— Voyons, madame Bazinet, qu'est-ce que vous faites là, sur le trottoir avec vos affaires, en plein hiver?

— Mon mari m'a foutue à la porte, expliqua-t-elle avec consternation. Quand il est en boisson, il est capable des pires colères et des gestes les plus épouvantables. Il a fait une commande en me disant que je n'avais qu'à attendre le *truck* de livraison dehors et repartir avec mes provisions pour pas ressoudre les mains vides chez ma sœur, elle qui est pas ben riche d'avance.

La porte du troisième étage de l'immeuble s'ouvrit sur le balcon. Bazinet sortit et, du bout de ses bras, le visage en furie, il lança une lampe torchère qui creusa le banc de neige près du camion.

— Tiens, s'écria-t-il, je l'ai jamais aimée cette maudite lampe-là! Fais-en ce que tu voudras...

— Mettez-vous en sécurité dans le camion, madame Bazinet, je vas charger votre stock. Espèce de malade! cria Léandre, en levant les yeux vers le balcon.

Le déchaîné avait refermé sa porte. Sous l'emprise de la peur d'un nouvel assaut, le livreur commença à ramasser les effets de sa cliente et à les disposer dans la boîte de son véhicule.

Le geste humanitaire du fils de Théodore Sansoucy lui avait inspiré la plus profonde gratitude. Pendant le parcours, Rolande Bazinet s'excusa du dérangement qu'elle causait et de ses petites insolences à l'épicerie.

475

Le camion bondé de vieilleries et d'objets disparates s'arrêta devant une maison basse de la rue Marquette. De la façade, couverte de bardeaux d'asphalte gris, dépassaient des morceaux de papier noir secoués par le vent. Le jour s'immisçait par deux étroites fenêtres et le toit plat semblait s'être effondré dans les pièces qu'il avait jadis abritées.

Avant de tout décharger, Rolande Bazinet attendait dans le véhicule que le fils de l'épicier s'assure d'une présence dans le taudis.

Une femme chétive aux cheveux trop courts accueillit Léandre de son regard ombrageux. Elle s'étira le cou vers la rue.

— Vous vous êtes trompé d'adresse, monsieur. J'ai pas commandé, puis de toute façon, « T. Sansoucy », ça me dit rien pantoute !

— Je vous amène votre sœur Rolande. Elle est dans le camion.

— Ah ! La Rolande, ça fait ben longtemps que je l'ai pas vue, elle.

Le livreur raidissait derrière son camion, le regard tourné vers la masure. À l'intérieur, Rolande Bazinet parlementait avec sa sœur. Après une vingtaine de minutes à poireauter dans le froid, Léandre vit la porte s'entrouvrir et commença le déchargement.

Le magasin s'était assombri comme le jour s'éteint à la fin d'un après-midi hivernal. Quelques ampoules éclairaient discrètement le comptoir. Émilienne faisait sa caisse et l'épicier inscrivait dans son grand livre les crédits de la journée.

— Coudonc, Léandre, étais-tu retourné dans le rang Séraphine ?

— C'est à cause de madame Bazinet, le père. Son mari l'a sacrée dehors. Elle m'attendait avec ses cossins au bord de la rue pour que j'aille la reconduire chez sa sœur sur la rue Marquette. Vous-même, le père, vous l'auriez prise en pitié…

476

— On a pas de misère à te croire. Pas vrai, Théo? railla Émilienne, se rappelant la trop grande proximité de son homme avec la cliente.

— Madame Bazinet m'a souvent raconté son enfer avec son mari, acquiesça Théodore. Un ivrogne, c'est ben simple! Il l'accusait de tous les torts, c'était toujours de sa faute à elle, jamais à lui. Vivre dans les accusations puis les reproches, moi je serais pas capable d'endurer ça.

Émilienne remplit son sac d'argent et gagna le logis. Se remémorant ses conversations plaisantes avec sa cliente, Sansoucy regarda pensivement vers la boucherie. Puis ses yeux se reportèrent sur son grand livre de comptes. Il devait faire son deuil de Rolande Bazinet. Vraisemblablement, il ne reverrait plus la dame entreprenante qui aimait s'attarder au comptoir des viandes en lui faisant de la façon.

Chapitre 5

Léandre voyait arriver les derniers jours de janvier 1936 avec appréhension. Les réparations du Fargo au garage de l'oncle Albert, le travail effectué chez le carrossier Tousignant et la prime d'assurance à honorer pour la défunte *Belle au bois dormant*, tout cela commençait à assombrir son front insouciant. Léandre et David assumaient leur juste part pour le coût du loyer, et les deux petits couples payaient la nourriture au prix du gros. Mais Paulette pressait son amoureux d'inventer un moyen de régler ses dettes. Elle était prête à allonger de l'argent pour le garagiste et la prime d'assurance. Cependant, la gentillesse de Gérard Tousignant n'effacerait pas ce qu'il lui restait à débourser.

Hubert Surprenant s'était présenté durant la journée pour réclamer son dû. Il avait rapporté que les choses s'annonçaient mal pour Maximilien Quesnel: la police avait trouvé un bidon d'essence sur les lieux du sinistre. En recevant son argent, il avait ajouté que, même si le propriétaire du restaurant était éventuellement reconnu coupable, Léandre devrait endosser ses responsabilités de payeur «jusqu'à la dernière cenne». Ce n'est qu'en soirée que les événements allaient se corser et contraindre Léandre à prendre une importante décision.

Philias Demers était venu pour veiller au salon avec la tante Alphonsine. Avant de cogner à la porte du logement de son ami Théodore, il gravit le second escalier et frappa chez les colocataires.

Paulette laissa à Léandre le soin de répondre. Simone s'était endormie sur un magazine au salon et David était allé à un combat de boxe. Le fils de l'épicier parut dans l'embrasure.

— Vous êtes pas monté un peu trop haut, monsieur Demers? blagua-t-il.

— J'ai justement affaire avec toi, mon cher Léandre.

Comme à l'accoutumée, Demers était allé le matin même chez le carrossier : les employés de Tousignant réclamaient leur rétribution pour la besogne effectuée par les soirs et les week-ends sur le camion de livraison. Le patron de l'entreprise avait refusé d'avancer l'argent à ses hommes ; il se fiait à la bonne volonté de Léandre Sansoucy. Le jeune livreur lui avait fait une impression favorable, il s'acquitterait sans doute de sa facture avant la fin du mois. Sinon, Tousignant rebondirait chez l'épicier et traiterait de l'affaire avec lui.

Paulette avait pressenti que la conversation la concernait. Elle s'avança vers Léandre, un sourire mat sur ses lèvres pincées.

— Comment tu vas faire pour payer ? demanda-t-elle, d'une voix mal assurée.

Il la prit par ses épaules rondes et plongea un regard pénétrant dans ses yeux.

— Ah ! non, Léandre, tu vas pas encore me quêter de l'argent, j'en ai presque plus de côté. Je peux pas toujours payer tes dépenses puis éponger tes dettes…

À mesure qu'il l'écoutait, un sourire envoûtant découvrait ses dents blanches. Elle redoutait une autre de ses petites machinations. Cette fois, elle lutterait pour la contrecarrer.

— Je sais ben que tu gagnes pas un gros salaire au magasin, dit-il.

Il se pencha et déposa ses lèvres sur les siennes en la serrant dans ses bras musclés.

— On va se marier.

— Je croyais que, balbutia-t-elle. Et puis c'est pas une vraie demande en mariage, ça. Je m'attendais à quelque chose de plus romantique...

Il l'entraîna vers le lit.

* * *

Au matin, la chambre était pleine de leurs ébats. Partout, des vêtements épars jonchaient le plancher chauffé par le logis du deuxième. Léandre dormait la bouche entrouverte et, les sens apaisés, Paulette réfléchissait. Après l'amour, il lui avait exposé sans scrupules son dessein. Monsieur Landreville n'aurait d'autre choix que de fléchir. N'était-ce pas lui qui encourageait le mariage après l'avoir si farouchement désapprouvé ?

Peu avant huit heures, avant même que Sansoucy et sa femme surgissent au magasin, Paulette s'était empressée de décrocher l'appareil et d'appeler chez ses parents. Saisie d'émotion, Gilberte Landreville était restée pendue au bout du cornet acoustique, sans voix, figée comme une statue de plâtre. Elle devait téléphoner à son mari pour lui annoncer la visite. Les tourtereaux étaient attendus pour souper.

— Entre donc, ma fille, t'es pas une étrangère !

La mère n'avait plus l'agitation coutumière. Elle avait perdu de cette énergie qui anime les êtres les plus enthousiastes et qui leur fait réaliser de multiples activités. Les derniers mois de distance avec sa fille lui avaient étiré les traits et ses yeux s'étaient enfoncés dans l'abîme des tourments. Quant à lui, le comptable au crâne dégarni avait conservé son air d'embaumeur, son front creusé de rides plus profondes semblait plissé en permanence, et toute trace de noir était disparue de ses moustaches touffues.

D'un geste mesuré, la ménagère apportait muettement les plats, tandis que son mari dépliait lentement sa serviette de table.

481

Paulette frétillait sur sa chaise et Léandre gardait les yeux sur son assiette. Personne n'osait entamer la conversation. L'hôte posa le carré de tissu sur son ventre.

— Asteure que vous êtes là, hasarda-t-il, dites-nous donc ce qui vous a décidés à venir. Après tout…

— Conrad! coupa sa femme de sa voix de crécelle, laisse-les donc parler.

— On va se marier! dévoila la jeune femme.

— Très heureuse de l'apprendre! exprima madame Landreville.

— Il était temps! commenta son mari. C'est plus normal de même. Si tu savais, Paulette, à quel point ta mère et moi on a pâti!

— On a repensé à notre affaire, commença Léandre.

Les choses avaient changé. Chacun travaillait à présent de façon régulière à l'épicerie et se disait dans de meilleures dispositions pour envisager le mariage. Ils admettaient avoir agi comme des ingrats et s'être éloignés. Le jeune homme misa sur son pouvoir de conviction en mettant en évidence le fait que Paulette n'avait pas vraiment de trousseau et qu'à la place un montant d'argent serait grandement apprécié. Finalement, en cette année bissextile qui devait leur porter chance, le jour des noces était fixé au samedi 29 février. L'échéance était proche; un mois serait suffisant pour les préparatifs. La question de la date une fois réglée, Léandre poussa l'audace plus loin.

— Seriez-vous prêts à nous donner le montant en avance? interrogea-t-il sur un ton doucereux. La transformation du *truck* de livraison m'a coûté un bras, vous savez!

— Ma fille n'est pas une marchandise qu'on échange contre une boîte de camion, s'indigna le comptable.

— Je ne vois pas pourquoi tu es si réticent, Conrad, tempéra sa femme. Ils ont des obligations à respecter, c'est tout. Tu cherches des puces partout où il n'y en a pas. A-t-on déjà vu !

L'homme ravala son désaccord, disparut et revint, un chéquier à la main. Puis il s'installa et, l'air contrarié, rédigea un chèque qu'il tendit à son futur gendre.

L'affaire était dans le sac. Durant les jours qui suivirent, Léandre alla régler son compte chez Tousignant. Cependant, il se voyait engagé sur la route incertaine du mariage alors que son cœur ne battait pas si fort pour sa boulotte. Quoi qu'il en soit, il lui restait à aviser la famille de ses intentions matrimoniales.

* * *

Entre-temps, l'idylle naissante entre Philias et Alphonsine commençait à se nouer. Sauf le dimanche, l'ami de l'épicier se rendait chaque jour au magasin de coupons pour raccompagner sa douce et, le soir, il disputait quelques parties de cartes avant de s'isoler avec elle au salon. Depuis quelque temps, émerveillée par la gentillesse qu'il lui portait, Alphonsine ressentait des bouffées de tendresse. Mais jamais elle n'avait pensé à s'unir à lui. Ses sœurs lui disaient qu'elle était naïve et qu'elle devrait s'ouvrir les yeux avant de s'engager plus loin dans une relation durable. Mais son prétendant ne l'entendait pas ainsi ; il était pressé de convoler. Il désirait se marier au plus tôt et le problème du logement se posait. Après avoir essuyé une rebuffade de sa fille – dont le mari avait menacé de s'en aller si une nouvelle belle-mère rentrait dans sa maison –, il se tourna vers son fils.

Un beau soir, son couple enveloppé dans l'intimité de la salle à manger, Demers dictait une lettre à son fils Fulgence par-dessus l'épaule d'Alphonsine. Du coup, la missive annonçait au cultiva-teur de Saint-Pierre-les-Becquets un mariage à l'été et sollicitait un hébergement. Alphonsine achevait de rédiger son brouillon. Émilienne surgit de la cuisine, cogna au chambranle et s'approcha avec des galettes à la mélasse.

— Coudonc! s'exclama-t-elle, êtes-vous en train de faire votre contrat de mariage? Ça tombe bien! Notre notaire est justement là, ce soir.

— Quasiment! répondit Demers. Moi et Alphonsine, on parle de se marier en juillet. Avant si possible.

— Lida, Loïse, Irène, Théo, venez donc une minute! s'écria Émilienne. Phonsine a quelque chose d'important à nous dire.

La maisonnée se rassembla dans la pièce.

— Monsieur Demers et moi, on va probablement faire le grand saut, annonça Alphonsine. Seulement à l'été, par exemple. C'est encore loin, ça me donne le temps d'y repenser. Puis il reste le logement à trouver. Justement, je suis en train d'écrire à Saint-Pierre-les-Becquets.

— Philias, tu t'en irais chez ton fils Fulgence! s'étonna Sansoucy. Et puis ça vous a pas passé par la tête de vous marier le 29 février, la même journée que Léandre et Paulette? En faisant un mariage double, je fermerais mon épicerie une fois au lieu de deux.

— Il faudrait peut-être consulter les principaux intéressés, précisa Alida.

— Oubliez-nous pas! intervint Édouard. Colombine et moi, c'est le lendemain de Pâques.

— Parlez-moi-z-en pas, s'indigna Émilienne. Il y a aussi l'accouchement de Simone durant la même période!

— J'aurais préféré attendre à l'été, s'opposa Alphonsine, égrenant un rire jaune. Mais dans les circonstances…

* * *

Le temps d'obtenir l'accord de monsieur et madame Landreville, Léandre et Paulette donnèrent leur consentement au projet d'une double cérémonie. La lettre fut aussitôt postée dans l'espérance d'une réponse rapide. Dans le pire des scénarios, advenant le refus de Fulgence de loger son père, il faudrait trouver une autre solution.

Après une semaine d'attente, la réaction tardant à lui parvenir, Demers résolut de se rendre chez son fils. De toute manière, la poste était lente et il était préférable de discuter en personne d'un sujet aussi délicat. Et dans ce cas, la lettre reçue aurait eu l'avantage de préparer le terrain. C'est en mesurant la portée de ces considérations que Philias Demers demanda à Léandre et à Paulette de les accompagner, Alphonsine et lui, à Saint-Pierre-les-Becquets. Le dimanche suivant, le camion de livraison s'acheminait sur les routes cahoteuses qui menaient au lointain village en bordure du fleuve.

Le voyage était exigeant. Mais Alphonsine ne ressentait pas les désagréments du parcours; elle était entièrement absorbée par sa décision. Son œil voyait défiler sans émerveillement les paysages de neige, les forêts majestueuses plantées d'arbres poussiéreux. Par endroits, le Fargo semblait épouser le fleuve ou s'engouffrer dans l'horizon. Que lui avait-il pris de renoncer à un bonheur paisible ? Son travail au magasin de tissus, son existence somme toute accommodante au logement de son beau-frère, la proximité de ses sœurs. Puis l'éloignement qui s'ensuivrait pour mener à la campagne une vie pleine d'inconnus. Elle n'était pas si malheureuse dans sa condition de vieille fille, finalement !

Le véhicule prit sur la gauche le premier rang après l'église. La famille de Fulgence Demers était établie sur la deuxième terre à droite. Une modeste maison de bois se dressait sur le flanc d'un coteau. Elle semblait moins seule avec ses dépendances et les grands conifères qui la protégeaient.

Des frimousses s'agglutinèrent aux carreaux. Les voyageurs entrèrent dans la cuisine. Le plancher de bois était peint d'un jaune qui jurait avec les murs d'un rose soutenu.

— Ouste, les p'tiots ! s'écria le paysan.

Deux petits déguerpirent et allèrent s'asseoir dans l'escalier. Un garçon d'une douzaine d'années à l'air égaré se berçait avec force. Il arrêta brusquement son mouvement et jeta un regard hébété sur les visiteurs.

— Tu reconnais pépère Demers !

L'adolescent poussa des sons étranges. Il semblait reconnaître son grand-père. Une femme s'empressa de ranger sa vaisselle à gerbe de blé dans l'armoire. Elle ôta son tablier et lissa sa robe en se retournant.

— Bonjour, monsieur Demers. On vous a pas vu depuis que vous êtes déménagé à Montréal, lança-t-elle de sa voix chuintante. Ça commence à faire une mèche que vous êtes pas venu icitte. Avec votre dulcinée, en plus !

Manifestement, la lettre s'était rendue. Cependant, l'accueil plutôt tiède et le ton emprunté par l'hôtesse donnaient à entendre que son beau-père n'était pas le bienvenu. Avec leur garçon malade, même si les plus vieux collaboraient, la besogne était lourde à la ferme. Bref, elle refusait d'augmenter son fardeau même si elle ne doutait pas de l'aide que pouvait apporter la nouvelle belle-mère montréalaise.

Fulgence Demers avait laissé sa femme s'exprimer. Au fond, après tant d'années de cohabitation, la paysanne avait été soulagée de se débarrasser de l'homme qui était devenu un véritable poids.

La femme alla à son poêle pour offrir du thé. Léandre se pencha à l'oreille de Demers.

— Après le thé, on va être aussi ben de s'en retourner tout de suite, murmura-t-il.

* * *

Alphonsine était revenue passablement désappointée de son périple à Saint-Pierre-les-Becquets. Les deux couples avaient fait leurs arrangements avec le prêtre pour la cérémonie religieuse et le logement n'était toujours pas trouvé. Le destin de la vieille fille semblait se braquer devant elle, la forçant à reconsidérer son choix. C'était mieux ainsi. Au moins, elle conserverait son emploi au magasin ; elle avait eu la prudence d'attendre avant de remettre sa démission à madame Métivier.

Il ne restait que deux semaines avant le grand jour. Au lieu d'aller placoter à l'atelier Tousignant, Philias Demers parcourait les rues du quartier à la recherche d'un logis. Il en avait visité quelques-uns. Ils étaient tous aussi déprimants les uns que les autres. Le grand ménage à faire en peu de temps ou le prix exorbitant l'avaient rebuté. Aucun ne convenait. En revenant de sa dernière exploration, il en était réduit à son ultime recours : lorgner du côté de son ami Sansoucy.

Des clientes s'attardaient à la caisse. Leur conversation bifurqua lorsqu'elles virent entrer le bonhomme Demers, l'air dépité, passer derrière elles et traverser le magasin.

— Il a pas l'air très heureux pour quelqu'un qui va se marier, murmura Dora Robidoux.

— Le pauvre cherche un logement, expliqua Émilienne.

— Vous pourriez héberger le nouveau couple, madame Sansoucy, proposa madame Robidoux.

— Ben oui, votre Édouard est à la veille de se marier lui aussi, acquiesça mademoiselle Lamouche, en vidant le contenu de son petit porte-monnaie sur le comptoir. Vous auriez pas plus de monde dans la maison, précisa-t-elle. Remplacer un notaire par un rentier, c'est comme de changer quatre trente sous pour une piasse…

Émilienne réprima une grimace de dégoût et compta la monnaie de sa cliente.

Au comptoir des viandes, Demers avait retrouvé son ami. Léandre attendait que son père complète sa commande avant de repartir pour une autre tournée de livraison.

Le boucher tira sur la ficelle qui pendait du plafond, l'enroula autour de l'emballage de saucisses. Puis, comme s'il était fâché, après l'avoir nouée, il la cassa en donnant un petit coup sec et il écrivit le montant sur le paquet.

— Si tu veux qu'on reste de bons amis, Philias, t'es mieux d'aller chercher ailleurs. Puis, comme je la connais, Émilienne le prendrait pas pantoute. Ça fait que…

Un sourire apitoyé erra sur les lèvres de Léandre. Il recommanda le petit meublé qu'avait occupé Maximilien Quesnel au coin d'Aylwin et La Fontaine. Peut-être était-il libre ? Léandre lui offrit de l'accompagner. Il avait fait bonne impression à la restauratrice, propriétaire de l'immeuble. Cela faciliterait les démarches.

Le quinquagénaire repartit en camion, traînant son ballot de petites misères. Une heure plus tard, Léandre le déposait devant le magasin de coupons. Fébrile, il entra. Alphonsine était à servir une cliente. Juchée sur le tabouret qu'avait occupé Alida, madame Métivier reconnut le promis de son employée qui avait l'habitude de faire les cent pas devant son commerce et qui s'était toujours refusé à y pénétrer. Elle s'empressa de briser un fil entre ses dents, l'humecta pour l'épointer et, du bout de ses doigts fins, l'enfila dans le chas d'une aiguille qu'elle planta dans une pelote à épingles.

— Vous êtes un peu avant l'heure, monsieur, exprima-t-elle de sa voix sautillante. Si vous voulez bien vous asseoir, mademoiselle Grandbois en a pour quelques minutes avec madame Godard ; elle va être à vous dans un moment.

Demers était étranger à ce monde féminin. Rien ne ressemblait à l'atelier Tousignant. Tout était bien rangé et d'une impeccable propreté dans cette ambiance calme et feutrée. Il n'y avait que le susurrement des voix et le bruit des ciseaux pour couper le silence.

Son regard balaya les tablettes et les étalages de tissus soyeux ou damassés aux couleurs chatoyantes et aux motifs variés, avant de se poser sur la petite dame que servait sa bien-aimée. «Elle va être à vous dans un moment», avait dit madame Métivier. La phrase l'avait saisi, presque troublé. Alphonsine ne l'avait même pas salué. Avait-elle honte de lui? D'ailleurs, madame Godard était beaucoup plus jolie et beaucoup plus désirable qu'Alphonsine. Elle lui avait adressé un sourire. Mais peut-être se moquait-elle de lui? Il reconnaissait qu'il détonnait dans ce décor destiné à plaire aux femmes, assis sur une chaise non rembourrée, droit comme le petit garçon sage à qui on a dit de rester tranquille en attendant sa mère.

Était-ce bien avec la sœur d'Émilienne qu'il désirait refaire sa vie? N'était-elle qu'une bigote tourmentée de scrupules, une vieille fille asséchée que le temps avait tarie de tout épanchement amoureux? Ils ne s'étaient jamais abandonnés à de tendres embrassades sur la bouche. À peine avait-il bénéficié d'un baiser amical sur sa joue rêche, vite transformé en de pudiques jeux de mains. Pourtant, il semblait lui plaire.

Bientôt, une odeur de teinture l'incommoda; il se leva. Madame Métivier prit alors la relève de son employée.

— Tu peux pas savoir, Alphonsine, j'ai trouvé un beau petit meublé sur La Fontaine, au coin d'Aylwin! Pour pas cher, en plus.

La cadette des sœurs Grandbois s'était méfiée des dires de son Philias. Le même soir, Alphonsine, Émilienne, Héloïse et Irène débarquaient dans la rue La Fontaine, munies d'un attirail pour les grands ménages. Les hommes n'avaient pas d'affaire à se mêler de l'ouvrage. Du reste, Léandre n'avait pas tenu à voir le petit logis où Quesnel avait niché. Le camion de livraison ramènerait les besogneuses vers dix heures.

Alphonsine entrouvrit délicatement la porte et elle étira dans le noir sa main sur le mur. Une lumière jaunâtre grésilla du plafonnier.

— C'est ben sale ici dedans! s'exclama Émilienne.

— On a pas fait le tour encore! commenta Héloïse. On a pas vu la chambre à coucher.

— Il y en a pas, rétorqua Alphonsine. La pièce que vous voyez, c'est la seule de l'appartement. Pour dormir, il faut ouvrir le divan-lit.

Des enquêteurs avaient perquisitionné le logement de Maximilien Quesnel. Le concierge, mari de la propriétaire, avait formé des petits tas de cochonneries puis torchonné les planchers, laissant des traînées de crasse que la serpillière n'avait pas absorbées. Le divan était un peu défraîchi, les meubles avaient l'air abîmés, les deux chaises, dépareillées. La robuste Alphonsine exhala un soupir discret. Elle était bâtie pour les gros travaux: «Ça sert à rien de rechigner!» se dit-elle.

* * *

Trois bonnes soirées avaient suffi à huit mains acharnées pour décrotter le petit garni que le restaurateur avait déserté en le laissant dans un état pitoyable. Alphonsine consacrait à présent ses soirées à coudre sa robe de mariée. Une semaine avant l'événement, elle avait mis Demers en quarantaine, lui défendant de venir la chercher au magasin de coupons et de cogner à la porte du logis de Sansoucy pour veiller. Rien à faire, quand on allait se marier, il y avait des priorités et, après tout, le petit éloignement temporaire servirait à éprouver la profondeur de leur attachement.

Mais Alphonsine tremblait. Enlaidies par les produits de nettoyage, ses mains rudes des derniers jours n'avaient plus la souplesse nécessaire à la confection de sa robe. Ses doigts naguère agiles n'obéissaient plus aux mouvements habiles qu'elle leur commandait. Elle voyait la prodigieuse Alida installée devant sa Singer, les lunettes sur le bout du nez, qui cousait la robe de Paulette.

490

La doyenne de la maison paraissait la plus vaillante, tout attentionnée à son ouvrage. Alphonsine se mit à se dénigrer, à douter d'elle-même, de son engagement précipité par les événements.

Ses nuits étaient devenues des gouffres d'insomnie, des ogres qui avalaient son sommeil. Elle se sentait seule, terriblement seule dans la noirceur des nuits blanches. Rien que se remémorer sa lointaine campagne gardangeoise et les humains qui devaient s'accoupler comme des animaux la faisait frémir ! Non, elle n'ouvrirait pas son écrin de virginité à un veuf pour qui elle n'avait que peu de tendresse et parfois une indifférence proche du mépris !

Peu à peu, elle ressemblait à l'image qu'elle se faisait du mariage : une petite vie à deux grisâtre dans un petit meublé déprimant. Le matin, elle se levait comme si elle n'avait pas dormi et déambulait comme un automate jusqu'au magasin de madame Métivier. Et là, elle essayait de s'intéresser à son emploi, aux clientes qu'elle servait. Elle ne comptait plus les mauvais coups de ciseaux qui gâchaient des pièces dispendieuses. Chaque fois, la patronne la regardait d'un air exaspéré, menaçant de la renvoyer, de réduire ses gages déjà maigres, pourtant tirés du commerce qui leur avait appartenu, à elle et Alida.

Le 29 février venait comme un jour fatidique. À deux jours de la cérémonie, elle s'acharnait sur sa robe à fixer une dentelle. Simone était chez ses parents ; elle ne voulait rien manquer des derniers ajustements. Paulette parut dans une jolie toilette qui lui seyait à merveille. Émilienne la contemplait muettement des pieds à la tête.

— Dis quelque chose, Mili ! exprima Alida.

— Ravissante ! s'exclama Émilienne.

— Aïe !

Par une inexplicable gaucherie, Alphonsine s'était piqué le bout du doigt. Le sang avait jailli et avait souillé le tissu ajouré. Elle se mit à sangloter.

— Vite, à l'eau froide! s'écria Héloïse, arrachant la robe des mains d'Alphonsine et se précipitant à l'évier.

— Prends sur toi, Phonsine! dit Alida. C'est pas si pire que ça, Loïse va la faire disparaître, la goutte, tu vas voir.

Émilienne s'était approchée de sa sœur qui pleurait comme une Madeleine. Paulette et Simone se regardaient, désemparées devant la vieille fille inconsolable.

— Vous allez voir, matante, c'est pas si épouvantable que ça, le mariage, risqua Simone. Vous allez vous habituer.

Alphonsine alla s'enfermer avec sa peine, comme si, autour d'elle, personne ne pouvait apaiser sa souffrance.

***

Le matin des noces, Émilienne s'affairait autour de sa sœur figée comme le mannequin qu'on habille dans la vitrine d'un magasin. Alphonsine avait séché ses larmes, retrouvé un semblant de sourire, mais son cœur indécis chancelait entre le doute et la certitude.

— Je suis prêt à vous emmener, mademoiselle Grandbois. Simone nous attend en bas.

David avait effectué plusieurs déplacements à l'église avec le camion de livraison. Alida avait été du premier voyage avec Héloïse et Irène. Théodore, Léandre et Paulette avaient suivi lors du deuxième, Marcel s'était rendu à pied, et Colombine, qui ne voulait pas salir l'intérieur de son automobile, était venue cueillir Édouard à la dernière minute.

La petite foule de curieux s'était gonflée dans le portique de l'église du Très-Saint-Rédempteur. À l'arrière, fleur à la bouton-nière, Philias et sa fille s'entretenaient avec l'abbé Dussault de la grande désolation du jour: l'absence de Fulgence qui avait refusé de se déplacer en plein hiver depuis Saint-Pierre-les-Becquets. La famille de Demers, réduite à sa plus simple expression, s'enfilerait dans un banc derrière les Sansoucy. Quant à la parenté de Paulette, elle s'était massée à droite, à la croisée du transept, et attendait dans un état de béatitude que les couples s'avancent.

L'abbé Lionel Dussault replaça nerveusement le bracelet de sa montre après l'avoir consultée pour la septième fois en trois minutes. Il craignait de *s'enfarger* dans les détails des procédures. Pourtant, c'était bien lui que le curé Verner avait mandaté afin de lui permettre de célébrer le premier mariage double de son ministère. Et que savait-il sur ceux qu'il allait unir au nom de Dieu ? Un couple de jeunes concubins qui avaient vécu dans le péché depuis des mois et qu'il avait confessés la veille, et une paire de quinquagénaires drôlement assortis qui tentaient de refaire leur existence après de brèves fréquentations. Il avait griffonné quelques notes, mais il s'empêtrait dans ses mots. Des sueurs froides lui coulèrent dans le dos et une rougeur lui monta au visage. Il n'espéra plus que la fin de la cérémonie et le déversement à la rue de l'assistance.

David avait rejoint Simone dans le Fargo stationné devant l'épicerie. Là-haut, au logement des Sansoucy, Alphonsine poussait des râles inquiétants. Elle avait le regard trouble. On aurait dit que ses yeux mauvais erraient dans la pièce à la recherche d'un objet. D'un mouvement emporté, délaissant Émilienne qui ne pouvait empêcher le geste irréparable qu'elle s'apprêtait à commettre, elle se rendit à la machine à coudre, s'empara des ciseaux d'Alida et se mit à couper avec frénésie le tissu, lacérant sa robe dans tous les sens. Puis, comme si ce n'était pas suffisant, au sommet de son délire, elle déchira des lambeaux qu'elle alla enfouir dans le feu du poêle.

Chapitre 6

«Phonsine a flanché!» se répétait la caissière. Derrière son comptoir, Émilienne regardait sa sœur disparaître de son champ de vision comme si elle était absorbée tout entière par le montant de la vitrine. Alphonsine était repartie au magasin de coupons, l'esprit en pièces détachées, un arrière-goût amer dans le pharynx. Il ne restait plus rien, ni de sa robe brûlée, ni de son projet déchiqueté. On l'avait précipitée au mariage comme une jeune fille-mère obligée de se marier. Mais la promise avait ressenti un grand soulagement à briser ses chaînes, à se débarrasser de ce qui la retenait captive.

Monsieur Demers avait assisté à toutes les étapes de la cérémonie. La bouche amère, le cœur meurtri, il avait vu les belles jeunesses dans leurs habits d'apparat se promettre de s'aimer toujours, leur union bénie, et la grâce descendre sur leur couple scellé par la main du prêtre. Les larmes sèches, la gorge étranglée, il avait assisté au défilé sur le tapis rouge et le célébrant l'avait invité à se joindre au cortège nuptial.

Après le mariage de Léandre, les convives s'étaient rassemblés dans un restaurant du quartier. Madame Landreville avait choisi de réunir son monde à elle tout en ne «virant pas sa maison à l'envers», alors que la fille de Demers recevait son père et sa nouvelle épouse dans l'intimité de son logis devant une bouteille de vin, du pâté de foie gras et des tranches de rôti froid dans sa vaisselle du dimanche.

Après le dîner à trois où il avait englouti à lui seul les trois quarts de la bouteille avec une étonnante rapidité en contemplant l'alliance de chez Birks, Philias était revenu en larmes chez les Sansoucy. Alphonsine n'était pas visible. La vieille fille s'était retranchée dans sa peine. À présent, les remords la gagnaient. Elle avait peut-être fait plus de mal à monsieur Demers qu'elle ne s'en était infligée à elle-même ; elle regrettait son geste irréfléchi.

La clochette d'entrée tinta tristement. Demers avait surveillé le passage d'Alphonsine avant de se présenter au commerce. Le malheureux longea le comptoir-caisse. Émilienne eut un mouvement d'empathie. Elle l'interpella :

— Philias ! J'ai de la peine pour toi !

— Vraiment !

— Je suis sincère, Philias. J'admets que je n'ai pas encouragé ce mariage avec ma sœur, mais je suis sensible à ta douleur. Prendrais-tu un bon thé ? J'en ai de chaud sur le poêle.

Demers s'était acheminé au comptoir des viandes. Émilienne savait que le malheureux déverserait son chagrin sur l'épaule de son mari qui l'écouterait en faisant son boudin avec Marcel. Théo comprendrait, lui qui est un homme d'âge mûr, le besoin de rebâtir son existence, de ne pas s'enfermer dans l'enfer de la solitude et le ressentiment de l'échec qu'il devait éprouver.

Une dame entra, huma avec délices les arômes qui flottaient dans la grande pièce et referma doucement derrière elle.

— Mmm ! Ça sent bon les épices et le café moulu !

Elle ôta ses gants, fouilla dans une poche de son manteau, en retira un papier chiffonné et s'approcha du comptoir.

— Pour les grosses commandes, ça va aller seulement à demain, madame Fréchette. Vous comprenez, mon mari a donné congé aux jeunes mariés.

— Dommage pour le mariage raté de votre sœur ! Bon, en tout cas, je suis pas venue pour colporter des ragots, c'est pas mon genre, dit-elle, en ouvrant son sac à main sur le comptoir. Avec ma commande d'aujourd'hui, je vas régler mes dettes.

Émilienne calculait les arrérages accumulés depuis plus de trois mois. La cliente avait dépensé beaucoup pendant la période des fêtes. Elle avait reçu sa cousine des États-Unis qui avait séjourné deux semaines avec son mari et leur marmaille dans son logement.

Elle sortit une liasse de billets qu'elle déposa timidement sous les yeux de la caissière.

— De l'argent américain ! s'exclama Émilienne.

De ses doigts agités, avec le sérieux d'un changeur qui flairait un faux billet de banque, elle examina le papier-monnaie et le rangea dans le tiroir-caisse.

* * *

C'était lundi matin. Léandre faisait la grasse matinée dans le petit meublé de Demers. Paulette l'avait convaincu d'accepter l'offre du locataire de passer leur week-end de noces dans son logement. Elle avait assez flâné au lit après les heures torrides qu'ils avaient traversées ; elle musardait à la fenêtre, s'amusant à regarder les voitures et les passants. Léandre se découvrit le torse en prenant un ton langoureux et implorant pour la ramener à lui :

— Reviens te coucher, on a tout notre temps, le père nous a donné congé.

Dans ses étirements, il allongea lascivement la main. Ses doigts s'immiscèrent entre le bras et le matelas du divan-lit et se refermèrent sur un objet.

— Eille, un calepin ! exprima-t-il, avec une exclamation étonnée.

— Tu m'as bien dit que monsieur Demers a loué l'ancien meublé de Quesnel !

Léandre s'assit sur le bord du matelas. Il feuilleta négligemment le carnet jaunissant dont il fit tourner les pages avec son pouce. Des billets de banque glissèrent entre ses cuisses.

— Quesnel nous a fait un beau cadeau de noces !

— Comment ça ?

— Cent piasses, ma chère !

— Faudrait remettre l'argent à ton monsieur, ricana Paulette.

— Il est pas aussi salaud qu'on pensait ; on devrait jamais enfermer un si honnête homme…

* * *

Philias Demers était reparti du magasin, la mine aussi triste qu'une longue journée pluvieuse d'automne. Entre deux clientes, le boucher avait tâché d'écouter son ami et de le soutenir dans sa déveine en faisant son boudin. Mais Sansoucy n'avait jamais eu le don de prodiguer les bonnes paroles. Marcel l'avait constaté une fois de plus lorsque son père l'avait chassé de la boucherie pour aller faire ses premières livraisons de la journée.

Douze coups allaient bientôt sonner à toutes les horloges grand-père du faubourg. Sansoucy avait demandé à Émilienne de surveiller le retour de Marcel et de lui faire descendre le dîner qu'Héloïse avait préparé. Advenant une acheteuse, il serait aisé de mettre une assiette à réchauffer sur le poêle. Le lundi était normalement une journée tranquille, mais le mariage double avec une mariée manquante avait attiré un flot inaccoutumé de clientes. Le commerçant ne pouvait censément quitter l'épicerie. Il n'avait pas voulu laisser sa femme aux prises avec une meute de placoteuses qui avaient toutes l'air de s'attrister du sort de la vieille fille Grandbois.

Émilienne et son mari étaient à échanger sur la déconfiture de Demers et les commentaires entendus de part et d'autre au cours de l'avant-midi, quand elle se rappela la visite de sa première cliente de la journée.

— Madame Fréchette est venue payer son dû, Théo !

— Ça commence à être temps, Mili.

— Il y a juste une chose qui m'agace, par exemple ; elle a réglé avec de l'argent américain.

L'épicier sauta subitement de son tabouret, ouvrit le tiroir-caisse et enfonça sa grosse main dans le compartiment des dix dollars. Il abaissa ses lunettes sur son nez. Les lèvres tordues, il soumit les billets à son œil méfiant en les frottant entre ses doigts. Puis, pour se convaincre davantage de leur caractère frauduleux, il les colla dans la vitrine, en essayant de voir au travers, avant d'en sentir l'encre et de les lécher pour en éprouver leur degré d'indélébilité.

— Je gagerais ma chemise que tu t'es fait avoir, Mili. Je me rappelle un article de *La Patrie* paru avant les fêtes, avertissant le public de faux dix piasses en circulation. J'aurais dû t'en parler.

— J'aurais dû me méfier, se désola l'épicière.

Le marchand saisit le cornet acoustique et composa le numéro du commissariat de police.

Vers les quatre heures, le lieutenant Whitty et le constable Poisson firent irruption au commerce. Dans tous ses états, Émilienne relata les circonstances dans lesquelles elle avait pris possession de la monnaie contrefaite. Inévitablement, elle transmit les coordonnées de l'acheteuse, une «régulière qui se montait des comptes et qui payait aux trois mois». Finalement, dans un serrement de poitrine, le marchand dut se résoudre à remettre les faux billets aux policiers.

— Comme je vous l'ai dit, monsieur Sansoucy, nous allons interroger madame Fréchette et le dossier sera confié à la Gendarmerie royale, répéta Whitty pour la troisième fois. Votre cliente était-elle de connivence avec sa pseudo-parenté américaine ? En un mot, était-elle malintentionnée ? C'est ce que l'enquête va déterminer. Mais ne vous attendez pas à des miracles ! J'aime autant vous le dire, vous ne reverrez pas la couleur de votre argent. Puis une petite information en passant : vous aviserez votre fils que Maximilien Quesnel est sous les verrous.

Les Sansoucy prirent un air désabusé. Peu leur importait si le propriétaire de *La Belle au bois dormant* était emprisonné. Ils avaient perdu trente beaux dollars, une perte sèche qui s'inscrivait dans une colonne sombre de leur bilan financier.

Marcel, bien intentionné, avait assisté à la scène avec les deux représentants de l'ordre. Il s'approcha des caisses destinées à madame Fréchette, en apporta une sur le comptoir-caisse.

— Que c'est que tu fais là, toi ? brama l'épicier.

— Ben, je vas replacer le stock de la madame sur les tablettes, balbutia Marcel.

— Remets cette boîte-là avec les autres. La bonne femme Fréchette va savoir de quel bois je me chauffe…

***

Les nouveaux mariés n'en avaient pas tant espéré de leur journée de congé. Après deux longues nuits dans le logis de Philias Demers, ils bénéficieraient d'une belle soirée aux frais de Maximilien Quesnel. Cependant, Léandre avait confusément éprouvé le besoin de rencontrer Arlette Pomerleau et il souhaitait la revoir, même si elle devait se foutre totalement de lui : il se dégorgerait un peu de la hargne qui l'habitait. Paulette n'avait pas aimé l'idée, mais elle avait plié en pensant que cela permettrait à son mari de franchir un pas de plus dans son désir de rompre avec son passé houleux.

Le camion de livraison se stationnait maintenant devant la marquise criarde du *Faisan argenté*, un chic restaurant de la rue Saint-Laurent, au cœur du *Red Light* de Montréal. L'endroit offrait de bons repas au rez-de-chaussée et, à l'étage, on pouvait se distraire ensuite devant un spectacle de sémillantes danseuses en prenant un verre. Léandre se souvenait d'avoir parcouru un article d'un numéro de *La Patrie* de janvier relatant une descente de police dans ce milieu interlope. Sur la photo accompagnant le texte, il avait reconnu Arlette Pomerleau qui souriait d'un air désinvolte parmi les «ouvrières» de la place qui, pour la plupart, se cachaient honteusement la figure. Et, parmi cette grappe de débauchées, une bourgeoise aux mœurs légères assoiffée de sensations fortes se faisait régulièrement conduire par son chauffeur au *Faisan argenté*. L'anecdote fit saillir ses joues.

Le repas terminé et l'addition réglée, Léandre entraîna Paulette en haut de l'escalier scintillant. À l'entrée, deux gaillards au crâne rasé se tenaient immobiles, leurs bras musclés croisés sur leur poitrine velue. Une envoûtante musique d'ambiance exhalait de la salle bien remplie de spectateurs retranchés derrière de petites tables, les yeux braqués sur la scène où se trémoussait une danseuse exotique. Une hôtesse au sourire engageant conduisit les clients à une table. Ils commandèrent une consommation.

Paulette se sentait lourde. Elle s'était régalée de mets raffinés qu'elle avait engloutis avec plusieurs coupes d'un bon vin français. Mais elle n'aimait pas le déhanchement de la beauté suave qui s'exhibait devant elle, et Léandre semblait indifférent à sa déception. Son esprit s'égara en songeant aux petits malheurs qu'elle avait connus avant son mariage.

Dans les lieux sombres et fumeux, Arlette Pomerleau avait remarqué Léandre dès qu'il avait pris place. Elle ne pouvait manquer sa chance de le saluer. Elle engrangea un pourboire dans son tablier de cuir et s'approcha.

— Je te présente Paulette, ma femme.

La serveuse eut un petit sourire mesquin.

— J'ai quitté *La Belle au bois dormant* à temps, dit-elle.

— Fais pas l'innocente, Arlette ! T'étais au courant de tout ce qui se tramait dans la tête de Quesnel. Les affaires s'en allaient à la dérive et il a décidé de mettre le feu à son commerce, c'est ben simple. Puis toi, t'es pas blanche comme neige non plus ! « Celui qui tient le sac est aussi coupable que celui qui met l'argent dedans. » T'as déjà entendu ça ?

— J'ai rien à voir là-dedans ! rétorqua-t-elle, sèchement.

— Puis moi, le beau *smatte*, je continue de payer l'assurance de ma poche. En tout cas, compte-toi ben chanceuse que j'aille rien rapporter à la police, Arlette Pomerleau.

La serveuse tourna les talons.

— Asteure, on s'en va-tu ? demanda Paulette, l'air exaspéré.

* * *

Au désespoir de sa femme, l'épicier avait arpenté plusieurs fois la grande pièce de son magasin dans toute sa longueur, en mordillant ses moustaches, obnubilé par une idée fixe : trente beaux dollars lui avaient échappé et il entendait les récupérer auprès de sa cliente. Il n'en démordait pas.

Les jeunes mariés parurent à ce moment.

— Bon, vous voilà ! explosa-t-il.

— Les nerfs, le père, on est pas en retard pantoute, Paulette puis moi! réagit Léandre. Regardez votre horloge.

— T'as pas d'affaire à leur tomber dessus au retour de leur voyage de noces, Théo, plaida Émilienne; ça se fait pas. Tu pourrais leur demander comment ça va, au moins. Excusez-le, enchaîna-t-elle, c'est à cause de madame Fréchette…

Émilienne relata la venue de la cliente et le règlement de son compte avec de l'argent américain contrefait et la visite des policiers qui avaient pris le dossier en main. Léandre considéra les commandes de la veille entassées sur le devant du magasin. Parmi elles, quatre grosses boîtes étaient identifiées au nom de madame Fréchette. Il se tourna vers son père :

— Puis vous pensez que je vas aller harceler la cliente pour qu'elle nous paye notre dû avec de l'argent qui est pas faux! s'insurgea Léandre. Je suis pas une police, moi! Le père s'entête, parlez-y, la mère.

Émilienne se sentait prise entre deux feux et poussait des soupirs effarés. Paulette avait abaissé les paupières vers le bout de ses souliers et Marcel promenait un regard hésitant sur la commande de madame Fréchette.

— Dans ce cas-là, je vas y aller moi-même! décida péremptoirement l'épicier.

— Théo, ça a pas de bon sens, tu le sais ben, protesta vertement Émilienne. T'es pas capable de chauffer un *truck* puis t'es jamais monté sur un bicycle de ta vie.

Couvé du regard, Marcel se déporta à pas mesurés vers les boîtes de la ménagère. Il se pencha pour en saisir une.

— Touche pas à ça, toi, l'innocent! grogna l'épicier. Ton frère va livrer comme prévu. Je veux avoir mon argent, un point c'est tout!

Léandre fouilla dans la poche de son pantalon et, d'un geste désinvolte, il jeta de beaux billets canadiens sur le comptoir-caisse.

— Tenez, le père, on réussira jamais à récupérer notre argent, dit-il d'une voix résignée. Marcel, replace le stock sur les tablettes. Qu'on en parle plus !

Sansoucy déguerpit vers le comptoir des viandes. Marcel roula des yeux perplexes vers ceux qui l'observaient. Il était fier de la bravade de son grand frère. Les audaces de Léandre l'avaient enhardi. Un jour, lui aussi serait capable d'affronter son père et de refuser de passer par le trou de la serrure.

Chapitre 7

Madame Desruisseaux avait coutume d'envoyer Amandine à l'épicerie Sansoucy avec sa petite sœur pour lui acheter des bonbons. Pendant que la rondouillarde Emma promenait ses grands yeux gourmands sur les bocaux de friandises, Amandine surveillait le retour du triporteur. Aussitôt que Marcel entrait, ses joues rosissaient, ses mains devenaient moites et, prise d'un frémissement, elle pressait l'enfant de choisir, payait et s'en allait. Mais aujourd'hui, elle était déterminée à parler au coursier.

En plein carême, sa conscience de catholique tenaillait Émilienne, mais son mari lui disait qu'il n'y avait pas de mal à vendre des friandises. Un sac de papier kraft à la main, elle s'était penchée vers la petite Emma hésitante, son visage empâté collé sur les pots de réglisse. À la fin de la journée, elle avait les jambes enflées, mais son amour des enfants l'inclinait à la patience.

— Et puis, Emma, t'as fait ton choix, ma belle?

— J'aime beaucoup les caramels puis les bonbons roses, mais je vas prendre cinq pipes de réglisse noire.

— T'es sûre que c'est ça que tu veux, Emma? s'enquit Amandine. Prends ton temps. Madame Sansoucy n'est pas pressée, elle veut juste te faire plaisir. As-tu vu, il y a des bâtons forts, des jujubes aux fruits, puis de la réglisse rouge aussi?

— Oui, puis elle est fraîche de ce matin, précisa l'épicière. Ça peut pas être ben ben plus frais.

«Il arrive-tu, coudonc? Maman va trouver que je lambine», pensa Amandine.

La porte du camion de livraison claqua.

— Tiens, si c'est pas mademoiselle Desruisseaux! s'exclama Léandre. Un beau brin de fille, hein, la mère? Dommage que je sois marié parce que…

— Voyons, Léandre, Amandine est de l'âge de Marcel.

Le visage de la jeune fille s'empourpra.

— Voyez, la mère, je lui fais de l'effet.

Amandine se ressaisit.

— J'ai deux mots à dire à Marcel, si vous voulez savoir; je voudrais lui demander comment ça allait depuis son accident. As-tu fini, Emma?

— Finalement, je vas prendre des bonbons durs de différentes couleurs.

L'épicière prit une petite pelletée qu'elle versa dans le sac et le mit sur un plateau de la balance en cherchant du regard l'approbation de la grande sœur. Dehors, Marcel déneigeait son triporteur avant de le rentrer. Amandine régla avec l'épicière et saisit la main d'Emma qui croquait sa friandise sucrée comme on mord dans une pomme. Puis elle interpella le livreur.

— Allô, je voulais juste savoir comment ça allait.

— Pas trop pire, mademoiselle.

— Marcel vous le dira pas, mais c'est son anniversaire de naissance aujourd'hui, lança Émilienne.

Dans un geste inattendu, Amandine délaissa la main d'Emma et fit claquer une bise sonore sur la joue du livreur, bise qui retentit dans tout le magasin. Puis elle reprit la main de sa sœur et quitta le commerce.

— Ouan, Marcel, tu pognes pas ordinaire! commenta Léandre. Puis vous laissez faire ça, la mère, railla-t-il. Votre plus jeune qui est en train de vous échapper…

Émilienne eut un sourire jaune. Elle réalisait que son Marcel avait seize ans et qu'il n'était plus tout à fait un enfant. Ce dernier lui demanda si elle savait où la jeune fille demeurait. L'épicière aimait bien connaître l'adresse de ses clients; les Desruisseaux habitaient très précisément dans l'immeuble voisin de la boutique de cercueils O'Hagan.

L'heure de la fermeture avait sonné. Elle retira l'argent de la caisse et entreprit de le compter. Pour dissimuler son embarras, Marcel avait empoigné le balai qu'il poussait avec ardeur. Mais le cœur lui battait fort dans la poitrine.

Le benjamin de la famille n'avait jamais été dans les bonnes grâces de son père. Le tardillon était né après Simone, «petite perle» qui luisait aux yeux de l'épicier comme son bien le plus précieux. L'homme avait parfois essayé de camoufler sa préférence pour sa plus jeune fille qui accourait jadis tout naturellement vers lui en secouant ses tresses. Mais il s'y prenait mal. Il n'avait jamais fait sautiller son dernier-né sur ses genoux et le renvoyait à sa grande, qui avait l'art de remédier au manque d'affection. Irène elle-même n'avait pas bénéficié d'une tendresse paternelle débordante. À la défense de son père, elle n'avait cependant pas subi les traitements qu'il infligeait à Marcel. Néanmoins, elle savait ce que son frère pouvait ressentir. À l'orée de ses seize ans, il ne viendrait plus se réfugier dans ses jupes; il irait ailleurs pour combler son besoin d'amour.

Alida éprouvait de l'attachement pour son neveu. Il était le plus empressé des garçons de la famille pour l'aider à s'asseoir ou à se relever, ou encore pour faire traverser son fauteuil roulant dans les embrasures trop étroites de la maison. Placide était absent, Édouard était imbu de lui-même et Léandre ne pensait qu'à ses plaisirs.

Sans en dire un mot à Émilienne, l'impotente avait fait dresser les couverts dans la salle à manger. Héloïse sortait un gâteau du fourneau et le déposait sur la boîte à pain pour le faire refroidir. Les colocataires seraient aussi parmi les convives pour l'événement. Dans les circonstances, Alphonsine n'étant pas rentrée de son travail, Alida avait demandé à Héloïse de faire cuire du boudin et des saucisses rôties dans la poêle. Le plat servi avec des patates pilées crémeuses ferait les délices de Marcel.

— Qui c'est qui a fait brûler ma saucisse de même ? s'indigna Sansoucy. C'est noir comme tout, c'est dur comme de la roche. C'est pas mangeable !

— D'habitude, c'est Phonsine qui la fait cuire, mais comme elle était pas revenue du magasin, j'ai proposé à Héloïse de s'en occuper, rétorqua Alida.

— Regarde, le beau-frère, as-tu vu, t'es le seul à chialer ! se défendit Héloïse.

— Ben oui, Théo, Loïse a fait pour ben faire, faut pas la chicaner parce qu'elle se mêlera plus de rien dans la cuisine. Et puis, les jours de fêtes, on se force pour être de bonne humeur.

— Quel âge que ça te fait, donc, Marcel ?

— Voyons, le père, vous avez pas honte ? commenta Léandre. Pas savoir l'âge de ses enfants…

La remarque avait jeté un froid dans la pièce. Irène tenta de ramener adroitement les choses en excusant son père pour ses quelques trous de mémoire pardonnables.

Au dessert, pendant qu'on devisait sur la grossesse de Simone et le mariage d'Édouard, Marcel s'absorba dans son doux souvenir heureux. Sa joue était encore chaude du baiser volé d'Amandine.

Quelques jours s'égrenèrent sans que la jeune fille ne se présente à l'épicerie. Tous les soirs, avant d'enfiler son pyjama, Marcel se déshabillait devant le petit miroir terni au-dessus de la commode. Non, il n'était pas si mal. Il n'avait pas la joliesse et le corps sculpté de Léandre, mais il plaisait à quelqu'un. Et ce quelqu'un l'attirait. Il se devait de revoir Amandine.

Les Desruisseaux habitaient au deuxième étage d'un bâtiment dans l'avenue Jeanne-d'Arc. Marcel venait de livrer les «ordres» chez les O'Hagan qui encourageaient l'épicerie depuis le mariage de leur fils avec la fille Sansoucy. Il profiterait de l'occasion pour cogner chez les Desruisseaux. Une jolie dame habillée d'une veste noire qui lui étriquait les épaules ouvrit lentement et jeta un regard circonspect.

— Bonjour, madame. Je suis le livreur de l'épicerie Sansoucy de la rue Adam. Je viens livrer une fois par semaine chez vos voisins O'Hagan et je me demandais si vous seriez pas intéressée à commander chez nous.

— D'habitude, je fais ma *grocery* sur Pie-IX et, de coutume, j'ai un bon service, répartit-elle. Puis, pour la viande, je la prends au marché Maisonneuve.

Un tic nerveux tirait ses lèvres et déparait un peu les traits de son joli visage. Un gros homme aux cheveux et à la barbe hirsutes parut. René Malbœuf vivait en concubinage avec la mère d'Amandine.

— T'as compris la madame, dit-il sèchement de sa voix de matou irrité. Bon ben, va te faire voir ailleurs…

— Je veux bien, monsieur Desruisseaux, balbutia Marcel.

— Desruisseaux est mort et enterré. Mon nom est René Malbœuf.

— D'abord, est-ce que je peux parler à Amandine une petite minute ? osa-t-il.

L'homme referma sans ménagement.

509

Quelques jours s'écoulèrent, aussi longs que les interminables soirées d'hiver, aussi ennuyants que les sermons du curé Verner, aussi dénudés que le désert, à attendre un mot, un signe, pour lui rappeler qu'elle ne l'avait pas oublié. Il l'avait revue pendant ses nuits de rêve, à contempler son regard bleuté, son corps frêle, mais son visage s'était évanoui comme un mirage, comme un songe au réveil. Et le jour béni se présenta, aussi imprévisible que le baiser qui avait éclaté sur sa joue.

La petite Emma Desruisseaux avait été mandatée par sa grande sœur pour surveiller le livreur. Lorsqu'elle verrait le triporteur de l'épicerie Sansoucy chez les O'Hagan, elle n'avait qu'à lui transmettre le message. Pour la remercier, Amandine lui achèterait d'autres friandises. C'est ainsi que le samedi soir Marcel s'était couché avec le dessein de se lever tôt pour assister à la première célébration du matin.

— Tu nous attends pas! s'exclama Émilienne.

— Pâques s'en vient; je pars tout de suite, je dois aller à confesse avant la messe.

Marcel marchait d'un pas rapide dans la rue Adam avec le sentiment coupable d'avoir menti à sa mère. Amandine ne fréquentait pas le même lieu de culte que lui. Elle guettait son arrivée devant l'église du Très-Saint-Nom-de-Jésus.

Les paroissiens s'engouffraient dans la chaleur du temple. Sous le portail, elle le voyait s'approcher, tête nue, les mains sur les oreilles, dépasser les fidèles sur le trottoir. Il l'aperçut. Elle n'était pas seule. Blottie contre elle, Emma trépignait dans ses petites bottes fourrées.

— Je pensais pas qu'il ferait aussi froid. Avoir su, je t'aurais donné rendez-vous en dedans.

— Je vous aurais trouvée, craignez pas!

Amandine conduisit la petite Emma dans l'enceinte. Avant de l'abandonner sur un banc, elle lui rappela qu'elle devait communier et qu'elle n'avait pas à s'inquiéter de son retour puisqu'elle reviendrait la chercher à la fin de la messe. Puis elle ressortit.

— Suis-moi, décida-t-elle, on va être plus à l'aise chez Blandine.

Elle l'entraîna dans un restaurant où elle était certaine qu'on ne la reconnaîtrait pas. Ils n'avaient que le temps de la célébration pour parler en sirotant un chocolat chaud.

Amandine avait déjà remarqué le jeune homme lors d'une de ses livraisons, le samedi, chez le fabricant de cercueils. La semaine, elle était au service de la biscuiterie Viau. Son travail consistait à tremper des bonbons ou des biscuits dans le chocolat. Elle se disait très vive à l'ouvrage et semblait adorer son métier. Elle n'avait que son petit frère Florent, et sa sœur Emma, qui était proche d'elle. Son beau-père, un veuf sans enfant, travaillait comme boucher au marché Maisonneuve. Il s'était acoquiné avec sa mère alors veuve, une pauvre ménagère soumise aux sautes d'humeur de son concubin colérique.

Le poêle de fonte rougeoyait au milieu de la pièce. Ses mains se réchauffaient autour de la tasse de boisson réconfortante. Il l'écoutait, buvant ses paroles, ses yeux noyés dans son regard bleuté. Il aimait son visage expressif, sa manière de raconter, sa voix aux inflexions caressantes. Elle l'avait devancé sur le terrain de l'intimité. Elle le tutoyait comme s'ils se connaissaient depuis toujours, et se confiait comme à une amie. Peu à peu, il se sentait près d'elle et délaissa son ridicule vouvoiement. Les choses allaient vite avec Amandine. Et la messe qui allait se terminer. Elle devait retourner à l'église et ramener Emma à la maison. Ses parents viendraient à la prochaine cérémonie et elle devait garder le petit dernier. Il sentit l'urgence de faire sa demande :

— Pourrais-tu m'accompagner au mariage de mon frère le lundi de Pâques ?

Marcel avait anticipé à tort la réaction de sa mère après la messe. Émilienne avait pressenti quelque secrète amourette et elle avait préféré taire l'absence de son fils à leur côté. Elle avait dit à son mari que la file était longue au confessionnal et que, après s'être confessé, Marcel s'était sûrement glissé dans un autre banc à l'arrière de l'église. Cependant, le mariage d'Édouard était imminent et Marcel serait tenu de dévoiler son intention d'être accompagné. S'il avait eu le cran de rencontrer Amandine, il l'aurait pour faire sa déclaration à sa famille. Le dimanche suivant, après sa « messe » à Saint-Nom-de-Jésus, il avait eu l'audace de raccompagner Amandine et sa sœur un peu plus loin. L'heure de la célébration ne leur accordait que peu de temps pour se connaître. Il les avait laissées devant la maison des O'Hagan. Amandine n'avait pu se retenir de lui donner un autre baiser furtif, même si elle risquait les foudres de son beau-père. Après, Marcel avait déambulé lentement vers la boulangerie, un bonheur indéfinissable fleurissant sur ses lèvres.

— T'es lambineux pas pour rire ! lança le père.

L'omelette réchauffait sur le bout du poêle. Héloïse libéra les mains de Marcel et apporta le pot de bines sur la table avec le pain, le beurre, la mélasse et les cretons.

— On t'a pas vu à la messe ce matin, affirma Sansoucy. Viens pas me faire accroire que t'es encore allé te confesser à l'abbé Dussault. À part de ça, tu reviens pas mal tard de la boulangerie, l'omelette est après coller sur le rond du poêle.

— Pour tout vous dire, je suis allé à l'église Saint-Nom-de-Jésus, dans notre vraie paroisse, expliqua Marcel.

— Il y aurait pas quelque chose ou plutôt quelqu'un qui t'attire là ? ricana le père.

— On ne peut pas lui en vouloir, papa, le défendit Édouard. À seize ans, j'en connais qui sont pas mal plus délurés que lui, si vous me permettez l'expression.

Marcel crut que le moment était opportun pour dire ce qui le tracassait et empêcher les railleries déplaisantes.

— J'ai demandé une fille pour le mariage, exprima-t-il, la voix altérée.

— Tiens donc ! persifla l'épicier. Il va se marier, asteure. J'espère que ce sera un mariage double et que ta prétendante te fera pas faux bond…

— Théo ! s'écria Émilienne. Tu dis n'importe quoi.

La physionomie d'Alphonsine changea : son menton trembla et ses yeux s'embuèrent d'une infinie tristesse.

— Je pensais pas que mon beau-frère pouvait être aussi méchant ! commenta l'impotente.

Alida tira un mouchoir coincé entre sa robe et le côté de son fauteuil roulant, et le tendit à sa sœur éplorée.

— Je vas emmener Amandine Desruisseaux au mariage d'Édouard. C'est pas une Colombine, elle a pas beaucoup d'instruction. Vous saurez que c'est juste une fille de mon âge qui vient de temps en temps à l'épicerie et qui travaille dans le chocolat, à la biscuiterie Viau…

— Une sauceuse dans le chocolat, asteure, coupa l'épicier, sur le ton d'une insultante badinerie. Avez-vous entendu ça ?

— Son père est mort, mais le monsieur Malbœuf qui vit avec la famille est boucher au marché Maisonneuve et Amandine gagne presque aussi cher que lui.

La répartie avait refroidi le maître de la maison. Affectée par le chagrin d'Alphonsine et remuée par les platitudes de son incorrigible mari, Émilienne changea de propos. Elle avait vu des annonces de réfrigérateurs dans *La Patrie*. Depuis le temps qu'elle désirait se débarrasser de sa vieille glacière…

* * *

Marcel n'avait jamais tant espéré les dimanches du carême. Mais le temps trop court dont il disposait après la messe pour mieux connaître Amandine l'affamait. De plus, les excursions de son amoureuse avec sa petite sœur à l'épicerie concordaient toujours avec ses tournées de livraison. Amandine misait sur les soirées du samedi. Elle résolut de présenter son *chum* à ses parents.

C'était le troisième dimanche du carême. Les tourtereaux étaient devenus des «réguliers» du restaurant Blandine. Dès qu'on les voyait entrer, on leur servait leur boisson chaude. Marcel réglait aussitôt l'addition. Et avant de se lever, il jetait un pourboire à la serveuse. Ce jour-là, Amandine était décidée à le retenir quelques minutes à la maison. Sa mère devait connaître celui qui la rendait si joyeuse. Mais quand ils repassèrent par l'église, Emma était en larmes sur le parvis. Ils s'empressèrent vers le logement.

Le manteau sur le dos, les lèvres serrées, madame Desruisseaux replaçait son chapeau devant un miroir pendant que le petit Florent chialait. Assis sur un banc d'entrée, sa tête hérissée de cheveux droits penchée sur son gros ventre pressuré par ses genoux, Malbœuf était à mettre ses couvre-chaussures. Amandine poussa délicatement la porte du vestibule.

— Un peu plus, puis on manquait notre messe à cause de toi, affirma la mère. Viens t'occuper de Florent !

— Je vous emmène mon ami Marcel, risqua Amandine d'une voix fluette.

Le boucher releva brusquement sa tête ombrageuse.

— Bout de viarge! explosa-t-il, t'as choisi ton moment pour nous l'amener, ma petite véreuse. Ta mère puis moi, on a pas le temps de bâdrer avec lui; on s'en va à l'église. Dis à ton *chum* de sortir, puis rentre garder Florent!

Amandine se cambra.

— Je vas rentrer pour le garder, Florent. Mais avant, vous allez m'écouter!

La jeune fille déballa son ballot de frustrations contre son beau-père qui tenait trop solidement les rênes de la maison et qui l'empê-chait de sortir la fin de semaine. Elle n'était pas la couventine qu'il fallait diriger et avoir à l'œil dans ses moindres déplacements. Après tout, elle gagnait son pain à la biscuiterie, elle contribuait au bien-être familial en payant une pension élevée, et si elle acceptait de s'occuper d'Emma et de Florent, c'était parce qu'elle le voulait bien, par pure générosité de sa part. Bref, elle n'était plus d'âge à se faire dicter sa ligne de conduite.

Le beau-père l'avait écoutée sans l'interrompre avec une irrita-tion croissante qui atteignit son point culminant. Il s'élança et lui asséna une solide taloche au visage.

— Va dans ta chambre, puis que j'en entende plus parler, fulmina-t-il.

Amandine embrassa Marcel d'une étreinte brusque et obtem-péra à l'ordre de son beau-père.

Chapitre 8

Le cavalier avait quitté prestement le domicile des Desruisseaux, profondément bouleversé, horrifié par le comportement du beau-père. Il avait passé le reste de la journée du dimanche à se persuader que, si ses amours naissantes avaient mal tourné, c'est qu'Amandine n'était pas faite pour lui. Il irait seul au mariage d'Édouard et Colombine. D'ici là, il s'efforcerait de paraître heureux, comme Léandre qui sifflotait en regarnissant les tablettes en ce lundi matin.

L'image d'Amandine le hantait. Malbœuf avait été dur avec la fille de sa concubine, et l'homme au tempérament bilieux devait à présent l'accabler de refus et d'empêchements. Marcel avait mal pour elle, il avait mal pour lui. Il aurait aimé la préserver de l'intransigeance de l'homme, mais il s'était écrasé sous le coup d'assommoir. Lui-même n'était-il pas qu'un piètre combattant devant son père, lent à réagir, toujours prêt à courber l'échine, incapable de se défendre ? À l'heure qu'il était en ce début de semaine, Amandine avait dû retourner à son boulot de sauceuse. Lui aussi avait repris son ouvrage.

Il s'absorbait à gonfler les pneus de son triporteur avant de le sortir du magasin. Son père quitta sa boucherie et s'approcha de Léandre. Il se racla la gorge.

— Va falloir que j'augmente ton loyer, annonça-t-il.

— Vous êtes pas obligé, le père, ricana Léandre.

— Ben va falloir que tu te fasses à l'idée, mon garçon, parce que les taxes municipales vont monter, le déneigement des rues coûte de plus en plus cher…

Léandre argumenta. À présent, il lisait le journal et il était parfaitement au courant de ce qui s'était produit l'année précédente. Des familles entières avaient été jetées sur le pavé parce qu'elles ne pouvaient pas absorber les hausses exigées par les propriétaires trop âpres au gain. Les logements s'étaient vidés de leurs locataires en mai et ils s'étaient à nouveau remplis en octobre avec une baisse du loyer. Entre-temps, les familles s'étaient regroupées à deux ou trois pour s'entasser dans un même logis.

— Vous serez pas ben ben regagnant, le père. Rendu au mois de mai, Simone va avoir accouché et vous allez nous voir déménager chez vous avec le petit pour quelques mois, puis réemménager au mois d'octobre dans notre logement pour moins cher. C'est-tu ça que vous voulez, coudonc ?

Le boucher regagna ses quartiers. Léandre décocha une œillade au jeune livreur, qui esquissa un sourire apaisant. Marcel repensa à Malbœuf qu'il aurait dû affronter, à l'exemple de Léandre qui avait la répartie facile et la vigueur nécessaire pour se défendre. Il s'imagina commettre le rapt d'Amandine qu'il emmenait dans le logis vacant de Philias Demers, ce misérable vieillard refoulé au veuvage par un mariage raté. Mais il renonça à l'idée saugrenue qui s'était emparée de lui. Il n'avait pas la trempe d'un brave chevalier prêt à sauver sa bien-aimée des pires dangers.

« Quand on pense au loup, on lui voit la queue ! » se dit-il. Philias Demers venait de paraître et de traverser le magasin. Léandre alla vers son frère.

— Pauvre homme, j'espère qu'il s'en remettra, commenta-t-il. Coudonc, Édouard t'a-tu demandé de l'aider à déménager ses affaires ?

— Ben sûr que oui. P'pa veut que je monte des boîtes vides à sa chambre. Édouard s'est toujours foutu de moi, lui, sauf quand il avait besoin de quelqu'un pour cirer ses chaussures ou pour aller faire une commission à la blanchisserie. Comme si j'étais toujours à son service. Ben ce petit temps-là achève, je peux te le dire.

Pendant que ses frères transportaient les nombreuses boîtes dans le camion, Édouard soulageait les tablettes de sa bibliothèque au son de l'opéra *Roméo et Juliette*. Parfois, comme s'il avait tout son temps, insouciant de ceux qui l'aidaient, il feuilletait un livre, lisait un paragraphe.

Même si la besogne ressemblait un peu à leur travail quotidien, Léandre et Marcel étaient contents de disparaître de la pièce pour ne pas avoir à supporter trop longtemps les longues tirades désespérées des protagonistes. Ils en étaient à leur huitième voyage quand le dilettante baissa le volume du gramophone et intercepta ses frères.

— Écoutez-bien le passage qui va suivre, dit-il. C'est divin !

Dans un ravissement inexprimable, il leur fit entendre un extrait qui les fit grimacer de douleur. Puis, comme pour ajouter à son exaltation, il alla vers son secrétaire et en revint fièrement avec un article daté de janvier qu'il avait conservé. Une jeune Allemande d'origine juive s'était suicidée en retournant à son appartement après avoir assisté à l'opéra *Roméo et Juliette* où elle avait été fortement impressionnée par la scène du poison. Exilée à Londres, elle était follement attachée à un Allemand qu'elle ne pouvait épouser à cause de l'interdiction du chancelier Hitler qui défendait à ses sujets de marier des Juives.

Léandre s'intéressait depuis peu à la lecture des nouvelles internationales. Il savait que les jeux politiques d'Adolf Hitler défrayaient de plus en plus les manchettes et représentaient une menace pour la paix en Europe. Quant à Marcel, son univers se bornait encore aux bandes dessinées de *La Patrie* ou du *Petit Journal*.

— C'est tout ce que ça vous fait ? s'enquit Édouard.

— Qu'est-ce que tu veux, on a pas tous la même sensibilité, commenta Léandre. Bon, envoye, Marcel, moi j'en ai plein mon casque de l'opéra...

Après les boîtes de livres et d'objets personnels, ce furent les vêtements qu'il fallait descendre du logement. Il y en avait de pleines brassées à sortir du placard et à déménager avec précaution.

Quand ses trois fils furent dans la rue, Émilienne se rendit à la chambre. Elle s'arrêta sur le pas de la porte et contempla le dépouillement de la pièce. Le souffle oppressé, elle alla à la fenêtre et écarta une latte du store vénitien. Édouard reviendrait coucher quelques soirs avant son mariage, mais déjà elle mesurait la profondeur de son attachement.

Le camion de l'épicerie Sansoucy recula dans l'entrée. La résidence des Crochetière semblait endormie. Édouard alla soulever le heurtoir. Un bonnet de dentelle parut dans la porte entrouverte.

— Il est tard, mademoiselle Colombine ne vous attendait plus, monsieur Édouard, dit la domestique. Elle a besoin de repos si elle veut être fraîche comme une rose le jour de ses noces.

— Ah! ben, ça parle au verrat! s'exclama Léandre. On a tout fait ça pour rien!

— Un peu dommage pour vous, les gars! accusa Édouard. On reviendra demain.

Martha avait refermé. Avec la soumission des êtres rampants, le jeune notaire regagna le camion. Léandre se rebella.

— Non, par exemple! riposta-t-il. Je repartirai pas d'ici sans avoir déchargé mon stock.

Enragé, Léandre retourna actionner le heurtoir. Martha rouvrit.

— N'insistez pas, dit-elle.

— Marcel, on débarque le stock, lui intima Léandre. À cette heure-ci, c'est pas une commande d'épicerie qu'on est venus livrer, c'est des boîtes de savoir puis du linge, taboire !

Fermement décidé, Léandre commença à transporter des amoncellements d'habits qui encombrèrent bientôt les bras d'Édouard, sous le regard affolé de Martha qui avait lâché la poignée de la porte pour se prendre la tête à deux mains, tandis que Marcel rentrait les caisses qui s'empilèrent dans le vestibule en passant sous le nez de la domestique.

Dérangés par le bruit qui faisait rage au rez-de-chaussée, les Crochetière parurent en haut de l'escalier.

— Je descends, dit madame Crochetière.

Une porte claqua. Drapée dans sa robe de chambre saumon, la dame précéda son mari et retrouva l'espace surchargé où Édouard se tenait droit comme un porte-manteau avec les vêtements empilés.

— Pauvres garçons ! s'exclama-t-elle. Martha, il faut absolument leur offrir un petit quelque chose avant qu'ils ne repartent.

Les déménageurs cédèrent sous les effusions cordiales de l'hôtesse qui avaient détonné par rapport à l'accueil peu chaleureux de la servante. Et pour excuser le comportement inhospitalier de leur fille, les Crochetière invitèrent les frères Sansoucy à se déporter au salon, où Édouard se délesta de sa charge. Pendant que la domestique servait du café avec des beignets et des petits gâteaux, Wenceslas Crochetière alla mettre son nez dans les caisses de livres et entraîna son futur gendre dans sa bibliothèque.

Les longues minutes salutaires au sommeil s'écoulaient. Ravie de faire connaissance avec d'autres membres de la famille, Margaret Crochetière raconta qu'elle avait connu son mari lors d'un voyage du notaire en Angleterre. Son père avait été tué pendant la Première Guerre mondiale et elle avait coutume de visiter sa vieille mère anglaise à Londres tous les ans. Selon elle, cela expliquait en partie la fascination que les «vieux pays» exerçaient sur Colombine et le voyage de noces en Europe qu'elle projetait.

Wenceslas Crochetière avait agrippé Édouard et passait en revue les bouquins de sa volumineuse bibliothèque personnelle. À son tour, il l'entretenait de ses lectures préférées, même s'ils en avaient abondamment discuté auparavant. Édouard avait remarqué cette tendance à la redondance et aux redites du tabellion qui aspirait à la retraite. Bien intentionné, ce dernier lui conseillait de se départir des exemplaires qu'ils avaient en commun et de les redonner à son frère Léandre, qui avait l'air un peu plus allumé que le plus jeune.

Les deux hommes s'étaient justement déplacés vers l'amoncellement de boîtes pour faire l'inventaire. Léandre entendait le vieil homme et son frère qui devisaient. À ses côtés, Marcel s'assoupissait, la tête renversée sur le dossier du fauteuil. «J'ai pas envie de dormir dans cette maison», pensa Léandre.

— Vous allez m'excuser, madame Crochetière, c'est bien intéressant, mais je dois m'en retourner. Je vous remercie pour vos politesses.

Léandre secoua Marcel et ils se rendirent à la garde-robe d'entrée. Wenceslas avait commencé à retirer des titres du nouvel arrivage. Il devait y en avoir une dizaine empilés sur le guéridon. Les deux notaires semblaient absorbés par leur interminable entretien. Les livreurs quittèrent le domicile.

Au matin, Marcel se leva comme s'il se réveillait au milieu de son sommeil. Les membres gourds, il s'achemina avec indolence vers la fenêtre. Il souleva le store. Des lueurs grisâtres s'immisçaient dans la pièce ; le jour s'était levé avant lui. Il poussa la porte de sa chambre. Une agréable odeur de café se répandait dans l'appartement. Il avait refusé celui de la veille chez les Crochetière, mais une bonne tasse le tirerait de sa torpeur. Vêtu de son pyjama, il alla s'engouffrer dans la salle de bain et referma la porte derrière lui. Puis il se pencha devant le miroir : il avait la tête de quelqu'un qui avait passé la nuit sur la corde à linge. Son visage étiré et les poils frisottés qui ornaient son menton lui déplurent. Il fit une grimace à son miroir.

Dans la cuisine, l'épicier s'énervait. Marcel s'éternisait-il dans sa chambre? Émilienne l'avait appelé trois fois et il n'avait pas répondu. Héloïse, elle, l'avait vu. Il n'avait pas déjeuné et il s'était enfermé en pyjama dans la salle de bain. « Quelle honte de traîner au lit! » Le bas de la figure barbouillée de mousse à barbe, les joues gonflées, Marcel glissait le rasoir sur sa peau d'adolescent. Son père avala sa dernière gorgée de café et se dirigea vers la petite pièce intime.

— Marcel! s'écria-t-il, en sondant la porte verrouillée.

La surprise imprima un faux mouvement à la main de l'adolescent. L'instant d'après, sa face mouchetée parut dans l'entrebâillement de la porte.

— Ça sera pas long, p'pa!

Du sang rosissait le savon à barbe et conférait au jeune homme un aspect rebutant.

— T'es ben sans-dessein, donc! brama l'épicier. Es-tu après te saigner, coudonc! T'es même pas habillé, par-dessus le marché. Envoye, déguédine…

Marcel s'empressa de se laver la figure et de revêtir pantalon et chemise avant d'aller s'asseoir pour déjeuner en se tamponnant le menton avec un mouchoir. Il enfourna vitement son repas et dégringola l'escalier.

La journée commençait. Comme à l'accoutumée, pendant la Semaine sainte qui précédait Pâques, on aurait dit que le ciel avait déployé ses gros nuages sombres et ses vents mauvais pour allonger l'hiver et mortifier les chrétiens; le temps maussade portait davantage au recueillement qu'aux réjouissances. Il ne restait que quelques jours avant le sommet de l'année liturgique. Une fébrilité palpable s'emparait des ménagères. Plusieurs s'étaient présentées tôt à l'épicerie. Certaines, qui commandaient d'habitude par téléphone, avaient choisi de se rendre sur place. Au comptoir des viandes, Sansoucy n'en finissait plus d'emballer des jambons. On se disputait les plus beaux morceaux d'épaules et les plus belles fesses. À tel point que le boucher devait doubler de vigilance afin que l'ordre d'arrivée des clientes soit respecté.

Léandre était parti pour une première tournée de livraison. De temps à autre, Sansoucy allongeait le cou pour s'assurer d'un bon roulement à l'avant du magasin. Tout allait rondement à la caisse. Par contre, près des vitrines, le jeune livreur recomptait les pièces qu'il utilisait pour rendre la monnaie. Sur le plancher, les petites commandes s'entassaient. Le boucher sortit de son coin et fendit la nuée de clientes.

— Qu'est-ce que tu fais, toi, ce matin, maudit branleux? À l'heure qu'il est, tu devrais être sur ton bicycle depuis une secousse.

Sans mot dire, Marcel enfouit sa petite bourse en moleskine dans sa poche. Puis il chargea son triporteur, en prenant soin de bien balancer ses paquets, et l'enfourcha.

La journée n'était pas soleilleuse et la vue du dégoûtant pavé *slocheux* alourdissait son esprit peu alerte. Marcel pédalait machinalement dans les rues, aussi morose que le temps, avec le flegme du cheval efflanqué de la laiterie Joubert qu'il croisait parfois. Que devenait Amandine? Maintes fois, son visage s'était esquissé et, maintes fois, il s'était évanoui. Se pouvait-il que les traits de ceux qu'on aime disparaissent comme un croquis dessiné sur le sable balayé par la mer? Ils avaient bien failli se revoir, mais les événements en avaient décidé autrement. Dommage! La seule fille qui lui avait manifesté de l'intérêt. Était-ce le signe qu'il n'avait pas les atouts pour plaire? Bien sûr, il ne faisait pas tourner les têtes comme Léandre, qui aimait se pavaner et faire de l'œil à toutes celles qui s'aventuraient à le regarder. À bien y penser, une seule lui suffirait ; elle s'appelait Amandine.

Une lumière diffuse éclairait l'intérieur du commerce. Le livreur revenait de sa dernière tournée avec le sentiment qu'il avait résisté à deux journées de travail. Sa mère s'entretenait avec une jeune fille. Elle était seule. Amandine tourna les yeux vers lui.

— J'ai à te parler, Marcel ; je t'emmène au restaurant.

Embarrassé, le garçon interrogea sa mère du regard. Elle sembla approuver en abaissant muettement la tête. Le temps qu'il remette l'argent des livraisons et qu'il rentre le triporteur dans le magasin, Amandine entraînait son copain sur le trottoir.

Après son travail à la biscuiterie Viau, la jeune fille avait fait un crochet chez ses parents. Elle avait troqué son uniforme de sauceuse contre une tenue plus seyante en annonçant qu'elle allait souper au restaurant avec une amie. Son beau-père avait alors poussé les hauts cris en alléguant absurdement qu'il fallait s'abstenir de telles libertés durant la Semaine sainte. Elle avait eu l'audace de bafouer l'autorité de son parâtre et de s'évader de la maison. Elle entra chez Blandine en tenant le garçon par la main. Elle consulta le menu affiché sur une ardoise accrochée au mur.

— Je vas prendre un hot-dog avec un Coke, dit-elle, et toi ?

— Deux hot-dogs avec une orangeade Crush.

Marcel avait le sentiment d'avoir été l'objet d'un rapt, tellement les dernières minutes s'étaient vite écoulées. Amandine raconta que son beau-père s'opposait de plus en plus à ses sorties, qu'il craignait son dévergondage avec des garçons peu recommandables et que, parfois, il se laissait aller à de terribles colères qui faisaient trembler la maison.

— De la manière que tu parles, Amandine, tout le monde a l'air de passer par là avec lui. Chez nous, c'est toujours moi qui mange les coups. Façon de parler. P'pa m'a jamais touché. Que des claques en arrière de la tête. C'est un gros grognon. Même ma mère le trouve un peu malcommode, mais elle l'aime ben, son Théo.

— Qu'est-ce que t'attends pour te défendre, Marcel? T'es pas mal bonasse, je trouve. Moi, ça fait pas ben ben longtemps que j'ai appris à répondre. Le beau-père fait sa crise, puis après il se calme. Le pire, c'est quand il s'en prend à ma mère. Je sais pas comment elle fait pour l'endurer. Coudonc, qu'est-ce que t'as au menton?

— Je me suis coupé en me rasant ce matin. Rien de grave, c'est pas moi qui se marie lundi.

La jeune fille allongea la main et caressa le visage du garçon en poussant un long soupir de résignation. Son tour à elle aussi viendrait. Déjà elle sentait qu'elle avait conquis le cœur de son copain.

* * *

C'était la veille du mariage. Le soleil avait aspiré toute la neige que ses rayons avaient pu câliner. Il n'avait pas rejoint les taches éparses et les petits amoncellements embusqués à l'ombre des clôtures et dans le fond des cours. Pour la messe dominicale, les petites madames avaient exhibé leurs souliers neufs, leur bibi emplumé ou leur chapeau fleuri. À l'encontre de son mari, Émilienne avait tenu à réunir les siens pour le repas pascal. L'épicier avait manifesté son désaccord en disant qu'un tel dîner n'était pas nécessaire, étant donné que tout ce monde-là se verrait le lendemain pour le mariage. Cependant, sa femme ne voulait pas rompre avec la tradition familiale, c'était sacré!

Amandine ne s'était pas fait prier pour faire son entrée dans la famille. Elle avait bravé l'interdiction de son beau-père, qui avait trouvé inconvenant qu'une fille de son âge accepte d'être reçue chez des étrangers. Sous la gêne qui lui colorait le visage, Marcel sentait confusément qu'il délaissait l'adolescence. Il était fier du jeune homme qu'il devenait. Des fréquentations s'amorçaient qui le conduiraient dans le monde des adultes.

Édouard était seul. Sa fiancée n'avait pas voulu se montrer à sa belle-famille la veille de ses noces; c'était inconvenant. Elle se réservait pour le grand jour. L'oncle Elzéar et la tante Florida avaient récupéré Placide au collège de Saint-Césaire. Ils étaient partis de bon matin avec leur nouveau camion. Le Gardangeois avait accepté de venir chez sa sœur Émilienne, par «pur esprit de famille», lui avait-il confié. Néanmoins, il avait conservé un souvenir repentant du séjour de Simone à la campagne et plus encore d'amers reliquats de l'épisode du Fargo dont Léandre s'était emparé effrontément. D'ailleurs, le fanfaron ne l'avait pas invité à son mariage et le fermier en avait été offusqué. Celui-là, il ne pouvait l'envisager sans durcir sa physionomie. Il posa son regard sur sa nièce enceinte dont le ventre rebondi le fascinait en essayant de formuler une niaiserie.

— Coudonc, madame O'Hagan, avez-vous l'intention de battre le record des jumelles Dionne? ricana-t-il platement.

— Même si j'en porte juste un, c'est mieux que de pas en avoir pantoute, rétorqua Simone.

— Ben répondu! commenta Léandre.

La remarque avait atteint Édouard. Le lendemain, il allait s'engager dans une vie à deux avec une femme qui ne désirait pas d'enfants. Parviendrait-il à la persuader que les petits sont les plus grands porte-bonheurs de la terre? Avec leur avenir à l'abri des problèmes financiers, ils pourraient se payer une gouvernante. Il n'avait pas particulièrement entretenu les relations familiales, mais avoir un enfant, cela, il y tenait.

Chapitre 9

Un soleil timide, muselé derrière les nuages, dorait néanmoins de reflets irisés les pierres grisâtres de l'église Saint-Léon. Comme des spectateurs grimpés sur une estrade, de nombreux invités occupaient des marches du large escalier. Des enfants endimanchés de costumes et de robes aux teintes pastel s'amusaient en s'agrippant aux rampes des gradins. En haut, sur le parvis, des messieurs élégants grillaient ensemble une dernière cigarette pendant que les femmes déambulaient en bavardant sous la brise légère qui soulevait le bas de leurs resplendissantes toilettes.

Envahie par le nombre grandissant de personnes qui affluaient au mariage, la famille Sansoucy s'était massée à un bout de l'esplanade. Édouard, le futur marié, était arrivé en taxi avec son père et semblait étranger à la foule. Vêtu d'un complet marron, d'une cravate violette qui jurait avec sa chemise jaune et d'un mouchoir de poche orange, il espérait sa Colombine. Les sœurs Grandbois s'extasiaient devant la galerie de tenues impeccables et les toilettes jaunes, roses et mauves. À Pâques, dans leur paroisse, il ne leur avait pas été donné d'admirer tant de beauté à la fois. Immobile comme un réverbère, Marcel se trouvait embarrassé ; dans sa robe de lin blanc, Amandine était blottie contre lui et battait inlassablement des paupières. Elzéar et Florida s'embêtaient avec Irène et Placide. Alphonsine ravalait des larmes de regret en se remémorant son désengagement avec Philias Demers. Léandre et David reluquaient les belles jambes et détournaient le regard vers les voitures décorées de banderoles quand leurs proies s'en apercevaient. À tout moment, Simone plissait les yeux en essayant de réprimer les petites douleurs qui la taquinaient depuis le matin. Quand le tiraillement se faisait trop insistant, elle se pendait au bras de Paulette, qui fléchissait en craignant le pire. « C'est son premier, puis elle est quelques jours en avance ; c'est quand même pas aujourd'hui qu'elle va accoucher ! » avait déclaré sa mère avant de partir pour la cérémonie.

Une Oldsmobile se stationna au bord de la rue. Le chauffeur, un cousin de la mariée, se pressa pour ouvrir la portière. Colombine parut au bras de son père. Elle portait une robe en fin lainage couleur coquille d'œuf et arborait un immense chapeau en feutrine jaune garni de plumes qui ombrageaient son visage déjà légèrement assombri d'une voilette de dentelle. Deux autres portes claquèrent. Un petit neveu et une petite nièce habillés comme des princes se précipitèrent pour soutenir la longue traîne. Après quelques pas, quand ils virent batifoler leurs cousins, ils laissèrent tomber la queue de la robe et s'élancèrent vers eux. Colombine s'en offusqua. « Vous jouerez plus tard ! » s'écria le chauffeur. La mine boudeuse, le page et la bouquetière reprirent leur rôle. Dans les marches et les hauteurs de l'esplanade, on s'engouffra vite dans la nef. Altière, la promise, qui avait repris contenance, s'avança vers l'escalier qu'elle gravit avec la dignité d'une reine. Édouard jeta des regards incandescents à sa fiancée qui lui adressa un sourire discret.

Dans l'allée centrale, au son des grandes orgues, Sansoucy marchait la tête haute, les moustaches relevées, heureux d'accompagner le fils dont il était le plus fier. Il évoluait entre les bancs de noyer ornés de petits bouquets qui jalonnaient chacun de ses pas vers les chaises rembourrées qu'on avait placées au pied du maître-autel flanqué d'innombrables arrangements floraux. Cependant, il sentait confusément peser sur lui le regard observateur et entendait les voix chuchotantes de toute cette nef de gens qui l'intimidaient. Il avait le curieux sentiment que lui et les siens formaient une poignée négligeable de représentants du petit peuple de l'est de la ville qui s'étaient déplacés parce qu'un des leurs était devenu une bouture prometteuse, transplantée dans le jardin florissant de l'ouest de Montréal. Décidément, le groupe de l'épicier ne faisait pas le poids dans cette balance à deux plateaux dont les masses ne s'équilibreraient jamais. Quant à Émilienne, elle pleurait, écrasée par cette cérémonie en grande pompe chargée d'émotions qui commençait à peine. Elle voyait venir le moment de l'échange de promesses et celui, plus pathétique, de la longue marche des mariés sur le tapis rouge que son mari venait de fouler. Rien que d'y penser, elle sentait les chaleurs parcourir son corps et monter en elle ; elle se sentait défaillir.

Les grimaces de Simone étaient de plus en plus fréquentes. Au beau milieu d'une douleur, des eaux ruisselèrent et mouillèrent ses bas.

— On devrait prendre l'air, proposa David.

Simone se contenta de s'asseoir. Elle tentait de réguler sa respiration et de contenir ces petits mouvements brusques qui faisaient onduler son ventre rebondi. Les secousses qui l'agitaient n'avaient rien des fausses contractions. Paulette s'était assise avec elle, comme pour la soutenir et se mettre à son écoute, alors qu'elle blêmissait d'une inquiétante manière. Entre les paroles du célébrant, un prêtre de la famille honoré de célébrer le mariage de sa nièce, elle essayait de lui murmurer sa présence, son réconfort. Il n'y avait pas si longtemps qu'elle-même avait eu besoin de ces mots apaisants dans la minuscule salle d'un sous-sol du faubourg Saint-Henri où elle attendait pour se faire charcuter, pour qu'on lui enlève le fœtus dont elle avait choisi de se débarrasser.

Ce serait bientôt l'échange des consentements. Simone espérait tenir. David avait des sueurs froides et Paulette allait s'évanouir. Entre les voix d'un chœur qui s'élevaient dans la voûte céleste et celle du prêtre, Simone priait. Elle balbutiait des bribes de prières mal apprises, mais avec la sincérité des grandes supplications. Elle ne connaissait rien aux accouchements et son corps ne lui donnait aucun répit. Les douleurs étaient maintenant régulières, aux quinze minutes. Le bas du dos lui tirait les traits ; elle eut le besoin de s'allonger.

Au pied des marches qui conduisaient à l'autel, après une exhortation émue du célébrant et la bénédiction des anneaux, Colombine allait glisser l'alliance dans l'annulaire d'Édouard. Simone poussa un cri qui la fit s'incliner, la tête appuyée sur le dossier du banc devant. Décontenancée, Colombine suspendit son geste. Des centaines de pupilles se braquèrent sur la future maman.

— Simone! s'exclama sa mère, en se retournant. Mon Dieu! Aidez-la, quelqu'un!

Un homme de petite taille, replet, se détacha d'un banc du côté des Crochetière et s'empressa vers Simone.

— Faites-moi confiance, je suis le docteur Bonnier, amenez-la à la sacristie!

Pliée en deux, soutenue par Paulette, David et Léandre, et devancée par le médecin et sa femme qui l'avait rejoint, Simone sortit de son banc et progressa jusqu'à la petite annexe où les vases sacrés, les vêtements sacerdotaux, les objets de culte et les registres étaient conservés. Dans la pièce imprégnée d'une forte odeur d'encens, elle s'effondra sur une chaise recouverte de velours entre des images saintes, près d'une statue de saint Joseph. Le soignant chercha nerveusement un endroit où la jeune femme pouvait s'allonger.

L'étole au cou, le curé Gauthier avait quitté le chœur en catastrophe. Le corpulent ecclésiastique apparut dans l'encadrement de la porte, offrant son visage poupin étouffé par un col romain trop serré.

— Mademoiselle ne peut pas donner naissance à son bébé dans un lieu saint! Ce serait un véritable sacrilège…

— Je me suis mariée dans une sacristie, je vois pas pourquoi je pourrais pas accoucher dans une sacristie! rétorqua Simone entre deux contractions. Ayez pas peur, monsieur le curé, avec saint Joseph qui veille sur moi, ça sera pas une traînerie: mon petit Jésus va naître par l'opération du Saint-Esprit.

— Transportez-la au presbytère! ordonna le docteur Bonnier, et préparez-vous à baptiser après le mariage, monsieur le curé, railla-t-il.

Sur ces entrefaites, comme une mère éperdue, Émilienne s'était élancée vers sa fille avec Héloïse qui ne voulait rien manquer. Alphonsine avait surgi dans la pièce. Elle avait attribué au ciel le concours de circonstances qui lui permettait de se soustraire à la scène des consentements.

— Maman est là, pleurnicha Émilienne, en prenant la main de sa fille. Tout va bien se passer, t'es pas la première qui accouche.

Le docteur Bonnier et David devancèrent tout le monde. Manifestement contrarié, le curé Oscar Gauthier s'engouffra dans le couloir qui menait à l'habitation des pasteurs, entraînant derrière lui les envahisseurs de la sacristie.

Une grande maigre à la figure ravagée accourut à la porte.

— Laissez-nous rentrer, intima le médecin, et mettez de l'eau à bouillir.

— N'entre pas qui veut dans cette maison, rétorqua la bonne.

— Eille, cibole, faites de quoi! ragea David.

L'abbé Gauthier sursauta au gros mot, mais il céda à la détermination du docteur.

— C'est une urgence, Honorine! précisa-t-il. Un enfant va naître.

Désemparée, la vieille servante promena autour d'elle des yeux de grenouille ahurie qui se fixèrent sur l'escalier.

— Suivez-moi, dit-elle.

— Non! intervint le curé. Occupez-vous plutôt de mettre l'eau à chauffer et je vais conduire la jeune femme au deuxième.

Simone soupira. On ne l'amènerait pas au troisième étage du bâtiment, cette espèce de pigeonnier perché dans les hauteurs qu'elle avait remarqué en arrivant à l'église. Péniblement, elle entreprit de gravir les degrés du long escalier à la suite du curé et pénétra avec sa mère dans une chambre étroite fortement imprégnée d'une odeur de renfermé. Émilienne s'étonna de l'austérité de la pièce : outre la couche de fer au-dessus de laquelle était cloué un crucifix de bois, un chiffonnier et une chaise dure composaient le mobilier. L'abbé Gauthier se retira. Le médecin entra avec sa femme en faisant signe aux autres de refouler dans le couloir. Gémissante, Simone s'allongea sur le lit. Émilienne ouvrit toute grande la fenêtre qui donnait sur la rue Maisonneuve. « Le curé y a pas pensé ben longtemps ; ils vont l'entendre crier ! songea-t-elle, mais on est toujours ben pas pour déménager dans une chambre à l'arrière du bâtiment, asteure ! Et puis, après tout, il est temps que les curés comprennent un peu la souffrance des femmes ! »

Dans l'église, par les portes grandes ouvertes, les notes solennelles de la « Marche nuptiale » de Mendelssohn se mêlaient aux lamentations de Simone.

Dehors, les cloches carillonnaient. Les mariés s'embrassèrent sous une pluie de confettis. Peu après, les invités se distribuèrent sur les marches pour immortaliser l'événement devant le photographe. Édouard, qui avait vu passer une partie de sa famille le long de la balustrade avant la fin de la cérémonie, repéra les lambeaux qui en restaient. Ils étaient regroupés près de lui. Des bénévoles avaient descendu Alida dans sa chaise d'impotente au pied des marches. Elle était entourée d'Irène, qui n'avait pas voulu quitter son père qui paraissait très agité, de Placide et des Gardangeois, ainsi que d'Amandine solidement accrochée à Marcel.

Une luxueuse limousine se stationna devant l'église. Bientôt, des voitures s'alignèrent dans la rue et les gens commencèrent à déserter les lieux.

— Asteure, je m'en vas à la sacristie, dit l'épicier.

— On pourrait peut-être se rendre au presbytère, proposa Marcel.

— Tu me diras pas quoi faire, toi! répliqua platement Sansoucy.

Le marchand s'agrippa à la rampe, remonta les marches, traversa le parvis en saluant l'organiste et les choristes, et alla se buter contre des portes closes et verrouillées. Éminemment offusqué, il proféra une volée de jurons. Quelqu'un ouvrit. Le bedeau, un homme de taille moyenne, parut et, les lèvres serrées, jeta de gros yeux indignés. La compagnie était déménagée dans la maison d'à côté. Sansoucy vacilla comme un bœuf assommé d'un coup de masse. Il rebroussa chemin et, sans mot dire, repassa devant les siens qui lui emboîtèrent le pas en direction du presbytère.

La petite société s'amenait sur le trottoir. Des badauds étaient immobilisés devant l'imposant bâtiment de briques rouges et commentaient les cris qui fusaient d'une fenêtre à l'étage. L'épicier se pressa sous le porche, un balcon de pierres grises qui reposait sur quatre colonnes. Il tourna la sonnette de cuivre. La bonne mit un temps avant de répondre. Elle était occupée à préparer le dîner.

— Vous venez pas manger, toujours? demanda-t-elle à travers la moustiquaire.

— Non, non, on va rejoindre le reste de la noce tout à l'heure. On est juste venus s'informer de ma fille, puis on va repartir aussitôt.

— Très bien!

Sansoucy entra en laissant claquer la porte reliée à un ressort. Puis Placide s'avança pour la retenir, le temps que le fauteuil roulant et les autres franchissent le seuil.

David arpentait le long corridor emboucané de l'étage. Des cris transperçaient les murs et le faisaient se crisper. La tête renversée, Simone était cramponnée à deux mains au lit de fer qu'elle secouait de toutes ses forces. Le futur papa paraissait très nerveux.

Léandre, Paulette et lui avaient grillé deux paquets de Turret et s'apprêtaient à réquisitionner les Sweet Caporal dans le sac à main de Simone.

— Ça va-tu finir, coudonc ? exprima-t-il d'une voix pleurante.

Héloïse se pencha à l'oreille d'Alphonsine. « La petite paye pour son péché ! » dit-elle. Puis il y eut une accalmie.

Le médecin sortit de la chambre, le front en sueur.

— Et puis, docteur Bonnier ? s'enquit David.

L'enfant tardait à naître, la petite était en nage, elle était épuisée et ce pouvait être long.

Paulette eut faim. Elle supplia Léandre de se rendre à la fête et Marcel était prêt à les suivre, tandis que Placide, absorbé dans ses invocations à l'autre bout du corridor, désirait faire pénitence. Elzéar s'impatienta :

— On est pas venus à Montréal pour assister à un accouchement, tornon ! Puis j'ai besoin de quelqu'un pour me guider parce que je saurais pas quel chemin prendre pour aller à la salle. De toute façon, j'aurais l'air d'un vrai *codinde* d'arriver là tout seul avec Florida.

Les cris reprirent, plus perçants, et se changèrent bientôt en hurlements. Une odeur de cuisine monta, qui taquina les estomacs affamés. Les yeux de Paulette implorèrent Léandre.

— Je sais pas quelle heure il va être quand on va partir du presbytère, mais je vas aller voir ce que la bonne peut nous offrir pour nous soutenir un peu, suggéra Léandre. Tant pis s'il reste plus rien à manger quand on arrivera à la fête ; au moins, on aura quelque chose dans le corps.

Léandre dévala l'escalier et surgit dans la vaste salle à manger en se campant sur le seuil. La bonne déposa un grand plat de faïence rempli de légumes devant les trois vicaires et l'abbé Gauthier, qui arrêta de saper le fond de sa soupe en suspendant sa cuiller.

— Avez-vous des petites réserves, monsieur le curé? Tout le monde commence à avoir pas mal faim en haut.

La servante ouvrit la bouche d'étonnement et roula ses yeux de batracien vers le curé.

— Bon, le réfectoire, asteure! bougonna l'ecclésiastique. J'ai bien assez de convertir une des chambres de mon presbytère en salle d'accouchement sans vous donner à manger.

— Vous avez pas fini, monsieur le curé; après, ça va être la pouponnière. Et puis je voudrais pas vous enlever le pain de la bouche. C'est juste un petit geste charitable que je vous demandais…

Léandre tourna les talons et amorça un pas dans le couloir. L'opulent curé marmonna quelques mots à ses vicaires, ôta vitement sa serviette de table souillée d'éclaboussures rouges et s'écria:

— Attendez, jeune homme!

Une quarantaine de minutes plus tard, le curé et ses vicaires s'étant retirés, plusieurs membres de la famille Sansoucy s'attablaient autour d'un repas vite cuisiné; Émilienne, pour sa part, était demeurée à l'étage avec le docteur Bonnier et sa femme, qui l'assistait auprès de la parturiente. Honorine, la servante, avait déployé tout son savoir-faire pour apprêter un reste de jambon pascal avec des patates bouillies, confectionnant aussi une petite *cossetarde* au caramel, afin de nourrir les quêteurs de la rue Adam. À tout moment, les conversations se suspendaient par des entre-coupements de regards au plafond chargés d'inquiétude et de déglutitions troublées.

Le dîner tardif s'achevait dans des hurlements.

— Je pense que je vas virer folle ! déclara Paulette.

— On est pas obligés de supporter ces geignements-là jusqu'à la fin, commenta Héloïse. On devrait s'en aller…

L'enfantement s'éternisait. Les heures s'étiraient, longues et insupportables, et personne n'entrevoyait la délivrance de Simone qui n'avait rien voulu avaler, mais à qui on avait fait mordre dans une débarbouillette humide pour lui humecter la gorge.

* * *

Des roulements de voitures emplissaient le débarcadère. Des portières se refermaient bruyamment. Sansoucy descendit du taxi.

Dans le hall bleu et or dallé de marbre, quelques hommes élégamment vêtus trônaient sous des lustres de cristal dans des fauteuils de velours grenat en prenant un digestif. Debout, une grosse femme sanglée dans un corset, la gorge ruisselante de bijoux, bavardait avec un petit groupe de dames dont la plupart éclataient dans leur corsage. Elle interpella l'épicier :

— Il ne reste que nous, mon cher monsieur. Et puis, est-ce que le grand-père se porte bien ?

Aux noces, on avait parlé davantage de l'accouchement que du mariage. La cérémonie avait été interrompue momentanément par un événement inusité dans les annales des paroisses. Les lamentations de la jeune femme, ses accès de douleurs avaient détourné les regards de l'assistance avant que la tribu se précipite dans la demeure du prêtre, convertie en hôpital de fortune. La table d'honneur à moitié déserte, le marié qui n'avait aucun représentant de sa famille, le curé aux abois, tout cela avait donné prise à des commentaires. Des histoires couraient, des plaisanteries circulaient comme une rumeur chez les Crochetière et leurs deux centaines d'invités.

La dame faisait tourner avec ostentation un gros diamant à son doigt. Elle paraissait s'amuser de tous ces racontars qui avaient pris naissance pendant la cérémonie et qui n'avaient pas connu encore, semblait-il, leur aboutissement. Et la mariée qui était retournée en pleurs dans la limousine avec son mari désenchanté ferait encore jaser d'elle, la pauvre.

* * *

Stanislas O'Hagan avait poussé ses premiers cris vers quatre heures de l'après-midi. Le poupon pesait huit livres et sept onces, et il était très vigoureux. Il tenait sa chevelure roussâtre de son père et les traits de sa mère, avec ce petit sourire moqueur qui, déjà, fleurissait aux commissures de ses lèvres.

Le docteur Bonnier avait ordonné une période de repos au presbytère. La bonne avait dégoté des oreillers supplémentaires dans la lingerie pour appuyer le dos de la mère qui allaitait son fils. Elle était redescendue à la cuisine en appréhendant le surplus de travail que la présence des «pensionnaires» occasionnerait. Mais elle avait ressenti un bonheur indéfinissable en réalisant qu'un ange du bon Dieu était né dans une résidence de vieux garçons. Émilienne ne cessait de regarder l'adorable petit être conçu avant le mariage, une âme que le curé Gauthier s'était empressé de baptiser. Quant à David, il demeurait un artisan fier de son œuvre d'art. Il avait téléphoné à ses parents pour leur annoncer la nouvelle.

Les O'Hagan surgirent sur les lieux en même temps que le reste de la famille Sansoucy, qui revenait de la salle de noces avec une montagne de boîtes. Honorine délaissa son ouvrage de cuisinière et alla répondre. Elle huma l'odeur agréable qui se dégageait des cartons. Un large sourire illumina son visage.

— Cette fois, vous avez apporté votre souper, monsieur Sansoucy! s'exclama-t-elle.

— Allez retirer vos chaudrons du poêle, mademoiselle Honorine, et mettez à chauffer ce qu'il y a là-dedans. Il y en a pour les fins et les fous. Le bébé est-tu arrivé, toujours ?

Les deux familles se rassemblèrent à l'étage des chambres. La porte de celle de Simone était ouverte sur le couloir et, deux par deux, on entrait pour voir de près le chérubin. À contempler le nouveau-né, chacun lui trouvait des airs, des ressemblances, mais tous s'entendaient pour dire que sa mine rieuse laissait présager un avenir prometteur. La servante sortit de la cuisine en agitant une cloche.

— C'est mademoiselle Honorine qui nous appelle, dit l'épicier. Le souper est servi. On va manger ce qu'on a rapporté de la salle de réception.

— Cette fois-là, ce sera pas de refus, j'ai rien avalé depuis le matin, j'ai l'estomac dans les talons, commenta Émilienne. Puis toi, Simone, grouille pas, Marcel va te monter quelque chose.

La joyeuse compagnie se retrouva dans la salle à manger. Le curé Gauthier avait consenti à recevoir à sa table et il avait accepté, à la demande de sa servante, qu'on souligne la naissance avec des bouteilles de Saint-Georges des deux couleurs. Depuis son arrivée dans la paroisse en 1904, il n'avait jamais assisté à une telle exaltation de la nature, à un tel épanchement d'émotions. Et toute cette belle famille venue d'une autre paroisse qui se regroupait autour d'un innocent. Selon lui, il fallait lire les signes ; c'était la volonté de Dieu qu'un tel événement se produise dans la maison. Il admit cependant que, au plus fort du travail, ses trois vicaires – ne pouvant rester insensibles à la souffrance – avaient déserté la place, et que lui-même était allé prendre quelques bonnes bolées d'air pour converser avec les paroissiens sur le trottoir en face du presbytère. D'ailleurs, certains s'étaient élevés contre la décision du prêtre, l'accusant d'avoir courbé l'échine pour permettre à l'inconnue d'accoucher chez lui. Ç'aurait été plus simple d'expédier la parturiente à l'hôpital. On était allés jusqu'à prétendre que la jeune sans cervelle était probablement une fille-mère qui avait oublié de compter les jours de sa gestation, et qu'elle était venue se montrer imprudemment dans le grand monde de Westmount. Eh bien, elle l'avait eue, sa cérémonie !

Vers la fin du souper, alors qu'on entamait les fondations de l'immense gâteau de noces à quatre étages, on sonna au presbytère. La vieille Honorine se pressa à la porte. On entendit un fracas dans l'escalier. Le curé allait se lever pour s'enquérir de ce qui se passait dans sa maison.

— Ça doit être vos vicaires qui reviennent un peu éméchés !

— Voyons, Léandre, ça se dit pas, des affaires de même, le rabroua sa mère.

Le prêtre se rassit et acheva son morceau de gâteau. Une vingtaine de minutes après, la servante revint dans la salle à manger.

— C'est le mari de ma nièce qui vient d'apporter des commodités pour bébé Stanislas et sa mère, annonça-t-elle, la voix enjouée. Si vous voyiez le moïse et le beau petit linge…

Une ombre de contrariété passa sur le visage de l'ecclésiastique. Émilienne et la mère de David avalèrent une autre gorgée de café et montèrent à la chambre de Simone ; elles entrèrent sur la pointe des pieds.

Le nourrisson dormait dans un berceau en osier capitonné, des boîtes s'empilaient dans un coin.

— Ah ! Mon doux ! s'exclama Émilienne.

— Oh ! *My dear !* dit l'Irlandaise, d'une voix altérée.

Au logis, Simone avait déjà tout ce qu'il fallait, lui semblait-il, et le berceau supplémentaire serait donné à Paulette. Rayonnante, elle regardait les deux grands-mères qui s'employèrent à vider les caisses. Comme deux petites filles excitées, elles examinèrent et classèrent chaque vêtement selon l'âge, selon la couleur. Il y en avait des bleus, des roses, des jaunes, des blancs, en tricot ou en tissu, pour les tout-petits et les bambins jusqu'à deux ans. Dans une ambiance de rires étouffés, les morceaux les plus appropriés au nouveau-né furent placés sur le chiffonnier et les autres, remisés dans les boîtes. Émilienne, qui n'entendait rien à l'anglais de Betty O'Hagan, sauf *yes, no, thank you*, et quelques rares mots choisis du vocabulaire de la langue de Shakespeare, était dans un état de ravissement que toutes les mères du monde pouvaient comprendre.

Le soleil faiblissait par les grandes fenêtres de la salle à manger déjà assombries par les boiseries acajou, les meubles en noyer et les lourdes tentures lie-de-vin. Épuisé par la journée riche en rebondissements, Sansoucy décréta qu'il était temps de partir. Il se leva de table.

— On vous remercie pour toutes vos bontés, monsieur le curé, proféra-t-il. Pour ne pas vous embarrasser, on va rapporter les restes. Je vas *rapailler* mon monde. Ben sûr, je vous confie ma Simone et mon petit-fils, le temps qu'il faudra, comme l'a recommandé le docteur Bonnier.

— Avec Honorine, il n'y a pas de doute qu'ils seront en de bonnes mains, répondit le prêtre. On dirait qu'elle les a pris en affection…

Le presbytère enfin débarrassé de ses visiteurs, Honorine récura la vaisselle sale et roula sa Bissell dans la salle à manger ; la compagnie avait laissé des miettes de pain et de gâteau sur le tapis autour de la table. Elle avait été heureuse de voir les deux grands-mères refranchir le seuil de la maison. À présent, elle aurait tout le plaisir de s'occuper de la maman et de son enfant. Pendant la nuit, en quelque sorte, elle assurerait le service de garde. Elle ne dormirait peut-être pas assez, peu lui importait : elle aurait le petit Stanislas pour elle seule.

Afin de ne pas réveiller la maisonnée de prêtres, de sa chambre voisine, elle accourait aux moindres vagissements du nouveau-né.

À la lueur d'une lampe jaunâtre, la tétée terminée, elle prenait le nourrisson et le gardait de longs moments dans ses bras avant de le remettre dans son berceau. Et là encore, elle le caressait de ses gros yeux doux. Puis elle demandait à Simone si elle avait besoin de quoi que ce soit. Parfois elle glissait dans le corridor vers les toilettes pour en rapporter un verre d'eau, quand ce n'était pas de descendre à la cuisine parce que la petite maman avait une fringale.

Au matin, Honorine était crevée. Elle avait dédié plus d'heures aux deux pensionnaires qu'elle n'en avait consacrées à son sommeil, et les nombreux allers-retours dans l'escalier l'avaient considérablement amortie.

Les vicaires avaient déjeuné et ils étaient allés à leur ministère. Le curé avait attendu pour être seul avec sa servante. Il retenait depuis l'aube les commentaires qu'il ne pouvait plus endiguer. Il tamponna ses lèvres serrées et s'adressa à elle.

— Il y a eu pas mal de va-et-vient cette nuit, Honorine.

— Ah oui! Madame O'Hagan s'est levée quelques fois pour aller aux toilettes, et puis…

— Il n'y a pas seulement la fille de l'épicier qui s'est promenée cette nuit, Honorine. À quelques reprises, j'ai entrouvert la porte de ma chambre et c'est vous que j'ai vu redescendre ou remonter les marches.

La bonne eut un toussotement nerveux.

— Il faut savoir se dépenser auprès de son prochain, c'est ce que vous-même enseignez en chaire.

— Oui, mais pas au détriment de sa propre santé, Honorine. On dit aussi que charité bien ordonnée commence par soi-même.

— Merci de me le rappeler, monsieur le curé, je ne l'oublierai pas.

Un coup de sonnette éraillé retentit au vestibule ; la servante alla répondre. Les lèvres pincées, deux femmes exigèrent de parler à l'abbé Gauthier, qui les reçut dans son bureau. Après une demi-heure de doléances rapportées derrière des portes closes, les deux paroissiennes tournèrent les talons, avec des airs de pharisiens scandalisés.

Honorine avait deviné le sujet de l'entretien. Elle était persuadée que des plaintes concernant les événements de la veille avaient transpiré entre les murs. À certains moments, elle avait failli céder à la tentation d'écouter à la porte du bureau, mais elle avait résisté. Dès qu'elle le pouvait, elle délaissait sa besogne pour aller entrouvrir la porte de la chambre de Simone et s'enquérir de ses besoins. Au bout de quelques minutes, prise d'une culpabilité grandissante, elle se remettait à son ouvrage avec le dessein de retourner au plus vite auprès des invités de passage.

Dans sa rencontre avec les plaignantes, le curé avait fait valoir que la situation était exceptionnelle et que tout rentrerait dans l'ordre sous peu. Il n'y avait pas matière à tempêter ; la jeune accouchée regagnerait bientôt son milieu. Cela dit, l'abbé Gauthier demeurait préoccupé par la représentation des paroissiennes. Au cours de l'avant-midi, il avait croisé la servante et ses vicaires en faisant mine de rien. Mais Honorine connaissait assez bien les hommes de la maison pour savoir qu'on ne s'adonnerait pas plus longtemps à ce petit jeu du chat et de la souris.

Au dîner, alors qu'elle desservait la table, le sujet refit surface. L'abbé Galarneau, le plus hardi des trois vicaires, aborda la question.

— Pardonnez-moi, monsieur le curé, osa-t-il, vous n'êtes pas sans savoir que certains de nos paroissiens sont en désaccord avec la permission que vous avez accordée à la jeune fille et son enfant de demeurer au presbytère.

— Chaque fois qu'il se produit un événement qui sort un peu de l'ordinaire, il se trouve toujours quelqu'un pour contester ma décision. Rappelez-vous la fois que nous avons donné le gîte à une famille qui venait de passer au feu. J'ai dû subir pendant un gros mois les reproches de mécontents.

— Cette fois, il ne s'agit pas de sinistrés, argua le vicaire. Le cas est beaucoup plus sérieux : une fille-mère qui accouche dans un presbytère, c'est du jamais vu !

— Vous rapportez des cancans, monsieur l'abbé, s'indigna le curé, Madame O'Hagan n'est pas une fille-mère : c'est une honnête fille !

Un sourire de ravissement parut sur les lèvres de la servante. La sonnette d'entrée se fit entendre. Honorine perdit son air victorieux. Le curé recula sa chaise, se leva brusquement et alla répondre. Une délégation d'une douzaine de paroissiennes attendait au bas des marches. « Ah ! non, j'aurais dû m'en douter, cette histoire n'est pas finie », se dit le prêtre. Celle qui semblait représenter le groupe prit la parole :

— Ça tombe bien, monsieur le curé, commença-t-elle, c'est justement vous que nous sommes venues rencontrer.

— Entrez donc, mesdames.

Un petit détachement de déléguées emboîta le pas au curé, qui les entraîna dans la salle de réunion, adjacente au bureau. Les dames se distribuèrent autour de la table. La meneuse sortit une longue liste de noms et la braqua sous le nez du pasteur. L'ecclésiastique considéra avec gravité la teneur de l'écrit qui tombait comme un couperet.

— C'est une pétition ! s'exclama le prêtre.

— Oui, monsieur le curé ! C'est tout à fait inconvenant d'héberger...

Madame Hervieux exposa tous les arguments de sa requête, fortement appuyée par de nombreux paroissiens qui souhaitaient ni plus ni moins le départ immédiat des deux intrus.

— Vous ne me laissez guère le choix, mesdames, commenta-t-il, en déposant le document.

— Sinon nous irons cogner à la porte de l'archevêché, précisa l'instigatrice de la démarche.

Honorine avait pressenti le pire ; elle s'excusa auprès des vicaires et monta à la chambre de Simone. En bas, au pied de la galerie, on déblatérait des insultes. La jeune maman était à la fenêtre ; elle se retourna.

La servante s'approcha de Simone, prit ses mains dans les siennes et promena ses yeux globuleux sur le visage défait de la jeune maman.

— Si ce n'était que de moi et de monsieur le curé, tu pourrais demeurer aussi longtemps que tu le voudrais, exprima-t-elle d'une voix décomposée. En même temps, nous savons que ta place n'est pas dans cette maison. Je crois que tu dois te résoudre à partir, mon enfant…

— Le docteur Bonnier m'a recommandé quelques jours de repos au presbytère, mais je resterai pas une journée de plus, lança-t-elle. Je m'en vas aujourd'hui même, Honorine.

— Tu ne peux pas savoir tout le bonheur que toi et ton enfant m'avez apporté ; je ne l'oublierai jamais.

Des larmes coulèrent sur les joues de la vieille servante. Simone se pencha à la fenêtre. Dehors, on criait au scandale. Des mauvaises langues proféraient d'insupportables méchancetés. Les unes éclataient en paroles furibondes, les autres, plus pacifiques, étaient rentrées dans l'église pour allumer des lampions. On en entendait de toutes les sortes. La jeune femme était une irresponsable, trop jeune pour être mère, c'était une ancienne serveuse d'un restaurant minable venue gâcher le mariage de la fille du notaire Crochetière. À cause d'elle, on avait vu sortir la mariée en pleurs de l'église. Les plus dévotes se demandaient s'il ne fallait pas procéder à la purification du presbytère. Et il fut un siècle où l'on aurait fait brûler la mère indigne et son enfant.

Simone n'en pouvait plus; elle descendit au rez-de-chaussée pour téléphoner. Les paroissiennes quittant la salle de réunion lui jetèrent des regards dédaigneux, comme si elle était une ordure. Elle eut envie de les abreuver d'un flot de grossièretés. Le curé Gauthier parut dans le corridor, l'air atterré.

— J'appelle à l'épicerie, mon frère va venir nous chercher, moi et mon petit…

Chapitre 10

Entre deux tournées de livraison, Léandre avait ramené sa sœur et son neveu dans la rue Adam. Pendant qu'il transportait le moïse et le reste du linge au logement, sous l'insistance de sa mère, Simone avait daigné faire un crochet par l'épicerie. Elle avait déposé son enfant comme un colis sur le comptoir, bien emmitouflé dans une couverture bleue. Des clientes contemplaient le nourrisson, formulant leurs commentaires en empruntant des voix enfantines.

Sansoucy sortait de sa glacière. Il se précipita à l'avant du magasin pour voir son petit-fils; il se mit à babiller des mots incompréhensibles.

— Voyons, Théo, mentionna Émilienne, t'es en train de faire un fou de toi! Devant les clientes, en plus…

— Chicanez-le pas, madame Sansoucy, intervint mademoiselle Lamouche! Votre mari retourne à l'enfance quelques minutes, ça durera pas…

Madame Gladu avait vu débarquer la précieuse cargaison du camion et s'était empressée au magasin. Elle s'adressa à Simone.

— T'as vraiment accouché au presbytère de l'église Saint-Léon de Westmount?

— J'étais toujours ben pas pour accoucher dans la sacristie. D'ailleurs, ça me surprend que vous soyez pas venue écornifler au mariage.

Près du téléphone, Paulette griffonnait en silence sur une tablette, troublée par la présence des clientes qui admiraient l'enfant. Émilienne se rappela que sa fille avait besoin de récupérer.

— Je vas monter avec Simone, dit-elle.

Enfin parvenue au troisième étage, Simone confia Stanislas à sa mère et alla s'étendre sur son lit. Les bras remplis de son trésor, Émilienne se cala confortablement dans un fauteuil.

Le logis s'animerait à présent autour de ce petit être tout neuf qui nécessiterait des heures de soins, d'attention, d'amour. Elle-même en avait élevé six ; elle savait ce qu'il en était. Mais elle redoutait les capacités de sa fille à s'adapter à sa dure réalité, à s'occuper convenablement de son enfant. Que ferait Simone quand elle serait laissée à elle-même des journées durant, alors qu'Émilienne ne pouvait censément l'assister dans ses relevailles parce que, justement, elle la remplaçait au magasin ? Comment se déroule-raient les interminables soirées et les nuits au sommeil écourté, et comment s'accommoderait-elle à la fatigue accumulée, à ces lendemains qui reviendraient trop vite, si semblables à la veille ? Le bébé se mit à pleurer. La mère n'avait pas entendu son fils. La grand-mère se leva et poussa doucettement la porte de la chambre.

— Pas déjà, m'man !

— Je peux pas l'allaiter, moi. C'est ton petit, ma Simone, il faut que tu t'en occupes.

Simone s'achemina avec indolence dans le salon. Puis elle se laissa choir dans le fauteuil. Émilienne lui donna le bébé et lui apporta un oreiller afin qu'elle soit plus confortable. Mais l'enfant ne se calmait pas et Simone s'énervait.

— Il me semble que je suis pas mal *sans-dessine*, m'man.

— Je vas t'aider de mon mieux, ma fille. Mais comme je te connais, tu voudras pas m'écouter. Faudrait que t'ailles à la Goutte de lait. L'infirmière va te donner des conseils.

— Au presbytère, le docteur Bonnier m'a dit que mon enfant était en santé. Ça me tente vraiment pas d'aller poireauter avec mon petit pour me faire répéter la même affaire.

— Tu feras à ta tête, ma Simone. Mais viens pas te plaindre après si t'as des problèmes puis si ton bébé attrape des maladies. En tout cas, le dispensaire est ouvert demain après-midi. Pour le moment, je vas préparer le souper; les trois autres vont arriver avant longtemps.

Stanislas s'apaisa. Émilienne alla à la cuisine, fouilla dans la glacière et le garde-manger. Puis elle descendit à l'épicerie et remonta après quelques minutes avec deux paquets ficelés et un sac d'oignons. Les patates et les carottes épluchées, elle les mit à cuire et jeta dans un poêlon une motte de beurre et le foie de bœuf.

Le nourrisson avait régurgité. Au désespoir, Simone appela sa mère à l'aide pendant que la cuisson se poursuivait sur le poêle.

— Pouah! s'exclama Simone. Ça sent le lait suri à plein nez. Prenez-le, je vas mettre ma robe de chambre.

— T'es pas mieux de finir de l'allaiter avant de te changer?

Faisant fi de la recommandation de sa mère, Simone alla troquer sa robe contre une jaquette légère et se réinstalla dans le fauteuil. Émilienne repassa dans la cuisine pour piquer ses légumes et retourner les tranches de foie. Elle revint au salon. Stanislas avait souillé la robe de nuit de sa mère.

— Je te l'avais ben dit, ma Simone, mais des fois, c'est comme si je parlais au mur; endure-le, asteure.

Il n'en fallait pas plus pour que la petite mère se mette à pleurer en même temps que se firent entendre les criaillements aigus de l'enfant. Émilienne reprit Stanislas et commença à arpenter la pièce. Au bout de quelques minutes, le calme était revenu au logis. David, Léandre et Paulette entrèrent.

— Ça sent le brûlé! s'écria Léandre, en se précipitant à la cuisine.

Émilienne déposa Stanislas dans les bras de son père et s'empressa vers ses chaudrons. Léandre regardait d'un air découragé ce qui avait raidi dans le poêlon.

— C'est juste un peu calciné, vous ôterez ce qui est dur, c'est tout ! expliqua la cuisinière. Mets donc la table, on va s'approcher.

Stanislas s'était endormi et David l'avait couché dans son moïse. Simone s'était relevée et se déportait dans la salle à manger. Émilienne servait les assiettes.

— C'est du bon foie de bœuf avec du bacon, dit-elle.

— Vous savez que j'haïs ça, du foie de bœuf, m'man, renâcla Simone. Moi puis les abats ! La langue, les tripes, tout ce qui grouille tout seul dans la poêle, ça me lève le cœur.

— Ben voyons donc ! C'est toi qui me parlais du docteur Bonnier tout à l'heure. Souviens-toi de ce qu'il a recommandé : du foie, c'est bon pour les relevailles, il y a beaucoup de vitamines, là-dedans. J'ai enfariné les tranches, puis avec le bacon et les oignons, le foie va goûter moins fort. Puis fais-moi pas choquer, je me démène assez pour toi…

Paulette ruminait des idées sombres. Contrairement à elle, Simone avait mené son bébé à quelques jours de la date prévue et il était là, dans son berceau, à dormir à poings fermés. Son corps avait pansé ses plaies, mais elle était incapable de chasser les idées qui grandissaient et qui revenaient comme de lancinants remords, chaque fois plus forts, plus insistants. Elle écoutait distraitement les autres raconter leur journée. Simone prenait le temps de relater les représentations des paroissiennes de Saint-Léon qui s'étaient liguées contre elle, de rapporter les paroles offensantes qu'on lui avait adressées, les pressions qui avaient eu raison du curé Gauthier. David était content d'avoir rapatrié sa petite famille avec la contribution de son beau-frère, et Émilienne trouvait infiniment plus commode de gravir quelques marches de plus pour aller visiter sa fille et son petit-fils, plutôt que de retourner dans l'ouest de la ville. Quant à Paulette, elle s'enfermait avec ses tourments et personne ne semblait s'en préoccuper. Léandre avait ramené le moïse du presbytère et l'avait placé au pied de leur lit ; cela ne faisait qu'exacerber son ressentiment.

Émilienne était tellement fière de son petit-fils qu'elle aurait désiré partager son bonheur avec tout le quartier. Elle savait qu'à l'étage en dessous Irène et les tantes trépignaient d'impatience pour revoir Stanislas. À l'heure qu'il était, les membres de la famille devaient être rendus au dessert. On n'avait qu'à apporter ici les restants du gâteau de noces d'Édouard et Colombine. Léandre et David furent mandatés pour aller prévenir les autres et transporter Alida.

On allait bientôt s'attabler autour du dessert que Marcel était allé chercher. Comme des pèlerins, avec recueillement, on entrait dans la chambre de Simone par petits groupes. Paulette servait le café en jetant à la dérobée des regards étranges sur ceux qui en ressortaient et prenaient place à la table, le visage illuminé d'un sourire de ravissement. On avait arraché son enfant de ses entrailles et aucun d'entre eux n'en avait rien su. Si cela était à refaire, elle n'aurait pas rejeté ce fruit qui mûrissait dans son ventre. Léandre en avait été choqué, mais il avait rapidement oublié ce qu'elle avait pu endurer. Elle éprouvait à présent le besoin de hurler sa douleur, de déverser sa rage.

Sans crier gare, elle ouvrit la porte qui donnait à l'arrière. Puis, sous les yeux des convives, elle s'élança vers sa chambre, agrippa le berceau du presbytère et alla le projeter par-dessus la rambarde de la galerie. Léandre s'empressa vers elle.

— Qu'est-ce qui t'a pris, coudonc ? C'est épouvantable, ce que t'as fait là…

Les mains appuyées à la balustrade, le corps ployé au-dessus du vide, la pauvre femme était secouée de terribles sanglots. Derrière, on s'était agglutinés à la porte, médusés.

— Allez manger votre dessert, on va vous rejoindre, ordonna Simone.

Irène acheva de servir le café et Émilienne distribua les morceaux de gâteau.

— Voulez-vous ben me dire, lança l'épicier, j'ai jamais vu une chose semblable.

— Changement de propos, exprima Émilienne, Édouard et Colombine sont à la veille de leur grand départ pour l'Angleterre. Puis ils vont revenir en paquebot sur la reine des mers, le *Queen Mary*, s'il vous plaît. J'espère qu'ils vont nous envoyer des cartes postales.

— Je veux pas te faire de peine, Mili, dit Héloïse, mais je compterais pas là-dessus. Si j'étais à leur place, je ferais la même *mosus* d'affaire ! Après ce qu'on leur a fait subir aux noces, ils auront pas le goût de nous écrire. Puis trois mois, c'est pas de trop pour oublier ce que personne ici dedans aurait pu imaginer.

— C'est ben pour dire à quel point c'est fort, le destin, commenta Alida. Faut croire que c'était écrit dans le ciel.

— En tout cas, on aura pas de misère à se souvenir de la date de naissance du petit Stanislas : lundi de Pâques, 13 avril 1936, rappela Alphonsine.

Héloïse mentionna qu'on n'aurait pas plus de difficulté à se remémorer la date du mariage simple qui avait résulté de l'union prévue de deux couples. Alphonsine avait ravalé ses paroles avec l'arrière-goût saumâtre des réminiscences douloureuses. Alida avait de la peine pour sa sœur qu'elle avait vue fondre sur sa chaise en tentant de cacher son visage contrit. Héloïse était allée trop loin. Le temps ne pouvait pas toujours oblitérer des paroles aussi cinglantes. Un jour, la mégère se repentirait de toutes ses méchancetés !

Pendant que Simone consolait Paulette en essayant de comprendre ce qui l'avait poussée à se débarrasser si violemment du berceau, Léandre avait ramassé les débris du moïse et les avait rangés dans le hangar. Ils s'installèrent à la table. Reprise par la présence de la visite qui avait eu connaissance de son emportement, Paulette s'était apaisée.

— Je m'excuse pour le dérangement, exprima-t-elle, la voix étranglée.

— Si t'avais voulu un enfant dans ton berceau comme ta belle-sœur, il aurait fallu que tu le conçoives avant ton mariage, commenta Héloïse.

— Tu parles d'un commentaire ! dit l'épicier. Il y a ben assez d'Émilienne qui remplace Simone au magasin sans que j'aie été pris pour trouver quelqu'un pour Paulette en plus.

— Encore une fois, vous en démordez pas. Vous pensez juste à votre *business*, le père, s'indigna Léandre. Avez-vous une roche à la place du cœur, coudonc ? La vérité, c'est que…

Les convives n'avaient rien entendu. Paulette, Simone et David appréhendaient la suite. Autour de la table, on connaissait Léandre pour ses mensonges et ses entourloupettes, mais on le savait aussi capable de la plus grande franchise. Il allait leur livrer les faits dans toute leur crudité. Paulette avait été enceinte et elle n'avait pas voulu garder son enfant. Elle avait obtenu une adresse pour subir un avortement dans le faubourg Saint-Henri et, depuis, elle était enveloppée de regrets. Recevoir un petit lit vide avait contribué à aviver sa souffrance et le geste qu'elle venait de poser traduisait avec éloquence le tourment qui l'habitait.

Pour terminer son plaidoyer, il en appela de la compassion de chacun.

— Ça explique pourquoi elle mange comme une ogresse, affirma Héloïse.

— Matante, vous avez rien compris! s'offusqua Léandre.

— Tu peux ben parler, toi, Loïse, rétorqua sèchement Alphonsine, t'es grosse comme une allumette.

— Tourne donc ta langue de vipère sept fois avant de parler, renchérit Alida.

Émilienne avait été foudroyée par les révélations de Léandre, et la chicane qui avait suivi la renversait. Elle recula sa chaise et se rendit au moïse pour contempler une dernière fois son petit-fils avant de s'engager dans l'escalier.

* * *

La nuit suivante avait été plutôt dérangeante pour les colocataires. Bébé Stanislas hurlait sa faim aux trois heures, et le temps de l'allaitement s'étirait, laissant à la petite mère très peu de répit entre deux boires. Aussitôt étendue auprès de David, Simone se relevait et s'empressait vers le berceau, les seins gonflés de lait, en souhaitant que les vagissements du nouveau-né n'aient pas traversé les «murs de carton» et entravé le sommeil des autres. À chacune de ses séances de tétée, elle revivait le grand coup de théâtre de Paulette et les révélations de Léandre qui avaient fait frémir la tablée; sa belle-sœur lui avait volé la vedette. Elle réalisait qu'elle et son enfant avaient été la cause d'affreux tourments intérieurs plus graves qu'elle ne l'avait pressenti. Devait-elle à présent redouter un nouvel accès de crise? Et sous quelle forme imprévisible et bizarre se manifesterait-elle, cette fois? Avant de se coucher, dans l'intimité de leur chambre, David avait traité sa belle-sœur de folle. «S'il fallait qu'elle s'en prenne au petit!» avait-il exprimé.

Simone s'était vite recouchée après le départ des trois travailleurs. Incapables de dormir plus longtemps, David, Léandre et Paulette avaient déjeuné en même temps qu'elle allaitait Stanislas. En matinée, elle tenterait de combler le manque de sommeil et, au cours de l'après-midi, elle se rendrait à la Goutte de lait.

Son enfant douillettement enrobé dans une couverture de laine, Simone descendit sur le trottoir et entra au magasin. L'épicière mettait dans un sac les denrées d'une cliente.

— Oh! Mon petit chou! s'exclama Émilienne. Viens le montrer à madame Sylvestre.

La dame, une bacaisse aux yeux verts et à la mine soucieuse, jeta un regard consterné sur le poupon.

— Je te souhaite la meilleure des chances, ma fille, dit-elle, avant de ramasser son sac de provisions et de disparaître.

L'infortunée avait élevé seule ses trois fils, de véritables canailles qui lui en avaient fait arracher depuis que le père était parti sans laisser d'adresse. L'aîné purgeait deux ans de prison après avoir commis une série de vols dans des magasins du centre-ville. Le deuxième, paresseux comme un âne, ne gardait pas ses emplois et préférait traîner dans les endroits publics avec des voyous. Quant au plus jeune, il venait d'être renvoyé de l'école pour la troisième fois dans un semestre et ne promettait rien de bon. La mère n'en finissait plus de s'arracher les cheveux.

Simone continua à bavarder avec sa mère en attendant qu'un de ses frères revienne au magasin.

— Comme ça, t'as décidé d'aller à la Goutte de lait, dit Émilienne. Hier encore, tu voulais rien savoir, puis aujourd'hui t'as viré ton capot de bord.

— Vous allez pas me le reprocher asteure, m'man. Vous savez ben que je veux tout faire pour Stanislas.

Marcel gara son triporteur sur la devanture. Simone saisit l'occasion pour lui demander de descendre le landau, un cadeau offert par les parents de David qu'elle s'apprêtait à étrenner en se rappelant la poussette reçue pour promener sa poupée à un Noël pas si lointain.

— Au lieu du carrosse, je pourrais vous donner une *ride* de bicycle, badina le livreur.

— Arrête donc tes *folleries*! rétorqua Simone. Je viens d'accoucher, j'ai pas le goût de me faire brasser sur ta bécane!

La maman déposa son bébé dans la voiturette et s'achemina à l'école Baril dans la rue Adam, pas très loin de l'épicerie. Depuis 1911, la Goutte de lait avait ouvert des cliniques dans presque tous les quartiers de Montréal, parce que trop d'enfants mouraient en bas âge. Certains dispensaires étaient établis dans des soubassements d'église, d'autres dans des sous-sols de presbytère, alors que celui du faubourg occupait un local partagé avec la caisse populaire d'Hochelaga. Simone gara son landau à côté d'un carrosse vide. Des cris d'enfant maltraité fusèrent par les fenêtres ouvertes du bâtiment. Elle grimaça de peur et songea à rebrousser chemin. « Qu'est-ce qu'on va faire à mon petit ? » Elle s'alluma une Sweet Caporal et entra avec son fils, bien serré contre elle.

Une mère au visage convulsé de peur rhabillait son bébé hurlant étendu sur une table. Une infirmière d'une maigreur squelettique vêtue d'un uniforme blanc tourna vers elle son visage anguleux, brandissant une seringue d'une longueur effrayante.

— Assoyez-vous, madame, je suis à vous dans quelques instants. Puis éteignez donc votre cigarette, on étouffe ici dedans.

L'infirmière déposa sa seringue et prit place derrière son bureau en invitant Simone à s'approcher.

— Je suis garde Moquin, commença-t-elle. Avec le nourrisson que vous tenez dans vos bras et vu l'âge que vous avez, je ne vous demanderai pas si c'est votre première visite. Madame ?

— O'Hagan. Simone O'Hagan. Mon enfant s'appelle Stanislas.

La trentenaire débita son boniment pour informer Simone des services offerts à la clinique. Elle s'occupait de dépistage et de vaccination, donnait des conseils d'hygiène aux mamans, et leur expliquait comment soigner et nourrir leur enfant. Elle mentionna aussi qu'une fois par mois un médecin faisait une visite au dispensaire.

Garde Moquin prit la plume pour remplir un dossier et demanda à Simone de déshabiller son bébé pendant qu'elle répondrait aux questions. Puis elle se leva et s'approcha de Stanislas pour l'examiner. Simone allait enlever la couche quand un vrombissement et un gargouillement sourd se firent entendre, immédiatement suivis d'une coulée jaunâtre qui déborda sur la table d'examen.

— Vous auriez pu attendre que le petit fasse sa selle avant de vous présenter à la clinique, madame O'Hagan. Avez-vous apporté une couche de rechange, au moins?

— Maudite marde! éclata Simone. Je pouvais pas prévoir, moi. Si vous pensez que j'ai traîné ma réserve de couches dans mon carrosse. Puis c'est pas ma faute si le petit s'est lâché lousse de même, garde Moquin.

— Choquez-vous pas, madame O'Hagan. On va arranger ça.

Dans la puanteur concentrée du petit local, pendant que Simone décrottait les langes de son fils dans l'eau des toilettes, l'infirmière procéda au nettoyage des fesses, mesura et pesa Stanislas en consignant les données dans le dossier.

Le retour à la maison pressait. Dans le fond de son landau, Simone déposa son poupon directement sur le piqué et le recouvrit de la couverture bleu lavande tricotée par sa tante Alida. Sur le trottoir, elle poussa la voiturette aussi vite qu'elle le put. Les piétons s'écartaient en voyant venir de loin la petite mère solidement agrippée au guidon qui semblait d'une implacable détermination. Simone fonçait. À peine ralentissait-elle aux intersections pour descendre dans la rue et la traverser en coupant la voie aux automobiles et aux voitures à cheval. On n'avait qu'à lui céder le passage en priorité. Si un autre dégât survenait, elle serait la seule à écoper de la salissante besogne. Elle n'avait pas que cela à faire, torcher son petit et lessiver du linge souillé !

Elle abandonna Stanislas sur le trottoir et entra en catastrophe à l'épicerie. Paulette notait une commande au téléphone et sa mère revenait de l'arrière du magasin.

— Qu'est-ce qui te prend, Simone, puis où c'est que t'as mis ton petit ? proféra Émilienne. L'as-tu perdu, coudonc ?

La marchande remarqua le toit pliant du landau qui dépassait par-dessus les caisses empilées sur la devanture.

— Arrêtez de vous énerver, puis allez donc surveiller Stanislas pendant que je vas monter chercher des couches de rechange au plus sacrant.

Émilienne sortit précipitamment. Dehors, elle contempla son petit-fils qui dormait. La course effrénée de la mère avait endormi le nourrisson, qui reposait à poings fermés sur le dos.

Simone revint avec une pile de langes qu'elle tamponna au pied de l'enfant. Tout en mettant une couche propre à son fils, elle expliqua à sa mère la situation embarrassante qu'elle avait vécue et résuma les informations qu'elle avait recueillies à la Goutte de lait.

À l'intérieur du magasin, Paulette s'était approchée de la vitrine et fixait de son regard trouble la mère et son bébé. Sa belle-sœur repartait à présent pour une autre promenade. Il faisait si beau, en cet après-midi d'avril…

Les roues du carrosse roulèrent jusqu'à l'*Ontario's Snack-bar*. La mère pressa contre elle son enfant et s'engouffra dans le restaurant. Elle déposa son bébé sur une table, se glissa sur la banquette et s'alluma une Buckingham. Derrière le comptoir, une serveuse manipulait de la vaisselle sale avec fracas. Le nourrisson éclata en pleurs.

L'ancienne compagne de travail s'amena.

— Il est donc ben braillard, ton petit, Simone ! commenta-t-elle.

— T'es ben à pic, Lise, tu pourrais commencer par me dire bonjour, au moins. C'est ben simple, on dirait que t'es pas contente de me revoir. La dernière fois qu'on s'est vues, j'étais avec ma belle-sœur Paulette. Tu sais, celle qui a fait passer son bébé à l'adresse que t'avais recommandée. T'étais pas mal plus *smatte*. En tout cas, je trouve que t'es pas mal plate ! Dis-moi pas que t'es jalouse, toi aussi…

La mère écrasa sa cigarette dans le cendrier et prit son enfant en le blottissant contre elle. Sous les yeux ahuris des clients, au milieu de la tempête de cris, la conversation se poursuivit.

— Il doit avoir faim, ce bébé-là, exprima la serveuse. D'après ce que je peux voir, t'en as encore à perdre, t'as en masse de quoi le nourrir…

— Tu connais rien là-dedans, l'échalote. Laisse-moi donc m'occuper de mon petit comme je l'entends. Toi, t'en voulais pas avec ton *chum* de quarante ans qui en a déjà deux sur les bras ! Ça fait que, lâche-moi…

Simone promena un regard dans la grande pièce. Le patron ne semblait pas présent. Elle aurait aimé lui présenter son fils et lui dire qu'elle ne comptait pas retourner au travail de sitôt. Mais l'accueil de la serveuse la rebuta. Elle retraversa le seuil.

Stanislas se calma dès que reprit le cahotement du carrosse sur le trottoir. À bien y penser, Lise n'était pas jalouse. Les braillements n'avaient qu'augmenté son aversion pour les nourrissons. La serveuse n'était certainement pas prête à enfanter. Manifestement, elle n'était pas comme Paulette qui n'avait pas assumé sa décision de se faire avorter. Quoi qu'il en soit, la petite mère se délectait de sa promenade printanière qui l'emplissait d'un bonheur ineffable à déambuler sur le trottoir de ciment qui réchauffait sous l'intensité d'un soleil de plus en plus ardent. Non, elle ne s'enfermerait pas à longueur de journée avec son poupon et elle ne se démènerait pas non plus pour les trois autres, à s'échiner pour leur préparer des repas succulents et voir à l'ordinaire du logis chaque jour ! Ils devraient comprendre qu'une mère qui vient d'enfanter a besoin d'aide et qu'elle a le droit de penser un brin à elle.

Foi de Simone, elle ne peuplerait pas le logis qu'avaient occupé les Laramée, cette bande de pouilleux qui avaient poussé dans la misère et qui avaient piétiné au-dessus de sa famille des années durant. Contrairement à sa mère, elle ne se dépenserait pas comme une forcenée, à torcher une demi-douzaine de morveux, à élever une trâlée de rejetons dont la moitié des membres étaient des êtres résignés, d'ailleurs. En somme, elle n'aspirait pas à une existence paisible comme Irène, Placide et Marcel qui, au fond, menaient une petite vie peu encline à l'exaltation. Au moins, Édouard, qui semblait cracher sur ses origines modestes, menait une vie plus palpitante, et Léandre était fait du même pain qu'elle. Pour l'instant, il n'était pas lui non plus sur la voie des grandes réalisations, mais il était à profiter de ce que la vie lui offrait. En ce qui la concerne, elle verrait si elle reprendrait son travail de serveuse. Sa mère la remplaçait à l'épicerie pour une période indéterminée. Elle choisirait en temps et lieu. Rien ne pressait.

La promenade avait grugé ses maigres réserves d'énergie. Elle gara son landau sur la devanture de l'épicerie-boucherie, entra les bras libres au magasin avec un air de grande lassitude. Le boucher servait des clientes régulières. Paulette était au téléphone, un carnet de commandes devant elle et un crayon en main. Près de la caisse, sa mère et sa tante Héloïse s'entretenaient avec un petit homme dans la cinquantaine, vêtu d'un complet gris cendre et coiffé d'un feutre marron à larges bords. Émilienne clama son indignation :

— Que c'est que t'as pensé donc encore, Simone, pour abandonner ton petit sur le trottoir ? Je te l'ai dit, pourtant, s'exaspéra-t-elle.

— Je pense que je me suis poussée un peu à bout, m'man. J'ai plus de forces; je vas m'écraser quelques minutes avant de monter.

Émilienne se précipita à l'extérieur pour surveiller l'adorable poupon. Sa fille s'échoua sur le tabouret derrière le comptoir-caisse.

— Monsieur Lagimonière vend des produits Familex, expliqua Héloïse. Ça doit faire trois quarts d'heure qu'on le fait patienter en attendant que tu reviennes. Je lui ai dit que t'avais sûrement des besoins comme nouvelle maman et ménagère. Nous autres, dans l'appartement, on a tout ce qu'il nous faut…

— J'ai besoin de rien, déclara Simone.

— Ah! ma petite dame! s'exclama le colporteur, on dit ça souvent, mais les clientes changent d'avis quand elles voient ce que j'ai à leur offrir, affirma-t-il, en désignant sa mallette sur le comptoir.

— Vous tombez plutôt mal, monsieur Lagimonière, rétorqua Simone. J'ai juste besoin de m'effoirer et qu'on me laisse tranquille.

La grand-mère entra avec son petit-fils.

— Il a chaud sans bon sens, ce petit-là, dit-elle. Regarde-le donc, la sueur sur le front. Pauvre petit ange! D'après moi, il a assez pris de soleil aujourd'hui. Tu devrais monter avec lui avant qu'il fasse des cloches sur la peau ou qu'il se réveille pour de bon.

— Tu vas prendre le petit, moi je vas m'occuper de la valise, puis le monsieur va se faire une joie de transporter ton carrosse, avança Héloïse. N'est-ce pas, monsieur Lagimonière?

— Avec le plus grand des plaisirs! s'exclama-t-il.

Les tantes Héloïse et Alida avaient d'abord retenu le colporteur dans l'appartement de l'épicier aussi longtemps qu'elles avaient pu, mais sans rien acheter. Ensuite, Héloïse l'avait accompagné au magasin en lui faisant miroiter des ventes auprès de sa nièce.

La jeune maman alla ouvrir la porte de l'épicerie et jeta un œil à la rue. Le camion de livraison et le triporteur n'étaient pas en vue. L'air résigné, elle rentra, prit Stanislas des bras de sa mère et s'engagea dans l'escalier. Derrière elle, Héloïse et le vendeur la suivaient. Le veston détaché, la langue tirée, Lagimonière – gravissant les degrés – semblait regretter son geste généreux. Une fois Stanislas dans son moïse et le landau sur la galerie, Héloïse proposa :

— Je vais guetter le petit pendant que monsieur Lagimonière t'ouvre son coffre au trésor.

La femme au foyer s'alluma une première cigarette et tira vers elle une soucoupe. Le colporteur repoussa les assiettes sales du déjeuner, épousseta de la main la nappe cirée, enleva son chapeau et le plaça sur la table. Brusquement, avec une familiarité enjouée, il posa sa lourde mallette défraîchie. Différents produits bien rangés dans des compartiments apparurent. Dans des gestes d'une lenteur excédante, mais avec une volubilité étourdissante, le détaillant étala un assortiment d'échantillons qu'il nomma avec un plaisir consommé.

— Comme vous pouvez le constater, nous avons des produits pour la cuisine, la toilette, l'hygiène ou même la ferme. Vous n'avez pas besoin de vous déplacer, ma chère dame. Chez Familex, nous voulons être près des gens : c'est un magasin à domicile.

Dans des contenants pratiques de deux onces pour trente-cinq cents, un escadron de flacons d'essence de vanille, d'érable, de citron, de banane, d'ananas, de fraise, d'orange, de menthe et de ratafia se rangèrent comme des soldats au garde-à-vous. Des épices, que ce soit du poivre noir, du poivre blanc, de la cannelle, du clou de girofle, de la muscade, du gingembre ou de la moutarde, s'offraient à cinquante cents pour cinq onces dans de petites boîtes. Également, on pouvait se procurer, à prix modique, du cacao Familex, du germicide Familex pour combattre la fumée et la mauvaise odeur, et un petit livre de secrets culinaires recelant des conseils et des menus modèles pour un prix dérisoire.

— Notre mission est de donner entière satisfaction à la clientèle et de la servir rapidement. Si vous commandez aujourd'hui, vous aurez vos produits dans deux jours. Alors, qu'en dites-vous, ma petite dame?

Simone avait écouté sans intérêt le détaillant en secouant sa cendre dans la soucoupe. Sa physionomie se moula un air de grande lassitude et elle déclara :

— Je vas laisser faire.

— Je vous ai espérée pendant trois quarts d'heure en bas, puis je viens de prendre une demi-heure de mon temps pour vous présenter les produits de la maison Familex, une entreprise canadienne-française du quartier, puis c'est tout ce que vous trouvez à me dire…

— J'ai pas besoin d'essence, d'épices, puis de votre livre de recettes, monsieur Lagimonière. D'abord, je cuisine presque pas, puis ensuite, quand j'ai besoin de quelque chose, j'ai juste à descendre à l'épicerie ou demander à ma tante Héloïse de me l'apporter. N'est-ce pas, matante?

Héloïse surgit dans la pièce.

— J'ai entendu mon nom, dit-elle.

— C'est pas mal le temps de souper, matante, décida Simone. Paulette puis les hommes vont arriver d'une minute à l'autre. Iriez-vous me chercher une canne de Paris Pâté, un pain, puis un pot de mayonnaise? Vous avez juste à faire marquer, conclut-elle, en expirant une prodigieuse bouffée.

Elle éteignit sa Sweet Caporal dans sa soucoupe. Puis, le regard insistant, la jeune mère dévisagea sa tante qui alla s'engager aussitôt dans l'escalier. Désarçonné, le colporteur rassembla précaution-neusement ses petites boîtes et ses flacons, et referma sans ménage-ment le couvercle de sa mallette. Héloïse remonta avec la petite commande de sa nièce. Le vendeur remit son chapeau, empoigna sa valise et quitta le logis en faisant claquer la porte laissée entrou-verte. Stanislas se réveilla.

Paulette monta la première avec une boîte de biscuits. Simone nourrissait son enfant.

— Ouan! j'ai vu ce qu'on va manger ce soir, exprima-t-elle d'un air contrarié. Ça fait que je vas me reprendre avec le dessert.

— Tant qu'à faire, Paulette, vide donc la table, puis lave donc la vaisselle. Je peux pas tout faire dans cette maison-là. Puis ces maudits *peddlers*-là, ça pense qu'on a juste ça à faire, les écouter…

Chapitre 11

Paulette promenait sa douleur résignée depuis l'incident du moïse balancé par-dessus la rambarde de la galerie. Elle parvenait à travailler au magasin, à s'abriter derrière un sourire mièvre, s'efforçant d'être gentille avec tout le monde, servant du mieux qu'elle le pouvait une clientèle souvent exigeante et peu encline aux remerciements. Certes, elle ne regrettait pas son ancien emploi à la St. Lawrence Sugar, à s'abrutir près des machines assourdissantes, à sentir cette odeur sucrée qui lui soulevait le cœur, mais il lui manquait cette étincelle qui allume les petits bonheurs et qui chasse la sombre mélancolie qui l'affligeait. Au milieu de sa débâcle de sentiments, elle essayait de comprendre ce qui lui arrivait, de se comprendre. Car elle admettait qu'elle avait agi sur un coup de tête avec le berceau fracassé dans la cour.

Léandre se morfondait ; Paulette le repoussait. Lui qui se croyait si séduisant, si irrésistible, était à présent relégué dans un purgatoire qui ne faisait qu'entretenir les braises de sa concupiscence. Heureusement qu'il se trouvait des admiratrices auprès de la clientèle. Combien de fois avait-il résisté à des invitations à ranger la *grocery*, à prendre un thé sur le coin de la table, sachant qu'il pouvait facilement céder à la tentation de satisfaire sa cliente dans une pièce plus invitante du logis ? Cependant, chaque fois, le souvenir d'Arlette Pomerleau lui revenait dans une débauche effrénée de plaisirs interdits. Et, comme un passé ineffaçable qui vient attiédir les moments heureux, le fantôme de *La Belle au bois dormant* revenait le hanter. L'affaire n'était pas réglée. L'agent de la Sun Life se chargeait de lui rappeler ses obligations, et du nouveau était survenu ; Hubert Surprenant parut au logis.

Stanislas blotti dans ses bras, David se rendit à la porte.

— Pas toi, maudit fatigant! Ah! si j'avais les mains libres, tu déguerpirais assez vite, le moron.

— Voyons, voyons, l'Irlandais, t'es ben mal engueulé, donc! Choque-toi pas de même, faut pas que tu montres à ton fils à japper après les visiteurs. À part de ça, t'es plutôt mal placé pour me faire débouler dans l'escalier.

— Qui c'est? s'écria Simone.

— Rien d'important! Léandre! répondit David, quelqu'un pour toi.

Subodorant la visite du représentant de la Sun Life, Léandre fit irruption en camisole dans le vestibule, le visage hostile, la lèvre tordue.

— T'aurais pu venir me voir à l'épicerie au lieu de me déranger dans ma vie privée, Surprenant!

— J'ai déjà poireauté une couple de fois dans le magasin de ton père parce que t'étais pas revenu d'une tournée de livraison. Asteure, je prends plus de chances; je viens te voir directement. Surtout qu'il y a eu des développements dans l'affaire avec Maximilien Quesnel. Entre toi et moi, j'aimerais mieux qu'on aille discuter de ça ailleurs.

Des rides de contrariété plissèrent le front de Léandre, mais il ne pouvait pas s'esquiver. Il rédigea un chèque pour son versement mensuel, enfila une chemise et consentit à suivre le visiteur en demandant à Simone d'aviser Paulette de son absence.

Hubert Surprenant l'entraîna à la taverne Archambault, sur la rue Ontario, à l'angle de Létourneux. Au cours de la marche qui les avait conduits au débit de boissons, il avait agrémenté la conversation d'anecdotes relatant des faits cocasses survenus chez les frères de Sainte-Croix. Étonnamment, Léandre lui avait trouvé une certaine sympathie. Mais cela devait cacher des déclarations qu'il brûlait d'entendre.

L'agent laissa à son ancien camarade de l'école Baril le soin de lui ouvrir la porte brune que des milliers de doigts crasseux avaient touchée. Dans l'ambiance lourde et enfumée, une nuée de lampes luisaient dans la noirceur comme autant d'étoiles lointaines. L'endroit n'était pas aussi calme qu'il l'avait espéré ; on parlait fort. Mais, en revanche, on conserverait l'anonymat. Il désigna une table libre et commanda deux bières.

— As-tu remarqué la petite affiche « Barman demandé » dans la vitrine ? s'enquit Surprenant. T'aimerais pas ça travailler ici pour arrondir tes fins de mois ?

— Jamais de la vie ! rétorqua Léandre. Pas dans une place de pouilleux de même ! Asteure, vas-tu aboutir ? Tu m'intrigues.

Surprenant adopta cet air énigmatique de détective et déclara qu'il suivait le procès de Maximilien Quesnel, l'auteur présumé de l'incendie à *La Belle au bois dormant*. En tant que représentant de la compagnie d'assurances, l'affaire l'intéressait au plus haut point. Le propriétaire était accusé d'avoir mis le feu au commerce, mais, bien évidemment, il cherchait par tous les moyens à mettre son associé dans le pétrin. Pour cette raison, Léandre pourrait être appelé à se défendre à la cour.

— Taboire, j'ai rien à voir dans ce feu-là !

— Quesnel a essayé de convaincre le juge en disant qu'il regrettait de s'être associé à un jeune blanc-bec et que t'avais mis le feu à la cabane parce que la *business* ne rapportait pas assez à ton goût.

— Les enquêteurs ont dû s'apercevoir qu'il y avait aucune bouteille de boisson dans les décombres ; Quesnel avait pris soin de les transporter chez sa blonde. Toi, au moins, tu me crois quand je dis que je suis pas coupable, j'espère ?

— À l'école, t'étais capable de jouer des mauvais tours, mais j'ai jamais mis en doute ton honnêteté, Léandre. Surtout que Maximilien Quesnel était bien connu pour ses activités souterraines, si tu vois ce que je veux dire…

Une bonne poignée de main scella la rencontre. Hubert Surprenant régla l'addition et Léandre laissa un pourboire au serveur.

Dans la rue, le fils de l'épicier considéra la petite affiche qu'il n'avait pas remarquée avant d'entrer. Puis il s'alluma une cigarette et s'éloigna de la taverne Archambault. Il déambulait lentement sur le trottoir, reconnaissant de l'entretien cordial qu'il avait eu avec l'agent d'assurances, mais tracassé par ses déclarations. Il avait eu tort de croire que cette histoire sombrerait d'elle-même dans les cendres de l'oubli. Pendant quelques mois encore, il paierait ses primes comme de l'argent jeté au feu. Une partie de son salaire était destiné à ces versements. Ce n'était pas la première fois qu'il s'en offusquait, et le fait d'entrevoir une comparution en justice le ramenait brusquement à ses obligations et augmentait singulièrement son indignation. Il se devait de rencontrer son père.

Le lendemain, avant que le magasin s'anime de sa clientèle matinale et que la sonnerie du téléphone se fasse entendre, Émilienne causait avec Paulette pour l'arracher à son état d'abattement en comptant les billets qu'elle déposait dans son tiroir-caisse. Marcel était à classer des bouteilles vides au sous-sol. Léandre saisit le moment opportun pour s'acheminer à l'arrière de l'épicerie. La porte de la glacière était entrebâillée et il entrevoyait des viandes rouges suspendues à des crocs d'acier.

— Le père, j'ai à vous parler, proféra-t-il.

— Que c'est que tu veux, toi, à matin ? regimba Sansoucy.

L'air maussade, le boucher décrocha une pièce de viande, fit claquer la lourde porte de la glacière et flanqua le morceau sur son étal. Son fils se carra les épaules et l'envisagea.

— Il me faut une augmentation, le père. Je pense que je la mérite, vous trouvez pas ?

— C'est hors de question, mon garçon. C'est à peine si je fais un peu de profits. T'as pas envie de jeter mon épicerie à la rue puis qu'on devienne des indigents comme certains de nos clients qui font bouillir trois, quatre fois le même os pour la soupe et qui mangent le gras des assiettes avec du pain noir ! débita-t-il.

Léandre exposa sa situation financière précaire en reconnaissant qu'il regrettait d'avoir claqué la porte de l'épicerie pour s'engager aveuglément dans une aventure hasardeuse.

— Je t'avais prévenu de pas t'embarquer dans cette histoire de café interlope, s'emporta l'épicier. J'ai donc ben fait de pas te prêter d'argent et d'utiliser de mon prestige pour faire bloquer un emprunt à la caisse populaire d'Hochelaga. Puis j'ai tout fait pour te décourager. Mais comme t'as une tête de cochon, t'as refusé de m'écouter. Ben t'as juste à payer pour ! Endure, asteure !

La figure durcie, le boucher ajusta son hachoir à viande. Émilienne et sa belle-fille jetèrent des regards ahuris sur les deux hommes qui s'affrontaient. Blessé dans son orgueil et ne pouvant supporter qu'on l'observe, Léandre alla ouvrir la porte de l'arrière-boutique, s'alluma une cigarette et s'appuya sur le chambranle en exhalant la fumée avec rage. Paulette décrocha le cornet acoustique. L'épicière partit retrouver son mari.

— Qu'est-ce qu'il y a ce matin ? La journée commence puis vous êtes déjà à couteaux tirés.

— C'est ben simple, Mili, je vas l'étriper ! Il vient encore de me demander une augmentation de salaire, l'enfant de nanan…

Marcel émergea de la cave. Dans le cliquetis de son classement de bouteilles vides, il n'avait rien perçu de l'emportement de son père au tempérament ombrageux. Avant sa première cliente de la journée, le marchand avait la fâcheuse habitude de montrer son humeur bilieuse. Une envie démangeait le commis. Il s'était retenu d'en parler devant ses tantes au déjeuner. Il s'adressa à sa mère :

— Je pourrais-tu aller au théâtre ce soir avec Amandine Desruisseaux ?

— T'es trop jeune pour avoir une blonde *steady*, coupa sèchement le boucher.

— Théo, c'est juste des amourettes ! Il y a rien de dangereux là-dedans, commenta Émilienne d'une voix suppliante.

— J'en connais qui ont commencé ça jeune, les fréquentations, puis regarde où ça nous a menés...

— Marcel a toujours été à ses affaires, il est capable de se tenir...

— P'pa ! se lamenta le fils.

— C'est non, puis c'est mon dernier mot ! Ils vont-tu ben me lâcher à matin avec leurs demandes pas d'allure.

— T'es trop sévère, Théo.

— Où c'est qu'il travaille donc, son beau-père ?

— Au marché Maisonneuve, balbutia le fils.

— Bon, ben, attends un peu, on va régler ça une fois pour toutes. Léandre !

Sansoucy alla raccrocher sa pièce de viande dans la glacière et jeta son tablier sur sa table de travail. Léandre parut.

— Tu vas me reconduire au marché Maisonneuve ; je vas parler au bonhomme Malbœuf.

Sans protester, Léandre aspira une dernière bouffée de sa Turret et il écrasa son mégot en noircissant le plancher de bois. Il fouilla le fond de sa poche et, le regard provocateur, brandit la clé de son camion qu'il s'amusa à faire sautiller à la face de l'épicier.

— Tiens, le père, allez-y donc tout seul...

Sansoucy fulminait. Sur ces entrefaites, l'ancien prétendant d'Alphonsine survint, les yeux grands d'étonnement comme des trente sous.

— Envoye, Philias, j'ai besoin de toi à matin, on va faire une commission au marché Maisonneuve!

Demers se débattit un moment. Il n'avait pas conduit de voiture depuis qu'il n'habitait plus Saint-Pierre-les-Becquets. Néanmoins, il consentit à accorder une faveur à son ami.

Le moteur du Fargo tourna, toussota et cala. Il redémarra et ronronna un court instant, avant d'étouffer en crachant une fumée bleutée. Après plusieurs essais, dans une ultime tentative du chauffeur, le véhicule avança en hoquetant.

Le camion roula dans Adam jusqu'à l'avenue Morgan, qui s'ouvrait sur le majestueux immeuble de pierres grises. Large comme un boulevard avec son terre-plein enjolivé d'arbres, dans un plan d'aménagement ambitieux, l'artère se voulait une adaptation locale des Champs-Élysées de Paris et créait cette impression de grandeur de la Ville lumière. Sansoucy avait le sentiment de s'éloigner à des lieues de son commerce, de sortir de son quartier en appréciant des beautés architecturales, dont son œil ne pouvait se régaler dans son antre de boucher.

Le camion stationné, les compères déambulèrent sur la grande place dallée du marché au son de «La lune de miel», nouvelle chanson de La Bolduc que crachaient puissamment les haut-parleurs. Ils s'arrêtèrent devant la fontaine ornée d'une fermière aux formes prodigieusement belles.

— Dommage que j'aie pas le temps de m'attarder, Philias !

— Tu le sais, Théo, que je veux plus rien savoir des femmes depuis mon mariage raté avec ta belle-sœur. Ça fait que, achale-moi pas…

Sansoucy repartit en entraînant son compagnon. Dehors, des marchands offriraient bientôt des produits sous les appentis de toile. Les étals réfrigérés se trouvaient à l'intérieur ; ils s'engouffrèrent dans le bâtiment. Sansoucy s'immobilisa et promena un regard circulaire sur les multiples commerces établis en permanence dans cette vastitude apeurante qui servait parfois pour des assemblées politiques.

Chaque fois que Sansoucy pénétrait dans l'enceinte du marché, la même sensation d'étourdissement le prenait. Il s'imaginait dans ce grand espace frais et humide au plancher cimenté, à courir comme un perdu pour servir une clientèle trop nombreuse, incapable de répondre à l'un et à l'autre. Pourtant, il rêvait d'augmenter son chiffre d'affaires et d'ouvrir éventuellement d'autres épiceries, sortes de succursales de sa société mère de la rue Adam. À essaimer comme cela, son nom circulerait alors dans toutes les rues du faubourg. À cause de lui, de petites épiceries du coin fermeraient leurs portes, il les écraserait toutes, tuerait la concurrence. C'est lui qui donnerait à manger à tout Maisonneuve, il serait sa nourrice, il serait la mamelle du quartier.

— T'es dans la lune, Théo.

— Il est de trop bonne heure, c'est pas ouvert partout, puis je sais pas où travaille monsieur Malbœuf ; on va s'informer.

Sur la gauche, une petite épicerie tirait son jour des hautes fenêtres grillagées. Devant l'une d'elles, trois énormes compartiments vitrés contenant des biscuits assortis. Tout près, à portée de main, des sacs en papier brun vides de différentes grandeurs accrochés à des fils de fer. Sur le mur du fond, des étagères regorgeant de conserves et de boîtes rangées dans un ordre irréprochable montaient jusqu'au plafond. À droite, derrière un large comptoir sur lequel reposaient une balance et un téléphone, des pots de verre et un assortiment de cafés et d'épices remplissaient les tablettes. Au milieu pendaient de grosses ampoules qui jetaient une lumière aveuglante dans tout le magasin.

Le commis s'affairait dans une échelle, sa casquette touchant presque le plafond. Il se tourna.

— Une minute, je descends, dit-il.

— C'est pas nécessaire, rétorqua Sansoucy. Je veux juste savoir où se trouve René Malbœuf.

— Ah! Le boucher, ce gros malcommode, lança-t-il. Allez donc voir au numéro 13.

À cette heure matinale, le marché n'était pas grouillant de monde. Sansoucy devait se dépêcher. Du travail l'attendait lui aussi à son commerce. Philias Demers l'encourageait à dire sa façon de penser au père de la petite allumeuse. «Les femmes sont toutes pareilles; elles commencent jeunes à nous énerver le poil des jambes, puis un beau jour, elles nous laissent tomber!» avait-il commenté à son compagnon Théodore.

Les deux amis entrèrent à la boucherie et trouvèrent René Malbœuf, les reins appuyés sur son étal, un Coke à la main.

— Vous direz à votre *agace-pissette* de laisser mon petit gars tranquille.

Le boucher à la figure sang de bœuf leva sa tête hirsute et détailla l'inconnu d'un œil torve. Il avala une lampée de son liquide brun pétillant et s'essuya les lèvres du revers de la main.

— Vous êtes le père de ce trognon-là? Ben ça s'adonne que je veux pas le voir non plus. Arrangez-vous donc pour le garder dans votre cour pour qu'il s'amuse avec ses bébelles. Ces enfants-là sont ben trop jeunes pour jouer aux fesses, ricana-t-il. Qu'ils prennent donc le temps de se ramasser de l'argent chacun de leur bord, puis ensuite ils pourront commencer à se fréquenter et penser à fonder un foyer.

— Je ne vous le fais pas dire, monsieur Malbœuf. Bon, ben je dois m'en retourner au boulot puis mon fils va avoir besoin du camion. À bon entendeur, salut !

Le bref entretien s'était déroulé sans anicroche avec les mots qui formulent des ententes solides et durables. Sansoucy venait de trouver un homme qui partageait son idée. Conforté dans sa conviction, il regagna le Fargo et rentra à son commerce.

Théodore Sansoucy éprouva une grande satisfaction lorsque le camion de livraison parut devant son épicerie-boucherie. Pendant que Philias Demers manœuvrait pour garer le véhicule, il demeura un moment à contempler sa devanture. Comme il allait débarquer, il vit le postillon pénétrer dans son commerce.

« Comment ça se fait qu'il rentre au magasin, celui-là ? dit-il pour lui-même. À l'accoutumée, il met le courrier dans la boîte aux lettres… »

Avant même que le camion soit complètement immobilisé, l'épicier descendit de l'habitacle et s'engagea à sa suite. Au milieu de la place, Léandre s'était emparé de la lettre et semblait statufié devant le facteur. Paulette et Marcel s'étaient aussitôt approchés de lui et fixaient avec circonspection l'adresse de l'expéditeur. Émilienne, qui avait pressenti la calamité qui s'abattait sur son fils, revenait avec un couteau de boucher pour ouvrir l'enveloppe. Sansoucy les retrouva.

— Taboire, le père, la cour municipale ! s'exclama le destinataire.

— Vous devez signer, monsieur, déclara le postillon.

L'intéressé griffonna son nom au bas d'un formulaire. L'employé des postes rangea son document et prit congé. Léandre décacheta la missive et lut. Demers, qui avait fini par garer convenablement le camion, se joignit à la petite société.

— Ça a pas l'air de ben aller, commenta-t-il.

— Mon gars est convoqué à la cour, déclara l'épicier.

— Cette histoire de *Belle au bois dormant* est donc pas finie ! larmoya Émilienne.

— Faites-vous-en pas, la mère, je vas me défendre sans problème.

Les moustaches de l'épicier manifestèrent un léger tremblement. L'homme soupira comme si un écueil de plus se dressait devant sa famille. Il se tourna vers Marcel.

— Monsieur Malbœuf est d'accord avec moi : on met le holà à vos fréquentations, mes petits amis. Vous avez toute la vie devant vous. Commencez donc par vieillir un peu puis travailler chacun de votre côté. Après on verra…

Marcel abaissa un regard attristé vers le plancher. Après la missive assommante de Léandre, le glas venait de sonner sur sa relation avec Amandine. L'heure n'était pas au rechignement et aux protestations. Mais il ne resterait pas là à se morfondre des années durant.

— Bon, à l'ouvrage ! décréta le marchand.

Environ une heure après le petit rassemblement, Marcel, ayant enfourché son triporteur et livré trois commandes, s'arrêtait à la pharmacie Désilets pour téléphoner à la biscuiterie Viau. Après une dizaine de minutes d'une attente fiévreuse au bout du fil, il réussit à joindre Amandine.

— Je te parlerai pas longtemps, Marcel, parce que je suis pas supposée recevoir d'appels à la manufacture.

Le livreur narra la visite de son père au marché Maisonneuve et l'entente intervenue entre les deux bouchers. Les tourtereaux convinrent d'une désobéissance. On n'allait pas s'opposer à leur bonheur aussi facilement!

* * *

Marcel avait regagné le logis sitôt la clé tournée dans la porte de l'épicerie. Il avait escaladé vitement les marches et avait signalé à sa mère qu'il ne souperait pas à la maison. Émilienne avait réagi en disant que le garçon s'exposait à une montée de lait de son père. L'amoureux troqua sa tenue de travail contre un pantalon beige et une chemise orangée, et traversa le seuil par la porte d'en arrière.

Amandine l'attendait au coin de Sainte-Catherine. Elle était désirable, sanglée dans sa robe jaune pâle, resplendissante dans la lumière tombante de cette fin d'après-midi. La jeune fille l'embrassa d'un baiser furtif sur la joue et, les yeux rieurs, il lui saisit la main et l'entraîna sur le trottoir d'un pas pressé. Ils se permettaient une escapade enchanteresse, loin de leur domicile, sous le regard complice des passants qui esquisseraient un sourire en les voyant heureux. Un peu plus loin, ils s'arrêteraient pour souper dans une gargote. Par la suite, ils prendraient le tramway et s'enfonceraient vers l'ouest pour atteindre la salle de cinéma.

La vue de ruines noircies assombrit la physionomie d'Amandine.

— *La Belle au bois dormant* n'existe plus, répartit Marcel d'une voix attristée.

— Tu viens souvent te promener par ici, coudonc?

— Non, non, c'est juste que je connais un peu l'histoire.

— Tu lis des contes pour enfants, asteure…

Marcel prit un air de désolation et rapporta ce qu'il savait du défunt restaurant interlope avec lequel son frère Léandre avait eu un lien regrettable. Ce dernier avait justement reçu le jour même une obligation de se présenter à la cour pour témoigner de son implication dans le commerce illicite.

— Je savais pas que ton frère avait eu un passé douteux avant de se marier.

— Léandre est un bon garçon, le défendit Marcel. C'est pas un bandit, il a jamais été malintentionné. Il a connu une mauvaise période, c'est tout.

— Je voulais pas t'insulter, réagit-elle ; je disais ça de même.

La jeune fille comprit que le sujet était délicat et que, si Marcel avait délibérément consenti à lui raconter ce qu'il savait de ce triste épisode, il ne fallait pas pour autant conclure à des mœurs dissolues. Son frère demeurait un modèle de détermination et savait se défendre devant l'autorité parfois abusive de leur père. D'ailleurs, n'était-il pas en train d'emprunter un peu de cette audacieuse impertinence caractéristique de son aîné pour s'esquiver ainsi de son domicile ? Sans doute s'en repentirait-il. Pour l'heure, il savourait sa défilade.

La chaleur du restaurant s'échappait par la porte grande ouverte sur la rue Sainte-Catherine.

— On va manger là, décida Amandine.

— Pourquoi pas, dit Marcel, on a assez marché.

Le repas terminé, le couple monta dans le tram qui les conduisit à proximité du Capitol. Semblable à une chenille, une file serrée de cinéphiles s'étirait devant le guichet sous les marquises clignotantes qui annonçaient *The Bohemian Girl*, un film comique mettant en vedette les inimitables Laurel et Hardy.

— Tu vas aimer ça, Marcel, les filles à la biscuiterie m'ont dit que c'était ben bon. Le deuxième est pas mal moins drôle, par exemple. C'est l'histoire d'un roi de la finance américaine qui abandonne les affaires pour se consacrer à l'éducation de ses enfants mal élevés. Mais si c'est vraiment plate, on va s'arranger pour agrémenter la fin de notre soirée…

— Je veux pas m'en retourner trop tard, sinon je vas me faire ramasser par le père. Déjà que je suis sorti sans permission…

— Moi c'est pas mon vrai père ; ça fait que je m'en sacre pas mal, lança-t-elle avec indifférence.

Comme d'autres « lutineurs » venus se peloter dans l'intimité que procurait la noirceur, les tourtereaux s'installèrent dans les derniers rangs de la salle et assistèrent aux deux films.

Marcel avait reconduit Amandine dans l'avenue Jeanne-d'Arc et revenait par la ruelle, son pas éclairé par un croissant de lune qui égayait la nuit, à la fois rempli d'une délicieuse ivresse et troublé par la semonce qu'il appréhendait. Drapé dans une couverture de laine, l'épicier avait résolu de guetter le retour de son insoumis et de l'intercepter avant qu'il regagne le logis. Depuis une heure et demie qu'il fumait la pipe et combattait le sommeil en faisant craquer les arceaux de sa berçante, les yeux fixés dans l'obscurité sur la porte de la palissade.

Une odeur de tabac parfumé taquina les narines de Marcel. « P'pa ! » se dit-il, en voyant la fumée qui dansait dans les lueurs de la nuit. Il rebroussa chemin, contourna le pâté de maisons et accéda au logis par la rue Adam. Puis, à la faveur des pièces sombres du logement, il glissa tout rond sous les couvertures.

Au matin, le bruit qui émanait de la cuisine réveilla Marcel. On discutait autour de la table. Émilienne était aux abois et son mari se promettait d'apostropher leur fils pendant qu'Irène et les tantes commentaient l'événement, chacune à sa manière.

— Il est pas rentré de la nuit ! pesta l'épicier.

— Il est pas mal jeune pour découcher, dit Héloïse. Vous avez assez de Simone et de Léandre qui vous ont filé entre les pattes, faudrait pas manquer votre coup avec lui en plus, ajouta-t-elle.

À ce moment, Marcel émergea de sa chambre et progressa avec indolence vers la salle de bain. Toutes les paires d'yeux se tournèrent en même temps.

— Marcel! s'écria la mère, la voix étranglée.

— Une apparition! dit Alphonsine. Il me semblait ben qu'il avait passé la nuit sur la corde à linge.

— Regardez qui c'est qui est là, popa! observa Irène.

Les moustaches de Sansoucy furent prises d'un incontrôlable frémissement nerveux.

— Taboire! éclata-t-il. Je le vois ben que c'est Marcel. Où c'est que t'étais donc?

— Comment ça, où c'est que j'étais? Dans ma chambre, c't'affaire.

— Fais pas ton effronté, asteure! intervint Héloïse. Oublie pas que tu parles à ton père.

— Je suis allé prendre une marche sur la Sainte-Catherine, puis je suis revenu de bonne heure.

Émilienne remarqua les vêtements froissés de son fils.

— Coudonc, t'as la chemise puis les pantalons tout friponnés, s'exclama-t-elle. T'es pas pour me faire honte au magasin. Enlève-moi ça tout de suite, que je donne un petit coup de fer là-dessus avant descendre.

Marcel tourna les talons et amorça un mouvement vers sa chambre quand le téléphone retentit dans le court silence qui suivit. Irène décrocha.

— C'est pour vous, popa, monsieur Malbœuf veut vous parler.

Sansoucy n'était pas revenu de ses émotions. La mâchoire durcie, il prit l'appareil pour écouter les doléances du beau-père d'Amandine. Puis il raccrocha le cornet acoustique et interpella son fils qui avait regagné sa chambre. Marcel revint dans la cuisine, tremblant dans ses culottes fripées.

— Toi, mon innocent! brama Sansoucy. Viens pas me dire que t'étais pas avec la petite Desruisseaux.

— Théo! s'écria Émilienne, en croisant les mains sur sa poitrine oppressée. Aidez-moi, quelqu'un, je manque d'air…

Chapitre 12

Émilienne avait bien failli craquer. Voilà Marcel qui faisait maintenant des siennes. «Faut croire qu'il est entré dans sa crise d'adolescence, avait observé Héloïse. Il conte des menteries puis il répond à son père. Vous avez pas fini!» La marchande avait achevé sa semaine au magasin en s'agrippant à tous les petits délices d'épicière que ses temps libres lui permettaient. Dès qu'elle le pouvait, elle allongeait les conversations avec les clientes, épluchait le journal juchée sur un tabouret derrière le comptoir-caisse, prenait un thé avec quelques biscuits secs en plein après-midi et remontait plus tôt au logis. Il y avait bien assez de Paulette qui semblait porter un fardeau et qui avait parfois une humeur à rebuter la clientèle. Mais la carapace de porcelaine sous laquelle Émilienne s'abritait avait subi une fêlure qu'un autre coup, si faible soit-il, pouvait briser en mille éclats.

Les quatre sœurs Grandbois étaient réunies autour de la table à siroter leur deuxième tasse de thé. Émilienne paraissait accablée. Le printemps était arrivé et elle n'avait pas son enthousiasme habituel. Alida avait le pressentiment que sa sœur avait besoin d'un petit relâchement.

— Il me semble qu'une semaine de vacances te ferait le plus grand bien, dit-elle, compatissante.

— Tu le sais ben, Lida, que je peux pas lâcher mon travail de même. Des plans pour faire crever mon Théo; il a une grosse charge, tu sais. Si je pars, il va tout ramasser, puis c'est lui qui va être sur le dos. À part de ça, où veux-tu que j'aille?

— Avant que les travaux des champs commencent pour de bon, tu pourrais aller te reposer chez notre frère Elzéar à la campagne, proposa Alphonsine. T'aurais amplement le temps de jouer aux cartes puis de jaser avec Florida. Ça te ferait vraiment du bien de sortir, Mili. Avec tout ce que tu dois supporter dans la maison…

Héloïse recula sa chaise et se dressa comme une chandelle :

— Je vas te remplacer, Mili, décréta-t-elle. Je peux ben faire ça pour toi.

— Ça a pas de bon sens, ce que tu dis là, Loïse, tu connais rien à l'épicerie.

Les trois pensionnaires égrenèrent de longues minutes à parlementer avec leur sœur. Émilienne tergiversait. Elle s'inquiéterait pour Marcel et Léandre, s'ennuierait de son petit-fils et se morfondrait dans l'existence bucolique trop tranquille d'Ange-Gardien. L'épicier, qui avait suivi la conversation d'une oreille hautement perplexe, intervint :

— Qui c'est qui va t'emmener à Ange-Gardien, tu penses, Mili ? Tu vas prendre les p'tits chars de la Montreal Southern, peut-être ? Puis Léandre voudra jamais perdre une journée de congé pour aller conduire sa mère, voyons donc…

— T'as juste à demander à ton ami Philias, proposa Héloïse, en étudiant la réaction d'Alphonsine. C'est lui qui a chauffé le camion quand t'es allé au marché Maisonneuve cette semaine.

— Jamais de la vie ! protesta énergiquement Émilienne.

Le lendemain matin, le camion de livraison bringuebalait sur les routes campagnardes. Philias, l'ancien cultivateur de Saint-Pierre-les-Becquets, était aussi heureux que ses passagers de se fondre dans le paysage et de retrouver ainsi une joie de vivre qu'il avait un peu perdue, lui aussi.

* * *

584

Une autre semaine commençait au magasin. La veille, Léandre avait consenti à prêter son camion à Philias et à son père pour conduire la voyageuse dans le rang Séraphine. Paulette avait alors été privée d'une promenade dominicale distrayante. Ce qui avait contribué à enfoncer la dépressive dans un état d'abattement plus profond et poussé Léandre vers la taverne Archambault où il s'était fait embaucher comme barman. Il en avait d'ailleurs avisé son père. « Ta mère sera pas contente. Je peux plus te dire quoi faire, mon Léandre, mais au moins, la taverne Archambault, c'est pas *La Belle au bois dormant*! » avait commenté le maître de la maison.

L'épicier s'était retranché derrière le comptoir plus rassurant de sa boucherie et comptait sur son fils et sa belle-fille pour initier Héloïse à la caisse et aux commandes téléphoniques. Sansoucy n'avait ni le temps ni la patience d'enseigner les rudiments du métier à une employée temporaire, même à une bénévole bien intentionnée qui ne lui réclamerait aucune compensation. Du reste, ses relations avec sa belle-sœur provoquaient parfois des flammèches qu'il se devrait d'éviter. Il n'interviendrait qu'en cas de force majeure. Quant à Marcel, il avait besoin de filer doux pour ne pas le faire sortir de ses gonds…

Mis à part quelques bévues pardonnables reliées à son inexpérience, Héloïse se tirait assez bien de ses nouvelles attributions. Une confusion dans les adresses avait entraîné des erreurs dans les commandes acheminées au mauvais endroit, mais vite redistribuées par le camion de livraison. Habituée à la production en usine qui ne requérait qu'un faible niveau de sociabilité allant de pair avec son caractère peu amène, elle éprouvait certaines difficultés à traiter avec la clientèle. Cela dit, elle s'efforçait d'être gentille. Maintes fois, elle avait dû répéter que sa sœur prenait des vacances à la campagne et qu'elle reviendrait le prochain dimanche. Mais elle ne démontrait pas toujours autant de patience avec tout le monde. Après deux jours, tout le quartier Maisonneuve savait que la vieille fille Grandbois remplaçait la femme de l'épicier et qu'elle était un peu sèche. Même les chenapans, qui faisaient des commissions pour leur mère ou qui venaient s'acheter des friandises. Or il s'en trouva un petit groupe qui avait convenu de la faire fâcher…

À cette heure avancée de l'après-midi, le plancher du commerce était allégé de sa clientèle. Léandre et Marcel n'étaient pas revenus de leurs livraisons. Sansoucy avait à faire dans sa glacière dont la lourde porte était restée ouverte. Héloïse venait de raccrocher le cornet acoustique et se préparait à investir les tablettes pour compléter la commande de madame Bergevin. Paulette avait déclaré qu'elle souffrait d'une migraine ; elle avait regagné son appartement. Depuis au moins quinze minutes, trois écoliers musardaient sur la devanture et, de temps à autre, jetaient des regards fouineurs à l'intérieur du magasin. Tout à coup, la clochette tinta gaillardement. Héloïse sursauta.

— Vous êtes ben énervants donc, vous autres ! commenta-t-elle.

De sa glacière, le boucher avait entendu le son impétueux provenant de l'entrée. Il s'étira dans l'entrebâillement de la porte, ajusta ses lunettes de myope et s'écria :

— Loïse, tu m'appelleras si t'as besoin d'aide.

Les trois galopins s'approchèrent du comptoir en surveillant la porte de la glacière. Puis ils reluquèrent muettement les pots au large couvercle qui recelaient des sucreries. Leurs yeux se déplaçaient d'un bocal à l'autre. Le doigt du plus petit, qui paraissait néanmoins le plus malin, désigna les jujubes.

— On va prendre les rouges, dit-il d'un air effronté.

— J'ai différentes couleurs, vous savez. Si vous choisissez juste des rouges, j'ai pas fini de fouiller dans le pot, puis il est hors de question de le vider pour vos petits caprices.

Le plus insolent fixait le pot de jujubes d'un regard insistant. Contrariée, la commise s'apprêtait à dévisser le couvercle.

— Ça va toujours, Loïse ? reprit l'épicier.

Le petit voyou s'empara subitement du gros contenant et se précipita avec ses comparses vers la sortie. Héloïse poussa un cri et se pressa à la suite des malfaiteurs, qui avaient déjà franchi la porte. Affolée, le visage en sueur, elle courait à présent sur le trottoir de la rue Adam avant de les perdre de vue à l'angle d'une ruelle. Elle s'arrêta, au bout de son souffle, décontenancée, les bras tombés le long du corps, comme si le monde venait de s'écrouler à ses pieds. Elle allait rebrousser chemin quand elle vit son beau-frère s'empresser vers elle, brandissant son couteau de boucher, la langue sortie, haletant comme un chiot.

— Les as-tu identifiés, toujours ? Ils m'ont volé pour au moins une piasse et demie de bonbons, les chenapans.

— Baisse ça, Théo, tu me fais peur avec ton arme. Ils ont réussi à me semer, les petits bons à rien.

— J'ai pas eu le temps de les reconnaître, admit le myope, mais j'ai une bonne idée pour savoir qui c'est.

— Regarde ! s'exclama-t-elle, en indiquant le sol de son doigt crochu. Ils sont passés par ici.

Un éparpillement de jujubes jonchait le trottoir.

— Retourne au magasin, je m'en occupe, lui intima-t-il.

Tenant son coutelas d'une main, le commerçant releva ses manches et entreprit de fouiller la ruelle qui longeait l'arrière des maisons de l'avenue Bourbonnière. La mâchoire tendue, il marchait d'un pas rageur, dominé par le désir de débusquer les coupables et de faire payer leurs parents. Des odeurs de cuisson taquinèrent son appétit. Il s'arrêta pour repérer un immeuble, renifla les arômes et repartit vers la palissade verte qui clôturait la cour. Hésitant, il poussa le portillon et s'engagea sur la propriété. Il n'avait progressé que de quelques pas, son pied foula un autre amoncellement de bonbons aux couleurs variées qui coloraient les brins d'herbe qui perçaient entre les roches. Une dame au deuxième étage se pencha vers l'intrus en appuyant la chair molle de ses bras sur la balustrade.

— On peut vous aider, monsieur Sansoucy?

— Ah! madame Morasse.

— Depuis quand faites-vous de la livraison à domicile? demanda-t-elle, affectant l'étonnement.

— Depuis que des chenapans viennent me voler dans mon magasin…

— Vous devriez chercher ailleurs parce qu'il y a pas de voleurs dans le coin, rétorqua-t-elle.

L'épicier plia l'échine en désignant avec son coutelas le tas de friandises au bout de ses souliers.

— C'est quoi ça, d'abord?

— Vous trouvez pas que c'est dangereux de courir avec un couteau de boucherie après des malfaiteurs? lança-t-elle, en éludant la question.

Sur ces entrefaites, un fourgon cellulaire enfila la ruelle et s'immobilisa devant la palissade. Deux policiers en uniforme en descendirent et se saisirent du malheureux.

— Vous allez nous suivre, monsieur, ordonna l'un.

— Je suis un commerçant respectable, se défendit Sansoucy, la lèvre tordue.

— Vous fournirez vos justifications au poste, dit l'autre agent. Il ne faut pas laisser des individus comme vous en liberté.

Des ménagères étaient sorties de leur cuisine, des travailleurs revenaient de l'usine. Frappés de stupeur, les résidants commentaient la scène. Derrière la porte close du logis de madame Morasse, des enfants riaient.

Au magasin, Héloïse se répandait en explications auprès de ses neveux sur l'événement qui avait marqué la fin de l'après-midi.

— Pendant que Marcel va livrer la commande chez madame Bergevin, je vas aller ramasser le père dans la ruelle, exprima Léandre. Il doit être fatigué sans bon sens.

— T'es pas toujours compatissant de même avec ton père, affirma Héloïse.

— C'est possible, matante, mais on en serait pas là si vous aviez gardé le fort au lieu de vous élancer comme des perdus après des enfants. Pour quelques cennes, en plus…

Le camion de livraison redémarra et atteignit la ruelle dans laquelle il s'engagea lentement. Lorsqu'il fut arrivé à la hauteur de la palissade verte, une porte s'ouvrit sur la galerie.

— À l'heure qu'il est, votre père doit être derrière les barreaux, s'écria madame Morasse. Courir de même avec un couteau de boucher après des innocents : un vrai danger public ! J'espère qu'on l'a enfermé pour une secousse.

Au poste de police du quartier, Sansoucy s'était affaissé sur une chaise, la tête dolente, les yeux fixés sur son couteau de boucher qui reposait sur le secrétaire. Les mains menottées, la lippe pendante, il avait décoléré et clamait son innocence.

— J'ai pas voulu mal faire, lieutenant Whitty. Je suis parti en laissant le magasin sans surveillance pour secourir ma belle-sœur qui essayait d'attraper les chenapans.

— Réalisez-vous maintenant où cette course-là vous a mené ? C'est pas bien bon pour votre réputation, ça, monsieur Sansoucy. Pour une affaire de bonbons mous, en plus.

— À Noël, on a voulu me dévaliser…

— Aux fêtes, c'était une autre histoire, monsieur Sansoucy. Vous étiez une victime. Aujourd'hui, on peut vous considérer comme un agresseur. C'est pas la même chose pantoute, comprenez-vous ?

On frappa à la porte du bureau. Le constable Lefebvre parut.

— Le fils de monsieur Sansoucy demande si ça vaut la peine d'attendre son père, transmit-il.

— Dites-lui que j'en ai pour quelques minutes avant de le relâcher, répondit le lieutenant.

Le boucher avait bénéficié d'un préjugé favorable, mais il avait dû promettre de réfléchir à deux fois avant de s'élancer dans le quartier comme un demeuré. On n'avait pas fini de relater le fait cocasse, on jaserait. Attentionnées à leur sœur éprouvée, encore remuée par l'incident burlesque, Alida et Alphonsine n'avaient manifesté aucune compassion pour ce que Théodore venait de vivre. Émilienne aurait apporté un grand réconfort à son mari, mais elle était absente. En revanche, Sansoucy avait trouvé de la sollicitude chez Irène et ressentait néanmoins le besoin de partager son émoi avec Philias. Il l'appela ; il le prendrait en passant pour aller consommer une bière à la taverne Archambault.

Marcel n'avait pas été secoué par les événements. « Le vieux n'avait qu'à assumer ses responsabilités ! Il avait couru après ses problèmes ; il avait manqué de jugement ! » s'était-il dit. Son père à la taverne, sa mère en vacances et ses tantes occupées avec Irène à ressasser dans tous les sens l'événement du jour, sa sortie passerait inaperçue. En quelque sorte, la soirée qui s'offrait lui laissait le champ libre pour une autre escapade avec Amandine. Il lui téléphona et ils se donnèrent rendez-vous au coin d'Adam et de Jeanne-d'Arc.

Le fils de l'épicier marchait d'un pas alerte à la lumière de la fin du jour qui tombait sur le faubourg Maisonneuve. Celle qui le rejoindrait envahissait de plus en plus ses pensées. Elle lui avait même avoué qu'elle avait failli se rendre à l'hôpital pour le voir après son accident. Les convenances l'en avaient empêchée. Elle était la seule à s'intéresser à lui, à l'écouter vraiment, à le comprendre. Dans son entourage, il chercha des exemples de bonheur. Édouard et Colombine vivaient une relation platonique, Simone et David semblaient s'aimer, mais entre Léandre et Paulette, il n'y avait pas d'amour comparable à celui qui le transportait.

Elle lui sauta au cou et l'entraîna dans la rue.

— Tu sais pas quoi, Amandine ? Aujourd'hui, ma tante Héloïse travaillait au magasin pour remplacer ma mère partie se reposer à la campagne…

La jeune fille suivait avec un intérêt croissant la narration de son amoureux. Étonnamment, il s'animait et prenait plaisir à relater l'incident qui avait connu son dénouement au poste de police.

— Tant pis pour ton père ! Pour les fois qu'il a pas été fin avec toi…

— Il est bizarre parfois, p'pa, observa-t-il. C'est la faute à ma tante Héloïse, aussi. Elle aurait jamais dû partir après ces petits morveux-là.

Amandine s'arrêta net et coula son regard bleuté dans les yeux de son amoureux.

— Embrasse-moi, Marcel. Puis donne-moi un baiser prolongé comme on en voit aux vues.

— T'as pas peur que tout le monde nous voie ?

— Je m'en fiche !

On était jeudi. Le temps s'écoulait et, sans Émilienne, l'épicier appréhendait le débordement de la fin de la semaine. Après sa journée éprouvante, au lieu de se coucher tôt pour récupérer, il avait assiégé la taverne Archambault jusqu'à l'heure de la ferme-ture, de sorte que Léandre les avait ramenés, lui et Philias Demers, à leurs domiciles respectifs, dans un état d'ébriété avancé, il faut bien le dire. Toute la soirée, avachi devant une série de bières, la bouche pâteuse, Sansoucy avait péroré sur l'abandon de ses affaires. D'ailleurs, il avait décliné plusieurs offres. Chose certaine, avec toutes les tuiles qui lui tombaient sur la tête, il ne pouvait tenir bien longtemps. Sourire en coin, Léandre avait choisi de ne pas intervenir, laissant les deux hommes palabrer sur le sujet. Qu'on le veuille ou non, un jour, c'est à lui qu'on confierait les rênes du commerce !

Héloïse paraissait remise de ses émotions et se préparait à affron-ter d'autres groupuscules de gamins. Le cas échéant, elle ne se mêlerait pas de poursuivre les petits dévaliseurs de bocaux ; elle appellerait la police. Sa belle-mère partie, Paulette s'efforça d'aller au travail. Elle avait convenu avec Léandre de faire l'impossible pour soutenir le commerce. Elle présenta son aura migraineuse au magasin. Déjà retranchée derrière le comptoir, Héloïse la vit s'avancer vers elle, traînassant dans ses sandales. Elle s'obligea à l'accueillir.

— Je suis contente de te voir, lui dit-elle. Comme ça, je serai pas toute seule comme hier. S'il fallait que…

— J'aurais dû rester couchée ce matin, j'ai entendu le petit à Simone brailler une partie de la nuit. Mais j'ai promis à Léandre de venir au magasin. Surtout qu'il est convoqué à la cour pour témoigner dans l'affaire de *La Belle au bois dormant*.

Une moue significative passa sur les lèvres de la vieille fille Grandbois.

— Théo m'en a pas parlé, dit-elle, avoir su…

— C'est Marcel qui va être pogné avec les livraisons, compatit Paulette. Pour le moment, c'est tranquille, il est à la cave pour classer des bouteilles.

— Lui aussi, il est rentré pas mal tard hier soir, fit remarquer Héloïse. S'il pense qu'on s'aperçoit de rien, il se trompe royalement !

Une ménagère parut à la porte du magasin. Elle semblait hésitante à traverser le seuil. Puis, comme l'explorateur qui s'engouffre prudemment dans une caverne sombre, elle promena un regard suspect avant de longer le comptoir-caisse et de se rendre à la boucherie. Théodore dépeçait un morceau de viande rouge. Il releva la tête en brandissant son coutelas. La dame recula.

— Bas les armes ! s'écria-t-elle de sa voix grinçante de poulie mal graissée.

— Je ne voulais pas vous effrayer, madame Pitre, rassurez-vous, réagit-il en abaissant son couteau.

— Vous devriez avoir honte, monsieur Sansoucy ! Mon fils n'a pas dormi de la nuit. Puis moi non plus. Il a fait des cauchemars, monsieur. Il a rêvé qu'un ours avec de grosses griffes sortait de sa tanière et le poursuivait jusqu'à la maison. Ce matin, je suis venue voir si vous étiez là. Ben oui ! Comment ça se fait qu'on vous a pas enfermé ?

— Ben parce qu'on m'a innocenté, madame Pitre. C'est la preuve que j'ai rien à me reprocher. J'admets que j'aurais pas dû sortir sur la rue, mais qu'est-ce que vous voulez, quand on veut défendre son commerce contre des malfaiteurs, faut prendre les grands moyens. Le mal est fait, asteure. Puis, croyez-moi, je suis vraiment désolé…

La dame continua de déverser ses doléances en disant que plusieurs voisines du quartier avaient manifesté le désir de boycotter l'épicerie Sansoucy, mais qu'elle avait renversé le mouvement.

— Dans ce cas-là, qui c'est qui m'aurait dédommagé, moi, madame ? J'ai subi des pertes, vous savez…

La cliente bomba le torse en prenant une grande inspiration.

— En tout cas, comptez-vous chanceux que j'aie été là pour calmer les enragées qui avaient pris le mors aux dents, acheva-t-elle, les lèvres pincées.

Madame Pitre tourna les talons et prit congé.

Le téléphone résonna. Héloïse se chargea de répondre. La porte du commerce n'avait pas eu le temps de se refermer ; deux clientes régulières s'infiltrèrent. Elles jetèrent un œil méfiant au boucher, s'adressèrent à Paulette pour leurs achats et repartirent aussitôt. Sansoucy délaissa son étal et se déporta vers ses deux employées. Il était dans un état d'agitation extrême.

— C'est rendu que mes plus fidèles clientes me tournent le dos ! s'indigna-t-il. Juste avant, la bonne femme Pitre qui faisait son hypocrite rapport à son garçon, un voyou qui était sûrement du nombre hier avec le petit Morasse ! Elle a eu le culot de me dire qu'on a ben failli me mettre en quarantaine à cause de ces bâtards-là ! De toute manière, regardez autour de vous asteure, il y a personne dans le magasin. Une commande au téléphone puis trois clientes, dont une qui est venue m'engueuler et les deux autres qui ont quasiment rien acheté. Taboire, ça va-tu mal à matin ! Je m'en vais à la taverne…

L'œil furibond, le boucher ne dérageait pas. Puis, soudainement pris d'un nouvel accès de fureur, il s'en retourna dans son coin, détacha son tablier qu'il accrocha rageusement sur un crochet. Ensuite, il s'assura qu'il avait son portefeuille, roula ses moustaches entre ses doigts et quitta précipitamment les lieux.

Ameuté par les aboiements de son père, Marcel parut sur le plancher.

— Que c'est que le père a à crier de même ?

— T'en fais pas, Marcel, pour une fois qu'il est pas en maudit après toi, répondit Paulette. Il est allé se déchoquer à la taverne Archambault.

— Je suppose que c'est à cause de cette histoire de bonbons d'hier ! Il avait l'air pas mal fâché au déjeuner.

Au milieu de ces paroles chicaneuses, Paulette fut de nouveau harcelée par sa migraine.

— Comme le beau-père est parti puis qu'il y a personne dans le magasin, je vas prendre le reste de ma journée, décida-t-elle.

— C'est ça, laissez-moi toute seule comme une *codinde*, exprima Héloïse d'une voix altérée. Pour le moment, t'as juste une livraison à faire, mon Marcel.

— Inquiétez-vous pas, matante, quand la commande sera prête, je vas livrer puis revenir aussitôt.

Paulette disparut. Héloïse rassembla les articles demandés et Marcel enfourcha son triporteur.

Deux heures s'étaient écoulées et le livreur avait résolu de flâner dans le parc près de la biscuiterie Viau. Au son des sirènes de l'usine, il irait à la rencontre d'Amandine et il l'emmènerait dîner sous le feuillage des ormes.

Au magasin, Héloïse commençait à broyer du noir. Sansoucy semblait prendre racine à la taverne et Paulette ne redescendrait pas. Le téléphone avait sonné et Marcel n'était pas revenu pour livrer les «ordres». La tante s'embêtait. L'heure du dîner allait bientôt sonner et elle redoutait une affluence subite avec laquelle elle s'empêtrerait. Les trois polissons de la veille parurent. Deux d'entre eux s'approchèrent du comptoir-caisse derrière lequel la vieille épicière tremblait de tous ses membres. Le troisième, le petit Morasse, s'en fut à la glacière.

— On veut des jujubes, exigea avec insolence le garçon de madame Pitre.

— Des rouges, peut-être ? railla Héloïse.

Le jeune Morasse avait ouvert la glacière et s'apprêtait à y entrer.

— Ferme cette porte, petit garnement ! lui intima-t-elle.

L'enfant refusa d'obéir. Héloïse amorça le pas vers la chambre froide. Les deux autres marchèrent sur ses talons. Dès que l'épicière fut dans l'embrasement, ils la poussèrent à l'intérieur. Dans le mouvement brusque, Héloïse fut projetée en avant et son visage alla heurter une pièce de viande suspendue à un croc d'acier. Vitement, Morasse referma la porte de la chambre sombre dans des cris désespérés de la captive.

Emprisonnée dans la noirceur, les mains retenant sa tête affolée, Héloïse avait crié son indignation, une atteinte à sa personne physique. Elle avait ensuite tâtonné convulsivement pour trouver l'ouverture et la chaîne de l'ampoule. Ses doigts agités avaient exploré les murs, s'étaient blessés contre les blocs de glace à force de chercher une issue et avaient fini par repérer la porte impossible à ouvrir. Dès lors, des idées lugubres l'envahirent. La tête bourdonnante de peur, elle se voyait raidir dans le froid qui transperçait sa maigreur jusqu'aux os. À sa place, Paulette aurait eu de quoi se protéger contre ce climat inhospitalier qui la pénétrait insidieusement. Lentement, elle agoniserait, on la trouverait morte, la bouche béante, séchée comme un poisson. Marcel finirait bien par revenir avant qu'elle succombe.

L'épicier s'était rappelé qu'il avait un magasin. Pris d'une honte confuse, il progressait dans la rue Ontario, la démarche vacillante, les idées un peu brouillées, mais encore capable de retrouver son chemin. On le verrait déambuler en direction de son gagne-pain, mais il était prêt à affronter le potinage. Après ce qu'il avait subi d'humiliation la veille, un petit écart de conduite au débit de boissons ne le reléguerait pas au rang des soûlons.

Chancelant, il poussa la porte de son commerce.

— C'est ben tranquille, ici dedans! s'exclama-t-il.

La sonnerie du téléphone le fit tressaillir; il répondit.

— Théo? C'est au moins la dixième fois que j'appelle au magasin…

— Ben la ligne devait être occupée, Mili. À moins que la *switch board* ait mêlé les fils.

— Coudonc! T'as une drôle de voix, me semble…

Émilienne s'était rendue au village pour réclamer qu'on vienne la chercher. Elle s'ennuyait et se fatiguait plus qu'elle ne se reposait, à fabuler, à s'imaginer toutes sortes de péripéties. Son frère Elzéar était toujours occupé et Florida la portait sur les nerfs. Elle comprenait l'exaspération de Simone lorsque son père l'avait expédiée à la campagne pour vivre sa grossesse. Par ailleurs, son mari s'exprimait d'une manière bizarre qu'elle attribuait à la déformation des appareils acoustiques dans le cas des «longues distances». Puis la communication avait coupé court. Une cliente pressée du magasin général attendait son tour pour téléphoner. Il n'y aurait donc pas de changement au programme. Théodore se rendrait à Ange-Gardien dimanche, comme prévu.

Marcel revint alors que le boucher raccrochait.

— Une autre commande?

— Non, c'est ta mère, elle a hâte à dimanche, articula avec peine Sansoucy. Ça a l'air qu'elle se morfond chez ton oncle Elzéar.

— Paulette est remontée avant que j'aille faire une livraison, mais comment ça se fait que matante est pas là? Elle est quand même pas partie à la course après des chenapans. Ah! Puis regardez, p'pa. On s'est fait voler des pots de bonbons.

— Taboire! Pas encore! Cette fois-ci, je vas rester ben tranquille dans mon magasin. Si elle pense que je vas courir après, elle a ben menti.

— Je peux y aller, moi, p'pa...

— Que je te voie, elle s'arrangera avec ses problèmes, mâchonna l'épicier. Pourtant, elle aurait dû appeler la police...

Un peu plus tard, repris par une ardeur au travail, le boucher songeur ouvrit sa glacière. Héloïse était là, recroquevillée sur le plancher recouvert de bran de scie, la tête courbée sur sa poitrine fuyante.

— Loïse!

La séquestrée avait tenté d'expulser un dernier cri, elle était restée figée dans un engourdissement qui lui conférait un air statufié. Son beau-frère la regarda avec une rare compassion. La malheureuse avait la mâchoire de travers, dérivée sur la gauche. Elle dessilla ses paupières frimassées et déclara:

— Théo! Enfin!

Sa voix ralentie, gélatineuse, comme enrhumée et caverneuse, exprimait à elle seule tout le poids de son malaise et de sa profonde frustration.

Sansoucy aboya après Marcel, qui parut dans les dernières vibrations de l'appel de détresse.

— Ça doit faire longtemps qu'elle est enfermée, ta tante. Comment ça se fait que tu te sois aperçu de rien, innocent?

— Puis vous, vous sentez la tonne à plein nez, rétorqua le fils. Que c'est que vous aviez d'affaire à aller à la taverne pendant votre journée de travail?

— Bon, pour le moment, il faut secourir ta tante. On va la sortir de là, puis après on verra...

Chapitre 13

Le camion de livraison se stationnait à présent devant l'épicerie-boucherie qu'Émilienne retrouvait avec enchantement. En quittant le rang Séraphine, l'épicière avait tenu à s'arrêter au collège de Saint-Césaire où le supérieur des Sainte-Croix avait insisté pour garder les Montréalais à souper avec Placide. Au cours du voyage de retour, Sansoucy avait reconstitué l'historique de la semaine éprouvante qu'il avait traversée. Les vols et leurs déplorables conséquences sur l'achalandage avaient alimenté leur conversation. Après avoir déclaré un premier incident fâcheux, il avait mis son orgueil de côté en reconnaissant qu'il n'aurait jamais dû s'absenter du magasin une seconde fois : Paulette, la migraineuse, s'était éclipsée, et Héloïse s'était trouvée seule aux prises avec les trois mêmes sacripants qui l'avaient maltraitée en la séquestrant dans la glacière.

Théodore et son ami Philias descendirent. L'épicier empoigna la petite valise cartonnée de la passagère. Émilienne glissa sur la banquette et sortit de l'habitacle en poussant un grand soupir de soulagement.

— Il est temps que je revienne à la maison ! affirma-t-elle.

Le chauffeur du Fargo s'éloigna sur le trottoir. Une voix insistante l'interpella :

— Philias ! s'écria Sansoucy, tu vas venir faire un bout de veillée avec nous autres...

— J'aime autant pas rencontrer Alphonsine, je veux pas la mettre mal à l'aise pour rien. C'est fini entre nous autres...

— Envoye donc, Philias, dit Émilienne, tu sais ben qu'Alphonsine en fera pas de cas. Si ça fait pas son affaire, elle aura juste à aller se cacher dans sa chambre…

— Vu de même, consentit Demers ; c'est toi qui m'invites, Émilienne, parce qu'en temps ordinaire t'aimes mieux pas me voir la face.

— Théo puis moi, on te doit ben ça pour te remercier ; on va faire du spécial, badina-t-elle.

Sitôt qu'Émilienne parut dans la cuisine, elle aperçut son beau-frère et sa belle-sœur. Brusquement, le mari de Georgianna recula sa chaise et se dressa en brandissant un bras allongé comme un étendard.

— Tu parles d'un accoutrement ! lâcha Émilienne. Où c'est que t'as déniché ça, un habit de même ?

Le visiteur était vêtu d'un étrange habit bleu. Son bras était entouré d'un brassard arborant une croix singulière dont les extré-mités étaient coudées à angle droit. Autour de la table, Irène et les trois pensionnaires fixaient le frère de Théodore qui refaisait le même salut qu'à son arrivée.

— Il y a longtemps qu'on t'a vu, mon Romuald, dit Théodore. Es-tu rentré dans l'armée, coudonc ?

— Non, non, je suis toujours wattman, conducteur de tramway, si tu préfères. C'est juste que je suis devenu membre du PNSC : le Parti National Social Chrétien.

— Puis qu'est-ce que ça fait dans la vie, le Parti National Social Chrétien ? s'enquit Théodore.

— Moman, popa, monsieur Demers, après un voyage de même, puis à l'heure qu'il est rendu, vous devez être pas mal fatigués, coupa Irène. Je vous prépare un bon thé. Prenez le temps de vous asseoir, mononcle Romuald va se faire un plaisir de reprendre ses explications à zéro. Pas vrai, mononcle ?

Romuald Sansoucy se racla la gorge et, encouragé par ses convictions exaltées, entreprit de brosser un tableau de la formation politique et de son programme. Le PNSC se consacrait à la défense des droits des ouvriers canadiens-français. Dans ses publications, il se réclamait du système politique défendu par Adolf Hitler en Allemagne et, par conséquent, adhérait aux idées antisémites et anticommunistes.

— Il commence à être temps que tu te déniaises, mon Théo, proféra le membre des Chemises bleues. Regarde un peu autour de toi. La plus grande menace à notre économie, ce sont pas les Anglais, ce sont les Juifs, mon Théo. Les Chinois, les Italiens, les Allemands sont ben corrects, mais eux autres, par exemple… À Montréal, de plus en plus de pères de famille craignent pour l'avenir moral de leurs enfants parce qu'ils sont entourés de Juifs. As-tu pensé à ton petit-fils ? Puis c'est pas tout : comme le dit Adrien Arcand, notre chef, nous perdons notre commerce de gros et de détail et un grand nombre de nos industries. Les Juifs ont envahi nos rues : Saint-Laurent, Ontario, Sainte-Catherine Est, Saint-Hubert, Christophe-Colomb, Mont-Royal. Ils s'emparent de nos commerces et nous plongent dans le chômage et la misère en achetant des merceries, des épiceries, des boucheries. Puis ils ont même obtenu du gouvernement du Québec le droit de travailler le dimanche…

Le visage du commerçant devint d'une pâleur livide ; il déglutit.

— Ils vont pas me prendre mon épicerie, toujours ? demanda-t-il.

— Après la semaine que tu viens de traverser, tu pourrais penser sérieusement à la vendre, commenta Héloïse.

— Je suis pas prête à vendre, rétorqua fermement Émilienne. Asteure que je suis revenue à Montréal, ça va marcher comme du monde, ce magasin-là.

— T'es pas mal insultante, Mili, s'indigna la vieille fille. C'est comme si j'avais servi à rien cette semaine. En tout cas, je vas y réfléchir à deux fois avant de m'offrir à nouveau au magasin, conclut-elle, outrée.

— Je voudrais pas que les Juifs se saisissent du magasin de coupons qu'Alida puis moi on a vendu à madame Métivier, dit Alphonsine. Et je suis pas intéressée à ce qu'un propriétaire juif me jette à la rue non plus…

Romuald Sansoucy se réjouissait d'avoir suscité une discussion qui soulevait ses auditeurs. Connaissant les allégeances politiques de son frère, il renchérit.

— À part de ça, les Juifs ont l'intention d'acheter des terres agricoles ; il est temps qu'on mette Maurice Duplessis au pouvoir pour se donner des lois qui nous protègent et éliminer du coup les libéraux corrompus d'Alexandre Taschereau.

Il n'en fallait pas plus pour relancer une bataille verbale entre Philias et Théodore.

Émilienne se prit la tête à deux mains. Sa belle-sœur Georgianna se leva.

— Viens, Romuald, je pense qu'on les a assez énervés de même, on reviendra une autre fois, décida-t-elle.

Le fanatique se déplia, prit un air martial et salua la petite société en claquant des talons. Il déboutonna ensuite sa chemise bleue et la donna à sa femme, qui l'échangea contre un vêtement plus ordinaire, avant que le couple franchisse de nouveau le seuil du logis.

De son fauteuil d'impotente, Alida avait suivi d'un œil admiratif celui qui militait pour les petits journaliers. Elle était d'avis qu'il fallait sensibiliser les marchands du quartier de la menace juive, et prendre les moyens pour empêcher que l'épicerie-boucherie et le commerce de coupons et de tissus à la verge passe aux mains des Juifs.

Au matin du lendemain, comme à l'accoutumée, tout le monde était au travail. Marcel surveillerait ses écarts de conduite pendant ses livraisons, mais il se promettait d'autres sorties avec Amandine. À cause de son emploi de barman qui l'amenait à se coucher tard, Léandre éprouvait de la difficulté à s'aligner les yeux vis-à-vis des trous. Paulette avait décidé de reprendre son ouvrage. Son mari lui avait mentionné qu'il se fendait en quatre avec ses deux emplois et qu'elle devait apporter sa contribution elle aussi. Quant à Sansoucy, le bonheur secret qu'il ressentait à voir tout son personnel en fonction valait bien son pesant d'or.

L'épicière n'avait pas aussitôt mis le pied au commerce que le téléphone retentit. Elle décrocha l'appareil.

— Épicerie Sansoucy, bonjour ! répondit-elle, en empruntant sa voix la plus joyeuse.

La clochette grelotta. Émilienne avait commencé à raconter sa semaine de congé, mais elle dut s'excuser et raccrocher. Dora Robidoux devança mademoiselle Lamouche et les dames Grenon, Gladu et Thiboutot. Elle s'exprima en leur nom.

— On est ben contentes que vous soyez revenue, madame Sansoucy. Votre sœur Héloïse a des croûtes à manger pour vous remplacer. Votre mari a dû vous rapporter que des petits voyous ont essayé de dévaliser votre commerce.

Madame Robidoux fit une pause pour s'assurer que l'épicière avait bien saisi que rien n'avait échappé aux résidants du quartier. Elle enchaîna.

— Puis, avez-vous ben profité de vos vacances, toujours?

— Après deux jours à tourner en rond dans la maison, j'ai commencé à m'ennuyer de ma routine, des gens que je rencontre à tous les jours, de la vie du magasin. Je suis pas habituée à rien faire, vous savez. Puis quand on est pas chez nous, c'est pas pareil pantoute non plus. Florida, ma belle-sœur, pensait que je l'aiderais un peu plus à la cuisine puis au ménage parce que les travaux du printemps ont débuté à la ferme. On s'est chicanées quelques fois. Moi qui ai horreur des chicanes… Changement de propos, vous avez pas coutume de venir d'aussi bonne heure le lundi matin.

— Je vas aller faire mon petit lavage, décida mademoiselle Lamouche, condescendante.

— On sait ben, répliqua madame Gladu, quand on a juste à prendre soin de sa petite personne…

— Bon, la bisbille est en train de pogner, dit madame Thiboutot. Madame Sansoucy vient de nous dire qu'elle aimait pas ça, la chicane; on serait mieux de partir.

Les dames se saluèrent civilement et quittèrent le magasin. La sonnerie du téléphone retentit de nouveau. Paulette répondit.

L'épicier avait remarqué la démonstration tangible de ses clientes à l'égard de sa femme. Même si on ne lui avait pas témoigné autant de sympathie à la suite du hold-up des fêtes, il reconnaissait qu'Émilienne était l'âme de son commerce et qu'avec elle les affaires devraient reprendre leur cours normal.

***

Un autre dimanche revint, ramenant avec lui le conducteur de tramway et sa femme au domicile de l'épicier. Afin de ne pas intriguer inutilement les voisins, mais voulant néanmoins créer l'effet le plus saisissant chez son frère, Romuald s'était enfermé dans le hangar pour se changer. Il en ressortit avec son uniforme du

PNSC, rempli du même enthousiasme délirant. Avec le sourire contenu qui précède parfois les grandes surprises, il cogna doucettement à la porte de la galerie. Irène le fit entrer.

— Bonsoir la compagnie! lança-t-il, en faisant son salut d'un air martial.

Émilienne sentit qu'ils auraient droit à une envolée oratoire en règle. Elle se leva et prit la précaution de fermer les persiennes. L'oncle Romuald avait toujours été un homme aux opinions bien tranchées. Mais revêtu de sa chemise bleue au brassard distinctif, il incarnait un personnage aux idées révolutionnaires. Le renversement du système démocratique et du capitalisme ainsi que l'expatriation hors du pays des Juifs et des communistes étaient devenus son credo politique. Et il appuyait ses avancées par des exemples concrets qui gagnaient progressivement Alida.

Après une demi-heure à entendre son beau-frère exposer son propos avec emportement, Émilienne manifesta sa lassitude.

— Tu trouves pas qu'on devrait changer de sujet, Romuald? commenta-t-elle. Où c'est qu'on s'en va avec des idées pareilles, veux-tu ben me le dire?

— Mili, t'as aucun patriotisme, répliqua platement l'épicier. Laisse donc parler mon frère. Depuis qu'Édouard est marié, il y a plus grand-chose d'intelligent qui se dit dans cette maison-là…

— Théo, je te ferai remarquer que toi aussi tu vis dans cette maison-là, dit Héloïse. On sait ben, nous autres les femmes, on est des bonnes à rien ici dedans, ajouta-t-elle, blessée.

La rencontre tournait au vinaigre. Irène, qui avait observé la réaction de sa mère et de ses tantes, ne pouvait plus tolérer ce qui s'apparentait à une assemblée de cuisine pour informer et recruter des partisans. Contrairement à ses sœurs, Alida semblait intéressée à écouter l'homme qui l'impressionnait et qui prenait la part des petits.

— Mononcle Romuald, s'excusa Irène, si ça vous fait rien, matante Héloïse, matante Alphonsine, moman puis moi, on va aller prendre l'air.

Les femmes parties, le conducteur de tramway en appela au patriotisme de son frère, d'une mobilisation pour sauver la race canadienne-française, rien de moins. Il réussit à le convaincre de participer à un rassemblement au Monument-National.

***

Sansoucy allait franchir le seuil de son logement. Sa femme espérait jusqu'à la dernière minute qu'il revienne sur sa décision. Elle capitula.

— Tu t'es fait monter la tête, Théo. Vas-y, asteure, à ta réunion.

— J'attends que Philias sonne en bas, puis je vas descendre.

Les deux camarades atteignirent le boulevard Saint-Laurent et s'acheminèrent à l'immeuble où s'était tenue l'assemblée inaugurale du parti. À l'entrée, Romuald Sansoucy bavardait avec deux membres en uniforme assis à une table dont l'un d'eux, un homme très petit au corps déformé comme un tronc de pommier appelé Richard-le-bossu, agissait comme secrétaire. Il présenta ses nouvelles recrues et mentionna :

— Il reste des places à une piasse puis quelques-unes à vingt-cinq cennes, affirma le nain. Mais ça vaut vraiment la peine de payer une piasse pour s'asseoir en avant et mieux entendre le chef.

— Nous autres, on est juste des observateurs, on va se contenter de places à vingt-cinq cennes, répondit l'épicier.

Romuald, le fanatique, fouilla dans sa poche et jeta deux dollars sur la table.

— Vous le regretterez pas, commenta-t-il. Suivez-moi.

Des rangées de chaises pliantes disposées de part et d'autre d'une allée centrale étaient déjà occupées. Un bon nombre de participants, des hommes surtout, étaient vêtus de chemises bleues. De chaque côté de la salle, des gardes de sécurité provenant des Casques d'acier – une association nationaliste d'anciens combattants – portaient l'uniforme auquel étaient accrochées leurs décorations de guerre et arboraient le brassard de la croix gammée, symbole de la race blanche. Sur la scène, des officiers du parti devisaient. Derrière eux, quatre lettres immenses constituaient l'acronyme de la formation politique : PNSC. Joseph Marchand, assistant d'Adrien Arcand, se leva et s'avança vers le micro. Moustache en moins, l'imprimeur de journaux propagandistes avait une étrange ressemblance physique avec le führer allemand. Il s'exprima bien et avec beaucoup de conviction, mais, manifestement, son rôle était de « réchauffer » la salle, de la préparer à l'allocution de son chef. Après son laïus de circonstance, il se retira, cédant la place à celui que tous étaient venus écouter : Adrien Arcand.

La rumeur qui se répandit dans l'assemblée s'estompa. On n'entendait plus que le bruit agaçant de toussotements et de voix étouffées qui réclamaient le silence. Des hommes dans une tenue impeccable formèrent une double haie d'honneur de chaque côté du grand escalier central et tendirent le bras droit. Soudain, comme surgissant de nulle part, un homme grand et sec parut et s'engagea d'un pas altier dans l'allée et monta sur l'estrade.

Adrien Arcand prit la parole. Rapidement, devant un auditoire conquis d'avance, il aborda ses sujets préférés. Dans un langage simple qui rejoignait les auditeurs, avec une fougue et une verve peu communes, il souhaitait la création de corporations ouvrières qui remplaceraient les chambres parlementaires dans un nouveau régime fasciste. En faveur de la nationalisation, il voyait l'étatisation des banques, de l'industrie militaire, des compagnies qui exploitaient l'hydroélectricité, des chemins de fer, du téléphone, du télégraphe, des communications postales. À mesure que son discours progressait, ses yeux s'arrondissaient, il devenait furieux et, toujours, comme à chacune de ses montées oratoires, il accusait les Juifs d'être responsables de la crise économique.

Romuald s'enflammait avec l'assistance. Théodore semblait se laisser gagner, mais Philias n'ingurgitait pas avec le même délice les paroles acrimonieuses de l'orateur.

— On s'en va-tu? demanda-t-il.

Le regard de Théodore délaissa la scène et repéra les gardes qui surveillaient de chaque côté de la salle. Il se pencha à l'oreille de son camarade.

— Mon frère a payé le gros prix pour qu'on s'assoie en avant, on peut pas sortir de même, chuchota-t-il. Ça se fait pas…

— T'es un vrai *pea soup*, Théodore Sansoucy! rétorqua son vieil ami.

Demers se leva brusquement. L'orateur fronça les sourcils et, sous les yeux réprobateurs de l'assistance, le veuf se dirigea sans vergogne vers l'allée latérale droite où il s'engagea. Un des mastards adossés au mur l'apostropha au collet.

— Vous allez où de même, monsieur? s'enquit-il.

— Les toilettes sont pas en arrière? demanda Demers, feignant l'ignorance.

— Elles sont barrées pendant les discours pour éviter les dérangements, dit le garde. Faites un nœud dedans, puis allez vous rasseoir.

Embarrassé, Philias revint pénardement sur ses pas et regagna sa chaise. Au même moment, repris par une haine furieuse, comme transporté hors du monde sensible, Arcand fulmina une dernière série d'injures contre les Juifs et acheva sa harangue jusqu'à perdre haleine dans un état presque convulsif, avant de se retirer sous un tonnerre d'applaudissements.

Chapitre 14

Durant toute la semaine qui suivit, l'épicier avait ressassé le discours du redoutable orateur. Au magasin, il en avait parlé avec Demers, qui avait cherché à le dissuader d'entrer dans les rangs de la formation politique aux objectifs discutables. En ce dimanche soir, après avoir soupesé les pour et les contre, il devait rendre le fruit de sa réflexion. Pendant le souper, les femmes de la maison avaient déblatéré contre le fanatique qui reviendrait comme une tradition. Sauf Alida qui l'espérait en silence, elles se désespéraient de le voir survenir, métamorphosé dans son habit et tenace comme une teigne domestique. Accoutré de sa chemise bleue, Romuald Sansoucy revint au domicile de son frère avec un porte-documents, persuadé d'avoir recruté un nouveau membre au PNSC. Après sa révérence martiale, l'admirateur d'Hitler et de Mussolini tira un formulaire de sa serviette et jeta une pièce sur la table.

— Tiens, mon Théo! On va remplir ensemble une fiche puis je vas te remettre ta carte de membre; après, il va juste te rester à payer ta cotisation puis à signer ton nom.

— Ça m'intéresse pas vraiment, rétorqua le marchand.

— Comment ça, pas vraiment? T'as pas aimé entendre notre chef?

— Il parle bien, mais je vois pas comment le gouvernement pourrait nationaliser les chemins de fer, l'électricité, le téléphone, la radio, etc., puis comment les Juifs pourraient acheter mon commerce. Si jamais il y en a un qui se présentait, j'ai juste à dire non, point final. À part de ça, je le trouve pas mal radical et je suis pas toujours d'accord avec ce qu'il dit, ton monsieur Arcand…

— Ben voyons donc, Théo! T'as pas compris? Les trusts de l'alimentation ont fermé des boulangeries et des laiteries pour avoir le contrôle des prix sur le pain et le lait. Avant longtemps, les pauvres travailleurs du quartier seront plus capables de payer. Puis là, les Juifs vont arriver, ils vont acheter ton épicerie pour pas grand-chose. Il commence à être temps que tu te réveilles : un jour ou l'autre, si tu réagis pas assez vite, tu vas te retrouver sur le carreau puis il va être trop tard. Je t'aurai ben averti...

Les mains crispées sur les bras de son fauteuil roulant, Alida se désespérait de l'innocence de son beau-frère. Elle rapporta ce qu'elle avait lu dans le journal : pour sauver leur commerce, des catholiques avaient décidé d'imiter les Juifs en ouvrant leur boutique le dimanche. Ce qui, forcément, avait engendré une concurrence déloyale. Elle l'en avisa et lui fit une mise en garde :

— Si ça continue, tu vas être obligé d'ouvrir ton magasin le jour du Seigneur, toi aussi, affirma-t-elle. Ça te tente-tu de travailler sept jours par semaine ? Puis pense un peu à Mili...

— En plein ça, mademoiselle Grandbois ! approuva Romuald.

— Ah ben non, par exemple ! protestèrent simultanément Émilienne et Irène.

Puis, se tournant vers son frère, le regard suppliant, le partisan ajouta :

— Tu défendrais ta propre cause, Théo, l'implora-t-il.

Il allait battre en retraite quand Georgianna fouilla le sac qui contenait le linge de rechange de son mari. Elle en ressortit une chemise bleue marquée de la croix gammée.

— Regarde, Théo, ce qu'on a apporté pour toi, observa Romuald, pendant que Georgianna tendait le vêtement devant tout le monde.

Les lèvres de l'épicier se plissèrent dans une vilaine grimace.

— Je sais pas si c'est de la bonne grandeur, se demanda Georgianna. On en a presque plus, il faut en coudre d'autres.

— Je pourrais en confectionner, proposa gentiment Alida. Ce serait une manière bien à moi de participer. Monsieur Sansoucy, même si j'assiste pas à vos réunions, accepteriez-vous qu'une handicapée soit membre de votre parti ?

— Volontiers ! répondit le fanatique. On accepte toutes les personnes de bonne volonté. On a déjà Richard-le-bossu comme secrétaire. Pourquoi pas une infirme en fauteuil roulant qui collabore de chez elle ?

Émilienne, Héloïse, Alphonsine et Irène jetèrent des regards étonnés à l'impotente, qui s'empressa de demander qu'on lui apporte son sac à main. Elle paya sa cotisation, remplit un formulaire et signa sa carte verte d'adhésion au PNSC. Désormais, elle serait membre du parti et contribuerait dans l'ombre à la défense des ouvriers et des petits commerçants.

Le lendemain matin, alors que son père conversait avec Philias, Marcel classait les bouteilles vides rapportées au magasin le samedi. Il était rentré assez tôt de sa marche délicieuse avec Amandine. Dans le retrait de sa chambre dont la porte était restée entrouverte, il avait eu connaissance de la visite de son oncle bizarrement accoutré. Ce qu'il avait entendu des Juifs ne l'avait pas remué outre mesure. Il en avait rencontré deux, une fois dans sa vie, et la menace dont Romuald avait parlé représentait bien peu dans sa tête d'adolescent. Cependant, l'engagement de sa tante Alida l'avait saisi d'étonnement : elle travaillerait pour le compte d'une organisation plus ou moins secrète.

Par contre, son père paraissait inquiet. Dans une épaisse fumée de tabac à pipe qui le faisait disparaître derrière son comptoir des viandes, l'épicier se morfondait à attendre son fils Léandre. Il avait une demande particulière à lui formuler. Avec sa mine abattue,

Paulette l'avait informé du léger retard de son mari et il s'était préparé à lui pardonner. Sansoucy poursuivait son entretien avec Demers.

— J'ai résisté, Philias, affirma le boucher. Romuald a pas réussi à m'embobiner dans son parti. Mais Alida, elle, par exemple…

— T'as fini par comprendre le bon sens, Théo !

Le veuf fut rapidement mis au courant de l'engagement de la vieille fille Grandbois sans parvenir à s'en expliquer la raison profonde. Puis il s'inquiéta de son ancienne promise.

— Alphonsine, elle ? Elle s'est pas fait enfirouaper, toujours ?

— Alphonsine, aussi ben qu'Émilienne, Héloïse et ma fille Irène avaient l'air scandalisé. Mais qu'est-ce que tu veux que je te dise, Philias, j'ai rien contre ma belle-sœur Alida, on est dans un pays libre…

— Tu l'as dit, Théo !

Sansoucy avait une révélation qui lui paraissait plus troublante :

— Je t'ai pas tout dit, Philias : mon logis va se transformer en véritable *shop* de couture.

— Comment ça ?

Léandre surgit, les cheveux ébouriffés, les yeux bouffis, les traits tirés par le manque de sommeil. Son père l'interpella :

— Tu vas commencer ta semaine par une commission, lança-t-il.

Léandre dodelina de la tête, secoué par la demande inattendue de son patron. Il fut d'abord informé de l'existence même de la formation politique et apprit avec stupéfaction l'adhésion de sa tante Alida. Une entente était intervenue entre elle et l'oncle Romuald pour aller chercher des pièces à assembler à la permanence du PNSC.

— Faut que tu te fasses à l'idée, Léandre, commenta Philias. Asteure que t'as un camion de livraison…

— Taboire! Drôle de manière de commencer la semaine. Si c'était pour matante Héloïse, je dirais pas la même chose, mais pour matante Alida…

Léandre sortit dans la rue, se traînant les pieds dans un déhanchement relâché. Il monta dans son véhicule, s'alluma une Turret, tourna la clé et enfonça la pédale d'embrayage. Non, il n'allait pas se rendre directement au local du parti. Peu lui importait de prendre quelque peu de retard dans ses livraisons ; il s'arrêterait à l'*Ontario's Snack-bar*, le temps de se réveiller complètement.

— Tiens, le beau Léandre! s'exclama la serveuse. Qu'est-ce qui t'amène ce matin?

Des clients achevaient de déjeuner. Un homme d'âge mûr habillé de bleu marine jeta un pourboire sur le comptoir en regardant avec mépris le garçon qu'on saluait d'une manière si gentille, et disparut. Léandre enfourcha un tabouret et s'inclina vers la blonde du patron.

— Je suis en service commandé, répondit le livreur d'un air énigmatique. Oh! une affaire un peu compliquée qui peut pas vraiment intéresser une fille comme toi, ma belle Lise.

L'employée lança un regard oblique vers son patron pour s'assurer qu'il ne l'observait pas.

— Petit cachotier! commenta-t-elle, en esquissant un sourire enjôleur.

— Faut pas que monsieur Plourde te voie me faire de la façon parce que tu vas avoir affaire à lui. Sers-moi donc un café ben fort.

— Dis-moi comment va ta sœur, d'abord, dit-elle, déçue.

— À part de s'occuper de son petit, elle fait pas grand-chose de bon. Elle a l'air de trouver le temps long au logis. Si j'étais à la place de David, je la retournerais au restaurant. Avec le beau temps qui commence, elle devrait sortir un peu plus puis se faire chauffer la couenne au soleil. C'est pas tout le monde qui a la même chance, hein?

— Puis toi, ta femme, elle travaille toujours à l'épicerie de ton père?

— Oui, je la verrais pas s'effoirer à rien faire toute la journée. Elle portait un enfant, mais qu'est-ce que tu veux, elle a décidé de le faire passer. Depuis ce temps-là, elle a des hauts puis des bas, puis ses maudites migraines qui l'empêchent de travailler, des fois.

— Je me rappelle que Simone m'avait demandé l'adresse du médecin dans le quartier Saint-Henri. Moi aussi, ça m'est arrivé de me débarrasser de mon bébé. Parce que je voyais pas comment m'arranger avec un enfant sur les bras puis mon *chum* de quarante ans.

— Ah! Si ç'avait été rien que de moi, elle l'aurait gardé, notre petit; tu peux en être sûre. Mais Paulette m'avait pas consulté. Elle a agi comme si j'avais rien à voir là-dedans.

— Ça veut-tu dire que t'es libre asteure, mon beau Léandre?

— J'ai pas dit ça; je trouve que tu sautes pas mal vite aux conclusions…

Léandre avala le fond de sa tasse d'une lampée, fit rouler une pièce de monnaie sur le similimarbre, pivota sur son tabouret et quitta prestement les lieux.

Le fils de l'épicier s'engagea dans une rue bordée d'immeubles mitoyens et gara son véhicule devant une bâtisse défraîchie. Puis il descendit sur le trottoir, s'alluma une cigarette en faisant courir ses yeux qui se fixèrent sur l'adresse que son père lui avait donnée.

À première vue, rien ne semblait distinguer l'endroit peu invitant. Une toile tirée masquait la fenêtre crasseuse. Il frappa. Un bossu vêtu d'une chemise bleue entrouvrit.

— Qui êtes-vous ? demanda-t-il, gravement.

— Léandre Sansoucy. Je viens de la part de mon oncle Romuald.

Derrière une table, sous des portraits de leur chef Adrien Arcand, trois individus portant le symbole de la race blanche s'affairaient à la préparation de brochures propagandistes. Dessinée sur un tableau noir, une immense croix gammée placée devant l'unique fenêtre assombrissait la pièce. Dans un coin, des exemplaires du *Fasciste canadien* s'empilaient.

— C'est là, indiqua laconiquement le bossu.

— Est-ce que je peux avoir de l'aide ? demanda Léandre.

— On aimerait ben vous donner un coup de main, mais on évite de sortir en uniforme, si vous voyez ce que je veux dire, répondit l'infirme. La seule chose que je peux faire, c'est de vous tenir la porte.

Neuf boîtes gonflées de tissu jonchaient le plancher. Elles paraissaient lourdes et trop remplies, et les coins avaient commencé à s'ouvrir. « Taboire ! » se dit Léandre. Il rassembla ses forces, empoigna la première et la transporta à son camion.

Lorsqu'il souleva la neuvième et dernière caisse, le bossu l'interpella :

— N'oubliez pas de remercier la dame qui travaille à la cause du parti.

— J'y manquerai pas.

Le Fargo enfila la ruelle et se gara derrière le bâtiment qui abritait le commerce et les logements. Le chauffeur descendit de l'habitacle et entra dans le magasin. Son père l'aperçut.

— Et puis, demanda-t-il, les boîtes sont-tu rendues au logis ?

— Énervez-vous pas le poil des jambes, le père, je fais juste revenir de ma commission !

— Ça a été long pas ordinaire, ton affaire…

— Je suis pas habitué d'aller revirer aussi loin ; le local du PNSC est pas à la porte. En plus de ça, pas une des Chemises bleues s'est grouillée le derrière pour m'aider ; il y a juste le bossu qui a tenu la porte. Asteure, j'ai besoin d'un coup de main pour monter le stock au deuxième. Marcel est-tu là ?

— Non, il est pas revenu. Arrange-toi tout seul ! À ton âge, mon garçon, j'en brassais, des boîtes, puis je suis pas mort pour autant, commenta l'épicier.

— Je voudrais ben vous voir à ma place, le père, rétorqua Léandre, la lèvre tordue. C'est juste si vous me traitez pas de femmelette. En plus de ça, commencez donc par vous regarder le nombril avant de parler des autres ; vous seriez même pas capable de soulever une des neuf caisses que j'ai rapportées, tellement elles sont pesantes puis pas solides. Un emballage de broche à foin ! Elles sont toutes éventrées, ça va tout prendre pour que je puisse les monter sans problème au deuxième, acheva-t-il, avant de tourner les talons.

Léandre sortit dans la ruelle et ouvrit les deux battants arrière du camion. Il agrippa une des énormes boîtes et se rendit au pied de l'escalier. Son père surgit, la physionomie soudainement affable.

— Attends une minute, on va prendre chacun notre bord, proposa-t-il.

Sitôt le camion de livraison stationné, Alida était sortie, appuyée sur ses deux cannes. Émilienne et Héloïse parurent.

— Théo! s'exclama Émilienne, ça a pas de saint bon sens de t'échiner de même. Des plans pour que t'écrases là en plein sous nos yeux.

Pendant que son homme gravissait à reculons les degrés, Émilienne surveillait la manœuvre hasardeuse. Le boucher avait le visage rouge comme du foie de veau et poussait des râles inquiétants.

Il en était aux deux tiers de son ascension quand la porte d'un immeuble voisin s'ouvrit brusquement. Deux têtes superposées se montrèrent dans l'encadrement.

— Bougez-pas, monsieur Sansoucy, mon mari va vous remplacer, lança madame Gladu.

Sous l'effet de la surprise, Sansoucy sentit ses doigts glisser de la boîte dont une partie du contenu s'étala dans l'escalier. Réal Gladu descendit vitement du troisième étage et emprunta les marches qui conduisaient chez l'épicier.

— Tassez-vous, monsieur Sansoucy, je vas finir la *job*, lui intima-t-il, en prenant la place.

Dans un état d'agitation extrême, Sansoucy se hâta de rassembler les croix gammées qu'il achemina sur la table de cuisine. La Singer avait déployé ses ailes sous la fenêtre, à l'emplacement même de sa berçante. Il ressortit, la figure convulsée de rage.

— Ah! ben non! par exemple, fulmina-t-il.

— Enlevez-vous, le père, le somma son fils, on va mettre les cartons à côté de la machine à coudre.

— Je vas m'ôter, s'exaspéra le boucher. On dirait que je suis une vraie nuisance ici dedans. S'il y a pas moyen de faire ce que je veux dans ma propre maison, d'abord je vas m'en retourner en bas…

« Bon débarras ! » pensa Léandre. Germaine Gladu surgit sur le balcon, s'excusa devant les dames et pénétra au logis. Sansoucy, qui avait amorcé le pas vers l'escalier intérieur menant à son magasin, s'arrêta.

— C'est quoi, cette bibitte croche là ? proféra Germaine Gladu. J'ai récupéré ça dans les marches ; ça ressemble à une araignée.

— Ça, ma Germaine, c'est la croix gammée d'Hitler, répondit son mari.

Réal Gladu se tourna vers le marchand.

— Coudonc, lui dit le voisin, voulez-vous éliminer les Juifs, les tapettes, puis les communistes ? C'est pas ben ben catholique, ça ! Je vous pensais pas de même, Sansoucy : un fasciste !

Émilienne et Héloïse entrèrent, précédées par Alida qui avait entendu les propos du bon Samaritain. Elle donna ses deux cannes à Léandre et se laissa choir sur le banc de sa machine à coudre.

— Vous saurez, monsieur Gladu, que mon beau-frère n'a rien à voir là-dedans ; c'est moi qui ai décidé de mon propre chef de soutenir la cause des travailleurs pour éviter qu'ils perdent leur *job*. J'ai-tu l'air de quelqu'un qui veut renverser le gouvernement et prendre le pouvoir ? Que ça vous plaise ou pas, je vas assembler des chemises pour les membres du PNSC puis leur coller des croix gammées dessus. À part de ça, comment ça se fait donc qu'on vous voit en camisole sur la galerie, une Molson à la main ou à rouler des cigarettes, puis à rien faire d'autre de toute la journée ? Vous êtes pas retourné à la United Shoe Machinery ? Il me semblait qu'on vous avait *slaqué* juste pour l'hiver. Je trouve que ça s'étire pas mal, votre affaire. Quand on veut travailler, on est capable de se dénicher de l'ouvrage puis on achale pas le monde qui a du cœur au ventre, débita-t-elle.

L'impotente prit sa carte de militante et la brandit à la face des Gladu.

— Gênez-vous pas, si jamais il vous venait l'idée de faire quelque chose de bon pour la société, faites-le-moi savoir. Je vas vous vendre une carte verte du parti.

— Avec tout le respect que je vous dois, mademoiselle Grandbois, j'ai pas envie de passer pour un extrémiste, rétorqua sèchement Gladu, avant de retraverser le seuil avec sa femme.

Le dernier mot de Réal Gladu résonnait encore quand Marcel fit irruption dans la cuisine. Il s'adressa à Léandre :

— P'pa m'a dit que t'avais des boîtes à décharger, ben me v'là, lança-t-il.

— Ça adonne ben parce que le bonhomme Gladu vient de repartir chez lui, commenta Léandre.

— D'après moi, nos voisins sont venus juste pour écornifler, affirma Émilienne. La mère Gladu a le don de venir sentir dans nos affaires.

— Puis là, elle avait une saprée belle occasion, ajouta Héloïse. Asteure, j'ai ben peur que ça va commérer en grand dans le quartier.

Émilienne contempla avec un regard désabusé l'emplacement du chantier qui envahirait bientôt l'endroit le plus agréable de la cuisine. Léandre et Marcel s'affairèrent au déchargement des huit autres caisses qu'ils éparpillèrent, selon ses ordres, sur le plancher, pour mieux en vérifier le contenu.

Alida avait consacré le plus clair de son temps à rassembler des pièces de tissu préalablement coupées pour la confection des chemises. Après des épisodes de démêlage de laine et de tricotage pour les vêtements du petit Stanislas, elle se dédiait maintenant à la cause sociale du parti. Si elle pouvait par son action aider les indigents à s'extraire de leur misère, elle serait contente. Cependant, elle n'avait rien négligé pour autant de ses modestes besognes ménagères.

L'essuyeuse venait de rendre son linge à vaisselle à Alphonsine afin qu'elle le mette à sécher. Elle allait se remettre à sa couture. Quelqu'un se pencha à la porte-moustiquaire en donnant trois petits coups de jointure à l'encadrement.

— Monsieur l'abbé! s'exclama Émilienne. Un samedi soir! Si je m'attendais…

— On ne choisit ni le jour ni l'heure, nasilla le prêtre. Puis-je entrer?

L'ecclésiastique ôta son béret. La maîtresse de maison replaça vitement sa coiffure et se débarrassa de son tablier.

— Mon mari est à la taverne, dit-elle.

— Dommage, j'étais sûr de le trouver ici après sa semaine au magasin.

— Oh! regardez pas le désordre, observa Émilienne, sur la défensive.

L'impotente subodorait le motif du visiteur. Elle demanda:

— Avez-vous quelque chose à me renoter, monsieur l'abbé? Dites-le donc tout de suite que vous êtes venu pour me chicaner…

— Ah! bien. Mettons les choses au net, commença-t-il, en triturant son béret. D'abord, je ne suis que le messager de monseigneur Verner qui désire vous informer de la position de l'Église à l'égard de la propagande antisémite du PNSC et des dangers que vous courez à être membre du parti.

L'abbé Lionel Dussault discourut sur les idées tendancieuses du «führer canadien», qui comptait sur les racines catholiques de ses membres pour faire mousser sa popularité et qui exploitait grossièrement la naïveté de ses militants.

— Me prenez-vous pour une dinde, monsieur l'abbé ? se rebiffa Alida. De la façon que vous parlez, on a l'impression que le chef a recruté une bande de cruches faciles à remplir.

— J'avais pas l'intention de vous insulter, mademoiselle Grandbois. Je fais juste vous transmettre les paroles de monseigneur Verner.

— Ben, vous lui direz qu'il vienne me les dire en face, s'emporta-t-elle, avant de rouler vers le couloir.

Chapitre 15

Théodore Sansoucy n'avait guère l'esprit aux festivités. Il venait de traverser une des pires semaines de son existence. Au magasin, on soupçonnait confusément son allégeance à un groupe révolutionnaire qui soutenait en secret l'Allemagne nazie. Désormais, on ne considérait plus la vieille fille Grandbois comme inoffensive : elle représentait une menace. Les langues les plus venimeuses colportaient à présent des ragots sur la « fasciste » qu'il hébergeait en réfutant mensongèrement que sa belle-sœur n'entretenait aucun lien avec le PNSC. Au surplus, dans la maison de l'épicier, même si la couturière n'avait conservé près de sa machine à coudre que quelques piles de morceaux à assembler et que Léandre et Marcel avaient entreposé le reste des boîtes dans le hangar, on avait sévèrement rogné sur son espace vital. L'air lui était devenu irrespirable. Le plus souvent, il s'était réfugié sur la galerie, au boudoir ou à la taverne Archambault.

Après la dure semaine qu'Émilienne avait vécue, elle avait souhaité que la paix la conforte dans l'intimité de son logis. En ce deuxième dimanche de mai, la maison réunissait la famille dans la salle à manger pour l'incontournable fête des Mères. Émilienne avait toujours tenu à ce qu'on souligne le grand jour qui, n'eût été de l'initiative d'Irène, aurait passé inaperçu. De sa lointaine Angleterre, Édouard lui avait fait parvenir un très bref télégramme pour l'occasion. Placide l'avait appelée à l'heure du dîner, en lui disant qu'il continuait de prier pour elle. Personne ne l'avait oubliée. Elle avait le cœur gonflé de joie. Et cette année, l'événement prenait une teinte toute particulière : Simone était elle aussi une maman qui lui avait donné un adorable petit-fils. On en était au dessert lorsque Romuald, accompagné de Georgianna, parut en rogne dans la moustiquaire.

— Y a quelqu'un dans la cabane? s'époumona-t-il, en se penchant vers le treillis.

Marcel, qui n'avait pu se défiler pour la soirée, se rendit à la porte.

— Vous êtes pas déguisé, mononcle! railla-t-il.

— Que je te voie, rire de moi, mon p'tit torrieu! Envoye, ouvre!

L'épicier s'arracha à sa chaise et se déporta à la cuisine, la physionomie boudeuse.

— Depuis quand on peut plus rentrer dans ta *shed* pour se changer, Théo?

— Depuis que ton parti nous encombre avec ses maudites chemises bleues et ses croix gammées, répliqua vivement le marchand. As-tu vu la cuisine? Une vraie *shop* de couture! Puis c'est pas tout: l'abbé Dussault est venu pour chialer, le monde nous regarde de travers, puis certains malfaisants sont allés jusqu'à lancer des roches dans mes châssis pour protester contre ce qui se déroule ici dedans. Les femmes ont même été obligées de fermer les volets pour pas qu'on se fasse péter des vitres. Je suis ben à la veille d'en pogner un; celui-là, il est pas mieux que mort, il va payer pour tous les autres, c'est moi qui te le dis.

— Prends sur toi, Théo, rétorqua son frère. Quand les gens vont comprendre qu'on veut leur bien, qu'on est du bord des chômeurs puis des gagne-petits, ils vont tous se garrocher pour qu'on leur vende une carte de membre.

— Oui, mais comment tu penses que vous allez les gagner, les sympathisants?

Georgianna esquissa un sourire niais et tendit un exemplaire du *Fasciste canadien* à son mari.

— Avec ça, mon Théo, déclara Romuald. Un organe de propagande vendu par les militants. Asteure qu'elle est membre du PNSC, ta belle-sœur en a dix à écouler…

— Puis comment t'imagines qu'elle va les liquider, ses dix exemplaires, hein ? C'est pas en restant dans le logis ou en se montrant sur la galerie qu'elle va réussir à les vendre…

Émilienne parut dans la cuisine.

— Les hommes, vous êtes pas en train de vous chicaner, toujours ? Georgianna puis Romuald, passez donc dans la salle à manger, on est justement rendus au dessert. Tout le monde est là, il manque seulement Placide et nos grands voyageurs…

Simone semblait parfaitement heureuse à côté de David. La maternité l'avait embellie à la rendre radieuse. Émilienne retenait ses larmes à voir le petit Stanislas dans les bras d'Irène qui, elle, selon toute vraisemblance, n'aurait jamais d'enfants. Au désarroi d'Édouard, Colombine avait renoncé à l'enfantement. Placide avait prononcé le vœu de chasteté. Paulette avait choisi d'interrompre une grossesse non désirée, mais Émilienne ne désespérait pas de voir Léandre devenir père. Pour l'heure, sa bru avalait sa frustration en s'empiffrant de gâteau aux carottes. Quant à Amandine, la jeune fille donnait des signes de maturité pour son âge. Cependant, la mère souhaitait que son fils Marcel ne sorte pas trop vite de son écale.

Cette fois, Romuald-le-militant n'avait pas troqué sa tenue du dimanche contre son uniforme, mais il ne transpirait pas moins de sa fièvre partisane. Il avait de bons mots pour la couturière.

— Au rythme où vous cousez, mademoiselle Grandbois, vous allez habiller toute une armée dans le temps de le dire. Et je suis certain que pas une de nos couseuses vous arrive à la cheville pour ce qui est du travail bien fait.

— Vous en mettez un peu trop, monsieur Sansoucy, tempéra l'infirme d'un air intimidé. J'en ai seulement trois douzaines de prêtes.

— En tout cas, intervint Léandre, la prochaine fois, vous vous arrangerez pour nous préparer des boîtes qui ont plus de corps. Ça se tient pas, des vraies guenilles, parlez-en à Marcel puis à mon père.

— Ah! ça oui, par exemple! Si la caisse de croix gammées s'était pas vidée à moitié dans l'escalier, on aurait pas eu les Gladu sur le dos puis on aurait été tranquilles. Asteure, si j'ai ben lu entre les lignes avec tes histoires de propagande, va falloir que je mette *Le Fasciste canadien* en vente dans mon épicerie.

— Ça te demandera pas un gros effort, Théo, commenta Héloïse. Lida est toujours ben pas pour aller s'installer à un kiosque à journaux sur la rue Sainte-Catherine. Elle aurait l'air d'une vraie mendiante en chaise roulante...

Alida n'avait pas apprécié la remarque de mauvais goût, mais le marchand céda. Dorénavant, l'organe de communication du PNSC occuperait un petit espace sur le comptoir-caisse de son commerce. «On va essayer, puis on va voir...», consentit l'épicier. À présent, tandis qu'elle avait capté l'attention, Héloïse ne pouvait retenir ce qui taraudait deux de ses sœurs:

— Un Juif est allé faire une offre d'achat au magasin de coupons, révéla-t-elle.

— Tiens! Qu'est-ce que je vous disais? s'époumona Romuald. C'est rendu qu'ils sont à nos portes. Il faut absolument que la propriétaire résiste...

Le militant allait s'enflammer. Les yeux se tournèrent vers Alphonsine, qui jeta un œil torve à sa sœur.

— Je voulais pas en parler, mais asteure, je vas vous expliquer, dit-elle, décontenancée. Sur le coup, madame Métivier a dit qu'elle voulait pas vendre. Mais quand le Juif lui a offert un prix plus élevé que ce qu'elle nous a payé, à Lida et moi, elle a commencé à branler dans le manche. Ça me ferait mal au cœur de savoir que notre ancien commerce passerait aux mains d'étrangers. Lida et moi, on a mis du temps à se bâtir une clientèle. C'est un peu notre fierté, ce magasin-là, notre bébé à nous deux. En plus, je perdrais mon emploi. Là, madame Métivier est en réflexion, puis elle doit donner sa réponse demain, acheva-t-elle, en empruntant une voix pathétique.

— Vous êtes pas pour vous laisser faire, fulmina le militant. Si ça commence dans le quartier, on a pas fini. Comme si de rien n'était, ils vont acheter des commerces, s'établir avec leur famille, bâtir une église, peupler le quartier. Puis un jour, qu'est-ce qu'on va savoir? On sera plus chez nous. Il faut les arrêter!

— C'est pour ça que j'ai décidé d'aller au magasin pour dire mon mot, annonça l'impotente.

* * *

Au matin, les livreurs avaient descendu leur tante Alida dans son fauteuil roulant, et l'infirme attendait l'heure propice pour partir. Après, Léandre ayant réquisitionné quelques boîtes solides pour le transport des chemises confectionnées, le camion de livraison reprenait le chemin de la permanence du parti en faisant un crochet par l'*Ontario's Snack-bar*. À l'épicerie, assise au comptoir, la grasse Paulette se limait les ongles et Marcel replaçait des boîtes vides. Philias Demers venait aux nouvelles. Son regard fut attiré par la présence d'Alida qui s'entretenait près de la porte avec Émilienne et par la pile de journaux qui trônait à côté de la caisse. Il salua civilement les deux femmes et s'approcha de son camarade.

— C'est quoi, cette feuille de chou là? s'étonna-t-il.

— T'as juste à lire toi-même, tu vas le savoir assez vite, rétorqua l'épicier.

Le veuf saisit un exemplaire du *Fasciste canadien*, en parcourut les pages. À mesure qu'il lisait, son visage s'étirait de stupéfaction.

— Ouan! Adrien Arcand a vraiment pas l'air de les aimer, les Juifs, exprima-t-il. Une chance qu'on s'est pas fait embarquer là-dedans, mon Théo. Je trouve que t'en fais pas mal pour ta belle-sœur Alida, confia-t-il d'une voix étouffée. D'ailleurs, veux-tu ben me dire ce qu'elle fait là à matin?

Sansoucy eut un moment d'hésitation avant de faire part de son inquiétude.

— Des fois, je me demande si mon frère Romuald a pas un peu raison. Tu vois, madame Métivier est en marché de vendre son commerce à un étranger. Puis Alida veut pas la laisser faire. Quand elle et Phonsine ont vendu, c'était pas pour qu'il soit revendu à un Juif un an plus tard...

— Comme ça, Alphonsine pourrait perdre sa job!

Émilienne cessa de deviser avec sa sœur. Elle consulta sa montre.

— C'est l'heure! s'écria-t-elle. Ta tante est prête à partir.

Marcel replaça une dernière petite boîte dans une plus grande et empoigna les guidons du fauteuil.

— Écartez-vous, m'man, dit-il, en serrant les dents.

— À l'assaut! ordonna l'impotente.

— On dirait que tu t'en vas au combat, commenta Émilienne, en retenant la porte de son bras potelé.

Le fauteuil fonça tout droit vers le magasin de coupons au milieu des passants qui regardaient filer l'équipage singulier. La vieille fille Grandbois s'en allait, propulsée par une force implacable, les yeux rivés sur sa destination. Elle devait avoir une raison très parti-culière pour qu'elle sorte de son antre. Une femme coiffée d'un fichu vert pomme et habillée d'une robe blanche à rayures bleu pâle balayait le trottoir et se débarrassait des petits tas de saletés au bord de la rue. Voyant venir la fasciste, mademoiselle Lamouche entra vitement chez elle avec son balai, en ressortit avec son sac à main et, pressant le pas, se mit à la suivre.

La propriétaire et son employée étaient absorbées dans une conversation sérieuse et animée. Alphonsine se tourna vers sa sœur.

— T'es en masse de bonne heure, Lida, monsieur Goldberg est pas arrivé, dit-elle.

— Qu'est-ce que tu veux, Phonsine, quand on est poussée par un jeune poulain! Il m'a donné toute une *ride*!

— Je voulais pas que matante soit en retard, badina Marcel. Puis ça fait changement de livrer les «ordres». Tiens, v'là-tu pas mademoiselle Lamouche…

— J'ai pu rien à me mettre sur le dos, dit la cliente de l'épicerie. Je vas me magasiner un morceau de tissu pour me faire une petite robe d'été.

— Ah bien! commenta Lucille Métivier, d'habitude vous achetez ailleurs. Quand vous rentrez ici, c'est pour vous procurer des aiguilles ou du fil pour raccommoder. En tout cas, fouillez dans la boîte de coupons, vous allez sûrement trouver quelque chose à votre goût. Justement, j'ai de beaux imprimés pas chers qui pourraient vous convenir.

— Si ça vous fait rien, je vas commencer par fouiner dans les patrons, statua la curieuse.

Un individu portant un chapeau de feutre et accoutré d'un habit élimé se présenta au magasin. L'homme dans la cinquantaine avancée était affublé de sourcils en bataille et d'un nez proéminent qui dominait son visage écrasé.

— Bonjour, madame Métivier, dit-il obligeamment, en lui serrant la main. Et puis, qu'avez-vous décidé?

La propriétaire paraissait tourmentée par de sombres pressentiments et n'osait se retirer dans son arrière-boutique pour discuter seule avec l'étranger.

— Ça fait à peine un an que j'ai acheté le magasin, puis j'ai peur que les vieilles filles Grandbois me le pardonnent pas si je vends.

— En affaires, il y a pas d'amis, madame Métivier, commenta Abraham Goldberg. Si j'étais à votre place, je ne raterais pas une si belle occasion, minauda-t-il. Voulez-vous réfléchir encore une journée ou deux ?

L'impotente s'agitait en enfonçant ses doigts dans les bras de son fauteuil. Un mécontentement rageur avait assez fermenté. Elle n'allait pas demeurer impassible devant le Juif. Elle intervint :

— On vous offre deux cents piasses de plus que monsieur Goldberg, déclara-t-elle. Si vous savez calculer, madame Métivier, ça fait déjà cinq cents piasses de plus que ce qu'on vous a vendu. C'est ça ou rien pantoute. Pas une *token* de plus. Il y a toujours ben des limites...

— Vous seriez prêtes à reprendre votre magasin ?

— Certainement ! Le magasin puis le logis, répondit vertement Alphonsine.

— À bien y penser, j'aimerais mieux garder mon logis.

— Voyons, madame Métivier, dit Abraham Goldberg. Dans ce cas, je pourrais acquérir seulement le commerce.

L'infirme s'enhardissait et sa voix se raffermissait.

— Si ma sœur et moi on achetait les deux, vous pourriez être locataire du logement et devenir employée du magasin, argua-t-elle ; on va pas vous mettre dehors.

— Je vas y penser, répondit mollement la propriétaire.

— Non, madame Métivier, c'est maintenant ou jamais! décréta péremptoirement Alida.

L'impotente sortit son chéquier enserré entre sa jambe invalide et le côté de son fauteuil roulant. Alphonsine et Marcel l'aidèrent à se lever et à se hisser sur la chaise haute du comptoir. Elle rédigea le chèque, le signa et le tendit à Lucille Métivier, sous le visage défait d'Abraham Goldberg.

Mademoiselle Lamouche suivit le dos de l'étranger qui traversait le seuil et s'approcha avec un coupon d'étoffe capucine.

— Je vas prendre ce morceau-là, dit-elle.

— Un rouleau de fil avec ça, mademoiselle? demanda Alphonsine. Si vous avez pas la bonne couleur, ça va jurer avec votre imprimé jaune et rouge.

— Alphonsine, donne-z-y donc un rouleau de fil de chèvre blanc, dit Alida. Comme ça, elle pourra pas dire qu'on l'a égorgée!

L'impotente exultait. Elle s'en retournait à l'épicerie, le visage illuminé de ravissement. Émilienne l'aperçut qui venait.

— Je te demanderai pas pourquoi t'es de bonne humeur, Lida.

Le boucher et Philias s'empressèrent à l'avant du magasin, la bouche béante d'inquiétude.

— Et puis? s'enquit Sansoucy.

Dans un débordement de joie, Alida rapporta les termes de l'entente intervenue avec madame Métivier.

— Ça veut-tu dire que vous allez déménager? s'informa l'épicier, les moustaches frémissantes.

— Ben non, Théo! T'as mal compris. Lida vient de dire qu'elle et Phonsine ont racheté puis qu'elles vont louer leur petit logement à Lucille Métivier.

— Bon! expira l'infirme. Asteure que le marché est conclu, je vas attendre que Léandre revienne de sa commission au local du PNSC pour aller continuer ma couture.

— Marcel! l'interpella sa mère. Éloigne-toi pas. Ton frère devrait ressurgir bientôt…

Sansoucy retourna dans son coin boucherie, bougonnant en silence ses déceptions.

Vers la fin de l'avant-midi, le camion de livraison stationna devant le commerce. Léandre parut. Il salua Paulette et sa mère.

— Marcel, j'ai besoin de toi pour décharger du stock, dit-il.

Des commandes s'étaient accumulées sur le plancher. Et le triporteur n'avait pas bougé d'un tour de roue. Le boucher fit irruption à l'avant, en proie à une vive irritation.

— Allez-vous finir par grouiller, vous autres, à matin? s'exaspérat-il. On dirait qu'on avance à rien ici dedans.

— Ben là, p'pa! balbutia Marcel.

— Toi, l'innocent, je t'ai rien demandé, répliqua l'épicier.

— Pognez pas les *quételles*, le père! rabroua Léandre. Faites-vous une idée! Étiez-vous d'accord ou non pour que j'aille à la permanence du parti? Bon ben laissez-nous transporter matante Alida et les boîtes en haut, puis après on va les livrer, les commandes. La journée est encore jeune…

— Taboire de taboire! brama Sansoucy.

— Et que t'es donc grognon, Théo! commenta Émilienne.

L'impotente s'était remise à sa machine à coudre avec une ardeur renouvelée. Le mercredi, alors que Sansoucy se berçait en fumant une pipe sur la galerie à l'abri du ronronnement de la Singer et de la vue des amoncellements de chemises qui s'empilaient une à une sur la table de cuisine, deux hommes parurent, leur pas militaire martelant la ruelle silencieuse. « Pas mon frère ! pensa l'épicier. En plus, il nous amène quelqu'un, le simonac ! » Les visiteurs gravirent les degrés.

— Pas possible ! dit le marchand. Qu'est-ce que tu viens faire ici en pleine semaine ?

— Dérange-toi pas, Théo, on a affaire à ta belle-sœur Alida, dit Romuald, avant d'ouvrir effrontément la porte-moustiquaire.

— C'est ça, faites donc comme chez vous, commenta Théodore Sansoucy pour lui-même. On rentre ici dedans comme dans une épicerie, asteure.

Émilienne sortit sur la galerie, l'air effaré.

— Coudonc, Théo, c'est qui cette armoire à glace là ? C'est-tu lui, Adrien Arcand ?

— Non, non, c'est le major Scott, un des hauts gradés du parti. Je l'ai vu au Monument-National.

— Qu'est-ce qu'il peut ben venir faire chez nous ?

— Je m'en doute un peu, répondit évasivement l'épicier.

Émilienne eut un haussement d'épaules et s'écrasa sur la chaise droite à côté de la berçante de son mari.

Irène, Héloïse et Alphonsine enveloppèrent du regard Alida, qui fut présentée à l'ancien champion sportif Maurice Scott. Alida Grandbois avait déjà acquis une bonne réputation de couturière. Le major serait responsable de l'entraînement de la section féminine du PNSC ; il désirait un vêtement impeccable pour impression-ner les femmes. Galon à la main, Alphonsine s'affaira à noter les

635

mensurations du colosse. Il avait senti le souffle de la vieille fille dans son cou et ne dédaignait pas à présent qu'on entoure son gros ventre.

— Vous faites bien cela, mademoiselle Alphonsine, affirma le major.

Malgré un physique imposant, l'homme au crâne déplumé et à la mâchoire carrée n'en paraissait pas moins d'une affabilité charmante.

— La maison est pleine de belles femmes, c'est une bonne place pour en recruter, exprima-t-il à la dérobée.

Héloïse avait remarqué les joues rosissantes d'Alphonsine.

— Je suis pas prête à me laisser embrigader de même, monsieur Scott, commenta-t-elle. Vous avez besoin de trouver d'autres compliments si vous voulez nous avoir de votre bord…

— Je disais ça de même, rétorqua le major. Mais le parti gagne en popularité chez la gent féminine, pensez-y, mesdemoiselles. En tout cas, je vas recommander aux militants et aux sympathisants de venir faire prendre leurs mesures chez Alida Grandbois.

L'épicier en rogne abaissa les poings sur les bras de sa berçante. La figure convulsée, il surgit dans la cuisine et s'adressa à son frère :

— Que je te repogne pas à nous amener quelqu'un du PNSC, fulmina-t-il. On a plus d'intimité dans cette maison-là ! J'aurais dû mettre le holà aussitôt que t'es apparu le premier soir avec ta croix gammée. Si ça continue de même, n'importe qui va rentrer ici dedans puis on va être obligés de demander la permission au parti pour aller aux toilettes chez nous. J'en ai assez, Romuald ! Comprends-tu ? Assez !

Le ton avait monté, Émilienne était rentrée, prise d'une inquiétude croissante. La colère avait tourmenté l'ulcère de l'épicier devenu poussif. Il se mit la main à l'estomac et s'affaissa sur la chaise la plus proche.

— Tu te vois pas, Théo, t'es blême comme un drap !

— Prépare-moi un Bromo Seltzer, Mili, sinon je vais perdre *sans connaissance…*

Affolée, Émilienne se pressa vers la pharmacie de la salle de bain. Irène surmonta son émotion ; elle s'approcha de son père.

— Popa, prenez sur vous. On va mettre le monde dehors, puis vous allez filer ben mieux. Moman est en train de délayer la poudre, vous allez pouvoir *envaler* de grandes gorgées.

La maîtresse de maison s'amena les mains tremblantes, agitant du coup le verre rempli d'une eau pétillante.

Le reste de la semaine se déroula dans une résignation frustrée de l'épicier. En quelque sorte, le logement de la rue Adam était devenu une usine de fabrication de chemises bleues, un prolongement de la permanence du PNSC. Son frère ne remettrait sûrement pas les pieds au logis, mais l'impotente poursuivait néanmoins sa collaboration avec une fierté non dissimulée.

Le dimanche venu, l'épicier savourait les dernières heures de repos de sa fin de semaine quand Romuald et le major Scott rappliquèrent dans la cour. Il bondit de sa berçante.

— Je pensais pas te revoir de sitôt ! lâcha-t-il, consterné.

— Il y a peut-être de petits ajustements à faire…

— Ça prend tout un front de *beu* pour retontir de même ! brama l'épicier.

Pendant que Scott procédait à l'essayage de sa chemise, Émilienne s'était empressée vers la salle de bain afin de quérir le Bromo Seltzer, prête à intervenir au moindre malaise de son mari. Pour apaiser son frère, Romuald tenta une diversion.

— Le parc Belmont va ouvrir en fin de semaine prochaine, Théo, annonça le conducteur.

— Puis, qu'est-ce que tu veux que ça me fasse ? répliqua le marchand.

— Ben, je vas conduire les passagers qui vont prendre le tramway de Cartierville sur Saint-Laurent à partir de mont Royal par la ligne 17, mentionna Romuald.

— Les montagnes russes, la grande roue, puis tous ces manèges-là, c'est rien que bon pour étourdir le monde, commenta Héloïse.

Émilienne sentit que son homme blêmissait. Elle rinça le verre du comptoir et prépara la potion bouillonnante.

— Tiens, prends ça, mon Théo, avant que tu t'écrases, dit-elle.

Le marchand se sentait défaillir.

— *Envalez* tranquillement, popa, dit Irène, ça donne rien de vous garrocher ça dans l'estomac.

Alida s'était remise à sa machine pour recoudre un bouton qui s'engageait mal dans sa boutonnière. Son beau-frère risqua un commentaire à l'adresse du major.

— Votre chemise vous pète sur le dos, maugréa-t-il.

— Les dames aiment ben ça quand elles voient nos formes puis nos rondeurs, ricana Scott. Parlez-en à votre femme, monsieur Sansoucy.

Un sourire tiède amincit les lèvres du marchand. Il ingurgita goulûment le fond de son verre, agrippa une chaise et se rendit sur le balcon, à l'avant de la maison.

Des étoiles s'allumaient graduellement dans le ciel montréalais. Marcel revenait en sifflotant d'un pas allègre. La vue d'une silhouette penchée sur la rambarde le fit s'arrêter. Il se tut. Une voix lyrante et saccadée par des haussements d'épaules déchirait le silence de la nuit.

Chapitre 16

— Arrête, Lida, tu vas te faire mourir à coudre ! lança la maîtresse de maison. Viens t'asseoir dehors avec nous autres.

Irène avait acheté trois nouvelles berçantes qui s'alignaient à présent avec celle de son père. Elle revenait de l'église avec sa mère, ses tantes Alphonsine et Héloïse. Le plus souvent possible, elles assistaient au mois de Marie et s'écrasaient ensuite sur la galerie quand le beau temps le permettait, bien évidemment.

L'impotente délaissa sa couture et le fauteuil roula à l'extérieur.

— Depuis que je suis redevenue copropriétaire, je veux pas trop piger dans mon vieux gagné. Il faut ben que je travaille.

La couturière recevait régulièrement des militants pour les chemises sur mesure qu'elle fabriquait et elle demandait la modique somme de vingt-cinq sous pour la confection. Il était entendu avec le parti que ses clients devaient prendre rendez-vous avec elle et qu'ils avaient droit à une seule séance d'ajustement, le jour où ils venaient réclamer leur vêtement.

Mais Sansoucy supportait de plus en plus mal son environnement. Après quelques crises de colère, il s'était renfrogné dans une existence presque solitaire. Le jour, il se retranchait dans sa boucherie et, le soir, à la taverne Archambault, avec son ami Demers. Bien des fois, il avait songé à vendre, même à des Juifs. Ou à s'éclipser avec sa petite valise pour une semaine, comme l'avait fait avant lui sa femme, exaspérée par une suite d'événements.

— Elles vont bien, tes berceuses, Irène, apprécia Alphonsine.

— Merci, matante. Je les ai prises chez A.L. Dupont ltée, coin Jeanne-d'Arc et Sainte-Catherine. Le gérant m'a fait un prix pour les trois.

— Ça fait exprès, il y en a une qui craque puis c'est la mienne, commenta Héloïse.

— T'es ben chialeuse, Loïse! répliqua Alphonsine. Tu trouves encore quelque chose à redire. D'après moi, c'est une planche de la galerie qui fait du bruit. Tu peux changer de place avec moi, si tu veux.

— Moman, vous devriez aller en vacances avec popa cet été, dit Irène.

— Où c'est que tu veux qu'on aille, ma pauvre fille? rétorqua Émilienne. Sûrement pas chez Elzéar! On est ben chez nous, je t'en passe un papier.

— Qui c'est qui remplacerait Théo? demanda Héloïse. Moi, en tout cas, faudrait qu'on me paye cher…

— Toi, on sait ben, avec ta mauvaise expérience de glacière, rappela Émilienne. Changement de propos, les femmes, regardez qui c'est qui s'amène.

Une voiture foncée se gara derrière l'immeuble. Une portière claqua et un béret sautilla. Peu après, une seconde portière se referma. Puis le portillon de la palissade s'ouvrit. L'abbé Dussault parut et devança un personnage à l'air digne.

— On dirait quatre pénitentes au jubé de l'église, ricana-t-il.

— Mon Dieu Seigneur! s'exclama Émilienne. Montez, montez!

Monseigneur Verner empoigna la rampe d'une main solide et s'engagea dans les marches. Alida se remémora la dernière apparition du vicaire et l'invitation qu'elle avait adressée au curé de lui dire en face ce qu'il n'approuvait pas dans sa conduite. Elle sentit la soupe chaude, mais elle se prépara à affronter son éminence. Héloïse et Irène cédèrent obligeamment leur place aux visiteurs et disparurent dans la maison.

Ayant aussitôt accédé à l'étage, exhibant un air aristocratique, Josaphat Verner tendit sa main baguée qu'Alida embrassa sans conviction.

— Je gage que vous êtes venu pour me faire des remontrances, dit l'infirme. Vous n'allez tout de même pas me reprocher de ne pas me rendre au mois de Marie…

Monseigneur s'assit près d'elle et son vicaire alla occuper la berçante libre.

— Bien sûr que non, mademoiselle Grandbois. Vous êtes toujours membre du PNSC ? s'enquit-il d'une voix affectée.

— Oui, et je ne vois pas en quoi cela peut vous déranger, monseigneur. Et je peux même vous montrer les boîtes entreposées dans le hangar. Vous n'avez qu'à demander à l'abbé Dussault d'ouvrir la porte au bout de la galerie.

Sur ces paroles proférées sur un ton rêche, Josaphat Verner rabâcha la position de l'Église à l'égard de l'antisémitisme et mentionna qu'à l'instar de la Hollande elle pourrait éventuellement refuser les sacrements aux adhérents du nazisme au Canada.

— Mais je ne suis pas une révolutionnaire ! protesta l'impotente.

— Comprenez-moi bien, mademoiselle Grandbois, précisa le prêtre. C'est bien connu, Adrien Arcand est un admirateur d'Adolf Hitler, le dangereux führer allemand. Et cette croix gammée n'est pas un symbole purement ornemental, croyez-moi !

Émilienne et Alphonsine écoutèrent béatement le prêtre, qui élabora sur la menace que représentait l'armée allemande. Notamment, un chantier maritime secret construisait des sous-marins très puissants, des croiseurs ultra-rapides et le premier porte-avions. Le chancelier avait procédé à un formidable déploiement de sa puissance maritime en simulant une bataille avec sa flotte navale. Selon plusieurs observateurs, une deuxième guerre mondiale était à craindre…

* * *

Entre-temps, Sansoucy devisait avec Philias Demers et Dieudonné Salvail, un pilier de taverne au nez veineux et à la barbe négligée. Les compagnons étaient préoccupés par la politique provinciale. De sérieuses rumeurs d'élections planaient au-dessus du Québec. En effet, le Comité des comptes publics alléguait que des sommes importantes avaient été détournées à des intérêts personnels ou constituées en réserve pour la réélection de l'ancien ministre de la Colonisation, monsieur Irénée Vautrin.

— C'est grâce à Maurice Duplessis que ces révélations sont faites, déclara l'épicier.

— Le gouvernement Taschereau est dans l'eau bouillante, exprima le robineux. C'est pour ça qu'il a suspendu l'enquête du Comité et qu'il veut recourir au peuple.

— Taschereau va être reporté au pouvoir, de toute façon, clama Philias Demers. Le petit député de Trois-Rivières va ravaler ses paroles…

Sansoucy se plaisait en compagnie de ses camarades, et la présence de Léandre comme serveur ne l'intimidait plus comme à ses premiers jours à la taverne Archambault. Une entente tacite était intervenue entre le père et le fils ; chacun faisait son affaire.

Le marchand et le veuf réglèrent leur addition. L'épicier, qui avait consommé plus que de coutume, vacilla et, soutenu par son camarade qui était plus stable que lui, entreprit de rentrer à la maison. Des idées nébuleuses affluèrent à son esprit et il avait l'impression que sa raison chancelait. Il imagina l'abandon de son commerce converti en manufacture de vêtements et une prospérité qui débordait de la métropole montréalaise. En âme charitable qu'il était, Philias Demers le raccompagna au logis et, chaque fois que Sansoucy dérapait de la chaîne de trottoir, sa main l'empoignait au collet et le ramenait sur le ciment.

644

Les deux hommes s'engagèrent dans la ruelle lorsque Demers repéra la voiture foncée.

— Il y a une machine stationnée en arrière, avisa-t-il.

— Tu parles d'une heure pour de la visite ! commenta-t-il. Ça doit pas être chez moi, les femmes sont sûrement couchées.

Sous la lune trop claire qui éteignait les étoiles, Demers poussa le portillon pour faciliter l'entrée de son ami sur la propriété. Il le referma en regardant la rangée de chaises sur la galerie. Au bas de l'escalier, l'épicier tituba, s'aligna et, après un moment d'hésitation, amorça sa montée en tenant la main courante.

— De quoi t'as l'air, Théo, tu nous fais toute une réputation, s'exclama Émilienne, le visage couvert de honte. Comme si on avait besoin de ça, asteure.

Sansoucy se faufila entre les berçantes et la rambarde et, le dos appuyé sur la porte du hangar, glissa aux pieds de l'abbé Dussault.

— En voilà un qui ne revient pas du mois de Marie, exprima l'éminence.

— Je sens que vous allez me sermonner, dit l'épicier avec indolence. Je n'ai jamais eu une grande dévotion à la Vierge, vous savez.

Josaphat Verner sortit un papier de la poche de sa soutane.

— Que vous fréquentiez la taverne plutôt que l'église, c'est votre affaire. Mais que *Le Fasciste canadien* se retrouve sur vos tablettes, ça, c'est une autre histoire. Vous êtes en train de contaminer tout le quartier avec votre torchon. Je sais de quoi je parle, un de vos clients m'en a rapporté un exemplaire, acheva monseigneur, brandissant le journal.

— En tant que membre du parti, je dois faire de la propagande, le défendit Alida. Ne mettez pas la faute sur mon beau-frère, je vous en prie.

— Celui qui tient le sac est aussi coupable que le voleur qui met l'argent dedans, argua le curé. Maintenant, j'en ai assez dit. Il ne tient qu'à vous de prendre la bonne décision.

L'impotente ne put retenir entre ses lèvres ce qui constituait son argument le plus incisif.

— Vous qui avez une admiration sans borne pour l'artiste d'origine italienne Guido Nincheri, si vous avez bien lu le numéro du *Fasciste canadien*, vous devez être gêné de l'avoir engagé pour des vitraux alors qu'une immense fresque représentant le dictateur Mussolini a été peinte à l'église Notre-Dame-de-la-Défense sur la rue Henri-Julien, débita-t-elle.

— Ah! Ah! s'exclama l'épicier. Ça vous en bouche un coin, ça, monseigneur!

Désarçonné, le curé Verner se leva brusquement, salua la compagnie et dit:

— Venez, monsieur l'abbé, nous avons assez perdu de temps, nous rentrons!

La voiture des prêtres partie sur le chemin du presbytère, Sansoucy s'était endormi, adossé à la porte du hangar, le bruit de son ronflement entrecoupé par les brèves paroles des femmes. Émilienne et Alphonsine s'étaient levées, abandonnant à la faveur de l'obscurité la carcasse de l'épicier sur la galerie.

— On va te rentrer, Lida, dit doucement Émilienne.

Alida restait assise dans son fauteuil roulant, rongée par le remords d'avoir été irrévérencieuse, regrettant amèrement sa riposte à un représentant de Dieu. Mais elle ne pouvait pas se faire rabrouer aussi vertement sans réagir. Elle avait assez de supporter sa frêle complexion, son infirmité. Elle s'endurait ; les autres devaient en faire autant.

— Lida, l'interpella Émilienne, t'es pas pour passer la nuit dehors.

L'impotente abaissa les yeux, comme si elle se résignait à la noirceur. Alphonsine empoigna les manchons, et le fauteuil traversa le seuil.

Au soir du lendemain, un client pour le moins singulier parut au logis. Au cours de la journée, le secrétaire du parti avait téléphoné des quartiers généraux pour prendre rendez-vous avec la couturière. La sonnette résonna dans l'appartement. Alida roula jusqu'à la porte.

— Montez, on vous attend, s'écria-t-elle, dans la cage de l'escalier.

Un nain se montra dans l'encadrement de la porte, la poitrine haletante, au bout de ses forces.

— C'est bien ici qu'habite mademoiselle Alida Grandbois ? demanda-t-il.

— Vous pensez bien, monsieur, sinon je ne vous aurais pas fait grimper inutilement, répondit l'impotente. C'est pour la chemise, je suis à vous.

— Tant qu'à me déplacer, ce sera pour trois, dit Richard-le-bossu.

La mine dubitative, Alphonsine lissait le galon à mesurer entre le pouce et l'index. Debout devant elle, le militant se tenait comme il le pouvait, aussi droit qu'une plante soufflée par le vent qui s'incline malgré elle. Avec toute la délicatesse du monde et le respect qu'elle vouait à sa sœur infirme, elle entoura les formes incongrues du petit homme.

— Je vous donne du fil à retordre, n'est-ce pas ? badina-t-il.

— Ma sœur est très adroite, elle saura vous coudre des vêtements tout à fait convenables.

« On ne choisit pas son malheur, pensa Alida, en étudiant la silhouette biscornue. Jamais dans cent ans je n'aurais un défi aussi considérable à relever comme couturière ! » De son côté, le bossu se consolait. Il pouvait se mouvoir sur ses petites pattes et le destin lui avait aussi donné cette compréhension des choses, cet entendement éclairé des êtres intelligents. Et, comme celle qui était clouée à son fauteuil, il savait que même les plus vulnérables de la société ne sont pas nécessairement les plus misérables.

Quelques jours s'étaient écoulés et il fallait être *drôlement* inconscient pour ne pas savoir ce qui se déroulait chez Sansoucy. Le curé Verner et son vicaire s'étaient déplacés à son domicile pour fustiger l'homme et sa belle-sœur. Le pleutre avait voulu s'esquiver à la taverne pour ne pas subir les foudres de monseigneur, mais ce dernier l'avait ramassé à son retour en le sommant de retirer le journal propagandiste de son comptoir. Pour sa part, Alida-la-fasciste ne démordait pas de son engagement au PNSC. Certains prétendaient que l'infirme devait être de connivence avec le diable. Elle avait même reçu un nain bossu, qui était revenu pour se faire ajuster des chemises bleues. La vieille fille Grandbois avait dû recevoir une sévère condamnation de l'Église.

Malgré tout ce qui circulait, les ménagères demeuraient fidèles à leur magasin. Ne serait-ce que par simple curiosité, elles venaient faire leur *grocery* avec la particularité qu'elles s'attardaient à présent à l'épicerie, dans l'espoir de glaner d'autres détails savoureux. Ce qui était de nature à encombrer le commerce et, partant, de favoriser la dissimulation ou le vol à l'étalage. Émilienne appréhendait les crimes. Elle en avait avisé la migraineuse Paulette, qui s'efforçait de garder l'œil ouvert.

Un certain vendredi, le commerce était bondé de clientes. Quelques-unes s'étaient attroupées à la boucherie en rapportant les potins du faubourg. D'autres s'étaient alignées à la caisse et sortaient leurs achats de leur sac de commissions.

— C'est à vous, Germaine, lança Dora Robidoux.

Avec un air de bravade enjouée, la locataire de l'immeuble voisin s'avança et déposa un pain et des céréales Shredded Wheat devant l'épicière. Émilienne allongea le cou.

— Coudonc, madame Gladu, exprima-t-elle sur un ton de méfiance. J'ai-tu la berlue ou quoi? Vous êtes certaine que vous avez vidé votre sac à poignées?

— Ah! bien. Que je suis distraite, il faut me pardonner, expliqua-t-elle. Je suis tout excitée: mon mari vient d'être repris à la *shop*. Après des mois de chômage à la United Shoe Machinery, imaginez-vous donc!

Tenant son sac d'une main, Germaine Gladu plongea l'autre dans le fond et en sortit un emballage de noix d'acajou.

— C'est ben en quoi, railla mademoiselle Lamouche. Asteure que vous avez de quoi vous payer du luxe, faut pas faire de cachette à madame Sansoucy.

Un jeune homme coiffé d'une casquette appuya sa bicyclette contre la vitrine et entra au magasin. Le livreur au physique agréable portait une sacoche à sa ceinture. Il s'adressa à la caissière. Une joie intense s'empara d'elle.

— Un télégramme! Théo! s'exclama Émilienne.

Faisant le vide autour d'elle, l'épicière lut la dépêche et amorça un mouvement pour s'éloigner de la caisse, mais le livreur restait planté devant le comptoir.

— Madame Sansoucy, s'écria Paulette, je crois que le garçon veut un petit quelque chose.

Émilienne s'arrêta.

— Donne-lui donc cinq sous, dit-elle.

Paulette étira la main dans le tiroir-caisse. Le courrier arbora un sourire satisfait et disparut.

Une quinzaine s'écoula. Quelques jours plus tôt, Édouard et Colombine étaient débarqués du *Queen Mary* amarré dans le port de New York. Émilienne avait décidé de recevoir sa famille au souper du dimanche pour fêter le retour du voyage de noces des nouveaux mariés. Pendant le repas, Colombine n'avait pas ménagé les détails que tout le monde avait écoutés avec une politesse réservée ponctuée de «Ah! vraiment!» et d'expressions exclamatives toutes faites d'Émilienne, qui savourait avant tout la présence de son fils dans la maisonnée. Elle avait parlé abondamment de la Tour de Londres, du Palais, de l'abbaye de Westminster, de la cathédrale Saint Paul, du Tower Bridge, sans oublier le Victoria and Albert Museum, la National Gallery, le British Museum et une promenade sur la Tamise.

Le repas terminé, Léandre, Marcel et David avaient converti la salle à manger en salle de cinéma. Des chaises disposées de part et d'autre d'une petite allée centrale permettaient au faisceau du projecteur d'atteindre sans obstruction l'écran déployé devant le vaisselier. Entre-temps, Romuald était apparu avec Georgianna, habillé de ses atours du parti. Édouard et Colombine lui avaient jeté des regards obliques, sans le questionner sur ses attributs vestimentaires, mais ils redoutaient l'engagement de l'homme dans une organisation peu recommandable. Également, ils avaient bien remarqué l'atelier de couture de la cuisine. De là, il n'y avait qu'un pas à faire pour associer la tante Alida et le conducteur de tramway à des convictions antisémites…

Voilà une demi-heure que les spectateurs étaient installés et qu'Édouard s'empêtrait avec la pellicule au milieu des braillements de Stanislas et des exhortations exaspérées d'Héloïse. À chaque essai, l'appareil crépitait quelques images, Édouard restait là, à battre des paupières, et Marcel collé sur Amandine rallumait les lumières, puis les éteignait, et on reprenait la projection.

— Veux-tu ben me dire, Édouard, c'est quoi cette invention-là? intervint Léandre. Ça m'a pas l'air de marcher ben ben souvent…

— Voyons, voyons, c'est la première fois qu'il l'essaye, sa machine à vue, donne donc une chance à ton frère, commenta Émilienne. C'est un cadeau de noces qu'il a pas eu le temps d'essayer…

— Non, non, c'est pas la première fois, madame Sansoucy, la contredit Colombine. Hier chez moi, il a essayé, mais c'est mon père qui s'est débrouillé avec la représentation.

— Ben il y a des affaires qui se pratiquent avant les noces, lança Léandre.

— On peut se passer de tes allusions grivoises, mon frère, le rabroua Édouard.

— Dommage que la projection ne fonctionne pas, se désola Colombine, j'aurais tellement aimé que vous me voyiez avec mon élégant tailleur de dentelle ivoire devant la tour de Big Ben ou déambuler dans Hyde Park, le quartier de ma grand-mère.

— Théo m'a dit que ta grand-mère était juive, dit Romuald. Les Juifs sont de plus en plus montrés du doigt en Europe.

— Pas seulement en Europe, d'après ce que je peux deviner! rétorqua Édouard.

Le voyageur se tourna vers la couturière.

— Même vous, tante Alida, vous êtes prise dans cette conspiration contre un peuple persécuté. Vous me décevez…

— Je n'ai rien contre les Juifs en particulier, mon cher neveu, mais il faut se défendre contre leur façon de nous envahir. D'ailleurs, ta tante Alphonsine et moi, on a repris notre magasin de coupons parce qu'il allait être racheté par un Juif, si tu veux savoir.

Le militant s'apprêtait à en rajouter, mais, par considération pour le couple qui revenait de ses noces, Georgianna donna un coup de coude dans les côtes de son mari.

Chapitre 17

La routine du lundi matin reprenait. Comme à l'accoutumée, avant sa journée à l'épicerie, Léandre acheminerait la production de chemises bleues aux quartiers généraux du PNSC en faisant un crochet à l'*Ontario's Snack-bar*. La serveuse lui plaisait de plus en plus et la relation secrète qu'il entretenait avec elle ajoutait du piquant dans sa semaine.

Cette fois, cependant, Lise, l'ancienne compagne de travail de Simone, l'attendait sur la devanture de l'établissement. Elle était habillée d'une jupette marine et d'un gilet blanc galonné de bleu qui moulait sa poitrine et mettait en évidence ses courbes harmonieuses. Le godelureau gara le camion de livraison, descendit de l'habitacle, éteignit son mégot avec le bout de sa semelle et se pressa vers la serveuse.

— Je monte avec toi, à matin, dit-elle.

— Pour une surprise, c'est une surprise ! Si je m'attendais à ça !

Les amours étaient définitivement rompues entre Lise et son patron. Gédéon Plourde lui avait consenti une journée de congé. Pas d'inquiétude, elle n'était pas irremplaçable : elle pouvait s'épivarder dans la nature si elle le voulait…

Le véhicule se dirigea d'abord vers les locaux du parti. Mais la commission prenait une tout autre tournure. Rapidement, des pulsions libidineuses assaillirent l'esprit du chauffeur.

— C'est le fun que tu sois avec moi, mais je pourrai pas m'attarder ben ben longtemps, exprima-t-il.

La jeune femme avait un autre dessein que celui d'une simple promenade en camion dans les rues de la ville.

— J'ai pour mon dire qu'on devrait profiter du temps qu'on passe ensemble, déclara-t-elle, en lançant une œillade coquine. Et personne va savoir…

Une fois les chemises rendues à la permanence du PNSC, le camion roula encore un moment et s'engagea sur le mont Royal.

En haut de la côte, le véhicule circulait lentement, comme s'il était à l'affût d'un endroit paisible pour ses passagers. Léandre ne s'appartenait plus. Ses yeux obliquaient vers la jupe retroussée de Lise. Il avait le souffle haletant de la convoitise. Il l'écoutait négligemment. Elle savait qu'il la désirait. Elle parlait de son travail de serveuse, du métier qu'elle exerçait pour aider sa famille dans le besoin. Avec sa taille fine et ses mains frêles, elle n'était pas faite pour les grosses besognes, et les emplois d'usine ne lui convenaient guère. Mais les heures longues et éparpillées du casse-croûte l'empêchaient d'entreprendre des activités qui l'auraient intéressée.

Il faisait un temps magnifique. Le soleil lutinait le feuillage des arbres, se moquant des inaccessibles surfaces ombragées, et le vent complice semblait murmurer des mots de tendresse. Les oiseaux jasaient dans le ramage des arbres et s'égayaient de leurs mélodies amoureuses. Léandre n'en pouvait plus. Il s'immobilisa aux abords d'un muret de pierre. Lise et lui sautèrent du véhicule. Il verrouilla les portières et entraîna sa partenaire dans les fleurs souriantes qui garnissaient l'herbe folle en bordure d'un boisé. Lise eut un regard naïf comme si elle n'avait pas deviné ce qui le torturait. Le sang affluait dans leurs veines gonflées de désir. Léandre l'embrassa voluptueusement. Elle desserra la ceinture du garçon et sa main caressante commença à le libérer de son pantalon. Pris de l'ivresse du plaisir, il se déculotta vitement, chercha un coussin d'herbe plus touffu, l'emmena un peu plus loin et l'étendit au sol.

Une Buick grise d'un modèle assez récent stationna derrière le camion. Le conducteur en descendit, enjamba le muret et courut vers le vêtement qui jonchait le sol. Puis il en sonda les poches, s'empara du trousseau de clés qu'il lança à un compagnon, avant de subtiliser la sacoche du livreur et de retourner à sa voiture. La Buick et le Fargo démarrèrent aussitôt et dévalèrent la côte, disparaissant dans les méandres du chemin.

Les halètements de la jouissance les abandonnèrent dans la nudité de leurs corps satisfaits. Ils reposaient à présent sur le dos, les paupières fermées sur la voûte céleste, le cœur palpitant, remplis de l'indéfinissable bonheur des sens. Léandre consulta sa montre.

— Faut que j'aille! dit-il, en se redressant.

— On est si bien ensemble, reste encore un peu…

— On se reprendra.

Il se leva, revêtit sa chemise, cherchant leurs pas dans l'herbe foulée.

— J'ai-tu la berlue, coudonc?

Elle s'approcha de lui, la mine faussement boudeuse, et pressa sa poitrine nue contre la sienne, enlaçant ses bras maigres autour de son cou. Mais l'inquiétude était plus forte que l'envoûtement.

— Taboire! Mon *truck*! cria-t-il.

Elle desserra son étreinte, il courut vers le petit rempart de pierre. Son pantalon reposait au sol et son étroite ceinture semblait s'éloigner en rampant comme une couleuvre. Il fouilla les poches pendant que ses yeux auscultaient le sol. Sa sacoche de livreur et ses clés avaient été volées. Lise s'amena vers lui, repentante.

— Je t'ai mis dans de beaux draps, dit-elle. Que c'est qu'on va faire, asteure?

— On va faire un *boutte* à pied puis on va se *caller* un taxi, tabarnac!

Léandre et Lise achevèrent de s'habiller et quittèrent la montagne par le plus court chemin, en piquant vers la rue la plus proche.

Il la devança, marchant de reculons sur le trottoir, prêt à sauter dans le premier taxi en maraude, l'ignorant comme s'il s'était brouillé avec elle. Des véhicules descendaient l'avenue du Parc. Il héla une voiture, qui se rangea en bordure du trottoir. Elle le rejoignit et ils filèrent vers la rue Ontario.

La mâchoire avancée, il murmura de sourdes imprécations. Elle l'écoutait, chagrinée par la tournure des événements.

— Je me demande ben qui c'est qui a pu nous faire ce coup de cochon là ! ragea-t-il entre ses dents serrées. Ce serait pas ton patron, par hasard ? Il avait l'air si collaborateur quand il t'a accordé une journée de congé. T'aurais pas dû lui dire que tu prenais le large avec moi aujourd'hui. Il est jaloux parce que tu l'as foutu là, c'est ben simple.

— Gédéon aurait jamais fait une chose aussi abominable, Léandre. Tu le connais pas assez pour dire une affaire semblable.

— Réalises-tu, Lise, qu'il s'agit de vol, que je me retrouve le bec à l'eau ? Que c'est qu'il va dire, le père, asteure ?

— T'as juste à lui inventer une petite histoire ; d'après ce que ta sœur Simone m'a dit, t'es bon là-dedans.

Le chauffeur avait tendu l'oreille, jetant un œil dans le rétroviseur, essayant de lire sur les visages crispés la cause de leurs tourments, sans rien comprendre de ces mots qui recelaient de sombres mystères.

Le taxi déposa la serveuse à l'*Ontario's Snack-bar* et s'élança vers la rue Adam. Le temps pressait. Maintenant seul sur la banquette arrière, absorbé dans un silence profitable, Léandre échafauda un récit plausible, mais qui allait causer un préjudice à sa tante Alida. Il avait beau élaborer des synopsis d'explications, un seul le sauverait de sa fâcheuse mésaventure.

— Bougez pas, je reviens dans un moment ! dit-il, en sortant du taxi.

Il entra en catastrophe au magasin. Paulette était occupée à servir une personne âgée sur le plancher. Émilienne se trouvait au comptoir. Elle aperçut son fils, l'air effaré et mal culotté.

— La mère, l'interpella-t-il, donnez-moi donc un trente sous, s'il vous plaît.

— T'as l'air d'un chien en culotte, puis qu'est-ce que t'as fait de ta bourse de livreur, coudonc ?

— Envoyez, la mère, il y a un chauffeur de taxi qui m'attend.

Les sourcils froncés d'interrogation, l'épicière ouvrit le tiroir-caisse, en sortit une pièce de vingt-cinq sous qu'elle tendit à son fils, avant de se déporter vers son mari qui jasait avec Demers. Sur ces entrefaites, Marcel parut, les traits marqués par l'étonnement de ce qu'il venait de voir sur la devanture. Du menton, Paulette désigna l'arrière du magasin où il pourrait trouver des explications.

Léandre régla la course et alla retrouver ses parents au comptoir des viandes. Les propriétaires avaient un air démonté, puisqu'ils ne comprenaient rien à ce qui se passait, et supputaient déjà les graves conséquences.

— Comment ça que t'es revenu en taxi, où c'est qu'il est passé, ton camion ? brama le boucher.

— J'étais stationné devant les quartiers généraux du PNSC, commença-t-il, puis je venais de débarquer mes dernières chemises bleues. J'étais encore en dedans à jaser deux petites minutes avec le bossu quand j'ai entendu des claquements de portes puis un véhicule qui démarrait en vitesse. Là, j'ai pensé à mon *truck* et à l'argent que j'avais laissé sur le siège. Ben oui, j'avais laissé ma sacoche sur le banc ! Puis là je me suis dit : tout d'un coup que quelqu'un a volé mon camion ! J'ai eu juste le temps de sortir du local pour m'apercevoir que mon *truck* s'éloignait.

— T'as pas pensé deux secondes que c'était risqué de pas barrer, puis de laisser de l'argent sur le siège, morigéna l'épicier. Ah! les gredins, les fripouilles, les brigands! On est ben avancés, asteure…

Le boucher avait repris son air de bête assommée et tournait en rond autour de son étal.

— Prends sur toi, Théo, prends sur toi! conseilla sa femme, dont la physionomie ne cessait de se dégrader.

— On va le retrouver, ton Fargo, commenta Philias Demers.

Sansoucy s'arrêta et jeta un regard accusateur à son fils.

— Toi, mon innoce…, se fâcha-t-il.

— Dites-le, le père, retenez-vous pas: innocent! J'admets que j'ai été innocent! Je suis pas mieux que Marcel, des fois, vous savez! murmura-t-il du bout des lèvres.

— Maudit PNSC! s'écria le boucher. Alida! attends que j'arrive, asteure. Tu vas voir ce que tu vas voir…

— De grâce, Théo, prends-toi-z-en pas à elle, Alida a rien à voir là-dedans, rétablit Émilienne.

Rien ne pouvait freiner la colère de l'homme. Il se dirigeait maintenant vers l'escalier qui menait à son logis.

La couturière était penchée sur sa Singer quand la porte s'ouvrit sans ménagement. Sansoucy parut dans la pièce comme dans une arène, enragé comme le taureau blessé prêt à foncer sur le matador.

— ALIDA! beugla-t-il, c'est assez.

L'impotente cessa d'actionner la pédale de sa jambe valide. Elle releva la tête.

— C'est assez de quoi, au juste, Théo? T'es ben sur le gros nerf, à matin. Je t'ai jamais vu dans un état pareil.

— Ben il y a que Léandre s'est fait voler son *truck* en allant porter tes chemises bleues au local du parti. Puis sa sacoche pleine d'argent était restée sur le siège.

— Pleine d'argent, un lundi matin, avant de commencer sa journée de livraison. Pousse, Théo, mais pas trop fort. À part de ça, le vol aurait pu se produire n'importe où. Puis un véhicule identifié au nom de l'épicerie-boucherie Sansoucy, ça sera pas difficile à retrouver, voyons donc, Théo, reviens-en. C'est pas la fin du monde…

— Fin du monde ou pas, on a besoin de ce *truck*-là.

Au rez-de-chaussée, Émilienne levait de temps à autre les yeux au plafond, la tête pleine d'inquiétude, et retenait ses larmes. Paulette avait raccompagné la vieille dame à la caisse. Léandre s'approcha de Marcel, emmuré dans un silence douloureux. Il avait néanmoins deviné ce qui l'avait blessé.

— J'ai-tu dit quelque chose de pas correct ? reprit-il.

— Quelque chose de pas fin pantoute. J'aime pas ben ça quand on me traite d'innocent, tu sauras. Je fais juste commencer à prendre confiance en moi, puis de passer pour un cave m'aide pas ben ben. Surtout venant de la part de quelqu'un que j'estime…

— J'ai pas voulu être méchant, c'est pas dans mes habitudes, tu le sais. J'ai seulement montré au père que j'admettais avoir commis une gaffe. Faut pas chercher plus loin.

— OK d'abord, c'est tout pardonné !

D'autres clientes étaient entrées et Marcel, la mine découragée, contemplait les commandes que le camion ne pourrait livrer.

— Ben qui c'est qui va la livrer asteure, la *grocery* ? J'ai pas de *truck*, moi, juste mes deux cannes puis un bicycle.

— Je vas les faire, les livraisons ; c'est pas à toi à payer pour mes négligences.

Léandre sauta sur le téléphone pour déclarer le vol à la police.

Après avoir déblatéré sur les accointances de sa belle-sœur avec le PNSC, le boucher redescendit à son commerce, les naseaux fumants, dans un état d'extrême agitation. Émilienne, Paulette, Marcel et Philias conféraient ensemble. Léandre achevait de transmettre les détails du méfait. Il raccrocha.

— Puis, qui c'est qui travaille ici dedans, ce matin ? tempêta le commerçant. Envoyez, déguédinez !

— Vous voyez ben, le père, que j'étais occupé au téléphone. Il fallait ben que je fasse une déclaration au commissariat.

Sansoucy accusa la remarque.

— Asteure, débrouillez-vous comme vous pouvez, moi, je m'en mêle plus ! proféra-t-il, avant de s'acheminer dans son coin.

Les deux frères se partagèrent les livraisons. Marcel ramassa deux petites boîtes qu'il transporterait chez des ménagères demeurant à proximité du magasin, tandis que Léandre enfourcha le triporteur pour des commandes plus éloignées.

À l'étage, l'infirme avait résolu de fermer boutique. Elle avait su se débattre devant son beau-frère pour maintenir son petit commerce, mais elle s'était ravisée après son départ du logis. Pour une fois, Héloïse avait mis ses gants blancs pour faire valoir qu'il y avait des limites à l'entêtement, que Théodore avait un peu raison de s'élever contre l'envahissement de sa maison et que, selon elle, le vol du camion était la goutte qui faisait déborder le vase de la tolérance.

Alida venait de replier les ailes de sa machine à coudre et Héloïse avait entrepris de libérer le logement de ses boîtes encombrantes.

— Je veux ben ramasser mes affaires, Loïse, mais t'es pas pour *bardasser* ça toute seule, voyons donc. Attends, je vas appeler au magasin, les garçons vont venir débarrasser le plancher.

L'impotente transborda de son banc de couturière à son fauteuil et roula jusqu'au téléphone. Émilienne lui répondit que son mari serait heureux de sa décision et que ses fils iraient dégager la place dès qu'ils seraient disponibles.

Avant la fin de la matinée, entre deux livraisons moins pressantes, tout le matériel du PNSC était empilé sur la galerie.

— C'est le père qui va être content, prononça Léandre.

— Si la police peut retrouver le véhicule asteure, commenta Alida, la voix altérée. Je vous cacherai pas que ça me fatigue, cette histoire-là. Même si le camion aurait pu disparaître au cours de n'importe quelle livraison.

— Dans ce cas-là, faites-vous-en pas trop, matante, rétorqua Léandre. D'autant plus que le constable Lefebvre m'a rassuré en me disant que neuf fois sur dix on mettait la main au collet des voleurs.

Émilienne n'avait pas prévenu son mari de ce qui l'attendait au logis. Il apprendrait la bonne nouvelle en allant dîner. Elle se hâta de remonter avant lui. La cuisine avait repris son aspect agréable. Les meubles avaient été remis en place, la Singer était rangée dans la chambre de la couturière, la berçante de son mari était replacée devant la fenêtre et pas un traître fil ne traînait par terre.

Le commerçant rentra chez lui. Émilienne était dans un état de ravissement.

— Puis, qu'est-ce que t'en dis, Théo ? demanda-t-elle.

Un sourire de contentement se dessina sur les lèvres de l'épicier. Puis sa physionomie s'altéra.

— Asteure, va falloir débarrasser la galerie, articula-t-il. On les a assez vues, ces maudites boîtes-là.

— Au lieu de chialer, rétorqua sa femme, tu pourrais remercier Lida pour avoir décidé de lâcher le PNSC, puis Loïse et tes fils qui ont dégarni la place.

— Ouais, ouais, répliqua Sansoucy, mais si ça avait été juste de moi, il y a pas une de ces caisses-là qui serait rentrée ici dedans ! Asteure, je vas appeler chez Romuald. Le PNSC a intérêt à venir ramasser ses traîneries…

Émilienne s'écrasa pour dîner. L'air dépité, Héloïse déposa une casserole de sauce aux œufs sur la table alors que l'épicier décrocha victorieusement le cornet acoustique et signala le numéro de son frère.

En après-midi, la mine de Sansoucy avait mué en un semblant de bonne humeur qui soulevait ses moustaches blanches et le rendait moins irritable. Un soulagement s'était répandu dans son entourage, mais on sentait que l'épicier n'était pas au bout de ses préoccupations et de toutes ces tracasseries qui minent l'existence et la rendent parfois difficile à respirer.

Sept heures venaient de résonner aux clochers des églises. La sonnerie du téléphone vibra dans le logement et fit sursauter Sansoucy. Irène répondit. L'homme déposa sa pipe dans le cendrier au bord de la fenêtre, se leva et l'aînée lui tendit l'appareil.

— Ben oui, Romuald, dit-il, comme je l'ai expliqué à Georgianna à midi, j'en ai assez enduré de même. Je voudrais ben te voir à ma place, toi qui as jamais été capable de tolérer une mousse sur le plancher. Jamais je croirai ! Il doit ben avoir un de vos membres qui possède un vieux bazou et qui peut venir ramasser vos cossins.

— …

— En tout cas, t'es mieux de te dépêcher de trouver un *truck* parce que le stock va débouler les marches avant la fin de la semaine.

À la taverne Archambault, Léandre avait presque oublié ce qui avait saboté sa journée. Ce soir, son père ne viendrait pas. L'épicier avait vécu des heures palpitantes qui le retenaient dans la quiétude convenable de son logis. À une table de bois rustique qui avait perdu son éclat vernissé, deux individus s'égayaient follement en s'abreuvant de bière. D'un signe de la main, l'un d'eux interpella Léandre.

— Viens t'asseoir avec nous autres, le jeune, on va t'en raconter une bonne, lança-t-il, la lèvre tordue.

Les autres buveurs ne le réclamaient pas. Leur gosier humide semblait imbibé d'alcool. Léandre s'approcha de celui qui l'avait appelé, un client dans la trentaine atteint d'un léger strabisme convergent.

— Je peux pas m'installer à votre table, les gars, je suis au travail.

Le serveur demeura debout à écouter le récit grotesque de l'individu qui, au travers de son vasouillage et de ses éclats de gaieté, rapportait que son compagnon et lui avaient, à la demande expresse d'un de leurs amis, pris en filature un camion de livraison.

— Je vois pas ce qui est drôle là-dedans, commenta Léandre.

— Jeune homme, tu aurais dû voir le petit couple en tenue d'Adam sur le mont Royal. Il se croyait rendu au paradis terrestre…

Un ricanement nerveux atteignit Léandre. Aucun doute ne subsistait sur l'identité des deux protagonistes impliqués. Il fallait connaître à présent l'instigateur de la manigance.

— Comment s'appelle votre chum?

L'autre client, qui s'était dépeigné à force de s'ébrouer de rire, déposa sa bouteille, hésita un moment en regardant son compagnon.

— Gédéon Plourde ! déclara-t-il.

« Taboire ! se dit le serveur, le bonhomme Plourde ne perd rien pour attendre ! »

Léandre eut la tentation de partir sur-le-champ et de se rendre directement à l'*Ontario's Snack-bar*. Censément, il aurait éprouvé de la difficulté à justifier sa demande de le laisser partir auprès de monsieur Archambault. Et le patron de Lise serait-il à son restaurant ? Il résolut de patienter jusqu'au lendemain.

Paulette ne s'était pas fait de mauvais sang avec l'incident du camion volé. Elle en avait suffisamment à s'occuper d'elle-même, et de ses envahissants maux de tête, pour se torturer les méninges à émettre des hypothèses ou à jouer à l'enquêteur. La police avait été avisée du méfait. L'affaire suivrait son cours. Léandre avait fini par se libérer d'une histoire beaucoup plus complexe et beaucoup plus dramatique avec *La Belle au bois dormant*. Il ne lui restait qu'à payer des versements d'assurance jusqu'à la fin de l'année en cours. Quant à Simone et David, l'épisode du camion disparu représentait une platitude qui assombrissait les humeurs de l'épicier et qui obligeait le livreur à pédaler. On retrouverait assurément le Fargo, mais dans combien de temps et dans quel état ?

Après un déjeuner qui l'avait bourré de toasts et qui avait décuplé sa détermination, Léandre surgit au magasin. Marcel sortait le triporteur. Son frère alla le rejoindre sur la devanture.

— C'est mon tour ce matin, t'en as assez fait hier, dit Marcel.

— Tant et aussi longtemps que j'aurai pas mon camion, c'est moi qui vas prendre le bicycle, décida Léandre. Et mon petit doigt me dit que je suis sur la piste. Ça se peut même que je le retrouve avant la police.

— J'ai pas de conseils à te donner, grand frère, mais je voudrais pas que tu coures de risques…

Marcel prêta sa sacoche de livreur que Léandre enfila à sa ceinture.

Lorsqu'une première livraison le conduisit à proximité de la rue Ontario, Léandre allongea sa course vers le restaurant. Gisèle, la nouvelle serveuse, s'étonna de le voir revenir aussi vite après l'incident de la veille. Elle essuya nerveusement un bout de comptoir d'un rapide coup de torchon.

— Je vous sers un café ?

— Non, je suis déjà assez crinqué de même. Je vois que Lise est pas rentrée, mais ton boss est-tu là ?

— Monsieur Plourde est avec un fournisseur.

Sans faire ni une ni deux, Léandre poussa brusquement le portillon au bout du comptoir et traversa dans l'arrière-boutique. Le livreur de Courchesne Larose, petit homme dodu, remettait une facture pour la caisse de légumes commandée.

— Eille ! s'écria Plourde. Faut-tu être assez effronté…

L'œil malin, Léandre se projeta sur le patron, l'empoigna d'une main au collet.

— Je me demande ben lequel de nous deux est le plus effronté ! dit-il, la mâchoire serrée.

— Lâche-moi, fripouille ! se plaignit Plourde, se débattant avec sa facture.

L'agresseur relâcha sa poigne, se recula du patron et le regarda avec défiance chercher ses mots. Une angoisse étrangla Plourde qui songea à congédier le livreur de Courchesne Larose, mais il se ravisa.

— Bon ben, je vas revenir demain, décida le grassouillet, fort décontenancé.

Enfin seul, Léandre écarta le petit rideau qui masquait la fenêtre pour voir s'éloigner le livreur.

— Ah! ben, tabarnac! explosa-t-il. Mon *truck*!

Léandre se retourna vers le fautif et, repris de colère, lui enserra le collet d'une main, prêt à frapper de l'autre. Le visage empourpré, le restaurateur bafouilla quelques excuses pour sa défense. Rongé par les vers de la jalousie, il avoua qu'il n'avait pas accepté sa rupture avec Lise et qu'il avait voulu lui jouer un mauvais tour. Du reste, il lui avait demandé de ne pas se présenter au travail, afin qu'elle ne découvre pas le véhicule trop rapidement et que le jeune Sansoucy se morfonde dans l'inquiétude une journée de plus. Après ces aveux arrachés sous la menace de son poing, Léandre exigea que Plourde lui rembourse le montant de sa course en taxi et un petit dédommagement pour le carburant et les souffrances morales infligées.

— Asteure, mon maudit malade, ajouta-t-il, écoute ben ce qu'on va faire. Je vas m'en aller au magasin, puis tu vas m'appeler pour dire que t'as vu mon *truck* pas loin du restaurant. Là, je vas appeler la police pour dire qu'on l'a trouvé. Ensuite, je vas venir le récupérer.

La face décomposée, Plourde répondit simplement par un geste d'approbation et suivit le dos de Léandre qui retraversa au restaurant et alla enfourcher son triporteur.

À l'épicerie, Léandre hésitait à s'éloigner pour livrer les commandes qui s'étaient accumulées. L'air songeur, il piétinait autour des boîtes en jetant un œil à son père qui donnait des signes d'exaspération. Le téléphone résonna. Paulette décrocha et lui tendit l'appareil.

— La police a peut-être retrouvé le camion, commenta Émilienne. Théo, Marcel, s'écria-t-elle, venez!

Un sourire irradia le visage de Léandre, il raccrocha.

— C'est monsieur Plourde du *Snack-bar*, dit-il.

— Il veut parler à Simone? exprima Sansoucy. Elle est pas prête à retourner comme *waitress*.

— C'est pour me dire que mon *truck* est stationné sur la rue à côté du restaurant, avec les clés dedans puis ma sacoche d'argent. Pour moi, les voleurs ont juste voulu se payer une *ride*...

— À la bonne heure! jubila Sansoucy. Marcel, ordonna-t-il, reprends ta bécane au plus sacrant pendant que Léandre va aller chercher son *truck*!

— Non, le père! objecta Léandre, je vas me rendre en bicycle, on va perdre moins de temps de même. Mais d'abord, laissez-moi une petite minute pour appeler la police.

Rabroué par son fils, le boucher alla répondre à une cliente qui l'attendait au comptoir des viandes. Léandre joignit le constable Lefebvre pour signaler la découverte du camion. Il ne lui restait qu'à regagner l'*Ontario's Snack-bar* pour prendre possession de son véhicule et poursuivre ses livraisons. Et avant de quitter le restaurant, le fils Sansoucy ne put s'empêcher de faire à Gédéon Plourde une recommandation qui avait toutes les allures d'un avertissement: «Faut que tu comprennes que Lise veut plus rien savoir de toi, mon Gédéon!» L'affaire réglée, il chargea son triporteur dans la boîte de son camion et s'en fut au magasin.

Chapitre 18

La journée s'achevait dans un heureux dénouement. Léandre avait raconté à Marcel, le jour même, son escapade au mont Royal et l'avait renseigné sur ce qui s'était réellement déroulé ensuite. À présent, il tenait à éclairer la lanterne de Simone et David au sujet de l'épisode du camion dérobé et des véritables événements. Le soir même, Paulette était reçue à souper chez ses parents. Les Landreville ne reconnaissaient plus leur fille. Le mariage avec le fils de l'épicier ne semblait plus lui convenir. Paulette promenait son humeur morose et s'empâtait d'une mauvaise graisse. Elle ne leur inspirait que de l'inquiétude. Il fallait faire quelque chose. Pour Léandre, l'heure était aux confidences.

Simone venait d'allaiter Stanislas et lui avait changé sa couche. La ménagère n'avait pas eu le temps d'éplucher des patates. Elle avait simplement ouvert une boîte de blé d'Inde en crème qu'elle avait répandu comme une sauce grumeleuse sur des boulettes de bœuf haché mi-maigre.

— Comme ça, t'as eu une aventure avec la *waitress*, affirma David. C'est pas trop bon pour ramener les affaires entre toi et Paulette…

— Qu'est-ce que tu veux, mon cher beau-frère, c'est plutôt tranquille, ces temps-ci, avec Paulette! Quand j'y demande de faire la chose, elle a toujours mal à la tête. Je commence à en avoir assez, de ses maudites migraines.

Un grondement sourd réveilla le bébé. David s'empressa vers le berceau. Léandre se rendit à la fenêtre qui donnait sur la ruelle. Il en écarta le rideau.

— Ah! ben, taboire! s'exclama-t-il. Un vieux tacot se stationne en arrière. Ça m'a tout l'air d'être mononcle Romuald qui conduit. Ah! le bossu est avec lui. Ils doivent venir ramasser les boîtes du PNSC. C'est le père qui va être content!

— Il va pouvoir se bercer sur la galerie, comme avant que matante Alida se mette à coudre pour le parti, commenta Simone.

David revint en brassant contre sa poitrine le poupon déjà apaisé.

— Tu vas le gâter, dit la mère. Après, on va avoir de la misère avec.

— Je l'ai pas vu de la journée, ce petit-là, faut ben que je le prenne un peu, rétorqua le père. Regarde, il s'est calmé.

— Pour revenir à Paulette, enchaîna Simone, me semble qu'une sortie au parc Belmont lui ferait du bien. Elle pourrait lâcher un peu son fou. Dimanche, s'il fait beau...

Léandre s'était rassis. Cependant, ses idées déviaient sur ce qui se déroulait plus bas dans la cour. « S'il fallait qu'ils apprennent que... », pensa-t-il.

— Marcel doit être allé rejoindre Amandine, ça a pas de bon sens de laisser le pauvre nain manœuvrer des caisses avec mononcle, je vas descendre! articula-t-il.

Le fils de l'épicier s'empressa de gagner la galerie du deuxième. Appuyée sur ses deux cannes, Alida avait tenu à sortir avec Émilienne et son mari. Irène, Héloïse et Alphonsine avaient le nez dans la porte-moustiquaire. Le visage cramoisi, Romuald et Richard-le-bossu soulevaient ensemble une lourde boîte.

— Te v'là, toi! dit l'oncle.

— J'arrive à temps pour vous aider, répondit Léandre.

— Si tu t'étais pas fait voler ton *truck* devant le local du parti, on serait pas obligés de ramasser le stock, hein? ricana l'oncle, la lèvre tordue.

— Ôtez-vous! ordonna Léandre, à l'adresse de celui qui souffrait d'une sévère déformation vertébrale.

Léandre se substitua au militant, qui ne put retenir un commentaire entre ses dents :

— Tu peux me remplacer si tu veux, mon garçon, je sais que je fais pitié. Mais viens pas dire que tu t'es fait voler ton camion devant les quartiers généraux du PNSC parce que je t'ai vu repartir avec. À cause de toi, on perd notre couturière.

Sansoucy défaillit et son fils paraissait dans ses petits souliers.

— J'en ai fait mon deuil, du parti, dit Alida en toisant son beau-frère du regard. Je commençais à croire que je prenais beaucoup trop de place dans la maison.

L'épicier avait senti comme une ultime supplication dans les yeux implorants de sa belle-sœur. Mais le mensonge de son fils le pétrifiait davantage. Il bouillonnait muettement de rage. Et Léandre continua à s'empêtrer dans ses finauderies.

— En fait, après le déchargement, je suis arrêté à un restaurant pour prendre un café et un petit gâteau. Je méritais ben ça, non? C'est là précisément que je me suis fait voler. C'était juste une manière de parler quand j'ai déclaré que j'étais au local du parti au moment du vol…

Léandre avait semé le doute autour de lui. Ne pouvant soutenir les regards dubitatifs qui l'enveloppaient, il amorça une première descente de l'escalier.

À la fin de la corvée, Richard-le-bossu le remercia tout en lui révélant du même souffle qu'il avait aperçu une jeune femme sur la banquette du véhicule lors de son passage aux quartiers généraux. Mais il n'avait pas voulu envenimer la situation ; le jeune homme était suffisamment dans l'embarras…

Léandre s'excusa auprès de la compagnie. Son emploi à la taverne le réclamait.

* * *

Le dimanche suivant, il était environ onze heures lorsque les colocataires quittèrent la rue Adam pour le parc Belmont. Paulette avait consenti à accompagner Léandre, David et Simone au lieu d'amusement de Cartierville. Cela tombait bien pour la migraineuse : sans trop formuler de propositions précises, ses parents avaient jugé qu'une jeune épouse qui travaille du lundi au samedi avait besoin de distractions plutôt que de demeurer au foyer à se morfondre ou à s'échiner avec le ménage négligé pendant la semaine. Les deux couples franchiraient les tourniquets assez tôt pour profiter au maximum d'une température clémente. David avait descendu le moïse et Simone avait confié Stanislas aux grands-parents. Elle s'était tiré du lait dans des biberons et elle avait préparé un pain complet de sandwiches jambon-mayonnaise dont David et Léandre raffolaient. Tout était planifié pour que la sortie soit une réussite.

En sortant du camion, Simone entraîna sa belle-sœur en la tirant par la main. David suivait en transportant le panier à provisions. Venait ensuite Léandre, qui progressait avec la démarche dégingandée d'un vacancier.

Comme un événement au village, une ambiance de fête foraine se répandait en joyeuse cacophonie, dépassant les frontières du parc. Les gens affluaient au guichet et se précipitaient avec leur ribambelle de billets là où s'engorgeait déjà une meute débridée de visiteurs. De nouveaux amusements avaient été installés, les pavillons avaient été rafraîchis. Il y avait aussi le Paradis des sports, le Pays des merveilles, les films parlants et le café sur la grève. Au-delà du faîte des arbres, la grande roue tournait, lente et monotone, les montagnes russes d'où fusaient des cris mêlés de peur et de joie, et le chapiteau sous lequel devaient s'exécuter les «Four Ladies», maîtres du trapèze, et des numéros de cirque des sœurs Torelli. Entre les branches, on entrevoyait le trot gracieux des chevaux de bois du carrousel et le train miniature qui serpentait avec ses wagons. David déposa le panier d'osier, et les beaux-frères se rendirent à la billetterie.

— J'ai faim! déclara Paulette.

— On est pas pour manger notre lunch tout de suite, voyons donc, la rabroua sa belle-sœur.

La traversée de la ville avait affamé Paulette, et la crainte de se faire brasser dans les manèges l'apeurait et la portait à s'empiffrer. Mais elle avait trouvé la remarque de Simone raisonnable et elle s'était résolue à patienter. Elle se mit à regarder les gens, la fébrilité qui régnait autour d'elle. Une femme obèse attira son attention.

— Comment est-ce qu'elle va faire pour franchir les tourniquets, elle? observa Paulette.

— Ils vont la faire passer à côté, supposa Simone. Il doit ben y avoir une barrière pour les grosses personnes.

Paulette fouilla dans sa robe, en extirpa une barre «Oh Henry!». Pour l'occasion, les boîtes de Laura Secord étaient moins pratiques et trop faciles à partager. La faim la tenaillait. Elle éplucha sa friandise et l'engloutit.

Léandre et David parurent.

— Ils sont plutôt mal organisés, commenta Léandre. C'est ben trop long! On va moisir combien de temps avant d'entrer sur le site?

La foule se gonflait. Simone distribua de la gomme, se demanda comment ses parents se débrouillaient avec Stanislas. Elle se plut à imaginer son fils quelques années plus tard, avec son rire d'enfant, à s'étourdir dans les manèges comme elle l'avait fait elle-même avec sa grande sœur Irène, qui lui consacrait naguère une de ses journées de vacances pour l'emmener au parc et toutes ces gâteries qu'elle lui payait pour lui faire plaisir.

Sitôt les tourniquets franchis, Paulette eut faim. Sa barre de chocolat était déjà loin et l'appétit l'avait reprise avec insistance. Chacun lança sa mâchée de gomme dans le gazon. David repéra un coin ombragé, et on dégusta le pain sandwich et une bouteille de Kik en promotion pour la saison estivale. Pour compléter le repas avec une petite touche sucrée, Paulette se paya une barbe à papa, cette friandise filamenteuse qu'elle savourait avec une infinie délectation.

— Les gars vont aux autos tamponneuses, je vas essayer la grande roue, décida Simone.

— J'ai pas fini d'*envaler* ma mousse, protesta la mangeuse. J'aurais dû prendre un sundae à la place. C'est de la J.J. Joubert, à part de ça…

— Dépêchons-nous, le monde débarque ; tu la finiras pendant qu'on attendra en ligne.

Les belles-sœurs firent la file. Le manège se délestait de ses passagers. Les sièges aussitôt libérés se remplissaient. Paulette se lécha les doigts.

— Je vas laisser faire, déclara-t-elle. Je commence à avoir mal au cœur.

— Il est trop tard pour reculer, Paulette, rétorqua Simone. De toute façon, ça va te faire du bien, ça va te replacer l'estomac.

Les gens se bousculaient derrière elles et Paulette se sentait emportée par le flot pressé. Elle sortit ses coupons, en déchira une rangée de trois qu'elle tendit à l'opérateur.

Le manège se remit en branle. À chaque embarquement, toujours un peu plus haute, la nacelle valsait dans la joyeuse clameur du parc, taquinant le soleil rieur qui plombait ses rayons de juin. Bien malgré elle, la gourmande avait relâché une de ses mains agrippées à la barre horizontale et porté l'autre à sa poitrine. Chaque nouvelle secousse semblait faire ressourdre un peu plus haut son repas recouvert de cette mousse filandreuse rose qui collait à présent aux parois de son œsophage. Paulette eut mal à la tête.

Tous les passagers étaient maintenant à bord de l'attraction qui avait entrepris sa course lente dans le ciel dont la hauteur, selon le temps, décrivait une parfaite sinusoïde. Simone exultait. Elle se sentait transportée dans l'espace, libre de toute contrainte, s'écriant au sommet avant de redescendre doucement et de reprendre une ascension vertigineuse qui la grisait. Paulette fut prise de relents nauséeux.

— Je pense que je vas renvoyer, émit-elle, avant de se pencher vers l'extérieur de la nacelle.

On entendit des hurlements d'indignation. Simone s'inclina vers l'arrière. Plus bas, deux femmes habillées de jaune et de blanc remontaient ; elles venaient d'être aspergées par une goulée infecte.

— Ah ! ben. Maudit verrat, par exemple ! s'exclama Simone. J'espère qu'on va pouvoir débarquer avant elles, asteure.

La grande roue continua d'orbiter avec indolence encore un tour complet, avant de déverser ses premiers passagers.

— Nous v'là sur le plancher des vaches, dit Simone avec soulagement. Dépêche-toi avant que les femmes nous attrapent.

Afin d'échapper aux deux victimes, les belles-sœurs s'empressèrent vers la rivière où était amarrée une flottille de chaloupes.

— Tu vas pas me faire monter là-dedans, asteure ! haleta Paulette.

— Pourquoi pas ? C'est ça ou ben tu te fais engueuler par celles que t'as éclaboussées. La vague est pas ben forte sur la rivière des Prairies. Regarde, il y a du monde qui a l'air d'aimer ça, ramer.

En effet, des plaisanciers avironnaient dans leur embarcation légère et croisaient quelques voiliers dont le mât égratignait impunément la voûte bleutée.

Simone trépignait. Paulette accepta enfin de débourser ses coupons. Elles se déchaussèrent vitement, lancèrent leurs bas et leurs souliers dans la chaloupe. Paulette s'avança dans l'onde jusqu'aux genoux, monta en faisant vaciller dangereusement l'embarcation et alla s'effondrer dans le fond détrempé. Sa compagne empoigna les rames. Bientôt, avec le concours d'un préposé, la chaloupe se détacha de la berge.

Mais les belles-sœurs n'avaient pas échappé aux poursuivantes. Sur la rive, le sac à main pendu au pli de leur coude, ces dernières grandissaient et grossissaient à chaque pas, gesticulant et hurlant des malédictions. Le visage boursoufflé, Simone avironnait, luttant contre le courant qui les emportait.

Un cri strident déchira l'air. Sur le rivage, un préposé sifflait désespérément au danger alors que la silhouette inquiétante des victimes s'évanouissait. Cependant, la rameuse n'en pouvant plus, la chaloupe se mit à descendre le flot tumultueux. Assise dans l'eau, la face verte, l'indisposée jetait des yeux hagards à sa compagne.

— Si t'avais pas étendu tant de beurre puis de mayonnaise sur tes maudits sandwiches au jambon, on en serait pas là, aussi, blâma-t-elle.

Le préposé avait abaissé le bras et regardait, impuissant, l'inéluctable dérive de la chaloupe. Par une manœuvre que Simone elle-même qualifiera plus tard de miraculeuse, les muscles gonflés, l'avironneuse réussit à s'arracher à l'emprise des vagues et regagna la berge.

— Où c'est qu'on est rendues, asteure ? demanda la passagère.

— On est pas des nounounes, on va se débrouiller. Au moins, on s'est débarrassées des bonnes femmes.

Les belles-sœurs piquèrent dans le parc et enfilèrent le sentier avec le dessein d'aviser un membre du personnel de l'endroit approximatif pour récupérer l'embarcation. Elles contournèrent le Lindy Loop, longèrent le Palais des singes où séjournaient une cinquantaine de primates, et aperçurent les victimes. Elles filèrent vers l'entrée à toute vitesse.

— Où c'est qu'on était stationnées, donc ? s'enquit Paulette.

— On a juste à chercher l'annonce de l'épicerie-boucherie Sansoucy, ça doit pas être ben ben difficile à trouver, jamais je croirai, tempéra la fille de l'épicier.

Les compagnes couraient comme des demeurées entre les rangées de véhicules garés. Elles n'auraient qu'à s'enfermer dans le camion. Mais dans leur étourdissement, il demeurait introuvable. Soudain, il leur parut, elles accoururent vers lui, sondèrent les portes verrouillées. Au bord de l'exaspération, Simone se retourna. Les poursuivantes surgirent dans le stationnement et l'une d'elles, une bacaisse à la mine patibulaire, brandit un poing menaçant. Reprises par la peur d'être rattrapées, les belles-sœurs s'engagèrent dans une course effrénée les menant à un arrêt de trams.

— On les a semées, poussa Paulette, avec grand soulagement.

Dans la foulée de leur énervement, les colocataires avaient emprunté le mauvais circuit. Elles montèrent à bord du tramway faisant la navette entre le mont Royal et le chemin de la Côte-des-Neiges. Sous la visière de sa casquette, les yeux du wattman s'agrandirent.

— Ah ben, tabarouette ! proféra-t-il.

— Mononcle Romuald! s'exclama Simone. On revient du parc Belmont.

— Me semble que vous retournez de bonne heure, les filles. Mais c'est aussi ben de même parce que vous avez pas pris le chemin le plus court.

— C'est pas ben grave, on a tout notre temps. L'important, c'est qu'on soit assises tranquilles dans votre tramway. Paulette filait pas, expliqua Simone. Je peux-tu payer avec un coupon du parc Belmont? blagua-t-elle. En tout cas, ça fait drôle de vous voir habillé de même…

— C'est mon costume officiel, ma petite fille. L'autre, c'est pour mes activités parallèles, railla-t-il.

Les usagères du tram allèrent s'asseoir. Adossée et les jambes écartelées, Paulette était moins verte et exhalait des soupirs de soulagement. Simone était rassérénée et pensait à son fils qu'elle reverrait plus tôt que prévu.

Le véhicule électrifié bringuebalait, s'arrêtant pour déverser ou prendre des clients du dimanche. Tout semblait bien aller. La route était agréable et reposante dans le roulis du tram. Il n'y avait que le crissement des freins pour signaler un ralentissement ou un arrêt. Puis, en haut d'une côte, l'invention s'immobilisa.

Romuald Sansoucy lâcha un énorme juron, ôta sa casquette, se gratta la tête puis remit son couvre-chef. Après une série de vérifications d'usage, le wattman avisa les passagers qu'il allait téléphoner à la compagnie. Il descendit la côte et alla frapper à une porte tendue d'un crêpe noir.

Certains décidèrent de rester à bord. D'autres, moins patients, quittèrent leur siège et prirent la rue. Soudain, après plusieurs minutes d'une attente résignée, le véhicule se mit en mouvement.

— Eille, on grouille! s'exclama Paulette, puis le wattman est pas revenu.

Des passagers se ruèrent aux portes, obstruant les sorties. Quelques-uns d'entre eux sautèrent du tram en marche, et d'autres, par peur de se fouler une cheville, hésitèrent. Puis il fut trop tard.

Le tramway dévalait maintenant le chemin Shakespeare, sans conducteur. Simone se leva et, les jambes tremblantes, progressa vers l'avant en se tenant aux ganses de cuir pour assurer sa sécurité. Et dans la débandade du tram, sous les yeux effarés des passagers, elle atteignit le devant.

— Arrêtez le petit char, arrêtez le petit char ! s'écriaient des voix implorantes.

Mais l'engin avait déraillé et circulait sur le pavé en fonçant vers le flanc de la montagne. Simone avait tiré des manettes, enfoncé des boutons, rien ne répondait. Et avec une incroyable présence d'esprit et un sang-froid extraordinaire, songeant au petit frère de l'Oratoire, elle actionna énergiquement les freins.

Les passagers du tram descendirent du tombereau de la mort, le visage ahuri, les jambes flageolantes, félicitant Simone pour son geste héroïque. Allongée sur le gazon d'une propriété, Paulette poussait de sinistres gémissements. Romuald sortit de la maison endeuillée.

— Un peu plus puis je me faisais rentrer dedans, déclara-t-il.

Paulette releva la tête.

— Que c'est qu'on va faire, asteure, monsieur Sansoucy ? demanda-t-elle d'une voix tremblante.

— Ben je vas appeler des taxis, c'est la compagnie des Transports qui va payer, répondit le conducteur.

* * *

Irène et les sœurs Grandbois s'étaient toutes relayées au moïse, si bien que les bras des femmes avaient bercé le petit pour l'empêcher de pleurer. L'épicier avait paperassé une heure ou deux dans ses comptes avant de se reposer sur sa galerie, avec toute la tranquillité que procurent les ruelles parfois désertées le dimanche. Toute la maisonnée s'était étonnée de voir sourdre Simone, seule avec Paulette. Les belles-sœurs étaient restées à souper. Elles avaient eu amplement le temps de rapporter leur mésaventure et leur retour palpitant du parc Belmont. Cependant, elles n'en espéraient pas moins l'apparition des maris, qu'elles avaient abandonnés à eux-mêmes, sans les prévenir de leur départ précipité.

En soirée, Romuald le wattman parut dans une tenue ordinaire, secoué par sa malencontreuse infortune.

— Ça dépend pas des Juifs, ce qui est arrivé! lança platement le marchand.

— J'aurais ben voulu te voir, Théo, rétorqua le conducteur. Toi, on te connaît, un vrai maudit paquet de nerfs.

Survinrent Léandre et David portant un ourson.

— Oh! Le beau toutou en peluche pour Stanislas! s'exclama Simone.

— Où c'est que vous étiez passées, donc, vous autres? proféra Léandre. On vous a cherchées partout sur le site. Vous avez besoin d'avoir de maudites bonnes excuses…

— Vous avez pas l'air de vous être ennuyés pantoute, les gars, commenta Émilienne. Vos femmes sont revenues toutes émotionnées, elles vont vous raconter ça. Vous avez pas dû souper, assoyez-vous, qu'on vous serve à manger; j'ai un beau reste de porc frais.

Après quelques séances de défoulement dans les autos tamponneuses, les garçons avaient essayé les montagnes russes, fait une incursion au Palais des singes et s'étaient amusés à de multiples jeux d'adresse. Puis ils s'étaient inquiétés des filles absentes dans le stationnement à l'heure fixée avant de repasser les tourniquets pour ratisser le parc, pavillon par pavillon, et scruter les files d'attente et les différentes attractions.

— J'admets qu'on vous a fait niaiser, les gars, avoua Simone, mais à cause de Paulette et de ce qui est arrivé aux deux bonnes femmes, il fallait qu'on décampe.

— En tout cas, commenta Romuald, pour une fille qui a peur dans les manèges, Paulette a eu toute une frousse dans mon tramway…

Chapitre 19

En dépit des péripéties de la veille, Simone et Paulette s'étaient bien remises de leurs émotions. Paulette avait perdu son teint verdâtre ; elle avait renoué avec un certain éclat de santé qui lui permettait de reprendre l'ouvrage sans trop apeurer la clientèle. D'ailleurs, depuis un bon bout de temps, la jadis volubile Paulette se retranchait dans une relative réserve que les ménagères les moins bavardes appréciaient. Aucune émotion ne paraissait l'atteindre, demeurant froide et distante avec la plupart d'entre elles. Cependant, deux dames un peu louches se présentèrent, ce qui la tira de son apathie.

Le boucher était à placoter d'élections avec Philias Demers. Le scrutin était prévu pour le mois d'août. Sansoucy était persuadé que Maurice Duplessis formerait le prochain gouvernement. Il en parlait avec conviction, oubliant ce qui se déroulait dans son magasin. Et Émilienne étirait son plaisir à relater sa garderie de dimanche et l'épisode époustouflant du tramway. Ce qui laissait Paulette dans l'indifférence, mais qu'elle se devait d'approuver par des hochements de tête pour l'événement qui la concernait. De temps à autre, elle levait les yeux vers les inconnues, une grasse personne et une plus mince, qui lui rappelèrent étrangement ses poursuivantes. À toiser l'une, coiffée d'un chapeau à aigrette qui lui voilait la moitié du visage, et l'autre, portant un bibi fleuri, des idées de fuite roulèrent dans sa tête. Elle rendit la monnaie à mademoiselle Lamouche, referma le tiroir-caisse et se pressa vers l'escalier. L'œil vif, la plus forte des vengeresses s'éloigna de l'étalage des « spéciaux », courut vers la caissière.

— Toé, ma maudite vache ! brama-t-elle, en agrippant la manche de Paulette.

La robe déchirée, le cœur lui battant aux tempes, la fugitive s'engouffra dans la cage d'escalier.

— Théo! s'écria Émilienne, viens vite, une folle dans l'épicerie!

Saisie, l'obèse au faisceau de plumes figea. Sa compagne la rejoignit. Le boucher arriva en trombe, bousculant Germaine Gladu et Dora Robidoux.

— C'est vous qui menez le diable dans mon magasin?

— C'est celle qui vient de disparaître, la coupable. Nous autres, se défendit la grasse au chapeau à aigrette, on est juste venues réclamer le prix d'une robe neuve. Une chance qu'on les a vues essayer d'ouvrir la porte de votre camion de livraison avec votre nom puis votre adresse dessus, parce qu'on aurait jamais pu les retracer…

Simone apparut dans l'embrasure.

— Tiens donc, les bonnes femmes d'hier! déclara-t-elle. Allez-vous ben nous laisser tranquilles? Ma belle-sœur a été malade dans la grande roue, ça peut arriver à n'importe qui, ça.

— Ben oui, puis elle a renvoyé sur nous autres!

— Pour l'amour du bon Dieu, allez-vous ben en revenir? intervint Émilienne. Ma belle-fille pouvait pas prévoir, vous comprenez pas ça? Puis vous, vous êtes ben revanchée, asteure que vous lui avez déchiré ce qu'elle avait sur le dos.

L'œil vindicatif, la petite au chapeau fleuri mit son grain de sel:

— Elle nous a éclaboussées toutes les deux, rappela-t-elle. Au lieu de se sauver, elle aurait pu nous attendre au bas du manège pour s'excuser, on lui aurait pardonné; mais non, elles ont pris la poudre d'escampette comme des mal élevées…

— On va vous traîner en cour! déclara la revancharde, avant de se tourner vers Émilienne.

Elle rajouta, les yeux mauvais et l'aigrette branlante :

— Puis vous, madame Sansoucy, me traiter de folle, vous y allez pas avec le dos de la cuiller, s'indigna-t-elle.

Au milieu des commentaires des clientes, l'épicier alla ouvrir le tiroir-caisse, en revint avec un billet de dix dollars qu'il tendit à la plus grasse des revendicatrices.

— On va régler ça à l'amiable, mesdames. Prenez ça, puis foutez-moi la paix ! Je veux plus en entendre parler.

Simone regagna son logis. Elle redescendait au deuxième en apportant la robe de sa belle-sœur à sa tante Alida quand des cris effarés se répercutèrent sur les murs de l'escalier. Héloïse montait les marches, tenant au bout de ses bras maigres une cage renfermant un oiseau gris cendré qui se débattait. Elle s'était levée de bon matin pour aller quérir le perroquet dans l'ouest de la ville. Une annonce placée dans le journal avait ressuscité en elle une vieille fantaisie. La maîtresse du psittacidé était morte et la succession avait décidé de le vendre au plus offrant. Depuis le décès, l'oiseau était devenu intenable et personne n'en venait à bout. On avait voulu s'en débarrasser.

Aucun n'était au courant de la démarche singulière de la grincheuse. Tout au plus la savait-on fascinée par les moineaux qui venaient se nourrir des miettes lorsqu'elle secouait la nappe après les repas. Le wattman avait consenti à faire voyager l'animal dans son tramway, mais il craignait qu'un usager ne s'en plaigne à la compagnie des Transports et lui fasse perdre, de ce fait, son emploi. La passagère avait fait valoir que, si le conducteur avait le cœur à la bonne place, il ne pouvait censément refuser la requête d'une vieille femme inoffensive qui était prête à se refouler debout en arrière. Finalement, considérant la cohue qui voulait s'engouffrer dans son véhicule, l'employé avait cédé.

— Où c'est que tu vas le mettre, ton oiseau ? grimaça Alida.

— Près de la fenêtre de la cuisine, ça sera pas pire que toi quand t'avais fait transporter ta machine à coudre à la place de la chaise de Théo, répondit Héloïse. En installant la cage à côté de la berçante, ça va être pas mal mieux.

— Justement, j'aurais une petite réparation pour vous, matante Alida, déclara la nièce.

Rien ne servait de s'obstiner avec Héloïse ; elle en ferait à sa tête. Simone accompagna l'impotente à sa Singer, en lui apprenant ce qui venait de se dérouler au commerce.

La couturière tentait de se concentrer sur son ouvrage. Cependant, les cris du volatile la dérangeaient. Il ne s'agissait pas seulement d'une couture à reprendre, mais de commencer par un faufilage. Sa main tremblait. Elle, pourtant si adroite, était en train de gâcher le vêtement et parlait de démissionner devant la tâche difficile. Simone, croyant que ce ne serait qu'une affaire de rien, restait là à attendre. Et Paulette qui avait aussitôt agrippé le toutou de Stanislas et qui veillait sur l'enfant avant de retourner au magasin. La jambe valide de l'infirme cessa d'actionner le pédalier. Alida repoussa la robe.

— Je regrette, ma nièce, soupira-t-elle, je continuerai quand j'aurai la tête à ça.

Mais la couturière n'avait pas repris son ouvrage de tout l'avant-midi. Paulette était redescendue au commerce, absorbée par le sort de sa robe déchirée, nullement impressionnée par le nouveau locataire à plumes du deuxième. Par contre, les gens du voisinage avaient rapporté l'étrange promenade de la vieille fille Grandbois qu'on avait vue déambuler sur le trottoir, une cage pendue à ses doigts crochus. Les poursuivantes du parc Belmont étaient reparties, laissant derrière elles de quoi alimenter des journées de potinage. On discourait à présent sur deux sujets palpitants. Sansoucy n'avait pas eu le temps de se remettre de ses émotions avec les revendicatrices. Il se voyait aux prises avec des préoccupations prosaïques qui le tracassaient déjà. Ce n'est qu'à l'heure du dîner qu'il allait faire connaissance avec Nestor.

Émilienne et son mari gravirent les marches, le dos rond, les traits tendus, comme s'ils s'apprêtaient à perpétrer un cambriolage dans un domicile. Un calme étonnant semblait régner au logis. Sansoucy tourna la poignée, poussa la porte et s'avança à pas feutrés vers le coin de la table de cuisine.

— T'es mieux de pas l'approcher, recommanda Héloïse ; tu vas lui faire peur.

— Je suis chez nous ou ben pas chez nous ! commenta l'épicier.

— Tut ! fit Héloïse. Tu vas l'énerver.

Sansoucy considéra l'oiseau qui le fixait de ses yeux jaunes sans broncher. Comme pris de démence, le perroquet commença à s'arracher le plumage, à se démener furieusement dans sa baignoire, à éparpiller ses excréments.

La figure convulsée de colère, l'épicier tourna les talons et amorça un mouvement vers la porte.

— Théo ! l'interpella sa femme, t'es chez vous ici dedans.

Le maître de la maison se retourna, l'œil furibond.

— Choisissez, c'est moi ou l'oiseau ! affirma-t-il, péremptoirement.

Interloquées, les sœurs Grandbois se consultèrent du regard, comme si le sort du principal intéressé dépendait de leur décision. Mais le marchand impulsif ne pouvait supporter plus longtemps le petit conciliabule. Il passa le seuil.

— Je connais mon mari, commenta Émilienne, il va se déchoquer puis revenir dans quelques minutes.

— T'es un peu bonasse, Mili, dit Alida, ton homme vaut plus qu'un perroquet. Loïse devrait rapporter tout de suite l'animal à son propriétaire.

— La dame qui l'avait est décédée, expliqua la grincheuse. Puis un oiseau, c'est pas comme une marchandise avariée qu'on retourne au magasin. Nestor a été assez bouleversé comme ça.

Le perroquet avait cessé son étrange comportement. Héloïse était allée quérir le petit guéridon de sa chambre, l'avait installé près de la berceuse de Sansoucy. Elle posa la cage sur le meuble ovale. Émilienne avait enlevé les couverts et commencé à ramasser les saletés qui s'étaient répandues dans les assiettes avant de les laver dans l'évier.

L'heure du dîner s'écoula au rythme lent de la pendule, dans le calme rassurant du logis. Émilienne et Alida s'étaient amadouées. Les trois sœurs discutaient de l'entretien de la cage, de la nourriture pour la bête, de la vie que Nestor mettrait au logis. Théodore s'habituerait à l'oiseau. Il avait parfois de ces réactions promptes et changeait ensuite d'idée. Mais voilà qu'il n'était pas remonté. Il avait dû apaiser sa rage à gruger quelque cochonnerie dans son magasin.

Or les heures s'égrenèrent et le boucher n'avait pas décoléré. En temps ordinaire, il aurait jeté son dévolu dans le dépeçage des viandes ou dans la fabrication de saucisses, mais cet après-midi-là il avait résolu de se refroidir les sangs dans sa glacière, sans résultat concluant, toutefois.

Sa femme avait été obligée de ravaler ses paroles. Cette fois, le boucher était invisible, il avait cherché l'isolement. Émilienne avait dû servir des clientes qui le réclamaient. Léandre et Marcel avaient continué leurs livraisons sans se soucier outre mesure de leur père qui ne les importunait pas. Cependant, un peu avant la fermeture, leur mère eut suffisamment de ces enfantillages. Elle tira la porte entrouverte de la glacière. Le boucher leva ses yeux givrés.

— Que c'est que t'as pensé, Théo ? On va en avoir pour les fins puis les fous…

Il avait entrepris de transformer de belles pièces de bœuf en viande hachée.

— Tu me choques, des fois, Théo ! lâcha-t-elle, avant de regagner son logement.

* * *

Héloïse s'était découvert une vocation de pédagogue. Elle s'était acharnée une bonne partie de la soirée à l'enseignement de phonèmes et de phrases courtes. Le perroquet s'était montré mauvais élève et elle avait fini par abandonner sa leçon. Tout au plus l'animal avait-il poussé des sons percutants qui ressemblaient davantage à des cris de détresse qu'à de l'apprentissage imitatif. Malgré cela, Émilienne s'émerveillait et s'attachait à la curiosité animale. Alphonsine avait déduit que sa sœur avait dû acheter un sénile ou une tête de pioche aux faibles capacités cognitives. Irène, plus diplomate, avait tâché de faire comprendre à sa tante que l'oiseau avait subi de sévères traumatismes et qu'un temps d'adaptation serait nécessaire. Quant à Marcel, il avait vu la présence bienfaisante de la petite bête comme un épouvantail pour chasser son père du logis.

La noirceur avait allumé les fenêtres. Alida avait repris son ouvrage sous une lumière diffuse qui lui arrachait les yeux. Après la séance d'Héloïse, elle avait recommencé les faufilures de la robe échancrée dans la berçante de son beau-frère, vraisemblablement passé de son épicerie à la taverne. Il reviendrait sans doute bientôt. Les autres s'étaient retirés pour la nuit. D'un geste bref, elle piqua son aiguille dans la robe, puis jeta négligemment le vêtement de Paulette sur la cage avant de tirer vers elle ses deux cannes, d'éteindre les lumières et de gagner sa chambre.

Il faisait nuit close. Les ténèbres avaient envahi toutes les pièces de la maison, et seule la solide connaissance qu'il avait des lieux guidait les pas de l'homme avec assurance. Raccompagné par Philias Demers au pied de l'escalier, un tantinet éméché, Sansoucy s'achemina vers la salle de bain.

— Théo! Théo! s'égosilla le perroquet.

L'épicier sursauta. L'oiseau s'écria et s'en prit au tissu qui voilait partiellement sa maisonnette. Hors de lui, Sansoucy s'approcha. Le volatile s'excita et, tombant dans des convulsions frénétiques, se mit à picorer de plus belle la robe de Paulette. Ce faisant, l'aiguille d'Alida piqua Nestor. Les cris effroyables redoublèrent d'intensité. Clairement, ils devenaient des appels au secours.

En un rien de temps, alertée par les criaillements épouvantables, la maisonnée accourut, Léandre et David parurent en caleçon dans la cuisine.

— Théo! s'exclama Émilienne. Prends sur toi!

L'épicier avait ouvert la cage et demeurait figé dans une position compromettante, les mains prêtes à enserrer le cou du criard.

— Mon Nestor! s'écria Héloïse.

— La robe de Paulette, lança Alida, il y a une aiguille piquée dedans…

Pendant qu'Irène et Alphonsine tentaient de maîtriser la propriétaire du volatile, Léandre empoigna le cou de l'animal, repéra l'aiguille, la tira du plumage où elle s'était enfoncée. Puis il remit l'oiseau dans sa maison de bambou et David referma vitement la porte.

L'épisode hystérique avait épuisé Nestor. Il reposait maintenant sur le flanc, son bec recourbé sur sa mine triste, la paupière lourde battant sur son œil terrifié.

— Asteure, on va avoir la sainte paix! exprima Marcel, les yeux boursoufflés de fatigue.

Irène et Alphonsine relâchèrent Héloïse.

— Allez vous recoucher, tout le monde, dit cette dernière d'une voix maternelle, je vas le veiller un brin. Ça va lui faire du bien de sentir que je suis là.

Appuyée sur ses deux cannes, Alida contemplait les débris du vêtement. Elle s'adressa à son neveu :

— Tu diras à Paulette que je vas remplacer sa petite robe. Il y a plus rien d'autre à faire avec ça, asteure, elle est pas mal maganée. Ta mère va faire des torchons avec.

Au matin, Sansoucy émergea de sa chambre, les souliers dans les mains, toisant du regard sa belle-sœur endormie dans sa berçante ; Héloïse s'était assoupie en veillant sur la créature encagée. Un sourire de contentement étira les moustaches de l'épicier. L'oiseau, hier si vigoureux, était devenu moribond et s'achevait dans une lente respiration près d'un petit tas de graines de tournesol. Prise d'une profonde compassion, sa propriétaire avait étendu sur lui un morceau de la robe de Paulette qui donnait à penser à un drap mortuaire. Le reste de la maisonnée parut dans la cuisine, dans le plus grand respect qu'on porte aux agonisants, la tête inclinée, l'œil chagriné.

— Pensez-vous qu'il va mourir, le père ? chuchota Marcel.

— D'après moi, mon garçon, Nestor passera même pas l'avant-midi, répondit l'épicier, la voix presque joyeuse.

Héloïse dessilla les yeux.

— Je t'ai entendu, Théo, c'est pas fin, ce que tu dis ! larmoya-t-elle.

— Faut se résigner, Loïse, commenta Alphonsine, ton jacquot est ben à la veille de trépasser.

Irène avait commencé à mettre la table, et la bouilloire chauffait.

— Venez manger, tout le monde, murmura Émilienne, c'est ben de valeur de voir disparaître un oiseau rare de même, mais la vie continue pareil.

Chacun mangea dans un silence significatif, le cœur plus ou moins alourdi de sollicitude pour la petite bête qui s'éteignait.

Le déjeuner terminé et la vaisselle lavée, Héloïse confia Nestor à Alida et descendit à l'épicerie. Elle s'adressa à Paulette qui devisait avec Léandre et Marcel :

— Je sais pas trop comment excuser Nestor, mais en tout cas, si tu veux venir avec moi au magasin de coupons, tu vas pouvoir choisir du beau tissu. Je suis prête à payer pour remplacer le vêtement gaspillé. Alida aussi se sent responsable du malheur ; elle va te confectionner une autre robe.

— David pourrait fabriquer un cercueil pour votre perroquet, ricana Léandre.

— C'est méchant, ça, vraiment méchant, Léandre Sansoucy ! rétorqua la tante.

Paulette réclama la permission de l'épicier pour s'absenter quelques minutes et les femmes se pressèrent au magasin de coupons. Puis Héloïse fit un crochet à la pharmacie Désilets pour demander des conseils à l'apothicaire et rentra à la maison.

Midi sonna. Sansoucy et sa femme remontèrent au logis avec la certitude de trouver une pleureuse au chevet de son oiseau. La créature exotique éliminée, on pourrait dorénavant respirer. En peu de temps, l'atelier de chemises bleues d'Alida avait été remplacé par l'animal de compagnie d'Héloïse. On aurait enfin la quiétude recherchée au logement.

— Théo ! Théo ! s'écria le perroquet.

Nestor était bien agrippé à son chenet et semblait regarder l'épicier d'un œil défiant, tandis qu'Alida était assise à sa machine.

— Eh ben! s'étonna Émilienne. Ton oiseau a l'air de s'être remplumé pas ordinaire.

— Le pharmacien m'a préparé une décoction, faut croire que ç'a été efficace, se réjouit Héloïse.

De sa Singer, Alida avait relevé la tête vers son beau-frère. Elle coupa son fil entre ses dents. La physionomie de l'épicier s'altéra, dardant des regards courroucés vers la propriétaire du volatile.

— Loïse, ton ressuscité a besoin de filer doux parce qu'il va prendre le bord, déclara-t-il.

Chapitre 20

Émilienne étouffait. La moiteur l'accablait et lui gonflait les jambes. Heureusement que l'après-midi achevait. Les portes avant et arrière avaient beau être ouvertes, l'air stagnait dans le magasin. Par moments, le vent s'infiltrait par petites bouffées et charriait l'haleine fétide de la rue. L'épicière n'avait pas l'entraînement de son mari à tirer sa fraîche de la glacière et refusait de s'enfermer dans cet espace dont l'exiguïté l'oppressait. Elle était sortie dans la cour, s'était affaissée sur une chaise et aspirait les effluves agréables qui se répandaient au-dessus de la palissade. Germaine Gladu parut sur sa galerie.

— Vous avez chaud, hein, madame Sansoucy ?

— Vous pouvez le dire, on est pas mal mieux à l'ombre. Ils ont annoncé une vague de chaleur. Ce matin, il faisait 74 au thermomètre ; dans la journée, ça a dû monter à 80, peut-être même 85.

— Ça sent bon, par exemple…

— Vraiment ! Vous avez planté vos fleurs ?

— Comme à l'accoutumée : des géraniums puis des saint-joseph, ça va nous changer de l'odeur de vos quarts de vidange.

— Que c'est que vous voulez ? Avec la chaleur qu'il fait, on a de la perte avec les fruits et les légumes.

— Puis, dites-moi donc, à propos du perroquet de votre sœur Héloïse, est-tu à la veille de s'en défaire, coudonc ? Je vous demande ça parce que tout le monde est pas mal tanné de se faire écorcher les oreilles du matin au soir. Moi, à votre place…

695

— Faut s'habituer, madame Gladu. Moi, c'est rendu que je l'entends presque plus. Mais j'entends miauler votre vieux matou, par exemple.

Le moteur d'un camion engagé dans la ruelle coupa la conversation.

— Tiens, de la visite de la campagne, madame Sansoucy!

Placide était sorti du véhicule et tenait la portière. Un autre religieux et Florida en descendirent. Elzéar se gara près de la palissade et rejoignit ses passagers. Les voyageurs venaient de l'Oratoire. Ils avaient eu le privilège de rencontrer le frère André. Placide exultait.

Émilienne alla prévenir son mari et gagna le logement avec la compagnie.

— Dehors! s'écria le volatile.

Nestor délaissa son chenet de métal et s'élança dans un coin de la cage. De ses yeux jaunes, il promenait à présent des regards effarés sur les étrangers.

— Pauvre bête, vous l'avez effarouchée, dit Héloïse.

Elzéar Grandbois tenait son canotier et cherchait un endroit pour s'en débarrasser. En sueur, de ses gros doigts de fermière, Florida décolla sa robe de son corps gras.

Alida surveillait les arrivants afin que personne ne dépose son couvre-chef sur sa machine à coudre. Puis sa belle-sœur enleva son grand chapeau de paysanne et le jeta sur la cage.

— T'es mieux de l'ôter de là parce que l'oiseau va picosser dedans puis il va le démantibuler, recommanda Alida. Je l'ai appris à mes dépens…

Placide présenta Éloi, un autre taciturne aux traits fins dont les grands yeux pers s'égaraient vers lui. Le jeune homme au physique avantageux paraissait bien élevé, se contentant de réponses laconiques et ne posant aucune question. Elzéar avait accepté de conduire les deux religieux au camp d'été des Sainte-Croix, à l'occasion de la fête des Canadiens français. Les quatre voyageurs partiraient au petit jour, le lendemain.

Héloïse donna des cacahuètes et des morceaux de pomme à Nestor et se mit aux chaudrons. Afin de ne pas énerver l'oiseau, on se déporta sur la galerie. Émilienne servit une limonade composée de citron et de sucre, et s'assit près de son fils.

— Je me demande des fois comment vous faites pour porter une robe noire par des chaleurs de même et l'humidité qu'il fait, exprima-t-elle.

— On va aller se rafraîchir au lac, maman, répondit Placide.

— On est encore au mois de juin, ça doit pas être ben chaud pour se baigner.

— Éloi et moi, c'est le seul temps qu'on a pour prendre des petites vacances.

Marcel avait été prévenu de la visite. Rien ne pressait pour monter souper. Il serait ainsi peu de temps avec Placide et son confrère avant de rejoindre Amandine. Cependant, il avait mal estimé son temps. La visite désirait se coucher tôt. La table était déjà mise. On n'attendait que lui pour le bénédicité. Pour combler un vide, Émilienne avait engagé la conversation sur ses amourettes et sa sortie pour aller fêter la Saint-Jean-Baptiste. Quand il parut dans la salle à manger, il réalisa qu'on parlait de lui. Sitôt le retardataire assis, son père entama la prière.

Irène lui avait réservé une place qui le mettait à la gêne. Le propos ne le concernait plus, mais intéressé par le jeune livreur Éloi le couvait à la dérobée, le reluquant de ses yeux bleu-vert. Placide s'en aperçut et jeta sur son confrère un œil désapprobateur qui le fit rosir d'embarras.

697

— On pourrait vous accompagner, ta blonde et toi, pour fêter la Saint-Jean, risqua-t-il. N'est-ce pas, Placide ?

— Le parc Jeanne-Mance est loin dans la ville, s'opposa le religieux.

— Ça me fait rien, moi, les petits gars, intervint Elzéar, mais oubliez pas qu'on part de bonne heure demain matin pour le lac Nominingue. C'est pas à la porte, vous savez.

— Pour bien faire, vous devriez en profiter pour aller écouter la fanfare, commenta Héloïse, ça va être plus tranquille dans la maison pour Nestor.

Irène, Alphonsine et Alida approuvèrent d'un signe de tête énergique. Cependant, Émilienne se désolait à la pensée qu'on lui enlève son fils.

— Quelle bonne idée ! scanda l'épicier. Justement, Léandre travaille pas à la taverne ce soir, il pourrait vous emmener avec Paulette dans son camion. Et si David et Simone veulent vous accompagner, on garderait volontiers le petit.

Le temps de s'organiser, les deux Sainte-Croix et les quatre colocataires se joignaient à Marcel et Amandine, et le véhicule de livraison – sa banquette et sa boîte pleine de festivaliers – cahotait vers le parc Jeanne-Mance.

La chaleur ne s'était que peu dissipée au soir de cette journée avoisinant le solstice d'été. De rares nuages effilochés traînaient leurs savates dans le ciel. Au cours de son trajet, sa Paulette serrée contre lui, Léandre se remémorait sa joyeuse équipée avec la serveuse de l'*Ontario's Snack-bar* et le plaisir des sens qu'il avait éprouvé à s'ébattre dans la nature. Mais l'escapade avait mal tourné. À mesure qu'il s'approchait de la montagne, son souvenir exquis s'émoussait et le visage de Gédéon Plourde se dessinait dans sa mémoire.

Marcel avait choisi de s'asseoir en avant avec Amandine; il n'avait pas voulu supporter plus longtemps le regard dévorant d'Éloi. Sur la banquette du Fargo, il ressentait une certaine fierté, s'étonnant encore de la proposition de son père de fêter la Saint-Jean. L'impitoyable épicier était-il en train de considérer autrement son éternel souffre-douleur, de penser qu'il ne méritait pas ses brimades et de comprendre qu'il accédait lui aussi au monde des grands? Quoi qu'il en soit, son adolescence s'effritait derrière lui et il se voyait devenir un homme, un peu à l'image de Léandre.

Le soir avait répandu un peu de ses ténèbres. Dans la boîte de la camionnette, le jour faiblissait par les deux petites lunettes des portières et faisait pâtir les quatre autres passagers malmenés comme de la marchandise, écrasés de touffeur. Simone se rappela sa récente sortie avec Paulette. Elle aurait préféré se rendre au parc Belmont et débourser vingt-cinq cents pour se trémousser au rythme de la musique de danse de Stan Wood, plutôt que d'assister au concert gratuit de la fanfare au parc Jeanne-Mance. Mais l'idée n'aurait sûrement pas convenu aux deux religieux. D'ailleurs, depuis leur départ de la rue Adam, Éloi n'avait pas détaché son regard de David. S'éprenait-il à présent de son mari après s'être entiché de ses frères?

David avait envie de sauter du véhicule en marche; il ne pouvait plus tolérer le harcèlement des pupilles d'Éloi qui le dénudaient. Il sortit un flacon de la fesse de son pantalon, le déboucha, avala une lampée de whisky, avant de s'essuyer les lèvres du revers de la main et de lui tendre la précieuse bouteille.

— Touche pas à ça! le réprimanda vertement Placide. Es-tu en train de perdre la tête?

Le frère Éloi but une goulée et s'épongea la bouche avec la manche de sa soutane.

— Je ferai bien ce que je voudrai, rétorqua-t-il. On fête ou bien on fête pas!

Le religieux reprit une gorgée et remit le contenant à l'Irlandais.

— Le plaisir commence, dit Simone, moi aussi je vas me rincer le dalot.

La jeune femme arracha le flacon des mains de son mari et but à son tour.

— Petite dévergondée! commenta Placide.

Ce qui se déroulait dans la boîte de la camionnette dépassait son entendement. La chaleur, la destination festive et la promiscuité des occupants donnaient lieu à de fâcheux débordements qui soulevaient son indignation. Il se mit à bouder.

Le Fargo se stationna. Léandre alla ouvrir toutes grandes les portières de la caisse.

— Pouah! Ça sent la tonne, là-dedans! prononça-t-il.

Trois de ses passagers se ramassèrent et descendirent en s'agrippant aux portières. Puis, d'un pas incertain, ils rejoignirent Paulette, Amandine et Marcel.

— Je vais attendre dans le camion, protesta Placide.

— T'es ben cave, maudit constipé! récrimina Léandre. Pour une fois que t'as l'occasion de lâcher ton fou! Fais donc comme tout le monde; regarde Éloi, il est ben plus déniaisé que toi, lui.

— Ça le concerne, mais après il s'arrangera avec ses problèmes, balbutia l'admirateur du frère André.

La mine fâchée, Léandre fit claquer sans ménagement une des portières.

Les musiciens poussaient quelques notes, le concert allait commencer. Devant lui, la compagnie s'éloignait, guidée par les sons discordants des clairons et des trompettes entrecoupés de brefs roulements de tambours. Simone, David et une soutane ondoyaient vers les gens qui s'attroupaient en nombre.

Simone entraîna David, Amandine et Marcel sur la pièce d'étoffe que Paulette étendait. Amusé par le comportement risible de frère Éloi, Léandre s'écrasa avec lui dans l'herbe et sortit son flacon.

— Encore un petit coup ? demanda-t-il, en dévissant le bouchon.

Le Sainte-Croix dodelina de la tête. Ses idées s'emmêlaient, les interdictions se maillaient au plaisir. En un instant, toutes les admonestations, les réprimandes, les diatribes et autres reproches de même nature assaillirent sa conscience et le forcèrent à séparer le bien du mal. Ses yeux noyés d'égaiement dévisagèrent Léandre ; il porta le contenant à ses lèvres.

Sur la couverture, les garçons avaient la paix. Les deux proies avaient fui le regard insistant du prédateur. Marcel avait accepté de goûter à l'élixir de David et ils partageaient à présent le même agrément. Tout comme Amandine, Paulette avait opté pour la sobriété et observait Simone qui avait choisi de se griser un peu. Elle venait de se relever et dansait au rythme des cuivres et des percussions. Paulette avait pensé oublier ses migraines en se joignant aux garçons assis dans l'herbe, mais elle craignait que la boisson ne fasse ressourdre ses maux de tête.

La fanfare s'était tue. Les musiciens rangeaient leurs instruments et la foule se débandait lentement. Le petit groupe retourna au Fargo avec cinq de ses fêtards émoustillés. Placide s'était dégourdi les membres, s'était assis dans la boîte du camion et balançait mollement les jambes dans le vide. Il sauta sur ses pieds quand il vit la formation indisciplinée progresser vers lui.

— Vous avez saoulé mon confrère, s'indigna-t-il.

— Eille ! répliqua Léandre, Éloi était un peu chaudasse en partant du *truck* tout à l'heure. Viens pas mettre ça sur notre dos, OK ?

Le chauffeur tâta ses poches, en extirpa sa clé et, le pas mal assuré, entreprit de regagner son siège. Placide l'apostropha.

— Tu ne vas pas conduire dans un état semblable ! souffla-t-il. Des plans pour nous tuer toute la gang...

— Tu t'énerves pour rien, le frère, rétorqua Léandre. C'est pas la première fois que je conduis. Ferme ta gueule, puis monte en arrière comme un grand garçon.

David et Simone avaient pris place dans le fourgon, adossés au mur, la tête dolente. Placide aida son compagnon et s'engouffra. Avant même qu'il n'eut le temps de refermer les portières, la camionnette démarrait prestement.

Habituellement en confiance avec son mari au volant, Paulette se cramponnait au tableau de bord et surveillait la circulation de près ; les manœuvres de Léandre l'apeuraient. Les arrêts loupés, la vitesse excessive, les dépassements risqués, rien ne semblait mettre un frein aux petites audaces du chauffard. Quant à Amandine, elle se soumettait aux indiscrétions commises par la main baladeuse de Marcel et paraissait ignorante du danger que la bande encourait. Et, dans la boîte où l'obscurité s'était épaissie, Placide remuait nerveusement les lèvres en égrenant son chapelet.

La camionnette reconduit Amandine chez elle et se stationna sans anicroche devant l'épicerie-boucherie. Les colocataires regagnèrent leur logement. Marcel et le frère Éloi, soutenu par Placide, gravissaient les degrés, comme certains croyants montent les marches qui mènent à l'Oratoire, en faisant de courtes stations et en psalmodiant des incantations.

Émilienne avait déjà ramené le petit chez sa fille. Toute la soirée, Stanislas et Nestor s'étaient égosillés chacun à leur manière.

L'atmosphère étant devenue insupportable, Sansoucy s'était réfugié à la taverne et la maîtresse de maison, voyant les visages effarés qui blêmissaient dans son logis, avait résolu de séparer l'enfant de l'oiseau. Par la suite, le calme était revenu dans la chaumière. Elzéar et Florida s'assoupissaient dans le salon, les trois vieilles filles Grandbois s'étaient retirées pour la nuit et Sansoucy, revenant du débit de boissons, avait ruminé des idées sombres pour se débarrasser du perroquet. Alida avait terminé la robe de Paulette. On avait pu ranger la Singer et replacer la berçante. La tête dolente, l'homme trônait dans sa chaise en pensant à tout le monde qui dormirait chez lui et à la chaleur étouffante qui régnait. Il avait décidé d'ouvrir la porte qui donnait sur la cuisine et d'entrouvrir celle de la cage. Jusque-là, Nestor avait craint le regard exterminateur de l'épicier ; il était demeuré bien sagement entre ses barreaux de bambou. Mais un rien effaroucherait l'animal.

Marcel et les deux religieux traversèrent le seuil du logement. Placide referma. Quand il se retourna, il vit son confrère pendu au cou de Marcel.

— Éloi ! s'écria-t-il.

Sansoucy se redressa brusquement dans sa berçante. Pris d'épouvante, l'oiseau quitta sa maisonnette de bois et s'envola par la porte du logis. Toute la maisonnée parut dans la cuisine.

— NESTOR ! aboya Héloïse, les narines palpitantes, les yeux exorbités de frayeur.

— Que c'est que t'as pensé ? dit Émilienne.

Abasourdi, l'épicier se défendit :

— Ben il faisait chaud pour tout le monde, la pauvre petite bête avait besoin d'air, elle aussi, plaida-t-il.

— Popa, vous auriez pu juste retrousser la guenille sur le dessus de la cage, le réprimanda Irène.

— T'en as fait une belle, ricana Elzéar. Asteure que les petits gars sont revenus, on devrait se coucher. Demain matin va venir vite.

Émilienne revint du troisième et remarqua l'allure de Marcel et du frère Éloi qui peinait à se tenir droit, la bouche béante et les yeux avinés.

— Marcel! explosa-t-elle, si c'est Dieu possible. Coudonc, t'es rendu comme ton père, asteure. Je vas t'en faire une, Saint-Jean, moi. Puis le frère Éloi qui se tient pas debout; vous faites honte à votre communauté. Placide, l'interpella-t-elle, t'as rien pris, toi, j'espère?

— Je vous le jure, maman, pas une seule goutte.

Il faisait maintenant nuit close. Héloïse était descendue avec la cage suspendue au bout du bras et elle déambulait lentement dans la ruelle en larmoyant des appels de détresse. Peut-être la liberté de son oiseau se chargerait-elle d'effroyables regrets et le volatile reviendrait-il auprès de la main qui le nourrissait?

Au petit matin, avec leurs maigres bagages, les Sainte-Croix se glissaient sur la banquette à côté de Florida et le camion mettait le cap sur les Hautes-Laurentides.

Chapitre 21

Le camion d'Elzéar avait délaissé la grand-route et s'était enfoncé dans la forêt épaisse. Il roulait à présent sur les étroits chemins caillouteux, sillonnant les routes tortueuses, contournant les plans d'eau, meurtrissant le flanc des montagnes. Sur la banquette, Florida croupissait. La nuit avait été courte et perturbée, et elle combattait la chaleur qui l'assoupissait. Son mari n'avait pas assez de ses deux yeux pour surveiller ; des panaches pourraient surgir des bois à tout moment.

Le manque de sommeil avait réduit les religieux au silence. Trop d'années de contraintes et de frustrations avaient mené le frère Éloi à des écarts de conduite, mais une bonne confession assortie de ses pénitences effacerait toutes ses fautes et le remettrait sur la bonne voie. Placide ne lui avait pas pardonné ses légèretés. Il s'était replié dans une brouillerie passagère. Le temps des explications viendrait.

Les confrères descendirent et récupérèrent leur petite valise dans la boîte du camion.

— Avoir su ! soupira Florida. Je vas m'en rappeler, de ce damné voyage-là…

— T'avais juste à rester à Montréal, je te l'avais dit qu'on s'en allait au bout du monde. Mais tu voulais te changer les idées…

Le couple débarqua. Placide se tourna vers son oncle et sa tante.

— Venez au moins vous rafraîchir un peu avant de repartir, recommanda-t-il.

C'était l'heure du dîner. Les voyageurs se dirigèrent vers le chalet principal, un bâtiment sombre lambrissé de planches vermoulues. Sur la galerie, tablier noué au cou, un religieux ventru au nez prodigieux les accueillit. Florida demanda à se désaltérer avec une limonade. Le frère Magloire avait de la parenté à Ange-Gardien et désirait qu'on lui rapporte les potins du village. Il invita les Gardangeois à le suivre au réfectoire.

Bon vivant, le frère Magloire aimait la bonne table, rire et palabrer sur tous les sujets. Mais le temps s'écoulait, et Elzéar et Florida n'étaient pas repartis. Entre-temps, des activités s'étaient organisées pour les campeurs. Des équipes de joueurs s'affronteraient au ballon. Des randonneurs s'engouffreraient dans la forêt. Certains mettraient les canots à l'eau pour taquiner la truite à la brunante et les moins frileux avaient opté pour la baignade. Le réfectoire s'était pratiquement vidé de ses vacanciers. Placide et Éloi étaient sortis sur la galerie et discutaient de leur choix.

— Si tu veux rester là à contempler le paysage, frère Sansoucy, c'est ton affaire, exprima Éloi. Mais moi, je vais me baigner.

— C'est dangereux pour des crampes, on est supposés attendre trois heures, rétorqua Placide.

Éloi empoigna sa petite valise et s'éloigna d'un pas décidé vers une habitation qui comportait plusieurs chambrettes individuelles. Au bout de quelques minutes, il en ressortit vêtu d'un maillot marine, son corps svelte entouré d'une serviette brune. Planté sur la galerie, les yeux embués, Placide observait son compagnon s'acheminer vers la plage. Il aurait aimé le suivre et s'ébattre dans l'eau avec lui. Mais la présence d'autres baigneurs l'incommodait. Et puis il convenait de saluer son oncle et sa tante. Il retourna au réfectoire.

À force de débrouiller ses liens avec les habitants d'Ange-Gardien, le frère Magloire s'était découvert un cousinage avec les Grandbois. Leurs aïeuls maternels étaient de petits cousins établis au siècle dernier sur des terres contiguës. Un jour, le plus malin des deux avait revendiqué une parcelle de terrain et provoqué son voisin en duel. Cependant, le plus sage des antagonistes se présenta sans arme, le sourire aux lèvres. Et la rencontre s'était terminée par une bonne poignée de main.

Florida écoutait d'un air exaspéré le placotage des hommes en sirotant sa limonade. En temps ordinaire, elle n'aurait rien manqué de ces détails savoureux dont s'abreuvaient les langues comme la sienne, mais le récit du combat singulier l'avait laissée perplexe ; l'histoire relevait plus de la légende que de la réalité. Animé par une irritation croissante, Placide avait rejoint les siens et ne cessait de penser à celui qui cherchait par tous les moyens à s'éloigner de lui. D'ailleurs, il ne comprenait pas pourquoi s'étaient subitement détériorées leurs relations harmonieuses. Cela lui faisait mal. Il songea à décamper et à rentrer à Saint-Césaire avec son oncle. Cependant, personne n'aurait compris son retour soudain. Il alla à la fenêtre.

Éloi était sorti de l'onde. Il avait enfilé un pantalon beige et jouait torse nu au ballon dans la cour. Placide observait les jeunes religieux se dépenser à ce jeu viril dont il n'était pas friand. Le plaisir qu'ils semblaient éprouver lui fit serrer les lèvres. Pourquoi était-il incapable de se livrer à ces activités ludiques et de s'amuser comme les autres ? Il demeurait là, sage comme une image, à se détester comme il était, un faible, un mou, une mauviette.

L'après-midi s'égrena derrière les contreforts de sa frustration. Les Gardangeois avaient levé l'ancre avant le souper. En ce début d'été, le jour se couchait tard. Ils feraient un bon bout de chemin à la clarté. Éloi avait soupé avec des camarades et lui avait annoncé qu'il participerait au feu de camp en soirée. Placide était resté dans la cour, à suivre muettement les préparatifs, sans même apporter une branche, sans même remuer une brindille. De tout l'après-midi, il n'avait pu respirer l'odeur des fleurs sauvages et, dans la brise du soir, il ne pourrait déambuler avec son ami à l'orée du bois, à humer les effluves musqués de sapinage. Un trouble l'envahit. Il résolut de gagner sa chambre et s'installa avec un livre de piété.

Il avait éteint la lumière et refermé son bouquin sans marquer la page, comme le lecteur indifférent à tout ce qu'il venait de lire. La noirceur remplissait la pièce froide et austère. Il n'avait conservé que son caleçon et s'était allongé sous le drap, sa tête éperdue reposant dans ses mains jointes sur l'oreiller. Que faisaient ces campeurs autour d'un feu qui éclairait la nuit ? De quoi parlaient-ils ? S'était-il noué des amitiés particulières ? Éloi poussait-il l'insolence jusqu'à s'attacher à un autre et lui faire mal ? S'était-il épris de ce frère Ulric, un postulant à la mine fort plaisante qui se tenait souvent près de lui ? Des bruits le tirèrent de ses tristes jongleries. Des rires fusèrent dans le chalet. Peu après, des pas se pressèrent dans le corridor. Des portes s'ouvrirent, se fermèrent et, puis, plus rien.

Placide hésitait. Son pouls avait augmenté et lui battait follement aux tempes. Il s'était pourtant promis de frapper à la chambre voisine et d'avoir un entretien avec Éloi, pour savoir à quoi s'en tenir dans cette relation qui tournait à la dérision. N'avait-il pas retourné dans tous les sens les mots qui se bousculaient dans sa gorge et entravaient sa respiration ? Il avait décidé de dire sa façon de penser. Que s'était-il produit pour qu'il l'abandonne comme des savates éculées ? Il était seul à se débattre avec ses tourments. Demain, Éloi inventerait une autre excuse. Cela ne pouvait plus durer. Il se leva, entrouvrit. Ses yeux fouillèrent l'obscurité. Personne ne venait. Il parut dans le corridor et se dirigea vers la chambre d'Éloi.

Un ronflement sourd et monotone se répercutait sur les murs de la pièce étroite. Un faible rayon de nuit baignait la chambre. Vraisemblablement couché sur le dos, Éloi dormait d'un sommeil profond. Placide s'avança doucement vers le lit. Un moment, il demeura dans les demi-ténèbres, immobile, à imaginer le visage qui l'avait fui, à contempler sa beauté, à ressentir son haleine caressante. Soudain, la respiration du dormeur s'altéra. Sa bouche resta entrouverte, comme figée dans un appel au désir. Il fallait agir rapidement pour éviter un réveil hâtif et brutal. Le sexe tendu vers le plaisir, le corps frémissant, l'intrus se pencha et posa ses lèvres brûlantes.

Éloi se réveilla brusquement, se débattit en repoussant la figure qui entravait son souffle et se précipita à la fenêtre.

— Placide !

— C'est bien moi, mon cher, lança l'importun, le cœur palpitant.

— Baisse le ton, s'il fallait qu'on nous entende…

— Ta porte n'était pas verrouillée, tu espérais peut-être quelqu'un d'autre ? persifla Placide. Tu ne t'imaginais quand même pas te débarrasser de moi aussi facilement. Eh bien non, détrompe-toi ! Après tout ce que tu m'avais laissé entendre. Tu es un profiteur, Éloi Desmarais. Tout ce que tu souhaitais, c'est que mon oncle Elzéar nous amène au lac parce que tu ne voulais pas rester au collège tout l'été. Tu t'es fiché de moi d'un bout à l'autre, admets-le. Je le vois bien maintenant que tu ne t'intéressais pas à moi. Pour commencer, c'étaient mes frères que tu trouvais à ton goût ; ensuite, ça a été des camarades de jeux. Puis moi là-dedans, j'étais le dindon de la farce. Tu m'as berné sur toute la ligne, je ne te le pardonnerai jamais.

Après des remontrances proférées sur un ton acerbe, le frère Sansoucy se mit à geindre doucement. Éloi s'approcha de la silhouette recroquevillée qui baignait dans la lumière diffuse.

— Pauvre toi, je t'ai négligé, dit-il d'une voix doucereuse.

— Ne me touche pas ! réagit Placide, en rejetant vigoureusement la main qui s'allongeait vers lui.

— T'as pas l'air de savoir ce que tu veux, rétorqua sèchement Éloi. Ça adonne bien parce que, vois-tu, faut que je me lève tôt demain matin. Avant la messe, j'ai justement une partie de pêche organisée avec des amis.

709

Le visage éploré, le frère Sansoucy regagna sa chambre. Il s'étendit sur son lit, fixant la fenêtre de ses yeux embués. Dans quelques heures, le jour naîtrait.

Au petit matin, après une nuit tourmentée, il fut tiré de sa couchette par des bruits. Il s'habilla, attendit que des pas s'éloignent et s'engagea dans le couloir entre les portes closes. Des voix s'animaient sur la galerie. On s'apprêtait à quitter le chalet. Les yeux plissés dans l'ombre, Placide observa le dos des pêcheurs qui descendaient sur la plage avec leur gréement.

Le tintement d'une cloche annonça le réveil. Les paupières lourdes, le frère Sansoucy étira ses membres gourds, revêtit son pantalon et sa chemise. Après un brin de toilette, il sortit du chalet.

La petite chapelle s'emplissait de religieux de tous les âges. Agenouillé à l'arrière, Placide surveillait l'entrée des jeunes frères et des postulants. Mais il ne reconnaissait aucun de ceux qu'il avait remarqués un peu plus tôt en compagnie d'Éloi. Pas même ce frère Ulric qui était descendu sur la rive avec son ami ce matin. Il s'absorba dans les prières de la célébration, néanmoins troublé par l'absence des pêcheurs.

Après la messe, il se rendit au réfectoire, inquiété par le retard d'Éloi. S'était-il retiré à l'écart sur la plage invitante avec cet Ulric préféré ? Les autres surgiraient assurément pour déjeuner et se défendraient de mille excuses pour expliquer leur manquement à l'office matinal. Il s'installa à une table, un peu en retrait, et entama sa rôtie.

Le frère Magloire avait perdu son air jovial. Il ne manquait qu'un petit groupe de retardataires qui avaient résolu d'ignorer ses consignes ou qui s'étaient éloignés imprudemment des berges du lac. Debout à la fenêtre, il jetait sur la cour cette mine tracassée du bon père de famille qui s'inquiète de son enfant, et se retournait vers la salle en refaisant inutilement le décompte de ses campeurs.

Placide grignotait son pain grillé. Dans l'inconfort de son lourd silence, il tentait de reconstituer la scène nocturne de la chambre d'Éloi, ressassait les brèves paroles échangées, les gestes brusques de refus, les pleurs, le désenchantement, la déception. Il lui en avait voulu le reste de la nuit. Pendant la messe, il s'était efforcé d'oublier les blessures. Mais il n'avait retenu que les promesses non tenues, les liens rompus, la souffrance de l'amitié brisée. Son pain sec lui gratta la gorge. Il faillit s'étouffer. Il but une gorgée de lait.

— Les voilà! s'exclama le responsable du camp.

Le frère Magloire sortit et descendit les trois marches qui donnaient sur la cour. À une centaine de pieds, la tête basse, des pêcheurs s'amenaient lentement avec leur attirail. Derrière, quatre d'entre eux portant une masse inerte s'avançaient funestement. Le cortège s'immobilisa. Frère Ulric parut au réfectoire, le visage défait. La clameur s'estompa.

— Notre frère Éloi s'est noyé, exprima-t-il. L'embarcation a chaviré. Malheureusement, il ne savait pas nager; je n'ai pu le sauver.

* * *

La mort dans l'âme, Placide avait attendu au lendemain de la cérémonie funéraire célébrée par l'aumônier pour rentrer à Montréal. Le responsable du camp lui avait proposé de l'accompagner pour annoncer le décès à la famille. Bien que le jeune religieux admît une certaine amitié avec le frère Éloi, il avait décliné la demande, soutenant qu'il se sentait incapable d'accomplir une tâche qui lui paraissait au-dessus de ses forces. D'autant plus que le frère Ulric serait du voyage, lui, le témoin oculaire de la noyade. Le frère Magloire avait insisté. Placide avait dû accepter.

Sur la banquette arrière de la camionnette, la mine renfrognée, le fils de l'épicier assistait, impassible, au défilement des arbres. Depuis le départ du camp, le conducteur abreuvait son passager avant d'anecdotes et de balivernes. Il avait voulu éviter le sujet du drame, pourtant si présent encore. Mais on approchait de Sainte-Anne-de-Bellevue. Il fallait s'entendre sur le récit exact des événements. Dans les circonstances, quels mots seraient les plus appropriés? Qui s'exprimerait en premier? Heureusement pour lui, Placide n'avait pas été témoin de la noyade. Il n'avait pas vu son camarade se débattre, crier au secours, avant de s'enfoncer dans les flots du lac Nominingue. Sa peine aurait-elle été plus profonde s'il avait été là, dans la chaloupe, au lieu de cet Ulric qui avait pris sa place dans la vie d'Éloi? Il n'aurait pu le dire.

Le véhicule sombre se gara devant une modeste maison fleurie de pétunias et de lupins. Un rideau s'écarta de la fenêtre. Un couple parut sur le perron. Madame Desmarais, une petite femme rieuse, devança son mari, un grand maigrichon, et se pencha à la portière de la camionnette.

— J'ai tout de suite deviné qu'une voiture de la communauté se stationnait chez nous, s'exclama-t-elle. Mais, dites donc, je pensais voir mon Éloi…

L'arrivée ne s'était pas produite comme les religieux l'avaient prévu. La femme se redressa et recula de quelques pas, comme si elle avait pressenti un malheur. Le frère Magloire et le frère Ulric débarquèrent et s'avancèrent vers la mère que son mari avait rejointe. Placide refusa de descendre. Il n'avait rien à dire pour expliquer le déplorable accident.

Le responsable du camp avait entraîné les parents vers l'intimité de la maison. Sur le perron, il enroberait ses premiers mots de gentillesse et de douceur et laisserait au lourd silence le temps de faire son œuvre.

Mais la mère avait deviné l'horrible destin de son fils. Desmarais enveloppait à présent son épouse qui pleurait à fendre l'âme. La communauté avait fait le nécessaire. Le corps du défunt serait rapatrié. Pour l'heure, des funérailles dignes de ce nom avaient été célébrées par l'aumônier du camp.

* * *

En fin de soirée, la camionnette de frère Magloire se dirigeait vers la rue Adam, laissant le fils de l'épicier seul avec son petit bagage et sa douleur. Placide était content de voir s'éloigner le véhicule transportant le détestable Ulric. Mais la hargne qui l'habitait ne se dissiperait pas pour autant. Tout le long du voyage, il avait roulé dans sa tête des pensées tristes et amères sur les regrettables événements qui avaient entraîné la disparition d'Éloi. Il enfilait la ruelle sombre comme le voile qui enveloppait sa vie. Il marchait d'un pas lent et grave vers le domicile de ses parents. On serait étonné de le voir revenir du camp aussi vite, mais heureux de l'accueillir. Il leur raconterait l'incident, on sympathiserait avec la famille du noyé. Mais personne ne serait capable de mesurer la profondeur de la peine qui l'affligeait.

Des rangées de silhouettes étaient penchées sur les rambardes. Des étages de locataires paraissaient sur les galeries. En bas, dans la cour voisine à celle des Sansoucy, Héloïse pleurait. Le matou de Germaine Gladu venait de rapporter Nestor sur le seuil de sa porte. L'oiseau avait erré des heures pour chaparder quelque nourriture et n'avait rien trouvé. Il était revenu en rase-motte sur la palissade mitoyenne, exténué, incapable de s'envoler jusqu'au deuxième. Là, il s'était tenu en équilibre, le temps de tomber d'épuisement du mauvais côté de la clôture de bois.

— Ôtez-moi ça de là au plus sacrant! s'indigna la dame.

— Ah ben, regardez donc! Un revenant! lança Léandre à la cantonade.

— Seul, si je me trompe pas, ricana David. Il a dû mal se comporter avec son ami, puis on l'a ramené.

— Riez pas, les garçons, intervint Irène, on est en plein drame avec l'oiseau.

713

Paulette avait éprouvé un dégoût profond de voir le volatile, et Simone était accourue près de son fils soudainement réveillé. Alphonsine et Alida se préparaient à remonter le moral de leur sœur éplorée. Émilienne exultait.

— Théo, pendant que je m'occupe de Placide, va donc ramasser Nestor, dit-elle.

L'épicier demanda à Marcel de se munir de gants et de déposer le cadavre dans un sac de papier brun.

— Asteure, le père, commenta Léandre, pour faire plaisir à matante Héloïse, vous devriez le faire empailler.

Lancée sur le ton de la badinerie, la proposition fut retenue par Héloïse, qui suivait à présent le porteur du sinistre colis et qui remontait au logement.

Alida, qui voyait l'occasion rêvée de faire le deuil définitif de son chantier de couture, alla dégoter quelques retailles de chemises bleues et les apporta à son beau-frère. Sans perdre de temps, le boucher gagna son magasin.

Dans la lumière glauque qui baignait son étal, Sansoucy aiguisa son couteau à dépecer préféré. Au début de l'opération, il pratiquerait une petite incision dans le cou du volatile pour le saigner. Ensuite, il lui entaillerait le ventre et le viderait de ses entrailles. Finalement, il le suspendrait pendant quelques jours pour le faire sécher. Il ne resterait qu'à le gaver de tissus dans les moindres replis de son anatomie.

Satisfait de son travail de taxidermiste amateur, Sansoucy alla jeter le contenu de ce qu'il avait recueilli par-dessus la palissade. Le gros mâle de la voisine s'en délecterait.

Au matin, l'épicier était de fort belle humeur : le perroquet avait enfin trépassé. Désormais, Nestor n'empoisonnerait plus son existence. Marcel et Léandre devisaient ensemble au comptoir devant Paulette, dégoûtée de ce qu'il était advenu de l'infortunée petite bête. Appuyé au chambranle de sa glacière entrouverte, le boucher pérorait sur l'épisode de l'oiseau avec Philias Demers lorsque la première cliente de la journée surgit au magasin. La place devint silencieuse.

— On dirait que tout le monde se tait quand j'arrive, observa-t-elle.

— On a assez placoté de même, il faut se mettre à l'ouvrage, rétorqua Léandre. Surtout que ma mère est restée en haut avec mon frère Placide.

— Ça fait longtemps que je l'ai vu, celui-là !

— Ça a pas adonné que vous le voyiez parce qu'il était aussi dans les parages l'autre jour.

— Qu'est-ce qu'on peut faire pour votre bonheur, mademoiselle Lamouche ? demanda le boucher.

La vieille fille se déporta vers la boucherie ; elle eut un regard dédaigneux. Dans son emballement, Sansoucy réalisa qu'il n'avait pas refermé la porte de sa glacière. Il la repoussa vitement.

— Je perds la boule ou quoi ? s'étonna la demoiselle d'une voix troublée. On dirait que j'ai vu un oiseau suspendu au plafond par les pattes…

— C'est le perroquet de ma tante Héloïse que mon père fait vieillir pour la viande, railla Léandre.

— Laissez faire, je vas vous rapporter à l'inspecteur, puis votre réputation va en prendre un coup ! Jamais je remettrai les pieds dans votre magasin, s'insurgea-t-elle, avant d'amorcer le pas vers la sortie.

— Attendez une minute ! s'écria Sansoucy, en s'élançant vers la cliente.

Tordus de rire, Marcel et Léandre regardaient leur père se dépêtrer dans ses explications, tandis que Demers demeurait bouche bée devant la scène. Dans un de ses rares moments de présence d'esprit, Paulette s'approcha de la demoiselle.

— Mon mari est un blagueur! rassura-t-elle. Moi qui suis dédaigneuse, pensez-vous que j'accepterais de travailler dans une épicerie-boucherie où on vend de la viande de perroquet? Jamais de la vie…

Mademoiselle Lamouche se ressaisit et revint sur ses pas. Cependant un doute subsistait, et elle se devait de partager ce qui l'avait fait frémir d'indignation.

L'escapade de Nestor avait provoqué toute une commotion dans le voisinage. Après une fugue de quelques jours du perroquet, le matou de Germaine Gladu l'avait attrapé quand il revenait à la main nourricière de la vieille fille Grandbois. Le boucher s'était départi de la dépouille en la mettant aux vidanges et ce que mademoiselle Lamouche elle-même avait répandu pour se montrer intéressante n'était que pure fabulation. Il y avait des limites à inventer des histoires…

Le temps était venu de compléter la momification du volatile. Un soir, à l'insu d'Héloïse qui profitait des derniers jours du passage de Placide au logis, Théodore Sansoucy redescendit au magasin avec Alphonsine. Le séchage de l'oiseau terminé, Sansoucy procéda au bourrage. Ensuite, munie d'un fil solide et de son dé à coudre, sa belle-sœur raccommoda les deux moitiés de l'oiseau.

— Nestor a l'air en vie tellement le travail est bien réussi! commenta fièrement Alphonsine.

— Asteure, on peut le retourner à sa propriétaire.

Les autres femmes de la maison étaient rassemblées dans la cuisine. Elles s'apitoyaient faussement sur le sort d'Héloïse. Nestor n'avait été qu'un embarras pour tout le monde. En revanche,

Placide savait pertinemment ce que sa tante pouvait ressentir. Emmuré dans sa peine, il comprenait à quel point la mort de l'animal pouvait la toucher. Il les écoutait d'une oreille distraite, en songeant à son retour au collège de Saint-Césaire et au peu de cas qu'on avait fait de la noyade d'Éloi, qui serait classée comme un fait divers dans les annales de la communauté. Il sympathisait avec sa tante éprouvée dans son attachement à un animal de compagnie, mais personne ne se doutait de l'affliction qu'il éprouvait, et pas même une photo ne lui rappellerait le souvenir de ce si beau visage qu'il avait aimé.

Sansoucy et sa belle-sœur parurent dans la cuisine. Alphonsine dressa le volatile sur la table devant Héloïse.

— Qu'est-ce que t'en dis ? demanda-t-elle. Il me semble qu'il est aussi beau qu'avant…

Des larmes mêlées de joie et de tristesse coulèrent des yeux d'Héloïse. Elle se leva et, avec ostentation, alla déposer Nestor sur un perchoir de fortune qu'elle s'était procuré à la quincaillerie Ravary. Désormais, le perroquet trônerait à une place de choix, à proximité de la berçante de Sansoucy.

* * *

Héloïse avait renoué avec un semblant de bonheur. Mais les habitants du logis endeuillé promenaient autour d'elle leurs sourires factices et leurs airs empruntés. Toute la maisonnée évitait de parler du sujet qui avait été sur les lèvres de ses occupants et qui avait couru abondamment dans les chaumières du voisinage. Émilienne ne s'habituait pas à cette atmosphère empesée qui allongeait les visages et appesantissait les rapports. Le pensionnaire à plumes avait changé le cours de leur existence et elle souhaitait retrouver au plus tôt la quiétude de sa maison. C'est alors que survint un événement inattendu qui l'exauça.

Émilienne reposait ses jambes variqueuses. Elle s'était tiré une chaise pour écouter *Les deux copains* à CKAC. L'émission fut interrompue. Elle s'inclina vers l'appareil et augmenta le volume.

— Venez vite, tout le monde, s'écria-t-elle, ils vont annoncer quelque chose de spécial !

Héloïse et Alphonsine se pressèrent vers le meuble de la salle à manger. Placide empoigna le fauteuil roulant. Sansoucy déposa sa pipe et se leva pesamment. Dérangés dans leurs caresses, Marcel et Amandine qui veillaient sur la galerie d'en avant s'amenèrent.

— Une catastrophe, je suppose ! déclara Émilienne.

— Vous avez le don de toujours dramatiser, moman, dit Irène. Attendez donc un peu, on va savoir.

En effet, un visiteur étranger avait été aperçu dans le ciel de Pointe-au-Père. Le Hindenburg, véritable paquebot aérien qui exécutait son quatrième vol commercial depuis Francfort-sur-le-Main, en Allemagne, suivait vraisemblablement la route du fleuve Saint-Laurent et se dirigeait vers Québec et Montréal avant de bifurquer vers Lakehurst, au New Jersey, sa destination finale.

— Il faut prévenir les autres, proposa Alida.

— Marcel, va les avertir ! ordonna l'épicier.

— Ça presse pas, p'pa, ils ont dit que le dirigeable était à quatre cents milles de Montréal, rétorqua mollement Marcel.

— Vous avez le temps de piquer un petit roupillon, popa, mentionna Irène.

Amandine appela chez ses parents pour les aviser qu'elle resterait avec son amoureux pour voir le Zeppelin. En attendant la venue du dirigeable, il était entendu qu'elle ferait un somme chez son ami, malgré les protestations de son beau-père.

Dès son retour de la taverne Archambault, sitôt informé de l'événement, Léandre échafauda un plan pour maximiser ses chances d'apercevoir le ballon.

— C'est ben simple, le père, commença-t-il. Si vous voulez rester sur la galerie, c'est votre affaire. Mais moi, je vas monter sur la *shed* avec la petite échelle, puis après je vas l'accoter sur le mur pour grimper sur le toit de la bâtisse.

— De vrais plans de nègre, Léandre ! protesta sa mère.

— Il va se casser la margoulette juste une fois, ricana Sansoucy. Puis après, on entendra plus parler de lui…

— Vous êtes pas *game*, le père, insista Léandre. Paulette a la trouille, mais avec Simone, David, Marcel, Amandine, Placide s'il se décide, puis vous, on va être une belle gang sur la couverture de votre maison.

Plus tard, Irène et les sœurs Grandbois s'alignaient sur la galerie, la bouche béante de fascination, les yeux fixés au ciel, comme des pénitentes en prière vivant dans l'espérance d'une apparition promise. Émilienne rompit le silence.

— J'espère qu'ils nous feront pas niaiser jusqu'aux petites heures du matin, exprima-t-elle.

— Tant qu'à ça, c'est pas pire que de se tenir debout pour la messe de minuit, rétorqua Alphonsine. Moi aussi, je travaille demain matin.

— En tout cas, on a besoin de voir quelque chose, se plaignit Héloïse.

Le firmament s'était brouillé de gros nuages gris. Dans les arrière-cours du quartier, les résidants s'étaient agglutinés sur les galeries pour scruter le ciel, comme les Gladu qui veillaient sur leur balcon loué. Les plus téméraires étaient perchés sur le faîte des habitations. À l'étage supérieur, la compagnie avait réussi à se hisser en deux étapes successives sur la toiture de l'immeuble, avec des bouteilles de boisson gazeuse et des sacs de cochonneries. Appuyés sur la cheminée de briques, profitant de l'obscurité, Marcel et Amandine se bécotaient. Au milieu de la surface plate, les mains jointes sur ses genoux repliés, Placide pensait à son cher disparu. Tous les corps célestes pouvaient apparaître durant la nuit ; rien ni personne ne pourrait remplacer Éloi Desmarais. Les autres supputaient les chances que le géant des airs se montre au petit peuple du quartier Maisonneuve. Mais le Hindenburg ne connaissait pas la ville. Il semblait errer dans les faubourgs.

Il faisait nuit. Montréal allait s'endormir et le dirigeable était toujours invisible. Sansoucy bâillait comme une carpe et souhaitait redescendre. Cependant, il tremblait à l'idée de regagner son logis. En montant, il avait été pris de vertige, car son pied était mal assuré. Pourquoi donc avait-il accepté de relever ce défi insensé qui tenait de la pure audace ? Qu'adviendrait-il de son commerce s'il venait à disparaître du jour au lendemain ? Depuis l'épisode du hold-up raté, il n'avait pas envisagé sérieusement la question. Ou bien finirait-il ses jours en éclopé comme sa belle-sœur Alida, après s'être cassé le cou en dégringolant en bas de son immeuble ? Frémissant, il se vit un instant immobilisé dans un fauteuil roulant et saper du manger mou à la petite cuiller. Un cri strident l'arracha à sa vision d'horreur.

— Le Zeppelin ! s'écria Simone, en pointant le ballon.

Le navire gonflé à l'hydrogène glissait avec majesté dans les flots célestes et traversait l'écume blanchâtre des nuages.

— Regardez, le père, la grosse saucisse volante ! lança Léandre. Vous auriez de quoi nourrir le quartier pendant des lunes.

Le boucher avait les yeux en signe de piastre. À bord de l'aéronef, des lumières allumées scintillaient sur le paquebot argenté qui transportait quarante-neuf passagers et ses membres d'équipage. Comment était-ce possible qu'un monstre se déplace avec autant de grâce et de beauté ? Le dirigeable dévia ensuite de sa trajectoire et fila vers Rosemont, avant de décrire un immense demi-cercle et de survoler le parc Jeanne-Mance.

* * *

C'était le premier dimanche de juillet, jour de départ de Placide. Émilienne avait tenu à ce que toute la famille soit présente pour saluer son religieux. Les deux couples du loyer étaient descendus avec le petit. Léandre avait accepté contre son gré de reconduire son frère. Édouard et Colombine avaient consenti à se déplacer pour saluer le taciturne. Pour l'occasion, on avait déplacé Nestor dans la salle à manger. On attendait Marcel et Amandine qui rapporteraient le pot de bines de la boulangerie.

— Le frère André a accordé une entrevue à *La Patrie* ! déclara Irène. L'article commence en page onze de l'édition d'aujourd'hui. Tiens, lis ça !

Elle tendit le journal au religieux, qui s'absorba rapidement dans la lecture du texte. Il connaissait les origines modestes, le parcours singulier du saint homme, et la simplicité légendaire du portier affecté au collège Notre-Dame. Selon les dires du personnage, on l'avait mis à la porte de l'établissement et il y était resté trente-neuf ans. Pendant son séjour chez ses parents, Placide n'avait-il pas été avenant comme le petit frère, empressé au-devant de tout un chacun pour ouvrir et fermer les portes ? N'avait-il pas accordé une attention particulière à l'impotente Alida ? Il n'avait sûrement pas assez prié pour délivrer sa pauvre tante accablée d'un handicap physique, la débarrasser de ses béquilles et les faire accrocher au mur des miraculés de l'Oratoire. À l'instar de la résurrection de Lazare par le Christ, il souhaitait à présent rencontrer le thauma-turge et lui demander d'intercéder pour obtenir de saint Joseph la renaissance d'Éloi ! Mais c'était peine perdue, il délirait dans ses pensées. D'ailleurs, le frère André n'était pas visible ; il s'était retiré dans une cellule à l'externat Sainte-Croix de la rue Sherbrooke, avec sa tasse de tisane et ses fioles de médicaments. Pourquoi diable ne pouvait-il se guérir lui-même ? Il n'était pas Dieu, et il faut croire qu'il n'était bon qu'à frictionner les bobos des autres à l'huile de saint Joseph, à redresser les pieds bots, et à guérir les maladies mineures pour lesquelles les médecins ne parvenaient pas à poser le bon diagnostic. Et tant qu'à faire, pourquoi donc ne prenait-il pas le liniment du réputé Dr Pierre pour soigner ses problèmes d'estomac ? À frotter avec le médicament onctueux, ça serait peut-être disparu…

À l'aube de ses quatre-vingt-onze ans, l'ascète devait s'allonger sur sa paillasse en repensant à la vision du lieu de sa mort qu'il avait eue jadis dans un champ de foin de Saint-Césaire alors qu'il avait aperçu comme dans un rêve la maison dans laquelle il terminerait sa vie terrestre. Vraisemblablement, il pressentait la fin de ses jours au collège Notre-Dame, là même où il était entré au noviciat. Alfred Bessette, alias frère André, non plus n'était pas éternel. Le vieux se sentait décliner et glisser lentement vers la fosse, au terme d'une longue carrière de dévotion, de bienfaisance et de miracles. Que resterait-il ensuite du très honorable fondateur ? Un jour, on invoquerait peut-être son nom, classé au firmament des saints, une auréole sur la tête. Et lui, Placide Sansoucy, fils de commerçant montréalais retournant dans sa campagne césairoise, à quel âge et à quel endroit finirait-il ses jours ? Il n'avait jamais été saisi par l'illusion d'un songe, aucune hallucination ne l'avait obnubilé. Il distribuait les gentillesses, se tournait la langue sept fois avant de parler et ne disait jamais du mal de son prochain. Mais cela était insuffisant ! Décidément, il n'avait pas l'étoffe d'un saint…

Marcel et Amandine entrèrent avec un pot de bines fumantes.

— On mange ! s'écria la maîtresse de maison.

Une vague de chaleur commençait à sévir. Simone, David, Amandine et Marcel décidèrent de se rendre au parc Belmont. Irène gardait le petit Stanislas chez lui. Placide retournait par le camion de livraison, par le plus court chemin et dans les plus brefs délais. Avec le soleil qui plombait et le brassage sur les routes de campagne,

Paulette avait refusé d'accompagner son mari et cherchait la brise sur le balcon. Léandre entrevoyait un aller-retour des plus rapides, attendu que le voyage avec le taciturne s'avérerait long et ennuyeux. Les relations avec l'être renfrogné avaient toujours été délicates. Et ce jour-là, en particulier, l'insondable personnage lui paraissait plus ténébreux que jamais. Il n'avait pas dit un traître mot du voyage. Quelquefois seulement il avait hoché la tête en signe d'approbation. La routine du pauvre garçon reprendrait avec son classage de livres à la bibliothèque du collège et ses heures de recueillement.

Depuis la mort d'Éloi, rien n'allait plus. Placide avait pourtant eu des distractions en montant sur le toit pour observer l'immense ballon qui flottait. En d'autres temps, il eût été émerveillé par l'objet volant qui clignotait de tous ses feux dans le ciel encombré de nuages. Semble-t-il que le dirigeable était maintenant reparti de son mât d'attache américain et fonçait dans une tempête au-dessus de l'Atlantique. Dans l'air embrouillé, illuminé d'éclairs et foudroyé par le tonnerre, il progressait à vive allure pour se sauver des orages.

Mais lui revenait au bercail pour y rester. D'habitude, c'est là qu'il se sentait le plus en sécurité, au milieu de ses confrères et de ses livres, à voir Éloi tous les jours, dans la monotonie du quotidien, sans se demander de quoi serait fait le lendemain. Cette fois, il aurait un océan de souffrances à traverser. D'ailleurs, il implorerait son Dieu de l'aider à vivre, à lutter contre les éléments, à croire qu'à l'autre bout de sa peine il trouverait la paix.

Léandre avait bien essayé de le faire rire avec ses niaiseries. Le perroquet de leur tante Héloïse était trépassé ; il avait trouvé drôle de voir disparaître l'oiseau d'étrange façon. Personne ne lui aurait imaginé une fin aussi inénarrable. Au moins, la haïssable Héloïse garderait un souvenir tangible de sa petite bête maintenant momifiée. Mais le sombre religieux n'avait pas ri. On avait ramené le corps d'Éloi sur la plage ; il ne resterait de lui que de tristes pensées. Comme il se connaissait, Placide oublierait les moments de joie qu'ils avaient connus ensemble, et il ne conserverait que les plus amers, les plus douloureux.

Le camion s'immobilisa devant l'établissement scolaire. Placide s'apprêtait à descendre.

— À la revoyure, mon frère! dit Léandre.

Chapitre 22

Juillet a parfois de ces soubresauts d'ardeur et enserre ses proies d'une touffeur excessive. À la fin de cette même semaine, après une journée de chaleur intense, Émilienne cherchait désespérément le sommeil. Demain, vendredi, serait une grosse journée au magasin, elle se devait d'être reposée. Le ronflement prolongé de Théodore alternait avec le grondement sourd d'un tonnerre menaçant. À la demande de son mari, elle avait consenti à rouler le drap à ses pieds, mais aucune brise ne venait caresser ses chairs molles et rafraîchir son corps alourdi. Son partenaire avait ôté sa camisole et dormait dans une tenue réduite à sa plus simple expression. Elle eut envie de se débarrasser de tout ce qui collait sur elle et qui la comprimait. Mais son éducation lui imposait des réserves ; elle abandonna l'idée. Le temps de consulter les chiffres phosphorescents du cadran, elle fut secouée par une puissante déflagration.

Émilienne appréhendait le pire. Elle pensa à sauter du lit et à s'enfermer dans sa garde-robe. Le bruit du tonnerre serait étouffé par ses vêtements, et les éclairs seraient invisibles à ses yeux apeurés. Mais l'entreprise était hasardeuse, et ses sœurs et son mari se moqueraient d'elle, le cas échéant. Fermer les volets et empêcher le vent l'épouvantaient. Remonter le drap sur sa tête en resserrant fermement les paupières aurait dérangé le dormeur. Elle résolut de braver l'orage.

La nature se déchaîna. Au milieu des sourds mugissements et d'effroyables éclairs, les cieux chagrinés se mirent à pleurer à chaudes larmes. La pluie cinglait les vitres et cherchait à rentrer. Émilienne eut peur. Mais la blancheur de son visage ne suffisait pas à la guider dans les ténèbres de sa chambre. Au lieu de se précipiter, elle attendit qu'un éclair embrase ses pas et la conduise prudemment aux volets. Elle se débattit contre le vent, referma les persiennes et revint vers son mari.

— *Mouve-toi*, Théo, proféra-t-elle, en le remuant.

— Qu'est-ce qui te prend, Mili, de me réveiller à une heure pareille? brama l'épicier d'un air hébété.

— L'eau va monter!

— Viens-tu folle? On reste au deuxième étage…

— Je te parle de la cave, Théo, fais pas exprès pour me faire choquer! Avec un coup d'eau de même, c'est sûr que le plancher va être mouillé puis que la marchandise va se gaspiller.

À tâtons, dans le crépitement des éclairs, le marchand mit la main sur son pantalon qu'il enfila en vitesse et traversa la cuisine, les bretelles pendantes et la braguette ouverte. Dans son empressement, Émilienne agrippa sa jaquette, se battit avec elle pour en retourner les manches et se déporta hors de la pièce en rasant les murs. Une fois dans la cuisine, elle frôla le comptoir et accéda à une porte de l'armoire au-dessus de l'évier. Puis elle alluma une chandelle et se rendit à la porte du logis. Son mari attendait pour descendre et regardait Marcel, pieds nus, qui roulait le bas de sa culotte de pyjama.

La pluie s'infiltrait déjà par les lézardes du solage et refoulait dans la cave basse. Sur la troisième marche de l'escalier, l'épicière tenait le chandelier et suivait d'un air dévasté la progression de l'eau. Les moustaches tombantes de découragement, son mari était juché sur une caisse de bois vide en essayant de localiser la provenance du gargouillement.

— Occupe-toi pas des cannages, saudit gnochon, faut sauver les patates! beugla-t-il.

Marcel empoigna un « cinquante livres » et alla vers les marches. Émilienne se résigna. Voyant qu'elle obstruait le passage de son fils, elle enleva ses pantoufles, releva d'une main sa jaquette fleurie et acheva de descendre les degrés. Les flots bavaient à présent par le soupirail grillagé et atteignaient le haut de ses chevilles.

— Qu'est-ce qu'on va devenir, Théo ? s'écria-t-elle.

Les lampadaires étaient morts, mais les rues submergées s'illuminaient des cieux enragés qui s'émiettaient subitement avec fracas dans un éclatement de lumière. Il ne subsistait que les phares timides des voitures qui hasardaient leurs yeux pâles dans la nuit. Sur le plancher du magasin, Marcel déposait les poches de jute humides et redescendait aussitôt.

L'épicier avait la sensation de s'enfoncer dans la crue bouillonnante qui mouillait maintenant ses semelles. Mais il ne marchait pas sur les eaux ; dans quelques secondes, ses souliers de cuir verni luiraient sous la surface. La marée avait englouti des dizaines de caisses. Des décorations de Noël avaient quitté leur port d'attache sous l'escalier. Au milieu de boules, des anges se berçaient au gré du clapotis des vagues et se heurtaient aux mollets d'Émilienne. Le petit Jésus de cire était débarqué de son berceau de paille et s'était noyé quelque part, Dieu sait où. Elle invoqua saint Joseph.

— On ne prie pas assez, exprima-t-elle, la voix altérée.

— Penses-tu, Mili, qu'on est les seuls à être éprouvés ?

La réponse de son mari ne l'avait pas rassérénée. Le déluge ne s'était pas abattu uniquement sur leur commerce, mais elle se doutait que les confessionnaux seraient achalandés et que la ferveur des âmes s'intensifierait après la catastrophe.

La crue avait cessé une demi-heure après la pluie. Les portes avant et arrière du magasin étaient ouvertes. Émilienne avait étalé ses décorations de Noël rescapées sur son comptoir-caisse et, serpillière à la main, elle attendait que se termine le nouveau chantier de Marcel : il avait délaissé son transport de patates et charroyait des seaux qu'il déversait dans la rue. La mare ne stagnerait pas longtemps dans la cave.

Sansoucy avait dû chausser ses bretelles pour éviter de voir ses culottes appesanties glisser le long de son corps et disparaître dans l'onde. Une fois remonté sur le plancher de son commerce, il s'était dévêtu pour tordre son pantalon et se tenait dans l'encadrement de son arrière-boutique. Émilienne l'apostropha :

— Qu'est-ce que les voisins vont dire, Théo ? J'en connais à qui ça prend pas grand-chose pour les exciter.

— Veux-tu dire que j'ai rien pour attirer les femmes ? rétorqua-t-il sur un ton mi-sérieux, mi-badin.

L'homme acheva d'essorer son vêtement et entreprit de passer en revue ses sacs de pommes de terre.

Huit heures moins cinq. La porte du magasin avait été refermée. Le téléphone résonnait dans l'air humide. Paulette répondait au troisième appel : non, il n'y avait pas de « spéciaux du jour », le commerce n'était pas sinistré, et il ouvrirait à l'heure habituelle. Des clientes s'étaient agglomérées en une masse compacte près de la porte, persuadées de réaliser des affaires d'or à l'épicerie-boucherie. Sansoucy s'était assoupi dans son arrière-boutique, les bras croisés sur sa paperasse. Moulue de fatigue, Émilienne torsadait une dernière fois sa serpillière. Deux heures plus tôt, voyant qu'ils ne parviendraient pas à compléter à temps la corvée, elle avait réveillé Héloïse pour l'aider et en avait profité pour se changer. La cave désinfectée, Marcel remontait à la suite des femmes avec la chaudière et les produits de nettoyage. Léandre parut et contempla le plancher recouvert de patates.

— Un vrai champ de bataille ! s'exclama-t-il. Puis vous autres, d'où c'est que vous sortez ?

— Ça a passé pas mal fort, mon garçon, exprima Émilienne, un orage comme on en a rarement vu.

— T'aurais pu venir nous donner un coup de main, blâma Héloïse. Ces gros travaux-là, c'est plus ben ben de notre âge. Quand t'as pris le logis de tes parents, j'ai...

— Vous avez fait votre part, je le sais, matante, approuva Léandre. Mais là, j'ai pas pensé une seconde qu'il y avait eu des dégâts dans la cave.

— Ben oui, Loïse, au troisième étage, le défendit sa mère, ils ont eu juste à fermer les persiennes, les chanceux !

— En tout cas, on en a eu, de l'eau ! soupira Marcel.

Théodore Sansoucy surgit en reboutonnant la braguette de son pantalon aux jambes ravalées, la mine déconfite, les traits tirés. Dehors, des clientes avaient le nez écrasé dans la vitrine et reluquaient l'adolescent en pyjama, tandis que les autres femmes, plus vieilles, devisaient sur l'étendue de la catastrophe en escomptant les rabais.

— De quoi t'as l'air, Marcel ? Va vite t'habiller ! proféra l'épicier.

— Tu peux ben parler, Théo ! rétorqua Émilienne, tu t'es pas vu l'amanchure.

— Vous avez de la concurrence, le père, répliqua Léandre. Les bonnes femmes aiment ça, les beaux jeunes hommes ben bâtis. Vous devriez être le premier à vous changer d'accoutrement.

Marcel s'exécuta. L'épicier alla déverrouiller. Les clientes s'engouffrèrent et se dispersèrent vers les tablettes avec leurs sacs de provisions. Rose-Anna Flibotte, une nécessiteuse de l'avenue Bourbonnière, se tourna vers le marchand, l'air offusqué.

— Où c'est que vous les avez cachés, vos spéciaux ? grogna-t-elle.

— Il y a juste les patates qui ont trempé un peu.

— C'est rien que des petits gorlots que vous avez, monsieur Sansoucy, répliqua Germaine Gladu.

— En plus, ils sont pleins de germes, vos *pétaques*! renchérit Dora Robidoux. Je comprends que vous voulez écouler votre vieux stock, mais il y a toujours ben des limites à exploiter le petit monde. Je vas attendre les patates nouvelles.

Mademoiselle Lamouche avait effectué un tour rapide des lieux et revint en braquant un œil torve sur le plancher.

— Imaginez-vous pas qu'on va les acheter, ça doit être plein de moisissure, ces patates-là, se plaignit-elle.

— Qu'est-ce qui vous dit que la vermine s'est pas mise là-dedans pendant que l'eau montait! commenta Germaine Gladu. Comme le dit Réal, avec les égouts qui refoulent, il y a pas de chances à prendre. L'idéal serait que je vous amène mon matou pour chasser tout ce qui pourrait grouiller encore dans votre cave.

Les mains aux hanches, l'épicière s'adressa à la plaignarde :

— Je vous demande ben pardon, madame Gladu, objecta-t-elle, j'ai tout désinfecté d'un bord à l'autre.

Le marchand se sentait transpercé par les regards qui le dardaient sans pitié. Sa crédibilité de commerçant était en jeu.

— Fais un petit effort, Théo! l'implora Émilienne.

— Bon, d'accord, obtempéra-t-il, en poussant un grand soupir de soumission. Si ça peut vous faire plaisir, on va mettre aux vidanges toutes celles qui ont des tubercules. Ensuite, on va laver les bonnes puis les frotter à l'eau claire une par une. Comme ça, vous aurez rien à redire sur mes patates. Si vous en voulez, vous avez juste à revenir à la fin de l'après-midi pour en acheter à un prix avantageux.

Les clientes repassèrent le seuil, apparemment satisfaites de la proposition du commerçant. Contraint de respecter sa parole, Théodore Sansoucy fit transporter au logis tout ce qui avait été répandu et tout ce qui était resté dans les sacs de jute.

Toutes les mains de bonne volonté étaient requises. Marcel alla réquisitionner sa sœur du troisième pour accomplir la tâche qui s'avérait fastidieuse. Stanislas dans les bras, Simone avait retrouvé ses tantes Héloïse et Alida. Rassemblées dans la cuisine, elles procédèrent au tri et au nettoyage à la brosse de chacune des pommes de terre qui allaient ensuite sécher sur la galerie, dans le couloir et sur le balcon d'en avant.

Vers les quatre heures, les spécimens qui présentaient des renflements avaient pris le chemin des ordures, le matou de Germaine Gladu rôdait au sous-sol, et les précieuses denrées périssables avaient été remises dans des sacs rapatriés au magasin. Madame Flibotte rappliqua la première. Le boucher délaissa son étal et s'approcha des sacs empilés au milieu de la place en bombant le torse. La cliente toisa les poches et tâta la marchandise.

— Pouvez-vous m'assurer qu'il y en a pas une *pourrite* qui va faire gâter les autres ? s'enquit-elle.

— Satisfaction garantie ou argent remis ! lança fièrement l'épicier.

Juillet n'avait pas fini d'éprouver les Montréalais. Au lendemain de l'orage, une chaleur épouvantable s'abattait sur la ville. Selon l'observatoire de l'Université McGill, le mercure s'affolait et atteindrait les 90 degrés. De quoi bouillir, même en restant à l'ombre. Tout ce qui était encore trempé sécherait. Les rues et les ruelles, hier lessivées par l'eau ruisselante, exhiberaient leurs traînées de déchets. Des meubles et des objets divers abîmés dans les soubassements s'exposaient aux rayons du soleil. Les résidants récupéraient leurs poubelles charriées par les flots. Depuis le début de la matinée, des employés municipaux s'affairaient au déblocage des égouts engorgés. Bref, Montréal se remettait de la veille, comme une soûlonne qui avait pris un coup de trop.

Mais personne n'avait pu contenir l'eau dévastatrice qui aujourd'hui servirait à abreuver la population. Les habitants avaient soif. L'aqueduc peinait à fournir ses gallons. Et le marchand

Sansoucy avait bien l'intention de profiter de la manne passagère. Dès sept heures, il était à son commerce et composait le numéro de Wilfrid Bissonnette afin de s'approvisionner en liqueurs douces. On lui avait mentionné qu'il serait dans les premiers sur la liste de livraisons. Comme des clientes de la veille, il s'était ensuite englué à la vitrine pour surveiller l'arrivage. Sept heures trente sonnèrent le glas de son attente ; il se rendit chez ses locataires.

— Vous pompez ben, donc, le père !

La démarche pesante, Sansoucy suivit les pas de Léandre et s'affaissa dans le fauteuil. David était parti travailler, Simone avait découvert une poussée de petits boutons en donnant le boire à son fils et Paulette achevait de se préparer avec indolence dans la salle de bain.

— On ouvre à huit heures, puis t'es encore en *caneçons* !

— Je vas finir mes toasts, après je vas enfiler mon pantalon, une chemise à manches courtes, puis si vous le permettez, ce matin je vas laisser faire la cravate. Il fait chaud en taboire !

Onze minutes plus tard, le Fargo de l'épicerie quittait le trottoir de la rue Adam et s'acheminait sur la rue Moreau, à l'entrepôt de Wilfrid Bissonnette. Une filée de véhicules identifiés au nom de commerces s'alignaient aux abords de l'établissement.

— Ah ! ben, ça parle au verrat ! maugréa Léandre.

Le livreur quitta son siège, s'alluma une Turret et s'appuya sur son camion. Il prendrait son mal en patience ; après tout, il pouvait relaxer. Il se mit à penser à Lise, la serveuse de l'*Ontario's Snack-bar* qu'il avait négligée ces derniers temps et qui lui manquait. Mais il était là, à fondre sous les rayons avec indolence, cherchant l'ombre qu'un impitoyable ciel sans nuage se refusait à projeter. De plus, la file stagnante s'était étirée de plusieurs autres camions assoiffés et commençait à l'irriter souverainement. Et cette fumée qui lui asséchait les bronches. Un homme dans la trentaine surgit derrière lui. Il lança son mégot de cigarette. Le livreur de l'épicerie Bourdages ôta sa casquette, se gratta le cuir chevelu, remit son couvre-chef et s'accouda sur le capot.

— Coudonc, mon cher monsieur, ils sont après nous faire sécher sur la tige comme du blé d'Inde, dit-il. C'est pas trop bon pour les récoltes, une température de même.

— C'est pas le goût qui manque de m'envoyer quelque chose dans le gorgoton, dit Léandre.

Devant, le long du chapelet de camions, une information semblait se propager comme une rumeur. Elle parvint aux deux hommes : Joseph Bissonnette, un père de famille de cinquante et un ans, venait de s'effondrer en chargeant son camion de livraison. Par respect pour son frère, le commerçant en gros avait décidé de fermer son entrepôt pour la journée.

— Pauvre Jo ! C'est ben le temps de mourir ! commenta le livreur de l'épicerie concurrente.

— C'est l'père qui va être dans tous ses états ! bougonna le fils Sansoucy.

Les véhicules rebroussaient chemin, une cargaison de bouteilles à sec. Comme les autres, Léandre avait perdu son temps. Mais il ne retournerait pas à l'épicerie tout de suite. Un sourire plissa ses lèvres. « Le corps a ses besoins que la raison ne connaît pas », songea-t-il. À son tour, son père sécherait.

Le Fargo dut se garer loin du casse-croûte. De toute évidence, une nuée de clients assoiffés avaient envahi l'*Ontario's Snack-bar*. Il semblait que l'eau ne parvenait pas à étancher toutes les soifs. Mais dans le petit restaurant, des odeurs de transpiration intense se mêleraient aux relents d'oignons frits et de vinaigre. Léandre n'avait aucun intérêt à se planter comme un piquet, d'autant plus que Lise devait être occupée comme une poule sans tête. Qu'à cela ne tienne, il la verrait une autre fois! Il résolut de se rendre à la taverne Archambault.

Au magasin, retranchées derrière le comptoir-caisse, Émilienne et Paulette sirotaient leur Coke devant une rangée de bouteilles vides. Le visage pétrifié, Simone était venue consulter sa mère à propos des petits renflements qui paraissaient sur le corps de son fils. «Tu t'énerves pour rien, ça sert pas à grand-chose de courir à la Goutte de lait au début de la semaine prochaine, l'infirmière va te dire que c'est juste des boutons de chaleur», lui avait-elle mentionné pour la rassurer. Le boucher séjournait dans sa glacière pour se rafraîchir et se calmer. Alors que Léandre ne revenait pas de chez Bissonnette, il avait mandaté Marcel pour dégoter tout ce qui restait de boissons gazeuses dans les épiceries du voisinage. Cependant, les commerçants avaient compris la manœuvre de Sansoucy, de sorte que Marcel n'avait rapporté qu'un carton de six et aucune grosse bouteille.

Un grand pan de l'avant-midi s'était écoulé avant que Léandre ressurgisse au magasin. Pour expliquer son retard, il avait peaufiné des justifications auxquelles son père souscrirait. Le boucher ressortait pour la troisième fois de sa chambre froide, grandement débobiné.

— T'as pas besoin de parler, je sais ce qui est arrivé à l'entre-pôt de Wilfrid Bissonnette, déclara-t-il. Son frère Joseph qui devait livrer chez nous est tombé raide mort en chargeant son camion. J'ai téléphoné plusieurs fois, ça répondait pas. Puis j'ai fini par appeler à l'épicerie Bourdages qui m'a renseigné.

— Il était malade, cet homme-là, précisa Léandre. Ça faisait une secousse qu'il venait pas livrer. Ça fait exprès, c'est en repre-nant son travail par une grosse chaleur de même qu'il a flanché.

Émilienne quitta son comptoir. L'état de son fils lui paraissait douteux.

— Changement de propos, les hommes, dit-elle, en s'approchant. Coudonc, Léandre, pour moi t'es pas tout à fait dans ton état normal…

— Il fait chaud pour tout le monde, la mère. J'avais poireauté au gros soleil dans une filée chez Bissonnette, je méritais ben une petite gorgée de bière. Comme je suis barman à la taverne, j'ai eu droit à un privilège. Monsieur Archambault m'a payé la traite. Mais, dites donc, poursuivit-il, c'est pas mal tranquille au magasin…

Son regard embrassa le devant du commerce. L'épicier avait fait empiler des caisses de liqueurs douces, et de grosses bouteilles n'avaient pas trouvé preneurs.

— Voyons donc, le père, que c'est que vous avez pensé pour mettre vos prix hauts de même ? Je comprends asteure pourquoi vous avez tous la face longue.

— Je lui avais pourtant dit que personne voudrait acheter du Kik puis du Seven-Up à ces prix-là, voyons donc ! commenta Émilienne. Quand je dis que ton père a la caboche dure. Il avait assez peur de les laisser partir qu'il reste pris avec, asteure ! Ça lui apprendra à avoir les yeux plus grands que la panse…

— Ben s'ils sont trop sans-desseins pour pas payer, ils boiront l'eau de la *champlure*, d'abord, rétorqua l'épicier.

— Vieille bourrique ! marmotta Émilienne.

Sansoucy avait cru tenir ses clients à la gorge. La journée s'était égrenée dans sa touffeur, les prévisions laissaient présager des heures accablantes le lendemain. Mais le magasin demeurait désert.

Il devait être environ cinq heures moins vingt-cinq. Le boucher sortit de son refuge et se retira dans son arrière-boutique pour évaluer les recettes de la journée. Penché sur une maigre liasse de factures sous un ruban de collant à mouches qui pendait du plafond, il recomptait ses colonnes de chiffres, la bouche béante de suffocation. Le samedi qui se terminait avait enregistré un des plus bas chiffres d'affaires de l'année.

Son poing asséna un formidable coup sur sa paperasse. Il allait démontrer qu'on n'avait rien vu de son sens inné du négoce. Il fit irruption sur le plancher du magasin.

— Léandre, Marcel, vous allez mettre les liqueurs sur le trottoir, ordonna-t-il.

— Oui, mais l'père ! riposta Léandre. À l'heure qu'il est, ça donnera pas grand-chose, on va fermer bientôt.

— Vous manquez de cœur, je vas le faire moi-même ! blâma l'épicier.

— On sait ben, p'pa, osa Marcel, vous avez été une grande secousse sur la glace, tandis que nous autres…

— Si vous avez choisi de passer votre samedi soir sur le trottoir, ça vous regarde, commenta Léandre. Marcel puis moi, on va faire ce que vous nous demandez, puis après, surprenez-vous pas si on s'en va.

Émilienne soupira en abaissant les paupières. Elle savait que son homme ne dérogerait pas de son dessein. Les visages résignés obtempérèrent et un imposant étalage de bouteilles de liqueur se retrouva sur la devanture. Afin de veiller sur sa précieuse marchandise, Sansoucy s'installa sur un tabouret à proximité de la porte.

Toute la journée, Montréal avait été une véritable marmite dans laquelle avaient bouillonné les habitants. À présent, on se réjouissait de voir le soleil décliner. Mais la chaleur étouffante persistait et les Montréalais mijotaient à feu modéré dans leur chaumière. C'était mort dans la rue. L'heure du souper était passée. Dans la plupart des familles, on avait mangé froid pour éviter le surchauffage du logis. Émilienne s'était doutée que son homme se morfondait ; elle lui avait fait descendre une salade de concombre et de radis. Comme pour le narguer, les quelques passants qui avaient croisé Sansoucy assis aux côtés de ses assortiments avaient ralenti le pas devant son commerce en léchant un cornet de crème glacée. Le vieux avait dû attraper un coup sur le crâne pour pâtir au gros soleil.

Sept heures sonnèrent aux églises et, depuis l'étalage extérieur, pas un client n'avait franchi le seuil du magasin. Soudain, comme en réponse au tintement des cloches, un toc retentit sur les cartons de liqueurs douces, sec comme un claquement de fouet. Le marchand se leva brusquement, promena des yeux soupçonneux autour de lui. Puis, le temps de se retourner, il entendit un second bruit.

— Ayoye!

Manifestement, quelqu'un l'avait pris pour cible. Un caillou ou quelque chose d'approchant l'avait atteint à la nuque. Il se pencha pour ramasser le projectile. Un troisième coup retentit, plus mat celui-là.

— Outch! s'écria-t-il, en se frottant la fesse. Chenapans! Vous allez me le payer!

Des galopins disparurent à l'angle d'un immeuble. Comme pour s'assurer que le bas de son pantalon n'entraverait pas sa course, le marchand vérifia l'attache de ses bretelles. Sans faire ni une ni deux, il s'empressa derrière eux, aussi vite que sa condition de quinquagénaire sédentaire le lui permettait. Il marchait à grands pas plus qu'il ne courait, déterminé à apostropher les malfaisants qui s'en prenaient à lui. Sa poitrine haletait à tout rompre. Son front perlait, des gouttes de sueur avaient embué ses lunettes et obstruaient sa vue. Il ne savait plus si les polissons avaient enfilé la ruelle ou s'étaient engouffrés dans une demeure. Enragé, il s'immobilisa, ôta ses verres, les essuya avec sa queue de chemise et rebroussa chemin.

Le temps de le dire, la hauteur de ses étalages avait baissé. Des caisses complètes avaient été enlevées.

— Mes gars ont eu pitié de leur pauvre père, pensa-t-il. Ils ont commencé à rentrer la marchandise. Tant pis, c'est aussi ben de même !

Résigné, il empoigna un carton, pénétra dans son magasin. Il en ressortit aussitôt en jetant des airs ahuris sur le trottoir.

— Ah ! ben verrat ! marmonna-t-il.

Éminemment frustré, il rapatria le reste de ses bouteilles dans son commerce, le plus près possible de la porte, et regagna son logement avec ses ustensiles et son assiette.

En rogne, Sansoucy se déplaça en bousculant tout ce qui se trouvait sur son passage, déposa sa vaisselle sale avec fracas dans l'évier et parut sur la galerie. Les femmes prenaient l'air en s'abreuvant de boisson gazeuse. Il leur lança un regard menaçant.

— Je me suis fait voler, taboire ! Des mécréants m'ont chipé au moins trois douzaines de liqueurs : du Coke, du soda, puis de l'orangeade ! Je suis à peu près certain que c'était le petit Morasse et le fils Pitre que j'ai vus s'enfuir. Les torrieux ! Le pire, c'est que ça donne rien de mettre la police à leurs trousses.

— Comment ça se fait, t'étais pas là pour surveiller ton stock ? demanda l'épicière. Que c'est que tu vas faire, asteure ? Viens t'asseoir un brin pour décompresser.

— Ça doit être les mêmes petits malfaisants qui m'ont enfermée dans la glacière, commenta Héloïse. Y a-tu du monde mal élevé…

— Après les patates sauvées du déluge que t'as été obligé de vendre à rabais, tu voulais compenser en essayant de faire un coup d'argent avec tes bouteilles de liqueur, dit Alphonsine. C'est plate à dire, mais c'est ça qui arrive quand on est trop gourmand en affaires !

— Une journée, les patates ; le lendemain, la liqueur. Qu'est-ce que ça va être demain ? exprima Alida.

— Si ça continue de même, il y en aura pas, de demain, soupira l'épicier d'une voix altérée.

— Voyons, popa, arrêtez donc, dit Irène, vous êtes pas sérieux pour deux cennes quand vous parlez de même !

Son aînée avait dit juste. Le marchand aimait son travail, le service à la clientèle, et il entretenait l'intime conviction que son épicerie-boucherie occupait une place indispensable dans le faubourg. Et sans lui, le quartier Maisonneuve ne serait pas ce qu'il était. Il méritait de se faire plaisir ; il se rendit à la taverne.

Chapitre 23

Malgré les averses abondantes et les violents orages qui avaient déferlé, le soleil tenace avait maintenu ses degrés et enveloppé la métropole d'un édredon de laine épaisse, couleur dorée. Partout sur le continent américain, la canicule avait sévi, semant la mort, la ruine, la désolation. Les décès se comptaient par centaines, des récoltes étaient perdues. Des baigneurs voulant se protéger de la chaleur s'étaient noyés dans l'eau froide. De pauvres gens hospitalisés avaient fini par succomber. Et dans l'entourage immédiat de l'épicier, la disparition de son livreur de liqueurs douces l'obligeait à assister aux funérailles.

Sansoucy bougonnait dans ses habits trop serrés. Pensif, il regrettait de ne pas s'être rendu au salon funéraire pour prier le bon Dieu au corps. Là, il aurait pu se faire voir du propriétaire de l'entrepôt et de la veuve, épouse en troisièmes noces de Joseph Bissonnette. Tandis qu'à l'église il serait fondu dans la touffeur de la foule, épicier anonyme parmi les autres, venu verser des larmes de compassion. Un moment, il se trouva égoïste de penser qu'il avait raté une occasion de vendre beaucoup de liqueurs. Si l'approvisionnement n'avait pas fait défaut, peut-être n'aurait-il pas été tenté de majorer ses prix et que les événements qui s'étaient ensuivis n'auraient pas eu lieu.

Les femmes regardaient l'homme de la maison se chamailler avec sa cravate devant le miroir. Pourtant, il avait coutume de s'enfiler autour du cou un de ces morceaux d'étoffe qui donne de la classe à sa profession d'épicier-boucher.

— Au lieu de limoner, Théo, demande donc à quelqu'un de t'aider, suggéra son épouse.

Émilienne s'avança vers son mari, désentortilla la bande mal nouée et recommença.

— Ça paraît que vous avez pas le goût de sortir à matin, lança Irène. Moman va vous arranger ça.

— C'est normal que tu te déplaces pour un livreur de longue date, la famille Bissonnette va apprécier, commenta Alida. Et puis ça va te donner des indulgences, t'en as ben besoin, badina-t-elle.

— Très drôle, Lida. Je sais pas si je vas avoir ben du monde le jour de mon enterrement, rétorqua l'épicier.

— Ça, c'est le genre de question que tu devrais pas te poser, mon cher beau-frère, lança Alphonsine.

— Peut-être qu'il va y avoir ben des clientes qui vont te regretter, ricana Héloïse.

Léandre attendait son père dans sa camionnette. Pas particulièrement porté sur le culte des morts et la pratique religieuse en général, il le déposerait devant l'église Saint-Vincent-de-Paul et il irait téléphoner «pour affaires» à quelqu'un. Après tout, il n'était que le fils de l'épicier.

La cérémonie terminée, Sansoucy regagna son logis et troqua vitement son habit foncé contre ses vêtements de travail et sa cravate quotidienne. Émilienne vit paraître Léandre et son mari au magasin. Une inquiétude ombrageait sa figure.

— Ça fait une secousse que Marcel est parti, exprima-t-elle. Léandre, va donc au-devant.

— Minute, minute, mon garçon, ton frère va ben finir par aboutir! dit l'épicier. Là, c'est ta mère qui prend le mors aux dents…

Comme d'habitude, lorsque les débuts de semaine s'avéraient tranquilles, l'adolescent entreprenait une tournée pour aller prendre des commandes à domicile. Mais voilà près de deux heures qu'il avait enfourché son triporteur. Un souvenir pesait lourdement dans la tête d'Émilienne, qui ne se rappelait que trop de l'accident de la circulation dont son fils avait été victime.

Après la macabre découverte, Marcel avait dévalé l'escalier menant au logis du père Dubreuil et il était accouru pour téléphoner chez mademoiselle Froment, la fleuriste qui tenait boutique dans la rue Sainte-Catherine, entre Joliette et Aylwin. En revenant, il avait laissé la porte grande ouverte pour chasser l'air enfumé qui s'était accumulé dans la pièce exiguë. À présent, il se tenait debout, les deux bras tombés de consternation devant l'échine ployée à la fenêtre et attendait du secours.

Onésime Dubreuil ne verrouillait jamais. Il avait pour son dire qu'il n'y avait rien à voler dans son galetas miteux où il n'avait rassemblé que quelques objets sans valeur. Et qui s'en prendrait à ce vieillard décati qui n'avait jamais fait de mal à une mouche ? Depuis une quinzaine d'années, après une carrière dans les mines, le vieil homme sans famille s'était claquemuré avec ses cossins pour fuir le monde et la lumière. Comme il était enfant unique et d'un commerce peu facile, ses parents avaient conclu que leur fils n'avait aucune aptitude pour vivre en société. D'ailleurs, pour gagner sa croûte, il avait besogné comme une taupe pendant des décennies, sortant peu et fumant beaucoup, ne voyant que quelques connaissances qui l'ennuyaient.

Marcel eut envie de vider les trois cendriers qui débordaient sur le tapis. La vaisselle sale, les restes de nourriture sur le comptoir, les fenêtres épaisses qui empêchaient l'unique pièce de tirer son jour, le lit défait en permanence et les meubles dépareillés, rien dans cette chambre mansardée n'était agréable à voir. Mais le locataire édenté était d'une gentillesse et d'une simplicité peu communes. C'était à croire qu'à passer toute sa vie dans un trou on en vient à découvrir la vraie manière de se comporter avec les gens.

D'habitude, Marcel frappait à la porte et restait sur le seuil pour prendre la commande. Cette fois, il avait attendu inutilement la voix éraillée du vieillard. Il s'était avancé d'un pas timide et avait constaté que l'homme ne bougeait plus. Il avait pensé le secouer. Il était habitué au souffle difficile de celui qui courait après sa respiration à tous les trois ou quatre mots. Mais il n'avait pas entendu les quintes de toux ni ce curieux sifflement qui accable parfois les malades des poumons.

Un policier et deux brancardiers traversèrent le seuil en maugréant contre l'atmosphère irrespirable et le désordre qui régnait.

— Décidément, les Sansoucy, vous avez le don de vous trouver à la mauvaise place au mauvais moment! commenta le lieutenant Whitty.

— Je lui devais ben ça, répondit Marcel.

— Qu'est-ce que tu veux dire? demanda l'enquêteur.

Le livreur connaissait peu son client. Il se contenta de mentionner qu'il avait quelquefois échangé avec le misérable des paroles de réconfort. Malgré sa vie de reclus, le malade n'était jamais maussade et se montrait à l'écoute de ceux qui prenaient le temps. Au fond de son visage osseux se nichaient des yeux d'une indicible bonté. En revanche, Marcel avait maintes fois offert de courir à la pharmacie. Mais Onésime Dubreuil avait refusé. Dans ses moments les plus difficiles avec son père, le livreur de l'épicerie Sansoucy s'était confié brièvement à lui, et, toujours, il avait reçu des encouragements. Comme si les plus sauvages de la société connaissaient le mieux la nature humaine…

Les brancardiers transportèrent le corps. Le lieutenant Whitty interrogea le fils de l'épicier en consignant dans son carnet de notes tous les détails susceptibles d'éclairer son enquête. Mais les recherches ne seraient pas longues. Il ferait corroborer par des voisins les déclarations du jeune homme concernant l'état de santé du vieillard. Tous les locataires s'accorderaient pour dire que, dans ses pires périodes, lors de grands arrachements, le malade devait cracher des morceaux de poumons. De toute évidence, pris d'un emphysème sérieux, le malheureux solitaire avait lamentablement cherché son air et avait succombé.

Marcel quitta la chambre du père Dubreuil. Le lieutenant fouilla pour trouver la clé afin de verrouiller la pièce. Au besoin, il recourrait à un résidant de l'immeuble pour obtenir l'adresse du propriétaire qui devait posséder un double.

La triste découverte l'avait accablé de regrets. Au début de la vague de chaleur, il aurait dû s'écouter et filer à la pharmacie Désilets acheter une potion pour soulager le malade. Marcel pédalait machinalement, la tête pleine de ces petits souvenirs qu'on veut garder de ceux qui nous ont fait du bien.

Il gara son triporteur sur la devanture et entra au magasin. Émilienne céda le cornet acoustique à Paulette et croisa ses mains sur sa large poitrine.

— Merci, mon Dieu! s'exclama-t-elle.

Le boucher délaissa son étal et parut au comptoir-caisse.

— Andouille! s'écria l'épicier.

— Chicanez-moi pas, p'pa, murmura le livreur.

Marcel ouvrit lentement sa sacoche de cuir, en extirpa quelques papiers.

— Regardez, c'est pas une grosse récolte, mais j'ai quand même ramassé des commandes.

— T'as ben l'air caduc, donc! remarqua la mère.

— J'en ai vu, des visages d'enterrement aux funérailles à matin! proféra Sansoucy. C'est pas avec une face de même que les clients vont vouloir commander chez nous. Ça fait que, change d'air…

La physionomie exaspérée, le boucher regagna ses quartiers pour servir des régulières qui venaient d'entrer. Émilienne s'approcha de son fils et l'entraîna un peu à l'écart. La mort du père Dubreuil la désola. Sans attendre que le boucher se libère, elle alla l'en informer.

— Il y aura pas grand monde à son enterrement, celui-là ! réagit-il.

— Le vieux malpropre vivait dans sa crasse depuis des années, commenta Germaine Gladu.

— Beau dommage ! Ça devait être crotté sans bon sens là-dedans, renchérit la vieille fille Lamouche.

Entre-temps, Marcel avait repris son travail et remplissait les commandes sans se préoccuper des qu'en-dira-t-on.

La disparition du père Dubreuil l'avait ébranlé. Par considération pour le pauvre homme, le jeune livreur se sentait interpellé pour la suite des choses. Il alla à l'église pour l'organisation des funérailles. L'abbé Dussault avait trouvé étrange la démarche du fils de l'épicier, mais il avait accepté, étant donné que personne de la famille ne s'était manifesté. Le même jour, il se rendit à l'atelier des O'Hagan, voisins de son amoureuse. À cette heure, Amandine était à la biscuiterie Viau. Il pensa à saluer madame Desruisseaux, mais il ne pouvait raisonnablement s'attarder. Il entra plutôt chez l'artisan. Affairé à la finition intérieure d'un cercueil avec de la soie mauve, David se contenta de regarder furtivement son beau-frère. Son père s'en occuperait ; il poursuivit son travail.

À l'accoutumée, les endeuillés s'en remettaient à la maison funéraire pour le choix d'une bière. Là, il n'aurait qu'à commander un cercueil de l'atelier. Par la suite, dès qu'il le put, Marcel s'achemina chez l'entrepreneur de pompes funèbres Rajotte dans la rue Ontario, près de la rue Joliette, pour procéder aux arrangements. Le cœur sur la main, il avait décidé de tout payer de sa poche, de l'embaumement jusqu'à la mise en terre du défunt.

Aussi avait-il résolu de tout dévoiler à ses parents. Son père ferait une sainte colère. Tant pis ! L'estime qu'on éprouve pour les gens n'a parfois pas de prix.

Le livreur en était venu à penser qu'il importait de démontrer notre attachement à ceux qu'on aime. Le sentiment d'affection qu'il ressentait à l'égard d'Amandine avait de loin dépassé le stade des amourettes. Il avait décidé de lui offrir des fleurs. Deux jours après le décès du vieillard, Marcel se rendit chez la fleuriste.

Mademoiselle Froment, une grande asperge au teint verdâtre, était occupée avec une cliente habillée de bleu pâle qui retenait dans ses bras dodus un caniche blanc. En voyant l'adolescent, le petit chien frisé se débattit et sauta du buste de la grosse dame.

— Vous lui avez fait peur, s'offusqua-t-elle.

— Je reviendrai tout à l'heure, dit le livreur avec civilité.

— Sauvez-vous pas, l'interpella la fleuriste ; j'en ai pour une seconde.

Marcel ressortit du commerce, attendit que la cliente retraverse le seuil pour monter dans la voiture garée en bordure du trottoir. Cependant, il ne pouvait s'attarder ; son père pourrait lui reprocher son magasinage pendant son temps de travail. Près de son véhicule de livraison, il s'ennuyait à regarder la rue et à surveiller la sortie. Il se surprit à penser à Placide, qui se serait accolé à la vitrine, prêt à intervenir à la porte. S'il avait été à la place de Léandre, il aurait pris son temps : il se serait allumé une cigarette, se serait appuyé sur son camion en zieutant les jambes des filles et aurait concocté une excuse au retour. Mais il se refusait à inventer une raison. De toute manière, il ne pourrait cacher ce qu'il offrirait à Amandine le soir même. Et quant à acheter une couronne ou une corbeille de fleurs pour le défunt, il estimait que cela aurait été de l'argent gaspillé.

Au bout d'une vingtaine de minutes, la grosse dame parut, devancée par son animal. Un homme vêtu avec élégance ouvrit la portière de la voiture. Le petit chien monta à bord de l'habitacle et la dame s'y engouffra avec un emballage. Marcel entra au magasin.

— C'est pour monsieur Dubreuil, je présume ?

Un sourire gêné plissa les lèvres du jeune homme.

— Pas tout à fait ! C'est pour faire plaisir à ma mère, mentit Marcel.

Un doute respectueux s'empara de la fleuriste.

— Très bien ! répondit-elle. Je disais ça de même, au cas où vous iriez au salon mortuaire. Le vieux est exposé aujourd'hui et sera enterré demain.

— Je sais ! rétorqua laconiquement Marcel.

Le jeune homme était embêté. La fleuriste lui conseilla un bouquet de roses agrémenté de fleurs délicates et d'un peu de verdure.

En quittant le commerce de la rue Sainte-Catherine, Marcel repassa devant l'immeuble qui avait abrité Onésime Dubreuil et se dirigea sans tarder au magasin.

L'épicière était occupée à placoter avec deux clientes.

— Tu livres des fleurs, asteure, badina sa belle-sœur.

La migraineuse était dans une de ses rares bonnes journées. Elle s'avança vers Marcel, entrouvrit l'emballage de papier, huma les roses. Le livreur se détacha d'elle et se pressa vers le coin boucherie. Son père servait le foie de bœuf de madame Flibotte. Il se retourna vitement.

— Eille ! C'est quoi ce paquet-là ?

— Des fleurs !

— C'est pas pour le père Dubreuil, toujours ? Tu trouves pas que t'as assez dépensé de même pour un vieil ermite pauvre comme la gale ? Puis que je t'entende pas me demander pour aller aux funérailles, asteure.

— Les fleurs, c'est pour Amandine, si vous voulez savoir. Pour ce qui est des funérailles, ça sert à rien de vous *crinquer*, c'est juste demain.

— Je trouve que vous êtes pas mal dur avec votre garçon, monsieur Sansoucy, commenta madame Flibotte. Il paraît que monsieur Dubreuil était sans famille. Faut ben que quelqu'un de charitable s'en occupe ; vous devriez être fier de votre garçon.

L'épicier réalisa qu'il s'était emporté. Marcel jeta un regard reconnaissant à la nécessiteuse et remisa son emballage dans la glacière.

Toute la journée, Sansoucy rumina la position adoptée avec son fils. Il admettait l'avoir éclaboussé avec ses éclats d'impulsivité, mais à bien y repenser il estimait qu'il avait ramolli trop facilement sous la remarque de Rose-Anna Flibotte, une moins que rien qui n'avait pas les moyens de s'acheter du foie de veau et qui faisait marquer. Il en causerait au souper. Le gros bon sens rallierait tout le monde à son idée.

C'était la saison des petits fruits. À la demande d'Émilienne, Héloïse et Alida avaient concocté un pouding aux bleuets. Léandre avait approvisionné le commerce de son père en se rendant au marché Maisonneuve. Autour de la table, on semblait se délecter du savoureux dessert. Sansoucy avait suspecté le plat et s'était risqué à y goûter. Il avala sa cuillérée un peu de travers.

— Quelqu'un, apportez-moi donc la crème ! commanda-t-il.

— J'ai oublié d'en monter, s'amenda Émilienne, je sais que t'aimes ça, de la crème avec ton pouding, d'habitude ; je vas aller t'en chercher.

— Laisse faire, Mili, l'interdit l'épicier. Ménage-toi. Ces derniers jours, Marcel a fait ben des déplacements pour pas grand-chose, c'est lui qui va y aller.

— Si vous faites allusion à monsieur Dubreuil, popa, ce que vous dites est de très mauvais goût ! exprima Irène.

— Tu devrais retirer tes paroles, dit Alida, à l'adresse de son beau-frère. Puis pourquoi tu manges pas ton pouding comme tout le monde ?

— Coudonc, Théo, c'est-tu si mauvais que ça ? demanda Héloïse.

Dans la discussion qui s'avérait orageuse, Marcel avait reculé sa chaise et s'acheminait au magasin. Il remonta avec un demiard de crème et son bouquet de roses.

Sansoucy souleva le petit capuchon de carton qui recouvrait le contenant et arrosa copieusement son gâteau.

— En tout cas, Marcel ira pas aux funérailles demain. Il y a assez de moi qui a perdu son temps à l'église pour Joseph Bissonnette. Ce soir, il va apporter des fleurs puis veiller au salon. Le vieux Dubreuil s'en rendra même pas compte, taboire ! Une autre dépense inutile.

— Je vous l'ai dit, p'pa, que les fleurs, c'étaient pour ma blonde, répliqua Marcel. Pourquoi vous me croyez pas, citron ! Puis rapport aux funérailles, je vous demande juste une couple d'heures demain ; ça va pas vous faire mourir…

Son fils s'opposait. Et manifestement, cette fois, l'intraitable commerçant ne parvenait pas à gagner les autres à son idée. La crème commençait à trop imbiber son pouding ; il mangea.

Chapitre 24

Étonnamment, plusieurs résidants du quartier s'étaient rendus au salon mortuaire. En fait, pour la plupart d'entre eux, le disparu n'avait existé que dans les racontars et celui qui s'était emmuré vivant dans son logis se révélait au grand jour. Rares étaient ceux qui l'avaient aperçu à la fenêtre. L'homme ne se montrait pas ; il se cachait toujours derrière son rideau aux couleurs éteintes. C'était le moment où jamais de le connaître avant qu'on l'enfouisse sous une épaisseur de terre.

À l'église, mis à part le célébrant et son enfant de chœur, Marcel et quelques fidèles étaient venus rendre un dernier hommage au défunt. La cérémonie avait été longue. Au milieu des odeurs d'encens, des lampions et des cierges fumants, et entre les ondulations de la voix du chantre, on s'agenouillait, on se levait, on s'agenouillait encore. Le livreur ne comprenait pas toutes ces étapes apparemment indispensables pour clore l'existence de la vie terrestre. Par la suite, il avait pris place dans le corbillard de la maison Rajotte pour accompagner la dépouille au cimetière. Sans regretter tout le temps consacré à la cause du père Dubreuil, il se demanda comment toutes les prières débitées sur le corps par le prêtre réussiraient à faire monter l'âme du trépassé dans les cieux. Cela demeurerait un mystère, comme celui de la résurrection du Christ mort, qui avait réussi à faire rouler, on ne sait trop comment, la grosse pierre de son tombeau avant de s'envoler bien au-delà des nuages.

Une voiture de l'entreprise de pompes funèbres le déposa sur la devanture et il entra au magasin. Le boucher reconduisait galamment une cliente au comptoir-caisse. Alors qu'Émilienne aperçut son fils, le téléphone résonna. Elle décrocha.

— Épicerie-boucherie Sansoucy !

— Bonjour, belle-maman !

Colombine désirait s'entretenir avec Marcel.

— Qu'est-ce qu'elle peut ben te vouloir, elle ? s'étonna le marchand.

— Ça, ça vous concerne pas, p'pa !

— Depuis quand ? s'indigna le patron.

Émilienne envisagea son mari avec ses gros yeux ronds de reproches. Puis elle les tourna, plus radoucis, vers Marcel.

— Changement de propos, dit-elle, fais-moi donc plaisir, va te changer de linge. T'es quand même pas pour enfourcher ton bicycle tout endimanché. S'il fallait que tu me mettes de la graisse sur tes belles culottes. J'en aurais pour une damnée secousse à · frotter.

En enfant docile, Marcel obtempéra. Sur le coup, il n'avait pas voulu divulguer le contenu de sa conversation avec sa belle-sœur. Il se souvenait d'avoir recommandé le vieux Dubreuil à son frère notaire, sans plus. Cependant, il se devrait de faire une démarche auprès de son père. Il attendrait après le souper, juste avant de se rendre chez Amandine.

Le livreur avait fini de manger le pouding aux bleuets. Il était resté à table et regardait à la dérobée son père en buvant lentement son lait. La panse bien remplie, Théodore Sansoucy recula sa chaise, étira ses bretelles et se leva. Il s'apprêtait à sortir sur la galerie. Avant de se pencher pour prendre sa pipe qui reposait aux flancs du cendrier sur le rebord de la fenêtre, il abaissa le regard vers Nestor. Il l'avait oublié, celui-là, ce perroquet à l'œil topaze qui l'avait fait baver. Héloïse, sa propriétaire, le conservait dans sa cuisine comme on expose un artéfact dans un musée et elle l'époussetait tous les trois jours en lui murmurant les mots qu'elle avait eu le temps de lui enseigner avant qu'il disparaisse au paradis des animaux à plumes.

— P'pa, débuta Marcel.

— Qu'est-ce que t'as ? rétorqua-t-il, une impatience dans la voix.

— J'ai une petite permission à vous demander.

— Pas encore ! bougonna le commerçant. Ça fait combien que je te donne ces jours-ci ? Si ça continue, je vas être obligé de te faire remplacer par le petit Gladu ; il est en vacances. Mais j'aimerais mieux pas, il est tellement peu fiable.

— J'ai rendez-vous avec Édouard chez le notaire Crochetière.

— Ah ! C'est donc ça, le téléphone de ce matin. Veux-tu faire ton testament, coudonc ? ricana-t-il, nerveusement.

L'épicier redevint soudainement sérieux ; il rappela chez le tabellion. Colombine répondit que son mari ne se rendait habituellement pas au domicile des clients en empruntant le transport en commun et que, par conséquent, elle ne pouvait s'engager pour lui. Elle alla le consulter. Plus elle espaçait ses visites chez ses beaux-parents, plus elle s'en réjouissait. Le couple n'était pas retourné dans la rue Adam depuis le séjour de Placide à la maison paternelle, le premier dimanche du mois.

Après plusieurs minutes de pourparlers, elle revint à l'appareil en mentionnant que, dans ce cas, pour éviter un déplacement onéreux à Marcel, Édouard consentait à se rendre chez ses parents. Cependant, Colombine viendrait à reculons. Édouard ne pouvant conduire la voiture, elle résolut de l'accompagner.

Le repas du soir s'était déroulé sans que l'épicier n'obtienne le moindre renseignement. Édouard avait habilement éludé les questions de son père, qui avait néanmoins mis la puce à l'oreille de la tablée. Sa mère aurait pu intriguer ses sœurs avec le peu qu'elle savait ; la convenance imposant la retenue, elle avait choisi de tenir sa langue. Elle n'en remâchait pas moins secrètement toute une série d'interrogations. Cependant, à force de cacher la vérité, on en vient parfois à la faire éclater au grand jour. De sorte qu'à la fin du souper tout le monde supputait un héritage pour le plus jeune de la famille.

Colombine voyait l'heure avancée et elle avait hâte que son mari le notaire aboutisse. Elle délaissa son air digne des comtesses et lui asséna un coup de coude dans les côtes. Édouard fit signe à son frère, s'excusa et se leva en reculant sa chaise. Puis il alla prendre son porte-documents et s'enferma avec lui.

— On est bien petitement dans cette chambre-là! commenta Édouard.

— Je te le fais pas dire, rétorqua Marcel. Tu parles! On était deux du temps que Léandre demeurait ici.

Le notaire considéra le lit à étages et invita son frère à s'asseoir. Puis il retira un document de sa serviette et en entreprit la lecture.

Onésime Dubreuil léguait une somme importante consacrée au parachèvement de l'Oratoire.

— J'ai rien à voir là-dedans! commenta Marcel, je suppose que le défunt donne ses biens aux pauvres et toutes ses économies aux bonnes œuvres.

— Maman croyait que le frère André pouvait t'aider quand tu as eu ton accident, poursuivit Édouard. Puis rappelle-toi sa neuvaine à saint Joseph avec nos tantes et notre sœur Irène. Tu avais sûrement raconté ça à monsieur Dubreuil. Il s'adonne que le vieux était reconnaissant pour toute l'attention que tu lui portais.

Avec un intérêt grandissant, Marcel se remit à écouter le notaire. Une petite clause le concernait. Le testament stipulait qu'il pouvait disposer des meubles comme il le voulait et qu'il recevrait un montant de deux mille dollars.

Pendant qu'Irène desservait la table et que les femmes prolongeaient le repas en sirotant un thé, l'épicier s'était sournoisement approché de la chambre. Cependant, l'odeur du tabac grillé s'infiltra dans la pièce. Marcel se leva du lit et progressa vers la porte sur la pointe des pieds.

— Vous êtes pas mal effronté, p'pa! lança-t-il, en ouvrant brusquement.

— Je passais par là, balbutia Sansoucy, les moustaches tremblotantes.

— Papa! Depuis quand commettez-vous des indiscrétions semblables? s'enquit Édouard.

— C'est normal qu'un père s'intéresse aux affaires de son fils, affirma-t-il, en se ressaisissant.

— J'ai pas besoin de vous, poursuivit Marcel. Vous êtes chanceux que je vous doive respect parce que je vous fermerais la porte au nez ben raide.

Sansoucy aspira une bouffée de sa pipe avant de tourner les talons et de s'éloigner de ses fils. Édouard posa sur son jeune frère un regard étonné. Marcel ne semblait plus être le petit dernier qu'il avait toujours négligé et dont il avait presque oublié l'existence. Naguère si résigné et si docile, il venait de gravir un autre échelon de la confiance en soi.

L'orgueil froissé, l'épicier s'était empressé de se réfugier à la taverne. Léandre, qui travaillait ce soir-là, avait remarqué son père jongleur.

— Puis, le père, je gage que vous êtes pas couché sur le testament du bonhomme Dubreuil.

— Niaise-moi pas, mon garçon. Pourquoi tu me parles d'Édouard, tout d'un coup?

— J'ai vu l'auto de Colombine stationnée devant la maison. Marcel et moi, on se dit presque tout. Puis Paulette a eu connaissance du téléphone au travail ; elle est pas toujours dans les limbes, vous savez.

Sansoucy refusa de dévoiler ce qu'il avait entendu et se replia dans sa bouderie ; Marcel renseignerait son frère mieux que lui. Léandre résolut d'attendre pour lui exposer le projet qu'il caressait depuis longtemps. Pour l'heure, il patienterait un peu, le temps de peaufiner son plan.

* * *

Suivant les conseils avisés de son frère, Marcel déposerait l'argent de la succession dans son compte à la caisse populaire. Il ne savait pas encore ce qu'il ferait d'une telle somme inattendue, mais les dépenses payées de sa poche chez l'embaumeur, pour la cérémonie religieuse et la disposition du corps seraient largement recouvrées par l'héritage. Par contre, la nouvelle situation financière de Marcel avait fait naître une idée dans l'esprit d'Amandine, et elle n'entendait pas laisser une occasion si alléchante lui échapper.

Le petit couple déambulait rue Sainte-Catherine, main dans la main, comme deux ombres qui se fondaient en une seule. À tout moment, Amandine se pressait contre Marcel et lui susurrait des mots doux qui le faisaient frémir. De temps à autre, son regard se détachait de lui pour reluquer les devantures de magasins. Et aussitôt qu'un article l'intéressait, elle l'entraînait à la vitrine.

— J'aimerais ça, avoir des beaux meubles de salon de même, Marcel !

— Tu peux rêver, Amandine, rien t'empêche de les aimer. Ma mère a toujours dit qu'ils vendent du beau chez Dupont. C'est ici qu'Irène a acheté des berçantes pour mes matantes. Faut croire que c'est du solide aussi, la chaise d'Alphonsine est pas cassée, s'amusa-t-il.

— Dommage que le vieux Dubreuil ait tant donné pour l'Oratoire et ses bonnes œuvres.

— Dis pas ça, Amandine! s'indigna Marcel. Je lui ai jamais rien demandé, moi, à monsieur Dubreuil. C'est pas ma faute s'il m'avait pris en affection.

Amandine relâcha l'étreinte de sa main, et les amoureux reprirent leur marche de plus belle. Marcel n'avait pas saisi la perche tendue. En temps et lieu, elle ferait d'autres tentatives.

Un peu plus loin, après avoir jeté un regard désabusé sur la désolante vitrine de la quincaillerie Ravary, elle s'arrêta devant le commerce de mademoiselle Froment.

— C'est ici que t'es venu m'acheter des roses; c'est un signe d'amour, paraît-il.

— J'ai fait des accroires à la fleuriste, badina-t-il. J'ai dit que le bouquet était pour ma mère.

— Quand on est pas capable de dire qu'on offre des roses à sa blonde plutôt qu'à sa mère, on est pas prêt à se marier! se fâcha-t-elle.

— Prends-le pas de même, Amandine, tu sais que je t'aime! Pour la vie, à part de ça...

Ils avaient chacun leur travail. Elle, sauceuse de chocolat de profession à la biscuiterie Viau. Lui, livreur à l'épicerie de son père et qui venait de toucher un héritage. Ils auraient amplement de quoi s'installer dans un petit logement et fonder une famille. Pour l'instant, ils pourraient à la rigueur loger dans le réduit du défunt et ménager. Et avec un peu d'ambition, Léandre et lui pourraient s'associer et acheter éventuellement l'épicerie-boucherie de leur père. Mais lorsqu'elle prononça le nom de son frère, il lui mentionna qu'il n'était pas tout à fait de la même trempe, qu'il n'était pas aussi expéditif. Aucun argument d'Amandine n'avait réussi à infléchir la décision de Marcel. Il la décevait.

* * *

Le jeune livreur n'avait pas revu sa douce moitié depuis quelques jours. Il regrettait amèrement les circonstances fâcheuses dans lesquelles ils s'étaient laissés. Il avait hésité à la revoir. Elle n'avait pas cherché à s'en rapprocher. Désemparé devant le silence d'Amandine, il s'était confié à Léandre. «Fais-la niaiser un peu, je parle par expérience, lui avait-il mentionné. Un jour ou l'autre, elle va te revenir!»

C'était dimanche. La fin de juillet enveloppait les Montréalais d'un climat agréable. Les femmes se berçaient avec Georgianna sur la galerie. Le frère de l'épicier avait repris ses visites hebdomadaires, mais il avait délaissé ses habits militaires, et son enthousiasme avait diminué d'un cran. Les troupes d'Adrien Arcand avaient fondu à trois cent cinquante membres pendant les grandes chaleurs et le führer canadien continuait de prétendre qu'elles se maintenaient à mille cinq cents. Pour sa part, Marcel était resté à la maison et s'embêtait à écouter les discours haineux du militant du PNSC qui s'efforçait de propager à qui voulait l'entendre sa hargne des Juifs.

— Faut soutenir les petits commerçants indépendants comme toi, si on veut pas se faire manger tout rond, affirma-t-il.

— Les petits commerçants comme moi! s'offusqua l'épicier. T'apprendras, Romuald Sansoucy, que je suis pas si misérable que ça! Après tout, toi t'es juste un chauffeur de tramway, un simple wattman. En tout cas, j'aimerais ben mieux vendre à mes garçons qu'à un Juif, déclara l'épicier, en posant son regard sur son fils.

— Si vous faites allusion à mon héritage, p'pa, détrompez-vous, s'insurgea Marcel. Il va rester collé à la caisse populaire un bon bout de temps.

L'épicier crut qu'un bref aparté avec son frère était nécessaire pour révéler le legs du père Dubreuil en taisant toutefois le montant qu'il croyait.

758

Au même moment, au logis des Desruisseaux, Amandine se battait comme une tigresse avec son beau-père qui s'opposait vertement à son projet : elle avait l'intention de louer le galetas du père Dubreuil et elle vivrait avec les meubles défraîchis qu'il avait légués à Marcel. René Malbœuf se refusait à voir la fille de sa femme quitter le nid familial et cohabiter avec le jeune Sansoucy. Les relations entre les deux protagonistes avaient toujours été tendues. Amandine n'avait jamais accepté que sa mère lui impose un individu aussi déplaisant pour remplacer le père qu'elle avait aimé. L'homme avait tenté de l'amadouer par des caresses, mais elle s'était vite rebiffée. Et pour lui faire payer son insoumission, le boucher du marché Maisonneuve était devenu plus intraitable.

Les naseaux dilatés, Malbœuf expirait sa colère comme un taureau.

— Vous voulez pas que je parte parce qu'avec votre maigre salaire de boucher vous arriverez pas tout seul à faire vivre la famille.

— Tu vas ravaler ces paroles-là ! ragea-t-il.

Madame Desruisseaux s'était repliée dans un coin de la pièce, ses bras chétifs frémissant autour de la rondouillarde Emma et du petit Florent qui regardaient l'homme de leur visage ahuri. Au beau milieu des grognements du chien, elle pleurait, Emma sanglotait, Florent lyrait. Amandine alla s'enfermer dans sa chambre.

Le bouledogue se braqua devant le maître du logis comme s'il avait pris le parti de défendre la jeune fille. Les animaux démontrent parfois de ces comportements étonnants auprès des plus menacés. Malbœuf consulta sa montre et décida qu'il réglerait le problème le soir même.

Amandine entendit un claquement de porte. Elle entrouvrit la sienne :

— Où c'est qu'il est allé ? demanda-t-elle.

— Il me l'a pas dit, larmoya sa mère d'une voix malheureuse.

Amandine sortit dans la rue. Son beau-père fonçait sur Jeanne-d'Arc, le pas déterminé foulant le trottoir qui le mènerait vraisemblablement au domicile des Sansoucy. Censément, elle ne pouvait se laisser devancer. Elle résolut de courir et de piquer par les ruelles.

Elle s'affolait. Les événements avaient pris une tournure imprévisible. Pourtant, en jeune fille pragmatique, elle aurait dû prévoir la réaction de l'homme colérique qui cracherait son opposition. Du coup, elle ne voulait pas soumettre inutilement sa mère, Emma et Florent à des conditions matérielles précaires. Mais son besoin de vivre avec Marcel était plus fort. D'ailleurs, le froid qui les avait figés dans leurs positions respectives ne s'était pas dissipé et le premier concerné n'avait pas encore été informé de son dessein. Aussi redoutait-elle cette rencontre avec l'épicier, un être souvent intraitable qui n'avait pas l'habitude de favoriser son fils. Elle réalisait qu'elle s'était mis les pieds dans les plats. Mais il était trop tard pour reculer.

Une fois dans la rue Adam, la coureuse se retourna; son beau-père progressait, sa tête hérissée se ruant vers l'épicerie-boucherie. Elle s'engouffra dans la ruelle et parvint à la hauteur de l'immeuble. Sur la galerie, Sansoucy battait l'air de sa main pour saluer Romuald et Georgianna qui s'éloignaient de la palissade. Elle monta à l'étage.

— Il est un peu tard pour veiller, ma fille. Marcel doit se coucher pour être en forme demain matin.

— C'est urgent, monsieur Sansoucy! Je dois absolument lui parler avant que mon beau-père arrive.

La jeune fille gravit les marches quatre à quatre et entra au logis. Les femmes ramassaient les cartes et replaçaient les chaises. Marcel sortait de la salle de bain en pyjama.

— D'où c'est qu'elle sort, celle-là, veux-tu ben me dire? commenta Héloïse. C'est l'heure de dormir!

Amandine traversa la cuisine et entraîna Marcel dans sa chambre.

Malbœuf sonnait au bas de l'escalier. Irène alla répondre et revint vers son père qui entrait de la galerie.

— Pour moi, c'est le beau-père d'Amandine, déclara-t-elle. Il a l'air de lui courir après.

— Vas-y donc, Théo, t'es un homme, toi! exprima Émilienne.

Malbœuf parut dans le vestibule, l'œil furibond.

— Où c'est qu'elle est, la petite vlimeuse? demanda-t-il. Si elle pense que je l'ai pas vue, quand elle a viré le coin…

— Calmez-vous, monsieur, dit Sansoucy, c'est pas une heure pour étriper le monde. Entre bouchers, on se comprend, ricana-t-il.

— De toute façon, c'est à vous que j'ai à faire, poursuivit le visiteur.

Sansoucy écrasait sous le regard allumé des femmes qui se mêleraient de ses affaires. Les deux hommes se retirèrent sur la galerie.

Prise entre deux aimants, Émilienne ne savait pas laquelle des forces réussirait à l'attirer. Elle venait d'être placée au beau milieu d'un champ de bataille. D'un instant à l'autre, les combattants s'affronteraient et lui imposeraient un combat auquel elle se refusait d'assister. À l'heure qu'il était, de part et d'autre de la cuisine, on devait discuter de ce qu'il adviendrait du retour au bercail d'Amandine pourchassée par son beau-père. Marcel n'avait pas soulevé de problème particulier, mais la mère de famille avait remarqué son humeur un peu renfrognée et la passion incandescente qui semblait avoir diminué. Au fond, cette histoire d'héritage était-elle au centre de ce qui se tramait sans la consulter? Elle

761

se sentit défaillir ; Irène lui glissa aussitôt une chaise. Elle ôta ses lunettes, qu'elle posa sur sa robe du dimanche, et on lui apporta un mouchoir.

Autour d'Émilienne, Irène et les sœurs Grandbois hasardaient des conjectures. Amandine avait un différend sérieux avec sa mère, et son beau-père l'avait rattrapée. La jeune sauceuse s'était sauvée de la maison et trouvait refuge chez Marcel. Elle était enceinte comme Simone l'avait été lorsqu'elle était revenue en catastrophe du domicile des parents de David, avant d'être expédiée à la campagne pour accoucher. Faudrait-il encore une fois se résigner à vivre dans un entassement forcé avec un autre petit bâtard ? Les femmes convinrent d'une solution : Marcel et Amandine devaient se marier et aller habiter au troisième !

Dans la chambre, la jeune fille était pendue au cou du garçon et l'implorait. Il ne la comprenait pas. Elle voulait sortir des griffes de son beau-père et ne pas retourner sur l'avenue Jeanne-d'Arc. En même temps, elle ne voulait pas que les siens soient assujettis à la domination de Malbœuf, de qui ils dépendraient entièrement. Prise de sanglots, elle desserra son étreinte et se jeta sur le lit, la face contre l'oreiller. Un attendrissement douloureux changea la physionomie de l'adolescent.

— Qu'est-ce que je vas leur dire ? susurra-t-il, l'air embarrassé.

Elle ne répondit pas. Il contempla le corps désirable allongé sur sa couche. Il n'avait qu'à s'étendre à son flanc et la chaleur qu'il dégagerait suffirait à la consoler. Après il la raisonnerait, lui redirait qu'il était préférable d'attendre avant d'habiter ensemble. Il créait déjà assez de remous dans sa famille, et sa pauvre mère ne supporterait pas son départ.

Mais de l'autre côté de la porte, on entendait maintenant la voix des hommes qui étouffait celle des femmes. Sansoucy et Malbœuf étaient presque devenus des amis. À les écouter pérorer, on aurait dit qu'ils avaient élevé les cochons ensemble et qu'ils partageaient les mêmes idées. On devait souhaiter que le conciliabule du petit couple prenne fin. Marcel surgit dans la cuisine, le visage défait. Tous les regards se braquèrent sur lui.

— Pis, de quoi c'est que vous avez décidé? demanda le beau-père.

Planté sur ses jambes, ses grosses mains sur ses hanches, Malbœuf esquissait un sourire triomphant.

— Amandine va rentrer chez vous, déclara Marcel.

— Sage décision, mon garçon! commenta Sansoucy.

— Je pense que c'est mieux comme ça, précisa son fils. Pour le moment, en tout cas…

Émilienne expira un grand soulagement. Elle retrouva ses forces, se releva et se précipita sur son enfant. Elle lui prit la tête à deux mains et le fixa dans le blanc des yeux.

— Fais-moi pas d'autre peur de même, Marcel, j'étais toute revirée à l'envers. Tes tantes puis moi, on a cru que ton Amandine était enceinte et que vous aviez décidé de prendre un petit logis. Comme l'a dit monsieur Malbœuf, il faut pas agir sur un coup de tête.

— Réjouis-toi pas trop vite, Mili, ces choses-là, ça peut survenir n'importe quand, dit platement Héloïse.

Le beau-père se rua vers la chambre. Il en ressortit aussitôt.

— Elle est pas là, la maudite! proféra-t-il, décontenancé.

— Elle a dû se sauver par le châssis, expliqua inutilement l'épicier.

— Ben voyons donc, popa! dit Irène. Par où c'est que vous voulez qu'elle soit passée?

Un sourire de ravissement discret se moula sur les lèvres de Marcel. À son tour, Alphonsine approcha la chaise d'Émilienne qui s'effondra, bouleversée par la scène qui débouchait sur un prolongement du drame.

Les physionomies s'aggravèrent. Malbœuf s'était cambré, sa figure s'était durcie, sa barbe et ses cheveux semblaient s'être hérissés; il était prêt à charger.

— Regardez-moi ben aller, asteure, tonna-t-il, avant d'amorcer un pas vers la porte.

— Je vas vous aider, déclara l'épicier.

— Théo! Mêle-toi pas de ça! l'apostropha Émilienne.

Dans un élan de grande solidarité pour son confrère le boucher, Sansoucy s'élança à la suite de Malbœuf. Un brin amusé par la scène, Marcel observa son père dévaler l'escalier et il regagna sa chambre. À nouveau seul, il s'adossa à la porte et promena un regard désabusé dans la pièce. Le couvre-lit froncé, l'oreiller qui avait conservé l'empreinte d'Amandine, l'odeur de ses cheveux, la petite lampe allumée, la fenêtre grande ouverte. Les rideaux flottaient avec indolence dans la brise du soir. La fugitive s'était enfuie par la seule issue qui lui restait. Il comprit la profondeur des sentiments qui la pétrifiaient: les insupportables tensions familiales, son amour inconditionnel pour lui. Il s'assit sur le bord de sa couchette et s'étira le bras pour éteindre la lampe puis ferma les yeux.

Il pensa à se rhabiller. Il partirait à sa recherche, arpenterait toutes les rues et les ruelles du faubourg, l'appellerait doucement, l'oreille tendue vers l'écho de sa douce voix qui lui répondrait: «Je suis là!» Il ne l'avait pas crue capable d'un tel emportement. Où passerait-elle la nuit? À se cacher comme une chatte de gouttière qui se cherche un abri en attendant que l'orage cesse ou à braver la tempête en déambulant dans les grandes artères, dans le grésillement des rares lampadaires qui éclairaient les ténèbres?

Dans la cuisine, Irène avait préparé le thé et les femmes devisaient à présent autour de la table.

— Ils devaient avoir l'air de dévoreurs d'enfants, affirma-t-elle.

— Une vraie tête de mule, ton vieux schnock ! déclara l'impotente. Il aurait donc dû t'écouter, Mili.

— Je le sais ben, Lida, mais qu'est-ce que tu veux que je te dise ? rétorqua Émilienne. Quand il a quelque chose en tête, lui…

— Autant chercher une aiguille dans une botte de foin ! commenta Alphonsine. La petite doit courir pas mal plus vite, puis elle doit connaître tous les recoins du quartier.

Sansoucy gravissait pesamment les degrés de l'escalier et parut dans la cuisine.

— Et puis, Théo ? demanda Émilienne.

— J'ai abandonné, mais Malbœuf a continué.

— Il est pas mal plus habitué que vous, dit Irène. Il se rend à pied au marché Maisonneuve tous les matins.

— Une autre qui a besoin d'être dressée, exprima Héloïse. Monsieur Malbœuf est ben mieux de mettre la police après elle.

Au bout de son rouleau, Sansoucy s'écrasa et Irène lui glissa une tasse bienfaisante sous les moustaches. La tablée conféra jusqu'à ce que la maîtresse de maison décrète qu'ils avaient assez perdu leur temps. Une demi-heure plus tard, la salle de bain était libre, les dentiers trempaient dans leur verre d'eau.

La pensée de Marcel s'égarait. Il s'était couché sur le dos, les mains posées à plat, les paupières abaissées, appesanties de toutes ces idées qui lui roulaient dans la tête. Amandine avait surgi à l'improviste et elle s'était volatilisée, comme une bourrasque, un vent insaisissable qui arrive comme une bouffée de bonheur et qui disparaît sans qu'on ait été capable de le retenir. Combien de temps se morfondrait-il maintenant avant de la revoir, de contempler son regard bleuté, de toucher sa peau délicate, blanche comme l'albâtre, et d'être troublé par son sourire invitant auquel il s'efforçait de résister ? Non ! Son corps d'adolescent ne pourrait éternellement rester insensible aux émanations de sa beauté.

— Je suis là, Marcel !

Le cœur battant, il se redressa brusquement et fixa la fenêtre. Elle était là, sur le balcon, entre les jalousies ouvertes, sa silhouette sombre se découpant à peine dans l'obscurité.

— Aide-moi, asteure !

Le garçon se leva et s'empressa vers son amoureuse.

— Je suis content que tu sois revenue, mais si on nous prend, je suis pas mieux que mort !

— C'est tout ce que t'as à me dire ?

— Mets-toi à ma place, Amandine.

— Le pire qui peut arriver, c'est qu'on me mette à la rue. Je peux y retourner si tu veux, affirma-t-elle, esquissant un mouvement vers la fenêtre.

Il la saisit par le bras et l'entraîna sur son lit. Pris d'une exhalaison de soupirs, il eut envie de poser les lèvres sur sa bouche veloutée, de la couvrir de baisers. Bientôt, ils furent envahis par des fous rires de connivence, de petites larmes de joie. Il la sentait à son flanc, sa joue rosissant d'une exquise candeur, frémissante de désir. À mesure qu'il s'habituait à la noirceur, lorsqu'un rayon de lune épierait leur intimité, il découvrirait le bleu envoûtant de ses yeux.

Au matin, pour la troisième fois, Émilienne vint cogner à la porte demeurée entrouverte.

— Lève-toi, tu vas être en retard au magasin ! clama-t-elle.

Les yeux clos, Marcel s'étira dans un long bâillement en refoulant le drap à ses pieds. De l'étage du lit, le corps imprégné de délicieux souvenirs, il dessilla lentement les yeux qui balayèrent la chambre. Il chercha son pyjama. Après l'amour, il s'était enchevêtré dans le chiffonnement des couvertures.

Amandine était restée à dormir dans le lit du bas en lui disant qu'elle partirait avant qu'il se lève. Quelle déception! Il aurait volontiers prolongé ces heures de tendresse et de volupté. Mais à présent, sa conscience le tenaillait; il avait péché. Happé par le plaisir des sens, il s'était laissé entraîner sur le chemin des sensations. Et dans la maison de ses parents. S'il avait fallu qu'on le surprenne. Il aurait été honni, rejeté hors du logis, jeté à la rue avec ses hardes. Sa mère l'aurait défendu, son père ne lui aurait jamais pardonné une frasque aussi monumentale. Mais l'occasion aurait été belle pour emménager avec Amandine. D'ailleurs, avait-elle échoué au fond de quelque ruelle, la tête appuyée entre deux planches disjointes d'une palissade? Que faisait-elle à cette heure? Il consulta les chiffres du cadran. En se dépêchant, il serait à temps sur le parquet de l'épicerie.

Amandine avait achevé sa nuit dans le parc, affalée sur un banc, tout enivrée par l'exaltation de ses sentiments. Avant de se rendre à la biscuiterie, elle avait enfilé l'avenue Jeanne-d'Arc et s'était postée à l'angle de la rue Adam pour voir disparaître son beau-père vers son gagne-pain. Puis elle avait rejoint son domicile, le pas déterminé, mais le cœur déchiré par le glaive de son irrévocable décision.

Comme à l'accoutumée le lundi matin, elle avait trouvé sa mère aux prises avec sa besogne, sa chevelure tombante retenue par des pinces, qui étendait sur la corde à linge le dernier morceau de sa troisième brassée. Elle s'était tournée brusquement.

— Tu m'as fait faire le saut, avait-elle dit, il me semblait que ça se pouvait pas. René est parti au marché Maisonneuve, puis je viens de voir Florent et Emma s'amuser paisiblement en bas dans la cour. Où c'est que t'étais donc ? René t'a couraillé une partie de la nuit.

— Je passerai pas une autre nuit au parc de même, c'est moi qui vous le dis. J'ai pris mes informations, je peux louer la chambre de monsieur Dubreuil, le vieux qui voyait personne, puis qui vient de mourir dans son petit logis.

— Tu vas t'installer avec le petit Sansoucy, je suppose ?

— Pour l'instant, non. Marcel est pas prêt à ce qu'on vive ensemble.

Madame Desruisseaux avait réalisé qu'elle ne pouvait découdre le projet si bien tissé de sa fille. Elle n'avait osé lui parler de mariage, elle-même vivant en union libre avec le boucher du marché Maisonneuve. La mère ne savait quoi ajouter pour la retenir, mais sa poitrine haletait de douleur. Elle se pencha pour ramasser son panier de linge vide.

— Dites-vous ben que j'aimerais mieux rester, affirma la jeune ouvrière, mais Malbœuf ne me laisse pas ben le choix.

— Je te défends de l'appeler de même, Amandine, c'est pas ben gentil. René a toujours été bon pour nous.

— C'est ce que vous dites, vous avez pas l'air de vous rendre compte qu'il vous fait passer par le trou de la serrure.

— Je veux pas que tu t'en ailles ! larmoya la mère.

— Après mon travail, je vas repasser prendre mes cliques puis mes claques. Puis inquiétez-vous pas, je vas revenir vous voir souvent.

Amandine troqua sa robe de la veille contre ses vêtements de travail et se démêla les cheveux de quelques coups de brosse. Avant de se rendre à la biscuiterie Viau, elle remplit sa valise, chipa quelques denrées de la dépense, embrassa sa mère, et alla distribuer des câlins à sa sœur et à son frère en leur disant qu'elle les reverrait bientôt.

À l'ouvrage, la journée d'Amandine s'écoula avec la lenteur oppressante qui accompagne souvent la hâte des projets. Sitôt sa carte présentée au pointeur, elle se rendit au petit logis de Dubreuil où Aristide Loignon l'attendait, contrat à la main. L'homme aux favoris épais et aux sourcils broussailleux était assis sur une chaise bancale devant une table rustique, éclairée par la lumière blafarde qui s'infiltrait dans la pièce.

— À ce que je vois, vous avez ben réfléchi, mademoiselle Desruisseaux. Dites-vous ben que c'est pas tous les jours que j'accepte de louer à une jeune créature.

Amandine montra ses derniers talons de chèque de paye de la biscuiterie. Néanmoins, une chose agaçait le propriétaire.

— Faites-moi pas accroire que vous allez rester ici dedans toute seule comme une sœur cloîtrée dans sa cellule.

— C'est pas ben grandement, dans votre coqueron, monsieur Loignon ! éluda-t-elle. Puis il y a tout un ménage à faire. Monsieur Dubreuil était pas ben ben regardant, rapport à la propreté.

— J'ai déjà vu passer les gros chars, vous savez, mademoiselle Desruisseaux. Le mobilier appartient au fils de l'épicier Sansoucy. Un bon jour, il va ben retontir dans ses affaires.

La jeune fille rougit. Loignon poussa le bail sous ses yeux en lui tendant sa plume.

* * *

Amandine avait mis un peu d'ordre au logis. Elle avait d'abord ouvert toute grande la fenêtre, vidangé la poubelle et les cendriers débordants. Après, la figure rayonnante, elle avait changé les draps, refait le lit. Puis elle avait procédé à l'inventaire dans la glacière et le petit garde-manger. Avant de souper, elle avait relavé la vaisselle mal récurée. Elle achevait de grignoter un reste de pâté chinois réchauffé que sa mère lui avait supplié d'apporter quand on frappa à la porte.

— Pas vous, le beau-père !

— Je vois que je suis pas le bienvenu dans ton repaire ! rétorqua Malbœuf. C'est pas comme ça qu'on accueille les gens.

Le boucher du marché Maisonneuve avait sommé sa concubine de lui donner l'adresse de sa fille. Amandine sentait son haleine, subodorait le déchaînement de sa haine revancharde. Il avait des reproches à lui formuler, exigeait des excuses. Et rien de moins que l'annulation de son bail et son retour immédiat à la maison.

— Jamais, vous m'entendez ! proféra Amandine, vous n'avez aucun droit sur moi. Sacrez-moi votre camp…

— C'est ici que vous allez commettre vos saloperies, ricana-t-il.

— Marcel ! s'écria-t-elle, désespérée.

Il lui enserra les poignets de ses mains larges, fortes comme des pinces.

— Lâchez-moi, vous me faites mal.

De grosses gouttes de sueur perlaient sur le front du boucher. Plus elle se débattait, plus les yeux de Malbœuf se grisaient de désir. Il l'entraîna avec lui et la jeta brutalement sur le lit.

Elle étouffait sous la masse informe qui voulait la soumettre, la posséder. Elle lui cracha au visage. D'un geste brusque, il se redressa sur ses pieds.

— T'as pas fini avec moi, ma guédaille !

Il essuya son visage dégoulinant de rage et retraversa le seuil.

Amandine restait couchée sur le dos, la figure grimaçante de dégoût. De la douleur affleurait dans ses pensées. Des larmes s'échappaient de ses paupières fermées. Sa mâchoire se mit à trembler, ses doigts, à lacérer le drap blanc comme des griffes. Elle ne parvenait pas à s'imaginer où elle se trouvait : elle ne voyait plus, n'entendait plus, ne sentait plus.

La jeune fille ne bougeait plus, arrêta de respirer. Une mort s'était emparée d'elle. Elle avait combattu, et les soubresauts de son corps avaient épuisé toutes ses réserves. Le temps d'un soupir, elle oublia qu'elle existait, qu'elle avait existé. Puis sa poitrine se souleva. Alors elle rassembla ses jambes à ses fesses et se tourna sur le côté, vers le mur, là où il serait moins pénible d'ouvrir les yeux.

Une peur soudaine l'envahit. Elle se rappela qu'elle n'avait pas entendu la porte se refermer. Mais que pouvait-il donc lui faire de plus ? Elle était déjà anéantie, dévastée. L'homme ne pouvait revenir. Il ne reviendrait plus lui infliger ce mal dont elle souffrait maintenant à chaque respiration.

— Coucou ! C'est moi !

Elle ne réagit pas. Marcel fronça les sourcils en apercevant la silhouette immobile qui lui tournait le dos.

— Tu dors ?

Des sanglots secouèrent le corps d'Amandine. Il amorça un mouvement vers le lit. Elle se tourna lentement vers lui en ouvrant les yeux.

— Je pensais que tu serais contente de me retrouver…

— C'est pas ça, Marcel, le beau-père est venu…

D'un air effaré, il la contemplait et l'écoutait se dégorger de sa voix altérée du mal qui l'habitait, de l'indignation qu'elle avait subie, de la douleur qu'elle ressentait aux poignets.

— Taboire ! Je vas lui étamper mon poing dans le front !

— Fais pas ça, Marcel, ça donne rien de se *revanger* de même ! Je pense que Malbœuf ne me fatiguera plus, asteure. Il le sait ben que tu vas veiller sur moi, même si tu viens pas rester tout de suite au logis. Mais en tout cas, fie-toi sur moi, j'ouvrirai pas à n'importe qui, je vas regarder dans le judas, avant.

— Vas-tu raconter ça à ta mère ?

— Tu sais ben que non, elle me croirait pas, elle dirait que j'ai tout inventé, que je suis juste capable de dire du mal de lui, le gros porc…

Elle se mit à rire de son propre calembour, à s'amuser du boucher, à se réjouir en pensant qu'elle n'habiterait plus sous le même toit. Mais elle l'attendrait, lui, Marcel, l'objet de son amour, avec la patience ardente des épouses de bûcherons et des femmes de marins.

* * *

Le jeune homme avait confié son amoureuse à la nuit. Avant de partir, il l'avait embrassée avec la tendresse des amants qui se quittent pour mieux se retrouver. Il rentra à la maison paternelle, le pas lent, tiraillé par l'incident sérieux qui s'était déroulé avec Malbœuf et ce qu'il adviendrait d'Amandine. Sansoucy s'était rabattu sur son matelas. Irène aussi. Elle avait jugé que sa mère et ses tantes étaient assez nombreuses pour accueillir le mal-aimé de son père. Cependant, elle se préparait à intervenir, le cas échéant. Les pensionnaires en jaquette tenaient compagnie à leur sœur Émilienne, qui avait relayé son mari dans la berçante dont elle essayait d'étouffer les craquements. La voix percutante de l'épicier retentit dans la cuisine :

— Moins fort, tu m'empêches de dormir ! s'écria-t-il.

Sur ces entrefaites, le garçon parut. L'épicière cessa de se bercer. Les femmes abaissèrent un regard réprobateur.

— On sait où t'étais pendant la soirée, insinua gravement Héloïse.

— Essaye pas! rajouta Alphonsine.

— Si tu penses que tu fais plaisir à tes parents! renchérit Alida.

Émilienne avait une boule dans la gorge; elle s'était exprimée par la voix sentencieuse de ses trois sœurs. Sansoucy bondit dans la pièce, le pyjama mal boutonné, les cheveux en fardoches.

— Un peu plus puis tu passais la nuit avec elle, mon p'tit torrieux! brama-t-il. René Malbœuf nous a téléphoné pour nous dire que ta sauceuse dans le chocolat avait loué le petit logis du père Dubreuil. Il le prend vraiment pas! Cet homme-là a tout fait pour secourir la famille Desruisseaux, puis regarde comment Amandine est reconnaissante. Une ingrate, ton Amandine! Asteure, dis-nous donc quand est-ce que tu déménages. Envoye!

— Vous êtes tous là, à m'accuser comme si j'avais déshonoré la famille, comme si le monde entier allait s'écrouler.

— Ça devait être juste du minouchage, tempéra l'impotente.

— Non, non, matante Alida, on a vraiment fait la chose, mais pas ce soir, c'était hier soir.

Un souffle d'indignation se répandit dans un concert de soupirs. Malgré elle, Irène fut aspirée dans la pièce. Marcel poursuivit:

— Ça faisait longtemps qu'on se désirait, Amandine puis moi. Le père, quand vous êtes venu sentir dans la chambre, elle était partie. Mais après que vous soyez rentré bredouille de votre galopade, elle est tout bonnement revenue par le châssis. Autrement, où c'est que vous pensez qu'elle aurait abouti? Le bonhomme Malbœuf l'aurait assommée ben raide. Si vous saviez ce qu'il lui a fait, pas plus tard qu'à soir, à Amandine…

— Là tu lances des accusations mal fondées, mon garçon, objecta Sansoucy. C'est pas bien de dire du mal des autres; c'est de la pure calomnie!

— Tut! Tut! le rabroua Émilienne. Toi, Théo, t'as pas de leçons à donner à personne de ce côté-là…

Chapitre 25

Depuis la déconfiture d'Amandine, Théodore Sansoucy promenait un air de contentement de soi et de suffisance comme en arborent les êtres un peu bornés de son espèce. Il se réjouissait secrètement que la trempeuse de la biscuiterie Viau ait dévirginisé son innocent de Marcel. Qui plus est, son petit bonheur d'épicier allait bientôt toucher à son paroxysme. Son fils avait résolu de continuer à habiter sa demeure et de lui payer une pension. Et cet héritage dont il avait surestimé la richesse miroitait encore à ses yeux de commerçant âpre au gain.

Voilà trois soirées consécutives que le marchand se repliait dans son arrière-boutique et s'absorbait sous la lumière chétive d'une ampoule dont le grésillement alternait comiquement avec les stridulations d'un criquet. Cela produisait un bruit continu qui le soutenait dans son travail et dont il s'accommodait fort bien. Ses lunettes de broche sur le bout du nez, les pointes effilées de sa moustache lui chatouillant les joues, il tenait bien serrés la règle et le crayon qu'il venait d'affûter avec son couteau à dépecer contre une feuille de papier kraft du magasin. Il dessinait.

En fait, il esquissait plus qu'il ne dessinait. Ses premiers essais n'avaient pas été concluants. À son grand dam, il avait chiffonné quelques feuilles dont les lignes indociles ne traduisaient pas la conception profonde qu'il avait de l'agrandissement de son commerce et qui avaient retrouvé tout droit, et sans possibilité d'appel, le fond de son quart à vidange. Même Émilienne le croyait à la taverne. Dans quelques jours, il dévoilerait le fruit de ses intenses ruminations.

On frappa trois coups secs aux carreaux de son arrière-boutique; il sursauta.

Dans un mouvement incontrôlé, ses mains s'étaient brusquement rapprochées, entraînant une échancrure en forme de croissant d'un côté et un énorme gribouillis de l'autre. Il se sentit défaillir. Son rythme cardiaque s'accéléra.

— Taboire de taboire! ragea-t-il.

La bouche béante d'hébétude, il contempla les dommages: des planchers s'étaient crevassés, des murs s'étaient entrouverts, des étagères complètes s'étaient effondrées avec leurs produits, et le reste de la construction n'était plus que le résultat d'un gigantesque froissement de papier kraft. Il se retourna, déposa son crayon et se rendit à la porte.

— Je te dérange? demanda innocemment Philias Demers.

— Qu'est-ce que t'en penses? rétorqua Sansoucy. Regarde le beau dégât que tu m'as fait faire. Je vas être obligé de recommencer, asteure.

Demers se plaignait de ne plus voir son ami à la taverne et désirait s'enquérir *de visu* des plans du commerçant. Mais à présent, il ne savait plus où fixer son regard qui errait dans l'arrière-boutique. Il bifurqua sur un autre sujet:

— Ça m'a tout l'air que ton Duplessis a de bonnes chances de l'emporter, cette fois-ci, affirma-t-il.

— Maurice l'a dit: «La Commission des liqueurs est un trust qu'il ne faut pas *truster*. Nous allons faire en sorte que les épiciers puissent vendre des liqueurs et des vins. La Commission est au Pied-du-Courant, mais le courant populaire va mettre la Commission à pied.»

— Ça, mon petit gars, c'est pas garanti! argumenta Philias Demers.

Le fondateur de l'Union nationale faisait courir le monde dans les assemblées politiques et un vent de changement soufflait sur la province. Le lundi 17 août approchait et les deux camarades surveilleraient avec un intérêt certain le déroulement de la fin de campagne. Entre-temps, le marchand rêvait de défoncer le mur mitoyen que son commerce partageait avec l'immeuble voisin. Et les fonds nécessaires seraient puisés dans l'héritage de Marcel. Assurément !

Au matin, animé d'une implacable détermination, le boucher retrouva son gâchis de la veille, fermement résolu à lui redonner une allure plus présentable. Il s'empara de son torchis, l'inséra délicatement dans un sac et sortit dans la rue Adam en direction de l'avenue d'Orléans. Hésitant, il s'immobilisa sur la devanture de la buanderie aux trois quarts recouverte de papier kraft jauni par le temps et dont la transparence du seul petit quart qui restait était atténuée par une buée sale, comme si la crasse extirpée des lavages de vêtements était toute allée se coller dans les vitres. Il se décida à entrer.

Une vieille au sourire courtois emballait des chemises propres.

— Bonjour, madame Sing ! dit Sansoucy, en mettant le sac sur le comptoir bas.

Depuis l'aube, un gros bâton à la main, le mari de la blanchisseuse s'affairait devant ses cuves de trempage et ses énormes machines à laver. Le couple de Chinois s'était établi dans le quartier ouvrier et gagnait sa vie au décrottage et au repassage des vêtements. À l'instar de leurs compatriotes, ils voyaient dans ce métier ingrat et mal payé le moyen de conquérir leur indépendance économique et de faire travailler les membres de leur famille. À la fin du siècle précédent, les Chinois exerçaient pratiquement le monopole des blanchisseries. Maintenant, des restaurants chinois s'implantaient de plus en plus dans la ville aux cent clochers.

Les yeux en amande de madame Sing papillonnèrent de curiosité et elle arbora un sourire jaune en examinant le chiffonnage posé devant elle. Sa physionomie prit une expression embarrassée. Elle appela son mari.

— Ma femme ne *complend* pas ce que vous désirez, monsieur Sansoucy.

— Je veux juste aplatir la grande feuille, c'est pas ben ben chinois, ça, ciboire! rétorqua l'épicier d'un air frustré. Je vas repasser à la fin de la journée, précisa-t-il.

Le buandier étudia l'œuvre d'un air suspicieux. Puis il eut un haussement d'épaules significatif et se mit à défroisser le papier avec la plus grande application.

Pour Théodore Sansoucy, la journée s'était déroulée comme la plupart des autres, sous le poids supportable des choses ordinaires, mais animé par la hâte de récupérer son plan.

Il avait commencé à nettoyer son hachoir et quelques ustensiles. À côté de sa belle-mère, Paulette jetait un œil aux aiguilles trop lentes de l'horloge du magasin. Léandre et Marcel n'étaient pas revenus de leurs dernières livraisons. Or, à la caisse, Germaine Gladu et Dora Robidoux conféraient tranquillement ensemble. Émilienne couvait du regard et pressentait l'irritation montante de la cliente qui s'impatientait avec sa viande ultra maigre.

— Au lieu de me bloquer, tassez-vous donc un peu, j'ai juste ça, exprima mademoiselle Lamouche, en montrant son petit paquet.

— Vous allez attendre votre tour! rétorqua madame Robidoux. C'est plate à dire, mais c'était à vous d'arriver avant.

La demoiselle quitta prestement la caisse et alla faire grelotter la clochette. Un homme vêtu d'une chemise ample et d'un pantalon en forme de tuyau de poêle tenait un colis qui lui emplissait les bras. Il s'inclina avec déférence et s'avança à petits pas pressés vers l'épicière qui fit glisser d'un revers de la main tous les articles accumulés sur le comptoir.

Avec empressement, Émilienne déficela le paquet, le dépouilla de son emballage.

— Théo! Viens donc ici une minute! s'écria-t-elle.

Le boucher leva les yeux sur le petit attroupement et remarqua la présence inattendue du buandier. Sans faire ni une ni deux, il surgit au comptoir. Son plan bien lisse avait été déposé sur un morceau cartonné et offrait aux spectateurs l'aspect d'un dessin d'enfant.

— Je vous avais pourtant dit que je repasserais à votre blanchisserie, monsieur Sing, s'emporta-t-il.

Les femmes essayaient de décrypter le croquis de l'épicier. Léandre parut, soupira et remisa les clés du camion dans ses poches. Intrigué par le regroupement, il se rendit au comptoir.

— Ça ressemble à un plan, dit-il. C'est donc ça que vous faisiez, le père, quand tout le monde vous croyait à la taverne.

— Ça me fait penser à un agrandissement de l'épicerie, commenta Germaine Gladu. On dirait que…

Tous les observateurs tombèrent d'accord. Ce qu'il convenait d'appeler un plan représentait différentes coupes du commerce agrandi, un réaménagement nécessaire et de nouvelles denrées qui se retrouveraient éventuellement sur les tablettes.

— Des marques de vins puis de liqueurs. Là vous jasez, le père?

D'abondantes sueurs émanèrent du visage d'Émilienne et coulèrent dans le creux de ses seins. Agitée d'un horrible tremblement, elle s'affaissa sur le tabouret. Son menton oscillait d'un curieux mouvement qui entravait son élocution.

— Tu m'as jamais parlé de ça, puis où c'est que tu vas prendre ton argent, Théo? réussit-elle à formuler.

Germaine Gladu était dans tous ses états. Le rez-de-chaussée de l'immeuble où elle habitait serait transformé en commerce pour satisfaire l'appétit de l'épicier et elle voyait venir l'augmentation de son loyer.

— Calmez-vous, madame Gladu, le père est en train de mettre la charrue devant les bœufs. La bâtisse d'à côté est même pas achetée…

Sansoucy s'exaspérait: sans son consentement, on dévoilait son projet au grand jour. Il sonda le fond de sa poche, en préleva deux sous qu'il donna à Lee Sing, qui prit aussitôt congé. Après, le crayonneur arracha son plan du comptoir et battit en retraite dans son arrière-boutique.

L'épicier avait regagné son commerce de bonne heure après le souper. Sous l'insistance de sa fille et de ses sœurs, Émilienne avait pu expliquer ce qui l'avait si remuée et maintenue dans un silence trouble pendant tout le repas.

— Asteure que popa est parti, laissez-vous aller, moman, affirma Irène. Faut faire sortir le méchant!

— Que c'est qu'il t'a encore faite? demanda Héloïse.

Marcel avait écouté les propos de sa mère sans broncher. Son père pouvait faire tous les temps. Essayer de l'amadouer, tempêter, rien ne parviendrait à le détourner de son dessein: il garderait jalousement son avoir à la caisse populaire. Pour l'heure, il se rendrait au logis d'Amandine.

Sansoucy s'était retiré de table avec la résolution d'un être déraisonnable, prêt à tout bousculer sur son passage. On ne pouvait censément empêcher un homme animé d'une noble ambition de réaliser son rêve. L'épicier de la rue Adam n'était pas né pour un petit pain. C'était maintenant ou jamais; il se devait de forcer le destin. On se souviendrait de lui comme d'un homme prospère et plein d'initiatives.

Donatien Borduas était propriétaire de l'immeuble dont il tirait deux loyers. Le sexagénaire travaillait à l'une des pharaoniques bâtisses de la compagnie Angus où le Canadien Pacifique fabriquait des locomotives et des wagons pour le transport des marchandises et celui des passagers. De loin, on apercevait la fumée qui s'échappait des hautes cheminées. Des milliers d'ouvriers y convergeaient tous les matins pour faire résonner le marteau sur l'enclume dans le ronflement des puissantes machines servant à faire obéir l'acier. Borduas se rendait avec sa boîte à lunch attachée sur un support qui surmontait la roue arrière de sa bicyclette. On voyait rarement l'individu déambuler sur le trottoir. À tel point qu'on l'avait cru soudé à sa monture dont il prenait le plus grand soin, d'ailleurs. Les jantes lustrées, les rayons brillants de propreté, sa chaîne bien graissée et ses pneus toujours gonflés à la perfection faisaient sa fierté. Quant à madame Borduas, elle était soudée à son téléphone et fumait comme une locomotive. Le couple semblait vivre comme une accoutumance, lui à frotter son véhicule à deux roues, elle reliée à son cornet acoustique, comme le malade intubé qui peut difficilement s'éloigner de son lit.

À ce qu'on disait, les Borduas faisaient chambre à part. Même à cela, ils étaient loin d'occuper toute la maison dont ils auraient pu facilement condamner quelques pièces. C'est en pensant à ce détail intéressant que Sansoucy entrevoyait l'acquisition de la propriété. Il récupéra son plan et se présenta dans la cour arrière de son voisin. Torchon à la main, le journalier astiquait l'aile avant de sa bicyclette. Sansoucy se racla la gorge pour annoncer sa venue. Borduas se redressa.

— De quoi c'est que vous voulez ? répondit-il, sèchement.

— On se parle pas ben ben, dit le commerçant. Faut croire que ça adonne pas souvent. Je vois que vous êtes ben occupé, mais j'aurais une petite proposition à vous faire.

— Ouais ! Quel genre de proposition ? demanda Borduas d'un air méfiant.

— On serait plus à l'aise pour en parler si je rentrais chez vous.

— C'est rendu qu'on peut pas vivre tranquille dans sa maison ; ça m'intéresse pas pantoute !

— Laissez-moi vous expliquer, insista Sansoucy, l'air suppliant. J'essayerai pas de vous vendre quelque chose, je suis pas un *peddler*.

Borduas accepta d'écouter le pauvre homme. Cependant, il le suivrait dans son magasin pour ne pas déranger sa femme au téléphone.

À voir de près le nez bulbeux de l'employé d'Angus, Sansoucy devina qu'il devait s'adonner à la bouteille. Il alla dans son arrière-boutique et en rapporta un flacon de gin et deux gobelets. Ce serait plus facile de parler d'affaires.

Le boucher étala son dessin sur le comptoir, dans la clarté qui s'évanouissait lentement à l'intérieur de son épicerie. Le sourcil dubitatif, Borduas suivait les propos du marchand qui ambitionnait d'agrandir son commerce. Il ne voyait pas en quoi cela le concernait, pourquoi il se confiait à lui et le remerciait de le consulter.

— Je suis pas dans le domaine du bâtiment, monsieur Sansoucy, je construis des locomotives…

À mesure que l'exposé avançait, Sansoucy regrettait de traiter avec son voisin, qui se grisait davantage de sa boisson que de ses paroles et qui devenait insensible à son projet.

— Mais vous ne comprenez pas, monsieur Borduas, ça me prend de l'espace : je veux acheter votre immeuble ! Imaginez-vous pas que je vous mettrais dehors ! Non, non ! Vous et votre femme, vous pourriez faire un petit logement en arrière. Vous auriez pas besoin d'aller à la Commission des liqueurs pour acheter votre boisson. Vous auriez un beau choix à portée de la main.

— Oui, mais vous me prenez au dépourvu, puis je suis pas tout seul là-dedans, se ressaisit Borduas ; Lumina a son mot à dire. Puis, avant tout, il y a rien qui vous dit que Duplessis va tenir ses promesses s'il est au pouvoir. Si jamais vous agrandissez puis que vous vous ramassez avec un grand espace vide, vous auriez tout fait ça pour rien. Vous risquez de vous retrouver avec un éléphant blanc, monsieur Sansoucy.

L'idée creusait tout de même son chemin dans la tête du voisin. Cependant, la question du prix n'avait pas été abordée. Les pupilles de Borduas se dilatèrent de stupéfaction quand il entendit le montant que le marchand lui offrait.

— En tout cas, parlez-en à votre dame, conclut Sansoucy.

Il reconduisait son voisin à la porte quand Léandre l'aperçut avec un étranger. «Ah ben, taboire! C'est pas Philias Demers, il était à la taverne Archambault», se dit-il. Il attendit que les lumières s'éteignent et que les deux hommes disparaissent. Il alla prévenir Simone et ils redescendirent chez leurs parents.

Il devait être dans les environs de neuf heures quinze. Toute la maisonnée avait appréhendé le retour de Théodore et ne semblait aucunement disposée à fermer les paupières. Marcel était dans la salle de bain. Irène avait été la première à voir revenir son père. Avec un air grave, elle s'était alors mise à ramasser les dominos. Léandre parut avec Simone.

— Le père, tonna-t-il, mettez donc les cartes sur la table, qu'on règle cette histoire-là une fois pour toutes.

Au milieu des regards silencieux qui le suivaient, Sansoucy avait pris le temps de vider sa pipe, de la bourrer et de s'asseoir dans sa berçante, avec le sentiment qu'on l'assaillirait de reproches.

— J'ai fait une offre! annonça-t-il.

— J'espère que le bonhomme Borduas a une tête sur les épaules, puisqu'il va la rejeter, commenta Léandre.

— Je te suis pas pantoute, Théo, dit Émilienne. Il y a pas si longtemps, tu pensais à abandonner les affaires, puis te v'là avec une idée d'agrandissement qui va coûter les yeux de la tête. C'est pas avec l'argent de Marcel que tu vas financer ton projet, voyons donc !

— Puis où c'est que vous allez prendre le personnel ? demanda Simone.

— Toi, Simone, ça fait une bonne secousse que tu dois prendre la place de ta mère à l'épicerie ! lui rappela Héloïse. T'es encore là à prendre tes aises toute la journée dans ton loyer.

— Qui c'est qui va garder Stanislas, vous pensez ? rétorqua Simone. Toujours ben pas vous...

— Ça sera pas long qu'il va pouvoir se traîner sur le plancher, avança Alphonsine. À l'épicerie ou dans ton logis, c'est quoi la différence, veux-tu ben me le dire ?

— Non, non, Phonsine, on laisse pas un bébé se promener à quatre pattes dans un magasin ! la rabroua Alida.

La mésentente semblait installée. Mais bien peu des femmes se prononçaient en faveur de l'épicier. Normalement, Irène serait intervenue avec la force de sa sagesse, mais elle se sentait dépassée par l'ampleur des échanges et la montée des voix discordantes. De la salle de bain, Marcel avait écouté l'âpre discussion. Pour une fois, il occupait le haut du pavé et tenait sur son père un formidable avantage qui le ferait baver de colère et d'indignation. Il ouvrit brusquement la porte des toilettes.

— Détrompez-vous, p'pa ! proféra-t-il. C'est pas avec deux mille piasses que vous allez réaliser votre agrandissement !

L'épicier relâcha une dernière bouffée en empoignant les bras de sa berçante.

— Seulement deux mille piasses, c'est pas vingt mille, l'argent de l'héritage ?

— Vous avez dû mal comprendre, popa, *ostinez-le* pas. Si Marcel dit que c'est deux mille, c'est parce que ça doit être deux mille.

Sansoucy se sentit défaillir. Son corps s'affaissa sur sa chaise, comme si le jugement dernier venait de le condamner, comme si la fourche du diable se préparait à le piquer. Une douleur stomacale l'assaillit, son visage se crispa. Pressentant le geste de son père, Marcel s'écarta du couloir. L'épicier posa sa pipe dans le cendrier et s'en fut à la salle de bain, avant d'en ressortir avec le contenant de Bromo Seltzer de la pharmacie et de se déporter vers l'évier. Sous l'effet bouillonnant du breuvage, il déposa son verre et, avec l'impulsivité qui le caractérisait parfois, sous les regards effarés, il descendit à son magasin. Il en remonta aussitôt avec son plan. Puis, dans un grand geste théâtral, il s'achemina vers le poêle, souleva un rond, jeta convulsivement son papier et craqua une allumette.

— Qu'on en parle plus, asteure ! exprima-t-il d'une voix altérée.

Le commerçant avait décrété le couvre-feu. Après que l'homme de la maison se fut donné en spectacle, les femmes gagnèrent leur chambre. Léandre et Simone échangèrent quelques mots avec Marcel qu'ils félicitèrent pour son aplomb. Émilienne retrouva son mari. Son Théo refusa de réciter ses prières et d'offrir son cœur au bon Dieu, au pied du lit, comme à l'accoutumée. Le marchand reposait sur l'oreiller, la tête effervescente de ses bouillonnements intérieurs.

La nuit l'avait quelque peu apaisé. Mais une incontournable mise au point avec Donatien Borduas s'imposait et achèverait de le rasséréner. Dès son réveil, il avait glissé dans ses pantoufles jusqu'au poêle. Là, afin de dissiper tous les doutes que son esprit entretenait, il avait soulevé le rond qui avait avalé son papier et constaté que plus rien de tangible ne subsistait de son projet. Que des cendres refroidies témoignaient de son emportement !

Après un déjeuner en solitaire, il était descendu dans son arrière-boutique où il s'était embusqué dans l'espoir d'intercepter son voisin avant qu'il enfourche sa bécane pour aller travailler.

Cependant, le jour s'était levé et Borduas n'était pas apparu dans sa cour. L'épicier était fâché contre lui-même. Mais en songeant qu'il n'avait peut-être pas manqué le départ de l'ouvrier, il sortit une caisse de pommes vide, la renversa le long de la palissade de bois et monta dessus. Vraisemblablement, la bicyclette était partie. Et attendre la fin de la journée lui répugnait. En rentrant sa caisse de pommes, il crut trouver réponse à son problème, car une idée saugrenue venait de jaillir : comme la sorcière à califourchon sur son balai, il donnerait la chasse à Borduas.

Il s'approcha du téléphone et décrocha le cornet. Hésitant, il se rappela que le double des clés du camion de Léandre était suspendu dans son arrière-boutique. Son esprit se mit alors à osciller entre deux solutions extrêmes : un déplacement en taxi ou en camion. Appeler la compagnie Boisjoly le rebutait, conduire le camion de livraison lui paraissait imprudent. Il opta pour le triporteur.

Un vrai périple ! Il avait entrepris de rouler dans la rue Adam et de tourner à l'angle de Bourbonnière. À cette heure, le trafic était acceptable. En cas de douleur aux jambes ou d'essoufflement, il débarquerait du véhicule pour le pousser, ou de petits louvoiements lui permettraient tant bien que mal de gravir la pente. « J'aurais dû m'informer pour connaître le meilleur chemin ! » se dit-il. Il sacrait, peinait, suait. Des passants s'en amusaient. Le bonhomme était trop âgé pour livrer les « ordres ». De temps à autre, l'épicier relevait la tête vers le haut de la côte. Borduas avait sans doute une bonne longueur d'avance. Peut-être ses lunettes embuées de gouttes que ses sourcils broussailleux ne parvenaient pas à retenir l'empêchaient-elles de bien voir ? Ou l'homme qu'il pourchassait était-il simplement rendu à destination ?

Il traversa enfin la rue Sherbrooke, croisa Rachel. Peu après, une immense étendue de cent quarante-deux arpents plantée d'une vingtaine de bâtiments en brique s'étalait devant lui. Un vacarme terrifiant et une chaleur intense s'échappaient par les énormes portes ouvertes. Il résolut de garer son triporteur devant l'atelier le plus près et se boucha les oreilles.

Un cadre aux épaules carrées et au visage rigide s'approcha de lui.

— Donatien Borduas, s'il vous plaît! s'écria Sansoucy.

— On n'entre pas aux usines Angus comme à l'épicerie, monsieur, tonna le contremaître. Même si vous vous présentez aux bureaux, vous allez vous faire revirer de bord.

L'épicier s'aperçut qu'il n'entendait rien, mais le visage écarlate de son interlocuteur l'incita à ôter ses index du creux de ses oreilles.

— On ne dérange pas les ouvriers pendant leur quart de travail! brama-t-il.

Ébranlé par le fracas épouvantable des machines et la voix tonnante du cadre, Théodore Sansoucy rebroussa chemin. Il n'était pas plus avancé. Cela lui apprendrait à agir sous le coup de ses impulsions. Il devrait maintenant se résoudre à traiter avec l'épouse de Borduas.

Encouragé par un retour plus facile, il dévala le raidillon et regagna la rue Adam. Au moment où l'épicier garait le triporteur devant son magasin, Marcel surgit sur la devanture, l'air fâché.

— Vous m'avez donné une maudite frousse, p'pa! J'ai cru qu'on m'avait volé mon bicycle. Pourtant, il me semblait que je l'avais ben attaché hier. D'où c'est que vous venez, donc? Puis comment voulez-vous que je les livre, les «ordres», si j'ai pas ma bécane?

— Je sais que j'ai l'air fin, confessa le marchand, mais il fallait absolument que je parle à monsieur Borduas.

— Encore cette histoire d'agrandissement qui vous trotte dans la tête. Vous le savez, pourtant, que je peux pas financer votre projet: je suis pas la caisse populaire, moi!

L'épicier admit qu'il avait pourchassé inutilement Borduas pour l'aviser du revirement de situation et que l'heure était à la rencontre avec madame. Un sourire moqueur plissa les lèvres de Marcel. Le travail l'attendait, mais pour tout l'or du monde il ne voulait pas manquer la suite. Lumina Borduas n'était pas d'un commerce facile. Elle recevrait son père avec une brique et un fanal.

L'air piteux, le marchand tourna la sonnette de cuivre d'une main en tordant ses moustaches de l'autre. La voisine apparut, la tête barbelée de bigoudis piquants et enrobée dans un filet.

— Je savais ben que vous retontiriez, monsieur Sansoucy, lança-t-elle. Sitôt que j'ai entendu la sonnerie, j'ai lâché mon téléphone, puis je me suis garrochée pour venir vous répondre. Je suis ben contente de vous parler en pleine face : vous allez l'avoir, ma façon de penser ! J'ai dit à mon mari que votre offre ne tenait pas debout. Coudonc, voulez-vous rire de nous autres ? C'est riche comme Crésus, puis ça pense nous acheter avec des pinottes ! débita-t-elle, avant de refermer sans ménagement.

Pour Marcel, l'affaire était close. Son père cesserait de lorgner son héritage et mettrait en berne ses idées de grandeur. Il rentra au magasin et chargea ses premières commandes de la journée.

Chapitre 26

À partir de ce moment-là, Théodore Sansoucy songea plus sérieusement que jamais à se départir de son commerce. Tous les matins, le boucher descendait l'escalier avec l'enthousiasme des veaux qui s'en vont à l'abattoir. La nuit, il roulait dans sa tête des idées noires, lancinantes comme une obsession, et, le jour, il promenait sur son visage abêti les empreintes de ses pensées cafardeuses. Il fallait lui pardonner son air exécrable : le misérable se débattait avec les profondeurs du désenchantement.

Mais Émilienne connaissait son homme. Les élections provinciales étant imminentes, l'actualité politique contribuerait à éviter qu'il s'enfonce dans un marasme plus profond. Quelques soirées à deviser à la taverne autour d'une bière avec Philias Demers suffiraient à le raplomber. Toutefois, les élections passées, il devrait s'accrocher à des activités. Les quatre sœurs Grandbois en discutaient entre elles pendant l'absence du principal intéressé alors qu'Irène s'était enfermée dans sa chambre. Selon elle, le genre de conversation qui s'était engagée n'aboutirait à rien de bon sur l'avenir de son père.

— Que c'est qu'il va faire, ton Théo, s'il vend son commerce ? demanda Alphonsine. Les vieux du voisinage qui s'ennuient ne dépassent pas de beaucoup la soixantaine. Surtout quand c'est des célibataires endurcis ou des veufs comme Philias Demers…

— Il est toujours ben pas pour aller à la messe le matin puis passer le reste de la journée à la taverne Archambault, ça se fait pas ! C'est ben simple, on va l'avoir dans les jambes, décréta Héloïse.

— Moi j'ai pour mon dire qu'il va nous empester en se berçant à la journée longue, puis nous étriver, dit Alida.

Émilienne recevait les commentaires de ses trois pensionnaires qui l'aidaient à faire le point. Autour d'une tasse de thé, elle les avait écoutées avec l'attention que chacune méritait, sans froisser l'une aux dépens de l'autre. Elle résuma ainsi sa pensée :

— Toi, Phonsine, tu te demandes pas quoi faire, t'as jamais lâché ton magasin de coupons. Héloïse, si je t'avais pas pour les repas puis le ménage, je pense qu'on mangerait souvent de la galette puis de la mélasse. Quant à toi, Alida, tu tricotes puis tu rends ben des petits services ici dedans. Mais pour Théo, c'est une autre paire de manches. D'abord, c'est un homme, puis les hommes quand ça arrête de travailler, on dirait que ça sait rien faire de ses dix doigts. Prends Philias Demers, par exemple, il fait pas grand-chose à part de placoter chez Tousignant, de prendre un coup à la taverne, puis de coller à l'épicerie. Des fois, je trouve que c'est une vraie tache de graisse ! À part de ça, je vois pas ben ben Théo s'effoirer sur la devanture du magasin puis regarder le monde sur le trottoir en leur disant un beau bonjour. Il serait ben trop tenté de rentrer à l'intérieur puis de continuer de *runner* sa *business*, pareil comme avant. Là, ça ferait des frictions avec Léandre puis Marcel, qui est rendu qui répond à son père. Finalement, ça revient à dire qu'il est ben mieux de travailler jusqu'à la fin de ses jours…

Des pas lourds gravissaient les marches. La porte s'ouvrit. Sansoucy parut dans la cuisine. Les quatre paires d'yeux le dévisagèrent.

— Pourquoi vous vous arrêtez tout d'un coup, donc, on dirait que vous avez jamais vu ça, un homme qui rentre chez eux. Me prenez-vous pour un imbécile ? Je gage que vous parliez encore contre moi. Envoyez, continuez, faites comme si j'étais pas là ! lança-t-il, en amorçant un pas vers la salle de bain.

— T'es ben bête, toi, à soir ! le réprimanda Héloïse.

— C'est vrai qu'on jasait de toi, Théo, acquiesça sa femme sur un ton plus amène. Mais dis-toi que tout le monde ici dedans veut ton bien.

Irène saisit le moment propice pour intervenir. Elle fit irruption dans la pièce et se planta devant son père.

— Si vous désirez vendre, popa, va falloir que vous trouviez un acheteur. Puis un acheteur, vous en avez déjà un. Vous le savez aussi ben que votre fille qui vous parle que Léandre puis Marcel sont pas prêts à investir.

— Parle-moi pas de Marcel, toi, Irène, c'est lui qui a tout bloqué !

— Là, tu dis des faussetés, Théo ! s'opposa Émilienne. Puis tu le sais à part de ça. Viens pas mettre tes échecs sur le dos de notre Marcel. C'est ben plus la faute de Lumina Borduas qui demandait un prix de fou pour sa bâtisse. Sinon on aurait pu emprunter à la caisse populaire. Mais là ton projet est mort et enterré. Ça fait que pense à d'autres choses, asteure. C'est pas bon pour tes ulcères d'estomac de jongler de même puis de toujours revenir sur des affaires du passé !

— Moman l'a dit, popa, conclut Irène. Vous vous faites du mal à remâcher pour rien. Revenez-en, une fois pour toutes !

L'aînée des enfants avait sonné le glas de la conversation. Sansoucy s'engouffra dans la salle de bain et les femmes s'acheminèrent à leur lit.

La nuit avait apaisé ses tourments et redonné un semblant de joie de vivre à l'épicier. Il s'était levé sur les coups de sept heures, prêt à enfiler ses culottes et à reprendre son boulot après un bon petit-déjeuner. « Il n'y a rien comme la routine pour se remettre sur le piton ! » pensa-t-il. Avant de franchir le seuil, il ajusta sa cravate, retroussa ses moustaches en s'efforçant de sourire au miroir.

La matinée s'était déroulée dans l'habitude des mots et des gestes qui animent le quotidien d'un commerçant. Une brise avait soufflé sur les cendres de ses malheurs et dissipé les mornes pensées qui l'avaient assailli les jours précédents. Il ne l'admettait pas, mais les femmes de la maison l'avaient remué suffisamment afin qu'il se remette au gouvernail de sa vie. Cependant, les événements ont parfois l'air de se liguer contre les bonheurs fragiles pour en éprouver la résistance. Germaine Gladu trouva le moyen de lui étirer les nerfs en revenant sur ce qu'il avait réussi tant bien que mal à reléguer dans les tiroirs hermétiques des oubliettes...

Près de l'étalage de pois en conserve, elles étaient cinq, attroupées autour d'une des locataires de Donatien Borduas. Germaine Gladu s'épanchait sur le sort qu'elle aurait pu connaître si l'immeuble où elle habitait avait été acquis par l'épicier. Le rassemblement avait intrigué Émilienne. Entre les chuchotements des clientes, elle avait saisi des bribes et combattait une exaspération croissante. Son mari était à la veille de sortir de la glacière. Elle le savait préoccupé par Marcel, qui n'était pas réapparu au magasin depuis une bonne heure et demie. Elle voulut débander le groupe.

— Voyons, madame Gladu, vous faites des suppositions, exprima-t-elle. Au lieu de faire circuler des cancans, vous devriez vous mêler de ce qui vous regarde. Mon mari a pas coutume d'égorger le monde avec ses prix. Il vous aurait fait payer un loyer raisonnable. Puis vous le savez qu'il a abandonné son projet d'agrandissement. Ça fait que changez de propos...

— C'est ça qui arrive aussi quand on a pas les reins assez solides ! commenta Germaine Gladu.

— Ah ! ben ça, par exemple ! réagit l'épicière, en se mettant les poings sur les hanches. Là je trouve que vous allez pas mal loin...

Les quatre autres clientes avaient muettement suivi l'échange corsé qui se déroulait. Mademoiselle Lamouche, qui donnait habituellement dans la modération, se rangea dans le camp Sansoucy.

— Pour moi, vos trois sœurs en ont de collé, puis c'est elles qui auraient financé la construction, tempéra-t-elle.

— Votre mari doit leur charger une grosse pension, jamais je croirai que…

— Allez donc au diable, madame Gladu! s'emporta l'épicière.

Le boucher sortit et referma sa chambre froide. La voisine déposa ses achats sur le comptoir et quitta prestement les lieux. Le groupe se démantela. Le sourcil relevé, Sansoucy s'approcha de sa femme d'un air rempli de suspicion.

— On parle encore dans mon dos, je suppose, dit-il.

À mesure que les traits de sa colère s'atténuaient, le visage empourpré d'Émilienne se teintait d'une couleur pâlissante. La sonnerie du téléphone se répercuta sur les murs du magasin. Paulette décrocha. Elle avait un message à transmettre au patron de l'établissement: Marcel prévenait de son retard. Il avait appelé de chez la fleuriste mademoiselle Froment et s'en retournait à la chambre d'Amandine. Il s'était abstenu de fournir des détails; les explications suivraient en temps et lieu.

Son triporteur garé sur le trottoir, le coursier était remonté au logis du père Dubreuil et s'était affalé sur le lit douillet de sa douce. Marcel avait cédé aux demandes pressantes d'Amandine pour remeubler le petit logement. Une première livraison avait été effectuée. Cependant, les livreurs distraits de chez Dupont avaient oublié de charger un fauteuil dans leur camion. Avec l'aide de Léandre et son Fargo, il avait débarrassé le mobilier vétuste qui avait échoué dans l'immeuble où habitait Lise, la serveuse de l'*Ontario's Snack-bar*.

Marcel se prélassait, rêvassant aux soirées délicieuses qu'il partagerait avec son Amandine. Au besoin, il invoquerait auprès de ses parents la nécessaire protection de la jeune fille contre son beau-père, le méchant René Malbœuf. Le boucher du marché Maisonneuve pouvait réapparaître sans crier gare.

Il songeait à tout le chemin parcouru depuis son accident, à l'école qu'il avait abandonnée, aux voies qui s'ouvraient devant lui, au petit bonheur qui s'offrait comme un baume sur toutes les plaies de son existence. Dorénavant, il aurait quelqu'un pour l'écouter, le comprendre, l'aimer, et pour lui enlever définitivement le désir morbide qu'il avait déjà entretenu de se faire disparaître.

Au magasin, son père était aux prises avec Germaine Gladu. La cliente était revenue avec son porte-monnaie et ses copies de factures, et s'était installée au bout du comptoir pour régler ses comptes. Du coin de l'œil, Émilienne couvait Théodore du regard, en espérant que la voisine en finisse avec l'épicerie Sansoucy. Les verres sur le bout du nez, les moustaches frémissantes, l'épicier transcrivait scrupuleusement les sommes à percevoir. Il se redressa, remonta ses lunettes.

— Vous me devez douze piasses et cinquante-sept, madame Gladu.

— J'arrive pas au même montant, monsieur Sansoucy. Ça me donne onze piasses et cinquante-sept. Essayez pas de m'avoir d'une piasse parce que mon mari va retontir, puis il va régler ça assez vite.

— Tasse-toi, Théo, je vas recompter à mon tour, proposa Émilienne.

L'épicière s'excusa auprès de madame Flibotte. Puis, de son œil exercé, elle vérifia l'exactitude des montants transcrits et entreprit de recalculer.

— Je dois admettre que vous aviez bien compté, madame Gladu, j'ai repéré l'erreur.

— Bon, je vous l'avais dit, que c'est moi qui étais correcte. Ça tient commerce puis ça fait des erreurs gros comme le bras. Ben vous l'aurez pas, la maudite piasse…

Avec tout le tact et la douceur nécessaires dans les circonstances, Émilienne glissa son calcul sous le nez de son mari, chez qui elle pressentait un malaise.

— Regarde, Théo, tu t'es trompé dans ta retenue, juste ici…

La physionomie de l'épicier se convulsa, ses doigts se crispèrent, son estomac se tordit, ses lèvres tremblèrent. Germaine Gladu s'empressa de sortir des billets, de déposer l'argent sonnant et de faire rouler sa dernière pièce sur le comptoir avec un indicible plaisir. Puis elle exigea qu'on marque «payé» sur sa copie et la signature des deux épiciers.

— Asteure, regardez-moi ben la face, puis écoutez-moi ben, les Sansoucy! Quand on est rendus qu'on fait des fautes de calcul de même, c'est signe qu'il est temps de lâcher le commerce. En attendant, il va en passer de l'eau sous le pont Jacques-Cartier avant que je remette les pieds dans votre magasin! Je vas aller faire ma *grocery* à l'épicerie Chevalier. Puis si jamais je manquais d'un œuf ou d'une tasse de farine à la dernière minute, vous pouvez être sûrs que je vas m'adresser aux voisins…

Marcel, qui s'était d'abord délecté de la scène, éprouva un moment de plaisir mêlé de compassion.

— Faites-vous-en pas, p'pa, le plaignit-il, la bonne femme Gladu, c'est pas une grosse perte. Puis consolez-vous, vous êtes pas si mauvais que ça en calcul. C'est rien ça! Des fois, vous vous trompez de quelque mille piasses, ricana-t-il.

Le mot de son fils acheva de l'abasourdir. Il puisa dans ses moyens de défense.

— Coudonc, toi, explique-nous ce que tu faisais en plein jour au logis de ta blonde…

Chapitre 27

L'épicier avait le désagréable sentiment qu'il ne pouvait plus tirer les ficelles de son existence, que son avenir basculait, que tout se retournait contre lui, que tout s'écroulait. Ses pensées chagrines se multipliaient, devenaient souffrantes comme un élancement de cerveau. Mais l'âme humaine a parfois de ces rebonds qui tiennent de la légitime défense. La vente de son commerce ressurgissait avec insistance. Il allait leur démontrer qu'il pouvait aller jusqu'au bout…

Ces temps-ci, en faisant sa caisse, Alphonsine s'attardait souvent à bavarder avec la dernière cliente de son magasin de coupons. Après, elle rentrait tranquillement au logis, laissant aux femmes de la maison les préparatifs du repas. Elle devinait que Philias Demers la regardait, ressassant un amer souvenir, déambuler avec grâce sur le trottoir de la rue Adam en suivant les ondulations de sa robe flottante. Elle aimait attiser le désir, cela lui suffisait. Un jour, leurs destinées s'étaient croisées. Mais elles n'avaient été qu'un effleurement. Il n'avait duré que le temps d'un battement de paupières, qu'un soupir dans sa vie de vieille fille.

La main cramponnée à la poignée de porte, le visage crispé et l'œil aux aguets, Sansoucy surveillait, prêt à bondir hors de son commerce. Alphonsine venait vers lui, la démarche traînante et assurée.

— Phonsine ! proféra-t-il, en sortant brusquement.

— Au voleur ! s'écria-t-elle, en pressant son sac à main sur son corsage.

— Calme-toi, Phonsine, c'est moi, Théo, faut que je te parle.

— Le cœur me débat sans bon sens. C'est sûr que je transporte toujours un peu d'argent, mais je m'attendais pas à être agressée à deux pas du logement. Coudonc, que c'est qui t'a pris de me sauter dessus de même ?

— J'ai une affaire de la plus haute importance à te demander, Phonsine. Allons en dedans.

Ils entrèrent. Le commerçant verrouilla sa porte, éteignit les lumières et entraîna sa belle-sœur dans son arrière-boutique. Il lui exposa ses intentions, lui confia qu'il voulait abandonner les affaires, que maintenant plus rien ni personne ne lui ferait changer d'idée. Et pour ce faire, il avait besoin de connaître les coordonnées de celui qui s'était intéressé à son commerce de tissus et de coupons. Elle en fut fort étonnée. Mais voyant dans quel état tourmenté l'homme se trouvait, elle accepta de collaborer. En échange, il lui promit qu'il ne la mêlerait pas à son entreprise.

* * *

C'était vendredi matin. Il mouillassait. Le temps brumeux avait ensorcelé les habitants du faubourg Maisonneuve, comme s'il allait se dérouler quelque chose d'étrange et de fascinant. Les ouvriers s'étaient rendus aux usines, le boulanger à sa boulangerie, Désilets à sa pharmacie, Lee Sing à sa blanchisserie, Alphonsine Grandbois à son commerce et Sansoucy à son épicerie-boucherie. Émilienne, Léandre, Paulette et Marcel avaient amorcé leur journée, avec la résignation des caprices de la température et de la clientèle. Le boucher avait pris un air ombrageux, semblable à celui de Placide, celui qu'il affichait dans les grandes circonstances.

La clochette tinta paresseusement. Un inconnu à la figure hideuse, habillé d'un imperméable *drabe* et coiffé d'un feutre sombre parut. Il promena un regard circulaire dans le magasin et, de son pied plat, s'achemina à la caisse. Sansoucy surgit.

— Si vous voulez vous donner la peine de me suivre, monsieur Goldberg.

Le marchand l'entraîna dans son arrière-boutique et céda sa chaise. Le Juif ôta son chapeau et s'installa.

— Montrez-moi vos livres, exigea-t-il.

— Mes livres! Ah! Vous voulez voir mes livres! C'est tout naturel.

L'épicier s'excusa pour son désordre et demanda au visiteur de reculer sa chaise. Il ouvrit un tiroir, en sortit un grand registre cartonné de rouge qu'Abraham Goldberg s'empressa de consulter. Entre les ratures et les gribouillages, la lecture semblait ardue.

— Comment voulez-vous qu'on s'y retrouve? s'impatienta Goldberg.

— J'ai pas une belle écriture, admit le boucher, mais les chiffres sont en ordre, précisa Sansoucy.

Le visiteur étudia encore un moment les inscriptions. Pendant ce temps, Émilienne, Léandre et Marcel s'étaient approchés de l'arrière-boutique et s'étaient massés silencieusement au chambranle de la porte. Sansoucy les aperçut.

— Taboire! Que c'est que vous avez d'affaire à écornifler, vous autres? brama-t-il. Allez à votre ouvrage, puis ça presse…

Émilienne et Marcel déguerpirent.

— Que c'est qui vous prend, le père? riposta Léandre. C'est pas mal effronté, ce que vous dites là. Vous êtes pas mal plus fin avec les étrangers, on dirait. En tout cas, vous avez besoin de vous lever de bonne heure pour réussir à m'effaroucher.

Émilienne n'avait pu supporter l'humiliante rebuffade infligée par son mari. Elle avait aussitôt sorti un mouchoir de son corsage et gravi les marches qui menaient à son logis.

Alida cousait un petit ensemble pour Stanislas. Héloïse achevait d'essuyer la vaisselle en faisant la causette à Nestor.

— Mili! s'exclama-t-elle. T'es verte! Es-tu malade, coudonc? Assis-toi une minute.

L'épicière s'affaissa sur une chaise. Des pleurs mouillèrent sa figure joufflue.

— Je gage que Germaine Gladu est revenue dans le paysage, lança l'impotente.

— Que c'est qu'il t'a fait encore, ton homme? demanda Héloïse.

Émilienne déversa sa peine sur l'épaule de ses sœurs. Elle subodorait une manœuvre de son mari pour se débarrasser de son épicerie. Et ce qui la mettait le plus en rogne, c'est qu'il avait agi sans prévenir, sans même les avoir consultés, elle et les enfants.

Au magasin, pour éviter une nouvelle diatribe de son père, Marcel s'était remis au travail tandis que Léandre, cigarette aux lèvres, arpentait le plancher d'un pas agité. Paulette déposa le cornet du téléphone et s'adressa à son mari:

— Arrête de virer sur tous les bords, Léandre, la tête me tourne.

Il s'immobilisa, exhala sa rage dans une longue volute bleutée.

— T'as pas l'air de réaliser ce que le père est en train de fricoter avec le Juif!

— Qui c'est qui t'a dit que c'était un Juif?

Marcel s'apprêtait à partir pour sa première livraison de la journée. Sa main figea sur la poignée de porte.

— T'as juste à le demander à ton beau-frère, il était là avec matante Alida puis matante Alphonsine quand Lucille Métivier a voulu vendre son commerce de coupons. Pas vrai, Marcel?

Les paupières du jeune livreur s'abaissèrent en signe d'approbation. Sous l'emprise d'une grande irritation, Léandre reprit son va-et-vient incessant. Marcel s'aperçut qu'il empêchait mademoi-selle Lamouche et Dora Robidoux d'entrer. Il leur ouvrit civile-ment et sortit.

— Émilienne est pas là, ce matin? s'enquit la dame.

— Non, elle est remontée avec son petit problème féminin…

— C'est pas un peu grossier, ça, Léandre? commenta la demoiselle.

Léandre s'élança vers l'arrière-boutique. Il cogna et poussa doucement la porte. La physionomie souriante des deux hommes révélait qu'ils en étaient venus à une entente. Un sentiment de profonde déception envahit Léandre.

— Le père, mademoiselle Lamouche veut sa tranche de jambon, l'informa-t-il.

— Dis-lui que j'en ai pas pour longtemps, répondit l'épicier.

D'un tempérament plus combatif, le fier Léandre avait pourtant ravalé. Quand le plus fort cède, que peut-on espérer des plus faibles? Il lui sembla qu'il ne pouvait plus rien pour changer le cours des événements. À plus ou moins brève échéance, une famille de Juifs emménagerait dans le faubourg, et Marcel, Paulette et lui seraient forcés de se trouver un autre emploi.

L'entourage de Sansoucy se campa dans une sorte de résigna-tion fataliste. Alors que l'épicier se promenait avec un air triom-phant, que tous paraissaient répondre à ses moindres désirs, les membres de la famille attendaient le dévoilement des formalités qui suivraient, les conséquences. Même Émilienne, soutenue par ses sœurs, accourait aux désirs de son homme, les devançait avec la gentillesse des domestiques prévoyants connaissant bien leur maître. Mais tous les recours de l'espoir n'étaient pas épuisés, car, le samedi soir, le commerçant revenant de la taverne avait déclaré d'un ton sentencieux: «Je vas passer chez le notaire Crochetière cette semaine!»

Léandre, en être perspicace, commença à entrevoir la possibilité que son père change d'avis. Or c'était dimanche, veille du scrutin provincial. Il avait rassemblé toute la famille dans la maison paternelle. Comme à l'accoutumée, Placide serait tenu à l'écart. Cependant, Édouard et Colombine faisaient l'honneur de leur présence ; Léandre avait prévenu son frère notaire des intentions avouées de leur père et quelques questions d'ordre juridique lui seraient posées. L'oncle Romuald et sa femme Georgianna n'avaient pas dérogé à leur habitude des parties de cartes. Et pour faire plaisir au maître de la maison, à la demande expresse de l'organisateur de la soirée, Philias Demers se joignait à la compagnie.

L'atmosphère était tendue. Vendredi, un tremblement avait secoué tous les habitants de l'immeuble de la rue Adam. L'épicier avait mené les siens au bord du gouffre. Marcel avait résolu de ne plus se battre. Irène et ses tantes, Simone et David n'étaient devenus que les spectateurs qui assistaient, impuissants, à l'effondrement de l'entreprise. Quant à Édouard, il avait perçu le désaccord de sa mère, mais il comprenait que son père était d'âge à abandonner les affaires. Que des balivernes avaient circulé dans la cuisine pour camoufler ce qui taraudait ses occupants.

L'ambiance irrespirable la suffoquait. Émilienne s'exprima :

— Changement de propos, Théo puis Philias, que je vous voie pas aller demain devant l'édifice de *La Patrie* pour le dévoilement des résultats, sermonna-t-elle. La dernière fois, vous vous êtes fait ramasser par la police.

— Parlons-en, des élections, renchérit Romuald. Je vous l'ai déjà dit, selon mon chef Adrien Arcand, la misère des Canadiens français est due à l'envahissement des Juifs. Demain, faut voter Duplessis, il y a pas plus nationaliste que lui.

L'occasion était trop belle pour ne pas la saisir. Léandre s'introduisit dans la conversation.

— Justement, mon oncle Romuald, votre frère est sur le point de vendre son commerce à un Juif, lança-t-il, cinglant.

Les traits du chauffeur de tramway se convulsèrent sur sa figure cramoisie. Obnubilé par les convictions de son chef Arcand, il se leva et débita sa marotte sur les épiceries de quartier qui passaient aux mains des Juifs. Au milieu de l'emportement de Romuald, la voix stridente de Stanislas retentit.

Le téléphone résonna. Personne ne bougeait.

— Allez répondre, quelqu'un! s'exaspéra Simone. Il y a assez de mon petit qui braille.

Irène était coincée à côté du fauteuil roulant de l'impotente. Marcel se précipita sur l'appareil. Il prit aussitôt un air grave. Le visage défait, il se tourna vers ses parents en laissant tomber le cornet acoustique le long de son corps.

— M'man ou p'pa, c'est pour vous: un appel du collège de Saint-Césaire.

— Oh mon Dieu! s'exclama Émilienne, qu'est-ce qui est arrivé à Placide?

Remerciements

Ma plus vive gratitude à Martine, mon épouse, pour son soutien constant et indéfectible. À Claudine Brodeur, pour ses précieux conseils d'infirmière. Et à Réjean Charbonneau, directeur-archiviste de l'Atelier d'histoire d'Hochelaga-Maisonneuve, pour sa rigueur et son dévouement.

La maison des soupirs

Cœur qui soupire n'a pas ce qu'il désire…

Chapitre 1

Émilienne pressentait le pire. Au téléphone, un religieux avait bredouillé une phrase laconique : la communauté demande à voir les parents de Placide Sansoucy. Dès lors, les effluves du malheur avaient envahi l'épicière et s'étaient répandus sur toutes les rondeurs de sa personne. Devant l'effondrement de sa mère, Irène avait aussitôt saisi l'appareil et exigé des explications. Cela ne se racontait pas au bout du fil ; il fallait se rendre au collège de Saint-Césaire.

Accompagnée de Léandre et de son mari, frémissante d'inquiétude, Émilienne marchait sur le sol en terrazzo du couloir derrière le frère Gonzague, un quinquagénaire dont les épaules et la chevelure lisse étaient constellées de grains de poussière blanche. Le lustré aux coudes et l'ourlet effiloché de la soutane l'amusèrent. « Un autre saint François d'Assise », pensa-t-elle.

Le Sainte-Croix s'immobilisa devant l'escalier principal et, soupesant le poids de la grasse personne, interrogea la visiteuse du regard.

— Vous êtes bonne pour monter, la mère ? demanda Léandre. Prenez votre respir.

— Ils ont pas d'ascenseur, les frères ?

— Seulement pour les grosses charges, madame Sansoucy, répondit le religieux. C'est l'été, nous sommes encore en vacances, mais pendant l'année scolaire les pensionnaires sont bien avertis de ne pas l'utiliser. En tout cas, nous autres on va monter à pied, mais si vous y tenez…

Le frère Gonzague, qui devait peser tout au plus cent livres, s'enfonça dans un corridor et s'arrêta devant une porte grillagée qui fermait une cage sombre. De sa main osseuse, il fit glisser le treillis métallique dans un fracas épouvantable, comme une invitation à franchir les portes de l'enfer.

— Vous allez pas m'enfermer là-dedans, c'est trop petitement, je vas étouffer, puis il va faire chaud sans bon sens, affirma-t-elle.

— Si tu veux voir ton gars, Mili, c'est ça ou l'escalier ! commenta Théodore, sans émotion.

L'usager n'avait qu'à tourner la clé et à la maintenir en position jusqu'à l'atteinte de l'étage désiré. Il n'y avait aucune crainte, l'appareil était tout à fait sécuritaire.

La grille refermée, dans le grincement des poulies et les craquements de la plate-forme qui se mettait en branle, Émilienne amorça son ascension. Au moment où la visiteuse disparaissait de sa vue, le religieux s'éloigna, repassa devant la bibliothèque et entreprit de gravir les degrés qui menaient au quatrième étage de l'établissement. Soudainement, au milieu de la montée, les faibles lumières qui éclairaient les marches s'éteignirent. Le menu frère se retourna vers les deux hommes en clignant des paupières.

— J'espère que madame est rendue, dit-il.

La petite compagnie s'empressa vers le monte-charge. Du noir filtrait par les losanges de la grille, des cris désespérés fusaient du puits.

— La mère est pognée entre deux planchers, affirma Léandre.

— Dommage, il ne devait pas lui en manquer beaucoup pour atteindre le quatrième, déclara le frère, avec un timbre de voix ennuyé. Madame Sansoucy n'est pas chanceuse.

— Ma femme est claustrophobe, puis elle a peur dans la noirceur, exprima l'épicier. Faites de quoi, frère Gonzague !

Sansoucy empoigna les croisés de fer et lança quelques cris qui se voulaient rassurants. Mais les appels à l'aide de la prisonnière enterraient sa voix secourable.

— Vous pouvez toujours aller à la chapelle pour invoquer saint Joseph ou le frère André, mais selon moi il va falloir attendre que le courant revienne, conclut le religieux, l'air éminemment désolé.

L'épicier descendit au troisième et remonta, la figure rouge comme une crête de coq. Après quelques descentes et remontées, et après s'être époumoné à crier des paroles de réconfort demeurées sans écho, il se résigna à suivre le Sainte-Croix.

Au bout du corridor, le frère Gonzague recommanda le silence et entra à l'infirmerie. La salle blanche au plafond embossé prenait le jour de deux hautes fenêtres devant lesquelles s'enorgueillissaient des fougères trônant sur des guéridons. Au fond, en guise de pharmacie, un comptoir percé d'un lavabo et surmonté d'une immense huche vitrée renfermait des médicaments. Le long d'un mur, quatre lits séparés par des paravents, dont l'intimité était assurée par un pendrillon qu'on pouvait glisser sur une tringle de métal. Un seul des compartiments était occupé. Un vieux religieux au sourire gentillet qui se tenait devant le cubicule désigna muettement l'endroit et s'éloigna vers l'officine. Dans une attitude recueillie, le commerçant et son fils progressèrent vers l'espace cloisonné.

Au creux de son lit, Placide reposait, les yeux clos, les lèvres bleutées, le teint d'une pâleur exsangue. Il avait les mains posées à plat le long de son corps inerte, et sa respiration irrégulière paraissait difficile. Son poignet gauche entouré de bandelettes souillées de taches sang de bœuf affola Sansoucy:

— Il a dû se blesser avec la tranche ou un instrument de son attirail pour relier des livres, supposa-t-il. C'est pas donné à tout le monde d'être habile avec des couteaux. J'en sais quelque chose, je suis boucher de métier.

811

— Faut pas chercher ben loin, le père, c'est pas une maladresse, commenta Léandre, la mine grave. D'après moi, c'est pas par hasard, cette blessure-là : c'est volontaire…

Le frère Gonzague abaissa les paupières en signe d'approbation.

— Je n'irai pas par quatre chemins, commença le religieux.

Il rapporta que, depuis la noyade de son camarade Éloi survenue au lac Nominingue, Placide avait perdu son entrain à la bibliothèque et se murait dans l'isolement. D'un naturel plutôt réservé, après les repas et les offices, le taciturne disparaissait dans sa chambre. Les derniers jours, il avait un regard étrange de bête traquée. Le supérieur l'avait rencontré. L'échange s'était soldé par une promesse de Placide de faire des efforts pour se mêler à ses confrères et de prier pour demander de l'aide au bon Dieu. Mais par la suite, le garçon était vite retombé dans une triste solitude. Et maintenant, on soupçonnait qu'il avait attenté à sa vie…

Sansoucy se pencha vers son fils alité en jetant sur lui un regard attendri. Placide dessilla les yeux.

— C'est vous, papa, murmura-t-il. Maman est-elle là ?

— À l'heure qu'il est, elle doit être enfermée dans l'ascenseur, déclara Léandre.

— Ah ! T'es là, toi aussi…

Le révérend Gonzague prit l'épicier et son fils à part, leur expliqua qu'un incident aussi regrettable n'était jamais survenu entre les murs de l'établissement : Placide Sansoucy semblait souffrir d'un curieux vague à l'âme, pire que la blessure qu'il s'était infligée. Pour cette raison, la communauté ne pouvait s'engager à abriter le malade plus longtemps.

Une ombre de contrariété plissa le front de Théodore.

— Ça veut-tu dire que vous n'en voulez plus ? s'enquit-il.

— Vous devrez quitter dès que madame votre épouse sortira du puits de l'ascenseur. Je suis désolé, monsieur Sansoucy.

— Je vas aller voir votre supérieur, s'indigna-t-il.

— Fatiguez-vous pas, le père, rétorqua Léandre. Ça donne rien de ruer dans les brancards, leur idée est faite : ils mettent votre garçon dehors !

Frère Gonzague rejoignit son confrère pour lui annoncer que les circonstances impliquant la mère du Sainte-Croix obligeaient à la tolérance. Mais dès que la panne de courant serait réglée, la famille Sansoucy quitterait l'institution.

Mais voilà que le jour fuyait. Les ténèbres avaient complètement envahi la cage de l'ascenseur et la captive ne répondait pas aux supplications de son mari. Sansoucy était consterné et marmonnait des imprécations contre la communauté. Frère Gonzague désespérait. Mais Léandre refusa de se laisser abattre.

— Quand le courant va revenir, il y a rien qui nous dit que la mère va reprendre connaissance. Frère, allez chercher une chandelle, je vas descendre dans le trou.

Frère Gonzague se pressa vers la chapelle et revint avec un cierge.

— Asteure, apportez-moi des sels.

Le religieux retourna à l'infirmerie et revint avec la substance. Léandre avait ouvert la porte grillagée du monte-charge. Le religieux alluma la chandelle et s'inclina vers la cage. Armé d'un incroyable sang-froid, le fils Sansoucy s'étira pour agripper un câble et amorça une descente qui le mena à l'étage de l'ascenseur. Dans l'épouvantable noirceur, au bout de ses cris et de ses forces, Émilienne s'était évanouie. Léandre promena les sels sous le nez de la gisante.

— Réveillez-vous, la mère !

Les narines d'Émilienne se gonflèrent, ses yeux papillonnèrent de stupéfaction. Elle ignorait comment elle s'était retrouvée là, assise dans le confinement d'un monte-charge, sous la lumière chétive d'une chandelle qui éclairait le visage ravi des hommes qui la regardaient. Elle manifesta le désir de voir Placide.

Le courant avait été rétabli. De toute manière, la condition d'Émilienne ne permettait pas son départ de l'établissement dans l'immédiat. Elle irait rejoindre Placide à l'infirmerie.

Émilienne promena un regard affligé sur son fils endormi. Elle remarqua le pansement au poignet.

— C'est quoi, ça ? demanda-t-elle, la mâchoire tremblante.

— Énervez-vous pas pour rien, la mère, le père va vous expliquer en temps et lieu. Commencez par vous étendre…

D'un air résigné, le frère Gonzague invita l'épicière à s'allonger sur un lit. Sansoucy s'approcha de sa femme, et quand son visage retrouva un semblant d'apaisement, il lui relata le fâcheux accident de leur fils et le cours des événements qu'elle avait manqués. «Pauvre enfant, que c'est qu'il lui a pris ? exprima-t-elle, la voix empreinte de compassion. Il est pas heureux chez les Frères, il faut le ramener à la maison !»

Émilienne avait traversé des moments éprouvants. Après les recommandations du frère soignant et une soupe épaisse servie dans son alcôve, elle était maintenant renvoyée à la rue avec son mari et ses deux fils. À cette heure incongrue, surgir au presbytère de la paroisse pour quémander le gîte et le couvert aurait été inconvenant. Et se présenter chez les Sœurs de la Présentation de Marie aurait effrayé les religieuses. Il était plus sage d'aller cogner à la porte de la maison d'Elzéar que de rentrer à Montréal…

Le Fargo cahota sur la route de terre du rang Séraphine et s'immobilisa dans la cour. Les grillons se turent. Une chouette cessa son hululement. Un cheval hennit dans la grange. Rex reconnut l'ancien camion de son maître et cessa d'aboyer. Un rideau s'écarta à la fenêtre éclairée. Elzéar ouvrit brusquement et sortit en camisole sur la galerie en retenant la porte.

— Ça parle au verrat! proféra-t-il. Florida, viens voir qui c'est qui nous arrive!

La fermière parut.

— Veux-tu ben me dire que c'est qu'ils font dans les parages? demanda-t-elle.

Sansoucy descendit le premier :

— On a l'air de vrais quêteux, mais on a pensé que vous nous hébergeriez pour la nuit, dit-il.

Le frère d'Émilienne s'étira le cou vers le véhicule de livraison.

— Coudonc, vous êtes combien là-dedans?

Les Grandbois étaient à la veille d'aller se coucher. Ils avaient besogné aux champs toute la journée et Elzéar, n'ayant pu se rendre au village, était demeuré dans l'expectative des résultats d'élections. Il en avait espéré des nouvelles, mais l'épicier n'en avait pas non plus. Son beau-frère venait du collège de Saint-Césaire où l'électricité avait manqué au cours de leur passage, et le camion de Léandre n'était pas équipé de radio. L'électrification rurale n'avait pas atteint la campagne gardangeoise qui viendrait peut-être avec Duplessis.

— Si vous étiez pas si arriérés à Ange-Gardien, vous auriez du courant aussi! railla Léandre.

— Dis pas ça, rétorqua sa mère. C'est pas de leur faute si…

Le regard de Florida fut attiré par la valise abandonnée près du piano mécanique et l'habillement inaccoutumé de Placide. Il avait revêtu une chemise blanche à manches longues et un pantalon noir.

— Comme ça, commenta-t-elle, tu t'en vas faire un tour chez tes parents. Dis donc, comment ça se fait que t'as pas ta soutane ?

Le taciturne était reconnu pour son silence. Maintes fois, les Grandbois l'avaient emmené à Montréal et les conversations avec lui s'étaient limitées à des phrases courtes, à des réponses évasives et succinctes, aussi brèves que le personnage lui-même, cet être ramassé qui s'exprimait peu et qui choisissait ses mots. Des mots parfois violents dans sa tête que ses lèvres ne parvenaient pas à prononcer, tellement ils étaient chargés de souffrance.

— Le père puis la mère sont gênés de vous l'apprendre, rétorqua Léandre, mais moi je vas vous le dire : Placide sort de chez les Frères, matante, il a besoin de voir le monde plutôt que de s'enfermer le reste de ses jours dans une bibliothèque de collège à classer puis à réparer des livres. C'est pas une vie, ça…

L'audace de Léandre avait permis de donner une explication à leur présence sans toutefois en livrer les véritables motifs. Émilienne se félicitait d'avoir engendré un garçon aussi vif d'esprit. Sansoucy saluait muettement son intelligence et la délicatesse qu'il savait montrer dans les grandes occasions. Mais tout n'était pas réglé pour autant. Le reste de la famille aurait des questions légitimes à lui adresser. Et les clientes de son épicerie-boucherie qui le tarauderaient d'interrogations et exigeraient des éclaircissements pour satisfaire leur curiosité.

L'épicier avait assez perdu de temps. Au petit matin, dès qu'il avait entendu le beuglement des vaches et du bruit en bas dans la cuisine, il avait tiré sa carcasse du lit et réveillé l'étage. Florida leur avait dit qu'ils n'avaient qu'à se servir pour déjeuner. Elzéar avait mentionné qu'ils s'alimentaient à même les produits frais de la ferme et que cela était de loin préférable à ce qu'on vendait à gros prix dans les épiceries de la ville.

Chapitre 2

Les femmes du logis avaient mariné toute la soirée dans une attente anxieuse. Elles avaient sorti leur chapelet et elles s'étaient mises à prier. Pendant la nuit, chacune avait gardé une oreille attentive au moindre bruit et un œil ouvert sur les ombres changeantes que la lune et les nuages s'amusaient à dessiner. Mais rien n'était venu les arracher à leurs inquiétudes croissantes. Et au petit matin, elles avaient fini par croire que le camion avait subi une embardée. On retrouverait bien les corps ensanglantés dans un fossé profond.

Par ailleurs, Marcel était revenu de la chambrette d'Amandine et il s'était endormi dans l'apaisement que lui procurait la confiance qu'il avait en Léandre. Le camion de livraison n'était pas rentré de son périple à la campagne. Des imprévus avaient pu survenir. Mais la débrouillardise de son frère avait de quoi rassurer les plus craintifs. Ses parents étaient en de bonnes mains. Tôt ou tard, ils regagneraient la ville.

Le livreur à bicyclette avait pris sur lui d'ouvrir le magasin. Afin de se donner une meilleure contenance, il avait enfilé un tablier propre et se tenait derrière le comptoir-caisse à savourer les moments délicieux que lui procurait sa fonction de patron substitut. Déjà angoissée par l'absence de Léandre, Paulette voyait venir la journée comme une montagne à gravir. Elle avait demandé à Simone de l'aider. Héloïse et Alphonsine gardaient le petit. Le téléphone résonna.

— Épicerie Marcel Sansoucy, bonjour !

Une voix suraiguë glapit dans le cornet.

— Vous êtes bien à la bonne place, madame Verville.

817

— Voyons, Marcel, que c'est qui te prend tout d'un coup ? rétorqua Simone. C'est pas ton magasin pantoute !

Le benjamin prit la commande. Quand il eut raccroché, d'un air satisfait, il glissa son crayon sur l'oreille et aperçut Simone et Paulette qui discutaient encore du travail à partager. Abraham Goldberg parut et se dirigea d'un regard trouble au comptoir.

— Monsieur Sansoucy est dans son *backstore* ?

— Monsieur Sansoucy est pas revenu de voyage.

— On dirait que j'ai affaire au nouveau patron. Ton père a changé d'idée ?

Marcel expliqua qu'il le remplaçait temporairement, mais l'acheteur intéressé devait savoir que la famille refusait de vendre, tout en affirmant que la décision appartenait à son père.

Le Juif ébaucha une moue dépitée et s'en fut patienter dans l'arrière-boutique.

Une heure plus tard, le camion de livraison se stationnait sur la devanture.

— Les v'là ! s'exclama Simone. Mais Placide est avec eux autres. Puis m'man qui débarque avec des paniers de légumes. Elle a l'air fatigué sans bon sens…

Émilienne et Placide gagnèrent le logement. Sansoucy et Léandre entrèrent au magasin.

— Taboire ! ragea l'épicier. Que c'est que tu fais, toi, arrangé de même avec mon linge sur le dos ? Va m'ôter ça…

— Ben vous étiez pas là, p'pa, fallait ben que quelqu'un s'occupe du commerce ! Soit dit en passant, monsieur Goldberg vous attend dans le *backstore*.

Léandre se contenta de ricaner. La mine massacrante, la démarche pesante, le commerçant s'achemina à l'arrière du magasin. Abraham Goldberg avait pris place sur la chaise derrière le bureau et, la physionomie tendue, farfouillait dans les livres de comptes.

— C'est sérieux, cette histoire de vente ou pas, monsieur Sansoucy ? s'enquit-il, gravement.

— Je vous ferai pas niaiser longtemps, monsieur Goldberg, je vas garder mon magasin, déclara l'épicier d'un ton embarrassé.

C'est avec un ressentiment mêlé de déception que l'étranger retraversa l'épicerie-boucherie. Manifestement, aucune entente n'avait été conclue avec le visiteur. Paulette, Simone et ses deux frères s'échangèrent des sourires de connivence. Marcel, qui s'était dévêtu du tablier de son père, remplissait la commande de madame Verville.

— Marcel, tu iras porter la poche de tabliers sales à la blanchis-serie, ordonna Théodore, avant de regagner sa boucherie.

— Le père a pas ben le choix de vendre ou pas vendre, commenta Léandre, Placide va travailler au magasin, asteure…

* * *

Alida et Héloïse étaient demeurées stupéfaites en voyant survenir le religieux, dépouillé de sa robe noire, avec ses hardes sur le dos. Les vieilles filles avaient aussitôt cessé d'amuser le petit Stanislas installé sur le linoléum, entouré de coussins. Leur neveu avait déambulé muettement dans la cuisine et le couloir, comme un animal qui flaire les lieux pour les reconnaître, comme une épave rejetée sur le rivage par une mer déchaînée. Puis il avait empoigné sa valise et s'était retiré dans sa chambre.

Émilienne était revenue bouleversée de son voyage. Certes, sa mésaventure dans l'ascenseur des Sainte-Croix et sa nuitée impré-vue chez leur frère Elzéar à Ange-Gardien l'avaient traumatisée.

Mais Héloïse et Alida étaient restées perplexes : cela n'expliquait pas l'appel du collège et le retour de Placide à la maison paternelle. Émilienne leur cachait quelque chose. « Quand on vit dans la même maison, se dit Héloïse, on a le droit de savoir ! »

Sansoucy avait entretenu les mêmes réticences que sa femme à parler de Placide. Au fond, il comptait sur Léandre pour instruire Marcel, Paulette, Simone et David de ce qui s'était véritablement passé. Aussi, la présence de son fils vêtu comme les gens du monde ferait éventuellement sourciller la clientèle. Mais auparavant, il se préparait à clarifier à ses proches du logis ce qui lui paraissait inexplicable. Le souper se présentait comme l'occasion à ne pas rater.

Pendant qu'Émilienne se reposait sur son lit de fatigue et de tourments, Héloïse s'était chargée de transmettre à l'ouvrière et à la marchande de coupons le peu de ce qu'elle savait. Irène et Alphonsine ne devaient pas se surprendre de voir apparaître le résidant du collège à leur table, habillé de vêtements ordinaires. Au repas, on en apprendrait bien davantage sur le mystère qui la portait aux confins de sa curiosité.

Sitôt sa chambre désertée, Placide avait déposé un baiser furtif sur la joue d'Irène et s'était assis en appuyant ses mains jointes sur son front. Le bénédicité récité, on attaqua le bouilli qu'Héloïse avait confectionné avec les légumes rapportés de la campagne. La cuisinière interpella son beau-frère :

— Théo, asteure que tout le monde est là puis qu'on a appris que tu voulais plus vendre ton magasin au Juif, dis-nous donc que c'est qui te démange tant au juste. Puis essaye pas de jouer à la cachette avec nous autres, ta fille puis tes belles-sœurs sont pas si épaisses que ça…

Une terrible crainte l'oppressait. Le moment de fournir des éclaircissements s'était précipité. Sa gorge se dénoua. Placide déboutonna lentement le bras de sa chemise, comme si l'image de son poignet suffirait à elle seule à tout expliquer.

— J'ai attenté à mes jours, exprima-t-il avec émotion.

Puis il recula brusquement sa chaise et se redressa.

— Mais il n'y en a pas un de vous autres qui va savoir pourquoi ! brama-t-il, avant de disparaître dans sa chambre.

Le visage d'Émilienne se convulsa de tics nerveux.

— Achalez-le pas, mentionna-t-elle. Irène, enlève donc son assiette, mets-la sur le réchaud du poêle. Il va revenir un peu plus tard.

— Ça c'est du gros caprice, Mili, affirma Héloïse. C'est normal de manger en même temps que tout le monde ; on est pas dans un hôtel, ici dedans !

— Je t'aurais ben vue, toi, Loïse, avec une trâlée, rétorqua Sansoucy. On prend les enfants que le bon Dieu nous donne puis on fait pas toujours ce qu'on veut avec…

— Si je gardais le petit de Simone plus souvent, répliqua la maigrelette, vous verriez ce que ça fait quand on veut éduquer un enfant. J'attendrais pas qu'il soit trop tard, je le mettrais tout de suite à ma main.

L'assertion d'Héloïse parut tellement inappropriée qu'elle se passa de commentaires. Néanmoins, le geste osé par Placide était d'une telle gravité que le malheureux exigeait une compréhension et un soutien presque inconditionnels de ceux qui l'entouraient. Mais Marcel, plus que tous les autres autour de la table, devinait le désarroi de celui qui partageait maintenant sa chambre. Il en avait causé avec Léandre pour qui l'accablement de Placide n'était pas tout à fait étranger à la disparition du frère Éloi Desmarais.

Le repas s'était achevé dans la musique entraînante de La Bolduc. Irène avait jugé que l'atmosphère se détendrait et redonnerait un peu de gaieté à la maison qui en avait bien besoin.

Depuis la veille, Sansoucy se morfondait. Probablement par dépit, Philias Demers n'était pas paru au magasin de toute la journée. Les électeurs s'étaient prononcés en faveur de Duplessis qui devenait premier ministre de la province. Les ragots sur son fils n'ayant pas eu le temps d'atteindre le débit de boissons, plutôt que de lire *La Patrie* dans sa berçante avec une bonne pipe, l'épicier résolut de se rendre à la taverne.

Demers était accoudé à une table et avalait des lampées d'un air désappointé. Sansoucy s'en approcha.

— T'as perdu tes élections, hein, mon Philias? Ton Godbout a pris le bord...

— C'est dur à accepter, tu sauras, Théo. Mais dis donc, as-tu vendu ton épicerie?

— Ah! Ça c'est une autre histoire. D'abord, hier on a reçu un téléphone important du collège. Placide allait pas très bien. Il a fallu que je retontisse à Saint-Césaire...

* * *

Voilà deux jours que le défroqué se terrait dans le sommeil comme la marmotte qui attend les beaux jours pour émerger de son terrier. Émilienne était heureuse de le savoir près d'elle, en sécurité à la maison. Elle avait pour son dire que Placide se remettait peu à peu et qu'il ne fallait pas le brusquer. Cependant, son mari n'entendait pas supporter plus longtemps la fainéantise de ce fils. Persuadé que la santé doit passer par le travail, il songeait à un moyen de l'attirer dans son commerce tout en redoutant une rebuffade qui l'éloignerait de lui. Après tout, s'il avait choisi de poursuivre en affaires, c'était en bonne partie parce qu'il aurait un emploi à lui offrir.

Léandre ne voyait pas les choses du même œil; la guérison de son frère serait d'autant plus efficace qu'il se mêlerait à la petite société qui fréquentait le magasin. Il en avait discuté avec son employeur qui se cantonnait dans ses craintes et ses réticences. « Faut pas le prendre avec des pincettes, le père, lui avait-il dit, c'est pas de même que vous allez l'aider ! » Ainsi, le finaud élabora un stratagème : il résolut de créer un petit débordement.

La journée débutait. L'épicier était occupé avec un fournisseur dans son arrière-boutique. Derrière la caisse, Paulette achevait de déjeuner. Elle était descendue avec sa tasse de café et les deux rôties qu'elle n'avait pas eu le temps d'avaler après ses Corn Flakes. À la demande de sa mère, Marcel lavait les vitrines de la devanture. De l'intérieur, la patronne surveillait l'évolution du chantier en indiquant du bout de son balai les taches qui avaient résisté au nettoyage du laveur. Léandre s'en fut retrouver son frère à l'extérieur.

— T'es pas ben amanché, toi, à matin, lui dit-il.

— Moi, le lavage de vitres, c'est pas mon fort, mais m'man a dit que si ça continuait de même, on verrait plus au travers, ça fait que…, déclara Marcel, la lèvre tordue.

— Dis donc, frérot, si t'es comme moi, tu dois être pas mal tanné de savoir que Placide a rien à faire dans la maison. Tandis que nous autres…

Léandre donna les détails de son plan. Agacée par le petit entretien de ses fils, Émilienne parut sur le trottoir, la mine interrogative.

— À vous voir l'air, on dirait que vous complotez quelque chose, les garçons, dit-elle.

— Non, la mère, juré, craché ! rétorqua Léandre.

Sitôt les vitrines luisantes de propreté, Marcel prépara sa première commande de la journée et fila vers le domicile de madame Vermette. Après, suivant la ruse de Léandre, il cogna aux portes voisines de l'avenue d'Orléans, à la recherche d'une clientèle plus large. Un autre membre de la famille Sansoucy venait de s'ajouter au personnel de l'épicerie-boucherie. Les prix étaient avantageux, le boucher-propriétaire était reconnu pour la qualité de ses viandes, et on n'avait rien à perdre à essayer le service de livraison du commerce. De son côté, le charmeur avait réussi à séduire un certain nombre de ménagères qu'il avait convaincues de commander au magasin.

Au terme de quatre jours, les tablettes s'étaient passablement dégarnies, la réserve de viande avait diminué de manière significative, et les denrées périssables entreposées dans la cave et dans l'arrière-boutique s'étaient considérablement amoindries. Avant d'entreprendre une cinquième matinée de fonctionnement à plein régime, le commerçant dut se rendre à l'évidence. Affalé à son bureau, il attendait une cargaison de fruits et de légumes. Léandre surgit dans l'arrière-boutique.

— Plus le stock roule, plus il faut le remplacer, hein, le père ? Vous trouvez pas que tout le monde ici dedans a l'air d'un chien qui court après sa queue ? Vous, la mère, Paulette qui en a pas de reste, moi puis Marcel, on peut pas continuer de même : on va se mettre à terre. C'est-tu ça que vous voulez, coudonc ? La mère est à la veille de vous claquer dans les mains. Simone pourrait faire garder Stanislas, mais elle aime mieux profiter des belles journées d'automne qui viennent. Ça vous prend du personnel, le père. Deux bras de plus, ça ferait pas de tort.

— Taboire ! Je voudrais ben éviter d'engager. Un employé de plus, ça représente un salaire de plus à payer.

— Vous me choquez des fois, le père ! Vos ventes ont augmenté, vous voyez des nouvelles faces dans votre magasin, puis faudrait que ça vous coûte pas une cenne de plus en salaire ?

Léandre leva lentement ses yeux au plafond. Sansoucy imita son geste.

— Elle est là, la solution, le père, juste au-dessus de nous autres…

— OK d'abord, j'ai compris! Mais brasse-le pas trop parce qu'on sera pas plus avancés.

Le livreur escalada les marches et atteignit le logis. Il poussa brusquement la porte. Héloïse et Alida lâchèrent des cris affolés.

— Ma foi du bon Dieu, il est-tu arrivé une catastrophe en bas pour que tu retontisses de même chez tes parents? demanda Héloïse.

— Fais-nous jamais plus des peurs de même, exprima l'impotente d'une voix saccadée et en mettant la main sur sa poitrine. Puis Placide qui est dans sa chambre…

— Justement, j'ai affaire à lui…

Léandre se précipita vers le lit à étages de ses frères dont Placide occupait le haut. Le dormeur s'était assoupi dans une vague somnolence, son bras blessé replié sur le torse. Le livreur le secoua un peu par l'épaule.

— On est débordés, on a besoin de toi.

— Tu me réveilles en pleine nuit, sursauta Placide.

— Il est déjà huit heures et demie. Je peux pas croire que t'as pas assez dormi. Chez les Frères, tu devais te lever de bonne heure tous les matins.

— Ne me parle pas des Frères, j'en ai gardé de mauvais souvenirs.

— Écoute, Placide, je comprends que tu traverses une période difficile, mais c'est pas en restant couché toute la journée puis à jongler tout le temps que tu vas te ramener comme avant. Puis faut que tu réalises qu'on est dans le pétrin à l'épicerie. Le père puis la mère sont au bout, Paulette a toujours mal à la tête, puis Marcel et moi, on se démène comme des diables dans l'eau bénite.

Le dormeur se réfugia dans un silence songeur. Il brandit son poignet emmailloté d'une bandelette.

— Puis ça, qu'est-ce que tu en fais ? Je ne peux pas faire n'importe quoi, asteure…

— Je te promets qu'on va te ménager. Tu vas faire seulement ce que t'es capable…

Ces paroles prodiguées sur un ton paternaliste, affichant un air un peu apitoyé, semblaient avoir produit l'effet escompté. Léandre se retira de la pièce et regagna le magasin. Dans le tumulte de l'épicerie, son père n'avait pas quitté son air accablé. Il détailla son fils d'un œil sceptique.

— T'as perdu ton temps, je suppose ?

Léandre esquissa un sourire confiant et commença le chargement des commandes qui lui étaient destinées. Un camion de Courchesne Larose stationna dans la ruelle. L'épicier se leva pesamment et se posta dans l'encadrement. La facture entre les dents, le chauffeur progressa vers lui avec une grosse caisse de laitues pommées, qu'il déposa sur des caisses de marchandise. Il lui remit la facture.

— Vous avez pas l'air de filer, monsieur Sansoucy, affirma le rondelet petit homme. En tout cas, vous êtes pas à plaindre, ça fait trois fois en deux jours que je viens livrer à votre *grocery*.

Le marchand se composa un air satisfait.

— C'est ben ça qui me tue, rétorqua-t-il. Que c'est que vous voulez, quand on sait attirer les clients, ça peut pas faire autrement !

Le livreur s'étira le cou vers l'avant du commerce.

— C'est pour ça que vous avez engagé ?

Le marchand amorça le pas vers le plancher de l'épicerie. D'un air compatissant, Émilienne observait Placide qui sortait avec une commande.

— Prends juste les plus petites, suggéra-t-elle.

Léandre referma les portes de son camion de livraison et rentra au magasin.

— Asteure, viens, on va livrer! intima-t-il à son frère.

Quelques jours d'entraînement suffirent à Placide pour retrouver un semblant de fierté. Les manches longues dans lesquelles il avait enfoui ses bras dissimulaient son poignet tailladé. Il n'avait donc pas à affronter les regards interrogateurs des étrangers. Les clientes qui connaissaient Léandre lui trouvaient un petit air de famille. Pendant des années, il avait été pensionnaire chez les Frères et on l'avait perdu de vue. Les ménagères ne le questionnaient pas trop sur son retour à la maison familiale. Si l'une d'elles s'y aventurait, il répondait invariablement qu'il n'avait pas la vocation religieuse. Cela suffisait à clore rapidement la conversation avec le garçon timide des Sansoucy. Cependant, il tomba sur une *senteuse* qui désirait investiguer sur le cas du défroqué.

Dans le cadre du projet d'agrandissement chimérique de l'épicier qui, selon elle, aurait augmenté injustement son loyer, la dame avait claqué la porte en disant qu'elle irait faire sa *grocery* ailleurs. Elle tergiversait sur la devanture, peinant à se décider à entrer. De temps à autre, elle jetait un œil à l'intérieur. Elle attendait qu'il y ait moins de monde : elle n'avait pas besoin d'une nuée de magasineuses pour confesser son «infidélité». Émilienne l'avait aperçue. Elle en avait prévenu Paulette : «Regarde ben la *seineuse* qui va se montrer», lui avait-elle signalé. Germaine Gladu parut enfin.

— Tiens, une revenante! s'exclama la patronne. Il me semblait que vous alliez à l'épicerie Chevalier, asteure.

— Je le regrette, Émilienne, avoua-t-elle. Après tant d'années à fréquenter votre commerce, je pouvais pas vous lâcher de même.

— Tiens donc!

— Vous me croirez pas, mais j'ai eu le même sentiment que si je trompais mon mari.

— Ça vous est déjà arrivé, coudonc?

— Là je sens que vous voulez m'asticoter, par exemple.

La voisine sembla offusquée. Elle poursuivit:

— Vous m'aviez envoyée au diable, Émilienne. Ça, vous serez d'accord avec moi, c'est quelque chose de pas mal effronté.

— Je m'excuse, Germaine, mais vous nous aviez poussés à bout, Théo puis moi. Bon, asteure, c'est *final bâton*, on en parle plus. Que c'est que je peux faire pour vous?

— Je vas faire le tour, j'ai quelques articles à acheter.

L'épicière subodorait la raison véritable du retour de la voisine. Germaine Gladu avait certainement vu que Léandre avait un assistant. Tout en prenant son temps, l'acheteuse alla choisir ses articles. Lorsqu'elle réalisa que l'épicerie se gonflait peu à peu de clientes régulières, elle se pressa au comptoir-caisse.

— Comme ça, Émilienne, votre garçon Placide est revenu à Montréal! affirma-t-elle. J'ai entendu dire ça à la pharmacie Désilets, puis Réal m'a dit que ça se parlait chez le barbier. Mais personne avait l'air de connaître la vérité. Ça fait que j'ai dit à mon mari qu'il y avait rien de mieux que d'aller se renseigner…

Des placoteuses s'approchèrent. Émilienne se doutait qu'un jour ou l'autre la présence de Placide jetterait du discrédit sur la famille. Elle était prête à braver la tempête; elle en profita pour effectuer une petite mise au point publique.

La mère avait d'abord rêvé d'en faire un prêtre, mais elle avait dû se raviser: il n'avait pas la force de caractère requise. Sa trop grande timidité en aurait fait un pasteur malheureux dans l'intimité du confessionnal et aux sermons du dimanche. Alors son garçon était rentré jeune au collège, il lui semblait qu'il avait le tempérament pour devenir religieux. Mais elle s'était trompée…

* * *

Deux grosses semaines s'étaient écoulées depuis que Léandre avait pris son frère sous son aile. Ensemble, ils livraient les commandes plus efficacement. Ils avaient pu répondre à l'accroissement de l'achalandage sans pour autant s'échiner à l'ouvrage. Mais le tutorat qu'il exerçait prendrait fin un jour. Pour l'heure, il fallait souligner la contribution de son assistant.

— L'avez-vous remercié, votre garçon, le père? demanda Léandre.

— Pour quoi faire?

— Pour l'aide apportée à la livraison puis au magasin, c't'affaire! C'est un employé comme les autres, asteure…

— Il est logé, nourri, c'est pas assez?

— Taboire! Quand est-ce que vous allez être capable de reconnaître ce qu'on fait pour vous puis pour votre *business*? Écoutez-moi ben, le père. C'est la fin de semaine de la fête du Travail. Placide m'a dit que demain, dimanche, il y aura une rencontre à l'oratoire Saint-Joseph qui va rassembler des milliers de travailleurs.

— Que c'est que j'ai à voir là-dedans?

— Vous savez que saint Joseph puis le frère André sont importants pour lui; vous devriez l'accompagner. En plus, le premier ministre Duplessis devrait être là.

— Puis toi, tu viendrais pas?

— Moi, vous savez, les événements religieux… Tandis que vous…

L'épicier se mit à triturer ses moustaches. La suggestion de son fils l'obligeait à s'absenter, mais elle était pleine de bon sens. Il y repenserait en soirée, en faisant ses comptes de la semaine.

Au dîner du lendemain, Placide mangeait avec appétit. Les rôties beurrées, les bines à la mélasse, les cretons maison trouvaient le chemin de son estomac de travailleur. Son père l'emmenait à un haut lieu de pèlerinage. Le frère André ne serait pas visible; il se contenterait d'apprendre qu'on rendrait hommage à son vénéré saint patron par qui transitaient tous les miracles qu'on lui attribuait injustement. Qu'à cela ne tienne, l'occasion était à ne pas manquer!

Une foule immense se rassembla sur les terrasses, au pied de l'Oratoire. Déjà surmené par son déplacement dans les tramways bondés, Sansoucy avait fini par se mettre à l'abri des bousculades, bien accroché au dossier en osier des sièges. Sur le palier de la crypte, les organisateurs avaient installé un autel surmonté d'un saint Joseph géant. À proximité de la table consacrée, des personnalités provinciales, des édiles municipaux, les présidents et les officiers des différentes associations de la ville prenaient place sur des chaises.

— Je vois pas Maurice Duplessis, se plaignit l'épicier.

— Ça doit être parce que vous êtes trop petit, papa, dit Placide. Moi, je le vois bien.

Le révérend père Cousineau, supérieur de l'Oratoire, adressa quelques mots de bienvenue. Selon lui, on ne rendait pas justice à Dieu, le seul «véritable ouvrier digne de ce nom». Il ajouta que la démonstration de foi était de nature à faire plaisir au Créateur, trop souvent incompris de ceux qu'Il chérissait tendrement.

Au moment du sermon, monseigneur Conrad Chaumont, directeur de l'Action catholique de Montréal, fit l'éloge du travail. Sansoucy tourna alors les yeux vers Placide. Mais il baissa les paupières quand Son Éminence rappela que Sodome et Gomorrhe avaient péri parce que leurs habitants s'étaient adonnés au péché… La cérémonie se terminait par un salut au Très Saint-Sacrement, qui allait être suivie par une procession dans les allées.

— On s'en va! décréta Sansoucy.

— Ce n'est pas fini, papa, il y a encore des prières à venir! plaida son fils.

— J'ai peur d'être mal pris. Il faut se sauver avant que tout le monde se *garroche* en même temps!

Mais la foule devenue impatiente avait commencé à déserter la place. Placide se faufilait à présent par les brèches de la masse grouillante et se pressait vers les trams les plus proches. Cependant, de nombreux ouvriers s'étaient engouffrés dans les wagons supplémentaires que le Service des transports avait mis à la disposition des usagers.

— Ça va prendre combien de temps avant le prochain? demanda l'épicier.

— Je ne pourrais pas vous dire, papa. Mais une chose est sûre : vous avez le temps de faire toutes vos dévotions.

* * *

Alors que Sansoucy revenait de la manifestation religieuse, dans l'immeuble de la rue Adam, Léandre se livrait à des activités beaucoup plus profanes…

Lise, la serveuse de l'*Ontario's Snack-bar*, était venue cogner chez les colocataires. Elle avait prétexté une rencontre avec Simone, histoire d'entretenir de bonnes relations avec une ancienne compagne de travail. Or Simone et David avaient poussé leur landau vers l'avenue Jeanne-d'Arc, chez les O'Hagan. Léandre avait proposé de descendre au magasin. On ne dérangerait pas Paulette qui s'était allongée pour sa sieste du dimanche après-midi.

Dans l'arrière-boutique, l'amoncellement de caisses et le bureau encombré n'étant pas très inspirants, Léandre avait résolu de refluer à la cave, endroit moins romantique, mais un peu plus sûr dans les circonstances. En effet, son père paperassait souvent une heure ou deux à son bureau le jour du Seigneur, et il pouvait revenir de l'Oratoire à tout moment.

Mais les astres s'étaient bien alignés : les amants n'avaient pas été dérangés et ils s'étaient accommodés de la rusticité des lieux.

* * *

Le fervent Sansoucy rentra tard de son pèlerinage au lieu saint, affamé, éreinté, ramolli, moulu. Émilienne avait désespéré dans une attente fiévreuse. Marcel était ressorti pour la soirée, et les femmes devisaient autour des deux couverts restés sur la table. La ménagère entendit des pas qui escaladaient les marches.

— Irène, va donc ouvrir, ton père va être fatigué sans bon sens.

Devancé par Placide, le maître de la maison parut, les épaules affaissées, les moustaches tombantes.

— C'est fini, ces histoires-là ! grogna-t-il. Ça a pris deux heures juste pour se rendre. Là-bas, c'était noir de monde puis j'ai rien vu de la cérémonie. Je me ferai pas prendre une autre fois : je vas m'en rappeler l'année prochaine. Placide a l'air pas mal tanné aussi.

— C'était fatigant, mais ça valait le déplacement, maman. Sauf que papa est déçu parce qu'il n'a pas vu son idole, Maurice Duplessis, d'assez proche.

— Théo, va falloir que tu reportes à plus tard la comptabilité que t'as pas faite après-midi. Une chance que c'est congé demain !

L'épicier alla se laver les mains et se laissa choir devant une assiette fumante qu'Irène lui servit.

— Changement de propos, Elzéar a l'habitude d'apparaître à la fête du Travail, énonça Émilienne. Il va nous arriver avec son bois de chauffage pour le magasin.

— Comptez sur moi, papa, je vais pouvoir vous aider cette année, exprima Placide d'une voix enjouée.

— T'es pas pour décharger tout seul, mon garçon, tempéra Sansoucy, on va demander à Marcel de te donner un coup de main.

Le lendemain, avant même que la treizième heure du jour sonne, Elzéar Grandbois reculait son camion dans la ruelle. Les portes de l'arrière-boutique et celle menant à la cave étaient ouvertes. Assis à son bureau, la pipe au bord des lèvres, l'épicier était absorbé dans ses papiers. Placide et Marcel étaient juchés sur des caisses de marchandises. La tante Florida laissa son mari avec les hommes et monta au logis.

— Envoyez, les p'tits gars, c'est à votre tour asteure! lança l'oncle Elzéar.

Les garçons se redressèrent et allèrent au camion. L'épicier se tourna vers son beau-frère.

— J'espère que tu m'as pas apporté rien que des petits rondins, bougonna-t-il.

— Que t'es chialeux, des fois, Théo! Je prends la peine de venir te livrer tes cordes de bois, puis t'as encore à redire. Je te gage que tu trouveras pas un seul morceau de bois coti : il y a juste de belles bûches de première qualité. À part de ça, je te charge pas ben cher comparé à d'autres en ville. Ça fait que mets ça dans ta pipe…

Les garçons procédaient au déchargement. Ils avaient repassé quelques fois sous le nez des beaux-frères avec de pleines brassées et ne remontaient plus du sous-sol. Sansoucy se leva et se planta dans l'embrasure de la porte de la cave.

— Coudonc, allez-vous le vider aujourd'hui, ce camion-là, que j'en finisse avec ma paperasse? proféra-t-il.

Sous l'emprise d'un inexprimable malaise, Placide parut au bas de l'escalier, exhibant des pièces de lingerie féminine.

Elzéar pouffa de rire.

— T'as rajouté un département, Théo! T'as même des clientes qui vont dans la cave pour faire leur *grocery*! Après tout, la cave, c'est une façon d'agrandir par en dedans…

— Marcel! s'écria le commerçant. Viens ici, que je te parle.

— Accusez-moi pas, p'pa, j'ai rien à voir dans cette affaire-là!

Un doute envahit le marchand. À voir la réaction de Marcel, il comprit qu'il n'était pas à blâmer. Par contre, il supposa que Léandre aurait pu se livrer à des frasques sexuelles; ce n'était pas la moitié de ses forces. Le réprimander devant les autres n'aurait qu'envenimé leurs relations. Et Léandre saurait se défendre en brandissant à sa mémoire ses propres déboires à *La Belle au bois dormant*. Il résolut d'oublier l'incident.

Chapitre 3

Placide, cependant, avait été troublé par la découverte des dessous féminins. Marcel en avait avisé Léandre, qui avait admis sa petite incartade en fournissant des détails scabreux, tout en reconnaissant que la trouvaille avait quelque chose de brutal pour leur frère. Placide avait du chemin à faire pour découvrir le monde et jouir de la vie. « On devient pas un homme à s'enfermer des soirées de temps avec un livre ! prétendait David. Faut emmener ton frère au Forum ! » En soi, l'événement paraissait insignifiant, mais le fait de voir évoluer deux lutteurs contribuerait à rendre Placide un peu plus viril. Le mercredi de la même semaine, le réputé Yvon Robert devait défendre son titre de champion du monde. L'ex-religieux avait accepté la proposition de sortie qui ne lui plaisait pas, de prime abord. Mais il reconnaissait les efforts louables que ses frères consentaient pour lui. Léandre, Placide, Marcel et David se rendirent donc au lieu de l'événement avec le camion de livraison.

Dans l'enceinte du Forum, d'autres matchs de lutte avaient été disputés afin de préparer l'assistance au clou de la soirée. Une meute survoltée de spectateurs hurlaient ; Yvon Robert et Hank Barber venaient de monter dans l'arène.

— On aurait dû emmener mononcle Romuald, exprima Léandre.

— Comment ça ? demanda Marcel.

— Parce que Barber est Juif puis que mononcle aurait été content de le voir pâtir, dit Léandre.

Léandre promena machinalement un regard circulaire et repéra un groupe de Chemises bleues dans l'assistance :

— Ah ben, ça parle au diable! s'exclama-t-il. Les gars, regardez qui c'est qui est là!

À ce moment, Robert terrassait son adversaire et semblait le réduire en miettes.

— Fais-le *souffert*! proférait un des membres du PNSC.

Marcel ne s'en préoccupa aucunement. Il adressa une remarque à son beau-frère:

— Au mois de juillet, l'Irlandais Dan O'Mahoney a subi toute une dégelée de la part d'Yvon Robert. Il y a pas juste la force musculaire qui compte dans la lutte. Faut pas oublier l'entraînement, les tactiques, puis l'intelligence…

— À la fin du premier round, rétorqua David, O'Mahoney lui a administré son fameux fouet irlandais, puis ton Robert a *revolé* en l'air avant de s'abattre assez raide sur le matelas.

— N'empêche que…

— Chut! coupa Léandre. Taisez-vous, les gars, suivez donc le combat.

Placide essayait de s'intéresser aux stratégies dont Marcel avait parlé, mais il ne comprenait rien à ce chamaillage absurde qui se déroulait devant ces dix milliers de partisans. Cette opposition entre un bon et un méchant, entre les forces du bien et du mal, le troublait. Coups de poing, coups de pied, clés de bras japonaises, savates et lancements dans les câbles accompagnés de prouesses athlétiques s'échangeaient le plus naturellement du monde. Après une quarantaine de minutes d'un affrontement âpre et sauvage, les antagonistes se retirèrent dans leur loge.

— Qui est-ce qui gagne? demanda naïvement Placide.

— Ni l'un ni l'autre, répondit Léandre. C'est juste une pause. Tu vas voir, ils vont revenir en forme, puis ils vont cracher du feu…

Au retour de l'entracte, alors qu'Yvon Robert attendait son adversaire, David s'exclama :

— Eille ! Que c'est que Williams fait là ?

Un autre lutteur était rendu dans l'arène et lançait un défi à Robert qui ne parut pas s'en soucier. Mais le gérant, qui se tenait près de son protégé, invita l'intrus à se retirer. Williams s'emporta et asséna à l'entraîneur un formidable moulinet qui le projeta à l'extérieur des câbles, complètement abasourdi. On se précipita pour secourir l'homme évanoui. Des policiers et des placiers surgirent, neutralisèrent la terreur et l'escortèrent en dehors du ring.

— Ah bien ! commenta Placide. Si c'est de même, je vais vous attendre dans le Fargo.

— Écoute, Placide, j'ai pris congé de la taverne puis j'ai payé soixante-quinze cents de ma poche pour ton entrée, riposta Léandre. T'es quand même pas pour revirer de bord avant la fin du combat…

***

L'attachement de Placide pour la lecture ne s'était pas démenti. S'il s'était départi de sa robe de religieux, il avait conservé son intérêt pour les jaquettes de bouquins. C'est ainsi qu'après une journée de travail il s'isolait dans sa chambre avec un livre et prenait des notes dans un calepin. Les auteurs l'inspiraient, éveillaient en lui ce désir confus d'écrire. Cependant, Léandre estimait que les efforts qu'il avait consacrés à la réhabilitation de son frère ne devaient pas demeurer peine perdue. Placide n'aimait pas la lutte. Éventuellement, il aimerait autre chose. Entre-temps, un soir de septembre, alors que le bouquineur s'était absorbé dans *Les Misérables*, Irène vint frapper à sa porte.

— Édouard te demande au téléphone, dit-elle.

Un air de contrariété coula sur son visage. On le dérangeait rarement. Que lui voulait son frère, d'habitude si éloigné des siens, happé par le grand monde, dédié à Colombine et à sa carrière de notaire ? Jusque-là, Édouard s'était désintéressé de sa famille. Mais le retour de Placide à la maison l'interpellait. À sa manière, il se croyait responsable de celui avec qui il sentait une certaine parenté intellectuelle.

Placide se rendit à l'appareil et remercia sa sœur. Puis, comme s'il prévoyait que sa physionomie pouvait changer pendant la conversation, il se tourna vers le mur.

Réduites à une écoute attentive, les femmes de la maison tendaient l'oreille aux modulations de la voix. Mais elles n'avaient rien saisi du propos. Ni l'épicier qui s'était mis à lire en diagonale les lignes de *La Patrie*.

— Attends, raccroche pas, je veux lui parler ! s'écria Émilienne.

Le taciturne laissa sa mère s'entretenir avec Édouard à qui il rendrait une réponse après avoir consulté son père. Mais Héloïse désirait savoir.

— Que c'est qu'il te veut, donc ? s'enquit-elle.

— Édouard m'invite à l'Impérial samedi pour *La Bohème*.

— C'est de l'opéra, ça, hein ? demanda Alida. J'espère que tu vas dire oui.

— Ça va te faire du bien de sortir un peu, affirma Alphonsine. Puis c'est pas mal plus culturel que la lutte au Forum…

— Je vais en parler d'abord avec papa, dit Placide. La troupe San Carlo fait une représentation spéciale en après-midi. Je ne peux pas abandonner l'épicerie comme cela pendant que les autres vont travailler !

Émilienne replaça le cornet acoustique.

— Tu parles d'un temps pour un spectacle, le samedi après-midi, marmonna l'épicier. Ils pourraient pas faire ça le soir, à l'Impérial? C'est pas un sous-sol d'église. De l'opéra, en plus.

— Juste une fois en passant, papa. La troupe italienne donne seulement une représentation de *La Bohème* de Puccini.

— Dis donc oui, Théo, Placide te demande jamais rien, implora Émilienne. Tandis qu'on y est, c'est Léandre qui a payé son entrée quand il l'a emmené au Forum, puis là, c'est Édouard qui va payer pour lui. Tu devrais commencer sérieusement à lui donner un salaire, à cet enfant-là.

L'épicier parut réfléchir.

— Disons que j'accepte pour le congé, mais pour le salaire, on en rediscutera…

Le coup de fil d'Édouard avait attisé le désir d'Émilienne de rassembler les siens. Le jour suivant l'opéra, elle recevait ses enfants à souper. Le repas risquait de s'éterniser. Plutôt que d'écourter le temps autour de la table pour disputer quelques parties de cartes, Romuald et Georgianna feraient partie des convives.

Une immense chaudronnée de bœuf mijotait sur le poêle et dégageait un fumet enivrant. Pour faire changement, Alphonsine avait fait ajouter par la cuisinière une tasse de vin rouge qui semblait déjà l'émoustiller. Elle s'était aussi procuré de bonnes bouteilles à déboucher en pensant que le liquide rehausserait la cote du repas apprêté par Héloïse. Sansoucy salivait déjà en reluquant l'étiquette française.

— Vous vous êtes lâché, le père, lança Léandre. C'est vrai qu'on en a assez du Saint-Georges…

— On mérite ben ça de temps en temps, acquiesça l'épicier.

Alphonsine, qui avait souhaité une petite reconnaissance pour sa contribution, se froissa :

— Dis-le donc, Théo, que c'est pas toi qui l'as payé, ce vin-là ! s'indigna-t-elle. Je suis même allée à la Commission des liqueurs pour l'acheter.

— Faut rendre à César ce qui appartient à César, papa, rappela Édouard.

Héloïse avait commencé à servir le vin pendant qu'Irène remplissait les assiettes.

— Pour sa pénitence, matante, mettez-en juste un peu dans la coupe du père, persifla Léandre.

Émilienne était contente de voir ainsi réunis les membres de sa belle famille. Mais elle trouvait que la salle à manger devenait trop petite pour autant de personnes. Un regret effleura sa pensée intime : elle n'aurait pas dû inviter l'opulente Georgianna et son Romuald, qui, à eux seuls, rognaient leur espace déjà surpeuplé de sa progéniture, des rapportés et de ses trois sœurs pensionnaires. Et que dire de ses petits-enfants qui se multiplieraient ? Stanislas n'était que le premier descendant d'une lignée qu'elle espéra nombreuse. Simone n'avait pas fermé la manufacture, Irène, Édouard et Placide ne semblaient pas partis pour avoir des petits. Quant à Léandre et Marcel, il y avait tout lieu de croire que de si jolis garçons finiraient par se reproduire.

— Puis, mononcle Romuald, comment vous avez trouvé ça, au Forum, l'autre soir, avec votre gang de Chemises bleues ? demanda Léandre.

— Yvon Robert a fait une bouchée du Juif, répondit l'oncle. Quand il a appliqué son ciseau de bras japonais, Barber a dû abandonner.

— Je comprends, commenta David, il était en train de se faire disloquer l'épaule.

— Puis, finalement, quand il est revenu dans l'arène pour le dernier round, ç'a été une simple formalité, compléta Marcel.

Les nerfs de Colombine se tendaient, sa figure se crispait d'indignation. Elle repoussa vivement son assiette.

— Quand est-ce que vous allez cesser de vous acharner contre les Juifs dans cette maison-là ? Je vous rappelle que, par ma grand-mère maternelle, j'ai du sang juif dans les veines. Vous me décevez, vous savez.

— Vous devriez vous excuser, oncle Romuald, ajouta Édouard. Vous et votre bande de fanatiques ne semblez pas comprendre ce qui se trame actuellement en Allemagne. Hitler fulmine contre les Juifs qui deviennent de plus en plus la cible de l'animosité nazie.

La tension grandissait autour de la table. Émilienne mit la main sur son cœur comme pour l'empêcher de franchir sa poitrine.

— On a récité le bénédicité, pourtant, fit-elle remarquer.

Paulette, David et Léandre appréciaient beaucoup les plats du logis que Simone ne savait pas mitonner. Ils avaient englouti leur assiettée, tout comme Georgianna, qui avait ressenti une indisposition devant la hargne débordante de son mari contre les Juifs. Pour faire diversion, Irène se leva et commença à desservir. Elle se rendit à la cuisine et revint avec une tarte au sirop agrémentée de noix de Grenoble.

— Si vous en avez pas assez, ben vous goûterez à mon sucre à la crème, dit l'impotente. Des fois je le manque, mais cette fois-ci je pense que je l'ai pas mal ben réussi...

Placide s'était dissimulé au repas comme on se retranche parfois dans le confort de ses jardins secrets. On avait passé sous silence son travail de livreur à l'épicerie et sa sortie à l'opéra. D'ailleurs, il aurait été incapable de résumer le texte de l'œuvre lyrique. Sa pensée avait alors migré vers des idées plus fécondes. Sans trop savoir pourquoi, il avait été séduit par le personnage de Rodolphe, ce poète affamé auquel il s'identifiait un peu et qui vivait dans un modeste logement avec trois compagnons artistes. Mais le poète soupirait auprès de Mimi, alors que lui… Là s'arrêtait la ressemblance. Il l'avait trouvé encore plus misérable quand le propriétaire de la mansarde avait insisté pour toucher son loyer.

Le défroqué se sentit devenir la risée de la famille, un minable parasite au crochet de son père. Il se révolta. Après la soirée, quand la visite aurait quitté le logis, que toutes les cartes de jeux seraient ramassées, que ses tantes auraient regagné leur chambre, il s'entretiendrait avec son patron…

Les sens de Sansoucy ne l'appelaient pas au lit. Émilienne ferait ses prières et s'endormirait peu après avoir embrassé le crucifix de son chapelet. Le châtelain était resté seul dans la cuisine. L'animation de la soirée l'avait fatigué et il s'apaisait à compléter la lecture de *La Patrie* du dimanche. Le moment était propice. Placide alla dans sa chambre et en ramena l'exemplaire du *Petit Journal* qu'il avait conservé. Il s'approcha de son père.

— Papa, avez-vous lu cet article-là, au sujet des vœux que Maurice Duplessis a adressés aux ouvriers la veille de la fête du Travail ?

— Mmm…

— Notre premier ministre a de la considération pour la classe ouvrière et pour les jeunes en particulier, n'est-ce pas ?

— Que c'est qu'il dit, déjà ?

— Que son gouvernement portera une attention toute spéciale à ce qui intéresse la jeunesse ouvrière. Selon lui, c'est le « problème des problèmes »…

— Où c'est que tu veux en venir avec ça ?

— J'aimerais que vous me confiiez d'autres responsabilités à l'épicerie. Vous n'auriez pas besoin de quelqu'un d'autre au magasin? Parce que Léandre est capable de se débrouiller tout seul, vous savez. À deux ça va mieux, c'est sûr, mais il n'a pas vraiment besoin d'aide.

— À vrai dire, j'y avais déjà pensé, mon garçon. Tu serais plus utile à une autre tâche. Qu'est-ce que tu dirais si je te proposais de t'occuper des fournisseurs et de la comptabilité? Ça me dégagerait pas mal.

— Je veux bien, papa, les chiffres, ça m'a toujours intéressé. Je n'étais pas bon seulement en français à l'école. Mais…

— Que c'est qui te fait hésiter de même?

— Il me semble que je pourrais recevoir une petite compensation salariale. Édouard et Léandre ne seront pas toujours là pour payer mes sorties, puis je n'ai pas envie de vous quêter de l'argent chaque fois. J'ai mon orgueil, moi aussi…

Le commerçant se leva, fit quelques pas dans la cuisine en triturant ses moustaches, et se tourna vers son fils.

— D'accord, mais fais-toi pas d'illusion. Je te donnerai pas plus que je donne à Marcel. Un père a le devoir d'être équitable envers ses enfants…

Chapitre 4

Les employés étaient rentrés au magasin. Comme à l'accoutumée, chacun se dégourdissait de son dimanche en s'affairant lentement à ses occupations. Le boucher avait regagné ses quartiers, sa femme disposait des billets et de la monnaie dans le tiroir-caisse, Paulette se limait les ongles derrière le comptoir, et Marcel vérifiait la pression de ses pneus. Léandre s'était allumé une cigarette et cherchait du regard son assistant.

— Eille, la mère, comment ça se fait que Placide est pas là ?

Émilienne pointa muettement le menton vers le fond du commerce. Placide entendit des pas rageurs qui grandissaient vers lui.

— Que c'est que tu fais, toi, à matin ? proféra Léandre, sèchement.

— Bien je fais ce que papa m'a demandé, il m'a assigné de nouvelles tâches.

— T'aurais pu m'en parler, me semble !

— Là je commence par l'inventaire dans l'arrière-boutique ; après ça va être à la cave. J'espère que je ne tomberai pas sur du stock trop compromettant pour toi, ricana Placide. Que je sache, on n'est pas au magasin de coupons de nos tantes pour trouver des morceaux de linge !

Une gêne délicieuse colora les joues de Léandre. Il écrasa sa cigarette et quitta prestement la petite pièce. Le boucher avait eu connaissance de l'irritation de son livreur ; il s'était retranché dans sa glacière. Léandre tira la lourde porte.

845

— Le père, dit-il, que c'est qui vous a pris de m'enlever mon *helper* ? Asteure, je me retrouve tout seul pour la livraison en camion.

— Avant tu la faisais, la *job* ; je vois pas pourquoi tu pourrais pas continuer.

— C'est pas pareil, on a plus de clients, argumenta Léandre.

— J'ai décidé qu'à mon âge c'était à mon tour de me la couler douce. Je vas montrer à Placide comment fonctionnent les commandes et la comptabilité.

— J'espère au moins que vous serez pas trop *cheap* avec lui puis que vous allez le rémunérer.

— Asteure, repousse la porte un peu, ça fond pour rien ici dedans, puis faut justement que Placide fasse venir de la glace…

Offusqué, Léandre asséna un coup de pied au chambranle et s'en fut à son ouvrage.

Le livreur s'était payé un peu de luxe avec Placide, il l'admettait. Il souriait au souvenir de s'être arrêté quelquefois avec lui à l'*Ontario's Snack-bar* pour prendre des pauses. Mais il avait essuyé un revers auprès de son patron : il ne le digérait pas ! Quant à son protégé, son père lui enseignerait les rudiments de l'administration courante d'un commerce, mais lui l'initierait au grand livre de la vie.

Le quotidien lui avait grignoté des heures de travail et de loisir. Placide s'astreignait donc à son ouvrage avec l'ardeur des débutants qui s'éprennent de leur nouvel emploi. De temps à autre, surtout quand il s'agissait de tenir les comptes, il consultait son père qui se faisait un plaisir consommé de le renseigner. L'épicier déversait ainsi ses connaissances, fruit de l'expérience de nombreuses années dans le commerce. Avec les aptitudes qu'il possédait, son fils avait assurément des capacités dans la gestion de ses affaires. Par contre, il lui reprochait une faiblesse : Placide n'avait pas la communication facile avec les fournisseurs. Au demeurant, le défroqué avait été un rat de bibliothèque et chacun avait ses limites.

Comme Abraham Goldberg l'avait observé avant lui, Placide avait remarqué la clarté nébuleuse des entrées, de sorte qu'il avait perdu un temps fou dans l'embrouillement des colonnes mal identifiées, des annotations incompréhensibles dans les marges, des 4 qui ressemblaient à des 7, et des 7 qu'il confondait avec des 1 ; et vice-versa. Il n'était pas allé jusqu'à douter de lui-même, mais il s'était demandé comment son employeur avait pu tenir commerce aussi longtemps dans un désordre aussi évident. Pour l'heure, il compléterait son cahier. Mais pour l'année 1937, sa main appliquée redresserait la situation.

Le soir reléguait encore Placide dans sa lecture des *Misérables*, une œuvre de Victor Hugo en plusieurs volumes qui le captivait. Fasciné par le style de l'auteur, il avait pris l'habitude de relever certains passages bien écrits qu'il consignait dans un carnet, décortiquait les phrases, s'attardait à la beauté des mots, des images qu'il formait dans sa tête. Un jour, il se mettrait à l'écriture, à exprimer par le truchement de ses personnages les multiples facettes de sa personnalité complexe.

Mais Léandre s'était promis de poursuivre ce qu'il avait entrepris avec l'ex-religieux. Et depuis qu'il l'avait perdu comme assistant, il sentait en lui fermenter une petite rancune…

On allait verrouiller le magasin. Après quelques jours de relations froides ou inexistantes, Léandre décida de l'aborder. Avant que le commis de l'arrière-boutique disparaisse, il alla l'interpeller.

— Puis, mon cher frère, comment ça va, la nouvelle *job* ? Aimes-tu ça, au moins ?

— Ça dépend des jours, mais en général je n'ai pas à me plaindre.

— D'après ce que la mère a dit, t'es pas mal tranquille le soir. Moi, si j'étais toi…

— Pas encore de la lutte, j'espère.

— Non, non, j'ai ben vu que t'aimais pas ça, la lutte. Ça serait plutôt une sortie CUL-TU-RELLE! C'est pas de l'opéra, faut faire changement de temps en temps.

Les sourcils de Placide se froncèrent. Léandre se rendit compte que l'amorce avait produit son effet. Il ajouta :

— En tout cas, t'es mieux d'en profiter ; ça adonne ben, j'ai un soir de congé à la taverne. David puis moi, on va t'attendre dans le *truck*, en avant, à sept heures.

Le firmament avait allumé ses réverbères. Le Fargo ronronnait sur la devanture du commerce et ses phares éclairaient le pavé. Placide sortit dans la rue et s'engouffra dans le camion.

Le véhicule descendit dans Bourbonnière, puis emprunta Sainte-Catherine. Léandre et David semblaient s'amuser comme des gamins à s'échanger des blagues que Placide ne comprenait pas. À la hauteur de la défunte *Belle au bois dormant*, le camion ralentit. Le chauffeur lança alors quelques allusions coquines, et le véhicule fonça vers l'ouest.

À l'angle d'une rue, le Fargo bifurqua et remonta vers le nord. C'était déjà ça de pris : on ne se dirigeait pas vers le Forum. Puis Léandre tourna sur la gauche et atteignit le boulevard Saint-Laurent. Visiblement, on n'allait pas admirer les splendeurs nocturnes de l'oratoire Saint-Joseph ni passer une soirée au flambeau dans les allées au pied de la basilique. On roulait au cœur du *Red Light* de Montréal, où foisonnaient des boîtes de nuit et des cafés interlopes aux lumineuses marquises. Léandre sembla chercher un endroit pour se garer. La figure de Placide s'ombragea d'inquiétude.

— On est rendus dans un coin malfamé, devina-t-il.

— Puis? rétorqua Léandre. Il est temps que tu connaisses d'autre chose que des livres, des prières, puis des dessous de robes noires…

L'insinuation avait été malveillante. Le défroqué essuya la brimade de son frère, mais il repensa aussitôt à ses amitiés particulières avec Éloi et à la mauvaise réputation qui s'accrochait aux religieux. Léandre n'avait pas tout à fait tort!

Le Fargo gara à quelques immeubles du *Faisan argenté*. Du coup, Léandre se remémora sa sortie envoûtante avec Paulette, leur repas arrosé d'un bon vin français et le spectacle qui avait suivi. Il entraîna ses compagnons à l'étage par l'escalier feutré orné d'ampoules brasillant dans la noirceur. En haut des marches, les deux mêmes gaillards se tenaient les bras croisés sur leur torse musclé. Une hôtesse au décolleté plongeant progressa sur ses talons hauts vers les trois jeunes hommes. De sa main manucurée, elle leur assigna une place.

Au milieu de la salle, sous l'éclairage diffus, une danseuse lascive à la tenue légère tournoyait autour de clients dont les lèvres bavaient de plaisir. Après un court instant, Léandre et David avaient succombé aux charmes de la beauté fatale. Les yeux plissés de convoitise, ils sentirent une sève agréable se répandre dans tout leur corps. Leur sexe gonfla leur pantalon. Ils se livrèrent alors à des grossièretés insaisissables pour Placide qui, pris d'un malaise insupportable, coula son regard le long de l'épine dorsale et de la croupe en saillie de l'allumeuse, avant de le fixer sur le plancher.

— Elle va venir à notre table? demanda David.

— Fais-lui signe, répondit Léandre.

La frôleuse s'était déjà éloignée vers d'autres spectateurs embrasés. Une serveuse s'approcha.

— Tiens donc, de la belle visite!

— Arlette Pomerleau ! s'exclama Léandre. Tu travailles encore ici…

— Ça a ben l'air, mon beau !

Elle se tourna vers Placide qui avait détaché ses yeux du plancher et les avait portés sur elle.

— Qui c'est, celui-là ? demanda-t-elle.

— C'est Placide, celui de mes frères qui était chez les Sainte-Croix.

— Ah, il est pas vilain non plus, ton frère ! commenta-t-elle. Puis qu'est-ce que je vous sers : une bière pour les habitués puis un verre de lait pour le défroqué ?

— Ne vous moquez pas de moi, mademoiselle Pomerleau ! rétorqua Placide. Je vais prendre une bière comme les autres.

Placide se remémora sa soirée au parc Jeanne-Mance avec quelques membres de sa famille et son confrère Éloi, qui s'était enivré de whisky jusqu'à en perdre la tête. Le lendemain, ils devaient quitter Montréal avec l'oncle Elzéar et la tante Florida pour le lac Nominingue. Et, dans les heures sombres qui avaient suivi, était survenu le drame qui avait bouleversé sa vie…

Placide avait tisonné les cendres de son passé douloureux qu'il dilua dans le quart d'une bouteille. Après, contrairement à Léandre et à David, il avait refusé d'être entraîné par la marchande de plaisir. Puis il était rentré au petit matin, abasourdi de fatigue, la tête remplie de ses souvenirs d'Éloi. Sa nuit avait été courte. Dans la chambre qu'il partageait avec Marcel, il s'était couché dans le lit du bas que son frère lui avait cédé. Pour une fois, Marcel était revenu avant lui. Il s'était promis de ne plus jamais recommencer son petit écart de conduite.

La vie de Placide se jalonnait à présent de petites expériences qui le tiraient de sa solitude. Sans abandonner ses croyances religieuses, il ne voulait pas se laisser emporter par les invitations de l'un et de l'autre. Entre une sortie à l'oratoire Saint-Joseph avec son père et une nuit au *Faisan argenté* avec son frère, il devait certainement exister un juste milieu. Le notaire de la famille lui avait toujours paru raisonnable. De son arrière-boutique où son père lui avait fait installer le téléphone pour plus de commodité, Placide composa un numéro.

Colombine répondit. Elle transmit l'appel à son mari.

Le taciturne exposa brièvement ses préoccupations, son adaptation à la maison et au commerce.

— Tu m'as l'air affligé, mon pauvre Placide ! Viens donc souper demain soir, tu n'as pas à être mal à l'aise, mes beaux-parents sont invités dans la parenté des Crochetière.

— J'irai faire un tour en soirée, dit-il.

— Non, non, je t'attends pour souper ! conclut Édouard.

La journée s'acheva dans une confiance mitigée, à se demander s'il avait bien fait de joindre son frère. Mais il se réjouissait à la pensée qu'il se retrouverait seulement avec lui et Colombine. Il ne ressentait pas le besoin d'étaler ses problèmes devant les parents de sa belle-sœur pour se faire conseiller. Au pire, Colombine se mêlerait aux confidences…

Le lendemain soir, sitôt son travail terminé, le commis comptable de l'épicerie Sansoucy se rendit à la résidence des Crochetière. Il avait franchi la porte du logis pendant que les femmes étaient occupées. Il avait seulement traversé un seuil plutôt qu'un autre. Elles ne s'apercevraient pas de sa disparition en le croyant replongé dans son livre épais.

La table dressée de vaisselle de porcelaine à filets dorés et d'argenterie l'impressionna. Dans la maison fastueuse, on n'attendait que lui. On s'était donné beaucoup de peine à préparer un repas qui ne ressemblerait pas à ceux d'Héloïse, même si sa tante s'adonnait à la cuisine avec la plus grande application. La bonne s'approcha de l'invité.

— Je vous sers du vin ? demanda-t-elle.

— Une larme pour mon frère, mademoiselle, répondit Édouard.

Édouard n'avait pas si bien dit. Placide avait la larme à l'œil. Sans tomber dans l'effusion de sentiments, il avait besoin de s'épancher. Les deux frères venaient de se remémorer leur sortie à l'opéra. Mais Placide ne savait comment aborder sa soirée au *Faisan argenté*. Colombine, que les amours de Rodolphe et Mimi avaient plongée dans une écoute plus distante, intervint :

— *La Bohème* n'est pas la plus belle œuvre de Puccini, affirma-t-elle.

— Je préfère de loin l'art lyrique aux soirées de lutte au Forum ou…

— Ou quoi ? s'enquit Édouard.

— Ou aux incursions dans un cabaret…

Indignés, Édouard et Colombine s'élevèrent contre les sorties organisées par Léandre et sa mauvaise influence sur Placide.

— Je ne suis pas si influençable que ça, vous savez, réagit-il.

— Ça fait deux fois que tu te laisses entraîner par lui, s'insurgea Édouard. Bon, c'est assez ! Je n'en ai pas discuté avec Colombine, mais écoute bien ce que j'ai à te proposer.

La vie de couple ennuyait terriblement Édouard. Colombine ne s'était jamais révélé une amante passionnée. Leurs soirées à jouer au bridge avec ses parents ne l'enthousiasmaient pas non plus. Après une si courte existence commune, Édouard voyait là l'occasion de rompre avec la morosité quotidienne. Il suggérait à son frère de s'éloigner de Léandre pour un temps, en suivant des cours de comptabilité dans une institution reconnue. Différentes maisons d'éducation offraient des cours de jour et de soir. Le collège de Saint-Laurent donnait le cours commercial. L'année scolaire avait débuté, mais il s'agissait d'insister un peu pour se faire inscrire. Cependant, il était dirigé par des Sainte-Croix.

Colombine avait feint de comprendre l'idée de son mari.

— Comme ça, tu retournerais pensionnaire, exprima-t-elle.

— Il y a aussi l'externat, mentionna le défroqué.

— Mieux que ça, dit Édouard. Placide pourrait demeurer avec nous. Tes parents seraient compréhensifs. Comme je les connais, ils seraient prêts à héberger un étudiant.

Colombine poussa un soupir accablé.

— Il faudra convaincre papa, s'inquiéta le commis.

— Penses-y, Placide, c'est tout à son avantage. Il aura un employé qualifié plutôt qu'un commis comptable formé sur le tas…

Placide quitta la résidence, l'esprit tourmenté par une lourde décision à prendre. D'ailleurs, il n'était pas en mesure de payer ces études tant recommandées par Édouard. À son retour à la maison, il constata que son père n'était pas revenu de la taverne. Dès le lendemain, il saisirait la première occasion pour en discuter avec lui.

Au matin de ce jour-là, Sansoucy entra au magasin la mine fort joyeuse. Le commis avait pris l'habitude de surveiller les variations d'humeur de son patron. Auparavant, un rien portait l'épicier sur les nerfs. Mais depuis que Placide *paperassait* dans ses affaires, l'air lui était devenu plus respirable.

Le boucher était à nouer un tablier propre autour de sa taille. Avant que les entraves de la journée viennent gâcher les dispositions favorables de son père, Placide décida d'intervenir. Il se détacha de son bureau de travail et surgit dans la boucherie.

— Papa, j'ai à vous parler dans l'intimité, dit-il, gravement.

Les moustaches du boucher s'affaissèrent. Son fils affichait toujours cette physionomie troublée, mais elle lui sembla énigmatique. Une appréhension le gagna.

— Oui, mon garçon?

— Qu'est-ce que vous diriez si j'allais apprendre la tenue de livres?

— Je suis pas un bon professeur, coudonc? Je t'ai enseigné tout ce que je savais…

Le commerçant fut en transe quand il apprit que son fils désirait faire son entrée au collège de Saint-Laurent et qu'il abandonnerait temporairement son travail de commis comptable. Aussi, le voyagement s'avérerait plus commode si, pendant ses études, il résidait chez Wenceslas Crochetière.

— C'est-tu lui qui va les payer, tes études, le notaire Crochetière?

— Non, c'est vous, papa!

Placide venait de porter atteinte au bonheur de son père, d'écorcher sa journée.

— Mili, viens ici une minute! s'écria-t-il.

Émilienne referma son tiroir-caisse et s'amena à la boucherie.

— J'aime pas ben ça quand tu me cries après de même, Théo! Une chance qu'il y a personne dans le magasin.

— Figure-toi donc que…

L'épicière dévisagea son fils d'étonnement. Mais elle tenta de cacher son désappointement.

— Ben, c'est pour le mieux, Théo, concéda-t-elle. Puis, en attendant qu'il finisse son cours, on va s'arranger autrement.

L'inscription pressait. Placide alla éteindre la lampe de son bureau, s'empara des *Misérables* et sortit en trombe du magasin en passant sous le nez de ses frères. Léandre s'écria :

— Eille, le père ! Où c'est qu'il va donc, lui, à matin ?

Placide n'avait pas eu le cran de demander à son patron que Léandre le conduise à l'institution des Sainte-Croix. Du reste, les relations avec son frère n'étaient plus ce qu'elles avaient été. Elles semblaient même se détériorer. Comment le livreur réagirait-il quand il apprendrait que le commis comptable bénéficierait d'un traitement particulier ? Placide essaya d'oublier le feu qu'il venait d'allumer au magasin. Il devait se rendre le plus tôt possible à Ville Saint-Laurent par ses propres moyens.

Cela lui faisait tout drôle de penser qu'il se retrouverait avec des Sainte-Croix. Cependant, il tairait son passé ténébreux au collège de Saint-Césaire. Il se contenterait de dire qu'il avait étudié à l'école Baril, comme Léandre et Marcel l'avaient fait avant lui. Au début, on remarquerait certainement son arrivée tardive parmi les élèves, mais après il se fondrait dans la masse étudiante. Par ailleurs, il aurait du rattrapage à faire ; il misait sur son talent.

Il s'était engagé vers le nord et, *Les Misérables* entre les mains, il attendait au coin d'une rue le tramway de Cartierville qui le mènerait à la maison d'enseignement. Une dame pauvrement fagotée observait le jeune homme d'allure distingué qui se tenait près d'elle.

— Ça a l'air bon, ce que vous lisez, monsieur, dit-elle.

— En effet, madame, acquiesça Placide. Victor Hugo est un maître de l'écriture.

— Moi, je lis juste les *comics* du samedi, vous savez.

— Continuez, madame, c'est une bonne manière de se délasser.

Placide aida la dame à monter dans le tramway.

— Ah ben, tabarouette! s'exclama le wattman. C'est-tu pas mon neveu!

— Bonjour, mon oncle Romuald.

— Où c'est que tu t'en vas de même? Je pensais que tu travaillais à l'épicerie de ton père...

Derrière Placide, des usagers s'impatientaient. Il paya et alla s'absorber dans son roman. Il n'avait pu formuler sa réponse. Peu lui importait. L'oncle Romuald n'avait qu'à communiquer avec son frère.

Le portier conduisit Placide au parloir. L'endroit lui rappela les visites de ses parents qui l'attendaient dans la salle froide, sur des chaises droites, les mains sur leurs genoux, à errer leur regard sur des images de saints dont ils ne se remémoraient jamais le nom d'une fois à l'autre. Sa mère se levait aussitôt, émue jusqu'aux larmes de revoir son exilé habillé de noir, le visage aussi triste que les murs et les meubles qui composaient le mobilier. Là, il s'assoyait, le dos raidi par les convenances, et s'entretenait de propos ordinaires en évitant de parler de l'ennui qui le rongeait. Mais à cette époque, il ne se sentait bien nulle part. Là ou ailleurs, il éprouvait une mélancolie presque permanente, un mal de vivre qui s'était étonnamment dissipé à l'arrivée d'Éloi Desmarais.

Un bruissement de robe le tira de ses souvenirs. Un religieux à la figure sévère, retranché derrière d'épaisses lunettes noires, parut.

— Je suis le supérieur, postillonna-t-il, suivez-moi.

Placide marcha derrière le révérend et entra dans son bureau.

— Que puis-je pour vous, mon cher jeune homme?

Placide expliqua qu'il venait de *dégoter* un emploi de commis comptable, le soir, dans une entreprise. Cependant, le proprié-taire exigeait qu'il suive des cours de perfectionnement. En tant qu'étudiant, il se disait prêt à fournir tous les efforts requis pour réussir. Et même si l'année scolaire avait presque trois semaines d'écoulées, il parviendrait à rejoindre ses camarades.

La figure austère du supérieur se contracta. Il fixa sur Placide un regard pénétrant.

— Les études au collège de Saint-Laurent nécessitent beaucoup de travail, exposa-t-il, en expectorant des postillons. Suivre des leçons le jour et occuper un emploi le soir dans une entreprise n'est pas à conseiller. Vous êtes un cas, monsieur…

— Oui, mais en travaillant seulement deux heures le soir je pourrais y arriver.

Placide s'était surpris à bien enrober ses pieux mensonges. Il ne se reconnaissait pas dans le déguisement de la vérité. Pour une fois, il avait emprunté à Léandre le maquillage des faits. Mais les circonstances ne lui donnaient guère le choix.

Le supérieur parut embarrassé.

— Nous allons vous prendre à l'essai, décida-t-il. Vous comprendrez qu'il ne faut pas mettre en péril la réputation de l'institution. Vous commencerez demain matin.

Le religieux procéda à l'inscription du nouvel élève, régla certains détails administratifs, et Placide prit congé.

En sortant du bureau, une Robe noire glissa vers lui.

— Bonjour, frère Placide! le salua l'homme.

— Ah! bonjour!

Le frère Ulric arborait un sourire sirupeux. Le postulant s'approcha de lui comme s'il attendait que le visiteur justifie sa présence. Il le devança :

— J'ai appris que tu avais quitté Saint-Césaire quelque temps après la mort de notre ami… Mais je ne pensais pas te croiser un jour dans un collège de Sainte-Croix.

— Tu devrais me revoir puisque je suis inscrit à des cours.

Placide échangea brièvement avec le surveillant des élèves en évitant de se rappeler leur séjour au lac Nominingue. Le timbre argentin d'une cloche résonna dans le corridor.

— Tu vas m'excuser, dit le postulant, je dois encadrer les étudiants pendant la récréation.

Retourner chez lui dans les plus brefs délais sans affronter le regard questionneur de son oncle Romuald avait fait son affaire. Mais sa rencontre avec le frère Ulric avait rallumé les braises encore brûlantes de son amitié avec Éloi Desmarais, de sorte que, pendant son trajet en tramway, il n'avait pas lu une seule ligne des *Misérables*.

Et lorsqu'il parut à l'épicerie, sa mère l'interrogea :

— Puis ? Ils t'ont pris ou pas, les Frères ?

— Je commence demain, maman.

Le visage d'Émilienne se décomposa. Elle avait espéré jusqu'à la dernière minute qu'on refuse d'inscrire son fils, même si elle s'était montrée disposée à ce qu'il quitte temporairement le commerce. Par contre, son pauvre Théo était dans un état si lamentable qu'elle avait résolu de parer au problème…

Placide se désolait de voir sa mère atterrée et il devinait l'accablement de son père ; il se rendit à l'arrière-boutique.

— Simone ! Si je m'attendais…

Les verres sur le bout du nez, l'épicier était installé à son bureau et s'employait depuis le début de l'avant-midi à démystifier au profit de sa fille le contenu du grand livre.

— J'étais un peu *gnochonne* dans les chiffres à l'école, mais je vas faire mon gros possible pour *gober*.

— Papa va sûrement l'apprécier, commenta Placide.

Sansoucy remonta ses lunettes et se leva pesamment, avec la mine abattue d'un enseignant découragé qui a épuisé ses ressources.

— Aide-la donc, Placide, moi j'en peux plus…

Le commis comptable prit la relève de son père. Le commerçant pourrait se consacrer à ses clients le reste de la journée. Pour l'heure, les choses étaient réglées. Mais il redoutait à présent l'attitude de Léandre.

Les cloches avaient sonné l'angélus. Le coursier avait garé son camion sur la façade du magasin. Sansoucy nettoyait ses couteaux. Penché par-dessus l'épaule de son élève, Placide retenait des soupirs exaspérés.

— J'en ai assez pour aujourd'hui, dit Simone. Je vas prendre Stanislas en passant puis aller préparer le souper.

— Léandre! s'écria l'épicier, viens ici!

Le commis se rendit à la boucherie.

— Après le souper, tu vas aller reconduire Placide chez Édouard.

— Wô, le père! D'abord, vous allez me demander ça comme du monde, puis ensuite, je suis supposé travailler à la taverne à soir. À part de ça, après six heures, vous êtes plus mon *boss*.

— Placide va aller rester chez ton frère le temps de ses études.

— Ah! C'est pour ça que vous étiez après Simone aujourd'hui. Comme ça, c'est elle qui va prendre la place de Placide. Je veux pas vous faire de peine, le père, mais je pense que vous perdez un peu votre temps avec Simone. Elle puis le calcul, c'est comme vous puis la religion: ça va pas ben ben ensemble…

Simone surgit, l'air éminemment offusqué.

— Que c'est que j'ai entendu dans mon dos, Léandre Sansoucy ? J'étais pas ben bonne à l'école, mais j'étais pas si nulle que ça, par exemple. Puis si j'avais de la misère, c'est parce que ça dépendait des maudites *capines*...

Simone s'éclipsa. L'épicier acheva sa conversation avec son fils :

— En tout cas, c'est oui ou c'est non ? s'enquit-il. Décide !

— On va dire que oui, mais si je perds ma *job* à la taverne, ça va être de votre faute.

Léandre savourait une petite vengeance. Son père lui avait arraché son assistant pour la livraison des commandes afin de l'entraîner au travail de bureau. Et à son tour, il serait privé de l'aide de Placide.

* * *

Simone avait convenu avec sa tante Héloïse qu'elle serait la gardienne attitrée de Stanislas. Un peu avant huit heures, elle larguait le petit au deuxième en descendant à l'ouvrage. Puis elle s'engouffrait dans l'arrière-boutique à se débattre avec ses papiers et les fournisseurs. Quand elle se sentait débordée, elle s'allumait une Sweet Caporal et, même si le magasin était bondé de clientes, elle allait placoter avec Paulette en se croisant les jambes sur le tabouret.

Un jour, elles étaient plusieurs au comptoir-caisse à s'informer.

— Qui c'est qui garde ton petit ? demanda Dora Robidoux.

— Matante Héloïse puis matante Alida ; elles sont ben fines avec Stanislas.

— Comment ça va, elle puis l'autre, la malade qui a de la misère à marcher puis qu'on voyait avant au magasin de coupons ?

— Inquiétez-vous pas pour mes sœurs, coupa Émilienne, elles sont tellement heureuses de s'occuper de mon petit-fils.

La remarque avait heurté la sensibilité de Paulette. Madame Thiboutot perçut la moue chagrine de la migraineuse.

— Puis vous, quand est-ce que ce sera votre tour d'avoir un bébé ? dit-elle.

— Demandez donc à votre belle-sœur Simone, elle doit savoir comment placer une commande, elle, blagua madame Flibotte, en égrenant un rire. Elle fait rien que ça, asteure, placer des commandes.

Au milieu de l'amusement des dames, des larmes s'échappèrent des yeux de Paulette. La boutade, lancée sur le ton de la plaisanterie, l'avait remuée jusqu'aux entrailles. L'épicière voulut la consoler.

— Ça viendra, ma Paulette, chaque chose en son temps ! exprima-t-elle.

* * *

Sansoucy connaissait des jours plus réjouissants. Aux dernières nouvelles, Placide avait réussi à rattraper ses camarades de classe. Selon Édouard, il disparaissait dans sa chambre pour étudier ou faire des travaux. Le chambreur ne dérangeait jamais. Quelquefois, il venait passer une heure ou deux avec *Les Misérables* au salon, pendant que les Crochetière s'adonnaient au crible. Et parfois, la bonne le voyait franchir le seuil. L'étudiant avait bien droit à ses petits mystères…

L'épicier s'était passablement remis de son abattement. Malgré tout, sa « petite perle » lui enlevait un poids. Elle recourait à lui de moins en moins souvent pour les détails routiniers, et se débrouillait fort bien avec les approvisionneurs. Fardée et bien habillée, elle attisait leur regard. « Une belle fille comme toi, c'est dommage que ce soit enfermé dans un coqueron de même ! » disaient-ils.

Toujours est-il que l'épicier prenait maintenant la vie avec un brin de philosophie. Les erreurs de Simone ne lui apparaissaient plus comme des monstruosités incorrigibles ; elles n'étaient que des bévues pardonnables, des insignifiances. Il avait donc la tête un peu plus libre pour s'adonner à un petit loisir qui ne l'accaparerait pas trop. Il en avait causé avec son camarade qui lui avait promis qu'un de ces quatre matins il surgirait avec son jeu.

Demers arriva au commerce avec l'air d'avoir *dégoté* la trouvaille du siècle. Un damier lui pendait sous le bras, et les poches gonflées de son pantalon lui conféraient cet air de satisfaction gamine des collectionneurs de roches.

— Tu vas pas me commencer ça dans mon magasin, Philias ! le morigéna l'épicière.

— Ton mari a besoin de se distraire un peu pendant son ouvrage, Émilienne, riposta Philias.

Le veuf se rendit à la boucherie. Sansoucy était occupé avec mademoiselle Lamouche, et Simone s'entretenait avec un camionneur qui achevait de décharger sa marchandise en lui faisant de la façon.

— Tiens, mon Théo, chose promise, chose due ! dit Philias Demers, en allant déposer son jeu de société sur le baril de mélasse.

— Vous allez pas revirer votre magasin en maison de jeux, j'espère, commenta la cliente. Ça serait ben le restant !

— Exagérez pas, mademoiselle Lamouche, rétorqua le boucher. Monsieur Demers puis moi, on va jouer aux dames juste de temps en temps, mais dites-vous ben que je serai toujours disponible pour servir ma clientèle. Avez-vous besoin d'autre chose ?

Mademoiselle Lamouche alla à la caisse. Le camionneur une fois reparti, envahie par les barriques et les boîtes, Simone s'écria :

— P'pa, venez ôter ça de là tout de suite !

L'épicier parut dans l'arrière-boutique. Dans une agitation furieuse, sa commis mâchait sa gomme comme si elle broyait sa colère.

— Que c'est qu'il y a, ma perle ? demanda-t-il.

— Ben regardez tout le stock ici dedans, c'est plein d'affaires pesantes puis c'est encombré sans bon sens. Je sais plus où me mettre. Puis que c'est que ça fait, ce jeu-là, sur la mélasse ?

— Énerve-toi pas, Simone, Philias puis moi, on va t'aider à débarrasser un peu la place. Puis pour les grosses boîtes, on va demander à Marcel puis à Léandre.

Les deux compères dégagèrent le plus possible les lieux congestionnés. Puis ils remontèrent de la cave un tonneau vide et des chaises rescapées de l'inondation de juillet. Ensuite, le damier fut déposé sur le baril qui trônait à présent au bord de la porte, dans l'arrière-boutique, de manière à ce que le boucher puisse avoir un œil sur le comptoir des viandes. L'installation terminée, Demers débourra ses poches et s'empressa de disposer les pions.

— Asteure, on va jouer une petite partie, Théo.

Sansoucy s'étira le cou et jeta un regard furtif à la boucherie. Il entama le jeu.

Près du damier, Simone se débattait avec une caisse qu'elle ne parvenait pas à ouvrir. Le pas rageur, elle alla chercher un couteau que le boucher avait abandonné sur son étal et repassa derrière les joueurs absorbés. Puis, avec une ardeur déchaînée, elle s'attaqua à la boîte qui s'éventra. Sansoucy s'arrêta de jouer. Il se releva brusquement et contempla la traînée blanche sur le parquet.

— Fais attention, Simone ! s'écria-t-il. Il y a des sacs de farine là-dedans !

— Ouan ! Je pensais pas cuisiner ce soir, mais je viens de décider que ça va être des crêpes. Puis que c'est que vous voulez ? C'est pas facile à dépaqueter, ces maudites boîtes-là !

— On va perdre un sac, asteure, soupira l'épicier, puis j'aime pas ben ça que tu te serves de mes couteaux de boucherie. Prends les ciseaux.

— Où c'est qu'ils sont, donc ? Je les ai cherchés puis je les ai pas trouvés.

— Fouille un peu, ma perle, Placide a dû les serrer dans le bureau.

La commis fourragea dans tous les tiroirs. Soudain apaisée, elle en ressortit l'instrument et un document qui la laissa muette d'étonnement.

— Les as-tu, coudonc ?

— Elle a l'air d'avoir trouvé d'autre chose d'intéressant, Théo, dit Philias.

— Que c'est que vous faites avec ça, p'pa ?

— Ça, ma fille, c'est mon permis pour vendre de la bière…

Pendant la campagne électorale, Maurice Duplessis s'était montré favorable à ce que l'épicier du coin reprenne la vente des vins et des alcools comme en 1921. En plus d'augmenter le revenu du propriétaire, la mesure réduirait considérablement le trafic clandestin d'alcool. Dans la législation que le gouvernement préparait, les magasins de la Commission des liqueurs seraient fermés. Cette dernière ne ferait que le commerce de gros et traiterait directement avec les épiciers. Sachant que le nouveau permis serait accordé à tous les épiciers licenciés, dans la foulée du projet d'expansion auquel il avait renoncé, le marchand avait rejoint les sept cent cinquante autres qui détenaient un permis de vente de bière.

— Tu serais ben fou de pas t'en servir, de ton papier, commenta Demers. Il y a de l'argent à faire avec ça. Tu me déçois, Théo!

— C'est ça, puis après c'est moi qui vas être pognée pour transporter des caisses de bière, rétorqua Simone. À l'*Ontario's Snack-bar*, j'haïssais assez ça quand monsieur Plourde m'obligeait à manœuvrer des caisses de liqueur.

Sansoucy avait oublié sa stratégie de joueur de dames. Il se mit à jongler à son plan d'expansion enterré.

Léandre parut à l'épicerie. Demers reconnut sa voix et l'appela dans l'arrière-boutique.

— Que c'est que tu ferais avec un permis de bière, mon Léandre? demanda-t-il. Imagine-toi que ton père en a un, puis qu'il l'avait remisé dans un tiroir; un vrai péché!

— Voyons donc, le père, au lieu de jouer aux dames, vous devriez afficher votre permis puis commander de la bière au plus sacrant! Comment ça se fait qu'on a pas pensé à ça plus vite?

La commis prit un air outragé.

— Il y a-tu quelqu'un qui pense à moi là-dedans? s'opposa-t-elle. On dirait qu'il y a rien que vous autres qui comptent dans ce magasin-là.

— Voyons, Simone, rétablit son frère, ça va t'apporter de l'ouvrage de plus. Puis je gage que le père va te donner une augmentation…

Simone grimaça à la répartie de Léandre. Les traits de Sansoucy s'assombrirent. Il s'empara du permis, alla l'afficher dans la vitrine de son magasin et revint sur ses pas en arborant un air d'autorité qu'il empruntait rarement avec sa fille.

— Prends le *directory*, lui intima-t-il, puis assis-toi, on va commander…

Chapitre 5

Décidément, l'épicier avait subi l'ascendant indéniable de son fils et succombé à l'influence de son camarade en ce qui concernait la boisson. Auparavant, Placide avait investi les tiroirs du bureau, mais la trop grande accessibilité de la boisson dans le commerce de son père l'avait indigné. Il s'était remémoré les frasques d'Éloi et avait réalisé jusqu'où ça pouvait conduire une personne en état d'ébriété ; il avait vite remisé le permis à sa place. Or des caisses de bière s'empilaient maintenant le long d'un mur et offraient leurs vertus bienfaisantes à la clientèle. Des puritaines avaient rapporté au curé Verner un changement de vocation de l'épicerie. Le messager de monseigneur entra si furtivement au magasin que même la clochette s'en trouva intimidée.

— L'abbé Dussault ! s'exclama Émilienne.

Comme s'il avait pénétré dans un lieu saint, le prêtre avait enlevé son béret. Il le remit aussitôt quand ses yeux rencontrèrent l'empilement des caisses.

Des clientes s'étaient donné rendez-vous à l'épicerie pour voir la tête que ferait son propriétaire. À voir toutes ces ménagères qui avaient rôdé sans rien acheter, Émilienne avait eu le pressentiment qu'il se tramait un complot dans son magasin. À présent, elles étaient là, rassemblées comme un troupeau de ruminants qui regardent passer le train de leurs grands yeux abêtis.

— C'est une idée de mon mari, exprima-t-elle.

— Où est-il ?

Rose-Anna Flibotte se détacha du groupe et pointa un doigt accusateur en direction de la boucherie.

— Il est là ! proféra-t-elle.

Sansoucy s'amena comme le coupable qu'on livrait à la potence. Mais dans son for intérieur, il savait que le doigt dénonciateur de la Judas Iscariote du groupe n'était que le représentant de toutes ces clientes scandalisées.

— Retirez-moi ça de là, nasilla le prêtre, ce n'est pas un débit de boissons !

— Vous êtes pas rentré à la taverne, monsieur l'abbé, vous êtes dans mon épicerie. Allez donc vérifier dans toutes celles du quartier si je suis le seul à offrir de la bière. Faites-vous à l'idée parce qu'avant longtemps le gouvernement va permettre que les épiciers offrent en plus du vin et des spiritueux. À part de ça, vous devriez vous réjouir que vos ouailles puissent se procurer de la boisson dans nos magasins plutôt que de s'enivrer d'alcool de contrebande et de se ramasser dans vos confessionnaux en état de péché mortel. Et puis dites donc à monseigneur Verner qu'il a qu'à venir lui-même me sermonner s'il est pas content...

Germaine Gladu n'avait pas voulu prendre les devants. Ses esclandres trop récents lui imposant une retenue, elle avait laissé Rose-Anna Flibotte monter aux barricades. Églantine Poliquin, une chevrette dans la soixantaine qui arborait une touffe de barbe au menton, était demeurée à l'écart avec sa livre de beurre ; elle alla se poster près de l'épicier.

— Faites pas les hypocrites, mesdames ! bêla-t-elle. Je nommerai pas personne, mais j'en connais dont le mari fréquente la taverne ou achète sa bière à l'épicerie Chevalier, puis qui viennent chez Sansoucy pour les viandes.

Le boucher se bomba le torse en roulant ses moustaches. Derrière le comptoir, Émilienne retenait un sourire mitigé. Elle pensa qu'elle n'était pas une simple potiche et que, si les clients revenaient, c'était aussi parce qu'elle savait les accueillir dans son magasin.

Après le vibrant plaidoyer d'Églantine Poliquin, l'abbé Dussault se coiffa de son béret et repassa le seuil, entraînant avec lui toutes les acheteuses aux mains vides. Sansoucy s'adressa à madame Poliquin :

— Je sais pas comment vous remercier, dit-il.

— Si vous saviez comme ça me met de travers quand je vois une bande de visages à deux faces de même ! poussa la dame, dans un bêlement hostile.

Elle alla au comptoir et déposa sa livre de beurre.

— Vous me mettrez une caisse de Molson avec ça, s'il vous plaît.

Il s'écoula quelques jours avant que les clientes régulières reviennent à l'épicerie. Sur le coup, Églantine Poliquin était allée un peu loin, mais les femmes reconnaissaient qu'au fond la sexagénaire avait fait craquer leur masque ; elle avait été capable de leur dire leurs quatre vérités. Germaine Gladu et Dora Robidoux furent les premières à faire amende honorable et à franchir de nouveau la porte du commerce. Après, d'autres revenantes les suivirent, feignant d'ignorer la nouvelle marchandise. Mais un jour viendrait et l'une d'elles finirait par acheter de la bière.

Entre-temps, Simone accumulait les frustrations. D'abord, elle s'ennuyait de Stanislas et du peu de liberté dont elle profitait quand elle ne travaillait pas à l'épicerie. À ce moment-là, elle avait plus de latitude pour organiser ses journées. Aussi soupçonnait-elle que la vieille célibataire était un peu trop sévère avec son fils. Chaque fois qu'elle l'abandonnait le matin aux mains de sa tante, l'enfant pleurait de voir sa mère le quitter. Et lorsqu'elle revenait, il avait les yeux rougis, comme s'il n'avait pas cessé de verser des larmes pendant toute la durée de son absence. C'était à lui arracher le cœur.

Le travail lui apportait bien peu de satisfaction. Elle ne parvenait pas à se dépêtrer complètement dans ses boîtes. Pour éviter les accumulations, elle commandait peu. Cela contribuait à lui éviter des *embourbements* inutiles avec la conséquence qu'elle devait s'approvisionner souvent. Certes, elle ne dédaignait pas qu'on lui fasse la causette et qu'on la complimente, comme dans le temps où elle servait des clients à l'*Ontario's Snack-bar*. Mais son amour pour son Irlandais et son fils ne s'était pas démenti. C'était cela qui la tenait.

Son grand livre de comptes souffrait encore de son manque de rigueur. «D'abord que je me comprends!» se disait-elle. Bientôt, à la fin de septembre, son patron regarderait ses chiffres de plus près. Il lui dirait qu'il est content de sa «petite perle» et qu'elle abattait une excellente besogne en remplacement de Placide. Pour l'heure, il semblait se draper dans une confiance en elle à toute épreuve, en préférant disputer quelques parties de dames plutôt que de procéder à des vérifications comptables périodiques. Et s'il se permettait du bon temps, pourquoi ne pourrait-il pas lui accorder un après-midi de congé? Elle avait songé à une sortie avec sa belle-sœur, et elle guettait le moment où Paulette raccrocherait et que sa mère serait prise avec une cliente.

— J'ai envie d'aller magasiner après-midi, dit-elle. J'ai plus rien à me mettre sur le dos.

— Puis après, vas-y, c'est pas mon affaire! rétorqua la migraineuse. C'est toi qui veux s'acheter du linge, pas moi.

— Je voudrais que tu m'accompagnes, Paulette.

— On est pas pour se sauver de même avec l'ouvrage qu'il y a.

— Ben voyons, niaiseuse, il y a pas tant d'ouvrage que ça aujourd'hui. C'est pas la plus grosse journée de la semaine. Ils vont se débrouiller sans nous autres, tu sais ben.

— Oui, mais deux employées de moins, ça paraît. Puis qui c'est qui va faire à manger à nos deux hommes si jamais on revient tard?

— C'est sûr qu'on va revenir tard. Ils auront juste à s'ouvrir une canne de bines. Il y en a justement à douze cennes en spécial cette semaine. En tout cas, penses-y. Je vas en parler à mon père tout à l'heure, conclut-elle avant de regagner son bureau.

Demers était assis au damier et il élaborait à voix haute une stratégie en attendant que son ami soit libéré de mademoiselle Lamouche. «J'avance ce pion-ci, Théo va déplacer celui-là, puis là je vas manger de même… C'est en plein ça que je dois faire!» s'exclama-t-il. Sansoucy surgit dans l'arrière-boutique. La commis déposa son crayon. Le boucher s'assit, heureux de s'être débarrassé de sa cliente la plus capricieuse.

— P'pa, j'ai une permission à vous demander, dit-elle d'une voix implorante.

— Oui, ma perle, tout ce que tu voudras, répondit-il, à la cantonade.

— J'aimerais aller magasiner sur la rue Sainte-Catherine. À ce temps-ci, la mode d'automne est sortie.

L'épicier s'était installé machinalement. Soudain, il réalisa la teneur de la demande.

— Voyons, Simone, une autre journée, mais pas aujourd'hui. Là, il y a pas beaucoup de monde, mais tu vas voir cet après-midi, ça dérougira pas. C'est pour ça que je prends un petit *break*, ma perle.

— Ben il y en aura pas d'après-midi, ni pour moi ni pour Paulette.

— Paulette aussi?

— Dites oui, p'pa, envoyez donc…

871

La commis alla aviser sa belle-sœur et revint aussitôt à son bureau. Émilienne s'excusa auprès de Rose-Anna Flibotte et s'adressa à Paulette.

— Coudonc, que c'est que vous avez, vous deux, à vous dire des secrets de même ?

L'épicier délaissa le damier et traversa le magasin. Puis il s'empara de deux bouteilles de Dow et repassa en trombe devant la caissière.

— Théo ! râla Émilienne, rapporte ça tout de suite !

Ses mentons en tremblaient.

— Voulez-vous ben me dire, madame Flibotte, que c'est qu'ils ont, eux autres, à matin ? s'exaspéra l'épicière.

— S'il y en a une qui doit le savoir, c'est ben vous, répliqua-t-elle. Mais ce que je viens de voir avec votre mari a rien de rassurant. Quand on est rendu à faire son épicerie dans une taverne…

D'un geste méprisant de la main, Rose-Anna Flibotte abandonna ses articles sur le comptoir et sortit du magasin. Ulcérée, Émilienne se rendit à l'arrière-boutique. Les deux joueurs avaient débouché leur Dow et faisaient mine de se concentrer sur le damier.

— Que c'est que tu penses qu'il va nous arriver, Théo, asteure ? se fâcha-t-elle. Toi, Philias, pas un mot !

Elle avait les deux mains sur les hanches de son tablier et espérait une explication.

— Eille, Théo, je te parle. Puis toi, Simone, c'est quoi ces cachot-teries-là, à matin ?

À son bureau, Simone avait pris une attitude un brin piteuse.

— Ben je voulais magasiner après-midi avec Paulette, mais je pense que je suis mieux de remettre ça à plus tard…

L'épicière regagna muettement son comptoir. Dans son agitation, elle eut envie de se déporter dans l'arrière-boutique et d'enlever aux hommes leur bouteille. Pourquoi ne l'avait-elle donc pas fait?

— Je vas mettre le holà à leur beuverie, marmonna-t-elle, avant d'amorcer le pas.

— Hé! madame Sansoucy, l'interpella une voix criarde.

Une cliente entra avec son sac à main pendu sous le coude et une canne de jus de tomate.

Émilienne s'arrêta net et se retourna. Rita Morasse se pressa vers le comptoir et déposa sa boîte de conserve vide avec fracas.

— Votre produit est pas bon, j'exige un remboursement.

— Comment ça, un remboursement?

— C'est écrit dans la publicité du journal…

La dame ouvrit son sac à main. Elle en extirpa un exemplaire de *La Patrie*, qu'elle déplia à la page de l'annonce de ketchup aux tomates, de soupe aux tomates et de jus de tomate.

— «Le double de votre argent remboursé», lut l'épicière. Théo! Viens donc ici une minute.

Sansoucy parut.

— Madame Morasse est pas satisfaite de son jus de tomate. Moi j'en ai déjà plein mon casque de mon avant-midi, occupe-toi-z-en…

— Taboire! s'emporta-t-il, on est pas pour commencer à rembourser de l'argent à tous les becs fins, on finira plus. Va falloir vous *licher*, madame Morasse.

Radouci, Sansoucy glissa ses lunettes sur le bout de son nez et parcourut à voix haute le texte de l'encadré:

Si vous ne trouvez pas que les produits de tomates Libby's à «pression douce» sont les meilleurs que vous n'ayez jamais goûtés, Libby's vous remboursera le double de votre argent. Écrivez simplement, en lettres moulées, vos noms et adresse, le prix d'achat et le nom de l'épicier au dos d'une des trois étiquettes, et envoyez cela à Libby, McNeil & Libby, Chatham, Ontario.

— C'est pas le meilleur jus de tomate que j'ai goûté, argumenta la dame.

— Ça se peut, mais j'ai aucune manière de vérifier ça, madame Morasse. Puis pour moi, vous lisez pas les petits caractères ; faut pas se laisser accrocher juste par les gros. En tout cas, si vous tenez à réclamer, c'est à vous d'écrire à la compagnie d'Ontario au dos de votre étiquette que vous allez maller dans une enveloppe avec un timbre dessus.

— Ben moi, je sais pas lire ni écrire ; même pas les grosses lettres. C'est madame Pitre qui m'a dit que je pouvais réclamer à l'épicier. Elle est supposée venir elle aussi à votre magasin parce qu'elle, c'est la soupe aux tomates qu'elle a pas aimée.

— Écoutez, madame Morasse, je vas faire un spécial pour vous. Je pourrais ben vous envoyer promener, mais je vas demander à ma secrétaire de remplir le coupon à votre place. En plus, Simone va le mettre dans une enveloppe que je vas payer puis elle va coller dessus un timbre que je vas payer de ma poche aussi. Quant à votre madame Pitre, comme elle sait lire, elle, ben elle se débrouillera toute seule puis j'aurai pas à payer pour...

Rita Morasse reprit sa boîte de conserve et devança Sansoucy dans l'arrière-boutique.

La matinée n'était pas très avancée et Émilienne se sentait submergée de problèmes qui la dépassaient. Elle était soulagée d'avoir expédié la mère d'un chenapan qui avait déjà causé du trouble au magasin. D'ailleurs, son mari avait le temps de parer à l'imprévu qui survenait. Il semblait sur le point de mâter la plaignarde aux intentions manifestement malhonnêtes. D'autres clientes régulières entraient ; elle se composa un sourire.

Simone refusa de collaborer en disant qu'elle était surchargée, que ce n'était pas dans ses attributions de rédiger une requête au nom d'une cliente capricieuse et illettrée. Elle mit également son père devant les faits : d'autres illettrées pouvaient *retontir* en nombre n'importe quand au magasin. Revancharde, madame Morasse jura de porter plainte à l'association des épiciers afin que le permis de bière de l'épicerie-boucherie Sansoucy soit retiré.

Émilienne avait entendu sa fille hausser le ton et elle avait vu la mécontente retraverser le plancher avec sa boîte. Mais Simone était demeurée avec sa frustration première. À travailler six jours par semaine au commerce de son père, les heures de magasinage lui échappaient. L'automne était commencé, et elle ne voyait pas comment elle pourrait remplacer ses robes de l'année précédente. Elle répétait à qui voulait l'entendre qu'elle « n'avait que des vieilleries à se mettre sur le dos ». En soirée, dès que Stanislas était dans sa *bassinette*, elle feuilletait avec convoitise les catalogues des grands magasins et marquait des pages en repliant le coin du bas. De temps à autre, Paulette levait les yeux au-dessus de ses romans-feuilletons à quinze cents et regardait le catalogue qui s'épaississait.

Un bon soir, Paulette, connaissant un répit de ses abominables maux de tête, suggéra à sa belle-sœur de demander à Alphonsine de lui apporter des patrons de son magasin. La tante pourrait lui proposer des échantillons de tissu. Par la suite, Alida confectionnerait à sa nièce les robes de son choix.

En bonne vendeuse, soucieuse de satisfaire sa cliente, Alphonsine transporta des brassées de patrons. Elle entendit des « Ça fait trop vieille fille, ça, matante ! » ou bien des « Je me vois pas vraiment dans cet accoutrement-là ! » qui ne la décourageaient pas. Puis elle rapportait ses paquets à son magasin. Et le lendemain, reprenant son bâton de pèlerin, elle revenait avec d'autres modèles que sa nièce repoussait avec indélicatesse du revers de la main. «La petite gueuse te fait marcher», disait Héloïse. Mais au dernier jour de septembre, alors que la commerçante donnait des signes d'exaspération en achevant de faire l'inventaire de sa panoplie de patrons, elle eut la main heureuse et en apporta un qui eut l'heur de plaire à Simone, qui exprima finalement: «Je vas choisir celui-là!» Les mesures prises, Alida s'était mise à sa machine à coudre.

La Singer fonctionnait à plein régime quand Romuald rendit visite à Théodore.

— Ça me rappelle le temps où vous étiez dans les Chemises bleues, Alida, commenta-t-il.

— C'est fini, ce temps-là! rétorqua-t-elle, avant de baisser la tête sur le tissu safran.

L'impotente suivait l'actualité avec plus d'intérêt qu'auparavant. Hitler, ce méchant garçon au *pinch* ridicule, commençait à la faire trembler avec son dénigrement haineux qui dérapait tranquillement vers une extermination des Juifs. Romuald restait actif dans le parti. Cependant, le wattman avait compris que ses discours à l'emporte-pièce n'atteignaient plus l'invalide et se gardait maintenant de prononcer le nom du führer canadien dans la maison de son frère. Il s'était trouvé une nouvelle marotte à débiter des balivernes qui semblaient le faire rire comme on s'amuse d'une badinerie:

— C'est rendu que je vois régulièrement Placide dans mon tramway, dit-il. Après ses cours au collège Saint-Laurent, je le vois toujours avec le même religieux, puis ils ont pas l'air de s'en aller à l'Oratoire...

— Tu parles à travers ton chapeau, Romuald, dit Georgianna. Tu sais pas ce qu'ils font ensemble, ces deux-là.

— En tout cas, Placide est pas parti pour avoir une grosse famille, renchérit-il.

— Tu peux ben parler, Romuald, le rabroua Émilienne. Toi-même, t'en as pas engendré un seul.

— Ça t'en bouche un coin, dit Sansoucy.

— Georgianna puis moi, on en a toute une trâlée, mais on l'a oubliée chez nous dans les tiroirs, folâtra-t-il, avant de s'esclaffer d'un rire jaune.

Chapitre 6

Simone n'avait pas obtenu son congé pour aller magasiner avec Paulette ; elle s'était résignée à rester à l'ouvrage. À défaut de s'être acheté des robes toutes faites, elle devait en revanche se soumettre, le soir, aux exigences fastidieuses des nombreux essayages. Aujourd'hui, elle avait résolu de se prêter à l'exercice avant le souper, car David retournerait au Forum avec Léandre et elle aurait à s'occuper du petit.

Stanislas avait poussé des cris de joie lorsqu'il avait aperçu sa mère. Simone l'avait cajolé quelques instants et s'était amusée un peu avec lui avant de le relâcher sur le plancher et d'aller revêtir la robe écourtichée dont Alida paraissait si fière. Sans le dire à sa nièce, la couturière avait rallongé la jupe d'un bon deux pouces et demi. Elle se croisait les doigts en attendant de voir sortir sa nièce de la salle de bain.

— La mode est pas si longue cet automne, matante.

— Si je la raccourcis, ça va friser l'indécence, ma Simone, rétorqua l'impotente.

— T'as pas l'air de te rappeler que t'es mariée, asteure, dit platement la cuisinière. Il y a des hommes qui cherchent juste ça, voir les cuisses des femmes.

Héloïse était aux chaudrons. Sans le dire, elle avait éprouvé des difficultés avec le petit, qu'elle n'avait pas réussi à endormir après le dîner. Souvent, pendant la sieste du bambin, elle sortait prendre l'air ou courait faire quelque commission et revenait juste avant qu'il se réveille. Puis, après l'inévitable changement de couche, elle s'appliquait à lui transmettre les fondements de la parole, un peu comme elle l'avait fait avec son perroquet Nestor. Elle avait été renversée de lire dans *La Patrie* que les jumelles Dionne ne prononçaient pas un traître mot. À vingt-huit mois, les quintuplées n'émettaient que des sons, ne poussaient que des cris et des pleurs. Plusieurs prédisaient que les *dionnelles* formeraient un groupe de cinq attardées. Les parents avaient eu recours à un éminent pédiatre qui ne comprenait pas le phénomène. Mais la gardienne Héloïse, armée de ses intimes convictions, prétendait que ce qui n'avait pas fonctionné avec son animal à plumes allait réussir avec l'enfant de sa nièce.

Mais elle n'y parvenait pas. Toute sa vie, elle avait travaillé à la Canadian Spool Cotton pour des patrons exigeants, à exécuter des tâches insipides pour un salaire minable, alors qu'elle avait rêvé de devenir institutrice ou dactylo. Elle répugnait à être la célibataire aimable, gracieuse et gentille qui attendait la faveur des gens du sexe opposé. Pour les attirer, faute de pouvoir embellir son visage, elle aurait pu cultiver l'art de la conversation. Elle aurait au moins attiré vers elle les hommes d'esprit. Malheureusement, elle n'avait jamais éprouvé ce sentiment d'accomplissement, celui qui forme les êtres épanouis qui ont touché au bonheur.

Pendant qu'elle touillait la soupe aux vermicelles, elle détaillait la silhouette de sa nièce qui avait opté pour le travail au lieu des études. Longtemps elle s'était projetée en elle, rêvant qu'elle devienne celle qu'elle n'avait jamais été. Pourtant, «la petite gueuse» avait plus de talent qu'Irène, qu'elle avait encouragée à entrer à son usine comme ouvrière. Irène, cette autre vieille fille rangée qui ne commettait pas de «folleries» et qui était en passe de s'abrutir comme toutes les ouvrières des manufactures et de s'assécher comme des arbres dont on extrait lentement toute la sève nourricière.

Émilienne venait de monter avec Marcel qui alla quérir nonchalamment une casserole dans le bas d'une armoire. Alida avait de nouveau faufilé le bord de la robe.

— Que c'est que t'en dis, m'man? s'enquit la commis.

— Tu t'arranges pour faire *crochir* les yeux des hommes, ma fille. À part de ça, on est plus en été. Bon, assis-toi là, Marcel, que je te coupe les cheveux. J'ai dit…, insista Émilienne. Je veux pas que mes garçons aient l'air de vrais pouilleux; assis-toi, qu'on en finisse, j'ai les jambes mortes.

— *Watch out*, m'man, si vous me faites ça de travers, ça va être la dernière fois que vous me les coupez, puis je vas aller au salon Bellemare. Amandine m'a dit que j'aurais l'air moins fou si j'allais chez un vrai barbier.

— Ben tu diras à ton Amandine que si elle est pas contente, elle a juste à le faire à ma place ou à se trouver un autre *chum*, rétorqua Émilienne. Changement de propos, pourquoi tu vas pas au Forum avec Léandre puis David, au lieu de vous bécoter toute la soirée ?

Héloïse avait perdu Stanislas de vue. Le garçon s'amusait à nager dans les touffes de cheveux qu'il répandait sur le linoléum.

— Loïse, surveille donc le petit comme du monde! s'écria Émilienne.

— Je peux pas tout faire, Mili, je suis déjà en retard dans mon souper. Faut encore que je pile les patates puis que je fasse cuire le steak de jambon.

— Irène va arriver d'une minute à l'autre, puis elle va te donner un coup de main, rétorqua Émilienne.

D'injustes reproches avaient blessé la cuisinière. Elle eut le sentiment de devenir comme cette mère de famille dépassée qui ne pouvait tout faire en même temps. Des larmes perlèrent à ses yeux. Elle posa la cuillère de travers sur la chaudronnée de soupe, s'essuya les paupières avec le coin de son tablier. Puis, comme si elle implorait la compassion de Nestor, elle le regarda et alla chercher une pinte de lait dont elle déversa une grande quantité sur les patates rondes. Ensuite elle saupoudra le tout de sel, de poivre et de sarriette, s'empara de l'ustensile qu'elle avait sorti à l'avance et commença à pilonner les pommes de terre.

Émilienne achevait de faire le tour de la tête de Marcel ; elle jeta un œil à sa sœur et commenta :

— Ça m'a l'air pas mal liquide, ton affaire, Loïse, on dirait une gibelotte ; puis t'aurais dû faire cuire tes tranches de jambon avant. Asteure, tu vas être obligée de surveiller pour pas que ça colle au fond.

Avant que les touffes soient éparpillées dans toute la cuisine, Simone alla prendre Stanislas, remercia la couturière en nettoyant les vêtements de son fils des cheveux de Marcel et gagna son logis.

David et Léandre étaient revenus plus tôt de leur travail et s'empressaient de manger. Deux jours auparavant, ils avaient renoncé à se rendre au sous-sol de l'église Saint Aloysius, rue Nicolet près d'Adam, pour assister à un tournoi d'hommes forts, en pensant à cette soirée palpitante qui les attendait au Forum. À la suite de sa monumentale frasque avec le gérant d'Yvon Robert, qui lui avait mérité une arrestation et une comparution devant un magistrat, le fougueux aspirant Williams désirait conquérir le titre de champion. Ce faisant, cela permettrait à la « Terreur de Tallahassee » de faire lever la suspension dont il était frappé et qui l'empêchait de lutter dans trente-six États américains. Les experts du matelas prédisaient une rencontre farouche et sauvage qui serait consignée dans les annales du sport.

Des miettes de pain grillées parsemaient les pelures de bananes et la moitié de la table. Lorsqu'il entendit Simone revenir avec Stanislas, David déposa son Pepsi, rota et alla embrasser ses deux amours.

— J'aurais aimé ça, vous préparer un bon petit souper, dit Simone. Mais c'est rendu que je me sens tout le temps débordée.

— Ben pourquoi tu t'invites pas à souper chez la mère ? dit Léandre, avant de se lever de table.

La question, qui avait toutes les allures d'une proposition, ne tomba pas dans l'oreille d'une sourde. Simone redescendit avec son fils au logis de ses parents.

Irène faisait cuire le steak de jambon et Héloïse essayait d'égoutter le surplus de lait qui avait inondé les patates pilées, pendant qu'Alphonsine contemplait la réalisation d'Alida à la machine à coudre et que Marcel passait le balai.

— Je peux-tu souper avec vous autres, m'man ? s'enquit Simone d'une voix suppliante.

— Marcel, quand tu auras fini de ramasser les poils de ta crinière, tu iras aviser Paulette qu'elle mange avec nous autres, ordonna Émilienne. Les hommes vont au Forum ; elle est toujours ben pas pour rester toute seule dans son logis.

L'épicier avait enlevé sa cravate et s'était écrasé dans sa berçante. Il n'avait eu que quelques minutes pour éplucher *Le Petit Journal* avant de s'attabler. Avant d'amorcer le bénédicité, il plaça sa serviette de table en toisant la soupière. La prière récitée, il dit :

— Irène, donne-moi donc les biscuits soda. C'est ben trop claire, cette soupe-là !

— Vous pourriez la manger comme ça, votre soupe aux vermicelles, popa, rétorqua l'aînée des filles. Autrement, ça va vous tomber comme une masse dans le ventre puis, je vous connais, vous allez vous bourrer de Bromo Seltzer pour vous soulager l'estomac.

Irène apporta les craquelins croustillants que les doigts de l'épicier s'empressèrent d'émietter dans son bol. Hélas, il avait échappé entre ses dents une remarque désobligeante dont il aurait mieux fait de s'abstenir. Les lèvres minces d'Héloïse s'étaient resserrées pour retenir des paroles vengeresses qu'elles auraient normalement prononcées. Mais Sansoucy, ayant mangé sa soupe épaisse, salivait à la vue des tranches de jambon qu'il avait coupées sur son étal. Émilienne déversa une platée de purée qui s'écoula comme une lave visqueuse dans son assiette.

— Taboire! s'exclama-t-il. C'est ben trop liquide! Quelqu'un, rincez ma cuillère puis redonnez-moi-la.

— Mettez-y donc des biscuits soda, le père, ça va l'épaissir, s'amusa Marcel.

Les mâchoires d'Héloïse se crispèrent comme si on venait de lui enfoncer une autre épine sur la tête. Elle pensa au Christ sur la croix qui avait enduré la couronne piquante de la méchanceté des hommes avant de lâcher son dernier râle d'agonisant. Mais elle résisterait jusqu'à la fin du repas : son beau-frère dégusterait ensuite le reste de gâteau à la courge qu'Alphonsine avait confectionné la veille.

Les aiguillons l'avaient pénétrée jusqu'au cœur. À l'évier, le dos tourné à la famille, Héloïse agitait à présent la lavette en remuant des pensées chagrines. La gueuse était repartie avec son petit pour éviter d'essuyer la vaisselle, et elle ne l'avait pas remerciée pour sa garderie. C'est comme cela qu'elle se sentait : comme une gardienne, une servante, une bonne à tout faire et à tout gâcher. Elle songea à fuir, à se louer un petit meublé, à *retontir* à la campagne chez son frère Elzéar. À aller n'importe où, dans un endroit où elle serait appréciée, à l'ombre de l'antipathie et de la malveillance. Elle reconnaissait qu'elle n'avait pas toujours été la plus gentille, la plus agréable, mais elle était seule pour se défendre dans les épreuves de la vie et de l'acrimonie des autres. Et personne ne connaissait les secrets tourments de son âme.

C'était l'heure du *Curé de village*. Après s'être empiffré de dessert, Sansoucy s'était allumé une pipe et avait repris dans sa berçante la lecture de son journal. Irène s'était précipitée et, la main sur le bouton, attendait pour allumer la radio. Émilienne et Alida s'étaient dépêchées de la rejoindre.

— Que c'est qu'elle fait donc, matante Héloïse ? demanda Irène.

La porte du logis se referma. Irène, qui avait remarqué la physionomie étrange de sa tante, se rendit à la cage de l'escalier. Héloïse était au bas des degrés et s'apprêtait à sortir dans la rue.

— Elle doit être allée prendre une marche, supposa Alida. C'est ce que je ferais si j'avais de bonnes jambes, ajouta-t-elle.

— Allume, Irène, sinon on va manquer le début ! dit Émilienne.

Héloïse Grandbois avait revêtu son manteau d'automne et déambulait dans la rue Adam, à la lueur des réverbères qui éclairaient les maisons endormies. Elle avait ce visage renfrogné des êtres ombrageux qui entreprennent une errance dans la ville, la nuit. Elle ne savait pas où elle aboutirait. Elle ignorait même si elle retournerait au logis de son beau-frère. Pour l'heure, la vieille fille desséchée ne cognerait pas à toutes les chaumières comme la Vierge portant le Messie sauveur du monde. Elle n'avait rien d'autre à offrir que sa peine et son désenchantement.

Elle croisa une pauvresse qui devait regagner son logis miteux. Malgré ce dénuement matériel, peut-être la femme avait-elle trouvé le bonheur à se satisfaire de peu de biens et bénéficiait-elle de l'amour des siens ? À ce moment précis, elle faillit suivre les pas de l'indigente et lui demander l'asile pour la nuit. Mais elle n'agirait pas sur un coup de tête. Elle poursuivit sa quête.

Un peu plus loin, des hommes bifurquaient et allaient s'engouffrer dans une taverne qu'elle considérait comme un trou à ivrognes, le terrier des dépravés, des désabusés, des malheureux. À sa connaissance, il n'existait pas semblable refuge pour les femmes, réduites à se terrer dans le labyrinthe de leur misère morale, à ne plus être capables d'en sortir. Elle déambulait à en oublier les raisons qui l'avaient projetée sur le macadam. L'image de Théodore, cette espèce de malotru, de butor moustachu, lui revint comme le symbole de sa souffrance et la cause de son accablement.

Une culpabilité confuse l'envahit. Elle pensa à rebrousser chemin, à s'excuser d'avoir faussé compagnie à ses sœurs et à sa nièce Irène, à leur dire que l'air était bon et qu'elle en avait oublié le temps. Comment réagissaient-elles à réaliser que sa marche s'éternisait, qu'elle ne revenait pas ? Plus elle réfléchissait, plus elle s'éloignait, fonçant dans les ténèbres comme une chatte sans domicile, habituée à nicher dans les anfractuosités sombres, à dormir sous les perrons ou dans quelque secret hangar.

Plus ses pas se cumulaient, moins la marcheuse avait le goût de se retourner. En même temps, plus elle progressait dans la nuit, plus la noirceur l'effrayait. Étrangement, elle se mit à aimer cette crainte inapaisable qui lui était étrangère et qui en un sens la grisait. De plus en plus, sa course ressemblait à une fugue. Une image ressurgit alors à sa mémoire : la fuite de son perroquet Nestor qui était finalement revenu se jucher sur la clôture de bois, avant de tomber d'épuisement et d'être croqué par le matou de Germaine Gladu. Elle se voyait maintenant debout sur une palissade imaginaire, à vaciller éperdument, sans savoir de quel côté elle s'effondrerait. Soudain, elle eut affreusement peur d'être avalée par la nuit. Parvenant à la hauteur de l'église du Très-Saint-Rédempteur, elle s'avança pour frapper à la porte du presbytère.

Elle ne voulut pas actionner la sonnette. La main relevée, elle retenait son geste de détresse. Elle aurait à se raconter, à dire ce qui l'amenait ainsi à cette heure incongrue où même les plus défavorisés de la paroisse se replient avec leur misère. Elle songea à cogner et à déguerpir sous la galerie, comme les malfaisants qui se sauvent après leur méfait. Mais elle n'avait pas parcouru tout ce trajet pour n'aboutir à rien et retourner bredouille, sans même une seconde d'écoute, sans même un mot de consolation. Sa jointure heurta de trois coups la maison des prêtres.

Une femme de forte corpulence à la figure parcheminée vint répondre. Elle faisait office de zouave pontifical, gardien du Saint-Siège qui n'avait pas besoin de hallebarde pour s'imposer.

— Les heures de bureau sont terminées, dit-elle, aimablement.

— Je sais, madame, mais j'ai besoin de parler à monsieur l'abbé Dussault.

— Il est à sa chambre, je vous prierais de revenir demain.

— Dites-lui qu'une des demoiselles Grandbois insiste pour le rencontrer.

Madame curé s'aperçut de la détresse de la vieille fille, elle qui ouvrait la porte à de nombreuses requêtes à des heures déraisonnables. Héloïse se contenterait du vicaire, à défaut de monseigneur Verner qu'on ne dérangeait pas, avec qui on prenait des rendez-vous et qui devait être retiré dans ses appartements. D'ailleurs, à la suite de la rebuffade de Rose-Anna Flibotte et de cette histoire de consommation de bière dans l'arrière-boutique de l'épicerie de Théodore, le curé Verner n'avait pas rappliqué. Persuadé de se heurter à un commerçant rebelle, il n'avait pas de temps à perdre avec ce vieux bouc de Sansoucy dont l'entêtement était notoire.

La servante entraîna Héloïse dans le bureau. Après la mort tragique de son mari tombé accidentellement d'un arbre, Bérangère Sauvageau s'était jetée dans les dévotions. Monseigneur Verner avait remarqué la veuve pénitente qui assistait à la messe quotidienne et l'avait engagée dans son presbytère. Elle gouvernait la maison et les prêtres avec la souplesse et la fermeté nécessaires. Mis à part monseigneur, elle considérait les vicaires comme ses enfants et accomplissait toutes les tâches dévolues à une ménagère.

L'abbé Dussault entra.

— Je vous laisse, dit madame Sauvageau en refermant.

— Que puis-je pour vous, mademoiselle ? nasilla le prêtre.

— C'est difficile à dire…, commença-t-elle.

Les mots ne venaient pas. Elle avait toujours éprouvé cette gêne de la confession qui mettait son âme à nue, comme si elle se déshabillait dans l'isoloir devant son confesseur. Et à la lumière tamisée du bureau, elle ne parvenait pas à se dépouiller, à expliquer ce qui la tourmentait.

Une heure à relater sa vie n'avait pas suffi à la vieille célibataire à montrer au patient vicaire ce qui la chicotait.

— Je ne vois pas, mademoiselle Grandbois, mais je compatis avec vous, dit le prêtre.

— Comment pouvez-vous m'aider si vous ne voyez pas, monsieur l'abbé ?

— Voulez-vous que j'aille réveiller monseigneur ? Vous pourrez sans doute vous confier plus facilement ; il en a déjà vu d'autres, lui.

— Ce ne sera pas nécessaire !

Le prêtre se retira discrètement. La servante parut.

Héloïse avait baissé la tête et pleurait. Manifestement, monsieur l'abbé ne l'avait pas comprise et l'avait abandonnée à sa peine.

— Je peux faire quelque chose pour vous ? dit doucement la servante.

Bérangère Sauvageau avait posé sa main secourable sur l'épaule de la vieille fille qui déversait à présent son flot de douleur dans son mouchoir. Elle tira la seconde chaise réservée aux visiteurs et se mit à écouter la demoiselle éplorée. Héloïse comprit qu'elle n'avait rien à perdre, elle se livra à la veuve.

Au foyer des Sansoucy, on s'inquiétait. Toute la maisonnée était rassemblée dans la cuisine. Léandre et David étaient revenus du Forum. Le maître de la maison se demandait ce qui avait bien pu froisser sa belle-sœur. Émilienne se rappelait avoir brusqué la fugitive à cause de Stanislas qu'elle ne surveillait pas bien, et Irène se reprochait de ne pas l'avoir accompagnée pour sa marche.

— Elle s'est fait enlever par un violeur, ricana Sansoucy.

— Tu devrais te sentir coupable, Théo, le morigéna sa femme, c'est un peu toi qui l'as poussée en dehors du logis avec ta soupe trop claire et tes patates pilées trop en purée à ton goût.

— Popa, moman, arrêtez de vous chicaner, il faut absolument la retrouver, et au plus vite.

— Le problème, c'est que personne sait quel bord elle a pris, dit Alphonsine.

— David, Marcel, embarquez avec moi, ordonna Léandre, on va fouiller le quartier…

L'impotente avait entendu tous les commentaires, mais elle prétendait connaître sa sœur mieux que les autres.

— Si j'étais à votre place, les garçons, exprima-t-elle, je perdrais pas mon temps à tourner en rond aux alentours, dit-elle. Héloïse a dû échouer au presbytère.

Sansoucy reconnaissait être allé trop loin avec sa raillerie. Il se leva et alla décrocher le cornet.

— Je vas appeler au presbytère, décida-t-il.

— Bonne idée, Théo, madame curé devrait répondre, l'appuya Émilienne.

Bérangère Sauvageau avait empoigné l'appareil dès les premières vibrations du timbre. Mademoiselle Grandbois s'était bel et bien réfugiée au presbytère et elle y passerait la nuit. Le lendemain, elle rentrerait à la maison.

Chapitre 7

Une lumière jaunâtre écorniflait les draps et lutinait d'un air espiègle le visage de la vieille fille Grandbois. Elle avait à peine dessillé les yeux qu'elle les avait refermés en repensant à sa conversation avec madame curé. Elle s'était longuement entretenue de ses entraves au bonheur, de ce qui pesait comme une masse trop lourde sur sa fragile existence. Jamais elle ne s'était livrée à de tels épanchements ; elle avait trouvé une âme sœur, une amie.

Dire qu'elle avait déjà songé à devenir la servante d'un curé de campagne ! Avec le peu d'expérience de la cuisine qu'elle avait, elle aurait été heureuse de servir un ascète qui se nourrissait de pain sec et s'abreuvait d'eau. Mais elle se serait dévouée auprès du saint homme en tenant la maison proprette et sans reproche. Dommage que la paroisse du Très-Saint-Rédempteur n'ait pas besoin d'une seconde bonne ; il lui semblait qu'elle aurait refait son nid dans ce presbytère.

Madame curé avait proposé des distractions : « Vous devriez joindre la chorale de la paroisse, on manque de sopranos », lui avait-elle dit. Héloïse admettait qu'elle avait un penchant pour la musique, un petit talent qu'elle n'avait pas développé, contrairement à Elzéar, Émilienne, Alphonsine et Alida qui avaient tous hérité de l'oreille de leurs parents. Du reste, Elzéar ne touchait plus beaucoup à l'instrument. Elle se prit à rêver de le rapatrier en ville.

On frappa à la porte ; c'était l'heure du déjeuner. Bérangère l'avait avisée qu'elle viendrait la prévenir lorsque la salle à manger serait libre de sa famille de prêtres. Héloïse se leva, remit ses dentiers qui baignaient dans un bocal sur la table de chevet. Puis elle alla se mirer au tain de la commode. La servante lui avait prêté une jaquette dans laquelle elle se perdait. La cocasserie lui arracha un sourire. Les traits de son visage retombèrent, aussi moches, aussi laids, comme le temps les avait modelés, comme les vêtements qu'elle avait soigneusement pliés sur la chaise. Ses yeux soulignés d'une bouffissure réapparurent. Elle replaça sa coiffure que le sommeil avait déformée. Madame curé lui avait demandé de ne pas refaire le lit, elle laverait les draps. Mais Héloïse ne pouvait supporter de voir un lit défait…

Elle avait revêtu son linge de la veille et elle était descendue au rez-de-chaussée où l'attendait madame Sauvageau. Debout, derrière la chaise de monseigneur, la dame avait dressé un couvert. Sur une nappe brodée, de la vaisselle à fleurs bleues s'enorgueillissait entre des ustensiles d'argenterie.

— Vous êtes donc ben fine, Bérangère.

— Je vous ai préparé du pain doré, dit la servante.

Héloïse mangea de bon appétit, remercia son hôtesse avec beaucoup d'effusion et quitta le presbytère.

La vieille fille Grandbois rentra chez elle avec cet air de bienheureuse plénitude que procurent les rencontres inoubliables. Elle marchait d'un pas lent, humant les beautés de l'automne, regardant les feuilles imprimées sur le trottoir, écoutant le chant des oiseaux, se surprenant à saluer des passants inconnus. Alida devait l'attendre, les autres seraient tous partis à l'ouvrage, et elle reprendrait tout bonnement son ordinaire au logis. Comme s'il ne s'était rien passé.

— J'ai bien pensé que tu t'étais réfugiée au presbytère, dit l'impotente. Les prêtres sont là pour aider leurs paroissiens quand ils traversent des moments difficiles.

— Si tu savais, ma pauvre Lida. C'est madame curé qui a pris soin de moi. Bérangère Sauvageau m'a accueillie, écoutée, conseillée : il y en a pas une de vous autres ici dedans qui aurait été capable de faire la même chose.

— S'il y a quelqu'un qui est placé pour te comprendre, Loïse, c'est bien moi. Tout le monde sait que Théo est pas facile à vivre, même Mili le trouve pas commode, des fois. Me semble qu'on est assez dans la maison pour t'aider quand t'as des problèmes. T'avais juste à t'adresser à moi, je t'aurais arrangé ça !

— Toi, Lida, t'es pas mieux que les autres, rétorqua Héloïse d'une voix altérée par l'émotion. T'as vu dans quel état lamentable j'étais au souper hier soir. Mili, Phonsine puis toi, vous auriez pu intervenir quand Théo a lancé ses platitudes. Mais non ! Si c'est ça que t'appelles de l'aide, tu peux ben laisser faire. À part de ça, comptez-vous chanceux de m'avoir, toute la famille, comme l'a dit Bérangère Sauvageau.

La lèvre tremblante, Héloïse empoigna la vadrouille. Le retour ne s'était pas déroulé comme elle l'avait pensé. Un serrement lui nouait maintenant la gorge, et elle se demandait dans quel état elle serait à l'arrivée des dîneurs.

Émilienne avait prévenu son mari qu'il devait user de toute sa diplomatie pour traiter avec sa belle-sœur. Héloïse venait de traverser un dur moment qui ne dépendait pas seulement de ses remarques déplaisantes à table. Sansoucy était un homme averti ; il en avait pris bonne note, de sorte que le repas du midi fut sans anicroche. Mais l'après-midi de l'épicier avait été si énervant qu'il en vibrait encore à l'heure du souper. Il ne pouvait faire autrement que de se remémorer ce qui s'était déroulé dans son arrière-boutique…

Ayant voulu ménager sa tante, Simone avait emmené son petit au magasin. Tout allait bien. Stanislas avait fait un somme, il se dégourdissait sur le parquet et s'amusait avec des riens sans s'éloigner de sa mère. Puis, à un moment, alors qu'elle épongeait avec son buvard sa dernière entrée au grand livre, elle s'était aperçue que Stanislas avait disparu de son champ de vision. Ses yeux s'étaient braqués aussitôt sur la descente de cave. En se levant précipitamment, elle avait renversé son encrier sur son registre et inondé des données, de sorte que Sansoucy avait dû restituer du mieux qu'il pouvait, et de mémoire, une série de montants disparus. L'épicier était donc lui-même à prendre avec des pincettes.

La cuisinière avait décidé d'épaissir la soupe aux vermicelles clairette de la veille pour faire plaisir à son beau-frère. Pendant que le chaudron chauffait sur le poêle, elle avait jeté des carottes coupées en rondelles, ce qui donnerait une consistance plus acceptable et qui rendait le bouillon plus nourrissant.

— J'aime pas ça, des légumes pas assez cuits dans une soupe, bougonna Sansoucy.

— Théo! ferme donc ta boîte, puis mange, dit Émilienne.

— Vous êtes jamais content, on dirait, popa, commenta Irène. Apprenez donc à reconnaître ce que vous avez…

Avant que tout un chacun s'en mêle, Héloïse décida de s'imposer.

— J'admets que je suis pas ben bon cordon-bleu, Théo, mais qui c'est qui va les préparer, les repas à ma place si c'est pas moi? Mili, peut-être? T'en as ben trop besoin à ton magasin. Faut qu'elle s'occupe de faire rouler ta *business* pendant que tu joues aux dames en buvant une bière avec Philias Demers. Puis pour revenir à moi, c'est pas faire à manger, le ménage, puis garder le petit que j'aime pas: c'est de toujours endurer les chialages. Faut croire que j'ai pas été partie assez longtemps. Je me demande si c'est quand on est plus là que les autres nous apprécient. Si je suis de trop, t'as juste à le dire, Théo, je vas aller rester ailleurs.

— Ben non, Loïse, va-t'en pas, supplia Émilienne. On serait ben mal pris si on t'avait pas. Il y a sûrement moyen de s'arranger pour que t'aies une vie plus agréable avec nous autres.

Héloïse n'en espérait pas tant; elle saisit la perche qu'on lui tendait.

— Justement, répondit-elle, la servante du curé m'a fait penser qu'on pourrait agrémenter la vie dans la maison en faisant autre chose que de jouer aux cartes, en écoutant *Le curé de village* à la radio ou des *records* de La Bolduc.

Le visage de Sansoucy se décomposa. Ses yeux dévièrent lentement vers l'oiseau embaumé.

— Pas un autre perroquet, toujours ? demanda-t-il.

— Un ours, peut-être ? badina Marcel.

— Non, on a assez de Théo qui grogne, rétorqua Héloïse.

À son grand étonnement, elle s'était amusée de sa propre plaisanterie ; elle redevint sérieuse.

— Vous vous rappelez le piano mécanique qui égayait nos soirées dans notre jeune temps ? On aurait juste à convaincre Elzéar de s'en départir…

— As-tu pensé une minute à l'endroit où on le mettrait ? s'enquit Émilienne.

— Quand vous serez décidée, matante, Léandre, David puis moi, on pourrait le déménager, dit Marcel.

— Wô, minute ! proféra Sansoucy, c'est pas toi qui vas être obligé de se boucher les oreilles. On sait ben que tu passes tes soirées avec ta sauceuse.

— Puis toi, Théo, tu peux ben parler, tu disparais pas mal souvent aussi, le soir, rappela Émilienne. Puis viens pas dire que les Grandbois avaient pas des belles voix. Chez les Sansoucy, tout le monde beuglait parce que ça savait pas chanter juste. Tandis que nous autres… Phonsine ou moi, on se mettrait au piano puis on aurait du plaisir toute la famille ensemble. Comme dans le bon temps…

Le dimanche qui venait, Héloïse faisait une incursion dans sa campagne natale aux côtés des trois déménageurs qui l'accompagnaient. En tant que chef de l'expédition, elle avait organisé le voyage. En partant après la messe, on arriverait pour le dîner. Après, pendant qu'elle jaserait avec Florida en faisant la vaisselle, les hommes chargeraient l'instrument, et on retournerait à Montréal tranquillement pas vite, quitte à rentrer en ville à la noirceur.

Le camion de livraison avait roulé à vive allure. «Ça va le décrasser!» avait dit Léandre qui conduisait fièrement son bolide. Les garçons riaient, comme ces bandes de camarades qui ont décidé de faire la noce, en oubliant celle qui partageait la banquette et dont la peur étouffait les mots. Sur le chemin droit, Héloïse évitait de regarder le capot qui avalait la route. Le dos tordu, les mains agrippées à la portière, elle avait vu défiler la campagne rasée de ses récoltes et les vaches qui mâchouillaient paisiblement leur pitance. Dans les courbes, lorsque l'émotion devenait trop forte, elle fermait les paupières, en récitant quelque prière ou en invoquant le patron des causes désespérées. Mais son cœur palpitait pour le piano mécanique.

Le ronronnement du moteur fut bientôt couvert par les aboiements de Rex. Florida parut à la fenêtre. Elzéar sortit sur la galerie.

— Que c'est qu'ils viennent faire ici, eux autres? se demanda-t-il à haute voix.

Le Fargo sillonna entre les machines aratoires rouillées qui parsemaient les lieux et stationna. Léandre alla ouvrir la portière des passagers.

— Asteure qu'on est rendus, vous pouvez débarquer, matante, badina-t-il, en lui tendant gentiment la main.

— C'est ben le temps d'être galant, mon neveu, dit la vieille fille.

Le visage crispé par la peur, Héloïse progressa lentement vers la galerie en détaillant la maison délabrée. N'osant se risquer sur l'état lamentable des planches, elle s'immobilisa aux pieds de l'escalier.

— Que c'est qui t'emmène, Loïse ? Avec Léandre, Marcel, puis le mari de Simone, en plus. Te prends-tu pour une jeunesse, coudonc ?

— Rentrons, puis je vas tout t'expliquer ça, mon Zéar.

De son air inhospitalier, Florida observait la visite envahir sa cuisine et le regard de sa belle-sœur qui s'était posé sur le piano.

— Coudonc, Loïse, on dirait que t'es pas venue pour nous voir ! exprima la fermière.

— T'as jamais su si bien dire, répartit Héloïse. Ce piano-là, ça doit pas servir à grand-chose…

— Je te vois venir avec tes gros sabots, Loïse, commenta Elzéar. T'es venue pour le déménager avec tes trois paires de bras.

— Ça va faire quatre avec la vôtre, mononcle, lança Léandre.

— Ben il va rester où il est, le *piéno* ! brama le fermier, la lèvre tordue.

— Tant qu'à moi, il peut ben décoller, c'est juste un ramasse-poussière, dit Florida.

— On va ben voir, conclut Elzéar.

— Avant de le charger dans le *truck*, on peut-tu dîner avec vous autres ? demanda Léandre. Ça prend des forces pour le bardasser…

Marcel et David acquiescèrent à la requête du chauffeur. Florida se mit à ses chaudrons et Elzéar gagna sa berçante en marmonnant, tandis qu'Héloïse alla fureter dans les chambres, à la recherche de souvenirs ; les garçons, eux, sortirent respirer l'air sur la galerie.

Au repas, le cultivateur bougonna son mécontentement en participant à la conversation. Florida dévia sciemment du sujet du jour pour raconter des insignifiances, parler des fêtes qui viendraient et du sapin de Noël qu'ils avaient coutume d'apporter en ville. Puis, voyant le temps qui s'écoulait, Héloïse décida :

— Léandre, va reculer le camion, c'est le moment de charger.

Les garçons se levèrent de table comme un seul homme. Le fermier s'interposa :

— Vous toucherez pas à mon *piéno*! protesta-t-il avec véhémence.

— Empêchez-nous donc, voir! clama David.

Le mari de Simone s'était avancé d'un pas et il brandissait ses poings fermés. Derrière ses yeux vengeurs, il se remémorait le triste épisode de sa femme séquestrée dans la maison du fermier.

— Calme-toi, David, dit Léandre.

Puis, se tournant vers les autres :

— C'est-tu de valeur de voir ça! poursuivit-il, en raillant. Vous le saviez peut-être pas, mais au fond mononcle Elzéar est un cœur tendre, puis il tient ben gros à son *piéno*. Un peu plus puis il va brailler.

Elzéar eut un silence embarrassé. L'instrument avait pour lui une valeur sentimentale qui faisait vibrer la chanterelle de sa sensibilité d'homme aux apparences rudes de fermier mal dégrossi.

Une ombre de tristesse se répandit sur son visage. Florida intervint :

— T'es un violoneux, pas un *pianisse*, Zéar, tu pourrais ben le laisser aller, ton *piéno*, dit-elle. Je sais que t'aimes ça de temps en temps mettre des rouleaux, mais le *piéno* va être ben plus utile à Montréal qu'ici dedans. Faut savoir se résigner dans la vie…

Les paroles de sa femme l'avaient apaisé. Ses épaules s'affaissèrent, ses traits durcis se décrispèrent. Florida alla au piano, souffla de tous ses poumons pour enlever la poussière avant d'en dégarnir le dessus et d'approcher le banc au bord de la porte.

Elzéar se tenait dans la cour et regardait s'éloigner son Fargo. L'instrument qui avait séjourné des années durant dans sa maison s'acheminait au domicile de ses sœurs dans le camion qui lui avait appartenu. Des notes discordantes se mêlèrent au ronronnement du véhicule.

* * *

— Je veux pas que t'ailles t'échiner après ça, Théo, l'avertit Émilienne.

De la fenêtre de son salon, la ménagère avait suivi l'opération. Le camion de livraison était reculé devant la porte qui menait aux étages de l'immeuble. Héloïse semblait distribuer des ordres aux garçons. À la campagne, des madriers jetés entre le véhicule et la galerie avaient facilité la manœuvre. Mais le déchargement paraissait plus complexe en ville.

— Que c'est qu'ils vont faire, d'abord? réfléchit Sansoucy. On est toujours ben pas pour demander à Réal Gladu de nous donner un coup de main. Il est pas capable de rendre service gratuitement.

— Ben voyons, on a juste à attendre Romuald après le souper, Théo. Il est ben d'adon, ton frère, quand il veut…

Émilienne se rendit sur le balcon et se pencha sur le garde-fou.

— Montez donc, puis allez chercher les autres au troisième, on va souper de bonne heure tout le monde ensemble, puis vous pourrez transporter le piano après, déclara-t-elle.

899

Des nuages gonflés de peine avaient retenu leurs larmes. Le retour dans la métropole s'était effectué sans désagrément à une allure qui n'avait pas effrayé le chef de l'expédition. Mais le ciel ne pouvait contenir son chagrin plus longtemps.

— Matante, mettez-vous à l'abri, s'écria Léandre. La clé du magasin !

Marcel escalada vitement les marches qui montaient au logis de ses parents et redescendit avec un couvre-lit en chenille rose que Léandre et David jetèrent sur l'instrument. La porte du commerce déverrouillée, le piano fut poussé à l'intérieur. Héloïse, qui s'était retirée au bas de l'escalier, parut au magasin, le visage horrifié.

— Que c'est que t'as pensé, Marcel ?

— C'est juste de la pluie, matante, ça va sécher, répliqua le neveu. Puis c'est pas moi qui a pris votre couvre-lit…

— Ah ! le…, marmotta la vieille fille.

Sansoucy avait regagné sa chaise et se berçait en fumant innocemment sa pipe. Héloïse surgit dans la cuisine, les bras appesantis par son dessus-de-lit mouillé.

— T'aurais pu agripper n'importe quoi, Théo, mais pas mon couvre-lit, brama-t-elle, indignée. Ça commence ben.

— J'ai attrapé ce que j'ai pu, Loïse, qu'est-ce que tu veux que je te dise ? se défendit l'épicier.

— Grouille pas, Loïse, ordonna Émilienne, on va prendre une cuve puis le transporter dans le bain, pour qu'il s'égoutte un peu.

Irène et Alphonsine essuyèrent les pistes derrière la maîtresse de maison. Puis Émilienne retourna à ses chaudrons.

On allait prendre le dessert quand la visite du dimanche soir fit irruption dans l'appartement.

— Tiens, v'là la paire de bras qui manquait! proféra Léandre.

Des tartes aux pommes d'un beau doré parfumées à la cannelle furent apportées sur la table. Romuald et Georgianna se joignirent à la compagnie pour en déguster. Sitôt le thé avalé, on monterait le piano au salon où Émilienne avait aménagé une place. Léandre relata le voyage à Ange-Gardien, la force qu'ils avaient dû déployer lors du chargement et la pluie qui était venue tout gâcher entre-temps.

— Ouais, ben va falloir trouver quelqu'un d'autre, déclara le chauffeur de tramway; j'ai un méchant tour de reins.

— Taboire! T'aurais pas pu le dire avant? railla l'épicier.

Les événements s'étaient retournés contre lui. Le commerçant entrevit soudain le début de sa semaine avec l'instrument qui encombrerait son magasin.

— Le père, dit Léandre, vous avez juste à demander à Édouard et Placide de venir nous aider. À deux, ils devraient être capables de remplacer mononcle, ricana-t-il méchamment.

Le marchand se leva prestement et s'élança vers le téléphone. Ses deux autres fils seraient à la maison dans l'heure.

Édouard s'était fait un peu prier: il pleuvait à verse, et la rue Sherbrooke était devenue presque impraticable en raison des trous entre l'avenue Union et la rue Saint-Denis. Souvent, des voitures étaient remorquées à cause de ressorts et d'essieux qui se brisaient sur l'artère importante, et Colombine n'aurait d'autre choix que d'emprunter un autre chemin.

Refusant les conseils de son mari et se fiant à son sens inné de l'orientation, la fille du notaire Crochetière s'était égarée dans les rues des faubourgs. Elle s'était tellement empêtrée dans un enchevêtrement de circonvolutions que l'Oldsmobile se gara derrière le camion de livraison vers les dix heures du soir.

Édouard et Placide descendirent de l'auto. La conductrice s'y refusa, alléguant qu'elle ne serait d'aucune utilité. Elle rongerait son frein dans la voiture.

Entre-temps, Paulette et Simone avaient réintégré leur logis avec Stanislas. Romuald s'était éclipsé avec son lumbago, tandis que son frère l'épicier s'exaspérait de la nuit écourtée qui venait. Les sœurs Grandbois disputaient des parties de cartes. À tout moment, Héloïse courait à la fenêtre pour voir si la pluie avait cessé. Quant aux garçons, ils placotaient au salon en prenant une bière qu'Édouard et Placide avalaient du bout des lèvres.

— Et puis, mon cher Édouard, dit Léandre, vous avez pas trop de misère avec le défroqué ?

— Je n'aime pas beaucoup que tu m'appelles ainsi, coupa Placide ; c'est fini, ces histoires-là.

— Pourtant, mononcle Romuald nous a dit qu'il te voyait de temps en temps dans son tramway avec un Sainte-Croix, précisa Léandre.

— La vie privée de notre frère ne concerne que lui, tu devrais te mêler de tes affaires, rétorqua vivement Édouard. En autant qu'il réussisse ses études, le reste ne nous appartient pas.

Pendant qu'Héloïse s'était rendue à la fenêtre, Émilienne alla au salon.

— Comme c'est beau de vous voir ensemble, mes quatre garçons, s'exclama-t-elle, émue. Irène, s'écria-t-elle, viens donc passer le plateau de bonbons.

La pluie s'éternisait et Sansoucy pensait à la perte d'espace occasionnée par la présence du piano dans son magasin. En proie à une irritation croissante, il se refusait à amorcer la semaine dans un tel barda. Il venait de jeter un œil dehors ; il surgit au salon, l'air fatigué.

— Bon ben, les gars, relevez vos bras de chemise, puis envoyez, proféra-t-il. Il faut régler ça à soir, coûte que coûte. On attendra pas que ça rempire ou que la pluie arrête au cours de la nuit.

— Vous, le père, allez donc vous coucher, vous nous bâillez dans la face, dit Léandre. Comme je vous connais, si vous restez, vous allez être une vraie nuisance. On a pas besoin de vous, de toute façon.

L'épicier avait le sentiment qu'il avait perdu de précieuses minutes de sommeil. Il alla faire ses ablutions quotidiennes, embrassa Émilienne et se glissa sous les couvertures.

Héloïse avait repris son rôle de maître d'œuvre. Elle avait retiré la nappe cirée de la table de la cuisine afin d'en recouvrir le piano. Puis ses neveux avaient réussi à ressortir l'instrument du magasin sans trop de peine. Mais l'étape la plus exigeante restait à venir. Le piano était maintenant au bas des marches et attendait qu'on soulève délicatement son énorme masse pour le monter à l'étage.

— Forcez pas juste du front, les gars ! dit Léandre.

Le sang à la figure, Placide et Édouard déployaient toute leur puissance pour appuyer l'extrémité sur le premier degré de l'escalier. Mais l'instrument retombait aussitôt au sol, faisant résonner la table d'harmonie. Après deux ou trois essais infructueux, les équipes changèrent de tâche.

— Avec deux plorines de même, on arrivera jamais ! commenta David.

Insulté par la remarque désobligeante de son beau-frère, Édouard riposta :

— D'abord, Placide, va donc saluer les autres en haut, moi je vais patienter dans la voiture.

Édouard amorça un mouvement vers l'Oldsmobile. Colombine s'était endormie. Il rentra dans l'immeuble en attendant Placide.

Le parapluie sur la tête, Germaine Gladu était sur son balcon de locataire et elle avait surveillé les opérations. Les déménageurs semblaient avoir abandonné la partie. Désappointée, Héloïse proposa de quémander de l'aide supplémentaire. Résigné, Léandre sortit sur le trottoir.

— Demandez donc à votre mari de venir, madame Gladu, lança-t-il. On est dans un beau pétrin.

— Il est en pyjama, mais le temps de se rhabiller, il va être en bas.

Réal Gladu se reculotta en vitesse et alla prêter main-forte aux deux plus faibles.

Le piano rendu au salon, les hommes commentaient avec satisfaction leur travail pendant que les femmes poussaient de grands soupirs de soulagement, comme si elles avaient dépensé l'énergie nécessaire pour effectuer le déménagement. Dans tout le branle-bas, Sansoucy s'était relevé et acheminé dans la pièce.

— Asteure que t'es debout, Théo, on va faire un peu de musique, dit Héloïse. Phonsine, assis-toi au piano.

— Les gars, on va trinquer à nos efforts, déclara Léandre. Le père, sortez votre boisson.

C'était la fête. Les sœurs Grandbois se mirent à chanter des airs d'autrefois. Les doigts d'Alphonsine se dégourdissaient, les voix se dérouillaient. La pianiste avait dû mettre la pédale douce pour ne pas réveiller Paulette, Simone et Stanislas qui devaient dormir. La joie était au cœur de la famille.

Sansoucy s'était vite recouché et s'était enfoui la tête sous les couvertures. Placide s'ennuyait terriblement. Édouard, qui ne semblait éprouver aucun plaisir à participer aux réjouissances, décida de quitter les lieux. Les deux frères saluèrent la maisonnée et prirent congé.

La pluie ne ruisselait plus vers les caniveaux. Au magasin, la lumière était restée allumée et la porte, ouverte à tout venant.

— Il y a quelque chose d'étrange, dit Édouard, attends-moi une minute.

— On dirait que l'épicerie a été cambriolée, dit Placide.

Le notaire entra à pas incertains en promenant un regard désabusé. Il ressortit du commerce et remonta précipitamment au logis. La musique cessa.

— Des voleurs se sont introduits dans la boutique, haleta Édouard. On avait omis d'éteindre la lumière et de verrouiller la porte.

Chapitre 8

Léandre dévala aussitôt l'escalier et s'engouffra dans le magasin. Placide était debout, statufié, et contemplait les dégâts. Tout n'était que saccage et désolation : des tablettes avaient été vidées, des étalages, amputés de leurs boîtes, des cartons de bière, emportés, et un baril déversait lentement sa mélasse sur le parquet.

— Espèce d'innocent ! s'exclama Léandre, va au moins fermer la champlure.

La physionomie de Placide se rembrunit. Léandre réalisa qu'il était allé trop loin, qu'il pouvait être aussi blessant que son père à l'égard de Marcel. Il se précipita au téléphone, en contournant la mare du liquide noirâtre, et appela la police. Puis il remonta au logis en éructant des imprécations contre les malfaiteurs. Irène était allée rejoindre son père qui s'était effondré sur la première chaise, la main à la poitrine, le visage livide, hébété. Au salon, Émilienne, Alphonsine et Alida étaient rassemblées autour de leur sœur médusée, tandis que le voisin Gladu, Édouard, Marcel et David commentaient l'événement.

Se rappelant que sa femme était dans la voiture, Édouard se détacha du groupe et alla la retrouver. Il ouvrit la portière sans ménagement.

— As-tu vu les voleurs s'enfuir ? demanda-t-il, tout énervé.

Colombine s'était endormie, la tête appuyée sur le volant. Elle ne comprenait pas que son mari l'ait tirée si abruptement de sa nuit. Bien sûr, elle n'avait rien vu, rien entendu, la pluie qui tambourinait sur l'Oldsmobile l'avait ensommeillée et les pillards ne l'avaient pas avertie… Édouard avait dû s'excuser de sa brusquerie, la réconforter, avec des «ma pauvre chérie», des «mon amour», comme si elle avait été plongée au milieu de la catastrophe ou qu'on avait attenté à sa pudeur.

Sur ces entrefaites, deux agents de police avaient pénétré au magasin et s'entretenaient avec Léandre et les autres déménageurs, qui étaient redescendus. Le constable Poisson constatait l'état déplorable des lieux.

— Ça va être difficile de retracer ce qui a été emporté et de mettre le grappin sur les voleurs, déclara-t-il, on a aucune piste. Heureusement que madame Sansoucy avait vidé le tiroir-caisse, c'est déjà ça de gagné.

— Je vous conseille de communiquer avec la compagnie d'assurances dès demain matin, ajouta le constable Lefebvre, avant de prendre congé avec son confrère.

Des noms de suspects étaient avancés par Léandre, Marcel et Réal Gladu. Le père du petit Morasse et celui du grand Pitre étaient parmi ceux qui revenaient le plus souvent. À voir tout ce qui avait été raflé en si peu de temps, il n'aurait pas été étonnant que des familles complètes de va-nu-pieds se soient livrées au pillage. Quoi qu'il en soit, Léandre se refusait à patienter jusqu'au matin pour prévenir l'agent de la Sun Life. Le rapport du représentant de la compagnie devait absolument se faire le plus tôt si on désirait être en mesure d'ouvrir le commerce le lendemain matin. Il résolut de l'appeler à son domicile.

L'ampleur de la déferlante avait persuadé Placide de contribuer à remettre le magasin dans un état présentable. Édouard et Colombine venaient de quitter la rue Adam sans l'ex-religieux lorsque Hubert Surprenant se présenta au commerce en même temps qu'Alex D'Avignon, un reporter de *La Patrie*. Le journaliste, un châtain au teint cendreux qui devait approcher de la vingtaine, s'adressa à Léandre.

— Racontez-moi avec tous les détails, dit D'Avignon.

Pendant que Surprenant mesurait avec Marcel l'étendue des actes de piraterie, le taciturne couvait le journaliste d'un regard admiratif. D'une voix posée, avec un calme olympien, D'Avignon griffonnait des notes, prenait des photos, allait dans tous les recoins du magasin et revenait sous la lumière jaunâtre des ampoules. Entre-temps, en compagnie de David et du voisin Gladu, Marcel avait entraîné l'agent de la Sun Life dans la cave et l'arrière-boutique. Visiblement, les malfaiteurs n'avaient pas eu le temps de subtiliser d'autres marchandises. Cependant, on avait éparpillé des piles de factures sur le bureau de Simone et jeté négligemment le livre des comptes sur le plancher.

Placide voyait les aiguilles de la grosse horloge trotter allègrement vers la fin du jour. Il s'approcha de Léandre.

— Peux-tu me ramener chez Édouard ? demanda-t-il, timidement.

Léandre exhala un soupir exaspéré.

— Où habitez-vous ? coupa D'Avignon. Je peux vous reconduire.

— Faut que je parle à l'agent d'assurances, précisa Léandre, ça ferait mon affaire si vous pouviez ramener mon frère. En plus, faut qu'on remette un peu d'ordre au magasin.

Placide sentit confusément qu'il trahirait Ulric. Pourtant, il avait été profondément blessé de s'être fait arracher Éloi au camp de vacances des Sainte-Croix. Puis les eaux froides du lac avaient expédié son amant au royaume des morts. Après le drame, il attribuait au religieux la noyade de son bien-aimé dans des circonstances nébuleuses. Sa peine avait été si grande qu'il avait tenté de mettre fin à ses jours. Mais au fond, plus il repensait au jour fatidique, plus il ne pouvait en tenir Ulric responsable ; c'est la disparition d'Éloi qu'il avait pleurée. Dans la voiture qui les ramenait du lac Nominingue, il l'avait entendu sangloter, les mains au visage. Et ils avaient versé des larmes ensemble. À partir de ce moment-là, ils avaient partagé la même douleur, avaient regardé la même réalité, la même fatalité. Désormais, ils ne seraient plus des antagonistes : Éloi n'était plus, ni pour l'un ni pour l'autre.

Puis le défroqué avait presque fini par oublier Ulric. Mais la vie est ainsi faite qu'elle fait parfois brutalement ressurgir à notre mémoire des êtres qu'on avait cru effacés à jamais. Et qui aurait dit qu'il entreprendrait des études au collège de Saint-Laurent et qu'il le reverrait ? Le destin les avait à nouveau réunis. Entre les cours, dans les corridors de l'institution, ils avaient d'abord échangé quelque civilité. Peu à peu, ils avaient cessé de se rappeler leur ami disparu et ils étaient devenus eux-mêmes au centre de leurs conversations. Ensuite, Ulric avait manifesté le désir de voir Placide en dehors du collège. Il avait inventé une histoire à propos d'une tante malade, une sœur de sa mère éloignée de la famille et qui vivait seule à Montréal. Il s'était apparemment mis à la visiter une fois par semaine. Grâce à son neveu, la vieille femme prenait du mieux et il se devait de poursuivre son dévouement…

Justement, la mère d'Ulric éprouvait une joie immense d'avoir un fils religieux si dévoué. Elle avait mis en lui toutes ses complaisances. Il ne devait absolument pas la décevoir, sa vie en dépendait. Il n'avait d'autre choix que celui de rester en communauté. Par contre, Placide commençait à se lasser de ces stratagèmes enfantins tout en reconnaissant qu'il s'était permis quelques escapades romantiques. Pour sa part, à cause de cet oncle Romuald, conducteur de tramway, il devenait la risée de la famille. Maintenant, une occasion s'offrait de connaître quelqu'un d'autre. Le jeune reporter n'était peut-être pas engagé comme le religieux et obligé de se draper dans les mensonges.

D'Avignon parlait de son métier, de ces événements qu'il couvrait le soir et des articles qu'il s'empressait de livrer aux lecteurs de *La Patrie* le lendemain matin. Pendant sa brève carrière, il avait été mandé sur les lieux d'accidents, d'incendies, de vol, de vandalisme. Un jour il délaisserait les chroniques de chiens écrasés et signerait des articles d'importance. D'ailleurs, il était content de travailler pour un journal qui lui promettait de l'avancement, plus sérieux que *Le Petit Journal* qu'il qualifiait de gazette mondaine et de publication à potins destinée à un lectorat qui préfère la photo au texte, le reportage à sensations aux articles de fond, mais néanmoins publié à soixante-dix mille exemplaires.

Le reporter était très loquace. Le taciturne Placide l'écoutait à en oublier ce qu'il disait, le regard attaché sur sa silhouette, dans la noirceur de son habitacle. L'image de frère Ulric vint le hanter. La voiture venait de pénétrer dans le quartier Westmount que le journaliste connaissait un peu moins. Du reste, les histoires du grand monde alimentaient peu les journaux. Le mariage de la fille du docteur Untel ou le voyage en Europe de monsieur et madame faisaient rêver. La laideur et les saletés n'existaient pas chez les bien nantis. Comme si la misère humaine ne semblait s'attaquer qu'aux pauvres et que les riches avaient été immunisés contre les mauvaises fortunes.

La voiture du reporter s'immobilisa devant la résidence des Crochetière.

— On devrait se revoir, exprima D'Avignon.

Il avait posé la main sur le genou de son passager. Un frémissement de plaisir avait parcouru le corps de Placide. Ils s'échangèrent leur numéro de téléphone, et le défroqué descendit.

— À bientôt, j'espère, balbutia-t-il d'une voix troublée.

* * *

À quatre pattes, torchon en main, Émilienne achevait de décoller la mélasse sur le parquet mal nettoyé. Dans la glacière, Léandre et Marcel essayaient de dissiper l'humeur massacrante de leur père qui, dans un état de navrement comme on l'avait rarement vu, était à se demander si on ne lui avait pas flibusté ses plus belles pièces de viande. Depuis l'ouverture, Paulette était au téléphone et expliquait pour la huitième fois que le commerce n'était pas fermé. Elle répétait avec détachement que les dommages étaient mineurs, que la police avait entrepris une enquête.

Selon ce que David et Léandre lui avaient rapporté, Simone s'attendait au pire. En proie à une vive agitation, elle avait largué Stanislas en crise dans les bras d'Héloïse avant de quitter le logis de ses parents. Quand la commis fit irruption à l'épicerie, Paulette éloigna le cornet de son oreille et interpella sa belle-sœur :

— T'as l'air démontée, Simone, l'assurance va payer, fais-toi-z-en pas.

— On voit ben que c'est pas toi qui vas ramasser.

Simone traversa en trombe le magasin et se rendit à l'arrière-boutique. Personne n'avait osé mettre le nez dans la paperasse de la préposée à la comptabilité. Ses yeux étaient trop petits pour mesurer l'étendue des ravages. Les hommes avaient refermé la porte de la glacière et s'étaient dirigés vers le comptoir des viandes. Elle alla les rejoindre.

— Aidez-moi, quelqu'un, au lieu de rester planter là comme des piquets, proféra-t-elle.

— Rends-toi donc utile, innocent, va avec ta sœur ! ordonna l'épicier d'un ton rogue.

— Voyons, le père, rétablit Léandre, arrêtez donc de vous en prendre à Marcel ; vous *vargez* dessus comme si c'était le responsable…

— C'est c'te maudit *piéno* de ta tante Héloïse, aussi. C'est elle qui est au commencement de tous ces problèmes…

La clochette tinta. Un individu mal rasé et tout dépenaillé s'avança vers Paulette et déposa sa caisse de bière sur le comptoir.

— Remplissez-moi ça, exigea-t-il.

Émilienne tordit son torchon et releva la tête vers le client.

— C'est pour marquer, dit-il.

— Théo! s'écria l'épicière, le père du petit Morasse veut une autre caisse de Molson.

Sansoucy s'amena d'un pas rageur et agrippa le carton de bouteilles vides.

— Il y aura pas de remplissage, Morasse, dit-il.

— Comment ça? Voulez-vous en vendre de la bière ou pas? s'indigna le client.

— Premièrement, toute la Molson a disparu par enchantement hier soir pendant qu'on montait le *piéno* de ma belle-sœur au deuxième, rapporta le commerçant. Puis ensuite de ça, je vous ferai pas crédit pour une cenne de plus ce mois-ci parce que votre femme est venue faire sa *grocery* pas plus tard que samedi, monsieur Morasse. Ça fait que...

Les yeux de Maurice Morasse se révulsèrent, sa figure s'empourpra.

— Toi, mon vieux crétin, si tu penses que je vas..., marmotta-t-il.

Émilienne craignit que l'échange dégénère. Léandre était allé secourir Simone et Marcel pour remettre de l'ordre dans l'arrière-boutique.

— Léandre, viens vite...

La voix implorante de l'épicière résonnait encore quand Léandre surgit au comptoir.

— Si c'est pas le mari de la bonne femme Morasse puis le père d'un petit chenapan qui est déjà venu faire du trouble au magasin! On a justement pensé à vous puis au bonhomme Pitre après la razzia d'hier.

Simone parut avec Marcel en brandissant une pile de factures.

— Voulez-vous en voir, des comptes pas payés, monsieur Morasse ? Ben en v'là ! ragea-t-elle.

Léandre se rua sur Maurice Morasse et lui administra la clé japonaise d'Yvon Robert.

— Avoue donc, Morasse, que t'as volé !

Le client avait la bouche aussi tordue que le bras et semblait avoir atteint le paroxysme de la douleur.

— Lâche-moi, parce que je vas le dire à la police, murmura-t-il d'une voix étouffée.

— On va l'appeler tout de suite, la police, si tu veux, tonna Léandre.

D'un signe du menton de son mari, Paulette composa le numéro du poste. Encouragé par Marcel, Léandre allait briser le bras du suspect qui se lamentait terriblement et qui allait perdre connaissance.

— Je vas tout vous expliquer, exprima le présumé voleur, le souffle coupé.

Léandre relâcha sa prise. Paulette raccrocha le téléphone.

Les familles de Maurice Morasse et de Lucien Pitre avaient envahi les lieux et subtilisé de nombreuses caisses de bière, un gros jambon, et fourragé dans la paperasse pour brouiller les comptes en souffrance. Au lendemain du vol, Morasse était revenu pour voir la tête que ferait l'épicier. Il s'accusait de son méfait tout en disant qu'il rapporterait le reste du butin et paierait tout ce qu'il devait «jusqu'à la dernière cenne noire».

Sansoucy avait été touché par les aveux du voleur et il était prêt à pardonner. Léandre avait remarqué la physionomie compatissante de son père qui semblait s'attendrir.

— Eille, le père! s'insurgea-t-il, vous êtes pas pour lui donner l'absolution. Des crapules de même, ça doit payer pour le mal que ça a fait.

Puis mettant la main au collet de Morasse :

— Toi, mon *crapet*, tu t'en sauveras pas aussi facilement, proféra-t-il. Paulette, appelle au poste…

Des clientes entrèrent et s'étonnèrent de voir le beau Léandre retenir Maurice Morasse. Effrayées, elles allèrent se réfugier auprès d'Émilienne.

Simone était retournée à son bureau. Ils étaient assez nombreux pour empêcher la canaille de se sauver en attendant l'arrivée de la police. À présent qu'elle se comprenait un peu mieux dans ses papiers, elle s'attela au téléphone pour effectuer quelques commandes chez les fournisseurs, dont un baril de mélasse pour remplacer celui qui était vidé aux trois quarts.

* * *

À la fin du même après-midi, le défroqué s'apprêtait à quitter le collège. Emporté par le flot d'externes, son sac de livres et de cahiers pendant au bout de son bras, il fut rattrapé par le frère Ulric.

— Pourquoi tu ne m'attends pas? C'était pourtant convenu qu'on se rendait ensemble chez ton frère Édouard.

— Je sais, mais ce n'est pas possible…

Des traits de stupéfaction moulèrent le visage d'Ulric. Placide avait pris cet air désolé des promesses non tenues. Il avait espéré s'enfuir avant que le religieux le rejoigne. Devant eux, les portes battaient, des étudiants soulagés allaient rentrer chez eux par le tramway ou en prenant la rue. Frère Ulric entraîna son camarade dans les allées de la propriété.

Le soleil faiblissait entre les chênes qui se dénudaient de leurs habits aux couleurs d'automne. Les camarades amorcèrent une marche, déambulant dans le parc, étrangers aux beautés de la lumière qui jaunissait le feuillage. Chacun attendait dans la lourdeur d'un silence embarrassé. Ulric redoutait la mauvaise nouvelle, l'abandon des études, une rupture. Placide avait pris cet air coupable de celui qui doit livrer des explications : ils devaient mettre un terme à leur relation sentimentale équivoque.

Le religieux posa brusquement la main sur l'épaule de Placide qui s'arrêta.

— Tu veux briser notre amitié, soupira Ulric.

— Une amitié impossible, rétorqua Placide. Il y a assez de moi qui a renoncé à la vie religieuse ; dans des circonstances que tu sais, d'ailleurs. Je reconnais que tu avais réussi à m'attirer à toi après la mort d'Éloi, mais je ne veux pas être tenu pour responsable d'un détournement de vocation.

— Je suis prêt à quitter les Sainte-Croix, à te suivre dans le monde, à mener ma vie comme je l'entends.

— Ce n'est pas ma faute si tu es malheureux en communauté, Ulric. Mais ta mère ne te le pardonnerait jamais si tu quittais les Sainte-Croix : tu risquerais de la faire mourir de peine. N'est-ce pas ce que tu m'as déjà dit ? Et si jamais elle apprenait les sentiments qu'on éprouve l'un pour l'autre, elle serait couverte de honte jusqu'à la fin de ses jours.

Placide délaissa le religieux qui le regardait s'éloigner, les paupières gorgées de larmes. Il avait résolu de ne pas se retourner. Dommage que la religion ait habillé Ulric de noir. Désormais, il franchissait une autre étape de sa vie amoureuse.

La rencontre avec Ulric n'avait pas été sans déchirement. Placide était monté à bord du tramway en se faufilant derrière des usagers pour éviter de croiser le regard méprisant de l'oncle

Romuald. Debout dans le véhicule bondé, encore tout remué par la douleur de la séparation, il s'éveillait à l'idée d'un attachement à l'autre, ce reporter qui l'avait reconduit et qui semblait s'intéresser beaucoup à lui. Maintenant, il avait hâte de regagner la résidence du notaire Crochetière et de lire l'article de journal concernant le vol à l'épicerie-boucherie de son père.

— Un jeune homme a laissé un message pour vous, dit la servante.

— Puis-je avoir *La Patrie* du jour ? demanda Placide.

Martha alla chercher la publication, qu'elle posa sur le guéridon. Il se pencha, appuya son sac d'étudiant contre le mur et s'empara de l'exemplaire qu'il feuilleta vitement.

La parution de l'article avait allumé son désir de revoir le journaliste, mais l'intérêt qu'il suscitait enflamma le besoin de se rapprocher de son auteur. Après le souper, il communiquerait avec Alex D'Avignon.

Martha avait préparé un plat d'andouillettes. Depuis que le pensionnaire logeait chez les Crochetière, à la demande du notaire, elle avait pris l'habitude de le servir en premier. L'air absorbé, il tenait ses ustensiles au-dessus du morceau de gros intestin rempli de tripes d'animal.

— N'aie pas peur, Placide, Martha est meilleure cuisinière que notre tante Héloïse, dit Édouard.

— Le repas de ce soir a un petit côté champêtre, histoire de vous rappeler vos origines modestes, déclara Colombine.

— Au lieu d'être bourrées avec du porc, les andouillettes sont farcies de boyaux de veau coupés en lanières cuites, précisa la servante.

— Je m'excuse, j'étais dans la lune, exprima Placide. Je pensais à l'article de *La Patrie* concernant le vol à l'épicerie de papa.

917

— Ah! j'oubliais, dit Édouard, maman a téléphoné au bureau cet après-midi. Un certain Morasse serait retourné au commerce pour acheter de la bière et Léandre aurait réussi à lui faire confesser son crime. Imagine-toi donc que…

— Je t'en prie, chéri, coupa Colombine, épargne-nous les détails. Tu m'as déjà reproché de m'être assoupie pendant que j'attendais dans mon automobile sur la devanture du magasin.

— Dans tout cela, ma fille, tu n'as pas été la plus éprouvée, commenta Margaret Crochetière. Il faut être sensible au malheur des autres.

— Quand on tient commerce, on s'expose aux convoitises des malfaiteurs, renchérit l'hôte. Pauvre monsieur Sansoucy, cela doit lui rappeler le vol à main armée dont il a été victime en décembre dernier.

Le défroqué refusa la boisson chaude de Martha pour aller téléphoner pendant que les autres restaient attablés.

Alex D'Avignon l'espérait dans son petit appartement de la rue Chambord.

Chapitre 9

Il pleuvait à rincer les trottoirs. Le vent d'octobre cravachait les vitres et battait le pavé, emportant avec lui les feuilles folâtres et les chapeaux mal enfoncés, soulevant effrontément le bas des manteaux et retournant les parapluies. Le mauvais temps laissait présager des affaires tranquilles.

Au commerce de la rue Adam, le boucher se remettait de ses émotions de la veille en disputant sa troisième partie de dames avec Philias Demers. Il avait récupéré presque tout ce qui avait été volé, y compris le gros jambon coupé en deux pour les familles Pitre et Morasse. Depuis le début de la matinée, Simone exhalait des soupirs exaspérés. Elle avait peine à supporter l'envahissement des marchandises dans sa réserve. Ils s'étaient mis à trois pour décharger d'un camion deux tonneaux de mélasse. L'un d'eux avait été roulé sur le plancher du magasin et jouxtait à présent le bout du comptoir-caisse, à proximité des pots de bonbons, tandis que l'autre augmentait singulièrement l'entassement de l'arrière-boutique. Le camionneur venait de repartir. Léandre était appuyé dans l'embrasure et grillait une Sweet Caporal alors que Marcel remontait de la cave.

La commis contemplait le baril de mélasse avec une irritation croissante. Elle détonna :

— Quelqu'un, venez m'ôter ça dans les jambes ! s'écria-t-elle. Sinon je donne ma démission…

— Ça s'enlève pas de même, rétorqua Marcel. Tout à l'heure, on était trois pour le manœuvrer. Là, on est juste deux, puis ça fait exprès, celui-là a attrapé la pluie. Ça fait que…

— On est ben mieux de le laisser sécher, acquiesça Léandre.

Simone eut recours à son père.

— P'pa, excusez-moi si je vous dérange dans votre partie avec monsieur Demers, dit-elle, mais demandez donc à vos garçons de faire de la place avec ce maudit baril encombrant.

— Les gars! murmura l'épicier avec indifférence.

Léandre se redressa, lança son mégot dans la cour et amorça un mouvement vers la cave.

— Où c'est que tu vas? s'enquit Simone.

— Tu vas voir ce que tu vas voir, ma petite sœur, je vas t'arranger ça...

Le cri de Simone n'avait pas dérangé les joueurs de dames, mais il avait alerté Émilienne et Paulette.

— Dites-moi pas que l'eau est en train de monter comme en juillet! exprima l'épicière. Théo, pourquoi tu restes là à rien faire? Fais quelque chose, *bonyenne*!

— Énervez-vous pas, m'man, dit Marcel, il y a assez de Simone qui panique à propos de son baril de mélasse. Tout à l'heure, je suis allé voir en bas, puis il y a aucun dégât d'eau en vue...

Léandre remonta à côté des madriers disposés au milieu des marches, de façon à pouvoir manœuvrer de part et d'autre. Émilienne s'étira le nez dans l'escalier de la cave et posa ses mains potelées sur ses bourrelets.

— C'est quoi, cette installation-là? demanda-t-elle. On dirait des *tracs* de chemins de fer.

— Vous brûlez, la mère, dit Léandre. Tenez-vous ben: Marcel puis moi, on va faire rouler le tonneau là-dessus! C'est la meilleure manière de débarrasser le plancher.

— C'est tout mouillé, cette affaire-là! commenta Paulette.

L'animation avait tiré les damistes de leur jeu. Léandre bomba le torse, Marcel se cracha dans les mains. Par un mouvement de tangage, ils renversèrent le tonneau qu'ils roulèrent précautionneusement vis-à-vis des madriers. Puis ils se postèrent deux marches plus bas, de chaque côté du tonneau, de manière à en contrôler la descente.

— Asteure, c'est à votre tour, les femmes, dit le chef de l'opération.

— Théo, Philias, venez donc, vous autres aussi, ordonna Émilienne, c'est pesant, cette barrique-là.

Sitôt les mains de Marcel et de Léandre appliquées aux ferrures glissantes, le baril amorça une roulade vertigineuse et alla se fracasser dans le fond de la cave.

— Taboire de taboire ! proféra l'épicier.

D'un air consterné, on observait la coulée de lave noirâtre se répandre un peu partout, frôlant les caisses, léchant les poches de patates et sucrant tout ce qu'elle pouvait toucher sur son passage.

L'épicier sacrait, l'épicière étendit ses bras ramollis afin qu'on la conduise à la chaise de Simone. Paulette, la migraineuse, était prise d'un irrépressible fou rire, tandis que les autres assistaient, hébétés, aux derniers glougloutements du tonneau.

— Marcel ! brama Sansoucy, que c'est que t'avais d'affaire à te cracher dans les mains, baptême ? C'est pour ça que le baril a glissé. Envoyez, nettoyez-moi ça au plus sacrant pendant que Simone en commande un autre.

L'heure n'était pas aux réprimandes. Le fou rire contagieux de Paulette avait gagné les garçons. Mais Sansoucy n'entendait pas s'amuser. Il désirait faire vite, la denrée gluante allait figer. On chercha les mopes, les gamelles, les récipients, bref tout ce qui pouvait servir la cause désespérée. L'attirail de nettoyage rassemblé près de l'escalier, une idée traversa l'esprit déridé de Léandre.

— Mettez-y donc du sirop de blé d'Inde puis du soda à pâte, le père, ça va durcir puis ça va faire de la bonne tire Sainte-Catherine, proposa-t-il.

L'épicier gardait son air exaspéré des catastrophes. Marcel et Léandre se bottèrent et entreprirent la descente aux enfers.

La mare gluante stagnait en une surface lisse qui miroitait sous les ampoules. Au milieu de l'onde épaisse, les garçons s'engagèrent, soulevant à chaque pas leurs bottes de caoutchouc dégoulinantes. Après trois bonnes heures à récupérer la substance, ils s'attaquèrent aux reliquats accrochés aux aspérités rugueuses avec une brosse et de l'eau chaude, avant de torchonner le plancher avec des guenilles absorbantes.

La fragile Paulette ne riait plus : exposée à l'arôme capiteux de la mélasse, elle combattait maintenant la nausée. Marcel charroyait sous son nez des chaudiérées qu'il allait déverser à la pluie, au bord de la rue. Hissée sur un tabouret derrière le comptoir-caisse, la tête appuyée sur la main, elle se remémora ses dernières heures à la St. Lawrence Sugar avant de se faire avorter par un charlatan. L'air ambiant devenait tellement insupportable ; elle remonta en vitesse au logis.

Puis ce fut le temps de manger. La tâche avait affamé les garçons, qu'Émilienne avait envoyés dîner avant elle et son mari. Ils étaient soulagés de quitter l'odeur qui avait assiégé leurs narines tout l'avant-midi et de se retrouver à la table de leurs parents.

Marcel devançait son frère en montant l'escalier. Il se tourna vers lui et renifla bruyamment.

— Veux-tu ben me dire ce que ça sent ? demanda-t-il.

— Je te gage que matante Héloïse a fait des biscuits à la mélasse, répondit Léandre. Dans ce cas-là, viens-t'en, je te paye la traite, on va dîner à l'*Ontario's Snack-bar*.

Beaucoup de liquide foncé avait ruisselé en avant du commerce. La tempête de pluie avait cessé et il se dégageait du caniveau une petite bruine noirâtre qui embaumait l'air de la rue. Germaine Gladu parut au magasin. L'épicière était à essuyer les pistes ; la limace avait laissé une traînée gluante en transportant la mélasse.

— Vous êtes dans le gros ménage, madame Sansoucy, dit la cliente.

— Bonjour, madame Gladu, j'en ai pour deux minutes, puis je suis à vous. On a eu une petite avarie ce matin : par une mauvaise manœuvre, un baril a éclaté sur le plancher de la cave, puis il a fallu charroyer la mélasse.

— Ah ! C'est pour ça que ça sent le sucré sur le trottoir.

Émilienne tordit une dernière fois sa serpillière dans l'eau brune de sa chaudière.

— Puis, votre mari est-tu revenu de son déménagement ? dit-elle.

— Pas tout à fait, il est encore un peu raqué puis ça va lui prendre une autre caisse de bière avant longtemps. Mais c'est pas pour ça que je suis venue cet après-midi. Je vas être franche avec vous ; j'arrive de l'épicerie Chevalier, puis j'ai vu les 100 watts à trois pour une piasse, les 25, les 40, puis les 60 watts à six pour une piasse. Ça fait que si vous baissez pas vos prix, je vas les prendre chez Chevalier. Surtout que j'en veux une de chaque…

— Je veux ben vous faire un prix parce que votre mari nous a dépannés pour le *piéno*, mais je vas en parler à Théo.

Après le dégât de la matinée, Sansoucy avait prévenu son compagnon de jeu qu'il ne pourrait se permettre de s'amuser en après-midi. Il épaulait Simone qui s'obstinait avec un fournisseur debout, le dos voûté dans la boîte de son camion. Sa femme surgit.

— J'en veux pas, de votre tonneau mouillé, protesta Simone. Faudrait le faire sécher dans l'arrière-boutique puis ça prend toute la place.

— Sinon ça risque encore de nous glisser des mains si on le descend dans le soubassement, précisa le patron.

— À part de ça, mes garçons sont partis pour des livraisons, renchérit l'épicière.

— En tout cas, rapportez-moi-z-en un autre parce que je fais plus affaire avec vous, conclut Simone.

Les lèvres serrées, le camionneur sauta au sol, referma sans ménagement les portes de son véhicule et démarra.

Émilienne transmit à son mari la demande de Germaine Gladu.

— Qu'elle aille les acheter où elle voudra, ses lumières! s'emporta Sansoucy. Le bonhomme Gladu m'a déjà coûté une caisse de Molson à cause du maudit *piéno* d'Héloïse.

— Ben elle en veut juste…

— C'est non, Mili! As-tu compris? Puis fais-moi pas choquer…

L'épicière rapporta à la voisine la réponse de son mari. Germaine Gladu avait pris cet air pincé des clientes persuadées qu'on doit leur accorder de petites faveurs. Elle déchanta.

— Ben ça va nous apprendre à être fins avec vous autres, clama-t-elle. On dirait que votre mari a oublié que Réal l'a remplacé après le hold-up dans votre magasin, puis que Junior a livré les «ordres» à la place de votre Marcel après son accident. Vous direz à votre mari qu'il a la mémoire pas mal courte, compléta-t-elle, avant de tourner les talons et de prendre congé.

Paulette avait réintégré l'épicerie. En entrant au logis, elle s'était dirigée tout droit aux toilettes et avait restitué son déjeuner dans de grands arrachements. Affaiblie, elle avait ensuite fait une sieste qui l'avait ramenée un peu. À présent, elle devait profiter de la faible affluence au magasin pour s'occuper des cinquante livres de patates touchées par la marée noire de la cave.

Lentement, avec ses forces diminuées, elle allait au sous-sol de l'immeuble et en rapportait de petites quantités qu'elle transportait dans son tablier en combattant des accès de nausées. Puis elle en plaçait méticuleusement sur la balance jusqu'à ce que le poids de dix livres soit atteint. Ensuite, elle les ensachait et empilait les sacs comme elle le pouvait.

Elle remontait de la cave pour la treizième fois quand sa belle-sœur l'interpella :

— Me semble que c'est pas ben ben efficace, ton affaire, commenta Simone.

— On voit ben que c'est pas toi qui as vomi à matin. Puis là, imagine-toi pas que ça sent la rose en bas, il y a encore cette maudite senteur de mélasse qui m'est restée sur le cœur. Une chance que j'achève de vider les poches parce que je suis ben à la veille de renvoyer encore. Je suis plus capable d'en voir puis d'en sentir.

— Ouan, moi qui voulais cuisiner de la galette à soir, je pense que je vas laisser faire. On mangera d'autre chose.

Le camion du fournisseur de mélasse reculait.

— Il est ben mieux d'être *sèche*, son baril, parce que je vas le retourner une fois pour toutes, décréta Simone.

— *Sèche* ou mouillé, je veux plus rien savoir de la mélasse pour aujourd'hui. Je vas aller préparer des œufs brouillés.

* * *

Toute la journée, l'étudiant avait suivi distraitement ses cours. Il avait repensé à sa rencontre avec Alex, au plaisir qu'il avait eu à discuter avec lui à son appartement de la rue Chambord. Il avait appris à connaître le jeune reporter, son passé avec sa famille, le besoin maladif de sa mère de le surprotéger et la nécessité qui en découlait de s'éloigner d'elle. Mais il n'avait pas dit à sa parente à quel endroit il emménageait, de peur qu'elle aboutisse chez lui et le ramène à la maison par le chignon du cou. Par la suite, elle avait essayé de le retracer en allant aux bureaux de *La Patrie*. Quelquefois, la tête tombée sur son sac à main, elle s'était assoupie sur une chaise dans le corridor de la salle de rédaction en attendant qu'il revienne d'un reportage.

Afin de se sentir plus près de son fils, madame D'Avignon lisait *La Patrie* quotidienne. Dès qu'elle s'emparait du journal, elle repérait avec fébrilité tous les articles qu'il avait signés. Puis elle les lisait en se pâmant de son style, du choix des mots, du riche vocabulaire employé. Ainsi, elle le suivait avec un petit décalage dans ses déplacements de journaliste. Ensuite, elle découpait avec soin les textes et les photos qui les accompagnaient, et les collait dans un grand cahier jaune qu'elle relisait avant de se coucher.

Alex D'Avignon n'avait pas connu le véritable bonheur d'être aimé ; il avait subi l'amour d'une cervelle détraquée. Pendant toute sa jeunesse, il avait cherché l'âme sœur. Mais toujours il s'était heurté à des niaises ou à des jeunes filles trop accaparantes qui ressemblaient à sa mère. L'une après l'autre, les relations se dégradaient, les déceptions s'accumulaient. Lentement, insidieusement, il se sentait attiré par les êtres de son sexe. Après tout, il y en avait d'aussi beaux, d'aussi désirables et d'aussi gentils qui ne demandaient qu'à être aimés. Et peu à peu, il était animé par cette ivresse de la jeunesse, par le sang du désir qui lui brûlait les veines.

Ils s'étaient parlé durant deux bonnes heures, Alex de sa famille et de son métier de journaliste, Placide de sa vie chez les religieux et de ses amitiés particulières qui l'avaient mené jusqu'à la tentative de suicide. Puis sa famille l'avait rescapé. Curieusement, comme un retour aux sources, pour mieux aider au commerce, cette fois, il étudiait maintenant chez les Sainte-Croix, à acquérir des connaissances qui ne l'intéressaient pas, au fond.

Dans le tram qui ramenait Placide à Westmount, le wattman avait perdu son air méprisant. Mais Romuald ne savait pas que son neveu s'attachait à un autre qu'Ulric. Et qu'il songeait à ses travaux qui lui pesaient de plus en plus et qui lui prendraient toute la soirée, à Alex qu'il ne reverrait pas ce soir. Pour répartir ses obligations scolaires fastidieuses, il débuterait avant le souper; et, en soirée, il entrecouperait son devoir de comptabilité et ses leçons par la lecture des *Misérables*.

Placide rentra chez le notaire. Il se dirigeait à sa chambre quand madame Crochetière parut.

— Bonjour, madame! Vous allez bien?

— Martha m'a dit qu'un certain Alex D'Avignon vous a laissé un message.

— Je dois le rappeler à son appartement?

— Il vous attend à 5 h 30 aux bureaux de *La Patrie*, sur la rue Sainte-Catherine. Martha peut vous préparer une bouchée avant que vous partiez, si vous le désirez.

— Non merci, madame, ce ne sera pas nécessaire.

Un sourire indéfinissable se moula sur la physionomie de l'étudiant. Il amorça un pas vers sa chambre. La femme du notaire l'interpella.

— Je ne sais pas ce qu'en pensera votre frère Édouard, mais pour un garçon aux études, je trouve que vous consacrez passablement de temps aux sorties, Placide.

Il baissa les yeux, comme celui sur le point de commettre un acte répréhensible, un geste irréfléchi, et se rendit à sa chambre déposer ses effets.

Sur le trottoir, devant l'édifice de *La Patrie*, D'Avignon allait et venait d'un pas nerveux. Toutes les deux minutes, parmi les employés du journal qui le saluaient, il consultait sa montre et relevait la tête vers le tournant de la rue. Martha avait-elle transmis le message ? Placide était-il reparti du collège avec cet Ulric qui s'était raccroché à lui, ou simplement avait-il décliné l'invitation au rendez-vous ? Mais il avait retenu ce sourire enthousiaste de l'étudiant lorsqu'il avait évoqué la possibilité de lui *dégoter* une pige aux faits divers du quotidien.

Alex allait rentrer et prévenir la secrétaire de monsieur Veilleux que l'entrevue de 5 h 45 devait être annulée quand il vit quelqu'un courir vers lui en agitant la main.

— On est juste à l'heure, Placide, dépêchons-nous !

Les deux camarades montèrent à l'étage du bureau du directeur de l'information. La dactylo, une demoiselle à la tenue impeccable, se tenait droit, le dos raide comme si elle était attachée à son dossier. Elle se leva, ouvrit la porte du bureau de son patron.

— Monsieur Veilleux vous attend, dit-elle.

— Bien, mademoiselle Larouche, remercia Alex.

Dans la pièce enfumée, un petit homme chauve arborant une énorme moustache semblait écrasé sous un immense tableau.

— Assoyez-vous, messieurs, dit-il.

Veilleux était bien conscient que le visiteur qui entrait pour la première fois dans son bureau était attiré par le portrait du fondateur. Il se faisait un devoir de l'instruire.

Natif de Lanoraie, le fondateur Honoré Beaugrand avait connu un parcours très singulier. Après des études écourtées dans un collège et quelques mois de noviciat, il avait reçu un entraînement à l'école militaire de Montréal avant de s'engager dans l'armée de l'empereur Maximilien.

D'Avignon écoutait d'un air faussement intéressé le boniment de son patron qu'il entendait pour la seconde fois. Mais Placide se laissait captiver par la vie du libre-penseur qui avait fondé des sociétés patriotiques et culturelles, des journaux, en plus d'avoir été maire de la métropole et d'avoir publié des recueils et un roman.

Placide ne détachait pas son regard du portrait du journaliste et politicien vêtu de ses habits militaires et dont la poitrine était couverte de médailles et de décorations.

Veilleux se rendit compte qu'il ennuyait son employé. Il s'alluma une cigarette et s'adressa à Placide :

— Mais ce n'est pas pour que je vous raconte la vie d'Honoré Beaugrand que votre ami vous a recommandé à moi, dit-il. Monsieur D'Avignon a dû vous dire que nous sommes à la recherche d'un journaliste pour couvrir certains événements. Or je me suis laissé dire que vous aviez une admiration pour le frère André. Comme il revient d'un voyage à Québec, ce pourrait être votre premier sujet. Au début, vous auriez à rédiger un article par semaine, le temps d'évaluer la qualité de vos écrits. Ensuite, si vous avez le goût de poursuivre votre carrière, on verra si on peut vous confier des dossiers plus importants. N'est-ce pas, monsieur D'Avignon ?

— Justement, monsieur Veilleux, vous connaissez mon intérêt pour le monde politique et les articles de fond, tenta D'Avignon.

— Pour le moment, on a encore besoin de vous aux faits divers, Alex. Quant à vous, Sansoucy, je vous recommande de contacter monsieur Paul Gobeil, un marchand de la rue Crémazie ; il a accompagné le petit frère de l'Oratoire dans la capitale. J'attends votre texte demain après-midi, avant 4 heures.

D'Avignon parut se résigner. Son patron se leva pour mettre un terme à l'entretien, qu'il scella avec de cordiales poignées de main. Les deux camarades saluèrent mademoiselle Larouche et quittèrent les bureaux du journal.

Placide exultait; il venait de décrocher un contrat. Il n'avait pas la moindre idée du texte qu'il allait écrire, et le temps pour le rédiger s'avérait somme toute assez court. Qu'à cela ne tienne! Il connaissait son sujet et il avait bon espoir de joindre monsieur Gobeil. Pour l'heure, la faim le tenaillait. Il ne voulait pas rentrer trop tard chez les Crochetière et grignoter quelque sandwich dans la cuisine. Mais D'Avignon avait tout prévu: ils gagneraient ensemble son appartement et il l'aiderait à composer son article.

— Je suis d'abord un étudiant, protesta Placide. Quand est-ce que je vais étudier dans tout ça?

— Crois-tu être capable d'écrire tout seul? Je ne travaille pas ce soir, je pourrais t'aider. Tu devrais profiter de mon expérience, Placide. À moins que tu composes pendant tes cours demain matin et que tu partes en vitesse du collège dans l'après-midi pour remettre ton texte au journal. Sinon, je pourrais l'apporter en venant travailler.

D'Avignon avait regardé son camarade avec des yeux suppliants. La proposition alléchait Placide et le contrariait tout à la fois.

— D'accord, céda-t-il.

Le modeste appartement de la rue Chambord était propre et rangé. Le lit était impeccable, les chaises, bien disposées autour de la table, le poêle, reluisant, la glacière, surmontée d'un peu de paperasse bien empilée, mais le fauteuil recouvert d'un velours amarante semblait un peu défraîchi. Une bibliothèque abondamment garnie dans laquelle cohabitaient livres et documents de travail complétait l'ameublement. Enfin, les rideaux ainsi que quelques bibelots choisis avec goût agrémentaient le logement.

Placide fixa la table dressée de deux couverts. D'Avignon posa sa main leste sur l'épaule de son compagnon.

— On va commencer par prendre une bouchée, dit-il. Ensuite, on se mettra au travail.

— Tu étais sûr que je viendrais…

— Tu ne pouvais refuser pareille invitation, mon ami, rétorqua Alex.

Le locataire ôta sa main caressante et alla sortir un pain et des confitures de la dépense. Le repas s'annonçait frugal. L'estomac de Placide était rompu aux repas des Sainte-Croix et à la cuisine rudimentaire d'Héloïse, mais il s'était habitué aux petits plats de la servante Martha. Dans les circonstances, il se contenterait de ce que lui offrait son hôte.

Le repas terminé, D'Avignon souleva un coin de la nappe et apporta une feuille et un crayon.

— Pas trop vite, Alex, il faut que je communique avec ce monsieur Gobeil dont le patron a parlé.

— Justement, noter l'information sera la première chose à faire quand tu auras terminé ta conversation avec lui.

Placide trouva facilement le numéro de Paul Gobeil dans l'annuaire. Le marchand de meubles avait reçu plusieurs appels de curieux depuis son retour de voyage, mais il se disait prêt à répondre aux questions du journaliste de *La Patrie*.

L'entretien téléphonique n'avait duré qu'une vingtaine de minutes, mais Placide avait recueilli assez de renseignements pour alimenter un article.

Sitôt l'appareil raccroché, le visage irradié d'un sourire, il s'installa pour consigner les détails du voyage et de la rencontre avec le premier ministre du Québec.

Alex avait dégagé la table, secoué la nappe dans l'évier, et rangeait le peu de vaisselle lavée du souper. Le journaliste en herbe s'était absorbé dans l'élaboration d'un plan tout en délaissant négligemment son compagnon.

— On dirait que je n'existe plus, s'indigna D'Avignon.

— Laisse-moi d'abord structurer mes idées, c'est ce que j'ai appris chez les Sainte-Croix.

D'Avignon s'offusqua :

— Puisque c'est comme ça, je vais aller prendre une marche, exprima-t-il, désenchanté.

Il avait agrippé son gilet et traversé le seuil. L'étudiant avait oublié ses devoirs et ses leçons, et poursuivait son travail avec la ferveur des journalistes chevronnés.

L'amitié indéfectible entre le vénérable petit frère et le premier ministre était de notoriété publique. Le frère André avait souventes fois reçu Maurice Duplessis à l'Oratoire et il se devait de lui rendre la politesse depuis son élection aux commandes du Québec. Mais depuis que le thaumaturge était revenu à Montréal, il avait été assailli de nombreuses demandes de recommandation auprès du premier magistrat de la province. Ce à quoi il avait répondu qu'il prierait plutôt saint Joseph d'aider ceux qui s'étaient adressés à lui afin qu'ils obtiennent les faveurs de la Providence.

Placide achevait de rédiger son texte. D'Avignon revint.

— Ça ne sera pas long, Alex, je vais mettre le point final.

Placide déposa son crayon et se leva fièrement en brandissant son texte.

— Tiens, relis-moi ça, asteure ! dit-il.

Placide suivait les lèvres de son camarade qui parcourait les lignes de son œil exercé.

— C'est plutôt moyen ! dit D'Avignon. Les phrases sont bien construites, j'ai relevé seulement une faute d'orthographe. Mais les lecteurs vont s'ennuyer, ça manque un peu d'intérêt.

— Comment ça, un peu d'intérêt ?

— D'abord, il faudrait changer le titre : « Un voyage inoubliable », ça dit pas grand-chose. Ensuite, tu rates l'occasion de parler du parlement, et…

— Dans ce cas-là, rédige-le donc toi-même, l'article, se fâcha Placide.

— Ah ! bien ! L'apprenti journaliste qui sort son petit caractère, ricana Alex.

Insulté, l'œil furibond, Placide arracha le texte des mains de son nouvel ami. Puis il le plia, l'enfouit dans sa poche de chemise et s'enfuit rageusement de l'appartement.

Alex regarda l'étudiant s'éloigner et disparaître comme si les liens qu'ils avaient tissés se rompaient définitivement. Placide descendait Chambord en pensant qu'il ne pourrait livrer son article lui-même sans sécher des cours. À peine avait-il atteint la rue Bélanger qu'il regretta son geste emporté ; il rebroussa chemin.

D'Avignon avait deviné que son compagnon ne pouvait se passer de lui. Il le fit poireauter quelques instants à sa porte avant d'ouvrir sur le visage repentant.

— Je suis désolé, Alex, je vais suivre tes conseils.

Comme un élève docile, Placide se rassit à la table et procéda, non sans une certaine amertume, à quelques améliorations de son texte. Puis, lorsque le rédacteur eut terminé de le mettre au propre, il dit :

— À l'heure qu'il est, tu devrais rester à coucher, proposa Alex.

— Une autre fois, peut-être, mais pas ce soir ; je dois retourner à la maison.

Édouard avait demandé à Martha de l'aviser dès qu'elle entendrait son frère rentrer. Sitôt qu'une clé tourna dans la serrure, la servante se précipita pour le prévenir. Elle se rendit ensuite à la porte et conduisit Placide au cabinet, où le jeune notaire l'attendait.

Édouard était engoncé dans son fauteuil. Il se redressa promptement.

— Tu reviens tard pour quelqu'un qui est aux études, affirma-t-il.

— J'ai le droit de revenir à l'heure que je veux, répliqua gentiment Placide.

— Écoute-moi bien, mon cher frère, j'ai deux mots à te dire. N'oublie pas que tu es en pension dans cette maison parce que les parents de Colombine ont bien voulu t'héberger. Et c'est papa qui doit payer pour que tu demeures ici et pour que tu fréquentes le collège. Je ne vois pas comment tu peux te consacrer à tes études et passer des soirées avec un journaliste de *La Patrie*.

— Ça ne regarde que moi, Édouard. D'ailleurs, je suis moi-même devenu reporter. Alex m'a aidé à rédiger mon premier article qu'il va remettre au journal demain.

— Tu n'aurais jamais dû accepter. Je te conseille…

— Ce n'est qu'un article par semaine! riposta Placide. Je reconnais que j'ai négligé un peu mes études ces derniers temps, mais je vais me reprendre, tu verras. Personne ne sera déçu de mon rendement.

Placide s'engouffra dans sa chambre. Il tira de son sac ses livres et ses cahiers, et entreprit son devoir de comptabilité.

Chapitre 10

Le curé de village venait de prendre fin. Sansoucy avait supporté l'émission radiophonique si chère aux femmes de la maison en fumant tranquillement sa pipe dans sa chaise berçante. Les vieilles filles Grandbois allaient se regrouper autour d'Émilienne au piano. Depuis le déménagement de l'instrument au logis, tous les soirs, il redoutait ce moment de supplice où les sons lui écorcheraient les tympans. D'un geste bref, comme si la voix agressante de ses belles-sœurs provoquait chez lui des poussées d'urticaire, il alla vider son calumet dans le poêle et s'empara de *La Patrie*. La pianiste donna la note, et les chanteuses amorcèrent leurs vocalises.

— Eille ! Le nom de Placide est dans le journal ! s'écria-t-il.

L'accompagnatrice s'arrêta de jouer et se tourna vers son mari.

— Dérange-nous pas, Théo, c'est notre heure de pratique, rétorqua-t-elle.

— Un article signé Placide Sansoucy ! proféra l'épicier.

Les femmes se rassemblèrent dans la cuisine pour entendre la lecture du texte.

Sansoucy jeta le journal sur la table. L'œil en furie, il se mit à marcher, à marmonner, débordant de cette colère inoffensive que ses proches ne prenaient pas au sérieux.

— Tu devrais être fier de notre fils, dit Émilienne.

Alphonsine, Alida et Héloïse semblaient approuver le commentaire de leur sœur, mais l'épicier ne partageait pas l'accord unanime des Grandbois. Il se rua sur le téléphone. Martha transmit l'appel au pensionnaire.

— J'ai pas de félicitations à te faire, mon garçon ! tonna Sansoucy. Quand on va à l'école, c'est pour étudier, pas pour écrire des articles dans les journaux. Ça me coûte vraiment cher, t'envoyer au collège puis payer une pension chez le notaire Crochetière. Si tu continues à négliger tes études, tu vas reprendre ta *job* à l'épicerie. Simone a jamais eu la bosse des chiffres, puis elle a de la misère à s'organiser ; il faut toujours l'avoir à l'œil. Je fais semblant de rien, mais c'est un peu pour ça que j'ai installé mon damier dans l'arrière-boutique. Ça paraît pas, ça me permet de lui éviter de faire des bêtises, des fois.

— Jusqu'à maintenant, on ne peut pas dire que mon travail de journaliste a nui à mes études. D'ailleurs, j'ai toujours eu une certaine facilité à l'école. Pas autant qu'Édouard, mais je m'en tirais assez bien. Prenez, par exemple, aujourd'hui même, j'ai reçu un résultat d'examen de tenue de bureau, puis j'étais dans les premiers de la classe. Vous devriez me faire confiance, papa. Je vous promets un beau bulletin aux fêtes.

Sansoucy avait repris une physionomie moins tendue. Sa femme demanda à parler à son fils. Elle le félicitait pour son article et l'encourageait toutefois à poursuivre ses études avec tout le sérieux nécessaire.

Elle l'embrassa et raccrocha. Puis elle se tourna vers son mari.

— Je te trouve pas mal dur pour Simone, Théo, dit Émilienne. Elle fait son gros possible pour nous aider du mieux qu'elle peut. Il faudrait pas qu'elle t'entende parce qu'elle sacrerait la *job* drette-là puis elle retournerait à l'*Ontario's Snack-bar*.

Les sœurs Grandbois reprirent leur pratique. Sansoucy se couvrit de son manteau léger et de sa casquette, et se rendit à la taverne.

L'esprit embrumé par ses impulsions inoffensives, le remuant épicier entra et s'isola dans un coin. Léandre délaissa un groupe de clients et s'amena à sa table.

— Vous avez ben l'air bougonneux, le père, dit-il. Que c'est que je vous sers?

— Ça me prend un petit remontant...

Le serveur avait saisi la mine rébarbative de son client. Il se contenta de lui apporter sa bière et retourna à la table où prenaient place Philias Demers, Hubert Surprenant et David O'Hagan. Léandre les avait réunis pour discuter d'un sujet très enlevant. Ce qu'il gagnait à l'épicerie et à la taverne ne suffisait plus à satisfaire son appétit pour le gain. Bientôt, il serait dégagé de ses mensualités à la Sun Life pour la défunte *Belle au bois dormant*. Il n'avait pas mis de côté son projet d'acquérir éventuellement le commerce de son père. Cependant, depuis peu, l'idée d'acheter la taverne Archambault commençait de plus en plus à faire son chemin dans sa tête. Et le propriétaire lui en fournissait la plus belle occasion...

Depuis la fermeture des maisons de jeux concentrées dans le *Red Light*, le nombre de loteries chinoises avait augmenté de façon effarante dans la métropole. Dans tous les secteurs de la ville, on pouvait se procurer facilement des billets chez le barbier, au restaurant ou dans des débits de boissons. Pour dix sous, un dollar ou plus, on courait la chance de gagner de cent à mille dollars en choisissant une série de numéros. Devant la popularité croissante de l'activité illégale, et connaissant le sens moral émoussé de son employé, Edmond Archambault avait confié à Léandre la responsabilité d'organiser des tirages afin de fidéliser, voire d'augmenter sa clientèle.

Mais le risque était bien réel. À preuve, les nombreuses arrestations effectuées l'année précédente dans les maisons de jeux et les amendes prélevées qui avaient permis à Montréal de regarnir sa trésorerie.

— J'embarque pas dans ta combine, Léandre, dit le vieux Demers. Ça me paraît malhonnête, puis j'ai peur qu'on se fasse prendre par la police.

937

Léandre avait sondé l'intérêt de quelques-unes de ses connaissances. Avec déception, il regarda Philias Demers délaisser la compagnie pour aller informer son ami Théodore. À la table, la discussion se poursuivit.

— On a juste à se procurer des *slot machines*, c'est ben simple à cacher en vitesse quand on sent la soupe chaude, dit Surprenant.

— Au contraire, Hubert, répliqua Léandre, le patron veut pas s'embarrasser de ces machines gobe-sous dans son établissement, c'est trop facile à saisir. Faudrait quelque chose de plus discret.

— Dans ce cas-là, on pourrait jouer à la barbotte, proposa David, ça prend juste deux dés ; si la police survient, on fait disparaître l'argent en dessous de la table.

— Comment ça se fait que tu connais ça, la barbotte ? s'enquit Léandre.

— Ben ça se joue quand je vas voir des boxeurs s'entraîner. Tu brasses les dés puis tu calcules le total. Si ça vaut 7 ou 11 au premier coup, tu gagnes. Si ça vaut 2, 3 ou 12 au premier coup, tu perds. Sinon, si le total est différent de ces cinq nombres-là, on continue…

— Ça m'a l'air pas mal plate, ce jeu-là ! Tant qu'à ça, on est aussi ben de s'acheter des billets de sweepstakes irlandais, coupa Surprenant.

David se leva, l'œil mauvais.

— Tu m'as même pas laissé finir, s'indigna-t-il. Tu sauras, Surprenant, qu'il y a de grosses sommes qui sont gagnées par des groupes de Canadiens.

— Vous allez quand même pas vous tapocher, les gars, intervint Léandre. David, assis-toi. Écoutez ! reprit-il, le patron m'a parlé de tirages ; ça fait que je vas organiser des tirages…

Léandre avait regagné son logis en discutant avec David de l'organisation de son jeu de hasard. Il avait sa petite idée sur le fonctionnement des loteries, mais il irait s'informer des loteries chinoises à la blanchisserie Lee Sing. Entre-temps, l'Irlandais était prêt à s'impliquer. Selon lui, l'activité n'était pas si malhonnête. Quelques années auparavant, le maire Camillien Houde n'avait-il pas lancé une campagne en faveur de la légalisation des jeux de hasard et d'argent? La loterie municipale aurait alors effacé le déficit de Montréal en quatre ans. Et, bien entendu, les deux beaux-frères se partageraient les profits; on méritait une récompense pour le travail accompli.

Au lendemain, l'épicier entreprit sa journée avec les mucosités de la veille. Si le relâchement des études de Placide et les voix inharmonieuses des sœurs Grandbois l'avaient horripilé, la loterie que Léandre s'apprêtait à lancer avait tôt fait de lui «tomber sur les rognons». Selon lui, trop d'ouvriers du quartier se laisseraient emporter par la fièvre du jeu et négligeraient ensuite de payer leur compte d'épicerie.

Pour sa part, Léandre paraissait heureux comme un poisson dans l'eau. Déjà, il misait sur les faiblesses de la nature humaine et se délectait en songeant à ceux qui lui feraient confiance et qui se laisseraient prendre à son jeu de hasard. Un peu plus tard au cours de l'avant-midi, il irait chez monsieur Sing.

Avec son frère, il achevait de déballer une caisse de papier hygiénique White Swan et de faire un empilage de rouleaux, en rabais cette semaine. Émilienne et Paulette avaient le dos tourné derrière la caisse. Marcel jugea qu'il pouvait s'absenter du magasin.

— Où c'est que tu vas? l'apostropha Léandre. On a pas fini notre *display*.

Marcel revint sur ses pas.

— Je m'en vas chez le barbier, murmura-t-il. J'en profite pendant que c'est tranquille.

— Ouais, ça fait dur un peu, ta coupe de cheveux ! La mère a plus ben ben la main pour ça, je pense.

Marcel allait repartir ; Léandre l'interpella encore.

— Achète-moi un paquet de Turret, d'abord. Tant qu'à faire, apporte-moi donc un billet de loterie en même temps.

Le livreur enfourcha son triporteur et roula dans Adam avant d'emprunter Bourbonnière et de rejoindre Ontario.

À quelques reprises, il était entré au salon emboucané afin d'acheter du tabac à pipe pour son père ou des cigarettes pour Léandre, et en était ressorti au plus vite. Il avait toujours repoussé le jour où il serait contraint de s'asseoir sur une des chaises, à subir les exhalaisons des fumeurs, à baigner dans la rumeur des bavardages feutrés. Aussi redoutait-il ces moments d'intimité violée où il serait à la merci de l'homme qui le tiendrait en captivité sur sa chaise, à faire le ménage sur sa tête tout en cherchant à savoir ce qu'il y avait dedans. Pour lui, le salon de barbier était un simulacre de confessionnal où il semblait difficile de parler des autres sans parler de soi, avec le ferme propos de ne plus recommencer et la promesse de faire pénitence en moins.

Les quatre places étaient occupées et deux autres clients attendaient. Sur le coup, il pensa à ressortir et à se rendre au salon Gosselin, habituellement moins achalandé.

— On va pouvoir te passer bientôt, dit monsieur Bellemare, tu dois avoir des livraisons à faire.

Marcel ôta sa casquette et s'assit en silence. Aussitôt, les heures délicieuses de la veille affluèrent à son esprit. Les baisers langoureux, les tendres caresses, les attouchements exquis, tout lui revenait comme une bouffée renaissante dans son corps. Son sexe se gorgea de plaisir. Il étira la main et décrocha sa casquette pour abriter le renflement de son pantalon.

— Sansoucy !

Bellemare, un gros homme jovial au crâne tondu, donna un coup de balai pour ramasser les mèches qui parsemaient le plancher. Puis il suivit son client à la coupe rafraîchie au comptoir. Marcel raccrocha son couvre-chef et progressa lentement vers la chaise libre.

— Prendrez-vous un billet de loterie ? demanda le barbier.

Le client paya ce qu'il devait, scruta ses billets et les enfonça dans la poche de sa chemise avec un sourire reconnaissant.

— J'espère que je vas gagner cette fois-ci, dit-il.

— Je vous le souhaite, monsieur Mc Millan, vous avez plus de chances avec la loterie chinoise qu'avec les sweepstakes irlandais, railla le barbier, en repoussant le tiroir de sa caisse.

Marcel offrit sa tête au rasoir, et son sexe se dégonfla lentement sous l'immense toile qui le recouvrait.

Bellemare aurait pu écrire des romans sur la vie du quartier tant il connaissait l'histoire des familles qui l'habitaient ; il aurait pu raconter avec exactitude les événements qui ponctuaient le quotidien des clients qui se relayaient sur sa chaise. Ce qu'il apprenait de l'un était souvent enrichi de détails par l'autre, et ce que les uns rapportaient avec doute, il était à même de le valider auprès des personnes concernées. Avec le temps, il avait cultivé l'art de l'écoute, savait quelles questions poser, à quel moment. Il avait appris la force du silence qui s'installe entre deux êtres qui vivent – le temps d'une coupe de cheveux – dans une singulière proximité, ce silence que les clients s'empressaient souvent de combler par les révélations les plus intimes.

Les joies et les peines se succédaient sur sa chaise de confident. Mais avec les nouveaux clients qui prenaient place devant lui, Bellemare savait qu'il ne devait pas sonder tout de suite les reins et les cœurs. À la première rencontre, il se bornait à des généralités, à ce qui se déroulait dans le voisinage, aux mésaventures qui survenaient dans les commerces du faubourg. Le vol perpétré lors du déménagement du piano d'Héloïse Grandbois lui avait été relaté de mille et une façons. Si toutes les versions ne concordaient pas, toutes l'avaient bien fait rire. On avait subodoré des indigents malhonnêtes. Des noms avaient circulé dans son échoppe. Devant une telle habileté de pénétration des âmes, Marcel ne put faire autrement que de confirmer les noms.

Jean-Baptiste Bellemare épousseta de son blaireau la tête de son client. Il secoua le peignoir, le laissa choir sur le bras de sa chaise et se rendit derrière son comptoir.

— Un billet de loterie avec ça ?

Marcel hésita, mais il voulut se conformer à la demande de Léandre.

— Je vas prendre un billet puis un paquet de Turret pour mon frère, répondit-il.

— Tu diras à ton père et à ton frère que j'aimerais bien leur faire les cheveux, aussi.

— C'est ma mère qui coupe ceux de mon père, et mon frère Léandre a l'habitude d'aller chez Gosselin.

Le livreur enfourcha son triporteur et retourna vitement à l'ouvrage.

Émilienne raccrochait le cornet acoustique quand Marcel parut au magasin.

— Veux-tu ben me dire que c'est que t'avais d'affaire à aller chez le barbier ?

— Ben voyez-vous, m'man…

— Ça fait pas longtemps que je te les ai coupés, les cheveux ! Du vrai gaspille ! s'indigna l'épicière. Regarde-moi donc comme il faut, voir, comment il t'a arrangé ça…

Léandre remontait de la cave pour désencombrer l'arrière-boutique. Sa mère examinait la tête de Marcel en le faisant tourner sur lui-même.

— Voyons, la mère, revenez-en, il est juste allé chez le barbier, commenta-t-il. Changement de propos, comme vous diriez, as-tu mes Turret, Marcel ?

Émilienne se rendit derrière le comptoir. Le commissionnaire sortit le paquet de cigarettes de la poche de sa chemise. Un bout de papier tomba sur le plancher.

— C'est quoi, ça ? demanda Émilienne.

— Oh ! Un simple billet de loterie, dit Marcel, embarrassé.

— Tu vas pas te mettre à jouer à la loterie puis à *flauber* ton héritage, coudonc !

— Non, non, se défendit Marcel, c'est pour Léandre.

Marcel paraissait effaré comme un poisson pris dans un filet. Léandre s'empara de son billet, régla avec son frère et quitta brusquement les lieux.

— Voulez-vous ben me dire, vous autres, à matin ! commenta la mère. Votre père est ben mieux de pas savoir ce qui se passe ici dedans, il a déjà de la misère à être de bonne humeur…

Billet en poche, Léandre se pressa à la blanchisserie.

Les vitrines aux carreaux souillés de signes chinois jetaient une lueur blafarde sur le pavé. Au fond de son étroite boutique baignée de vapeur, dans l'odeur fade de linge mouillé crasseux, de savon et d'empois marinant dans l'eau bouillante, Lee Sing était à repasser des pantalons. Il leva ses yeux bridés vers le visiteur.

— Pouvez-vous m'expliquer comment ça marche ? C'est du vrai chinois !

Le buandier posa son fer chaud sur une plaque métallique et entreprit l'interprétation des hiéroglyphes qui couvraient le bout de papier. Le Fan-Tan, le Doo Far, le Pie Kew et le Mah-Jong étaient parmi les jeux les plus populaires. Mais il désirait être bien franc avec le fils de l'épicier : les chances de gagner le grand prix étaient presque nulles.

Le temps de le dire, Léandre était revenu au magasin, pleinement satisfait des renseignements du blanchisseur. En entrant, il promena un regard sur la place : Émilienne et Paulette étaient à servir des clientes, et Théodore était à regarnir son comptoir des viandes. Sans faire ni une ni deux, il traversa en trombe le plancher et surgit dans l'arrière-boutique. Simone était au téléphone avec un fournisseur. Le sourcil froncé, Léandre farfouilla vigoureusement sur le bureau. Sa sœur raccrocha brusquement.

— Eille ! Touche à rien ! ordonna-t-elle. Tu vas toute me mélanger…

— J'ai un petit service à te demander, Simone.

David lui avait fait part de leur projet de création d'une loterie. L'idée ne la séduisait guère, elle aurait à en tenir les comptes. Et l'incursion soudaine de son frère dans sa paperasse acheva de l'irriter.

— J'ai pas le temps de préparer tes petits papiers. Je suis assez débordée de même.

— Simone…

Il avait abaissé sur elle ses grands yeux ensorceleurs et susurré de sa voix implorante son désir qu'elle collabore. Elle connaissait son pouvoir séducteur ; elle céda.

— Je vas essayer, mais je te promets rien pour aujourd'hui, dit-elle, enfin.

Dora Robidoux et mademoiselle Lamouche quittèrent le comptoir des viandes. Le boucher surgit dans l'arrière-boutique, l'air bougon ; son fils amorça un mouvement vers le magasin. Il l'apostropha :

— Wô ! fit-il.

— Je suis pas un *joual*, le père. Je m'en allais faire mes premières livraisons. Que c'est que vous me voulez, au juste ? demanda-t-il, en prenant un air d'innocence.

— J'ai l'impression que t'es en train de manigancer quelque chose en rapport avec tes histoires de loterie. Philias m'a dit que monsieur Archambault t'avait confié la responsabilité d'en partir une. Arrange-toi pas pour que ça nuise à ton travail de livreur puis à mon commerce, débita l'épicier.

— Inquiétez-vous pas, le père, rétorqua Léandre.

— Puis toi, ma Simone, je suppose que t'as rien à voir là-dedans ?

— Moi, je fais d'abord ce que j'ai à faire. Ensuite, c'est pas défendu d'aider son prochain…

Perplexe, Sansoucy tourna les talons et regagna son comptoir.

Comme un employé modèle, Léandre reprit son ouvrage le plus consciencieusement possible. Mais il roulait dans sa tête des idées sur l'organisation de sa loterie. La conception et la fabrication des billets étant une chose, il lui restait à échafauder une stratégie pour rejoindre les êtres faibles et naïfs qu'il exploiterait avec une habileté professionnelle. Il commencerait par offrir ses billets à la taverne, mais n'en déplaise à Edmond Archambault, une fois le fonctionnement bien établi, il toucherait une clientèle plus vaste pour augmenter les profits. Il lui sembla que les portes du jeu lui étaient grandes ouvertes, qu'il prendrait sa part de marché dans le monde lucratif du «vice» commercialisé. Un sentiment de puissance plus fort que jamais l'envahit. Chaque fois qu'il remontait dans son camion, il avait le goût de dévier de sa route de livraisons. Il était tellement fier de lui. Animé d'un enthousiasme exalté, il alla communiquer le fruit de ses trouvailles à son beau-frère.

Afin de ne pas exacerber les tensions existantes avec son père à propos de son projet de loterie, Léandre avait évité les communications avec Simone. Cependant, la journée de travail s'achevait et il voulut connaître l'avancement des choses.

La commis ouvrit un tiroir de son bureau, en sortit une liasse de papier de la même grandeur et regarda son frère avec un sourire de connivence.

— Puis, es-tu content de moi? s'enquit-elle.

— On en manquera pas, c'est sûr! Asteure qu'ils sont découpés, il va rester à écrire dessus. À soir, je vas pas à la taverne; j'ai demandé la permission à monsieur Archambault de travailler à la maison pour qu'on finisse de préparer les billets…

— Ouan, ben, je pensais que j'en avais assez fait!

— Tu vas voir, Simone, à notre gang, ça sera pas une traînerie…

Les deux «rapportés» de la famille avaient consenti à collaborer à la corvée des tickets. David avait renoncé à assister à un combat de boxe et Paulette combattait la fatigue de la journée, mais tout le monde semblait disposé à contribuer. En plus, Hubert Surprenant avait accepté de se joindre au groupe. Le souper terminé, la vaisselle vite récurée et Stanislas dans sa couchette, les colocataires s'étaient installés autour de la table avec une plume. Au centre, sur la nappe cirée, un plat de bonbons durs et le billet provenant du barbier Bellemare.

D'abord, il s'agissait de reproduire quelques-uns des symboles de l'alphabet chinois en les disposant dans chaque coin, de façon que tous les petits papiers présentent une ressemblance convaincante. Ensuite, Léandre s'appliquait à écrire des numéros composés de trois chiffres allant de un à six. Ainsi, avec les combinaisons possibles, la probabilité de gagner avec un billet serait d'une chance sur deux cent seize.

— À quel prix allez-vous les vendre ? demanda Surprenant.

— Pour pas énerver le monde, on va commencer par vingt-cinq cents chacun, répondit Léandre.

L'argent accumulé par la vente des billets serait partagé équitablement entre le gagnant, monsieur Archambault, David et lui. À mesure que les abeilles bourdonnaient d'activité, Léandre voyait les pièces de monnaie s'accumuler dans ses goussets. Et une fois le système bien rodé, il augmenterait le nombre de billets en circulation et, par conséquent, la somme qu'il empocherait.

Paulette mangeait des bonbons qui lui fournissaient étonnamment l'énergie nécessaire à la reproduction des caractères illisibles. Simone avait écouté distraitement les explications de son frère, mais elle commençait à s'exaspérer du travail fastidieux qui lui rappelait trop ses premières années d'école.

— T'aurais dû demander à ton chinetoque de nous écrire ses gribouillages ! commenta-t-elle.

Surprenant avait aimé la moue charmante de la sœur de son copain. Mais il avait aussitôt abaissé les yeux devant le regard contrarié de David. Le faiseur de cercueils n'était pas homme à se laisser marcher sur les pieds, il en prenait bonne note.

* * *

La vente de billets allait bon train. Malgré leur pauvreté, les travailleurs et les éclopés de la Grande Dépression fréquentaient les débits de boissons et s'adonnaient au jeu. À la taverne, monsieur Archambault n'avait pas voulu suivre l'exemple de ce Lachapelle, petit malin de Rosemont, qui frétait des taxis pour amener les gens de son quartier jusqu'aux maisons de jeux du *Red Light*. À son commerce, on pouvait aussi se payer du rêve. Et à des coûts raisonnables.

Léandre ne ratait pas une soirée pour exercer son métier de serveur. En un rien de temps, il était devenu le distributeur de billets que les buveurs s'arrachaient en leur faisant miroiter les grandes chances qu'ils avaient de remporter la cagnotte. Comme son père, Marcel avait envoyé paître son frère, tandis que Paulette, Simone, David et Hubert Surprenant avaient aussi leur chinoiserie numérotée. L'organisateur avait ramassé la somme appréciable de cinquante-quatre dollars, qu'il aurait souhaité engranger. Mais le moment du tirage survint comme un événement incontournable.

Il régnait une fébrilité inhabituelle dans la taverne bondée. Depuis le début de la soirée, le tenancier faisait des affaires d'or. Accoudé sur le coin de son comptoir, Edmond Archambault promenait un regard plus que satisfait sur la salle bruyante et enfumée. Tous les yeux étaient braqués sur Léandre et Hubert qui avaient pris place sur une petite tribune aménagée dans un coin. L'œil vitreux, l'haleine avinée, Théodore et Philias devisaient sur la futilité des jeux de hasard et la naïveté des joueurs qui se faisaient embobiner. Mais à leur avis, ce genre de loterie était préférable aux machines à sous, la bête noire des autorités depuis le début du siècle. Pour la seule année courante, six cents de ces engins avaient été saisis et condamnés à la casse.

Léandre s'était procuré un boulier de bingo qu'il avait emprunté au sous-sol de l'église du Très-Saint-Rédempteur. Il avait mentionné au curé Verner qu'il était à présent animé de bonnes intentions, qu'il ne trempait plus dans les commerces malfamés comme celui de *La Belle au bois dormant*. Pour distraire sa tante Alida, qui se déplaçait la plupart du temps en fauteuil roulant et qui sortait rarement, il avait organisé un bingo à la maison. Monseigneur avait tout de suite béni l'initiative, cet élan d'altruisme qui lui faisait honneur et qui rejaillissait sur toute sa famille.

Le serveur expliqua brièvement que son compagnon et lui allaient procéder à trois tirages de dés successifs, afin de composer un numéro de trois chiffres comme ceux qui apparaissaient sur les billets. Ce procédé, à la fois simple et ingénieux, était indéniablement plus excitant que la pige traditionnelle unique d'un numéro dans un chapeau.

Il actionna lentement la manivelle.

— C'est un 4! cria-t-il.

Une rumeur de déception se répandit dans l'assistance. Il restait seulement trente-six possibilités d'obtenir le bon numéro. Certains chiffonnèrent leur billet, d'autres reculèrent leur chaise et passèrent la porte en pestant contre le mauvais sort.

Un deuxième numéro fut tiré du boulier par Surprenant.

— Un 3!

Au milieu des rares effusions de joie, une seconde vague de mécontentement déferla dans la salle. Au plus, six personnes pouvaient maintenant empocher la petite cagnotte. Pendant qu'une agitation croissante gagnait une partie de l'assistance, Léandre fit tourner la manivelle.

— C'est un 5!

— C'est moi! C'est moi! proclama une voix puissante.

Dans une rumeur de consternation, Réal Gladu s'avança vers le boulier, brandissant son papier d'un indéfinissable sourire. Pendant que Léandre et son collègue procédaient à la vérification du numéro, Isidore Pouliot avait la mine effarée des joueurs qui viennent de perdre leur maigre fortune. Il chiffonna une petite liasse de billets et les jeta négligemment sur la table de l'épicier.

— *Tabaslak!* C'est toujours les mêmes qui gagnent! lança-t-il à la cantonade.

— Eille, Pouliot ! C'est pas de notre faute si vous avez pas gagné, rétorqua Théodore.

— C'est arrangé avec le gars des vues, commenta le joueur.

— Ça vous apprendra à dépenser votre argent comme du monde, moralisa Philias. Regardez, Théo puis moi, on joue pas.

— En tout cas, venez pas vous plaindre, parce que vous allez vous faire revirer de bord assez sec, rajouta Sansoucy. Le jeu, c'est pas fait pour les quêteux comme vous, c'est fait pour ceux qui ont de l'argent puis qui veulent en faire plus…

Pouliot se fondit dans le flot de l'assistance qui se débanda. Réal Gladu offrit une tournée à ceux qui l'entouraient.

Chapitre 11

L'épicier ne se souvenait que trop bien de la femme d'Isidore Pouliot venue avec sa *flopée* de rejetons pour quêter de la nourriture. Elle était accompagnée de l'abbé Dussault, qui n'était pas un rat de presbytère et qui, dûment mandaté par monseigneur Verner, allait missionner dans les chaumières pour soutenir les tribus de nécessiteux. Par la suite, Pouliot lui-même s'était introduit par effraction au magasin dans le but de subtiliser de la marchandise. L'alarme déclenchée au logis des Sansoucy avait permis à Léandre et à Marcel d'intervenir et de le prendre sur le fait. Le misérable était sans emploi, et les secours de la Saint-Vincent-de-Paul ne suffisaient pas. À partir de ce moment-là, jusqu'à ce que son mari se trouve un travail, madame Pouliot était revenue tous les dimanches soir pour chercher sa ration hebdomadaire.

Pouliot ne travaillerait pas au Jardin botanique de l'hiver, ce qui l'avait poussé dans la fièvre du jeu. Plutôt que de consacrer le peu d'argent qu'il avait à l'approvisionnement de denrées essentielles, il avait acheté plusieurs billets de loterie qui ne lui avaient rapporté qu'une inquiétude croissante face à la saison froide qui venait. C'est ainsi qu'au lendemain de la déconfiture de son mari à la taverne, Bertha Pouliot rappliquait, dans l'espoir que le cœur de l'épicier se dilate de générosité.

On sonna à la porte du logement. Émilienne plaqua un accord sur le piano. Les voix des sœurs Grandbois s'éteignirent. Irène s'était abstenue de pratiquer ; elle combattait un fâcheux mal de gorge. Elle alla ouvrir.

— Montez donc, madame Pouliot, râla-t-elle de sa voix graillonnante.

Émilienne se leva de son tabouret et se rendit à la porte. Au bas des degrés, Bertha Pouliot attendait avec trois de ses enfants.

— J'arrive, s'écria la visiteuse.

La femme grasse dénoua son foulard de tête bariolé bien attaché sous le menton. Elle l'enfouit dans la poche de son manteau et soupira. Puis elle s'agrippa à la rampe et entreprit de gravir l'escalier. Émilienne observait la cliente qui montait pesamment et qui reprenait son souffle à toutes les deux marches. Il lui sembla qu'elle était vêtue de hardes plus disparates que les automnes précédents quand elle se présentait au magasin. Elle soupçonna qu'un de ses garçons avait stationné une voiturette sur la devanture et que la dame venait lui quémander de la nourriture.

— Assoyez-vous donc, madame, dit-elle.

Rouge à suffoquer, Bertha Pouliot s'écrasa lourdement sur la chaise qu'Irène avait approchée. Héloïse disparut discrètement derrière Alphonsine qui poussait le fauteuil d'Alida au salon.

— Le docteur m'a dit de me ménager, déclara-t-elle, sinon je vas perdre mon bébé.

Rien dans les rondeurs et les multiples replis de l'obèse ne laissait deviner une grossesse. Mais l'attente d'un sixième enfant n'était qu'un préambule aux nombreux soucis qui l'accablaient. Son mari avait eu la morsure du jeu. Il avait misé gros pour s'éloigner temporairement de la misère. En cela, l'initiative de Léandre était condamnable ; elle enlevait aux pauvres pour enrichir injustement une poignée d'organisateurs. La femme n'avait plus de quoi payer son compte d'épicerie à la fin du mois.

— C'est ben de valeur, Bertha, compatit Émilienne, mais ces saprées loteries-là sont en train d'appauvrir le quartier, puis c'est des petits épiciers comme nous autres qui vont en souffrir, au bout de la ligne.

Émilienne continua d'écouter les doléances et les lamentations de la femme dont la pâleur du visage effaré commençait à l'atteindre.

— Mon mari est à la taverne, dit-elle.

— Je préfère qu'il ne soit pas là, rétorqua la dame. Votre mari est bien généreux, mais vous, vous êtes une femme, et je sais que vous êtes capable de me comprendre...

Elle tourna ses yeux rouges et bouffis vers ses fils, qui étaient restés debout, alignés par ordre de grandeur, comme à la petite école. Le plus vieux était assez corpulent. À peu de choses près, il était une reproduction masculine de sa mère. Ce devait être lui qui se servait avant tous les autres aux repas. Depuis quelques minutes, il détournait le regard vers la glacière et semblait attendre qu'on lui offre de remplir ses chairs molles comme on le fait des boyaux d'animal. Le plus jeune, à la taille normale, paraissait agité d'un remuement nerveux. Tandis que le cadet, de faible complexion, avait un visage agréable, un air déluré, et promenait dans la pièce un œil espiègle et fureteur. Ses frères et lui n'avaient pas prononcé un traître mot ; il devint soudainement loquace.

— J'aimerais ça rester ici, m'man ! déclara-t-il.

— Oui, mais la madame n'a pas fait son choix, rétorqua la mère d'une voix déchirante.

Émilienne appréhendait confusément la suite.

— En fait, j'étais venue vous demander de garder un de mes garçons pendant l'hiver ; ça me soulagerait beaucoup de savoir qu'il est logé dans une bonne famille qui a les moyens, débita la visiteuse.

Désemparée, Émilienne regarda furtivement le cadet aux yeux rieurs. Irène, qui était restée muette, s'adressa à sa mère :

— Moman, vous devriez accepter. Surtout à l'approche des fêtes, c'est un beau geste charitable à poser envers son prochain dans le besoin ; envoyez donc…

Le cœur d'Émilienne se dilatait. Elle allait répondre affirmativement, mais des pensées de refus affluèrent qui la firent hésiter. Elle tenta d'évaluer les conséquences.

Si elle disait oui, Théodore la blâmerait pour ne pas l'avoir consulté. Si elle refusait, elle se sentirait mal et se reprocherait à elle-même d'avoir manqué une occasion de manifester sa compassion. Elle résolut de rendre sa décision :

— J'accepte, exprima-t-elle.

Bertha Pouliot poussa un soupir de soulagement. Mais à présent, un autre choix s'imposait qui la rendait malheureuse. Lequel des trois paraissait le plus gentil, le plus fiable, le mieux élevé ? De leur côté, les garçons pressentaient la décision de l'hôtesse de qui semblaient émaner toutes les vertus d'une bonne mère, mais dont le mari était un vieux boucher peu chaleureux qui avait le sourire absent et la critique facile. Émilienne cessa de tergiverser. Elle choisirait celui d'apparence plus chétive.

— Je vas prendre celui du milieu, dit-elle.

Les traits de l'aîné se contractèrent, ceux du plus jeune se relâchèrent. La physionomie de la grosse femme se transforma.

— Jérémie est mon plus serviable, vous le regretterez pas, affirma-t-elle.

Les deux mères discutèrent des arrangements, et la petite société repartit avec quelques denrées de la glacière.

Les sœurs d'Émilienne parurent.

— Tu viens d'en faire une belle ! lança Héloïse. On est pas assez nombreux dans cette maison-là, fallait que tu prennes un autre pensionnaire…

— Pour une fois que je consultais pas Théo, tu pourrais me féliciter. Son Jérémie a l'air sage, on devrait ben s'arranger. Puis en plus, madame Pouliot l'a dit : c'est son plus serviable.

— Puis Théo là-dedans, qu'est-ce qu'il va dire, tu penses ? demanda Alphonsine. Comme je le connais, il va être aux abois.

— Ben il dira ce qu'il voudra, répondit Émilienne, avant de se rasseoir au piano.

Les sœurs Grandbois reprirent leur exercice de chant comme si la musique allait enterrer toutes les discordes.

Le lendemain matin, au comptoir du magasin, Germaine Gladu devisait avec Émilienne, Léandre et Marcel sur les bienfaits des loteries. Son mari avait été l'heureux gagnant du premier tirage à la taverne Archambault. Elle venait régler ses factures et faire ses emplettes. Mais l'épicière ne partageait pas tout à fait la même opinion sur les jeux de hasard, ce mal contagieux qui rongeait peu à peu le quartier. D'ailleurs, elle se retenait d'en parler devant Léandre qui s'emballait pour sa réussite.

— Bon, je vas aller me choisir un beau morceau de viande, dit la cliente.

Isidore Pouliot entra avec sa caisse de bière vide, qu'il largua dans les mains de Marcel, et alla s'en prendre une pleine. «Ah! non, pas lui!» se dit l'épicière. Elle pensa à se retirer dans l'arrière-boutique où Paulette était allée rejoindre Simone.

— On dirait qu'il y a quelque chose qui vous chicote, la mère, observa Léandre.

— Ça va me prendre tout mon petit *change* pour annoncer à votre père ce que j'ai décidé à propos du garçon Pouliot, murmura Émilienne.

— C'est rendu que vous faites des cachettes au père, asteure, commenta Léandre.

— Que c'est que vous avez tant à lui dire? s'enquit Marcel. Ce doit pas être si pire que ça, coudonc…

Il était entendu avec Bertha Pouliot qu'elle hébergerait son fils Jérémie pendant quelques mois, et Théodore serait d'autant plus intraitable qu'Isidore avait perdu de l'argent à la loterie.

Le boucher délaissa Germaine Gladu et s'achemina au comptoir d'un pas rageur.

— Non, non, Pouliot, remettez la caisse à sa place, proféra-t-il.

— J'ai ben le droit d'acheter, ayez pas peur, je vas finir par vous la payer, votre caisse, rétorqua le client.

— Oui, oui, on connaît ça : dans la semaine des trois jeudis ! répliqua Sansoucy.

Offusqué, Isidore Pouliot relâcha la caisse sur l'empilage et repassa la porte du commerce. L'altercation avait suscité l'intérêt de Germaine Gladu, qui rejoignit le groupe.

— Tu parles d'un cabochon ! dit l'épicier. Ça perd à la loterie puis ça pense qu'on va leur faire crédit pour de la bière.

— Tant qu'à faire, la mère, pourquoi vous annoncez pas au père ce que vous nous avez dit, à Marcel puis moi ?

— Bon, une autre affaire ! Que c'est que t'as tant à me cacher, Mili ? Envoye, sors-le donc, ton secret.

Devant sa cliente, l'épicière dévoila l'entente qu'elle avait eue avec Bertha Pouliot au sujet de son fils Jérémie qui logerait bientôt dans leur demeure.

— Ah ! ben, baptême ! Qui aurait dit qu'un jour on hébergerait quelqu'un du voisinage ? Tu penses pas qu'on en a assez avec tes trois sœurs, Mili ?

La tête secouée par les événements, l'épicier regagna son étal. Mais il n'était pas au bout de ses peines.

Dans l'heure qui suivit, l'abbé Dussault rappliqua au magasin. Sansoucy était occupé avec deux Irlandaises, Léandre n'était pas revenu de sa tournée. Émilienne reçut le prêtre à la caisse. Avec déférence, elle le fit asseoir sur un tabouret et lui offrit un thé pendant qu'il lui rapportait la visite d'une des brebis affligée de la paroisse. Isidore Pouliot était allé se plaindre au presbytère. Comme des dizaines de chômeurs et de petits salariés, on l'avait impunément exploité. La loterie chinoise à laquelle il avait joué était illégale et malhonnête. Il avait été mal reçu à l'épicerie, on avait manqué de respect envers lui et sa famille. En son nom, le vicaire ne réclamait ni plus ni moins qu'un remboursement.

Léandre parut, cigarette aux lèvres. Son béret posé sur le comptoir-caisse, l'ecclésiastique sirotait son thé. Il déposa sa tasse et fixa sur le livreur un regard accusateur.

— J'ai affaire à vous, nasilla-t-il, sur un ton insinuant.

— Vous me regardez comme si j'étais le plus grand des pécheurs, monsieur l'abbé. Je n'ai rien à me reprocher. Et puis quand j'ai des fautes à avouer, je me rends au confessionnal, ricana-t-il.

— C'est rendu que vous organisez des bingos à domicile pour distraire les vieilles madames, railla le prêtre. J'ai ouï-dire que le boulier que vous êtes venu emprunter au sous-sol de l'église a servi à la taverne…

Léandre s'irrita. La loterie qu'il organisait était une façon concrète de donner de l'espoir aux démunis. Contrairement aux prêtres vendeurs de rêves qui faisaient des *accroires* aux fidèles en attente de retombées qui ne venaient jamais! Et, à son avis, les bingos qui se tenaient dans les salles paroissiales et les sous-sols d'églises étaient une sorte de jeu de hasard. De plus, il ne forçait la main à personne pour se procurer des billets, alors que le clergé assortissait son enseignement de pénitences, de châtiments et de leur forme la plus terrifiante : la damnation éternelle.

L'abbé Lionel Dussault ne savait quoi répliquer à une âme aussi rebelle. Indigné, il rentra au presbytère.

La venue de l'homme d'Église à l'épicerie avait fouetté son ardeur. Léandre ambitionnait à présent de fabriquer autant de billets, mais qu'il vendrait cinquante sous l'unité. Ainsi, il double-rait l'argent récolté. Le gagnant, le tavernier, David et lui n'en seraient que plus contents.

En plus de ses occupations de magasinière, Simone se remit au découpage de petits papiers. Plus que jamais, elle devait se soucier de la présence de son père dans son arrière-boutique où il avait recommencé à jouer aux dames avec Philias Demers. Le boucher s'opposait toujours à la loterie que son fils organisait, et il n'avait pas décoléré depuis qu'il avait appris que le jeune Pouliot aména-gerait bientôt chez lui. Le soir, on se regroupait au troisième étage de l'immeuble. À la demande pressante de Léandre qui l'avait supplié de le remplacer parce qu'il travaillait à la taverne, Marcel s'était arraché des bras d'Amandine pour se joindre à Simone, David et Hubert. Des soirées entières passèrent ainsi à la confec-tion de billets. Le jour du tirage approchait. Mais monseigneur Verner n'était plus disposé à prêter son appareil. Il restait donc à trouver un autre boulier. Léandre dut aller frapper à la porte du presbytère de la paroisse du Très-Saint-Nom-de-Jésus et débiter son petit boniment pour réussir à obtenir ce qu'il voulait. Et le soir du tirage se présenta.

Au milieu des spéculations et de la joie égrillarde des buveurs, l'épicier et son ami Demers observaient le déroulement. L'ambiance était grisante. Sansoucy se mit à regretter de ne pas avoir acheté de billet. Il avait la désagréable impression qu'une chance inouïe lui coulait entre les doigts. Un petit montant supplémentaire ne serait pas de refus pour donner le couvert au jeune Pouliot.

Léandre allait actionner la manivelle quand il remarqua la présence inattendue d'Isidore Pouliot près de la scène. Il se pencha vers Hubert.

— L'imbécile qui s'est plaint au curé est encore là, murmura-t-il. Tu parles d'un sans-dessein !

Le mari de Bertha Pouliot semblait transporté par une humeur guillerette. Il était accompagné de Paul Lanoix, un petit homme gras à lunettes qui avait l'air de réciter des incantations en fixant le boulier.

Le premier chiffre tiré, bon nombre de clients se retirèrent de la salle. Mais Pouliot et son voisin se cramponnaient à leur billet comme à une bouée de sauvetage. Le deuxième mouvement de manivelle allait commencer. Des roulements de tambour retentissaient dans la tête de l'homme. Le cinquante sous qu'il avait misé pouvait encore lui rapporter trente-six beaux dollars en argent sonnant. Il pensait aux fêtes qui venaient, à tout ce qu'il ferait avec le petit magot. Surprenant sortit le dé du boulier. Il y eut un silence, puis…

— Je reste dans la course, dit le ragot.

Pouliot était déçu ; la chance avait cessé de lui sourire. Cependant, cette fois il avait été raisonnable, il avait perdu seulement un dollar. Il s'accrochait à présent au compagnon qu'il avait entraîné au jeu, en lui faisant débourser deux dollars et en espérant qu'il partage avec lui la cagnotte. Puis il y eut un moment où on attendait que le tirage se poursuive. Le tavernier avait décidé que la troisième pige était retardée : le clou de la soirée était arrivé, l'instant le plus palpitant s'allongerait, le temps de remplir les verres ou de commander une nouvelle bière. Enfin le sort tomba sur un 6.

Les yeux des buveurs roulaient partout dans l'assistance à la recherche du gagnant.

— Un autre tirage ! s'écria Pouliot.

Le mot lancé par l'indigent fut repris par la petite foule enfiévrée qui souhaitait qu'on procède à une autre pige. « Un autre tirage ! » scandait-on à tue-tête comme un slogan.

Du fond de la salle, un sexagénaire s'amena en tenant une liasse de billets. Léandre se pencha à l'oreille de Surprenant.

— Ça parle au diable : un autre de mes voisins ! dit-il.

— Oui, mais regarde-z-y donc la palette ! commenta Surprenant.

Dans le brouhaha qui s'était élevé, Donatien Borduas s'avança avec ravissement vers la scène et ramassa l'argent de la cagnotte avant de se faufiler entre les joueurs désabusés et de sortir dans la rue. Puis il enfourcha sa bicyclette et rentra chez lui.

Sansoucy était hébété. Dame Chance semblait s'être logée à l'adresse de ses voisins. L'employé des usines Angus et son locataire Réal Gladu avaient été les deux premiers gagnants à la loterie de la taverne. Théodore regagnait son domicile en essayant d'évaluer les possibilités de remporter la prochaine somme. Il en causerait le plus tôt possible avec Marcel.

La nuit avait ensommeillé la maisonnée. Sur le guéridon, une petite lampe jetait un étroit cône de lumière dans la noirceur de l'appartement. Sansoucy alla cogner à la chambre de son fils. Il arbora un air affecté.

— J'ai à te parler, chuchota-t-il.

Réveillé par les pas qui s'approchaient, Marcel alla répondre.

— Je viens de me coucher, le père. Que c'est que vous me voulez ?

L'épicier avait l'air insistant. Il repoussa la porte et s'engouffra dans la pièce.

Des heures durant, Marcel avait griffonné des pattes de mouche sur des bouts de papier à s'en écœurer. Cependant, son père revenait d'une soirée palpitante à la taverne. Tous les deux devaient se lancer dans l'aventure du jeu de Léandre. Marcel n'avait qu'à puiser dans son héritage. Et pour augmenter ses chances de remporter la cagnotte, il pouvait se porter acquéreur d'un grand nombre de billets.

— Me prenez-vous pour un cave, le père ? Si je dépense une fortune pour gagner quelques piasses, je vas être perdant, voyons donc. C'est non, p'pa, puis achalez-moi plus avec ça !

Débiné, Sansoucy alla faire sa toilette et se mettre au lit.

L'épicier avait retrouvé son humeur morose. Il avait recommencé à bougonner sur tout et sur rien en ne ménageant pas Marcel. Cependant, de plus en plus grisé par son succès et habité par le sentiment de puissance qui l'accompagnait, Léandre était démangé par l'envie d'augmenter ses profits. Pour cela, il lui fallait plus de billets et étendre son réseau de distribution. Dans les jours qui suivirent, il commanda la confection de mille deux cent quatre-vingt-seize petits papiers. Et pour les vendre, il trouverait bien le moyen d'y parvenir.

Tous les soirs, la cuisine du logement du troisième étage se convertissait en fabrique. Avant de se rendre à la taverne, Léandre installait son monde : Simone, Paulette, David, Hubert et Marcel, auquel s'était jointe Amandine, travaillaient autour de la table. La tâche était énorme, mais les ouvriers prenaient plaisir à se rencontrer. Pour agrémenter la soirée, on faisait des blagues, Simone servait des boissons gazeuses et quelques cochonneries à grignoter. En général, tout allait bien. Les relations étaient harmonieuses et la production avançait. On ne ressentait pas trop de lassitude, besognant jusqu'à dix heures, sauf Paulette qui devait relâcher plus tôt parce qu'elle s'endormait sur son ouvrage. Mais, inévitablement, le jour vint où un commencement de grogne mina la petite compagnie.

On en était au dernier soir de fabrication. Léandre venait de donner ses directives et s'apprêtait à quitter le logis pour la taverne. Simone avait traversé une grosse journée à l'épicerie. Elle était dans une exaspération nerveuse ; elle éclata :

— Tu devrais rester avec nous autres, on finirait plus de bonne heure, clama-t-elle. Le jour, je finis plus de découper des papiers à la cachette, puis le soir, faut que j'écrive dessus. J'en ai plein mon *casse*, Léandre Sansoucy.

— Vous avez juste une couple de centaines de billets à faire, rétorqua Léandre d'un air désinvolte ; moi, faut que j'aille à la taverne. Puis demain, je vas commencer à les vendre. Vous allez voir comme ça va pogner, les amis.

— Simone est pas mal fatiguée, ces temps-ci, intervint David. Au moins, si on recevait une plus juste compensation pour le travail qu'on fait. J'ai l'impression d'être exploité dans une manufacture de Juifs…

Les remarques judicieuses du couple avaient refroidi les ardeurs. Un silence pesant emplissait la pièce. Marcel, Amandine et Paulette déposèrent leurs plumes et fixèrent Surprenant.

— Puis toi, le vendeur d'assurances, ça te dérange pas de travailler gratuitement des soirées de temps ? demanda David.

Les regards interloqués se tournèrent vers le maître d'œuvre.

— Je lui donne une petite commission, avoua Léandre.

Amandine poussa un coup de coude dans les côtes de son amoureux.

— Puis nous autres, on est pas des cotons, se plaignit Marcel. Il me semble qu'on fait notre part.

Léandre réfléchit. Il ne pouvait se défiler et continuer à profiter impunément de ses proches. Dans son cerveau espiègle et calculateur, il évalua rapidement ce qu'il consentirait à remettre à ses commettants.

— OK d'abord. Premièrement, je vas fermer ma boutique de fabrication ; je vas faire imprimer. Comme on a un grand nombre de billets, Hubert puis moi, on arriverait pas à tout liquider. Ça fait que si vous voulez nous aider, je vas vous donner dix pour cent sur chaque billet vendu. Ça vous convient ?

La proposition vite échafaudée sembla rallier tout le monde.

Avant de se rendre à la taverne, Léandre chargea Surprenant de la répartition des billets à vendre et Simone, de la comptabilité de l'entreprise. Chacun en aurait un nombre raisonnable à écouler, selon son travail, et selon la « clientèle » qu'il pouvait atteindre.

Le lendemain matin, Léandre se leva tôt et alla stationner son camion dans la rue, à proximité des terrains des usines Angus. Là, il serait à même de croiser une manne de journaliers. Le soleil tardait à se montrer et le froid, intraitable, engourdissait les doigts. Adossé à son Fargo à l'enseigne de l'épicerie-boucherie, cigarette aux lèvres, il attendait que le premier flot de travailleurs envahisse la place, juste avant qu'ils se dispersent aux différentes portes des bâtiments. Maintenant, il n'était plus seul avec Hubert Surprenant à offrir sa marchandise, mais la tâche demeurait colossale.

Des véhicules lui passèrent au nez et allèrent se garer dans un parking près des bureaux de la compagnie. « Des patrons ! » se dit Léandre. Puis arrivèrent quelques employés féminins sur qui il attacha un regard intéressé. Ensuite vint un contingent de travailleurs à pied ou à bicyclette. Ils avaient tous leur boîte à lunch et se dirigeaient vers les entrées, pressés de présenter leur carte au pointeur. Le livreur se redressa et sortit un paquet de sa sacoche de cuir.

— Loterie chinoise, cinquante cents le billet, gros lot de deux cent seize piasses, répétait-il.

On passait devant lui, comme s'il avait été un crieur de journaux périmés ou un marchand de vieilles casseroles de cuisine. Comment faire pour attirer l'attention de ces gens qui lui échappaient comme le lièvre qui allait se terrer dans son trou ? Il songea à revenir après leur quart de travail, mais comment alors ferait-il pour les retenir ?

Les minutes s'égrenaient rapidement, il ne disposait que de peu de temps. Il résolut de grimper sur le capot et se mit à débiter son boniment.

Les colonnes d'employés ralentissaient à peine pour entendre l'hurluberlu monté sur son camion. Malgré les moqueries, Léandre continuait son baratin dont on ne saisissait que des bribes. Parmi les grappes de gens qui circulaient, il cherchait en vain à reconnaître quelqu'un qui l'encouragerait, un client de l'épicerie, un voisin. Mais nul ne s'avançait vers lui.

Découragé, il allait redescendre du capot et repartir quand, soudain, émergeant d'un essaim de bicyclettes, Donatien Borduas descendit de son véhicule à deux roues et s'approcha du camion.

— Je vas vous en prendre dix.

Léandre sauta en bas du capot. Imitant le geste de Borduas, d'autres travailleurs s'agglutinèrent autour du Fargo. Une petite folie passagère s'était emparée du troupeau de moutons. On s'arrachait les billets, les cinquante sous et les dollars s'entassaient dans la sacoche du livreur. Il parvenait à peine à remettre la monnaie pour ne pas retarder indûment les ouvriers.

L'expérience avait été concluante ; il retourna au magasin.

Recluse dans son arrière-boutique, Simone avait peu d'occasions de vendre. Elle pouvait tout au plus amadouer quelques fournisseurs et récolter un maigre cinq sous pour chaque billet vendu ; de quoi acheter *La Patrie* du dimanche – ce qui ne l'intéressait d'ailleurs pas – ou l'aider à payer un paquet de Sweet Caporal. Pour sa part, Marcel n'était pas très emballé par l'idée de son frère. Il ne voyait pas l'intérêt d'ajouter, ne serait-ce que quelques dollars, à son salaire hebdomadaire. Quant à Paulette, elle avait décidé d'apporter modestement sa contribution.

Elle était au comptoir-caisse avec sa belle-mère. Marcel réalignait sur les tablettes les produits que la main négligente des clientes n'avait pas replacés. Germaine Gladu et Dora Robidoux s'amenèrent, les bras pleins de rouleaux de White Swan.

— T'as ben l'air de bonne humeur, dit Émilienne à l'adresse de Léandre.

— Je viens de vendre pas mal de billets à matin aux usines Angus, déclara-t-il, en posant sur sa femme un regard insistant.

La migraineuse réprima un mouvement de contrariété. Elle tira timidement un billet de la poche de son tablier.

— Vous désirez jouer à la loterie chinoise, mesdames? demanda-t-elle.

— Non, non et non, Paulette! protesta vertement l'épicière. On se mettra certainement pas à vendre des billets de loterie dans mon épicerie! Des plans pour voir l'abbé Dussault ressourdre.

— Que c'est que ça peut ben vous faire, la mère? intervint Léandre. C'est rien que bon pour le commerce, ça va finir par nous attirer des clients. Et pour ce qui est de l'abbé Dussault, il est pas ben ben dangereux, celui-là.

— Moi j'en veux pas, Germaine, refusa madame Robidoux. Toi si t'en veux, prends-en, c'est ton affaire.

— Donnez-moi-z-en donc cinq, Réal a gagné au premier tirage, insista la voisine. Je vas faire marquer avec mes rouleaux de papier de toilette.

Paulette avait remisé le bout de papier dans le fond de sa poche. De peur d'être reprise par son mari, elle le ressortit en se mordillant les lèvres.

— J'ai dit! proféra Émilienne. On commencera pas ce petit jeu-là.

965

La migraineuse enfouit piteusement le billet dans son tablier.

— Ça fait rien, mon mari va réussir à en avoir pareil, riposta Germaine Gladu. Réal m'a dit que votre Léandre se fend en quatre pour en vendre ; ça fait que gardez-les donc, vos tickets malchanceux !

Afin de ne pas ulcérer davantage sa mère, Léandre attendit que les clientes terminent leurs achats et sortent du magasin. Il les rejoignit sur le trottoir, vendit les cinq billets réclamés et rentra.

— Ah ! Toi mon grand escogriffe, prends-tu ta mère pour une tarte, coudonc ?

— Elle est allée chercher de l'argent à son logis puis m'a payé *cash*, la mère, on aura pas besoin de marquer, répondit insolemment Léandre.

Marcel avait suivi les échanges sans se retourner, comme si le sujet ne le concernait pas. Sa belle-sœur n'irait assurément pas plus loin dans ses efforts pour offrir des billets, mais Léandre n'avait pas autant d'emprise sur lui. Au cours des journées qui venaient, il ferait certaines tentatives de vente, sans plus.

Le soir vint. Marcel quitta le logis immédiatement après le souper. L'épicier s'était calé dans sa berçante, la pipe au bord des lèvres, *La Patrie* posée sur sa jambe croisée. Après des heures harassantes et un repas qui lui avait lesté l'estomac d'une soupe épaisse et d'un pâté riche en patates, il épluchait distraitement les pages du quotidien quand il tomba sur un article qui l'interpella. Il décroisa les jambes, replia le journal, ôta sa pipe et s'écria :

— Mili !

Irène déserta la chorale familiale et se pressa vers son père.

— Que c'est que vous voulez, popa ? demanda-t-elle. Moman est occupée, vous le savez ben que c'est l'heure de notre pratique ! Ça peut pas attendre ?

— Dis-lui qu'elle vienne tout de suite ! ordonna-t-il.

L'aînée alla prévenir sa mère, qui revint aussitôt.

— Que c'est que tu veux, Théo ? Il y a pas moyen de s'exercer en paix. Tu viens de nous couper un cantique de Noël en deux.

— Lis ça, Mili, ton Placide a écrit un autre article cette semaine, bougonna-t-il.

Émilienne lui arracha le journal des mains et se mit à lire.

— Il me semble que ça fait pas longtemps que l'église Sainte-Monique a passé au feu, commenta-t-elle. Un feu à l'église de Sainte-Dorothée de Laval, asteure.

— C'est pas ça qui est le pire, Mili, je paye pour ses études, radota Sansoucy. J'ai pas hâte de voir son bulletin aux fêtes. Si ça continue, ça sera pas beau tout à l'heure.

Les vieilles filles Grandbois réclamaient leur pianiste. Émilienne se promit de lire l'article au complet un peu plus tard.

* * *

Après les nombreuses soirées à confectionner des billets au logement de Léandre, Marcel n'avait pas revu son Amandine. La sauceuse chez Viau s'était rendue chez sa mère pour revoir les siens et, le soir suivant, elle avait reçu une compagne de travail qui avait besoin de se confier à elle.

Amandine rentrait à peine de la biscuiterie. Elle était à fricoter des restes de poulet quand Marcel parut à la chambre.

— Comment ça se fait que t'as pas encore soupé ?

À la sortie de l'usine, elle s'était attardée à offrir des billets de loterie à des compagnons et à des compagnes, comme elle l'avait fait pendant les pauses de la journée. Elle en avait vendu quelques-uns, et plusieurs lui avaient mentionné qu'ils n'avaient pas l'argent suffisant sur eux, qu'ils régleraient au cours de la semaine.

Elle apporta son assiette sur la table. Elle avait faim. Marcel la regarda manger en silence, en lui racontant qu'il avait réussi à convaincre deux clientes de lui acheter un billet et qu'il avait ce genre de sollicitation en horreur. En venant la voir, il avait remarqué des groupes d'enfants qui s'amusaient avec des billes en misant quelques sous. Le jeu semblait avoir gagné la jeunesse et se répandre dans le faubourg.

— Tu manques d'ambition, lança Amandine, en repoussant son assiette. C'est pas avec ton petit salaire à l'épicerie que tu vas avancer à quelque chose. Puis quand on va se marier, penses-tu vraiment qu'on va rester ici ?

— Je gage que t'as acheté un billet ? exprima-t-il, l'air interrogatif.

— Écoute-moi ben, Marcel, dit-elle, éludant la question. On pourrait fouiller dans tes petites réserves, si tu vois ce que je veux dire…

Le regard enjôleur, elle alla s'asseoir sur lui et, les lèvres frémissantes, elle commença à le dévorer de baisers.

Chapitre 12

La taverne était prise d'assaut. En raison du nombre de billets vendus, Edmond Archambault avait prévu une affluence inhabituelle à son commerce. Mais voilà que les tabourets du comptoir et toutes les chaises étaient occupés, et on se bousculait à la porte. Plusieurs étaient restés debout, faute de place aux tables. Les serveurs ne fournissaient pas, mais le tavernier avait les réserves liquides suffisantes pour satisfaire les plus assoiffés. C'était au-delà de ses espérances; il jubilait.

Sur le trottoir, noyé dans une petite foule piétinante et fébrile qui grossissait, Marcel tenait nerveusement une liasse de billets. Selon ce que lui avait mentionné Léandre, le tirage s'effectuerait vers les huit heures trente. Sous l'influence pressante d'Amandine, il avait dépensé une somme appréciable qui avait grugé son héritage. Son père était absent. À voir l'engouement des derniers jours à la taverne, Sansoucy avait résolu de souffrir la voix des femmes au logis plutôt que de s'exposer au brouhaha du débit de boissons. Ce qui n'était pas peu dire…

Plus l'heure approchait, plus la masse s'agitait. Certains voulaient qu'on devance la pige, d'autres souhaitaient qu'on fasse tirer plusieurs gros lots pour satisfaire le nombre élevé de participants. À l'intérieur, l'air sain se raréfiait, devenait irrespirable dans la fumée et les effluves musqués des hommes. On commençait à suffoquer. Le tenancier demanda qu'on ouvre toutes grandes portes et fenêtres. Dès lors, à l'extérieur, on entendait la rumeur insistante des buveurs qui réclamaient à leur tour le tirage.

Dans le voisinage, les résidants s'ameutaient. Ce n'était plus un petit groupe agglutiné à la façade de l'établissement, mais un fourmillement de curieux qui épaississaient le trottoir.

Une voiture de patrouille se gara devant les immeubles voisins.

— La police! cria une voix retentissante.

Le troupeau se débanda rapidement. On traversait la rue en courant, on s'éloignait sur le trottoir, emporté par la peur, comme le vent d'automne qui souffle en bourrasques sur les feuilles mortes.

Les constables Lefebvre et Poisson foncèrent vers le noyau compact massé dans l'entrée, assénant des coups de garcette aux joueurs effarés qui se dispersaient, se frayant un passage en exigeant qu'on leur laisse la voie libre.

Pas particulièrement impressionné par la descente des agents de l'ordre, Léandre délaissa le boulier et, avec une allure dégingandée, s'achemina au comptoir où se trouvait le patron.

— Encore vous, Sansoucy! déclara Lefebvre.

— Léandre est un de mes meilleurs employés, ricana le propriétaire. Que lui voulez-vous?

— C'est à vous, Archambault, que nous avons affaire, affirma le constable Poisson. Vous savez que la loterie est illégale. Nous avons le devoir de saisir votre équipement.

Les détenteurs de billets qui ne s'étaient pas enfuis surveillaient avec un intérêt croissant la conversation. Lefebvre amorça le pas vers Hubert Surprenant afin de s'emparer du boulier. La physionomie d'Archambault s'assombrit.

— Attendez une minute, monsieur l'agent! intervint Léandre. Il y a sûrement moyen d'arranger ça, murmura-t-il d'une voix énigmatique.

Sur un signe de tête, Léandre invita Archambault à se retirer dans la petite pièce adjacente. Après un bref échange, le patron se rendit à sa caisse et demanda aux policiers de le suivre dans son arrière-boutique.

— Je vous donne chacun vingt piasses et vous nous laissez tranquilles…

Les constables fixèrent les billets, se consultèrent du regard.

— Ça va être vingt piasses à chaque tirage, dit l'agent Poisson d'une voix blanche. Puis arrangez-vous pour être un peu plus discrets la prochaine fois.

Les agents quittèrent les lieux.

— On l'a échappé belle! soupira Archambault.

La salle s'emplissait de tumulte. Des détenteurs de billets restés sur le trottoir apparurent et occupèrent les places libérées par les froussards. Marcel avait enfoui sa liasse dans sa poche et s'était sauvé avec d'autres. Puis il était revenu sur la devanture. Ne craignant plus la présence policière, il entra à la taverne.

La vue de tous ces hommes engouffrés dans un endroit sombre et sordide lui déplut. Il prit place à une table occupée par trois clients qui le toisèrent du regard. Le jeune n'avait pas l'âge de fréquenter les débits de boissons, et il détenait un nombre impressionnant de billets qu'il avait étalés devant lui en s'assoyant. Un serveur s'approcha et lui offrit à boire. Il refusa. C'est là que son père et son frère se tenaient souvent, assis devant une bouteille ou à servir les buveurs avec un sourire attentionné. Non, ce n'était pas pour lui. Et même s'il gagnait, il ne remettrait pas les pieds à la taverne.

Archambault annonça que le tirage aurait lieu, mais qu'à l'avenir, pour éviter les rassemblements à l'extérieur et afin que tous les participants à la loterie soient informés, on afficherait seulement le lendemain le numéro gagnant dans quelques endroits publics.

Hubert actionna le boulier et Léandre pigea un dé. Les paupières de Marcel glissèrent sur ses billets, tandis que les buveurs gardaient les yeux rivés sur leur unique bout de papier.

Aucun de ses numéros n'était constitué du chiffre des milliers. Sa mâchoire se durcit, ses doigts se crispèrent. Il sentit monter en lui une rage qui se répandait dans tout son être. Il eut envie de tout balayer du revers de la main, de renverser la table en se redressant brusquement. Mais il ne voulait pas attirer vers lui les regards malicieux. Il arbora un sourire trompeur. On penserait qu'il n'était pas déjà vaincu dès le premier mouvement du boulier, qu'il n'avait pas eu la mauvaise idée de risquer ses économies.

Alors que l'assistance retenait son souffle, pendue aux lèvres d'Edmond Archambault que Léandre avait demandé pour les derniers tours de manivelle, Marcel s'esquiva furtivement et se retrouva sur le trottoir.

Le benjamin de la famille Sansoucy marchait à présent d'un pas rapide vers la chambre d'Amandine. Il éprouvait un vif sentiment de culpabilité pour avoir cédé par faiblesse à ses désirs.

Il escalada les marches deux à deux et fit irruption dans la chambre.

— Voyons, Marcel, t'as l'air tout débobiné ! s'exclama Amandine.

— Je m'en veux d'avoir perdu de l'argent, exprima-t-il.

— C'est ma faute, confessa-t-elle, j'aurais jamais dû insister pour que t'achètes des billets.

Elle allait l'entraîner sur son lit en lui prenant la main. Cette fois, le garçon avait résolu de résister au charme attendrissant de la jeune fille. Il se rebiffa.

— Non, Amandine ! J'ai juste envie de brailler ! Je pense que le vieux Dubreuil serait pas fier de moi, lui qui avait trimé dur pour ramasser cet argent-là.

Amandine avait beau lui parler doucement, lui prodiguer des caresses, mais Marcel demeurait insensible. Il lui donna un baiser furtif et rentra à la maison.

* * *

L'air éminemment contrarié, Marcel allait récupérer son triporteur dans la cour quand il croisa Léandre et Simone dans l'arrière-boutique. Leur père tardait à descendre au magasin, la commis comptable en profitait pour consigner, à son insu, dans un cahier, les chiffres provenant de la vente des billets de loterie et les résultats des tirages de la veille.

— T'as ben la grosse gueule, toi, à matin! lança Léandre. As-tu des problèmes avec ta *blonde*, coudonc?

— Laisse-moi tranquille, je file pas, c'est tout! Ça t'es jamais arrivé, toi, de pas filer?

— Je t'ai vu, hier soir, à la taverne; t'as juste passé proche de gagner, t'étais assis à la table gagnante...

— Comment ça, la table gagnante? Je suis parti parce que j'avais pas le bon numéro; j'avais plus d'affaire là!

La cagnotte avait été remportée. Cependant, à la demande générale, dans l'atmosphère houleuse de la salle, Archambault avait consenti à ce qu'on procède à un second tirage.

— Quoi? Ça veut dire qu'un de ceux qui étaient assis à ma table a peut-être gagné le deuxième magot avec un de mes billets...

— T'avais plus qu'un billet? s'enquit Léandre.

— Moi, j'en avais vendu deux à des clientes, mais j'en avais acheté plusieurs...

Simone pâlit. Elle déposa sa cigarette dans le cendrier et, de sa main abondamment baguée, fouilla dans son cahier et indiqua la somme remise par Marcel. Persuadé que la seconde cagnotte lui revenait en propre, il s'informa auprès de son frère sur ce qu'il connaissait du présumé gagnant. D'ailleurs, Léandre l'avait revu le matin même aux usines Angus qui encourageait ses compagnons de travail à participer à la loterie. Quelques instants plus tard, Marcel enfourchait son triporteur et fonçait vers le nord, déterminé à s'entretenir avec la personne concernée.

Il stationna son véhicule et entra dans un des bureaux administratifs. Une imposante matrone habillée de kaki releva la tête de son dactylographe. Avec son allure sévère de militaire en service commandé, elle aurait été capable de faire reculer tout un régiment.

Il ôta sa casquette et s'avança timidement vers elle.

— Si c'est pour de l'emploi, assoyez-vous là et remplissez le formulaire, dit-elle.

— J'ai déjà une *job*, bafouilla Marcel. Je travaille à l'épicerie de mon père. J'aimerais rencontrer monsieur Octave Simard, s'il vous plaît, hasarda-t-il.

— Il faudra attendre au *break*, répondit aimablement la respectable secrétaire.

Marcel alla sagement s'asseoir. Il avait quitté le magasin avec emportement. Il se demandait s'il ne valait pas mieux appeler pour prévenir de son retard ou laisser à Léandre et Simone le soin d'expliquer la situation. D'une façon ou d'une autre, il s'était mis dans l'embarras. Son père grognerait, sa mère s'énerverait, et l'ouvrage retarderait.

De temps à autre, il se levait, se rendait à la fenêtre carrelée et observait les déplacements qui s'effectuaient dans la cour. Puis il se retournait, consultait l'horloge et allait se rasseoir. La plupart des employés étaient confinés dans les énormes hangars, à supporter le bruit incessant, à respirer les odeurs poussiéreuses, dans la clarté des hautes lumières irradiantes et la senteur persistante des soudures métalliques.

On entendit le son strident d'une sirène qui s'estompa rapidement.

— Attendez-moi un instant, dit la secrétaire.

Quelques minutes plus tard, elle revint, entraînant un ouvrier derrière elle.

— Que c'est que tu me veux, le jeune ? demanda Simard.

— Je viens réclamer le prix que vous m'avez volé, hier soir, à la taverne Archambault.

— Comment ça, voler ? D'abord, t'es même pas d'âge à rentrer dans une taverne. Ensuite, comme la plupart de ceux qui étaient là, j'avais mon billet, puis ça s'adonne que mon numéro a été tiré.

— Je me rappelle que vous aviez un seul billet quand j'étais assis à côté de vous. Là je suis parti parce que j'avais pas gagné. Mais après, j'ai su qu'il y avait eu un deuxième tirage.

— C'est pas de ma faute si t'es parti en abandonnant tes *tickets*, mon jeune. Puis il y a rien qui te dit que j'ai remporté la cagnotte avec un de tes numéros.

— C'est vrai, mais rien ne prouve que c'en était pas un…

— En tout cas, va falloir que tu te lèves de bonne heure pour prouver que j'ai gagné avec un de tes billets.

Octave Simard pivota sur ses talons et prit congé.

Désemparé, Marcel remercia la matrone et retourna au magasin.

Émilienne et Paulette ne fournissaient pas à la caisse, Léandre était allé livrer, et plusieurs clientes s'affairaient devant les tablettes. Comme un chien enragé, l'épicier surgit en rogne de son coin.

— Je sais, le père, je suis un peu en retard, exprima Marcel, en abaissant les paupières. Léandre a dû vous dire…

— Ça me fait rien que t'ailles vendre des billets aux *shops* Angus, proféra le patron, mais arrange-toi donc pour te lever comme lui à cinq heures du matin. Surprends-toi pas, après, si ton salaire est coupé…

— Donne-lui une chance, Théo, le défendit Émilienne, en voyant son mari s'éloigner vers son étal.

Toutes les clientes s'étaient tournées pour le regarder. Une gêne coupable coula sur le visage du pauvre livreur. Marcel aurait souhaité s'enfoncer dans le plancher, se fondre dans les murs, disparaître. Il avait le profond sentiment d'avoir pris les mauvaises décisions. À proprement parler, il n'avait pas connu de revers de fortune, mais le jeu de hasard ne lui apportait que des embêtements.

Les boîtes à livrer avaient été placées par ordre de priorité, selon les appels reçus depuis le début de la matinée. Il ramassa les premières et les transporta dans le panier de son triporteur. Le camion de livraison se gara sur la devanture. Léandre en descendit.

— Ça a pas l'air de filer pantoute, observa-t-il.

Marcel tira rageusement de sa poche les billets qui lui restaient.

— Toi puis ta maudite loterie ! se fâcha-t-il, en brandissant les papiers. Ça m'apporte rien que du trouble. Ça fait que compte plus sur moi, ni pour en acheter ni pour en vendre.

Léandre se contenta d'esquisser un sourire compatissant en prenant les billets. Après le revirement que son frère avait dû subir aux usines Angus, il n'était pas étonné de le voir dans un tel état. Il entra au magasin et alla remettre à Simone la liasse que Marcel venait de lui restituer.

Le boucher avait semé la terreur dans son commerce. Les clientes régulières avaient beau connaître leur épicier au tempérament coléreux, il semblait particulièrement irritable ce jour-là. Cependant, deux d'entre elles allèrent le retrouver pour lui apporter leur soutien. La loterie chinoise de la taverne Archambault faisait des ravages dans certains logis du faubourg. Il avait bien fait de réagir contre son fils Marcel, et elles le suppliaient d'intercéder en leur faveur auprès de Léandre pour qu'il délaisse son activité avant l'éclatement des familles. Ce à quoi Sansoucy avait rétorqué qu'il n'était pas un représentant de l'ordre, qu'il en causerait toutefois avec son fils et que, le jeu étant en train de s'enraciner dans les mœurs, il serait fort difficile de les assainir.

Cela dit, le reste de la journée, l'épicier chercha plutôt à éviter le sujet avec Léandre. Il n'était pas enclin à l'affrontement avec lui. La scène avec Marcel l'avait passablement secoué. Il puiserait dans son fonds de charité chrétienne pour accueillir son jeune pensionnaire.

Après la classe, Bertha Pouliot parut avec son garçon, un maigre bagage dans les bras. Son cœur de mère palpitant d'émotion, elle laissa perler une larme à sa paupière.

— C'est aujourd'hui le grand jour! annonça-t-elle d'une voix émue.

— Occupe-toi de la caisse, Paulette, je vas monter avec Jérémie, dit Émilienne.

L'épicière entraînait l'enfant vers la porte. Sansoucy surgit.

— Minute, Mili, intervint-il, le jeune va déposer son sac d'école en arrière, puis il va aider Marcel à finir ses livraisons! L'innocent a commencé assez tard à matin qu'il en a jusqu'à huit heures et demie si on l'aide pas.

— Vous allez le payer, j'espère, exprima la dame.

— Si vous pensez que je vas garder votre garçon à rien faire, vous vous trompez royalement, madame Pouliot!

— On pourrait ben lui donner quelques cennes pour ses petites dépenses, Théo, plaida l'épicière.

Plutôt que d'exprimer son mécontentement, Sansoucy mâchouilla ses moustaches et regagna muettement son coin. Jérémie largua son sac d'école sur le comptoir et raccompagna sa mère, pour revenir avec une voiturette moins de quinze minutes plus tard.

Avant d'entreprendre sa première livraison, pendant que l'épicière avait le dos tourné, il s'approcha du comptoir. Puis, sous les yeux ahuris de Paulette, il souleva effrontément le couvercle d'un pot et s'empara de deux bâtons de réglisse noire.

Jérémie paraissait emballé. Sur le trottoir, ruminant sa friandise, il tirait sa voiturette d'un pas alerte, fier d'avoir trouvé un travail auquel il ne s'attendait pas. À l'angle des rues, il s'arrêtait et faisait descendre doucement la commande sur le pavé pour la faire remonter tout aussi précautionneusement de l'autre côté. Aux portes des logis, on s'étonnerait de le voir apparaître. Il dirait qu'il avait élu domicile chez l'épicier pour l'hiver, parce que ses parents étaient dans la misère et qu'il était capable de rendre service comme sa mère le lui avait demandé. Mais avant de quitter la ménagère, il attendrait sur le seuil qu'elle daigne lui donner quelques sous pour sa commission.

Entre-temps, Marcel s'était un peu remis de son revers aux usines Angus. Il avait fait son deuil de sa petite mésaventure financière et, grâce à la collaboration de Jérémie, il restait de moins en moins de livraisons à faire avant le souper. Cependant, il n'envisageait pas de retourner ce soir chez Amandine. Une journée ou deux sans la voir lui ferait comprendre qu'elle ne pouvait le manipuler comme elle le voulait. D'ailleurs, il convenait d'être à la maison pour accueillir le jeune Pouliot dans sa chambre.

C'était l'heure de souper. Émilienne était allée s'étendre, Théodore et Marcel n'étaient pas montés, et Irène retardait. Alphonsine avait dressé un couvert de plus pour le nouveau pensionnaire qui prendrait place entre elle et Alida. Héloïse touillait la soupe aux tomates et riz sur le poêle et surveillait Jérémie qui la toisait en reluquant la corbeille.

— Va te laver les mains ! ordonna-t-elle.

— Oui, mademoiselle Héloïse, répondit-il.

Le temps de le dire, le garçon avait chipé un morceau de pain, s'était réfugié aux toilettes et avait verrouillé la porte. La vieille fille déposa sa louche dans une soucoupe et s'achemina à la salle de bain.

— Ouvre, mon petit tornon, sinon je vais te mettre en pénitence.

— Ça commence bien, dit Alphonsine.

Émilienne avait entendu les paroles exaspérées de sa sœur ; elle fit irruption dans la cuisine et alla la rejoindre.

— Va falloir que tu t'habitues à écouter, mon garçon, affirma-t-elle, ouvre à madame Sansoucy.

L'enfant tourna lentement la poignée et parut. Il avait les yeux rieurs et les joues bourrées de pain.

— Asteure, lave tes mains comme il faut. T'as touché à toutes sortes d'affaires, puis tu peux attraper des microbes.

Jérémie s'exécuta et revint s'asseoir sagement à sa place, les bras croisés. Peu après, Sansoucy entra avec l'aînée et le benjamin.

— J'ai ma journée dans le corps, dit-il, avant de s'écraser sur sa chaise.

— Monsieur Sansoucy, dit Jérémie, faut se laver les mains.

— Ah ! ben taboire, rétorqua-t-il.

— Monsieur Sansoucy va aller dans la salle de bain, ça sera pas long, hein, Théo ? dit Émilienne.

L'épicier bougonna et se rendit aux toilettes. Et plutôt que de se rasseoir à la table, il s'empara de *La Patrie* et s'installa dans sa berçante. En feuilletant le journal, il tomba sur la prédiction du frère André concernant la menace communiste qui semblait se réaliser : « Avant cet hiver même, nous aurons bien des incendies d'églises et les villages seront les premiers à souffrir de la vengeance de l'incendiaire… », avait prophétisé le vénérable religieux. Placide continuait donc d'écrire des articles, compromettant ainsi sa réussite scolaire. Il s'en irrita d'autant plus qu'il paierait également pour le rejeton des Pouliot qui venait grossir la maisonnée. Et plutôt que de se faire rabâcher de belles phrases sur le choix de son défroqué et la charité chrétienne, il garda pour lui-même ses pensées.

On s'attabla finalement. Bien encadré par deux des tantes de la maison, Jérémie se sentait surveillé. Alida le ralentissait dans sa hâte d'avaler la soupe d'Héloïse, qu'à l'accoutumée tout le monde trouvait plutôt ordinaire. Alphonsine l'empêchait de beurrer trop abondamment son pain, tandis qu'Émilienne était absorbée dans ses souvenirs. Elle avait l'étrange sentiment qu'elle revivait des moments inoubliables avec sa jeune famille autour de la table. L'espace d'un instant, elle se sentit rajeunir, pleine d'énergie, à s'occuper de ses enfants et des besognes ménagères du matin au soir. Et si elle avait connu ses petites misères, ce n'était rien comparativement à ce que vivaient certaines familles pauvres du quartier.

Certes, les Pouliot n'étaient pas favorisés. Mais elle avait entendu parler d'une résidante de la rue Cuvillier dont la vie n'était pas plus facile. La dame avait perdu son mari mort d'une péritonite aiguë et elle était restée avec deux enfants sur les bras. Pour survivre, la pauvre veuve avait été dans l'obligation de vendre l'écurie et les chevaux qu'ils possédaient et de déménager dans un appartement plus modeste. Par la suite, elle s'était trouvé un emploi de couturière dans une usine de fabrication de vêtements du centre-ville. Elle se levait très tôt le matin et préparait le repas de ses enfants qui allaient dîner sans elle à la maison. Puis elle revenait en tramway après l'ouvrage, reprenait ses tâches domestiques, et veillait aux devoirs et aux leçons. Ainsi s'égrenaient tous les jours de la semaine, du lundi au samedi midi.

Pour un temps, en quelque sorte, Marcel ne serait plus le benjamin de la famille. Jérémie devenait ce petit frère qu'il n'avait jamais eu. Déjà il s'en était fait un allié, une aide à la livraison. Il le trouvait pas mal dégourdi pour ses douze ans. Il avait réussi à soutirer des pourboires à plusieurs clientes, chose qu'il n'aurait pas eu lui-même l'audace de faire. Et surtout, à son âge, il n'aurait pas eu l'impertinence de dire à un adulte de se laver les mains avant le souper.

Jérémie semblait manger à sa faim. Pendant des années, les Pouliot avaient dû nourrir leur progéniture de privations; maintenant qu'il était au seuil de l'adolescence, le nouveau venu dévorait tout ce qu'on mettait dans son assiette, sauf, bien sûr, le gras et le croquant qu'Alphonsine découpait des tranches avant de les lui donner. Les autres n'en faisaient pas de cas; ils étaient habitués de la voir se régaler de leurs restes.

— À ce train-là, mon Jérémie, tu vas me coûter cher, commenta l'épicier.

— Ma mère m'a dit de pas me gêner, que vous aviez certainement beaucoup d'argent pour posséder autant de marchandises dans votre magasin, débita le garçon.

— Tu diras à ta mère que le marchand doit acheter les produits avant de les placer sur les tablettes et qu'il y a aussi de la perte, parfois.

Irène posa avec majesté un beau gâteau au chocolat, glacé par l'impotente. Jérémie était dans un état de ravissement inexprimable. L'aînée allait en tailler des morceaux quand Émilienne manifesta le désir de souligner la venue du pensionnaire en invitant les colocataires du troisième à déguster avec eux le dessert exquis.

Marcel recula sa chaise et alla prévenir les deux couples. Il était arrivé juste à temps à l'étage ; Simone avait aussitôt rangé sa boîte de biscuits secs.

On ajouta des chaises. Irène trancha le premier morceau et tous les yeux suivirent l'assiette destinée à Jérémie.

— Votre dernier-né, la mère, vous l'avez porté longtemps avant de le mettre au monde ! dit Léandre, en décochant une œillade à l'adolescent.

— J'espère qu'il sera pas trop dur à élever, celui-là, commenta Héloïse. J'aime mieux les prendre aux couches comme Stanislas, ajouta-t-elle, déplaisante.

Paulette s'empiffrait et Stanislas, assis sur les genoux de sa mère, se marbrait à deux mains la figure du glaçage chocolaté. Héloïse s'exaspéra :

— Voyons, Simone, qu'est-ce que tu penses ? dit-elle. Laisse-le pas faire, ton petit. Comme je disais à Lida pas plus tard qu'aujourd'hui, faudrait commencer par élever les parents avant d'éduquer les enfants, soupira-t-elle. Puis qui c'est qui va ramasser ce qui est tombé sur le plancher ?

Émilienne accusa muettement la remarque au goût acide. Héloïse ne manquait jamais une occasion de lui *renoter* les lacunes sur l'éducation si généreusement dispensée à ses enfants. Pourtant, il lui semblait qu'à la maison on n'avait rien ménagé pour la rendre heureuse. Ce fut d'abord l'envahissant perroquet qu'on avait supporté et qu'on tolérait à présent empaillé dans la cuisine. Puis le piano récupéré de la campagne pour satisfaire ses élans musicaux. À côté d'elle, la pauvre Alida paraissait plus heureuse de son sort et tellement plus agréable quand il s'agissait d'éducation.

Léandre s'excusa et se retira de table en disant qu'il allait bientôt travailler. Avant de prendre congé, il s'approcha de Jérémie et lui murmura quelques mots à l'oreille. Paulette décida alors de regagner son logis. Simone se dépêcha de débarbouiller Stanislas pendant que David nettoyait le prélart. Puis ils disparurent, au soulagement d'Héloïse, qui reprendrait son rôle de gardienne le lendemain.

Dès que les colocataires eurent traversé le seuil, Jérémie se pressa vers la porte.

— Eille! s'exclama Héloïse, où c'est que tu vas de même?

— Léandre veut me parler; il a deux mots à me dire avant d'aller à la taverne.

— Ça a besoin d'être juste deux mots, tes leçons puis tes devoirs sont pas faits.

L'adolescent gravissait déjà les marches de l'escalier. Émilienne se rappela que la mère du jeune Pouliot lui avait mentionné qu'il était bon à l'école et qu'il n'y avait pas lieu de s'inquiéter.

Une vingtaine de minutes plus tard, Jérémie revenait au logement de l'épicier, un sourire narquois sur la physionomie. Les femmes avaient entrepris la vaisselle. Il n'avait pas eu le temps de prendre quelque chose à boire. Il se dirigea vers l'armoire ouverte et, avec impertinence, prit un gobelet qu'Héloïse venait d'essuyer; puis il alla à la glacière, empoigna la pinte et se versa du lait. Après l'avoir ingurgité, il se rendit à l'évier et se débarrassa de son verre dans l'eau savonneuse.

— Il est donc poltron, cet enfant-là, pesta Héloïse.

— On est ben *sans-dessines*, précisa Émilienne, on aurait pu lui en offrir, du lait, tout à l'heure.

— En tout cas, il avait l'air pressé d'aller en haut, commenta Alphonsine. Je me demande ben que c'est qu'il fricote encore, ton Léandre.

Jérémie avait rejoint Marcel à sa chambre. Ses vêtements remisés dans les tiroirs de la commode, il s'était installé à ses travaux scolaires. Pour sa part, Marcel s'était absorbé dans les bandes dessinées de *La Presse* illustrée du samedi. Le garçon, assis à son pupitre, paraissait très appliqué ; il ne voulut pas le déranger. Cependant, sa visite au troisième étage de l'immeuble l'intriguait sérieusement. Il ne put réprimer son envie de le questionner :

— Coudonc, Jérémie, que c'est qu'il te voulait, mon frère ?

— Ça, c'est entre lui et moi, répondit l'enfant.

— Si tu veux qu'on soit des amis, va falloir que tu me le dises.

Un silence embarrassé emplit la pièce.

— Prends-moi pas pour un innocent, Jérémie, je gagerais ma chemise que c'est pour sa loterie ! exprima Marcel d'une voix impérieuse.

Léandre lui avait demandé s'il ne se joindrait pas à l'équipe de vendeurs de billets moyennant une petite commission. Il n'aurait qu'à en offrir à la clientèle du magasin en faisant ses livraisons. Marcel lui fit une mise en garde : son frère était bien gentil, mais il se servirait de lui pour faire de l'argent à ses dépens.

Chapitre 13

Le samedi de la même semaine, Jérémie était allé livrer chez madame O'Hagan, la mère de David, sur l'avenue Jeanne-d'Arc. Sans connaître les véritables motifs, Marcel avait accepté d'être remplacé ; il évitait ainsi de rencontrer la mère d'Amandine – voisine des O'Hagan –, qui s'informait toujours de sa fille. Avec la permission de l'artisan, et selon la recommandation de Léandre, il avait rangé sa voiturette dans la cour de la boutique de cercueils pour se dispenser de la traîner au marché Maisonneuve. Dans les poches de son coupe-vent aux manches trop longues, il avait dissimulé une liasse de billets de loterie pour les soustraire à la vue des gens au magasin. Il se proposait maintenant de les écouler.

Sous les auvents, la place foisonnait de consommateurs. Des ménagères grappillaient dans les étals regorgeant de fruits et de légumes des campagnes environnantes. La terre avait été généreuse, la récolte, abondante. Un peu en retrait, l'air ennuyé, des enfants près de leur voiturette attendaient que leur mère vienne se délester de leurs sacs. Aux portes de l'établissement, un flot incessant d'acheteurs entrait ou sortait. L'endroit était stratégique. Jérémie décida de s'y installer.

«Billets de loterie à vendre, gros prix à gagner!» s'écriait-il. Au milieu de cette foule bigarrée, la main étirée vers le ciel, il débitait son boniment comme le camelot qu'il avait aperçu dans un kiosque à journaux, rue Sainte-Catherine. Ou encore comme le vendeur itinérant qui, pendant l'été, déambulait dans les rues à côté de sa charrette en gueulant: «Du bon blé d'Inde bouilli, cinq cennes pour un épi!»

Manifestement, dans le quartier, la publicité avait été assurée par le bouche à oreille. Parfois, les mains pleines de paquets, les gens s'arrêtaient. Riches ou pauvres, ils fouillaient dans leur bourse ou le fond de leur poche et s'arrachaient des chances. On venait à lui, attiré par la bonne fortune, la tête remplie de petits rêves. À peine parvenait-il à remettre les billets et la monnaie. Et il ne manquait pas de mentionner que, le samedi suivant, une affiche indiquerait les numéros gagnants.

Une femme et son fils miteusement attriqués émergèrent de l'établissement en arborant un sourire matois. Le regard soupçonneux, l'enfant demeura à l'écart avec un sac de provisions. Sa mère s'avança vers la grappe entourant Jérémie en dardant sur lui ses yeux vairons.

— Je vas le dire à ta mère, proféra-t-elle, l'air indigné. C'est comme rien, elle doit pas savoir que tu vends des billets de loterie.

Entre deux transactions, Jérémie leva la tête vers celle qui l'avait cavalièrement interpellé.

— Vous lui direz ce que vous voudrez, madame Morasse, mais je suis pas un voleur comme votre garçon, rétorqua-t-il vivement. Puis je gage que vous avez pas payé tout ce qui est dans votre sac. Si j'étais vous, je me sauverais avant d'être attrapé par le gardien du marché.

— Vous autres, vous êtes juste une gang de pouilleux, les Pouliot! se moqua-t-elle, avant de rejoindre son fils et de quitter la place publique.

Jérémie avait éprouvé un malin plaisir à lui répondre du tac au tac. Il n'avait pas voulu s'en laisser imposer par la mère, mais il redoutait à présent le morveux qui avait esquissé un sourire malicieux.

Il acheva de vendre ce qui lui restait de billets avant le dîner. Sa mère n'était pas venue encore. Elle ferait ses emplettes seulement vers la fin de l'après-midi. À ces heures, le choix serait restreint, mais avant que leurs camions et leurs charrettes à chevaux regagnent la campagne, les cultivateurs se débarrasseraient de leurs stocks d'invendus à des prix plus abordables.

* * *

Léandre avait fait un crochet par l'*Ontario's Snack-bar*. Après quelques déplacements, il avait décidé d'aller vendre ses billets au restaurant. Il s'était fié aux deux plus jeunes pour effectuer un peu de son ouvrage. Par contre, toute la matinée, son frère s'était échiné sur son triporteur. Marcel était parti depuis deux heures et personne n'avait revu Jérémie depuis son départ avec sa voiturette.

Au magasin, on commençait à s'énerver. Émilienne et sa belle-fille ne savaient plus où placer les boîtes à livrer. À la caisse, la file s'allongeait, on s'impatientait. Embourbée, l'épicière se sentait envahie par un amoncellement de cartons, et la grasse Paulette venait d'empiler deux commandes avec un sac de patates entre elles derrière le comptoir. Au comptoir des viandes, Sansoucy s'exaspérait.

Marcel apparut au commerce, l'air exténué. Le boucher essuya ses mains sur son tablier et s'achemina à l'avant, la tête effarée par la lenteur des livraisons.

— T'es ben branleux, toi, à matin ! Envoye, *déguédine*…

— Ça tombe vraiment mal, le père, vous m'avez pas vu *goaler* tout l'avant-midi, riposta Marcel. Après tout ce que je fais, vous trouvez encore le moyen de *chiquer la guenille* sur moi.

— Prends sur toi, Théo, intervint Émilienne, chicane-le pas.

— D'abord, c'est ce petit torrieux-là qui s'amuse quelque part, je suppose ! J'ai ben hâte d'y voir la fraise, à celui-là…

L'air embarrassé, Marcel se retenait de dire que Jérémie était allé livrer chez la belle-mère de Simone, et l'épicière cherchait des paroles pour défendre son jeune protégé. Le tintement de la clochette les tira de leur conversation. Léandre entra et fixa le plancher d'un air étonné.

— Coudonc, vous êtes pas plus débourrés que ça dans les livraisons? lança-t-il.

On baignait dans une extrême confusion qui tira Simone de son arrière-boutique. Tous se consultaient du regard, en souhaitant que l'un ou l'autre révèle ce qu'il savait. Léandre avoua qu'il s'était «un peu étiré» en allant prendre un Coke au restaurant et Marcel dut admettre qu'il avait permis à Jérémie de livrer une commande à sa place, sans savoir ce qui était survenu par la suite. Mais personne n'avait la moindre certitude sur ce qui était advenu du pensionnaire. Pendant ce temps, tout le magasin semblait figé comme une statue de sel. Un tintement de la clochette se fit entendre. Jérémie parut, les vêtements déchirés et le visage sanguinolent. Il fit quelques pas dans le magasin et s'effondra sur un étalage de conserves en boîtes.

— Mon Dieu Seigneur! s'exclamèrent les femmes.

Sansoucy grommela des jurons dans ses moustaches. Des sueurs froides inondèrent le corps de l'épicière qui s'affaissa mollement sur le tabouret. Des clientes passèrent la porte et d'autres, assoiffées de sensations fortes, ne détachaient pas leurs yeux du blessé.

— Ben, ramassez-le, quelqu'un! proféra Simone. P'pa, si vous voulez nous aider, tassez-vous, puis allez-vous-en dans votre coin.

Pendant que Paulette bassinait les tempes de sa belle-mère, Germaine Gladu et Dora Robidoux commencèrent à dégager le comptoir pour allonger le garçon. Mais déjà Léandre et Marcel le transportaient à l'abri des curieuses sur le bureau de Simone.

Jérémie ne parlait pas, mais il poussait des gémissements plaintifs. À mesure que la commis l'épongeait, elle découvrait son visage d'une pâleur livide, défiguré par une lèvre épaisse et un œil au beurre noir. Il devait avoir des meurtrissures sur tout le corps.

— Je pense qu'il a mangé toute une volée, commenta Léandre.

— J'aurais pas dû le laisser aller sur l'avenue Jeanne-d'Arc, se reprocha Marcel.

— Tu pouvais pas savoir, tempéra Simone.

Le jeune Pouliot se leva la tête et balbutia quelques mots:

— C'est la gang à Morasse, livra-t-il, ils m'ont tout volé.

Une colère vengeresse s'empara de Léandre. Il se mit à déblatérer sur les canailles du faubourg et les familles de guenilleux qui volaient le bien d'autrui.

Marcel posa sur son frère un œil furibond. Il songea à lui jeter des blâmes, mais la seule vue de la victime semblait suffire à le condamner. Pour sa part, Simone remettait en question son engagement dans l'organisation de Léandre. Elle était là, comme infirmière de fortune, à soigner les blessures du misérable vendeur de billets étendu sur sa paperasse chiffonnée, à voir le sang qui avait souillé son livre des comptes. Elle résolut de faire transporter la victime à l'étage, dans la chambre de Marcel.

Le pain et la graisse de rôti étaient sur la table. Héloïse s'apprêtait à servir la soupe aux pois. Stanislas tendit les bras vers sa mère.

— Pas tout de suite, mon trésor, maman va te prendre tout à l'heure, dit Simone. Matante! Jérémie a été blessé dans une bataille, annonça-t-elle.

— Je l'avais dit à Mili que c'était pas une bonne idée de loger un des petits Pouliot, rétorqua Héloïse. Je sais pas quand on va m'écouter dans cette maison-là. À propos, elle va monter bientôt avec Théo?

— La mère est sans connaissance, dit Marcel. À l'heure qu'il est, le père doit s'en occuper avec Paulette. Ça fait que Léandre puis moi, on va s'asseoir pour manger pendant que Simone va rester aux côtés de Jérémie.

Éprise par un sentiment de la plus tendre commisération, Alida s'était déportée vers la chambre. Elle renvoya sa nièce à la cuisine pour dîner avec les autres; elle veillerait sur le pensionnaire.

Accablé de fatigue et de douleur, l'agressé avait dormi tout l'après-midi. Émilienne s'était remise de ses émotions et le commerce avait repris son roulement habituel du samedi. Quant à Léandre et Marcel, ils avaient terminé tardivement les livraisons.

Après une journée riche en émotions, Émilienne avait tenu à rassembler tout son monde pour le souper.

Comme s'il ne s'était rien passé de particulier, on avait parlé de la semaine, des progrès de Stanislas, de novembre qui frappait à la porte avec détermination. Jérémie mangeait avec un appétit dévorant, le nez dans son jambon et ses patates pilées, en écoutant muettement ses hôtes débiter des banalités. Quand il s'était assis, on l'avait aussitôt servi, il avait dégusté une première assiettée. Mais il avait senti qu'on posait sur son visage défait des regards insistants. Il savait ce que chacun attendait de lui…

Juste avant le dessert, alors qu'Irène et Alphonsine desservaient, l'épicier ne put réprimer son impatience :

— Batèche! explosa-t-il, on va-tu enfin la connaître, ton histoire?

Le livreur venait de quitter le marché Maisonneuve en direction de la fabrique de cercueils quand avait surgi une bande de cinq ou six chenapans. Il y avait des Pitre et des Morasse, et peut-être un autre garnement qu'il ne connaissait pas. Comme il flairait le complot, il avait tenté de se sauver. On l'avait rattrapé. Un bref échange s'était enclenché. Sous la menace, on l'avait entraîné au parc pour discuter. Puis ç'avaient été les paroles intimidantes et la demande de remettre l'argent qu'il avait ramassé de la vente des billets.

Le méfait accompli, il avait cru faussement qu'on avait tout obtenu de lui. Mais le plus vieux des Morasse avait déchargé sur lui une ruée de coups, imité ensuite par la meute de loups hurlante qui s'était acharnée sauvagement sur sa proie avant de disparaître.

Au bout d'une quinzaine de minutes, abasourdi, il s'était relevé et, rassemblant ses forces, s'était traîné vers le magasin en espérant que David ramène sa voiturette après son travail à l'atelier de son père.

Jérémie avait tout raconté, comme il s'en souvenait. Mais il se doutait que son hôte ne se contenterait pas des faits relatés avec franchise. Sansoucy se tourna vers Léandre.

— Toi, mon démon, tu vas lâcher ça tout de suite, la loterie ; ça fait juste nous attirer des troubles.

— Là vous vous mettez un doigt dans l'œil jusqu'au coude, le père, riposta Léandre sur un ton aigre. Je vas continuer aussi longtemps que je voudrai, pis c'est pas vous qui allez me dire quoi faire. Asteure, vous allez m'excuser, tout le monde, faut que j'aille à la taverne.

Il recula vivement sa chaise et quitta le logis. David crut que son beau-frère était allé trop loin, qu'il fallait le dissuader ; il consulta Simone en cherchant un assentiment dans son regard. Elle semblait désapprouver son frère. Il se retira de table et dévala l'escalier.

Léandre avait réalisé que David le poursuivait. Il s'était immobilisé près de son camion, le dos tourné au vent, et s'allumait une Sweet Caporal. Il releva sa tête ébouriffée vers lui.

— Je gage que tu veux me lâcher, toi aussi. Essaye pas de me faire changer d'idée, ça sert à rien, tu perds ton temps.

— Pour une fois, ton père a raison. On va ramasser rien que des problèmes avec ta loterie de malheur. Tant que ça concernait seulement des adultes, j'étais d'accord pour embarquer dans ta combine. Mais quand c'est rendu qu'un jeune se fait voler l'argent des billets puis que ça vire en bagarre, là ça marche plus. Puis compte pas sur Simone non plus, tu devras te trouver quelqu'un d'autre pour ta tenue de livres. De toute façon, il y a personne dans la famille qui est d'accord avec ce que tu fais. Surtout pas ta Paulette : la pauvre fait juste subir tes manigances. Au moins, si c'était légal, ton affaire. T'es même obligé de «graisser la patte» à la police pour qu'elle se taise. T'es ben mieux d'abandonner ton petit commerce pendant qu'il en est encore temps parce que, je te le dis, si ça continue, ça va finir mal…

Léandre aspira une bouffée qu'il exhala dédaigneusement au visage de son beau-frère.

David remonta à l'appartement.

— Puis, il t'a reviré de bord, je suppose? demanda Simone.

— Il m'a envoyé promener, répondit David. J'ai eu beau essayer de le raisonner, mais il a la tête plus dure que celle d'un Irlandais, badina-t-il.

Assis dans sa berçante, Sansoucy marmonnait des injures. Émilienne était recluse dans ses pensées inexprimées, Irène et Paulette lui tapotaient chacune une main pour la consoler. Alors qu'Alphonsine plaidait en faveur d'une correction des gamins qui avaient assailli leur protégé, Alida, qui avait pris Jérémie en pitié, avait recommandé qu'il s'applique une gaze humide pour désenfler sa figure. Héloïse pestait contre le comportement de Léandre. Selon elle, d'une certaine façon, la loterie illicite de leur neveu était pire que sa débauche à *La Belle au bois dormant* parce qu'elle touchait une frange importante de la population et qu'elle entraînait maintenant des jeunes à se battre. Il fallait sévir contre les Pitre et les Morasse. Ils n'en étaient pas à leurs premières frasques puisqu'elle avait été enfermée par eux dans la glacière du magasin.

Le blessé ôta la compresse de sa paupière irisée.

— Faites pas ça, après ils vont se *revanger* contre moi! rétorqua-t-il.

Marcel, qui avait assisté, impassible, à toute la discussion, avait un argument de plus pour convaincre Amandine des effets indésirables de la vente des billets. Il se rendit à sa chambre.

* * *

Jérémie était seul dans la chambre; Marcel s'était levé avant lui et avait laissé une lumière diffuse filtrer entre les lattes entrouvertes du store vénitien. Un dimanche à paresser à la maison lui avait redonné des forces. Inquiété par son apparence, il se mit la main au visage. La douleur des coups reçus était bien présente. Jérémie se rendit à la commode. Sa figure couverte d'ecchymoses paraissait avoir repris quelque peu son teint naturel: les taches brunes, jaunâtres, noires et bleues s'étaient atténuées, mais il restait des traces de son empoignade avec la bande de *sacripants*. Il eut la tentation de demeurer au logis, la tante Alida prendrait soin de lui, lui dirait de se reposer une journée ou deux de plus. Mais le lundi matin, l'épicier ne tolérerait pas le protégé d'Émilienne à ne rien faire. À l'école, il rencontrerait ses agresseurs. Certains se moqueraient de lui. Qu'à cela ne tienne, il résolut d'affronter le jugement des écoliers.

La cuisine s'était vidée de ses travailleurs. Jérémie déjeuna copieusement. Puis il remercia Héloïse pour son repas et salua Alida. Le sac sur le dos, il allait quitter le logis en disant qu'il ne viendrait pas dîner. Le voyant partir sans un lunch, l'impotente l'interpella et lui demanda d'attendre un instant. Un sourire en coin, elle roula dans son fauteuil jusqu'à sa chambre et en revint avec un billet de banque qu'elle enfonça dans la poche du garçon.

Dans la rue, Jérémie marcha tête baissée, évitant de s'exposer la figure au regard des passants. Sa démarche boitillante lui rappela qu'on l'avait projeté au sol et farouchement criblé de coups de pied jusqu'à être abandonné, seul, meurtri, inanimé.

Il n'était pas pressé. À l'heure qu'il arriverait, la cour de récréation serait déserte. Il essaya d'élaborer une explication à donner à ses frères et aux camarades qui le questionneraient. Jérémie n'avait pas l'habitude des mensonges et ne cherchait pas la discorde. C'était le plus brillant de la famille et celui des enfants Pouliot qui avait le plus d'entregent. Il n'était pas non plus comme ces fils d'ivrognes malmenés au logis et qui se vengeaient sur leurs compagnons.

Le sort le favorisait. Ses frères et ses sœurs ne connaissaient pas le même bonheur d'avoir été recueilli par l'épicière. D'une certaine façon, il estimait qu'ils étaient quand même plus heureux que son ami Guillaume qui, à la mort de sa mère, avait été placé dans un orphelinat avant d'être rescapé par un couple sans enfant. Les Monarque le logeaient dans une chambre mansardée, mal éclairée et pauvrement meublée. Au début, tout semblait bien aller. Les hôtes étaient gentils avec lui et le nourrissaient convenablement. Mais après un certain temps, la dame avait commencé à exiger qu'il effectue des corvées dans la maison et dans le jardin, et à mal le nourrir. On prétendait qu'il mangeait mal, qu'il parlait mal, qu'il était sans manières, qu'il ne savait rien faire d'autre que de s'amuser avec le chien. À table, on lui donnait des restes. De temps à autre, lorsqu'on voulait le récompenser, on lui servait le cou et les ailes du poulet, et quand il ne s'exprimait pas à leur goût, madame Monarque lui lavait la langue avec de la cendre et du savon fort. Et toujours en le menaçant de le retourner à l'institution s'il n'écoutait pas. Mais aujourd'hui, Guillaume ne serait pas là. Avant de disparaître de l'école, il avait confié à son ami Jérémie qu'il s'enfuyait de la maison des Monarque.

À la récréation, deux de ses frères et des camarades se regroupèrent autour de lui.

— T'as rencontré ton homme, coudonc ? s'enquit l'un.

— J'ai pris une maudite fouille en bicycle, répondit Jérémie.

Un peu à l'écart, Morasse et Pitre l'observaient, riant de la supposée mésaventure. L'œil vengeur, Jérémie se préparait à leur répliquer qu'il s'était fait voler de l'argent et battre par leur bande.

L'heure du dîner approchait et la faim lui tenaillait le ventre. Il enfonça inutilement la main dans sa poche pour s'assurer qu'il n'avait pas égaré le billet de la tante Alida ; de l'argent dont ses agresseurs ne s'empareraient pas, cette fois. Un repas au restaurant apaiserait son appétit. Il se prit à rêver de hamburgers, de frites et de boissons gazeuses. L'*Ontario's Snack-bar* lui conviendrait.

Les tabourets étaient occupés et Jérémie préférait ne pas s'inviter à l'une des places disponibles aux tables. Tous les casse-croûte du coin devaient être aussi achalandés. Une serveuse remarqua le jeune client à la figure tuméfiée qui semblait hésiter. Elle s'en s'approcha.

— Ça sera pas ben long, jeune homme, mentionna Lise.

Mais après plusieurs minutes à garder les yeux rivés sur les dîneurs assis au comptoir, au milieu de la fumée et de la musique du juke-box qui braillait sans interruption ses chansons, il entendit un éclatement de jurons provenant d'un joueur agglutiné à une machine à sous. Il interpella la même serveuse :

— Du *change*, s'il vous plaît, mademoiselle.

— Plutôt que de gaspiller ton argent dans une *slot machine*, tu devrais le garder pour manger, rétorqua-t-elle, en esquissant une moue réprobatrice.

Mais le garçon soutenait un regard pressant. Lise disparut un moment et revint avec la menue monnaie demandée. Jérémie s'installa à l'un des gobe-sous.

Au bout d'une demi-heure de jeu compulsif, il avait dépensé sans succès presque la totalité de son avoir. Le temps s'écoulait. Il en avait oublié la faim. Et l'attrait exercé par l'engin le maintenait dans une soumission aveugle. Il voyait ses chances s'amenuiser. Continuer et risquer le dernier dollar de la tante Alida demeurait la seule décision à prendre.

Le jeune joueur était ruiné. Choqué contre l'appareil et contre lui-même, il abaissa un solide coup de poing qui secoua la machine de ce qu'elle avait avalé. L'air désenchanté, il lui tourna le dos. L'*Ontario's Snack-bar* avait restitué ses clients à la rue. À l'heure qu'il était, la classe était recommencée.

Il amorça un pas vers la porte. Léandre revenait du garage d'Albert Simoneau, l'oncle de Paulette. Il était allé faire poser ses pneus d'hiver et faisait un crochet pour saluer Lise en passant. Il entra.

— Comment, t'es pas à l'école, toi? s'enquit-il.

— J'ai plus une maudite cenne, répondit-il.

Depuis la récente visite de Léandre au snack-bar, Gédéon Plourde, le patron de l'établissement, avait acquis des machines à sous. Le livreur comprit que le protégé de sa mère avait englouti de l'argent. Lise lança son torchon et s'avança vers son amant.

— Comme ça, tu connais ce garçon-là? dit-elle.

— Il s'appelle Jérémie, mes parents le gardent pour l'hiver et il travaille à l'épicerie après l'école et le samedi.

Un sourire mièvre plissa les lèvres de Léandre. Il invita le pensionnaire des Sansoucy à s'asseoir pour prendre une bouchée qu'il paierait volontiers.

Après s'être empiffré de deux hamburgers, de patates frites abondamment arrosées de ketchup et d'un Cream Soda, Jérémie accompagna le coursier dans ses livraisons en prenant soin de rester dans l'habitacle du camion devant l'épicerie. Puis, la classe terminée, Léandre alla déposer Jérémie à l'école. Le religieux compréhensif prit le temps de lui fournir quelques explications afin que le blessé puisse terminer ses travaux à domicile. Ensuite, l'élève prit ses effets et s'achemina à l'épicerie.

Isidore et Bertha Pouliot attendaient sur la devanture du magasin. La mère était dans tous ses états. L'aîné avait rapporté que son frère était mal amoché. Elle se précipita vers son fils.

— Il paraît que t'as planté en bicycle. Ça a pas de bon sens de te voir la face de même. Je vas te soigner, tu vas t'en revenir tout de suite à la maison, dit-elle d'une voix chagrinée. Attendez-moi sur le trottoir, je vas le dire à madame Sansoucy.

— Je veux pas m'en retourner avec vous autres, protesta l'enfant. Je suis ben traité ici. J'ai eu juste un petit accident, puis je vas m'en remettre, craignez pas.

Le souvenir de sa tentative de vol à l'épicerie affleura à la conscience d'Isidore Pouliot. Une pensée obsédante roula dans sa tête.

— J'ai une idée ! s'exclama-t-il.

Le miséreux exposa son plan. Il consentait à ce que son fils demeure chez l'épicier. Au fond, en logeant chez les Sansoucy, il serait plus à même de soutenir la famille et plus indispensable qu'à demeurer à la maison avec ses frères et ses sœurs.

Chapitre 14

Il l'appelait matante Alida. Elle le considérait comme son neveu. Jérémie n'était pas un garçon comme les autres. Il avait ce petit air fripon qui dénotait un caractère enjoué qui lui plaisait tant. L'impotente continuait de le gratifier de ses deniers durement ramassés sans jamais lui demander comment il dépensait son argent. Elle se souvenait de la famille venue quémander de la nourriture avec l'abbé Dussault, un certain dimanche soir de l'année précédente. Elle l'avait remarqué parmi les autres et l'avait tout de suite préféré à son aîné, un balourd d'une gaieté niaise qui devait passer le plus clair de son temps à gober des mouches à l'école plutôt que de s'instruire.

Chaque jour, elle surveillait les couleurs qui repeignaient en teintes plus douces la figure de Jérémie. Elle le regardait se déplacer, reprendre une démarche plus normale. Dans sa tête et dans son cœur, il avait pris un peu la place de Marcel, devenu plus indépendant depuis qu'il s'était amouraché d'Amandine. Aussi avait-elle ressenti de la pitié pour les autres membres de sa famille et avait-elle entrepris de tricoter des bas de laine pour les chausser : les missions étrangères étaient plus proches qu'elles l'avaient été auparavant.

Le corps du jeune Pouliot prenait du mieux. Par contre, son âme était aux prises avec un sérieux problème de conscience. Quelques jours s'étaient écoulés depuis la visite de ses parents au magasin et il hésitait à passer aux actes. Si la vente de billets de la loterie de Léandre et les machines à sous de l'*Ontario's Snack-bar* lui étaient apparues honnêtes, il se débattait maintenant entre le bien et le mal. La demande de son père lui paraissait foncièrement véreuse et, en même temps, il désirait apporter un peu d'aisance à sa famille. Un jour, l'angoissant dilemme se trancha de lui-même. Les circonstances favorables se présentèrent; il n'allait pas repousser l'occasion.

Jérémie revenait de l'école, la tête vide de sa journée de classe, pleine de ses tiraillements intérieurs. Il entra au magasin. Le boucher conversait avec des clientes qu'il avait reconduites au comptoir-caisse. L'écolier salua l'épicière et la migraineuse Paulette, et fonça vers l'arrière-boutique pour se délester de son sac. Avant de repartir avec d'autres commandes, Léandre était allé retrouver sa sœur. Une discussion corsée s'était engagée entre eux.

— En tout cas, Simone, si tu refuses de tenir les livres pour la loterie, je vas te dénoncer à David...

À ces mots proférés sur le ton de la menace, Jérémie s'arrêta.

— Je vas lui dire que tu fais de l'œil au nouveau fournisseur de Courchesne Larose, poursuivit Léandre.

— Pas si fort! tempéra Simone, en élevant la main.

— Le père et la mère sont occupés avec mademoiselle Lamouche et Dora Robidoux, puis Jérémie est pas revenu de l'école...

Le garçon avait cru que Simone était déterminée à ne plus s'impliquer dans la loterie de la taverne; elle semblait aux prises avec un choix difficile.

— Je vas m'en occuper, moi, clama-t-il, en faisant irruption dans la pièce.

— D'où c'est que tu sors, toi? demanda Léandre.

— Ben de l'école, c't'affaire!

— Tu ferais ça pour moi, Jérémie? s'enquit Simone d'une voix touchante.

— J'ai de la facilité à l'école, je suis ben capable d'apprendre ça, répondit Jérémie.

Soudainement adouci par la proposition, Léandre consentit à ce que sa sœur remette les rênes de la gestion au jeune Pouliot en soirée. Jérémie retraversa le magasin pour charger des boîtes dans sa voiturette. Simone se leva et alla au comptoir des viandes. Elle en rapporta un jambon vitement emballé dans du papier ciré.

— Tu donneras ça à ta mère, dit-elle.

— Si monsieur Sansoucy s'aperçoit que…

— Tu diras que c'est moi qui paye ! dit-elle, en décochant une œillade au garçon.

La fille du patron avait allégé son fardeau. Il la remercia et alla livrer des commandes qui s'étaient ajoutées pendant l'absence de Marcel.

Le bras tendu devant sa voiturette, comme s'il voulait libérer sa conscience, il s'engagea sur le trottoir en direction du domicile de ses parents avec l'intention de se départir au plus vite d'un paquet volé. Dans le faubourg, à cette heure, la faim creusait les estomacs et portait à toutes les escroqueries. Néanmoins, quelques vagues fumets de bouillon filtraient par la fenêtre des cuisines. Il stationna son petit véhicule dans la ruelle, derrière l'immeuble où habitaient les siens. Et, mettant ses mains en cornet autour de sa bouche, il héla dans l'air quelqu'un de sa famille qui pourrait l'entendre. Isidore Pouliot déposa son journal et parut sur la galerie.

— Débarque-le, ton stock, tu vois pas que je suis en camisole ! s'écria-t-il.

— Envoyez quelqu'un si vous pouvez pas sortir, rétorqua le fils.

La mine revêche, Pouliot rentra. Il ressortit et, les pans de son coupe-vent flottant sur ses culottes bouffantes, s'élança dans l'escalier. À la vue de toutes les denrées de la voiturette, ses yeux s'écarquillèrent d'appétit, sa bouche montra ses dents affamées.

— Aide-moi donc, on va faire juste un voyage, ricana-t-il, en s'emparant d'une boîte.

— Remettez ça là, p'pa, pour vous c'est juste le jambon emballé dans du papier ciré.

L'air interloqué, Pouliot reluquait les denrées entassées entre ses mains.

— Si tu penses que je vas me contenter d'une fesse de cochon, t'as ben menti, Jérémie ! Tu connais pas ton père, ti-gars, envoye…

— Comment je vas faire, asteure ?

— Envoye, que je te dis ! insista le père.

Pouliot saisit le morceau de viande et le jeta dans une des deux commandes. Le regard effaré, Jérémie prit la seconde boîte et alla gravir les marches qui menaient au logis de sa famille.

— Là tu jases, mon garçon ! dit la mère.

La ménagère se mit à farfouiller dans les boîtes et à les vider de leur contenu sur son comptoir en énumérant à voix haute les produits :

— Deux sacs de farine, deux pains, deux cartons de Seven-Up, des biscuits soda, du savon à laver le linge… Ça va faire pour cette fois-ci, conclut-elle, avec un certain ravissement.

— Il commence à faire noir, faut que je m'en retourne, asteure, dit Jérémie.

Le garçon embrassa sa mère, sourit à ses petites sœurs accourues dans la cuisine, avant de prendre congé et de regagner le magasin.

L'épicière était au téléphone quand s'agita mollement la clochette.

— Grouillez pas, madame Sabourin, le petit Pouliot arrive justement, dit-elle.

Émilienne appuya l'appareil sur sa poitrine. Elle considéra la physionomie navrée du livreur.

— Coudonc, que c'est que t'as fait avec tes commandes? Madame Sabourin trouve que ça prend pas mal de temps; madame Racicot va ben appeler, elle aussi, d'une minute à l'autre…

— J'avais laissé ma voiture dans la ruelle puis j'étais monté chez mes parents pour les saluer en passant. Le temps de le dire, tout était disparu, madame Sansoucy.

À voir le visage troublé de sa femme, le boucher s'écria :

— Que c'est qu'il y a, Mili ?

— Rien de grave, Théo, juste un petit mélange, répondit-elle, laconique.

L'épicière demanda à sa belle-fille de trouver les copies des factures sur la pique de fer. Pendant que Paulette s'employait à remplir à nouveau les commandes des dames Racicot et Sabourin, Jérémie se répandait en excuses avec la promesse de redoubler de vigilance et de rembourser de sa poche les montants engagés. Ce que son hôtesse refusa, alléguant qu'elle pouvait puiser dans ses économies personnelles. Et avec le consentement de la migraineuse, elles n'ébruiteraient pas l'incident afin d'éviter que son mari prenne son protégé en grippe.

Les livraisons furent effectuées avec diligence et les clientes, contentées. Madame Racicot n'avait pas à redire à la qualité du service, et madame Sabourin vantait le travail risqué de livreur surtout à l'approche des fêtes. Le souper terminé, Jérémie laissa le temps à Simone de coucher Stanislas avant de la retrouver à son logis. David était à une soirée de lutte, Léandre, à la taverne Archambault, et Paulette apaisait sa fringale en feuilletant *La Presse* illustrée du samedi au salon. Simone était donc seule dans la cuisine avec son élève pour lui déverser son savoir et transmettre ses informations.

Le dernier tirage avait eu lieu. La responsable avait négligé de faire sa compilation, et une multitude de bouts de papier étaient étalés sur la table. Le grand registre de la loterie était ouvert devant Jérémie. Au fur et à mesure qu'elle expliquait les différents titres de colonnes, le nombre de billets vendus, l'argent ramassé, le montant remis en prix, les parts qui revenaient au tavernier, à Léandre et à David, Simone dépouillait ses données et tâchait de fournir les chiffres recueillis que le jeune consignait avec application. Puis, après une heure d'un travail laborieux, elle fut envahie par un doute.

— Je vas aller voir si Stanislas dort comme il faut, dit-elle.

Une anomalie parut à Jérémie. Simone revint à la table, encore hésitante à transmettre l'information.

— Ça marche pas, ton affaire, déclara le comptable en herbe. Ou ben les chiffres sont pas bons, ou ben il manque une colonne quelque part.

Simone avait espéré ne pas tout dévoiler de la comptabilité douteuse de l'entreprise. Mais l'enfant perspicace avait relevé la bizarrerie administrative.

— Ben ça, Jérémie, tu le comprendras quand tu seras plus grand…

— Ben si je suis assez vieux pour tenir le cahier de la loterie, je suis plus d'âge à jouer à la cachette…

Simone réalisa qu'elle se devait d'initier son successeur au secret des dieux si elle désirait se débarrasser de l'administration qui lui répugnait : la somme manquante était destinée aux deux policiers qui gardaient le silence sur l'activité illégale de la taverne Archambault.

Le monde des adultes était-il à ce point truffé de mensonges ? Les finauderies de Léandre, la piraterie de son père, la connivence de la police et, pour finir, les cachotteries de Simone, tout cela lui soulevait le cœur d'indignation. À partir de maintenant, il ne dépenserait pas un sou dans les *slot machines*, il ne vendrait plus de billets, il refuserait de s'arrêter chez ses parents avec de la nourriture dans sa voiturette, et sa participation à l'entreprise se résumerait à tenir le registre de la loterie.

L'épicier venait de raccrocher le téléphone. Alida tricotait pour la famille du pensionnaire alors que les autres femmes de la maison disputaient une partie de cartes. Jérémie redescendit avec son cahier et allait se retirer dans sa chambre quand il fut interpellé par le marchand :

— Asteure, va étudier, mon garçon. C'est comme ça que tu vas te sortir de la misère que tes parents connaissent.

— Je veux ben, monsieur Sansoucy, mais quand on est pauvre, on peut pas fréquenter l'école comme on voudrait ; je vas y aller tant que ce sera possible.

Le maître du logis resplendissait de joie. Il avait reçu un appel de son fils Placide qui l'avait informé de ses excellents résultats scolaires. Le journaliste l'avait aussi enjoint de lire son plus récent article rédigé à la suite d'une entrevue avec le saint homme de l'Oratoire avant que celui-ci parte en vacances. En effet, à quatre-vingt-onze ans, le frère André, qui recevait une centaine de personnes par jour, s'accordait un mois de repos. Il s'était d'abord rendu chez des amis dans la région d'Ottawa et, à l'heure qu'il était, il avait dû traverser la frontière canado-américaine.

— Je vas te récompenser si tu réussis bien, dit l'impotente.

Jérémie sourit et disparut dans sa chambre.

Le téléphone résonna. Sansoucy décrocha et, après un bref moment, se tourna vers les femmes.

— C'est Elzéar, dit-il, avant de reprendre l'écoute.

Le voisin du campagnard organisait « un tir à la dinde ». Les récoltes terminées et les champs labourés, les cultivateurs se distrayaient de la grisaille d'automne en exerçant leur habileté de tireurs. Et, cette année, Descôteaux invitait le neveu d'Elzéar Grandbois à participer à l'événement. Sansoucy convint d'en parler à Léandre et raccrocha.

— On prend pas des fusils juste pour s'amuser, c'est dange-reux, puis je voudrais pas qu'il lui arrive quelque chose, exprima Émilienne. Je me rappelle ben trop que mononcle Eugène est mort d'un accident de chasse.

— C'est une partie de plaisir, Mili, il y a même des femmes qui tirent à la carabine. En tout cas, je vais lui transmettre l'invitation, il décidera, répondit l'épicier.

Le dimanche venu, plutôt que de s'ennuyer à mort à regarder s'écouler à la fenêtre le temps moche qui sévissait dans la métro-pole, les colocataires du troisième s'acheminèrent à Ange-Gardien, chez le voisin d'Elzéar et Florida Grandbois. Léandre avait besoin de s'évader de la ville, de se défouler. Ce serait peut-être l'occasion de revoir l'appétissante Azurine, la fille de Descôteaux. Paulette avait eu un drôle de pressentiment ; elle avait manifesté son désir de s'écraser toute la journée, mais Simone l'avait persuadée de profiter du voyage à la campagne pour relâcher l'horrible étreinte de ses lancinants serrements de tête.

Le Fargo roula jusque dans la cour où une vingtaine d'automo-biles et de voitures à cheval étaient garées. À quelques centaines de pieds, au moins une trentaine de personnes s'étaient agglutinées près d'un enclos de fortune où se tenait Descôteaux. Autour d'une flaque où s'épivardaient des moineaux, une dinde glougloutait, des oies cacardaient, des canards nasillaient et des poulets picoraient. Léandre et David s'approchèrent du groupe. Impressionnées par tous ces gens armés, Simone et Paulette hésitèrent à descendre, mais décidèrent néanmoins de les rejoindre.

— Bonjour le monde de la grande ville! dit le fermier. Si vous voulez participer, c'est vingt-cinq cents par coup. Vous voyez la cible là-bas? Le premier tour, c'est pour les débutants, et le meilleur coup gagne une belle oie grasse.

— Avez-vous des armes disponibles, monsieur Descôteaux? demanda Léandre.

— Je peux prêter ma .22, proposa l'oncle Elzéar, il y a assez de monde aujourd'hui pour le concours, je pense que je ferais mieux de donner un coup de main à mon voisin. Simone, tu pourrais t'essayer à tirer.

— J'ai jamais tenu un fusil de ma sainte vie, répondit-elle, mais je vas tenter ma chance!

La petite société se déporta à l'emplacement désigné par le propriétaire. Les participants alignés déboursèrent le montant exigé. Par souci de montrer que les hommes pouvaient faire mieux ou par pure galanterie, on laissa les femmes se placer au début de la file.

Sous les éclats de rire, les premiers coups furent tirés dans le vide. Puis ce fut au tour de Simone; Elzéar s'approcha de sa nièce.

— Je vas t'aider à t'épauler, dit-il.

Mais Simone parut agacée par l'initiative de son oncle. Elle se souvenait des regards de convoitise d'une incroyable effronterie qu'il avait braqués sur elle au moment où elle prenait son bain, lors de son séjour obligé à la campagne.

— Je vas m'arranger toute seule, décida-t-elle, en le repoussant.

Le projectile partit et rata complètement l'objectif.

Paulette, qui s'était rangée derrière sa belle-sœur, sortit du rang et alla la retrouver.

— J'ai pas le goût de faire rire de moi, Simone, exprima-t-elle.

— Vous pouvez aller dans la maison, ricana le fermier. Ma femme va vous servir un petit quelque chose.

Les deux parentes se détachèrent de la compagnie et se rendirent à l'humble masure, une antique maison basse cachée sous les arbres. Simone appréhendait de revoir sa tante Florida, qui devait être à l'intérieur pendant que son mari assistait Descôteaux au concours. Quant à Paulette, elle avait consenti à suivre sa belle-sœur, mais elle redoutait la présence de la fille de l'organisateur. Elle se remémora sa nuit chez les Grandbois, l'attente insupportable qui l'avait précédée, alors que Léandre et Azurine étaient allés soigner les poules.

— C'est pas ben chaud dehors, venez vous réchauffer, dit aimablement l'hôtesse, avec des sifflements dans la voix.

La fermière entraîna les citadines à sa table où était assise la tante Florida. Près de l'âtre, l'air effaré, une grosse fille d'allure rustique berçait lentement un bébé blotti contre elle. Paulette n'osa fixer la niaise; elle observa les poutres noircies du plafond et le plancher de pin noueux, puis posa son regard sur le poupon emmailloté que la costaude aux nattes brunes semblait allaiter de son sein. Elle s'imagina être la mère du nourrisson qu'on lui avait volé et se prit à le désirer ardemment.

Au milieu des tirs de carabine, madame Descôteaux parlait de l'événement qui avait attiré un nombre record de participants. Elle se leva, alla à son comptoir, puis revint avec du thé et des biscuits. Elle aborda ensuite un tout autre sujet:

— Il y a des filles de la ville qui viennent accoucher dans nos paroisses, puis des garçons qui engrossent celles de la campagne et qui disparaissent ensuite, débita-t-elle, avant de cracher dans un mouchoir.

— J'en connais, du monde de même, affirma méchamment Florida.

Toute tendue dans une émotion bouleversante, Paulette n'avait pas détaché son attention de l'enfant; elle éleva les yeux vers la jeune habitante.

— C'est le fils de Léandre, déclara tout bonnement Azurine.

Une honte et un déshonneur immérités changèrent la physionomie de Paulette. Puis, reprenant contenance, son visage s'illumina d'un sourire, comme dans un moment de grâce espéré depuis longtemps. Elle quitta sa chaise et se rendit à la cheminée.

— Si tu le veux, il est à toi, dit Azurine, en lui tendant son bébé.

Les paupières de Paulette se gonflèrent de larmes. Elle ouvrit ses bras potelés et pressa le rejeton sur sa poitrine.

— T'es certaine que je peux le garder? demanda-t-elle.

— C'est ce qu'il y a de mieux à faire, répondit l'asthmatique, la gorge enrouée.

— Madame Descôteaux en a déjà plein les bras avec Azurine, commenta la tante Florida. Amène-le donc avec toi…

Paulette était dans un état de ravissement inexprimable. Peu lui importait si l'enfant était d'une autre. Elle se souvenait de s'être fait charcuter par un charlatan pour expulser de son corps un être indésiré. Depuis ce temps, elle était restée dolente, traînant le boulet de douloureux souvenirs, et des regrets étaient venus appesantir son quotidien. La vie la comblait maintenant de ses douceurs maternelles. Elle n'envierait plus Simone. Elle avait son enfant bien à elle, qu'elle entourerait d'amour.

Le tout-petit n'avait pas été baptisé. Azurine avait refusé de lui donner un nom. Comme si l'enfant de son sein ne lui avait jamais appartenu, ne lui appartiendrait jamais. Pendant sa grossesse, elle avait vécu des mois de réclusion sur la ferme paternelle. De toute façon, elle avait l'habitude de paraître peu au village. Sur le perron de l'église, on s'informait rarement de la nigaude aux yeux pervenche, et personne, pas même le curé, ne se préoccupait de sauver son âme. La gourde ne distinguait pas toujours le bien du mal. Elle ne devait pas connaître le péché de la chair, le désir qui terrasse et fait languir les corps enfiévrés. Elle était trop bête pour cela, Azurine Descôteaux.

Les carabines s'étaient tues. Les dernières voitures quittaient la cour dans le meuglement de vaches qui montait de l'étable. Léandre et David s'acheminèrent vers la maison en marchant derrière le fermier et l'oncle Elzéar qui devisaient ensemble.

— T'as pas assez d'une dinde! railla David. D'après ce que tu m'as dit, la fille de Descôteaux est pas ben fine…

— Ce genre de dinde-là m'intéresse plus pantoute…

Madame Descôteaux et Florida achevaient de ranger dans une minuscule valise les langes et les quelques pièces de vêtements du poupon. Assise dans la berçante, Paulette couvait l'enfant de son regard émerveillé. À la fenêtre, Azurine mâchouillait inconsciemment une de ses nattes et semblait étrangère à ce qui se déroulait. Descôteaux tira des chaises en invitant les hommes à s'asseoir.

— Je vas rester debout, remercia Léandre.

L'air hébété, il promenait ses yeux interrogateurs de la berçante à la fenêtre. Azurine n'avait pas bronché. Paulette releva lentement la tête vers son mari.

— Il est à nous maintenant, annonça-t-elle, fièrement.

Un silence éloquent envahit la maison. Azurine se tourna vers Léandre.

— Tu peux le prendre, il est à toi, dit-elle.

La mère avait prononcé ces mots avec un profond détachement, comme si elle avait voulu se débarrasser d'un objet encombrant. Léandre était consterné. Son bref séjour à la campagne et ses ébats dans le poulailler avec la fille du fermier avaient donc porté à conséquence. Du coup, il eut le sentiment d'être écrasé par les pensées moralisatrices, les reproches mérités, les commentaires muets exprimés par le foudroiement des yeux. On s'était donc concertés pour l'inviter à la campagne et lui attribuer la faute. Au concours du tir à la dinde, il avait fait mouche plusieurs fois, mais il en repartirait avec une dinde, une oie, six canards, quatre poulets… et un nourrisson.

— T'as pas le choix, mon neveu ; faut payer pour ses erreurs, dit Florida d'un ton sermonneur.

— Vous êtes toujours aussi détestable, matante Florida, le défendit Simone. Vous avez aucune pitié pour Léandre et pour moi. On est pas supposés souhaiter du malheur à son prochain, mais…

Paulette se leva doucement de la berçante avec l'enfant.

— Avant de réveiller le petit, on est aussi ben de s'en aller, souhaita-t-elle.

Léandre devança ses passagers. D'un pas résolu, il marcha vers son camion. Dans la boîte de son Fargo, les volailles prisonnières s'ébattaient dans un criaillement épouvantable. C'était l'heure de partir. Le père de famille ne pouvait se permettre de relâcher son travail à la taverne Archambault…

* * *

Tout le long du voyage, les femmes avaient discuté du nom que porterait le rejeton, des soins à lui prodiguer, du linge venant de Stanislas que Simone avait conservé. L'enfant s'appellerait Charlemagne, en l'honneur du grand-père Landreville. Elles auraient tout le bonheur de les voir grandir ensemble, de les voir s'amuser, comme de vrais cousins vivant dans la même maison, comme deux frères de sang que rien ni personne ne pourrait séparer. « Je vas te donner des conseils ! » avait dit Simone. Paulette était resplendissante dans son nouveau rôle de mère. Sa migraine était disparue, comme par enchantement. Bien comme jamais, elle se sentait revivre.

Le camion de livraison s'engagea dans la ruelle et se gara en arrière du magasin. Sitôt le pied au sol, Simone et Paulette, portant le nourrisson, gravirent les marches de l'escalier et entrèrent au logis de l'épicier. Léandre et David descendirent du véhicule et ouvrirent précautionneusement une des portes arrière. Le plancher couvert de plumes était blanchi de fientes. Dans le cahotement de la route, l'oie grasse, trois canards et deux poulets s'étaient assommés sur les côtés de la boîte.

— Taboire ! s'exclama Léandre, j'ai pas fini de nettoyer.

— Il y en a quelques-uns sur le *cant*, mais ça fera ça de moins à *knockouter*. Puis ça sent pas très bon là-dedans, un vrai poulailler, commenta l'Irlandais.

— Eille, le beau-frère, reviens pas sur le poulailler ! Tu trouves pas que je paye assez cher pour une gaffe ? Je vas être obligé de faire vivre ma femme puis mon enfant, asteure. Bon, assez placoté de même ! On va *dumper* les oiseaux dans la cour du bonhomme, puis il s'arrangera avec ça.

Des têtes de locataires sortirent aux portes entrouvertes. Des curieux se pressèrent aux rambardes. David avait agrippé les poulets morts par les pattes et poussé le portillon. Léandre venait avec l'oie grasse. Sur ces entrefaites, Sansoucy parut sur la galerie, l'air effaré.

— Remettez-moi ça au plus sacrant dans le camion, puis allez me *dumper* ça ailleurs! ragea-t-il.

— Je regrette, le père, où c'est que vous voulez que je les mette? On est toujours ben pas pour les sacrer aux vidanges. Puis tenez-vous ben, il y en a d'autres dans la boîte du camion.

— Vous allez pas garder ça dans votre cour, monsieur Sansoucy? s'écria Germaine Gladu.

— Vous, madame Gladu, vous avez juste à rentrer chez vous, à fermer votre porte, vos châssis, puis oubliez surtout pas de vous fermer la trappe!

Les hommes lancèrent les carcasses le long de la palissade et achevèrent de débarquer les volailles. L'épicier descendit en trombe avec Marcel et Jérémie.

— Léandre puis David, montez-moi les oiseaux morts dans la cuisine, les femmes vont les plumer, ordonna-t-il. Marcel puis le petit Pouliot, allez nettoyer le camion. Dépêchez-vous avant qu'on alerte tout le quartier…

On exécuta les commandements du boucher qui alla quérir de l'eau et de quoi nourrir les survivantes.

Les femmes du logement étaient en pâmoison devant Charlemagne et lui trouvaient des ressemblances avec Stanislas, accroché à Simone. Cependant, les traits du visage d'Héloïse s'étaient soudainement durcis à la vue du petit étranger. L'enfant vers qui tous les bras se tendaient était bel et bien le fils de son neveu, mais un autre scandale s'abattait sur la maison.

Les deux beaux-frères tenant les volailles assommées par les pattes firent irruption dans la cuisine.

— Un beau chantier pour vous, mesdames! déclara Léandre, en laissant choir les carcasses sur la table.

Paulette et Simone s'étonnèrent. La tête d'Émilienne roula, inconsciente, sur le bébé. Irène s'empara du poupon qui glissait des bras de sa mère. Les vieilles filles Grandbois demeurèrent figées dans un état d'ahurissement indescriptible. Héloïse émergea de son coma et tourna les yeux vers son perroquet.

— Va-tu falloir les empailler, eux autres aussi? demanda-t-elle avec émotion.

— Ben non, matante, rétorqua Simone. Ça m'a tout l'air que celles-là ont pas supporté le voyage. Comme elles sont mortes, vous avez juste à les plumer, puis à les vider. Ensuite, on les mettra dans la glacière au magasin.

— Bon, si ça vous fait rien, dit fièrement Paulette, Simone puis moi, on va monter avec nos petits.

Chacune avec sa progéniture, les deux jeunes femmes entraînèrent leur mari au troisième. Alphonsine fouilla dans les journaux périmés qu'elle déplia sur la moitié de la table. Irène tapotait le bras de sa mère depuis son évanouissement.

— Ouan, exprima-t-elle, je crois ben qu'on va laisser faire la pratique de nos chants de Noël puis qu'on va commencer tout de suite l'ouvrage : c'est mieux que moman ait pas trop connaissance de ce qui se passe dans sa cuisine…

Les portes arrière du camion étaient restées ouvertes pour aérer l'intérieur de la boîte. Marcel et Jérémie entrèrent à l'épicerie se munir d'un balai et d'un contenant d'eau de Javel, et entreprirent le nettoyage. Puis ils bricolèrent un poulailler de fortune pour abriter les rescapés en enlevant quelques planches au bas du hangar.

Au logement des colocataires, Charlemagne pleurait. Paulette était reprise par ses migraines. À la demande de son beau-frère parti à la taverne, David était allé dans le hangar pour récupérer les débris du berceau provenant du presbytère de l'église

Saint-Léon où Simone avait accouché. Le fabricant de cercueils s'affairait maintenant à réparer le petit lit jeté en bas du troisième étage par Paulette.

— Achèves-tu ? demanda Simone. Si tu peux finir de le rafistoler au plus vite, ce moïse-là, Paulette va pouvoir coucher Charlemagne. Je suis tannée de l'entendre crier.

— T'as oublié Stanislas quand il braillait à pleins poumons, fit remarquer David. Je suis pas un connaisseur, mais pour moi cet enfant-là est habitué de téter après sa mère, puis il veut rien savoir de la bouteille avec du lait de vache.

Simone retourna auprès de Paulette qui avait déposé son bébé sur le canapé et le regardait d'un air désespéré, les mains sur les oreilles.

— Faudrait pas réveiller Stanislas, je vas le prendre, articula-t-elle.

Simone agrippa le biberon et s'installa dans un fauteuil avec le nourrisson. Après vingt minutes d'une exaspération croissante, elle se leva subitement. Charlemagne poussa un rot très sonore.

— Ah ! Il avait un gros rapport, commenta-t-elle. Tu vas voir, on va le réchapper.

Simone continua de le faire boire à petites doses, en intercalant des pauses, afin de permettre au bébé d'expulser les gaz de son estomac.

Charlemagne s'était assoupi dans son moïse. Les maux de tête de Paulette s'étant peu à peu évanouis, elle était allée au deuxième téléphoner chez ses parents pour les inviter à souper, et elle jonglait maintenant à la manière de leur annoncer la naissance de Charlemagne. Léandre entra à l'appartement.

— Devine quoi, Paulette ? dit-il.

— Chut! réagit-elle, les deux petits dorment. Simone puis moi, on a eu assez de misère avec ton enfant.

— Comment ça, mon enfant? C'est à toi aussi, ce bébé-là, t'as dit que tu le voulais comme si c'était ton propre fils. T'es pas pour le renier, asteure…

Elle baissa les paupières. Il embrassa sa femme sur le front et enchaîna :

— Hubert veut que moi puis David, on aille au Salon de l'automobile.

— Qui c'est qui va prendre soin de Charlemagne? Tu iras une autre année, ça va revenir, cette exposition-là. Moi aussi j'ai une *job*, puis il faut que je m'occupe de lui puis du logement le soir quand t'es parti à la taverne.

— J'achève de travailler pour Archambault. Quand j'aurai fini de payer pour *La Belle au bois dormant,* je vas arrêter, promis. Envoye, on peut voir des chars de 1937 seulement du 21 au 28 novembre dans l'édifice Sun Life.

— En tout cas, pas demain, concéda-t-elle, parce que j'ai invité mes parents dans la soirée, puis ça serait la moindre des choses que tu sois là.

Au lendemain de l'odyssée des colocataires à Ange-Gardien, plusieurs clientes régulières surgirent à l'épicerie. On jabotait dans le faubourg. «La Paulette est débarquée du *truck* avec un bâtard dans les bras.» Au nom de la salubrité, elles refusaient que le boucher leur *réfile* les volailles que certaines voisines bien informées avaient vues atterrir derrière le magasin. «Vous allez pas nous bourrer comme des dindes!» avaient déclaré plusieurs d'entre elles. «Dans le voisinage, on a déjà supporté un coq, c'est assez! Et si votre mari rêve d'une basse-cour, vous devriez penser à déménager à la campagne!» avaient recommandé les plus intransigeantes à l'épicière. Mais, embarrassé par toutes ces paroles lapidaires, Sansoucy avait fait appel à la tolérance, à un accommodement qu'il souhaitait voir durer jusqu'aux fêtes. D'ailleurs, il avait résolu d'abattre sa grosse dinde pour Noël plutôt que de l'engraisser jusqu'au jour de l'An.

Monsieur et madame Landreville étaient au rendez-vous. Après des mois de silence de part et d'autre, ils s'étaient empressés de se rendre chez leur fille. Avec l'expérience éprouvante de la veille, Paulette avait craint de se retrouver seule avec un nourrisson toute la journée au logis ; elle avait décidé de poursuivre son travail au commerce. Les tantes Héloïse et Alida s'étaient donc vu confier la responsabilité d'élever le second marmot. Héloïse avait accepté avec une réticence non dissimulée. Après tout, elle s'était fait la main avec le premier ; elle ne voyait pas pourquoi elle ne réussirait pas avec le cousin de l'autre.

Léandre avait accueilli ses beaux-parents au salon. Afin d'éviter les méandres des conversations interminables, Paulette avait décidé que la franchise était la meilleure arme pour se défendre. Car elle appréhendait une réaction négative de ses parents. Alors que David amusait Stanislas avec des blocs de couleur, Paulette surgit de sa chambre avec Charlemagne dans les bras.

Les Landreville se cambrèrent sur le fauteuil. Leur visage portait les marques d'un grand effarement.

— Tu gardes un enfant, asteure ? s'étonna la dame, sur un ton empreint d'inquiétude.

— Pour ne rien vous cacher, Charlemagne est le fils de Léandre et d'une habitante d'Ange-Gardien, une voisine de son oncle Elzéar chez qui on est allés l'hiver dernier. Vous devinez ce que je veux dire…

Léandre prit cette attitude fautive des gens qui reconnaissent leurs erreurs. Il opina ostensiblement de la tête. Paulette poursuivit :

— Azurine est trop jeune pour s'occuper d'un nourrisson et ses parents étaient d'accord pour qu'elle nous le donne en adoption.

— C'est un enfant illégitime ! observa Conrad Landreville.

— Et comment peux-tu accepter le bébé d'une autre ? se désespéra sa femme. Moi à ta place…

Dévastés, les Landreville se lancèrent dans toutes sortes de remarques aussi déplaisantes et cinglantes les unes que les autres. Ils n'entrevoyaient que les foudres de l'Église et les commérages qui circuleraient dans la famille et le quartier. Aux yeux du monde, leur fille ne pouvait pas invoquer que sa grossesse avait été dissimulée sous ses épaisseurs de graisse. Après la honte et le déshonneur qu'elle leur avait fait subir dans sa vie de concubine avant son mariage, elle leur assénait un second coup magistral. Léandre les écoutait avec un certain détachement, comme si la naissance de Charlemagne était une fatalité de la vie, comme si le ciel avait permis ce qui arrivait dans un couple pour compenser l'infertilité de la femme.

— On a essayé ben des fois, soutint Léandre, la lèvre tordue, c'est pas nous autres qui décident, c'est le bon Dieu. Vous devriez être contents d'avoir un petit-fils…

La plaidoirie de son gendre n'avait pas dissipé son malheur. Gilberte Landreville ouvrit sa bourse, en tira un mouchoir qui épongea ses yeux éplorés. Son mari jeta un regard furtif sur Charlemagne. L'air bouleversé, il se leva, prit le bras de sa femme pour l'aider à se relever.

— En tout cas, si tu ne retournes pas cet enfant-là d'où il vient, on ne remettra plus jamais les pieds ici dedans, exprima-t-il. C'est donc pas ce qu'on souhaitait pour notre fille, termina-t-il, avant d'entraîner son épouse vers le seuil du logement.

Chapitre 15

Le vieux Fargo cahotait sur le pavé du centre-ville à la recherche d'un stationnement. Après une période infructueuse, le camion de livraison se gara à une dizaine de minutes de marche de l'édifice Sun Life. Chaque année, le Salon de l'automobile attirait des milliers de visiteurs. On pouvait même acheter sur place. Le samedi précédent, il avait été inauguré par le lieutenant-gouverneur Patenaude, alors entouré de personnalités du monde économique et social et de l'industrie de l'automobile. Même en ce mardi de semaine, on se bousculait aux portes. Hubert précéda ses compagnons. À l'emploi de la Sun Life, l'agent d'assurances était en quelque sorte un peu dans ses quartiers.

— C'est moi qui paye, dit-il.

— D'abord, je vas choisir la Packard Super 8 à trois mille trois cent cinquante piasses, badina Léandre.

— Il y a aussi des Ford, des Pontiac, des Dodge, des Studebaker, ça va te coûter moins cher, lança David.

Surprenant déboursa le un dollar cinquante requis à l'entrée et alla s'immobiliser devant une voiture rutilante. Elle était comme le bijou enchâssé dans un écrin de satin et de soie.

— On dirait qu'ils l'ont placée dans un cercueil, commenta David. Moi qui voulais me changer les idées de mon travail, je me suis trompé royalement, ajouta l'artisan.

Les trois compères déambulèrent entre les voitures admirées par des essaims de curieux. On se pâmait devant les belles carrosseries, les calandres chromées des radiateurs et des pare-chocs, les phares ouvrés. Les uns vantaient les freins hydrauliques dociles, les intérieurs au cachet irrésistible, tandis que les autres, plus près de leurs sous, s'informaient de la consommation d'essence et des modes de paiement. Puis Léandre, David et Hubert se déportèrent sur les étages de l'imposant immeuble où rivalisaient la puissance des moteurs, la grâce des lignes et l'ingéniosité des constructeurs.

Léandre s'avançait vers un coupé de Pontiac quand il fut interpellé par une voix qu'il connaissait :

— Tiens, le frérot qui est venu magasiner un char ! persifla l'homme.

— Si c'est pas Édouard, rétorqua Léandre, en se retournant.

Édouard était vêtu d'une élégante tenue de soirée. Au bras de son mari, Colombine arborait un sourire condescendant. Elle était habillée d'une somptueuse robe vieux rose et portait une étole de vison.

— C'est comme rien, tu ne dois pas avoir les moyens de te procurer celle-là, lança-t-elle, en pointant l'automobile de sa main gantée.

— Bien oui, ne prends pas cet air de vierge offensée, Léandre, le nargua Édouard. Avec tes problèmes financiers puis ton petit salaire de livreur, tu es mieux d'aller chercher une *minoune* dans une cour de garage, lança le notaire. Nous autres, ce n'est pas la même chose, Colombine vient d'acheter une Packard Douze, une vraie limousine.

— Il va vous manquer juste le chauffeur à casquette, se moqua David.

— Je l'ai déjà, affirma la fille du notaire Crochetière, en pointant son mari du menton.

Puis elle entraîna Édouard en direction de l'ascenseur.

Insulté, Léandre amorça le pas vers le bureau réservé à l'espace de la compagnie General Motors. Hubert posa la main sur l'épaule de son ami.

— Fais pas ça, dit l'agent d'assurances, faut d'abord que tu finisses de rembourser ta dette de *La Belle au bois dormant*.

L'engouement pour la loterie ne s'était pas démenti. Léandre misait sur son revenu d'appoint qui s'ajoutait à son gagne-pain quotidien, au salaire de Paulette et à l'argent qu'il rapportait de la taverne Archambault. Il n'avait pas les moyens de se payer une Packard à cinq mille piastres comme sa belle-sœur, mais il n'entendait pas qu'on se moque de lui impunément.

Léandre déposa Hubert et rentra au logis avec David. Les femmes étaient couchées, les enfants semblaient dormir. Il se rendit à sa chambre. Paulette se retourna sur son flanc.

— Je m'endormais pas, dit-elle, je suis toujours un peu inquiète quand t'es pas revenu.

— J'ai fait une petite dépense, ma Paulette.

Elle se redressa en rejetant brusquement les couvertures.

— T'as pas acheté un char, toujours ? Ça serait ben le restant…

— Une petite Pontiac, pas ben chère, un coupé 37 tout neuf, Paulette. Imagine…

— Ben où c'est que t'avais la tête, donc ? réagit-elle d'une voix étouffée pour ne pas réveiller Charlemagne. David puis ton *chum* Surprenant auraient pu te conseiller, non ?

— Ils ont rien à voir là-dedans, eux autres. J'ai décidé qu'on avait assez d'argent pour se payer ça. Tu devrais être contente, Paulette, on va pouvoir se promener en famille avec notre char neuf, pas avec un vieux *truck* qui a fait la guerre de 14.

D'un pas feutré, Paulette alla refermer la porte de la chambre et elle continua à opposer des arguments. Son mal de tête l'avait reprise, elle se tenait la figure à deux mains en se demandant ce qu'ils deviendraient. Elle se recoucha, éperdue à l'idée qu'ils couraient vers un abîme financier.

Quelques jours plus tard, c'était soir de tirage, et l'heureux propriétaire prenait possession de sa voiture et se rendait à la taverne. Surprenant sortit dans la rue avec des buveurs pour admirer le véhicule neuf. Sur ces entrefaites, les constables Lefebvre et Poisson arrivèrent pour réclamer leur dû. Contrairement à l'habitude, ils avaient cet air malicieux et taquin qu'on ne leur connaissait pas.

— On commence à croire que c'est mauditement payant, la loterie, affirma Lefebvre. As-tu remporté le *jackpot*, coudonc, Léandre Sansoucy?

— Ôte ton char de là sinon je vas te donner une contravention, ricana le constable Poisson.

Léandre accusa les blagues sans réagir. Il tira son porte-monnaie de sa poche et remit les billets promis aux représentants de l'ordre pour acheter leur silence. Après, il alla garer sa Pontiac derrière le débit de boissons. Puis il rejoignit Surprenant, salua son patron et noua son tablier de serveur derrière le comptoir.

Vint l'heure du tirage hebdomadaire. Sur la scène, Léandre et Hubert réclamaient l'attention des clients afin de procéder à la pige. Une somme importante était en jeu; on avait vendu un nombre record de billets. La part des organisateurs était donc plus substantielle que jamais. Léandre s'apprêtait à faire tourner le boulier quand des policiers firent irruption dans la taverne.

— Restez où vous êtes! tonna le lieutenant Whitty.

Pas moins d'une dizaine d'agents de la paix se distribuèrent aux quatre coins de la salle. Whitty s'empara du boulier.

— Votre loterie chinoise vient de finir là, les amis !

Lefebvre et Poisson parurent, encadrant Edmond Archambault, l'air satisfait de la descente qu'ils venaient d'effectuer.

— Ah ! ben taboire ! s'exclama Léandre, j'aurais jamais dû vous faire confiance, vous deux. Maudite police à marde…

Des cris affolés s'élevèrent parmi l'assistance. On revendiquait le droit d'être remboursé, on chahutait en tapant sur les tables.

Plongé dans un état d'ahurissement, Léandre voulut s'enfuir, quitter les lieux devenus insupportables. Archambault venait de traverser le seuil avec la police, Surprenant avait pris la fuite dans les toilettes. Le fils de l'épicier eut peur qu'on s'en prenne à sa voiture ; il décida de se sauver par la porte arrière de l'établissement.

La Pontiac recula et disparut dans un crissement de pneus.

Le serveur circula dans Ontario vers l'est, machinalement, en ne remarquant pas le nom des rues, roulant dans sa tête affolée des images où s'entremêlaient déceptions et sinistres appréhensions. Il ne pourrait pas se promener comme il l'avait rêvé, détourner le regard des filles, exciter la convoitise de la parenté et des voisins. Comment parviendrait-il à payer l'automobile qu'il venait d'acquérir sur un coup de tête, simplement pour démontrer qu'il n'était pas un sans le sou condamné à des petits salaires de crève-faim ? Et comment réagirait Paulette, beaucoup plus réaliste que lui, elle qui se serait contentée de son salaire de commis ? Il pensa à s'éloigner, à sortir de la ville, à disparaître au loin, quelque part où personne ne saurait le trouver. Mais la dérobade ne demeurait pas la solution à tous ces problèmes qui l'étranglaient. Il rebroussa chemin.

Les enfants s'étaient endormis. Simone feuilletait un catalogue en consultant sa belle-sœur écrasée à côté d'elle sur le fauteuil.

— Regarde le beau petit manteau d'hiver, penses-tu qu'il m'irait ben ? dit-elle.

— Il te ferait mieux qu'à moi, en tout cas, répondit Paulette avec indolence. Moi j'ai pas une belle taille.

— Me semble que Léandre revient tard, à soir ; j'ai hâte de voir son char neuf, exprima Simone. Pas toi ?

— Moi je m'en passerais ben, de son char neuf, si tu veux savoir. Ça va nous mettre dans le trou. Je lui ai même pas demandé de quelle couleur il était.

Léandre entra au logis. Sa femme consulta sa montre en poussant un soupir exaspéré.

— Fatiguée comme t'as l'air, t'étais pas obligée de m'attendre, t'avais juste à aller te coucher, Paulette. Ça a pris un petit peu de temps parce que le père, Marcel puis Jérémie m'ont sauté dessus quand je suis arrivé dans la ruelle. Tu comprends, un char de même, on voit pas ça à tous les coins de rue dans le quartier. Même les volailles se sont aperçues qu'il y avait du nouveau. David est pas revenu de sa soirée de lutte ?

— Laisse faire David, change pas de sujet ! dit Paulette, haussant le ton.

— Puis, il va-tu ben, toujours, ton char ? dit Simone.

— Je vas être obligé de le revendre, exprima-t-il d'une voix coupable.

— Que c'est que t'avais d'affaire à l'acheter d'abord, s'il faut que tu t'en débarrasses tout de suite ? Puis ils voudront jamais le reprendre au prix que tu l'as payé. On sait ben, on peut se permettre ça, nous autres, des dépenses de même ! Tu vas perdre de l'argent, c'est sûr ; un vrai gaspille…

Le pire était à venir. Les explications n'allaient pas arranger les choses. La descente de la police à la taverne et, par conséquent, les petits suppléments de la loterie chinoise qui n'existeraient plus et sur lesquels il comptait tant pour effectuer ses paiements. Sans parler d'une possible comparution pour témoigner de gestes de corruption répétés auprès de deux agents de police.

Au matin, une demi-heure avant l'ouverture du magasin, au moins une douzaine de clientes faisaient la queue sur la devanture, un billet à la main. Avant de conduire Stanislas chez ses parents, Simone s'était approchée de la fenêtre et, le front plissé d'interrogations, elle était retournée vitement vers Paulette qui s'apprêtait, elle aussi, à descendre avec Charlemagne.

— Il y a-tu un spécial annoncé dans la vitrine, coudonc? Si tu voyais le monde sur le trottoir! Puis on dirait que la file s'allonge.

— Ah! ben!

À la demande de David rentré tardivement la veille, Léandre était descendu dans la ruelle pour lui montrer sa voiture pendant que Marcel soignait les volatiles de la basse-cour. Les belles-sœurs parurent au logis de l'épicier. Émilienne était à refaire le nœud de cravate de son mari, tout énervé par l'alignement devant son commerce.

— Avez-vous vu en avant? lança Simone à la cantonade.

— Ton père se possède plus, dit Émilienne. Théo, arrête de grouiller comme un enfant puis lève la tête, que je t'arrange ça comme il faut.

L'épicier pressentait un problème. Dans une rage imprévisible, il se libéra des mains de sa femme et se rendit à la salle de bain pour refaire son nœud. Quelques instants après, il revint, la cravate de travers, la mine massacrante.

— De quoi t'as l'air asteure, Théo? T'aurais dû me laisser finir.

— S'il veut avoir l'air fou, c'est son affaire, commenta Héloïse. Avec son air de bœuf enragé, il est aussi ben d'aller travailler…

Sansoucy avait déjà pris sa clé et dévalait l'escalier. À travers la vitre de la porte d'entrée, il percevait ces visages mécontents de clientes survoltées qui semblaient prêtes à lui arracher les yeux. Il déverrouilla.

Dans une violente poussée, bousculée par des bras puissants, Germaine Gladu s'allongea sur le plancher, le nez enfoncé dans sa bourse. L'air indigné, Sansoucy leva les mains comme s'il avait le pouvoir de retenir la horde déchaînée.

— Wô! s'écria-t-il, êtes-vous après virer folle, madame Gladu?

La voisine tentait de rassembler ses membres meurtris dans la bousculade. Derrière elle, réalisant qu'une des leurs avait écopé, les femmes s'étaient immobilisées. Avec l'assistance de Dora Robidoux et de madame Thiboutot, elle se releva péniblement.

— Lâchez-moi! ordonna la victime.

— Que c'est qu'elle a, elle? demanda madame Thiboutot. J'ai juste voulu l'aider…

— Fais pas l'hypocrite, la Thiboutot, c'est toi qui étais en arrière de moi! Essaye pas…

Germaine Gladu contemplait son bas déchiré. Les autres clientes s'étaient faufilées jusqu'au comptoir-caisse où l'épicière, Simone et Paulette recevaient leurs doléances. Les maris avaient été floués par la loterie chinoise et elles n'exigeaient ni plus ni moins qu'un remboursement du coût de leur billet.

Léandre surgit au magasin par la porte arrière.

Au milieu des clientes exaspérées, le boucher s'agita aussitôt d'un affreux tremblement: ses moustaches sautillaient, sa mâchoire remuait en prononçant des paroles inaudibles, et son doigt pointait vers son fils.

— C'est lui le vrai coupable, l'enfant de nanane! proféra madame Grenon.

Avant d'être happé par la main la plus intolérante, Léandre tourna les talons et repassa le seuil par l'arrière-boutique. Marcel refermait le portillon de la basse-cour ; il l'apostropha :

— Eille ! Qu'est-ce qui te prend, à matin ? s'écria-t-il. Je vas être tout seul pour la livraison…

Quelques secondes plus tard, la Pontiac disparaissait de la ruelle.

Entre-temps, Émilienne s'était effondrée sur son tabouret et son mari s'était avancé de quelques pas avant de s'affaisser sur un étalage de caisses de bière, la respiration haletante, le front couvert de sueur. Alors que Paulette s'occupait de sa belle-mère, Simone alla secourir son père.

— Remboursez-les toutes l'une après l'autre, exprima Sansoucy, mais oubliez pas de ramasser les billets en échange. Je veux pas me faire avoir…

Léandre s'était engagé dans Sainte-Catherine, sans personne à ses trousses. L'idée lui vint de quitter la ville par le pont Jacques-Cartier, de s'évader dans la campagne. Il avait entrepris une errance, roulant tranquillement dans les rues de la métropole. Le fils de l'épicier avait peine à réaliser ce qui arrivait. Il n'avait pas imaginé que le tirage avorté provoquerait un tel soulèvement. Cette fois, son père en aurait assez de lui, de ses entreprises douteuses et de ses manigances : il le congédierait.

Dans son aventure, à différents moments et à des degrés divers, il avait entraîné David, Hubert, Paulette, Simone, Marcel, Jérémie, et persuadé des centaines d'acheteurs de billets. Tout cela parce qu'il avait des ambitions, des désirs, des rêves. Il glissait encore vers la catastrophe. Il avait besoin d'être compris, d'être consolé. À une certaine époque, il aurait échoué dans le lit d'Arlette Pomerleau.

Il allait croiser les débris de *La Belle au bois dormant*. On n'avait pas reconstruit. Il bifurqua au nord et tourna dans Ontario, vers l'est. L'*Ontario's Snack-bar* serait son refuge.

À ce moment de la matinée, des livreurs et des chauffeurs de taxi égrèneraient quelques minutes à siroter un Coke tout en jasant avec une serveuse. Avec sa Pontiac 1937, il épaterait Lise, mais il n'aurait pas le temps de se raconter, de déverser le flot de ses problèmes. Ils se donneraient rendez-vous après son travail au restaurant. Ils iraient quelque part pour étrenner sa voiture, peut-être dans son intimité à elle. D'ailleurs, il le posséderait encore combien de jours, ce véhicule ? Il éprouva une honte confuse. Il n'allait pas s'arrêter au casse-croûte. Il préféra se rendre à la taverne.

Il était tôt, pourtant, dans la journée, quand Léandre entra et vit Archambault accoudé au comptoir, la lippe pendante.

— Bonjour, patron, dit Léandre.

Le tenancier avait les yeux avinés d'un soûlon, et sa bouche pâteuse marmonnait des mots inarticulés.

— Ça va pas ben pour vous non plus, d'après ce que je peux voir, poursuivit l'employé. On s'est fait avoir, hier soir. Si j'avais su, j'aurais pas procédé au tirage. On s'est fait prendre sur le fait, la main dans le sac, si on peut dire. À part de ça, un peu plus tôt dans la soirée, j'avais payé les deux policiers pour qu'ils se ferment la gueule ; je me suis fait pogner, je l'avoue. Je suis pas en train de vous dire que j'aurais pas dû m'embarquer dans votre gamique parce que j'ai gagné pas mal d'argent, mais je regrette en maudit de m'être acheté un char, par exemple. Puis en plus, je pense que mon père veut plus me revoir la face. Pas plus tard qu'à matin, une meute de louves affamées sont venues au magasin pour être remboursées. Mon père a failli trépasser quand il a vu tant de monde mécontent.

1028

Archambault était absorbé par ses problèmes et ne semblait aucunement réagir aux malheurs du serveur. Il lui versa un verre. La seule présence de Léandre semblait l'aider à supporter la profondeur de son abîme.

Selon ses souvenirs, Léandre écoula ainsi plusieurs heures à s'enivrer en se racontant, interrompu seulement par la présence de quelques rares piliers de la taverne.

À la fin de l'après-midi, après s'être assoupi à une table retirée dans un coin, il se leva, envahi par le pressant besoin de se débarrasser de sa voiture. Il secoua la tête, s'essuya les yeux, passa aux toilettes pour se soulager la vessie et se rafraîchir la figure à l'eau froide. Puis il marcha droit vers son véhicule.

* * *

La porte du logement tourna lentement sur ses gonds. Léandre parut, le visage décomposé, la lèvre amère. Paulette donnait le biberon, Simone mangeait sa soupe aux pois en tenant Stanislas, et David se levait pour rincer son bol à l'évier.

— Ah ! ben, regardez donc qui c'est qui ressoud !

— David, c'est pas le temps de niaiser ! le rabroua Simone.

— Je suis allé revendre mon char chez le concessionnaire, déclara Léandre.

Bien sûr, il s'était dépossédé de son véhicule en essuyant une perte. Néanmoins, il y avait réfléchi à deux fois avant de poser son geste et il revenait repentant, prêt à s'excuser pour tous les torts causés. Les clients de la taverne où il avait traîné toute la journée allaient se remettre à la fréquenter. L'épicerie-boucherie Sansoucy n'allait pas s'effondrer. Il lui restait à reconquérir la confiance émoussée de son père.

— À ta place, j'irais le voir, proposa Simone. Il pourra pas faire autrement que de te reprendre.

— Pour le moment, va te servir, puis mange, ordonna Paulette.

Après le souper, Léandre alla cogner chez ses parents. Marcel déposa son peigne sur la tablette au-dessous du miroir de la salle de bain et poussa la porte pour voir qui venait. Les femmes étaient à la vaisselle. Sansoucy avait soulevé un rond du poêle et récurait sa pipe. Sans mot dire, il dévisagea gravement celui qui entrait.

— C'est ben maudit, mais va falloir que tu te trouves une autre *job*, mon garçon! déclara-t-il.

— Après ce que t'as fait à ton père, commenta Héloïse.

— Dis rien, Loïse, les hommes vont s'arranger ensemble, demanda doucement Émilienne.

Elle se tourna vers son mari.

— Je trouve que t'es pas mal dur avec lui, Théo, plaida-t-elle; faut savoir pardonner dans la vie. Sinon chacun reste sur son quant-à-soi, puis il y a plus moyen de s'entendre après. C'est pour ça que ça va mal dans le monde, parce que deux personnes sont pas capables de se regarder en face quand elles ont des choses à se dire.

— Le père puis moi, on a pas besoin de se parler pour se comprendre, la mère. J'ai toujours su ce qu'il pensait de moi, puis c'est pas aujourd'hui que ça va changer. Ça fait que…

L'épicier semblait attendri, touché par les paroles désarmantes de sa femme. Le téléphone retentit dans toutes les pièces du logis. Irène alla répondre, prit le message et raccrocha:

— Moman, Édouard s'invite à souper dimanche soir, rapporta-t-elle. Colombine va venir nous montrer son nouveau char. Elle aimerait que tout le monde soit présent.

Une ombre couvrit le visage de Léandre. Ses yeux couraient sur le plancher de linoléum, à la recherche d'un endroit où se poser.

— Je vas remonter, exprima-t-il.

— Puis, le père, rapport à Léandre, c'est oui ou c'est non ? s'enquit Marcel.

— On va dire que c'est oui, répondit l'interpellé. Mais qu'il me recommence jamais une affaire de même parce que là, ça va être *final bâton* !

— Oublie pas d'inviter ton monde pour dimanche, dit Émilienne, joyeuse.

* * *

Si les affaires reprenaient lentement au magasin, il n'en était pas autrement de la taverne Archambault. Secouée par les récents événements, la clientèle avait boudé le commerce pendant quelques jours. Au fond, le pauvre épicier avait été victime des circonstances. L'incident avait créé des remous dans le quartier, mais il n'était que la conséquence d'une des quatre cent quatre-vingt-une descentes de la police municipale de Montréal dans les loteries chinoises et autres de même nature. Au moins, la taverne Archambault n'avait pas perdu son permis d'exploitation, alors que de nombreuses maisons de paris sur courses avaient été fermées.

Léandre avait retrouvé un semblant de sourire, et son empressement excessif avec la clientèle témoignait de ses bonnes dispositions. « Le beau Léandre a le don de se faire pardonner ! » disaient les plus indulgentes. En particulier, il était plein d'égards envers la victime de l'émeute des derniers jours ; il lui ouvrait la porte et la raccompagnait chez elle en lui disant, d'un ton flagorneur : « C'est un plaisir de vous servir, madame Gladu ! » Avec son père, il était d'une politesse obséquieuse, ne regimbait jamais, même s'il plissait parfois son front contrarié. Mais ceux qui le connaissaient réellement savaient que des braises couvaient sous la cendre. Et bien malin celui ou celle qui pouvait prédire à quel moment surgirait sa prochaine machination…

Le dimanche survint. De tout l'après-midi, Émilienne n'avait pas ménagé ses efforts pour offrir à ses invités un repas digne de son talent de cuisinière. Au menu, du canard et du poulet, attendu que la grosse dinde de la basse-cour serait engraissée jusqu'à la veille de Noël, jour de son exécution.

Léandre était allongé sous son camion pour vidanger l'huile du moteur. Une luxueuse Packard noire enfila la rue et se gara devant son Fargo au capot ouvert. Le roulement doux de la voiture et ses roues à flanc blanc avaient taquiné sa curiosité. Deux personnes en descendirent. Léandre émergea de son inconfortable position.

— Un problème de mécanique ? demanda Édouard.

— C'est de l'entretien ordinaire, c'est meilleur marché que d'aller au garage, répondit Léandre.

Colombine détaillait la combinaison poisseuse de son beau-frère en retirant ses gants.

— C'est pas drôle quand on est réduit à se coucher dans la rue, lança-t-elle sur un ton méprisant.

L'air altier, elle tourna les talons et devança son mari vers l'escalier. « Maudite *petteuse* de Westmount ! » se dit Léandre en lui-même. Il termina son travail en reluquant la voiture de sa belle-sœur. Devancé par Marcel et David qui dévalèrent les marches, Jérémie descendit lentement l'escalier et s'approcha de la Packard pour l'admirer.

— On dirait que ça t'intéresse pas, les chars, Jérémie.

— C'est pas ça, Marcel, je suis toujours fatigué, c'est pas normal.

Le pensionnaire toussa et cracha au bord de la rue. Rassemblant ses forces, il entreprit de faire le tour de la voiture et se pencha pour en admirer l'intérieur luxueux en commentant de ses yeux de pauvre impressionné.

En haut, à l'appartement de l'épicier, la ménagère s'impatientait.

— Irène, va donc voir que c'est qu'ils brettent eux autres en bas. Faut souper, sinon Romuald puis Georgianna vont retontir avant qu'on soit rendus au dessert.

On avait commencé à s'installer autour de la table de la salle à manger. Léandre devait remiser ses outils et se nettoyer la figure et les mains. Colombine se rendit compte que la femme de son beau-frère prenait place avec un bébé dans ses bras. Héloïse l'informa :

— C'est l'enfant illégitime de Léandre. Il l'a eu avec une fille de la campagne et Paulette a décidé de l'adopter.

— Pour le fils des Pouliot, vous m'aviez appelé, mais pour le bébé de Léandre, c'est la première nouvelle que j'en ai, réagit Édouard.

— Ces affaires-là, ça se raconte pas ben ben au téléphone, dit Émilienne. C'est pour ça que j'étais contente de vous recevoir aujourd'hui.

Léandre était apparu dans la pièce, l'air irrité.

— Il y a-tu quelqu'un qui a quelque chose à redire là-dessus ? demanda-t-il. Puis, si vous voulez savoir, j'aime autant vous dire que j'ai été obligé de me départir du char que j'avais acheté au Salon de l'automobile.

— Quand on a les yeux plus grands que la panse…, commenta Édouard. Papa m'a parlé de tes histoires de loterie chinoise qui ont mal tourné. J'espère que monsieur Archambault ne fera pas comme les professionnels du pari. Une soixantaine de maisons aussitôt fermées, le jeu continue de plus belle dans la ville. Il y a même des petits coquins qui ont établi leur commerce illicite dans leur voiture. Toi, ça va être dans ton camion, je suppose…

— Hein, maudit niaiseux! Le pari puis la loterie, c'est pas la même chose, tu sauras, Édouard Sansoucy, s'emporta Léandre. Puis arrête donc de me faire la morale…

— Tut! fit Émilienne. Les enfants vont se mettre à brailler…

L'intervention de la maîtresse de maison avait suffi à tempérer l'atmosphère. Le canard et le poulet furent attaqués dans un silence déchiré par la toux opiniâtre de Jérémie. À tout moment, on se tournait vers lui en lui jetant un œil soupçonneux.

— Oublie pas de mettre ta main devant ta bouche, recommanda aimablement Alida.

— Ta mère ne t'a jamais appris que les microbes peuvent se transmettre facilement à table? lança platement Colombine. Madame Sansoucy, pourquoi ne lui demandez-vous pas de se retirer?

Théodore braqua des yeux insistants sur son jeune pensionnaire.

— Va donc dans ta chambre, ordonna-t-il.

— Selon moi, il tousse d'une manière pas ordinaire, commenta Alida. Viens donc ici, une minute, que je voie si tu fais de la fièvre.

L'adolescent présenta son front à l'impotente.

— On ferait mieux de faire venir le docteur Riopelle, conclut-elle.

— Qui c'est qui va payer encore pour le soigner? demanda Sansoucy.

— Je payerai ce qu'il faudra, répondit Alida.

Irène accompagna Jérémie à sa chambre et alla téléphoner au médecin qui habitait le quartier. Il serait au domicile du malade un peu plus tard dans la soirée.

Entre-temps, les locataires du troisième avaient regagné leur logement avec leurs petits. Au moment où on débarrassait les assiettes principales, le frère de l'épicier et sa femme firent irruption.

— D'après ce que je peux voir, vous êtes pas prêts à jouer aux cartes! dit Romuald.

La tablée s'empressa de faire place aux habitués du dimanche soir. Depuis quelque temps, le wattman évitait de parler du PNSC, un regroupement qui semblait devenir de plus en plus moribond. En voyant les résidants de Westmount, il aborda un sujet qui le tenaillait:

— Ça fait longtemps que j'ai pas vu Placide dans mon tramway, lança-t-il.

Un malaise perceptible affleura au visage d'Édouard.

— Il a emménagé avec son copain du journal, dit le notaire.

La physionomie de l'épicier se rembrunit.

— Pourquoi tu m'en as pas parlé? s'enquit-il.

— Ce n'est pas facile de traiter de ces choses délicates, papa. Et puis, qu'est-ce que cela aurait changé? Vous ne pouviez rien faire pour le retenir. J'ai bien essayé, mais c'était peine perdue.

Marcel alla accueillir le docteur Riopelle et le conduisit à sa chambre où s'étaient rendues Émilienne et Alida. Le médecin posa sa trousse sur le pupitre et donna son manteau à l'hôtesse. Le front soucieux, il grimpa dans la petite échelle pour examiner le tousseur couché à l'étage du lit. Après avoir pris sa température, qui était normale, il l'ausculta longuement, prit sa tension artérielle.

— J'ai un drôle de goût dans la bouche, exprima Jérémie.

— T'aimes pas le canard? demanda Émilienne.

— C'est pas ça, rétorqua le malade, vous faites du bon manger, madame Sansoucy.

— Donnez-moi le buvard sur le pupitre, s'il vous plaît, dit le médecin.

Le docteur Riopelle fit cracher le patient. Le papier se teinta d'un rouge brique.

— Faudra peut-être l'hospitaliser ! déclara le soignant, laconique.

— Que c'est que je vas dire à sa mère ? demanda Émilienne. Il doit passer l'hiver avec nous autres parce que ses parents sont trop pauvres, puis pour éviter des maladies. On va avoir l'air fin, asteure...

— Votre pensionnaire souffre d'une bronchite grippale aiguë. Je ne suis pas spécialiste des affections pulmonaires, mais je recommande d'aller voir le docteur Verdon, un de mes bons amis, à l'Institut Bruchési, dès demain. Il n'y a pas de risques à prendre. Il subira une radiographie des poumons et différents examens. Je ne voudrais pas vous alarmer, mais dans le pire des cas Jérémie pourrait être atteint de la tuberculose.

Le dernier mot du médecin avait soulevé toutes les craintes associées à l'effroyable maladie infectieuse. Des gens de tous les âges en mouraient, on pouvait séjourner dans un établissement de santé pendant des mois, voire des années. Selon le médecin, il fallait se rendre à l'évidence : les patients avaient contracté leur maladie dans les endroits de grande promiscuité comme dans les lieux publics, les salles de spectacles et les tramways. Et il ne fallait pas se mettre la tête dans le sable : plus de tuberculeux circulaient librement dans les rues de Montréal qu'on pouvait en dénombrer dans les sanatoriums de la province.

Émilienne retourna à la salle à manger, la tête effarée.

— Voyons, Mili, tu dois t'énerver pour rien encore, dit l'épicier.

— Prenez sur vous, moman, renchérit Irène.

— Ça regarde mal, commenta Émilienne. Selon le docteur Riopelle, le petit pourrait avoir la tuberculose. Mais c'est pas sûr encore… Demain, il doit passer des examens à l'Institut Bruchési. Que c'est qu'on va faire ?

Édouard était soudainement touché par le cas du garçon, qui lui rappelait celui d'un confrère décédé quelques mois auparavant des suites de la terrible maladie. Il se leva.

— On va s'en occuper, décida-t-il. Colombine viendra le chercher demain matin et le conduira à l'Institut.

— Des plans pour attraper ses microbes et finir nos jours dans un sanatorium ! s'indigna-t-elle. Tu n'y as pas pensé. Je refuse de le faire monter dans ma voiture…

— Faites quelque chose pour lui, Colombine, l'implora sa belle-mère d'une voix affreusement altérée.

Émilienne était au bord des larmes. Elle se rappela vaguement qu'au cours des derniers jours son pensionnaire n'avait pas le même entrain, qu'il avait perdu un peu l'appétit et qu'une toux passagère l'avait accablé. Elle s'accusa d'avoir été négligente.

— D'abord, je vas monter pour en parler à Léandre, dit-elle.

— Je vas avoir besoin de lui au magasin, s'insurgea Sansoucy.

Colombine pouvait facilement se libérer de son travail de secré-taire au bureau de son mari. Les yeux des convives avaient suivi l'échange entre ses beaux-parents et ils étaient revenus se poser sur elle, suppliants.

— Je serai là demain matin, fléchit Colombine.

Au lendemain, la Packard se gara sur la devanture du magasin. Une main serrant une petite valise et l'autre sur la poignée de la porte menant à l'escalier du logement, Jérémie avait cette mine renfrognée des êtres qui vont partir sans savoir ce que la route leur réserve, sans connaître leur véritable destination. L'impotente lui susurrait des mots d'encouragement, en tentant de le rassurer sur le diagnostic du docteur Riopelle : il ne souffrait peut-être que d'une laryngite au cours de laquelle un vaisseau sanguin aurait éclaté. Marcel lui avait souhaité bonne chance et il était retourné dans la salle de bain en essayant de dissimuler sa tristesse, tandis qu'Héloïse, Alphonsine et Irène observaient muettement le jeune Pouliot, comme s'il ne devait jamais revenir.

Émilienne avait enfilé ses bottes et revêtu son manteau de drap qu'elle avait pris soin de brosser en le sortant de la garde-robe. Elle ajusta une dernière fois son chapeau, en se regardant dans le miroir au-dessus de l'évier, et se rendit à la porte.

— C'est l'heure ! dit-elle.

* * *

La voiture s'immobilisa au débarcadère de l'Institut Bruchési. Pressée de se débarrasser de ses passagers, Colombine alla ouvrir la portière pour sa belle-mère. Après les examens, elle n'avait qu'à la rappeler à l'étude du notaire.

On analysa les expectorations de Jérémie pour savoir si elles ne contenaient pas des bacilles de Koch. Ensuite, comme l'avait recommandé son collègue Riopelle, le docteur Verdon rencontra le patient.

Debout dans le corridor menant à la salle de radiographie, Émilienne conversait avec le spécialiste, un homme de haute stature qui transpirait la confiance.

— Ça va être long, docteur ? demanda-t-elle.

— Je comprends votre inquiétude, madame Sansoucy, mais faut prendre le temps d'examiner votre petit protégé, répondit le médecin.

Chapitre 16

Bertha Pouliot accourut chez les Sansoucy quand elle apprit de ses enfants que son Jérémie n'avait pas été aperçu depuis plusieurs jours à l'école. De son bras rageur, la mâchoire serrée, elle poussa le portillon et traversa la cour en effrayant la grosse dinde qui se précipita dans un coin.

— Entrez donc, madame ! dit Émilienne.

— Je suis venue prendre des nouvelles de mon garçon, je peux-tu le voir deux minutes ?

— Il est pas dans la maison, rétorqua l'épicière.

— Où c'est qu'il est, d'abord ? À votre magasin, je suppose ? Vous devez le faire travailler comme un nègre...

Les mentons d'Émilienne se mirent à trembloter de nervosité. Jérémie avait subi des tests à l'Institut Bruchési. Des bacilles passaient dans ses expectorations et la radiographie avait révélé une lésion dans le lobe supérieur du poumon droit. Elle avait résolu de ne pas en aviser les parents tant que d'autres examens à l'hôpital du Sacré-Cœur ne confirmeraient pas le diagnostic.

— Êtes-vous en train de me dire qu'il est hospitalisé pour une tuberculose ? Mes enfants sont jamais malades, madame Sansoucy. Cette maladie-là, ça s'attrape dans des endroits malpropres. Vous allez voir, je vas le retirer de votre maison puis je vas vous poursuivre...

Le dimanche qui vint, la Packard emmenait madame Pouliot et Émilienne sur le boulevard Gouin, à Cartierville. De deux heures à quatre heures, les patients pouvaient recevoir parents et amis.

Édouard s'était informé de l'état de Jérémie en appelant régulièrement à l'hôpital. Il profitait du premier jour de la semaine pour lui rendre visite, le seul permis à l'établissement.

La voiture se gara au pied des marches de l'imposant bâtiment en brique de cinq étages. Il était composé d'une partie centrale comprenant entre autres une chapelle, des bureaux de médecins, des salles d'examens et des bureaux administratifs. À chacune des extrémités, comme une main protectrice refermée, une aile immense de forme incurvée et terminée par des galeries superposées, en plus d'une troisième à l'arrière, occupée par des religieuses et des infirmières. L'institution des Sœurs de la Providence remplaçait depuis une dizaine d'années l'ancien hôpital des Incurables, détruit par un incendie. Elle abritait douze cents personnes, malades et membres du personnel compris. En plus de cancéreux, de paralytiques et de patients souffrant d'autres problèmes de santé, elle logeait au-delà de quatre cents malades des poumons.

— Le 410, dit une officière.

Sur le coup de deux heures, des centaines de visiteurs se distribuèrent sur les étages et empruntèrent les couloirs d'une propreté méticuleuse. Peu après, une douzaine d'entre eux s'engouffrèrent dans la chambre blanche que Jérémie partageait avec trois compagnons d'infortune. Le lit était blanc, les couvertures étaient blanches, et les dents blanches d'une figure émaciée leur souriaient.

— Bonjour, m'man !

Les paupières gonflées de Bertha Pouliot ne purent retenir les larmes accumulées qui coulèrent sur ses joues grasses et glissèrent dans son cou.

— Mais t'es ben *chéti*, mon garçon ! s'exclama-t-elle. Regardez-le-moi donc comme il a maigri, il lui reste juste la peau puis les os.

— Tu m'as apporté quelque chose ?

Une religieuse se pencha à la porte, esquissa un sourire compréhensif et disparut.

— C'est deux visiteurs par malade, dit Jérémie, mais la sœur est ben fine…

Madame Pouliot tendit la robe de chambre provenant de l'aîné. Colombine offrit une boîte de chocolats Laura Secord, Émilienne, des fruits de son magasin, tandis qu'Édouard apporta des livres.

Depuis son entrée à l'hôpital, Jérémie avait subi son premier pneumothorax. On l'avait fait étendre sur une table blanche. Afin d'effectuer une ponction, le docteur avait introduit son trocart – un poinçon dont on se sert pour effectuer des ponctions – entre deux côtes dans la région de l'aisselle. Puis on lui avait insufflé de l'air et il en avait ressenti d'insupportables tiraillements.

À mesure que son fils racontait ce qu'il avait souffert, Bertha Pouliot crispait son visage de douleur. Elle redoutait l'infection grave dont elle n'osait répéter le mot qu'elle avait lancé chez l'épicière.

— Ils sont après te maganer. Quand est-ce que tu vas sortir? s'enquit-elle.

— Votre garçon est tuberculeux, madame Pouliot, affirma Édouard. Si vous désirez qu'il guérisse, il doit rester pour être soigné.

Les journées semblaient interminables au malade. Il devait s'aliter des heures durant, mais dans les périodes dites libres, comme il n'était pas condamné au lit, il pouvait s'adonner à des activités de lecture, aller faire un brin de causette ou écouter la radio au solarium. Maigre consolation pour Jérémie. Il avait fait brièvement connaissance avec ses trois compagnons éprouvés: un jeune homme d'une vingtaine d'années hospitalisé depuis une cinquantaine de mois, et les deux autres, de trente et de cinquante ans, végétaient depuis environ un an chacun entre les murs de l'institution.

Heureusement qu'il y avait un peu d'animation dans la chambre. Comme les colporteurs de ragots qui aiment se donner de l'importance, l'un des visiteurs, un joufflu dans la quarantaine, s'amusait à dérider l'auditoire. Il racontait des histoires de bûcherons qui égayaient les patients. Mais Colombine s'exaspérait. De temps à autre elle soupirait, exhalant ainsi son impatience et sa perte de temps à entendre débiter des âneries au milieu des bénéficiaires de l'assistance publique, alors qu'il aurait été si simple pour elle de se promener en ville ou de se rendre chez des amies afin de prendre le thé, habitude qu'elle tenait de sa grand-mère anglaise, il va sans dire. Quoi qu'il en soit, si jamais la malchance la frappait, elle se battrait pour ne pas qu'on la case dans une salle à huit avec sept autres « secourus de l'État » : elle exigerait une chambre individuelle, éloignée de tout ce qui grenouillait autour d'elle, et loin des dangereux microbes de la populace pour ne pas empirer son cas.

L'officière s'inclina à la porte.

— Il est presque quatre heures, lança-t-elle.

La deuxième heure des visites achevait, et Bertha Pouliot voyait le temps filer sans qu'elle connaisse les véritables causes qui avaient conduit son fils à l'hôpital. Dans quelques minutes, elle devrait se détacher de lui et sentait monter en elle une profonde irritation. Elle revint à la charge auprès de la « tôlière » qui avait hébergé son fils :

— Madame Sansoucy, allez-vous finir par admettre que c'est chez vous que mon Jérémie a attrapé son mal ? Il y a du monde qui pense que les maladies poussent dans la misère comme les champignons dans le fumier, mais ça m'a l'air que ça vient aussi des familles à l'aise...

— Vous y allez un peu fort, madame Pouliot, je vous défends ben de m'insulter, s'indigna Émilienne. J'ai choisi de prendre Jérémie parce qu'il avait l'air aimable et qu'il était le plus frêle des trois que vous m'aviez emmenés. Je pensais ben faire en le choisissant, mais je m'aperçois que je me suis drôlement trompée. J'aurais dû laisser faire. Si c'était à recommencer, je vous dis que j'hésiterais pas à refuser, même au risque de paraître insensible à la misère des autres.

— Regardez-moi ben aller, madame Sansoucy, je vas me renseigner puis je vas en avoir le cœur net...

La mère affligée sortit en trombe dans le corridor et se rendit au poste des infirmières. Elle s'adressa à une garde-malade qui semblait inscrire des notes dans un document.

— Je veux voir le dossier de Jérémie Pouliot au 410! exigea-t-elle.

— Vous êtes qui, vous, par rapport à Jérémie?

— Sa mère, mademoiselle.

— Je ne suis pas autorisée à vous transmettre les informations que vous demandez, madame. S'il fallait qu'on réponde à tout un chacun qui vient en visite le dimanche, on aurait pas le temps de soigner nos quatre-vingts patients.

— Vous voyez ben qu'il y a personne d'autre au poste. Puis là, vous faites rien, vous faites juste écrire dans vos papiers. Vous êtes de mauvaise foi, mademoiselle.

La garde-malade baissa piteusement les paupières. Une infirmière diplômée de l'étage parut, un air de réticence aux commissures des lèvres. Devant l'air dévasté de la mère, elle consentit à transmettre quelques informations pertinentes : un surmenage physique jumelé à un manque de sommeil avaient conduit Jérémie à l'éclosion de la maladie. Un bacille logé dans les poumons s'était multiplié de façon vertigineuse et avait formé une boule appelée

1045

tubercule. À mesure que le bacille rongeait le tissu sain, le tubercule se ramollissait, et les déchets accumulés dans une bronche
étaient ensuite expectorés par la toux…

— Il va-tu passer les fêtes à l'hôpital ? coupa madame Pouliot. Je
vas le soigner à la maison, lui donner les meilleurs sirops…

— Comptez-vous chanceuse, madame Pouliot. Votre garçon a
seulement un poumon d'attaqué. Si tout va bien, il va pouvoir
sortir trois ou quatre jours après le Nouvel An, pas avant.

Comme si toutes les calamités du monde s'abattaient en même
temps sur son plus «fin», Bertha Pouliot afficha le visage de la
désolation. Sur ces entrefaites, Émilienne, Colombine et Édouard
allèrent la rejoindre au poste. La mère du malade se tourna vers
l'épicière.

— Votre mari va avoir affaire à moi ! maugréa-t-elle.

— Vous devez allez dire bonjour à votre garçon, madame
Pouliot, rétorqua Édouard.

Dans le flot de visiteurs qui envahissaient le couloir à contre-
courant, l'indigente fonça vers le 410 et revint une vingtaine de
minutes plus tard.

Quelques instants après, la Packard filait en direction du faubourg
Maisonneuve. Au cours du voyage, Édouard et sa mère avaient
déployé tous les arguments possibles et imaginables pour tenter
d'apaiser la fureur qui habitait la nécessiteuse. La compagnie
parvenue dans la rue Adam, sitôt la voiture immobilisée, Bertha
Pouliot descendit du véhicule et escalada les degrés qui menaient
chez l'épicier.

En ce dimanche après-midi, la maison était tranquille et le
marchand s'était assoupi dans sa berçante, *La Patrie* sur les genoux.

— Vous ! brama-t-elle. C'est de votre faute si mon garçon
est malade. Moi qui pensais qu'en demeurant chez des gens en

moyens, mon *chéti* serait bien traité, qu'il se remplumerait. Vous l'avez exploité, monsieur Sansoucy. Que c'est qui va arriver, asteure ?

La Patrie avait subitement glissé sur le plancher et le cœur du quinquagénaire se débattait comme s'il désirait quitter sa poitrine.

— Que c'est que vous aviez d'affaire à nous l'emmener, votre garçon, s'il était malade ? se défendit l'hôte. C'était à vous de le garder dans votre maison. C'est pas un sanatorium, ici dedans !

— En tout cas, asteure qu'il est pris pour rester au Sacré-Cœur, je vas ramasser ses choses, puis il remettra plus jamais les pieds chez vous.

Alida s'en désolait. Elle ne pourrait pas revoir le garçon que son beau-frère hébergeait. Émilienne parut et, considérant l'air de la désespérée, alla aider Irène à récupérer les effets de Jérémie.

Héloïse ne s'était pas opposée à la dame plus coriace qu'elle. De toute manière, on serait plus grandement dans l'habitation de sa sœur et cela diminuait d'autant ses tâches ménagères. Pour une vieille fille consommée, elle en avait déjà plein les bras avec les petits de Paulette et de Simone.

Bertha Pouliot repassa le seuil avec le petit bagage de son fils. Frustrée d'avoir perdu son après-midi, Colombine la reconduisit à son misérable taudis, certaine d'être réquisitionnée une semaine plus tard.

* * *

L'épicerie-boucherie se relevait lentement des déboires causés par la loterie chinoise. Le commerce moins achalandé permettait donc à son propriétaire quelques périodes de relâchement en attendant la reprise des activités. Mais habité par un ressentiment, Sansoucy était encore ébranlé par la visite inopinée de la mère de Jérémie. En ce mardi matin, pendant que Simone se promenait entre les tablettes et notait prudemment les produits à renouveler, il se confiait à son ami Philias en disputant une partie de dames dans son arrière-boutique :

— La bonne femme Pouliot a été pas mal dure avec moi, confiat-il. Elle m'a accusé d'avoir exploité son garçon comme s'il avait été mon esclave. Supposément que c'est pour ça qu'il s'est ramassé à l'hôpital.

— Il y a pas si longtemps, avant que tes affaires ralentissent, tu me le disais toi-même, Théo, que tu avais profité de lui parce qu'il payait pas pension. En plus de faire ses devoirs et ses leçons, le chicot livrait les «ordres», s'occupait de la loterie de Léandre jusque tard le soir ; il y a de quoi rendre malade n'importe qui. En plus, on dirait que ça te prend quelqu'un à bardasser : une secousse, c'était ton Marcel, puis là c'était devenu ton petit pensionnaire…

Sansoucy recevait les remarques de son camarade comme un blâme ; il se renfrogna. Au fond, seul Philias Demers pouvait se permettre de lui *flanquer* ses quatre vérités au visage, de le placer face à la réalité. Il le savait bougonneux, irascible, d'un tempérament bilieux. En tant qu'ami, il avait ce petit quelque chose de sympathique, mais comme époux Émilienne devait avoir à lui pardonner ses sautes d'humeur, ses impatiences. Il était assez bien entouré de sa femme, de ses enfants, de ses petits-enfants et de ses trois belles-sœurs, parfois envahissantes, à son dire, alors que lui, Philias, semblait dépérir parce que sa fille lui avait fait sentir qu'il était de trop dans la maison. D'ailleurs, depuis quelques jours, il avait la mine déprimée de ceux qui ne voient que l'ombre de leur vie qu'aucun rayon de lumière ne parvient à transpercer.

— Puis toi, Philias, penses-tu que t'es ben mieux que moi ?

« C'est précisément ce qu'on dit quand l'image que reflète notre miroir devient trop difficile à supporter », pensa Demers.

Le joueur eut un mouvement pour capturer un pion adverse. Son bras balaya les pièces du jeu et sa tête s'effondra sur le damier.

— Eille! Phil!

Sansoucy se leva subitement, secoua l'épaule de son ami.

— Mili! s'écria-t-il.

Émilienne acheva de remplir le sac de madame Grenon et se déporta lentement à l'arrière-boutique. Elle considéra le corps inanimé :

— Ah! mon Dieu! s'exclama-t-elle. Faut appeler le médecin.

L'épicière se posta dans l'embrasure.

— Paulette, signale le numéro du docteur Riopelle, ça regarde mal pour monsieur Demers.

Carnet à la main, Simone se pressa à l'arrière du magasin.

— Il grouille pas, il est-tu mort, coudonc? P'pa, restez pas là, c'est pas bon pour vous, allez plus loin. Le docteur va venir, ça sera pas long.

Attendri, le boucher versa une larme qu'il s'empressa d'essuyer avec le coin de son tablier. Il alla retrouver Paulette au comptoir. Épouvantée par l'alerte déclenchée dans l'arrière-boutique, et à cause de sa crainte irraisonnée des morts, madame Grenon avait abandonné son sac sur le comptoir et était disparue comme une poule sans tête.

Émilienne avait rejoint les autres à la caisse. Seule avec Demers, Simone avait tâté le pouls de l'être inanimé et elle ramassait les pions éparpillés sur le plancher. Il y en avait même un qui s'était engagé dans l'escalier et qu'elle alla récupérer au fond de la cave. Puis elle revint auprès de l'ami de son père et constata qu'elle ne s'était pas trompée : le misérable ne bougeait plus et le docteur Riopelle ne ferait que confirmer le décès. Par respect pour le vieil homme, elle se signa deux fois plutôt qu'une de la croix des chrétiens en insérant un «Qu'il repose en paix, ainsi soit-il!».

Personne n'aurait pu douter de la sincérité de sa courte prière. L'âme du bonhomme était probablement déjà montée aux cieux, mais elle voulut demeurer ainsi à proximité du corps. On n'abandonne pas un mort à lui-même, de peur qu'il s'envole lui aussi dans l'autre monde sans qu'on ait eu le temps de lui dire adieu.

Après le triste constat du médecin, Sansoucy rassembla ses forces pour aller prévenir la fille de Demers. Investi d'une sinistre mission, il marchait pesamment dans la rue, le dos rond, les épaules rentrées, la tête engoncée dans le col de son imperméable.

Parvenu à la place Jeanne-d'Arc, il grimpa au troisième étage et cogna au logement de Demers.

— Pas de colporteurs ! proféra une voix qui traversa la porte.

L'épicier frappa avec insistance, comme s'il n'avait pas entendu la ménagère. La fille de Demers alla ouvrir.

— Vous comprenez pas, vous êtes sourd ou quoi ? demanda-t-elle, ulcérée.

— Je suis Théodore Sansoucy, l'ami de votre père.

— Ah ! C'est vous. De quoi c'est que je peux faire pour votre bonheur ?

— Votre père est décédé à mon épicerie, madame. Mais il a pas eu le temps de souffrir, il s'est écrasé raide mort sur le damier.

Les lèvres de la ménagère tremblèrent, mais elle sembla chercher à se contenir. Elle se composa un visage impassible.

— À l'âge qu'il était rendu, c'est pas ben étonnant ! déclara-t-elle, froidement. Puis il s'ennuyait dans la maison depuis qu'il avait vendu la ferme à mon frère. J'en parlais justement à mon mari à matin, on le voyait dépérir, on aurait dit qu'il y avait pas grand-chose pour lui faire plaisir. Que voulez-vous, on finit tous par mourir…

1050

Le marchand était allé l'informer et lui offrir ses condoléances, mais elle n'en avait pas besoin. Elle se consolerait facilement du départ. Théodore paraissait plus ébranlé qu'elle et il aurait volontiers reçu ses sympathies. Elle allait prévenir son frère Fulgence à Saint-Pierre-les-Becquets. Il demeurait loin en bordure du fleuve, et elle aurait l'odieux de s'occuper des funérailles. De toute manière, elle ne voulait plus revoir son frère, à qui son père avait vendu la ferme pour une bouchée de pain. C'était épouvantable de recueillir le vieux, de le loger et de le nourrir, et il laissait à peine de quoi acheter quatre planches pour l'enterrer.

* * *

Au lendemain de la cérémonie funéraire, la Packard était repassée au logis des Pouliot et revenait se garer devant le magasin. Fortement secoué par la perte de son ami Philias, Sansoucy avait consenti à accompagner sa femme à l'hôpital pour visiter le tuberculeux.

— Avez-vous des remords, coudonc, monsieur Sansoucy? demanda la mère de Jérémie.

— Je peux rester chez nous, si vous voulez, madame Pouliot.

Édouard ouvrit la portière. Émilienne se glissa sur la banquette. Elle serait au milieu, entre l'autre passagère et son mari, et verrait, si nécessaire, à tempérer l'atmosphère pendant le déplacement. La voiture redémarra et fonça vers l'institution.

Un sourire illumina la physionomie de Jérémie quand sa mère entra dans sa chambre, mais il le perdit aussitôt qu'il vit apparaître l'épicier.

— Bonjour, monsieur Sansoucy, exprima-t-il avec civilité, c'est gentil d'être venu me voir.

— Ah! J'avais rien à faire et je me suis dit que ça te ferait peut-être du bien de savoir que je pense à toi.

1051

Émilienne roula de gros yeux vers son mari indélicat. Sansoucy tendit son petit paquet au malade.

— Du chocolat, vous êtes ben mal tombé, monsieur Sansoucy, j'en mange pas : j'ai distribué tous ceux que j'ai reçus dimanche dernier à mes camarades de chambre. Mais je vous remercie quand même.

Colombine ravala. Bertha Pouliot entama la conversation avec son fils. Son poitrinaire semblait avoir meilleure mine que le dimanche précédent. Il avait dormi presque toute la semaine tant il avait besoin de récupérer. Il remerciait Édouard de lui avoir apporté de la lecture dans laquelle il se plongeait le plus souvent possible. Et ces derniers jours, le médecin lui avait prescrit des promenades dans le corridor.

Depuis qu'elle était entrée dans la chambre, Bertha Pouliot n'avait pas détaché son regard du visage émacié de son *chéti*. Il semblait un peu plus vigoureux qu'avant, mais on devinait ses os sous son pyjama. Édouard questionnait sa mère sur l'humeur chagrine de son père. L'épicier paraissait s'ennuyer souverainement. Des visiteurs charitables lui avaient offert une chaise sur laquelle il avait posé son fondement et, comme s'il examinait un objet imaginaire, il tripotait ses doigts en repensant à son camarade enterré la veille. Jérémie l'interpella :

— Ça vous tente-tu de jouer une petite partie de dames, monsieur Sansoucy ?

La figure de l'épicier se rembrunit.

— Pas vraiment, répondit-il.

— Au lieu de t'occuper des étrangers, parle donc avec ta mère, proféra madame Pouliot.

— Monsieur Sansoucy est pas un étranger, m'man.

— En tout cas, c'est lui qui t'a rendu malade.

— Vous allez pas recommencer, madame Pouliot, s'insurgea Émilienne. Vous traitez mon mari comme s'il était un monstre et qu'il avait fait exprès pour *rempirer* votre garçon.

La chambrée s'était tournée vers l'épicier qui fondait sur sa chaise.

— On s'en va-tu ? demanda Théodore.

— Les visites finissent à quatre heures, ben on s'en ira pas une minute avant quatre heures ! affirma Bertha Pouliot.

— D'abord je m'en vas attendre dans le passage, répliqua-t-il.

La mère du poitrinaire riposta par une boutade effarée :

— Allez où vous voudrez, je m'en sacre, monsieur Sansoucy !

Madame Pouliot ne s'était pas *défâchée* de tout son voyage de retour à la maison. La bouche plissée, le regard farouche tourné vers la rue, elle avait élaboré quelque machination qu'elle se promettait de mettre à exécution le moment venu.

Le jour opportun survint au cours de la même semaine. Comme à l'accoutumée, Elzéar avait téléphoné du magasin général d'Ange-Gardien afin de prévenir sa sœur Émilienne qu'il apporterait le sapin de Noël. Il resterait à coucher avec sa Florida et repartirait dans le courant de l'avant-midi du lendemain.

La journée s'achevait à l'épicerie. Une Ford s'engagea dans la ruelle et s'immobilisa derrière le commerce. Le campagnard en descendit et sa femme alla ouvrir brusquement le portillon. La dinde, effrayée, se réfugia en caquetant dans le hangar.

— Aie pas peur, ma belle, tu me reconnais pas ? s'amusa Florida, c'est ton ancienne voisine d'Ange-Gardien.

Elzéar s'amena avec le sapin, traversa la cour et entreprit de gravir l'escalier pendant que sa femme attendait d'escalader les marches avec la valise. Simone émergea de l'arrière-boutique.

— Tiens, si c'est pas ma Simone! s'écria le cultivateur.

— En *effette*!

— Regarde le beau sapin que j'apporte à ton père.

— Il a l'air d'un vrai trognon, votre arbre, mononcle Elzéar.

— Est pas mal insultante, la bougresse, lança Florida. Renégate, va! Ça a aucune espèce de reconnaissance pour ce qu'on a fait pour elle...

Pendant qu'Héloïse tenait Charlemagne d'un bras et touillait la soupe de l'autre, Alida roula vers la porte en évitant de justesse les doigts de Stanislas qui rampait sur le linoléum.

— Comment ça va avec le petit de Léandre? s'enquit Elzéar. Azurine nous a demandé de s'informer.

— Elle s'ennuie-tu, coudonc? demanda Héloïse. En tout cas, deux à élever, c'est pas mal d'ouvrage. Qu'elle se gêne pas, si elle veut le ravoir, vous pourriez le ramener à la campagne demain.

— Voyons donc, Loïse, rétorqua l'impotente, Paulette est ben trop attachée à lui, asteure.

Florida parut et déposa aussitôt sa valise. Héloïse lui confia le bébé et alla agripper une vadrouille pour suivre le chemin parsemé d'aiguilles d'Elzéar qui traînait son résineux au salon.

Le magasin fermé, Simone et Paulette étaient passées pour reprendre les marmots, et tout le monde avait regagné son logement. Les campagnards étant affamés, on s'était vite attablés; le temps de souper, le sapin supporterait la sécheresse de la maison.

La nuit répandait sa noirceur dans les derniers retranchements du jour. En bas, dans la cour palissadée, une main audacieuse avait poussé le portillon et deux ombres au dos arrondi glissaient vers le hangar. Isidore Pouliot et l'aîné de ses fils se postèrent de part et d'autre de l'ouverture pratiquée dans le mur. Tandis que son garçon tendait une ligne au bout de laquelle se dandinait une pelure de patate, Pouliot s'apprêtait à fondre sur la volaille avec une poche de jute.

Le repas terminé, les hommes entreprirent d'installer le conifère. Alphonsine remplissait l'arrosoir à l'évier et Sansoucy chiffonnait des journaux périmés.

— Marcel, tu vois ben qu'il manque la chaudière. Va donc la chercher dans la *shed*, puis en même temps tu regarderas si l'eau de la dinde est gelée dans la gamelle.

L'adolescent exécuta l'ordre de son père et rebondit au logement en refermant sans ménagement la porte de la cuisine. Émilienne échappa une grande assiette qui fit éclabousser l'eau de vaisselle dans ses lunettes.

— Tu pourrais pas faire attention! proféra-t-elle.

— Vous me croirez pas, m'man, mais la dinde est disparue : quelqu'un a laissé la porte de la cour ouverte.

— Ce doit être Florida quand elle est arrivée, commenta Héloïse.

Émilienne se déporta au salon.

— T'en as fait toute une belle, toi, Florida, la dinde de Léandre a foutu le camp. Cherche, asteure, comment on va la retrouver…

— Baptême! aboya l'épicier. Ça vaut la peine de se forcer pour engraisser de la volaille.

Chapitre 17

Pour ainsi dire, Théodore Sansoucy était doublement endeuillé. Son ami Philias parmi les trépassés de ce monde et sa volaille disparue, son existence était devenue terne, aussi mate que la morne pâleur de la cire, aussi *moche* que la cire fondue qui coulait au pied du chandelier. Marcel avait refusé de partir à la recherche de l'oiseau de son père. « Me prenez-vous pour un cave ? Allez-y, vous ! » avait-il rétorqué. L'épicier avait maintenant un peu plus d'empathie pour Héloïse qui avait perdu son perroquet. Au moins, elle en avait conservé un souvenir impérissable : Nestor trônait toujours dans la cuisine.

Le dimanche après Noël survint, aussi sûrement que le jour après la nuit, que l'été après l'hiver, que le beau temps après la pluie. Depuis une semaine, Alida manifestait le désir d'accompagner Émilienne pour visiter le petit Jérémie. Les garçons de l'immeuble avaient manœuvré afin de répondre au vœu de l'impotente de la faire descendre sur le trottoir. Une fois rendue à l'hôpital, on s'arrangerait bien pour dénicher de l'aide.

Emportée par le désir de ne pas perdre une seconde des deux heures accordées aux visiteurs, Bertha Pouliot avait pris les devants de la compagnie et marchait d'un pas résolu vers le 410. Le temps que la mère s'enquière de la santé de son fils, Alida parut dans la chambre. Elle avait tenu à se déplacer elle-même sur les parquets cirés dans l'aile des tuberculeux pour atteindre le jeune malade. Comme la vieille tante s'y était attendue, Colombine n'avait manifesté aucune compassion pour sa personne et, une fois sur l'étage, l'impotente avait refusé la main secourable d'Édouard en disant qu'elle était assez autonome, qu'elle n'était pas aussi handicapée que les grands malades confinés dans une pièce.

La fièvre des fêtes avait atteint l'institution. Les religieuses et les gardes-malades avaient tout mis en œuvre pour donner une touche festive à l'environnement et apporter un peu de bonheur aux bénéficiaires. La veille de Noël, au soir, les malades alités dès huit heures avaient été réveillés par une cloche une heure avant minuit. Puis ils s'étaient habillés afin de se rendre à la chapelle, tout illuminée et décorée pour l'événement. Tandis que les sœurs et les infirmières occupaient la nef, les jubés latéraux débordaient de malades, des paralytiques et autres éclopés assistaient à la cérémonie dans leur fauteuil roulant ou même dans leur lit.

Après la messe, les malades avaient été accueillis au solarium où on avait dressé une table garnie de tourtières, de gâteaux, de fruits et de boissons gazeuses.

— Avez-vous mangé de la bonne dinde comme nous autres ? demanda madame Pouliot.

— Non, mais il y avait plein de bonnes choses, m'man, répondit Jérémie.

— D'abord, on va s'arranger pour t'en garder un peu pour ton congé du jour de l'An.

Émilienne jeta un regard torve à sa cliente. Même si madame Pouliot était en brouille avec son mari l'épicier, elle fréquentait toujours son commerce.

— C'est ben pour dire, madame Chose, il y a de quoi qui m'échappe, exprima-t-elle. Je vous ai pas vue commander une volaille pour Noël. Avez-vous acheté ailleurs, coudonc ? Ou ben ! À moins que… Je sais pas si c'est un adon, mais l'animal que mon mari avait engraissé a justement disparu ces jours-ci. Ça prend-tu des effrontés puis des mal élevés pour chiper le bien des autres !

— C'est juste si vous m'accusez pas, madame Sansoucy. Pensez ce que vous voulez, mais cette dinde-là, vous l'aviez même pas achetée : c'est votre Léandre qui l'a gagnée dans un jeu de tir à la campagne. Tout le monde l'a su dans le quartier, c'était à lui de pas se vanter.

— Donnez-lui donc le bénéfice du doute, maman, plaida Édouard. Vous n'avez aucune preuve de sa culpabilité.

L'épicière n'en demeura pas moins convaincue que la pauvresse avait dérobé la volaille. Le visage empreint de sollicitude, Alida ouvrit sa bourse et tendit un billet au poitrinaire.

— Tiens, Jérémie, vous êtes déjà assez dans la misère de même, exprima-t-elle.

— Voyons, mademoiselle Grandbois, commenta Bertha Pouliot, c'est de la *grosse* argent, ce que vous sortez là.

Émilienne avait eu le sentiment d'avoir été trahie par sa sœur. De retour au logement, elle en causerait avec son mari déjà en rogne contre les Pouliot. De toute évidence, les miséreux avaient commis un geste répréhensible. En son âme et conscience, elle se devait de les dénoncer. Cependant, plus elle jonglait avec l'idée, plus la pitié gagnait son cœur généreux. Elle opta pour suivre la petite voix qui lui parlait dans le silence de son for intérieur.

Pour la famille Sansoucy, l'année 1936 s'était dépouillée de ses hardes de petites misères et 1937 revêtait les habits neufs de l'espoir. L'épicier essayait de sourire à l'année qui venait malgré l'abandon des études de son fils Placide, décision qu'il avait vue venir comme un incontournable. « J'ai trouvé ma voie dans le journalisme », lui avait-il dit. Émilienne avait reçu son monde aux fêtes. Édouard ne filait pas le parfait bonheur avec Colombine, mais semblait s'accommoder assez bien de ses petits caprices de fille unique. Un jour le couple s'établirait ailleurs que dans la résidence des Crochetière. C'est ce qu'on leur avait tous souhaité au jour de l'An.

Pour l'heure, rien ne semblait déroger à la vie tranquille d'Irène, aucun prétendant ne se pointait à l'horizon, et il y avait fort à parier qu'elle finirait vieille fille comme ses tantes. Par contre, l'orientation sexuelle de Placide semblait couvrir la famille d'un froid, mais pour les convenances le défroqué s'était abstenu de présenter son ami; la peur du ridicule l'oppressait et il craignait d'être rejeté par les siens. Léandre, lui, s'était départi de la lourde chape de dettes qui l'accablait. *La Belle au bois dormant* était bel et bien morte et enterrée: elle faisait définitivement partie des décombres. Mais la vie manquait un peu du piquant qu'il avait connu et des idées lui trottaient dans la tête. Simone n'entretenait aucun projet précis. Au travail, elle prenait officiellement la relève de Placide et, pour l'instant, elle refusait de voir plus loin que le bout de son nez. Et Marcel empilait le plus qu'il pouvait. «Il n'y a pas de presse à me marier; Amandine va m'attendre», disait-il.

Mais les premiers jours de l'année furent vite assombris par une effroyable nouvelle qui s'abattit sur tout le Québec et qui eut un rebondissement bien au-delà des frontières. La veille de la fête des Rois, *La Patrie* titrait: «Le thaumaturge de l'Oratoire a reçu les derniers sacrements ce matin». Le frère André était alité à l'hôpital de Saint-Laurent depuis la veille de Noël. Les Pères de la congrégation de Sainte-Croix le recommandaient aux prières des catholiques de la métropole. En tant que journaliste, l'ex-religieux suivait de près les événements.

Placide avait survécu à une nuit dans le fumoir de l'étage de l'hôpital, recroquevillé dans un fauteuil sous une couverture épaisse. Après des ablutions matinales rudimentaires, il arpentait le corridor, surveillant les moindres allées et venues à la chambre du vénérable. Jusqu'à maintenant, il s'était adressé à une garde-malade qui n'avait pas voulu lui divulguer quoi que ce soit, prétextant qu'elle n'était pas autorisée à le faire. Déçu, il avait ensuite espéré le médecin soignant pour lui soutirer quelques renseignements. Le docteur Lionel Lamy avait consenti à lui dire que le vieillard était inconscient, qu'il faiblissait, qu'il en avait pour au plus vingt-quatre heures. Finalement, il avait réussi à intercepter le

R. P. Alfred Charron, supérieur provincial, qui venait de donner le sacrement des mourants. Avec tout ce qu'il savait du passé d'Alfred Bessette, il avait rédigé son article pour le journal.

Placide s'estimait chanceux. D'autres reporters faisaient le pied de grue dans le couloir et, repoussés par des infirmières de l'étage, ils n'avaient réussi qu'à obtenir des bribes d'informations. Cependant, la journée avançait et la faim le tenaillait. La lente agonie du moribond s'éternisait. D'un moment à l'autre, on apprendrait que le saint homme avait trépassé. Il offrit ses petites souffrances à Dieu et s'immobilisa comme les autres journalistes.

Alex D'Avignon surgit au tournant du corridor et s'approcha de lui, l'air agité.

— Je t'ai apporté un lunch, dit-il, tu dois crever de faim.

— C'est bien aimable à toi, mais qu'est-ce que t'as mis dans l'autre sac?

— De la lecture, mon cher, parce que je sais que tu ne reviendras pas sur la rue Chambord tant et aussi longtemps que le frère André n'aura pas rendu l'âme.

— Il n'y a pas de frère André qui meurt tous les jours, Alex. Après on va passer du temps ensemble, je te le promets. Puis toi, qu'as-tu au programme aujourd'hui?

— Pas grand-chose. En partant d'ici, je m'en vais au bureau pour rédiger un article sur un vol dans une quincaillerie. Tu le sais bien, Placide, c'est rendu que je couvre juste des événements de second ordre puis des affaires plates. C'est un peu comme si tu avais pris ma place au journal.

D'Avignon avait haussé le ton. Des têtes de journalistes s'étaient retournées. Une garde-malade était sortie d'une chambre et elle avait fixé des yeux mauvais sur les deux jeunes hommes qui conversaient. Ne pouvant supporter ces regards accusateurs, Alex tourna les talons et prit congé.

Placide regagna le fumoir et il engloutit le sandwich que son compagnon avait préparé. Puis il se releva avec *Les Misérables* qu'Alex avait apporté et alla se poster près de la célèbre porte, farouchement déterminé à attendre l'heure fatidique. Car le vieillard semblait lent à s'éteindre.

Une longue veillée funèbre s'entama. Placide replongea dans la lecture de son roman, interrompue par le passage des membres du personnel. Et lorsque le silence s'invitait trop longtemps, ses yeux de lecteur abandonnaient ses lignes et se braquaient sur la chambre de l'agonisant. Mais rien de significatif ne survint jusqu'à ce que trois médecins se réunissent à son chevet.

Vers onze heures trente, alors qu'il s'absorbait dans le texte de Victor Hugo, des confrères et des amis du saint religieux s'engouffrèrent dans la pièce. Bientôt, des litanies de saint Joseph remuèrent les lèvres en reprenant les prières tant de fois redites par le très honorable frère.

Des pleurs s'échappèrent. La petite foule rassemblée récita le *De profundis* et gagna la meute de journalistes. Avant que l'aube transperce la nuit, le ciel rappelait celui qui avait soulagé tant de misères physiques et morales.

* * *

Une agitation inaccoutumée s'était emparée des Montréalais. La vie de la métropole était perturbée. Des pèlerins affluaient des villes et des campagnes, et même de la Nouvelle-Angleterre. On s'acheminait par voiture, par autobus et par train. Malgré la température exécrable, malgré les rues et les trottoirs glissants, à l'Oratoire on défilait par milliers devant le modeste cercueil de bois. Irène et sa tante Alphonsine s'étaient levées de bon matin pour se rendre au sanctuaire. Les commerces, les usines, tout semblait fonctionner au ralenti. Et Théodore Sansoucy, beaucoup moins catholique que le pape, pestait devant les siens contre l'événement qui lui enlevait de la clientèle.

Il venait de jeter *La Patrie* sur le coin du comptoir-caisse quand Léandre reprit l'exemplaire du journal.

— Avez-vous remarqué, le père, que dans l'article il est dit que des cheveux sur le crâne du frère André ont été volés ? Ça prend-tu des bons chrétiens pour faire ça ! Les supérieurs de la Congrégation ont demandé du renfort à la police de Montréal pour surveiller les visiteurs !

— Ben oui, dit Émilienne, il y en a même qui voulaient arracher des morceaux de soutane.

— Moi puis les reliques, c'est toutes des bondieuseries, ces affaires-là, commenta Simone.

Paulette hocha la tête en guise d'approbation.

— En tout cas, c'est pas ben bon pour le négoce, cet événement-là, dit l'épicier.

— Faites-vous-en pas, le père, commenta Léandre, le monde qui vient pas au magasin aujourd'hui va ben finir par manger.

— En tout cas, le père, énonça Marcel, laissez-moi vous dire que les épiceries dans le bout de l'Oratoire vont faire des affaires d'or.

— Eille ! fit Léandre, en gratifiant son frère d'une bourrade à l'épaule. Tu me donnes une idée…

À mesure que Léandre exposait son plan, les yeux de l'épicier grandissaient et ses moustaches frémissaient de convoitise. Il se voyait faire un coup d'argent en quelques jours.

— J'y avais pensé un peu, mentit-il, mais j'osais pas vous le demander, ça va être pas mal d'ouvrage, vous savez. Qu'est-ce que t'en penses, Mili ?

— Si on est pour faire des sandwiches à un million de personnes, faut commencer tout de suite, répondit-elle, avec enthousiasme.

Pendant que le boucher affûtait ses couteaux, Émilienne sortait la viande de la glacière, Simone et Paulette raflaient tous les pains des tablettes, et les deux garçons sautaient dans le camion pour faire une commission.

Quand Léandre et Marcel revinrent de l'épicerie Chevalier avec des provisions supplémentaires, le comptoir-caisse était tapissé de tranches de pain recouvertes de jambon et de *baloney*.

Le tintement de la clochette annonça la venue d'une cliente. Bertha Pouliot apparut.

— Attendez-vous de la grosse visite, coudonc, madame Sansoucy ? s'enquit-elle.

— Elle vient d'entrer, la grosse visite ! dit Léandre.

— T'es pas mal impoli, mon garçon, rétorqua la dame. Je sais pas ce qui me retient de te flanquer une bonne taloche.

— J'en connais des plus effrontés, madame Pouliot, proféra l'épicier.

La réplique du commerçant l'avait réduite au silence. Afin de lui montrer qu'elle n'était pas rancunière et pour que la cliente se sente pardonnée pour le vol de dinde commis, Émilienne lui proposa de mettre la main à la pâte. La cause en valait la peine, elle accepta volontiers, à la condition qu'elle ne reparte pas les mains vides pour nourrir sa famille.

Des douzaines de boîtes de sandwiches et de boissons gazeuses s'acheminaient à présent vers l'Oratoire. À la dernière minute avant de partir, sous l'insistance de sa mère, Léandre avait consenti à ne pas apporter de caisses de bière, attendu que l'événement ne prendrait pas la forme d'une réjouissance.

Les rues encombrées de voitures à cheval et de véhicules de toutes sortes avaient ralenti la course du camion de livraison. Au loin, Marcel observait le mont Royal et sa basilique inachevée.

Au pied du sanctuaire, une foule nombreuse et affamée s'étirait depuis la crypte pour vénérer la dépouille du regretté personnage. Mais le Fargo était immobilisé, pris dans un embouteillage monstre comme jamais Montréal n'en avait connu. On avait beau klaxonner, le son n'était pas suffisant pour faire débloquer le trafic.

Pendant ce temps, les doigts crispés sur le volant, Léandre débitait des sacres et fulminait des imprécations sans discernement contre l'organisation des Pères du sanctuaire qui n'avaient pas eu l'intelligence de prévoir un tel débordement de fidèles.

— Arrête de peser sur le criard, tempéra Marcel, tu devrais fumer une cigarette, ça va te calmer.

— T'as pas l'air de réaliser qu'on est bloqués, puis que si ça continue on va perdre notre stock. On en a pour une fortune, en arrière. Même si on réussissait à revirer de bord, que c'est qu'on ferait avec tant de nourriture ?

Le conducteur relâcha le volant et alluma une Sweet Caporal en faisant la mimique grimaçante des fumeurs.

— J'ai faim ! dit Marcel.

— Tant qu'à pas grouiller, t'es aussi ben d'aller te servir dans la grosse boîte à lunch. T'as de quoi te bourrer la face.

Marcel descendit dans la rue et alla ouvrir une porte arrière. Puis il décapsula un Coke et agrippa un sandwich qu'il commença à grignoter. Alors qu'il s'apprêtait à refermer, des piétons qui progressaient en masse serrée sur le trottoir s'approchèrent du camion de l'épicerie-boucherie Sansoucy.

Le Fargo fut littéralement assiégé. Le petit commerce ambulant, plutôt lent et contenu au début, se transforma rapidement en une débauche effrénée de pèlerins qui se précipitèrent sur les lieux. Comme la nourriture miraculeuse envoyée par Dieu aux Hébreux dans le désert, chacun se servait gracieusement et sans aucune retenue.

Le visage effaré, l'œil furibond, Léandre quitta le volant et surgit au milieu de l'agitation.

— Bande de voleurs ! proféra-t-il.

Le temps de le dire, les provisions étaient épuisées. Mais les maigres recettes étaient loin de compenser la valeur des denrées disparues.

Les piétons qui avaient pris d'assaut le prodigieux pourvoyeur étaient retournés sur les trottoirs. Derrière, les automobiles klaxonnaient. Le trafic perturbé de la rue avait repris timidement son flot pour s'immobiliser à nouveau quelques dizaines de pieds en avant.

* * *

Les oreilles agglutinées à la radio, Émilienne, Héloïse et Alida suivaient les communiqués de presse et les émissions spéciales diffusées ce jour-là. La paix dans la maisonnée, Sansoucy fumait sa pipe en pensant aux fabuleuses recettes qu'il engrangerait. Au surplus, il avait été prévoyant. Le matin, après le départ de ses fils, des fournisseurs lui avaient livré du pain, des viandes et des boissons gazeuses en quantité. Car deux autres journées d'abondance venaient. Le vendredi et le samedi, jour des obsèques, les pèlerins s'arracheraient par centaines ses liqueurs et ses savoureux sandwiches.

Mais Léandre et Marcel tardaient, et Sansoucy commençait à frémir d'impatience. Il se leva de sa berçante, vida sa pipe dans le poêle et alla retrouver les femmes.

— Coudonc, exprima-t-il, ils ont-tu décidé de coucher à l'Oratoire ?

— Tu sais ben, Théo, qu'ils vont finir par retontir avant longtemps, commenta Émilienne. Je m'en fais ben plus pour Irène et Phonsine. À l'heure qu'il est, elles vont sûrement arriver par le dernier tramway, ma foi du bon Dieu. Changement de propos, l'émission de radio achève, on devrait jouer aux cartes pour rester réveiller en attendant les autres.

L'épicier démontra sa contrariété par une moue boudeuse, mais consentit à former la seconde équipe avec Alida.

Il était presque onze heures quand Marcel gravit les marches de l'escalier qui menaient au logis. Il avait cet air débiné qui annonce les grandes catastrophes. La physionomie du marchand se moula sur celle de son fils.

— Puis ? demanda-t-il, la lèvre tremblante.

— Ben ! Ç'a pas été comme on pensait, le père. Les pèlerins ont fait une razzia dans notre *truck*.

La figure de Sansoucy s'empourpra de colère. Il jeta ses cartes sur la table.

— Baptême ! Ça prend-tu une bande d'innocents !

Il continua à déblatérer des insultes contre les chrétiens et l'hypocrisie qu'ils avaient manifestée dans leur comportement de pilleurs.

— Prends sur toi, Théo, j'ai pas envie que tu ailles rejoindre le frère André dans son mausolée.

— On a quasiment rien ramassé d'argent, le père…

Effondrée, Émilienne s'était prostrée sur sa main de cartes et exhalait de profondes expirations.

— Que c'est que vous allez faire des sandwiches que vous avez préparés pour demain puis le jour des funérailles ? s'enquit Héloïse. Vous avez l'air fin, asteure.

Irène et sa tante Alphonsine surgirent dans l'appartement. Exténuées, elles avaient néanmoins cette expression transfigurée des êtres rayonnants, empreints d'une intense félicité. Émilienne releva la tête.

Avec ostentation, Irène ouvrit son sac à main et exhiba un fragment d'étoffe.

— Que c'est ça ? s'écria Émilienne.

Alphonsine sortit une paire de ciseaux de la poche de son manteau en arborant un sourire de ravissement.

— Un morceau de soutane du frère André ! déclara-t-elle, en faisant claquer dans l'air quelques brefs coups de ciseaux.

Chapitre 18

Irène s'était levée tôt, comme transportée par une allégresse et désireuse de se rendre à la messe en guise d'Action de grâce pour sa journée de pèlerine. Après le déjeuner, elle prépara son lunch avec un sandwich entreposé dans la glacière du magasin et s'en fut à la Canadian Spool Cotton. Comme à l'accoutumée, elle serait en avance à son travail. Elle se savait prise de la maladie des foules et des grands espaces, et la veille elle s'était fait violence pour se noyer dans la marée humaine de l'Oratoire.

Une des premières, elle entra par la porte des employés et présenta sa carte à Télesphore Despatie, un petit homme sec qui avait moulé sur sa figure un masque mortuaire. Le pointeur considéra gravement l'employée.

— Vous êtes attendue à l'*office*, mademoiselle Sansoucy, dit-il.

Irène se sentit fautive. On avait noté son absence et on lui adresserait des remontrances. Toutefois, elle se débattrait auprès du patron pour se justifier.

Walter Downing était un homme droit, s'exprimait dans un français approximatif et il était respecté des travailleurs de l'usine. Mais en matière de religion, il était d'une extrême intolérance. D'aucune façon la pratique religieuse et les démonstrations relatives au culte ne devraient empêcher un employé d'accomplir son travail.

Irène allait prendre place sur la chaise devant le bureau.

— C'est pas la peine de vous asseoir, mademoiselle. Ce que j'ai à vous dire prendra une minute. Pourquoi vous étiez pas à la *shop*, hier?

— Je suis allée à l'oratoire Saint-Joseph pour voir la dépouille du frère André.

— Vous admettez donc que vous étiez pas malade…

— Souvent les gens vont au sanctuaire pour demander une guérison, mais moi j'étais comme des milliers d'autres qui désiraient rendre un dernier hommage au saint frère, admit-elle, la voix altérée.

Downing s'accorda un moment de réflexion, puis il déclara sèchement :

— Vous êtes congédiée, mademoiselle Sansoucy.

Soumise à la décision du dirigeant, Irène baissa la tête et prit congé.

L'aînée retournait à présent chez elle, la tête effarée, le cœur chaviré. Comment se faisait-il qu'elle n'avait pas crié son indignation, qu'elle n'avait pas eu la force de combattre, qu'elle s'était écrasée si facilement ? Elle s'accusait de tous les noms, s'affublait de toutes les faiblesses. Maintenant, elle se retrouvait devant rien, désarmée, anéantie, défaite.

Elle avait gravi les marches d'un pas feutré, avec la discrétion des fantômes qui se glissent sous les portes, et parut dans la cuisine.

— Déjà ! s'exclama Émilienne, ça fait pas une heure que t'es partie.

— J'ai été remerciée parce que je suis allée à l'Oratoire plutôt qu'à la manufacture hier, moman.

— Ah ! ben, par exemple, ça se passera pas comme ça, riposta Alphonsine. Je vas lui parler, moi, à ton *boss*.

— Je le connais, moi, monsieur Downing, il va te revirer de bord assez vite, déclara Héloïse. C'est moi qui a fait rentrer ma nièce à la Spool Cotton, c'est donc à moi de la défendre, revendiqua-t-elle.

Héloïse et Alphonsine s'habillèrent et entraînèrent Irène à la manufacture.

Dans la salle d'attente, une employée en pleurs sortit en trombe du bureau et se jeta dans les bras d'une compagne éplorée.

— Irène, pour moi t'es pas la seule à être renvoyée, commenta Alphonsine.

— C'est ben en quoi, rétorqua sa sœur, on peut pas laisser faire ça de même sans regimber.

Héloïse s'élança précipitamment vers la porte entrouverte. Alphonsine alla la retrouver dans le bureau. En tant qu'ouvrière retraitée de la compagnie, sa sœur prit d'abord la parole, disant qu'elle trouvait injuste la mise à pied de leur nièce, qu'aucune raison valable ne justifiait un tel geste envers une employée exemplaire qui avait toujours fait preuve d'une assiduité et d'une ardeur au travail. Quant à Alphonsine, elle jugeait regrettable qu'un incroyant comme le patron d'Irène démontre une étroitesse d'esprit.

— Admettez-le donc, monsieur Downing, argumenta Héloïse, vous n'avez aucune reconnaissance pour ma nièce et vous n'avez aucune considération pour mes années de service à la compagnie.

— Parlons-en, de considération, mademoiselle Grandbois. Si vous ne vous souvenez pas de vos dernières années à la Spool Cotton, je me charge de vous rafraîchir la mémoire.

Héloïse fronça les sourcils et darda sur Walter Downing un regard suspicieux. Le patron rappela que la compagnie savait qu'elle avait chipé nombre de fois des bobines de fil qu'elle apportait au magasin de tissus et de coupons de sa sœur et qu'elle avait fermé les yeux sur son petit commerce malhonnête.

Désarçonnées, les sœurs Grandbois tournèrent les talons et quittèrent prestement le bureau. Alphonsine abandonna Irène et Héloïse et s'achemina à son magasin.

Au logis, Simone et Paulette espéraient le retour d'Héloïse pour s'occuper de Stanislas et de Charlemagne. Sansoucy, prévoyant une autre journée désastreuse à l'épicerie, leur avait permis de s'absenter. Mais Paulette ne voulait pas être en dette envers son beau-père. Et au bout d'une demi-heure, Simone se désespérait de voir si peu progresser son fils. Ce fut avec soulagement qu'elle vit revenir Héloïse, mais fort étonnée de voir Irène qui s'empressa d'enlever son manteau et de prendre Stanislas.

— Je vais garder les petits avec tante Héloïse et tante Alida, dit Irène.

— Ça n'a pas marché ? exprima Émilienne, l'air désolé.

— C'est ça quand on a affaire à un athée ! dit Héloïse. Mais faut pas s'en faire, une bonne travaillante comme ta fille va se trouver une autre *job* ailleurs.

«Rien n'est moins sûr ! se dit Irène, en pensant à sa relique. L'événement d'aujourd'hui est peut-être un signe du ciel pour réaliser mon rêve… »

À la caisse, Émilienne et Paulette devisaient sur le renvoi éhonté d'Irène. Debout à la vitrine de son épicerie-boucherie, les mains sur les hanches de son tablier, Sansoucy promenait un regard tourmenté dans la rue Adam en digérant ce qu'il venait d'apprendre de la bouche même de sa femme : Irène était à présent sans emploi et ne pourrait donc pas lui payer une pension. Il n'avait pas d'emprise sur l'avenir de sa fille, mais pour l'heure il ferait tout pour éviter une perte et récupérer l'argent investi dans la confection de sandwiches. En songeant à l'emmagasinage qui jonchait son comptoir des viandes ou qui reposait dans sa glacière, au milieu des rires qui fusaient du fond du magasin, le marchand se déporta dans l'arrière-boutique. Simone s'entretenait plaisamment au téléphone avec un fournisseur pendant que Léandre et Marcel s'affrontaient aux dames.

— Vous allez me lâcher ça tout de suite, ce jeu-là, brama Sansoucy. Vous perdez votre temps. Puis ça m'enrage rien que de savoir qu'on a plein de stock qui va se gaspiller...

— Ben vous le savez aussi ben que nous autres, le père, qu'il y a pas grand-chose à faire, répliqua Marcel.

— Je connais quelqu'un pas ben loin de moi qui s'en est payé du bon temps à jouer aux dames avec Philias Demers, ajouta Léandre.

— Qui c'est qui est le patron, ici dedans ?

— Vous êtes encore en train de monter aux barricades, le père, riposta Léandre.

— Je monterai ben aux barricades que je voudrai, puis quand je voudrai ! tonna l'épicier.

Léandre asséna un solide coup de poing sur le damier, se leva brusquement et alla reculer son véhicule dans la ruelle. Sous le regard atterré de l'épicier, avec l'aide de Marcel, il se mit à charger tout ce qu'il pouvait de sandwiches dans son camion.

Entre-temps, Simone avait raccroché le combiné, Émilienne et Paulette s'étaient déplacées dans l'arrière-boutique et observaient la fin du chargement.

— Voulez-vous ben me dire où c'est qu'ils s'en vont ? s'étonna Émilienne.

Léandre referma bruyamment les portes du camion.

— Tant qu'à faire de quoi, je vas vous régler votre problème de sandwiches, le père ! proféra-t-il. Viens, Marcel, on décolle...

Le chauffeur reconnaissait qu'il avait agi sur le coup de la colère : il ne serait pas dit qu'il avait été payé à ne rien faire toute la journée. Dans son emportement, il n'avait pas fait part à son frère de sa destination. Pour s'apaiser, il lui demanda de lui allumer une cigarette. Puis, lorsque le camion entreprit la traversée du pont

Jacques-Cartier, il lui déclara qu'ils se rendaient chez le voisin de leur oncle Elzéar. Le fermier aurait de quoi nourrir les habitants de sa porcherie pendant quelques jours.

Il devait être autour de dix heures quand le Fargo s'immobilisa dans la cour. Madame Descôteaux revêtit sa bougrine, enroula un foulard autour de son cou et sortit sur la galerie. Léandre actionna la manivelle de la portière.

— Que c'est que vous voulez ? demanda la fermière.

— Votre mari est là ?

— Il est allé avec Azurine soigner les vaches de votre oncle qui est parti à l'Oratoire.

— Prendriez-vous des beaux restants pour vos cochons ?

— Ça dépend, je vas aller voir ça…

Le chauffeur alla ouvrir les portes de son camion. Madame Descôteaux descendit les marches et s'approcha de la cargaison.

— Vous pouvez reculer au ras de la soue, dit-elle. Je vas vous donner un coup de main.

Après le déchargement, la paysanne offrit une tasse de thé aux deux citadins. Avec une voix émue, elle s'informa de Charlemagne. Azurine ne semblait pas s'ennuyer du petit. L'enfant avait maintenant une vraie mère, c'était l'essentiel.

S'il y en avait un qui avait perdu son temps en avant-midi, c'était bien l'épicier lui-même. Émilienne et sa belle-fille avaient dépoussiéré les tablettes. Au lieu de s'embêter avec son père à l'humeur massacrante, Simone lui avait demandé la permission d'aller à l'*Ontario's Snack-bar* pour prendre un Cream Soda avec les employées. Entre les rares clientes qui s'étaient présentées à son commerce, Sansoucy s'était rassis au damier pour disputer des parties avec un joueur imaginaire. Mais ce qui advenait de la marchandise le tenaillait et le ramenait sans cesse à la réalité.

— Le v'là ! s'écria Émilienne.

Théodore s'élança vers la vitrine pour voir descendre ses fils.

— C'est fait, le père, dit Léandre. Cherchez plus où sont passés vos maudits sandwiches, les cochons les ont mangés.

— Comment ça, les cochons ?

— On s'est ramassés à la campagne, chez le voisin de mononcle Elzéar, puis la bonne femme Descôteaux nous a fait décharger notre cargaison dans la soue. Ça fait que achalez-nous plus avec vos sandwiches à marde…

— C'est du vrai gaspille ! brama l'épicier.

— C'est aussi ben de même, commenta Émilienne. Autrement, on aurait sacré ça aux vidanges. Au moins, ça va servir à quelque chose.

— Madame Descôteaux nous a dit que mononcle Elzéar pourra vous apporter un beau gros cochon ben gras quand ça va être le temps de faire boucherie à l'automne, badina Marcel.

L'épicier eut un sourire de dérision en se rappelant ce qui était survenu avec la dinde d'Ange-Gardien que les Pouliot lui avaient chipée. Léandre et Marcel se rendirent derrière le comptoir des viandes et prirent quelques-uns des sandwiches qu'ils avaient conservés pour leur dîner.

* * *

Les démarches d'Héloïse auprès de la compagnie pour convaincre monsieur Downing de reprendre Irène avaient été vaines. Elle avait essuyé un revers qu'elle s'empresserait d'oublier. En revanche, elle avait beaucoup apprécié l'aide que sa nièce lui avait apportée pour s'occuper des enfants. De son côté, Irène avait été soulagée de terminer sa journée de garderie. Une fois de plus, elle avait constaté qu'elle n'avait pas l'âme d'une mère, ce qui la confortait dans son état de vieille fille. Elle ne savait pas pour autant ce qu'elle ferait de ses journées dans les semaines suivantes, mais une idée insistante faisait son chemin dans son esprit.

Réveillée par un désagréable tambourinement, elle se leva et alla à la fenêtre. Une pluie, comme en réservent parfois les mois d'hiver, mouillait le vitrage. «La nature a le don de s'associer aux événements marquants», pensa Irène. Une pareille température allait sûrement attiédir la ferveur des pèlerins et il serait plus facile d'assister aux obsèques. Il était encore tôt. Malgré sa phobie des masses et des grands espaces, elle reprendrait le premier tramway du samedi pour se rendre aux funérailles du grand thaumaturge. Sans faire de bruit, elle fit sa toilette, s'habilla en enfouissant la relique dans la poche de sa robe, et prit soin de dresser les couverts pour ceux qui se lèveraient bientôt.

Sous le vent et la pluie abondante, le cortège s'était ébranlé devant l'Oratoire en prenant le raidillon qui menait au chemin de la Reine-Marie et s'était engagé sur le chemin de la Côte-des-Neiges. Il avait ensuite emprunté la rue Sherbrooke jusqu'à la rue Metcalfe, avant de poursuivre sa route jusqu'au lieu des obsèques dans la rue Dorchester. Malgré son empressement, navrée, Irène pensa qu'elle avait dû rater le départ du corbillard; elle s'achemina directement à la cathédrale Saint-Jacques.

Une foule immense contenue par des rangées de policiers avait déjà envahi la place. On récitait des chapelets et des prières à saint Joseph. À l'arrivée du corbillard, des femmes, des enfants et des vieillards se précipitèrent pour toucher le cercueil. Après le passage des porteurs, il était très difficile d'accéder à l'intérieur. Autour d'Irène, des têtes éperdues semblaient émerger d'une marée humaine et chercher leur souffle. Seules quelques personnes réussissaient à être admises dans le temple. Découragés, certains désertèrent les lieux alors que d'autres, plus tenaces, persistaient, comme cet évaporé qui prétendait être un miraculé du frère André et qu'on avait refoulé aux portes.

Irène allait retourner chez elle quand, au milieu de l'entassement des fidèles, elle vit apparaître son frère accompagné d'un jeune homme.

— Je te présente Alex, dit-il.

— Enchantée !

— On permet à des journalistes et à des représentants d'organismes d'entrer, t'as juste à nous suivre, affirma fièrement l'ex-religieux.

D'Avignon se fraya un passage et Placide entraîna sa sœur aînée dans l'enceinte. Serrée entre les épaules de Placide et celles de cet ami, elle se sentait bien protégée. Sans son frère, elle ne serait pas là, à assister à un événement mémorable. Elle remercia le ciel pour le privilège dont elle bénéficiait.

La plus grande simplicité régnait. Aucune banderole, aucune gerbe de fleurs ne décoraient l'église. La nef était remplie à craquer. Des jeunes s'étaient hissés sur les confessionnaux, d'autres étaient juchés sur les calorifères. Des personnalités étaient agenouillées sur les prie-Dieu disposés de chaque côté du catafalque tendu d'un drap noir et or. Irène ne les verrait pas, mais elle se recueillerait et entendrait les hommages rendus à un saint. Les porteurs déposèrent le cercueil sur un chariot. Un chanoine escorté par des enfants de chœur s'avança dans l'arrière-nef. La cérémonie mortuaire allait commencer.

Le service terminé, on transporta les restes du frère André dans le corbillard. Puis s'alignèrent le premier ministre Duplessis, d'autres honorables politiciens, des prêtres, des religieux de différentes communautés, des membres de la famille et des amis. Le convoi funèbre se mit en branle et se dirigea vers l'Oratoire pour l'inhumation du corps dans la crypte, derrière les béquilles des miraculés.

Il pleuvait toujours. Entre Placide et Alex, Irène se voyait emportée par le flot de pèlerins qui marchaient lentement. Elle aurait aimé s'entretenir avec son frère, rapporter quelques nouvelles de la maison, son congédiement inattendu et injustifié, lui dire qu'elle était dans une période de réflexion dont elle tirerait peut-être du bon, finalement. Elle souhaita le questionner sur son travail de journaliste, sur l'abandon subi de ses études qui avait tant fait souffrir son père, et sur ce jeune homme de qui il s'était épris, au désarroi des leurs. Et subitement, se voir mêlée à tant de monde l'étouffa. Au moment où le cortège défilait devant l'édifice Sun Life, elle déclara à son frère :

— J'ai quelque chose pour toi.

Elle déposa sa minuscule relique dans la main de Placide.

— Qu'est-ce que c'est ?

— Un morceau de soutane du frère André, c'est tante Alphonsine qui me l'a donné.

— Où a-t-elle pêché ça ?

— Devine ! Il y a deux jours, elle et moi, on a défilé devant le cercueil ; elle avait apporté sa paire de ciseaux. Je sais que c'est pas bien correct, ce qu'elle a fait, mais ça n'enlève rien à la valeur de la relique.

Comme reprise par le manque d'air qui la suffoquait, elle quitta subitement le convoi.

* * *

Au dîner dominical, Émilienne était revenue sur les grandioses funérailles et la rencontre fortuite d'Irène avec Placide.

— Comme ça, t'as pas grand-chose à nous rapporter sur Placide ? exprima-t-elle.

— Je vous l'ai dit, moman, que c'était pas une place pour placoter.

— En tout cas, ma fille, avec ton problème respiratoire, t'as été bonne de te promener au mauvais temps puis de prendre un bain de foule comme tu l'as fait.

— Pas tant que ça, moman, après la cérémonie, j'ai pas été capable de retourner à l'Oratoire. Mais vous, je trouve que vous avez l'air ben fatiguée. Au lieu d'aller à l'hôpital pour voir Jérémie, vous devriez rester à la maison, je vas prendre votre place.

— C'est pas de refus, ma fille !

La Packard était garée sur la devanture avec sa passagère. Édouard vit sa sœur emprunter l'escalier. Irène monta à bord.

— On va-tu attendre après votre mère, coudonc ? s'enquit Bertha Pouliot.

— Moman a besoin de repos, madame Pouliot, elle va prendre un petit congé, aujourd'hui.

Irène n'était pas habituée aux hôpitaux. Cependant, elle avait toujours montré de la compassion pour les malades et les éclopés comme sa tante Alida. En pénétrant dans l'institution, elle eut tout à coup l'étrange sentiment d'entrer dans un monde qu'elle connaissait déjà. Elle eut hâte de revoir le petit tuberculeux qui avait habité chez elle.

Sitôt dans la chambre, Bertha Pouliot amorça un pas vers son fils alité.

— Vous êtes mieux de pas vous approcher, m'man, recommanda Jérémie, en plaçant ses deux mains pour la repousser ; j'ai peur de vous transmettre mes microbes.

— J'oubliais! répondit la mère. J'ai tellement hâte de pouvoir t'embrasser comme avant.

— Bonjour, Jérémie! dit Irène. Madame Sansoucy voulait venir, mais je lui ai conseillé de se reposer.

— Ça va faire pareil, dit le malade. Heureux de vous revoir, mademoiselle Irène.

— Il me semble que tu prends du mieux, commenta Édouard, en déposant une boîte de chocolats sur la table de chevet.

Jérémie avait subi des examens routiniers et, effectivement, le mal n'avait pas progressé. Le repos était le meilleur des remèdes. Même s'il était le plus jeune de la chambre, il se mêlait de plus en plus aux conversations de ses compagnons, ce qui rendait la vie plus supportable. Et sur l'étage, comme on le trouvait sérieux pour son âge, on lui avait montré à jouer à un jeu de cartes savant. Par conséquent, pendant ses périodes libres avant deux heures, au lieu d'aller au solarium pour écouter des chansonnettes françaises ou des chansons populaires à la radio, il se retirait dans un petit coin de la salle pour disputer des parties de bridge.

Colombine était ressortie dans le corridor. Manifestement, elle était allée au fumoir pour griller une cigarette. Depuis peu, elle avait trouvé ce moyen de se soustraire à un entourage qui lui déplaisait ou l'ennuyait. Elle ne pouvait plus endurer le récit du petit garçon qui menait une existence si paisible. D'ailleurs, le renvoi de sa belle-sœur ouvrière à la Canadian Spool Cotton relaté en venant dans la voiture ne l'avait guère touchée, et les chroniques quotidiennes de la misérable famille Pouliot la laissaient dans une totale indifférence.

Deux minutes avant quatre heures, Colombine reparut, arborant un air alangui. Sur ces entrefaites, une religieuse à l'aimable sourire se pencha dans l'encadrement de la chambre.

— Ma sœur, l'interpella Irène, est-ce possible de vous parler une minute ?

— L'heure des visites est terminée. Je vais finir ma tournée. J'irai vous rejoindre au poste des infirmières.

Colombine eut un mouvement d'impatience. Elle salua brièvement le malade et devança ses passagers. Irène s'amena, le visage resplendissant d'une merveilleuse clarté.

— Je vais demander un petit entretien à la sœur, exprima-t-elle. Je dois pas en avoir pour bien longtemps.

* * *

Émilienne avait retrouvé des forces. Avec ses sœurs, elle avait planifié un souper qui rassemblerait le plus possible les membres de sa famille. Elle avait tenté sans succès de joindre Placide au journal. Les colocataires l'ayant assurée de leur présence, il ne restait plus qu'à intercepter la Packard au retour de l'hôpital.

La noirceur avait chassé le jour. Seuls quelques lampadaires et la lumière jaunâtre des phares des voitures perçaient la nuit naissante. Avec la pluie abondante des derniers jours, la neige avait été transformée en une dégoûtante barbotine qui salissait les bottes et les manteaux. Sa *blonde* solidement accrochée à lui, la tête nue et le col entrouvert, Marcel faisait les cent pas sur la devanture du magasin. Transie de froid, Amandine s'exaspérait dans l'attente. Elle s'arrêta en tirant brusquement le bras de son amoureux.

— Pourquoi c'est toujours à toi qu'on donne les affaires plates ? questionna-t-elle, la mâchoire sautillante.

— Moi je suis habitué de travailler dehors ; toi, tu peux monter si tu veux. À part de ça, c'est toujours au plus fin qu'on demande des services, s'amusa-t-il.

La Packard surgit à l'angle de la rue et se rangea le long du trottoir en éclaboussant la tenue rose d'Amandine.

— Ouache! Elle aurait pas pu faire attention, ta belle-sœur! s'écria la sauceuse.

Amandine grimpa les marches qui menaient au logement. Marcel s'empressa d'ouvrir la portière à son frère.

— M'man veut absolument que vous restiez à souper, transmit-il.

Irène descendit de l'habitacle. Une conversation qui ressemblait à des pourparlers s'anima dans la voiture. La conductrice éteignit le moteur.

Le repas était prêt. On allait manger tandis que les petits ne manifestaient pas trop. Émilienne demanda qu'on s'installe à la table pendant qu'elle nettoyait le manteau souillé d'Amandine. Léandre avait proposé qu'on serve du vin. L'épicier s'était fait prier, mais il avait consenti à puiser dans ses réserves : la déconfiture subie par la perte d'innombrables sandwiches lui avait coûté cher.

La ménagère revint dans la salle à manger avec Amandine.

— Puis, comment filait notre malade, aujourd'hui? s'informa Alida.

— On peut dire que ça va bien, répondit Édouard.

— Parfois il trouve le temps un peu long, ajouta mollement Colombine.

— C'est tout à fait normal pour ce genre de maladie là, précisa Édouard. Ça va prendre encore quelque temps avant qu'il sorte de l'hôpital.

— J'espère qu'il reviendra pas avec nous autres, exprima Héloïse. On est assez tassés ici dedans.

Sansoucy l'approuva d'un hochement de tête. Irène se retenait d'annoncer ce qui accaparait toutes ses pensées depuis son départ de l'hôpital. Ces années à la Spool Cotton pour soutenir sa famille l'avaient conduite où elle était. Son père serait déçu, mais qu'à cela ne tienne, chacun a droit à son cheminement. Maintenant qu'elle n'avait plus d'emploi, elle achevait de vivre dans cette maison pour se consacrer au soin des malades de l'institution. Elle souffrait d'un mal léger, sa respiration lui faisait parfois défaut. C'était suffisant pour comprendre les plus mal portants.

— Comment tu l'as trouvé, toi, Irène ? s'enquit Émilienne.

— Comme quelqu'un qui se résigne à son sort, sans regimber, sans dire un mot plus haut que l'autre, en acceptant ce que la vie nous envoie : c'est admirable pour un jeune, vous croyez pas ? Changement de propos, comme vous dites, moman, poursuivit l'aînée, je vais faire mon entrée à Sacré-Cœur cette semaine.

— Ils t'ont diagnostiqué une maladie, coudonc ? s'étonna Émilienne. Ton problème des poumons est plus grave qu'on pensait ?

— Voyons, la mère, vous êtes encore en train de vous énerver pour rien, rétorqua Léandre. Laissez-la donc s'expliquer.

Irène avait été séduite par le milieu hospitalier et elle avait exprimé le vœu de suivre le cours d'infirmière. Cette semaine, elle allait rencontrer à cet effet la religieuse de la Providence responsable de l'admission des futures soignantes. Elle logerait dans l'aile arrière de l'établissement, mais n'abandonnerait pas sa famille pour autant.

Les visages s'étaient allongés d'étonnement. Émilienne avait subi tout un choc. Elle s'était effondrée sur sa chaise, le corps tortillé comme un tronc de pommetier, pantelante comme un animal grièvement blessé, dont la chair palpitait encore. Elle perdrait la sage de la maisonnée, celle qui tempérait les propos, adoucissait les angles, réconfortait les uns, pardonnait aux autres.

Cette fois, Irène était restée assise. Héloïse et Alphonsine reprenaient à sa place le rôle de consolatrices des affligés qu'elle avait toujours tenu.

Sansoucy recula sa chaise et se leva.

— Ouais ben, pour une surprise, c'en est toute une! déclara-t-il.

Chapitre 19

Après quelques jours de redoux, comme à l'accoutumée, le temps s'égrenait dans l'âpre froidure de janvier. Malgré l'entassement qui subsistait au logis, Émilienne et Théodore ressentaient un vide immense depuis le départ de leur aînée. Son mari semblait dissimuler mieux qu'elle son désarroi, mais pour Émilienne les soirées étaient imprégnées d'une tristesse que ses sœurs parvenaient mal à dissiper. Et pour tous les deux, le travail à l'épicerie permettait d'oublier un peu son absence.

À la suite d'une période que Sansoucy qualifiait lui-même de vache maigre, le commerce reprenait de la vigueur. Avec tous les avantages et les inconvénients que cela comporte, les ventes étaient en passe d'atteindre le même montant que l'année dernière à pareille date. Mais les affaires étant les affaires, et le monde étant ce qu'il est, il se trouvait toujours quelqu'un pour faire monter la pression de l'épicier ou titiller son ulcère d'estomac.

Toute la journée, la clientèle avait étourdi Émilienne dans un continuel va-et-vient. L'épicière s'écrasa sur son tabouret à la caisse pour profiter du moment d'accalmie. Elle se pencha à l'oreille de sa belle-fille.

— Il y a seulement mademoiselle Lamouche au comptoir des viandes, je vas me faire un thé, dit-elle.

Dora Robidoux surgit avec un petit panier et alla le déposer sur le comptoir-caisse, en arborant un air comme si elle voulait tuer quelqu'un.

— Regardez tout ce que j'ai reçu pour deux piasses, dit-elle : une boîte de préparation à crêpes, une de cacao, un paquet de tapioca, un de blanc-manger, une jarre de moutarde, un pot de mayonnaise, un sac de pois cassés…

— Bon! Ça va faire, madame Robidoux, c'est pas nécessaire d'énumérer toutes les provisions que vous avez dans votre panier, on voit aussi ben que vous, rétorqua Émilienne.

— Ça vaut deux piasses soixante-six, puis ils viennent livrer gratuitement à domicile, poursuivit-elle.

— Moi aussi, j'ai vu l'annonce dans le journal, madame Robidoux, argumenta l'épicière. Mais attention à la publicité trompeuse. Premièrement, ils promettent un deuxième panier gratuit pour les deux cent cinquante premières commandes reçues dans le but d'attirer le plus de clientes possible. Je gage que vous étiez dans les dix premières puis vous en avez eu juste un. Vous êtes sûrement pas la seule à vous être faite avoir. Ensuite de ça, d'habitude ces produits-là, c'est de la seconde qualité. Puis troisiè-mement, la livraison est gratis chez nous aussi. Ça fait que…

Sans gêne, Émilienne pigea dans la corbeille, en extirpa une boîte qu'elle brandit à la figure de la cliente régulière.

— Prenez votre mélange à beignes préparé, par exemple. C'est supposé donner trois douzaines, puis je gage que c'est à peine suffi-sant pour deux. Je veux pas vous dire quoi faire, madame Robidoux, mais à votre place je retournerais ça à la Canada Brands puis je demanderais un remboursement.

— Qui c'est qui vous dit que j'étais pas dans les deux cent cinquante premières à commander puisque ces produits-là sont pas bons? s'indigna-t-elle.

— En plus de ça, vous avez un pot de confitures aux abricots, poursuivit Émilienne, en éludant la question. On en tient dans le magasin, puis vous en achetez même pas parce qu'il y a personne chez vous qui en mange. Essayez pas de me dire le contraire, vous me l'avez déjà avoué.

Mademoiselle Lamouche avait suivi l'échange animé entre l'épicière et sa cliente. Elle s'approcha d'elles avec sa tranche de jambon emballée et soigneusement ficelée.

— Je vas vous l'acheter si vous me faites un bon prix, dit-elle.

— Ça vaut dix-huit cents, mais je vas vous en demander quinze.

— À ce prix-là, j'aime mieux m'en priver.

— Je baisserai pas plus bas.

— C'est un ben mauvais calcul, Dora, parce que, de toute façon, vous allez rester pognée avec votre pot.

Pendant que mademoiselle Lamouche marchandait et que madame Robidoux persistait dans son prix, Émilienne s'éloigna de la négociation et alla se préparer un thé. Deux clientes irlandaises entrèrent et se dirigèrent vers le comptoir des viandes. Dans son arrière-boutique, Simone venait de raccrocher. Elle vit que sa belle-sœur était libre à la caisse. Elle s'en approcha, la physionomie illuminée par un sourire.

— J'ai une petite faveur à te demander, Paulette. C'est rapport à ce soir. Accepterais-tu de garder Stanislas ?

— Je veux ben, mais va falloir que tu me dises où tu veux aller.

David désirait assister à une compétition de boxe et elle avait le goût de sortir un peu. Le temps de bavarder avec les serveuses en prenant un Coke à l'*Ontario's Snack-bar*, elle ne reviendrait pas trop tard.

En quelque sorte, depuis que Paulette était devenue mère par procuration, un grand coup de balai avait chassé son existence tourmentée et l'avait remplacée par un bonheur paisible dont elle avait bien besoin. Elle jouissait à présent d'une bonne santé. Les malaises lancinants qui lui avaient tant serré le crâne s'étaient dissipés et n'étaient pas revenus. Et son poids n'était plus un obstacle à l'ardeur de Léandre. Cependant, elle connaissait son homme et elle savait qu'un jour ou l'autre cela reviendrait troubler sa quiétude.

Ses livraisons terminées, Léandre s'acheminait à un débit de boissons. Le commerce concurrent fermant ses portes, Archambault avait racheté la table de billard du propriétaire et comptait l'installer dans une pièce attenante de sa taverne. Sur place, des *mastards* devaient sortir leurs gros bras et, à destination, il se trouverait sans doute quelques clients pas trop *chambranlants* en état de débarquer du Fargo la précieuse acquisition.

Le râtelier n'était pas sitôt installé au mur de la petite salle que, cigarette au bord des lèvres, des amateurs s'emparèrent des queues et se penchèrent sur le drap vert.

— Je vas manger une croûte, puis je reviendrai un peu plus tard, dit le serveur à l'adresse de son patron.

Léandre quitta l'établissement et s'en fut à l'*Ontario's Snack-bar*. Il avait convenu avec Paulette qu'après le petit déménagement il ne retournerait pas au logis. Il avalerait un sandwich au restaurant avant de regagner la taverne pour la soirée. Cela ne lui donnait pas beaucoup de temps pour jaser avec Lise, mais c'était mieux que rien.

En pleine semaine, peu de clients prenaient leur souper au casse-croûte. Selon la programmation du cinéma le plus proche, il se trouvait parfois quelques couples qui se payaient un repas avant de se présenter au programme double.

Léandre entra. Il regarda aux tables à la dérobée. Plusieurs banquettes étant occupées, il s'empressa vers le comptoir.

— Il doit y avoir un bon film, ce soir, dit-il.

— C'est pas nécessaire d'aller au Saint-Denis, au Capitol ou à l'Impérial pour avoir de bons films, commenta Lise.

La serveuse se pencha vers lui.

— As-tu remarqué qui était là ? demanda-t-elle.

Intrigué, Léandre pivota sur son tabouret et se retourna.

— Veux-tu ben me dire que c'est qu'elle fait là, elle, avec un agrès de même ? exprima-t-il. C'est Cyprien Racette, le livreur de Courchesne Larose. Le courtaud a à peu près dix ans de plus qu'elle, puis il est laid comme un derrière de singe. Si David la voyait, le gars serait pas mieux que mort, je te jure.

— Qu'est-ce que je te sers, mon beau ?

Léandre engloutit un sandwich aux œufs et un Seven-Up, et retourna à la taverne.

La petite salle s'animait. Pendant que des spectateurs observaient, une bière à la main, des joueurs discutaient de stratégie autour des billes de marbre dispersées sur la table.

— Tu viens pas nous montrer ton savoir-faire ? s'enquit l'un.

— Je suis au bar, ce soir, mais fais-toi-z-en pas, une bonne fois que je serai libre, je me promets d'en jouer une avec n'importe qui ici dedans. Vous avez besoin de vous pratiquer parce que vous allez en manger toute une, persifla Léandre.

On s'esclaffa d'un rire moqueur.

Sa veillée à la taverne terminée, le serveur regagna le logis. L'amateur de boxe était sur le sofa et fixait la porte d'un œil désespéré en se rongeant les ongles. Son beau-frère parut dans la pièce.

— On dirait que t'es pas content de me voir, dit Léandre.

— En revenant de la compétition de boxe, je me suis aperçu que Simone était pas là ! J'ai pas osé déranger Paulette, elle doit dormir à l'heure qu'il est. Je suis allé voir chez tes parents, personne avait vu ta sœur de toute la soirée.

— La mère puis le père ont dû s'énerver quelque chose de rare. Elle t'avait pas prévenu qu'elle sortait, coudonc? dit Léandre, omettant à dessein ce qu'il savait.

— Pantoute!

— Moi, à ta place, je m'inquiéterais pas trop. Dans le jour, ça arrive qu'elle va prendre un Coke au snack-bar où elle travaillait. Il y a pas juste toi qui as besoin de se changer les idées, David…

— En tout cas, *watch out* s'il y a quelqu'un d'autre dans sa vie…

Léandre accrocha son manteau, se déchaussa et se rendit à la salle de bain. David atténua la lumière du salon. Dans la demi-obscurité, ses yeux fixaient à présent le seuil et sa tête se remplissait d'une rage muette qui ne demandait qu'à se déverser. Elle en était éprise, il avait toujours été son amoureux. Ensemble ils avaient connu un amour passionné qu'il avait cru éternel, traversé une période d'éloignement, les épreuves d'une naissance non désirée, et une vie de couple heureuse avec un enfant qui ne cessait de les charmer. Pourquoi soudainement s'amouracherait-elle d'un autre?

On cogna discrètement.

Il se redressa et bondit sur la porte.

— Puis? On dormait pas, nous autres, murmura Émilienne d'une voix altérée.

Léandre émergea des toilettes et s'approcha de ses parents.

— Ben non, elle est pas encore rentrée, dit-il. Au lieu de vous faire du mauvais sang, retournez donc vous coucher.

David alla se rasseoir et se replia dans un mutisme inquiétant. Léandre réserva ses commentaires. Comme lui, sa sœur semblait commettre des écarts de conduite. Mais Simone n'était pas une Paulette au pardon facile qui avait maintes fois fermé les paupières sur ses faux pas. Il se rendit à sa chambre pour revêtir son pyjama.

Quelques minutes plus tard, la poignée de la porte de l'appartement tourna lentement. Simone glissa dans l'entrée.

— Ah! Tu m'attendais, chuchota-t-elle d'une voix doucereuse.

Elle avait pris cet air angélique propre à désarmer un bataillon de combattants. David avança vers elle et l'enserra avec force. Elle comprit qu'il lui pardonnerait, qu'elle n'avait qu'à lui raconter son petit boniment. Il avalerait tout parce qu'il l'aimait. Elle referma les paupières.

Au matin, Simone se réfugia vitement dans son arrière-boutique. Cependant, elle savait que ses parents surviendraient d'une minute à l'autre pour la questionner. Léandre avait confié à Marcel et à Paulette que «ça chaufferait en arrière du bâtiment!».

L'épicier alluma les lumières du magasin, sa femme déposa de la monnaie dans son tiroir-caisse et ils s'empressèrent vers leur fille. Simone était demeurée dans la pénombre, comme pour mieux dissimuler les traits de son visage contrit. Le boucher actionna l'interrupteur.

— Tu nous as fait toute une peur, hier soir, ma fille! soupira Émilienne.

— Ça doit aller mal avec son Irlandais, commenta Sansoucy.

— Tais-toi donc, Théo, va pas dire des affaires de même, le rabroua sa femme. Il y en a pas un qui savait quel bord t'avais pris, Simone. Tout le monde s'inquiétait. C'est ben simple, ton père puis moi, on a pas dormi de la nuit. As-tu découché, ma foi du bon Dieu?

— Me prenez-vous pour une catin, coudonc? J'ai ben le droit d'aller au snack-bar de temps en temps pour placoter avec mes anciennes compagnes de travail. Ça arrive que j'y vas en plein jour, puis vous passez pas de remarques. Puis là, parce que c'est le soir, vous me faites toute une histoire…

— Ça m'a l'air que t'en avais long à raconter à tes amies de filles, dit Émilienne.

— Pour moi, elle doit pas aimer son travail au magasin, observa l'épicier.

Le téléphone résonna dans la pièce. Simone décrocha et mit la main sur le cornet acoustique. Elle leva des yeux implorants vers ses parents.

— Prends-nous pas pour des cornichons, s'indigna sa mère. On a les yeux clairs, ton père puis moi. Fie-toi sur nous autres : à partir d'asteure, on va avoir l'œil sur toi, ma fille. Viens-t'en, Théo !

Il y avait de quoi entretenir les soupçons. Émilienne prit congé de sa fille et rejoignit Léandre. Le livreur assura qu'il n'y avait pas matière à dramatiser, que sa sœur était une femme mariée, donc responsable, et que travailler dans un *coqueron* de magasin parmi des boîtes et des barils était assez pour donner l'envie de sortir, le soir, pour s'épivarder à une table de restaurant. Du reste, il lui mentionna que son père avait jadis connu des périodes de *bambochade* et qu'il n'avait, pour ainsi dire, pas de leçon à donner à personne.

La semaine suivante, Simone ressentit la pressante envie de retourner à l'*Ontario's Snack-bar*. Mais elle était embêtée : le livreur de Courchesne Larose fréquentait en alternance la taverne et le restaurant. Sachant qu'il avait ses habitudes de vieux garçon encroûté incapable de rester chez lui toute une soirée, elle ne se rappelait pas laquelle des journées il se rendait au débit de boissons. Après avoir obtenu l'acceptation de Paulette pour garder Stanislas, elle résolut de demander à David la permission de retourner au casse-croûte.

— Je voulais justement aller à la taverne, ce soir, mon amour, répondit-il. Léandre m'a parlé de leur table de *pool*, puis j'ai ben hâte de l'essayer. Je vas laisser faire, d'abord, j'irai une autre fois.

— Non, non, vas-y à la taverne.

— Vas-y, toi, au snack-bar.

Elle avait emprunté cet air dubitatif des personnes qui hésitent à commettre une erreur alors qu'elles ont encore la chance de l'éviter.

— Je te remercie, mon amour, dit-il.

David quitta le logement en songeant que sa femme s'était quand même permis une escapade au snack-bar lors de sa dernière sortie au combat de boxe. Pour éviter des explications épineuses, elle n'avait qu'à confier Stanislas à Paulette et revenir avant lui. Mais il se refusa à admettre qu'elle pouvait recommencer ce qui lui avait déplu. Après sa fredaine, elle lui avait prouvé qu'elle l'aimait comme au premier jour. Il résolut d'oublier l'incident.

Léandre était au bar lorsque son beau-frère s'engouffra dans la taverne. Il avait vu Cyprien Racette traversé dans la salle attenante, celui qui, du haut de ses trois pommes, faisait la cour à Simone. Il estimait que le nabot ne courait aucun danger, attendu que David n'éprouvait pas de méfiance à l'égard d'un être qui suscitait davantage la répulsion que l'attirance. Cependant, la méchanceté des uns ne s'embarrasse pas souvent du malaise des autres.

Dans la pièce empestée par la fumée et la sueur des hommes, une lampe unique pendait du plafond et jetait une lumière glauque sur le tapis vert. Autour de la table de billard, cigarette entre les dents, Racette supputait ses chances de réussite.

— T'es pas capable de la rentrer dans le trou! ricana Réal Gladu.

— À la grandeur qu'il a, il est pas ben équipé pour le faire! commenta Isidore Pouliot.

— Envoye, joue, arrête de *gosser* comme tu faisais l'autre soir au snack-bar avec la petite Sansoucy! osa un troisième.

À ces mots, David se rua sur le petit homme qui recula brusquement et qui alla buter avec violence contre le mur. Effondré sur le plancher, baguette à la main, la lèvre sanguinolente, le courtaud tenta de se relever. David l'empoigna par le collet.

— C'est-tu vrai, ça? tonna-t-il.

— Eille, l'Irlandais! lança Réal Gladu. Tu t'en prends à plus faible que toi.

Léandre surgit dans le tumulte de la salle et s'élança vers son beau-frère.

— Laisse-le! dit-il, t'es en train de l'étouffer.

L'assaillant décocha un coup de poing au visage de sa victime et la relâcha. La figure livide, Racette posa des yeux hagards sur son agresseur qui s'éloignait.

David avait revêtu sa gabardine et marchait d'un pas accéléré en marmottant des jurons contre tous ceux qui se mettraient en travers de son chemin. Racette n'avait connu que la pointe de la haine qui grondait en lui. Il aurait pu lui régler son compte une fois pour toutes, mais grâce à son beau-frère il avait épargné le minable petit homme. Simone, quant à elle, n'écoperait pas des effets physiques de sa fureur, mais elle aurait à subir la rage qu'il avait au cœur. Il entra au logis.

— Simone est pas là? demanda-t-il, l'air ahuri.

— Elle a couché Stanislas puis elle est descendue placoter, répondit Paulette.

Sa belle-sœur était-elle de mèche avec sa femme ? Simone s'était-elle rendue à l'*Ontario's Snack-bar* en pensant rejoindre son petit bonhomme ? Jamais elle ne passait des bouts de soirée avec sa famille. Et si cela était vrai, il n'allait pas la retrouver et se livrer à une scène devant tout le monde. Loin de l'apaiser, ces pensées l'entraînèrent dans une agitation croissante. Il déboutonna sa gabardine, se déchaussa et alla rassembler quelques vêtements dans sa chambre. Puis il embrassa son fils, se rhabilla et quitta le logement.

Une vingtaine de minutes plus tard, Simone réapparut.

— J'ai pas voulu m'étirer chez mes parents, dit-elle. Je voulais absolument revenir avant David pour pas qu'il pense que j'étais sortie comme l'autre fois.

— Ben il aurait fallu que tu remontes plus tôt parce qu'il est repassé au logis. Puis laisse-moi te dire qu'il avait pas l'air ben ben content.

— Où c'est qu'il est parti ?

— Comment veux-tu que je le sache ? Il a pris le bord avec ta valise sans dire un mot. Si tu veux mon idée, il aurait fallu que tu restes ben tranquille à la maison. Mais non, t'as voulu faire ta fine avec tes parents en leur montrant que t'étais une bonne fille capable d'accepter les sorties de son mari à la taverne. Après ce que tu lui as fait l'autre jour quand j'ai gardé Stanislas, c'est pas ben ben surprenant qu'il réagisse de même.

— On a rien fait de mal, Cyprien puis moi, tu sauras…

— Tu t'arrangeras avec lui, moi j'ai rien à voir avec tes histoires, j'ai eu ben assez des miennes avec ton frère.

Paulette admettait qu'elle vivait à présent une ère de bonheur avec l'enfant de Léandre et Azurine, mais qu'elle n'était pas prête à revivre d'autres moments aussi pénibles.

Assaillie de regrets, Simone porta ses mains à sa figure et, prise de sanglots, elle alla se jeter sur le sofa. Au petit matin, après avoir étanché ses pleurs, elle regagna son lit.

Léandre n'avait pas rapporté à sa sœur l'incident de la taverne. À lui voir l'air troublé et repentant, il avait déduit qu'elle avait appris d'une quelconque manière que David avait eu vent de sa relation avec Cyprien Racette. Mais la fuite de son beau-frère l'avait laissé pantois. Il commença sa journée à l'épicerie dans l'espoir que l'écheveau se démêle. David devait horriblement souffrir de l'incartade de sa femme. Se pouvait-il qu'il ait fait subir à sa Paulette les mêmes angoisses, les mêmes tiraillements ?

Huit heures venaient de sonner. Léandre et Marcel déneigeaient sur la devanture du magasin. Comme en écho aux cloches des églises, Germaine Gladu fit tinter la clochette et se présenta au comptoir-caisse avec son petit papier.

— Bonjour, madame Sansoucy. Mon mari était à la taverne hier soir. Il a tout vu. J'espère que votre gendre est pas trop magané à matin. Les Irlandais sont reconnus pour être buveurs, puis pas mal batailleurs.

— Vous m'en direz tant, madame Gladu ! Vous êtes encore en train de partir des cancans…

— Parlez-en donc à votre Simone, elle va vous renseigner, elle.

La cliente s'éloigna de l'épicière et entreprit de musarder devant les tablettes. Étonnamment, deux minutes plus tôt, Simone avait reçu un appel et elle avait exigé qu'on la laisse tranquille dans son coin. Pendant que la cliente régulière s'attardait en souhaitant sans doute l'arrivée d'autres commères, Émilienne faisait semblant de ne pas être touchée par ce qu'elle avait appris. Mais après un moment, envahie d'obsédantes interrogations, elle fonça dans l'arrière-boutique. Simone pleurait, la tête posée sur ses bras croisés. Théodore était accouru avant sa femme ; il avait saisi l'appareil et semblait écouter les doléances de son gendre.

— Je le savais donc que je le savais donc que ça finirait de même, dit-il.

L'épicière arracha le cornet acoustique des mains de son mari.

— Je vas lui demander, moi, ce qui s'est réellement passé hier soir à la taverne, décida-t-elle.

David lui expliqua qu'il s'était engagé dans une bagarre avec le livreur de Courchesne Larose parce que sa femme avait été prise en flagrant délit avec lui au snack-bar. Et la veille encore, il avait cru qu'elle avait cherché à le revoir. Émilienne lui confirma alors que sa fille était bel et bien chez elle durant la soirée, que Simone regrettait son écart de conduite et qu'elle serait plus prudente à l'avenir. Puis elle raccrocha.

La jeune femme éplorée se redressa et, la tête dolente, s'essuya les yeux avec la paume de ses mains.

— Pensez-vous qu'il va revenir, m'man? s'enquit-elle.

Avant de répondre, Émilienne tourna son regard vers son mari.

— Ça, ma p'tite fille, ça dépend ben gros s'il est capable de pardonner…

L'épicière retourna à sa caisse. Des clientes entouraient Germaine Gladu et commentaient l'incident de la taverne Archambault. Elles s'accordaient pour dire que «la *gueuse* avait couru après ses troubles, qu'elle était une enjôleuse, une intrigante et qu'elle était probablement enceinte de l'autre». Émilienne avait saisi des bribes de leur conversation et s'indignait de constater que sa fille avait si mauvaise réputation.

Elle abaissa sa main potelée sur le comptoir. Un bruit sourd se répercuta dans tout le magasin.

— Ça va faire, madame Gladu! proféra-t-elle. Avez-vous fini de déblatérer?

Elle se déporta vers le groupe de clientes et darda un regard furieux vers la meneuse.

— On dirait que ça vous fait du bien de dénigrer les autres, Germaine, affirma-t-elle. Moi j'en connais une qui en aurait gros à raconter, mais qui aime mieux qu'on en sache pas trop sur sa vie personnelle. Combien de fois je vous ai entendue vous chicaner avec votre mari ? L'hiver, on entend moins les cris traverser les murs, mais l'été, quand les châssis sont ouverts, on vous entend une affaire *effrayant*.

Un bout de papier tremblait aux doigts de Germaine Gladu. Émilienne le lui arracha de la main.

— Montrez-moi donc ce que vous avez sur votre liste de commissions. Rien ! Me semblait, aussi.

— Je me suis trompée de feuille, balbutia la voisine, je vas revenir tout à l'heure.

La figure livide, comme subitement démasquée, madame Gladu tourna les talons et repassa la porte.

La gorge nouée de ses tourments intérieurs, Simone s'était remise au travail. Elle devait déplacer les boîtes empilées dans l'arrière-boutique et qui obstruaient légèrement le passage. Son père avait regagné son coin. Elle pensa recourir à Marcel, mais elle préférait supporter en silence la lourdeur de son accablement. À ce moment précis, elle aurait volontiers donné n'importe quoi pour que les aiguilles de l'horloge tournent à pleine vitesse et que sonne la fin de l'après-midi. Les paroles de sa mère avaient-elles été suffisantes pour persuader David de ses bonnes dispositions ? Elle se plut à le voir en songe, la physionomie souriante, frétillant pour elle, avec toute la vitalité de sa jeunesse.

La commis avait refusé de monter pour le dîner, préférant les austérités d'un anachorète qui ne s'éloigne pas de son rocher. Elle ne se trouvait pas tout à fait présentable avec ses yeux cernés et son humeur insociable. Héloïse l'aurait accablée de questions toutes plus impertinentes les unes que les autres. Sa mère lui avait apporté une assiette et elle avait mangé du bout des lèvres, comme si elle avait été malade. Effectivement, elle l'était, souffrante d'une des pires calamités qui affligent un couple : elle ne savait plus si son mari l'aimait encore...

Un camion se gara dans la ruelle. Un maigrelet aux pommettes saillantes en descendit et frappa à la porte de l'arrière-boutique. Simone ouvrit.

— Je suis le nouveau livreur de Courchesne Larose, je remplace le gros Racette. Parce que lui, amanché comme il est, vous devriez plus le revoir. Il y en a un qui a *vargé* dessus hier soir puis qui l'a dévisagé. Ça a l'air qu'il était pas ben beau à voir !

— Vous ou ben un autre, c'est du pareil au même, pourvu que les commandes soient livrées à temps et en bon état, dit-elle avec désinvolture.

Le livreur parti, la commis réalisait que son après-midi avait été plutôt inefficace. Elle avait farfouillé dans sa paperasse plus qu'elle n'avait mis de l'ordre, et elle avait débarrassé quelques boîtes pour se donner l'impression qu'elle avait travaillé et que sa peine n'avait pas occupé tout son esprit.

L'heure du souper approchait. Étonnamment, la triste langueur qui l'avait affaissée commença à se dissiper comme le nuage sombre qui va projeter plus loin ses ténèbres. Se sentant soudainement renaître, elle éteignit la lumière et alla prévenir sa mère qu'elle remontait à son appartement.

— Je vas faire des crêpes, dit-elle à l'adresse de Paulette, avant d'amorcer un pas vers la porte.

L'épicière décocha une œillade à sa belle-fille.

— Un des mets préférés de David, affirma Paulette.

Le tablier bien moulé sur ses hanches fines, la cuisinière sortit les ingrédients et se mit à les mélanger avec une ardeur qui ne lui était pas coutumière. Pendant que la pâte reposerait, elle retrouverait Stanislas et le ramènerait au logis.

Elle en avait pour quelques instants avant de se débarrasser de son tablier quand les marches craquèrent sous des pas mesurés et précautionneux. Le cœur battant la chamade, elle s'empressa de s'examiner dans le miroir et de se rendre au seuil du logement. Il ouvrit. Elle le contempla.

— Tu m'as manqué, exprima David.

Chapitre 20

Le jour du Seigneur représentait sa seule journée de repos. Mais contrairement à Celui qu'elle priait, après une semaine de labeur, l'épicière ne s'assoyait pas pour contempler sa création. En fait, elle estimait avoir créé peu de choses, ne serait-ce qu'une parcelle de bonheur dans son entourage. Le dimanche revenait, inlassablement, comme un appel à faire du bien, à donner encore, comme une fontaine intarissable qui abreuve ceux qui ont besoin d'elle pour étancher leur soif.

Émilienne avait chaud. Ses bottes fourrées aux pieds, son chapeau sur la tête, elle attendait le signal de sa sœur pour boutonner son manteau et mettre ses gants. « La Packard retarde sans bon sens, puis on aura pas deux heures de visite pour revoir Jérémie et Irène », pensa Émilienne.

— Édouard débarque d'une petite machine ! s'écria l'impotente.

— Ça doit être un taxi ! dit Alphonsine.

— Grouille-toi, Mili, tu vas faire grimper la facture, ajouta Héloïse.

— Oublie pas de remettre l'argent à Jérémie puis le sac de bas pour la famille Pouliot, rappela Alida.

Édouard parut au logis.

— J'en ai pour une minute, dit sa mère.

— Prenez votre temps, mais dépêchez-vous un peu, dit Édouard, l'air énervé. C'est ma faute, je ne suis pas tellement habitué à conduire ma nouvelle automobile.

Émilienne descendit les marches sur les pas de son fils et alla s'engouffrer dans une voiture à deux portes. Sur la banquette arrière, Bertha Pouliot pestait contre l'exiguïté de l'habitacle :

— Vous êtes ben chanceuse de vous asseoir en avant, madame Sansoucy ; moi, j'ai eu toutes les misères du monde à embarquer dans ce maudit char-là ! récrimina-t-elle.

Colombine avait résolu de ne plus se rendre à l'hôpital du Sacré-Cœur. Elle avait autre chose à faire que de supporter la misérable Bertha Pouliot et d'écouter un malade raconter sa semaine. Plutôt que de déposer ses passagers à l'institution, elle avait décidé de bannir toute contrariété à ce sujet : son mari s'achèterait une voiture et la conduirait lui-même, tout simplement.

On s'empressa vers le 410. Irène se tenait déjà près du jeune tuberculeux. Comme lui, elle s'était demandé s'il aurait de la visite. Chaque jour, dans les rares temps libres que son travail à l'hôpital lui permettait, elle lui accordait une attention particulière qui ne se démentait pas depuis son entrée chez les religieuses de la Providence. En tant que postulante, elle se déclarait heureuse de se dépenser auprès du monde ordinaire composé d'employés d'usines ou de bureaux, d'un quincaillier, d'un blanchisseur, d'un agent d'assurances, d'un instituteur, d'un commis de banque, et de journaliers qui requéraient des soins qu'elle leur prodiguait avec générosité et compassion. Mais d'après ce que des infirmières expérimentées lui avaient signalé, et selon l'évolution de la maladie, il fallait envisager la possibilité qu'un jour Jérémie soit transféré dans un sanatorium à l'extérieur de la ville.

Quatre heures venaient. Émilienne déposa un billet de banque sur la table de chevet de Jérémie.

— De la part de ma sœur Alida, dit-elle.

Bertha Pouliot s'empara de l'argent et l'enfouit dans le fond de son sac à main.

— Vous la remercierez, madame Sansoucy, commenta-t-elle.

— C'est pour votre *chéti*, madame Pouliot. Pour votre famille, je vous ai donné tout à l'heure les bas tricotés par ma sœur.

La remarque n'avait eu aucun effet dissuasif sur l'indigente. À présent que la religieuse venait de signaler la fin des visites, elle se résignait à quitter son fils. Irène embrassa sa mère et son frère, et la petite compagnie s'achemina vers l'ascenseur.

La Studebaker d'Édouard démarra. «Asteure que Colombine est plus là, il serait pas très malaisé de faire un petit détour par la rue Chambord pour saluer Placide», songea Émilienne. Depuis les fêtes, le journaliste ne s'était pas montré au logis; il semblait très absorbé par son métier. Mais cela n'empêchait pas la mère de trouver étrange sa vie de jeune homme avec un copain de son âge. Les platitudes lancées par Léandre à ce sujet l'avaient fait frémir de dégoût: deux hommes ne pouvaient s'aimer l'un et l'autre. Seule avec le conducteur, Émilienne aurait mis sa gêne de côté. Alphonsine et Héloïse prépareraient le souper, mais la marmaille de Bertha Pouliot crierait famine. «Je ne veux pas qu'on m'accuse d'avoir tenu leur mère en otage ou de crime contre l'humanité», s'amusa-t-elle à penser.

* * *

Après sa visite à l'hôpital, l'épicière aspirait à une soirée reposante. Elle vaquerait à quelques occupations peu fatigantes et se mettrait au lit de bonne heure. La vaisselle remisée dans les armoires, elle avait revêtu sa jaquette et s'était retirée au salon avec Alida pour tricoter.

Or quelques dimanches s'étaient écoulés sans que son beau-frère Romuald se manifeste. Les journées entourant la mort du frère André avaient réquisitionné le conducteur de tramway plus que de coutume.

— Ça fait une mèche qu'on les a pas vus ici dedans, lui puis Georgianna, rappela Émilienne, mais à l'heure qu'il est, on le reverra pas cette semaine non plus.

— Tu sais, Mili, j'ai comme des petits regrets qui me chatouillent la conscience, exprima Alida.

— Avec la vie que tu mènes, Lida, t'as rien à te reprocher, voyons donc. À t'écouter, on dirait que tu t'en vas en enfer. Juste à endurer Loïse, tu t'en vas *direct* au ciel. À part de ça, t'es généreuse avec Jérémie. Mais si ça continue, ton vieux gagné va y passer.

— C'est pas à ça que je pense quand je te dis que j'ai des petits regrets qui me chatouillent la conscience. J'aurais pas dû devenir membre du PNSC puis faire de la couture pour le parti. Quand je lis les journaux puis que je m'aperçois de la montée d'Hitler et de sa haine des Juifs, ça me fait peur, Mili.

— Oui, mais tu l'as plus, ta carte du parti, Lida. Personne va se rappeler que t'as travaillé pour leur cause. Confectionner des chemises bleues, il y a rien de mal là-dedans. Ça fait que oublie ça, c'est pas bon de ressasser ces affaires-là.

Des pas décidés gravirent l'escalier. Romuald Sansoucy entra sans frapper.

— Bonsoir, la compagnie! s'écria-t-il, en déboutonnant son manteau. Théo est-tu là ou ben s'il est déjà couché?

— Il est un peu tard pour un dimanche soir, dit Émilienne.

L'épicier survint au salon.

— Quand tu viens jouer aux cartes, t'arrives plus de bonne heure, proféra Théodore. Georgianna est pas là?

— Non, à soir elle est allée visiter sa vieille mère au foyer.

L'air fendant, il avisa qu'il avait l'intention de se présenter comme candidat aux prochaines élections fédérales. Selon son chef Adrien

Arcand, le PNSC pouvait remporter de vingt à quarante sièges. Il rêvait d'abandonner son emploi de wattman afin de se consacrer au bien-être de ses concitoyens. Éventuellement, le parti formerait le gouvernement. De plus, il se voyait ministre au cabinet et sillonnerait les routes du comté en limousine, et toute la famille Sansoucy serait fière de lui.

— Vous allez me soutenir, j'espère! dit-il.

— Tu te mets un doigt dans l'œil, mon cher Romuald, répondit son frère. Vous avez de la misère à ramasser des membres puis vous pensez prendre le pouvoir un jour à Ottawa? Si tu veux être utile à la société, t'es ben mieux de continuer à conduire ton tramway.

— Mili, toi, qu'est-ce que t'en dis?

— Je dis comme Théo. Puis à part de ça, t'essayes de nous faire accroire que Georgianna est allée voir sa vieille mère au foyer. Il y a même pas d'heures de visite le dimanche soir à cette place-là! Georgianna est pas venue parce qu'elle est pas mal tannée de t'entendre avec tes chimères de Chemises bleues puis ta gang de pelleteux de nuages.

— Puis vous, Alida?

— Je suis rendue que je pense comme ma sœur, monsieur Sansoucy.

— D'abord, puisque c'est de même, vous me reverrez pas de sitôt la face, rétorqua-t-il, en se reboutonnant.

Romuald Sansoucy n'avait pas pris le temps de se déchausser. Déçu de ne récolter aucun encouragement, il adressa le salut des nazis et pivota sur les talons.

* * *

Après le souper, les parents de Paulette avaient décidé d'aller marcher et de se rendre chez leur fille qu'ils n'avaient pas revue depuis les fêtes. À cette occasion, Paulette avait fait garder l'enfant de Léandre afin de ne pas rompre l'atmosphère festive de cette belle période de l'année. Elle avait prétendu que, pour le bien de la mère et de l'enfant, Charlemagne avait été remis à la campagnarde. Cependant, elle savait qu'un jour ou l'autre elle devrait se résoudre à ne pas dissimuler le garçon plus longtemps, à leur confesser qu'elle avait choisi de l'élever.

Gilberte et Conrad Landreville venaient de surgir à l'improviste au dernier étage de l'immeuble.

— Veux-tu répondre, mon amour? demanda Simone, occupée à préparer le lunch de son mari.

David faisait sautiller Stanislas sur ses genoux. Il blottit son fils contre lui et alla ouvrir.

— Ah! qu'il est mignon, votre bambin, monsieur O'Hagan! s'exclama Gilberte Landreville.

— Entrez donc, ce sera pas long, Paulette est en train de donner le bain du petit, mentionna David.

Stupéfaits, les Landreville se consultèrent du regard.

— Comment ça, le petit? s'enquit le comptable. Il est encore au logis, celui-là? Vous l'avez pas retourné à la campagne?

Paulette achevait de langer Charlemagne. Elle l'enroba dans une serviette et sortit de la salle de bain.

— Ah! Je m'en doutais, dit la dame, ils n'ont pas réussi à s'en débarrasser.

— C'est le bébé de Léandre, maman. Si vous pensez qu'on peut se défaire d'un petit comme d'un vieux torchon, vous vous trompez. Puis moi je suis attachée à cet enfant-là, asteure. Ça fait que vous avez besoin de vous habituer parce qu'il fait partie de la famille!

— Veux-tu bien me dire dans quelle sorte de maison on est entrés, Gilberte ? s'indigna l'homme moustachu.

— Dans une maison de dévergondés, rétorqua sèchement Simone. Moi et David, on s'est mariés obligés parce que je portais Stanislas, Paulette a vécu en concubinage avec mon frère, puis là vous refusez d'accepter le petit qu'il a eu avec une autre.

— Puis c'est pas tout, papa, renchérit Paulette. Au moins, ma belle-sœur l'a gardé, son bébé, elle...

Un silence consterné empesa la pièce. Simone et David s'éloignèrent avec Stanislas. Paulette leva les yeux vers sa mère qui la fixait d'un regard éberlué.

— Ôtez votre manteau, puis je vas tout vous raconter, dit-elle.

Alors qu'elle travaillait à la St. Lawrence Sugar, elle était devenue enceinte. À ce moment, elle était persuadée que Léandre n'était pas prêt à avoir un enfant ; elle avait obtenu une adresse et avait «fait passer» le bébé. Par la suite, il lui avait reproché de ne pas lui en avoir parlé et elle avait perdu son emploi. Ce triste épisode l'avait rendue dépressive, migraineuse et, pour combler le vide qu'elle avait ressenti, elle s'était mise à manger comme une gloutonne. Et pendant tout ce temps-là, elle avait envié sa belle-sœur parce qu'elle avait un fils.

Puis, à la fin de l'automne, les deux couples du logement s'étaient rendus à Ange-Gardien, chez les voisins de l'oncle Elzéar, pour une compétition de «tir à la dinde». Au cours de l'événement, le fermier, un certain Descôteaux, lui avait suggéré de rejoindre sa femme dans la maison. Mais l'invitation cachait en réalité une proposition tout à fait inattendue et inespérée : adopter l'enfant de la jeune paysanne incapable d'en prendre soin. Elle l'avait accepté d'emblée. Tout à coup, elle redevenait mère, sans les angoisses de la grossesse et les douleurs de l'enfantement. Depuis, elle se sentait mieux dans son corps, ses migraines avaient disparu.

Cependant, toutes sortes de questions se posaient à l'esprit des Landreville. Charlemagne était-il légalement à eux ? Serait-il baptisé et quand ? Lui apprendrait-on un jour qui était sa véritable mère ? Paulette avait réfléchi à ces interrogations et à d'autres. Elle avait pourtant des réponses à tout pour apaiser les inquiétudes de ses parents. Mais aussi rationnels qu'ils puissent être, les arguments ne parviennent pas toujours à surmonter la rigueur trop puritaine.

Exaspérée par tant d'inepties, Gilberte Landreville se cambra.

— Ton père et moi allons prendre les moyens pour te faire excommunier, proféra-t-elle.

— Ça donne quoi, d'abord, de le faire baptiser ? répliqua Paulette. Puis arrivez pas avec le pape pour m'obliger à changer d'idée parce que, j'aime autant vous le dire à l'avance, il va se faire revirer de bord assez raide…

La réplique lui avait fermé le clapet. Son mari et elle se pressèrent vers la porte et s'habillèrent en abaissant un regard scandalisé sur Charlemagne.

Au petit matin, Léandre revint au logis. Il tira une petite liasse de son pantalon et se laissa choir sur le sofa. Puis, l'air éminemment satisfait, il se mit à compter l'argent des billets qu'il avait gagné.

Chapitre 21

Une semaine reprenait au magasin. Le mois de mars était commencé et l'hiver ne donnait aucun signe de reddition. Des tempêtes surviendraient pour rappeler qu'il ne céderait pas facilement au printemps. Mais le soleil réapparaîtrait, aussi déterminé que jamais à chasser toutes les traces de la saison des frimas.

L'épicier et sa femme se tenaient devant la vitrine et contemplaient la lente circulation de la rue.

— Le commerce va être au ralenti, exprima-t-il.

— Des fois je me dis qu'on devrait vendre, Théo! Tu vois, des matins comme ça, on resterait ben tranquilles dans notre maison.

— Il y a pas si longtemps, j'ai voulu vendre au Juif Goldberg, puis ça a pas marché, tu te rappelles?

— Pour sûr que je m'en souviens! Ben là, c'est pas pareil, nos garçons pourraient prendre la relève. Marcel a vieilli puis Léandre est pas mal plus sérieux, asteure qu'il a fini toutes ses *folleries*, puis qu'il est devenu un bon père de famille.

Le vaillant Marcel était descendu plus tôt. Après avoir réactivé le feu du poêle pour maintenir la température à un degré convenable, il avait décidé de désencombrer l'arrière-boutique. Léandre venait de retrouver Simone et s'entretenait avec elle de ses prouesses au billard. Il avait empoché une belle somme à démontrer son adresse et à vaincre les adversaires qui l'avaient défié.

Marcel écoutait d'une oreille peu intéressée. «Encore des histoires de taverne!» se dit-il, en soulevant une caisse. Puis il la transporta à l'avant et la déposa sur le plancher. À l'aide d'un canif, il l'ouvrit, en tira une première boîte.

— Sont combien les Kleenex cette semaine, le père?

— Gnochon, t'as juste à regarder la liste de prix!

— Mets-les à dix cents, Marcel, répondit aimablement Émilienne.

Le commis alla à la caisse se munir du crayon que Paulette lui tendait et il marqua le prix.

Une cliente régulière entra, referma vitement la porte du magasin en éternuant. Elle enleva ses gants, fouilla dans sa poche et s'essuya le nez, qu'elle avait long et pointu, avec son vieux mouchoir fleuri.

— Si vous voulez vous débarrasser de votre rhume, mademoiselle Lamouche, vous devriez essayer les Kleenex, mentionna l'épicière. C'est deux fois plus doux que du coton. On s'en sert juste une fois, puis on le jette.

Une fois l'opération terminée, la vieille fille torchonna son mouchoir et l'enfouit dans la poche de son manteau rapiécé.

— C'est ben ça qui est le problème, madame Sansoucy, c'est du vrai gaspille.

— Justement, les mouchoirs, faut les laver aussi, ça prend de l'électricité. La compagnie prétend qu'un lavage de mouchoirs équivaut à au moins vingt Kleenex.

— Premièrement, j'ai pas d'*estricité* dans mon logement, madame Sansoucy. Ensuite, je me moucherai ben autant de fois que je veux dans mon mouchoir.

L'épicier demanda à Marcel de lui fournir une boîte et s'approcha de sa cliente.

— Regardez, mademoiselle Lamouche, vous l'ouvrez suivant la ligne pointillée, puis vous en tirez un comme ça, expliqua-t-il, avant d'éternuer à son tour. Voyez, vous êtes après me transmettre vos microbes…

Sansoucy s'éloigna de sa cliente, se moucha bruyamment.

— Asteure que la boîte est entamée, vous allez me faire un prix, dit la cliente.

— À dix cennes la boîte, c'est déjà pas cher, on est toujours ben pas pour la laisser à cinq cennes parce que là, je ferais pas une maudite cenne dessus! Mili, moi, j'en peux pus, arrange-toi avec...

Sansoucy alla jeter son Kleenex dans le poêle et se retira dans ses quartiers.

Pendant qu'Émilienne parlementait avec mademoiselle Lamouche, Isidore Pouliot surgit. Il s'adressa à l'épicière.

— Où c'est qu'il est, votre Léandre? J'ai affaire à lui! dit-il d'une voix tonnante. Puis essayez pas de me dire qu'il est pas là, son *truck* est en avant...

— Vous êtes ben de mauvais poil, vous, ce matin, répondit Émilienne avec humeur.

Son mari leva les yeux vers le client. Léandre émergea de l'arrière-boutique.

— Que c'est que tu me veux, Pouliot? s'enquit-il, en exhibant un billet de banque.

— Je vas prendre ma revanche au *pool*, amène-toi, morveux!

— Je te défends ben d'y aller! intima le boucher à son fils.

— Vous, le père, mêlez-vous de vos affaires, riposta Léandre. Avec le monde qu'il y a ici dedans à matin, que je sois au magasin ou ailleurs, ça dérange pas personne! Envoye, Pouliot, embarque avec moi; si tu veux te faire laver, tant pis pour toi!

Le livreur entraîna le misérable Pouliot vers son camion. Après plusieurs essais ponctués de quelques sacres d'exaspération, il réussit à faire démarrer le moteur. Puis il ressortit de l'habitacle pour dégager le pare-brise et déglacer les essuie-glaces avec ses mains nues, et remonta dans son véhicule.

La mâchoire tendue, l'indigent n'avait pas décoléré. Malgré les exhortations répétées de sa femme à renoncer à son dessein, il était déterminé à faire mordre la poussière au blanc-bec que la chance avait ni plus ni moins favorisé. Jadis, Pouliot avait maintes fois démontré son adresse et connu ses heures de gloire dans un débit de boissons concurrent avant de fréquenter la taverne Archambault. Il était défavorisé, mais non dépourvu de talent, et sentait le besoin de prouver à son entourage qu'il n'était pas un simple d'esprit dont la seule capacité se résumait à faire des enfants.

À cette heure matinale, l'endroit était rempli plus que de coutume. Un air de gaieté familière régnait dans la place. Léandre salua son patron étonné, lui expliqua que Pouliot lui avait lancé un défi. Le tenancier prit leurs manteaux et ils traversèrent dans la salle attenante, entraînant derrière eux des buveurs attablés.

Deux hommes disputaient une partie. L'un, penché sur la table, s'apprêtait à jouer son coup en mâchouillant son cigare. L'autre, un grand sec au chapeau rejeté cavalièrement vers l'arrière, se tourna vers Léandre.

— Salut, tu travailles pas à l'épicerie, toi, à matin? dit-il. On achève notre partie. Le gros va manquer son coup, puis après je vas te finir ça en deux temps trois mouvements.

Le gros au cigare leva la tête, marmotta quelques syllabes et se concentra de nouveau sur son jeu.

Pouliot se recula et se retira un peu à l'écart avec son adversaire. Il lui proposa de jouer au billard russe dans lequel il excellait. Pour lui faire plaisir, et afin de lui permettre de récupérer un peu de l'argent perdu la veille, Léandre accepta.

Les tirs de Léandre s'avéraient très efficaces. Pouliot était visiblement nerveux. Il venait de rater sa cible pour la troisième fois.

— Ça va pas ben! marmonna-t-il. Je pourrais même pas frapper un éléphant avec une pelle à charbon, ragea-t-il.

Pouliot remit sa baguette à un spectateur. Les mains moites, le front en sueur, il ôta son chapeau, retroussa les manches de sa chemise. Puis il s'assit sur le rebord de la table et courba le tronc sur le tapis vert en fixant la bille blanche.

— Prends sur toi, Pouliot, au nombre d'enfants que t'as, en temps ordinaire tu dois pas avoir de la misère avec ta queue, ricana l'un.

On entendit un bruit sec de boules qui s'entrechoquèrent, vitement suivi d'une kyrielle d'effroyables jurons qui s'étouffèrent dans la pièce.

Les observateurs s'écartèrent. Léandre s'approcha et sembla étudier le jeu d'un air plastronneur. Des mots d'encouragement fusaient. Sans quitter sa «proie» des yeux, il demanda qu'on lui donne la craie qu'il frotta soigneusement sur le procédé, cette minuscule rondelle de cuir à l'extrémité de sa baguette, et s'inclina, prêt à frapper.

Le coup retentit comme une détonation. Un second produisit le même effet escompté. D'autres, tout aussi adroits, dirigèrent les billes de marbre dans les poches visées.

Un tonnerre de vivats éclata. Vaincu, la mine déconfite, Pouliot jeta son billet de banque sur le tapis. Léandre s'en empara et offrit une tournée à tout le monde.

L'orgueil humilié, réduit au dernier degré de l'infortune, Isidore Pouliot délaissa la pièce et rentra chez lui à pied.

Après avoir abondamment arrosé sa victoire, Léandre regagna le magasin, fier de son exploit. Cependant, il trouva Paulette dans un état d'indignation tout à fait inaccoutumé.

— Pour moi, t'as plumé le bonhomme Pouliot, dit-elle. Il y a pas dix minutes, sa femme a retonti puis elle a demandé à te voir. Puis quand elle s'est aperçue que t'étais pas là, elle est montée au deuxième avec ta mère pour voir ta tante Alida.

Son manteau défraîchi sur les genoux, Bertha Pouliot était assise au salon et larmoyait sa consternation devant les trois sœurs Grandbois qui l'écoutaient. Elle avait signifié toute sa reconnaissance à l'impotente pour l'argent destiné à Jérémie, les bas de laine tricotés pour la famille et les nombreux déplacements pour voir son tuberculeux à l'hôpital du Sacré-Cœur. Aussi entretenait-elle toujours l'idée que son fils avait attrapé sa maladie au domicile de l'épicier, mais elle savait qu'elle n'obtiendrait rien de plus si elle jouait la mauvaise carte. Elle s'attaqua plutôt à la déplorable obsession compulsive de son homme pour le jeu et aux pertes encourues.

— C'est à cause de lui, proféra-t-elle, en voyant paraître Léandre.

— Wô! madame Pouliot, c'est pas ma faute si votre mari sait pas jouer au *pool*! se défendit-il. Quand on a une grosse famille à faire vivre puis à peine de quoi manger dans son assiette, on va pas se foutre dans le pétrin.

— Ben si tu avais remis l'argent que t'as arraché à mon mari, je serais pas venue supplier ta tante Alida pour aider une famille de miséreux, plaida-t-elle.

— Les piasses que ma sœur vous donne, c'est pas pour dépenser à tort et à travers, intervint Héloïse. D'après ce que j'entends à propos de votre époux, madame Pouliot, je trouve qu'il a pas la tête sur les épaules. De toute façon, mon idée est faite sur les hommes : en général, ils ont pas ben ben d'allure. Demandez-vous pas pourquoi je me suis jamais mariée.

— Remets donc l'argent à madame Pouliot, puis après on en parlera plus, supplia Émilienne.

Alida coula un regard implorant dans les yeux de son neveu. Dans un moment d'attendrissement, Léandre mit la main sur la fesse de son pantalon, amorça un mouvement pour retirer son portefeuille.

— Vous allez me suivre au magasin, madame Pouliot, lui intima-t-il. Puis là, vous allez acheter du manger pour vous puis vos enfants. Votre mari, lui, il se *lichera* la patte.

Ravie de l'effet que les paroles d'Émilienne ainsi que son regard avaient eu sur son neveu, l'invalide demanda à Héloïse de lui apporter son sac à main. Sous l'œil épaté de la visiteuse, elle en extirpa quelques billets que l'indigente replia en quatre et enfouit entre ses deux seins.

Le magasinage de Bertha Pouliot complété, Léandre la reconduisit chez elle avec sa commande dans son camion de livraison.

Cependant, il estimait qu'à force de tendre la main aux miséreux les risques que le bénéficiaire développe une dépendance augmentaient. Si sa tante Alida consentait à délier les cordons de sa bourse, c'était son choix. Mais lui ne tomberait pas dans le panneau de la générosité débordante. Le soir même, il eut l'occasion d'intervenir auprès du récalcitrant Pouliot qui rappliqua à la taverne Archambault.

Il était environ neuf heures. Le drap vert de la table de billard n'avait pas dérougi de toute la soirée. Dans l'atmosphère suffocante de la pièce, un silence respectueux régnait entre les coups de baguette. À présent, on ne se contentait plus de disputer des parties pour le simple plaisir de jouer. Les montants qui avaient été jusqu'alors occasionnels devenaient monnaie courante. Des observateurs moins habiles s'attroupaient et faisaient des gageures.

De l'autre côté, Isidore Pouliot tentait de se remettre de sa dernière défaite en liquéfiant sa déconfiture dans une chope de bière. Il était dans un état d'ébriété passablement avancé que la prudence la plus élémentaire maintenait sur sa chaise. Léandre s'en indignait. Il venait d'en jaser avec Hubert Surprenant qui partageait son avis sur les piliers de taverne qui ont mieux à faire que de téter une bouteille dans un débit de boissons. Sans l'ombre d'un doute, le misérable avait puisé dans la somme apportée par sa femme au logis. Attablés avec lui, Maurice Morasse et Lucien Pitre, pères de deux chenapans et chenapans eux-mêmes, l'encourageaient à prendre sa revanche contre le jeune Sansoucy. L'un des buveurs, Jules Dezainde, un fier-à-bras dans la trentaine qu'on n'avait pas revu depuis la fin de la loterie, appela le serveur à leur table.

— Il paraît que t'es devenu le champion de la place au *pool*. Notre ami Pouliot s'est fait battre puis il veut se reprendre, railla-t-il.

— Tu veux rire, rétorqua Léandre, le bonhomme Pouliot est même pas capable de se tenir debout !

— C'est ben en quoi, mon Sansoucy. Finis ton *shift*, puis après on va passer de l'autre bord.

— Ça me tente pas ! protesta Léandre.

— Moi je te dis que ça te tente, insista le crâneur, nous autres on veut avoir du *fun*. Puis après tout l'argent que tu m'as volé avec ton organisation de broche à foin, tu me dois ben ça, hein ? Je vas faire une chose avec *toé*, écoute ben comment ça va marcher : si tu perds, tu vas donner dix piasses à Pouliot. Tandis que si tu gagnes, c'est à *moé* que tu vas donner les dix piasses du bonhomme. T'as besoin de gagner, mon enfant de chienne, ricana Dezainde.

Le serveur retourna craintivement derrière le bar. L'agent d'assurances et lui se remémorèrent le client qui avait englouti une petite fortune dans l'achat de billets de loterie. L'homme semblait avoir gardé une amertume profonde. Léandre ne lui échapperait pas impunément. Le fils Sansoucy chercha un moyen de s'en défaire. Il consulta nerveusement sa montre. L'heure n'était pas si tardive, il lui était possible de rester après son travail, mais il ne pouvait censément s'exposer à la malignité du malabar et à ses deux acolytes. Il commença à comprendre ce que son beau-frère David lui avait dit : les salles de billard étaient reconnues comme des trous abominables. Au début, il avait pensé qu'il ne fallait pas s'en faire de scrupule. Dans les clubs huppés, des professionnels et des hommes d'affaires jouaient régulièrement leur partie pendant l'heure du *lunch*. Mais à voir ces écumeurs de salles de *pool*, il se sentit menacé et comprit que son salut résidait dans la fuite. Il ôta vitement son tablier, décrocha son coupe-vent de la patère et lança la clé du Fargo à son ami.

— Tu le ramèneras à l'épicerie, dit-il, avant de disparaître par la porte arrière de l'immeuble.

Le serveur était sorti en bousculant les quarts de vidange et courait maintenant dans la venelle, pourchassé par les trois hommes. Dans la gadoue boueuse du dégel, il se sauvait en trébuchant dans les immondices et les boîtes de conserve vides qui parsemaient son parcours. Parfois, au tournant d'une ruelle obscure, il s'arrêtait, haletant, les paupières battant dans la noirceur, et repartait dans une course effrénée. Après deux interminables minutes à cavaler comme un évadé de prison poursuivi par la police, il s'immobilisa. Il se rappela la petite écurie dans les parages. Non, il n'allait pas effaroucher les chevaux et se faire découvrir. Il se retourna. Derrière lui, une haute palissade de six pieds lui permettrait peutêtre d'échapper aux poursuivants. D'ailleurs, deux des trois individus ne paraissaient pas en mesure de le rattraper. Mais le malabar Dezainde pourrait lui mettre la main au collet. Il franchit la clôture.

Une demi-heure s'était écoulée à se terrer dans l'obscurité, recroquevillé contre la palissade, à se souffler dans les mains pour empêcher ses doigts de geler. Il était resté là, à épier le moindre bruit, à scruter le plus petit silence. Puis il lui sembla tout à coup que son attente était déraisonnable. On avait dû abandonner la chasse. Il refranchit la palissade et regagna son foyer.

Les occupants cessèrent brusquement de deviser. La porte du logis s'entrouvrit et Paulette s'élança vers son mari.

— J'ai cru qu'on t'avait fait du mal, qu'on t'avait magané, exprima-t-elle, la voix pleurante.

— Comme ça, t'as réussi à t'enfuir! commenta Surprenant.

— Vous voyez ben qu'ils m'ont pas eu, les maudits! répondit Léandre, l'air bravache.

Paulette s'était morfondue à l'attendre, dans les tourments de l'inquiétude. Elle caressa le visage de son homme, replaça ses cheveux ébouriffés, l'embrassa sur les yeux, sur les joues, lui ôta son coupe-vent.

— Je veux plus que tu travailles à la taverne, affirma-t-elle. On est capables de vivre pareil. Quand ben même qu'on aurait un peu moins de sous.

— Quand on a vu Hubert retontir tout seul au logis puis nous expliquer ce qui s'était passé à la taverne, j'ai ben failli partir à ta rescousse, dit David. Mais je savais pas trop quel bord t'avais pris. Mais je te jure que si je les avais accrochés, ces trois-là, ils auraient traversé un ben mauvais quart d'heure, ajouta-t-il, la lèvre tordue.

Simone se pressa contre David, l'air aguichant.

— Je voulais pas qu'il aille se faire casser la gueule, précisa-t-elle.

— Asteure que vous êtes rassurés, David va reconduire Surprenant chez lui, puis moi je vas aller voir matante Alida, annonça Léandre.

— Pour quoi faire? demanda Paulette. Ça peut pas attendre, non?

Sous l'emprise de l'adrénaline qui lui parcourait les veines, Léandre se rendit à l'étage plus bas.

Alphonsine l'accueillit en jaquette, mais elle avait omis de remettre ses dentiers.

— Tu trouves pas qu'il est un peu tard, mon neveu? commenta-t-elle, la bouche pâteuse. Ton père puis Marcel sont dans leur chambre, puis nous autres, les femmes, on s'apprêtait à se coucher.

— J'ai pas affaire à vous, j'aimerais voir matante Alida, insista-t-il.

La physionomie crispée, Alphonsine disparut et revint avec ses trois sœurs, le visage empreint d'une gravité saisissante.

— C'est rapport à Isidore Pouliot, dit-il, énigmatique.

Les femmes entraînèrent Léandre au salon. Afin de ne pas causer de commotion inutile relativement à la poursuite dont il avait été victime, le serveur se borna à rapporter que l'incurable soûlon avait rappliqué à la taverne et qu'il s'était encore enivré avec l'argent de sa tante. Émilienne, la plus indignée des sœurs Grandbois, proposa d'établir une entente avec la mère de famille dans les plus brefs délais.

— Bonne idée, Mili! approuva Alida. Comme ça, on va avoir le plein contrôle de l'argent que je donne.

— Je comprends pas pourquoi t'étais si pressé de venir nous raconter tout ça, ronchonna sèchement Héloïse. La prochaine fois, au lieu de nous déranger pour une histoire d'ivrogne, tu attendras au lendemain. Asteure, allons nous coucher.

Au matin, dès l'ouverture du magasin, Émilienne se rendit avec son fils au domicile des Pouliot, porteuse d'une mission hautement humanitaire. Afin de ne pas attiser la convoitise de la miséreuse, elle avait revêtu son vieux manteau de printemps démodé et elle s'était coiffée d'un chapeau à plumes déformé qui avait été écrasé dans l'entassement de sa garde-robe.

La ménagère étira nerveusement sa robe de semaine, replaça une mèche qui lui obstruait la vue et s'empressa vers le vestibule. Elle souleva une latte, promena un regard étonné, repoussa le marmot qu'elle avait aux trousses et ouvrit sans ménagement en faisant claquer le store vénitien.

— Ah ben *mosus* d'affaire! s'exclama-t-elle. J'ai rien acheté puis tu me *ressous* avec une commande.

Comme une image qui se dédouble, retranchée derrière son fils qui la dépassait de deux têtes, l'épicière se montra.

— Faites-vous pas d'*accroires*, madame Pouliot, rétorqua-t-elle. On a rien apporté, mais on a des choses importantes à vous dire pendant que vos plus vieux sont à l'école.

L'indigente repoussa le bambin morveux qui s'accrochait à ses hardes. Pieds nus, l'enfant portait une camisole à laquelle était épinglé un sachet exhalant une forte odeur de camphre et il grignotait une carotte crue.

— T'as encore la guedille qui pend, toi, viens icitte que moman te mouche, ordonna-t-elle.

La mère remonta le bas de sa robe et torcha le nez du petiot. Elle frôla les caisses de bière empilées et les bouteilles de Coke vides, et invita les visiteurs à s'asseoir sur un immense sofa défoncé dans la pièce froide du salon.

— Mettez-vous à l'aise, madame Sansoucy. Que c'est que je peux faire pour vous?

— Écoutez-moi ben, Bertha, ce que j'ai à vous déclarer est un peu délicat. Je pouvais pas vous en parler au magasin devant tout le monde, puis j'y ai pensé à deux fois avant de venir vous voir dans votre logement; c'est un peu gênant, vous savez.

— Envoyez, la mère, aboutissez, taboire!

— C'est rapport à mon mari, je suppose? demanda la nécessiteuse.

L'épicière exposa le problème du mari alcoolique qui dépensait dans une débauche effrénée l'argent donné par sa sœur Alida au détriment de l'achat de victuailles pour nourrir sa famille. D'ailleurs, à cette heure matinale, il était déjà rendu à la taverne. Le pauvre homme avait ses excuses: par désœuvrement, en attendant que reprenne son travail saisonnier au Jardin botanique, il se morfondait dans son minable taudis. D'une certaine manière, c'est son poitrinaire qui s'en tirait le mieux à l'hôpital, avec tous les soins qu'on lui prodiguait.

— C'est pas de ma faute si Zidore m'arrache l'argent des mains pour le boire. Pourtant, ça fait ben des fois que je lui dis qu'il pense juste à lui, que c'est pas correct de faire ça. Je suis même obligée de vendre les bas tricotés par votre sœur en chaise roulante pour acheter un peu de *grocery*. Puis le loyer, on en parle pas, je trouve que le propriétaire est pas mal tolérant de nous endurer des mois sans payer. Que c'est que vous feriez à ma place, madame Sansoucy?

Connaissant l'état de pauvreté de la famille et l'ivrognerie du père, Alida Grandbois avait résolu de verser mensuellement une somme destinée à l'achat de denrées à l'épicerie.

— Bien entendu, madame Pouliot, il y aura pas une damnée cenne pour de la bière, précisa Émilienne.

— Puis je vas même faire votre livraison, renchérit Léandre. Vous pourrez pas dire qu'on veut pas vous aider, taboire! En plus, mon frère Édouard vient vous chercher tous les dimanches pour vous emmener à l'hôpital du Sacré-Cœur voir votre garçon Jérémie.

— Ouan, je suis pas mal chanceuse de vous avoir, concéda la pauvresse. Mais je sais pas comment Zidore va prendre ça…

— Que c'est que vous voulez qu'on vous dise ? rétorqua Léandre. Il prendra ça comme il voudra.

— En tout cas, il y a encore du bon monde, vous remercierez ben des fois votre sœur Alida, madame Sansoucy.

Émilienne et son fils n'avaient pas voulu s'éterniser ; ils regagnèrent le magasin. Alors que l'épicière avait le profond sentiment d'avoir accompli un geste de compassion charitable au nom de sa sœur invalide, le livreur avait apaisé sa conscience : avec sa loterie chinoise et le billard, il avait entraîné le soûlard dans les délires du jeu et se reconnaissait à présent une certaine responsabilité. Cependant, ses agissements portaient aussi à des conséquences qu'il avait mésestimées. Il ne tarderait pas à s'en apercevoir…

Paulette était sur des charbons ardents. Des hommes à l'allure suspecte étaient entrés en demandant à voir le barman de la taverne Archambault. Terrorisée, elle leur avait signifié de s'adresser au père, le boucher qui se tenait dans ses quartiers, au fond du commerce. Afin de ne pas importuner les clientes, les individus s'étaient retranchés dans l'arrière-boutique et devisaient avec Simone.

— On dirait que ça file pas, Paulette, exprima Émilienne. Il y a-tu quelque chose qui va pas ?

— Je voudrais ben vous répondre que ça va, mais il y a quelqu'un ici dedans qui est pas venu pour acheter du bœuf haché. J'ai cru reconnaître le monsieur Morasse qui a déjà volé à l'épicerie pendant le déménagement du piano de tante Héloïse.

Les traits de Léandre se convulsèrent et sa main se moula à la poignée de la porte. Il voulut ressortir aussitôt, mais le visage hostile de Lucien Pitre apparut sur le trottoir pour l'en empêcher. Coincé, il déambula vers l'arrière du magasin où l'attendaient les deux autres voyous de la taverne qui lui avaient donné la chasse.

— C'est drôle comme on se retrouve, dit Dezainde. On dirait que t'as la trouille, ricana-t-il.

— Que c'est que t'as fait de croche encore ? s'enquit l'épicier.

— Touchez pas à mon frère parce que vous allez avoir affaire à moi, s'interposa Simone.

— Toi, la fifille, tasse-toi puis mêle-toi de ce qui te regarde, lui intima Pitre.

Les clientes ne devaient absolument pas se mêler à la conversation qui se déroulait sourdement dans l'arrière-boutique. Émilienne confia son manteau à Paulette et s'avança vers celles que son mari avait délaissées.

Devant l'insistance de Jules Dezainde, le boucher avait consenti à s'asseoir. Entouré de Léandre et Simone, il appréhendait un entretien sérieux avec des gens qui n'entendaient pas à rire. Il avait la poitrine oppressée et son estomac brûlait. Ses doigts se cramponnaient sur la chaise de Simone et ses moustaches sautillaient au rythme de ses pulsations cardiaques. Il avait ce sentiment d'impuissance que ressent celui qui est pris au piège et qui doit avouer son méfait.

Dezainde s'alluma une cigarette et formula son idée :

— J'ai une proposition intéressante à vous faire, monsieur Sansoucy.

Léandre, qui avait trempé quelquefois dans des entreprises douteuses et qui connaissait les manières peu scrupuleuses de Morasse et Pitre, subodorait le genre de proposition du meneur. Le malabar se montrait disposé à assurer avec ses deux camarades la protection de l'épicerie-boucherie contre d'éventuels voleurs moyennant une somme réglable à toutes les semaines.

— C'est du vol ! dénonça vivement Simone. Vous avez pas le droit ! Des plans pour faire crever mon père sur sa chaise.

— Vous pouvez pas m'ôter mon argent de même, protesta faiblement Sansoucy, la lèvre tremblante. J'ai déjà des assurances contre le vol, j'ai pas besoin de vous autres. Léandre, s'écria-t-il, c'est le temps de défendre ton père…

— Puis que c'est qui va arriver si on refuse ? s'enquit Léandre, se doutant de la réponse.

— Vous êtes ben mieux de pas le savoir ! risqua Pitre.

— Je pense que le bonhomme Sansoucy a compris, Lucien, dit Dezainde. Ça fait que, conclut-il, notre travail commence aujourd'hui, puis c'est payable drette-là.

Simone consulta son père du regard et s'achemina docilement à la caisse. Étonnée de voir sa fille au comptoir, Émilienne se mit en frais de chasser les clientes de son magasin.

— Bon, ben, c'est ça, comptez pas les tours, vous reviendrez…

Les dames Grenon et Thiboutot ayant déserté le parquet, Émilienne s'empressa vers le comptoir-caisse.

— Que c'est que tu fais là? demanda-t-elle. Remets ça là tout de suite.

— Ben, p'pa...

— J'ai dit! On leur doit rien, à ce monde-là. Mets l'argent dans le tiroir, je vas aller leur dire qui c'est qui mène ici dedans.

Simone remisa le billet. L'épicière saisit le balai appuyé contre le mur et se rendit à l'arrière, le pas rageur, l'allure menaçante. Elle s'adressa en premier à Morasse et à Pitre:

— Il y a pas une cenne qui va sortir de ce magasin-là, vous m'entendez? Vous deux, vous êtes de la vraie racaille. Dehors! Ouste!

Au milieu des paroles dissuasives de ses enfants et devant l'état lamentable de son mari, elle avait agité son balai en essayant de repousser les deux hommes qu'elle connaissait avant de se rappeler la présence d'un troisième individu. Cependant, le balayage dans les airs n'avait pas effrayé Dezainde qui semblait se moquer d'elle.

— Puis vous, je vous connais pas, dit-elle, mais vous allez déguerpir comme les deux autres, proféra-t-elle.

— Une minute, la bonne femme, c'est pas comme ça qu'on traite avec un gentleman! riposta Dezainde. Posez votre balai de sorcière puis on va discuter tranquillement.

— Ils ont le gros bout du bâton, la mère, on est mieux de faire ce qu'ils nous demandent, déclara Léandre.

Émilienne roula des yeux malicieux sur les trois intrus et s'apaisa, comme si la résignation était venue à bout de sa raison.

— Quand vous allez comprendre de quoi il s'agit, vous allez tout de suite tomber d'accord avec nous autres, badina le meneur.

Comme on l'a expliqué à votre mari puis à vos enfants, à partir d'asteure, on va protéger votre belle épicerie puis toute la marchandise. Puis ça vous coûtera pas cher pantoute...

Sansoucy releva sa tête effarée vers Simone, lui ordonna de retourner à la caisse et de revenir dans l'arrière-boutique. D'autres clientes entrèrent au magasin. Les brigands disparurent par la ruelle.

L'air repentant, Léandre admit qu'il était allé trop loin avec sa loterie chinoise et qu'il s'était attiré les foudres de quelques rancuniers jaloux de son succès. Pour s'amender, il assumerait le coût exigé par les gardiens du commerce.

Chapitre 22

Sansoucy manquait d'entrain. Depuis un bon moment, il ne s'était pas rendu à la taverne. C'est dire à quel point il parvenait à supporter ses belles-sœurs en traversant ordinairement ses soirées à se bercer près du perroquet empaillé et en fumant sa pipe. Son ami Philias avait trépassé; le jour, il n'avait même plus le goût de s'asseoir au damier pour disputer en solitaire une partie imaginaire. La sage et aimante Irène n'était plus là pour répandre sa douceur, tempérer et contenir ses emportements. Placide semblait mener une bien drôle de vie avec ce journaliste de *La Patrie*. Et un autre désagrément venait de s'ajouter à son chapelet de contrariétés. Léandre subissait maintenant les conséquences de ce qui n'avait pas été qu'une insignifiante fredaine. Il en ressentait les contrecoups fâcheux. Émilienne voyait décliner son mari. Mais elle se refusait à le laisser ainsi dépérir.

— Que c'est ça?

— C'est un tonique pour te donner de l'énergie, dit-elle. Loïse m'a fait penser qu'elle prend ça pour se remonter quand elle a des faiblesses.

— Ça vient pas de la pharmacie Désilets, c'est une recette de grand-mère, expliqua Héloïse. On commence par faire bouillir de l'eau avec du sirop de blé d'Inde BeeHive puis du jus de citron pendant cinq minutes; après, on ajoute deux cuillérées à thé de crème de tartre, et on laisse refroidir dans la glacière.

— J'en veux pas! rétorqua-t-il, repoussant la tasse.

— Tu devrais en prendre, en plus ça ferait du bien à ton estomac, dit Alphonsine.

Alida opina dans un hochement de tête.

— Que c'est que vous avez toutes à m'achaler? maugréa-t-il.

Sansoucy se leva brusquement de sa berçante et décrocha son paletot.

— Où c'est que tu vas, donc? T'es pas pour retourner à la taverne! s'exclama Émilienne.

— Je vas aller prendre un autre genre de remontant.

Le manteau sur le dos, l'épicier chaussa ses par-dessus et se releva, la figure cramoisie. Puis, sous le regard désapprobateur des femmes, il quitta son logis.

— Il doit vraiment pas *filer* pour sortir de même, commenta Héloïse. Pour moi, on le fatigue plus qu'on pense, insinua-t-elle.

— Changement de propos, mesdemoiselles, on devrait faire notre pratique de chant, décida Émilienne, éludant le sujet.

— Il y aura pas de changement de propos, Mili, riposta Héloïse. Tu nous caches quelque chose encore. Théo est pas dans son état normal, ces temps-ci. On a ben le droit de savoir, on est tes sœurs puis on vit dans la même maison, après tout. Il est-tu arrivé de quoi de grave au magasin, coudonc?

Manifestement, les observations d'Héloïse exigeaient une réponse. Devant les regards incisifs qui l'interrogeaient, Émilienne ne pouvait se défiler.

Au début, elle parut évasive. Elle savait le peu d'empathie de ses sœurs envers Léandre. Pour le compte de la taverne Archambault, son fils avait tenu une loterie chinoise qui avait rapporté de belles sommes à leurs organisateurs. Cependant, la déception ayant fait son œuvre, des participants désappointés avaient décidé de récupérer d'une certaine façon les montants perdus. Ces mécontents réclamaient maintenant de l'argent pour protéger le commerce de son mari. C'était la faute de Léandre, c'était donc lui qui devait payer. Mais Théodore demeurait tourmenté par la déplorable situation qui risquait de s'envenimer.

— Il faudrait que la police s'en mêle, commenta Alphonsine. J'ai bien peur qu'après l'épicerie les malfaiteurs s'en prennent à mon magasin de coupons...

— Là t'es en train de grimper dans les rideaux, Phonsine, rétorqua Héloïse. Laissez donc Léandre s'arranger avec ses troubles, ça lui apprendra à tremper dans ses *mautadites crocheries*.

— J'aurais dû me taire, aussi, dit Émilienne d'une voix altérée.

— Non, non, t'as bien fait de nous en parler, Mili, rétorqua Alida. Ce genre de choses-là, on garde pas ça pour soi. On est là pour t'aider, nous autres, tes petites sœurs ; c'est pour ça qu'on forme une famille. Léandre est dans une mauvaise passe, mais il est assez intelligent pour s'en sortir. Il faut avoir confiance...

En entrant dans la taverne sombre, Sansoucy cligna des yeux et promena un regard désabusé pour voir s'il reconnaissait quelqu'un avec qui s'attabler. Comme il s'y attendait, les trois comparses l'avaient repéré et l'un d'eux manifesta sa présence :

— Tiens, notre épicier préféré qui nous revient ! lança Maurice Morasse.

Le marchand crispa la mâchoire en jetant un œil torve à Jules Dezainde, Lucien Pitre et celui qui l'avait interpellé. Il déboutonna son paletot, alla se hisser sur un tabouret et ôta son chapeau qu'il posa devant lui sur le comptoir. Un linge à la main, son fils essuyait des verres en faisant semblant de ne pas l'avoir vu.

— Fais pas l'innocent, Léandre ! J'ai beau être ton père, mais je suis un client comme les autres.

Sansoucy commanda une boisson forte et se mit à parler des trois indésirables qui devisaient à une table. Il exprima son désarroi de voir son magasin ainsi pris en otage. Jamais il n'aurait pensé être à la solde de semblables «crapules». À nouveau il songeait à vendre son commerce, à se libérer de toutes les entraves qui le minaient. Il se prit à penser à sa fin, aux remords qui le tenaillaient depuis la naissance de Marcel, au dernier article qu'il avait lu sur le frère André. Des fervents avaient prélevé des éclisses de bois de son cercueil pour en faire des reliques, tandis que lui, simple commerçant de quartier, reposerait six pieds sous terre dans sa bière et personne ne se soucierait d'en conserver la moindre ébréchure.

Léandre réalisa que son père était absorbé dans ses pensées. Il lui rappela qu'il assumait les conséquences de ses actes, qu'il travaillerait le temps qu'il faudrait à la taverne.

— Si vous avez choisi de vous bercer en fumant votre pipe le restant de vos jours avec la mère puis les matantes, c'est votre affaire, débita-t-il. Vous avez de bonnes années devant vous, laissez-vous pas abattre…

Attiré par le bruit qui provenait de la salle de billard, Théodore se déporta dans la pièce attenante. Le jeu était sérieux. Isidore Pouliot venait de lancer sur le tapis vert un billet de banque et s'apprêtait à jouer un coup.

La décrépitude humaine lui procura un sentiment d'impuissance. Il regagna sa demeure.

* * *

La conversation qu'il avait eue avec son fils l'avait quelque peu rasséréné. Lentement, avec le printemps et ses journées soleilleuses qui s'étiraient, il se départait de son humeur chagrine et reprenait des forces. Cependant, les vieilles filles Grandbois s'accordaient pour dire que leur beau-frère ne remontait pas assez vite la pente sur laquelle il avait glissé.

Une autre soirée semblable à la précédente commençait. Les femmes étaient à la vaisselle. Sansoucy s'était installé dans sa berçante et feuilletait *La Patrie*. À tout hasard, Alida s'aperçut que l'homme lorgnait la page des spectacles. Elle risqua une proposition :

— Ça vous ferait du bien, une petite sortie au théâtre.

— On sort jamais, Théo, s'enthousiasma Émilienne. Lida vient d'avoir une saprée bonne idée.

— On est bien ici dedans, répondit l'épicier, sans conviction. Puis vous le savez, le tramway, c'est long, puis les taxis sont pas mal chérants.

— D'abord, t'as juste à demander à Léandre, il te chargera pas une cenne de gazoline pour vous amener, rétorqua Alphonsine.

— Madame Sing m'a souvent recommandé de visiter le Quartier chinois. Tant qu'à y être, à l'heure que Léandre va nous reconduire, on va avoir le temps de faire un tour. On prendra un taxi pour se rendre au théâtre après, dit Émilienne. Puis à la fin de la soirée, notre gars va revenir nous chercher.

Sansoucy paraissait considérer les arguments. Avant la venue des beaux soirs où il pourrait se bercer sur sa galerie, il entrevoyait une période pantouflarde de quelques jours. Émilienne lança son linge de vaisselle sur le coin de la table et lui encercla le cou.

— Dis oui, Théo ! insista-t-elle.

Penchée au-dessus de son mari, elle lui caressait l'épaule en scrutant les colonnes du journal. Héloïse se gourma et emprunta un ton moralisateur :

— Vous avez pas honte de vous minoucher de même devant nous autres comme des amoureux ? demanda Héloïse.

Émilienne se redressa. On annonçait entre autres la programmation à l'affiche du Saint-Denis, du Capitol, de l'Impérial, du Loew's, du Palace et du Princess. L'illustration d'une scène du Cinéma de Paris attira son regard.

— On va au Cinéma de Paris, décida-t-elle. C'est un film avec Madeleine Renaud et Jean-Louis Barrault. Dora Robidoux...

— Elle est pas dans le film, elle, toujours ? J'ai ben assez de la voir le jour au magasin sans la voir en plus le soir ! badina-t-il.

— Ben non, espèce de fou ! répartit Émilienne. C'est elle qui m'a dit que c'était bon, ce film-là. Madeleine Renaud, c'est une grande actrice française de France. Elle doit être ben bonne s'ils ont fait plusieurs films avec elle. Puis Jean-Louis Barrault, il paraît qu'il est pas laid pantoute.

Le lendemain soir, Léandre larguait ses parents en plein *Red Light* et retournait à son travail à la taverne.

Comme deux hébétés, figés dans la brume épaisse qui enveloppait le quartier asiatique, les Sansoucy étaient plantés au bord de la rue de La Gauchetière en se demandant quel côté prendre. Devant eux, des vitrines sales et des murs placardés de lambeaux de papier jaunis où se distinguaient encore des signes chinois peints en vermillon. Sous la lumière blafarde des réverbères tremblotants, une cigarette pendue aux lèvres, deux Chinois appuyés dans l'embrasure d'une porte jetaient des yeux malins. Tout près, trois jeunes filles blanches riantes et un peu éméchées sortaient d'un bouge en se tenant par la taille et disparaissaient à l'angle d'une ruelle. Dans l'ombre d'un porche, la silhouette d'une racoleuse se détachait de l'obscurité. Derrière eux, un Chinois portant un chapeau semblable à un abat-jour halait un tombereau bondé recouvert d'une bâche qui frôla Émilienne. L'épicière se tourna promptement vers le pavé.

— Qu'est-ce que t'as ? s'inquiéta Sansoucy.

— On va appeler un taxi, décida Émilienne, j'en ai assez.

— Eille ! Tu voulais venir dans le Chinatown pour voir des messieurs puis des madames Sing, ben on y est asteure. Puis je veux pas être trop en avance au théâtre. Ça fait qu'on va fouiner un peu avant de partir.

Ils s'engagèrent sur le trottoir. Entre les buanderies fumantes de vapeur et les cafés obscurs, des échoppes étalaient des oignons, des légumes ratatinés et des harengs saurs. Piquée par la curiosité, l'épicière entraîna son mari dans une boutique.

Sitôt que le couple franchit le seuil, une forte odeur rance le prit à la gorge. Sur le comptoir de bois brut, de vieilles chaussures mêlaient leur relent de cuir tanné aux lainages suspendus aux solives. Dans un désordre de caisses, des fruits, des légumes, du riz, des coquillages. Sur des tablettes poussiéreuses accrochées au mur, des chandeliers de cuivre terni, des casseroles étamées, de vieilles assiettes peintes et des fioles contenant des liquides aux propriétés inconnues.

Dans l'ambiance vaporeuse, pendant qu'Émilienne examinait un vêtement au ramage coloré accroché à un cintre, Théodore observait le chat dénudé couché en rond près du poêle de fonte.

À la lueur pâlotte d'une lampe à huile, un visage parut et baragouina quelques mots. Effrayée de voir surgir la Jaune, Émilienne agrippa une boîte de cirage à chaussures, lança un billet sur le comptoir et, sans attendre la monnaie, sortit en catastrophe du magasin. Théodore la rejoignit dans la rue.

— Avec la piasse que t'as donnée, Mili, va falloir marcher, asteure.

Les Sansoucy quittèrent ce coin d'Orient et atteignirent le Cinéma de Paris, à bout de souffle, exténués, comme s'ils avaient traversé la ville dans toute sa longueur.

Émilienne poussa la lourde porte et entraîna son mari dans le hall orné d'immenses affiches lumineuses. Une préposée à la chevelure auburn emprisonnée dans une grosse boîte verticale leur adressa un sourire glacé.

— Ça doit être plate en taboire, dit Sansoucy. Même la vendeuse de billets a l'air de s'ennuyer.

Émilienne s'approcha timidement de l'employée.

— Pardon, mademoiselle ! Est-ce qu'il y a bien une représentation ce soir ?

— Vous avez besoin de vous dépêcher, ça va commencer d'une minute à l'autre, madame.

Émilienne se tourna vers son homme et lui fit signe de se presser. Sansoucy puisa dans sa poche en lisant l'affichette apposée au-dessus du guichet.

— Trente-cinq cennes chacun à part de la taxe, ça a besoin d'être bon parce que je vas demander un remboursement, affirma-t-il.

Le couple s'engouffra dans l'obscurité de la salle. Afin de ne pas déranger les spectateurs, Émilienne s'avança de quelques pas dans l'allée et enleva son manteau, qu'elle plia sur le bras qui tenait son sac à main. Elle se tourna vers son mari en l'enjoignant de faire comme elle. Mais il refusa, prétextant qu'il avait peur d'avoir froid.

— Ôte ton chapeau au moins, lui intima-t-elle d'une voix intelligible.

— On est pas à l'église ici dedans, l'obstina-t-il.

On entendit d'innombrables chuts réclamant le silence. Toute une rangée se leva pour laisser passer le couple. Un jet de lumière se dirigea sur eux.

— Les places sont pas mal occupées en arrière, dit une voix de jeune homme, suivez-moi.

Une rumeur de mécontentement monta dans l'assistance. Guidés par le placier, ils se dirigèrent plus près de la scène et se glissèrent dans une rangée avant de s'écraser sur un siège.

Émilienne était captivée par l'héroïne, une femme admirable aux prises avec le quotidien. La représentation se déroulait depuis une demi-heure quand le ronflement sonore de Théodore s'éleva dans la salle.

De sourds murmures de protestation s'amplifièrent. Du fond de la salle, un technicien braqua un projecteur sur le couple. Le gérant s'amena, flanqué de deux employés.

— Par ici, s'il vous plaît, ordonna gravement l'homme à la physionomie sévère.

Émilienne enfonça brusquement le coude dans les côtes de son mari, qui se réveilla.

— Il faut qu'on s'en aille, Théo, ils nous mettent dehors, lui dit-elle.

Abasourdi, Sansoucy se leva, ramassa son paletot qu'il avait fini par enlever et, bien encadré par la délégation, se dirigea dans le hall avec sa femme. En rogne, il s'adressa au gérant.

— J'exige un remboursement, proféra-t-il.

— Vous ne devez pas connaître les règlements d'une salle de cinéma, rétorqua le patron de l'établissement : un spectateur est passible d'expulsion sur-le-champ s'il dérange la représentation.

— Je vas me plaindre, protesta l'épicier.

— C'est moi qui reçois les plaintes, monsieur. Je vous demande poliment de quitter les lieux, sinon j'appelle la police.

— Ah ! ben, taboire !

— Théo, viens, on s'en va, dit Émilienne avec humeur.

Il était trop tôt pour que Léandre vienne les ramasser. Ils sortirent dans la rue. Des taxis étaient stationnés devant l'édifice. Ils regagnèrent leur domicile.

Les trois vieilles filles s'étaient préparées pour la nuit. Elles avaient revêtu leur jaquette, s'étaient débarbouillé le visage, avaient enlevé leurs lunettes, et leurs dentiers trempaient dans un verre d'eau. Marcel n'était pas revenu de chez Amandine. Elles avaient occupé la maison avec le sentiment qu'elle leur appartenait. Chacune dans son coin, elles s'étaient adonnées à une occupation. Héloïse s'était bercée dans la chaise de son beau-frère en tenant compagnie à son perroquet Nestor. Alphonsine s'était retirée avec le journal dans la pièce reconvertie en boudoir depuis le départ d'Irène, et Alida avait regardé les albums de photos de la famille au salon.

Pour une fois, elles se mettraient tôt au lit. Leur sœur raconterait son film le lendemain au déjeuner. Pour l'heure, elles sapaient tranquillement leur thé autour de la table de cuisine afin de faire descendre leur souper le plus loin possible. Émilienne et Théodore apparurent, blêmes comme des spectres ambulants.

— Grouillez pas! s'écria Alphonsine.

Elle recula sa chaise et la traîna vers Émilienne qui s'y laissa choir pesamment. Mais Alida crut que son beau-frère était plus affaibli que sa sœur. Elle abandonna son fauteuil roulant qu'Alphonsine approcha de lui.

— J'aime mieux tomber que de m'asseoir là-dedans, refusa-t-il.

— Il faut ben s'appeler Sansoucy pour être buté de même, commenta Héloïse. Envoye, Théo, assis-toi avant qu'on te ramasse sur le plancher…

La mine résignée, l'épicier roula sans aide jusqu'au seuil de sa chambre. Puis il se leva, fit quelques pas incertains et s'allongea sur son lit.

Héloïse avait tiré la porte de la chambre conjugale et elle était revenue en poussant le fauteuil roulant auprès d'Alida. Émilienne avait retrouvé un semblant de force et elle était à raconter l'indignation qu'elle venait de subir au Cinéma de Paris.

— Quand je vous ai vus pousser la porte, j'ai tout de suite pensé que vous aviez pas aimé le film, que Madeleine Renaud était pas si bonne que Dora Robidoux l'avait dit, mentionna l'impotente.

Émilienne acheva de rapporter l'incident du cinéma.

— C'est ça qui arrive quand on sait pas se comporter en public, dit Héloïse.

— Je regrette d'être allée me promener dans le monde de monsieur Sing, c'est là que les problèmes ont commencé, précisa Émilienne.

Puis elle relata leur incursion sordide dans le Quartier chinois, leur marche épuisante pour s'acheminer à la représentation cinématographique. À la fin, d'un commun accord, il fut convenu qu'on devait se coucher.

Son travail terminé à la taverne, Léandre ne pouvait s'attarder au billard ; il devait se rendre au Cinéma de Paris.

Au moment où il arriva devant l'établissement, un flot de cinéphiles battait les portes et se dispersait sur le trottoir, se ruant vers les taxis garés ou se précipitant vers les arrêts de trams. Le Fargo se gara devant l'édifice.

«Je suis juste à temps», pensa Léandre.

La foule achevait de se déverser à l'extérieur et de se diluer dans la nuit, et ses parents ne paraissaient pas. Il descendit dans la rue et pénétra dans l'immeuble. Quelques amateurs s'attardaient à commenter le film dans le hall. «Ils doivent être aux toilettes», songea-t-il. Un employé en livrée arborant une énorme moustache retroussée aux extrémités survint en agitant un trousseau de clés.

— On ferme, monsieur.

— Vous n'auriez pas vu un vieux couple dans la cinquantaine ?

— Je viens de faire ma tournée et j'ai vu personne.

Léandre échappa une bordée de jurons grossiers qui retentirent dans le hall et retourna précipitamment dans la rue Adam.

Il frappa avec insistance chez ses parents. Secouée dans son sommeil, Alphonsine, la moins timorée des demoiselles Grandbois, s'approcha de l'entrée avec une poêle à frire. Elle avait entendu Marcel rentrer ; ce ne pouvait être lui. Elle se devait de braver avec courage la situation. Mesurant la lenteur de son geste, elle tourna la poignée et ouvrit brusquement.

— Eille, matante ! Que c'est que vous faites là ? s'écria le chauffeur, en se protégeant la figure avec les bras.

— Bonyenne ! Je pouvais pas savoir qui c'est qui rôdait dans l'escalier.

L'arrivée fracassante de Léandre avait alerté les trois autres femmes de la maison. Elles se tenaient dans l'encadrement des portes, le visage livide, leur bouche édentée tremblante.

— C'est rien que Léandre ! lança Alphonsine.

— Ma foi du bon Dieu ! s'exclama Émilienne, on a oublié de l'avertir.

Elle s'approcha piteusement de son fils.

— Que c'est que vous avez pensé, la mère ? demanda-t-il. Puis le père, il est pas mieux que vous, il doit dormir sur ses deux oreilles.

Elle bredouilla des excuses qu'elle le supplia d'accepter en son nom et en celui de son mari. Il lui recommanda de se recoucher et de tirer vers elle la « couverture » de la journée.

Au matin, habité par la déception de son voyage infructueux, Léandre se présenta au travail avec un peu de retard. Il avait pardonné à sa mère son omission, mais il nourrissait envers son père une petite rancune. À la taverne, on avait discuté d'une baisse probable des tarifs d'électricité. En tant que locataire, il se trouvait bien placé pour exiger une baisse de son loyer. Du reste, cela lui permettrait d'affronter plus facilement le montant hebdomadaire promis aux «protecteurs» du commerce.

Le boucher avait entrepris la fabrication de saucisses. Pour la corvée, il avait demandé à Simone de l'assister plutôt qu'à Marcel, moins serviable pour ce genre d'ouvrage. Marcel, lui, laverait le moulin. Simone venait de mettre à tremper des tripes dans l'eau tiède. Léandre se rendit à la boucherie.

— Et puis, le père, vous avez passé une belle soirée, hier? le taquina-t-il, en sollicitant de l'œil le regard de sa sœur. Je sais pas si vous avez eu le temps de lire les journaux ces jours-ci, mais supposément que les coûts de l'électricité vont diminuer de 15%.

— Pis?

— Pis ça veut dire que ça va me coûter moins cher de loyer, cibole!

— Si ça te fait rien, on va attendre; la loi est pas adoptée encore, mon garçon. La Commission de l'hydro va d'abord se pencher sur la question. Pour le moment, va donc répondre à Isidore Pouliot; je suis à peu près sûr qu'il va donner du fil à retordre à ta mère.

Léandre s'aligna vers le comptoir. Émilienne et Paulette semblaient contentes de le voir intervenir.

— Que c'est qu'on peut faire pour ton bonheur, mon Pouliot? s'enquit-il, l'air cabotin.

— Je prendrais une caisse de Molson.

— Évidemment, c'est pour faire marquer, railla Léandre. Quand est-ce que tu vas comprendre ? Ça fait ben des fois qu'on te le dit : ta femme a un compte ouvert pour du manger, pas pour acheter de la bière !

— Ben d'abord je vas la prendre ailleurs !

— Tout le monde te connaît dans le quartier, il y en a pas un qui va te faire crédit, proféra-t-il, avant de se tourner vers les caissières. À part de ça, je me demande où c'est que tu prends ton argent pour boire à la taverne. Taboire qu'il a la tête dure !

Émilienne était d'avis que l'ivrogne devrait penser à l'achat de bottines pour ses enfants qu'elle voyait parfois revenir de l'école en traînant leurs savates percées devant le magasin. Combien de fois s'était-elle retenue de faire entrer des petits que la vie avait jetés dans une indigence matérielle, et de leur offrir la chaleur de son poêle et quelque nourriture, sachant que, dans la froideur de leur misérable logement, ils n'auraient qu'un morceau de pain à tremper dans une soupe claire pour tenir jusqu'au lendemain ? Mais il y avait pire. Dans certaines familles, on s'éclairait à la bougie et on se couchait par terre, faute de lits. Et que dire de secteurs de la ville où la grouillante vermine des écuries causait la peste des rats. Elle ne put s'empêcher de repenser à Jérémie qui, en quelque sorte, était maintenant à l'abri de cette déplorable misère.

Léandre était planté derrière la vitrine et regardait s'éloigner Isidore Pouliot. De ses quartiers de boucher, son père avait remarqué que le client tenace avait repris la rue. Il voulut délaisser son chantier de saucisses pour le remercier. Mais sa femme le devança.

— C'est fin pour moi de t'être débarrassé de lui. J'en ai pitié, mais que veux-tu, on refera pas le monde. Changement de propos, comme je te connais, je sais qu'il y a de quoi d'autre qui te tracasse, exprima-t-elle d'une voix altérée. Tu peux m'en parler si tu veux ; je suis ta mère, après tout.

— C'est cette histoire de surveillance. C'est à soir qu'on va me réclamer la somme. J'ai l'impression de payer Dezainde puis ses deux morons de Pitre et Morasse pour absolument rien, puis ça me met en taboire! Le jour, la nuit, à chaque fois que je regarde dehors, je vois personne qui a l'air de protéger notre magasin. Je vous le dis, la mère, si je me retenais pas...

— Fais ben attention à ce que tu vas faire, mon beau Léandre! À ta place, je me méfierais de ces trois agrès-là...

— Faites-vous-en pas, la mère, j'en ai déjà vu d'autres...

Le fils embrassa sa mère sur le front, s'alluma une cigarette et retourna à son ouvrage.

Tout le long de la journée, il sembla distrait, l'esprit obnubilé par une façon de briser la chaîne qui le reliait à des malfaiteurs. À deux reprises, il se trompa d'adresse, évita de justesse de causer un accident de la route. Il avait le sentiment de perdre ses moyens, lui qui avait ordinairement la tête si solide et une assurance à toute épreuve. Afin de se remettre les yeux vis-à-vis des trous, il fit un crochet par l'*Ontario's Snack-bar* et avala deux cafés noirs en jasant avec Lise. C'est après être reparti du casse-croûte qu'une idée germa dans son cerveau. Il estimait que son plan n'était pas génial. Mais il valait la peine d'être exécuté.

Les beaux-frères s'étaient acheminés ensemble à la taverne où l'agent de la Sun Life les avait rejoints. Il régnait une ambiance amicale, presque fraternelle. En temps habituel, le tenancier aurait dû s'en réjouir. Les affaires étaient bonnes et les buveurs lui occasionnaient moins de problèmes. C'était comme si l'approche du printemps dissipait toutes les tensions et toutes les mésententes qui avaient pu exister au cours de l'hiver. Pourtant, Léandre avait prévenu son patron qu'il devait se tenir prêt à appeler la police. Au cas où la rencontre prévue avec les individus malveillants tournerait mal. Avec ses camarades accoudés au comptoir, il ressentait la présence oppressante des trois indésirables. La mâchoire tendue, il observait David gonfler ses muscles et Hubert, un verre à la main, trembloter sur son tabouret.

Dezainde, Morasse et Pitre avaient disputé quelques parties de billard en prenant un coup. Ils avaient dépensé frivolement, et plus que de coutume, en pensant qu'ils pourraient se renflouer avec la somme promise par le barman. Ils quittèrent le jeu et parurent dans la grande salle. Dezainde s'approcha du bar.

— C'est à soir que c'est dû ! rappela-t-il d'un ton peu conciliant.

— Ben t'auras pas une maudite cenne de plus, mon homme, répliqua Léandre, la lèvre retroussée.

La physionomie de Dezainde s'assombrit. Il se tourna vers ses amis qui s'approchèrent aussitôt.

— Le garçon de l'épicier veut pas payer, les gars, grommela-t-il.

— Tu te sauves pas comme l'autre fois ? dit Morasse.

Le tenancier couvait son employé du regard et subodorait la suite.

— On va régler ça autrement, risqua Léandre, en dardant une œillade complice à son patron.

Archambault décrocha le cornet acoustique en fixant les magouilleurs avec des yeux menaçants.

— Je veux pas de grabuge dans ma taverne, dit-il. Moi, les *faiseux* de troubles, j'en veux pas dans mon établissement. Si vous laissez pas mon employé tranquille, je téléphone au poste…

Entre-temps, des flâneurs s'étaient attroupés près du bar et le billard s'était vidé de ses joueurs. Isidore Pouliot intervint et s'adressa aux fauteurs :

— Vous êtes ben mieux d'écouter le patron, parce que vous allez être sur sa liste noire puis vous aurez plus jamais le droit de rentrer ici dedans, menaça-t-il.

Léandre lança un œil reconnaissant à l'ivrogne. Le conflit était désamorcé. Les trois comparses retournèrent au billard.

Les empoignades et la bagarre étaient évitées. Cependant, le différend qui l'opposait aux «protecteurs» de l'épicerie n'était pas réglé pour autant. À présent, les prévisibles représailles étaient à craindre. Léandre savait comment les affronter. Pour l'heure, il se satisfaisait de la tournure des événements. Escorté par David et Hubert, il rentra paisiblement chez lui.

— À soir, je découche! déclara-t-il.

— Tu m'annonces ça de même, comme si de rien n'était! réagit Paulette.

— Ben non, tu sais ben que je te ferais pas ça, ma belle, c'est une manière de parler. Mais je vas coucher au magasin, par exemple.

— Ton beau-frère est-tu sérieux quand il parle de même? demanda Paulette à David.

— On sait pas toujours quand est-ce qu'il dit la vérité, mon frère, commenta Simone.

Léandre exposa la suite de son plan. Le temps qu'il faudrait, il logerait au commerce de son père pendant la nuit. À la suite de la rebuffade qu'ils venaient d'essuyer, Dezainde et ses amis tenteraient assurément de rappliquer à l'épicerie.

— Tu vas être sur le gros nerf à pas dormir puis à te demander s'ils vont venir, rétorqua Paulette.

— Je sais ben, argumenta Léandre, mais j'ai pas d'autres moyens de les attraper. Comme ça, je vas les prendre la main dans le sac, puis la police va les épingler en un rien de temps. En tout cas, s'il y a quelqu'un ici dedans qui trouve une meilleure idée, je suis ben prêt à l'écouter.

Léandre alla souffler un baiser à son petit Charlemagne, rassembla des oreillers et des couvertures, et amorça le pas vers la sortie de l'appartement. Paulette se braqua devant lui, le dos appuyé contre la porte, la bouche pleine de désir.

— Il y a pas rien que ton enfant qui compte, réagit-elle, moi aussi je suis là.

Léandre déposa un baiser suave sur les lèvres que l'amour avait désertées depuis plusieurs jours et descendit au magasin.

La nuit s'était écoulée dans un demi-sommeil, Léandre avait eu l'oreille attentive à la brisure du silence, la respiration suspendue aux moindres bruits. Emmuré dans l'arrière-boutique, au ras du sol aussi bien qu'au troisième étage de l'immeuble, il était familier avec les miaulements enroués de chats et les promenades nocturnes de chiens errants. De temps à autre, dans la faible lueur des lampadaires qui s'infiltrait au commerce, il s'était approché des vitrines pour scruter les alentours. En apparence, son camion était davantage en sécurité au bord de la rue que dans les ténèbres de la ruelle.

Puis le matin pénétra dans sa modeste chambre et l'obligea à se lever. Il remonta au logis pour faire sa toilette, s'habiller de vêtements frais et déjeuner. Il avait peu à raconter si ce n'est qu'il était courbaturé comme un vieillard et qu'il fallait continuer d'être vigilant. Mais Simone redoutait un désordre dans son petit univers.

Son bureau était recouvert d'un tas immonde à ses yeux. Furieuse, la tête entre les mains, elle attendait son frère dans un état de vive agitation. Émilienne et Théodore surgirent dans l'embrasure.

— Pour l'amour, Simone, veux-tu ben me dire ? dit l'épicière.

— Regardez-moi donc ça, on dirait un ouragan qui a fait ses ravages dans mes affaires.

— Que c'est que ça fait là, ce paquet de guenilles bouchonnées sur ton bureau? s'enquit Sansoucy.

— Ben figurez-vous donc que je m'en doute, rétorqua la commis.

La moue dédaigneuse, Émilienne allongea la main, tourna légèrement la tête en soulevant une couverture sale du bout des doigts.

— C'est donc pas propre, ça! À qui ça appartient?

Léandre parut.

— C'est moi, le coupable, admit-il. J'ai passé la nuit ici dedans au cas où Dezainde, Morasse et Pitre retontiraient parce que j'ai refusé de les payer pour leur supposée surveillance pas faite. Puis j'ai pas le goût de vous entendre chicaner, exprima-t-il.

— Arrange-toi pas pour manger une volée! dit Émilienne. Il y a personne qui te demande de faire le travail de la police. Puis toi, Simone, c'est pas de même que je t'ai montré à laver du linge. Regarde-moi ça, quand c'est grisâtre de même, c'est parce que ça a pas brassé assez longtemps. Asteure, va falloir faire tremper ça dans l'eau de Javel; c'est pas juste bon pour les toiles puis les cotons, ça désinfecte aussi. Tu te monteras une bouteille de La Parisienne, aujourd'hui.

Chapitre 23

Quelques nuits s'égrenèrent ainsi dans le confort rudimentaire de l'arrière-boutique. Chaque soir, après son ouvrage à la taverne, Léandre se rendait au logis pour embrasser Paulette et Charlemagne, et redescendait à l'épicerie. Les trois indésirables se montraient régulièrement au débit de boissons et réclamaient leur «dû», mais rien ne laissait présager leur incursion prochaine au magasin. Et chaque matin, le surveillant rapportait que les heures nocturnes lui pesaient, qu'il était à la veille de mettre un terme à sa pratique singulière. Néanmoins, avant de l'abandonner, il avait songé à se procurer de l'agrément. Une sève printanière bouillonnait dans ses veines. Des pensées lubriques lui avaient trotté dans la tête. Il avait invité l'ancienne compagne de travail de Simone.

Pour sa deuxième nuit consécutive avec Lise, Léandre venait de réintégrer son réduit solitaire et de préparer sa couche. Ils s'étaient promis d'autres moments inoubliables à s'échanger des caresses, à chercher les plus belles sensations. Elle lui avait signifié qu'elle ne pourrait pas se prêter à ce jeu amoureux trop souvent, qu'ils couraient un danger d'être surpris par un membre de la famille et qu'elle n'avait pas aimé quitter son lit en catastrophe au petit matin. En attendant qu'elle arrive, il avait jeté quelques rondins pour attiser le poêle et il était retourné dans l'arrière-boutique. De là, il s'était allumé une Sweet Caporal et surveillait la ruelle à travers les crevasses de l'obscurité.

On frappa aux carreaux. Le visage de la serveuse surgit. Elle était d'une pâleur livide et semblait en proie à un intense affolement. Elle entra et largua son grand sac à main sur le bureau de Simone.

— Prends le temps de souffler, Lise.

Une main sur sa poitrine haletante, elle essayait de formuler des mots brefs qui ne venaient pas. Aussitôt, une crainte la reprenait et la pliait en deux, l'empêchant d'exprimer la profondeur de son désarroi.

— J'ai vu deux hommes qui rôdaient sur la façade du magasin et un troisième qui avait l'air de sonder la porte, livra-t-elle d'une voix terrifiée.

— Bon, ben, tu restes ou tu décampes? Décide!

La tête éperdue, ses yeux passèrent alternativement de la ruelle à la façade. D'une manière ou d'une autre, elle ne voyait pas comment elle échapperait aux malfaiteurs. Elle se rua sur lui.

— Je vas rester, affirma-t-elle.

— D'abord, va te cacher dans la cave. Moi je vas appeler...

La serveuse se précipita au sous-sol de l'immeuble. Les doigts nerveux, Léandre décrocha l'appareil et composa le numéro du poste de police.

Un des cambrioleurs avait forcé la serrure et avait réussi à s'introduire. Plutôt que de se terrer dans un recoin et attendre que les représentants de l'ordre interviennent, Léandre s'élança avec impétuosité vers l'avant de l'épicerie. L'intrus s'était emparé du balai appuyé contre la colonne et frappait à grands coups sur les tablettes.

— Eille, Morasse, arrête de *varger* dans le stock comme un malade! tonna Léandre.

Le fils de l'épicier fondit sur l'homme avec furie et l'empoigna au collet. Dans son emportement, Morasse avait lâché l'ustensile de ménage et se débattait vigoureusement. Les yeux injectés de sang, Léandre le recula contre le comptoir-caisse sur lequel il l'étendit de tout son long.

— Tu vas payer pour, mon taboire! dit-il, enragé.

Il retenait son adversaire allongé qu'il dominait avec la force de ses poignets.

Entre-temps, désarçonnés par ce qui se déroulait à l'intérieur de l'établissement, les deux compagnons avaient pris leurs jambes à leur cou. Au sous-sol, Lise s'était tapie sous l'escalier. Elle se remémora ses ébats torrides de la veille et ceux plus lointains qu'ils avaient partagés le jour dans la cave. Blottie contre les décorations de Noël, elle priait le petit Jésus afin qu'il la délivre de son mauvais pas. Elle songea à s'enfuir, à se sauver par la ruelle, pour éviter à son amant le risque de gênantes explications. Lui-même avait été imprudent. Il avait cédé à ses incontrôlables pulsions instinctives. Quoi qu'il advienne, Paulette et les habitants de l'immeuble ne devaient pas être mis au courant de sa présence. Elle résolut de déguerpir.

Le lieutenant Whitty, accompagné de deux agents, fit irruption à l'épicerie-boucherie. Les constables Lefebvre et Poisson se précipitèrent sur le pillard maintenu sur le comptoir-caisse et le maîtrisèrent rapidement.

— Emmenez-moi ça au poste, ordonna Whitty. Décidément, on est dû pour se rencontrer dans différentes circonstances, Sansoucy.

— Que c'est que vous voulez que je vous dise, lieutenant? On choisit pas ses malheurs…

Léandre raconta que trois crapules, Jules Dezainde, Maurice Morasse et Lucien Pitre, lui avaient soutiré un montant en échange de la protection du commerce, et il jura qu'il avait affaire à des profiteurs, que cela n'avait aucun rapport avec la défunte loterie chinoise. Jusqu'à ce jour, il n'avait pas fait appel à la police, qui ne l'aurait pas cru s'il avait déclaré un tel stratagème. Après avoir souscrit à quelques reprises à leur demande, il avait refusé de continuer à payer. Tout naturellement, il s'attendait alors à une réaction des bandits au magasin. Cela expliquait pourquoi il couchait dans l'arrière-boutique. Plusieurs nuits s'étaient écoulées avant qu'il prenne Morasse dans son filet, en flagrant délit de vandalisme. Restait à appréhender les deux autres.

Le lieutenant retraversa le seuil. Léandre se remémora l'avant-veille de Noël 1935 alors que son père avait dû se défendre contre un individu armé. Un journaliste était survenu sur les lieux. Cette fois-ci, les pertes matérielles semblaient plus sérieuses.

Avant de replacer ce qui était récupérable sur les tablettes, il s'empressa de faire rouler un baril de mélasse contre la porte. Ainsi, personne ne pourrait pénétrer au magasin. Puis, repris par la conscience de ce qui avait précédé l'incursion du voleur, il se rendit dans l'arrière-boutique.

— Lise, es-tu là ? s'écria-t-il.

Il allait amorcer un mouvement pour faire de la lumière dans l'escalier et descendre à la cave quand il s'aperçut que la porte arrière était entrouverte. Désappointé, il la referma et la verrouilla à double tour. Puis il retourna à l'avant du commerce et ramassa les débris. Ensuite, il se coucha, l'esprit remué par les événements.

Au matin, Simone s'était levée avec le soleil, souriante comme une journée de printemps. Elle avait revêtu sa robe jaune paille et des souliers gris fer qui lui conféraient son apparence d'adolescente qui s'apprête à faire l'école buissonnière en après-midi. En effet, elle avait la tête pleine du projet de magasinage planifié avec Paulette. Elle entra à l'épicerie par la porte qui donnait au bas de l'escalier et se dirigea tout droit dans son arrière-boutique.

— Léandre, t'es pas encore levé ! s'exclama-t-elle de surprise et d'indignation.

— Mmm…

Il se redressa vitement en écartant les couvertures.

— T'as l'air d'un épouvantail à moineaux, ricana-t-elle. D'après ce que je peux voir, je suis arrivée à temps avant que tu foutes le désordre dans mon *backstore*. À qui, cette sacoche-là ? demanda-t-elle subitement, en voyant le sac à main sur son bureau. C'est-tu drôle un peu, ça ressemble à celle de Lise…

Il admit que l'ancienne compagne de l'*Ontario's Snack-bar* était venue un peu plus tôt, qu'elle devait passer la nuit avec lui et qu'elle s'était enfuie au moment où un des voyous était entré au commerce pour faire tout un saccage.

Sur ces entrefaites, ils entendirent des pas progresser dans l'escalier. Léandre rangea nerveusement le sac à main dans un tiroir et il entraîna sa sœur près du comptoir-caisse.

Théodore, Émilienne, Marcel et Paulette arrivaient ensemble au magasin.

— Que c'est que ça fait là, le baril de mélasse qui bloque la porte ? s'étonna l'épicier. Marcel, va tout de suite ôter ça si on veut rouvrir.

— Théo ! Mon doux Seigneur ! Regarde les tablettes à l'envers. Veux-tu ben me dire quelle sorte d'enragé a passé ici dedans ?

Puis, démontée, elle se tourna vers Léandre.

— Coudonc, t'es-tu fait attaquer cette nuit ?

— T'es pas blessé, au moins ? s'informa Paulette, en s'approchant de son mari.

— Non, non, j'ai eu le dessus sans me faire massacrer.

Maurice Morasse était entré par effraction et saccageait l'épicerie comme un déchaîné. À son corps défendant, Léandre l'avait apostrophé pour éviter que la situation dégénère jusqu'à ce que la police survienne. Entre-temps, les deux comparses avaient pris la poudre d'escampette. Il restait à contacter le représentant de la Sun Life.

Bouleversés, Émilienne et son mari revêtirent leur tablier et entreprirent leur journée en pensant aux pertes subies et à la compagnie d'assurances qui couvrirait partiellement les dégâts.

Hubert Surprenant se présenta avec l'empressement servile des agents qui ne veulent pas perdre leur client. Après avoir pris connaissance avec son ami Léandre des bris et du ravage causé, il déplora le geste inqualifiable et s'adressa à l'épicier.

— Je vas faire mon gros possible pour obtenir le maximum, monsieur Sansoucy, affirma-t-il.

Puis, s'adressant à Léandre.

— Pour moi, ça va prendre une secousse avant qu'on revoie ces trois charognes-là à la taverne Archambault, conclut-il.

Surprenant parti, Léandre annonça qu'il se rendait à la quincaillerie Ravary pour acheter une serrure de remplacement. Auparavant, il devait ramasser le sac à main de Lise à la dérobée et se diriger vers le snack-bar.

La serveuse semblait agitée, plus qu'à l'accoutumée. Elle avait fait brûler des rôties, renversé un café bouillant sur un client et échappé une assiette à déjeuner sur le complet d'un autre. Toute la nuit, elle s'était demandé comment Léandre s'était sorti de son fâcheux embarras.

Léandre avait enfoui la bourse de Lise dans son coupe-vent. Les yeux des clients n'étaient pas fixés sur lui. Il s'achemina au comptoir.

— Ma sacoche! dit-elle, en agrippant le sac à main. Je te sers un café?

— Ta sacoche, c'est tout ce qui t'intéresse. On voit à quel point je suis important pour toi; je pensais que tu tenais à moi plus que ça! Je vas prendre un gros déjeuner...

Elle se tourna, ouvrit le sac et y fourragea un moment pour vérifier s'il ne manquait pas un de ses effets. Heureusement qu'elle avait mis ses clés d'appartement dans la poche de sa robe. Son porte-monnaie, sa trousse à maquillage, des bas et des sous-vêtements de rechange, tout y était.

— Le voleur a pas eu le temps de mettre la main sur ta sacoche, ricana-t-il.

Elle referma vitement sa bourse, la remisa sous le comptoir, lui servit un café noir et entreprit de lui préparer un solide petit-déjeuner. Pendant que le pain grillait et que grésillaient les œufs et le bacon dans la poêle, il se fit une gloire de lui conter le récit des événements.

— Si tu savais à quel point je me sens soulagé, asteure, acheva-t-il.

— Comme je te connais, t'as pas fini d'énerver tout le monde avec tes histoires à dormir debout...

— Tu sauras me le dire, ma belle! Asteure, je vas faire ma commission à la quincaillerie.

Il lui lança une œillade, régla l'addition et descendit du tabouret de moleskine rouge.

1153

Chapitre 24

Après le dîner, Simone quitta le travail avec Paulette. Il était entendu qu'elles allaient magasiner du linge de printemps au centre-ville. Mais elles emprunteraient un parcours particulier. L'oncle Romuald avait demandé d'être muté sur une autre ligne. En effet, la compagnie des tramways de Montréal venant de mettre en service sept nouveaux autobus à trolley – un dispositif composé d'une perche mettant en contact un fil conducteur aérien et un récepteur mobile installé sur le toit du véhicule –, les belles-sœurs avaient accepté l'invitation de l'ancien wattman d'étrenner son véhicule neuf.

Simone avait supplié Léandre de les conduire au coin de Beaubien et de la 5ᵉ Avenue à Rosemont. De là, elles se déplaceraient en trolleybus vers l'ouest jusqu'à Saint-Laurent, et par le jeu des correspondances elles redescendraient vers le sud par le transport ordinaire pour se vautrer ensuite dans les grands magasins.

— Ça roule ben doux, ça! commenta Simone. Il paraît qu'ils les ont fait venir d'Angleterre. Quand on prend les petits chars, on a l'impression de se déplacer sur un tas de ferraille ; il y a toujours un *mautadit grichage* qui m'énarve.

— Moi, c'est le prix qui me dérange. À quatre billets pour vingt-cinq cents, c'est pas donné, hein ?

— Je comprends qu'avec un mari comme le tien faut pas que tu fasses des folies aujourd'hui dans les magasins. Je vas faire une chose avec toi, Paulette : je vas t'emmener chez Dupuis Frères. Ils doivent avoir encore des beaux spéciaux. Ils fêtent leur 69ᵉ anniversaire cette année, puis il y a une couple de semaines ils ont fait une grosse vente. Dommage qu'on pouvait pas y aller à ce moment-là parce qu'ils offraient de rembourser le passage en chemin de fer ou en autobus pour attirer la clientèle. On est pas à la veille de faire ça à l'épicerie, badina-t-elle.

Cela faisait exprès. Pendant ce temps, dans la rue Adam, Sansoucy était débordé. Il avait eu le malheur d'annoncer un rabais sur les côtelettes de porc et il ne parvenait pas à satisfaire à la demande. À la caisse, Émilienne n'avait pas le temps de s'écraser. En plus, le téléphone ne dérougissait pas. Léandre travaillait à changer la serrure de la porte et s'arrêtait à tout instant pour répondre aux curieuses qui l'interrogeaient. Car des clientes régulières attardées entravaient l'entrée et prenaient plaisir à lui soutirer des détails sur l'incident de la nuit.

Marcel revint d'une tournée de livraisons, essoufflé, et contempla le fourmillement. Il se rendit à la boucherie.

— Le père, vous devriez ôter votre annonce dans la vitrine, suggéra-t-il. Je pédale comme un malade, m'man est au coton, puis vous, vous avez l'air d'une vraie queue de veau dans votre coin.

— Ben non, sans-dessein! rétorqua le boucher. Faut prendre le train quand il passe. Quand il y aura plus de *chops* de lard, ben il y en aura plus, c'est tout. Puis Léandre va ben finir par finir avec sa *job* de porte…

Marcel s'attendait à la répartie de son père. Il rouspéta tout de même un peu et s'en fut charger trois commandes dans le panier de son triporteur. Un haillonneux se faufila timidement parmi la petite société et se rendit prendre la file à la boucherie.

— Vous êtes nouvellement arrivé dans le quartier? demanda innocemment Germaine Gladu.

Des sans-travail provenant des quatre coins de la province affluaient à Montréal. Le père de huit enfants de Saint-Joseph-du-Lac avait bénéficié d'un montant de sa municipalité pour venir chercher de l'emploi dans la métropole. Il avait tenté d'obtenir sans résultat du secours de la ville et se disait dans le dénuement le plus complet.

— Regardez le monde qu'il y a ici dedans, mon cher monsieur, dit mademoiselle Lamouche. C'est sûr que monsieur Sansoucy a besoin d'engager…

— Il faut admettre que c'est pas tous les jours qu'il y a des *chops* de lard en spécial, précisa Dora Robidoux. D'habitude, la fille du patron puis sa bru sont là pour aider. Mais que voulez-vous? Quand le beau temps se montre le bout du nez puis qu'on est une tête de linotte comme la Simone, on aime mieux aller magasiner que de rester à l'ouvrage.

— Puis l'autre, la Paulette qui élève le petit de son mari, pensez-vous qu'elle est ben mieux? renchérit Imelda Chalifoux.

— Ça a l'air qu'elle l'aime ben gros, son Charlemagne! commenta Rose-Anna Flibotte. Elle en prend soin comme si c'était son enfant à elle.

La physionomie du boucher changea. Il leva sur Rose-Anna Flibotte un regard trouble. Toutes les femmes avant elle avaient été servies. La cliente les avait vues quitter le comptoir avec leur paquet et elle désespérait d'attendre.

— Six *chops* de lard, demanda-t-elle.

— Je suis désolé, il m'en reste plus, madame Flibotte, répondit Sansoucy. La prochaine fois, vous vous prendrez plus de bonne heure…

— Il y en aura pas, de prochaine fois, monsieur Sansoucy, rétorqua la dame, avant de tourner vivement les talons.

Le haillonneux s'approcha.

— Avez-vous besoin d'un bon homme pour travailler dans votre magasin ? demanda-t-il, piteusement.

— J'ai tout mon personnel, mon ami. J'en ai deux en congé cet après-midi. Allez plutôt voir à l'épicerie Chevalier, des fois qu'ils vous engageraient...

* * *

Six heures venaient de sonner aux clochers des églises. Le boucher achevait de nettoyer ses quartiers. Marcel balayait le plancher. Léandre allait verrouiller la porte du commerce quand les deux magasineuses se braquèrent sur la devanture, les bras pleins de paquets. Il leur ouvrit.

— Avez-vous dépensé toute votre paye, coudonc ? s'enquit-il.

— Paulette a pas acheté grand-chose, elle fait juste transporter mes affaires, dit Simone.

Les deux jeunes femmes s'acheminèrent au comptoir-caisse pour déposer leurs sacs.

— C'est ben le temps de ressoudre, asteure, se plaignit Émilienne. J'ai *goalé* tout l'après-midi.

— M'man, vous seriez ben fine si on pouvait souper chez vous. Magasiner, c'est pas mal fatigant. Mais j'ai déniché de bonnes aubaines, je vas vous montrer...

— Laisse faire, on va regarder ça en haut. Puis je t'avertis, on soupera pas de bonne heure, ma fille. Puis tant qu'à y être, demande donc à tes frères de monter vos paquets.

Effectivement, le repas n'était pas prêt. Héloïse avait dû changer son fusil d'épaule. Elle avait misé sur les côtelettes de porc promises par le boucher et elle avait appris à la dernière minute qu'il les avait vendues. Elle s'activait à présent à préparer une espèce de

1158

gibelotte avec un reste de poisson et de légumes. En voyant ce qui mijotait dans la poêle, Sansoucy avait offert une bière aux hommes afin qu'ils avalent plus facilement le plat.

Simone avait commenté sa promenade en trolleybus, de loin supérieur au tramway, selon elle. Mais avec son magasinage, outre le souper qu'elle quémandait, elle avait une demande particulière à formuler à l'invalide.

— Matante Alida, auriez-vous un peu de temps tout à l'heure pour ajuster mes petites robes ?

— Tu sais ben que oui, ma nièce. Je vas faire ça pour toi puis Paulette, si elle veut, ben entendu.

— Vous savez que je suis pas habile de mes dix doigts non plus, dit Paulette. J'aimerais ben ça si vous pouviez...

— J'en connais qui se permettent pas mal de bon temps au lieu de travailler, lança Héloïse à l'adresse de Simone. Regarde ta mère, de quoi elle a l'air. Faudrait pas recommencer ça trop souvent, des magasinages de même.

— Oui, puis je suis raquée de partout, dit Émilienne.

Le marchand regrettait d'avoir accordé une permission de sortie aux deux jeunes femmes. Dans son for intérieur, il reconnaissait que la gestion d'une entreprise familiale n'était pas chose facile. En même temps, les audaces de Léandre finissaient toujours par lui porter ombrage. Il lui sembla que la liste des bêtises s'allongeait. Les frasques s'accumulaient, son fils ne démontrait aucun signe d'assagissement et il ne parviendrait jamais à le dompter. Et de là à lui confier un jour la gouverne du commerce, il y avait un grand pas qu'il ne s'aviserait pas de franchir de sitôt...

Pendant que l'épicier réfléchissait, Léandre continuait à débiter des balivernes pour épater les deux autres hommes qui paraissaient s'amuser de ses propos. Même Marcel, d'habitude plus pondéré, s'esclaffait à tout moment. Il faut dire qu'il avait écopé, lui aussi, d'une journée exigeante et que sa bouteille de bière lui montait assez vite à la tête. Quant à David, il prenait du bon temps avec sa belle-famille. Pour l'heure, c'était tout ce qui lui importait.

— Souper! s'écria Alphonsine.

On se déplaça dans la salle à manger. Avant d'attaquer le plat de poisson, Sansoucy le considéra avec circonspection. Pour rehausser la présentation, la cuisinière s'était surpassée en exécutant une bordure de fantaisie avec une purée de pommes de terre lisse et crémeuse. Il ferma les yeux et entama le bénédicité.

Héloïse desservit et apporta les assiettes à sa sœur qui les nettoyait au-dessus de la poubelle avec du papier journal.

— Il y aurait pas eu de gaspille de même si on avait mangé des *chops* de lard.

— C'est sûr, Phonsine, t'aurais ramassé le gras de tout le monde. Asteure, remarque ben ce que je te dis : ça va lever le nez sur mon dessert, puis je vas en entendre parler. Apporte le pain.

Héloïse avait fait chauffer de l'eau et fait dissoudre de la cassonade dans les gros bouillons. Puis elle avait laissé refroidir la préparation sur la galerie et transvidé le liquide foncé dans une pinte de lait.

Le maître de la maison se servit le premier, déchira un quignon de pain qu'il trempa dans le nectar et goûta.

— On a beau être encore dans le carême, on est pas obligés de se priver tant que ça, commenta-t-il. Loïse, me semble que t'aurais pu te forcer pour faire un dessert qui a de l'allure.

— Ben figure-toi donc qu'on a plus de sirop d'Ange-Gardien, répliqua Héloïse. Puis il y a pas juste vous autres qui travaille fort. Le petit *mosus* de Stanislas fouille partout dans le bas des armoires, je passe mon temps à le surveiller. En plus, il doit percer des dents parce qu'il m'a fait trois tas rien que cet après-midi. Il a les fesses rouges, il faut le soigner. Une chance que l'autre a dormi.

— Elzéar va sûrement venir à Pâques, dit Émilienne. Il pourrait nous apporter du bon sirop d'érable.

— En tout cas, Théo, riposta la cuisinière, t'es ben le seul à faire le bec fin : regarde les autres, ils disent rien. Quand bien même que t'aurais pas toujours des bons petits plats comme je fais d'habitude, t'as juste à offrir ça au bon Dieu puis à faire pénitence.

Léandre s'apercevait que les événements lui devenaient peu à peu favorables. Son père avait traversé un autre épisode énervant qui le conduirait irrémédiablement à la vente de son épicerie. Léandre savait qu'il avait du chemin à faire avant de reconquérir sa confiance pour en devenir l'acheteur. C'est pourquoi il avait résolu d'emprunter une avenue plus réaliste. Quelques jours plus tard, il rassemblait ses colocataires et convoquait Marcel à son logis pour leur exposer son projet.

Le souper était terminé, mais la vaisselle était restée sur la table. Malgré certaines réticences palpables, Léandre semblait gagner les autres à son idée.

— Ouan ! Que p'pa retienne une partie de mon salaire pour payer le magasin, ça fait plus ou moins mon affaire, argumenta Simone. Je pourrai plus dépenser comme je veux.

— Oui, mais moi, Paulette puis Marcel, on ferait la même chose puis on serait propriétaire tout le monde, précisa l'instigateur. Quand bien même que tu te serrerais un peu la ceinture puis que t'achèterais pas autant de robes de printemps que la reine d'Angleterre… Le père l'a déjà dit ben des fois. Faut faire des sacrifices dans la vie, Simone. Faut que tu comprennes que ce serait une entreprise familiale au vrai sens du mot. Il y a juste David qui serait pas de la gang. Quoique…

— Non, non, le beau-frère, mêle-moi pas à ça, riposta David, en promenant Stanislas dans ses bras autour de la table. Un jour, je vas devenir propriétaire de l'atelier de mon père. C'est pour ça que j'ai commencé à économiser.

— Puis toi, Marcel, qu'est-ce que t'en penses?

— En autant que je touche pas à mon héritage, je suis d'accord pour embarquer.

Paulette avait approuvé son mari d'un faible hochement de tête pendant qu'elle berçait muettement Charlemagne.

— Bon, ben, grouillez pas, ordonna Léandre. Je vas téléphoner à la taverne pour dire que je vas être un peu en retard, puis je vas remonter avec le père pour lui dévoiler notre projet.

— Si jamais ça marchait pas, qu'est-ce que tu ferais? s'enquit Simone.

— Veux-tu faire de l'argent, coudonc? riposta son frère. Si tu veux pas, dis-le tout de suite, je vas demander à Hubert Surprenant…

— Ah! ben là par exemple, je suis pas d'accord, s'opposa Simone. Mêle pas un étranger là-dedans.

Léandre quitta l'appartement et revint après quelques minutes avec le commerçant. Il tira une chaise à son père, qui s'installa parmi les jeunes en fumant sa pipe.

— Vous m'intriguez, dit Sansoucy.

— Le père, on a une proposition à vous faire, annonça Léandre. Simone, Marcel, Paulette puis moi, on veut acheter votre épicerie-boucherie.

Les objections fusèrent. Le propriétaire n'avait pas envisagé de vendre dans l'immédiat, la caisse populaire d'Hochelaga refuserait de prêter. Il se sentait capable de mener son entreprise comme il l'avait toujours fait et refusait d'être mis au rancart. Cependant, l'habile négociateur fit valoir qu'un montant serait retenu sur chaque paye, que le commerce ne passerait pas ainsi aux mains d'étrangers, qu'il en dirigerait les destinées comme à l'accoutumée, et que sa femme et lui pourraient continuer à travailler tant et aussi longtemps qu'ils le voudraient.

L'épicier secoua sa pipe sur le bord d'une assiette sale.

— Je vas y penser, conclut-il, en retirant sa chaise.

Chapitre 25

L'épicier avait longuement ruminé l'offre de son fils dans la prairie de ses pensées torturantes. Le dimanche des Rameaux, Émilienne avait allumé un lampion qui brûlerait pendant la Semaine sainte pour éclairer son mari dans sa réflexion. Elle n'avait pas envisagé la vente du commerce sous cet angle, mais cela demeurait une bonne manière d'assurer une transition en douceur tout en gardant la main haute sur l'administration. À Pâques, elle recevrait toute sa famille. L'occasion serait favorable pour annoncer une transaction. Aussi, on profiterait du rassemblement pour souligner le premier anniversaire de mariage d'Édouard et Colombine et la naissance de Stanislas, même si les événements étaient devancés de deux semaines.

Le couple de jeunes mariés avait bifurqué vers l'hôpital du Sacré-Cœur pour emmener Irène et son protégé, le tuberculeux Jérémie, que la conductrice avait reconduit chez les Pouliot. Placide avait hésité à venir. À Noël, il était arrivé seul, jugeant qu'il était prématuré de présenter son colocataire. Avec le temps, il avait réalisé qu'il ne pourrait dissimuler indéfiniment ses amitiés particulières avec Alex D'Avignon, ce beau châtain que Simone lorgnait du coin de l'œil.

— Il est pas mal de mon goût, chuchota-t-elle à l'oreille de Paulette, un sourire mutin sur les lèvres.

— T'es une femme mariée, Simone, la rabroua sa belle-sœur. De toute façon, Léandre dit qu'Alex est pas un homme à femmes. Ça fait que tu perds royalement ton temps à magasiner de son bord…

Simone et Paulette quittèrent le salon animé et se rendirent dans la cuisine avec leurs enfants. L'hôtesse était dans un état inaccoutumé. La mine perplexe, elle allait et venait du fourneau à la salle à manger. Pourtant le jambon était cuit, Alphonsine pilait la chaudronnée de patates, les tartes conservaient leur chaleur dans le réchaud, le gâteau glacé était prêt sur la boîte à pain, et Irène et Héloïse achevaient de dresser les couverts.

— M'man, me semble que vous êtes pas mal énervée, commenta Simone.

— Je voudrais ben te voir avec la maison pleine de monde, ma petite fille, rétorqua Émilienne sur un ton sans appel. T'as juste un enfant puis un mari à nourrir, puis t'as déjà de la misère. Changement de propos, qui c'est qui manque encore?

— D'après moi, seulement mononcle Elzéar puis matante Florida, répondit-elle.

— Ils devraient pas tarder, madame Sansoucy, dit Paulette; Ange-Gardien, c'est pas si loin.

Les deux jeunes femmes amorcèrent un mouvement vers le salon. On frappa à la porte arrière. Simone tourna la tête.

— Pas la nounoune de la campagne! exprima-t-elle.

Elle voulut entraîner sa belle-sœur hors de la cuisine. Paulette se rebiffa et se tourna. Les traits de son visage se moulèrent en une affreuse consternation. Son bébé dans les bras, la tête éperdue, elle s'élança vers la cage de l'escalier et monta à son appartement.

Simone alla confier Stanislas à David et sortit précipitamment.

— Que c'est qu'elle a donc, ma fille? demanda l'épicier. On dirait qu'une mouche l'a piquée.

— Pas juste une mouche, un gros taon, le père! Puis vous savez ben qu'elle va redescendre pour fêter Stanislas, commenta Léandre en se levant.

Curieux, il parut dans la cuisine où Héloïse était revenue.

— Azurine! s'exclama-t-il, complètement abasourdi.

— J'avais besoin de revoir notre enfant, exprima la campagnarde d'une voix empreinte d'émotion. Je suis venue aujourd'hui, mais je te promets que je t'achalerai plus après.

— Moi ça me dérange pas, c'est ma femme qui va en arracher, répondit-il.

— Ah! C'est toi, la petite Descôteaux, s'étonna Émilienne. Je pensais jamais te voir ressoudre à Montréal, ajouta-t-elle, décontenancée. Paulette vient de remonter avec le bébé.

— Paulette est donc ben farouche, intervint platement Héloïse, après tout, c'est pas vraiment à elle, ce petit-là.

Les Gardangeois étaient restés plantés debout près de l'entrée et surveillaient le regard de Léandre dont les yeux se coulaient dans ceux d'Azurine.

— V'là votre sirop d'érable, dit l'oncle Elzéar, en déposant un bidon sur le plancher.

— Dégreyez-vous, ordonna Émilienne, puis passez donc en avant.

Manifestement embarrassé, Léandre craignait de se rendre au salon avec la mère de Charlemagne. Pour l'heure, la démarche lui semblait moins pénible que celle de rattraper Paulette à l'étage. Toutefois, la paysanne ne regagnerait pas sa campagne sans avoir vu son fils naturel.

Au salon, on hasardait des conjectures sur la disparition subite de Paulette. On croyait à une indisposition passagère de la mère ou à un besoin pressant du bébé. La situation se précisa quand Léandre et Azurine surgirent dans la pièce.

Un silence significatif empesa un moment l'atmosphère dont la lourdeur fut allégée par de brèves présentations. Puis on se déplaça dans la salle à manger.

Pour une fois qu'elle avait rassemblé tout son monde! Émilienne se chagrinait du départ précipité de Paulette, qu'elle considérait comme une bonne fille qui ne méritait pas le tourment dans lequel on venait de la plonger. Simone trouverait-elle les arguments pour l'apaiser? Elle pensa à monter pour la rassurer, ou à dépêcher Irène comme émissaire auprès d'elle. Pourquoi diable son frère Elzéar et sa belle-sœur Florida avaient-ils consenti à emmener cette grosse campagnarde pour semer le trouble dans sa maison?

Sansoucy avait omis de dire le bénédicité et avait commencé à déguster le vin, mais Placide avait rappelé son père à l'ordre des convenances. Le taciturne avait quitté les religieux. Néanmoins, il avait conservé l'habitude de réciter ses prières aux repas. Depuis son arrivée, il avait constaté l'hypocrisie évidente qu'on démontrait à l'égard de son camarade. On lui avait posé quelques questions du bout des lèvres sur son travail de journaliste à *La Patrie* et sa vie en appartement. Normalement, Léandre l'aurait abreuvé de railleries offensantes, mais il avait sans doute l'esprit accaparé par une pensée plus pressante.

On avait entamé le plat de résistance. L'épicier avait choisi de reporter son annonce jusqu'à ce que Simone et Paulette reviennent à la table. Des tranches de jambon accompagnées de pommes de terre pilées et d'une macédoine de légumes circulaient dans les assiettes bien remplies par Alphonsine.

— J'ai quelque chose d'important à vous dire, mentionna Édouard: Colombine et moi attendons un enfant.

— Après un an de mariage, vous avez pas perdu de temps, commenta Léandre. Il me semblait que Colombine voulait pas avoir d'enfant. Puis c'est drôle comment les choses arrivent, des fois: Simone a accouché en plein le jour de vos noces...

Colombine paraissait éprouver une honte. Les femmes avaient bien remarqué le petit renflement qui gonflait sa robe et la gêne confuse qui l'habitait. Édouard, lui, exultait. La fille du notaire Crochetière qui avait toujours refusé de devenir enceinte portait à présent leur progéniture. De plus, dans sa famille, il était le premier à attendre un enfant à l'intérieur des limites sacrées du mariage. Simone s'était mariée obligée et Paulette avait adopté le fils de Léandre qui avait engrossé l'habitante du rang Séraphine.

Mais les réjouissances furent de courte durée. L'épicier se morfondait ; il avait aussi sa déclaration à faire. Pour cela, tout le monde devait être présent, et il manquait Simone et Paulette avec le petit d'Azurine. Parmi les quatre acheteurs intéressés, les trois autres étant préoccupés par la visite inattendue, seul Marcel entrevoyait maintenant un dénouement qui ne venait pas. Son père avait mis du temps à se décider à vendre et voilà qu'il tergiversait. Pour l'heure, personne d'autre qu'Émilienne n'était censé être dans le secret. Elle lui avait promis de tenir sa langue et de lui laisser la parole au moment opportun. Cependant, Héloïse prit sur elle d'accélérer les choses et devança son beau-frère.

— Vas-tu aboutir, Théo ? demanda-t-elle.

— Que c'est que tu veux dire ? réagit-il, en jetant un regard réprobateur à sa femme. J'en connais une qui a bavassé.

— T'as pas quelque chose à nous dévoiler au sujet du commerce ? insista Héloïse.

— Ben ça va attendre, taboire ! lança-t-il, l'œil furibond. Avec ce que t'as appris, la belle-sœur, tu dois savoir qu'il manque deux gros morceaux pour en parler.

— C'est pas compliqué, t'as juste à envoyer quelqu'un pour les chercher, tes deux gros morceaux ! rétorqua Héloïse.

Toutes les têtes se tournèrent vers Irène. Dans un sursaut de conscience, Léandre jugea qu'il lui revenait d'intervenir. Il délaissa Azurine et grimpa avec sa sœur à l'étage.

— Ouvrez! s'écria-t-il, je vous mangerai pas, les filles. Je sais que vous êtes derrière la porte, je vous entends souffler. Je suis avec Irène. Si vous me croyez pas, demandez-lui. Irène, parle, dis quelque chose pour montrer que t'es là…

— C'est moi, Irène, dit-elle d'une voix douce. Paulette, t'as pas à t'inquiéter, Azurine est juste venue pour voir Charlemagne puis elle s'en retourne après le souper.

— Oui, mais elle va m'arracher le petit, c'est à elle après tout, exprima Paulette, haletante.

— Ouvre, je t'en prie, Paulette! l'implora la fille aînée.

— Simone, raisonne-la, toi, t'es en dedans avec elle, s'exaspéra Léandre. Es-tu après oublier qu'on va fêter ton gars?

En bas, l'oncle Elzéar s'était mis à pérorer sur sa jeunesse de pensionnaire et les curieuses relations que certains collégiens entretenaient entre eux ou avec les Sainte-Croix, en prenant plaisir à voir le visage de Placide s'empourprer. Émilienne écoutait distraitement les palabres de son frère en souffrant de l'orientation sexuelle de son fils, tandis que son mari s'ingéniait à étirer le temps en éludant devant les autres les questions pertinentes d'Édouard sur la vente de l'épicerie. Et Azurine qui trônait au milieu de ces étrangers et qui se désespérait.

Mais bientôt on ne put plus chercher de diversions pour atténuer la gravité de ce qui se déroulait à l'étage. Léandre abandonna Irène dans l'escalier et revint à l'appartement du deuxième étage, la mine défaite, l'air désabusé.

— Elle est boquée ben dur! déclara-t-il.

— Faut la comprendre, commenta Alida, ta femme a traversé des moments difficiles.

— Tu as couru après tes problèmes, Léandre, regarde où cela t'a mené, asteure, dit Édouard sur un ton moralisateur. Regarde autour de toi, tu mets tout le monde mal à l'aise avec tes histoires qui n'ont pas d'allure. J'ai toujours dit que tu étais un irresponsable...

L'oncle Elzéar et la tante Florida opinèrent dans le sens du notaire. Héloïse approuvait la diatribe de son neveu. Émilienne lança un regard oblique à son mari qui avait abaissé la tête en se rappelant ses propres écarts de conduite. Léandre bouillait et sentait qu'on l'accablait de reproches. Il ramassa tout ce qu'il avait d'acrimonie.

— Toi, Édouard, t'as pas de leçon à donner à personne, s'insurgea-t-il avec virulence. Toi puis Colombine, vous formez pas un si beau couple que ça ; vous faites semblant d'être heureux ensemble, c'est tout ! À part de ça, t'as toujours dit que tu voulais un petit, mais ça paraît que ça fait pas l'affaire de ta femme.

Colombine se recula et s'en fut aux toilettes en pleurant. Marcel et Amandine échangèrent des commentaires à voix basse. Placide et son ami réfléchissaient, persuadés qu'ils pouvaient trouver le bonheur dans leur couple drôlement assorti que les conventions n'admettaient pas.

Émilienne étouffait dans l'ambiance irrespirable qui emplissait la pièce. Elle demanda qu'on apporte les tartes du réchaud. On servirait le gâteau d'anniversaire quand Simone serait revenue.

La tablée achevait de déguster les pointes de tartes quand la porte de l'appartement s'ouvrit lentement. Irène s'effaça afin que les deux belles-sœurs puissent entrer. Le bras soutenu par Simone, Paulette s'achemina solennellement vers la campagnarde. Dans un geste d'abandon, elle déposa le bébé sur Azurine.

— Tiens, je te le prête, se résigna-t-elle, mais fais-lui attention, ajouta-t-elle, soudainement riante.

Un sourire empreint de tristesse plissa les lèvres de la jeune mère.

— Il a l'air bien, dit-elle, la voix altérée.

Elle se pencha vers lui et l'embrassa. Puis elle releva la tête vers Paulette.

— Accepterais-tu que je le revoie de temps en temps ? demanda-t-elle. Oh ! juste une petite fois en passant.

Paulette promena un regard autour d'elle en cherchant fiévreusement une approbation.

— On va dire que oui, consentit-elle, mais pas trop souvent...

Colombine était revenue dans la pièce et avait suivi l'émouvante scène. Personne ne s'était occupé d'elle lorsqu'elle s'était réfugiée dans la salle de bain. On avait préféré intervenir auprès de la Paulette de Léandre pour satisfaire la crise maternelle de la petite paysanne. On ne la comprenait pas, elle, fille unique du notaire Crochetière, aux prises avec ses tourments de femme enceinte. Là, sur-le-champ, elle aurait volontiers promis son enfant à qui en voulait et on aurait cessé de se disputer Charlemagne.

— C'est le temps de fêter le petit ! décida Émilienne. Marcel, prépare-toi à éteindre les lumières.

Marcel se leva et se dirigea vers l'interrupteur. Simone se rendit chercher le gâteau. David alla prendre Stanislas, qui s'amusait sur le plancher de linoléum de la cuisine avec un petit train de bois qu'il avait fabriqué de ses mains d'artisan, et le ramena dans sa chaise haute. Émilienne lui noua une bavette autour du cou. Puis Simone revint fièrement dans la salle à manger et déposa, dans le cabaret, l'énorme pâtisserie au glaçage chocolaté surmontée d'une bougie.

— Regarde moman, dit Simone, puis souffle en même temps qu'elle.

Simone gonfla les joues et éteignit la chandelle. Déjà, Stanislas avait les deux mains dans le glaçage et se barbouillait la frimousse.

— Laisse-le pas faire, l'interdit Héloïse, il est après tout salir.

— C'est juste du crémage, matante, pour une fois que Stanislas peut se lâcher lousse…

Colombine s'exaspéra de ces manières inconvenantes.

— On rentre, Édouard, dit-elle, je suis lasse et nous devons quérir le fils Pouliot et le reconduire à l'hôpital avec Irène.

Placide se pencha à l'oreille de son frère et quémanda un passage dans la Packard de Colombine. Il se leva avec son ami.

L'épicier recula sa chaise et se mit debout.

— Partez pas tout le monde en même temps! s'offusqua Sansoucy. Je m'excuse auprès de ma bru, mais j'ai aussi quelque chose à dire.

Un silence s'imposa dans la salle à manger. Sansoucy se gourma en tournaillant ses moustaches du bout de ses doigts.

— J'ai décidé de vendre, annonça-t-il. Mais imaginez-vous pas que je vas me retirer de même. J'en ai parlé avec Édouard cette semaine, puis il m'a conseillé de garder une part de cinquante pour cent du commerce…

Ulcéré, Léandre se cambra et darda des yeux mauvais sur le notaire.

— C'est toi, mon énergumène, qui t'es arrangé pour nous mettre des bâtons dans les roues, ragea-t-il.

— C'est à prendre ou à laisser! conclut l'épicier, le sourire en coin.

Chapitre 26

Au cours de la semaine qui suivit, Édouard rappliqua dans la rue Adam à bord de sa Studebaker. Plutôt que de faire déplacer les associés du commerce au bureau du notaire Crochetière, il s'était avéré plus commode de faire venir Édouard à domicile pour la transaction. Avant que son père revienne sur sa décision, Léandre avait suggéré de procéder au plus coupant. Le marché lui paraissait peu satisfaisant, mais il aurait davantage son mot à dire. Désormais, Simone, Paulette, Marcel et lui devenaient copropriétaires de l'épicerie-boucherie.

Le lendemain de la signature du contrat, à la demande expresse de Léandre, Simone était accourue chez le blanchisseur Lee Sing et en avait rapporté un grand morceau de papier kraft. Au préalable, elle avait débarrassé son bureau de travail et s'appliquait à compléter son inscription en grosses lettres brunes.

Toute fébrile, elle allait apposer son œuvre dans la vitrine quand Léandre parut dans l'arrière-boutique.

— Montre donc, voir! dit-il.

Elle déroula l'affiche sur son bureau.

— Voyons, Simone, c'est pas de même qu'on écrit ça. C'est pas «NOUVEL AMISTRATION», mais «NOUVELLE ADMINISTRATION». Puis après, selon moi, le reste est correct.

— Je suis pas pour recommencer! riposta-t-elle, ça m'a pris assez de temps. Puis j'ai pas le goût d'aller chercher une autre feuille à la blanchisserie.

Léandre la fusilla d'un regard désapprobateur.

— Je te demande pas de retourner chez le Chinois. T'as juste à rajouter des lettres au-dessus des autres.

— Bon, OK d'abord ! Je vas faire mon gros possible pour arranger ça.

La commis reprit sa craie à colorier et rajouta les lettres manquantes.

Sansoucy et sa femme s'entretenaient avec des clientes régulières sur la belle fête de Pâques qui se prêtait bien aux rencontres familiales. Le père fut attiré par le passage de sa fille qui s'acheminait fièrement à l'avant du magasin avec son écriteau roulé et un pot de colle.

— Eille, Simone, on a pas décidé des spéciaux cette semaine !

— Ça s'adonne que c'est pas tous les jours qu'on devient propriétaire, p'pa.

Simone s'installa à quatre pattes sur le plancher. Puis elle déroula devant elle son affiche, ouvrit son pot de colle et, à l'aide d'un pinceau, répandit la substance visqueuse sur le pourtour. Intrigué, l'épicier s'approcha.

— Mais que c'est que tu fais là, bout de viarge ? s'emporta-t-il.

— Allez demander à Léandre, c'est lui qui a décidé ça.

Le crayon sur l'oreille, Léandre revenait de la cave en sifflotant.

— Veux-tu ben me dire, bout de viarge, que c'est qui se trame dans mon magasin ?

— D'abord, le père, c'est plus tout à fait votre magasin ; asteure, vous avez des associés qui ont leur mot à dire. Ensuite, ça fera pas de tort de rafraîchir ici dedans...

— Ouan, ouan! commenta Imelda Chalifoux, il y a de la chicane dans la cabane! Comme ça, vous allez faire le grand ménage du printemps! s'exclama-t-elle.

Hors de lui, l'épicier entra dans les transes de la colère, se déporta sur la devanture, lut l'affiche placardée et rentra aussitôt.

— NOUVELLE ADMINISTRATION! Fermé pour trois jours pour cause de rafraîchissement, proféra-t-il à la cantonade.

— Théo! Prends sur toi, s'écria Émilienne, c'est pas bon pour ton cœur de t'énerver de même.

Rose-Anna Flibotte sortit à son tour pour lire l'écriteau et revint.

— J'ai-tu ben vu, coudonc? exprima-t-elle. Vous avez vendu, monsieur Sansoucy; on peut-tu savoir à qui?

— À mon frère Marcel, à mon frère Léandre, à sa femme Paulette, puis à moi, coupa Simone. Mais on a rien que la moitié de la *business*, s'empressa-t-elle de préciser.

Émilienne s'approcha de son fils.

— Coudonc, quelle sorte de rafraîchissement tu veux faire? demanda-t-elle.

— Marcel puis moi, on va peinturer dans le *backstore*, puis vous autres, les femmes, vous allez tasser puis enlever le stock des tablettes pour épousseter un peu, répondit Léandre.

— Ton père là-dedans, que c'est qu'il va faire? se chagrina Émilienne.

— C'est pas la question, Mili! s'interposa rageusement son mari. La première des choses, c'est qu'on devrait pas fermer le magasin. Des plans pour perdre la clientèle qui va se dépêcher de courir ailleurs. Une épicerie-boucherie, c'est un service public, puis ça doit rester ouvert pour répondre aux besoins. Me semble que je l'ai déjà dit, ça…

— Ça fait longtemps qu'on a pas fait de ménage ici dedans, plaida l'épicière. T'as juste à passer ton doigt dans le fond des tablettes, tu vas voir qu'il y a pas mal épais de poussière accumulée. C'est pas avec un torchon sec qu'on va nettoyer, va falloir laver. Tu regarderas comme il faut, il y a sûrement des fils d'araignée à des places. Justement, j'en ai écrasé une grosse avec le balai pas plus tard que la semaine passée. En plus de ça, Simone serait contente de travailler dans un *backstore* plus convenable qui respire la propreté.

Dans un frémissement de moustaches, l'épicier en rogne regagna sa boucherie.

Manifestement, on s'était donné le mot. Le reste de la journée, les clients affluèrent dans l'établissement. Au milieu de l'activité, le boucher peinait à répondre à la demande, son comptoir se vidait, les étalages fondaient et les produits disparaissaient des tablettes. À la caisse, Émilienne et Paulette s'activaient pendant que Simone prenait les commandes téléphoniques que les deux garçons s'empressaient de livrer aux domiciles.

Au matin du lendemain, dès sept heures et demie, vêtue de sa robe des gros travaux, Émilienne s'amenait avec une eau savonneuse au pied de l'escabeau où tremblotait sa bru. Constatant la peur maladive de sa belle-sœur, Marcel avait aimablement débarrassé la tablette du haut de ses articles que Paulette avait déposés sur le comptoir-caisse.

— Vas-y, toi, Paulette, t'es plus grande que moi, tu seras pas obligée de grimper jusqu'à la marche du haut pour laver.

— Je suis plus grande que vous, madame Sansoucy, mais j'ai le vertige. Je sais pas si je vas être capable.

— Simone! s'écria Émilienne, viens donc une minute.

— Que c'est qu'il y a, m'man? dit Simone, surgissant de l'arrière-boutique.

— Peux-tu laver la tablette du haut ? Paulette file pas pour monter.

— Je vas faire celle-là, mais après va falloir que tu te débrouilles toute seule, dit Simone à l'adresse de sa belle-sœur. J'en ai pour trois jours à tasser le stock en arrière puis il faut que tout soit fini vendredi soir.

Le temps de le dire, le teint de Paulette verdit ; la main sur la bouche, elle se plia en deux et respirait avec difficulté.

— Va vite aux toilettes, Paulette, lui intima Simone. Je la connais, m'man, elle va renvoyer, puis après on va devoir nettoyer le plancher.

De l'avant du magasin, on entendit un flot de vomissure projeté dans la cuvette. Affaiblie, Paulette s'achemina à l'avant.

— Tout d'un coup, exprima-t-elle, je me suis retrouvée au parc Belmont dans les manèges quand j'avais vomi sur les deux bonnes femmes qui nous ont couru après et qui ont fini par nous rattraper le lendemain au magasin. Ça sert à rien, je suis pas capable dans les hauteurs.

— Aimerais-tu que je demande à Héloïse de descendre avec le petit de Simone ? risqua Émilienne. Tu pourrais avoir un œil dessus puis te reposer un peu avant de continuer à nous aider. Pendant ce temps-là, Alida va s'occuper de ton Charlemagne.

— Stanislas est rendu pas mal grouillant, m'man, mentionna Simone, c'est pas ben ben reposant de le surveiller.

Émilienne téléphona au logis et supplia sa sœur de les secourir. Aussi, elle s'inquiéta de la lenteur de son mari qui était en train de déjeuner et qui tardait à les rejoindre. Marcel avait apporté les pinceaux, mais il avait oublié les vieux draps.

Entre-temps, Léandre avait franchi le seuil de l'arrière-boutique et il s'était rendu au rayon de la peinture à la quincaillerie Ravary.

Après s'être entretenu avec le commis de la transaction qui faisait de lui un copropriétaire de l'épicerie, il repartit avec ses gallons et se dirigea à l'*Ontario's Snack-bar* pour bavarder avec Lise.

Quand il revint au magasin, il s'immobilisa sur la devanture avec ses contenants de peinture. Émilienne l'aperçut qui attendait qu'on lui ouvre; elle cessa de marcher derrière Stanislas qui se traînait sur le parquet et alla déverrouiller la porte.

— Me semble que ça a pris du temps, dit-elle.

— Le père est là?

— Il est un peu boqué à matin, mais il a fini par descendre avec les guenilles.

Héloïse était perchée dans l'escabeau, manifestement heureuse de ne pas s'occuper de l'enfant de Simone, et Paulette était assise sur le plancher, sa tête dolente appuyée contre le baril de mélasse.

— On est empêtrés pas ordinaire, commenta la tante. À ce rythme-là, on en a pour une damnée secousse, mon garçon.

— Ça avance-tu, coudonc? questionna Léandre. Paulette, que c'est que tu fais là avec le torchon entre les jambes?

On entendit un étrange clapotement en provenance des toilettes.

— Le petit! s'écria Émilienne. Comment ça se fait, Simone est dans le *backstore*, puis elle l'a pas entendu! Simone! s'époumona-t-elle.

Émilienne accourut dans l'arrière-boutique. Son mari était assis devant le jeu de dames et Marcel était en train de *bardasser* de la marchandise. Elle s'engouffra dans le cabinet.

— Grand-moman est pas contente, mon trésor! Simone, viens chercher ton gars, s'écria-t-elle, avec exaspération.

Simone surgit avec un balai et un porte-poussière. Sa mère se tourna vers elle.

— Coudonc, tu réponds pas quand je t'appelle ! s'indigna Émilienne.

L'enfant s'était relevé en s'agrippant au siège et semblait prendre plaisir à tapoter dans l'eau avec sa petite main.

— Ben ôtez-le de là, m'man, sinon il va éclabousser partout ! se désespéra Simone.

Elle alla se débarrasser de son balai et de son porte-poussière qu'elle troqua contre une serpillière, et torcha le plancher parsemé d'éclaboussures et de vomissures laissées par Paulette. L'épicier était demeuré indifférent à la scène qui venait de se dérouler près de lui. Léandre réalisa tout à coup que la corvée ne progressait pas à son goût.

— Ben que c'est que vous faites assis à votre damier, le père ? s'enquit-il. D'après ce que je vois, vous boquez encore. Le bonhomme Demers reviendra pas pour jouer avec vous. Rendez-vous donc utile, un peu.

— Tu me parleras pas sur ce ton-là ! s'insurgea l'épicier, en se relevant. Puis il y a pas un employé ici dedans qui va me dire quoi faire. Pas plus toi que les autres, Léandre Sansoucy.

— Asteure, c'est plus comme avant, je suis pas votre employé puis j'ai mon mot à dire, vous saurez. C'était à vous de pas vendre la moitié de votre *business*.

Simone rinça sa serpillière dans l'eau des toilettes et demanda à la cantonade qu'on lui apporte des gants de caoutchouc pour la tordre. La tâche terminée, elle essuya son front en sueur avec son bras en poussant un soupir de soulagement et se dirigea vers Léandre qui venait d'ouvrir un gallon de peinture.

— Pense pas que c'est pas beau, ça, Simone ? dit-il.

— Dis-moi pas que c'est cette couleur-là que tu vas étendre sur les murs de mon *backstore*? Pâle de même, c'est ben trop salissant! Aussitôt qu'on va toucher au mur, ça va marquer.

Héloïse, Marcel, Paulette et Émilienne avec Stanislas dans les bras parurent au milieu de l'obstination. Quelqu'un frappa. L'épicier s'achemina à l'avant. Elles étaient trois à attendre qu'on leur ouvre.

— Avant d'acheter ailleurs, je voulais savoir à quel prix était votre Kik cette semaine, dit Germaine Gladu. La grosse bouteille est à six cents à l'épicerie Chevalier.

— Je vas vous la faire au même prix si vous revenez dans trois jours, répondit le marchand.

— Samedi, il va être trop tard, protesta Dora Robidoux. Si vous voulez pas perdre des ventes, vous seriez mieux de nous laisser rentrer.

Mademoiselle Lamouche s'engouffra à la suite des dames et commença à fouiner un peu partout. Tellement habituée à passer chaque jour au magasin afin de se procurer de petites quantités, elle n'avait pu résister à l'envie de rappliquer. Elle faisait partie de cette frange d'individus qui n'ont pas de glacière ou qui sont incapables de prévoir pour le lendemain. D'ailleurs, elle aimait se mêler à la petite société fourmillante de l'épicerie et recueillir ou alimenter les potins.

L'épicier la regardait scruter autour d'elle avec une irritation croissante. Dehors sur le trottoir, d'autres clientes régulières étaient penchées dans la vitrine en faisant signe de leur ouvrir. Il l'interpella:

— Allez-vous finir par vous décider, mademoiselle? s'enquit-il.

— Vous êtes après tout chambarder, ça va être mêlant comme le diable, affirma-t-elle.

— Vous venez souvent, vous devriez vous accoutumer assez vite.

— Tant qu'à faire du changement, pourquoi vous mettez pas...

— Là, ça va faire, mademoiselle Lamouche, il y a assez de *boss* ici dedans, s'emporta le commerçant, avant de se déporter dans l'arrière-boutique en agrippant deux bouteilles de boisson gazeuse au passage.

La cliente marcha derrière l'épicier et retrouva Germaine Gladu et Dora Robidoux qui s'étaient rendues dans ladite pièce pour s'informer en quoi consistait la nouvelle administration. Elles commentaient à leur tour le choix de couleur lorsque Sansoucy survint.

— V'là votre Kik à six cents, mesdames, les rembarra-t-il. Puis là, vous trois, vous allez me faire le plaisir de sortir par la ruelle. On a d'autres choses à faire aujourd'hui.

Après s'être débarrassé des clientes à l'intérieur, Théodore Sansoucy referma sans ménagement et Léandre ordonna qu'on reprenne la corvée.

Le reste de la journée jusqu'au soir du surlendemain, on s'attela à la tâche avec une telle ardeur que, le samedi matin, on procédait à une réouverture comme prévu. Pour inciter la clientèle à revenir à son épicerie-boucherie préférée, on avait placardé une autre affiche promettant une fleur coupée aux cinquante premières clientes qui franchiraient le seuil du commerce. Et afin de donner un caractère officiel à l'événement, Léandre avait mandé *La Patrie* et le représentant de monseigneur Verner sur les lieux.

Le samedi matin, un peu avant huit heures, son béret de laine bleue enfoncé jusqu'aux sourcils, le vicaire Dussault se pressait vers le magasin. Émilienne avait revêtu sa robe du dimanche et noué son tablier qu'elle avait fait nettoyer et repasser chez monsieur Sing, faute de temps. Pour l'occasion, on avait descendu l'impotente et on l'avait installée à l'entrée, avec une corbeille de fleurs sur les genoux. Alphonsine avait tenu à être présente. Elle avait fourni gracieusement une longue banderole et ses ciseaux de vendeuse de tissus pour la coupe traditionnelle. Édouard avait emmené Irène et les journalistes. Simone et Paulette avaient confiné David dans l'arrière-boutique avec les garçons. Elles étaient habillées d'atours coquets et paraissaient fébriles, tandis que Léandre et Marcel avaient fièrement accroché une boucle sous leur menton, et que l'épicier, le cou enserré par une cravate rayée du plus bel effet, arborait un air satisfait.

L'homme d'Église parut enfin. Il fendit la foule entassée à l'extérieur et s'immobilisa devant la banderole.

— Ne m'en veuillez pas trop, monsieur Sansoucy, dit-il, l'air repentant. Après la messe, j'ai dû me dépêcher pour venir.

— Ne vous en faites pas, monsieur l'abbé, l'important est que vous soyez là pour bénir notre commerce.

Le personnel s'aligna de part et d'autre du vicaire. De l'autre côté du ruban, Placide avait commencé à griffonner des notes alors que son compagnon du journal prenait quelques clichés. Dehors, les clientes semblaient s'animer. Certaines avaient leur bourse avec leur sac de provisions pendu au bras. D'autres avaient emmené un enfant tirant une voiturette en pensant profiter d'innombrables aubaines. La cérémonie pouvait débuter. Sansoucy tira nerveusement son petit laïus de circonstance de la poche de sa chemise. Léandre se détacha de la banderole et s'achemina à la porte.

Comme l'éclusier chargé de contrôler le débit d'eau, il ouvrit lentement en laissant filtrer le flot au compte-goutte. Sitôt les premiers pas ayant foulé le parquet du magasin, comme un torrent impétueux jaillissant d'une montagne, les clientes se ruèrent vers la banderole.

— Tassez-vous! s'écria Léandre.

Le temps de le dire, le pasteur, le personnel aligné et les journalistes s'étaient écartés. Les clientes avaient envahi la place.

— Baptême! grommela l'épicier.

L'abbé Dussault ne l'avait pas entendu. Repoussé par Émilienne et Héloïse, il s'était replié derrière le comptoir-caisse et observait d'un œil étonné la faune grouillante de la clientèle.

— Vous avez le tour d'attirer les fidèles! commenta-t-il. Dommage que ce soit pas comme ça à l'église.

— On inaugure pas tous les jours, monsieur l'abbé, rétorqua Émilienne.

Les acheteuses s'étaient réparties dans tous les recoins du magasin et paraissaient tâter la marchandise en examinant les prix. Voyant qu'on avait ignoré sa sœur Alida, Alphonsine avait pris la corbeille de marguerites et s'était mise à les distribuer. Décontenancé, Sansoucy ne savait où donner de la tête. Il se fraya un chemin vers la boucherie. Germaine Gladu l'attendait, l'air mécontent.

— Coudonc, monsieur Sansoucy, c'est-tu une idée que je me fais ou ben s'il y a rien de réduit pour votre ouverture? dit-elle. On dirait que vous avez juste changé votre stock de place...

Des femmes autour d'elle semblaient approuver ses remarques. Un peu partout, la grogne s'amplifiait dans le commerce. Quelques clientes étaient sorties les mains vides en bougonnant leur insatisfaction. D'autres étaient entrées, un air de méfiance sur les lèvres. Sur ces entrefaites, des chapardeurs s'étaient faufilés entre les grandes personnes. L'un d'eux s'était approché du comptoir et repartait la bouche pleine et les poches débordantes de bonbons en fonçant sur la Robe noire qui l'agrippa d'une main.

— Eille! Où vas-tu comme ça, galopin? s'écria-t-il.

— Retenez-le, monsieur l'abbé, proféra Émilienne, c'est le petit Morasse. Ah! le chenapan.

Le gamin, se débattant dans le ventre du vicaire Dussault, réussit à s'enfuir en se glissant entre les manteaux. On entendit des cris effarouchés de consommatrices qui ne savaient où se jeter tellement il y avait de monde et qu'on se marchait sur les pieds. C'était la foire à l'épicerie-boucherie!

Au milieu du désordre, des clientes affolées cherchèrent une issue. Certaines se précipitèrent sur les vitrines, d'autres vers l'escalier privé qui montait aux étages supérieurs, et d'autres encore vers l'arrière-boutique. Léandre et Marcel étaient partis à la suite des galopins pour essayer de les rattraper. Du coin de l'œil, Irène surveillait son père qui avait dénoué sa cravate en jetant des regards éperdus, comme s'il étouffait et appelait au secours.

— Popa! s'exclama-t-elle.

Semblable au désespéré qui s'enfonce dans les eaux de la mare funeste, le boucher disparut derrière son comptoir et s'effondra au sol.

Sensible aux cris de sa sœur, Édouard s'excusa en bousculant les clientes et parvint au pied de l'étal. Interdite, Émilienne avait vu le notaire s'élancer vers la boucherie. Dans le brouhaha des bruits et de l'affolement général, elle quitta son comptoir-caisse et s'achemina auprès du gisant. Elle s'agenouilla.

— Théo! Réponds-moi, Théo! exprima-t-elle d'une voix altérée.

Irène avait réussi à s'approcher de ses parents. Elle prit sa mère par les épaules et lui susurra:

— Reculez-vous, moman, l'abbé Dussault va dire une prière.

Du bout des lèvres, le prêtre commença à réciter un acte de contrition. Autour, des larmes coulaient sur les joues. À genoux, Émilienne serra la main de son mari et leva des yeux suppliants au ciel.

Soudain, Sansoucy bougea son corps affaissé.

— Lâchez-moi, je suis pas en train de mourir, taboire! marmotta-t-il, en remuant les lèvres avec difficulté.

— Je crois que monsieur Sansoucy a eu un malaise et qu'il a besoin d'air, dit le prêtre. Reculons-nous!

Les regards de celles qui étaient massées près du présentoir réfrigéré se braquèrent en cherchant à voir à travers la vitre. Léandre avait chassé les intruses qui s'étaient engouffrées dans l'arrière-boutique où Simone se débattait encore avec Imelda Chalifoux et Rose-Anna Flibotte pour les expulser.

— Tout le monde dehors! s'écria Léandre d'une voix tonnante.

La horde sauvage déferlait maintenant vers l'étroitesse de la sortie. Il ne restait plus que les proches qui se rassemblèrent dans la boucherie. Entre les sanglots d'Irène et ceux de sa mère, Édouard demanda le numéro pour joindre le médecin. Il délaissa sa famille et s'empressa au téléphone avant de revenir près d'eux.

— Le docteur Riopelle devrait bientôt être de retour à la maison. Il va venir dès que possible.

Chapitre 27

Théodore Sansoucy avait été foudroyé par une attaque d'apoplexie. Il avait subi une légère perte de connaissance, mais son corps était demeuré dans un état de paralysie partielle qui pourrait disparaître avec du repos et une grande tranquillité. Le médecin lui avait mentionné qu'il ne survivrait probablement pas à une autre crise. Par conséquent, il devait songer sérieusement à abandonner les affaires, du moins à déléguer à ses enfants des responsabilités qui lui incombaient jusqu'alors.

Plus d'un mois s'était écoulé. Avec le retour du beau temps, l'épicier passait le plus clair de ses matinées sur la galerie. Plutôt que de le laisser se morfondre dans la maison, on l'avait installé dans un fauteuil roulant d'où il pouvait surveiller les activités de la ruelle et ce qui se déroulait en bas dans la cour. De temps à autre, un incident le distrayait, mais quand il voyait apparaître le camion d'un fournisseur, son esprit le ramenait à son commerce.

En ce matin de la fin de mai, Héloïse était descendue dans l'arrière-cour pendant la sieste des petits. Elle avait commandé chez W.H. Perron des graines de zinnias et de roses d'Inde à collerette qu'elle s'apprêtait à planter quand l'épicier reconnut le béret de lainage bleu qui ondulait au-dessus de la palissade.

Le vicaire poussa le portillon et surprit la vieille fille courbée comme un arc, sa tête rasant le sol, offrant son postérieur au visiteur. Il se racla la gorge.

— Hum! Hum! de grâce, mademoiselle Grandbois; pour l'amour du bon Dieu!

Héloïse se redressa, le visage cramoisi de gêne.

— Excusez-moi, monsieur l'abbé, je ne vous avais pas entendu venir, exprima-t-elle, confuse.

— Votre beau-frère sur la galerie a de quoi se rincer l'œil, vous savez. Il a beau être paralysé, un homme reste un homme, mademoiselle Grandbois. À tout événement, je vais monter le voir.

Le pasteur empoigna le bas de sa soutane et enfila l'escalier.

Une épaule du marchand sautillait; il paraissait rire sous ses moustaches.

— Comment allez-vous, monsieur Sansoucy? Je suis venu prendre de vos nouvelles.

— Comme vous le voyez, mâchonna-t-il, d'ici rien ne m'échappe de ce qui se passe dehors. Mais j'ai hâte à cet après-midi, je vas retourner à mon magasin, articula-t-il avec un sourire entendu.

L'épicier s'exprimait péniblement, mais il parvenait à se faire comprendre en rapportant ce qu'on lui avait dit. En fait, sous la gouverne de Léandre, le chiffre d'affaires avait sensiblement augmenté. Le copropriétaire s'était emparé des rênes du commerce en s'autoproclamant boucher d'expérience et patron. Émilienne avait repris son travail comme avant. Marcel avait mis son triporteur au rancart et il conduisait à présent le camion de livraison. Quant à Simone et Paulette, Léandre n'avait pas modifié leur tâche. Selon le prêtre, le Seigneur avait soumis l'épicier à un malheur pour éprouver son attachement. Et si le Très-Haut tenait vraiment à lui, Il lui permettrait de recouvrer la santé.

En après-midi, Émilienne ouvrit solennellement la porte du logis et entraîna le cortège dans l'escalier. De son pas lourd et gourd, le visage crispé, son mari la suivit en agrippant la rampe avec toutes les précautions du monde. Venaient ensuite Simone, Paulette et Marcel qui descendaient, le corps saisi par des frissons d'appréhension.

Son tablier de boucher noué à la taille, cravaté de rouge, Léandre ouvrit la porte du magasin.

— Assisez-vous, le père! lui intima-t-il d'une voix sèche.

— Si ça te fait rien, je vas me dégourdir un peu avant de m'asseoir, rétorqua l'épicier.

— Que c'est que je vous ai dit, le père? Assisez-vous dans votre chaise; j'ai pas envie de vous voir tomber puis tout chambarder ici dedans.

Sansoucy leva des yeux ombragés, se retourna et se laissa choir dans le fauteuil roulant.

— Sois pas si dur avec ton père, Léandre, commenta Émilienne d'une voix étonnée.

— Que ça fait du bien de me retrouver dans mes affaires! soupira le marchand.

— Tant mieux pour vous, le père, mais dites-vous ben que c'est pas vous qui menez ici asteure…

L'invalide abaissa un regard résigné. Puis il releva les yeux et scruta minutieusement les étalages. Ensuite, il demanda qu'on l'emmène dans les moindres recoins sur le parquet de son commerce. Des changements avaient été effectués qui ne lui plaisaient pas. À certains endroits, le plancher était embarrassé de caisses et l'arrière-boutique était devenue un foutoir innommable.

— Simone! brama l'épicier, viens ici, que je te parle.

La commis consulta Léandre du regard. Elle se rappela les consignes qu'il lui avait données.

— Oui, p'pa!

— Il y a ben trop de marchandises, pesta-t-il. Cinq poches de farine, sept de sucre, des piles et des piles de boîtes. Que c'est que vous allez faire de tout ça ? Avant, t'étais pas capable d'endurer le désordre, tu faisais venir à mesure, puis là, on dirait que ça te fait rien pantoute. C'est ben simple, on a de la misère à passer puis à voir ton bureau.

Léandre surgit dans la pièce.

— Que c'est que vous avez à redire, le père ? Je vous entends chialer de l'autre bord. C'est pas ben bon pour attirer la clientèle, ça. Simone fait juste ce que je lui demande, un point c'est tout. Puis regardez votre jeu de dames, il y a personne qui l'a déplacé. Pour moi, ça c'est sacré. S'il y a quelqu'un qui s'avise d'y toucher, il va avoir affaire à moi.

— Marcel, arrive une minute ! grogna Sansoucy.

Le livreur se pointa à son tour. L'épicier désigna des sacs qui lui obstruaient le passage.

— Tu vas me descendre ça à la cave, puis ça presse, proféra-t-il.

Marcel envisagea muettement son père avec une défiance insultante.

— Je vas le faire moi-même, d'abord, déclara l'épicier.

— Êtes-vous après virer fou ? rétorqua Léandre. Assisez-vous sur votre *steak* ! Je viens d'entendre la porte s'ouvrir. Allez donc vous braquer de l'autre bord, il y a sûrement des clientes qui vont être contentes de vous revoir.

Léandre se réjouissait que son père ne s'aperçoive pas des changements apportés dans son coin boucherie. Pour l'heure, poussé par sa femme, Théodore venait de regagner la surface de son commerce. Depuis quelques jours, le bruit courait dans le quartier que le père Sansoucy séjournerait un après-midi dans le magasin qu'il avait quitté abruptement lors de la réouverture le mois précédent. Émilienne avait prévenu sa clientèle que son mari était «passablement amoché», qu'elle retrouverait un «homme diminué», mais qui n'avait pas perdu espoir dans sa guérison.

Germaine Gladu, Dora Robidoux, mademoiselle Lamouche, Imelda Chalifoux, Rose-Anna Flibotte, Bertha Pouliot, mesdames Grenon, Thiboutot, Mac Millan, O'Hagan – la mère de David – et même Rolande Bazinet, déménagée dans un autre secteur de la ville, entourèrent le fauteuil roulant.

Rolande Bazinet n'avait pas vu Théodore Sansoucy depuis longtemps. Une de ses rares amies du faubourg l'avait informée de l'état de santé du pauvre homme. Plus que les autres, elle se désola de surprendre sur la physionomie de son ancien boucher les traits du vieillissement sculptés dans une paralysie faciale, la peau du visage plissée vers le haut, comme si sa lèvre tordue voulait rejoindre son œil à moitié fermé.

— Vous êtes ben magané, donc, Théodore! exprima-t-elle.

— Vous, l'exilée du nord de la ville, s'emporta Émilienne, si vous êtes venue pour dire des platitudes à mon mari, retournez donc d'où vous venez!

— Elle voulait toujours des privilèges, la Bazinet, commenta Dora Robidoux. Des fois, elle faisait semblant de rien puis elle s'arrangeait pour passer devant nous autres.

— Des fois, au contraire, renchérit mademoiselle Lamouche, elle arrivait à l'heure de la fermeture avec sa liste à n'en plus finir, puis elle faisait exprès pour coller à la boucherie.

— On sait ben, vous, la vieille fille Lamouche, riposta Rolande Bazinet, avec votre appétit d'oiseau puis pas d'autres bouches à nourrir, c'est vite réglé quand vous faites votre *grocery*. À part de ça, je gage que vous avez jamais acheté pour plus qu'une piasse à la fois.

— Une chance qu'elle fait pas livrer, ajouta Germaine Gladu.

La plaisanterie avait déclenché l'hilarité générale. Entre-temps, des écoliers qui avaient décidé de faire l'école buissonnière avaient franchi le seuil de l'épicerie. Sachant que l'événement du jour se prêtait au chapardage, le grand Pitre et le petit Morasse parurent, un air coquin sur les lèvres. Pris d'une soudaine générosité et d'une certaine compassion, Sansoucy manifesta le désir de leur parler. Son fauteuil roula à leur rencontre.

Léandre les aperçut qui se dirigeaient vers le comptoir-caisse, les yeux pleins de convoitise. Il les rattrapa et leur mit la main au collet au moment où ils soulevaient le couvercle de pots de bonbons.

— Vous deux, mes garnements, vous êtes pas sortis du bois, dit-il, les dents serrées. Remettez ça tout de suite à leur place. Premièrement, vous devriez être à l'école. Deuxièmement, ce que vous vous apprêtiez à faire, c'est vraiment malhonnête. On voit ben de qui vous retenez, mes petits enfants de chienne...

Les jeunes se débattaient au bout de la main de Léandre comme des chiffons secoués par le vent.

— Lâche-les, intervint l'invalide. Paulette, donne-leur des sacs ; ils vont choisir puis sacrer leur camp.

— Ah ! ben, je vous reconnais plus, le père ! déclara Léandre. On fait tout pour se débarrasser de la vermine dans le quartier, puis vous êtes là à l'entretenir. On aura tout vu...

Léandre desserra les poings et relâcha les galopins. La mine glorieuse, les rejetons des familles Morasse et Pitre remplirent leur sac en puisant dans la variété de friandises.

— Merci, monsieur Sansoucy, lança Morasse, la bouche barbouillée de réglisse noire, avant de repartir avec son copain.

Les garnements enfuis, les femmes continuèrent de papoter. Bertha Pouliot entendait bien profiter des largesses passagères de l'épicier même si elle bénéficiait déjà de la générosité d'Alida Grandbois.

— Vous pourriez nous servir une bonne liqueur, monsieur Sansoucy. Ça ferait pas de tort, on commence à avoir chaud ici dedans…

Un remords camouflé par la raideur de ses traits ombragea la figure de l'homme. Son mari n'avait pas donné son accord explicite, mais Émilienne comprit qu'elle pouvait procéder. Elle amorça le pas vers l'étalage des boissons gazeuses.

— Mili! l'interpella-t-il. Prends pas des petites bouteilles de Coke, on va plutôt ouvrir des grosses bouteilles de Kik. Envoye Marcel chercher des verres au logis.

À cinq grands verres pour six cents, le marchand minimisait ses dépenses. Cependant, Bertha Pouliot avait résolu de ne pas se restreindre à un simple breuvage. En lorgnant les boîtes de la compagnie Viau qui offrait un assortiment intéressant, elle proposa d'accompagner sa liqueur douce d'un léger dessert.

Le papotage s'éternisait. Le téléphone avait recommencé à sonner et des clientes attendaient Léandre à la boucherie.

Un peu plus tard, l'ambiance festive qui avait régné était disparue. Sansoucy, qui avait d'abord été attiré par l'arrière-boutique, s'avança vers le comptoir des viandes.

— Que c'est ça? aboya-t-il.

— Ben voyons, le père, alignez-vous! Vous avez déjà vu ça, un étal neuf! Vous avez la gueule de travers, mais ça vous empêche pas de regarder comme il faut.

— Baptême! C'était pas nécessaire, il était pas si usé, puis ça coûte une fortune, ces blocs-là aujourd'hui. Veux-tu ben me dire que c'est que t'as pensé?

— Moi, travailler avec des vieilleries, ça me tentait pas. Il y a assez de mon *truck* que j'ai acheté usagé. Je voulais repartir avec un autre étal puis renouveler les couteaux de la boucherie. Va falloir vous faire à l'idée, le père, parce que c'est pas fini, les changements...

Sansoucy était sur des charbons ardents. Il se trémoussait dans son fauteuil, sa voix n'émettait que des sons inarticulés, et une écume blanchâtre bouillonnait à ses lèvres crochues.

— Léandre! s'écria Simone, les gars de la quincaillerie.

Léandre délaissa son père et parut dans l'encadrement qui donnait sur la cour.

— Wô! s'époumona-t-il.

Deux individus assez costauds descendirent du véhicule et s'amenèrent. Léandre bomba le torse en se mettant les mains sur les hanches.

— Vous êtes donc ben sans-desseins, les gars, si j'avais pas crié, vous auriez foncé dans ma bâtisse, taboire! Ça prend-tu des épais pour reculer de même...

— Eille, le blanc-bec, rétorqua le chauffeur sur un ton désinvolte.

— Si c'est pas Lucien Pitre et Maurice Morasse, ricana Léandre, l'œil méfiant. Ça fait drôle de vous revoir. Justement, vos gars sont venus pour chiper des bonbons tout à l'heure. Asteure, c'est leurs pères qui viennent livrer un coffre-fort. C'est-tu assez comique à votre goût?

— Niaise-nous pas, Sansoucy, parce que tu vas payer pour, rétorqua Maurice Morasse, en faisant rouler ses muscles. Bon, où c'est qu'on débarque ça, asteure?

Pitre ouvrit les portières du camion, et les deux livreurs soulevèrent le coffre d'acier. Puis, le visage ratatiné par l'effort, ils emboîtèrent le pas derrière Léandre.

— Mettez-le juste là, en dessous de la tablette du bas.

À la requête de son père, Simone survint en poussant le fauteuil roulant.

— Pas un coffre-fort ! s'écria l'épicier. On a jamais eu besoin de ça ; on a juste à cacher l'argent au logis, puis ça finit là ! Encore une folle dépense pour attirer les voleurs...

— Voyons, le père, pensez-y deux secondes ! riposta Léandre. Votre argent était pas en sécurité avant, puis ça vous obligeait à vous rendre souvent à la caisse populaire pour le déposer. Tandis que là...

Pendant sa convalescence, Sansoucy avait lu dans le journal qu'un épicier de l'avenue Papineau, près de Marie-Anne, avait été assailli à la pointe du révolver dans son magasin au moment où il s'apprêtait à mettre l'argent du tiroir-caisse dans son coffre-fort. L'un des deux brigands lui avait ligoté les pieds et les mains derrière le dos avec un fil de fer, pendant que l'autre lui enfonçait un mouchoir sale dans la bouche avant de s'emparer du butin. Il voulut s'exprimer, mais sa fille l'interrompit :

— Non, Léandre, coupa Simone, les livreurs vont glisser le coffre-fort sous le bureau. Ça va être moins encombrant de même.

— Bon ! c'est la cocotte qui s'en mêle, asteure, répliqua Morasse. Si on le met là, tu vas l'avoir entre les jambes, c'est-tu ça que tu veux, la petite ?

— En tout cas, trancha Lucien Pitre, *ostinez*-vous tant que vous voudrez, vous le placerez ben selon votre goût, votre maudit coffre-fort ! Nous autres, on a d'autres livraisons à faire. Viens-t'en, Maurice...

Le coffre trônait maintenant au milieu de l'arrière-boutique, en quête d'un emplacement. Marcel était sur le point de partir pour une tournée de livraisons. De ses grands yeux implorants, Simone alla le supplier de les aider à glisser l'armoire métallique à l'endroit qu'elle avait déterminé.

L'épicier se sentait submergé par le flot d'émotions qu'il avait éprouvées. Il manifesta le désir de regagner son appartement.

De bonne heure après le souper, il se retira sur la galerie. Au cours du repas, Émilienne avait évité d'aborder l'après-midi de son mari, mais Héloïse avait insisté pour qu'on lui rapporte son passage au magasin et l'accueil qu'on lui avait réservé. Pour l'heure, la maisonnée entrevoyait une autre période d'isolement pour l'infortuné, le temps de se remettre de ses frustrations et d'accepter les changements. Mais le vieux lion se proposait de retourner à son commerce...

Chapitre 28

L'impotente éprouvait de la compassion pour le convalescent. Elle l'aidait comme elle le pouvait, en lui rendant d'appréciables services. Elle devait se mesurer dans ses déplacements pour éviter que les fauteuils roulants s'entrechoquent ou s'engluent dans un embouteillage dont elle seule pourrait se dépêtrer. À moins de recourir à Héloïse, qui s'amusait presque de voir son beau-frère aux prises avec son incapacité.

Les progrès de l'épicier étaient lents. Le plus souvent, Émilienne l'aidait à s'habiller et à manger. Engoncé dans sa chemise blanche, il avait conservé l'habitude de s'étrangler avec une cravate dont il variait quotidiennement la couleur. Les jours de travail, sitôt son déjeuner terminé, il attendait que Simone et Paulette larguent leurs petits, et demandait ensuite à ce qu'on le roule sur la galerie et qu'on lui apporte *La Patrie* et *Le Petit Journal*. Depuis le décès de son ami Philias, son intérêt pour la politique provinciale et Maurice Duplessis s'était progressivement émoussé au profit des divagations d'Hitler qui confirmait son emprise en Europe.

Mais l'homme était seul, enfermé dans un certain mutisme et remâchant ses pensées. Il ne fréquentait plus ni l'église ni la taverne. À peine récitait-il le bénédicité et les grâces, marmonnait-il ses prières du soir et se signait-il en vitesse de la main gauche avant qu'Émilienne remonte vers eux les couvertures. Et depuis l'après-midi mémorable, il n'était pas retourné à son épicerie-boucherie. Il se contentait de ce que lui rapportait sa femme. En fait, son commerce se portait plutôt bien. C'était à croire qu'un vent de fraîcheur avait déferlé à son départ, que Léandre avait les affaires bien en mains. Et au lieu de s'en réjouir, cela provoquait chez lui des sautes d'humeur. Ses joies passagères le ramenaient à des moments plus tristes où ceux qui le supportaient lui pardonnaient ses maussaderies.

C'était le troisième dimanche de juin. Émilienne attendait toute la famille pour souligner la fête des Pères. La journée même, Colombine s'était désistée : sa grossesse l'incommodait et elle refusait d'escalader l'escalier qui menait au logis de ses beaux-parents. Aussi craignait-elle que l'enfant qu'elle portait soit « contaminé » par le tuberculeux qui prendrait le lendemain le chemin du sanatorium de Trois-Rivières. Par contre, Irène, Placide et Alex ainsi que Bertha Pouliot et son fils s'entasseraient dans la Studebaker d'Édouard. Et plutôt que d'interrompre le repas par leur arrivée dérangeante, Romuald et Georgianna étaient au nombre des convives.

Au début du repas, dans un silence significatif, tous les yeux se portèrent sur le patriarche. Installé dans son fauteuil à une des extrémités de la table, comme s'il présidait à une cérémonie officielle, l'épicier attendait que Charlemagne avale sa dernière cuillérée de Pablum.

— Arrêtez de bretter, le père ! dit Léandre. Vous voyez pas qu'on attend après vous ? Asteure que Paulette a fini avec le petit, on va manger à notre tour. Tout le monde a faim.

— Approchez-vous, ça va refroidir, ajouta Émilienne.

Dans de grands gestes décomposés, Sansoucy amorça le bénédicité. Puis, debout, Héloïse s'inclina et distribua les tranches de rôti de bœuf dans les assiettes qu'Alphonsine garnissait de patates pilées et arrosait du jus de la viande. Aussitôt son mari servi, Émilienne avait commencé à découper son morceau. Afin de lui épargner l'humiliation, elle avait composé un menu sans soupe, ce qui aurait mis en péril la propreté de son habillement.

— Comme ça, madame Pouliot, dit Alida, votre Jérémie part demain matin.

Bertha Pouliot avait déjà attaqué son assiettée et elle avait la bouche pleine. La postulante chez les Sœurs de la Providence répondit à sa place :

— On va prendre le train à 5 h 30 à la gare Viger, dit Irène. Rendus aux Trois-Rivières, on va s'embarquer dans le train de Grand-Mère qui passe devant le sanatorium Cooke, à deux milles au nord de la ville. Après, je vais revenir ici une couple de jours avant de regagner l'hôpital du Sacré-Cœur.

Une lettre du surintendant médical de l'établissement se mit à circuler parmi les convives. D'un air attendri, Irène dévisagea le petit Jérémie qui s'éloignerait pendant des mois afin de parfaire sa guérison. Finis les appels téléphoniques, les visites dominicales, les congés mensuels.

— Je pourrais venir chez vous pour téléphoner et prendre les appels de Jérémie, madame Sansoucy, exprima la mère du poitrinaire.

Émilienne consulta son mari du regard. L'homme semblait irrité par la demande de la pauvresse, mais il hocha affirmativement la tête.

L'aînée des Sansoucy paraissait très heureuse. Après avoir besogné des années durant comme ouvrière sous-payée dans le fond d'une usine, elle avait trouvé sa voie dans l'apostolat auprès des tuberculeux.

— Tu vas devenir religieuse, dit Romuald. J'espère que tu défroqueras pas pour t'amouracher d'un journaliste, ricana-t-il, malicieusement.

— La vie que je mène ne vous concerne pas, rétorqua l'ancien frère. D'ailleurs, vous et ma tante Georgianna, vous n'êtes pas partis pour faire des enfants forts non plus, s'amusa-t-il.

Le taciturne se remémora alors le déplorable événement. Environ un an plus tôt, Éloi Desmarais avait sombré dans les eaux froides du lac Nomininque. Peu après, lors de son retour à la maison de ses parents, comme un mauvais présage, il avait observé le Hindenburg qui avait glissé dans les flots célestes comme une ombre sinistre dans la nuit montréalaise. Et tout récemment, les journaux rapportaient l'explosion du dirigeable qui avait entraîné la mort de trente-cinq passagers et membres d'équipage. Troublé par l'incident dramatique, il se demanda comment interpréter cette catastrophe dans son existence et que lui réservait le ciel avec Alex, même s'il possédait une relique du frère André.

L'intervention de l'oncle Romuald avait suscité un malaise autour de la table. Il tenta de se racheter en créant une diversion.

— À l'automne, je vas faire un voyage aux États-Unis, annonça-t-il, pompeusement.

— En trolleybus, je suppose ! persifla Léandre.

— Toi, mon grand tarlais, arrête donc de niaiser ; je suis ben sérieux. En octobre, il va avoir un grand rassemblement de fascistes américains, allemands, italiens, russes, ukrainiens et espagnols à l'hippodrome de New York. Mon chef Adrien Arcand a été invité pour prononcer un discours, puis il m'a demandé de l'accompagner avec une délégation de Canadiens français. Pas vrai, ma femme ?

La grasse Georgianna opina en élargissant un sourire bonasse. Romuald poursuivit en s'adressant à son frère Théodore :

— Je sais pas si ta belle-sœur Alida va vouloir me coudre un costume neuf. Je veux faire honneur au PNSC.

— T'as juste à lui demander, marmotta l'épicier. Elle est à côté de toi.

— Je regrette, monsieur Sansoucy, répondit l'impotente. C'est fini, ces affaires-là ! Il me semble vous l'avoir déjà dit ! Et c'est vrai plus que jamais. Quand vous m'avez approchée pour faire de la couture pour le parti et prendre ma carte de membre, j'étais bien intentionnée, je croyais bien faire, me rendre utile à quelque chose. Maintenant, tout a changé : je réalise que je me suis fait avoir. Si c'était rien que de moi, le PNSC disparaîtrait…

Une conversation animée s'engagea alors entre l'oncle Romuald et son neveu Édouard sur les dangers qui se tramaient en Allemagne avec Hitler et ses menées antisémites qui donnaient froid dans le dos.

— «Je marche vers mon but d'un pas aussi assuré que celui qui marche dans un songe», dit le notaire, rapportant les paroles du chancelier. Et ce qui est inquiétant, c'est que jusqu'à aujourd'hui il s'est conduit selon les grandes lignes de son fameux ouvrage *Mein Kampf*, commenta-t-il.

Mais le propos avait assombri le repas et on était à la veille d'oublier la raison de la rencontre familiale. Émilienne ramena ses invités à l'ordre.

— C'est la fête des Pères aujourd'hui, rappela-t-elle. Tout le monde devrait être de bonne humeur.

— Ça fait une drôle de fête des Pères! affirma Héloïse. Simone était grosse quand elle s'est mariée avec David, puis Léandre a eu un bâtard avec une fille de la campagne…

La physionomie de l'épicier s'altéra gravement. Les traits de son visage se contractèrent en une douloureuse amertume. Ses paupières se plissèrent, mais ne purent contenir une grosse larme qui coula sur sa joue saillante et qui disparut dans ses moustaches frémissantes.

Le maître de la maison releva la tête. À la lecture des visages qui le regardaient d'un air interloqué, il se rendit compte qu'il avait soulevé une troublante interrogation. La figure bouleversée, sa femme se pencha vers lui et lui murmura quelques mots. Puis elle posa sa main potelée sur son bras valide. Et comme si elle parlait en son nom, la voix empreinte d'une intense émotion, elle déclara :

— Il y a un autre petit bâtard dans cette maison, bredouilla-t-elle, la lèvre tremblante. Théo a jamais voulu en parler, mais je sais qu'il est ému et que ça le soulagerait de dévoiler ce qui le démange depuis longtemps.

Léandre décocha un regard accusateur vers son père et le reporta sur sa mère.

— Ben aboutissez, la mère, coupa-t-il, je brûle de savoir qui c'est, l'autre bâtard ici dedans!

— C'est Marcel! déclara-t-elle, la voix déchirante.

Émilienne relata un épisode sombre de la vie de son mari. Un peu avant la naissance de Simone, Théodore s'était épris d'une femme de petite vertu à *La Belle au bois dormant*. Devenue enceinte, Alice vivait une belle grossesse. Théodore la visitait dans son logis, lui apportait des cadeaux, l'entretenait en cachette. Mais au moment de l'accouchement, Alice a éprouvé des complications. Elle lui a fait promettre de garder le bébé si elle mourait.

— Puis vous l'avez laissé faire, la mère? demanda Léandre. C'était même pas sûr que votre mari était le père de cet enfant-là.

— J'ai toujours aimé mon Théo, confia Émilienne. L'amour, ça s'explique pas, puis ça pardonne aussi…

La tête reposant sur l'épaule d'Amandine, Marcel pleurait à chaudes larmes. L'espace d'un moment, il repassait toutes ces années où il avait subi des persécutions, des brimades, des humiliations de celui qu'il avait appris à appeler «papa». Depuis quelque temps, il avait délaissé le mot et l'appelait «le père». Comme s'il avait deviné qu'il était un étranger…

Remerciements

J'aimerais exprimer ma profonde reconnaissance à Martine, mon épouse, pour son soutien indéfectible. À Claudine Brodeur, pour ses indispensables conseils d'infirmière. Et à Réjean Charbonneau, directeur-archiviste de l'Atelier d'histoire Mercier-Hochelaga-Maisonneuve, pour sa rigueur et son dévouement.

Sommaire

Numéro d'éditeur : 92326
Dépôt légal : Juillet 2018